Nicholas Sparks

Je bent nooit alleen

Julie zal haar overleden man nooit vergeten,
maar durft ze zichzelf wel een nieuwe kans op liefde te gunnen?

BOEKERIJ

ISBN 978-90-225-8279-4
ISBN 978-94-023-1036-8 (e-book)
NUR 302

Oorspronkelijke titel: *The Guardian*
Vertaling: Ans van der Graaff
Omslagontwerp: DPS Design & Prepress Studio, Amsterdam
Omslagbeeld: © Stephen Carroll / Trevillion Images
Zetwerk: Mat-Zet bv, Soest

Voor Larry Kirshbaum en Maureen Egen
Fantastische mensen, fantastische vrienden

Dankbetuiging

Ik zou onmogelijk aan welke dankbetuiging dan ook kunnen beginnen zonder Cathy te bedanken, die al bijna veertien jaar mijn vrouw is. Je bent de liefste mens die ik ken, en ik hou meer van je dan je je ooit zult kunnen voorstellen.

En natuurlijk is geen enkel boek compleet zonder dat ik de kinderen heb bedankt. Miles, Ryan, Landon, Lexie en Savannah, we hebben soms onze handen vol aan jullie, maar jullie zijn niettemin een bron van eindeloze vreugde. Mijn dagen zouden onvolledig zijn zonder jullie.

Theresa Park van Sanford Greenburger Associates verdient ook mijn dank. Theresa, je bent mijn agent en manager, maar daarnaast ook een genie en een welwillend luisterend oor. Je bent ook een van mijn beste vrienden. Het is moeilijk te geloven dat we samen al zeven romans hebben doorgemaakt, en ik verheug me op nog veel meer in de toekomst.

Jamie Raab, mijn redactrice, is simpelweg de beste in haar vak, en dit boek had, meer dan een van de andere, haar geduldige begeleiding nodig. Jamie, ik had deze roman niet kunnen voltooien zonder jou en het is me een eer om met iemand te mogen samenwerken die zo aardig en zo wijs is als jij.

Denise DiNovi, producent van *Message in a Bottle* en *A Walk to Remember*, is een van de bijzonderste mensen in mijn leven geworden. Denise, ik dank je heel hartelijk voor het feit dat je mijn leven ten goede hebt veranderd. Ik weet niet of ik ooit een manier zal vinden om je terug te betalen.

Julie Barer, een van de agenten bij Sanford Greenburger, was zo vriendelijk tijdens haar vakantie het manuscript te lezen en suggesties te geven. Julie, ik kan je niet genoeg bedanken voor wat je hebt gedaan en ik hoop dat je blij bent met de hoofdpersoon.

Howie Sanders en Richard Green, mijn filmagenten bij UTA, verdienen ook mijn dank voor hun werk, niet alleen aan dit project, maar aan al mijn romans. In wat ze doen zijn zij de besten.

Scott Schwimer, mijn advocaat, is niet alleen fantastisch in wat hij doet, maar ook een vriend die mijn werk een stuk gemakkelijker maakt. Bedankt voor het feit dat je er altijd voor me bent.

Dave Park, mijn televisieagent bij UTA, heeft me geduldig wegwijs gemaakt in de wereld van de televisie en verdient mijn dank voor al het werk dat bij *The Rescue* kwam kijken.

Lorenzo De Bonaventura en Courtenay Valenti van Warner Brothers, Lynn Harris van New Line Cinema, Mark Johnson, Hunt Lowry en Ed Gaylord II waren allemaal fantastisch om mee samen te werken en verdienen ook mijn dankbaarheid.

Jennifer Romanello, Emi Battaglia, Edna Farley van de publiciteit, redacteur John Aherne en Flag hebben allen geholpen mijn carrière te maken tot wat die nu is. Bedankt allemaal.

En tot slot mijn dank aan Todd Robinson voor zijn vlijtige werk aan de televisieseries. Ik prijs me gelukkig dat ik de kans heb gekregen met jou samen te werken.

Proloog

Kerstavond 1998

Precies veertig dagen nadat ze voor het laatst de hand van haar echtgenoot had vastgehouden, zat Julie Barenson door het raam naar buiten te kijken. Het was koud; het was al de hele week stormachtig en de regen tikte tegen de ruit. Ze wist dat Jim zou hebben gewild dat ze vanavond naar muziek luisterde; ze hoorde Bing Crosby op de achtergrond 'White Christmas' zingen. Ze had omwille van hem ook de boom opgezet, hoewel er tegen de tijd dat ze die beslissing had genomen bij het winkelcentrum alleen nog een paar uitgedroogde bomen lagen die je gratis mee mocht nemen. Het deed er niet toe. Ze was nauwelijks nog in staat geweest iets te voelen sinds de tumor in Jims hersenen hem uiteindelijk het leven had ontnomen.

Ze was vijfentwintig en weduwe en ze haatte dat woord hartgrondig: de klank, de implicaties en zelfs de manier waarop haar mond bewoog als ze het woord uitsprak. Ze vermeed het volledig. Als de mensen vroegen hoe het met haar ging haalde ze gewoon haar schouders op. Maar soms, heel soms, voelde ze de aandrang om te antwoorden. *Wil je weten hoe het was om mijn man te verliezen?* zou ze dan willen vragen. *Dat zal ik je vertellen. Nu Jim dood is heb ik het gevoel dat ik ook dood ben.*

Is dat wat de mensen willen horen, vroeg Julie zich af, of willen ze gemeenplaatsen? *Ik red me wel. Het is moeilijk, maar ik kom er wel overheen, bedankt voor je belangstelling.* Ze dacht wel dat ze zich dapper zou kunnen gedragen als ze dat wilde, maar dat had ze nooit gedaan. Het was gemakkelijker en eerlijker om maar gewoon haar schouders op te halen en niets te zeggen.

Ze had immers helemaal niet het gevoel dat ze zich wel zou redden. Vaak dacht ze niet eens het eind van de dag te kunnen halen zonder in te storten. Vooral op avonden als deze.

In de weerspiegelde gloed van de kerstboomverlichting legde Julie haar hand tegen het raam. Ze voelde het koude glas tegen haar huid drukken.

Mabel had gevraagd of ze wilde komen eten die avond, maar Julie had nee gezegd. Mike en Henry en Emma hadden hetzelfde gevraagd, maar ze had ook hen afgewezen. Ze begrepen het allemaal. Of liever gezegd, ze deden alsof ze het begrepen, want het was duidelijk dat ze vonden dat ze vanavond niet alleen hoorde te zijn. En misschien hadden ze wel gelijk. Alles in huis herinnerde haar aan Jim. Zijn kleren namen de helft van de kastruimte in, zijn scheerapparaat lag nog steeds naast het zeepbakje in de badkamer, de *Sports Illustrated* was de vorige dag door de postbode bezorgd. Er stonden nog steeds twee flesjes Heineken, zijn lievelingsbier, in de koelkast. Toen ze ze eerder die avond had zien staan, had ze gefluisterd: 'Jim zal die nooit meer opdrinken.' Daarna had ze de koelkast dichtgedaan en een uur zitten huilen.

Ze zag nauwelijks meer iets buiten; in gedachten verzonken registreerde Julie geleidelijk aan het geluid van een tak die tegen de muur bonkte. Het bonken hield echter gestaag aan en het duurde even voor het tot haar doordrong dat het iets anders was.

Er werd aan de deur geklopt.

Julie kwam lusteloos overeind. Bij de deur haalde ze even een hand door haar haren. Als het haar vrienden waren die een kijkje kwamen nemen, wilde ze niet dat ze dachten dat ze maar beter een poosje konden blijven. Toen ze de deur opende zag ze tot haar verbazing echter een jongeman in een gele regenjas met in zijn handen een grote doos met een strik eromheen.

'Mevrouw Barenson?' vroeg hij.

'Ja?'

De vreemde kwam aarzelend een stap dichterbij. 'Ik moest dit aan u afgeven. Mijn vader zei dat het belangrijk was.'

'Uw vader?'

'U moest het per se vanavond krijgen.'

'Ken ik hem?'

'Dat weet ik niet, maar hij drong behoorlijk aan. Het is een cadeautje van iemand.'

'Van wie?'

'Mijn vader zei dat u het zou begrijpen zodra u het uitpakte. Maar niet schudden, en rechtop houden.'

De jongeman duwde de doos in Julie's armen voor ze iets kon tegenwerpen en keerde haar toen de rug toe om weg te gaan.

'Wacht,' zei ze, 'ik begrijp het niet...'

De jongeman keek over zijn schouder. 'Vrolijk kerstfeest,' zei hij.

Julie bleef in de deuropening staan terwijl hij weer in zijn auto stapte. Weer binnen zette ze de doos voor de boom op de grond en knielde er zelf naast. Er zat geen kaartje bij. Ze trok de strik los, haalde toen het losse deksel van de doos en staarde zwijgend naar wat ze had gekregen.

In een hoekje van de doos zat, bedekt met warrig dons en niet meer dan een paar pond zwaar, de lelijkste puppy die ze ooit had gezien. Zijn kop was groot, niet in proportie met de rest van zijn lichaam. Hij keek haar jammerend en met een klodder troep in zijn ogen aan.

Er heeft iemand een puppy voor me gekocht, dacht ze. Een lelijke puppy.

Aan de binnenkant van de doos zat een envelop vastgeplakt. Toen ze haar hand ernaar uitstak besefte ze dat ze het handschrift kende en ze staakte haar beweging. Nee, dacht ze, dat kan niet...

Ze kende het handschrift van de liefdesbrieven die hij haar had geschreven op hun trouwdagen, van de haastig gekrabbelde berichtjes naast de telefoon, van de stapels papieren op zijn bureau. Ze hield de envelop omhoog en las telkens weer haar naam. Toen haalde ze er met bevende vingers de brief uit. Haar blik dwaalde naar de woorden links bovenaan.

Lieve Jules,

Dat was Jims koosnaampje voor haar. Julie sloot haar ogen en had het gevoel dat haar lichaam plotseling kleiner werd. Ze dwong zichzelf diep in te ademen en begon opnieuw te lezen.

Lieve Jules,
Ik weet dat als je deze brief leest, ik al ben overleden. Ik weet niet hoe lang al, maar ik hoop dat het al weer wat beter met je begint te gaan. Ik weet dat het moeilijk voor mij zou zijn als ik in jouw schoenen stond, maar je weet dat ik altijd heb gedacht dat jij de sterkste van ons tweeën was.
Zoals je kunt zien heb ik een hond voor je gekocht. Harold Kuphaldt was een vriend van mijn vader en hij fokte al Deense doggen toen ik nog een kleine jongen was. Ik wilde als kind altijd zo'n hond, maar omdat het huis zo klein was, zei mam altijd nee. Het zijn inderdaad grote honden, maar volgens Harold zijn het ook zo ongeveer de liefste honden op aarde. Ik hoop dat je van hem (of haar) zult genieten.
Ik neem aan dat ik diep van binnen steeds heb geweten dat ik het niet zou redden, maar ik wilde er niet aan denken, omdat ik wist dat jij niemand had om je dan te helpen. Geen familie, bedoel ik. De gedachte dat je helemaal alleen achter zou blijven brak mijn hart. Omdat ik niets anders kon bedenken, heb ik geregeld dat je deze hond kreeg.
Als je het echt niets vindt, hoef je hem natuurlijk niet te houden. Harold heeft gezegd dat hij hem terug zou nemen, geen probleem. (Zijn nummer zou ergens op moeten staan.)
Ik hoop dat het een beetje goed met je gaat. Sinds ik ziek ben geworden heb ik me daar constant zorgen over gemaakt. Ik hou van je, Jules, echt waar. Ik was de gelukkigste man op aarde toen jij in mijn leven kwam. Het zou mijn hart breken als ik wist dat je nooit meer gelukkig zou zijn. Doe dat dus alsjeblieft voor me. Word weer gelukkig. Vind iemand die je gelukkig maakt. Je denkt misschien dat het niet kan, maar ik wil toch graag dat je het probeert. De wereld is namelijk een stuk mooier als jij glimlacht.
En maak je geen zorgen. Waar ik ook ben, ik zal altijd over je waken. Ik zal

je beschermengel zijn, mijn liefste. Je kunt erop rekenen dat ik zal zorgen dat je veilig bent.

Ik hou van je,

Jim

Door haar tranen heen keek Julie in de doos en even later stak ze haar handen erin. De puppy kroop in haar hand. Ze tilde hem uit de doos en hield hem dicht bij haar gezicht. Hij was klein en ze kon zijn ribben voelen.

Hij is echt lelijk, dacht ze. En hij zou zo groot worden als een klein paard. Wat moest ze in hemelsnaam met zo'n hond beginnen?

Waarom had Jim geen kleine schnauzer of een cockerspaniël voor haar uitgezocht? Iets dat ze kon hanteren? Iets schattigs, dat af en toe op haar schoot kon gaan liggen?

De puppy, een reu, begon te janken, een hoog gejammer dat aanzwol en weer afnam.

'Ssst... rustig maar,' fluisterde ze. 'Ik zal je geen pijn doen...'

Ze bleef zachtjes tegen de puppy praten, liet hem aan haar wennen, liet zichzelf wennen aan het idee dat Jim dit voor haar had gedaan. De puppy bleef janken, bijna alsof hij meezong met het deuntje dat uit de stereo-installatie kwam, en Julie krabde hem onder zijn kin.

'Ben je voor me aan het zingen?' vroeg ze en voor het eerst glimlachte ze. 'Zo klinkt het wel, weet je.'

Heel even hield de hond op en keek hij haar aan, hield haar blik gevangen. Toen begon hij weer te jammeren, maar nu leek hij niet meer zo bang.

'Singer,' fluisterde ze. 'Ik denk dat ik je Singer ga noemen.'

1

Vier jaar later

In de jaren sinds Jims dood was Julie Barenson er op de een of andere manier in geslaagd verder te gaan met haar leven. Het was niet meteen gelukt. De eerste paar jaar na zijn dood waren moeilijk en eenzaam geweest, maar uiteindelijk had de tijd zijn werk gedaan en was Julie's pijn milder en minder scherp geworden. Ze herinnerde zich nog wel haar tranen en het volstrekte vacuüm waarin ze na zijn overlijden terecht was gekomen, maar het brandende hartzeer van die dagen lag inmiddels achter haar. Als ze nu aan Jim dacht, was dat met een glimlach, en met dankbaarheid omdat hij deel had uitgemaakt van haar leven.

Ze was ook blij met Singer. Jim had er goed aan gedaan haar de hond te geven. In zekere zin had Singer het haar mogelijk gemaakt om door te gaan.

Maar op dit moment, in bed op een koele lenteochtend in Swansboro, North Carolina, dacht Julie er niet aan hoezeer Singer haar de afgelopen vier jaar tot steun was geweest. In plaats daarvan vervloekte ze in gedachten zijn bestaan terwijl ze dacht: ik kan niet geloven dat ik zo moet sterven.

Verpletterd in mijn bed door mijn eigen hond.

Singer lag dwars over haar heen en pinde haar vast op het matras. Ze stelde zich voor dat haar lippen blauw werden door zuurstoftekort.

'Sta op, luie hond,' hijgde ze. 'Je vermoordt me.'

De luid snurkende Singer hoorde haar niet. Julie begon te kronkelen in een poging hem van haar af te krijgen. Ze stikte bijna onder zijn gewicht.

'Ik meen het,' bracht ze met moeite uit, 'ik krijg geen lucht.'

Singer tilde eindelijk zijn grote kop op en keek haar versuft aan. *Waar is al die herrie goed voor?* leek hij te willen vragen. *Zie je niet dat ik probeer te slapen?*

'Eraf!' zei Julie met raspende stem.

Singer gaapte en duwde zijn koude neus tegen haar wang.

'Ja, ja, goedemorgen,' hijgde ze. 'En nu wegwezen.'

Daarop snoof Singer en kwam hij langzaam overeind, waarbij hij diverse lichaamsdelen van haar nog dieper in het bed drukte. Even later torende hij hoog boven haar uit, als een monster uit een griezelfilm. Lieve hemel, dacht ze, hij is reusachtig. Je zou toch denken dat ik daar inmiddels aan gewend was. Ze ademde diep in en keek fronsend naar hem op.

'Had ik gezegd dat je bij me in bed mocht kruipen?' vroeg ze.

Singer sliep 's nachts gewoonlijk in de hoek van haar kamer. De afgelopen twee nachten was hij echter bij haar komen liggen. Of beter gezegd, bovenop haar. Maffe hond.

Singer bracht zijn kop omlaag en likte door haar gezicht.

'Nee, ik vergeef je niet,' zei ze en ze duwde hem weg. 'Je had me wel kunnen vermoorden. Je bent bijna twee keer zo zwaar als ik, weet je dat wel? En nu van mijn bed af.'

Singer jammerde als een pruilend kind alvorens op de grond te springen. Julie ging met pijnlijke ribben zitten, keek op de klok en dacht: zo laat al? Zij en Singer rekten zich tegelijk uit en ze duwde het dekbed van zich af.

'Kom op,' zei ze, 'ik zal je buiten laten voor ik onder de douche ga. Maar ga niet weer in de vuilnisbakken van de buren snuffelen. Ze hebben een vervelend bericht achtergelaten op mijn antwoordapparaat.'

Singer keek haar aan.

'Ik weet het, ik weet het,' zei ze, 'het is maar vuilnis, nietwaar. Maar sommige mensen hebben daar andere ideeën over.'

Singer liep de slaapkamer uit, op weg naar de voordeur. Julie rolde haar schouders naar achteren terwijl ze achter hem aan liep, en deed haar ogen nog even dicht. Dat was een vergissing. Ze stootte haar teen tegen de ladekast. De pijn schoot van haar teen omhoog naar haar onderbeen. Na de eerste kreet van pijn begon ze vreselijk te vloeken. Ze wist zeker dat ze eruitzag als een krankzinnig Duracell-konijn, zoals ze daar in haar roze pyjama op één voet door de kamer liep te huppelen. Singer keek haar aan alsof hij wilde zeggen: *Waar wachten we op? Jij hebt mij wakker gemaakt, weet je nog, dus laten we opschieten. Ik heb van alles te doen buiten.*

Ze kreunde. 'Zie je niet dat ik gewond ben?'

Singer geeuwde weer en Julie wreef over haar teen alvorens achter hem aan te gaan.

'Bedankt dat je me bent komen helpen, hoor. Je bent waardeloos in een noodgeval.'

Een ogenblik later stapte Singer op weg naar buiten op Julie's zere teen – Julie wist zeker dat hij het expres had gedaan – en verdween naar buiten. In plaats van naar de vuilnisbakken liep Singer naar het bosperceel dat aan de ene kant aan haar huis grensde. Ze keek hem na, met zijn massieve kop heen en weer zwaaiend, alsof hij er zeker van wilde zijn dat niemand de vorige dag nieuwe bomen of struiken had geplant. Alle honden markeren hun territorium, maar Singer leek te denken dat hij tot Hondenkoning van de Wereld zou worden uitgeroepen als hij maar genoeg plaatsen kon vinden om zich te ontlasten. Maar goed, dan was zij in elk geval even van hem verlost.

Goddank voor kleine gunsten, dacht Julie. Ze werd de laatste paar dagen gek van Singer. Hij liep haar overal achterna en verloor haar zelfs geen paar minuten uit het oog, behalve wanneer ze hem buiten liet. Ze kon niet eens de vaat doen zonder voortdurend tegen hem aan te lopen. En 's nachts was het nog erger. Vannacht had hij wel een uur staan grommen en blaffen. Ze was al gaan fantaseren over een geluiddicht hondenhok, of een olifantengeweer.

Niet dat Singers gedrag ooit wel… gewoon was geweest. Afgezien van het plassen had hij zich altijd gedragen alsof hij een mens was. Hij weigerde bijvoorbeeld uit een voederbak te eten, had nooit aan de riem gehoeven, en als Julie televisie keek, kwam hij naast haar op de bank zitten en staarde ook naar het scherm. En als ze tegen hem praatte – als wie dan ook tegen hem praatte, trouwens – dan staarde Singer je aandachtig aan, zijn hoofd iets schuin, alsof hij het gesprek echt volgde. En de helft van de tijd leek hij inderdaad te begrijpen wat ze tegen hem zei. Ongeacht wat ze hem opdroeg, hoe belachelijk het bevel ook was, Singer voerde het uit. *Wil je mijn tas even halen in de slaapkamer?* Dan kwam Singer er even later mee aanlopen. *Kun je het licht uitdoen in de badkamer?* Dan ging hij op zijn achterpoten staan en deed met zijn snuit het licht uit. *Zet dit blik soep even in de kast, oké?* Hij pakte het in zijn bek en zette het op een plank. Natuurlijk waren wel meer honden goed getraind, maar niet zoals Singer. En bovendien had ze Singer helemaal niet hoeven trainen. Tenminste niet echt. Ze hoefde hem alles maar één keer te laten zien. Andere mensen vonden het ronduit eng, maar omdat het Julie het idee gaf dat ze een soort hedendaagse dr. Doolittle was, vond zij het wel leuk.

Ook al hield het in dat ze in volzinnen tegen haar hond praatte, gesprekken met hem voerde en hem soms zelfs om advies vroeg.

Maar dat was immers helemaal niet zo vreemd, vond ze. Ze waren al met z'n tweetjes samen sinds Jim was overleden, en Singer was over het algemeen heel goed gezelschap.

Sinds ze weer uitging gedroeg Singer zich echter erg vreemd, en geen van de mannen met wie ze de afgelopen maanden een afspraakje had gehad, leek zijn goedkeuring te kunnen wegdragen. Dat had Julie ook wel verwacht. Singer had van jongs af aan gegromd tegen mannen die hij voor het eerst ontmoette. Ze dacht eerst altijd dat Singer een soort zesde zintuig had waardoor hij de goede kerels kon onderscheiden van degene die ze beter kon vermijden, maar ze was onlangs van gedachte veranderd. Hij leek wel een grote, harige versie van een jaloers vriendje.

Dat werd echt een probleem, besloot ze. Ze moest eens ernstig met hem praten. Singer wilde toch niet dat ze alleen bleef, wel? Nee, natuurlijk niet wilde hij dat niet. Hij zou er even aan moeten wennen dat er iemand bijkwam, maar uiteindelijk zou hij het wel begrijpen. Misschien zou hij ooit zelfs blij voor haar zijn. Maar hoe kon ze het hem het beste uitleggen?

Het duurde even voor ze zich realiseerde wat ze eigenlijk dacht.

Het hem uitleggen? Lieve hemel, dacht ze, ik ben gek aan het worden.

Julie hinkte naar de badkamer en trok onderweg haar pyjama uit. Ze trok een lelijk gezicht naar haar spiegelbeeld. Kijk mij nou, negenentwintig en ik sta op instorten. Haar ribben deden pijn als ze inademde, haar teen klopte en de spiegel maakte het er ook niet beter op. Overdag was haar bruine haar lang en recht, maar na een nacht in bed was het één grote warboel. Er zat een veeg mascara op haar wang. Het puntje van haar neus was rood en haar groene ogen waren gezwollen door de voorjaarspollen. Maar een douche kon dat alles verhelpen, niet dan?

Nou, ja de allergie misschien niet. Ze opende het medicijnkastje en nam een Claritin alvorens nog een keer in de spiegel te kijken of het plotseling beter was geworden.

Jakkes.

Misschien moest ze toch maar niet zo haar best doen om Bob te ontmoedigen, dacht ze. Ze knipte Bobs haar, of wat er van over was, inmiddels een jaar. Twee maanden geleden had hij eindelijk de moed gevonden om haar mee uit te vragen. Hij was niet erg knap – kalend, met een rond gezicht, de ogen te dicht bij elkaar en een beginnend buikje – maar hij was succesvol en Julie was sinds Jims dood niet meer uit geweest. Ze had het als een mooie gelegenheid gezien om weer eens van het uitgaansleven te proeven. Fout gedacht. Bob was niet voor niets vrijgezel. Hij had het niet alleen slecht getroffen met zijn uiterlijk, hij was tijdens hun afspraakje ook nog eens zo saai geweest dat zelfs de mensen aan naburige tafeltjes haar vol medelijden aankeken. Hij had het de hele avond alleen maar over boekhouden. Verder toonde hij nergens belangstelling voor: niet voor haar, niet voor het menu, niet voor het weer of voor sport of het zwarte jurkje dat ze droeg. Alleen boekhouden, drie uur lang. Aan het eind van de maaltijd, toen hij zich over de tafel heen boog en haar toevertrouwde dat hij 'belangrijke mensen bij de belastingdienst kende', kon Julie hem alleen nog maar glazig aankijken.

Natuurlijk had Bob het wel erg naar zijn zin gehad. Hij belde sindsdien drie keer per week om te vragen of ze nog eens wat samen konden doen. Hij was een volhouder, dat moest ze hem nageven. Vreselijk saai, maar wel een volhouder.

Dan was er Ross, de tweede met wie ze was uitgegaan. Ross, de dokter. Knappe Ross, perverse Ross. Eén afspraakje met hem was genoeg geweest, dank je feestelijk.

En niet te vergeten goeie ouwe Adam. Hij werkte voor zijn land, zei hij. Hij hield van zijn werk, zei hij. Een gewone jongen, zei hij.

Ze kwam erachter dat Adam in het riool werkte.

Hij stonk niet, hij had geen vieze nagels, zijn haar was niet vet, maar ze wist dat ze nooit van haar leven zou wennen aan het idee dat hij misschien op een dag wel zo thuis zou komen. *Sorry schat, een ongelukje op het werk.* Ze rilde al bij de gedachte. En ze kon zich ook niet voorstellen dat ze zijn kleren zou moeten wassen na een dergelijk ongelukje. De relatie was vanaf het begin gedoemd.

Net toen ze zich begon af te vragen of er nog normale mensen zoals Jim bestonden, of waarom ze alleen maar rare snuiters leek aan te trekken, was Richard naar de salon gekomen om zijn haar te laten knippen.

En wonder boven wonder leek hij na hun eerste afspraakje afgelopen zaterdag nog steeds... normaal. Hij was adviseur bij J.D. Blanchard Engineering uit Cleveland, het bedrijf dat de brug over het grote kanaal repareerde. Tijdens hun afspraakje had hij deuren voor haar opengehouden, op de juiste momenten geglimlacht, de kelner haar bestelling doorgegeven, en haar niet proberen te kussen toen hij haar thuisbracht. Hij was bovendien knap op een artistieke manier, met prachtige jukbeenderen, smaragdkleurige ogen, zwart haar en een snor. Toen ze weer thuis was, voelde ze zich helemaal opgetogen.

Singer was niet onder de indruk geweest. Nadat ze Richard goedenacht had gewenst, had hij zijn ik-ben-hier-de-baas-spelletje gespeeld. Hij had gegromd tot Julie de voordeur voor hem opendeed.

'Ach, hou toch op,' had ze gezegd. 'Geef hem een kans.'

Singer had zich teruggetrokken in de slaapkamer en de rest van de avond zitten pruilen.

Als het nog gekker wordt met die hond, dacht ze, dan kunnen we samen op de kermis gaan staan, naast de man die gloeilampen eet. Maar ja, haar hele leven was niet bepaald normaal geweest.

Julie probeerde de herinneringen tegen te houden toen ze de kraan opendraaide en onder de douche stapte. Wat had het voor zin eraan terug te denken? Haar moeder had zich aangetrokken gevoeld tot twee dingen: drank en foute mannen. Beide dingen apart zou al erg genoeg zijn geweest, maar de combinatie van die twee was voor Julie ondraaglijk. Haar moeder versleet vriendjes zoals anderen papieren zakdoekjes, en sommigen van hen gaven Julie een onplezierig gevoel toen ze zelf eenmaal de tienerleeftijd had bereikt. De laatste had zelfs geprobeerd bij haar zijn gang te gaan en toen ze dat tegen haar moeder vertelde, had haar moeder in een dronken, huilerige bui Julie ervan beschuldigd dat zíj hém had proberen te verleiden. Korte tijd later stond Julie buiten.

Het halve jaar dat ze op straat had geleefd voor ze Jim ontmoette was vreselijk geweest. Bijna iedereen die ze tegenkwam gebruikte drugs, bedelde, stal… of nog erger. Doodsbang om net zo te worden als de weglopertjes die ze in portieken en bij de nachtopvang zag, nam ze elk baantje aan dat ze vinden kon en hield zich gedeisd. Toen ze Jim ontmoette in een wegrestaurantje in Daytona, zat ze van haar laatste kleingeld een kop koffie te drinken. Jim bood haar een ontbijt aan en zei dat hij dat de volgende dag weer zou doen als ze terugkwam. Ze had honger en ging terug en toen ze hem naar zijn motieven vroeg (ze had gedacht die wel te kennen en hem met de gevangenis gedreigd), ontkende Jim dat hij oneerbare plannen had. Toen hij aan het eind van de week voorbereidingen trof om terug naar huis te gaan, had hij haar een voorstel gedaan: als ze naar Swansboro in North Carolina kwam, zou hij haar aan een fulltime-baan en onderdak helpen.

Ze herinnerde zich dat ze hem had aangestaard alsof hij gek was.

Een maand later was ze, omdat ze verder toch weinig te doen had, echter naar Swansboro gegaan en had ze Jim opgezocht, die haar ondanks haar aanhoudende scepsis naar de kapsalon had gebracht en haar had voorgesteld aan zijn tante Mabel. En niet veel later veegde ze daar de vloer voor een uurloon en woonde ze in de kamer boven de kapsalon.

Aanvankelijk was Julie blij geweest met Jims kennelijke gebrek aan interesse. Daarna nieuwsgierig. En daarna geïrriteerd. Nadat ze Jim diverse keren was tegengekomen en hem in haar ogen nogal schaamteloze hints had gegeven, stortte ze haar hart uit bij Mabel en vroeg of deze dacht dat Jim haar niet aantrekkelijk vond. Pas toen leek hij het te snappen. Ze gingen een keer samen uit, en nog een keer, en na een maand gierden de hormonen door hen heen. Niet veel later kwam daar ware liefde bij. Hij deed haar een aanzoek, ze trouwden in de kerk waar Jim was gedoopt en de eerste paar jaar van hun huwelijk was Julie dolgelukkig. Wat kon een mens meer verlangen dan de liefde?

Heel wat, realiseerde ze zich echter al snel. Een paar weken na hun vierde trouwdag kreeg Jim op weg van de kerk naar huis een toeval en werd hij met spoed naar het ziekenhuis gebracht. Twee jaar later overleed hij aan de hersentumor en moest Julie op haar vijfentwintigste opnieuw beginnen. Voeg daar nog de onverwachte komst van Singer aan toe en ze had het punt in haar leven bereikt waarop niets haar nog kon verrassen.

Tegenwoordig waren het de kleine dingen die telden. De hoogtepunten in het verleden hadden de toon gezet, maar de hedendaagse dagelijkse dingen bepaalden wie ze was. Mabel was een engel geweest. Ze had Julie geholpen haar kappersdiploma te halen, zodat ze de kost kon verdienen voor zichzelf. Henry en Emma, goede vrienden van Jim, hadden haar niet alleen welkom geheten toen ze voor het eerst naar de stad kwam, maar waren ook na Jims dood blijven komen. En dan was er nog Mike, Henry's jongere broer en Jims beste vriend.

Julie glimlachte. Mike. Hij zou ooit een vrouw heel gelukkig maken, ook al leek hij soms wat verloren.

Een paar minuten later poetste Julie haar tanden, bracht wat make-up aan en kleedde zich aan. Omdat haar auto in de garage was en ze dus moest gaan lopen – het was ongeveer anderhalve kilometer – trok ze een paar gemakkelijke schoenen aan. Ze riep Singer terwijl ze de deur op slot deed en zag bijna het kaartje over het hoofd dat half uit de brievenbus naast de deur naar buiten stak.

Julie stond het te lezen toen Singer uit het bos te voorschijn kwam en naar haar toe draafde.

Beste Julie,

Ik heb zaterdag erg genoten. Ik moet voortdurend aan je denken.

Richard.

Dus daarom was Singer de vorige avond zo tekeergegaan.

'Zie je nou,' zei ze, het kaartje voor Singers neus houdend, 'ik zei toch dat hij aardig was.'

Singer draaide zich om.

'O nee. Je kunt best toegeven dat je het mis had, hoor. Volgens mij ben je gewoon jaloers.'

Singer duwde zijn neus tegen haar aan.

'Is dat het? Ben je jaloers? Ik wil niet dat je jaloers bent, oké? Wees blij voor me.'

Singer keek naar haar op.

'Kom nu maar. We moeten lopen, want Mike is nog steeds met de jeep bezig.'

Singer kwispelde bij het horen van Mike's naam.

2

De songteksten van Mike Harris lieten heel wat te wensen over en zijn zangstem was ook niet fantastisch, maar hij speelde mooi gitaar en oefende elke dag, in de hoop ooit echt te kunnen doorbreken. In tien jaar tijd had hij met ruim tien verschillende bands gewerkt, variërend van rock-'n-roll tot country. Hoewel hij duidelijk met enthousiasme speelde en de bandleden niet anders konden dan hem aardig vinden, kreeg hij meestal na een paar weken te horen dat het om de een of andere reden toch niet werkte. Het was al zo vaak gebeurd dat zelfs Mike begreep dat het misschien niet alleen een kwestie van persoonlijkheid was, maar hij kon voor zichzelf nog steeds niet toegeven dat hij gewoon niet goed genoeg was.

Mike had ook altijd een aantekenboekje bij zich waarin hij zijn gedachten opschreef met het idee die ooit te gebruiken in een boek, maar schrijven was moeilijker dan hij gedacht had. Niet dat hij geen ideeën had; hij had er zelfs veel te veel en kon maar niet beslissen wat er wil en niet in het verhaal moest. Vorig jaar had hij geprobeerd een verhaal over een moord op een cruiseschip te schrijven, iets in de stijl van Agatha Christie, met een stuk of tien verdachten. De plot was naar zijn idee echter niet spannend genoeg, dus had hij er elk idee in gestopt dat hij ooit had gehad, inclusief een in San Francisco verstopte kernkop, een corrupte agent die getuige was geweest van de moord op JFK, een jongen en zijn hond, een gemene kapitalist en een in de tijd reizende wetenschapper die ternauwernood was ontsnapt aan vervolging door de Romeinen. Uiteindelijk besloeg de proloog al honderd bladzijden, waarin de hoofdverdachten nog niet eens aan bod waren gekomen. Verder dan dat was hij niet gekomen.

In het verleden had hij ook al eens geprobeerd te tekenen, te schilderen, met keramiek, hout en gebrandschilderd glas gewerkt en zelfs een paar torenhoge vrije kunstwerken gemaakt van auto-onderdelen. Daarna keek hij vol trots naar wat hij had gemaakt en dacht dat hij eindelijk zijn roeping had gevonden. Dat gevoel duurde ongeveer een week, tot de gemeente tijdens een spoedvergadering een geen-rommel-op-het-erf-verordening uitvaardigde. Zoals veel mensen koesterde Mike de droom en het verlangen om een artiest te zijn; het ontbrak hem alleen aan talent.

Mike kon echter bijna alles repareren. Hij was de volmaakte klusjesman die met elke lekkage en verstopping raad wist. En hij was helemaal een hedendaagse tovenaar met alles wat vier wielen en een motor had. Hij en Henry runden samen de drukste garage in de stad. Henry deed het papierwerk en Mike het werk in de garage zelf. Met wat voor auto je ook bij hem kwam, hij repareerde alles. Hij hoorde gepingel en geklik dat anderen niet hoorden, en wist meestal binnen een paar minuten wat er aan de hand was. Hij kon uit zijn hoofd praktisch elke auto afstellen die binnen kwam rijden en kon hele motoren in elkaar zetten zonder in het boekje te hoeven kijken. Zijn vingertoppen waren altijd zwart en hoewel hij wist dat het een goede manier was om de kost te verdienen, wilde hij soms dat hij een fractie van dat talent op andere gebieden van zijn leven kon toepassen.

De traditionele reputatie van vrouwenversierder die monteurs en musici hadden, was op Mike niet van toepassing. Hij had zijn hele leven twee serieuze vriendinnen gehad en aangezien een van die relaties in zijn schooltijd was geweest en de tweede, met Sarah, drie jaar geleden was geëindigd, zou je kunnen denken dat Mike niet op zoek was naar een langdurige verbintenis. Zelfs Mike vroeg zich soms af hoe het zat, maar tegenwoordig leken al zijn afspraakjes – hoe graag hij het ook anders wilde – te eindigen met een kus op de wang, waarbij de vrouw hem bedankte omdat hij zo'n goede vriend was. Mike was vierendertig en zeer ervaren in de kunst van de broederlijke omhelzing terwijl de vrouw in kwestie op zijn schouder uithuilde omdat haar vorige vriend zo'n klootzak was geweest. Hij was beslist niet onaantrekkelijk. Hij had lichtbruin haar, blauwe ogen, een goed figuur en glimlachte vaak. En vrouwen genoten ook wel van zijn gezelschap. Zijn gebrek aan geluk had meer te maken met het feit dat de vrouwen die met Mike uitgingen voelden dat hij niet echt op een relatie met hen uit was.

Zijn broer Henry wist waarom die vrouwen dat voelden; Mike's schoonzus Emma wist het ook. En ook Mabel begreep het, zoals bijna iedereen die Mike Harris kende.

Ze wisten allemaal dat Mike al verliefd was op iemand anders.

'Hé, Julie, wacht even.'

Julie draaide zich om toen ze Mike hoorde roepen. Singer keek naar haar op en ze knikte en zei: 'Toe maar.'

Singer galoppeerde naar Mike, die hem onder het lopen over zijn kop aaide en achter zijn oren krauwde.

'Dat was het voor nu, jongen,' zei Mike. 'Ik wil even met Julie praten.'

Even later bereikten ze Julie. Singer ging naast Mike zitten en duwde met zijn kop tegen diens hand.

'Hé, Mike,' zei Julie. 'Wat is er?'

'Niet veel. Ik wilde je alleen laten weten dat je jeep klaar is.'

'Wat was er mis?'

'De dynamo.'

Precies wat hij vrijdag had gezegd toen ze de auto naar hem toe had gebracht.' Heb je hem moeten vervangen?'

'Ja, maar dat was geen probleem, de dealer had er genoeg in voorraad. Ik heb ook die olielekkage opgelost. Ik moest een pakking vervangen.'

'Lekte hij olie?'

'Heb je de vlekken op je oprit niet gezien?'

'Niet echt, maar ik heb er ook niet op gelet.'

Mike glimlachte. 'Nou ja, zoals ik zei, het is gerepareerd. Zal ik hem zo even brengen?'

'Nee, ik kom hem na mijn werk wel ophalen. Eerder heb ik hem toch niet nodig. Hoe was het trouwens in de Clipper? Sorry dat ik niet kon komen kijken.'

Mike had dat weekend beroerde rock gespeeld met een stelletje highschool drop-outs die alleen droomden van mooie meisjes versieren, bier drinken en de hele dag MTV kijken.

'Het ging wel,' zei hij.

'Ging wel?'

Hij haalde zijn schouders op. 'Het was niet echt mijn smaak muziek.'

Ze knikte. Hoe graag ze hem ook mocht, zelfs zij vond dat hij niet kon zingen. Singer vond zijn zangstem echter prachtig. Altijd als Mike voor vrienden zong, jankte Singer met hem mee. Volgens de plaatselijk opinie zou het erom spannen wie van hen het eerst doorbrak.

'Wat krijg je van me voor de reparatie?' vroeg ze.

Mike krabde afwezig over zijn kin. 'Twee keer m'n haar knippen.'

'Kom nou. Laat me deze keer nou gewoon betalen. In elk geval voor de onderdelen. Ik heb echt wel geld, hoor.'

Het afgelopen jaar had de auto, een oud model CJ7, drie keer naar de garage gemoeten, maar daar tussendoor had hij dankzij Mike steeds uitstekend gelopen.

'Je betaalt toch ook,' protesteerde Mike. 'Mijn haar wordt wel wat dunner, maar het moet toch af en toe geknipt worden.'

'Nou, twee keer knippen lijkt mij geen eerlijke ruil.'

'Het kostte helemaal niet zo veel tijd. En de onderdelen waren ook niet zo duur. Die kerel was me nog wat schuldig.'

Julie keek op. 'Weet Henry hiervan?'

'Natuurlijk weet hij ervan,' zei Mike met een onschuldige blik. 'Ik ben zijn partner. En bovendien was het zijn idee.'

Ja, ja, dacht ze.

'Nou, bedankt dan,' zei ze uiteindelijk. 'Ik stel het erg op prijs.'

'Graag gedaan.' Hij wilde nog wel wat langer praten, maar wist niet wat hij moest zeggen en keek naar Singer. Die keek hem aan, met zijn kop scheef, alsof hij wilde zeggen: *Nou, vooruit, Romeo. We weten allebei waarom je werkelijk met haar praat.* Mike slikte.

'En hoe ging het met... uh...' Hij probeerde zo nonchalant mogelijk te klinken.

'Richard?'

'Ja, Richard.'

'Het was leuk.'

'O.'

Mike knikte en voelde zweetdruppeltjes op zijn voorhoofd parelen. Hoe kon het zo vroeg op de ochtend al zo warm zijn, dacht hij.

'En... uh... waar zijn jullie heen geweest?' vroeg hij.

'Het Slocum House.'

'Chic voor een eerste afspraakje.'

'Het was dat of de Pizza Hut. Ik mocht kiezen.'

Mike wachtte af of ze er nog iets aan toe zou voegen. Dat deed ze niet.

Dit is niet goed, dacht hij. Richard was duidelijk anders dan Bob, de romantische getallenkraker. Of Ross de seksmaniak. Of Adam de rioolwerker. Met zulke kerels als concurrent meende Mike nog een goede kans te maken. Maar Richard? Het Slocum House? En het was nog leuk ook?

'Dus... je hebt het naar je zin gehad?' vroeg hij.

'Ja. Het was gezellig.'

Gezellig? Hoe gezellig? Dit klonk echt niet goed.

'Daar ben ik blij om,' zei hij gemaakt enthousiast.

Julie pakte zijn arm beet. 'Maak je geen zorgen, Mike. Je weet toch dat ik van jou het meeste hou?'

Mike stak zijn handen in zijn zakken. 'Alleen omdat ik je auto telkens maakt,' zei hij.

'Doe jezelf niet tekort,' zei ze. 'Je hebt ook mijn dak gerepareerd.'

'Ja, en je wasmachine.'

Ze drukte een kus op zijn wang en gaf een kneepje in zijn arm.

'Wat kan ik zeggen, Mike? Je bent gewoon een fijne vent.'

Julie voelde Mike's ogen op zich gericht toen ze naar de kapsalon liep, maar anders dan bij de aandacht van andere mannen, vond ze dit niet erg. Hij was een goede vriend, dacht ze. Nee, een heel goede vriend, het soort vriend dat haar leven in Swansboro een stuk eenvoudiger maakte, gewoon omdat ze wist dat ze altijd op hem kon rekenen. Vrienden als hij waren zeldzaam, daarom zat het haar niet echt lekker dat ze sommige aspecten van haar leven – haar meest recente afspraakje – voor hem stilhield.

Ze durfde hem geen details te geven omdat Mike... nou ja, hij maakte bepaald geen geheim van wat hij voor haar voelde, en ze wilde zijn gevoelens niet kwetsen. Wat had ze moeten zeggen? *Vergeleken met de anderen was Richard fantastisch! Nou en of ik weer met hem uitga!* Ze wist dat Mike met haar uit wilde; dat wist ze al een paar jaar. Maar haar gevoelens voor Mike – afgezien van het feit dat ze hem als haar beste vriend beschouwde – waren gecompliceerd. Hoe kon het ook anders? Jim en Mike waren van jongs af aan elkaars beste vriend geweest, Mike was getuige geweest toen ze trouwden en Mike was degene die haar had getroost na Jims dood. Hij was meer een broer en ze kon niet zomaar een knopje omdraaien om iets anders voor hem te gaan voelen.

Het was echter meer dan dat. Omdat Mike zo'n groot deel had uitgemaakt van hun leven, voelde zelfs de gedachte aan een afspraakje met hem al als verraad aan. Als ze met hem uitging, hield dat dan in dat ze dat eigenlijk altijd al had gewild? En zou ze ooit naar Mike kunnen kijken zonder aan Jim te denken? Ze wist het niet. En wat als ze nou samen uitgingen en het om de een of andere reden niets werd? Dat zou alles tussen hen veranderen en ze wilde hem niet als vriend verliezen. Het was gemakkelijker om de dingen maar te laten zoals ze waren.

Ze vermoedde dat Mike dat allemaal wel wist en dat hij haar daarom nooit mee uit had gevraagd, ook al wilde hij dat wel graag.

Soms – zoals toen ze afgelopen zomer met Henry en Emma op de boot waren – had ze het gevoel dat hij moed probeerde te verzamelen. En in die buien was Mike altijd wat komisch. Hij werd dan heel stil, alsof hij dacht dat zijn probleem met Julie voortkwam uit het feit dat ze hem niet 'cool' genoeg vond. In plaats van te lachen om wat de anderen zeiden, knipoogde hij dan maar, rolde met zijn ogen of keek naar zijn handen. Toen hij die keer op de boot naar haar grinnikte, was het alsof hij wilde zeggen, *Hé schat, als wij er eens vandoor gingen en echt lol gingen maken?* Zijn oudere broer Henry was meedogenloos als Mike zo'n bui had. Toen hij de verandering in zijn broers houding opmerkte vroeg Henry aan Mike of hij soms te veel bonen had gegeten, want hij zag eruit alsof hij last had van gas.

Julie glimlachte toen ze eraan terugdacht. Arme Mike.

De volgende dag was hij weer gewoon zichzelf. En Julie zag die versie van Mike veel liever. Anderzijds waren kerels als Mike een goede vangst, hoe je het ook bekeek. Hij was goedhartig en zag er goed uit; hij had mooie lachrimpeltjes bij zijn ogen en ze was dol op de kuiltjes in zijn wangen. Ze was de manier waarop hij slecht nieuws met een schouderophalen van zich afschudde, gaan waarderen. Ze hield van mannen die lachten, en Mike lachte veel. En hij lachte ontzettend mooi.

Maar zoals altijd als ze in die richting begon te denken, hoorde ze een stemmetje in haar hoofd. *Doe het niet. Mike is je beste vriend, en dat wil je niet verpesten, of wel dan?*

Singer bevrijdde haar van haar gedachten door zijn kop tegen haar aan te duwen. Hij keek naar haar op.

'Ja hoor, ga maar,' zei ze.

Singer liep voor haar uit en bleef staan voor de open deur van Mabels kapsalon. Mabel had elke dag een koekje voor hem.

'Hoe was haar afspraakje?' Henry leunde tegen de deurstijl naast het koffieapparaat en praatte over de rand van zijn piepschuimbekertje heen.

'Daar heb ik niet naar gevraagd,' antwoordde Mike, op een toon alsof het idee alleen al belachelijk was. Hij begon zijn overall aan te trekken.

'Waarom niet?'

'Heb ik niet aan gedacht.'

'Mmm,' zei Henry.

Henry was achtendertig, vier jaar ouder dan Mike en in veel dingen Mike's alter ego. Henry was langer en zwaarder en zijn taille dijde uit in hetzelfde tempo waarin zijn haarlijn terugweek. Met zijn twaalfjarige huwelijk met Emma, drie dochtertjes en een huis in plaats van een appartement had hij iets meer stabiliteit in zijn leven dan Mike. Anders dan Mike had hij nooit artistieke dromen. Hij was afgestudeerd in bedrijfseconomie en zoals de meeste oudere broers had hij het idee dat hij op zijn jongere broertje moest passen en moest zorgen dat die niets deed waar hij later spijt van zou krijgen. Dat dit gepaard ging met een hoop geplaag en af een toe eens een sneer om Mike weer met beide voeten op de grond te zetten, leek misschien harteloos. Maar wat moest hij dan? Henry glimlachte. Iemand moest toch op Mike letten.

Mike had de met olie besmeurde overall tot zijn middel opgetrokken.

'Ik heb haar alleen verteld dat haar auto klaar is.'

'Nu al? Maar ik dacht dat hij olie lekte?'

'Dat was ook zo.'

'En heb je dat nu al gemaakt?'

'Het was maar een paar uurtjes werk.'

'Mmm... Dus je hebt het hele weekend aan haar auto gewerkt?'

'Niet de hele tijd. Ik heb ook in de Clipper gespeeld, maar dat was je zeker vergeten, hè?'

Henry hief zijn handen in verdediging. 'Je weet dat ik meer van Garth Brooks en Tim McGraw hou. Ik ben niet zo kapot van dat nieuwe gedoe. En bovendien kwamen Emma's ouders eten.'

'Je had ze mee kunnen brengen.'

Henry lachte. 'Ja hoor. Zie je het al voor je? Ze zouden het in de Clipper geen vijf minuten uithouden. Maar hoe is het gegaan?'

'Wel oké.'

Henry knikte vol begrip. 'Het spijt me voor je.'

Mike haalde zijn schouders op en ritste zijn overall dicht.

'Hoeveel heb je Julie deze keer voor haar auto gerekend? Drie potloden en een boterham?'

'Nee.'

'Een glimmende steen?'

'Ha, ha.'

'Serieus. Ik ben gewoon nieuwsgierig.'

'Het gebruikelijke tarief.'

Henry floot. 'Het is maar goed dat ik hier de boekhouding doe.'

Mike keek hem ongeduldig aan. 'Jij zou haar ook korting hebben gegeven.'

'Ik weet het.'

'Waarom begin je er dan over?'

'Omdat ik wil weten hoe haar afspraakje is verlopen.'

'Wat heeft dat te maken met wat ik voor die reparatie reken?'

Henry glimlachte. 'Ik weet het niet, broertje. Wat denk jij?'

'Ik denk dat je vanochtend al te veel koffie op hebt en daardoor niet helder meer kunt denken.'

Henry dronk zijn bekertje leeg. 'Weet je wat, je hebt waarschijnlijk gelijk. Ik weet zeker dat Julie's afspraakje je helemaal niets kan schelen.'

'Inderdaad.'

Henry pakte de koffiepot en schonk zijn bekertje nog een keer vol. 'Dan zal het je ook wel niet kunnen schelen wat Mabel ervan denkt.'

Mike keek op. 'Mabel?'

Henry deed nonchalant melk en suiker in zijn koffie. 'Ja, Mabel. Ze heeft hen zaterdagavond gezien.'

'Hoe weet je dat?'

'Omdat ik gisteren na de mis met haar heb gepraat en ze het me vertelde.'

'Echt waar?'

Henry keerde Mike zijn rug toe en liep grinnikend naar zijn kantoor. 'Maar zoals je zei, het kan jou niets schelen, dus hou ik er maar over op.'

Henry wist uit ervaring dat Mike lang nadat hij aan zijn bureau was gaan zitten nog steeds in de deuropening stond.

3

Hoewel Andrea Radley een jaar geleden haar diploma had gehaald en al negen maanden voor Mabel werkte, was ze geen fantastische medewerkster. Ze had niet alleen de neiging zonder voorafgaande waarschuwing vrij te nemen, maar was bovendien op de dagen dat ze wel kwam werken niet bepaald punctueel. Verder was ze niet erg goed in het stylen en knippen van haren, althans niet volgens de aanwijzingen van de klanten. Zelfs al brachten ze een foto mee als voorbeeld en legden ze langzaam en duidelijk uit wat ze wilden, Andrea knipte iedereen hetzelfde. Niet dat het er veel toe deed. Andrea had bijna net zo veel klanten als Julie, bijna allemaal mannen.

Andrea was een permanent bruine blondine van drieëntwintig met lange benen die er altijd uitzag alsof ze recht van het strand kwam in plaats van uit een klein dorpje in de bergen van North Carolina. Verder droeg ze, wat voor weer het ook was, altijd een minirok. In de zomer droeg ze daar strakke haltertopjes bij, in de winter hoge leren laarzen. Ze noemde elke klant 'schat' en liep voortdurend kauwgom te kauwen. Julie en Mabel giechelden vaak stilletjes om de dromerige blikken die de mannen op Andrea's spiegelbeeld wierpen. Als Andrea per ongeluk iemand kaal schoor, zou hij waarschijnlijk nog terug komen.

Ondanks haar uiterlijk was Andrea wat naïef wat mannen betrof. Ze dacht wel dat ze wist wat de mannen wilden, en grotendeels had ze daar gelijk in, maar ze wist niet hoe ze een man moest houden. Het kwam niet bij haar op dat haar uiterlijk een bepaald type man aantrok, ten koste van andere types.

De afgelopen drie maanden was ze uit geweest met zeven verschillende mannen, eenendertig tatoeages, zes Harleys, twee voorwaardelijke vrijlatingen en nul banen; en op het moment had ze een beetje medelijden met zichzelf. Zaterdag had ze zelf het etentje en de film moeten betalen omdat haar vriendje geen geld had, maar had hij haar vanochtend gebeld? Nee, natuurlijk niet. Haar vriendjes belden nooit, tenzij ze geld nodig hadden, of 'zich een beetje eenzaam voelden', zoals ze het vaak uitdrukten.

Richard had eerder die ochtend echter al wel naar de zaak gebeld en naar Julie gevraagd.

Erger nog, Julie had waarschijnlijk níet het eten hoeven te betalen om hem zover te krijgen. Waarom kreeg Julie toch alle goede kerels? Het was vast niet omdat ze zich zo goed kleedde. De helft van de tijd zag ze er heel gewoontjes uit in haar spijkerbroek, slobbertrui en – laten we eerlijk zijn – lelijke schoenen. Ze deed niet bepaald haar best haar figuur goed te laten uitkomen, haar nagels waren niet gemanicuurd en ze was niet eens bruin, behalve in de zomer en dat was geen kunst. Dus waarom was Richard zo ondersteboven van Julie? Ze hadden allebei tijd toen hij vorige week binnenkwam voor een knipbeurt, ze keken allebei op en zeiden tegelijk hallo. Toch had Richard Julie gevraagd zijn haar te knippen in plaats van haar, en op de een of andere manier had dat tot een afspraakje geleid. Andrea fronste haar voorhoofd.

'Au!'

Andrea keek naar het spiegelbeeld van haar klant. Hij was een jurist van begin dertig die nu over zijn hoofd zat te wrijven. Andrea trok haar handen terug.

'Wat is er aan de hand, schat?'

'Je stak met je schaar in mijn hoofd.'

'Echt waar?'

'Ja, het deed pijn.'

'Het spijt me, schat. Ik wilde je geen pijn doen. Je bent toch niet boos op me, wel?'

'Nee... nee, niet echt,' zei hij uiteindelijk en liet zijn hand zakken om in de spiegel te kijken. 'Vind je niet dat het er wat scheef uitziet?'

'Waar?'

'Hier,' zei hij wijzend. 'Je hebt deze bakkebaard veel te kort geknipt.'

Andrea knipperde twee keer en hield haar hoofd toen schuin, eerst naar de ene, daarna naar de andere kant. 'Volgens mij is de spiegel gewoon scheef.'

'De spiegel?' herhaalde hij.

Ze legde een hand op zijn schouder en glimlachte. 'Nou, ik vind dat je er knap uitziet, schat.'

'Echt waar?'

Aan de andere kant van de ruimte, bij het raam, keek Mabel op van haar tijdschrift. De man zat bijna te smelten in zijn stoel. Ze schudde het hoofd toen Andrea verderging met knippen. Even later ging de man gerustgesteld iets rechter zitten.

'Zeg, ik heb kaartjes voor Faith Hill in Raleigh over een paar weken,' zei hij. 'Ik vroeg me af of je misschien zin zou hebben om mee te gaan.'

Jammer genoeg was Andrea in gedachten al weer bij Richard en Julie. Mabel had gezegd dat ze naar het Slocum House waren geweest! Ze wist dat het er chic was, al was ze er nooit geweest. Er stonden kaarsen op tafel en ze hingen je jas voor je op en er lagen echte tafelkleden op de tafels, geen papieren kleedjes. Haar afspraakjes namen haar nooit mee naar zo'n zaak. Ze wisten die waarschijnlijk niet eens te vinden!

'O nee, sorry, ik kan niet,' antwoordde ze automatisch.

Richard kennende (hoewel ze Richard natuurlijk helemaal niet kende), stuurde hij waarschijnlijk ook bloemen. Misschien zelfs rozen. Rode rozen! Waarom kreeg Julie toch alle goede kerels?

'O,' zei de man.

De manier waarop hij het zei bracht Andrea weer terug. 'Pardon?' zei ze.

'Niets, ik zei alleen maar o.'

Andrea had geen idee waar hij het over had. Bij twijfel glimlachen, dacht ze. En dat deed ze dus. Even later begon de man weer te smelten.

Mabel onderdrukte een lach.

Mabel zag Julie een minuut na Singer binnenkomen. Ze wilde haar net gedag zeggen, maar Andrea zei: 'Richard heeft gebeld.' Ze deed daarbij geen enkele poging haar walging te verbergen. Ze stond driftig haar perfect verzorgde nagels te vijlen.

'O ja?' vroeg Julie. 'Wat wilde hij?'

'Dat heb ik niet gevraagd,' beet Andrea haar toe. 'Ik ben je secretaresse niet, hoor.'

Mabel schudde het hoofd, alsof ze wilde zeggen dat Julie zich er maar niets van aan moest trekken.

Mabel was drieënzestig en een van Julie's beste vriendinnen... dat ze Jims tante was geweest deed daarbij nauwelijks terzake. Mabel had Julie elf jaar geleden een baan en een dak boven haar hoofd gegeven en dat zou Julie nooit vergeten, maar ook zonder dat zou Julie van Mabels gezelschap hebben genoten.

Het maakte niet uit dat Mabel – zacht gezegd – wat excentriek was. Sinds ze hier was had Julie geleerd dat bijna iedereen in de stad wel iets kleurrijks had. Maar Mabel was excentriek met een hoofdletter E. Ze was anders dan de andere mensen in de stad en dat wist ze zelf ook heel goed. Ondanks drie aanzoeken was ze nooit getrouwd en zelfs als je haar andere eigenaardigheden negeerde – het feit dat ze op een brommertje naar de salon kwam, tenzij het regende, het liefst kleren met grote stippen droeg en haar Elvis-collectie als 'schone kunst' beschouwde – zou Mabel nog altijd vreemd worden gevonden om iets dat ze meer dan een kwart eeuw geleden had gedaan. Op haar zesendertigste verdween ze zomaar, zonder dat iemand te vertellen, uit Swansboro, nadat ze daar haar hele leven had gewoond. De daaropvolgende acht jaar kreeg haar familie briefkaarten uit de hele wereld: Ayers Rock in Australië, Mount Kilimanjaro in Afrika, de fjorden in Noorwegen, de haven van Hongkong, Warschau in Polen. Toen ze uiteindelijk – net zo onverwacht als ze was vertrokken – weer in Swansboro opdook, ging ze gewoon verder waar ze gebleven was. Ze ging weer in hetzelfde huis wonen en ging weer in de kapsalon werken. Niemand wist waar ze het geld vandaan had gehaald voor haar reizen, of om een jaar later de zaak te kopen, en ze beantwoordde daar ook geen vragen over. 'Dat is een mysterie,' zei ze dan met een knipoog.

Het kon Mabel niet schelen wat de mensen van haar dachten en voor

Julie maakte dat deel uit van haar charme. Mabel trok aan wat ze wilde, ging om met wie ze wilde en deed wat ze wilde. Julie was dol op haar, zelfs op haar neiging tot bemoeizucht.

'En, hoe ging het met Richard?' vroeg Mabel.

'Nou, eerlijk gezegd heb ik me de hele avond een beetje zorgen om je zitten maken,' zei Julie. 'Ik dacht dat je misschien een nekspier zou verrekken als je nog verder schuin ging hangen bij je pogingen om mee te luisteren.'

'O, maak je daar maar niet druk over,' zei Mabel. 'Dat was met wat Tylenol zo weer verholpen, maar verander nou niet van onderwerp. Ging het goed?'

'Als je bedenkt dat ik hem net ken, ging het goed, ja.'

'Vanwaar ik zat, leek het bijna alsof hij je ergens van kende.'

'Waarom zeg je dat?'

'Ik weet het niet. De manier waarop hij de hele avond naar je zat te staren, misschien.'

'Viel het zo op?'

'Schat, hij zag eruit als een matroos met verlof tijdens een naaktrevue.'

Julie trok lachend haar schort aan. 'Dan heb ik zeker indruk op hem gemaakt.'

'Ik denk het.'

Iets in de toon waarop ze dat zei, deed Julie opkijken. 'Wat? Vond je hem niet aardig?'

'Dat zeg ik niet. Ik ken hem niet eens, weet je nog? Ik was er niet toen hij hier kwam en je hebt hem zaterdag ook niet aan me voorgesteld. Je had het te druk met terug staren.' Mabel knipoogde. 'En bovendien ben ik romantisch van aard. Zolang een man luistert en belangstelling heeft voor wat je zegt, is zijn uiterlijk niet zo belangrijk.'

'Vond je hem niet knap, dan?'

'Ach, je kent me toch... ik zie meer in de mannen die hier voor Andrea komen. Ik vind grote tatoeages op armen sexy.'

Julie lachte. 'Laat Andrea het maar niet horen.'

Op dat moment ging de deur open en kwam er een vrouw binnen;

Julie's eerste klant voor die dag. Mabels eerste klant, ook een vrouw, kwam vlak daarna.

'En... ga je nog vaker met hem uit?' vroeg Mabel.

'Als hij het vraagt, denk ik van wel.'

'Wil je dat hij het vraagt?'

'Ja,' gaf ze toe. 'Dat zou ik leuk vinden.'

Mabels ogen twinkelden. 'Ach, wat zal die lieve Bob daarvan zeggen? Je breekt zijn hart.'

'Als hij weer belt, zeg ik wel dat jij belangstelling hebt.'

'O ja, alsjeblieft... ik kan wel wat hulp gebruiken bij mijn belastingaangifte. Ik ben alleen bang dat hij me te avontuurlijk zal vinden.' Ze zweeg even. 'Hoe reageerde Mike?'

Julie haalde haar schouders op. Ze had geweten dat Mabel dat zou vragen. 'Wel oké.'

'Hij is een goeie kerel, weet je.'

'Ja, dat weet ik.'

Mabel drong niet verder aan. Ze wist dat het geen zin had. Ze had het al een paar keer zonder resultaat geprobeerd, maar ze vond het zonde dat het nog steeds niets geworden was tussen die twee. Mike en Julie zouden een mooi stel vormen. En wat zijzelf daar ook over dachten, ze wist zeker dat Jim het niet erg zou hebben gevonden.

En zij kon het weten. Ze was immers zijn tante.

Terwijl de ochtendzon voedsel gaf aan een vroege hittegolf, kwam Mike's moersleutel vast te zitten aan een bout ergens diep in het motorblok. Toen hij hem probeerde los te krijgen, stootte hij zijn handrug open. Na de wond te hebben gedesinfecteerd en verbonden probeerde hij het opnieuw, met hetzelfde resultaat. Vloekend en gefrustreerd duwde hij zichzelf van de auto weg en keek er kwaad naar, alsof hij de auto probeerde te intimideren, zodat die zou doen wat hij wilde. De hele morgen maakte hij al de ene stomme fout na de andere tijdens een reparatie die hij gewoonlijk met zijn ogen dicht kon uitvoeren, en nu kon hij die stomme moersleutel niet loskrijgen. Niet dat dat helemaal zijn schuld was, natuurlijk. Het was eerder Julie's schuld, dacht Mike. Hoe moest hij zich nou op zijn werk concentreren als hij steeds maar aan haar uitstapje met Richard moest denken?

Haar *leuke* avond. Haar *gezellige* avond.

Wat was er zo *leuk* aan geweest, dacht hij. En wat had ze precies bedoeld met *gezellig*?

Er was maar één manier om daar achter te komen, hoewel hij daar eigenlijk niet aan wilde denken. Maar wat voor keus had hij? Julie was niet bepaald toeschietelijk geweest met informatie en hij kon moeilijk naar de salon gaan om het zelf aan Mabel te vragen, niet terwijl Julie daar ook was. Dus bleef alleen Henry over.

Henry, zijn aardige, lieve, oudere broer.

Ja, ja, dacht Mike.

Henry had het hem allang kunnen vertellen, maar nee, hij moest hem eerst gaan zitten opjutten. Henry wist precies wat hij deed toen hij het gesprek op die manier beëindigde. Hij wilde dat Mike om informatie kwam smeken. Liefst op zijn knieën.

Nou, deze keer niet, vriend, besloot Mike. Deze keer niet.

Mike stapte weer naar de auto toe en bracht zijn hand omlaag naar de moersleutel. Die zat nog steeds vast. Hij keek over zijn schouder en vroeg zich af of een schroevendraaier hem voldoende hefboomkracht zou geven om de moersleutel los te krijgen. Hij besloot het te proberen, maar net toen hij de schroevendraaier had waar hij hem hebben wilde, hoorde hij weer Julie's stem en liet hij de schroevendraaier vallen.

Het was leuk, had Julie gezegd. *Het was gezellig.*

Toen hij de schroevendraaier probeerde te pakken, zakte die nog verder naar beneden en verdween helemaal uit het zicht. Hij boog zich voorover, en hoewel hij alles van dit motorblok wist, had hij geen idee waar het ding gebleven was.

Geweldig, dacht Mike, geweldig. De moersleutel zit vast en de schroevendraaier is verdwenen in een mechanisch zwart gat en ik kom hier geen stap verder. Ik ben al een uur bezig en als het zo doorgaat moet ik straks nieuw gereedschap gaan bestellen.

Hij moest met Henry praten. Het was de enige manier om hier uit te komen.

Verdorie.

Mike pakte een doek en begon onderweg naar het kantoor zijn handen af te vegen. Hij vond het vreselijk dat het zover gekomen was en probeerde te bedenken hoe hij het het beste kon vragen. De uitdaging was om Henry niet te laten merken waarom hij zo geïnteresseerd was. Het zou het mooiste zijn als het onderwerp vanzelf ter sprake kwam, anders zou Henry hem flink te pakken nemen. Zijn broer genoot van dergelijke momenten. Hij zat waarschijnlijk de hele ochtend al snedige opmerkingen te bedenken. Bij mensen als hij kon je maar één ding doen, en dat was gebruikmaken van de fijne kunst van de misleiding. Nadat hij even over zijn plan had nagedacht, stak hij zijn hoofd om de deur van Henry's kantoor.

Henry zat achter zijn rommelige bureau te bellen. Vlak voor hem lang een doosje minidonuts naast een blikje cola. Henry had altijd een voorraadje ongezonde kost in zijn bureaula, als tegenwicht voor de gezonde lunches die Emma voor hem klaarmaakte. Henry wenkte hem binnen en Mike ging tegenover hem zitten, net toen Henry ophing.

'Dat was de dealer in Jacksonville,' zei Henry. 'Ze krijgen de schakelaar die je voor de Volvo nodig hebt pas over een week binnen. Help me eraan herinneren dat ik Evelyn bel, oké?'

'Tuurlijk,' zei Mike.

'Nou, wat heb je op je lever, broertje?'

Natuurlijk wist Henry allang waar Mike over wilde praten. De blik op het gezicht van zijn broer maakte dat maar al te duidelijk, en hoewel hij ook meteen had kunnen zeggen wat Mabel hem had verteld, deed hij dat niet. Hij had er gewoon de hele dag nog plezier in als hij zijn broer zo kon plagen.

'Nou,' zei Mike, 'ik had gedacht...' Hij liet zijn stem wegsterven.

'Ja?' vroeg Henry.

'Nou, ik had gedacht dat ik misschien maar weer eens met jullie naar de kerk moest gaan.'

Henry bracht zijn vinger naar zijn kin en dacht, *een originele manier om te beginnen. Het werkt natuurlijk niet, maar het is wel origineel.*

'O ja?' zei hij, zijn glimlach onderdrukkend.

'Ja, je weet wel, ik ben al een hele tijd niet geweest, maar het zou goed voor me zijn.'

Henry knikte. 'Mmm... je zou gelijk kunnen hebben. Zien we je dan gewoon daar, of wil je dat we je op komen halen?'

Mike ging verzitten in zijn stoel. 'Voor we het daar over hebben... wil ik even weten hoe de nieuwe dominee is. Ik bedoel, vinden de mensen zijn preken leuk? Praten ze er na de dienst over?'

'Soms.'

'Maar de mensen praten dus wel. Na de kerk, bedoel ik.'

'Jazeker. Maar dat merk je zondag dan wel. Wij gaan om negen uur.'

'Negen uur. Oké, prima.' Mike knikte en zweeg even. 'Nou, waar hadden ze het afgelopen zondag bijvoorbeeld over?'

'O, eens even kijken...' Henry tikte in geveinsde concentratie zijn vingers tegen elkaar. 'Nu ik erover nadenk, weet ik dat eigenlijk niet. Ik stond met Mabel te praten.'

Bingo, dacht Mike, inwendig glimlachend. Precies zoals ik gepland had. Ik ben een meester in de misleiding.

'Mabel, hè?'

Henry pakte een donut. Hij nam een hap, leunde achterover in zijn stoel en begon met volle mond te praten. 'Ja. Meestal gaat ze naar de vroege dienst, maar ik denk dat ze te laat was. We hebben een hele tijd gepraat, en tjonge, wat was het interessant.' hij keek even omhoog, begon de gaatjes in de plafondtegels te tellen, kwam toen weer recht in zijn stoel zitten en schudde zijn hoofd. 'Maar daar wil jij niets over horen. We hadden het over Julie's afspraakje en je hebt al gezegd dat dat je niet interesseerde. Dus moeten we je zondag nou ophalen of niet?'

Mike realiseerde zich dat zijn plan in rook was opgegaan en probeerde tevergeefs zich te herstellen.

'Uh... nou...'

Henry keek hem uitdagend aan. 'Tenzij je natuurlijk van gedachte veranderd bent.'

Mike werd bleek. 'Uh...'

Henry lachte. Hij had zijn lolletje gehad en hoezeer hij er ook van had genoten, hij wist wanneer het genoeg was geweest. 'Vertel me nou eens, Mike,' zei hij, voorover leunend, 'waarom blijf je doen alsof je niet met Julie uit wilt gaan?'

Mike knipperde met zijn ogen. 'We zijn gewoon vrienden,' zei hij automatisch.

Henry negeerde hem. 'Is het vanwege Jim?'

Toen Mike niet antwoordde, legde Henry zijn donut neer. 'Hij is al een hele tijd dood. Het is niet alsof je hem zijn vrouw probeert af te nemen.'

'Waarom gedraag jij je dan steeds alsof ik het niet moet doen? Zoals afgelopen zomer op de boot?'

'Omdat ze tijd nodig had, Mike. Dat weet je. Vorig jaar, of zelfs een half jaar geleden, was ze er nog niet klaar voor om weer uit te gaan. Maar dat is ze nu wel.'

Mike wist niet goed wat hij moest zeggen. Hij begreep ook niet hoe het kwam dat Henry zo veel leek te weten.

'Zo simpel is het niet,' antwoordde hij.

'Natuurlijk is het niet simpel. Denk je dat het voor mij gemakkelijk was om Emma de eerste keer mee uit te vragen? Er waren een hoop jongens die met haar uit wilden, maar ik dacht, het ergste wat me kan overkomen is dat ze nee zegt.'

'Kom nou... Emma heeft me verteld dat ze al een oogje op je had voordat jij haar vroeg. Jullie waren voor elkaar bestemd.'

'Maar dat wist ik toen niet. Ik wist alleen dat ik het moest proberen.'

Mike keek Henry aan. 'Maar ze was niet met je beste vriend getrouwd.'

'Nee,' zei Henry, 'dat klopt. Maar anderzijds waren wij niet van tevoren al vrienden, zoals jij en Julie.'

'Dat maakt het juist zo moeilijk. Wat als het nou verandert tussen ons?'

'Het verandert nu al, broertje.'

'Niet echt.'

'Natuurlijk wel,' zei hij. 'Anders had je mij niet hoeven vragen hoe haar uitstapje was geweest, wel dan? Dan zou Julie het je zelf verteld hebben. Over Bob heeft ze je toch alles verteld, of niet?'

Daar had Mike geen antwoord op.

4

Singer hief zijn kop op van de deken zodra Richard de salon binnenstapte, en hoewel hij gromde, was dat vrij gedempt, alsof hij dacht dat Julie weer op hem zou kunnen mopperen.

'Hallo, schat. Kom je om je haar te laten knippen?' vroeg Andrea glimlachend. Hij droeg een spijkerbroek en zijn denim shirt was niet helemaal dichtgeknoopt, waardoor ze net het krulhaar op zijn borst kon zien. En dan die ogen. 'Ik ben over een paar minuten klaar.'

Richard schudde zijn hoofd. 'Nee, dank je,' zei hij. 'Is Julie hier?'

Andrea's glimlach vervaagde en ze knikte naar de achterkant van de salon. 'Ja, ze is er,' zei ze pruilend. 'Ze is achter bezig.'

Mabel had de deurbel gehoord en kwam achter het scheidingswandje vandaan.

'O... Richard, is het niet? Hoe gaat het met je?' vroeg ze.

Richard herkende haar van laatst in het restaurant en hoewel ze vriendelijk keek, wist hij dat ze hem nog steeds evalueerde.

'Goed, dank u, mevrouw. En met u?'

'Goed hoor. Julie komt zo. Ze zet net iemand onder de droogkap, maar ik zal haar vertellen dat je er bent.'

'Dank u.'

Hoewel hij zich niet naar haar omdraaide, wist Richard dat Andrea nog steeds naar hem keek. Een stuk, zouden veel mensen haar noemen, maar hij was niet onder de indruk. Ze kwam op hem over als een geforceerde schoonheid, alsof ze te hard haar best deed. Hij hield van vrouwen die er van nature gezond uitzagen, zoals Julie.

'Richard?' zei Julie even later. Ze glimlachte naar hem, en werd opnieuw getroffen door zijn knappe uiterlijk.

Singer stond op van zijn deken en kwam haar bijna achterna, maar ze stak een hand op om hem tegen te houden. Hij bleef stil staan en hield op met grommen.

'Hallo,' antwoordde Richard.'Ik geloof dat hij aan me begint te wennen.'

Julie keek naar Singer. 'Hij? O, we hebben we een ernstig gesprek gehad. Ik denk dat het nu wel in orde is.'

'Een gesprek?'

'Hij is jaloers.'

'Jaloers?'

Ze haalde haar schouders op. 'Je zou met hem samen moeten leven om het te begrijpen.'

Richard trok een wenkbrauw op maar zei niets.

'Wat kwam je doen?' vroeg ze.

'Ik kom even kijken hoe het met je is.'

'Prima, maar ik heb het druk. Ik zit de hele ochtend vol. Waarom ben jij niet aan het werk?'

'Dat ben ik wel, in zekere zin. Als adviseur heb ik aardig wat vrijheid en ik besloot even de stad in te gaan.'

'Alleen om mij te zien?'

'Ik kan niets bedenken wat ik liever zou doen.'

Ze glimlachte. 'Ik vond het leuk zaterdag,' zei ze.

'Ik ook.' Richards ogen gingen van Mabel naar Andrea en hoewel ze allebei bezig leken te zijn, wist hij dat ze luisterden. 'Denk je dat je even pauze kunt nemen zodat we buiten kunnen praten? Ik had vanochtend al gebeld, maar toen was je er niet.'

'Ik zou wel willen, maar ik ben achter met iemand bezig.'

'Het duurt niet lang.'

Julie aarzelde en keek op de klok.

'Ik beloof het,' zei Richard. 'Ik weet dat je moet werken.'

Ze schatte dat ze ongeveer vijf minuten had.

'Het zal wel kunnen,' zei ze, 'maar echt niet lang. Anders ben ik de rest van de dag bezig die kleur in orde te krijgen en dan lig jij eruit. Maar laat me eerst even naar haar gaan kijken, oké?'

'Tuurlijk.'

Julie liep naar haar klant. De vrouw kreeg een coupe soleil en droeg een geperforeerde badmuts op haar hoofd. Slierten haar waren door de gaatjes in de muts naar buiten getrokken en bedekt met een vreemd gekleurd papje. Julie controleerde de kleur, zette de temperatuur van de droger wat lager, waardoor ze een paar minuten meer tijd had, en liep weer naar voren.

'Goed,' zei ze, op weg naar de deur, 'ik ben zover.'

Richard volgde haar naar buiten. De deur viel achter hen dicht.

'Waar wilde je het over hebben?'

Richard haalde zijn schouders op. 'Niets belangrijks eigenlijk. Ik wilde je gewoon even voor mezelf hebben.'

'Ach, ga weg.'

'Nee, echt.'

'Maar waarom?'

'Jeetje,' zei hij gemaakt onschuldig. 'Ik weet het eigenlijk niet.'

'Ik heb je kaartje gevonden,' zei ze. 'Dat had je niet hoeven doen.'

'Dat weet ik, maar ik wilde het.'

'Had je daarom vanochtend gebeld? Om te vragen of ik het gevonden had?'

'Nee. Ik wilde gewoon je stem even horen. Mooie herinneringen, weet je.'

'Nu al?'

'Je hebt me betoverd.'

Julie keek naar hem op. Vleierij is een heerlijk begin van de dag. Even later begon Richard aan zijn horlogebandje te trekken.

'Maar eigenlijk was er nog een reden.'

'Aha. Eerst smeer je me stroop om de mond en dan komt de aap uit de mouw, hè?'

Hij lachte. 'Zoiets. Ik wilde je vragen of je zaterdag weer met me uit wilt gaan.'

Zaterdag zou ze bij Emma, Henry en Mike gaan eten.

'Dat zou ik wel willen, maar ik kan niet. Een paar vrienden hebben me uitgenodigd. Kunnen we vrijdag gaan? Of misschien deze week een keer?'

Richard schudde zijn hoofd. 'Ik wou dat het kon, maar ik ga vanavond naar Cleveland en ik ben pas zaterdag terug. En ik heb net gehoord dat ik waarschijnlijk het volgende weekend ook de stad uit ben. Het is nog niet helemaal zeker, maar de kans is erg groot. Weet je zeker dat je niet kunt?'

'Nee, ik kan echt niet,' zei ze met enige tegenzin.' Het zijn goede vrienden. Ik kan ze niet op het laatste moment afzeggen.'

Even verscheen er een onpeilbare uitdrukking op Richards gezicht, maar die was even snel weer verdwenen. 'Oké,' zei hij.

'Het spijt me,' zei ze gemeend.

'Maak je er maar niet druk om.' Hij keek even in de verte en toen weer naar Julie. 'Die dingen gebeuren. Het is geen ramp. Maar je vindt het toch wel goed dat ik je over een paar weken bel? Als ik terug ben, bedoel ik? Misschien kunnen we dan iets afspreken.'

Een paar weken?

'Wacht even,' zei Julie. 'Je kunt wel met me mee naar dat etentje. Ik weet zeker dat mijn vrienden geen bezwaar hebben.'

Richard schudde zijn hoofd. 'Nee, het zijn jouw vrienden en ik ben niet zo goed met nieuwe mensen. Nooit geweest – verlegen, denk ik – en ik wil niet dat je voor mij je plannen moet omgooien.' Hij glimlachte en knikte in de richting van de kapsalon. 'Ik moest je beloven het niet te lang te maken en ik houd me aan mijn beloften. Bovendien moet ik zelf ook weer aan het werk. Je ziet er trouwens fantastisch uit.' Daarop draaide hij zich om.

'Wacht!' zei Julie.

Richard wachtte. 'Ja?'

Ze zouden het toch zeker wel begrijpen, dacht ze.

'Nou, als je volgende week ook niet hier bent, kan ik misschien toch mijn plannen omgooien. Ik heb het er wel met Emma over. Ze vindt het vast niet erg.'

'Je moet voor mij je afspraak niet verzetten.'

'Het is niet zo erg... we zien elkaar vaak genoeg.'

'Weet je het zeker?'

'Ja, ik weet het zeker.'

Hij keek haar aan alsof hij haar voor het eerst zag. 'Dat is geweldig...' zei hij en voor ze goed in de gaten had wat er gebeurde, kuste hij haar.

Niet hard, niet te lang, maar toch een kus.

'Dank je,' zei hij en draaide zich om en liep weg. Julie kon hem alleen maar nakijken.

'Gaf hij haar nou net een kus?' vroeg Mike verbaasd.

Hij had toevallig bij de open deur van de garage gestaan toen Richard de straat in liep. Hij had Richard de kapsalon in zien gaan, en hem even later samen met Julie naar buiten zien komen. Henry was net naast hem komen staan toen Richard voorover boog om Julie te kussen.

'Daar zag het wel naar uit,' antwoordde Henry.

'Ze kennen elkaar nog helemaal niet.'

'Nu wel.'

'Bedankt, Henry. Ik voel me meteen een stuk beter.'

'Heb je liever dat ik tegen je lieg?'

'Op het moment wel, geloof ik.'

'Goed dan,' zei Henry en hij dacht even na. 'Wat is die vent lelijk, zeg.'

Bij die opmerking legde Mike zijn hoofd in zijn handen.

Binnen ging Julie terug naar haar klant.

'Ik dacht dat je me vergeten was,' klaagde de vrouw.

Julie controleerde de kleur bij een paar slierten haar. 'Het spijt me, maar ik hield de tijd wel in de gaten. Volgens mij kan het nog een paar minuten. Tenzij u het zo donker wilt hebben.'

'Volgens mij moet het nog wat lichter, denk je ook niet?'

'Ik denk het wel.'

De vrouw praatte nog even door over de exacte kleur die ze wilde, maar het drong niet echt tot Julie door.

Hij had haar gekust.

Het stelde natuurlijk niet zo veel voor, maar om de een of andere reden kon ze niet ophouden eraan te denken, en ze wist ook niet goed wat ze ervan vond. De manier waarop het was gebeurd was zo… zo… zo wat?

Snel? Verrassend?

Julie liep naar de wastafel om de juiste shampoo te halen, toen Mabel naar haar toe kwam.

'Zag ik dat nou goed, daarnet?' vroeg ze. 'Kuste je hem?'

'Eigenlijk kuste hij mij.'

'Je lijkt er niet blij mee.'

'Ik weet niet zeker of "blij" het goede woord is.'

'Hoezo?'

'Ik weet het niet,' zei Julie. 'Het leek zo…' Ze zweeg, nog steeds op zoek naar het juiste woord.

'Onverwacht?' opperde Mabel.

Julie dacht daar even over na. Het wás inderdaad wel snel, maar het was ook niet zo dat hij te ver was gegaan. En ze vónd hem aantrekkelijk en wilde weer met hem uit, dus "verrassend" was misschien ook niet het goede woord. Als het na hun volgende afspraakje was gebeurd, had ze er waarschijnlijk niet bij stil gestaan. Waarom had ze nu dan het gevoel dat hij over een barrière heen was gestapt zonder haar eerst om toestemming te vragen?

Ze haalde haar schouders op. 'Dat zal het wel zijn.'

Mabel keek haar even aan. 'Ik zou zeggen dat het betekent dat hij het net zo naar zijn zin heeft gehad als jij.'

Julie knikte. 'Dat zal wel.'

'Dat zal wel?'

'Hij heeft ook een kaartje voor me achtergelaten. Ik vond het vanochtend in de brievenbus.'

Mabel trok haar wenkbrauwen op.

'Vind je het niet een beetje te veel van het goede?' vroeg Julie. 'Omdat ik hem net pas ken?'

'Niet per se.'

'Maar het zou wel kunnen?'

'O, ik weet het niet. Misschien is hij zo'n kerel die weet wat hij wil en er direct op afgaat als hij het vindt. Ik ken wel meer van die mannen. Ze hebben ook hun aantrekkingskracht. En jij bent een goede vangst, weet je.'

Julie glimlachte.

'Of er zit een schroefje aan hem los,' zei Mabel, haar schouders ophalend.

'Dank je.'

'Graag gedaan.'

Het was lang geleden sinds Richard hardop had gelachen en in zijn auto leek het geluid nog harder dan het was.

Hij is jaloers, had Julie over haar hond gezegd. Alsof ze dacht dat hij menselijk was. Leuk.

Hun avond samen was geweldig geweest. Hij had natuurlijk van haar gezelschap genoten, maar wat hij erg bewonderde was haar veerkracht. Ze had een moeilijk leven gehad en de meeste mensen zouden verbitterd of boos zijn geworden, maar daar had hij bij haar nog niets van gemerkt.

Ze was schattig. Zoals ze met bijna kinderlijke opwinding glimlachte, en die blik van haar toen ze erover dacht de afspraak met haar vrienden af te zeggen... hij zou uren naar haar kunnen kijken.

Ik vond het leuk zaterdag, had ze gezegd.

Dat had hij al gedacht, maar hij moest haar vandaag toch even zien om het zeker te weten. Soms kon je zo gaan twijfelen de dag na een afspraakje. De vragen, de zorgen... had hij dit moeten doen, had hij dat moeten zeggen, had hij iets verkeerd gedaan?

Maar hij had zich geen zorgen hoeven maken. Ze hadden het allebei naar hun zin gehad. Belachelijk dat hij daar zelfs maar aan had getwijfeld.

Zijn mobiele telefoon ging en hij keek wie het was.

Blansen, de voorman van het werk, die ongetwijfeld nog meer slecht nieuws had over de planning, de achterstand, de te hoge kosten. Blansen had altijd slecht nieuws. Wat een deprimerende man. Hij zei dat hij om zijn mensen gaf, maar bedoelde dat hij niet wilde dat ze hard werkten.

Hij liet de telefoon overgaan en richtte zijn gedachten weer op Julie.

Het moest voorbestemd zijn geweest dat hij haar ontmoette. Hij had die ochtend op wel duizend andere plaatsen kunnen zijn, maar hij was de kapsalon binnengestapt alsof hij door een onzichtbare hand werd geduwd. Het was voorbestemd.

Zijn telefoon ging weer.

Ja, het afspraakje was goed verlopen, maar er was wel iets… vandaag, tegen het eind…

Misschien had hij haar niet moeten kussen. Het was ook niet echt gepland, maar hij was zo blij geweest toen ze haar plannen omgooide om hem weer te kunnen zien dat het gewoon was gebeurd! Een verrassing voor hen allebei. Maar was het te veel geweest, te vroeg?

Ja, waarschijnlijk wel, besloot hij, en hij had er al spijt van. Hij hoefde zich nergens voor te haasten. De volgende keer kon hij het beter rustig aan doen. Haar wat ruimte geven om haar eigen conclusies te trekken over hem.

Zijn telefoon ging opnieuw, maar hij bleef hem negeren. Hij zag het allemaal weer voor zich.

Echt schattig.

5

Die zaterdagavond tijdens hun etentje zat Richard tegenover Julie aan tafel met een vage glimlach om zijn lippen.

'Waarom zit je te glimlachen?' vroeg Julie.

Richard leek bij haar terug te komen, een schaapachtige grijns op zijn gezicht. 'Het spijt me. Ik zat even te dagdromen.'

'Ben ik zo saai?'

'Helemaal niet. Ik ben gewoon blij dat je vanavond met me mee kon.' Hij depte zijn mond af met zijn servet en keek haar aan. 'Heb ik je al gezegd dat je er fantastisch uitziet, vanavond?'

'Al zeker een keer of tien.'

'Wil je dat ik ermee ophoud?'

'Nee, ik houd er wel van op een voetstuk te staan.'

Richard lachte.' Ik zal mijn best doen je daar te houden.'

Ze zaten bij Pagini's, een gezellig restaurant in Morehead City waar het naar verse kruiden rook, de obers in het zwart en wit gekleed waren en het eten vaak naast je tafel werd klaargemaakt. Er stond een fles Chardonnay in een ijsemmer naast de tafel en de kelner had twee glazen voor hen ingeschonken.

'Vertel me eens over je week,' zei hij. 'Wat is er voor spannends gebeurd terwijl ik weg was?'

'Op mijn werk, bedoel je?'

'Je werk, je leven, het maakt niet uit. Ik wil alles weten.'

'Dat zou ik jou eigenlijk moeten vragen.'

'Waarom?'

'Omdat mijn leven niet zo opwindend is. Ik werk in een kapsalon in een klein stadje, weet je nog? Bovendien realiseer ik me net dat ik bijna niets over jou weet.'

'Natuurlijk wel.'

'Niet echt. Je hebt me niet veel over jezelf verteld. Ik weet niet eens wat je precies doet.'

'Ik heb je toch verteld dat ik adviseur ben?'

'Ja, maar daar heb je niet bepaald over uitgeweid.'

'Omdat mijn baan zo saai is.'

Ze keek hem gemaakt sceptisch aan en Richard dacht even na. 'Oké... wat ik doe...' Hij zweeg even. 'Nou, zie me maar gewoon als de man die er achter de schermen voor zorgt dat de brug niet instort.'

'Dat klinkt helemaal niet saai.'

'Het is een mooie manier om te zeggen dat ik bijna de hele dag met getallen werk. Als het erop aankomt ben ik denk ik wat de meeste mensen een nerd noemen.'

Ze keek hem aan. Dat betwijfel ik, dacht ze. 'Ging daar de vergadering over?'

'Welke vergadering?'

'In Cleveland.'

'O... nee,' zei hij hoofdschuddend. 'Er is nog een ander project in Florida waar het bedrijf op wil inschrijven, en er moet van tevoren een hoop worden uitgezocht en berekend. Het zou je verbazen hoeveel werk het al kost voor een project van start kan gaan. Ik ben in mijn eentje verantwoordelijk voor de vernietiging van gigantische hoeveelheden hout, alleen al voor het door de overheid vereiste papierwerk.'

Julie observeerde hem in het gedempte licht van het restaurant. Zijn hoekige gezicht, ruig en jongensachtig tegelijk, deed haar denken aan mannen die poseerden voor sigarettenreclames. Ze probeerde zich voor te stellen hoe hij er als kind had uitgezien, maar dat lukte niet.

'Wat doe je in je vrije tijd? Hobby's, bedoel ik.'

'Niet veel. Ik werk en probeer in vorm te blijven, en dan blijft er niet veel tijd over. Maar ik heb wel wat gefotografeerd. Tijdens mijn studietijd heb ik een paar cursussen gevolgd en ik heb er een poosje over gedacht daar mijn beroep van te maken. Ik heb zelfs wat materiaal gekocht, maar het valt niet mee om daar je geld in te verdienen, tenzij je een studio opent en ik had geen zin om elk weekend bruiloften en bar mitswa's te fotograferen, of kinderen die helemaal niet op de foto willen.'

'Dus werd je ingenieur.'

Hij knikte. De conversatie viel even stil en Julie reikte naar haar wijnglas.

'En kom je oorspronkelijk uit Cleveland?' vroeg ze.

'Nee, ik woon pas een jaar of zo in Cleveland. Ik ben feitelijk opgegroeid in Denver en heb daar het grootste deel van mijn leven doorgebracht.'

'Wat deden je ouders?'

'Mijn vader werkte in een chemische fabriek. En mam was gewoon moeder. In het begin althans, maar toen mijn vader stierf moest ze een baantje nemen als werkster. Het betaalde niet veel, maar ze kon ons ervan onderhouden. Eerlijk gezegd weet ik niet hoe ze het voor elkaar kreeg.'

'Ze klinkt bijzonder.'

'Dat was ze ook.'

'Was?'

'Is.' Hij keek naar zijn wijnglas. 'Ze heeft een paar jaar geleden een hersenbloeding gehad en... nou ja, het gaat niet goed. Ze beseft nauwelijks wat er om haar heen gebeurt en herkent mij helemaal niet meer. Ik moest haar onderbrengen in een tehuis in Salt Lake City dat in haar toestand gespecialiseerd is.'

Julie kromp ineen. Richard schudde zijn hoofd toen hij dat zag.

'Het is niet erg. Je kon het niet weten. Maar eerlijk gezegd praat ik er gewoonlijk niet over. Het gesprek valt dan vaak stil, vooral als de mensen horen dat ik ook mijn vader heb verloren. Ze vragen zich dan af wat voor jeugd ik heb gehad. Maar dat hoef ik jou natuurlijk niet uit te leggen.'

Nee, dacht ze, dat weet ik maar al te goed.

'Ben je daarom uit Denver weggegaan? Vanwege je moeder?'

'Voor een deel.' Hij keek even naar de tafel en toen weer naar haar.

'Ik denk dat dit het moment is om je te vertellen dat ik ook getrouwd ben geweest. Ze heette Jessica en ik ben ook vanwege haar weggegaan.'

Het verbaasde Julie enigszins dat hij het niet eerder had verteld, maar ze zei daar niets over.

'Ik weet niet wat er misging,' vervolgde hij even later. 'Het ging uiteindelijk gewoon niet meer...'

'Hoe lang ben je getrouwd geweest?'

'Vier jaar.' Hij keek haar over de tafel heen aan. 'Wil je dit echt allemaal horen?'

'Als jij het er niet over wilt hebben, niet.'

'Dank je,' zei hij lachend. 'Je hebt geen idee hoe blij ik ben dat je dat zegt.'

Ze glimlachte. 'Cleveland dus, hè? Bevalt het je?'

'Jawel, maar ik ben er niet zo vaak. Gewoonlijk zit ik in de buurt van het project, zoals nu. Ik weet nog niet waar ik heen ga als dit project achter de rug is.

'Dat lijkt me soms wel moeilijk.'

'Ja, soms wel, vooral als ik in hotels zit. Dit project is wel leuk omdat ik een hele poos hier ben en iets heb kunnen huren. En natuurlijk omdat ik jou erdoor heb leren kennen.'

Julie bedacht hoe hun levens op elkaar leken, vanaf hun jeugd alleen met hun moeder, tot hun beslissing ergens anders opnieuw te beginnen. En hoewel zijn huwelijk anders was geëindigd dan het hare, klonk het alsof hij er veel verdriet van had gehad. Julie had in haar tijd in Swansboro niemand ontmoet die echt begreep hoe eenzaam ze sich soms voelde, vooral tijdens de feestdagen, als Mike en Henry naar hun ouders gingen of Mabel naar haar zus in Charleston vertrok.

Maar Richard wist hoe dat was, en ze begon zich verwant met hem te voelen, zoiets als mensen in een vreemd land hebben wanneer ze tot de ontdekking komen dat de mensen aan het tafeltje naast hen uit dezelfde streek komen als zij.

Het werd later en donkerder en er verschenen sterren aan de hemel. Julie noch Richard had haast. Ze bestelden nog koffie na het eten en deelden een stuk taart.

Het was nog warm toen ze eindelijk weggingen. Ze verwachtte dat hij haar zijn hand of arm zou bieden, en was verbaasd toen hij geen van beide deed. Ze vroeg zich af of dat was omdat hij voelde dat hij haar met zijn kus eerder die week had verrast. Ze dacht na over wat hij haar had verteld. Het was heel wat. Ze vroeg zich weer af waarom hij haar niet had verteld dat hij getrouwd was geweest toen ze hem de vorige keer over Jim vertelde.

Maar dat gaf niet. Niet iedereen praatte even gemakkelijk over zijn verleden. En nu ze wat meer bij elkaar op hun gemak waren, genoot ze van dit uitstapje nog zeker zoveel als van het vorige. Het was leuk... niet wereldschokkend, maar wel leuk. Ik vind hem aardig, dacht Julie terwijl ze naar hem keek. Ik ben niet stapelgek op hem, maar ik vind hem aardig, en voorlopig is dat genoeg.

'Hou je van dansen?' vroeg ze.

'Waarom? Wil jij gaan dansen?'

'Als jij wilt.'

'O, ik weet het niet. Ik ben er niet zo goed in.'

'Ach kom,' zei ze. 'Ik weet een heel leuke tent.'

'Weet je het zeker? We kunnen ook hier ergens wat gaan drinken.'

'We hebben al uren gezeten. Ik heb zin om plezier te maken.'

'Heb je tot dusver dan geen plezier gehad?' vroeg hij, op gemaakt gekwetste toon. 'En ik heb nog wel zo genoten.'

'Je weet best wat ik bedoel. En ik kan trouwens zelf ook niet zo goed dansen, hoor, dus ik beloof je dat ik er niets van zal zeggen als je op mijn tenen gaat staan.'

'Goed dan,' zei hij, 'maar ik hou je aan die belofte.'

Ze liep lachend naar zijn auto.

Richard werd warm bij het horen van haar lach, de eerste die hij die avond had gehoord.

Ze is voorzichtig, merkte hij op. Eén kus en ze lijkt overal over te gaan twijfelen. Maar laat haar het voortouw nemen en de voorzichtigheid lijkt te verdwijnen. Hij wist dat ze hem nog steeds probeerde te peilen, maar de sympathie op haar gezicht op het moment dat ze zich realiseerde hoeveel ze gemeen hadden, was onmiskenbaar geweest.

6

De Sailing Clipper was zwak verlicht, rook naar meeldauw, sigaretten en verschaalde drank, en was populair bij arbeiders, die rond de bar hingen en massaal Budweiser bestelden. Achterin keek het podium uit over een enigszins hellende dansvloer, die zelden leeg was als er een bandje speelde. Enkele tientallen tafeltjes, versierd met de initialen van bijna iedereen die er ooit binnen was geweest, stonden lukraak verspreid, met allerlei verschillende stoelen eromheen.

De groep op het podium, Ocracoke Inlet, speelde regelmatig in de Clipper. Joe, de eigenaar, een man met één been, vond de groep leuk omdat ze muziek maakten die de mensen een goed gevoel gaf, waardoor ze langer wilden blijven en dus meer dronken, en dat was goed voor zijn handel. Ze speelden niets origineels, niets gedurfds, niets dat ook niet in de jukebox zat, wat waarschijnlijk juist de reden was dat iedereen ze zo graag hoorde, dacht Mike. Als zij speelden, kwamen de mensen in drommen, wat niet het geval was bij de bandjes waarmee hij speelde. Nooit hadden ze hem gevraagd eens in te vallen, ook al kende hij de meeste jongens van de groep bij hun voornaam. En dat was een deprimerende gedachte.

De hele avond was trouwens deprimerend geweest. Ach wat, de hele week! Mike zat al in de rats sinds Julie maandag haar auto was komen ophalen en langs haar neus weg (*langs haar neus weg!*) had verteld dat ze zaterdag met Richard uitging in plaats van de avond met hen door te brengen. Hij liep zo vaak in zichzelf te mompelen over hoe oneerlijk het allemaal was dat een paar klanten het er zelfs met Henry over hadden gehad. En erger nog, Mike had de rest van die week niet meer met Julie durven te praten, omdat hij wist dat ze hem dan zou vragen wat hem dwarszat. Hij was er nog niet aan toe haar de waarheid te vertellen, maar elke dag als hij haar langs zag komen, werd hij eraan herinnerd dat hij geen idee had wat hij met de situatie aan moest.

Henry en Emma waren natuurlijk geweldig, en hij was graag bij hen. Maar laten we eerlijk wezen... op een avond als deze voelde hij zich het vijfde wiel aan de wagen. Zij gingen straks samen naar huis. Mike had echter niemand, tenzij je de muis mee telde die af en toe door de keuken rende. Zij konden met elkaar dansen, Mike zat de helft van de avond alleen aan tafel de etiketten van de bierflesjes te pulken. En als Emma hem dan ten dans vroeg, wat ze vanavond regelmatig had gedaan, dan liep Mike met gebogen hoofd naar de dansvloer, in de hoop dat niemand zou zien dat hij met zijn zus danste.

Zus. Schoonzus. Dat maakte niet uit. Als ze hem vroeg voelde hij zich alsof zijn moeder aanbood met hem naar het schoolfeest te gaan, omdat hij niemand had kunnen vinden.

Zo had het vanavond niet moeten zijn. Julie had erbij moeten zijn. Julie had met hem moeten dansen, drinken, lachen en flirten. En ze zou er ook bij geweest zijn als Richard er niet was geweest.

Richard.

Hij haatte die man.

Kende hem niet. Wilde hem niet kennen. Deed er niet toe. De gedachte aan zijn naam alleen al bracht een frons op zijn voorhoofd, en hij had die avond heel wat zitten fronsen.

Henry dronk zijn flesje Coors leeg en zette het op de tafel. 'Misschien moet je wat minder van dat goedkope bier drinken,' zei hij. 'Je ziet eruit alsof het niet goed valt.'

Mike keek op. Henry pakte grijnzend Emma's bierflesje. Ze was naar het toilet en gezien de lange rij die er stond, zou ze nog wel even wegblijven. Hij had al een nieuw flesje besteld.

'Ik drink hetzelfde bier als jij.'

'Dat klopt,' zei Henry, 'maar je moet wel beseffen dat sommige mannen meer kunnen hebben dan andere.'

'Ja, ja... klets maar lekker raak.'

'O, wat hebben we weer goeie zin,' zei Henry.

'Je zit me ook al de hele avond te stangen.'

'Zoals jij je de laatste tijd gedraagt, heb je dat ook verdiend. We hebben fantastisch gegeten, ik heb je vermaakt met mijn sprankelende geestigheid en Emma heeft ervoor gezorgd dat je niet de hele avond alleen aan een tafeltje zit als iemand wiens afspraakje niet is komen opdagen.'

'Dat is niet grappig.'

'Zo is het ook niet bedoeld. Ik spreek gewoon de waarheid. Je moet het eens van je afzetten. Je laat je hele avond erdoor verpesten.'

'Luister, ik doe mijn best, oké?'

'O,' zei Henry, met één wenkbrauw opgetrokken. 'Ik begrijp het. Neem me niet kwalijk. Ik beeld me al die diepe zuchten zeker in.'

Mike trok de rest van het etiket van zijn bierflesje en verfrommelde het. 'Ja, ja, je bent erg grappig, Henry. Je moet naar Vegas gaan met je act. Geloof me, ik zal de eerste zijn om je koffers in te pakken.'

Henry leunde achterover in zijn stoel. 'Ach kom nou. Ik maak gewoon wat lol.'

'Ja, maar wel ten koste van mij.'

Henry stak met een onschuldige blik zijn handen op. 'Er is hier verder niemand.'

Mike keek hem lelijk aan en wendde toen zijn blik af.

'Oké, oké... het spijt me,' zei Henry. 'Maar luister... ik zeg het nog maar een keer. Dat zij uit is met Richard wil nog niet zeggen dat jouw kansen helemaal verkeken zijn. Zie het als een uitdaging in plaats van te blijven mokken. Misschien moet je haar toch zelf eens mee uit vragen.'

'Dat was ik van plan.'

'O ja?'

'Ja. Nadat we maandag hadden gepraat, besloot ik te doen wat je gezegd had. Het had vanavond moeten gebeuren.'

Henry keek hem aan. 'Goed,' zei hij eindelijk, 'ik ben trots op je.'

Mike verwachtte meer, maar Henry zweeg.

'Wat? Geen grapjes deze keer?'

'Niet nodig.'

'Omdat je me niet gelooft?'

'Nee, ik geloof je. ik zal wel moeten, denk ik.'

'Waarom?'

'Nou, de goden zijn met je, broertje.'

'Waar heb je het verdorie over?'

Henry hief zijn kin op en knikte in de richting van de deur.

'Kijk eens wie daar binnenkomt.'

Richard bleef naast Julie staan toen ze, net binnen de deur, rondkeek op zoek naar een plekje waar ze konden gaan zitten.

'Ik had me niet gerealiseerd dat het zo druk zou zijn,' riep Richard boven het lawaai uit. 'Weet je zeker dat je wilt blijven?'

'Kom nou… het wordt leuk, dat zul je zien.'

Richard betwijfelde het. Deze tent leek hem een plek voor mensen die aan hun problemen probeerden te ontsnappen, mensen die wanhopig op zoek waren naar contact. Julie hoorde hier net zomin thuis als hij.

Op het podium was de band aan een nieuw nummer begonnen en op de dansvloer wisselden mensen van plaats. 'Laten we wat te drinken halen,' zei hij dicht bij Julie's oor, 'voor we een tafeltje zoeken.'

Julie knikte. 'Prima. Ga jij maar voor. De bar is recht vooruit.' Terwijl Richard zich een weg baande tussen de mensen door, stak hij zijn hand naar achteren en pakte die van Julie vast. Bij de bar aangekomen, bleef hij die vasthouden, terwijl hij zijn andere hand opstak om de aandacht van de barkeeper te trekken.

'Dus dat is 'm, hè?' zei Emma.

Emma was achtendertig, had blond haar en groene ogen en een zonnig uiterlijk, wat het feit dat ze geen klassieke schoonheid was ruimschoots compenseerde. Ze was klein, had een bol gezicht en hield voortdurend vruchteloos dieet, hoewel Mike en Henry zich afvroegen waarom. De mensen hielden niet van Emma om hoe ze eruitzag, maar om wie ze was en wat ze deed. Ze hielp regelmatig op de school van de kinderen en 's middags om drie uur zette ze de voordeur open, zodat de kinderen uit de buurt een plek hadden om bij elkaar te komen. En dat deden ze, aangetrokken door de grote pizza's die ze bijna elke dag zelf bakte.

Maar waren de kinderen al dol op haar, Henry aanbad haar en prees zichzelf uitermate gelukkig dat hij haar naast zich had. Emma was goed voor Henry en andersom. Ze hadden het te druk met samen lachen om tijd te hebben voor ruzie. Net als Henry hield ook Emma van plagen. En als ze wat gedronken hadden? Pas dan maar op, dacht Mike. Dan waren ze dodelijk, als haaien die hun jongen opvraten.

En Mike wist dat hij op het moment niet meer was dan een babyhaai die voor mammies opengesperde kaken wegzwom.

Henry knikte. 'Ja, dat is 'm.'

Emma bleef staren. 'Hij ziet er goed uit, hè?'

'Volgens mij gebruikte Mabel het woord... sexy,' zei Henry.

Emma stak haar vinger op, alsof Henry zojuist iets heel verstandigs had gezegd. 'Ja... sexy. Heel sexy. Een knappe vreemdeling.'

Mike sloeg zijn armen over elkaar, zakte wat dieper weg in zijn stoel en vroeg zich af of het nog erger kon worden.

'Precies wat ik dacht,' zei Henry. Richard en Julie stonden nog steeds bij de bar te wachten op hun drankjes. 'Een mooi stel,' voegde hij eraan toe.

'Ze vallen beslist op in een menigte,' stemde Emma met hem in.

'Alsof ze samen in een film zouden moeten spelen.'

'Hou op, jongens,' zei Mike eindelijk. 'Ik heb het begrepen. Hij is perfect, hij is fantastisch, hij is alles.'

Henry en Emma keken Mike aan, hun ogen stralend van plezier.

'Dat zeggen we niet, Mike,' zei Henry, 'we zeggen alleen dat hij er zo uitziet.'

Emma gaf Mike een klopje op zijn schouder. 'Bovendien,' zei ze, 'is er nog geen reden om het hoofd te laten hangen. Uiterlijk is ook niet alles.'

Mike keek hen lelijk aan.

Henry leunde tegen Emma aan. 'Je moet weten dat mijn broertje het hier erg moeilijk mee heeft. En zo te zien maken wij het er niet beter op.'

'O, echt?' vroeg Emma op onschuldige toon.

'Het zou prima gaan als jullie me niet de hele avond zaten te pesten.'

'Maar je bent nu ook zo'n gemakkelijk doelwit,' giechelde Emma, 'zoals je daar zit te pruilen.'

'Henry en ik hebben het daar al over gehad.'

'En het maakt je niet aantrekkelijker,' zei Emma, zijn opmerking negerend. 'Neem dat maar van mij aan. Als je niet wilt verliezen van een kerel als hij, zou ik maar gauw van toon veranderen, want als je doorgaat zoals je de hele avond al doet, kun je net zo goed meteen dag met het handje zeggen.'

Mike knipperde met zijn ogen. 'Dus ik moet doen alsof het me niets kan schelen?'

'Nee, Mike. Je moet je gedragen alsof het je wel wat kan schelen, alsof je het beste wilt voor haar.'

'Hoe doe ik dat?'

'Wees haar vriend.'

'Ik bén haar vriend.'

'Op het moment niet. Als je haar vriend was, zou je blij voor haar zijn.'

'Waarom moet ik blij zijn als ze bij hem is?'

'Omdat,' zei Emma, alsof het vreselijk voor de hand lag, 'het betekent dat ze eraan toe is op zoek te gaan naar de kerel die het beste bij haar past, en iedereen weet wie dat is. En ik betwijfel ten zeerste dat het uiteindelijk die kerel daar zal zijn.' Ze glimlachte en raakte weer zijn schouder aan. 'Denk je echt dat we het je zo moeilijk zouden maken als we niet dachten dat het allemaal wel goed zou komen met jullie tweeen?'

Hoe vaak ze hem ook plaagde, Mike wist op dat moment waarom Henry zo van haar hield. En waarom hijzelf van haar hield.

Als van een zus, natuurlijk.

Julie en Richard kregen eindelijk hun drankjes – whisky voor hem, Cola-Light voor haar – en toen Richard zijn portemonnee wegstopte, keek hij naar een man die aan het eind van de bar zat.

De man roerde in zijn drankje, kennelijk niet in hen geïnteresseerd. Maar Richard wachtte en even later gingen de ogen van de man naar

Julie. Zolang ze aan de bar hadden staan wachten, had hij telkens naar Julie gekeken, al was dat dan zo onopvallend mogelijk. Deze keer bleef Richard hem echter net zo lang aankijken tot de man zijn blik afwendde.

'Naar wie kijk je?' vroeg Julie.

Richard schudde zijn hoofd. 'Niemand,' zei hij, 'ik dacht gewoon even ergens anders aan.' Hij glimlachte.

'Wil je al dansen?' vroeg ze.

'Nog niet. Ik denk dat ik dit eerst maar opdrink.'

Andrea, gekleed in een zwarte minirok, naaldhakken en een haltertopje, zat verveeld met haar kauwgom te spelen terwijl Cobra zijn zesde tequila achterover goot en daarna het sap uit een partje citroen zoog. Hij veegde zijn mond af met de rug van zijn hand en toen hij glimlachte, viel het neonlicht op zijn gouden snijtand.

Cobra was donderdagavond op zijn Harley bij de kapsalon voor komen rijden – hoewel Andrea dat niet wist werd haar naam vaak genoemd in motorclubs tot aan Louisiana – en was later weer vertrokken met het telefoonnummer van Andrea in zijn zak, die de hele dag erg tevreden met zichzelf was geweest. In haar vervoering had ze niet de medelijdende blikken van Mabel gezien, en had ze zich ook niet gerealiseerd dat Cobra, net als de meeste andere mannen met wie ze uitging, eigenlijk een mislukkeling was.

Hij had haar eerder die avond gebeld en voorgesteld dat ze hem en zijn vrienden in de Clipper zou ontmoeten. Hoewel het technisch gezien geen afspraakje was – hij had niet aangeboden haar op te halen en het was ook niet bij hem opgekomen eerst ergens wat met haar te gaan eten – was Andrea dolblij geweest toen ze de telefoon weer neerlegde. Ze had een uur staan nadenken wat ze zou aantrekken – de eerste indruk was immers erg belangrijk – voor ze Cobra was gaan opzoeken in de Clipper.

Het eerste dat hij had gedaan was zijn armen om haar heen slaan, zijn handen op haar billen leggen en haar in haar nek kussen.

Ze vond dat niet erg. Cobra zag er immers niet slecht uit, vooral vergeleken met sommige anderen met wie ze uit geweest was. Hij droeg wel een zwart T-shirt met een bloederige schedel erop en leren beenstukken over een spijkerbroek, maar hij was niet dik of zwaar behaard. En de tatoeage van een zeemeermin op zijn arm was best mooi in vergelijking met sommige andere. Ze was niet zo weg van die gouden tand, maar hij zag er schoon uit en rook lekker, iets waar ze niet altijd op kon rekenen.

Niettemin was ze toch tot het besef gekomen dat de avond verspilde moeite was en dat ze hem haar telefoonnummer misschien niet had moeten geven. Ten eerste was, toen het na een paar drankjes net interessant begon te worden, een stel van zijn vrienden opgedoken en had een van hen verteld dat Cobra niet zijn echte naam was. Hij heette Ed DeBoner.

Toen was haar belangstelling al gaan afnemen. Ed was geen naam voor iemand die op een Harley reed, iemand die de wet altijd een stap voor bleef en een vrij leven leidde. Ed was niet eens een naam voor een mens. Het was de naam van een sprekend paard, jeetje zeg. En dan had ze het nog niet eens over zijn achternaam gehad.

DeBoner.

Ze had bijna haar drinken uitgespuugd toen ze dat hoorde.

'Zullen we naar jou gaan, schatje?' mompelde Cobra onduidelijk.

Andrea stopte haar kauwgom terug in haar mond. 'Nee.'

'Laten we dan nog wat te drinken pakken.'

'Je hebt geen geld.'

'Dan betaal jij toch gewoon en dan maak ik het straks helemaal goed met je, schatje.'

Hoewel ze het eerder op de avond fijn had gevonden 'schatje' te worden genoemd, was het toen nog Cobra geweest die dat deed. Niet iemand die Ed DeBoner heette. Andrea blies een bel met haar kauwgom en liet hem klappen.

Cobra leek zich nergens van bewust. Hij stak zijn hand onder de tafel en streelde over haar dijbeen. Ze stond op en liep naar de bar. En toen herkende ze Richard.

Julie's gezicht klaarde op toen ze Mike, Henry en Emma aan een tafeltje bij de dansvloer zag zitten. Ze pakte Richards hand.

'Kom,' zei ze, 'ik zie een plekje waar we kunnen zitten.'

Ze baanden zich een weg door de menigte en liepen over de rand van de dansvloer naar het tafeltje.

'Hé, jongens, ik had jullie hier niet verwacht,' zei Julie. 'Hoe is het met jullie?'

'Uitstekend,' zei Henry. 'We hadden na het eten zin om even hier te kijken wat er te doen was.'

Richard stond achter haar en Julie trok aan zijn hand. 'Ik wil jullie aan iemand voorstellen. Richard... dit zijn Henry en Emma. En dat is mijn beste vriend, Mike.'

Henry stak zijn hand uit. 'Hallo,' zei hij.

Richard aarzelde even voor hij hem beetpakte. 'Hallo,' zei hij.

Mike en Emma volgden. Toen Julie naar Mike keek, glimlachte hij naar haar, al kostte hem dat vreselijk veel moeite. Door de warmte in de bar had ze kleur op haar wangen. Ze zag er die avond bijzonder mooi uit, dacht hij.

'Willen jullie gaan zitten?' bood Henry aan. 'We hebben een paar stoelen over.'

'Nee... we willen jullie niet lastig vallen,' zei Richard.

'Dat doen jullie niet. Vooruit. Kom er bij zitten,' zei Emma.

'Vinden jullie het echt niet erg?' vroeg Julie.

'Doe niet zo gek,' zei Emma. 'We zijn toch allemaal vrienden.'

Julie glimlachte, liep om de tafel heen en ging zitten; Richard deed hetzelfde. Toen ze eenmaal zaten, boog Emma zich over de tafel heen.

'Zo, Richard, vertel eens wat over jezelf.'

Het gesprek verliep aanvankelijk wat moeizaam, omdat Richard niet veel meer zei dan wat hem ronduit gevraagd werd. Julie vulde af en toe wat informatie aan, en andere keren gaf ze hem een speels duwtje om hem aan te sporen.

Mike deed zijn best geïnteresseerd over te komen.

En in zekere zin was hij ook wel geïnteresseerd, al was het alleen maar om te zien tegen wie hij het op moest nemen. Maar naarmate de minuten verstreken kreeg hij steeds meer het gevoel dat hij zijn toekomst wel kon vergeten. Zelfs hij begreep waarom Julie iets in Richard zag. Hij was intelligent (en ja, knap, moest hij bekennen, maar alleen als je van ruige, atletische types hield), en had anders dan Mike zowel gestudeerd als veel gereisd. Hoewel hij niet veel lachte of grapjes maakte – of het waardeerde als Henry of Emma dat deden – leek zijn onbehagen eerder voort te komen uit verlegenheid dan uit arrogantie. En het was duidelijk hoe hij over Julie dacht. Als zij iets zei, kon Richard zijn ogen niet van haar gezicht afhouden; hij gedroeg zich als een man op de eerste ochtend van de wittebroodsweken.

Mike bleef de hele tijd glimlachen en knikken en Richard hartgrondig haten.

Toen Emma en Julie wat later zaten te kletsen over de laatste nieuwtjes in de stad dronk Richard zijn glas leeg. Hij vroeg of Julie nog iets wilde en ging op weg naar de bar. Toen Henry hem vroeg of hij een paar pilsjes mee wilde brengen, stond Mike ook op om met Richard mee te lopen.

'Ik zal je helpen dragen,' zei hij.

Ze bereikten de bar en de barkeeper gebaarde dat hij zo snel mogelijk bij hen kwam. Richard pakte zijn portemonnee en hoewel Mike naast hem stond, zei hij niets.

'Ze is een fantastische vrouw,' zei Mike ten slotte.

Richard draaide zich naar hem om, leek hem even te bestuderen en wendde zich toen weer af.

'Ja, dat is ze zeker,' zei hij simpelweg.

Verder zeiden ze geen van beiden nog iets.

Terug bij het tafeltje vroeg Richard of Julie wilde dansen, zeiden ze de anderen gedag en gingen ze weg.

'Nou, dat was toch niet zo moeilijk, of wel?' vroeg Emma.

Mike haalde zijn schouders op, hij had geen zin om te antwoorden.

'En hij leek wel aardig,' voegde Henry eraan toe. 'Een beetje rustig, maar wel beleefd.'

Mike pakte zijn bier. 'Ik mag hem niet,' zei hij.

'O, maar dat is een verrassing,' zei Henry lachend.

'Ik geloof niet dat ik hem vertrouw.'

Henry bleef grijnzen. 'Nou, aangezien jij je kans voorbij hebt laten gaan, denk ik dat we nog maar een poosje moeten blijven.'

'Welke kans?'

'Je zei dat je haar vanavond mee uit zou vragen.'

'Hou je kop, Henry.'

Een poosje later zat Mike met zijn vingers op het tafelblad te trommelen. Henry en Emma waren een ander stel dat ze kenden gedag gaan zeggen en nu hij alleen was, probeerde Mike te bedenken wat nou precies de reden was waarom hij Richard Franklin niet mocht.

Afgezien van het voor de hand liggende natuurlijk.

Nee, het was meer dan dat alleen. Wat Henry ook zei, of wat Julie ook mocht denken, Richard leek Mike niet echt een *aardige* kerel. Dat was hem aan de bar wel gebleken. Toen hij dat had gezegd over Julie, had Richard hem aangekeken alsof hij al wist wat Mike voor haar voelde en daarbij had zijn gezicht boekdelen gesproken: *jij hebt verloren, dus wegwezen.*

Niet bepaald het toonbeeld van een *aardige* kerel.

Waarom zag Julie dan niet de kant van Richard die hij had gezien? En waarom zagen Henry en Emma het niet? Of was het allemaal maar een product van zijn verbeelding?

Mike nam het hele scenario nog eens door. Nee, besloot hij uiteindelijk, het was geen verbeelding. Ik weet wat ik heb gezien, en ik mag hem niet.

Hij leunde achterover in zijn stoel, ademde diep in en keek om zich heen. Hij zag Richard en Julie en bleef even naar hen kijken alvorens hij zichzelf dwong zijn blik af te wenden.

Tijdens de pauze van de band hadden Julie en Richard de dansvloer verlaten en waren ze aan een klein tafeltje aan de andere kant van de bar gaan zitten, en Mike had de hele tijd hun kant uit zitten kijken. Hij kon er niets aan doen. Hij probeerde te doen alsof hij Richard nog steeds probeerde te peilen, maar hij wist dat zijn aandrang om te kijken meer leek op wat mensen voelen als ze langs de plaats van een vreselijk ongeluk komen. Of nog beter gezegd, dacht hij, naar hen kijken was alsof je een auto in een diep ravijn zag storten, en er zelf in zat.

Daar leek het tenminste op. Naarmate de avond vorderde, kon hij niet anders dan de conclusie trekken dat zijn kansen bij Julie helemaal verkeken waren. Terwijl hij hier in zijn eentje zat, zaten Julie en Richard elkaar diep in de ogen te kijken. Ze bogen naar elkaar over om te fluisteren en te lachen en genoten duidelijk van elkaars gezelschap.

Het was walgelijk.

In elk geval de laatste keer dat hij had gekeken, een paar seconden geleden.

Maar wat deden ze nu, vroeg hij zich af.

Langzaam, heel subtiel dwaalden Mike's ogen weer hun kant uit. Julie keek de andere kant op, dus gelukkig zou ze hem niet zien kijken. Als ze hem zag staren, zou ze misschien zwaaien, knikken of glimlachen of, erger nog, hem negeren. Bij de eerste twee mogelijkheden zou hij zich een idioot voelen, de laatste zou zijn hart breken.

Toen hij zich weer omdraaide zag hij Julie in haar tasje naar iets zoeken.

Richards blik hield de zijne echter gevangen in een koele, bijna zelfverzekerde veroordeling. *Ja, Mike, ik weet dat je zit te staren.*

Mike verstarde, als een ondeugend kind dat betrapt is terwijl hij geld uit zijn moeders portemonnee pakt.

Hij wilde zijn blik wel afwenden, maar leek de energie niet op te kunnen brengen, tot hij een stem achter zich hoorde. Hij keek over zijn schouder en zag Drew, de zanger van de band, bij zijn tafeltje staan.

'Hé, Mike,' zei Drew, 'heb je even tijd voor me? Ik wilde even met je praten.'

Een uur later – Cobra was inmiddels volkomen bedwelmd – ging Andrea naar het toilet. Zoals ze de hele tijd al had gedaan sinds ze Richard eerder die avond had opgemerkt, keek ze de ruimte rond op zoek naar hem, terwijl ze in de rij stond. Hij en Julie liepen net van de dansvloer af. Richard boog voorover om iets in haar oor te fluisteren en liep toen naar het herentoilet.

In de wetenschap dat hij vlak langs haar zou lopen, haalde Andrea snel een hand door haar haar en trok haar rok en topje recht. Ze stapte uit de rij.

'Hé, Richard,' zei ze opgewekt, 'hoe is het met je?'

'Goed, dank je,' zei hij. Het duurde even, maar toen zag ze dat hij haar herkende. 'Andrea, nietwaar?'

Ze glimlachte en dacht, ik wist dat hij zich me zou herinneren. 'Ik heb je hier nog niet eerder gezien.'

'Het is de eerste keer dat ik hier ben.'

'Vind je het niet geweldig?'

'Niet echt.'

'O, nou ja, ik ook niet. Maar je kunt hier verder bijna nergens heen. Klein stadje, weet je?'

'Ik begin erachter te komen,' zei hij.

'Vrijdagavond is het meestal leuker.'

'O?'

'Ja, dan ben ik gewoonlijk ook hier. Of eigenlijk ben ik dan bijna altijd hier.'

Hij keek haar even recht aan en gaf toen een knikje in Julie's richting.

'Ik zou graag met je blijven praten, maar ik kan niet.'

'Omdat je met Julie bent?'

'Ja, ik heb haar mee uit gevraagd.'

'Ja, dat weet ik,' zei Andrea.

'Nou ja… het was leuk om je even te spreken,' zei hij.

'Dank je. Vond ik ook.'

Even later duwde hij de deur van het herentoilet open en deed hem achter zich dicht. Terwijl Andrea naar de deur stond te staren, strompelde Cobra voorbij, iets grofs mompelend over lichaamsfuncties.

Zodra hij door dezelfde deur was gelopen als Richard, besloot ze dat het tijd was om te vertrekken.

Als ze Cobra nog een keer zou zien, zou dat het gevoel dat ze had gehad toen Richard haar zojuist in de ogen had gekeken volledig verpesten.

Net na middernacht stond Julie met Richard op haar veranda. De kikkers en krekels zongen, er woei een lichte bries door de bomen en zelfs Singer leek Richard te accepteren. Hoewel hij zijn kop tussen de gordijnen door had gestoken en hen nauwlettend in de gaten hield, had hij nog geen kik gegeven.

'Bedankt voor de leuke avond,' zei ze.

'Graag gedaan. Ik heb erg genoten.'

'Zelfs in de Clipper?'

'Zolang jij plezier hebt gehad ben ik blij dat we gegaan zijn.'

'Het was niet echt jouw smaak, hè?'

Hij haalde zijn schouders op. 'Eerlijk gezegd was ik liever ergens heen gegaan met wat meer privacy... waar jij en ik alleen hadden kunnen zijn.'

'We waren toch alleen.'

'Niet de hele tijd.'

Ze keek hem aan met een verbaasde uitdrukking op haar gezicht.

'Bedoel je toen we een poosje bij mijn vrienden hebben gezeten?' vroeg ze. 'Dacht je dat ik dat wilde omdat ik het niet naar mijn zin had?'

'Ik wist niet zeker wat ik ervan moest denken. Soms doen vrouwen dat uit een soort ontsnappingsdrang, als het afspraakje tegenvalt. Dan betekent het zoiets als "Help! Red me!".'

Ze glimlachte. 'O, dat was het helemaal niet. Zij waren degenen bij wie ik vanavond zou zijn gaan eten en toen ik ze zag wilde ik ze gewoon even gedag zeggen.'

Richards ogen dwaalden naar de buitenlamp en toen weer naar Julie. 'Ik weet dat ik nogal stil was bij je vrienden. Dat spijt me. Ik lijk nooit te weten wat ik moet zeggen.'

'Het ging prima. Ik weet zeker dat ze je aardig vonden.'

'Wat Mike betreft weet ik dat niet zo zeker.'

'Mike?'

'Hij zat naar ons te kijken.'

Hoewel zij het niet had opgemerkt, realiseerde ze zich dat ze zoiets had kunnen verwachten. 'Mike en ik kennen elkaar al heel lang,' zei ze. 'Hij past op me, dat is alles.'

Richard leek daarover na te denken. Uiteindelijk verscheen er een kleine glimlach om zijn mond. 'Oké,' was het enige dat hij zei. Een poosje zeiden ze geen van beiden iets. Toen stapte Richard naar haar toe.

Hoewel ze de kus deze keer had verwacht en ook wilde dat hij haar kuste – of in elk geval dacht dat ze dat wilde – kon ze het lichte gevoel van opluchting toen hij zich even later omdraaide om te vertrekken niet ontkennen.

Het was niet nodig om iets overhaast te doen, dacht ze. Als het goed zit, dan merk ik dat wel.

7

'Daar gaat hij,' zei Henry, 'precies op tijd.'

Het was dinsdagochtend, een paar dagen na hun avond in de Clipper. Henry stond een Dr. Pepper te drinken en keek naar Richard, die op weg was naar de kapsalon. Richard had kennelijk een cadeautje bij zich – een klein doosje – maar dat was niet de reden van Henry's nieuwsgierigheid.

Omdat hij Richard die zaterdagavond had verteld waar hij werkte, had hij verwacht dat Richard in het voorbijgaan op z'n minst wel een blik op de garage zou hebben geworpen. De vorige dag had Henry zelfs gezwaaid, maar Richard had het of niet gezien of gedaan alsof hij het niet zag. Hij was recht voor zich uit blijven kijken terwijl hij voorbij de garage liep. Net als vandaag.

Toen Mike zijn broer hoorde, kwam hij onder de motorkap van een auto vandaan. Nadat hij een poetsdoek onder zijn riem uit had gehaald, begon hij zijn handen af te vegen.

'Moet een leuke baan zijn, adviseur,' zei Mike. 'Hoeft die kerel nou nooit te werken?'

'Maak je niet zo druk. Je hebt vorige week al genoeg gepruild voor de rest van het jaar. Bovendien heb je toch zeker liever dat hij naar haar toe gaat terwijl ze aan het werk is, dan wanneer ze thuis is, of niet?'

Eén blik en Henry wist dat Mike daar nog niet aan had gedacht. Maar bijna onmiddellijk daarna verscheen er een verbaasde uitdrukking op Mike's gezicht.

'Brengt hij haar een cadeautje?' vroeg hij.

'Jazeker.'

‘Ter gelegenheid waarvan?’

‘Misschien wil hij gewoon indruk op haar maken.’

Mike veegde zijn handen weer af. ‘Nou, als dat het geval is, moet ik straks zelf ook maar even langs gaan met een cadeautje.’

‘Zo mag ik het horen,’ zei Henry, en hij sloeg zijn broer op de rug. ‘Dat is nou precies wat ik wilde horen. Wat minder gejammer, wat meer actie. Wij Harrises zijn altijd mannen geweest die tegen elke situatie opgewassen zijn.’

‘Bedankt, Henry.’

‘Maar laat me je voor je met rokende pistolen de deur uit gaat even een goede raad geven.’

‘Natuurlijk.’

‘Laat dat cadeautje achterwege.’

‘Maar je zei net…’

‘Dat is zíjn aanpak. Dat werkt in jouw geval niet.’

‘Maar…’

‘Vertrouw me nou maar. Het zal de indruk wekken dat je wanhopig bent.’

‘Ik ben ook wanhopig.’

‘Dat mag wel zo zijn,’ stemde Henry in, ‘maar dat kun je haar niet laten merken. Dan vindt ze je zielig.’

‘Richard…’ zei Julie, naar de open sieradendoos in haar hand starend. Erin lag een heel mooi hartvormig medaillon aan een gouden ketting. ‘Het is prachtig.’

Ze stonden buiten, zich er niet van bewust dat Mike en Henry vanaf de overkant van de straat toe stonden te kijken en Mabel en Singer door het raam achter hen naar buiten gluurden.‘Maar… waarom? Ik bedoel, ter gelegenheid waarvan?’

‘Geen gelegenheid. Ik zag het gewoon liggen en, nou ja… ik vond het mooi. Of eigenlijk dacht ik aan jou en wist ik gewoon dat jij het moest hebben.’

Julie’s ogen gingen naar het medaillon. Het was duidelijk duur en bracht dus verwachtingen met zich mee.

Alsof hij haar gedachten had gelezen hield Richard zijn handen omhoog. 'Alsjeblieft... ik wil dat je het aanneemt. Zie het desnoods maar als een verjaardagscadeau.'

'Maar ik ben pas in augustus jarig.'

'Dan ben ik dus een beetje vroeg.' Hij zweeg even. 'Alsjeblieft.'

Maar toch...

'Richard... het is erg lief, maar ik kan het niet aannemen.'

'Het is maar een medaillon, geen verlovingsring.'

Nog steeds een beetje onzeker, gaf ze uiteindelijk toe en kuste hem. 'Dank je,' mompelde ze.

Richard gebaarde naar het medaillon. 'Doe het eens om.'

Julie maakte de sluiting van het kettinkje los en hing het medaillon om haar hals. 'Hoe staat het?'

Hij staarde met een vreemde glimlach op zijn gezicht naar het medaillon, alsof hij ergens anders aan dacht. Hij hield zijn ogen erop gericht toen hij antwoord gaf.

'Perfect. Precies zoals ik het me herinner.'

'Herinner?'

'Van bij de juwelier,' zei hij. 'Maar bij jou komt het veel mooier uit.'

'O, nou ja, je had het niet moeten doen.'

'Je hebt het mis. Het is precies wat ik moest doen.'

Julie zette een hand op haar heup. 'Je verwent me, weet je dat? Gewoonlijk kopen de mensen niet zomaar cadeautjes voor me.'

'Dan is het maar goed dat ik het doe. En vind je nou echt dat er altijd een reden moet zijn? Heb je nooit eens dat je ergens iets ziet liggen, waarvan je denkt dat het perfect voor iemand is en het dan koopt?'

'Natuurlijk wel, maar niet zoiets. En ik wil niet dat je het idee hebt dat ik zulke dingen van je verwacht, want dat is niet zo.'

'Dat weet ik. Maar daarom vind ik het juist zo leuk. Iedereen heeft af en toe een verrassing nodig.' Hij zweeg even. 'En, heb je zin om vrijdagavond iets te doen?'

'Ik dacht dat je de stad uit moest voor een vergadering.'

'Dat was ook zo, maar de vergadering gaat niet door. Althans, mijn deelname eraan gaat niet door. Ik ben het hele weekend vrij.'

‘Wat had je in gedachte?’ vroeg ze.

‘Iets heel bijzonders, maar ik wil graag dat het een verrassing blijft.’

Julie gaf niet meteen antwoord, en alsof hij haar onzekerheid aanvoelde, pakte Richard haar hand beet. ‘Je vindt het vast heerlijk, Julie. Geloof me. Je moet alleen wel wat vroeger stoppen met werken. Ik zou je rond vier uur thuis moeten ophalen.’

‘Waarom zo vroeg?’

‘Het duurt een tijdje voor we er zijn. Denk je dat je dat redt?’

Ze glimlachte. ‘Ik moet misschien wat met mijn afspraken schuiven, maar ik denk wel dat het lukt. Moet ik iets chics aan of iets makkelijks?’

Het was een nette manier om te vragen of ze een tas in moest pakken. Als hij allebei zei, betekende het een weekend weg, en dat zag ze eigenlijk nog niet zo zitten.

‘Ik trek een colbert en een stropdas aan, als dat helpt.’

Het klonk beslist als een echt afspraakje. ‘Dan moet ik misschien maar eens gaan winkelen,’ zei ze uiteindelijk.

‘Ik weet zeker dat je er prachtig uit zult zien, wat je ook draagt.’

Vervolgens kuste hij haar weer en toen hij eindelijk wegliep, ging Julie’s hand naar het medaillon. Het ging met een klik open en ze zag dat er inderdaad kleine foto’s in konden, zoals ze al gedacht had. Tot haar verbazing zag ze dat hij haar initialen er al in had laten graveren, een aan elke kant.

‘Dat ziet er niet goed uit, broertje,’ gaf Henry toe. ‘Het kan me niet schelen wat Emma laatst zei. Dit ziet er niet goed uit.’

‘Bedankt voor de informatie, Einstein,’ gromde Mike.

‘Laat me je een goede raad geven.’

‘Nog meer goede raad?’

Henry knikte. ‘Voor je ook maar iets doet, moet je een plan bedenken.’

‘Wat voor plan?’

‘Dat weet ik niet. Maar als ik jou was, zou ik er maar voor zorgen dat het een goed plan is.’

‘Het is prachtig,’ zei Mabel, naar het medaillon kijkend. ‘Hij heeft het waarschijnlijk echt te pakken, hè? Het ziet er duur uit.’ Ze gebaarde naar het medaillon. ‘Mag ik even?’

‘Ga je gang,’ zei Julie.

Mabel bekeek het eens goed. ‘En het komt beslist niet van een van de juweliers hier in de stad. Het lijkt me handgemaakt.’

‘Denk je?’

‘Ik weet het wel zeker. En dat niet alleen, je bent hiermee iets belangrijks te weten gekomen over Richard Franklin.’

‘En dat is?’

‘Hij heeft smaak.’

Mabel liet het medaillon los en Julie voelde het tegen haar borst vallen. Ze keek er weer naar. ‘Nu moet ik alleen nog een paar foto’s zoeken om erin te doen.’

Mabels ogen twinkelden. ‘Ach, schat... maak je daar maar geen zorgen om. Ik geef je met alle plezier een foto van mezelf om aan je nek te hangen.’

Julie lachte. ‘Dank je. Je was de eerste aan wie ik het wilde vragen, weet je.’

‘Dat geloof ik meteen. Maar nu serieus... ga je er een foto van Singer in doen?’

Singer keek op toen hij zijn naam hoorde. Hij stond al naast Julie sinds ze weer de kapsalon binnen was gekomen en Julie aaide hem over zijn rug.

‘Dan moet ik wel honderd meter van hem af gaan staan om een foto te maken die erin past.’

‘Dat klopt,’ zei Mabel. ‘Wat is er trouwens met hem aan de hand? Hij is de laatste tijd zo aanhankelijk.’

‘Ik heb geen idee. Maar je hebt gelijk... ik word gek van hem. Telkens als ik me omdraai, struikel ik bijna over hem.’

‘Hoe is hij tegen Richard? Thuis, bedoel ik?’

‘Net als hier,’ zei ze. ‘Hij staart, maar hij gromt in elk geval niet meer tegen hem, zoals de eerste keer.’

Singer jankte zacht, een geluidje dat bijna te zacht was om van hem afkomstig te kunnen zijn.

Hou op met klagen, leek hij te willen zeggen. *We weten allebei dat je van me houdt, hoe ik me ook gedraag.*

Een plan, dacht Mike, ik heb een plan nodig.

Hij wreef over zijn kin, zich er niet van bewust dat hij daarmee een veeg smeer op zijn kaak achterliet. Henry had gelijk, dacht hij. Die man had voor één keer eens echt iets belangrijks gezegd, iets zinnigs. Hij had inderdaad een plan nodig.

Dat was echter veel gemakkelijker gezegd dan gedaan, zo realiseerde hij zich al snel. Hij was niet zo'n plannenmaker. De dingen gebeurden meestal gewoon en hij dreef op de stroom mee, als een kurk op de golven. Meestal was dat niet zo slecht. Hij was meestentijds gelukkig; hij had in de regel best een goed gevoel over zichzelf, ook al was het met dat idee om artiest of musicus te worden nog steeds niets geworden.

Dit keer was de inzet echter hoger. Hij wist alleen nog steeds niet wat hij moest doen.

Een plan moest hij hebben.

Het hele probleem was dat hij niet wist waar hij moest beginnen. Hij was steeds de vriend geweest op wie ze altijd kon rekenen. Degene die haar auto repareerde en die met Singer speelde, degene op wiens schouder ze de eerste twee jaar na Jims overlijden had uitgehuild. Geen van die dingen leek ertoe te hebben gedaan; ze hadden alleen maar tot die eerste twee afspraakjes met Richard geleid. Vorige week was dat echter veranderd; hij ging haar uit de weg. Hij had niet met haar gepraat, had haar niet thuis opgebeld, was niet zomaar even langs gegaan. En het resultaat? Zij had ook niet gebeld en was niet langs gekomen en te oordelen naar wat hij zojuist op straat had gezien, had het alleen maar tot een derde afspraakje met Richard geleid.

Dus wat moest hij nou doen? Hij kon niet zomaar daar binnenlopen en haar mee uit vragen. De kans was groot dat ze al ergens naartoe ging met Richard, en wat moest hij dan zeggen? *O, je hebt zaterdag al wat? Wat vind je van vrijdag, dan? Of volgende week misschien? Of zullen we een keer samen ontbijten?* Dat zou de indruk wekken dat hij wanhopig was, besloot hij, en dat moest hij volgens Henry ten koste van alles vermijden.

Een plan.

Mike schudde het hoofd. Plan of geen plan, hij was gewoon eenzaam, dat was nog het ergste van alles.

Ja, dat hele gedoe moet Richard was zwaar balen, want de laatste paar jaar was hij gewend geweest Julie minstens één keer per dag te spreken. Soms zelfs vaker.

Het zou zijn hart breken als het echt iets werd tussen Julie en Richard. Maar als dat gebeurde, dan gebeurde het natuurlijk. Misschien dat hij dat ooit nog eens zou kunnen accepteren.

Wat hij echter niet kon verdragen was het vooruitzicht dat hij zich zou voelen zoals de afgelopen week. Het was niet zomaar frustratie, of angst, of zelfs jaloezie wat hij voelde. En ook geen depressiviteit. Hij miste Julie, meer dan wat ook.

Hij miste het om met haar te praten, haar te zien glimlachen, haar te horen lachen. Te zien hoe haar ogen aan het eind van de middag, als het licht precies goed was, leken te veranderen van groen in turquoise. Naar haar te luisteren als ze een verhaal vertelde. Hij miste zelfs de manier waarop ze hem soms tegen zijn arm stompte.

Misschien moest hij straks gewoon naar haar toe gaan en met haar praten, zoals hij altijd had gedaan, alsof er niets was veranderd tussen hen. Misschien zou hij zelfs zeggen dat hij blij voor haar was dat ze laatst zo'n leuke avond had gehad.

Nee, dacht hij toen. Zo ver ga ik niet. Ik doe het gewoon stap voor stap.

Maar ik ga wel met haar praten.

Hij wist dat het als plan niet veel voorstelde, maar het was voor het moment alles wat hij kon bedenken.

8

'Hé Julie,' riep Mike, 'wacht even!'

Julie draaide zich op weg naar haar auto om en zag Mike naar haar toe komen joggen. Singer rende meteen enthousiast naar hem toe. Mike klopt hem op zijn rug. Net als Julie praatte hij tegen Singer alsof het een mens was.

'Heb je me gemist, grote jongen? Ja, ja, ik heb jou ook gemist. We moeten weer eens wat samen gaan doen.'

Singer stak geïnteresseerd zijn oren op en Mike schudde zijn hoofd.

'Nee, vandaag geen spelletje met de frisbee… sorry. Ik bedoelde een andere keer.'

Het leek Singer niet uit te maken. Toen Mike zijn weg naar Julie vervolgde, draaide Singer zich ook om en gaf Mike onder het lopen speelse duwtjes. Natuurlijk is speels een relatief begrip. De hond duwde Mike bijna tegen de brievenbus.

'Volgens mij moet je wat vaker met je hond gaan wandelen,' zei hij. 'Hij is helemaal opgewonden.'

'Hij is gewoon blij om je te zien. Hoe is het met je? Ik heb je de laatste tijd niet veel gezien.'

'Goed, gewoon druk, dat is alles.'

Hij zag dat haar ogen vandaag erg groen waren, net jade.

'Ik ook,' zei ze. 'Hoe was het laatst met Henry en Emma?'

'Het was gezellig. Ik wou dat je er bij had kunnen zijn, maar…'

Hij haalde zijn schouders op alsof het niet belangrijk was, hoewel Julie wist dat dat waarschijnlijk wel zo was. Hij verraste haar echter door meteen van onderwerp te veranderen. 'Ik heb trouwens wel goed nieuws gehad,' zei hij, 'de band die er speelde, Ocracoke Inlet, Drew heeft me gevraagd of ik een keer wil invallen voor hun gitarist. Hun vaste gitarist moet tijdens hun volgende optreden in de Clipper naar een bruiloft in Chicago.'

'Hé... dat is fantastisch. Wanneer is het?'

'Over een paar weken. Ik weet dat het maar eenmalig is, maar het lijkt me wel leuk.'

'Spelen voor een volle zaal, bedoel je?'

'Zeker,' zei hij. 'Ik bedoel, waarom niet? Ik kende de meeste van hun nummers en zo slecht is de band ook niet.'

'Dat is niet wat je eerder zei.'

'Ze hebben me niet eerder gevraagd met hen te spelen.'

'O, dus je was gewoon jaloers?'

Ze had er al spijt van zodra ze het woord gezegd had, maar Mike leek het niet te merken.

'Nee, niet jaloers. Wrevelig, ja, jaloers, nee. En wie weet waar het toe leidt?

'Nou,' zei Julie, 'ik ben blij voor je.'

Even zeiden ze geen van beiden iets en Mike schuifelde wat met zijn voeten.

'Wat heb je allemaal gedaan? Ik bedoel... ik weet dat je met Richard uit bent geweest, maar ik heb je zo weinig gesproken. Is er nog iets opwindends gebeurd?'

'Nee, niet veel. Singer maakt me hartstikke gek, maar dat is het wel zo'n beetje.'

'Singer? Hoezo dan?'

Julie vertelde hem over Singers recente gedrag en Mike lachte. 'Misschien moet je hem af en toe wat Prozac geven of zo.'

'Wie weet. Maar als hier geen eind aan komt, denk ik dat ik een hondenhok voor buiten ga kopen.'

'Ach... ik neem hem met plezier af en toe even mee. Dan ga ik met hem naar het strand en tegen de tijd dat hij thuis komt, is hij voor de rest van de dag te uitgeput om nog te grommen of te blaffen of je achterna te lopen.'

'Misschien hou ik je daar wel aan.'

'Ik hoop het. Ik ben dol op dat beest.' Hij stak zijn hand uit naar Singer. 'Nietwaar?'

Singer aanvaardde Mike's genegenheid met een vriendschappelijke blaf.

'Heb je nog iets nieuws over Andrea te vertellen?' vroeg Mike. Ze praatten geregeld over Andrea.

'Ze vertelde me over haar afspraakje van zaterdag.'

Mike trok zijn neus op. 'De kerel met wie ze in de Clipper was?'

'Heb je hem gezien?'

'Ja. Wat een lelijkerd, zeg. Hij had een gouden tand en alles. Ik dacht dat ze niet dieper kon zinken na die kerel met die pleister, maar ik geloof dat ik het mis had!'

Julie lachte. 'Ik wou dat ik hem gezien had. Mabel zei precies hetzelfde als jij.'

Toen begon ze een beschrijving te geven van de dingen die Andrea over Cobra had gezegd. Mike genoot vooral van dat gedoe over Ed DeBoner, hoewel hij niet begreep waarom dat Andrea wel dwarszat en de rest niet. Op het laatst stond Julie ook te lachen.

'Wat is dat toch met haar?' vroeg Mike. 'Ziet ze dan niet wat wij allemaal wel zien? Ik krijg bijna medelijden met haar.'

'Jij hoeft tenminste niet met haar te werken. Hoewel het eerlijk gezegd voor heel wat vermaak zorgt in de kapsalon.'

'Dat geloof ik. O, Emma wilde trouwens dat ik vroeg of je haar wou bellen. Dat zei Henry tenminste.'

'Doe ik. Weet je waar het over gaat?'

'Nee, niet echt. Ze zal wel gewoon recepten met je uit willen wisselen, of weet ik veel waar jullie ook over praten.'

'Wij praten niet over recepten. We praten over belangrijke dingen.'

'Met andere woorden, jullie roddelen.'

'Het is geen roddelen,' protesteerde ze. 'Het heet op de hoogte blijven.'

'Nou ja, als je wat leuks hoort, bel me dan daarna even, oké? Ik ben de hele avond thuis. En misschien kunnen we ook iets afspreken over Singer. Misschien kan ik hem dit weekend een keer meenemen?'

Julie glimlachte. 'Oké.'

Ik ben blij dat ik dat gedaan heb, dacht Mike tevreden.

Oké, het was geen erg hoogstaand of intiem gesprek, maar hij voelde zich toch gerustgesteld door het feit dat Julie nog steeds graag met hem praatte. Ze hadden grappen gemaakt en samen gelachen, dat zei toch zeker ook wel iets? Natuurlijk wel!

Hij had het goed gespeeld; een luchtig gesprek, geen gevoelige onderwerpen, en hij vertrouwde erop dat ze later nog verder zouden praten, nadat ze Emma had gesproken. Als Emma dan al niets had gezegd wat de moeite waard was om te herhalen, zou Julie vast wel bellen om iets af te spreken over Singer.

Hij weigerde aan Richard te denken. Telkens als hij aan hem – of aan Julie en Richard samen of zelfs dat stomme medaillon dacht – zette hij die gedachte resoluut van zich af. Hij was niet van plan zijn gedachten over Julie daar nu door te laten verpesten.

En voor het grootste deel werkte zijn strategie vrij goed. Mike behield zijn goede humeur tijdens de rest van zijn werk, de rit naar huis en zelfs tijdens het avondeten. Feitelijk duurde het zelfs tot hij in bed naar het late nieuws lag te kijken.

De telefoon was niet gegaan, realiseerde hij zich triest.

De rest van de week was een kwelling voor Mike.

Julie belde niet, en kwam ook niet in de garage langs om hem gedag te zeggen.

Hij had haar natuurlijk kunnen bellen, en hij had in het verleden nooit geaarzeld om de telefoon te pakken, maar nu kon hij dat gewoon niet opbrengen. Voorzover hij wist had ze niet gebeld omdat ze met Richard samen was en hij kon het idee niet verdragen dat hij haar thuis zou bellen en dan te horen zou krijgen dat ze nu niet kon praten omdat ze gezelschap had. Of omdat ze op het punt stond om weg te gaan, of ergens mee bezig was. En als ze dan toevallig niet thuis was, wist hij dat hij zich de hele nacht zou afvragen waar ze heen was en geen oog dicht zou doen.

Julie belde niet alleen de hele week niet, Richard ging niet alleen elke dag naar haar toe (en waarschijnlijk ’s avonds ook nog!) maar op vrijdag zag Mike Julie ook nog eens al halverwege de middag de kapsalon verlaten. Hoewel hij niet wist waar ze naartoe ging, was hij er vrij zeker van waarom ze zo vroeg wegging.

Richard, dacht hij.

Hij probeerde zich er niet druk om te maken, hield zichzelf voor dat daar geen reden toe was. Waarom zou hij ook? Zijn avond was al gepland; hij had wat bier in de koelkast, de videotheek zat om de hoek en hij kon binnen een half uur een pizza in huis hebben. Hij zou zich prima vermaken. Nee, hij zou zich uitstekend vermaken. Lekker onderuit op de bank bijkomen van de week, misschien een paar deuntjes spelen voor hij de video aanzette en de hele nacht opblijven als hij dat wilde.

Even stelde hij zich voor hoe het zou zijn, toen zakten zijn schouders omlaag. Ik ben een zielig figuur, dacht hij. Een gezond mens zou van mijn leven in coma kunnen raken.

Maar wat het helemaal erg maakte, was dat hij erachter kwam waar Richard en Julie heen waren geweest. Niet van haar, maar van mensen die hij nauwelijks kende, dingen die hij hier en daar in de stad had opgevangen: bij de supermarkt, in het wegrestaurant en zelfs tijdens zijn werk in de garage. Het leek opeens of zelfs allerlei vage kennissen van Julie, mensen met wie ze op zondagmiddag een paar minuten had staan praten, veel meer wisten dan hij. Het duurde die maandagochtend bijna twintig minuten voor hij de energie kon opbrengen om op te staan.

Richard scheen Julie te hebben opgehaald met een limousine met champagne aan boord; ze waren in Raleigh gaan dineren en daarna naar een voorstelling van *the Phantom of the Opera* geweest.

Alsof dat nog niet genoeg was, alsof het nog niet speciaal genoeg was om indruk op haar te maken, hadden Richard en Julie ook de zaterdag samen doorgebracht, in de buurt van Wilmington.

Ze hadden een ballonvaart gemaakt en waren daarna gaan picknicken op het strand.

Hoe kon hij daar nou tegen op?

9

Dat was nog eens een weekend, dacht Julie bij zichzelf. Richard kon Bob nog heel wat leren over hoe je indruk op een dame maakt.

Ze vond het nog steeds moeilijk te geloven toen ze op zondagochtend naar haar spiegelbeeld stond te staren. Ze had een dergelijk weekend niet meegemaakt sinds... Nee, ze had gewoon nog nooit zo'n weekend meegemaakt. De schouwburg was een nieuwe ervaring voor haar geweest en toen hij haar in de limousine eindelijk had verteld waar ze heen gingen, dacht ze dat ze het waarschijnlijk wel leuk zou vinden, maar ze wist het niet helemaal zeker. De enige musicals die zij kende waren die welke verfilmd en op televisie uitgebracht waren; ze had half en half verwacht dat een voorstelling in Raleigh in vergelijking met New York City zo iets zou zijn als een heel aardige schoolvoorstelling.

Jeetje, wat had ze het mis gehad.

Ze was er helemaal door overweldigd geweest: de mensen in avondkleding die op de binnenplaats wijn dronken voordat de voorstelling begon; het zwijgen van het publiek toen de lichten begonnen te dimmen; de eerste energieke noten van het orkest; de romantiek en tragiek van het verhaal; de prachtige vertolking en de songs, waarvan sommige zo mooi waren dat ze er tranen van in haar ogen kreeg. En dan de kleuren! De rekwisieten, de kleurige kostuums, het gebruik van licht en schaduw, hadden op het podium een wereld geschapen die zowel vreemd surrealistisch als buitengewoon levendig was.

De hele avond had een droom geleken, besloot ze. Niets was bekend, en gedurende een paar uur had ze het gevoel gehad dat ze in een ander universum terecht was gekomen, waar ze geen kapster in een klein stadje was. Nee, dit was een andere wereld, bevolkt door bewoners van exclusieve woonwijken met een hek eromheen, die 's morgens de beursberichten lazen in de krant terwijl het kindermeisje de kinderen klaarmaakte om naar school te gaan. Toen zij en Richard naderhand naar buiten liepen, had ze zich niet vreemder kunnen voelen als er plotseling twee manen aan de hemel hadden gestaan.

Maar je hoorde haar niet klagen. Ze herinnerde zich dat ze op de terugweg in de limousine had gedacht: dus zo is het om rijk te zijn. Ik begrijp best dat mensen hieraan gewend kunnen raken.

Ook de volgende dag was een verrassing geweest. Niet alleen vanwege wat ze hadden gedaan, maar ook omdat het zo'n contrast was met de avond ervoor: overdag in plaats van 's avonds, een ballonvaart in plaats van een theatervoorstelling, een wandeling door de straten in plaats van een rit in een limousine. Ze hadden een heel repertoire van uitstapjes afgewerkt in maar een paar dagen tijd.

Hoewel de ballonvaart leuk was geweest – wel eng als er een windvlaag kwam, maar toch leuk – had ze van alles wat ze die dag hadden gedaan, van hand in hand wandelen tot speels poseren terwijl Richard wat foto's van haar maakte, nog het meest genoten van de picknick. Dat lag meer in de lijn van wat ze gewend was. Ze had in haar leven veel gepicknickt – Jim was er dol op geweest – en heel even had ze zich weer gewoon zichzelf gevoeld. Dat gevoel hield echter niet lang stand. In de picknickmand zat een fles merlot en een kaas-fruitplankje en toen ze klaar waren met eten had Richard aangeboden haar een voetmassage te geven. Het klonk heel raar en ze had aanvankelijk gelachen en nee gezegd, maar toen hij zacht haar voet vastpakte, haar sandaal uittrok en met de massage begon, moest ze wel toegeven. Zo moest Cleopatra zich gevoeld hebben, dacht ze, wanneer ze zich onder de wuivende palmbladeren ontspande.

Vreemd genoeg dacht ze op dat moment aan haar moeder.

Hoewel ze lang geleden had besloten dat haar moeder niet bepaald betrouwbaar was als moeder of rolmodel, herinnerde ze zich iets wat haar moeder ooit had gezegd toen Julie had gevraagd waarom ze niet meer met haar laatste vriendje uitging.

'Hij raakte me niet van binnen,' had haar moeder nonchalant gezegd. 'Soms is dat gewoon zo.'

Jaren later realiseerde ze zich eindelijk wat haar moeder had bedoeld en nu ze naar Richard zat te kijken, die haar voet in zijn handen hield, dacht ze daar weer aan.

Raakte Richard haar?

Dat zou wel moeten, dacht ze. De hemel wist dat ze waarschijnlijk geen betere man zou vinden, in elk geval niet in Swansboro. Hij had alles wat ze maar kon wensen, maar zelfs nu, na vier romantische afspraakjes, wist ze plotseling toch dat hij haar niet raakte. Datgene wat stelletjes samenbracht – of het nou chemie of magie of een combinatie van beide was – was tussen hen gewoon niet aanwezig. Ze voelde niet het lichte tintelen in haar nek dat ze had gehad toen Jim voor het eerst haar hand vastpakte. Ze had geen behoefte om haar ogen dicht te doen en over een gezamenlijke toekomst te dromen en ze wist zeker dat ze de volgende dag niet zou rondlopen op een roze wolk. De uitstapjes die hij had gepland waren fantastisch, maar ze was gewoon niet zeker van Richard, ook al leek hij een heel aardige man... het soort man dat perfect zou zijn voor iemand anders.

Zoals haar moeder had gezegd, soms was dat gewoon zo.

Ze vroeg zich af of het deels kwam doordat ze haar gevoelens misschien probeerde te overhaasten. Misschien hadden ze gewoon wat meer tijd nodig. Haar relatie met Jim had immers ook tijd nodig gehad om zich te ontwikkelen. Na nog een paar afspraakjes zou ze misschien lachend op haar twijfels van die dag terugkijken. Toch?

Ze dacht daar nog een poosje over na terwijl ze haar haren stond te borstelen en toen ze de borstel neerlegde dacht ze: ja, dat moet het zijn. We moeten elkaar gewoon nog wat beter leren kennen. Bovendien is het ook deels mijn schuld. Ik ben immers degene die de boot afhoudt.

Hoewel ze uren met Richard had gepraat, waren hun gesprekken tot dusver vrij oppervlakkig gebleven. Ze wist wel de voor de hand liggende dingen over hem, en hij over haar, maar meer dan dat vertelde ze hem ook niet. Als het verleden ter sprake kwam, ontweek ze dat. Ze had hem niet verteld hoe moeilijk haar relatie met haar moeder echt was geweest, hoe enerverend het was geweest om voortdurend mannen het huis in en uit te zien lopen, hoe verlaten ze zich had gevoeld toen ze al voor het eind van haar schooltijd het huis uit was gegaan. Of hoe bang ze was geweest in de maanden dat ze op straat had geleefd, vooral 's avonds laat. Of hoe het had gevoeld toen Jim overleed en ze zich afvroeg of ze ooit nog de kracht zou vinden om weer door te gaan. Dat waren de vervelende herinneringen. Af en toe was ze wel in de verleiding gekomen ze met hem te delen, zodat hij echt zou weten wie ze was.

Maar ze had het niet gedaan. Om de een of andere reden kon ze het niet. En hij had haar ook niet veel over zichzelf verteld, bedacht ze.

En kwam het daar uiteindelijk niet op neer? Het vermogen om te communiceren, om je open te stellen, elkaar te vertrouwen? Zij en Jim hadden dat wel gehad, maar net als met het dilemma van de kip en het ei kon ze niet meer zeggen wat er het eerst was geweest, de kleine tintelingen in haar nek of al die andere dingen.

Ze werd in haar gepeins onderbroken door het overgaan van de telefoon. Singer volgde haar naar de woonkamer toen Julie opnam.

'Hallo?'

'En, wat is er gebeurd?' vroeg Emma. 'Ik wil er alles over horen. En waag het niet iets weg te laten.'

'Een voetmassage?' vroeg Mike zonder een poging te doen zijn ongeloof te verbergen. Dat was iets wat hij nog niet van vreemden had gehoord.

'Dat heeft ze gisteren tegen Emma gezegd.'

'Ja maar... een voetmassage?'

'Ik moet toegeven dat hij wel flair heeft.'

'Dat bedoel ik niet.' Mike stak zijn handen in zijn zakken en keek verward voor zich uit.

Henry boog voorover. 'Luister, ik vertel je niet graag nog meer slecht nieuws, maar Benny belde net dat hij vandaag komt.'

Mike kromp ineen. Benny, dacht hij. Lieve hemel, Benny.

Dit werd echt een geweldige dag.

'En Blansen heeft zijn wagen nodig,' ging Henry verder. 'Je krijgt hem toch vandaag klaar, niet? Het maakt deel uit van het contract dat ik met de mensen van de brug heb afgesloten, dus het is belangrijk.'

'Ja, ja, ik krijg hem wel klaar.'

Andrea kon het niet geloven en wilde het niet geloven. Ze werd er bijna misselijk van, vooral van Julie's o-zo-nonchalante houding. Een limousine? Champagne? De musical… *the Phantom of the Opera*, of hoe het ook mocht heten? En een ballonvaart? Een picknick op het strand?

Andrea wilde het niet horen, zelfs niet per ongeluk, maar daar was natuurlijk geen ontkomen aan in zo'n klein stadje als dit.

Haar weekend was heel anders geweest dan dat van Julie, gewoon hetzelfde als alle andere weekenden van de laatste tijd, niet de moeite waard om te onthouden. Vrijdag had ze de avond doorgebracht in de Clipper en voor de tweede keer de avances van Cobra afgeweerd. Ze was niet van plan geweest hem daar te ontmoeten, maar hij had haar meteen gezien en was de hele avond om haar heen blijven hangen. En zaterdag? Wat dacht je van de hele avond de vingernagels bijwerken die de avond daarvoor waren afgebroken? *Wat vind je daarvan, schat?* zou ze wel tegen Julie willen schreeuwen. *Je bent vast razend jaloers op mijn weekend, hè?*

Maar natuurlijk had niemand zelfs maar naar haar weekend gevraagd. Nee, het enige waar Mabel en Julie het over hadden was het weekend van Julie. *En wat gebeurde er toen? Je was zeker wel verbaasd, hè? Dat klinkt fantastisch*. Julie, Julie, Julie. Het ging altijd over Julie. En Julie kon alleen maar haar schouders ophalen en doen alsof het allemaal niet zoveel voorstelde.

In de hoek zat Andrea verwoed haar nagels te vijlen. Het ging niet zoals het zou moeten gaan, dacht ze.

Richard duwde de deur van de salon open en hield hem open toen Julie's klant naar buiten ging.

'O, hallo, Richard,' zei Julie, 'goede timing, ik ben net klaar.'

Hoewel ze er nog niet echt uit was wat haar emoties betrof, was ze toch blij dat hij gekomen was, al was het alleen maar om er achter te komen of het misschien wat duidelijker zou worden als ze hem weer zag.

'Je ziet er mooi uit,' zei hij, zich naar haar toe buigend om haar een kus te geven.

Hoewel die kort duurde, was het voor Julie een bijna analytische onderneming. Geen vuurwerk, dacht ze, maar ook geen gevoel van afgrijzen. Niets meer dan… een kus.

En als ik zo doorga, dacht ze meteen, ben ik straks net zo gek als mijn moeder.

'Heb je een paar minuten om een kop koffie mee te gaan drinken?' vroeg hij.

Mabel was naar de bank. Andrea zat in de hoek de *National Enquirer* door te bladeren – 'de krant lezen' noemde ze dat – maar Julie wist dat ze meeluisterde.

'Ja,' zei Julie, 'ik heb wel even. Mijn volgende afspraak is pas over een half uur.'

Terwijl ze dat zei, dwaalden Richards ogen naar de huid onder haar hals.

'Waar is het medaillon?' vroeg hij.

Julie's hand ging automatisch naar haar borst. 'O, dat heb ik vandaag niet omgedaan. Het bleef steeds aan mijn kleren haken tijdens het werk en ik heb vanmiddag een paar permanents.'

'Waarom stop je het dan niet onder je kleren?'

'Dat heb ik geprobeerd, maar het viel er telkens uit.' Ze deed een stap naar de deur. 'Kom,' zei ze, 'laten we gaan. Ik ben de hele ochtend niet buiten geweest.'

'Zal ik een kortere ketting voor je kopen?'

'Doe niet zo raar. Het is prima zo.'

'Maar je draagt het niet,' drong hij aan.

Julie reageerde niet en in de lange stilte die volgde keek ze hem aandachtig aan. Hij glimlachte wel, maar er was toch iets geforceerds aan zijn gelaatsuitdrukking.

'Zit het je zo dwars dat ik het niet om heb?' vroeg ze.

'Ik dacht dat je het mooi vond.'

'Ik vind het ook mooi, ik wil het alleen niet steeds dragen als ik aan het werk ben.'

Weer kreeg ze de indruk dat zijn vriendelijke uitdrukking iets geforceerds had, maar voor ze er verder over na kon denken, leek Richard uit de betovering te komen waarin hij had verkeerd en werd zijn glimlach weer natuurlijk, alsof het allemaal maar een illusie was geweest.

'Ik zal een kortere ketting voor je kopen,' zei hij. 'Dan heb je er twee en kun je het dragen wanneer je maar wilt.'

'Dat is niet nodig.'

'Dat weet ik,' zei hij, 'maar ik wil het.'

Ze staarde hem aan en voelde zich plotseling… ja, wat voelde ze eigenlijk?

Andrea legde vol afkeer de *Enquirer* weg toen ze de kapsalon uitliepen. Julie was gewoon de grootste idioot die er op aarde rondliep, dacht ze.

Wat haalde ze zich in haar hoofd na zo'n weekend?

Ze had moeten weten dat Richard zou komen. Hij kwam elke dag en Andrea begreep best waarom hij zich gekwetst voelde door haar gebrek aan consideratie. Wie zou dat niet hebben? Er komt niet elke dag iemand als Richard langs, die cadeautjes uitdeelt als een politicus die kerstavond doorbrengt in een weeshuis. Maar had Julie waardering voor wat hij deed? Had ze er ooit bij stilgestaan dat Richard het medaillon misschien voor haar had gekocht omdat hij graag wilde dat ze het droeg? Omdat ze hem daarmee kon laten zien dat ze waardering had voor alles wat hij voor haar deed?

Het probleem was dat Julie niet zag hoe goed ze het had. Ze dacht ongetwijfeld dat alle mannen hetzelfde waren als Richard, dat alle mannen handenvol geld uitgaven aan cadeautjes en uitstapjes en limousines. Maar zo was het niet. Althans niet in dit kleine stadje. Er was voorzover Andrea kon beoordelen niet één fatsoenlijke kerel te vinden in heel Swansboro. Verdorie, die limousine alleen al had waarschijnlijk meer gekost dan al haar uitstapjes van het afgelopen jaar bij elkaar.

Andrea schudde haar hoofd. Julie verdiende een kerel als Richard gewoon niet.

Ze had gewoon geluk dat Richard zo'n geweldige man was. Om nog maar niet te spreken van zijn uiterlijk. Richard was de meest sexy man die ze ooit had gezien, dacht ze.

Gemanipuleerd.

Dat was het gevoel dat Julie had toen Richard weer naar zijn werk was vertrokken.

Gemanipuleerd. Alsof hij gewild had dat ze beloofde dat ze het medaillon weer zou dragen tijdens haar werk. Alsof ze zich schuldig zou moeten voelen omdat ze het niet droeg.

Alsof ze het gewoon altijd zou moeten dragen.

Ze vond dat geen prettig gevoel en ze probeerde het te rijmen met haar beeld van de man die haar dat weekend mee uit had genomen. Waarom was hij zo van streek over zoiets... onbeduidends? Was het nou echt zo belangrijk voor hem?

Tenzij hij zich natuurlijk afvroeg of het een soort onderbewuste uiting was van wat ze voor hem voelde.

Julie vroeg zich af of dat waar kon zijn, vooral gezien de manier waarop ze zich zondag had gevoeld. Sinds hij haar het medaillon had gegeven had ze het steeds gedragen, ook dat weekend. En het was ook niet echt onmogelijk om ermee te werken, alleen maar lastig. Toch had ze vanochtend besloten het thuis te laten, dus misschien...

Nee, dacht Julie hoofdschuddend, dat was het niet. Ze had heel goed geweten wat ze deed. Ze had wel last van het medaillon als ze aan het werk was. Ze had de afgelopen week al twee keer bijna de ketting kapot getrokken en het ding had diverse keren in iemands haar gehangen. Ze had het nu niet omgedaan omdat ze niet wilde dat het kapot ging.

Bovendien ging het daar helemaal niet om. Het ging niet om haar en de reden waarom ze het wel of niet droeg... het ging om Richard en de manier waarop hij had gereageerd. En niet alleen het feit dát het gebeurd was, maar ook hóe dat gebeurd was. De manier waarop hij het had gezegd, die blik in zijn ogen, het gevoel dat zij daardoor had gekregen... dat alles zat haar dwars.

Jim was niet zo geweest. Als Jim kwaad werd – wat trouwens niet vaak gebeurde – probeerde hij niet haar te manipuleren. En hij probeerde zijn woede ook niet te verbergen achter een glimlach. Jim had haar ook nooit de indruk gegeven die Richard haar nu had gegeven, en die haar helemaal niet aanstond.

Zolang alles gebeurt zoals ik het wil, is alles prima in orde, leek Richard te bedoelen, *en dan hebben we dit probleem niet meer*.

Wat was dat nou?

10

Mike stond in de garage bedachtzaam te knikken en deed zijn best zijn klant niet de nek om te draaien.

En die van Henry, omdat hij hem met deze klant had opgezadeld. Zodra Benny Dickens was binnengestapt, had Henry zich plotseling herinnerd dat hij nog een belangrijk telefoontje moest plegen en zich uit de voeten gemaakt.

'Je vindt het toch niet erg om dit even af te handelen, hè, Mike?'

Benny was eenentwintig en de fosformijn net buiten de stad was eigendom van zijn familie: het bedrijf had meer dan driehonderd man in dienst, wat het tot Swansboro's grootste werkgever maakte. Benny had de middelbare school nooit afgemaakt, maar had een monsterlijk groot huis aan de rivier, dat door papa was betaald. Benny werkte niet. Benny had er zelfs nooit over gedacht te gaan werken, en er liepen minstens twee kleine Benny's rond in het stadje, bij twee verschillende vrouwen. Maar de familie Dickens was verreweg de grootste klant van de garage, het soort klant dat een klein bedrijf zich niet kon veroorloven te verliezen. En papa hield van zijn zoon. Papa had het idee dat zijn zoon op water liep. Mike had lang geleden al besloten dat papa een idioot was.

'Herrie,' zei Benny en zijn wangen begonnen te kleuren. 'Ik had gezegd dat ik meer herrie wilde!'

Hij had het over de motor van zijn onlangs aangeschafte Callaway Corvette. Hij had hem naar de garage gebracht omdat hij wilde dat de motor meer herrie maakte. Mike veronderstelde dat hij dat wilde omdat het beter paste bij de vlammen die hij de vorige week op de motorkap had laten schilderen, en bij de stereo-installatie die hij speciaal had laten maken en installeren. Hoewel hij niet studeerde, wilde Benny volgende week in de voorjaarsvakantie met de auto naar Fort Lauderdale in de hoop zo veel mogelijk jongedames te verleiden. Echt een indrukwekkende jongeman.

'Hij maakt al herrie,' zei Mike. 'Als ik hem nog meer herrie laat maken, is het illegaal.'

'Het is niet illegaal.'

'Je wordt aan de kant gezet,' zei Mike, 'dat garandeer ik je.'

Benny knipperde met zijn ogen, alsof hij probeerde te begrijpen wat Mike zojuist had gezegd.

'Je weet niet waar je over praat, stomme doorsmeerder. Het is niet illegaal, hoor je me?'

'Stomme doorsmeerder,' zei Mike, 'ik heb het begrepen.'

Twee handen rond zijn nek, duimen op zijn adamsappel en knijpen, dacht hij.

Benny zette zijn handen op zijn heupen. Zoals gewoonlijk droeg hij zijn Rolex.

'Pa heeft toch al zijn wagens hier in onderhoud?'

'Ja.'

'En ik ben toch ook een goede klant?'

'Ja.'

'Ik heb hier toch mijn Porsche én mijn Jaguar gekocht?'

'Ja.'

'Ik betaal toch altijd mijn rekeningen op tijd?'

'Ja.'

Benny zwaaide opgewonden met zijn armen en zijn stem werd luider.

'Waarom zorg je dan niet dat de motor meer herrie maakt! Ik herinner me dat ik pas een paar dagen geleden hier binnen ben komen lopen en het heel duidelijk heb uitgelegd. Ik zei dat ik herrie wilde! De meisjes zijn daar gek op! En ik ga niet daarheen voor de zon! Hoor je me?'

'Meisjes, geen zon,' zei Mike. 'Begrepen.'

'Zorg dan dat hij herrie maakt!'

'Herrie!'

'Juist! En ik wil dat hij morgen klaar is!'

'Morgen.'

'Herrie! Dat versta je toch zeker wel? Herrie!'

'Juist.'

Henry stond achter Mike en wreef peinzend over zijn kin. Zodra Benny in zijn Jaguar was weggescheurd, was hij weer de garage in komen lopen. Mike ziedde nog steeds en liep in zichzelf te mompelen, zich niet bewust van Henry's aanwezigheid.

'Misschien had je hem meer herrie moeten laten maken,' opperde Henry, 'de motor bedoel ik.'

Mike keek op. 'Hou je kop, Henry.'

Henry hief in gemaakte onschuld zijn handen op. 'Ik probeer alleen maar te helpen.'

'Ja, ja, net als de kerel die de schakelaar van de elektrische stoel omzet. Waarom heb je mij die knul dan in de schoenen geschoven?'

'Je weet toch dat ik hem niet uit kan staan.'

'O, en ik wel?'

'Misschien niet. Maar jij kunt veel beter tegen dat gescheld dan ik. Je pakt hem zo goed aan, en je weet dat we het ons niet kunnen veroorloven het bedrijf van zijn pa als klant kwijt te raken.'

'Ik had hem bijna gewurgd.'

'Maar niet helemaal. En denk je eens in, nu kunnen we hem waarschijnlijk een hogere rekening sturen.'

'Dan is het dat nog niet waard.'

'Ach, Mike, kom op. Je hebt het echt professioneel aangepakt. Ik was onder de indruk.'

'Hij noemde me een stomme doorsmeerder.'

'Uit zijn mond moet je dat waarschijnlijk als een compliment opvatten.' Henry legde een hand op Mike's schouder. 'Maar als het weer gebeurt, moet je misschien eens iets anders proberen om hem een beetje te kalmeren.'

'Linnentape?'

'Nee, ik dacht aan iets subtielers.'

‘Zoals?’

‘Ik weet het niet.’ Hij zweeg en wreef weer over zijn kin. ‘Heb je er wel eens aan gedacht hem een voetmassage aan te bieden?’

Mike’s mond viel open.

Soms had hij echt een hartgrondige hekel aan zijn broer.

Jake Blansen kwam kort na vier uur zijn wagen ophalen en nadat hij in het kantoortje de rekening had betaald, kwam hij naar Mike.

‘De sleutels zitten in het contact,’ zei Mike. ‘En denk erom, ik heb de remmen wat strakker afgesteld, dus houd daar even rekening mee. Verder is alles prima in orde.’

Jake Blansen knikte. Jake was het prototype van de arbeider met een bierbuik en brede schouders, een tandenstoker tussen zijn tanden en een NASCAR-logo op zijn honkbalcap. Hij had grote zweetplekken onder zijn armen, en zijn laarzen en broek zaten onder het cementstof.

‘Ik zal het ze zeggen,’ zei Jake. ‘Al weet ik eerlijk gezegd niet waarom ik dat ding moest komen halen. De afdeling onderhoud wordt eigenlijk geacht voor de wagens zorgen. Maar je zult wel weten hoe dat gaat. De bazen maken er weer een potje van.’

Mike knikte in Henry’s richting. ‘Ik weet wat je bedoelt. Die daar is af en toe ook behoorlijk lastig. Maar ik heb gehoord dat hij Viagra slikt, dus ik mag het hem misschien niet kwalijk nemen. Het moet moeilijk zijn om te weten dat je maar een halve man bent.’

Jake lachte. Dat vond hij leuk.

Mike glimlachte ook en had het gevoel zich althans ten dele te hebben gewroken. ‘Met hoeveel man zitten jullie daar tegenwoordig?’

‘Dat weet ik niet eens. Een paar honderd misschien. Waarom? Zoek je een baantje?’

‘Nee, ik ben automonteur. Het is alleen dat ik pas een van de ingenieurs heb ontmoet die als adviseur aan de brug werken.’

‘Welke dan?’

‘Richard Franklin. Ken je hem?’

Jake bleef Mike aankijken terwijl hij de tandenstoker uit zijn mond haalde. ‘Ja, ik ken hem,’ zei hij.

'Aardige kerel?'

'Wat denk je?' vroeg hij.

De behoedzaamheid in zijn toon deed Mike aarzelen. 'Ik neem aan dat het antwoord nee is.'

Jake leek daarover na te denken.

'Wat kan jou dat schelen?' vroeg hij uiteindelijk. 'Ben je een vriend van hem?'

'Nee... zoals ik al zei, heb ik hem maar één keer ontmoet.'

'Hou dat maar zo. Je wilt hem niet kennen.'

'Waarom niet?'

Na lang stilzwijgen schudde Jake zijn hoofd en hoewel Mike wel probeerde meer te weten te komen, zei hij niets. Hij bracht het gesprek weer op de wagen en verliet de garage een paar minuten later, Mike achterlatend met de vraag wat het nou eigenlijk was dat Jake hem niet had verteld en waarom dat plotseling veel belangrijker leek dat wat hij wél had gezegd.

Zijn gedachtegang werd echter onderbroken toen Singer binnen kwam lopen.

'Hé, grote jongen!' riep Mike.

Toen Singer vlak bij hem was, sprong hij op en zette zijn voorpoten tegen Mike's borst alsof ze samen aan het dansen waren.

'Wat doe je hier?' vroeg Mike.

Singer liet zich weer op alle vier zijn poten zakken en liep naar Mike's kastje.

'Ik heb niets te eten,' zei Mike, hem achterna lopend, 'maar ik weet dat Henry wel wat in zijn kantoor heeft liggen. Laten we dat gaan halen.'

Singer ging hem voor. Mike trok de onderste la van Henry's bureau open, haalde Henry's favoriete hapjes eruit – de miniatuurdonuts en de chocoladekoekjes – en liet zich in Henry's stoel zakken. Hij gooide de koekjes een voor een naar Singer, die ze in de lucht opving. Hoewel het waarschijnlijk niet goed voor hem was, kwispelde hij de hele tijd goedkeurend. En Henry zou behoorlijk kwaad zijn als hij merkte dat zijn voorraadje verdwenen was. Daarmee sloeg Mike mooi twee vliegen in één klap.

Toen haar laatste klant van die dag op weg naar buiten was, keek Julie de kapsalon rond. 'Heb jij Singer gezien?' vroeg ze aan Mabel.

'Ik heb hem een poosje geleden buiten gelaten,' zei Mabel. 'Hij stond voor de deur.'

'Hoe lang is dat geleden?'

'Ik denk ongeveer een uur.'

Julie keek op haar horloge. Singer bleef nooit zo lang weg.

'En is hij niet terug geweest?'

'Volgens mij zag ik hem naar Mike lopen.'

Singer lag op een oude deken te snurken terwijl Mike de versnellingsbak van een Pontiac Sunbird afstelde. 'Hé, Mike. Ben je nog hier?' riep Julie.

Mike keek op bij het horen van haar stem en stapte naar voren. 'Hier achterin,' riep hij. Singer hief loom zijn kop op.

'Heb je Singer gezien?'

'Ja, hij is hier.' Hij knikte in de richting van de deken en pakte een poetsdoek. Terwijl hij zijn handen stond af te vegen, kwam Singer overeind en liep naar haar toe.

'Daar ben je,' zei ze. Singer liep een keer om haar heen en ze krabde hem over zijn rug. 'Ik begon me al zorgen over je te maken.'

Mike glimlachte, blij dat Singer bij hem was gebleven.

Ze keek op. 'Wat is er gaande?'

'Niet veel. Hoe is het met jou?'

'Ik ben in orde.'

'Alleen maar in orde?'

'Het is gewoon een van die dagen,' zei ze. 'Je kent dat wel.'

'Ja, inderdaad,' zei hij. 'Vooral vandaag. Eerst kwam Benny, en toen ging Henry bijna dood.'

'Wacht even... Henry ging bijna dood?'

'Dood... vermoord... doet er niet toe. Ik kon mezelf nog net inhouden, omdat ik de gedachte niet kon verdragen aan wat onze ouders zouden zeggen als ik achter de tralies zat. Maar ik vertel je dit... het scheelde niet veel.'

'Heeft hij het je weer moeilijk gemaakt, vandaag?'

'Wanneer doet hij dat niet?'

'Arme jongen,' zei ze. 'Help me onthouden dat ik een potje voor je huil, vanavond.'

'Ik wist wel dat ik op jou kon rekenen,' zei hij.

Julie lachte. Soms was hij zo verdraaid leuk, vooral met dat kuiltje in zijn wang. 'Wat had hij gedaan? Weer een gat in de achterkant van je overall geknipt?'

'Nee, dat doet hij al een tijdje niet meer. En bovendien heb ik hem de laatste keer dat hij dat deed teruggepakt door een moersleutel in te smeren met snellijm en hem toen te vragen die even voor me vast te houden terwijl ik iets nakeek. Hij kon het ding pas de volgende morgen van zijn hand krijgen en moest er mee naar bed.'

'Dat weet ik nog,' zei Julie giechelend. 'Hij wilde daarna wekenlang niets aanpakken wat jij hem gaf.'

'Ja,' zei Mike nog nagenietend. Dat was een van zijn beste momenten geweest. 'Ik zou misschien vaker dat soort dingen moeten doen, maar zo ben ik gewoon niet.'

'Wat je ook doet, hij zal het je altijd moeilijk maken. Je moet maar bedenken dat hij het doet omdat hij jaloers is.'

'Denk je?'

'Zeker weten. Hij wordt kaal, en hij lijdt bovendien aan de ziekte van Dunlop.'

'Dunlop?'

'Ja, heb je die autoband niet zien zitten om zijn middel?'

Mike lachte. 'Ja, het moet wel moeilijk voor hem zijn om op die manier oud te worden.'

'Maar je hebt mijn vraag nog niet beantwoord. Wat heeft hij vandaag gedaan?'

Mike kon haar natuurlijk niet over Henry's opmerking vertellen. In plaats daarvan liep hij naar de frisdrankautomaat en haalde wat kleingeld uit zijn zak. 'Ach... je weet wel,' zei hij nonchalant. 'Hetzelfde als altijd.'

Ze zette haar handen op haar heupen. 'Het moet wel iets goeds zijn geweest als je het mij niet wilt vertellen.'

'Ik vertel het toch niet,' zei hij. Toen ging hij wat rechter staan en kreeg zijn stem een serieuze klank. 'Maar soms,' zei hij, 'kan ik me niet aan het idee onttrekken dat jij vreselijk geniet van die dingen, en ik moet zeggen dat me dat kwetst.'

Hij gaf Julie een blikje Cola-Light en pakte zelf een Dr. Pepper. Hij hoefde niet te vragen wat ze wilde; dat wist hij al.

'O, dat kwetst je,' zei Julie, 'moet ik vanavond dan twee potjes voor je huilen?'

'Twee zou aardig zijn, maar maak er drie van en ik vergeef je.'

Toen hij grinnikte realiseerde Julie zich hoezeer ze deze gesprekken met hem had gemist de laatste tijd. 'Is er afgezien van Henry vandaag nog iets spannends gebeurd?'

Mike dacht even na. *Ene Jake Blansen vertelde iets cryptisch over Richard. Wil je dat horen?*

Nee, dit was niet het juiste moment om daarover te beginnen. Hij schudde zijn hoofd. 'Niet echt. En bij jou?'

'Niets.' Ze keek naar Singer. 'Behalve dat deze jongen is weggelopen. Ik was eventjes echt bang dat er iets met hem gebeurd zou zijn.'

'Singer? Een auto maakt geen kans tegen hem, die zou verpletterd worden.'

'Ik was toch bezorgd.'

'Dat is omdat je een vrouw bent. Mannen als ik... wij maken ons geen zorgen. We zijn getraind om niet in paniek te raken.'

Julie glimlachte. 'Dat is goed om te weten. Als er een orkaan komt, bel ik jou om mijn ramen dicht te timmeren.'

'Dat doe je toch al. Je hebt zelfs speciaal een hamer voor me gekocht, weet je nog?'

'Nou, je kunt toch niet verwachten dat íк het doe. Ik zou wel eens in paniek kunnen raken.'

Mike grinnikte en heel even waren ze stil. Wat nu, dacht hij.

'Hoe gaat het met Richard?' vroeg hij, zijn best doend nonchalant te klinken.

Julie aarzelde. Ja, dat vroeg ze zich zelf ook af.

'Oké,' antwoordde ze. 'Het weekend was leuk, maar...' Ze liet haar stem wegsterven en vroeg zich af hoeveel ze echt aan Mike wilde vertellen?

'Maar?'

'Het is niet zo belangrijk.'

Hij keek haar aan. 'Zeker weten?'

'Ja, zeker weten.' Ze glimlachte wat geforceerd. 'Zoals ik zei, het was niets.'

Mike voelde haar onbehagen aan, maar zei verder niets. Zij wilde niet over Richard praten en hij ook niet. Daar had hij geen moeite mee.

'Nou, luister, als je ergens over wilt praten, dan ben ik er voor je, oké?'

'Oké.'

'Ik meen het,' zei hij. 'Ik ben er altijd.'

'Dat weet ik.' Ze legde een hand op zijn schouder in een poging de spanning te verdrijven. 'Je zou eens wat meer uit moeten gaan. Wat van de wereld zien, exotische reizen maken.'

'Wat? En mijn dagelijkse herhalingen van *Baywatch* missen?'

'Juist,' zei ze. 'Alles beter dan televisie. Maar als je niet van reizen houdt, kun je misschien iets anders proberen. Zoals een muziekinstrument leren bespelen.'

Mike kneep zijn lippen op elkaar. 'Dát, mijn beste meid, was een slag onder de gordel.'

Haar ogen glommen. 'Net zo goed als die van Henry?'

Hij dacht even na. 'Nee, die van Henry was beter.'

'Verdorie.'

'Wat kan ik zeggen? Je bent pas een beginneling.'

Ze glimlachte, leunde toen iets achterover als om hem te evalueren. 'Je bent heel gemakkelijk in de omgang, weet je dat?'

'Omdat ik gemakkelijk te plagen ben?'

'Nee, omdat je er zo goed tegen kunt.'

Mike nam even de tijd om wat smeer onder zijn nagels uit te halen. 'Dat is grappig,' zei hij.

'Wat?'

'Wat je net zei. Andrea zei namelijk precies hetzelfde.'

‘Andrea?’ zei ze, zich afvragend of ze hem wel goed had verstaan.

‘Ja, dit weekend. Toen we samen uitgingen. Dat doet me er trouwens aan denken… ik moet haar over een paar minuten ophalen.’

Hij keek op zijn horloge en toen naar zijn kastje.

‘Maar… wacht even… Andrea?’ Julie kon haar verbazing niet verbergen.

‘Ja… ze is geweldig. Het was erg gezellig. Maar… ik moet nu weg.’

Julie pakte zijn arm beet. ‘Maar…’ zei ze. ‘Jij en Andrea?’

Mike staarde haar enkele seconden doodernstig aan en knipoogde toen. ‘Ik had je te pakken, hè?’

Julie sloeg haar armen over elkaar. ‘Nee,’ zei ze.

‘Kom op. Een klein beetje?’

‘Nee.’

‘Geef het maar toe.’

‘Oké, goed dan. Ik geef het toe.’

Mike keek haar tevreden aan. ‘Mooi. Nu staan we quitte.’

11

Julie liet de deur achter zich dichtvallen, nog nagenietend van het gesprek met Mike. Mabel keek op van haar bureau.

'Had je vanavond met Richard afgesproken?' vroeg ze.

'Nee. Waarom?'

'Hij was net hier en vroeg naar je. Heb je hem niet gezien?'

'Ik was bij Mike in de garage.'

'Heb je Richard niet gezien toen je terugkwam?'

'Nee.'

'Dat is vreemd,' zei ze. 'Je had hem toch moeten zien. Ik bedoel, hij is net weg en ik dacht dat hij je ging zoeken.'

'Dat zal dan wel niet.' Julie keek naar de deur. 'Zei hij wat hij wilde?'

'Niet echt. Alleen dat hij je zocht. Misschien kun je hem nog inhalen als je snel bent.'

Terwijl Mabel het antwoordapparaat aanzette en haar bureau verder opruimde, zag ze Julie twijfelen en niets doen.

'Ik weet niet hoe het met jou zit,' zei ze, 'maar ik ben bekaf. Al mijn klanten hadden wat om over te klagen vandaag. Als het niet over hun haar was, dan wel over hun echtgenoot of over de nieuwe dominee of blaffende honden of over krankzinnige chauffeurs. Soms zou je wel tegen ze willen zeggen dat ze maar eens volwassen moeten worden. Snap je wat ik bedoel?'

Julie dacht nog steeds aan Richard.

'Het zal wel volle maan zijn,' mompelde ze. 'Iedereen had er vandaag last van.'

'Zelfs Mike?'

'Nee, Mike niet,' zei Julie opgelucht. 'Mike is altijd dezelfde.'

Mabel trok de onderste la van haar bureau open en haalde er een fles uit. 'Nou, het is tijd om de dufheid te verdrijven,' verkondigde ze. 'Doe je mee?'

'Ja, ik doe mee. Ik zal de deur even op slot doen.'

Mabel haalde twee kunststof glazen uit de onderste la en maakte het zich gemakkelijk op de bank. Tegen de tijd dat Julie bij haar kwam zitten, had Mabel haar schoenen al uitgeschopt, haar voeten op het tafeltje gelegd en ingeschonken. Met haar ogen dicht en haar hoofd achterover leek het bijna alsof ze op een ligstoel aan het strand onder een tropische zon lag te genieten.

'Waar is Mike mee bezig tegenwoordig?' vroeg ze, haar ogen nog steeds dicht. 'We hebben hem hier niet veel gezien de laatste tijd.'

'Niets opwindends. Hij werkt, wordt geplaagd door Henry, het gebruikelijke verhaal. Verder niets bijzonders.' Ze zweeg even en haar gezicht klaarde op. 'O, heb je gehoord dat hij over een paar weken in de Clipper speelt?'

'O... hoera.' Het gebrek aan enthousiasme was tastbaar.

Julie lachte. 'Kom op. Trouwens, hij speelt deze keer met een heel aardige band.'

'Dat zal niet helpen.'

'Zo slecht is hij nou ook weer niet.'

Mabel glimlachte en ging rechtop zitten. 'Ach, lieverd, ik weet dat hij je vriend is, maar voor mij is hij praktisch een lid van de familie. Ik heb hem in een luier rond zien lopen en geloof me nou maar als ik zeg dat hij echt zo slecht is. Ik weet ook dat hij er gek van wordt, omdat het iets is wat hij altijd al gewild heeft. Maar ik laat hem echt mijn oren niet verpesten.'

'Ach, hij geniet ervan. Als het optreden hem gelukkig maakt, dan ben ik blij voor hem.'

Mabel glimlachte. 'Je bent echt een heel bijzondere meid, Julie. Het kan me niet schelen wat anderen over je zeggen... ik ben dol op je.' Ze hield haar glas omhoog als in een toast.

'Insgelijks,' zei Julie.

‘Hoe zit het nou met jou en Richard?’ vroeg Mabel. ‘Je hebt het nauwelijks over hem gehad sinds hij vanochtend hier was.’

‘Het gaat wel oké, geloof ik.’

Mabels kin kwam omhoog. ‘Geloof je?’

‘Het gaat goed,’ zei Julie.

Mabel bestudeerde even haar gezicht. ‘Waarom heb je net dan niet geprobeerd hem in te halen toen ik dat zei?’

‘Zomaar,’ antwoordde Julie. ‘Ik had hem vandaag toch al gezien.’

‘Aha,’ zei Mabel met langgerekte klanken. ‘Ik geloof dat ik het begrijp.’

Julie nam een slok en voelde de drank branden in haar keel. Ze mocht met Mike dan niet over Richard kunnen praten, maar Mabel was een ander verhaal. Mabel zou haar kunnen helpen wijs te worden uit haar gevoelens voor hem.

‘Herinner je je het medaillon dat hij me gaf?’

‘Hoe zou ik dat kunnen vergeten, J.B.?’

‘Nou,’ zei Julie, ‘het probleem was dat ik het vandaag niet droeg.’

‘Nou en?’

‘Dat dacht ik ook. Maar ik geloof dat Richard zich daardoor beledigd voelde.’

‘Nou zeg, herinner me er dan maar aan dat ik hem nooit mijn gehaktschotel voorzet.’ Toen Julie niet reageerde, vervolgde ze: ‘Dus hij was beledigd. Nou en? Mannen hebben ook zo hun eigenaardigheden, en geloof me, er zijn ergere. Maar ik denk dat je wat er vandaag is gebeurd moet afzetten tegen de rest. Je bent nu, eh… drie keer met hem uit geweest?’

‘Vier keer, als je het afgelopen weekend voor twee rekent.’

‘En je zei dat hij erg aardig is geweest, niet?’

‘Ja, tot dusver wel.’

‘Misschien had hij dan gewoon een slechte dag. Je zei toch dat hij op onregelmatige tijden werkt? Misschien heeft hij zondag nog laat moeten werken. Wie weet?’

Julie tikte met haar vingers tegen haar glas. ‘Misschien.’

Mabel draaide de whisky in haar glas om. ‘Maak je er niet te druk over,’ zei ze. ‘Zolang hij niet te ver is gegaan, is het niet erg.’

'Dus ik moet het maar vergeten?'

'Niet precies. Je moet het ook niet helemaal negeren.'

Julie keek op, recht in Mabels ogen.

'Neem dit nou maar aan van een dame die door de jaren heen te veel afspraakjes en te veel mannen mee heeft gemaakt,' zei Mabel. Iedereen – ook jij – is op zijn best aan het begin van een relatie. Soms blijken kleine eigenaardigheden grote te zijn, en het grote voordeel dat vrouwen daarbij hebben – en soms het enige voordeel – is hun intuïtie.'

'Maar je zei net dat ik me geen zorgen moest maken.'

'Dat zei ik ook. Maar je moet wel naar je intuïtie luisteren.'

'Dus je denkt wel dat het een probleem is?'

'Lieverd, ik weet niet wat ik ervan moet denken, evenmin als jij. Ik heb geen boek met magische antwoorden. Ik zeg alleen dat je het niet zomaar van je af moet zetten als het je dwarszit, maar dat je iets goeds er ook niet door moet laten verpesten. Daar zijn afspraakjes voor, weet je... om dingen over iemand te weten te komen. Om te zien of het klikt tussen jullie. Ik roer er alleen wat ouderwets gezond verstand door, dat is alles.'

Julie zweeg even. 'Je zult wel gelijk hebben,' zei ze.

De telefoon ging en Mabel draaide zich om. Even later schakelde het antwoordapparaat in. Nadat ze had geluisterd wie het was, wendde ze zich weer tot Julie.

'Vier afspraakjes, dus, hè?'

Julie knikte.

'Komt er nog een vijfde?'

'Hij heeft me nog niet gevraagd, maar ik denk wel dat hij dat zal doen.'

'Dat is een vreemde manier om mijn vraag te beantwoorden.'

'Hoe bedoel je?'

'Je zei niet wat jij zou zeggen als hij je vraagt.'

Julie wendde haar blik af. 'Nee, dat klopt.'

Richard stond op haar te wachten toen ze thuiskwam.

Zijn auto stond voor haar huis geparkeerd en hij stond ertegenaan geleund, met zijn armen over elkaar toe te kijken terwijl ze haar oprit opreed.

Julie zette de motor uit en keek Singer aan terwijl ze haar gordel losmaakte.

'Je blijft in de jeep tot ik je roep, oké?'

Singer zette zijn oren overeind.

'En gedraag je,' zei ze terwijl ze uitstapte. Tegen die tijd stond Richard op de oprit.

'Hallo, Julie,' zei hij.

'Hoi, Richard,' zei ze neutraal. 'Wat doe je hier?'

Hij verplaatste zijn gewicht van de ene op de andere voet. 'Ik had een paar minuten en besloot even langs te komen. Ik was in de kapsalon geweest, maar je was weg.'

'Ik moest Singer gaan halen. Hij was in de garage.'

Richard knikte. 'Dat zei Mabel, maar ik kon niet wachten... ik had wat blauwdrukken die ik moest afgeven voor het kantoor dichtging, en ik moet ook zo meteen weer weg. Ik wilde je gewoon zeggen dat het me spijt van vanochtend. Ik heb eens nagedacht en ik geloof dat ik wat te ver ben gegaan.'

Hij glimlachte wat benepen, als een kind dat is betrapt met zijn hand in de koektrommel.

'Nou,' begon ze, 'nu je het zegt...'

Richard stak zijn handen op. 'Ik weet het, ik weet het. Geen excuus. Ik wilde gewoon even komen zeggen dat het me spijt.'

Julie streek een lok haar uit haar gezicht weg. 'Was je nou echt zo van streek omdat ik het medaillon niet droeg?'

'Nee,' zei hij. 'Geloof me... daar ging het niet om.'

'Waar dan om?'

Richard wendde zijn blik af. Hij sprak zo zacht dat ze hem nauwelijks verstond.

'Het is gewoon dat ik het zo leuk heb gehad dit weekend en toen ik zag dat je het niet om had, dacht ik dat jij misschien niet hetzelfde voelde. Ik had geloof ik het gevoel dat ik je had teleurgesteld. Ik bedoel... je weet niet hoe ik heb genoten van de tijd die we samen hebben doorgebracht. Begrijp je wat ik probeer te zeggen?'

Julie dacht even na en knikte toen.

'Ja,' zei ze.

'Ik wist dat je het zou begrijpen,' zei hij. Hij keek om zich heen, alsof hij plotseling nerveus was in haar aanwezigheid. 'Nou… zoals ik al zei, ik moet terug aan het werk.'

'Oké,' zei Julie en ze dwong zichzelf te glimlachen.

Even later was hij weg, deze keer zonder haar te kussen.

12

In het donker naderde Richard het gehuurde Victoriaanse huis dat hij tijdelijk zijn thuis noemde. Het lag aan de rand van de stad, omringd door boerenland, een paar honderd meter van de weg af.

Het huis was half zo hoog als de dennenbomen die eromheen stonden en bezat, hoewel het enigszins verwaarloosd was, nog altijd een zekere ouderwetse charme. Er moest eigenlijk wel het een en ander aan gedaan worden en wat eens een goedverzorgde tuin was geweest, was nu overwoekerd door onkruid, maar dat deerde hem niet. Er school schoonheid in de willekeur van de natuur, vond hij, in de gekromde en hoekige lijnen van de schaduwen bij het vallen van de avond, in de verschillende kleuren en vormen van de takken en bladeren bij daglicht.

Binnen gaf hij echter de voorkeur aan orde. De willekeur eindigde op de stoep. Hij duwde de deur open en deed het licht aan. Het gehuurde meubilair – niet veel, maar voldoende om het huis presentabel te maken – was niet echt zijn smaak, maar in een klein stadje als Swansboro was de keus beperkt. In een wereld van goedkope producten en verkopers in polyester jassen had hij de minst weerzinwekkende voorwerpen gekozen die hij kon vinden: bruine corduroy banken, bijzettafels van eiken multiplex, en kunststof lampen met namaakkoper.

Vanavond lette hij echter niet op het decor. Vanavond dacht hij alleen aan Julie. En aan het medaillon. En de manier waarop ze naar hem had gekeken.

Hij had weer te veel aangedrongen en ze had hem daar weer op aangesproken. Ze werd een echte uitdaging, maar daar hield hij wel van. Dat respecteerde hij, want hij had bovenal een hekel aan zwakte.

Waarom ter wereld woonde ze in zo'n klein stadje?

Julie hoorde in de grote stad thuis, dacht hij, de wereld van volle trottoirs en flitsende neonlampen, snelle beledigingen en pittige reacties. Ze was te fel, te stijlvol voor een plek als deze. Er was hier niet voldoende energie waarop ze kon teren, niets wat haar op de lange duur zou kunnen voeden. Kracht die niet werd gebruikt nam af en als Julie hier bleef, zou ze zwak worden zoals zijn moeder zwak was geworden. En op den duur zou er niets meer te respecteren zijn.

Net als bij zijn moeder. Het slachtoffer. Altijd het slachtoffer.

Hij sloot zijn ogen, keerde terug naar het verleden. Het was 1974, en het beeld was altijd hetzelfde.

Met haar gezwollen, dichte rechteroog en haar paarse wang laadde zijn moeder gehaast een koffer in de auto. In de koffer zaten kleren voor hen allebei. In haar portemonnee had ze zevenendertig dollar aan kleingeld. Het had haar bijna een jaar gekost om dat te sparen; Vernon regelde de financiën en gaf haar net genoeg om boodschappen te doen. Ze mocht de cheques niet gebruiken en wist niet eens op welke bank hij zijn salaris liet storten. Het beetje geld dat ze had, had ze gevonden onder de kussens van de bank, munten die uit zijn broekzak waren gevallen als hij voor de televisie in slaap viel. Ze had de munten verstopt in een waspoederdoos op de bovenste plank in de bijkeuken en telkens als hij die kant uit liep, bonkte haar hart in haar borst.

Ze hield zich voor dat ze deze keer voorgoed wegging. Deze keer zou ze zich niet laten overhalen om terug te komen. Ze zou hem niet geloven, hoe lief hij ook tegen haar deed, hoe oprecht zijn beloftes ook klonken. Ze hield zich voor dat het haar dood zou worden als ze weer bij hem bleef. Misschien niet deze maand of volgende maand, maar eens zou hij haar doden. En daarna haar zoon. Ze bleef die dingen voor zichzelf herhalen als een mantra, alsof de woorden haar de kracht zouden geven om weg te gaan.

Richard dacht aan zijn moeder zoals ze die dag was. Hoe ze hem van school thuis had gehouden, hem had gezegd naar binnen te gaan en het brood en de pindakaas te pakken, omdat ze gingen picknicken. Hoe ze hem had gezegd dat hij zijn jas mee moest nemen, voor het geval het kouder werd. Hij was zes en deed wat zijn moeder hem vroeg, ook al wist hij dat ze loog.

Hij had zijn moeder de vorige avond toen hij in bed lag horen schreeuwen en huilen. Hij had de klap gehoord van zijn vaders hand die haar wang raakte, had zijn moeder tegen de dunne wand horen vallen die zijn kamer scheidde van de hunne, had haar horen kreunen en smeken dat hij op moest houden, dat ze wel van plan was geweest naar de wasserette te gaan, maar in plaats daarvan met hun zoon naar de dokter had gemoeten. Hij had gehoord hoe Vernon zijn moeder uitschold en dezelfde beschuldigingen uitte die hij altijd riep als hij dronken was. 'Hij lijkt niet op mij!' had zijn vader geschreeuwd. 'Hij is niet mijn zoon!'

Terwijl hij in zijn bed lag te luisteren had hij gebeden dat het waar was. Hij wilde niet dat dat monster zijn vader was. Hij haatte hem. Hij haatte de vette glans in zijn haar als hij thuis kwam van de chemische fabriek, en de dranklucht elke avond. Hij haatte het dat andere kinderen in de buurt een fiets en rolschaatsen kregen met Kerstmis en hij alleen een honkbalknuppel zonder handschoen of bal. Hij haatte de manier waarop hij zijn moeder sloeg als het huis niet schoon genoeg was of hij iets niet snel genoeg kon vinden. Hij haatte het dat hij altijd de gordijnen dicht hield en dat er nooit iemand op bezoek mocht komen.

'Haast je,' zei zijn moeder, 'we willen een goed plekje in het park.'

Hij rende naar binnen.

Zijn vader zou over een uur thuiskomen voor de lunch, zoals elke dag. Hoewel hij te voet naar zijn werk ging, nam hij altijd de autosleutels mee. Zijn moeder had vanochtend een van de sleutels van zijn sleutelhanger gehaald toen zijn vader de krant zat te lezen en de eieren met spek zat te eten die ze voor hem had klaargemaakt.

Ze hadden meteen weg moeten gaan, zodra zijn vader was vertrokken naar de fabriek. Dat wist hij zelfs op zijn zesde al, maar zijn moeder had uren aan tafel met bevende handen de ene sigaret na de andere zitten roken. Ze had niets gedaan en niets gezegd, tot een paar minuten geleden.

Maar nu raakten ze in tijdnood. Ze was doodsbang dat ze het niet zouden redden. Weer niet.

Hij kwam naar buiten gerend met het brood, de pindakaas en zijn jas, en rende naar de auto. Zelfs rennend kon hij zien dat het wit van zijn moeders linkeroog rood zag van het bloed. Hij trok het portier van de Pontiac hard dicht en ze probeerde de sleutel in het contact te steken, maar miste. Haar handen beefden. Ze ademde diep in en probeerde het opnieuw. Deze keer sloeg de motor aan en ze probeerde te glimlachen. Haar lip was gezwollen en door haar paarse gezicht en bloederige oog kreeg de glimlach iets angstaanjagends. Ze zette de auto in de achteruit en reed langzaam de garage uit. Op de weg beland aarzelde ze heel even en keek naar het dashboard.

Ze hapte naar adem. De benzinemeter gaf aan dat de tank bijna leeg was.

Dus bleven ze. Alweer. Zoals altijd.

Die avond hoorde hij zijn vader en moeder in hun slaapkamer, maar het waren dit keer geen boze geluiden. Hij hoorde hen lachen en kussen; later hoorde hij zijn moeder hijgen en zijn vaders naam roepen. Toen hij de volgende morgen uit bed kwam, hielden zijn vader en moeder elkaar in de keuken vast. Zijn vader knipoogde naar hem en liet zijn hand zakken tot op haar rok.

Hij zag zijn moeder blozen.

Richard opende zijn ogen. Nee, dacht hij, Julie kon hier niet blijven. Niet als ze het leven wilde leiden waarvoor ze was voorbestemd, het leven dat ze verdiende. Hij zou haar hier weghalen.

Het was stom van hem geweest om iets over het medaillon te zeggen. Dat zou niet weer gebeuren.

In gedachten verzonken hoorde hij nauwelijks de telefoon toen die even later ging, maar hij stond net op tijd op om hem op te nemen voor het antwoordapparaat inschakelde.

Hij herkende het nummer van Daytona, ademde diep in en antwoordde.

13

In het donker van haar slaapkamer, met een daverende hoofdpijn door haar allergie, gooide Julie haar extra kussen naar Singers kop.

'Hou alsjeblieft je mond!' kreunde ze.

Singer negeerde het kussen. In plaats daarvan bleef hij bij de slaapkamerdeur staan hijgen en grommen. Hij wilde kennelijk dat Julie opstond en hem buiten liet, zodat hij – zoals alleen honden dat kunnen – 'op onderzoek uit kon gaan'. Hij liep al een uur door het huis heen en weer, van de slaapkamer naar de woonkamer en weer terug en had al meer dan eens zijn natte neus tegen haar wang geduwd.

Ze trok het kussen over haar hoofd, maar dat was niet genoeg om het geluid buiten te sluiten, bovendien maakte de druk haar hoofdpijn alleen maar erger.

'Er is daarbuiten niets,' mompelde ze. 'Het is midden in de nacht en mijn hoofd doet zeer. Ik kom nu echt mijn bed niet uit.'

Singer bleef echter grommen. Geen sinistere grom, geen grauw, niet het geluid dat hij maakte als iemand de meter kwam opnemen of de post kwam brengen. Gewoon een vreselijk irritant gerommel dat te luid was om te negeren.

Ze gooide haar laatste kussen naar hem toe. Singer nam wraak door de kamer door te lopen en zijn neus in haar oor te steken.

Ze ging rechtop zitten en veegde haar oor af.

'Nu is het afgelopen! Ik heb hier genoeg van!'

Singer kwispelde tevreden. *Hè, hè, eindelijk. Kom op!* Hij ging haar voor, de kamer uit.

'Prima! Moet ik je laten zien dat er niets is, jij maffe hond?'

Nadat ze even kreunend haar slapen had gemasseerd, stapte Julie uit bed en wankelde naar de woonkamer. Singer stond al voor het raam; hij had de gordijnen met zijn neus opzij geduwd en keek van links naar rechts.

Julie keek ook naar buiten, maar zag niets.

'Zie je wel? Er is niets.'

Singer was niet tevreden. Hij liep naar de deur en ging ervoor staan.

'Als je naar buiten gaat, moet je niet denken dat ik op je ga zitten wachten. Ik ga terug naar bed. Mijn hoofd doet vreselijk zeer... maar dat kan jou natuurlijk niets schelen.'

Het leek Singer inderdaad niets te kunnen schelen.

Ze deed de deur open. Ze had verwacht dat Singer het bos in zou stuiven, maar dat deed hij niet. Hij liep de veranda op en blafte een paar keer hard voor hij zijn neus omlaag bracht om te ruiken. Julie sloeg haar armen over elkaar en keek in het rond.

Niets. Geen aanwijzing dat er iemand was geweest. Afgezien van de kikkers en krekels was het stil en de straat was leeg.

Tevreden draaide Singer zich om en liep weer naar binnen.

'Was dat het? Moest ik daarvoor mijn bed uit komen?'

Singer keek naar haar op. *De kust is veilig*, leek hij te zeggen. *Geen reden tot bezorgdheid. Ga maar weer lekker slapen.*

Julie keek hem lelijk aan en liep terug naar haar slaapkamer. Singer volgde haar niet, maar ging weer voor het raam zitten.

'Wat je wilt,' mompelde ze.

In de badkamer pakte ze een slaappil in de hoop toch nog wat te kunnen slapen.

Toen hij een uur later weer begon te grauwen en blaffen, deze keer hard, hoorde Julie hem niet. Ze had de slaapkamerdeur dichtgedaan en de badkamerventilator aangezet.

De volgende ochtend stond Julie onder een felle zon en een hemel zo blauw dat het bijna kunstmatig leek, op de oprit met een zonnebril op. De hoofdpijn was nog steeds niet helemaal weg, maar was lang niet meer zo hevig als de afgelopen nacht. Singer stond naast haar terwijl ze het briefje las dat onder de ruitenwisser van de jeep was gestoken.

Julie,

Ik ben de stad uitgeroepen voor een noodgeval, dus kan ik je een paar dagen niet zien. Ik bel je zodra ik kan. Ik zal voortdurend aan je denken.

Richard

Julie keek naar Singer.

'Was daar nou al dat lawaai voor nodig?' vroeg ze met het briefje in haar handen. 'Omdat Richard er was?'

Singer keek zo zelfvoldaan als alleen hij kon kijken. *Zie je wel, ik zei toch dat er iemand buiten was.*

Ze was nog groggy en loom van de slaappil en had een vieze smaak in haar mond. Ze had geen zin in zijn superieure gedoe. 'Hou daarmee op. Je hebt me uren wakker gehouden. En het is niet bepaald zo dat je hem niet kent, dus hou daarmee op.'

Singer snoof en sprong in de jeep.

'Hij is niet eens aan de deur geweest.'

Julie sloot de laadklep en stapte zelf in. In haar achteruitkijkspiegel zag ze dat Singer een keer ronddraaide en toen met zijn rug naar haar ging zitten.

'Ja, ga je gang maar, ik ben ook kwaad op jou, hoor.'

Toen ze op weg naar haar werk in de spiegel keek, zat Singer nog steeds achterstevoren in de laadbak. Zodra ze de auto had geparkeerd, sprong Singer eruit. Ze riep hem wel, maar hij liep weg, stak de straat over en ging naar de garage.

Honden.

Soms waren ze net zo kinderachtig als mannen, dacht ze.

Mabel was aan de telefoon, bezig Andrea's afspraken af te zeggen. Andrea kwam niet, want ze had weer eens besloten een vrije dag te nemen. Ze had deze keer in elk geval gebeld, dacht Mabel. Andrea zou de volgende dag ongetwijfeld met een of ander wild verhaal komen aanzetten. De vorige keer dat ze was weggebleven, beweerde ze Bruce Springsteen over de parkeerplaats van de supermarkt in Swansboro te hebben zien lopen en had ze hem de hele dag gevolgd voor ze zich realiseerde dat hij het niet was. De vraag of ze nou echt dacht dat Bruce Springsteen in Swansboro naar de supermarkt zou gaan, was kennelijk helemaal niet bij haar opgekomen.

Toen ze de deurbel achter zich hoorde rinkelen, keek Mabel op en zag ze Julie binnenkomen. Ze stak haar hand al uit naar de doos met hondenkoekjes die klaar stond toen ze zag dat Julie alleen was.

'Waar is Singer?' vroeg Mabel.

Julie zette haar tas op een plank bij haar werkplek. 'Ik denk dat hij naar Mike is gegaan.'

'Alweer?'

'We hebben ruzie gehad.'

Ze zei het precies zoals ze het zou hebben gezegd als ze ruzie had gehad met Jim, en Mabel glimlachte. Julie was de enige die niet leek in te zien hoe belachelijk dat op andere mensen overkwam.

'Ruzie, hè?' zei Mabel.

'Ja... dus hij zal daar wel gaan zitten pruilen. Het is net of hij me wil straffen voor het feit dat ik tegen hem heb geschreeuwd. Maar hij verdiende het.'

'Aha,' zei Mabel. 'Wat was er dan aan de hand?'

Julie vertelde haar over de afgelopen nacht.

'Heeft hij een briefje achtergelaten om zich te verontschuldigen?' vroeg Mabel.

'Nee, dat deed hij gisteren al toen ik thuiskwam. Het briefje was alleen om me te laten weten dat hij een paar dagen de stad uit zal zijn.'

Hoewel Mabel wel wilde vragen hoe die verontschuldiging was gegaan, was het duidelijk dat Julie niet in de stemming was om erover te praten. Mabel zette de doos hondenkoekjes terug in de kast en keek naar Singers deken in de hoek.

'Het ziet er vreemd leeg uit als hij er niet is,' zei ze. 'Alsof er iemand een bank heeft weggehaald, of zo.'

'O, hij komt straks heus wel terug. Je weet hoe hij is.'

Tot hun verbazing was Singer aan het einde van de middag nog steeds niet terug.

'Ik heb een paar keer geprobeerd hem terug te brengen,' zei Mike, die er net zo verbaasd uitzag als Julie zich voelde. 'Maar hij wilde me niet volgen, hoe ik ook riep. Ik heb zelfs geprobeerd hem om te kopen met een stukje worst, maar hij wilde de garage niet uit. Ik heb erover gedacht hem mee te slepen, maar eerlijk gezegd geloof ik niet dat hij dat goed zou vinden.'

'Ben je nog steeds kwaad op me, Singer?' vroeg ze. 'Gaat het daarom?'

'Waarom zou hij kwaad op je zijn?'

'We hebben ruzie gehad.'

'O,' zei hij.

'Blijf je daar gewoon zitten, of ga je nog mee?' vroeg ze.

Singer likte aan zijn lippen, maar verroerde zich niet.

'Singer... kom hier,' beval ze.

Singer bleef waar hij was.

'Naast.'

Hoewel ze hem dat bevel nog nooit eerder had gegeven, wist ze niet wat ze anders moest zeggen, en toen het erop leek dat ze van streek zou raken, klapte Mike in zijn handen.

'Vooruit, Singer. Voor je nog meer problemen krijgt.'

Op Mike's bevel stond Singer op en liep, met tegenzin, zo leek het, naar Julie. Ze zette haar handen op haar heupen.

'Dus nu luister je naar Mike?'

'Kijk mij er niet op aan,' zei Mike in een poging onschuldig te klinken. 'Ik heb niets gedaan.'

'Ik geef jou de schuld ook niet. Ik snap alleen niet wat hij de laatste tijd mankeert.' Singer ging naast haar zitten en keek op. 'Wat heeft hij hier de hele dag gedaan?'

'Geslapen, mijn boterham met kalkoen opgegeten toen ik wat te drinken was gaan halen. Het was net of hij gewoon een dagje hier was ingetrokken.'

'En heb je iets vreemds aan hem gemerkt?'

'Nee, helemaal niet. Afgezien van het feit dat hij hier was leek alles in orde.'

'Was hij niet boos?'

Mike krabde op zijn hoofd, in de wetenschap dat zij het als een serieuze vraag bedoelde. 'Nou, eerlijk gezegd, heeft hij het daar niet over gehad, maar zal ik het even aan Henry vragen? Misschien heeft hij met hem gepraat toen ik naar buiten was.'

'Houd je me voor de gek?'

'Nee, nooit. Je weet dat ik zoiets nooit zou doen.'

'Mooi. Want nadat ik mijn hond bijna ben kwijtgeraakt aan iemand anders, ben ik niet bepaald in de stemming voor grapjes.'

'Je bent hem niet bijna kwijtgeraakt. Hij was gewoon bij mij.'

'Ja. En nu vindt hij jou aardiger.'

'Misschien miste hij me gewoon. Ik ben namelijk erg verslavend, weet je.'

Voor het eerst sinds ze was binnengekomen glimlachte Julie. 'Is dat zo?'

'Wat kan ik zeggen? Het is een vloek.'

Julie lachte. 'Je zult het er wel vreselijk zwaar mee hebben.'

'Je hebt geen idee.'

Een uur later stond Julie boven het aanrecht in de keuken en hield dapper de handdoeken vast die ze inderhaast om de kapotte kraan had gewikkeld. Ze deed haar best de stroom water te stoppen die als een geiser tot tegen het plafond omhoogspoot. Ze pakte nog een handdoek, voegde hem aan de andere twee toe en verstrakte haar greep, waardoor de straal iets minder hevig werd. Jammer genoeg kwam een deel van het water nu in haar richting.

'Kun je de telefoon even voor me pakken?' riep ze tegen Singer, haar kin zo hoog opgeheven dat ze in elk geval geen water in haar gezicht kreeg.

Singer liep naar de woonkamer en even later pakte Julie met haar vrije hand de draagbare telefoon uit zijn mond. Ze drukte de eerste sneltoets in.

Mike zat op de bank Doritos te eten. Zijn vingers zaten vol oranje poeder en er balanceerde een bierblikje op zijn been. Samen met de Big Mac die hij op weg naar huis had gehaald (en opgegeten), was dit zijn avondeten. Naast hem op de bank lag zijn gitaar en zoals altijd nadat hij even had gespeeld deed hij zijn ogen dicht, leunde achterover en stelde zich voor dat Katie Couric het optreden voor de televisiekijkers beschreef:

'Er is met veel verwachting naar dit concert uitgekeken. Met slechts één album heeft Michael Harris de muziekwereld in vuur en vlam gezet. Zijn eerste album alleen al is beter verkocht dan alles van de Beatles en Elvis Presley bij elkaar en verwacht wordt dat het televisieconcert het hoogste kijkcijfer aller tijden zal halen. Het wordt tegelijkertijd over de hele wereld uitgezonden voor naar schatting drie miljard mensen. Er wordt hier geschiedenis geschreven, mensen.'

Glimlachend stopte Mike nog een Doritos in zijn mond. O, ja, dacht hij. O, ja.

'U kunt de menigte achter me zijn naam horen roepen. Verbazingwekkend hoeveel mensen hij geraakt heeft. De hele dag al komen mensen naar me toe om te zeggen dat de muziek van Michael Harris hun leven veranderd heeft... en hier komt hij aan!'

Katie's stem gaat verloren als de menigte naar voren komt en een oorverdovend applaus losbarst. Mike loopt het podium op met zijn gitaar.

Hij kijkt naar de menigte. Het publiek wordt gek; het lawaai is oorverdovend. Hij wordt overspoeld door bloemen als hij naar de microfoon loopt. Vrouwen en kinderen vallen in zwijm als ze hem zien. Mannen zijn jaloers op hem. Katie valt bijna flauw.

Mike tikt tegen de microfoon om aan te geven dat hij zover is en plotseling zwijgt het publiek. Ze wachten op hem, maar hij begint niet meteen te spelen. Seconden gaan voorbij, en nog meer seconden en het publiek is vervuld van koortsachtige verwachting, maar nog steeds laat hij hen wachten.

Tot het bijna ondraaglijk wordt. Het publiek voelt het. Katie voelt het. Miljarden mensen die naar de televisie kijken voelen het.

Mike voelde het ook.

Op de bank gezeten liet hij de bewondering over zich heen komen, zijn hand op de zak met Doritos.

'O, ja...'

Toen de telefoon op het tafeltje naast hem overging, werd Mike met een schok uit zijn fantasie weggerukt; zijn hand schoot omhoog, joeg een vulkaanuitbarsting van Doritos alle kanten op en deed het bier over zijn schoot heen stromen. In een instinctieve reactie probeerde hij het bier af te vegen, maar dat veroorzaakte alleen maar oranje vegen in zijn kruis.

'Shit,' zei hij, terwijl hij het lege blikje en de zak wegzette. Hij reikte met een hand naar de telefoon terwijl hij met de andere nog steeds over de biervlek veegde. Nog meer vegen.' Kom nou,' zei hij, 'hou op.' De telefoon ging nog een keer over voor hij opnam.

'Hallo?'

'Hé, Mike,' zei Julie. Ze klonk gestrest. 'Ben je ergens mee bezig?'

Het bier werd door de stof opgezogen en hij ging verzitten in de hoop zich wat comfortabeler te voelen. Dat maakte het er niet beter op... het bier liep nu naar de achterkant van zijn broek.

'Niet echt.'

'Je klinkt wat afwezig.'

'Ja, sorry, ik had net een ongelukje met mijn eten.'

'Pardon?'

Mike reikte naar de zak en begon de Doritos van zijn gitaar te plukken. 'Het is niets ernstigs,' zei hij, 'het komt wel goed. Wat is er aan de hand?'

'Ik heb je nodig.'

'Echt waar?' Zijn ego groeide en hij vergat voor even in wat voor troep hij zat.

'Mijn kraan is ontploft.'

'O,' zei hij en zijn ego kromp weer net zo snel. 'Hoe is dat gebeurd?'

'Hoe moet ik dat nou weten?'

'Heb je eraan getrokken of zo?'

'Nee, ik probeerde gewoon hem te gebruiken.'

'Zat hij al eerder los?'

'Dat weet ik echt niet, hoor… maar kun je nou komen of niet?'

Hij nam snel een beslissing. 'Ik moet wel eerst een andere broek aantrekken.'

'Pardon?'

'Laat maar. Ik ben er over een paar minuten… ik moet eerst even langs de winkel om een nieuwe kraan voor je te halen.'

'Je blijft toch niet te lang weg, hè? Ik probeer dat ding dicht te houden met een handdoek en ik moet heel erg naar het toilet. Als ik mijn benen nog harder bij elkaar knijp, breken mijn knieën dadelijk.'

'Ik ben al onderweg.'

In zijn haast om zich om te kleden en weg te komen, gekoppeld aan het vooruitzicht dat hij Julie zou zien, struikelde hij maar één keer tijdens het aantrekken van zijn broek.

Dat leek hem onder de omstandigheden een heel redelijke prestatie.

14

'Julie?' riep Mike toen hij naar binnen liep.

Julie rekte haar nek uit en liet daarbij de doeken een beetje los.

'Ik ben hier, Mike. Maar ik geloof dat er iets gebeurd is. Er lijkt geen water meer te komen.'

'Ik heb de hoofdkraan dichtgedraaid. Je kunt nu wel loslaten.'

Mike stak zijn hoofd om de deur van de keuken en dacht meteen nog maar aan één ding: *borsten*. Julie was zo doorweekt dat hij helemaal door haar kleren heen kon kijken; het was alsof ze had meegedaan aan een miss-wet-T-shirtwedstrijd.

'Je hebt geen idee hoe blij ik ben dat je bent gekomen,' zei Julie. Ze schudde het water van haar handen en haalde de handdoeken van de kraan.

Mike hoorde haar nauwelijks. Niet naar haar borsten staren, hield hij zichzelf voor. Wat je ook doet, niet naar haar borsten staren. Een heer zou niet staren. Een vriend zou niet staren. Hij ging op zijn hurken zitten en opende zijn gereedschapskist. Singer ging naast hem zitten en snuffelde aan de kist, alsof hij naar iets lekkers zocht.

'Geen probleem,' mompelde hij.

Julie begon de handdoeken uit te wringen. 'Ik meen het. Ik hoop niet dat ik je bij iets belangrijks weg heb gesleurd.'

'Maak je daar maar geen zorgen over.'

Julie trok haar T-shirt los van haar huid en keek hem aan. 'Is alles in orde?' vroeg ze.

Mike zocht naar de speciale steeksleutel die hij nodig had om de moeilijk bereikbare bout los te draaien.

‘Met mij wel. Waarom?’

‘Je gedraagt je een beetje alsof je van slag bent.’

‘Ik ben niet van slag.’

‘Maar je wilt me niet eens aankijken.’

‘Ik staar niet.’

‘Ja, dat zeg ik net.’

‘O.’

‘Mike?’

‘Hier is ie!’ zei hij plotseling, God dankend voor deze kans om van onderwerp te veranderen. ‘Ik hoopte al dat ik hem hierin had gestopt.’

Julie bleef verbaasd naar hem staan staren. ‘Ik ga me maar even omkleden,’ zei ze ten slotte.

‘Dat lijkt me een heel goed idee,’ mompelde Mike.

Het werk gaf Mike iets om zich op te concentreren en hij begon meteen, al was het alleen maar om het beeld van Julie in haar natte T-shirt uit zijn hoofd te zetten.

Hij spreidde wat handdoeken uit die hij uit de linnenkast had gepakt en depte het merendeel van het water op de vloer op, maakte toen het keukenkastje leeg en zette de flessen schoonmaakmiddel op de vloer. Tegen de tijd dat Julie terugkwam, was hij al bezig de kraan los te maken… alleen zijn romp en onderlichaam waren zichtbaar. Ondanks de handdoeken zaten er natte plekken op allebei zijn knieën. Singer lag naast hem, met zijn kop ook in het kastje.

‘Wil je ophouden met dat gehijg?’ klaagde Mike.

Singer negeerde de opmerking en Mike ademde uit en daarna door zijn mond weer in.

‘Ik meen het, hoor. Je stinkt uit je bek.’

Singers staart zwiepte heen en weer.

‘Geef me eens wat ruimte, wil je? Je ligt in de weg.’

Julie zag dat hij Singer wegduwde – of liever gezegd vruchteloos probeerde hem weg te duwen. Omdat ze het koud had gekregen had ze een droge spijkerbroek en een sweatshirt aangetrokken. Haar haar was nog steeds nat, al had ze het wel naar achteren geborsteld, uit haar gezicht weg.

'Hoe gaat het daar beneden?' vroeg ze.

Bij het horen van haar stem hief Mike zijn hoofd op en stootte het tegen de onderkant van de gootsteen. Singer ademde tegen zijn wang en de stank deed zijn ogen tranen.

'Goed. Ik heb hem bijna los.'

'Nu al?'

'Het is niet zo moeilijk... je moet alleen een paar boutjes losdraaien en dan kun je de kraan eraf halen. Ik wist niet wat voor kraan je wilde, dus heb ik maar iets gepakt dat op de oude lijkt. Ik hoop dat dat goed is.'

Ze keek ernaar. 'Het is prima.'

'Want ik kan ook een andere halen, dat is geen probleem.'

'Nee... als deze maar werkt, dan is hij perfect.'

Ze zag aan zijn armen dat hij weer met de steeksleutel draaide en merkte tot haar verbazing dat ze naar de krachtige spieren van zijn onderarmen stond te staren. Een moment later hoorde ze iets vallen.

'Ik heb hem,' zei hij.

Hij kwam onder het aanrecht vandaan gekropen en voelde dat hij ontspande toen hij zag dat ze zich had omgekleed. Zo was het gemakkelijker. Minder bedreigend. Minder borstig. Hij kwam overeind en gaf haar de oude kraan.

'Je hebt dat ding echt vernield,' zei hij naar het gapende gat bovenin wijzend. 'Wat gebruikte je om hem open te krijgen, een hamer?'

'Nee, dynamiet.'

'Misschien kun je volgende keer beter wat minder gebruiken.'

Ze glimlachte. 'Kun je zien wat er mis is gegaan?'

'Gewoon ouderdom, denk ik. Het is waarschijnlijk nog de oorspronkelijke kraan. Het is zowat het enige dat ik hier in huis nog niet vervangen had, maar ik had er waarschijnlijk de vorige keer al naar moeten kijken, toen ik je afvoer repareerde.'

'Je zegt dus dat het jouw schuld is?'

'Als jij het zegt,' zei hij, 'ik bedoel, als jij je daar beter bij voelt. Maar geef me hier nog even een paar minuten om het helemaal af te maken, oké?'

'Natuurlijk.'

Hij zette de nieuwe kraan op zijn plaats, kroop weer onder het aanrecht en draaide de kraan vast. Toen liep hij de keuken uit en verdween even naar buiten, met Singer vlak achter hem aan. Toen hij de hoofdkraan weer open had gedraaid, kwam hij terug en probeerde de kraan om te kijken of die nergens lekte.

'Volgens mij kun je er weer mee vooruit.'

'Ik geloof nog steeds dat je het veel gemakkelijker doet voorkomen dan het is,' zei ze. 'Voor je hier was, vroeg ik me al af welke loodgieter ik zou bellen als het jou niet lukte.'

Mike veinsde beledigd te zijn. 'Ik kan niet geloven dat je na al die tijd zoiets zelfs nog durft te denken.'

Julie lachte toen hij neerhurkte om de schoonmaakmiddelen terug te zetten.

'O, nee, dat doe jij niet... laat mij maar,' zei ze, naast hem neerknielend. 'Ik kan nog wel wát.'

Terwijl ze opruimden, voelde Julie meer dan eens zijn arm langs de hare strijken en ze vroeg zich af waarom dat haar nu opviel. Een minuut later was het kastje dicht en waren de nog druipende handdoeken bij elkaar gepakt. Ze liep even de keuken uit om ze in het washok te gooien terwijl Mike zijn gereedschap opruimde. Toen ze terugkwam, liep ze rechtstreeks naar de koelkast.

'Ik weet niet hoe het met jou zit, maar ik heb een biertje nodig na alle opwinding van vanavond. Wil jij er ook een?'

'Ja, lekker.'

Julie pakte twee flesjes Coors Light en gaf er een aan Mike. Nadat ze de dop eraf had gewipt, tikte ze met haar flesje tegen dat van Mike.

'Bedankt dat je gekomen bent. Ik weet dat ik het al heb gezegd, maar ik moest het nog een keer zeggen.'

'Hé,' antwoordde Mike, 'daar zijn vrienden toch voor, niet dan?'

'Kom mee,' zei Julie, 'laten we op de veranda gaan zitten. Het is veel te mooi weer om binnen te blijven.'

Ze liep in de richting van de deur, maar bleef plotseling staan. 'Wacht eens... zei je nou dat je al gegeten had? Toen ik je daarstraks belde, bedoel ik?'

'Waarom?'

'Omdat ik uitgehongerd ben. In alle commotie heb ik geen kans gehad te eten. Wil je een pizza met me delen?'

Mike glimlachte. 'Dat klinkt prima.'

Julie liep naar de telefoon en Mike vroeg zich af of zijn hart die avond gebroken zou worden.

'Hawaii?' riep ze.

Mike knikte. 'Wat je wilt, ik vind het altijd prima.'

Ze zaten in de schommelstoelen op de veranda, de warmte van hun huid ontsnapte in de koele avondlucht, cicaden zoemden en muggen vlogen rond de buitenlamp. De zon was eindelijk uit het zicht verdwenen en de laatste lichtstralen schenen nog tussen de bomen door.

Julie's huis, dat op twee hectare grond stond, werd aan de achterzijde en zijkanten omringd door lege bospercelen en als ze alleen wilde zijn, ging ze daar altijd heen. Het was ook de reden dat zij en Jim het huis in eerste instantie hadden gekocht. Ze hadden allebei altijd al gedroomd van een ouder huis met rondom een veranda. Hoewel er nogal wat aan het huis moest gebeuren, hadden ze nog dezelfde dag waarop ze het hadden bekeken een bod uitgebracht.

Singer lag op de veranda te knikkebollen; een oog ging af en toe open, alsof hij zeker wilde weten dat hij niets miste.

'Dit herinnert me aan de eerste keer dat we elkaar ontmoetten,' zei Mike glimlachend. 'Weet je dat nog? Toen Mabel ons allemaal bij haar thuis uitnodigde zodat we kennis met jou konden maken?'

'Hoe zou ik dat kunnen vergeten? Het was een van de meest angstaanjagende momenten van mijn leven.'

'Maar we waren zo aardig.'

'Dat wist ik toch niet. Jullie waren toen allemaal vreemden voor me. Ik had geen idee wat ik moest verwachten.'

'Zelfs met Jim?'

'Vooral met Jim. Het heeft lang geduurd voor ik me realiseerde waarom hij deed wat hij voor me deed. Ik bedoel, ik had nooit iemand als hij gekend, en ik vond het moeilijk te geloven dat er mensen waren die gewoon… goed waren. Ik geloof dat ik die avond geen woord tegen hem heb gezegd.'

'Dat klopt. Daar had Jim het de volgende dag nog over.'

'O ja?'

'Niet in negatieve zin. En bovendien had hij ons van tevoren gezegd dat we niet te veel van je moesten verwachten. Hij zei dat je nogal timide was.'

'Dat heeft hij niet gezegd.'

'Hij noemde je een muisje.'

Ze lachte. 'Ik ben nog nooit een muis genoemd.'

'Nou, ik denk dat hij het zei opdat we je een kans zouden geven. Niet dat we echt een excuus nodig hadden. Het feit dat zowel hij als Mabel je graag mocht was genoeg voor ons.'

Julie zweeg een hele tijd, zag er bijna verloren uit. 'Het is soms nog steeds moeilijk te geloven dat ik hier ben.'

'Hoe bedoel je?'

'Zoals alles gelopen is. Ik bedoel, ik had nog nooit van Swansboro gehoord voor ik Jim ontmoette, en twaalf jaar later hang ik er nog steeds rond.'

Mike keek haar over zijn flesje heen aan. 'Je klinkt alsof je weg wilt.'

Julie trok een been onder zich. 'Nee, helemaal niet. Ik vind het hier fijn. Ik bedoel, er is een tijd geweest na Jims dood dat ik dacht dat ik beter ergens anders opnieuw kon beginnen, maar het kwam er gewoon niet van. En bovendien, waar zou ik heen moeten? Ik had niet bepaald zin om weer in de buurt van mijn moeder te gaan wonen.'

'Heb je haar onlangs nog gesproken?'

'Al een paar maanden niet. Ze belde me met Kerstmis en zei dat ze bij me op bezoek wilde komen, maar sindsdien heb ik niets meer van haar gehoord. Ik denk dat ze het zei in de hoop dat ik zou aanbieden haar het geld voor het ticket te sturen, maar dat was ik niet van plan. Het zou alleen maar oude wonden openrijten.'

'Het moet wel moeilijk zijn.'

'Soms wel. Vroeger in elk geval. Maar ik sta mezelf niet echt meer toe eraan te denken. Toen ik pas met Jim ging wilde ik wel weer contact met haar zoeken, al was het alleen maar om te laten weten dat ik goed terecht was gekomen. Ik denk dat ik haar goedkeuring wilde of zo. Vreemd, hoe teleurstellend ze als moeder ook was, dat was toch belangrijk voor me.'

'Maar nu niet meer?'

'Niet zo. Ze kwam niet naar de bruiloft, ze kwam niet naar de begrafenis. Daarna heb ik het min of meer opgegeven. Ik ben niet onbeschoft als ze belt of zo, maar er zit geen gevoel meer bij. Ik zou net zo goed tegen een vreemde kunnen praten.'

Mike staarde naar de donkerder wordende schaduwen bij de bomen. In de verte vlogen kleine vleermuizen razendsnel heen en weer.

'Ik word de helft van de tijd gek van Henry, en mijn ouders zijn al net zo gestoord als hij, maar het is fijn om te weten dat ik op hun steun kan rekenen. Ik weet niet wat ik zonder hen zou moeten. Ik weet ook niet of ik me in mijn eentje zou redden, zoals jij.'

Ze keek hem aan. 'Jawel hoor. Bovendien ben ik niet helemaal alleen. Ik heb Singer en ik heb mijn vrienden. Dat is voor het moment genoeg.'

Mike wilde vragen waar Richard in dat plaatje paste, maar deed het niet. Hij wilde de sfeer niet bederven.

'Mag ik je wat vragen?' zei Julie.

'Tuurlijk.'

'Wat is er misgegaan tussen jou en Sarah? Ik dacht dat jullie tweeën echt iets speciaals hadden en opeens was het voorbij.'

Mike ging verzitten in zijn stoel. 'Ach, je weet wel.'

'Nee, niet echt. Je hebt me nooit verteld waarom het uitging.'

'Er viel niet veel te vertellen.'

'Dat zeg je altijd, maar hoe zat het nou echt?'

Mike bleef lange tijd stil en schudde toen zijn hoofd. 'Dat wil je niet weten.'

'Wat heeft ze gedaan. Je bedrogen?'

Toen Mike niet antwoordde, wist Julie dat ze goed had gegokt.

'O, Mike. Het spijt me.'

'Ja, mij ook. Toen althans. Het was iemand van het werk. Zijn auto stond op een ochtend voor haar huis toen ik langsging.'

'Wat deed je?'

'Bedoel je of ik kwaad werd? Natuurlijk. Maar eerlijk gezegd was het niet alleen haar schuld. Ik was op het laatst niet bepaald attent meer. Ik denk dat ze zich verwaarloosd voelde.'

Hij zuchtte en wreef met zijn handen door zijn gezicht. 'Ik weet het niet... ik denk dat ik ergens wel wist dat het niet goed zou blijven gaan en dat ik toen ben opgehouden het te proberen. Toen moest er eigenlijk wel iets gebeuren.'

Ze zwegen allebei een poosje en toen Julie zag dat zijn flesje bijna leeg was vroeg ze of hij er nog eentje wilde.

'Zou best eens kunnen.'

'Komt eraan.'

Ze stond op en Mike schoof de schommelstoel iets opzij om haar door te laten. Hij bedacht hoe goed ze eruitzag in haar spijkerbroek.

Hij schudde zijn hoofd en zette die gedachte van zich af. Dit was daar niet het moment voor. Als ze nu aan de wijn en kreeft hadden gezeten misschien, maar pizza en bier? Nee, dit was gewoon een ontspannen avondje. Zoals het eerst ook altijd was, voor hij verliefd op haar was geworden.

Hij wist nog steeds niet goed wanneer dat was gebeurd. Een tijd na Jims dood, dat wist hij wel, maar preciezer kon hij niet zijn. Het was niet alsof er plotseling een lamp was aangeflitst; het was meer als een zonsopkomst, waarbij de lucht bijna onmerkbaar steeds lichter wordt, tot je je realiseert dat het ochtend is.

Julie kwam naar buiten, gaf hem het flesje en ging weer zitten.

'Jim zei dat ook altijd, weet je dat?'

'Wat?'

'Zou best eens kunnen. Als ik hem vroeg of hij nog een biertje wilde. Heeft hij dat van jou?'

'Zou best eens kunnen.'

Ze lachte. 'Denk je nog steeds aan hem?'

Mike knikte. 'Voortdurend.'

'Ja, ik ook.'

'Dat geloof ik. Hij was een prima kerel... een fantastische kerel. Je had het niet beter kunnen treffen. En hij zei altijd dat hij het ook niet beter had kunnen treffen.'

Ze leunde achterover en bedacht hoe blij ze was dat hij dat zei. 'Jij bent ook een prima kerel.'

'Ja, ik en zo'n miljoen anderen. Ik ben niet zoals Jim was.'

'Natuurlijk wel. Jullie komen uit hetzelfde kleine stadje, jullie hadden dezelfde vrienden, jullie hielden van dezelfde dingen. Jullie leken meer op broers dan jij en Henry. Afgezien natuurlijk van het feit dat Jim die kraan niet had kunnen maken. Hij kon niets repareren.'

'Nou, Henry had het ook niet gekund.'

'Echt niet?'

'Nee, dat is niet waar. Henry had het wel gekund, maar hij zou het niet gedaan hebben. Hij maakt niet graag zijn handen vuil.'

'Dat is grappig, gezien het feit dat jullie samen een garage hebben.'

'Vertel mij wat. Maar ik vind het niet erg. Eerlijk gezegd doe ik mijn werk veel liever dan het zijne. Ik ben niet zo dol op papierwerk.'

'Dus een baantje bij de bank van lening zou niets voor jou zijn, hè?'

'Zoals dat van Jim? Nee hoor. Ik zou het nog geen week volhouden. Ik zou iedereen die binnenkwam een lening geven. Ik kan niet goed nee zeggen als iemand iets echt nodig heeft.'

Ze raakte even zijn arm aan. 'Jeetje, meen je dat nou?'

Hij glimlachte, wist plotseling niets meer te zeggen en wilde dat ze hem nooit meer los zou laten.

De pizza kwam een paar minuten later. Een puisterige tiener met een bril met zwart montuur tuurde overdreven lang naar het bonnetje voor hij het totaalbedrag stamelde.

Mike wilde zijn portemonnee al pakken toen Julie hem opzijduwde.

'Niets daarvan. Ik betaal.'

'Maar ik eet meer.'

'Je kunt dat ding helemaal opeten als je wilt, maar ik betaal.'

Voor hij weer kon protesteren gaf Julie de jongen het geld, zei dat hij het wisselgeld mocht houden en liep met de doos naar de keuken.

'Papieren bordjes oké?'

‘Ik eet altijd van papieren bordjes.’

‘Dat weet ik, zielig hoor,’ zei ze lachend.

Het volgende uur aten en praatten ze op de rustige en vertrouwde manier zoals ze dat altijd hadden gedaan. Ze praatten over Jim en dingen die ze zich herinnerden, en uiteindelijk stapten ze over op wat er gaande was in de stad en met de mensen die ze kenden. Van tijd tot tijd jammerde Singer even, en keek hij alsof hij zich buitengesloten voelde. Dan gooide Mike een stukje pizzakorst naar hem toe zonder het gesprek te onderbreken.

In de loop van de avond merkte Julie dat ze Mike vaak wat langer bleef aankijken dan gewoonlijk. Dat verbaasde haar. Hij had die avond niets bijzonders gedaan of gezegd; en het kwam ook niet doordat ze samen op de veranda zaten te eten alsof het bijna van tevoren gepland was.

Nee, ze zag geen reden om zich vanavond anders te voelen, maar leek er toch niets tegen te kunnen doen. En vreemd genoeg wilde ze eigenlijk ook niet dat het gevoel wegging. In zijn spijkerbroek en sportschoenen, met zijn voeten op de balustrade en zijn haar in de war zag hij er leuk uit op een alledaagse manier. Maar dat had ze altijd al geweten, zelfs voor ze met Jim begon uit te gaan.

Tijd doorbrengen met Mike, dacht ze, was niet zoals de afspraakjes die ze de laatste tijd had gehad, inclusief het afgelopen weekend met Richard. Er was geen sprake van pretenties, geen verborgen betekenissen in wat ze zeiden, geen ingewikkelde plannen die bedoeld waren om indruk te maken op de ander. Hoewel ze altijd graag met Mike samen was geweest, realiseerde ze zich dat ze in de wervelwind van de afgelopen weken bijna vergeten was hoe prettig ze dat vond.

Dat was ook waarvan ze het meest had genoten in haar huwelijk met Jim. Niet alleen de vloedgolf van emoties wanneer ze de liefde bedreven; maar meer nog dan dat de lome zondagochtenden dat ze samen in bed de krant lazen en koffie dronken, of de koude decemberdagen dat ze bollen plantten in de tuin, of de uren die ze in diverse winkels doorbrachten, op zoek naar nieuwe meubels voor de slaapkamer, debatterend over de voordelen van kersen of ahorn. Dat waren de momenten waarop ze zich het meest tevreden voelde, en ze zichzelf eindelijk toestond te geloven in het onmogelijke. De momenten waarop alles in de wereld in orde leek.

Bij die gedachte keek Julie met iets opgetrokken mondhoeken naar Mike, die zat te eten. Hij voerde een gevecht met lange slierten gesmolten kaas die van zijn mond naar de pizza liepen, en het zag er veel moeilijker uit dan het was. Als hij een hap had genomen, schoot hij soms overeind en gebruikte zijn vingers om te voorkomen dat de vulling van de pizza gleed of dat de tomatensaus eraf droop. Daarna veegde hij met een servet over zijn gezicht en mompelde iets in de trant van 'Had ik bijna mijn shirt verpest'. Dat hij zichzelf niet al te serieus nam, en het niet erg vond als zij dat niet deed, gaf haar een warm gevoel dat haar deed denken aan hoe ze zich voorstelde dat oude echtparen zich voelden wanneer ze hand in hand op een bankje in het park zaten. Ze dacht daar nog steeds aan toen ze een paar minuten later achter hem aan naar de keuken liep, en hij zonder te hoeven vragen waar het lag de folie uit de la naast de oven pakte. Terwijl hij het restant van de pizza in folie verpakte en in de koelkast legde en toen automatisch de vuilniszak verving toen hij zag dat die vol zat, was er een moment, één moment maar, dat het leek alsof dit alles niet nu gebeurde, maar ergens in de toekomst, een heel gewone avond in een lange reeks van avonden samen.

'Ik geloof dat we het nu allemaal wel hebben,' zei Mike, de keuken rondkijkend.

Het geluid van zijn stem riep Julie terug naar de werkelijkheid en ze voelde dat ze bloosde.

'Het ziet er wel naar uit,' stemde ze in. 'Bedankt voor je hulp.'

Een moment lang zeiden ze niets en Julie hoorde plotseling het refrein waarmee ze al enkele jaren leefde. *Een relatie met Mike? Geen sprake van.*

Mike sloeg zijn handen in elkaar, onderbrak de gedachte voor die verder kon gaan.

'Ik moest maar gaan. Ik moet morgen vroeg op.'

Ze knikte. 'Dat dacht ik al. Ik kan zo dadelijk ook maar beter naar bed gaan. Singer heeft me de afgelopen nacht uren wakker gehouden.'

'Singer? Hoezo dan?'

'O, Richard was langsgekomen. Je weet hoe Singer op nieuwe mensen reageert.'

Het was de eerste keer die avond dat Richard ter sprake kwam en Mike kreeg plotseling een benauwd gevoel in zijn keel.

'Was Richard vannacht hier?'

'Nee... niet zo. We hadden geen afspraakje of zo. Hij kwam langs om een briefje op mijn auto achter te laten om me te laten weten dat hij de stad uit moest.'

'O,' zei Mike.

'Het was niets,' voegde Julie eraan toe.

'Hoe laat was dat dan?' vroeg Mike.

Julie keek naar de klok aan de muur, alsof ze die nodig had om het zich te herinneren.

'Ik denk rond een uur of twee. Toen begon Singer tenminste, maar zoals ik zei, bleef hij een hele tijd aan de gang. Waarom?'

'Ik vroeg me alleen maar af waarom hij dat briefje dan niet vanochtend had achtergelaten,' zei hij.

Julie haalde haar schouders op. 'Ik heb geen idee. Misschien had hij daar geen tijd voor.'

Mike knikte, vroeg zich af of hij meer moest zeggen en besloot toen het niet te doen. Hij pakte zijn gereedschapskist en de oude kraan. Hij wilde niet dat de avond eindigde met iets dat verkeerd opgevat zou kunnen worden en deed een stapje naar achteren.

'Luister...'

Julie haalde een hand door haar haar en zag voor het eerst een kleine moedervlek op zijn wang die daar bijna door een kunstenaar leek te zijn achtergelaten. Ze vroeg zich af waarom haar dat nu ineens opviel.

'Ik weet het... je moet gaan,' zei ze.

Mike draalde nog even. Niet wetend wat te zeggen hield hij de kraan omhoog.

'Nou, bedankt dat je me hiervoor gebeld hebt. Geloof het of niet, ik ben er blij om. Ik heb een heel fijne avond gehad.'

Ze keken elkaar even aan, tot Mike zijn blik afwendde. Julie voelde dat ze uitademde – ze had zich niet eens gerealiseerd dat ze haar adem inhield – en bekeek Mike onwillekeurig van boven tot onder toen hij voor haar uit naar de deur liep. Zijn spijkerbroek zat strak om zijn billen en ze voelde dat ze weer bloosde.

Haar ogen schoten omhoog toen Mike de deurklink omlaagduwde. Heel even had ze het gevoel tijdens een feestje vanaf de andere kant van de kamer naar iemand te hebben staan kijken, iemand die ze nooit eerder had gezien. In een andere situatie zou ze erom gelachen hebben.

Maar vreemd genoeg kon ze dat nu niet.

Nadat ze afscheid hadden genomen bleef ze Mike staan nakijken terwijl hij naar zijn auto liep. Net voor hij het portier dichttrok, in het flauwe licht van het lampje boven hem, zwaaide hij naar haar.

Julie zwaaide terug en keek even later naar zijn rode achterlichten die in de verte verdwenen. Ze bleef nog zeker een minuut op de veranda staan en probeerde wijs te worden uit haar gevoelens. Mike, dacht ze weer, *Mike*.

Het was belachelijk, besloot ze plotseling. Niets dan onzin.

Julie draaide zich om en liep naar binnen. Dat was toch zo?

15

De volgende morgen in zijn kantoor zette Henry het piepschuimen bekertje met koffie op zijn bureau. 'En dat was het?' vroeg hij.

Mike krabde op zijn achterhoofd. 'Dat was het.'

'Je bent gewoon weggegaan?'

'Ja.'

Henry zette zijn duimen en wijsvingers in een piramide tegen elkaar en drukte de punt ervan tegen zijn kin. Normaal gesproken zou hij Mike hebben geplaagd met het feit dat hij de kans niet had benut om Julie mee uit te vragen, maar daar was dit niet het moment voor.

'Even kijken of ik dit goed begrepen heb. Je hoort een stel cryptische uitspraken van die Jake Blansen over Richard die misschien iets kunnen betekenen maar in elk geval vreemd klinken, vooral omdat hij er niet nader over wilde uitweiden. Daarna hoor je dat Richard midden in de nacht naar haar huis is gegaan en daar God weet hoe lang heeft rondgehangen, en dan nog besluit je haar niet te vertellen dat je dat een beetje vreemd vindt? Of zelfs maar te zeggen dat er misschien enige reden tot bezorgdheid is?'

'Ze heeft me zelf verteld dat Richard er was geweest. Het is dus niet zo dat ze het niet wist.'

'Daar gaat het niet om en dat weet je.'

Mike schudde zijn hoofd. 'Er is niets gebeurd, Henry.'

'En toch had je iets moeten zeggen.'

'Hoe dan?'

Henry leunde achterover in zijn stoel. 'Zoals ik dat net deed. Gewoon zeggen wat je denkt.'

'Jij kunt het zo wel zeggen, maar ik niet,' zei hij, zijn broer aankijkend. 'Ze zou kunnen denken dat ik het zeg vanwege mijn gevoelens voor haar.'

'Mike,' zei Henry, en hij klonk op dat moment meer als een vader dan een broer. 'Je bent haar vriend en je zult altijd haar vriend blijven, of er nu ooit iets tussen jullie gebeurt of niet. Datzelfde geldt voor mij, oké? En het idee dat die kerel daar midden in de nacht bij haar huis rondhangt, staat me niet aan. Hij had dat briefje ook 's ochtends achter kunnen laten, hij had haar kunnen bellen of op haar werk een berichtje door kunnen geven... Wat voor kerel kleedt zich om twee uur 's nachts aan, springt in zijn auto en rijdt de stad in om een briefje achter te laten? En zei je niet dat Singer haar uren wakker heeft gehouden? Als dat nou eens betekent dat hij daar al die tijd rond heeft gehangen? En als Blansen je met wat hij zei nou probeerde te waarschuwen? Heb je daar allemaal niet aan gedacht?'

'Natuurlijk. Het staat mij ook niet aan.'

'Dan had je iets moeten zeggen.'

Mike sloot zijn ogen. Het was tot dat moment zo'n geweldige avond geweest.

'Jij was er niet bij, Henry,' zei hij. 'En bovendien leek zij het helemaal niet vreemd te vinden, dus maak jij je nou niet drukker dan nodig is. Hij heeft alleen maar een briefje achtergelaten.'

'Hoe weet jij dat?'

Mike wilde iets zeggen, maar de uitdrukking op Henry's gezicht weerhield hem daarvan.

'Mike,' zei Henry, 'ik ben meestal maar al te bereid je je eigen gang te laten gaan, zelfs als je het verprutst, maar dit is niet iets wat je voor haar geheim moet houden. Snap je me?'

Even later liet Mike zijn kin op zijn borst zakken.

'Ja,' zei hij, 'ik snap het.'

'Nou, zo te horen hebben jullie een gezellige avond gehad,' zei Mabel.

'Inderdaad,' antwoordde Julie. 'Je weet hoe hij is. Mike is altijd gezellig.'

Ze verwachtten de eerste paar minuten nog geen klanten en hadden de kapsalon voor zichzelf.

'En je kraan is gemaakt?'

Julie knikte. 'Hij heeft hem vervangen.'

'Gaf hij je weer de indruk dat het zó gemakkelijk was dat je je afvroeg waarom je hem eigenlijk moest bellen?'

'Ja.'

'Vind je dat nou niet vreselijk?'

'Elke keer weer.'

Mabel lachte. 'Hij is me er een, nietwaar?'

Julie aarzelde. Vanuit haar ooghoek zag ze Singer bij de deur naar buiten zitten staren, alsof hij eruit gelaten wilde worden.

Hoewel Mabels vraag geen antwoord behoefde, had het mogelijke antwoord een serieus element, waaraan ze sinds de vorige avond bijna voortdurend had gedacht. Ze wist niet goed waarom ze aan die avond bleef denken; zo bijzonder was hij niet geweest. Mike was echter niet alleen de laatste persoon aan wie ze had gedacht voordat ze de vorige avond in slaap was gevallen, maar ook de eerste aan wie ze dacht toen ze vanochtend haar ogen opendeed.

Julie antwoordde dan ook zonder moeite terwijl ze naar de deur liep om Singer eruit te laten.

'Ja,' zei ze, 'dat is hij zeker.'

'Mike,' riep Henry, 'je hebt bezoek!'

Mike stak zijn hoek om de deur van het magazijn. 'Wie is het?'

'Raad eens.'

Voor hij de kans kreeg te antwoorden, stond Singer naast hem.

Het was laat in de middag toen Julie naar de garage liep. Met haar handen op haar heupen keek ze naar Singer.

'Als ik niet beter wist zou ik zeggen dat dit bij een of ander plannetje hoort om ervoor te zorgen dat ik hierheen kom,' zei ze.

Zodra ze het had gezegd, deed Mike zijn best om zijn dank telepathisch aan Singer over te brengen.

‘Misschien probeert hij je iets duidelijk te maken.’

‘Zoals?’

‘Ik weet het niet. Misschien vindt hij dat hij de laatste tijd niet genoeg aandacht krijgt.’

‘O, hij krijgt genoeg aandacht. Laat je niet voor de gek houden. Hij is verwend.’

Singer zat op de grond en begon zich met zijn achterpoot te krabben, als om zijn onverschilligheid voor wat ze zeiden te demonstreren. Mike maakte zijn overall los terwijl ze stonden te praten.

‘Ik hoop dat je het niet erg vindt,’ zei hij, ‘maar ik heb er wat transmissievloeistof op gemorst en adem de hele dag al die dampen in.’

‘Dus je verkeert in een roes, hè?’

‘Nee, ik heb alleen hoofdpijn.’

Julie keek toe terwijl hij zijn overall uittrok, eerst op zijn ene en toen op zijn andere been balancerend, hem daarna oprolde en in een hoek gooide. Ze vond hem er jonger uitzien dan hij was, in zijn spijkerbroek en rode T-shirt.

‘Wat heb je voor vanavond in je agenda staan?’ vroeg ze.

‘Het gebruikelijke. De wereld redden, de hongerigen te eten geven, de wereldvrede bewaren.’

‘Verbazingwekkend wat een mens in één avond kan doen als hij maar wil.’

‘Dat is waar.’ Mike schonk haar een jongensachtige glimlach. Maar toen Julie een hand door haar haar haalde werd hij plotseling door dezelfde nervositeit overvallen als toen hij de vorige avond haar keuken binnenliep.

‘En jij? Nog opwindende plannen?’

‘Nee, ik moet wat opruimen en een paar rekeningen betalen. Anders dan jij moet ik me eerst om de kleine dingen bekommeren voor ik het universum ga verbeteren.’

Mike zag Henry tegen de deurstijl leunen met een stapeltje papieren in zijn hand. Hij deed alsof hij hen niet zag, maar zorgde wel dat hij gezien werd, zodat Mike niet zou vergeten wat hij eerder had gezegd. Mike stak zijn handen in zijn zakken. Hij wilde dit niet doen. Hij wist dat het moest, maar hij wilde het niet. Hij ademde diep in.

'Hé, heb je een paar minuten?' vroeg hij. 'Er is iets waar ik met je over wil praten.'

'Natuurlijk. Wat is er?'

'Zullen we even ergens anders heen gaan? Ik geloof dat ik eerst een biertje nodig heb.'

Hoewel zijn plotselinge ernst haar verbaasde, kon Julie niet ontkennen dat ze het leuk vond dat hij het had gevraagd.

'Een biertje lijkt me prima,' zei ze.

Een stukje verderop in de straat zat Tizzy's tussen een dierenwinkel en een stomerij in geklemd; net als de Sailing Clipper was het noch schoon noch bijzonder comfortabel. Op het uiteinde van de bar stond een televisie te blèren, de ramen waren grauw van het vuil en de lucht was vervuld van rook, die als de inhoud van een lavalamp boven de tafeltjes kolkte. Voor degenen die regelmatig een bezoek aan Tizzy's brachten waren die dingen niet belangrijk, en er waren een stuk of zes mensen die er zo ongeveer woonden. Volgens Tizzy Welborn, de eigenaar, was zijn bar populair omdat die 'karakter had'. Mike nam aan dat hij daarmee de goedkope drank bedoelde.

Een pluspunt was weer dat Tizzy het niet zo nauw nam met de regels. De klanten hoefden schoenen noch shirts te dragen om bediend te worden en het kon hem ook niets schelen wat ze meebrachten. Door de jaren heen was er van alles door die deuren naar binnen gedragen, van samoeraizwaarden tot opblaaspoppen; ondanks Julie's rigoureuze ontkenning viel Singer ook in die categorie. Terwijl Mike en Julie op twee krukken aan het uiteinde van de bar gingen zitten, draaide Singer zich een keer om en ging liggen.

Tizzy nam hun bestelling op en zette hun bier voor hen neer. Hoewel het niet echt goed gekoeld was, was het bier ook niet warm en daar was Mike blij om. Je kon in deze zaak niet echt ergens op rekenen.

Julie keek om zich heen. 'Wat een tent is dit toch. Ik ben altijd bang dat ik iets besmettelijks zal oplopen als ik hier meer dan een uur blijf.'

'Maar het heeft wel karakter,' zei Mike.

'Nou en of. Wat was er nou zo belangrijk dat je me mee hierheen moest nemen?'

Mike sloeg zijn handen om zijn bierflesje. 'Het is iets dat Henry vond dat ik moest doen.'

'Henry?'

'Ja.' Hij zweeg even. 'Hij vond dat ik gisteren iets had moeten zeggen. Tegen jou, bedoel ik.'

'Waarover?'

'Over Richard.'

'Wat is er met Richard?'

Mike ging wat rechter zitten. 'Dat hij 's nachts dat briefje kwam brengen.'

'Wat was daarmee?'

'Henry vond dat het nogal vreemd klonk. Je weet wel, dat hij dat midden in de nacht kwam brengen.'

Julie keek hem sceptisch aan. 'Maakte Henry zich daar zorgen over?'

'Ja. Henry.'

'Mmm... maar jij niet?'

'Nee,' zei Mike.

Julie nam een slok van haar bier. 'Waarom was Henry zo bezorgd? Richard heeft niet naar binnen staan gluren, of zo. Als hij dat wel had gedaan, was Singer door de ruit gesprongen, denk ik. En er stond in het briefje dat het een noodgeval was, dus misschien is hij meteen vertrokken.'

'Nou... er was ook nog iets anders gebeurd. Een paar dagen geleden kwam een van de mannen die aan de brug werken naar de garage en hij zei iets vreemds.'

'Wat dan?'

Terwijl hij met zijn nagels door de groeven in het hout van de bar trok, vertelde hij wat Jake Blansen had gezegd. Hij gaf er ook nog wat meer van Henry's commentaar bij. Toen hij klaar was, legde Julie haar hand op zijn schouder. Haar lippen krulden langzaam om in een glimlach.

'O, wat lief dat Henry zo bezorgd over me is.'

Het duurde even voor het goed tot Mike doordrong wat ze zei.

'Wacht even... je bent niet kwaad?'

'Natuurlijk niet. Ik vind het fijn te weten dat ik vrienden heb die op me passen.'

'Maar…'

'Maar wat?'

'Nou… uh…'

Julie lachte en duwde zacht tegen Mike's schouder. 'Kom op, geef het maar toe… jij maakte je ook zorgen. Henry niet alleen.'

Mike slikte. 'Nee.'

'Waarom zei je dat dan niet meteen? Waarom schoof je het allemaal op Henry?'

'Ik wilde niet dat je kwaad op me zou zijn.'

'Waarom dacht je dat ik kwaad zou zijn?'

'Omdat… nou ja, weet je… omdat je met die kerel uitgaat.'

'En?'

'Ik wilde niet dat je dacht… Ik wist niet zeker of je…' Mike zweeg. Hij wilde het niet zeggen.

'Je wilde niet dat ik dacht dat je het zei zodat ik niet meer met hem uit zou gaan?' vroeg Julie.

'Ja.'

Julie keek hem aan. 'Heb je echt zo weinig vertrouwen in onze vriendschap? Dacht je dat ik de afgelopen twaalf jaar zomaar zou negeren?'

Mike gaf geen antwoord.

'Je kent me beter dan wie ook, en je bent mijn beste vriend. Ik geloof niet dat je iets tegen me zou kunnen zeggen wat me het idee zou geven dat je het deed om me te kwetsen. Als er één ding is dat ik over je heb geleerd dan is het wel dat jij niet eens tot zoiets in staat bent. Waarom denk je dat ik zo graag met je samen ben? Omdat je een goede kerel bent. Een aardige kerel.'

Mike wendde zijn blik af en dacht dat ze hem net zo goed een eunuch had kunnen noemen.

Julie draaide zijn gezicht weer naar haar toe en keek hem aan.

'En hoe zit het dan met Richard?'

'Wat bedoel je?'

'Je hebt de laatste weken heel wat tijd met hem doorgebracht.'

Ze leunde iets achterover, alsof ze hem beter wilde kunnen bekijken.

'Nee maar, als ik niet beter wist zou ik denken dat je jaloers bent,' plaagde ze.

Mike nam een slok van zijn bier en negeerde haar opmerking.

'Je moet niet jaloers zijn. We zijn een paar keer uit geweest en we hebben samen gelachen. Nou en? Dat stelt niet zo veel voor. Ik ben heus niet van plan om met hem te trouwen, hoor.'

'Nee?'

Julie snoof. 'Dat is een grapje, zeker?' Ze zweeg, maar Mike's gezichtsuitdrukking beantwoordde haar vraag. 'Het was geen grapje,' zei ze. 'Wat... dacht je dat ik verliefd op hem was?'

'Ik wist het niet.'

'O,' zei ze. 'Nou, dat is niet zo. Ik weet niet eens of ik nog wel met hem uit zal gaan. En dat is niet vanwege wat je me net hebt verteld. Het afgelopen weekend was geweldig, we hebben lol gehad, maar er ontbrak gewoon iets, weet je? En maandag, nou, toen deed hij wat vreemd, en ik heb besloten dat het het niet waard is.'

'Echt waar?'

Ze glimlachte. 'Echt waar.'

'Wauw,' was het enige dat Mike kon bedenken.

'Ja, wauw.'

Tizzy liep langs hen heen om de televisie op een andere zender te zetten alvorens hun te vragen of ze nog wat wilden drinken. Julie en Mike schudden allebei hun hoofd.

'En wat nu?' vroeg Mike. 'Ben je van plan weer met Bob uit te gaan?'

'Ik hoop niet dat dat nodig is.'

Mike knikte. Zijn keel was droog en hij nam nog een slok van zijn bier.

'Nou, misschien komt er wel iemand anders,' zei hij.

'Misschien.' Julie legde haar kin in haar hand en bleef hem aankijken.

'Het zal wel niet lang duren. Ik weet zeker dat er minstens tien kerels wachten op een kans om je mee uit te vragen.'

'Ik heb er maar een nodig,' zei ze met een brede glimlach.

‘Hij is daar ergens,’ verklaarde Mike. ‘Daar zou ik me maar geen zorgen over maken.’

‘Ik maak me geen zorgen. Ik geloof dat ik nu aardig goed weet wat voor soort man ik zoek. Nu ik een paar keer uit geweest ben, is het me allemaal veel duidelijker. Ik wil een goede kerel vinden. Een aardige kerel.’

‘Nou, dat verdien je in elk geval wel, dat is zeker.’

Mike kon soms zo vreselijk suf zijn, dacht Julie. Ze probeerde een andere benadering.

‘En jij? Denk je dat jij ooit nog een bijzonder iemand vindt?’

‘Wie weet.’

‘Je vindt vast wel iemand. Als je tenminste zoekt. Soms zitten ze pal voor je neus.’

Mike trok aan zijn shirt. Hij had zich net gerealiseerd hoe warm het was, maar als hij niet gauw naar buiten ging, zou hij waarschijnlijk beginnen te zweten. ‘Ik hoop dat je gelijk hebt.’

Weer zwegen ze.

‘Nou,’ zei ze, wensend dat hij iets zou zeggen.

‘Nou,’ zei hij, om zich heen kijkend.

Uiteindelijk blies Julie haar adem uit. Ik denk dat het van mijn kant moet komen, dacht ze. Als ik op deze Casanova moet wachten, gaan we pas als we allebei achter een rollator sjokken.

‘Wat ga je morgenavond doen?’ vroeg ze.

‘Daar heb ik nog niet over nagedacht.’

‘Ik dacht dat we misschien samen uit konden gaan.’

‘Uitgaan?’

‘Ja. Er is een restaurant op het eiland dat heel leuk is. Het staat aan het strand en ik heb gehoord dat het eten er goed is.’

‘Zal ik vragen of Henry en Emma meegaan?’

Ze drukte haar vinger tegen haar kin. ‘Mmm… wat vind je ervan om met z’n tweeën te gaan?’

‘Jij en ik?’ Hij voelde zijn hart tegen zijn ribben aan bonken.

‘Ja, Waarom niet. Tenzij je niet wilt, natuurlijk.’

‘Nee, ik wil wel,’ zei hij iets te snel, en daar had hij meteen spijt van.

Hij ademde diep in, dwong zichzelf tot kalmte en schonk haar zijn beste James Dean-blik. 'Ik bedoel, ik denk wel dat ik dat kan regelen.'

Julie verbeet een glimlach.

'Jeetje,' zei ze, 'dat stel ik echt op prijs.'

'Dus je hebt haar mee uit gevraagd, hè?' zei Henry.

Mike stond als een cowboy in een western – een knie gebogen, zijn voet tegen de muur achter hem, zijn hoofd omlaag gericht – tegen de muur van de garage. Hij keek naar zijn vingernagels, alsof het allemaal niets om het lijf had.

'Het werd tijd,' zei Mike met een kalm schouderophalen.

'Nou... mooi zo. En je weet zeker dat het een afspraakje is?'

Mike sloeg zijn ogen op alsof Henry's vragen zijn geduld op de proef stelden. 'O, ja. Het is zeer beslist een afspraakje.'

'Hoe heb je het dan gedaan? Ik bedoel, hoe ging het?'

'Ik heb er gewoon naar toe gewerkt, langzaam. Ik liet het gesprek gewoon die kant op gaan en toen de tijd rijp was, gebeurde het.'

'Gewoon zo, hè?'

'Gewoon zo.'

'Mmm,' zei Henry. Hij wist dat Mike ergens over loog, maar kon er niet precies zijn vinger op leggen. Het klonk in elk geval wel alsof ze een afspraakje hadden.

'En wat zei ze over Richard?'

Mike veegde met zijn nagels over zijn shirt en bestudeerde ze weer. 'Volgens mij is dat zo'n beetje over.'

'Zei ze dat?'

'Jazeker.'

'Hmm,' zei Henry. Hij wist even niet wat hij verder moest zeggen. Hij kon hem niet plagen, kon hem niet van advies dienen, kon niets doen zolang hij niet wist waarom het leek alsof er een luchtje aan het hele verhaal zat.

'Nou, ik denk dat ik alleen maar kan zeggen dat ik trots op je ben. Het werd tijd dat jullie tweeën het balletje aan het rollen brachten.'

'Bedankt, Henry.'

'Geen probleem.' Hij gebaarde over zijn schouder. 'Nou... ik heb daar nog wat werk liggen en ik wil op een fatsoenlijk tijdstip naar huis, dus ik ga maar weer naar binnen.'

'Ja hoor.' Mike voelde zich beter dan hij zich zijn hele leven had gevoeld. Hij liet zijn voet zakken en liep de garage in. Henry keek hem na, liep toen zijn kantoor binnen en deed de deur achter zich dicht. Hij pakte de telefoon, koos een nummer en hoorde even later Emma's stem aan de andere kant.

'Je gelooft nooit wat ik net heb gehoord,' zei hij.

'Wat dan?'

Henry vertelde het.

'Nou, het werd tijd,' kraaide ze.

'Ik weet het. Dat zei ik ook. Maar... denk je dat je Julie's kant van het verhaal te weten kunt komen?'

'Je zei toch dat Mike je er alles over verteld heeft.'

'Ja, maar volgens mij heeft hij iets weggelaten.'

Emma zweeg even. 'Je bent toch niets van plan, hè? Om dit te saboteren?'

'Nee, helemaal niet. Ik wil gewoon weten hoe het echt gegaan is.'

'Waarom? Zodat je hem kunt plagen?'

'Natuurlijk niet.'

'Henry...'

'Kom nou, schatje. Je kent me toch. Zoiets zou ik niet doen. Ik wil gewoon weten hoe Julie erover denkt, oké? Mike neemt dit erg serieus en ik wil niet dat hij gekwetst wordt.'

Emma zei niets en hij wist dat ze zich afvroeg of ze hem nou moest geloven of niet.

'Nou, ik heb al een tijdje niet met haar geluncht.'

Henry knikte. Brave meid, dacht hij.

Julie deed de voordeur open met een tas boodschappen en de post in haar handen en liep in de richting van de keuken. Omdat ze bijna niets meer in huis had gehad, was ze naar de winkel gegaan in de hoop iets gezonds mee naar huis te nemen, maar in plaats daarvan had ze een portie lasagne voor in de magnetron meegenomen.

Singer was niet mee naar binnen gekomen; hij was uit de jeep gesprongen en meteen naar het bos gelopen dat zich uitstrekte tot aan het kanaal. Hij zou de eerste paar minuten niet terug komen.

Julie zette de lasagne in de magnetron, trok in de slaapkamer een korte broek en T-shirt aan en liep toen terug naar de keuken. Ze keek even wat er bij de post zat – rekeningen, reclamefolders, een paar postordercatalogi – en legde toen de hele stapel opzij. Ze was nu niet in de stemming voor dat soort dingen.

Ze ging uit met Mike, dacht ze. Mike.

Ze fluisterde zijn naam, om te zien of het net zo ongelooflijk klonk als het voelde.

Jawel.

Haar ogen gingen naar het antwoordapparaat en ze zag dat het lampje knipperde. Ze drukte op 'play' en hoorde even later Emma's stem vragen of ze vrijdag zouden gaan lunchen. 'Bel me even als je niet kunt. En anders zie ik je wel bij de deli, oké?'

Klinkt prima, dacht Julie. Even later piepte het apparaat en hoorde ze Richards stem. Hij klonk moe, alsof hij de hele dag met hamers had lopen zwaaien.

'Hé, Julie. Ik bel zomaar even, maar ik neem aan dat je er niet bent, hè? Ik ben het grootste deel van de avond weg, maar ik kom morgen naar huis.' Hij zweeg even en ze hoorde hem een diepe zucht slaken. 'Je hebt geen idee hoezeer ik je op dit moment mis.'

Julie hoorde de klik toen hij oplegde. O, hemeltje, dacht ze plotseling, waarom krijg ik het gevoel dat hij dit niet goed op zal nemen?

16

Mike arriveerde de volgende avond kort voor zeven uur bij Julie, gekleed in een spijkerbroek en een wit linnen shirt. Hij zette de motor van de auto uit, stak de sleutels in zijn zak, pakte de doos chocolaatjes, stapte uit en repeteerde onder het lopen wat hij zou zeggen. Ook al wilde ze dat hij gewoon zichzelf was, hij kon het verlangen niet weerstaan om indruk op haar te maken, haar te verbijsteren met zijn openingszin. Na uren van overpeinzingen had hij gekozen voor 'Wat een goed idee om naar het strand te gaan. Het is er vast prachtig, vanavond,' niet alleen omdat het natuurlijk klonk, maar ook omdat het niet zou klinken alsof hij te hard van stapel liep. Dit was zijn kans, misschien wel zijn enige kans, en hij wilde die niet verpesten.

Julie stapte naar buiten toen Mike naar de deur liep en zei iets vriendelijks, waarschijnlijk een soort begroeting, maar haar stem, gepaard aan het verbijsterende besef dat hun afspraakje nu echt begon, verstoorde zijn gedachtegang, en hij vergat wat hij had willen zeggen. Hij vergat zelfs bijna alles.

Je had overal mooie vrouwen, dacht hij terwijl hij naar haar keek. Je had vrouwen voor wie mannen over hun schouder keken, zelfs al hadden ze iemand aan hun arm, je had vrouwen die alleen door met hun ogen te knipperen er met een waarschuwing vanaf kwamen als een agent ze langs de kant zette omdat ze te hard hadden gereden.

En je had Julie.

De meeste mensen zouden haar aantrekkelijk noemen. Geen perfecte schoonheid natuurlijk... ze had een neus waarvan het puntje iets omhoog wees, iets te veel sproeten, en haar dat het grootste deel van de tijd gewoon deed waar het zelf zin in had. Maar toen Mike haar het trapje af zag komen, haar zomerjurk licht opbollend in de bries, wist hij zeker dat hij nog nooit zoiets moois had gezien.

'Mike?' zei Julie.

Oké, dacht hij, dit is mijn kans. Verpest het niet. Ik weet precies wat ik wil zeggen. Gewoon kalm blijven en de woorden rustig hun werk laten doen.

'Mike?' zei Julie weer.

Haar stem riep hem terug tot de werkelijkheid. Hij was alleen de openingszin kwijt.

'Is alles goed met je?' vroeg ze. 'Je ziet een beetje bleek.'

Mike's mond ging open, en weer dicht toen hij zich realiseerde dat hij niet meer wist wat hij had willen zeggen. Geen paniek, dacht hij, in paniek rakend. Wat je ook doet, geen paniek! Hij besloot maar gewoon op zichzelf te vertrouwen en ademde diep in.

'Ik heb chocolaatjes meegebracht,' zei hij ten slotte en hij stak haar de doos toe.

Julie keek hem aan. 'Dat zie ik. Dank je.'

Ik heb chocolaatjes meegebracht? Is dat alles wat ik kan verzinnen?

'Hallo?' zei Julie. 'Is daar iemand?'

De openingszin... de openingszin... Mike concentreerde zich en voelde dat de zin stukje bij beetje vorm kreeg. Julie stond echter te wachten tot hij iets zou zeggen, wat dan ook.

'Je bent prachtig op het strand vanavond,' flapte hij er uiteindelijk uit.

Julie keek hem even aan en glimlachte toen. 'Dank je. Maar we zijn er nog niet.'

Mike stak zijn handen in zijn zakken. Idioot!

'Het spijt me,' zei hij omdat hij niet wist wat hij anders moest doen.

'Wat?'

'Dat ik niet weet wat ik moet zeggen.'

'Waar heb je het over?'

Haar uitdrukking was een vreemde mengeling van verwarring en geduld en het was vooral dat laatste wat Mike eindelijk in staat stelde te bedenken wat hij moest zeggen.

'Niets,' zei hij. 'Ik denk dat ik gewoon blij ben dat ik hier ben.'

Julie merkte de oprechtheid in zijn woorden op.

'Ik ook,' zei ze.

Mike herstelde zich enigszins. Hij glimlachte, maar keek in de verte, alsof hij een studie van de omgeving wilde maken. Hij zei niet meteen iets, wist niet goed hoe hij nu verder moest gaan.

'Nou, ben je klaar om te gaan?' vroeg hij uiteindelijk.

'Ja, als jij zover bent.'

Toen hij zich omdraaide en naar de auto liep, hoorde Mike Singer blaffen en hij keek over zijn schouder.

'Gaat Singer niet mee?'

'Ik wist niet zeker of je dat wilde.'

Mike bleef staan. Singer zou misschien zijn zenuwen wat kunnen kalmeren, door ervoor te zorgen dat hun beider verwachtingen wat minder hoog gespannen waren. Zoiets als het effect van een chaperonne. 'Hij mag wel mee als je wilt. We zijn toch op het strand, en hij vindt het vast heerlijk.'

Toen ze omkeek naar het huis, blafte Singer weer. Hij stond voor het raam. Ze wilde erg graag dat hij meeging, omdat hij bijna overal met haar heen ging, maar aan de andere kant, dit werd geacht een afspraakje te zijn. Met Richard – en ook met de andere mannen met wie ze was uitgegaan – had ze er zelfs niet aan gedacht.

'Vind je het echt niet erg?'

'Helemaal niet.'

Ze glimlachte. 'Geef me heel even om de deur open te doen, oké?'

Een paar minuten later reden ze over de brug naar Bogue Banks, toen Singer weer blafte. Hij zat achter in de pick-up, zijn lippen en tong wapperden in de wind en hij zag er zo tevreden uit als een hond er maar uit kan zien.

Singer krulde zich op in het warme zand voor het restaurant terwijl Julie en Mike hun plaats innamen aan een tafeltje op het terras erboven. Laaghangende wolken woeien uiteen aan de langzaam donkerder wordende hemel. De wind van zee, die hier altijd krachtiger was, deed de flappen van de tafelparasol gestaag wapperen en Julie streek haar haren achter haar oren zodat ze niet in haar gezicht zouden waaien. Het strand zelf was bijna leeg – de echte drukte begon pas eind mei – en de golven rolden over het zand.

Het restaurant zelf was gezellig en niet te chic, en vanwege de locatie direct aan het strand waren de meeste tafeltjes bezet. Ze vonden een plek en toen de ober kwam, bestelde Julie een glas wijn en Mike een flesje bier.

Tijdens de korte rit hierheen hadden ze gepraat over wat ze eerder die dag hadden gedaan; zoals gewoonlijk kwamen ook Mabel en Andrea, Henry en Emma even ter sprake. Terwijl ze praatten, probeerde Mike zijn kalmte te hervinden. Hij kon er niet over uit dat hij een hele dag van plannen maken had verprutst doordat hij zijn openingszin was vergeten, maar op de een of andere manier had het toch goed uitgewerkt. Hij zou dat graag toeschrijven aan zijn natuurlijke charme, maar diep van binnen wist hij wel dat Julie het gewoon niet had gemerkt omdat ze het niets bijzonders vond. Dat had iets ontmoedigends, maar een pluspunt was weer dat ze hem er in elk geval niet mee plaagde.

Tijdens de eerste paar minuten in het restaurant kon Mike zich maar moeilijk concentreren. Hij had de laatste paar jaar immers zowat elke dag aan dit moment gedacht. En hij bleef maar terugkomen bij het idee dat – als hij het goed speelde – hij Julie straks misschien wel zou kussen. Toen ze het wijnglas naar haar mond bracht en een slokje nam, wist Mike zeker dat hij nog nooit zoiets sensueels had gezien.

Het lukte hem de conversatie goed gaande te houden terwijl ze zaten te drinken en hij maakte haar zelfs een paar keer aan het lachen, maar tegen de tijd dat het eten arriveerde, was hij zo op van de zenuwen, dat hij zich nauwelijks meer kon herinneren wat er gezegd was.

Man, beheers je, dacht hij.

Mike was zichzelf niet.

Dat verbaasde Julie niet. Ze wist dat het wel even zou duren voor hij los kwam. Toch hoopte ze dat het eerder vroeg dan laat zou zijn, want ze voelde zich zelf ook niet helemaal op haar gemak en hij maakte het er niet gemakkelijker op. Als ze de vreemde blik in zijn ogen zag, telkens wanneer ze haar glas aanraakte, zou ze willen vragen of hij nog nooit iemand wijn had zien drinken. De eerste keer dat het gebeurde dacht ze dat hij haar wilde waarschuwen dat er iets in haar wijn dreef of zo.

Vanavond was anders dan de avond dat hij haar kraan was komen vervangen, maar ze had niet voorzien hoe vreemd het zou aanvoelen toen ze hem gisteren bij Tizzy's had gevraagd. Mike was immers niet alleen een potentieel onderdeel van haar toekomst, maar hoorde ook bij haar verleden. En natuurlijk dat van Jim.

Ze had terwijl ze zaten te eten veel aan Jim gedacht, en hen met elkaar vergeleken. Wat haar verbaasde was dat Mike, ook al maakte hij dit moeilijker dan het zou moeten zijn, zich eigenlijk toch redelijk goed hield. Mike zou nooit zijn zoals Jim, maar iets aan de manier waarop ze zich voelde als ze bij hem was, herinnerde haar aan de mooie momenten in haar huwelijk. En ze was er zeker van, net zoals ze dat bij Jim was geweest, dat Mike niet alleen nu van haar hield, maar dat er ook geen dag in de toekomst zou zijn waarop hij dat niet meer deed. Er was slechts een kort moment tijdens de maaltijd dat een gevoel van verraad naar de voorgrond van haar gedachten kwam, en haar de indruk gaf dat Jim op de een of andere manier naar hen keek, maar dat gevoel verdween weer snel. En voor het eerst ervoer ze daarna een warm gevoel dat haar de geruststelling gaf dat Jim hier helemaal niet door van streek zou zijn.

Tegen de tijd dat ze klaar waren met eten was de maan opgekomen, en die wierp een waaier van wit over het donkere glanzende water.

'Wil je even wandelen?' stelde Mike voor.

'Dat klinkt goed,' zei ze terwijl ze haar glas op tafel zette.

Mike stond op. Julie trok haar jurk recht en schoof het bandje omhoog dat van haar schouder was gegleden. Mike liep langs haar heen naar de balustrade en ze rook de geur van zijn aftershave, die haar eraan herinnerde hoeveel er plotseling was veranderd. Mike boog zich over de balustrade op zoek naar Singer. Zijn gezicht bewoog daarbij door de schaduw heen, maar toen hij zijn hoofd omdraaide, viel het maanlicht op zijn ruwe huid, waardoor hij iemand leek die ze nauwelijks kende. Zijn vingers waren met smeer bevlekt en ze realiseerde zich opnieuw hoe anders hij was dan de man met wie ze ooit naar het altaar was gelopen.

Nee, dacht ze, ik ben niet verliefd op Mike. Ze glimlachte. Nog niet, althans.

'Je werd wat stil tegen het eind van het eten,' zei Mike.

Ze liepen langs de waterkant; ze hadden hun schoenen uitgetrokken en Mike had zijn broekspijpen tot halverwege zijn kuiten opgerold. Singer liep voor hen uit, zijn neus dicht bij de grond, zoekend naar krabben.

'Ik zat te denken,' mompelde Julie.

Mike knikte. 'Aan Jim?'

Ze keek hem aan. 'Hoe weet je dat?'

'Ik heb die uitdrukking al heel wat keren gezien. Je zou een vreselijke pokerspeler zijn.' Hij tikte tegen de zijkant van zijn hoofd. 'Er ontgaat mij niets, weet je.'

'O nee? Waar dacht ik dan precies aan?'

'Je dacht… dat je blij was dat je met hem getrouwd bent.'

'O, nou, dat is wel een erg wilde gok.'

'Maar had ik gelijk?'

'Nee.'

'Waar dacht je dan aan?'

'Het is niet belangrijk. Bovendien wil je het helemaal niet weten.'

'Waarom? Is het iets negatiefs?'

'Nee.'

'Vertel het me dan.'

'Goed dan. Ik dacht aan zijn vingers.'

'Zijn vingers?'

'Ja. Jij hebt smeer aan je vingers. Ik dacht dat in al die tijd dat ik met Jim getrouwd ben geweest, zijn vingers er nooit zo hebben uitgezien als de jouwe.'

Mike stak verlegen zijn handen achter zijn rug.

'O, ik bedoelde het niet negatief,' zei ze. 'Ik weet dat je automonteur bent. Je handen horen immers vies te zijn.'

'Ze zijn niet vies. Ik was ze voortdurend. Het zijn gewoon vlekken.'

'Je hoeft je niet zo te verdedigen. Je weet best wat ik bedoel. Bovendien vind ik het wel leuk.'

'Echt waar?'

'Ik zal ook wel moeten, niet? Ze maken deel uit van het geheel.'

Mike slaakte een diepe zucht en ze liepen een paar passen zwijgend verder. 'En, denk je dat je morgenavond wilt uitgaan? Misschien kunnen we naar Beaufort gaan.'

'Dat lijkt me leuk.'

'Misschien moeten we Singer dan wel thuis laten,' voegde hij eraan toe.

'Dat geeft niet. Hij is een grote jongen. Hij redt zich wel.'

'Wil je ergens speciaal naartoe?'

'Het is nu jouw beurt om te kiezen. Ik heb mijn plicht gedaan.'

'En dat heb je heel goed gedaan.' Mike keek haar van opzij aan en pakte haar hand vast. 'Wat een goed idee om naar het strand te gaan. Het is een prachtige avond.'

Julie glimlachte terwijl zijn vingers zich tussen de hare vlochten. 'Ja, dat vind ik ook,' stemde ze met hem in.

Ze verlieten het strand een paar minuten later, toen Julie het koud begon te krijgen. Mike wilde eigenlijk haar hand niet loslaten, zelfs niet toen ze zijn auto bereikten, maar hij had geen keus. Hij dacht erover hem weer vast te pakken als ze in de auto zaten, maar ze had haar handen in haar schoot gelegd en keek naar buiten.

Ze zeiden geen van beiden veel op weg naar haar huis, en toen hij met haar naar de deur liep, realiseerde hij zich dat hij geen idee had waar ze aan dacht. Hij wist echter precies wat hij zelf dacht... hij hoopte dat ze even zou aarzelen op de veranda, net voor ze elkaar goedenacht wensten, wat hem de kans zou geven te zorgen dat zijn kus precies goed was. Hij wilde dat niet ook verpesten.

'Ik heb een heerlijke avond gehad,' zei hij.

'Ik ook. Hoe laat zal ik morgen klaar zijn?'

'Zeven uur?'

'Prima.'

Mike knikte. Hij voelde zich net een tiener. Dit was het, dacht hij, het grote moment. Nu komt het eropaan.

'Nou,' zei hij in een poging cool te klinken.

Julie glimlachte, las zijn gedachten. Ze pakte zijn hand beet en gaf er een kneepje in voor ze weer losliet.

'Welterusten, Mike. Dan zie ik je dus morgen?'

Het duurde even voor hij de afwijzing verwerkt had en hij verplaatste zijn gewicht van de ene voet op de ander, en weer terug. 'Morgen?' vroeg hij onzeker.

Ze opende haar tasje en begon naar haar sleutels te zoeken. 'Ja. Ons afspraakje, weet je nog?'

Ze had de sleutels gevonden en stak er een in het slot, keek toen weer naar hem op. Inmiddels had Singer zich bij hen gevoegd en ze deed de deur open om hem binnen te laten.

'En nogmaals bedankt voor de leuke avond.'

Ze zwaaide naar hem en liep toen achter Singer aan naar binnen. Toen de deur achter haar dichtging, bleef Mike er even naar staan staren voor hij zich realiseerde dat ze niet terug zou komen. Een paar minuten later liep hij de veranda af, naar zijn auto.

Omdat ze wist dat ze nog niet zou kunnen slapen, ging Julie op de bank zitten en begon ze een van de catalogi door te bladeren terwijl ze nog eens over de avond nadacht. Ze was blij dat ze Mike niet had gekust, net op de veranda, al wist ze niet precies waarom. Misschien had ze wat meer tijd nodig om over haar nieuwe gevoelens voor hem na te denken.

Of misschien wilde ze hem gewoon verlegen zien doen. Dan was hij namelijk schattig op een manier zoals alleen Mike dat zijn kon. En Henry had gelijk, het was leuk om hem te plagen.

Ze pakte de afstandsbediening en zette de televisie aan. Het was nog vroeg – nog geen tien uur – en ze koos voor een drama over een sheriff in een klein stadje die zich gedwongen voelde zijn leven te riskeren om mensen te redden.

Twintig minuten later, net toen de sheriff op het punt stond een jongeling te redden die klem zat in een brandende auto, werd er op de deur geklopt.

Singer stond op en liep de woonkamer door. Hij stak zijn kop tussen de gordijnen door en Julie dacht even dat Mike terug was gekomen.

Toen begon Singer echter te grommen.

17

'Richard,' zei Julie.

'Hé, Julie.' Hij hield een boeket rozen vast. 'Ik heb deze op het vliegveld gekocht. Het spijt me dat ze niet zo vers zijn als ze zouden moeten zijn, maar ze hadden niet veel keus meer.'

Julie bleef in de deuropening staan, Singer naast haar. Hij was opgehouden te grommen zodra ze de deur open had gedaan en Richard hield hem zijn open hand voor. Singer snuffelde eraan alvorens weer op te kijken, alsof hij zich ervan wilde overtuigen dat de geur inderdaad bij het gezicht hoorde, en wendde zich toen af. *O, hij*, leek hij te willen zeggen. *Ik ben niet weg van hem, maar vooruit.*

Voor Julie was het minder gemakkelijk. Ze aarzelde alvorens de bloemen aan te nemen en wilde maar dat hij ze niet had meegebracht.

'Dank je,' zei ze.

'Ik heb al gebeld, maar ik neem aan dat je er niet was.'

'Had je een bericht ingesproken?'

'Nee, daar had ik geen tijd voor. Ik moest meteen aan boord. Je weet hoe dat gaat. Maar ik heb gisteren wel een bericht ingesproken.'

'Ja.' Ze knikte. 'Dat heb ik gehoord.'

Richard sloeg zijn handen in elkaar. 'En, was je thuis?' vroeg hij. 'Daarstraks, bedoel ik.'

Ze voelde haar schouders iets zakken. Ze wilde dit nu niet doen.

'Ik was uit met een vriend,' zei ze.

'Een vriend?'

'Herinner je je Mike nog? We zijn even wat gaan eten.'

'O, ja. Van de bar laatst, toch?' zei hij. 'Die kerel die in de garage werkt?'

'Die, ja.'

'O,' zei hij. Hij knikte. 'Was het leuk?'

'Ik heb hem de laatste tijd niet veel gezien, dus het was fijn om weer eens bij te praten.'

'Mooi.' Hij keek naar opzij, toen naar zijn voeten en daarna weer naar haar. 'Mag ik even binnen komen? Ik had gehoopt dat we een paar minuten konden praten.'

'Ik weet het niet,' hield ze de boot af. 'Het is al laat. Ik wilde net naar bed gaan.'

'O,' zei hij, 'dat is prima. Ik begrijp het. Kan ik je morgen zien, dan? Misschien kunnen we samen wat gaan eten.'

In de schaduw leek zijn gezicht donkerder, maar hij glimlachte, alsof hij al wist hoe haar antwoord zou luiden.

Julie knipperde met haar ogen en hield ze even dicht. Ik vind het vreselijk om dit te moeten doen, dacht ze. Vreselijk. Bob had tenminste nog vermoed dat het einde in zicht was. Richard niet.

'Het spijt me,' zei ze, 'maar ik kan niet. Ik heb al andere plannen.'

'Weer met Mike?'

Ze knikte.

Richard krabde afwezig aan zijn wang en bleef haar aankijken. 'Dus dat was het dan? Wat ons betreft, bedoel ik?'

Ze hoefde niets te zeggen.

'Heb ik iets verkeerd gedaan?' vroeg hij.

'Nee,' protesteerde ze. 'Dat is het niet.'

'Wat is het dan wel? Heb je er niet van genoten toen we uitgingen?'

'Jawel, dat vond ik erg leuk.'

'Wat is het dan?'

Julie aarzelde. 'Het heeft eigenlijk niets met jou te maken. Het gaat om Mike en mij. We lijken gewoon… ach, ik weet niet hoe ik het uit moet leggen. Wat kan ik zeggen?'

Terwijl ze zocht naar woorden, begon zijn kaak strak te trekken en ze zag de spier in zijn wang aanspannen. Een tijdlang zei hij niets.

'Het waren zeker een paar fantastische dagen toen ik weg was, niet-waar?' zei hij.

'Het spijt me…'

'Wat? Dat je achter mijn rug om handelde zodra ik weg was? Dat je mij hebt gebruikt om Mike jaloers te maken?'

Het duurde even voor het tot haar doordrong. 'Waar heb je het over?'

'Je hebt me wel gehoord.'

'Ik heb jou niet gebruikt…'

Richard negeerde haar; zijn toon werd kwader. 'O nee? Waarom maak je hier dan een eind aan terwijl we nog maar net bezig zijn elkaar te leren kennen? En hoe komt het dat Mike plotseling zo interessant is geworden? Ik bedoel, ik ga een paar dagen de stad uit en als ik terugkom is het uit tussen ons en heeft Mike mijn plaats ingenomen.' Hij staarde haar aan. Zijn lippen begonnen wit te worden.

Zijn uitbarsting was zo schokkend, zo onverwacht, dat ze het zei voor ze zich kon inhouden. 'Je bent een schoft.'

Richard keek haar nog een poosje aan en wendde toen zijn blik af. Zijn woede maakte plotseling plaats voor een gekwetste uitdrukking.

'Dit is niet eerlijk,' zei hij zacht. 'Alsjeblieft, ik wil alleen maar even met je praten, oké?' smeekte hij.

Julie keek op en zag tot haar verbazing tranen in zijn ogen. Die man was een absolute achtbaan van emoties, besloot ze. Op, neer, helemaal rond. 'Het spijt me, Richard. Dat had ik niet moeten zeggen. En het was niet mijn bedoeling je te kwetsen. Echt niet.' Ze zweeg even, overtuigde zich ervan dat hij luisterde. 'Maar het is laat en we zijn allebei moe. Ik denk dat ik maar beter naar binnen kan gaan voordat een van ons tweeën nog iets meer zegt. Oké?'

Toen Richard niet reageerde, deed ze een stap naar achteren en begon de deur dicht te duwen. Richard stak echter plotseling zijn hand uit om haar tegen te houden.

'Julie! Wacht!' zei hij. 'Het spijt me. Alsjeblieft… ik moet echt even met je praten.'

Als ze later aan dat moment terugdacht, zou ze zich altijd geschokt herinneren hoe snel Singer zich had bewogen. Voor zij zelfs maar de tijd had gehad om te registreren dat Richard de deur had vastgepakt, was Singer naar zijn hand toe gesprongen, alsof hij een frisbee in de lucht probeerde op te vangen. Singers kaken vonden hun doel en Richard huilde van pijn toen hij over de drempel tuimelde.

'Singer!' riep Julie.

Richard viel op zijn knieën, een arm uitgestrekt, terwijl Singer grauwend met zijn kop schudde.

'Hou hem tegen!' schreeuwde Richard. 'Haal hem van me af!'

Julie sprong op Singer toe, pakte hem bij zijn riem en gaf er een flinke ruk aan. 'Laat hem los!' beval ze. 'Laat hem los, nu!'

Ondanks zijn woede liet Singer meteen los toen Julie dat zei en Richard trok zijn hand instinctief tegen zijn borst en sloeg de andere hand eromheen. Singer bleef naast Julie staan. Hij liet nog steeds zijn tanden zien en de haren op zijn rug stonden recht overeind.

'Singer, nee!' riep ze, nog steeds verbaasd over de woeste reactie van de hond. 'Hoe is het met je hand?'

Richard bewoog voorzichtig zijn vingers. 'Ik geloof niet dat er iets gebroken is.'

Julie's hand ging naar Singers rug. Zijn spieren waren strak aangespannen, zijn ogen nog steeds op Richard gericht.

'Ik zag hem niet eens aankomen,' zei Richard zacht. 'Help me onthouden dat ik je deur niet meer vastpak als je hond in de buurt is.'

Hoewel hij sprak alsof het incident iets komisch had, antwoordde Julie niet. Singer had instinctief gereageerd om haar te beschermen en ze was niet van plan hem daarvoor te straffen.

'Het spijt me,' zei hij. 'Ik had niet moeten proberen je tegen te houden. Dat was verkeerd van me.'

Reken maar, dacht ze.

'En ik had net ook niet kwaad op je moeten worden.' Hij zuchtte. 'Het is alleen dat dit aan het eind van een heel zware week komt. Dat is de reden dat ik langs wilde komen. Ik weet dat het geen excuus is, maar...'

Hij klonk zowel oprecht als berouwvol, maar ze hield haar handen op om hem te onderbreken.

'Richard...' zei ze.

Haar toon maakte duidelijk dat ze het niet wilde horen. Richards ogen schoten naar opzij. Hij scheen in het niets te staren. De lamp van de veranda scheen op zijn gezicht en Julie zag dat ze zich niet had vergist over die tranen. Zijn ogen waren weer vochtig.

Toen hij weer sprak klonk zijn stem verstikt.

'Mijn moeder is deze week gestorven,' fluisterde hij. 'Ik kom net van haar begrafenis.'

'Daarom moest ik dat briefje op je jeep achterlaten,' legde Richard uit. 'De dokter zei dat ik maar beter de eerste beschikbare vlucht kon pakken omdat hij niet eens zeker wist of ze de volgende dag wel zou halen. Ik had dinsdagochtend vroeg de eerste vlucht vanuit Raleigh, en met al die nieuwe veiligheidsmaatregelen moest ik midden in de nacht weg om op tijd daar te zijn.'

Er waren een paar minuten verstreken en Richard zat op Julie's bank naar de vloer te staren, nog steeds vechtend tegen zijn tranen. Het had even geduurd voor het tot haar doordrong, maar toen had ze een golf van sympathie voor hem gevoeld. Nadat ze het gebruikelijke – 'het spijt me' en 'waarom zei je dat niet meteen?' – had gestameld, was Richard helemaal ingestort en Julie had hem binnengelaten nadat ze eerst Singer in de slaapkamer had gezet. Nu zat ze tegenover hem in de stoel naar hem te luisteren. Fantastische timing, Julie, dacht ze. Je weet echt het moment uit te kiezen om iemands hart te breken, nietwaar?

'Ik weet dat het niets veranderd aan wat je me net op de veranda hebt verteld, maar ik wilde niet dat we met ruzie uit elkaar zouden gaan. Daarvoor heb ik te veel genoten van de tijd die we samen doorbrachten.'

Hij schraapte zijn keel en drukte zijn vingers tegen zijn oogleden. 'Het leek gewoon zo plotseling, weet je? Ik was niet voorbereid op wat je me vertelde.' Hij zuchtte. 'Verdorie, ik was nergens op voorbereid. Je kunt je niet voorstellen hoe het daar was. Alles... zoals ze er op het laatst uitzag, wat de verpleegsters zeiden, de geur...'

Beide handen gingen naar zijn gezicht en ze hoorde zijn haperende ademhaling, een reeks korte snelle inademingen gevolgd door een lange uitademing.

'Ik moest gewoon met iemand praten. Iemand van wie ik wist dat die zou luisteren.'

O, hemeltje, dacht Julie. Had dit nog erger gekund?

Ze dwong zich tot een vermoeide glimlach.

'We kunnen wel praten,' zei ze. 'We zijn toch nog wel vrienden.'

Richard ratelde wel een paar uur door, en sprong daarbij van de hak op de tak: herinneringen aan zijn moeder, wat hij dacht toen hij de ziekenhuiskamer binnenliep, hoe het de volgende ochtend voelde om te weten dat hij voor het laatst haar hand vasthield. Nadat hij een poosje had gepraat, bood Julie hem een biertje aan. De avond vorderde en hij dronk er drie, kennelijk zonder het te merken. Zo nu en dan zweeg hij en staarde de kamer in met een verdwaasde uitdrukking op zijn gezicht, alsof hij was vergeten wat hij wilde zeggen. Andere keren sprak hij alsof hij een dubbele espresso had gedronken en tuimelden de woorden over elkaar heen. Julie luisterde hoofdzakelijk. Ze stelde zo nu en dan een vraag wanneer dat gepast leek, maar meer niet. Ze zag meer dan eens tranen, maar telkens als ze verschenen, kneep Richard in zijn neusbrug om ze tegen te houden.

Middernacht kwam en ging. De wijzers van de klok op de haardmantel draaiden voorbij de een en in de richting van de twee. Tegen die tijd hadden het bier en de emotionele uitputting hun tol geëist. Richard begon zichzelf te herhalen en praatte niet meer duidelijk. Toen Julie terugkwam uit de keuken nadat ze voor zichzelf een glas water had gehaald, zag ze dat Richard zijn ogen dicht had. Hij was schuin weggezakt tegen de armleuning van de bank en lag met zijn mond open. Zijn ademhaling volgde een gestaag ritme.

Met het glas water in haar hand bleef ze staan waar ze stond. O, geweldig, dacht ze. Wat moet ik nu doen?

Ze wilde hem wel wakker maken, maar dacht niet dat hij nuchter genoeg was om auto te rijden. Ze voelde zich niet prettig bij het idee hem hier te laten liggen, maar anderzijds sliep hij al en als ze hem wakker maakte, zou hij misschien nog meer willen praten. Ze was weliswaar bereid naar hem te luisteren als hij daar behoefte aan had, maar nu was ze uitgeput.

'Richard,' fluisterde ze. 'Ben je wakker?'

Niets.

Even later probeerde ze het opnieuw, met hetzelfde resultaat. Ze bedacht dat ze wel hard kon roepen of hem wakker porren, maar gezien de mogelijkheden leek dat meer moeite dan het waard was.

Het stelt niets voor, besloot ze uiteindelijk. Hij is immers buiten westen.

Julie deed het licht uit, liet hem liggen waar hij lag, liep naar haar slaapkamer en deed de deur achter zich op slot. Singer lag op het bed. Hij tilde zijn kop op en keek toe terwijl ze haar pyjama aantrok.

'Het is alleen voor vannacht,' legde ze hem uit, alsof ze zichzelf ervan probeerde te overtuigen dat het juist was wat ze deed. 'Ik verander heus niet van gedachten. Ik ben gewoon moe, oké?'

Julie werd bij het ochtendgloren wakker en na een blik op de klok, draaide ze zich om in een poging de dag op afstand te houden. Ze was moe en voelde zich alsof ze een kater had.

Ze kroop uit bed, deed stilletjes de deur open en keek door een kier de kamer in. Richard leek nog te slapen. Ze dook snel de douche in en kleedde zich aan voor haar werk; ze wilde niet dat hij haar in haar pyjama zag. Toen ze weer de woonkamer in kwam – met Singer waakzaam aan haar zijde – zat Richard op de bank over zijn gezicht te wrijven. Zijn sleutels lagen op de tafel voor hem, boven op zijn portefeuille.

'O, hé,' zei hij, beschaamd kijkend. 'Ik geloof dat ik onderuit gegaan ben, hè? Het spijt me.'

'Het was een lange dag,' zei ze.

'Ja, inderdaad,' antwoordde hij. Hij pakte zijn portefeuille en stond op. Er verscheen even een glimlach op zijn gezicht. 'Bedankt dat je me hebt laten blijven. Dat waardeer ik.'

'Geen probleem,' zei ze. 'Red je het verder wel?'

'Ik zal wel moeten, denk ik. Het leven gaat door, hè?'

Zijn shirt was gekreukt en hij probeerde het een beetje glad te strijken. 'Het spijt me dat ik me gisteravond zo gedroeg,' voegde hij eraan toe.' Ik weet niet wat me overkwam.'

Julie's haar was nog niet helemaal droog en ze voelde een druppel water door haar blouse heen lekken.

‘Het is wel oké,’ zei ze. ‘En ik weet dat het onverwacht moet hebben geleken, maar…’

Hij schudde zijn hoofd. ‘Nee… het is goed. Je hoeft het niet uit te leggen… ik begrijp het wel. Mike lijkt me een aardige kerel.’

Ze aarzelde. ‘Dat is hij ook,’ zei ze uiteindelijk, ‘maar bedankt.’

‘Ik wil dat je gelukkig bent. Dat is alles wat ik ooit heb gewild. Je bent een geweldige vrouw en je verdient het. Vooral nadat je de halve nacht naar me hebt zitten luisteren. Je hebt geen idee hoeveel dat voor me betekende. Zijn we nog steeds vrienden?’

‘Natuurlijk,’ zei ze.

‘Bedankt.’ Even later pakte hij zijn sleutels op en liep naar de deur. Toen hij die opendeed, keek hij over zijn schouder.

‘Mike is een geluksvogel,’ zei hij, ‘vergeet dat niet.’ Hij glimlachte, maar met een spoor van melancholie. ‘Tot ziens, Julie.’

Julie slaakte een zucht toen hij eindelijk in zijn auto was gestapt, blij dat het vanochtend een stuk beter was gegaan dan ze had verwacht. Toen bedacht ze zich. Nou, in elk geval beter dan vannacht. Alles was beter dan dat.

Maar het was nu in elk geval voorbij.

18

In zijn huurhuis liep Richard de trap op naar de kamer in de hoek. Hij had de muren zwart geverfd en de ramen afgedekt met verduisteringsstof en linnen tape; boven een tafel tegen de muur bungelde een rode lamp. Zijn fotografeeruitrusting stond in de hoek: vier verschillende camera's, een aantal lenzen, dozen vol film. Hij deed de lamp aan.

Naast de ondiepe bakken met chemicaliën die hij gebruikte om zijn foto's in te ontwikkelen lag een stapel foto's die hij van Julie had gemaakt tijdens hun afspraakje.

Hij bladerde de foto's door en bleef er af en toe even naar staren. Ze had er dat weekend gelukkig uitgezien, dacht hij, alsof ze had geweten dat haar leven plotseling ten goede was veranderd. En mooi ook. Terwijl hij haar gezichtsuitdrukkingen bestudeerde, kon hij niets vinden wat kon verklaren wat er de vorige avond was gebeurd.

Hij schudde zijn hoofd. Nee, hij zou haar haar vergissing niet kwalijk nemen. Iemand die zo moeiteloos van woede kon overstappen naar medeleven als zij was een schat, en hij mocht van geluk spreken dat hij haar gevonden had.

Hij wist nu heel wat over Julie Barenson. Haar moeder was een dronkaard met een voorkeur voor wodka die in een bouwvallige camper aan de rand van Daytona woonde. Haar vader woonde momenteel in Minnesota samen met een andere vrouw en leefde van een WAO-uitkering na een ongeluk dat hij tijdens zijn werk in de bouw had gehad. Ze waren twee jaar getrouwd geweest toen hij plotseling de stad had verlaten; Julie was toen drie. Er hadden zes verschillende mannen bij Julie en haar moeder gewoond, de kortste periode was een maand, de langste twee jaar. Ze waren een keer of zes verhuisd, telkens van het ene armzalige kot naar het andere.

Om het jaar een andere school, tot ze naar high school ging. Eerste vriendje toen ze veertien was; hij speelde rugby en basketbal en er stond een foto van hen samen in het jaarboek. Ze had twee kleine rolletjes gespeeld in schooltoneelstukken. Was voor haar eindexamen van school gegaan en een paar maanden verdwenen alvorens ze hier was opgedoken.

Hij had geen idee wat Jim had gedaan om haar naar een plaats als Swansboro te lokken.

Gelukkig huwelijk, maar karakterloze echtgenoot. Aardig, maar karakterloos.

Hij was bij een paar biertjes in de Clipper ook het een en ander over Mike te weten gekomen.

Mike was verliefd op Julie, maar dat wist Richard al. Hij had echter niets geweten over zijn vorige relatie, en Sarahs ontrouw had hem geïntrigeerd.

Hij wist ook dat Mike getuige was geweest bij Julie's huwelijk en hij begon hun relatie te begrijpen. Mike was vertrouwd, een band met haar verleden, een band met Jim. Hij begreep Julie's verlangen om zich daaraan vast te houden, maar het was een verlangen dat uit angst was geboren... de angst om net zo te eindigen als haar moeder, de angst om alles kwijt te raken waar ze zo hard voor had gewerkt, de angst voor het onbekende. Het had hem niet verbaasd dat Singer in haar kamer sliep en hij vermoedde dat ze ook haar slaapkamerdeur op slot had gedaan. Dat had ze waarschijnlijk als kind al gedaan, gezien het soort mannen waar haar moeder mee thuiskwam. Maar er was geen reden meer om nog langer zo te leven. Ze kon verdergaan, zoals hij dat had gedaan.

Haar jeugd was waarschijnlijk niet zoveel anders geweest dan de zijne. Het drinken. Het slaan. De van kakkerlakken vergeven keuken. De stank van schimmel en verrotting. Het smerige bronwater uit de kraan waar hij misselijk van werd. Zijn enige ontsnappingsmogelijkheid waren de boeken geweest van Ansel Adams, met foto's die van andere, betere plaatsen spraken. Hij had de boeken gevonden in de schoolbibliotheek en had ze urenlang bestudeerd, zichzelf verloren in de surrealistisch mooie landschappen. Zijn moeder had zijn belangstelling opgemerkt en hoewel Kerstmis gewoonlijk een deprimerende vertoning was, had ze zijn vader toen Richard tien was op de een of andere manier overgehaald om geld uit te geven aan een kleine camera en twee filmrolletjes. Het was de enige keer in zijn leven dat hij had gehuild van geluk.

Hij was uren bezig met foto's maken van voorwerpen in huis en vogels in de tuin. Hij maakte foto's in het ochtend- en avondgloren, omdat hij het licht dan zo mooi vond; hij leerde zich heel stilletjes bewegen en maakte close-ups die haast onmogelijk leken. Als hij een rolletje vol had, rende hij naar binnen en smeekte hij zijn vader het te laten ontwikkelen. Als de foto's klaar waren, zat hij er in zijn slaapkamer naar te staren en probeerde hij te ontdekken wat hij goed of fout had gedaan.

In het begin leek zijn vader nog wel plezier te hebben in zijn belangstelling en de eerste foto's had hij zelfs bekeken. Toen begon het commentaar.' O, kijk alweer een vogeltje,' zei hij sarcastisch, en: 'Hé, nog een.' Uiteindelijk begon hij moeilijk te doen over het geld dat aan de nieuwe hobby van zijn zoon werd besteed.' Het is weggegooid geld,' snauwde hij dan, maar in plaats van voor te stellen dat Richard wat klusjes zou doen voor de buren zodat hij het ontwikkelen zelf kon betalen, besloot zijn vader hem een lesje te leren.

Hij had weer de hele avond gedronken en zowel Richard als zijn moeder probeerde bij hem uit de buurt te blijven, en niet door hem te worden opgemerkt. Richard zat in de keuken en hoorde zijn vader tekeergaan terwijl hij naar het voetballen op de televisie zat te kijken. Hij had op zijn favoriete team gewed, maar verloren en Richard hoorde dat hij woedend was toen hij de gang door kwam lopen. Even later kwam zijn vader de keuken in met Richards kleine camera in de ene hand en een hamer in de andere. Hij zette de camera op de keukentafel, overtuigde zich ervan dat hij de aandacht van zijn zoon had en sloeg de camera kapot.

'Ik werk de hele week om de kost te verdienen en jij wilt alleen maar geld weggooien. Dat probleem hebben we nu niet meer!'

Later dat jaar was zijn vader gestorven. Ook daaraan had hij levendige herinneringen: het zonlicht dat op de keukentafel scheen, de lege blik in zijn moeders ogen, het gestage druppen van de kraan terwijl de ochtend overging in de middag. De agenten kwamen en gingen, spraken op gedempte toon; de lijkschouwer onderzocht het lichaam en nam het toen mee.

En dan het gejammer van zijn moeder toen ze eindelijk alleen waren. 'Wat moeten we zonder hem beginnen?' snikte ze, hem door elkaar schuddend. 'Hoe heeft dit kunnen gebeuren?'

Het was als volgt gegaan: zijn vader had zitten drinken bij O'Brien's, een sjofele bar in Boston, niet ver van hun huis. Volgens mensen in de bar had hij een potje gebiljart en verloren en had hij de rest van de avond aan de bar whisky en bier zitten drinken. Hij was twee maanden daarvoor ontslagen bij de fabriek en had sindsdien bijna elke avond in O'Brien's doorgebracht, een boze man op zoek naar medelijden en soelaas in het gezelschap van alcoholisten.

Tegen die tijd sloeg Vernon hen allebei regelmatig en de avond daarvoor was hij erg hardhandig geweest.

Hij had de bar kort na tien uur verlaten, was bij de avondwinkel op de hoek gestopt voor een pakje sigaretten en toen naar huis gereden. Een buurman die zijn hond uitliet zag hem rijden. De garage stond nog open en Vernon reed de auto naar binnen. Er stonden dozen tegen de muur opgestapeld.

Maar daar begon het giswerk. Hij had de garagedeur dichtgedaan, daaraan bestond geen twijfel, zo maakten ze op uit de hoge dosis koolmonoxide. Maar waarom, zo vroeg de lijkschouwer zich af, had hij niet eerst de motor uitgeschakeld? En waarom was hij terug in de auto gestapt nadat hij de garagedeur dicht had gedaan? Het zag eruit als zelfmoord, al hielden zijn vrienden bij O'Brien's vol dat dat niets voor hem was. Hij was een vechter, hij gaf het niet zomaar op, zeiden ze. Hij zou nooit zelfmoord plegen.

De agenten kwamen twee dagen later terug, stelden open vragen en zochten naar antwoorden. De moeder jammerde onverstaanbaar; de tienjarige zoon staarde hen alleen maar aan. Tegen die tijd begonnen de kneuzingen op de gezichten van moeder en zoon al groen te kleuren. De agenten verdwenen zonder iets wijzer te zijn geworden.

Uiteindelijk werd het geboekt als een ongeluk, met alcohol als oorzaak.

Er kwamen een stuk of tien mensen naar de begrafenis. Zijn moeder was in het zwart en huilde in een witte zakdoek. Drie mensen hielden een korte toespraak bij het graf en spraken vriendelijke woorden over een man die de laatste tijd wat pech had gehad, maar verder een goed mens en een liefdevolle echtgenoot en vader was.

De zoon speelde zijn rol goed. Hij hield zijn ogen neergeslagen; af en toe bracht hij een vinger naar zijn wang als om een traan weg te vegen. Hij sloeg zijn arm om zijn moeder heen en knikte grimmig en zei dankjewel toen anderen hem kwamen condoleren.

Toen de menigte echter de volgende dag weg was, ging hij terug naar het graf en spuugde erop.

In zijn donkere kamer prikte Richard een van de foto's aan de muur en bedacht dat het verleden lange schaduwen wierp. Je raakt gemakkelijk in de war, dacht hij. Hij wist dat ze er niets aan kon doen en hij begreep het. Hij vergaf haar. Hoe kon hij anders?

19

Omdat ze al aangekleed was toen Richard wegging, had Julie nog tijd om de krant te lezen voor ze naar haar werk ging. Ze zat aan een tafeltje op een terrasje koffie te drinken en te lezen. Singer lag aan haar voeten.

Ze schoof de krant terzijde en zag het rustige stadje tot leven komen. Een voor een gingen de lampen in de winkels aan en werden deuren opengezet om de vroege ochtendbries binnen te laten. De hemel was wolkeloos en er lag wat dauw op de ruiten van de auto's die 's nachts buiten hadden gestaan.

Julie stond op, bood de krant aan een stelletje aan een ander tafeltje aan, gooide haar lege bekertje in de vuilnisbak en liep de straat in, op weg naar de kapsalon. De garage was al een uur open en ze bedacht dat ze nog een paar minuten had voor ze aan het werk moest. Waarom niet? dacht ze. Hij heeft het vast nog niet zo vreselijk druk. Bovendien wilde ze langsgaan om zich ervan te overtuigen dat ze zich wat ze de vorige avond had gevoeld niet had verbeeld.

Ze was niet van plan Mike te vertellen dat Richard op haar bank in slaap was gevallen. Ze kon geen enkele manier bedenken om het hem zo te vertellen dat het niet verdacht leek, vooral na wat hij met Sarah had meegemaakt. Hij zou er toch door aan het twijfelen raken, dacht ze. Bovendien was het niet belangrijk. Het was voorbij en dat was het enige dat telde.

Ze stak de straat over, met Singer naast haar. Tegen de tijd dat ze langs de auto's was gelopen die wachtten om te worden nagekeken, was Mike al op weg naar haar toe. Hij zag eruit alsof hij net de loterij had gewonnen.

‘Hé, Julie,’ zei hij, ‘wat een leuke verrassing.’

Hij had een veeg smeer op zijn wang en er blonk nu al zweet op zijn voorhoofd, maar ze kon niet anders dan denken: je ziet er verdraaid goed uit. En ik heb het me beslist niet verbeeld.

‘Ja, ik ben ook blij jou te zien, grote jongen,’ zei Mike tegen Singer. Toen hij Singer op zijn rug klopte, zag Julie ineens de pleisters.

‘Hé, wat is er met je vingers gebeurd?’

Mike keek naar zijn handen. ‘O, dat is niets. Ze doen alleen wat zeer vanmorgen.’

‘Waarom?’

‘Ik denk dat ik er gisteravond te hard op heb geboend toen ik thuis kwam.’

Ze fronste haar voorhoofd. ‘Om wat ik erover zei toen we op het strand waren?’

‘Nee,’ zei hij, haalde toen zijn schouders op en vervolgde: ‘Nou ja, ik denk dat dat wel heeft meegespeeld.’

‘Ik plaagde je maar een beetje.’

‘Dat weet ik, maar ik vroeg me af of een nieuw soort zeep zou helpen.’

‘Wat heb je gebruikt? Ajax?’

‘Alles, zo’n beetje.’

Ze zette haar handen in haar zij en keek hem aan. ‘Weet je, soms vraag ik me toch echt af hoe je zult zijn als je later volwassen bent.’

‘Ik denk eerlijk gezegd niet dat daar veel kans op is.’

Ze lachte. ‘Nou ja, ik wilde alleen even komen zeggen dat ik erg genoten heb gisteren.’

‘Ik ook,’ zei hij. ‘En ik verheug me op vanavond.’

‘Het wordt vast leuk.’ Julie keek op haar horloge. ‘Maar ik moet nu gaan. Ik heb de hele ochtend afspraken en ik ga met Emma lunchen, dus ik wil niet uitlopen.’

‘Doe Emma de groeten, oké?’

‘Dat zal ik doen.’ Ze knipoogde. ‘En pas op je vingers, wil je? Ik zou niet graag zien dat je bloed op al die motoren achterlaat.’

‘Ha, ha,’ zei hij. Niet dat hij het erg vond dat ze hem plaagde. Hij wist dat dit haar manier was om met hem te flirten. En, hemel, wat vond hij dat heerlijk!

Ze zeiden elkaar gedag en even later stak Julie met verende tred de straat over.

'Het ziet er naar uit dat je afspraakje heel goed verlopen is, hè?' Henry hield een halfopgegeten donut in zijn hand.

Mike haakte zijn duim achter zijn overall en schudde zijn hoofd. 'O, ja. Het ging heel goed.'

Henry zwaaide met de donut en schudde zijn hoofd. 'Hou op met die James Dean-act, wil je, broertje. Het staat je niet. En het kan die sullige blik in je ogen toch niet verbergen.'

'Ik ben niet sullig.'

'Sullig, verliefd, wat dan ook.'

'Kan ik er wat aan doen dat ze me aardig vindt.'

'Nee, dat kun je inderdaad niet. Je bent gewoon onweerstaanbaar, is het niet?'

'Ik dacht dat je blij voor me zou zijn.'

'Ik ben ook blij voor je,' zei hij. 'En ik ben trots op je.'

'Waarom?'

'Omdat, wat je plannetje ook was, het lijkt te hebben gewerkt.'

'Wat was er mis met Richard?' vroeg Emma.' Laatst in de bar leken jullie het prima te kunnen vinden.'

'O, je weet hoe dat gaat... hij was aardig, maar ik voelde gewoon niets voor hem.'

'Het kwam zeker door zijn uiterlijk, hè?'

'Ik moet toegeven dat dat zo slecht nog niet was,' zei Julie en Emma lachte.

Ze zaten een salade te eten bij de deli, voorheen een woonhuis in het historisch gedeelte van de stad. De zon scheen naar binnen en viel op hun theeglazen.

'Dat zei ik ook tegen Henry toen ik thuiskwam. Ik vroeg hem waarom hij er niet meer zo uitzag.'

'Wat zei hij?'

'Hij zei...' Emma ging rechtop zitten in haar stoel en deed Henry na. 'Ik weet niet waar je het over hebt, maar als ik niet wist dat je zoveel van me hield, zou ik denken dat dat een belediging was.'

Julie lachte. 'Je klinkt precies als hij.'

'Schat, als je zo lang getrouwd bent als ik, zul je merken dat het helemaal niet zo moeilijk is. Het enige wat eraan ontbreekt is een donut in mijn hand.'

Julie giechelde en knoeide wat van haar thee op de tafel. 'Maar hij maakt je nog steeds gelukkig, toch? Zelfs na al die tijd?'

'Gewoonlijk is het een goeie kerel. Soms wil ik hem wel met een koekenpan om zijn oren slaan, maar dat is volgens mij normaal, niet?'

Julie leunde met een ondeugende blik in haar ogen voorover. 'Wist je dat ik Jim ooit een pan naar zijn hoofd heb gegooid?'

'Echt waar? Wanneer?'

'Dat weet ik niet meer. Ik kan me niet eens herinneren waarom we ruzie hadden. Ik gooide mis, maar ik had wel zijn aandacht.'

Emma's wenkbrauwen gingen omhoog en omlaag. 'Het leven achter gesloten deuren is altijd een mysterie, nietwaar?'

'Nou en of.'

Emma nam een slok van haar thee en ging toen verder met haar salade. 'En, wat heb ik over Mike gehoord?'

Julie had geweten dat dit zou komen. Behalve met politiek en sport en de laatste krantenkoppen, hielden de mensen in deze stad zich ook volop bezig met het wel en wee van hun medebewoners.

'Dat ligt eraan wat je gehoord hebt.'

'Ik heb gehoord dat hij je mee uit gevraagd heeft en dat jullie samen zijn gaan eten.'

'Zoiets. Eigenlijk heb ik hem gevraagd.'

'Durfde hij niet?'

'Wat denk je?'

'Mmm... ik denk dat hij helemaal dichtklapte. Maar hoe was het? Wat hebben jullie gedaan?'

Julie vertelde over hun afspraakje en toen ze uitgesproken was, leunde Emma achterover in haar stoel.

'Zo te horen is het goed gegaan.'

'Dat is ook zo.'

Ze bestudeerde Julie's gezicht even. 'En hoe zit het met... je weet wel... heb je nog aan hem gedacht?'

'Aan Jim?'

Emma knikte en Julie dacht even na. 'Niet zoveel als ik had verwacht,' zei ze. 'En het zat me eigenlijk ook helemaal niet dwars. Mike en ik... we kunnen gewoon zo goed met elkaar overweg. Hij maakt me aan het lachen. Hij geeft me een goed gevoel over mezelf. Dat is lang geleden.'

'Je klinkt verbaasd.'

'Dat was ik ook. Eerlijk gezegd wist ik niet goed hoe het zou gaan.'

'Dat is niet zo vreemd. Jij en Jim waren een bijzonder stel. We maakten er altijd grappen over hoe jullie naar elkaar zaten te staren als we uitgingen.' Emma zweeg even. 'Hoe was de avond met Mike?'

'Goed, geloof ik. Hij was behoorlijk nerveus om je de waarheid te zeggen, maar ik geloof niet dat dat met Jim te maken had. Ik denk dat het meer het afspraakje zelf was.'

'O, jeetje, echt waar?'

Julie glimlachte. 'Ja echt, maar ik heb erg genoten.'

'Dus... je vindt hem aardig?'

'Natuurlijk vind ik hem aardig.'

'Nee, ik bedoel, vind je hem echt áárdig?'

Daar kwam het op neer, nietwaar, dacht Julie. Uiteindelijk hoefde ze geen antwoord te geven; haar gezicht sprak boekdelen en Emma pakte over de tafel heen haar hand vast.

'Ik ben blij voor jullie. Ik heb het altijd al zien aankomen.'

'Echt waar?'

'Ik denk iedereen wel, behalve jij en Mike. Het was alleen een kwestie van tijd.'

'Daar heb je nooit iets van gezegd.'

'Dat was niet nodig. Ik dacht dat je te zijner tijd wel dezelfde dingen in Mike zou herkennen die ik in hem zie.'

'Zoals?'

'Dat hij je nooit in de steek zal laten. Die jongen heeft een hart zo groot als de staat Kentucky en hij houdt van je. Dat is belangrijk. Neem dat maar aan van iemand die het weet. Mijn moeder zei altijd, wat je ook doet, trouw met iemand die meer van jou houdt dan jij van hem.'

'Dat is niet waar.'

'Jawel, dat zei ze wel. En ik heb goed naar haar geluisterd. Waarom denk je dat Henry en ik het zo goed kunnen vinden samen? Ik zeg niet dat ik niet van hem hou, want dat doe ik wel. Maar als ik Henry ooit zou verlaten of als er, God verhoede, ooit wat met me zou gebeuren, dan denk ik niet dat hij door zou kunnen gaan. En hij zou zijn leven voor me riskeren.'

'En geloof jij dat Mike ook zo is?'

'Schat, daar kun je je laatste dollar om verwedden.'

Julie dacht nog steeds aan haar lunch met Emma toen ze aan het eind van de dag de kapsalon uitliep.

Ze dacht feitelijk aan een hoop dingen. Vooral aan Jim. Dat was ongetwijfeld niet Emma's bedoeling geweest, en zelfs Julie kon niet precies zeggen waarom ze zich voelde zoals ze deed, maar het had iets te maken met Emma's opmerking over haar moeder. En natuurlijk Emma's opmerking dat Henry waarschijnlijk niet door zou kunnen gaan als hij haar kwijtraakte.

Die middag had ze Jim meer gemist dan in lange tijd het geval was geweest. Ze nam aan dat het kwam door wat er met haar en Mike gebeurde. Ze ging verder, maar ze begon zich of te vragen of Jim dat gekund zou hebben als het andersom was geweest. Ze dacht van wel, maar als het niet zo was, betekende dat dan dat hij meer van haar had gehouden dan zij van hem? En wat gebeurt er, als ik echt verliefd op Mike wordt, dacht ze. Wat zou er dan gebeuren met haar gevoelens voor Jim? Haar herinneringen aan Jim? Die vragen tolden de hele middag door haar hoofd, vragen met antwoorden die ze niet onder ogen wilde zien. Zouden haar herinneringen geleidelijk afnemen, vervagen als oude foto's?

Ze wist het niet. Evenmin als ze wist waarom ze veel nerveuzer was bij het idee Mike vanavond weer te zien dan ze gisteren was geweest.

Nerveuzer dan ze voor haar andere afspraakjes was geweest. Waarom?

Misschien, dacht ze, omdat ik weet dat dit anders is.

Julie bereikte haar jeep en stapte in. Singer sprong achterin en Julie startte de motor en reed niet naar de stad toe, maar de andere kant op, de stad uit. Een paar minuten later stopte ze bij de Brookview Begraafplaats.

Jims steen stond net over het heuveltje aan het brede pad, in de schaduw van een notenboom. Julie liep erheen. Toen ze dichterbij kwam, bleef Singer staan. Hij weigerde verder mee te gaan. Hij had dat nooit gewild. In het begin had ze zich afgevraagd waarom, maar mettertijd was ze gaan denken dat hij op de een of andere manier aanvoelde dat ze daar alleen wilde zijn.

Ze liep verder en kwam bij het graf, niet wetend wat ze vandaag zou voelen. Ze ademde diep in en wachtte op de tranen, maar die kwamen niet. Ze voelde zich ook niet zo zwaar als de andere keren. Ze stelde zich Jim voor in gelukkiger tijden en hoewel ze bij die herinneringen een vage triestheid en verlies voelde, was het alsof je in de verte een torenklok hoorde luiden, een geluid dat langzaam wegstierf. Daarvoor in de plaats kwam een verdoofd gevoel; ze wist niet zeker wat het betekende tot ze de engel zag die boven zijn naam gegraveerd was, de engel die haar altijd herinnerde aan de brief waarvan Singer vergezeld was geweest.

Het zou mijn hart breken als ik wist dat je nooit meer gelukkig zou zijn... Vind iemand die je gelukkig maakt... De wereld is een stuk mooier als jij glimlacht.

Daar bij zijn graf realiseerde ze zich plotseling dat dit misschien was wat hij had bedoeld. En net als de avond tevoren wist ze opeens zeker dat Jim blij voor haar zou zijn.

Nee, dacht ze, ik zal je niet vergeten. Nooit. En Mike ook niet.

En ook dat maakt hem anders.

Ze bleef tot de muggen om haar heen begonnen te cirkelen. Ze was blij dat ze was gekomen, maar wist dat ze weer moest gaan. Mike zou haar over minder dan een uur komen halen, en dan wilde ze klaar zijn.

Een zuchtje wind deed de bladeren boven haar ruisen. Even later hield het op, alsof iemand het geluid had gedimd. Maar toen was het niet meer stil; op de weg hoorde ze een auto voorbijrijden. En ze hoorde een kinderstem bij een van de huizen in de verte. Ze hoorde een geluid alsof er iets langs de bast van een boom streek. Een rode kardinaal vloog op uit de takken en toen Julie over haar schouder keek, zag ze dat Singer zijn kop omdraaide en zijn oren spitste. Hij bleef echter op zijn plaats zitten en Julie zag niets. Ze fronste haar voorhoofd en sloeg haar armen over elkaar. Ze wendde zich van de grafsteen af en liep, met kippenvel op haar armen, in de richting van haar auto.

20

Mike kwam precies op tijd. Julie stapte naar buiten en deed de deur dicht voor Singer haar achterna kon komen. Ze zag dat Mike een jasje en een pantalon droeg en glimlachte.

'Wauw,' zei ze, 'dat zijn al twee avonden achter elkaar dat je je zo opdoft. Daar zal ik even aan moeten wennen.'

Julie had het even goed over zichzelf kunnen hebben. Net als de vorige avond droeg ze een jurk die haar figuur prachtig deed uitkomen. Ze had kleine gouden ringen in haar oren en Mike ving een vaag spoor van parfum op.

'Is het overdreven?' vroeg hij.

'Helemaal niet,' verzekerde ze hem. Ze raakte zijn revers aan. 'Ik vind het mooi... is het nieuw?'

'Nee, ik heb het al een poosje. Ik heb het alleen niet zo vaak aan.'

'Dat zou je wel moeten doen. Het staat je goed.'

Mike rolde met zijn schouders en gebaarde naar zijn wagen. 'Ben je klaar om te gaan?'

'Als jij zover bent.'

Toen hij zich wilde omdraaide, pakte Julie zijn arm vast. 'Waar zijn de pleisters?'

'Ik heb ze eraf gehaald. Mijn vingers zijn beter.'

'Nu al?'

'Wat kan ik zeggen? Ik genees snel.'

Nog op de veranda stak ze haar hand uit zoals een onderwijzeres die wilde dat een leerling zijn kauwgom uitspuugde, en Mike legde zijn vingers erin.

‘Ze zijn nog steeds rood.’ Ze keek hem nieuwsgierig aan. ‘Hoe hard heb je geschuurd? Volgens mij hebben sommige vingers zelfs gebloed.’

‘Het hield ook weer op.’

‘Nou zeg,’ zei ze. ‘Als ik had geweten wat je zou doen, had ik dat nooit gezegd. Maar ik denk dat ik wel iets weet om het snel beter te maken.’

‘Wat dan?’

Julie bleef hem aankijken terwijl ze zijn hand naar haar mond bracht en zijn vingertoppen kuste.

‘Kijk. Hoe is dat?’ vroeg ze glimlachend.

Mike schraapte zijn keel. Alsof ik een elektrische stroomdraad vastpakte, dacht hij. Of in een windtunnel stond. Of op ski’s van een berg af suisde.

‘Veel beter,’ wist hij uit te brengen.

Ze aten bij de Landing, een restaurant aan het water in Beaufort. Net als de avond ervoor kozen ze een tafeltje op het terras, vanwaar ze de boten konden zien wegvaren of zien aanleggen. Op de steiger liepen stelletjes en gezinnen voorbij met ijsjes in hun hand of tassen vol inkopen en souvenirs.

Julie legde haar servet op haar schoot en boog voorover.

‘Goede keus, Mike,’ zei ze. ‘Ik vind het leuk hier.’

‘Daar ben ik blij om,’ zei hij opgelucht. ‘Ik kom hier ook graag, maar meestal om te lunchen. Ik heb hier al een hele tijd niet gedineerd. Ik zou het vreemd vinden dat alleen te doen.’

‘Je zou met Henry kunnen gaan.’

‘Ik ben de hele dag al met hem samen. Het zou zoiets zijn als dat jij met Mabel uitgaat.’

‘O, maar ik ga graag met Mabel uit.’

‘Mabel beledigt jou ook niet.’

Julie lachte en Mike legde zijn servet op zijn schoot. Julie zag er ontspannen en stralend uit, vond hij.

‘Hoe was je lunch met Emma?’ vroeg hij.

‘O, leuk. Je kunt gemakkelijk met haar praten.’

‘Net als met mij?’

‘Nee, niet als met jou. Jij bent ook gemakkelijk, maar op een andere manier. Met haar kan ik over dingen praten waar ik het met jou niet over kan hebben.'

'Over mij zeker?' vroeg hij.

Ze gaf hem een knipoogje. 'Natuurlijk. Het leukste aan uitgaan is toch dat je er met iemand over kunt praten?'

'Wat heb je gezegd? Leuke dingen, hoop ik.'

'Maak je geen zorgen. Het was allemaal positief.'

Mike pakte glimlachend de menukaart. 'Wil je beginnen met een fles wijn? Misschien een Chardonnay? De Kendall-Jackson lijkt me wel lekker. Die is niet te zwaar en er zit een vleugje eik in.'

'Zo, zo,' zei ze, 'ik ben onder de indruk. Ik wist niet dat je verstand had van wijn.'

'Ik ben een man van veel talenten,' gaf hij toe en Julie pakte lachend haar menukaart op.

Ze deden lang over de wijn en het eten, ze praatten en lachten en merkten nauwelijks de ober op die om hun tafeltje heen liep en de borden weghaalde. Tegen de tijd dat ze klaar waren om weg te gaan, stond de hemel vol sterren.

Het was nog steeds druk op de steiger, maar de menigte was nu jonger; mensen in de twintig en dertig leunden tegen de balustrades, keken uit over het water en bevolkten de bars. Er waren diverse andere restaurants en in twee ervan zette een entertainer zijn spullen klaar en stemde zijn gitaar. Er waren meer boten gearriveerd dan er ligplaatsen waren en in de ontspannen sfeer van de vrijdagavond legden de laatkomers hun boten gewoon vast aan de boten die er al lagen. Bier en sigaretten werden vrijelijk gedeeld en de bootjes schommelden terwijl mensen ze als bewegende trottoirs gebruikten en vreemden gedwongen waren het gezellig te maken met mensen die ze misschien nooit meer zouden zien.

Toen ze het restaurant uit liepen bood Mike Julie zijn hand aan. Ze pakte hem vast en toen ze over de steiger begonnen te wandelen, voelde Mike de warmte van haar hand via zijn arm helemaal tot in zijn hart.

Ze bleven nog een uur in Beaufort praten en kijken, tot Julie elk spoor van nervositeit helemaal voelde verdwijnen. Mike hield nog steeds haar hand vast. Ze kochten ergens een stuk karamel en liepen op blote voeten door het gras van het park voor ze een plekje vonden waar ze konden gaan zitten om ervan te genieten. De maan was opgekomen tegen de tijd dat ze terugkeerden naar de nog steeds levendige steiger. Lome golven klotsten tegen de zeewering en de witte gloed van de maan gleed over het water. Ze gingen ergens onder de roterende bladen van een piepende plafondventilator zitten. De zanger in het restaurant knikte naar Mike – het was duidelijk dat ze elkaar kenden – en Mike bestelde nog een biertje terwijl Julie van haar Cola-Light nipte.

Julie voelde Mike's ogen op haar gericht en ze verbaasde zich erover hoeveel er de afgelopen dagen was veranderd. En hoeveel er nog op het punt stond te veranderen.

Het was grappig dat je iemand jaren kon kennen en toch nog dingen ontdekken die je niet eerder had opgemerkt. Ze zag ondanks de zwakke verlichting sporen van grijs in Mike's haar, bij zijn oren; ze zag een klein litteken net onder zijn wenkbrauw. Twee dagen geleden zou ze hebben gezegd dat hij eruitzag alsof hij eind twintig was; nu zag ze kleine lijntjes op zijn wangen en kraaienpootjes bij zijn ooghoeken.

De zanger begon aan een nieuw nummer en Mike boog naar haar toe.

'Jim en ik kwamen hier vaak,' zei hij. 'Voor jij naar de stad kwam. Wist je dat?'

'Hij heeft het me verteld. Hij zei dat jullie hierheen kwamen om vrouwen te ontmoeten.'

'Wist je dat hij me hier voor het eerst over jou heeft verteld?'

'Hier?'

'Ja. We waren hier het weekend nadat hij terugkwam uit Daytona. Hij vertelde me over een meisje dat hij had ontmoet.'

'Wat zei hij dan?'

'Dat hij een paar keer een ontbijt voor je had betaald. En dat je mooi was.'

'Ik zag er vreselijk uit.'

'Hij vond van niet. Hij zei ook dat hij beloofd had je een baantje en onderdak te bezorgen als je hierheen kwam.'

'Dacht je niet dat hij gek was?'

'Nou en of. Vooral omdat hij maar niet over je kon ophouden.'

'Wat dacht je dan toen ik zijn aanbod aannam?'

'Ik dacht dat jij ook gek was. Maar later vond ik je heel dapper.'

'Dat is niet waar.'

'Jawel. Het vraagt lef om te doen wat jij hebt gedaan.'

'Ik had geen keus.'

'Je hebt altijd een keus. Het is alleen dat sommige mensen de verkeerde keus maken.'

'Jeetje, wat zijn we vanavond filosofisch.'

'Dat gebeurt soms als ik wat gedronken heb.'

Op dat moment zweeg de muziek en werd hun gesprek onderbroken toen de zanger zijn gitaar weglegde en naar hun tafeltje kwam om Mike iets in het oor te fluisteren.

Julie boog zich voorover. 'Wat is er aan de hand?' vroeg ze.

De zanger keek op. 'O, hallo, sorry voor de onderbreking. Ik neem even pauze en ik wilde weten of Mike een paar nummers voor me wilde invallen,' zei hij.

Mike keek even naar het podium, maar schudde toen zijn hoofd. 'Ik zou wel willen, maar ik heb een afspraakje.'

'Ach, ga nou maar,' zei Julie. 'Ik vermaak me wel even.'

'Weet je zeker dat je het niet erg vindt?'

'Helemaal niet. Bovendien is het duidelijk dat je het graag wilt.'

Mike grinnikte en zette zijn flesje op tafel; even later had hij de gitaar in zijn handen en speelde hij een paar akkoorden. Hij knipoogde naar Julie voor hij begon te spelen. Het duurde maar even voor iedereen het nummer herkende. Eerst klapten en joelden ze en een paar mensen begonnen te fluiten; en toen begonnen de mensen tot Julie's verbazing mee te zingen en te wuiven.

Hij had een nummer gekozen dat iedereen graag hoorde op een avond vol drank, 'American Pie'.

Hij zong vals als altijd, maar vanavond, met dit publiek, maakte dat niet uit. Ze zongen en wuifden in de maat, ook Julie.

Toen Mike klaar was, legde hij de gitaar neer na een aardig rondje applaus en kwam hij terug naar hun tafeltje, waarbij hij degenen die hem op zijn rug klopten een het-stelde-niets-voor-blik schonk. Julie keek naar hem met een mengeling van nieuwe bewondering en plezier. Mike had een toch al erg leuke avond zojuist nog iets leuker gemaakt, dacht ze.

Toen ze wat later wilden vertrekken zei de barkeeper dat hun rekening al was betaald.

'Een van je fans, neem ik aan,' zei hij.

Tijdens de rit naar huis bedacht Julie zich aangenaam verrast hoe leuk de avond was geweest. Mike liep met haar naar de deur en toen ze zich naar hem omdraaide, zag ze aan zijn gezicht dat hij haar wilde kussen, maar na wat er de vorige avond was gebeurd, niet goed wist hoe hij het moest aanpakken. Julie keek naar hem op als om hem het groene licht te geven, maar in plaats van dichterbij te komen, ontging Mike het teken.

'Nou, ik vond het erg gezellig vanavond...'

'Wil je nog even binnen komen?' onderbrak Julie hem. 'Misschien is er nog een oude film op tv waar we een poosje naar kunnen kijken.'

'Weet je zeker dat het niet al te laat is?'

'Niet voor mij. Maar als je liever...'

'Nee, ik kom graag nog even binnen.'

Ze deed de deur open en liet hem binnen. Singer had voor de deur liggen wachten en begroette hen allebei alvorens naar buiten te gaan. Hij stak zijn neus in de lucht, blafte een keer en snuffelde toen even in de tuin rond. Even later verdween hij in de schaduw van de bomen.

Binnen trok Mike zijn jasje uit en hing het over de leunstoel terwijl Julie naar de keuken liep en terugkwam met twee glazen water. Mike stond nog steeds en ze gebaarde naar de bank. Ze gingen zitten, dicht bij elkaar zonder elkaar aan te raken en Julie pakte de afstandsbediening en begon langs de diverse zenders te zappen. Ze vonden geen film die het kijken waard was, maar wel een oude aflevering van *I Love Lucy*, die werd gevolgd door *The Dick Van Dyke Show*.

Tegen de tijd dat dat was afgelopen was Singer terug bij de voordeur en hij blafte weer een keer. Op datzelfde moment gaapte Julie.

'Ik geloof dat ik maar eens moest gaan,' zei Mike en hij stond op van de bank. 'Je begint moe te worden.'

Ze knikte. 'Ik loop even met je mee.'

Bij de deur duwde Mike de klink omlaag en Singer liep langs hen heen de woonkamer in, alsof ook hij wist dat het tijd was om te gaan slapen.

Terwijl Mike in de deuropening stond te worstelen met zijn jasje, bedacht Julie dat hij al jaren haar vriend was en dat een stap verder gaan het einde daarvan zou kunnen betekenen. Ze vroeg zich af of het het risico waard was. Ze wist het niet zeker.

En zou Mike kussen net zoiets zijn als haar broer kussen? Als ze tenminste een broer had gehad?

Ook dat wist ze niet.

Maar als een gokker aan de fruitmachine, hopend dat de volgende ruk aan de hendel haar leven ten goede zou veranderen, stapte ze naar voren voordat ze niet meer zou durven. Ze pakte zijn hand vast en trok hem naar zich toe, zo dicht dat ze zijn lichaam tegen het hare voelde. Ze keek naar hem op en hield haar hoofd iets schuin toen ze tegen hem aan leunde. Mike had wel door wat er gebeurde, maar kon het nog niet geloven. Hij hield ook zijn hoofd een beetje schuin en boog naar haar over.

Op de veranda fladderden motten rond de lamp. Ze botsten er tegenaan alsof ze het glas probeerden te breken. In de bomen kraste een uil.

Mike hoorde dat echter allemaal niet. Verloren in haar zachte aanraking wist hij maar één ding zeker: het moment dat hun lippen elkaar raakten voelde hij een bijna elektrische flikkering van iets dat hem deed geloven dat het gevoel altijd zou voortduren.

Dat was lekker, dacht Julie. Het was zelfs beter geweest dan ze had verwacht. En het was beslist niet alsof ze haar broer kuste.

Ze dacht er nog steeds over na nadat ze hem de motor van zijn auto had horen starten en de straat uit had horen verdwijnen. Ze glimlachte en deed de buitenlamp uit toen ze een glimp van Singer opving.

Hij staarde haar aan, zijn hoofd schuin en zijn oren rechtop, alsof hij wilde zeggen *Zag ik daar nou wat ik dacht te zien?*

'Wat?' zei ze. 'We hebben gekust.' Ze pakte de glazen van de tafel, maar voelde nog steeds Singers ogen op zich gericht. Om de een of andere reden voelde het bijna aan alsof ze een tiener was die door haar vader of moeder was betrapt.

'Je hebt me toch wel vaker iemand zien kussen,' vervolgde ze.

Singer bleef staren.

'Het stelt niets voor,' zei ze, naar de keuken lopend. Ze zette de glazen in de vaatwasser en deed de lamp boven het aanrecht aan. Toen ze zich omdraaide zag ze een schaduw en schrok even. Singer was de keuken in gekomen en zat voor het aanrecht naar haar te staren. Julie zette haar handen op haar heupen.

'Wil je ophouden me zo aan te staren? En hou op me achterna te lopen. Je liet me schrikken.'

Daarop wendde Singer eindelijk zijn blik af.

Dat is beter, dacht ze. Ze veegde even met een doekje over het aanrecht, maar besloot toen dat tot de volgende dag te laten liggen. Ze liep naar de slaapkamer, denkend aan die avond, en merkte dat ze een beetje bloosde.

Mike kon goed kussen.

In gedachten verzonken zag ze niet de koplampen van een auto die haar straat inreed en bij haar huis afremde.

'Ben je wakker?' riep Julie de volgende morgen door de telefoon.

Mike worstelde met het beddenlaken en ging zitten toen hij haar stem herkende. 'Nu wel.'

'Kom op dan. Het is zonde van de mooie dag,' zei ze. 'Opstaan en aan de slag, soldaat.'

Mike wreef door zijn ogen en bedacht dat ze klonk alsof ze al uren op was. 'Waar heb je het over?'

'Het is weekend. Wat zijn je plannen?'

'Ik heb geen plannen, waarom?'

'Nou, sta dan op en kleed je aan. Ik dacht erover om naar het strand te gaan. Het wordt een prachtige dag. Ik dacht dat we Singer mee konden nemen en hem een poosje laten rennen. Hoe klinkt dat?'

Ze wandelden die dag blootsvoets door het witte zand, gooiden de frisbee weg voor Singer, zaten op handdoeken naar de golven te kijken. Ze aten een pizza als lunch, bleven tot de lucht tegen de schemering donker begon te kleuren en dineerden ook samen. Daarna gingen ze naar de film. Mike liet Julie de film uitkiezen en klaagde niet toen hij zich realiseerde dat het een meidenfilm was. En toen Julie halverwege tranen in haar ogen had en het resterende uur dicht tegen hem aan bleef zitten, besloot hij de venijnige kritiek die hij in gedachten al aan het voorbereiden was, maar voor zich te houden.

Het was al laat toen ze weer bij haar thuis aankwamen en ze kusten elkaar weer op de veranda. Deze keer duurde het langer. Voor Julie maakte dat het beter; voor Mike was beter niet mogelijk en niet nodig.

De zondag brachten ze bij Julie thuis door. Mike maaide het gras, knipte de heggen en hielp haar de balsemientjes in de bloembak te planten. Daarna ging hij naar binnen en begon allerlei kleine dingen te repareren. Hij verving de spijkers die door een paar planken in de hardhouten vloer heen staken, smeerde de sloten, hing de nieuwe lamp op die ze maanden geleden al voor in de badkamer had gekocht.

Julie keek naar hem terwijl hij bezig was en bedacht weer hoe goed hij er uitzag in zijn spijkerbroek, en dat hij het meest op zijn gemak was als hij dat soort dingen deed. Toen ze hem tussendoor een keer kuste, vertelde de uitdrukking op zijn gezicht haar precies wat hij voor haar voelde en ze besefte dat wat eerst wat ongemakkelijk was geweest, nu de reactie was waarop ze hoopte.

Toen hij weg was, ging ze naar binnen en leunde met haar ogen dicht tegen de binnenkant van de deur. Wauw, dacht ze, en ze voelde zich precies zoals Mike zich twee avonden tevoren had gevoeld.

21

De volgende dinsdag na haar werk – een extra drukke dag omdat Andrea niet was komen opdagen en sommigen van haar klanten Julie hadden gevraagd hen te helpen – liep Julie langzaam achter een karretje in de supermarkt en laadde ze in wat ze nodig had. Mike had beloofd voor haar te koken en hoewel ze niet weg was van het boodschappenlijstje dat hij haar had gegeven, wilde ze hem best een kans geven. Ondanks zijn belofte dat het erg lekker zou zijn, kon ze zich moeilijk voorstellen dat een recept met aardappelschijfjes en augurken een geweldige maaltijd zou opleveren. Hij leek er echter zo opgewonden over dat ze hem niet wilde kwetsen.

Ze was bijna klaar toen ze besefte dat ze iets had vergeten. Ze liep zoekend langs de kruidenafdeling toen ze plotseling voelde dat ze met haar karretje ergens tegenaan reed.

'O, neem me niet kwalijk,' zei ze automatisch. 'Ik zag u niet...'

'Het is in orde, niets aan de hand,' zei hij. Julie's ogen werden groot.

'Richard?' zei ze.

'O, hé, Julie,' antwoordde hij zacht. 'Hoe gaat het met je?'

'Goed,' zei ze, 'en met jou?' Julie had hem niet meer gezien sinds de ochtend dat hij was weggegaan en ze vond hem er iets slechter uitzien.

'Het gaat wel,' zei hij. 'Het is zwaar. Ik moet van alles regelen, maar je weet hoe dat gaat.'

'Ja,' zei ze, 'dat weet ik inderdaad. Hoe is het trouwens met je hand?'

'Beter. Nog wat gekneusd, maar niets om je zorgen over te maken. En ik wil nog eens mijn excuus aanbieden voor wat ik vorige week heb gedaan. Ik had het recht niet om zo kwaad op je te worden.'

'Het is wel goed.'

'En ik wil je ook nogmaals bedanken omdat je naar me wilde luisteren. Niet veel mensen zouden hebben gedaan wat jij hebt gedaan.'

'Ik heb niet veel gedaan.'

'Jawel,' zei hij, 'dat heb je wel. Ik weet niet wat ik zonder jou had moeten doen. Ik was die avond behoorlijk de weg kwijt.'

Ze haalde haar schouders op.

'Nou,' zei hij, alsof hij probeerde te bedenken wat hij vervolgens kon zeggen. Hij keek naar het boodschappenmandje aan zijn arm. 'Vat het alsjeblieft niet verkeerd op, maar je ziet er geweldig uit.'

Hij zei het zoals een vriend het gezegd zou hebben, zonder verdere implicaties, en ze glimlachte en bedankte hem.

Richard deed een pas opzij om een vrouw langs te laten met een volle boodschappenkar.

'Luister, nog één ding,' zei Richard. 'Ik heb het gevoel dat ik je iets schuldig ben omdat je zo begripvol was.'

'Je bent me niets schuldig.'

'Ik wil toch graag mijn waardering tonen. Gewoon om dankjewel te zeggen, bedoel ik. Misschien kunnen we een keer samen gaan eten?'

Ze zei niet meteen iets en Richard merkte haar aarzeling op.

'Alleen eten... verder niets, dat beloof ik je.'

Ze keek even van hem weg. 'Ik geloof niet dat ik dat kan doen,' zei ze toen, 'het spijt me.'

'Oké, maar ik wilde het toch even aanbieden.' Hij glimlachte. 'Je bent dus niet boos meer over die avond?'

'Nee hoor.'

'Oké. Nou, ik moet nog het een en ander hebben. Ik zie je nog wel, hè?'

'Jazeker.'

'Dag,' zei hij.

'Dag, Richard.'

'Hoe heet dit nou precies?' vroeg Julie.

Mike stond voor het fornuis in zijn appartement; het gehakt in de pan siste.

'Creoolburgers.'

'Het is dus cajun?'

'Ja,' zei hij. 'Waarom denk je dat ik om die twee blikken kippensoep heb gevraagd? Dat geeft het zijn authentieke smaak.'

Toen het gehakt klaar was, goot hij de soep erbij, voegde toen wat ketchup en mosterd toe en begon te roeren. Julie leunde tegen hem aan om naar het brouwsel te kijken, een uitdrukking van afkeer op haar gezicht.

'Help me onthouden dat ik nooit vrijgezel word.'

'Ja, ja, maak maar grapjes, maar nog even en je zult je in de eetzaal van de hemel wanen.'

'Vast wel, ja.'

Hij duwde tegen haar aan in geveinsd protest en voelde dat ze met hem mee bewoog.

'Heeft iemand je ooit verteld dat je zo nu en dan naar sarcasme neigt?' vroeg hij.

'Een paar keer, maar volgens mij was jij degene die dat zei.'

'Ik heb altijd al geweten dat ik een pientere jongen was.'

'Ik ook,' zei ze, 'maar ik maak me zorgen om je kookkunst, niet om je hersenen.'

Een kwartier later zaten ze aan tafel en staarde Julie naar haar bord.

'Dit is een Sloppy Joe,' zei ze.

'Nee,' zei hij, zijn boterham oppakkend. 'Het is een Creoolburger. Een Sloppy Joe heeft een tomatensmaak.'

'En jij geeft de voorkeur aan de cajun-cuisine?'

'Precies. En vergeet niet je augurk erbij te eten. Dat voegt iets extra's toe.'

Julie keek het kleine appartement rond om tijd te rekken. De belangrijkste meubelstukken waren smaakvol genoeg, maar er waren kleine dingen die erop wezen dat hij leefde in de stijl van vrijgezelle mannen overal ter wereld. Zoals de gymschoenen in de hoek naast zijn gitaar. En de stapel ongevouwen kleren op zijn bed. En de reusachtige televisie met een verzameling geïmporteerde bierflesjes erbovenop. En het dartboard aan de binnenkant van de voordeur.

Ze leunde tegen de tafel aan. 'Een schitterende ambiance heb je vanavond gecreëerd. Het enige wat we nog nodig hebben is een kaars, dan voel ik me alsof ik in Parijs ben.'

'Echt? Ik geloof wel dat ik er een heb,' zei hij.

Hij stond op en trok een la open; even later flakkerde er een klein vlammetje tussen hen in en ging hij weer zitten.

'Beter?'

'Net een studentenhuis.'

'In Parijs?'

'Misschien had ik het mis. Het lijkt op... Omaha.'

Hij lachte. 'Ga je dat nou nog proberen, of durf je niet?'

'Nee, ik probeer het wel, ik geniet alleen van de voorpret.'

Hij knikte. 'Mooi, dan kun je daarna bedenken hoe je de chef je verontschuldigingen aan zult bieden.'

Julie pakte de boterham op en nam een hap. Mike keek naar haar terwijl ze de smaak leek te beoordelen.

'Niet slecht,' zei ze nadat ze de hap had doorgeslikt.

'Niet slecht?'

Ze staarde naar de boterham, met een vaag verbaasde blik in haar ogen. 'Het smaakt eigenlijk best goed.'

'Dat zei ik toch. Het is de kippensoep die het 'm doet.'

Ze pakte de augurk en knipoogde naar hem. 'Ik zal proberen het te onthouden.'

Op woensdag was het Julie's beurt om het eten klaar te maken. Ze maakte met krab gevulde tong en gesauteerde groenten klaar, en serveerde er een fles witte Sauvignon bij. ('Het zijn geen Creoolburgers, maar het kan ermee door,' plaagde Mike haar.) Op donderdag ontmoetten ze elkaar voor de lunch in Emerald Isle. Daarna liepen ze over het fijne zand toen Singer haar in haar been stak met een stok die hij had gevonden. Hij liet de stok voor hun voeten vallen en toen ze hem negeerden, pakte hij de stok weer op en versperde hen de weg. Hij keek Mike aan. *Kom op,* leek hij te willen zeggen, *je weet best hoe het moet.*

'Volgens mij wil hij dat jij gooit,' merkte Julie op, 'hij vindt dat ik niet ver genoeg gooi.'

'Dat komt omdat je een meisje bent.'

Ze porde hem met haar elleboog. 'Pas op, jongen. Er schuilt ergens een feministe in me die aanstoot neemt aan dergelijke opmerkingen.'

'Feministes nemen aanstoot aan alles wat mannen beter kunnen.'

Hij dook weg voor ze hem weer een por kon geven en pakte de stok. Hij trok zijn schoenen en sokken uit en rolde zijn broekspijpen op. Hij rende naar het water en waadde er zo ver in dat de golven tot net onder zijn knieën kwamen. Hij hield de stok omhoog. Singer keek ernaar alsof het een verse biefstuk was.

'Klaar?' vroeg Mike en hij gooide de stok zo ver weg als hij kon. Singer dook de golven in.

Julie ging op het zand zitten, trok haar knieën op en sloeg haar armen eromheen.

Singer kwam het water uit met de stok tussen zijn tanden en schudde het water uit zijn vacht, waarmee hij Mike helemaal doorweekt maakte. Mike pakte de stok, gooide hem weer weg en wendde zich toen naar Julie, zijn shirt tegen zijn huid vastgeplakt. Vanwaar ze zat kon ze zijn armspieren zien, en zijn romp die naar zijn heupen toe smaller toeliep. Mooi, dacht ze, heel mooi.

'Laten we morgenavond iets gaan doen, oké?' riep hij.

Julie knikte. Toen Singer terugkwam trok Julie haar benen nog iets verder op en keek toe terwijl ze weer opnieuw begonnen. In de verte voer een garnalenboot, de lange netten achter zich uitgespreid. De andere kant op flitste de vuurtoren van Cape Lookout. Julie voelde de bries op haar gezicht terwijl ze naar hen keek en vroeg zich af waar ze zich zorgen over had gemaakt.

'Midgetgolf?' vroeg ze, toen ze de volgende avond uit de auto stapten. Ze had net als hij een spijkerbroek aan; eerder die dag had hij haar gezegd dat ze maar gemakkelijke kleren moest aantrekken, en nu begreep ze waarom. 'Vanavond?'

'Dat niet alleen. Er is van alles te doen. Ze hebben ook videospelletjes. En tafeltennis.'

'Ooo,' zei ze. 'Heerlijk.'

'Ha! Dat zeg je alleen omdat je denkt dat je niet van me kunt winnen,' zei Mike.

'Ik kan wel van je winnen. Ik ben net Tiger Woods als het om dit soort dingen gaat.'

'Bewijs dat dan maar,' zei hij.

Ze knikte uitdagend. 'Kom maar op.'

Ze liepen naar het hokje waar ze de ballen en clubs konden halen. 'Roze en blauw,' zei hij, naar de kleur van de balletjes wijzend. 'Jij en ik. Man tegen vrouw.'

'Welke wil jij?' vroeg ze op onschuldige toon.

'Ha!' snoof hij. 'Ga zo door en ik zal op de baan geen enkele sympathie tonen.'

'Insgelijks.'

Een paar minuten later stonden ze bij de eerste baan.

'Ouderdom vóór schoonheid,' zei ze naar hem gebarend.

Mike deed alsof hij beledigd was en legde toen het balletje neer. Op de eerste baan moest de bal door een draaiende windmolen heen worden geslagen om op een lager niveau terecht te komen waar het kuiltje was. Mike ging goed staan.

'Kijk en leer,' zei hij.

'Schiet nou maar op.'

Hij raakte de bal goed en die ging door de opening in de windmolen; toen hij aan de andere kant te voorschijn kwam, bleef hij maar enkele decimeters van het kuiltje vandaan stil liggen. Mike sloeg hem erin. 'Zie je wel? Het is heel simpel.'

'Ga opzij. Ik zal je eens laten zien hoe het moet.'

Ze legde haar bal neer en sloeg. Hij raakte de wieken van de windmolen en kwam terug.'

'Mmm… wat jammer nou,' zei Mike hoofdschuddend. 'Echt zonde.'

'Dat was de warming-up nog maar.'

Ze sloeg opnieuw en deze keer ging het goed. Ze keek de bal na en zag hem in het kuiltje verdwijnen.

'Mooi schot,' gaf Mike toe. 'Een gelukstreffer.'

Ze porde hem met haar club. 'Dat hoort allemaal bij het plan.'

In een verduisterde slaapkamer van het huurhuis zat Richard in bed, zijn rug tegen het hoofdeinde. Hij had de gordijnen dichtgetrokken. De kamer was slechts verlicht door een kleine kaars op het nachtkastje en hij dacht aan Julie.

Ze was wel vriendelijk geweest in de supermarkt, maar hij wist dat ze hem liever niet was tegengekomen. Hij schudde zijn hoofd, vroeg zich af waarom ze het had proberen te verbergen. Dat was zinloos, want hij wist precies wie ze was. Op bepaalde vlakken kende hij haar beter dan ze zichzelf kende. Hij wist bijvoorbeeld dat ze vanavond met Mike samen was en dat ze in hem het genoegen zag dat ze ooit had gekend en hoopte terug te vinden.

Ze was bang voor iets nieuws, dacht hij, en hij wilde dat ze kon zien dat er zoveel meer voor haar was, zoveel meer voor hen allebei. Zag ze niet dat Mike haar omlaag zou trekken als ze hier bleef? Dat haar vrienden haar uiteindelijk pijn zouden doen? Dat gebeurt er wanneer je je keuzes laat bepalen door angst.

Dat had hij zelf ondervonden. Hij had zijn vader veracht, zoals Julie de mannen had veracht die kwamen en gingen in haar leven. Hij had zijn moeder gehaat om haar zwakte, zoals Julie haar moeders zwakte had gehaat. Julie probeerde echter vrede te sluiten met haar verleden door het te herleven. Angst leidde haar naar de illusie van genoegen, maar uiteindelijk zou het slechts een illusie blijven. Ze hoefde niet hetzelfde te worden als haar moeder; ze hoefde niet het leven te leiden dat haar moeder had geleid. Haar leven kon zijn zoals ze zelf wilde. Net als het zijne.

'Gelukstreffer!' riep Mike weer. Halverwege het spel stonden ze er ongeveer gelijk voor, tot Julie's laatste schot, waarbij het balletje tegen de wand weerkaatste en in het kuiltje viel.

'Waarom is het altijd geluk als ik het doe en bekwaamheid als jij het doet?' vroeg ze.

Mike staarde nog steeds naar het pad dat het balletje had gevolgd. 'Omdat dat zo is! Je kunt dit onmogelijk gepland hebben!'

'Het lijkt wel of je zenuwachtig begint te worden.'

'Ik ben niet zenuwachtig.'

'Dat zou je wel moeten zijn. Je vindt het immers vreselijk om door een meisje te worden verslagen.'

'Je verslaat me niet.'

'Wat is de score dan?'

Hij stak het kaartje en het potlood in zijn kontzak. 'Dat doet er niet toe. Het is de score aan het eind die telt.'

Mike liep naar de volgende baan en Julie giechelde.

Richard vertraagde zijn ademhaling en concentreerde zich op Julie's beeltenis. Ook al was ze nu in de war, hij wist dat ze anders was dan andere mensen. Ze was bijzonder, beter, net als hij.

Het was dat geheime besef van zijn uniekheid waardoor hij het in het ene na het andere pleeggezin had volgehouden. Afgezien van wat kledingstukken had hij altijd alleen de camera meegenomen die hij ooit ergens had gestolen en de doos met foto's die hij had gemaakt.

Het eerste gezin was wel aardig geweest, maar hij negeerde hen grotendeels. Hij kwam en ging zoals het hem beliefde en wilde alleen een plek om te slapen en te eten. Zoals in veel pleeggezinnen was hij niet het enige kind, en hij deelde een kamer met twee oudere jongens. Zij waren het die na twee maanden zijn camera wegpikten en bij de lommerd verkochten om van het geld sigaretten te kunnen kopen.

Toen Richard hen vond, waren ze op het landje naast het huis aan het spelen. Op de grond lag een honkbalknuppel en hij raapte die op. Eerst lachten ze, want ze waren allebei groter en zwaarder dan hij, maar uiteindelijk werden ze allebei met een ambulance naar het ziekenhuis gebracht, hun gezichten onherkenbaar verbrijzeld. De vrouw van de wezenzorg wilde Richard naar een tuchthuis sturen. Ze was later die dag met de politie naar het huis gekomen, nadat zijn pleegouders hem hadden aangegeven. Richard werd geboeid en meegenomen naar het bureau. Daar zat hij op een houten stoel tegenover een potige agent die Dugan heette in een kleine kamer met een grote spiegel.

Dugan, met zijn pokdalige wangen en grote neus, leunde voorover en vertelde Richard hoe ernstig hij de jongens verwond had en dat hij voor een paar jaar achter de tralies zou verdwijnen. Maar Richard was niet bang geweest, evenmin als toen de politie hem kwam ondervragen over zijn vader en moeder. Hij had geweten dat dit zou komen. Hij sloeg zijn ogen neer en begon te huilen.

'Ik wilde het niet doen,' zei hij zacht. 'Maar ze hadden mijn camera gestolen en ik zei dat ik het tegen de maatschappelijk werkster zou vertellen. Ze wilden me vermoorden. Ik was bang. Een van hen viel me aan... met een mes.'

Daarop trok Richard zijn jas open en zag Dugan het bloed.

Richard werd naar het ziekenhuis gebracht; hij had een snee in zijn buik. De enige reden dat de wond niet ernstiger was, beweerde Richard, was dat hij zich op het laatste moment uit hun greep had weten te bevrijden. Dugan vond het mes op het dak van het pakhuis, precies waar Richard zei dat hij het een van de jongens neer had zien gooien.

In plaats van Richard gingen de twee jongens naar het tuchthuis, ondanks hun beweringen dat ze het mes nooit hadden aangeraakt, laat staan Richard ermee gestoken. Maar de man van de lommerd zei dat hij de camera inderdaad van hen had gekocht en niemand geloofde hun protesten. Ze hadden immers allebei al een strafblad.

Jaren later zag Richard een van de jongens weer lopen, aan de andere kant van de straat. Hij was toen al een man, maar verstarde toen hij Richard zag; Richard glimlachte alleen maar en vervolgde zijn weg, en bedacht met minachting hoe gemakkelijk het was geweest om zichzelf in de buik te snijden.

Richard opende zijn ogen. Ja, hij wist uit ervaring dat alle hordes genomen konden worden. Julie had gewoon de juiste persoon nodig om haar daarbij te helpen. Samen zouden ze alles kunnen bereiken, maar Julie moest wel willen dat hij dat voor haar deed. Ze moest aannemen wat hij haar te bieden had.

Was dat te veel gevraagd?

'Wat is de score nu?' vroeg Julie.

Ze stonden bij de laatste baan en Mike keek ernstig. Hij wist dat hij achter stond; zijn eerste schot was misgegaan en de bal lag tegen een grote steen, wat het onmogelijk maakte hem in één keer in het kuiltje te krijgen. Hij veegde over zijn voorhoofd en negeerde de grijns op Julie's gezicht. Na nog een paar slagen lag de bal in het kuiltje.

'Ik denk dat jij voor staat,' zei hij. 'Maar verpruts het zo dadelijk niet, anders verlies je alsnog.'

'Oké.'

'Ik bedoel, je zou niet graag op het laatst nog verliezen.'

'Oké,'

'Dus wat je ook doet, zorg dat je niet de kleinste vergissing maakt.'

'Mmm... je hebt gelijk, coach. Bedankt voor de peptalk.'

Ze legde haar bal neer, ging goed staan en keek van de bal naar het kuiltje en weer terug. Ze sloeg, de bal rolde rustig voort en bleef vlak voor het kuiltje liggen. Met nog een klein tikje duwde ze hem erin. Ik wou dat ik een camera had, dacht ze toen ze naar Mike keek; de uitdrukking op zijn gezicht was onbetaalbaar. 'Ha!' zei ze.

Hij schudde het hoofd. 'Ik vind het vreselijk het te moeten toegeven, maar ik heb niet echt mijn best gedaan,' zei hij. 'Ik heb je laten winnen.'

Julie aarzelde maar heel even en rende toen op hem af met haar club geheven terwijl Mike een halfhartige poging deed om te vluchten. Ze kreeg hem te pakken, draaide hem om en trok hem tegen zich aan.

'Je hebt verloren,' zei ze. 'Geef het maar toe.'

'Nee,' zei hij, haar in de ogen kijkend. 'Je hebt het mis. Ik mag dan het spel hebben verloren, maar volgens mij heb ik de partij gewonnen.'

'Hoezo?'

Hij glimlachte en kuste haar.

Richard stond op van het bed en liep naar het raam. Hij keek naar buiten en zag dat de tuin in duisternis gehuld was.

Te zijner tijd zou hij Julie alles over zichzelf vertellen. Hij zou haar vertellen over zijn vader en moeder, hij zou haar vertellen over de jongens in het pleeggezin, en hij wist dat ze zou begrijpen dat hij geen andere keus had gehad. Hij zou haar vertellen over mevrouw Higgins, de decaan van de middelbare school die speciale belangstelling voor hem had ontwikkeld toen ze hoorde dat hij wees was.

Hij herinnerde zich dat hij met haar praatte terwijl ze op de bank in haar kantoor zat. Hij wist nog dat hij dacht dat ze ooit misschien mooi was geweest, maar nu niet meer. Haar haar was een mengeling van vaalblond en grijs en als ze glimlachte zag haar gezicht er droog en gebarsten uit door de rimpels. Hij had echter een bondgenoot nodig, iemand die kon instaan voor zijn karakter, die zou zeggen dat hij geen onruststoker maar een slachtoffer was; en mevrouw Higgins was perfect. Alles aan haar houding suggereerde een verlangen om meelevend en vriendelijk te worden gevonden – zoals ze met die trieste blik in haar ogen voorover boog en voortdurend knikte terwijl hij haar het ene na het andere vreselijke verhaal over zijn jeugd vertelde.

Meer dan eens had mevrouw Higgins tranen in haar ogen.

Binnen enkele maanden zag ze hem als een surrogaatzoon en hij speelde die rol met veel overtuiging. Hij gaf haar een kaart met haar verjaardag; zij kocht een nieuwe camera voor hem, een 35 millimeter met een uitstekende lens, een van de camera's die hij nog steeds had.

Richard was altijd goed geweest in wiskunde en scheikunde, maar zij praatte met zijn leraren geschiedenis en Engels, die het hem daarna minder moeilijk maakten. Zijn puntengemiddelde schoot omhoog. Zij vertelde de schooldirecteur dat zijn IQ-test op genialiteit duidde en drong erop aan dat Richard werd toegelaten tot de programma's voor hoogbegaafde leerlingen. Ze stelde voor dat hij een portefeuille zou maken van zijn foto's om zijn talent onder de aandacht te brengen en betaalde alle kosten daarvoor. Ze schreef een aanbevelingsbrief voor de universiteit van Massachusetts, haar eigen alma mater, waarin ze stelde dat ze nog nooit een jongeman had gezien die zoveel had overwonnen. Ze bracht een bezoek aan de school en sprak met de toelatingscommissie, en smeekte hen hem een kans te geven. Ze deed wat ze kon en hoewel ze een diepe bevrediging voelde toen ze hoorde dat haar werk zijn vruchten had afgeworpen, was Richard niet degene die haar dat vertelde.

Want toen hij eenmaal op de universiteit was toegelaten, sprak hij haar nooit meer. Ze had aan haar doel beantwoord en hij had haar niet meer nodig.

Evenzo had Mike aan zijn doel voor Julie beantwoord, maar ook dat was voorbij. Mike was een goede vriend geweest, maar het werd tijd hem weg te sturen. Mike was een blok aan haar been, hield haar tegen, belemmerde haar in het kiezen van haar eigen toekomst. Hun toekomst.

22

Voor Julie begonnen de dagen een nieuw ritme aan te nemen. Van de ochtenden waarop Mike de garage uit kwam lopen om haar op straat te begroeten, tot hun lunches, en tot de lome avonden die ze pratend doorbrachten, werd hij een steeds opwindender en belangrijker deel van haar leven.

Ze zochten nog steeds voorzichtig hun weg in de relatie alsof ze allebei dachten dat een nonchalant gebaar die in rook kon doen opgaan. Mike was nog niet bij Julie blijven slapen en Julie was nog niet bij Mike blijven slapen en hoewel er een paar avonden waren geweest dat de gelegenheid zich had voorgedaan, leken ze daar nog geen van beiden aan toe.

Toen ze op een dag na haar werk met Singer aan het wandelen was, erkende Julie dat het slechts een kwestie van tijd was. Het was donderdag, twee weken nadat ze voor het eerst waren uitgegaan en, belangrijker nog, anderhalve week na hun derde afspraakje, wat volgens de tijdschriften het magische getal was wat samen slapen betrof. Ze waren die mijlpaal gepasseerd zonder er iets mee te doen, maar dat verbaasde haar niet. In de jaren sinds Jim was overleden waren er momenten geweest dat ze zich nogal... sensueel had gevoeld, maar het was zo lang geleden dat ze met een man naar bed was geweest, dat ze onthouding min of meer als een permanente manier van leven was gaan beschouwen. Ze was zelfs vergeten hoe het voelde om naar iemand te verlangen, maar hemeltjelief, de laatste tijd lieten de oude hormonen af en toe weer flink van zich spreken en soms merkte ze dat ze over Mike fantaseerde.

Niet dat ze klaar was om hem zonder waarschuwing te bespringen.

Nee, daar zou Mike waarschijnlijk een hartaanval van krijgen. Bovendien zou zij ongetwijfeld net zo bang zijn als hij. Als het al zenuwslopend was geweest om hem de eerste keer te kussen, hoe zou de volgende stap dan wel zijn?

Het was mogelijk dat het op een fiasco uitliep en wat zou er dan gebeuren? Seks was niet het allerbelangrijkste in een relatie, maar het kwam toch ook zeker niet op de derde of vierde plaats. Ze verwachtte dat als het erop aankwam de spanning van hun eerste samenzijn zo groot zou zijn dat ze er nauwelijks van konden genieten. Moet ik dit doen? Moet ik dat fluisteren? Het is als een spel met onmogelijke vragen, dacht ze, alleen zijn de spelers naakt.

Oké, vermaande ze zichzelf. Misschien maak ik me wel te veel zorgen, maar dat krijg je als je in je hele leven maar met één man samen bent geweest, degene met wie je getrouwd was. Dat was het resultaat, vermoedde ze, van een redelijk tam leven, en eerlijk gezegd wilde ze er niet meer aan denken. Een wandeling met Singer hoorde ontspannend te zijn, geen reden voor klamme handen.

Voor haar uit liep Singer het bos in dat zich uitstrekte tot het kanaal. Een maand geleden waren overal borden van makelaars opgedoken en ze had de markeringen gezien die aangaven waar een weg zou komen. Over een paar jaar zouden er diverse huizen staan, wat ze enerzijds wel jammer vond. Ze hield wel van het gevoel van privacy dat de bospercelen haar gaven, en het was heerlijk voor Singer. Ze had echt geen zin hem straks achterna te lopen met een poepschepje opdat hun nieuw gazons niet verpest zouden worden. Het idee alleen al maakte haar misselijk en ze wist al hoe Singer naar haar zou kijken. Ze twijfelde er niet aan dat hij zou begrijpen wat er aan de hand was. Na de eerste paar keer zou hij haar aankijken alsof hij wilde zeggen: *ik heb mijn behoefte gedaan daar bij die boom… wees een schat en ruim het even op, wil je?*

Geen denken aan, dacht ze. Daar zou ze echt niet in trappen.

Ze liep nog een kwartier, tot ze het water bereikte en op een boomstronk naar de boten ging zitten kijken die voorbij dreven. Ze zag Singer niet, maar wist dat hij in de buurt was; hij zou geregeld komen controleren of ze hem wel volgde.

Hij probeerde haar te beschermen, net als Mike op zijn eigen manier deed.

Mike. Mike en zij samen. Echt samen. Even later waren haar gedachten weer terug bij het begin, met klamme handen en al.

Toen ze een uur later haar huis naderde, hoorde ze de telefoon overgaan. Ze haastte zich naar binnen en liet de hordeur met een klap achter zich dichtvallen. Waarschijnlijk Emma, dacht ze. Emma belde vaak de laatste tijd… ze vond het prachtig wat er tussen haar en Mike gaande was en praatte er graag over. En eerlijk gezegd praatte Julie er ook graag over.

Ze hield de hoorn tegen haar oor. 'Hallo?'

Er kwam geen reactie, al leek de lijn nog wel open.

'Hallo?' zei ze nog eens.

Niets. Julie legde neer en ging Singer binnenlaten. In haar haast had ze de deur voor zijn neus dicht laten vallen. Maar zodra ze de deur had bereikt, ging de telefoon weer en liep ze terug.

Weer bleef het stil aan de andere kant van de lijn. Alleen meende ze deze keer een klik te horen toen de beller ophing voordat ze zelf de hoorn neerlegde.

'Hoe gaat het nou tussen jou en Julie?' vroeg Henry.

'Goed,' antwoordde Mike, met zijn hoofd onder een motorkap. De afgelopen week had hij er niet veel over tegen zijn broer gezegd omdat hij het vreselijk druk had. Nu de zomer in aantocht was, gingen airco's stuk zodra ze werden aangezet, en mensen kwamen de garage in rijden met zweetplekken op hun kragen. Bovendien was het vreselijk leuk om over informatie te beschikken die Henry wilde hebben, maar hem die niet te geven. Het gaf hem het gevoel nu eindelijk eens de overhand te hebben.

Henry keek hem aan. 'Als ik bedenk hoeveel je haar de laatste tijd gezien hebt, hoop ik dat het beter gaat dan goed.'

'Ach, je weet hoe dat gaat,' zei Mike, en hij werkte gewoon door. Hij pakte een inbussleutel en probeerde de bouten van de compressor los te krijgen.

'Nee, ik weet het niet.'

Ja, dat weet ik!

'Zoals ik al zei, het gaat goed. Kun je me even een doek aangeven? Mijn handen zijn nogal glibberig.'

Henry gaf hem de doek. 'Ik heb gehoord dat je laatst voor haar hebt gekookt.'

'Ja.' zei Mike.

'En?'

'En wat?'

'Wat is er gebeurd?'

'Ze vond het lekker.'

'Was dat alles?'

'Wat wil je dat ik zeg, Henry?'

'Wat denk je dat ze voor je voelt?'

'Volgens mij vindt ze me aardig.'

Henry sloeg zijn handen in elkaar. Nu kwamen ze ergens. 'Je denkt dat ze je aardig vindt, hè?'

Mike wachtte iets langer voor hij antwoord gaf; hij wist dat Henry details wilde horen.

'Ja.'

Dit is geweldig, dacht hij met zijn hoofd onder de motorkap.

'Mmm,' zei Henry. Deze jongen denkt dat hij uitgeslapen is, maar er zijn meer manieren om een antwoord te krijgen, dacht hij. 'Zeg, moet je horen, ik vroeg me af of jullie tweeën zin hadden dit weekend met Emma en mij met de boot weg te gaan.'

'Dit weekend?'

'Ja. We kunnen wat vissen, een paar biertjes drinken. Het lijkt me leuk.'

'Ik denk wel dat ik dat kan regelen.'

Henry trok zijn wenkbrauwen op. Het kleine broertje denkt opeens dat hij een grote vent is. Grappig wat een vriendinnetje voor effect heeft.

'Probeer niet al te opgewonden te klinken,' mopperde hij.

'Hé, maak je niet zo druk. Ik bedoelde alleen dat ik het er eerst met Julie over moet hebben.'

‘O,’ zei Henry, ‘ja, dat snap ik.’

Henry bleef nog even bij Mike staan, maar Mike haalde niet eens zijn hoofd onder de motorkap vandaan. Uiteindelijk liep Henry terug naar zijn kantoor. Oké, Mike, ik zal je krijgen, dacht hij. Ik wilde alleen maar wat informatie, maar nee, jij moest zo nodig de stoere, zwijgzame jongen uithangen.

Het enige probleem was dat hij zelfs na twintig minuten niets kon bedenken. Hij hield wel van een scherpe opmerking, maar eerlijk was eerlijk, en hij was niet van plan het voor zijn kleine broertje te gaan verpesten.

Ik mag dan zwak zijn, dacht hij, maar ik ben niet gemeen.

‘Je loopt echt te stralen de afgelopen dagen,’ zei Mabel.

‘Dat is niet waar. Ik ben gewoon veel buiten in de zon geweest,’ antwoordde Julie.

Ze waren in de kapsalon, genoten van een korte pauze tussen klanten. Andrea was iemands haar aan het knippen en voerde een gesprek over politiek dat gedoemd was te stranden zodra ze opmerkte dat ze de nieuwe gouverneur aardig vond ‘omdat zijn haar leuker zat dan dat van die andere kerel’. Wie de ‘andere kerel’ was over wie ze het had interesseerde de klant kennelijk niet; hij was sowieso niet voor het gesprek gekomen.

‘Ik heb het niet over de zon, en dat weet je heel goed.’

Julie pakte de bezem en begon de vloer rond haar stoel schoon te vegen.

‘Ja, Mabel, dat weet ik. Je bent niet bepaald subtiel.’

‘Waarom zou je subtiel zijn? Het is veel gemakkelijker om dingen gewoon te zeggen.’

‘Voor jou misschien. Wij stervelingen worden soms geplaagd door dingen als wat andere mensen van ons denken.’

‘Schat, daar moet je je niet druk om maken, daar is het leven veel te kort voor. Bovendien… je vindt me toch aardig, of niet?’

‘Je bent een geval apart, dat is zeker.’

Mabel boog naar haar over. ‘Vertel op dan.’

Een uur later was Andrea's laatste klant weggegaan na haar een fooi te hebben gegeven die volstond om de nieuwe push-upbeha te kopen waar ze haar zinnen op had gezet. De afgelopen weken had ze besloten dat het probleem daarin lag dat haar borstomvang niet groot genoeg was om de juiste soort mannen aan te trekken, maar de nieuwe beha zou zeker helpen.

Hij zou haar ook helpen zich beter te voelen. De afgelopen week en de hele ochtend hadden Mabel en Julie samen staan fluisteren alsof ze van plan waren de bank te beroven, maar zelfs Andrea begreep dat ze het over Julie's relatie met Mike hadden. Niet dat er veel te vertellen viel. Dus ze had hem gekust? Nou en? Andrea kuste al jongens sinds de vierde klas, maar Julie leek het allemaal vreselijk romantisch te vinden.

En bovendien was dat gedoe met Mike volstrekt belachelijk, dacht Andrea. Mike of Richard? Kom nou zeg, de keus ligt voor de hand, zelfs voor een idioot. Mike was wel leuk, maar hij was Richard niet. Kwam zelfs niet bij hem in de buurt. Richard had alles, en Mike? Absoluut geen sex-appeal, maar daar was Julie voltrekt blind voor.

Julie zou eens met mij moeten praten, dacht Andrea. Ik zou haar wel wat tips kunnen geven om het weer goed te maken met Richard.

Op dat moment rinkelde de deurbel. Andrea draaide haar hoofd om en dacht, nou, als je het over de duivel hebt...

Het bleef een ogenblik stil in de kapsalon. Mabel was even weg en Julie's klant liep ook net naar buiten. Richard hield de deur voor haar open. Hij droeg een zonnebril en toen hij zich weer omdraaide, zag Julie zichzelf weerkaatst in de spiegelglazen. Het gaf haar een vreemd, wee gevoel in haar maag.

'Richard,' zei ze op aarzelende toon.

'Hallo, Julie. Hoe is het met je?'

Er was geen reden om onbeschoft te zijn, maar ze had ook geen zin om beleefdheden uit te wisselen. Hoewel ze het niet zo erg vond om Richard af en toe tegen te komen, wat onvermijdelijk was in zo'n klein stadje, wist ze niet of ze wel wilde dat hij hier bleef komen. Toevallige ontmoetingen waren één ding, maar weten dat ze hem regelmatig zou blijven zien was heel iets anders en ze wilde hem daarin niet aanmoedigen. Ze wilde zeker geen herhaling van hun ontmoeting bij de supermarkt.

'Wat is er?' vroeg ze.

Richard zette zijn zonnebril af en glimlachte. 'Ik vroeg me af of je tijd had om mijn haar te knippen. Het wordt weer eens tijd.'

Zich afvragend of dat werkelijk de enige reden was, keek ze in haar afsprakenboek, al wetend wat ze zou vinden. Ze schudde haar hoofd.

'Het spijt me, ik kan je er niet tussen schuiven... ik heb het vrij druk vandaag. Mijn volgende afspraak is over vijf minuten, en daarna moet ik iemand verven en dat kan erg lang duren.'

'Ik had zeker een afspraak moeten maken, hè?' zei hij.

'Soms kan ik wel een klant extra hebben, maar vandaag heb ik echt geen tijd.'

'Ik begrijp het.' Hij wendde zijn blik af. 'Nou, nu ik toch hier ben, kunnen we misschien een afspraak maken. Maandag?'

Ze sloeg de bladzijde om, maar wist al wat ze zou vinden. 'Dan zit ik helemaal vol. Maandag is altijd erg druk. Dan komen de vaste klanten.'

'Dinsdag?'

Dit keer hoefde ze niet te kijken. 'Dan werk ik maar een halve dag. Ik moet 's middags het een en ander regelen.'

Richard sloot zijn ogen en opende ze toen weer alsof hij wilde vragen: *dus zo gaat het voortaan, hè?* Hij maakte echter geen aanstalten om weg te gaan. Andrea voelde de spanning tussen hen aan en stapte naar voren.

'Ik kan het wel doen, schat,' zei ze. 'Ik heb wat tijd over.'

'Ja, dat is goed,' zei Richard even later, Julie nog steeds aankijkend.

Andrea trok aan haar minirok, keek in de spiegel en ging hem toen voor.

'Kom even mee naar achteren, schat. Ik moet je haar eerst wassen.'

'Natuurlijk. Dank je, Andrea.'

Ze keek hem over haar schouder aan en schonk hem haar mooiste glimlach.

'Wat kwam hij doen?' vroeg Mike. Zodra hij Richard de kapsalon had zien verlaten – Mike had de neiging elke vrije minuut in de richting van de kapsalon te kijken, al was het alleen maar om zich voor te stellen wat Julie op dat moment deed – had hij zich erheen gehaast en was Julie naar buiten gekomen.

'Hij kwam zijn haar laten knippen.'

'Waarom?'

'Nou, het ís een kapsalon.'

Hij keek haar ongeduldig aan en ze ging door. 'O, maak er niet meer van dan het is. Ik heb hem nauwelijks gesproken. Andrea heeft zijn haar geknipt.'

'Maar hij wilde eigenlijk dat jij het deed, niet? Hoewel je met hem gebroken hebt?'

'Dat kan ik niet ontkennen, maar ik geloof dat hij wel begrepen heeft dat ik hem niet meer wil zien, ook niet op mijn werk. Ik was niet gemeen, maar ik geloof toch wel dat de boodschap is overgekomen.'

'Nou... goed dan,' zei hij. 'Hij beseft toch wel dat je nu... je weet wel, met mij gaat, of niet?'

In plaats van antwoord te geven pakte ze zijn hand vast. 'Je bent schattig als je jaloers bent, weet je dat.'

'Ik ben niet jaloers.'

'Natuurlijk wel, maar maak je geen zorgen, ik vind je altijd schattig. Tot vanavond?'

Voor het eerst sinds hij Richard had gezien, ontspande Mike zich een beetje. 'Ik zal er zijn,' zei hij.

Toen Julie een paar minuten later terug naar binnen ging, was Andrea alweer aan het werk, al bloosde ze nog steeds. Het was voor het eerst, besefte Julie, dat ze Andrea zenuwachtig had zien worden van een man. En ze vond het goed. Andrea verdiende ook wel eens een man met een baan, al kon ze zich niet voorstellen dat ze het lang met zo iemand uit zou houden. Julie vermoedde dat Andrea het al snel saai zou vinden.

Ze was rond vijf uur klaar met haar werk en begon op te ruimen. Andrea was een half uur eerder al klaar geweest en was al weg. Mabel was achter aan het opruimen en Julie ruimde op bij de receptie. Dat was het moment dat ze de zonnebril naast de bloempot zag liggen.

Ze zag meteen dat het die van Richard was en dacht er heel even over hem te bellen en te zeggen dat zijn bril hier lag, maar besloot toch het niet te doen. Mabel of Andrea moesten het maar doen. Dat was beter. Julie ging nog even langs de supermarkt om enkele boodschappen te doen voor het eten en deed net de voordeur open toen ze de telefoon hoorde gaan. Ze zette haar boodschappentas neer en nam op.

'Hallo?'

'Hallo, Julie,' zei Richard. Zijn toon was vriendelijk, nonchalant, alsof ze elkaar elke dag belden. 'Ik wist niet zeker of je al thuis zou zijn, maar ik ben blij dat ik je te pakken heb gekregen. Ik vond het jammer dat ik vandaag niet met je kon praten.'

Julie sloot haar ogen. Niet weer, dacht ze. Het is genoeg geweest.

'Hallo, Richard,' zei ze koeltjes.

'Hoe is het met je?'

'Prima.'

'Je zult je wel afvragen waarom ik bel.'

'Inderdaad,' zei ze.

'Nou, ik vroeg me af of je misschien mijn zonnebril hebt gezien. Volgens mij heb ik hem in de kapsalon laten liggen.'

'Dat klopt, daar ligt hij, op de balie. Je kunt hem maandag komen halen.'

'Zijn jullie op zaterdag niet open?'

'Nee. Mabel vindt dat mensen in het weekend niet moeten werken.'

'O.' Hij zweeg even. 'Nou, ik ga zo de stad uit en het zou fantastisch zijn als ik hem van tevoren terug had. Zou je vanavond de deur even voor me kunnen opendoen? Het kost je maar een paar minuten. Zodra ik hem heb, kan ik gaan.'

Julie hield de telefoon bij haar oor zonder iets te zeggen. Ben je belazerd, dacht ze. Ik weet dat je dat ding expres hebt laten liggen, gewoon om me te kunnen bellen.

'Julie? Ben je daar nog?'

Ze blies haar adem uit en het kon haar niets schelen dat hij dat hoorde. 'Dit is ver genoeg gegaan, oké?' zei ze zonder nog een spoor van sympathie of vriendelijkheid in haar stem. 'Ik weet waar je mee bezig bent en ik heb geprobeerd aardig tegen je te zijn, maar het wordt nu tijd dat je ophoudt, oké?'

'Waar heb je het over? Ik wil alleen mijn zonnebril hebben.'

'Richard. Ik meen het. Ik ga nu met iemand anders. Het is voorbij. Kom je bril maandag maar halen.'

'Julie... wacht...'

Julie legde de hoorn neer.

23

Een uur later kwam Mike binnen en riep: ‘Hé, ik ben er.’

Julie stond in de badkamer haar haren te föhnen en zodra Singer Mike’s stem hoorde, liep hij naar hem toe om hem te gaan begroeten.

‘Ben je aangekleed?’ vroeg Mike en hij hoorde haar de föhn uitzetten.

‘Ja hoor,’ antwoordde Julie, ‘kom maar.’

Mike liep de slaapkamer door en keek de badkamer in. ‘Heb je gedoucht?’

‘Ja, ik voelde me vies,’ zei ze. Ze rolde het snoer van de föhn op en legde hem in de la. ‘Als het zo druk is als vandaag heb ik tegen het eind van de dag het gevoel dat ik onder andermans haren zit. Ik ben zo klaar, hoor.’

‘Vind je het goed als ik blijf?’

‘Ja, hoor.’

Mike leunde tegen het wastafelblad terwijl Julie haar oogschaduw pakte en keek toe terwijl ze die in korte stroken opbracht. Daarna kwam de mascara, die ze net zo vlot aanbracht, eerst op de bovenwimpers, daarna onder.

Het had iets sensueels om een vrouw die dingen te zien doen, iets dat getuigde van het verlangen om aantrekkelijk te worden gevonden, dacht Mike. Hij zag de subtiele veranderingen voor zijn ogen plaatsvinden. Omdat ze thuis zouden blijven, was dit alleen maar voor hem bedoeld, een idee dat hij onmiskenbaar erotisch vond.

Hij wist dat hij van Julie hield. De afgelopen paar weken hadden dat wel duidelijk gemaakt, maar het was nu anders dan voordat ze met elkaar uitgingen. Ze was geen fantasie meer, maar werkelijkheid, en hij dacht niet dat hij nog zonder haar kon leven. Hij sloeg zijn armen over elkaar, alsof hij zich schrap zette tegen de mogelijkheid dat dit alles hem zou ontglippen.

Ze deed oorbellen in, glimlachte kort, vroeg zich af wat hij zo interessant vond, maar voelde zich niettemin warm worden door zijn waardering. Ze pakte haar parfum, spoot een beetje in haar hals en op haar polsen en bleef hem aankijken terwijl ze haar polsen tegen elkaar wreef.

'Beter zo?' vroeg ze.

'Je ziet er prachtig uit,' zei hij, 'zoals altijd.'

Julie liep langs hem de badkamer uit en Mike volgde haar, zijn ogen gericht op haar zacht wiegende heupen en de vloeiende lijnen van haar billen. Op blote voeten en in spijkerbroek leek ze het toonbeeld van gratie, hoewel Mike wist dat ze zich niet anders bewoog dan anders.

'Ik wilde vanavond steak eten,' zei ze. 'Wat vind je daarvan?'

'Klinkt prima, maar ik heb nu nog niet zo'n honger. Ik heb vanmiddag laat gegeten. Maar ik lust wel een biertje.'

Julie pakte een wijnglas uit de kast. Toen ze op haar tenen stond schoof haar blouse omhoog, zodat hij haar buik kon zien. Mike wendde zijn blik af en dwong zichzelf aan honkbal te denken. Even later stond ze voor hem en hield ze hem het glas voor. Mike schonk de wijn in en pakte daarna een biertje voor zichzelf. Hij maakte het blikje open en nam een flinke slok. En daarna nog een.

'Wil je een poosje buiten zitten?' vroeg ze.

'Ja hoor.'

Ze liepen naar de veranda en Julie hield de hordeur open zodat Singer naar buiten kon. Ze droeg een blouse zonder mouwen. Mike zag haar bovenarmen en vroeg zich ongewild af hoe ze er naakt uit zou zien.

Hij sloot zijn ogen en ademde diep in. Alsjeblieft, zorg dat ik mezelf niet belachelijk maak. Alsjeblieft.

Hij nam nog een flinke slok en had daarmee het blikje al bijna leeg.

Dit zou een verdraaid lange avond worden, dacht hij.

Het was lang niet zo erg als hij had gevreesd. Zoals gebruikelijk zaten ze luchtig te praten; een uur later stak Mike de barbecue aan en bakte de steaks terwijl Julie naar binnen ging om een salade te maken.

In de keuken bedacht Julie dat Mike eruitzag als iemand die jaren alleen op een eiland had gezeten. De arme kerel zat de hele avond al naar haar te staren en hoewel hij erg zijn best deed het te verbergen, wist ze precies waar hij aan dacht, omdat zijzelf eerlijk gezegd hetzelfde dacht. Haar handen waren zo klam dat ze nauwelijks de groenten vast kon houden.

Ze sneed komkommer en tomaten fijn en voegde ze aan de salade toe, en dekte daarna de tafel met haar mooiste serviesgoed en bestek. Toen ze een stap achteruit deed om het effect te bekijken, realiseerde ze zich dat er nog iets ontbrak. Ze vond twee kaarsen, zette ze op tafel en stak ze aan. Toen ze de lamp had uitgedaan knikte ze tevreden.

In de woonkamer zette ze een cd van Ella Fitzgerald op en ze was net de wijn aan het inschenken, toen Mike binnenkwam met de steaks. Hij bleef staan toen hij zag wat ze had gedaan.

'Vind je het mooi?' vroeg ze.

'Het ziet er... prachtig uit,' zei Mike.

Ze merkte dat hij haar aankeek toen hij sprak en een ogenblik lang stonden ze alleen maar naar elkaar te staren. Uiteindelijk wendde Mike zijn blik af en zette de steaks op tafel. In plaats van te gaan zitten kwam hij echter naar Julie toe. O, hemeltje, dacht ze, ben ik hier echt klaar voor?

Mike bracht een hand naar haar gezicht, de handpalm open, alsof hij haar om toestemming vroeg om verder te gaan. De muziek speelde zacht op de achtergrond; de geur van het eten vulde de kleine keuken. Julie was zich er maar vaag van bewust. Mike leek het vertrek helemaal te vullen.

Op dat moment besefte Julie dat ze verliefd op hem was.

Mike keek haar aan alsof hij haar gedachten kon lezen en Julie gaf toe. Ze drukte haar gezicht tegen zijn hand, sloot haar ogen en genoot van zijn aanraking. Mike kwam dichterbij en ze voelde zijn borst tegen de hare, en de kracht in zijn armen toen hij die om haar heen sloeg.

Toen kuste Mike haar, heel zacht, en hoewel ze elkaar al vaak hadden gekust, leek deze kus echter dan alle andere. Hij kuste haar weer en toen hun tongen elkaar vonden omhelsde Julie Mike. Ze wist zeker dat hun jaren van vriendschap hen allebei gestaag naar dit moment toe hadden geleid.

Toen ze uiteen gingen pakte Mike Julie bij de hand en ging haar voor naar de slaapkamer. Ze kusten elkaar weer en Mike begon langzaam de knoopjes van haar blouse los te maken. Ze voelde zijn vingers tegen haar huid en voelde toen zijn hand naar de knoop van haar spijkerbroek gaan. Hij kuste haar in haar hals en begroef zijn handen in haar haren.

'Ik hou van je,' fluisterde Mike.

Julie zuchtte. 'O, Mike,' zei ze terwijl ze zijn adem over haar huid voelde strelen. 'Ik hou ook van jou.'

Ze bedreven de liefde, en hoewel het niet zo beschamend was als Julie had gevreesd, was het ook niet bepaald vuurwerk. Meer dan wat ook wilde Mike het Julie naar de zin maken en meer dan wat ook wilde Julie het Mike naar de zin maken en ze dachten er te veel bij na om gewoon te genieten van wat er gebeurde.

Naderhand lagen ze tegen elkaar aan naar het plafond te kijken en allebei dachten ze: ik ben écht uit vorm. Ik hoop dat Mike (Julie) het niet gemerkt heeft.

Ze genoten ervan in elkaars armen in bed te liggen, de aanvankelijke dringende gevoelens vervangen door tederheid. Mike vertelde Julie weer dat hij van haar hield en zij zei hetzelfde tegen hem. En toen ze een uur later weer de liefde bedreven, was het perfect.

Het was na middernacht en ze lagen nog steeds in bed. Julie keek toe terwijl Mike met zijn vingers kleine rondjes op haar buik tekende. Toen ze er niet meer tegen kon, wiegelde ze en pakte ze zijn hand vast.

'Dat kietelt,' zei ze.

Hij kuste haar hand en keek haar aan. 'Je was trouwens geweldig.'

'O, zakken we af naar dat niveau? Alsof ik een liefje voor één nacht ben en je me een schouderklopje geeft zodat jij je niet zo schuldig hoeft te voelen omdat je misbruik hebt gemaakt van de situatie?'

'Nee, ik meen het. Je was geweldig. De beste aller tijden. Ik heb nooit geweten dat het zo kon zijn.'

Ze lachte. 'Clichés, clichés.'

'Geloof je me niet?'

'Natuurlijk wel. Ik was geweldig,' zei ze. 'De beste aller tijden. Je hebt nooit geweten...'

Mike begon haar te kietelen voor ze was uitgepraat en Julie gilde. Even later drukte Mike, die nu op zijn buik lag, zich op zijn ellebogen op.

'En trouwens, ik heb geen misbruik van de situatie gemaakt.'

Julie rolde zich op haar zij om hem beter te kunnen zien en trok toen aan het laken.

'O, nee? Het ene moment sta ik alles klaar te maken voor het eten en het volgende vliegen onze kleren door de slaapkamer heen.'

'Ik was behoorlijk verleidelijk, niet?'

'Je was heel verleidelijk.' Ze streek met een vinger over zijn wang. 'Ik hou echt van je, weet je.'

'Ja hoor, dat weet ik.'

Ze duwde hem weg. 'Nou zeg, probeer ik eens een keer serieus te zijn,' zei ze. 'Het minste wat je kunt doen is het ook tegen mij zeggen.'

'Alweer? Hoe vaak wil je dat ik het zeg?'

'Hoe vaak wil je het zeggen?'

Mike keek haar aan, pakte toen haar hand en kuste haar vingertoppen. 'Als het aan mij ligt,' zei hij zacht, 'zeg ik het de rest van mijn leven elke dag.'

Ach, dat was lief.

'Zou je, aangezien je zoveel van me houdt, iets te eten voor me kunnen halen? Ik ben uitgehongerd.'

'Natuurlijk.'

Terwijl hij vooroverboog om zijn broek te pakken, ging de telefoon op het nachtkastje naast.

Een keer. Twee keer. Bij de derde keer nam Mike op.

'Hallo?' zei hij, en even later weer. 'Hallo.'

Julie sloot haar ogen, hoopte dat hij het niet nog een keer zou zeggen.

'Hallo?' Hij legde neer. 'Niemand,' zei hij. 'Zeker het verkeerde nummer.' Hij keek haar aan. 'Alles goed?'

Ze dwong zichzelf te glimlachen. 'Ja,' zei ze, 'alles goed.'

De telefoon ging weer. Dit keer keek Mike haar verbaasd aan alvorens weer op te nemen. Weer werd er niets gezegd.

Julie sloeg haar armen over elkaar. Hoewel ze zichzelf voorhield dat het waarschijnlijk niets te betekenen had, kreeg ze toch hetzelfde gevoel als ze bij Jims graf had gehad.

Iemand hield haar in de gaten, dacht ze.

24

De veranderingen in Julie's leven begonnen die nacht.

De meeste ervan waren fantastisch. Mike bracht de zaterdag bij Julie door en ze bedreven de liefde 's morgens en nog een keer voor ze gingen slapen. Op zondag gingen zij en Mike naar het winkelcentrum in Jacksonville en kocht ze een nieuwe bikini, een paar shorts en sandalen. Toen ze de bikini na hun thuiskomst aan Mike showde, staarde Mike haar met grote ogen aan, sprong toen van de bank op en kwam achter haar aan. Ze rende lachend en schreeuwend door het huis voor Mike haar uiteindelijk in de slaapkamer te pakken kreeg. Ze vielen giechelend op het bed en lagen een paar minuten later tussen de lakens.

Ze was verrast en blij dat het bedrijven van de liefde niets had veranderd aan de vriendschap tussen hen. Mike maakte nog steeds grapjes en maakte haar aan het lachen, zij plaagde hem nog steeds, en hij hield nog steeds haar hand vast als ze op de bank naar een film zaten te kijken.

Maar hoe graag ze het ook zou ontkennen, wat haar naderhand het meest bijbleef van die week waren de telefoontjes. Die twee keer op vrijdagavond. Weer twee op zaterdag. Op zondag ging de telefoon vier keer en op maandag vijf, maar op die dagen was Mike even naar buiten en had zij zelf opgenomen. Op dinsdag, toen ze al in bed lag – Mike was naar huis gegaan – werd er vier keer gebeld voor ze de stekker eruit trok. En toen ze op woensdag na haar werk thuiskwam, zag ze dat haar antwoordapparaat vol was.

Ze herinnerde zich dat ze de knop indrukte voor het eerste telefoontje, en toen weer voor het tweede. En het volgende. De telefoontjes waren direct na elkaar gekomen. Het antwoordapparaat had de tijd genoteerd; er werd telkens opnieuw gebeld zodra de verbinding was verbroken. Bij het vierde telefoontje versnelde haar ademhaling; bij het negende had ze tranen in haar ogen. Bij het twaalfde drukte ze net zo snel op de knop om te wissen als op die om af te spelen, in een bijna wanhopige poging er een eind aan te maken.

Toen ze klaar was zat ze te bibberen aan tafel.

Er was die dag twintig keer gebeld en elk telefoontje had twee minuten geduurd.

Geen van de keren had de beller iets gezegd.

Op donderdag en vrijdag werd er niet gebeld.

25

'Zo te horen gaat het allemaal geweldig,' zei Emma op zaterdag.

Eerder die dag hadden Mike en Julie Henry en Emma ontmoet bij de scheepshelling op Harker's Island. Ze hadden koelboxen vol eten en bier, zonnebrandolie, handdoeken en hoeden, manden met ijs en genoeg visgerei aan boord geladen om alles aan de haak te slaan wat ze tegen konden komen, inclusief Moby Dick, Orka en Jaws zelf. Halverwege de ochtend, in de baai bij Cape Lookout, stonden Mike en Henry naast elkaar, vishengels in de hand, bezig aan een wedstrijd die alleen kon worden beschreven als uitermate kinderachtig. Elke keer als een van hen een vis ving, mocht hij een flesje bier schudden en het dan op de ander richten. In een van de manden zat al genoeg makreel en bot om een leger uitgehongerde zeehonden te voeden, en de beide mannen hadden inmiddels hun met bier doorweekte shirts uitgetrokken en aan de reling te drogen gehangen.

Julie en Emma zaten in kleine tuinstoelen bij de cabine en gedroegen zich een stuk volwassener.

'Dat klopt,' zei Julie. 'Beter dan geweldig, eigenlijk. Ik vraag me na de afgelopen week af waar ik zo lang bang voor ben geweest.'

De manier waarop ze het zei deed Emma vragend opkijken.

'Maar?'

'Maar wat?'

'Er zit je iets dwars, nietwaar?'

'Is het zo duidelijk?'

'Nee, maar dat hoeft ook niet. Ik ken je lang genoeg om de aanwijzingen te zien. Wat is er? Heeft het iets met Mike te maken?'

'Nee. Absoluut niet.'

'Hou je van hem?'

'Ja, zeker.'

'Wat is er dan?'

Julie zette voorzichtig haar bier neer. 'Ik krijg de laatste tijd steeds vreemde telefoontjes.'

'Van wie?'

'Dat weet ik niet. Er wordt niets gezegd.'

'Hijgers?"

'Nee, dat niet eens. Helemaal geen geluid.'

'En je weet niet wie erachter zit?'

'Nee, het nummer staat niet op de nummermelder, dus het is geheim of geblokkeerd. Dus heb ik de telefoonmaatschappij gebeld. Ze konden me alleen vertellen dat de telefoontjes van een mobiele telefoon komen, maar het nummer is niet geregistreerd, dus kunnen ze het niet opsporen.'

'Hoe kan dat nou?'

'Dat weet ik niet. Ze hebben het wel uitgelegd, maar ik luisterde niet echt. Nadat ze hadden gezegd dat ze me niet konden helpen, drong de rest niet echt meer tot me door.'

'Heb je enig idee wie het zou kunnen zijn?'

Julie draaide zich om en keek naar Mike. 'Ik denk dat het Richard is. Ik kan het niet bewijzen, maar dat gevoel heb ik.'

'Waarom?'

'De timing, denk ik. Ik bedoel, ik kan niemand anders bedenken die het zou kunnen zijn. Ik heb verder de laatste tijd niemand ontmoet… ik weet het niet… ik denk gewoon dat hij het is. Zoals hij zich gedroeg toen ik hem vertelde dat het voorbij was, zoals hij telkens weer voor mijn neus staat.'

'Wat bedoel je?'

'Het zijn kleine dingen. Ik kwam hem tegen in de supermarkt en daarna kwam hij naar de kapsalon om zijn haar te laten knippen. En telkens als ik hem zie, is het net of hij probeert erachter te komen hoe hij toch nog een kans bij me kan krijgen.'

Emma keek haar aan. 'Wat vindt Mike ervan?'

'Dat weet ik niet. Ik heb het hem nog niet verteld.'

'Waarom niet?'

Julie haalde haar schouders op. 'Wat kan hij doen? Achter die kerel aan gaan? Zoals ik zei, ik weet niet eens zeker of het Richard is.'

'Hoeveel telefoontjes zijn er dan geweest?'

Julie sloot even haar ogen. 'Woensdag stonden er twintig berichten op mijn antwoordapparaat.'

Emma ging rechtzitten. 'O, mijn God. Heb je het de politie verteld?'

'Nee,' zei Julie. 'Het was pas toen dat ik mezelf toegaf wat er aan de hand was. Ik geloof dat ik hoopte dat het een vergissing was, een computerstoring of zo bij de telefoonmaatschappij. Ik hoopte gewoon dat het op zou houden. En misschien is het ook opgehouden. De afgelopen twee dagen ben ik niet meer gebeld.'

Emma pakte Julie's hand beet. 'Mensen als hij houden niet op. Je leest dit soort dingen voortdurend in de krant: ex-vriendje komt terug en neemt wraak. Dit is stalking, besef je dat niet?'

'Natuurlijk wel. En ik heb er ook wel over nagedacht. Maar nogmaals, wat moet ik tegen de politie zeggen? Ik kan niet bewijzen dat Richard de beller is, en de telefoonmaatschappij ook niet. Hij heeft me niet bedreigd. Ik heb zijn auto niet bij mijn huis of bij de kapsalon zien staan. Hij is beleefd als we elkaar tegenkomen en bovendien zijn er dan altijd andere mensen in de buurt. Hij hoeft het alleen maar te ontkennen.' Ze leek wel een advocaat die punten opsomt. 'En bovendien, zoals ik al zei, ik weet niet eens helemaal zeker of hij het is. Het zou ook Bob kunnen zijn. Of iemand die ik niet ken.'

Emma keek haar aan en kneep in haar hand.

'Maar je weet voor negenennegentig procent zeker dat het Richard is.'

Na een korte aarzeling knikte Julie.

'En gisteren is er niet gebeld? Of eergisteren? Toen Mike er was?'

'Nee. Toen was het rustig. Ik denk dat hij is opgehouden.'

Emma fronste. *Of wilde hij dat je dat dacht?* Ze was echter niet van plan dat te zeggen. 'Vreemd,' zei ze alleen. 'En eng. Ik krijg al de kriebels als ik eraan denk.'

'Ik ook.'

'Wat ga je er dan aan doen?'

Julie schudde haar hoofd. 'Ik heb geen idee.'

Een uur later stond Julie op de boeg toen Mike zijn armen om haar heen sloeg en zijn neus in haar nek duwde. Ze leunde tegen hem aan en voelde zich vreemd getroost toen hij naast haar kwam staan.

'Hoi,' zei ze.

'Hoi. Je zag er een beetje eenzaam uit.'

'Nee. Ik geniet alleen even van de bries. Ik kreeg het nogal heet in de zon.'

'Ja, ik ook. Volgens mij ben ik verbrand. Het bier zal de zonnebrandolie er wel afgespoeld hebben.'

'Heb je gewonnen?'

'Ik wil niet opscheppen, maar laten we maar zeggen dat Henry waarschijnlijk erger verbrand is.'

Ze glimlachte. 'Wat is Henry nu aan het doen?'

'Hij zal wel zitten te pruilen.'

Ze keek achter hem. Henry leunde over de reling en vulde een bierblikje met water. Toen hij haar zag kijken, bracht hij een vinger naar zijn lippen, haar smekend te zwijgen.

'En ben je klaar voor vanavond?' vroeg ze. 'In de Clipper?'

'Ja. Ik kende de meeste van hun nummers toch al.'

'Wat trek je aan?'

'Gewoon een spijkerbroek, denk ik. Ik geloof dat ik iets te oud word om er als een tiener bij te lopen.'

'En dat besef je nu pas?'

'Soms duurt het bij mij wat langer.'

Ze leunde tegen hem aan. 'Zoals met mij?'

'Ja, zoals met jou.'

In de verte hadden diverse boten hun anker uitgegooid bij Cape Lookout. In het eerste warme weekend van het jaar was het flink druk. Kinderen speelden in het water, ouders lagen op handdoeken op het strand. Achter de menigte stond de vuurtoren.

‘Je bent wat stil vandaag,’ zei Mike, haar omhelzend.

‘Ik denk na.’

‘Over iets wat Emma heeft gezegd?’

‘Nee, het tegenovergestelde juist. Iets dat ik tegen haar heb gezegd.’

‘Wil je erover praten?’

Julie ademde diep in alvorens te herhalen wat ze Emma had verteld. Mike’s gezichtsuitdrukking ging van verwarring naar bezorgdheid en ten slotte naar woede. Toen ze uitgesproken was, pakte hij haar hand vast en draaide haar naar zich toe.

‘Je denkt dus dat hij degene was die belde toen ik die avond de telefoon opnam?’

‘Ik weet het niet zeker.’

‘Waarom heb je het me niet eerder verteld?’

‘Er was niets te vertellen. Althans niet tot een paar dagen geleden.’

Mike wendde fronsend zijn blik af en keek toen weer naar Julie. ‘Nou, als het weer gebeurt, maak ik er een eind aan.’

Julie leek hem te bestuderen en begon toen langzaam te glimlachen. ‘Je hebt die sexy blik weer in je ogen.’

‘Probeer niet van onderwerp te veranderen,’ zei hij. ‘Dit is een ernstige zaak. Weet je nog waar we het bij Tizzy’s over hebben gehad?’

‘Ja,’ zei ze, ‘dat weet ik nog.’ Ze klonk mat. ‘Het is gewoon de manier waarop ik met dingen omga als ik van streek ben. Ik probeer me er met een grapje vanaf te maken. Een oude gewoonte, snap je?’

Even later sloeg Mike zijn armen weer om haar heen. ‘Maak je geen zorgen,’ zei hij. ‘Ik zorg wel dat je niets overkomt.’

De lunch was informeel – brood en een aardappelsalade van de delicatessenzaak. Nu ze het Mike en Emma had verteld – en een volle maag had – voelde Julie zich wat beter. Ze putte troost uit het feit dat ze de zaak allebei net zo ernstig opnamen als zij.

Ze begon zich zelfs wat te ontspannen en te genieten. Ze kon aan Mike’s gezicht zien dat hij niet vergeten was wat ze hem verteld had, maar Mike was Mike en hij kon niet lang ernstig blijven, vooral niet als Henry hem uitdaagde. Op een gegeven moment gaf Henry hem het blikje dat hij met zeewater had gevuld en Mike nam een slok en spuugde het meteen weer uit. Henry bulderde, Emma giechelde en nadat Mike zijn kin had afgeveegd, lachte hij zelf ook. Maar hij vergat het niet. Later pakte hij een bot uit de mand en haalde hem over Henry's boterham.

Henry kokhalsde en gooide toen de boterham naar Mike. Mike reageerde daarop door een lepel aardappelsalade naar Henry te gooien.

Terwijl dat alles gaande was, boog Emma zich naar Julie over. 'Imbecielen,' fluisterde ze in Julie's oor. 'Vergeet nooit dat mannen imbecielen zijn.'

Het kwam door de telefoontjes dat Julie een biertje meer dronk dan ze gewend was. Dat was precies wat ze vandaag nodig had, dacht ze, en met de wazige logica van iemand wier wereld enigszins ronddraait, probeerde ze haar angsten van zich af te zetten. Misschien waren de telefoontjes Richards versie van een woede-uitbarsting. Misschien was hij kwaad vanwege de manier waarop ze tegen hem had gepraat toen hij over zijn zonnebril belde. Ze had hem behoorlijk hard aangepakt. Hij had het weliswaar verdiend, maar het zou wel niet leuk voor hem geweest zijn. Omdat hij het ding nog niet was komen halen, vermoedde ze dat ze gelijk had gehad toen ze dacht dat het een smoesje was geweest om haar weer te kunnen zien. Met de telefoontjes wilde hij haar laten weten dat hij van streek was omdat zijn plannetje niet was geslaagd.

En bovendien was het twee dagen geleden opgehouden. Dat was nog geen lange onderbreking, maar het had al met al ook niet zo lang geduurd. Het was waarschijnlijk voorbij, probeerde ze zichzelf gerust te stellen. Ondanks wat Emma misschien dacht, nam ze dit wel degelijk serieus. Het feit dat ze als tiener korte tijd dakloos was geweest, had haar een gezond besef van paranoia gegeven. Tot ze zeker wist dat de telefoontjes echt afgelopen waren, zou ze niets stoms uithalen: geen late wandelingen in haar eentje, ze zou haar deuren op slot houden, ze zou Singer in haar slaapkamer houden tijdens de nachten dat Mike er niet was. Ze zou voorzichtig zijn.

Nee, zo hield ze zichzelf voor, het zou niet erger worden dan het was. Dat wist ze zeker.

Halverwege de middag had Emma een cd van Jimmy Buffet opgezet; hard. Ze hadden het anker gelicht en passeerden Cape Lookout op weg terug naar Harker's Island. De boot bewoog op het ritme van de lichte golfslag en Emma stond dicht tegen Henry aan terwijl die stuurde, en knabbelde af en toe aan zijn oor.

Mike was op de achtersteven aan het opruimen. Hij stopte het visgerei terug in de kist en overtuigde zich ervan dat de hengels goed vastzaten. Julie stond weer op de boeg en voelde de wind door haar haren waaien. Net als Mike was ze een beetje verbrand, en de huid op haar schouders was wat gevoelig. Evenals andere delen die ze had gemist met het aanbrengen van zonnebrandolie: het bovenste randje van haar linkeroor, haar voorhoofd bij de haarlijn, een stuk op haar dijbeen en nog een op haar scheen.

Hoewel het weer nog steeds heerlijk was, was het tijd om terug te gaan naar huis. Emma en Henry hadden die ochtend met een kleine muiterij te maken gehad, compleet met tranen en geschreeuw, omdat hun kinderen niet begrepen waarom ze niet mee mochten. Ze hadden beloofd een pizza met hen te gaan eten en naar de film te gaan. Mike moest om acht uur in de Clipper zijn. Julie was van plan pas rond een uur of tien naar hem te gaan luisteren en ze wilde eerst even gaan liggen. Ze was bekaf. Het bier en de zon hadden haar doezelig gemaakt.

Ze liep naar haar tas en trok een shirt aan. Toen ze een korte broek aantrok en naar het strand keek, drong het tot haar door dat er iets niet klopte. Haar ogen afschermend voor de zon, keek ze naar de boten, toen naar de waterkant en toen naar de mensen op het strand.

Er was iets. Daar ergens was iets.

En wat het ook was, het klopte niet.

Fronsend keek Julie opnieuw en toen realiseerde zich plotseling wat haar aandacht had getrokken. En ze had gelijk. Het klopte niet, niet op een hete dag aan het strand.

Ze liet verbaasd haar hand zakken.

Iemand in een spijkerbroek en donkerblauw shirt stond aan de rand van de duinen met… wat? Een verrekijker? Een telescoop? Ze kon het niet zien, maar wat het ook was, het was op de boot gericht.

Op haar!

Julie voelde zich zwaar worden toen de man datgene wat hij vastthield liet zakken en heel even wist ze zich er bijna van te overtuigen dat ze het mis had. Maar toen, alsof hij precies wist wat ze dacht, zwaaide de persoon naar haar, zijn arm langzaam heen en weer wuivend als de pendel van een grote staande klok. *Ik ben hier*, leek hij te zeggen, *ik ben er altijd.*

Richard.

Ze voelde het bloed uit haar gezicht wegtrekken en ademde scherp in, een deel van het geluid dempend met haar hand.

Maar toen ze een paar keer met haar ogen had geknipperd was Richard weg. Ze liep naar de boeg en keek nog eens. Niets. Geen spoor meer van hem. Het was alsof hij er helemaal niet was geweest.

Mike had haar gehoord en stond even later naast haar.

'Wat is er?' vroeg hij.

Julie staarde nog steeds naar het strand. Mike volgde haar blik en toen ze geen spoor van Richard meer zag, geen spoor van iets ongebruikelijks, kroop Julie tegen Mike aan. 'Ik weet het niet,' zei ze.

Het moest verbeelding zijn geweest, dacht ze. Het kon niet echt zijn geweest. Niemand kon zo snel verdwijnen. Niemand.

Mike bracht Julie naar huis en was haar spullen nog uit de auto aan het laden toen zij naar binnen ging. Singer volgde haar en toen ze haar tas op het aanrechtblad legde, ging hij op zijn achterpoten staan om haar te begroeten. Ze probeerde zijn grote tong af te weren toen ze het lampje van het antwoordapparaat zag knipperen. Eén bericht.

Ze duwde Singer opzij en hij liep naar de woonkamer en naar buiten, waarschijnlijk om Mike te begroeten. De koelkast in de keuken gonsde en een vlieg vloog nijdig zoemend tegen het raam. Ze hoorde dat niet. Ze hoorde ook Mike en Singer niet, of zelfs haar eigen ademhaling. Het enige dat ze opmerkte was het dreigend, hypnotiserend knipperende lampje van het antwoordapparaat.

Luister me af, leek het te zeggen. *Luister me af...*

Heel even leek de vloer onder haar te bewegen en Julie had het gevoel weer op de boot te zijn, naar het strand kijkend. Hij had naar haar gezwaaid, dacht ze. Hij had naar haar gekeken en nu had hij gebeld om haar dat te vertellen.

Ze schudde haar hoofd. Nee, dat was het niet. Hij was niet daar geweest. Het was een luchtspiegeling geweest, gewoon het product van te veel bier en de zenuwen.

Het lampje bleef knipperen.

Kom op, dacht Julie, verman je. Iedereen kan wel een bericht hebben ingesproken, dus stel je niet aan. Daar heb ik dat ding voor gekocht, dus ga erheen en druk op dat knopje, dan zul je zien dat Mabel heeft gebeld, of een andere vriendin, of iemand die een afspraak wil maken, of een enquêteur. Druk gewoon op dat knopje, dan zul je zien hoe belachelijk dit is.

Toch was ze nauwelijks in staat naar de telefoon te lopen. Haar maag zat in de knoop; haar benen waren stijf. Ze bereikte het antwoordapparaat en tilde haar hand op, maar aarzelde toen weer, met haar vinger op het knopje.

Luister me af...

Ze kneep haar ogen dicht. Ik kan dit, dacht ze.

Zwaar ademend kon ze niet ontkennen dat hoe dapper en logisch ze ook probeerde te zijn, hoezeer ze zichzelf er ook van probeerde te overtuigen dat ze dit tot buiten proporties opblies, de angst haar toch behoorlijk in zijn greep had. Alsjeblieft, dacht ze, laat er geen leeg bericht zijn. Laat me een stem horen, het maakt niet uit van wie, als het maar niet van hem is.

Met bevende hand drukte ze het knopje in.

Eerst was er alleen stilte en ze merkte dat ze haar adem inhield. Toen klonk het geluid van iemand die fluisterde, een onherkenbaar gefluister, en ze boog voorover om het beter te horen. Ze luisterde, concentreerde zich, en net toen haar vinger naar het wisknopje ging, herkende ze de boodschap. Ze sperde haar ogen wijdopen toen ze een song hoorde, een nummer dat ze uit haar hoofd kende.

Een deuntje van de avond dat ze met Mike in Beaufort was geweest, twee weken geleden.

'Bye, bye, Miss American Pie...'

26

Mike rende naar binnen toen hij Julie hoorde schreeuwen.

Ze stond lijkbleek naast het antwoordapparaat en drukte telkens weer op het wisknopje.

'Wat is er gebeurd?' vroeg Mike. 'Gaat het wel met je?'

Julie hoorde hem nauwelijks. Ze beefde en er gingen allerlei beelden door haar hoofd heen, het ene na het andere, tot ze er misselijk van werd. Richard was wél op het strand geweest… dat wist ze nu zeker. Het was wél Richard die haar steeds gebeld had… daar bestond geen twijfel meer aan. En Richard, begreep ze plotseling, had het daar niet bij gelaten. Hij had ook naar hen gekeken in Beaufort. Hij had zich schuilgehouden terwijl zij en Mike zaten te eten, hij had hen door het park zien wandelen en hij was dicht genoeg bij hen geweest om het nummer te horen dat Mike voor haar had gezongen. De kans was groot dat híj daarna hun drankjes had betaald. Hij had ook gebeld, de nacht dat Mike was blijven slapen. En ze wist met zekerheid dat hij op de begraafplaats naar haar had staan kijken.

Hij was overal geweest!

Dit kan niet waar zijn, dacht ze terwijl ze voelde dat haar keel werd dichtgeknepen, en toch was het zo. Alles leek plotseling vreselijk verkeerd. Het was te licht in de keuken, de gordijnen waren open, de ramen keken uit op de bospercelen waar iedereen zich kon verstoppen. Waar híj zich kon verstoppen. Schaduwen strekten zich in het donker uit en de wereld werd plotseling grauw, als in een griezelfilm die in zwart-wit was opgenomen. Als hij vandaag naar haar had gekeken, als hij steeds naar haar had gekeken, dan keek hij waarschijnlijk ook nu naar haar.

Buiten stak Singer zijn neus in de lucht en blafte.

Julie sprong op, voelde haar hart tekeergaan en wendde zich naar Mike. Ze begroef haar gezicht tegen zijn borst toen de tranen begonnen te komen.

Mensen als hij houden niet op, had Emma gezegd.

'Julie? Kom nou... vertel me wat er gebeurd is,' smeekte Mike. 'Wat is er?'

Haar stem klonk zwak en krassend toen ze eindelijk antwoordde: 'Ik ben bang.'

Julie bibberde nog steeds toen ze een paar minuten later bij Mike in de auto stapte. Van een dutje kon geen sprake meer zijn; ze zou absoluut niet kunnen slapen. En er was in de verste verte geen kans dat ze alleen thuis zou blijven terwijl Mike naar de Clipper ging. Mike had aangeboden om niet te gaan, om bij haar te blijven, maar dat wilde ze niet, omdat ze zeker wist dat ze dan de hele avond de afschuwelijke angst zou herleven. Dat was nergens voor nodig.

Nee, wat ze nodig had was ontsnappen. Een avondje in de stad, wat harde muziek, nog een paar biertjes en ze zou weer helemaal zichzelf zijn.

Alsof dat mogelijk is zei een stemmetje in haar hoofd sceptisch.

Julie fronste. Oké, het zou waarschijnlijk niet werken, maar er de hele avond over piekeren zou zeker niet helpen. Ze zou níet thuis blijven zitten en ze zou er níet aan denken, alleen proberen te bedenken wat ze nu moest doen.

Ze had zich altijd op de toekomst gericht, niet op het verleden. Schopt mam me de deur uit? *Ik moet wat te eten zien te vinden en een plek om te slapen.* Echtgenoot dood? *Ik moet blijven werken, anders word ik gek.* Een kerel die me stalkt? *Ik moet een manier vinden om hem te laten stoppen.*

Bij Mike in de auto pantserde ze zichzelf. Julie Barenson, dacht ze, die altijd het heft in handen neemt.

Het werkte heel even. Ja, hoor, dacht ze, deze keer zou het niet zo gemakkelijk zijn, want dit scenario was nog niet ten einde en het is moeilijk je op de toekomst te concentreren als het verleden nog niet voorbij is. Ze zat nu vast in het heden en dat voelde helemaal niet goed aan. Ze was bang, misschien nog wel banger dan in de periode dat ze op straat leefde. Daar had ze in elk geval een manier gevonden om zich onzichtbaar te maken… overleven door je te verstoppen, had ze het genoemd, wat zo'n beetje het tegenovergestelde was van wat haar nu met Richard gebeurde. Het probleem was nu dat ze te zichtbaar was, en ze kon er helemaal niets aan doen.

Toen Mike zijn auto voor zijn appartement parkeerde, merkte ze dat ze over haar schouder keek en luisterde of ze iets ongewoons hoorde. De donkere ruimtes tussen de huizen kalmeerden haar zenuwen niet bepaald; evenmin als het geritsel, dat een kat bleek te zijn die in het vuilnis rommelde.

En van de vragen die haar kwelden werd ze ook niet echt rustiger. Wat wilde hij? Wat zou hij hierna doen? Even stelde ze zich voor dat ze 's nachts in bed lag en dan opeens besefte dat hij in haar kamer was. Hij zou naast het bed staan met een masker op en iets in zijn hand…

Julie zette dat laatste beeld snel van zich af. Laat je niet meeslepen. Dat gaat niet gebeuren. Ze zou het niet laten gebeuren. Mike zou het niet laten gebeuren.

Maar wat moest ze doen?

Ze wilde maar dat ze het bericht niet had gewist. In feite wilde ze dat ze geen van de berichten had gewist, omdat ze het enige bewijs waren dat er echt iets was gebeurd. Misschien had de politie er iets mee kunnen doen.

Maar dat konden ze nu toch zeker ook wel?

Julie dacht erover na en kwam tot dezelfde conclusie als Emma. Ze kon het proberen, maar zelfs met de nieuwe wet op stalking kon de politie niets doen zolang er geen bewijs was. Ze zou tegenover een agent komen te zitten die met zijn potlood op zijn bureau tikte en wachtte tot ze met iets concreets kwam.

Wat zei hij in de eerste berichten? *Niets.*

Heeft hij u ooit bedreigd? *Nee.*

Hebt u ooit gezien dat hij u volgde? *Nee, behalve op het strand.*

Maar u wist niet zeker of hij het was. *Hij was te ver weg.*

Hoe weet u dat degene die in het laatste bericht fluisterde Richard was? *Ik kan het niet bewijzen, maar ik weet dat hij het was.*

Lange stilte. Aha. Is er nog iets anders? *Nee. Behalve dat ik op ben van de zenuwen en graag zou willen gaan douchen zonder me voor te stellen dat Norman Bates aan de andere kant van het gordijn staat.*

Weer een tik met het potlood. Aha.

Het klonk zelfs in haar eigen oren vergezocht, maar toch wist ze zeker dat het Richard was.

In de Clipper ging Julie aan de bar naast een paar mannen zitten die naar het honkbal zaten te kijken.

Ze bestelde een biertje en dronk het langzaam op. Rond acht uur werd de televisie uitgezet en de mannen aan de bar gingen weg. Toen de bandleden hun versterkers hadden aangesloten en hun instrumenten hadden gestemd, gingen ze even naar achteren om zich te ontspannen voor ze moesten beginnen. Mike kwam bij Julie zitten. Ze spraken niet over wat er was gebeurd, maar dat was eigenlijk net zo erg als er wel over praten. Julie zag de woede in Mike's ogen toen hij zei dat hij het podium op moest.

'Ik houd het in de gaten,' zei hij.

Tegen die tijd waren er wat mensen naar de bar gekomen, anderen waren aan tafeltjes gaan zitten en weer anderen stonden in groepjes bij elkaar. Om half tien, toen de muziek begon, kwam er nog steeds een gestage stroom mensen binnen. Mensen stonden rond de bar om drankjes te bestellen, maar Julie negeerde hen, dankbaar dat de sfeer en het lawaai althans een deel van de eindeloze vragen overstemden. Toch wendde ze zich elke keer instinctief naar de deur wanneer die openging, bang dat ze Richard zou zien.

Er kwamen tientallen mensen binnen, maar geen Richard.

De uren verstreken gestaag – het werd tien uur, elf uur, middernacht – en voor het eerst sinds die middag kreeg Julie zichzelf weer een beetje onder controle. En net als bij Mike kwam met dat gevoel de woede. Ze wilde Richard meer dan wat ook publiekelijk aanvallen, in een luide tirade waarbij ze haar wijsvinger in zijn borst prikte. *Wie denk je wel dat je bent?* Zou ze tegen hem schreeuwen. *Denk je nou echt dat ik die onzin nog langer pik?* (Prik.) *Ik heb al te veel meegemaakt in mijn leven – te veel doorstaan in mijn leven – om me er door jou onder te laten krijgen. Ik sta niet toe dat jij mijn leven verpest.* (Prik, prik.) *Denk je soms dat ik een watje ben?* (Prik.) *Dat ik bibberend in een hoekje ga zitten wachten tot jij weer wat zult uithalen? Nou, vergeet het maar!* (Prik, prik.) *Pak je leven weer op, meneer Richard Franklin. De beste man heeft gewonnen en het spijt me, maar dat ben jij niet. En dat zul je nooit zijn.* (Prik, prik, prik, gevolgd door gejuich van tientallen vrouwen die spontaan opspringen en applaudisseren.)

Terwijl ze zich haar wraakactie voorstelde, kwam een groep jonge mannen naast haar staan om drankjes te bestellen voor zichzelf en de anderen in hun groep die niet bij de bar konden komen. Dat duurde wel een paar minuten en toen ze weg waren, keek Julie opzij.

Halverwege de bar zag ze een bekende een drankje bestellen bij de barkeeper.

Richard.

Hij was hier. Hij was haar gevolgd. Alweer.

Mike had Richard een minuut eerder binnen zien komen en wilde wel van het podium springen om hem weg te jagen, maar dwong zichzelf om door te spelen.

Richard had Mike ook gezien. Hij knikte hem zelfgenoegzaam toe en liep toen naar de bar. Hij deed of hij Julie niet had gezien.

Mike voelde de adrenaline weer door zijn lijf gieren. Eén verkeerde beweging en ik ga je met deze gitaar te lijf, dacht hij.

Julie zag hem, ze voelde hem, het was een heel benauwend gevoel als in een te volle lift.

Hij deed niets. Hij keek niet naar haar en kwam niet dichterbij. Hij stond met zijn rug tegen de bar en keek naar de menigte met zijn glas in zijn hand. Dacht hij nou echt dat ze geloofde dat dit toeval was?

Val dood, dacht Julie. Je maakt mij niet bang.

De band begon aan een nieuw nummer en ze keek naar Mike. Zijn ogen zonden haar een waarschuwing en hij zei geluidloos: *ik ben bijna klaar*. Ze knikte en had plotseling behoefte aan een drankje. Iets sterks, dat je in één keer achteroversloeg.

Ze zag Richards profiel in de schaduw. Hij had zijn ene been over zijn andere gekruist en even meende ze een geamuseerde glimlach om zijn lippen te zien, alsof hij wist dat ze naar hem keek. Haar mond was kurkdroog.

Wie houd ik nou voor de gek, dacht ze plotseling. Hij maakt me doodsbang. En het was tijd om daar iets aan te doen.

Zonder te weten waar ze het lef vandaan haalde stond Julie op en liep ze naar hem toe. Richard draaide zich naar haar om, zijn gezichtsuitdrukking blij verrast.

'Julie,' zei hij, 'ik wist niet dat je hier was. Hoe is het met je?'

'Wat doe je hier, Richard?'

Hij haalde zijn schouders op. 'Wat drinken.'

'Hou ermee op, wil je?'

Ze zei het hard genoeg om te zorgen dat andere mensen het hoorden.

'Pardon?' zei hij.

'Je weet heel goed waar ik het over heb.'

'Nee, dat weet ik niet.'

'Je bent me hierheen gevolgd!'

'Wat?'

Er stonden nu meer mensen te kijken en te luisteren en Julie voelde de woorden die ze had geoefend terugkomen. Mike keek vanaf het podium nerveus toe en zodra het nummer was afgelopen, liet hij zijn gitaar vallen en kwam hij naar hen toe.

'Denk je dat je me overal kunt volgen en dat ik dat zomaar pik?' zei Julie, luider nu.

Richard stak zijn handen op. 'Julie... ho even. Ik weet niet waar je het over hebt.'

'Je hebt de verkeerde uitgekozen om bang te maken, en als je niet ophoudt, ga ik naar de politie en vraag ik een straatverbod aan. Ik laat je opsluiten. Als je denkt dat je me zomaar kunt bellen en berichten achterlaten...'

'Ik heb geen berichten achtergelaten...'

Julie schreeuwde nu en de mensen stonden nu in een halve cirkel om hen heen en keken van haar naar Richard, alsof ze verwachtten dat er klappen zouden gaan vallen.

'...zonder gepakt te worden? Dacht je dat ik niet zou zien dat je me vandaag in de gaten hield?'

Richard deed een stap naar achteren. 'Dit is de eerste keer dat ik je zie vandaag. Ik ben de hele dag aan het werk geweest.'

Zijn ontkenningen drongen niet eens tot Julie door.

'Ik pik dit niet langer!'

'Wat niet?'

'Hou gewoon op! Ik wil dat je ermee ophoudt!'

Richard keek naar de gezichten om hen heen en haalde zijn schouders op alsof hij hun sympathie probeerde te krijgen.

'Nou, ik weet niet wat hier aan de hand is, maar ik denk dat ik beter kan gaan...'

'Het is uit. Begrijp je dat nu eindelijk?'

Op dat moment baande Mike zich een weg door de menigte naar hen toe. Julie's gezicht was rood, maar ze zag er bang uit en even keek Richard Mike aan. Heel kort, en niet zichtbaar voor wie niet wist waar hij op moest letten, zag Mike dezelfde zelfgenoegzame grijns op Richards gezicht als toen hij de bar binnen was komen lopen... alsof hij Mike tartte iets te doen.

Dat was genoeg.

De woede die sinds die middag in hem was aangezwollen, explodeerde. Richard stond toen Mike hem aanviel en zijn hoofd in diens borst ramde zoals een rugbyspeler tijdens een tackle. Richards bovenlijf sloeg tegen de bar. Flesjes en glazen vielen op de grond kapot en de menigte schreeuwde.

Mike greep Richard bij zijn kraag en sloeg hem hard op zijn kaak. Richard viel weer tegen de bar en hield zich eraan vast om niet neer te vallen. Zijn hoofd kwam omhoog – langzamer dit keer – en er zat een snee onder zijn oog. Mike sloeg hem weer. Richards hoofd viel opzij. Bijna als in slowmotion leek Richard tegen een kruk aan en vervolgens op de grond te vallen. Er liep bloed uit zijn mond. Toen Mike hem weer te lijf wilde gaan, pakten een paar mannen hem vast.

Het gevecht had niet meer dan vijftien seconden geduurd. Mike worstelde zich los en zodra de mannen hem lieten gaan, pakte Julie zijn hand beet en liep met hem naar buiten.

Zelfs de bandleden wisten genoeg om geen poging te doen hem tegen te houden.

27

Eenmaal buiten leunde Mike tegen de achterklep van zijn auto en probeerde weer tot zichzelf te komen.

'Gaat het?' vroeg Julie.

Mike bracht zijn handen naar zijn gezicht, ademde uit en praatte tussen zijn vingers door. 'Jawel. Ik moet alleen even bijkomen.'

Julie kwam dichterbij en trok hem zachtjes aan zijn shirt. 'Dat is een kant van je die ik nog niet eerder heb gezien. Maar je moet weten dat het me zelf wel lukte.'

'Dat zag ik. Maar de blik die hij me schonk maakte me echt woest.'

'Welke blik?'

Mike beschreef het en Julie huiverde. 'Dat heb ik niet gezien,' zei ze.

'Dat was ook niet de bedoeling, denk ik. Maar ik neem aan dat het nu allemaal voorbij is.'

Een tijdlang zeiden ze geen van beiden iets. Achter hen waren een paar mensen naar buiten gekomen die nu naar hen keken. Julie was echter ergens anders met haar gedachten. Wat had Richard gezegd? Dat hij de hele dag had gewerkt? Ze had niet geluisterd toen hij het zei, maar nu herinnerde ze het zich weer.

'Ik hoop het,' zei ze.

'Het is voorbij,' zei Mike weer.

Julie glimlachte even, maar was duidelijk afwezig. 'Hij zei dat hij vandaag niet naar me had staan kijken,' zei ze. 'Dat hij niet had gebeld. Hij zei dat hij niet wist waar ik het over had.'

'Je had toch zeker niet verwacht dat hij het zou toegeven?'

'Ik weet het niet. Ik geloof dat ik dacht dat hij helemaal niets zou zeggen.'

‘Maar je weet nog zeker dat hij het was, nietwaar?’

‘Ja, ik weet het zeker... denk ik.’

Hij pakte haar hand vast. ‘Hij was het. Ik zag het aan zijn gezicht.’

Julie staarde naar de grond. ‘Oké,’ zei ze.

Mike kneep in haar hand.‘ Kom op, Julie. Je wilt toch niet dat ik denk dat ik net voor niets een kerel in elkaar heb geslagen? Hij is het. Geloof me. En als hij weer wat doet, dan gaan we naar de politie en vertellen ze alles wat er gebeurd is. We vragen een straatverbod aan, we klagen hem aan. We doen wat nodig is. Bovendien, als hij het niet was, wat deed hij nu dan hier? En waarom ging hij zo dicht bij je staan zonder je gedag te zeggen?’

Julie sloot haar ogen. Hij heeft gelijk, dacht ze. Hij heeft absoluut gelijk. Richard zou anders niet naar de Clipper zijn gekomen. Hij had toch gezegd dat hij het er niet leuk vond? Nee, hij was gekomen omdat hij hen naar binnen had zien gaan. En natuurlijk loog hij daarover. Waarom zou hij de waarheid vertellen na wat hij had gedaan?

Maar waarom had hij zich deze keer dan wel laten zien? En wat betekende dat?

Ondanks de warmte kreeg Julie het plotseling koud.

‘Misschien moet ik sowieso maar naar de politie gaan. Om aangifte te doen.’

‘Dat lijkt me geen slecht idee.’

‘Ga je dan mee?’

‘Natuurlijk.’ Mike streelde haar gezicht. ‘Voel je je nu wat beter?’

‘Een beetje. Nog steeds bang, maar wel beter.’

Mike kuste haar. ‘Ik heb toch gezegd dat ik zal zorgen dat je niets overkomt. Oké?’

Haar huid tintelde onder zijn aanraking. ‘Oké.’

In de bar slaagde Richard er eindelijk in overeind te komen. Andrea was een van de eersten die hem bereikte.

Ze had Mike van het podium zien springen en naar de bar zien lopen. De man met wie ze danste, pakte haar bij de hand en zei: ‘Kom op... dat wordt vechten.’ Ze volgden Mike en hoewel ze te laat waren om iets van het gevecht te zien, zag ze wel dat Julie Mike mee naar buiten trok terwijl Richard zich met behulp van anderen aan de onderste sporten van de kruk probeerde op te trekken. De menigte begon te praten.

'Hij viel hem zo maar aan...'

'Die kerel stond hier gewoon maar toen die vrouw tegen hem begon te schreeuwen en toen kwam die andere kerel aanstormen...'

'Hij deed helemaal niets...'

Andrea zag de wond op zijn wang, het bloed in zijn mondhoek. Ze kon het niet geloven. Ze had Mike zelfs nog nooit zijn stem horen verheffen, laat staan dat hij iemand zou aanvallen. Pruilen misschien, morren misschien, maar nooit iets gewelddadigs als dit. Toch stond het bewijs voor haar. Richard richtte zich voor haar op. *Hij is gewond! Hij heeft me nodig!* Ze duwde de kerel met wie ze had gedanst weg en stortte zich zowat op Richard.

'O, mijn God, Richard... gaat het?'

Richard keek haar aan zonder antwoord te geven en toen hij wankelde sloeg Andrea een arm om hem heen.

'Wat is er gebeurd?' vroeg ze.

'Hij kwam op me af en sloeg me,' zei Richard.

'Maar waarom?'

'Dat weet ik niet.'

Hij wankelde weer en Andrea voelde dat hij op haar steunde.

'Je moet even gaan zitten. Hier... laat me je helpen.'

Ze zetten een aarzelende stap en de menigte week uiteen. Dat vond Andrea leuk. Het leek net de laatste scène van een film, net voor de aftiteling begint. Ze begon net met haar lange wimpers te knipperen toen Leaning Joe plotseling dichterbij kwam hobbelen om Richard te helpen.

'Kom mee,' zei hij. 'Ik ben de eigenaar hier. We moeten even praten.'

Hij nam Richard mee naar een tafeltje en Andrea werd gedwongen los te laten toen hij plotseling van richting veranderde. Even later zaten Leaning Joe en Richard te praten.

Andrea stond bij de bar te pruilen. Tegen de tijd dat haar afspraakje weer naast haar kwam staan, had ze al besloten wat ze moest doen.

Al met al was het een dag die Julie niet graag nog eens zou doormaken. Het was een goede test geweest voor haar emoties en ze had kunnen constateren dat die allemaal nog uitstekend werkten. Als ze de dagen een punt moest geven stond deze op nummer een wat angst betreft (hoger dus dan haar eerste nacht onder een viaduct in Daytona), op nummer drie wat vertwijfeling betreft (de dag dat Jim was overleden en de begrafenis stonden in die categorie nog steeds bovenaan), en op nummer een voor algehele uitputting. Doe daar nog een mengeling van liefde, angst, tranen, gelach, verbazing en opluchting bij en de zorg over wat er nu weer zou gebeuren en het was beslist een dag die ze zich nog heel lang zou herinneren.

In de keuken deed Mike cafeïnevrije koffie in de filter. Hij was in de auto stil geweest en was nog steeds stil; hij had om aspirine gevraagd zodra ze thuis waren en had vier tabletten tegelijk ingenomen en ze weggespoeld met water. Julie zat aan tafel. Singer koos dat moment om tegen haar aan te leunen tot ze hem de aandacht gaf die hij naar zijn mening de laatste tijd schromelijk tekort was gekomen.

Mike had absoluut gelijk. Het moest allemaal gepland zijn, en dat niet alleen, Richard had voorzien hoe ze zou reageren. Dat moest wel. Zijn antwoorden, zijn leugens waren er veel te vlot, te gladjes uitgekomen. En Richard had zich helemaal niet verweerd.

Die dingen zaten haar nog steeds dwars. Vooral dat laatste.

Er klopte gewoon iets niet. Zelfs als Mike hem had verrast, dan kon het toch niet zo'n grote verrassing zijn geweest. Zij had Mike zien aankomen en tijd genoeg gehad om opzij te stappen. Richard had niet alleen helemaal niet teruggevochten, hij had zich zelfs niet verroerd. Als Richard had geweten wat zij zou doen, zou hij dan ook niet hebben geweten hoe Mike zou reageren? Of althans een vermoeden hebben gehad? Waarom had hij zich daar dan niets van aangetrokken?

En waarom had ze het gevoel dat ook dat gepland was?

'Weet u zeker dat u niet duizelig bent? Dat is een flinke bult,' zei Leaning Joe.

Hij en Richard stonden bij de deur van de Clipper. Richard schudde zijn hoofd. 'Ik wil gewoon naar huis.'

'Ik bel met plezier een ambulance voor u, hoor.' In Richards oren klonk het als *doe me alsjeblieft geen proces aan.*

'Het is wel goed,' zei Richard, die genoeg had van de oude man. Hij duwde de deur open en stapte naar buiten. Hij keek naar de parkeerplaats en zag dat de politie al weg was. Hij liep naar zijn auto. En zag dat er iemand tegenaan leunde.

'Hoi, Richard,' zei ze.

Richard aarzelde even alvorens te antwoorden. 'Hallo, Andrea.'

'Voel je je weer wat beter?'

Richard schokschouderde.

Even later schraapte Andrea haar keel. 'Ik weet dat het misschien vreemd klinkt na wat er gebeurd is, maar zou je me een lift naar huis kunnen geven?'

Richard keek om zich heen en zag nog steeds niemand.

'Je was toch met iemand?'

'Hij is nog binnen. Ik heb tegen hem gezegd dat ik naar het toilet ging.'

Richard trok een wenkbrauw op, maar zei niets. Andrea deed een stap naar voren en raakte voorzichtig de kneuzing op zijn wang aan.

'Alsjeblieft?' fluisterde ze.

'Wat vind je ervan om ergens anders heen te gaan?'

Ze hield haar hoofd schuin, alsof ze zich afvroeg wat hij bedoelde.

Hij glimlachte. 'Vertrouw me maar.'

In Julie's keuken pruttelde de koffiepot. Mike zat aan tafel.

'Waar denk je aan?' vroeg hij.

Dat er een luchtje lijkt te zitten aan alles wat er vanavond is gebeurd, dacht ze. Omdat ze wist dat Mike zijn best zou doen haar gerust te stellen hield ze haar antwoord echter vaag. 'Het blijft gewoon steeds terugkomen.'

'Ja, bij mij ook.'

Het koffiezetapparaat piepte en Mike stond op en schonk twee mokken in. Singer stak zijn oren omhoog en liep naar de woonkamer. In hun haast om weg te gaan eerder op de avond had ze de gordijnen niet dichtgedaan en ze zag dat er een auto de straat in kwam rijden. Er was op deze tijd van de avond niet zo veel verkeer en ze keek om te zien of het een van de buren was.

Singer liep naar het raam toen de lampen dichterbij kwamen. De auto reed echter niet voorbij. Singer blafte en begon te grommen. Ze hoorde de motor stilvallen en de lampen werden uitgeschakeld. Een autoportier viel dicht.

Hij was hier, dacht Julie. Richard was naar haar huis gekomen.

Mike keek naar het raam.

Singers gegrom werd luider en zijn nekharen stonden overeind. Mike legde een hand op Julie's schouder en deed een aarzelende stap naar de deur. Singer blafte en gromde nu gestaag en Mike liep naar voren.

Singer werd wild en er gebeurde iets onverwachts. Het geluid was normaal en verrassend tegelijk en Mike bleef even staan, alsof hij probeerde te beslissen of wat hij had gehoord echt was.

Toen werd er opnieuw op de deur geklopt. Mike wendde zich vragend naar Julie.

Hij keek uit het raam en Julie zag zijn schouders omlaaggaan; toen hij weer naar haar keek was dat met een opgeluchte blik in zijn ogen. Hij klopte Singer op de rug en zei: 'Ssst, het is goed,' en Singer hield op met grommen. Hij liep echter wel met Mike mee toen die naar de deur liep en die opendeed.

Even later zag Julie twee politieagenten op de veranda staan.

Agent Jennifer Romanello was nieuw in de stad en nieuw in het werk en keek uit naar de dag dat ze haar eigen politieauto zou hebben, al was het alleen maar om van de kerel af te zijn met wie ze samenwerkte. Nadat ze het merendeel van haar politieopleiding in Jacksonville had gevolgd, was ze nauwelijks een maand geleden naar Swansboro verhuisd. Ze reed nu twee weken samen met Pete Gandy en had nog vier weken te gaan – alle nieuwelingen moesten de eerste zes weken met een ervaren agent samenwerken – en als ze hem nog één keer over 'de kneepjes' hoorde praten, zou ze hem wurgen, dacht ze.

Pete Gandy schakelde de motor uit en keek haar aan.

'Laat mij dit maar afhandelen,' zei hij. 'Jij moet de kneepjes nog leren.'

Ik vermoord hem echt, dacht ze.

'Zal ik in de auto wachten?'

Ze had het als een grapje bedoeld, maar dat had Pete niet door. Hij keek naar zichzelf in de achteruitkijkspiegel. Dat deed hij bijna altijd voor hij in actie kwam.

'Nee, ga maar mee. Maar laat mij het gesprek voeren. En houd je ogen open, meisje.'

Hij zei dat alsof hij oud genoeg was om haar vader te zijn, maar hij was zelf pas twee jaar bij het korps, en hoewel Swansboro niet bepaald een broeinest van criminele activiteit was, had Pete de theorie ontwikkeld dat de maffia in de stad geïnfiltreerd was, en verdraaid als hij niet degene was die daar iets aan zou doen. Pete's favoriete film was *Serpico*. Die film was de reden dat hij agent was geworden.

Jennifer sloot haar ogen. Waarom moest ik nou juist met deze idioot worden opgescheept?

'Je zegt het maar.'

'Mike Harris?' vroeg agent Gandy.

Pete Gandy had de ik-weet-dat-het-uniform-je-intimideert-houding aangenomen en Jennifer had zin om hem een tik tegen zijn achterhoofd te geven. Ze wist dat Pete zowel Mike als Julie al jaren kende. Hij had gezegd dat Mike zijn auto onderhield en hij liet zijn haar knippen in de kapsalon waar Julie werkte. Hij had Julie's adres niet eens hoeven opzoeken. Ze zuchtte. Voor een meisje dat in de Bronx was opgegroeid was dit een heel nieuwe wereld en ze moest er nog aan wennen.

'O, hoi, Pete,' zei Mike. 'Wat kan ik voor je doen?'

'Mogen we even binnen komen? We moeten met je praten.'

'Natuurlijk,' zei Mike.

Ze aarzelden en Mike keek naar Singer. 'Maak je geen zorgen. Hij zal niets doen.'

De agenten stapten de woonkamer binnen en Mike vroeg: 'Willen jullie koffie? Ik heb net een pot gezet.'

'Nee, dank je, we mogen niet drinken tijdens het werk.'

Jennifer rolde met haar ogen. Dat geldt alleen voor alcohol, idioot, dacht ze.

Julie was inmiddels uit de keuken gekomen en stond iets achter Mike met haar armen over elkaar. Singer ging naast haar zitten.

'Wat is er, Pete?' vroeg ze.

Agent Pete Gandy werd niet graag Pete genoemd als hij in uniform was en even wist hij niet goed hoe hij moest reageren op die familiariteit. Hij schraapte zijn keel.

'Was je vanavond in de Sailing Clipper, Mike?'

'Ja, ik heb met de Ocracoke Inlet gespeeld.'

Pete keek naar Jennifer, alsof hij haar zojuist had laten zien hoe je zoiets moest aanpakken. O, geweldig hoor, dacht ze. Dat hebben al minstens duizend mensen bevestigd.

'En was je betrokken bij een handgemeen met ene meneer Richard Franklin?

Voor Mike kon antwoorden stapte Julie naar voren.

'Wat is er aan de hand?' vroeg ze.

Pete Gandy leefde voor dit moment. Na het trekken van zijn wapen was dit verreweg het mooiste deel van zijn werk, ook al deed hij het bij iemand die hij kende. Plicht was immers plicht en als hij de zaak niet hard aanpakte, zou Swansboro binnen de kortste keren de moordhoofdstad van de wereld zijn. De laatste maand alleen al had hij meer dan tien bonnen uitgeschreven voor oversteken bij rood licht en nog eens net zoveel voor het in het openbaar weggooien van afval.

'Ik vind het vreselijk dit te moeten doen, maar ik heb een aantal getuigen die zeggen dat je meneer Franklin hebt aangevallen zonder provocatie. Dat is aanranding en in strijd met de wet.'

Twee minuten later werd Mike naar de politiewagen geleid.

28

'Hebben ze hem opgesloten?' vroeg Mabel ongelovig.

Het was maandagochtend en omdat Mabel naar haar broer in Atlanta was geweest, had ze er pas iets over gehoord toen ze die ochtend de zaak binnen kwam lopen. De afgelopen tien minuten had Julie Mabel alles verteld wat er was gebeurd. Andrea was bezig het haar van een mannelijke klant te verpesten en deed haar best om mee te luisteren. Ze had niet geglimlacht sinds Julie was begonnen te vertellen en hoe meer ze hoorde, hoe meer ze Julie wilde vertellen dat ze niet wist waar ze over praatte.

Richard was niet gevaarlijk! Mike had hém aangevallen! Bovendien was Richard niet eens meer in Julie geïnteresseerd. Richard had eindelijk het licht gezien, dacht ze. En over romantisch gesproken! Hij had haar meegenomen naar het strand en ze hadden uren gepraat! En hij had niet eens wat bij haar geprobeerd! Ze was nog nooit door een man met zoveel respect behandeld. En hij was lief. Hij had haar gevraagd niets tegen Julie te zeggen omdat hij haar gevoelens niet wilde kwetsen. Dat klonk toch niet als een stalker? Natuurlijk niet! Hoewel hij haar aanbod om nog even mee naar binnen te gaan toen hij haar eindelijk thuis had gebracht had afgewezen, glom ze van plezier sinds ze gisteren wakker was geworden.

Julie haalde haar schouders op. Ze zag er bleek en afgemat uit, alsof ze niet veel had geslapen.

'Pete Gandy heeft hem een uur lang ondervraagd en hem daar gehouden tot Henry de borg kwam betalen.'

Mabel keek verbijsterd. 'Pete Gandy? Wat haalde hij in zijn hoofd? Luisterde hij dan niet naar wat Mike zei?'

'Voor zover ik kon beoordelen niet. Hij bleef het maar tot een ruzie uit jaloezie bestempelen. Hij wilde weten wat de echte reden was dat hij Richard had aangevallen.'

'Heb je hem verteld wat er allemaal gebeurd was?'

'Dat heb ik geprobeerd, maar het leek hem niet relevant. In elk geval niet voor de aanklacht wegens aanranding.'

Mabel gooide haar tas op de tafel. 'Hij is een idioot, maar dat is hij altijd al geweest. Ik snap niet hoe hij ooit bij de politie terecht is gekomen.'

'Dat mag dan wel waar zijn, maar het helpt Mike niet. En mij ook niet.'

'Hoe gaat het nu verder met Mike? Wordt hij vervolgd?'

'Ik heb geen idee. Dat horen we vandaag, denk ik. Hij heeft straks een afspraak met Steve Sides.'

'Verstandige keus. Ken je hem?'

'Nee, maar Henry wel. Hopelijk kan hij iets regelen met de openbare aanklager.'

'En wat doe je nu aan Richard?'

'Ik krijg vandaag een nieuw telefoonnummer.'

'Is dat alles?'

'Ik weet niet wat ik verder moet doen. Pete wilde niet naar me luisteren. Hij zei alleen dat ik het moest melden als er nog iets gebeurde.'

'Heeft hij zondag weer gebeld?'

'Godzijdank niet.'

'En je hebt hem niet meer gezien?'

'Nee.'

'Je denkt dus dat hij het geheel in scène heeft gezet?'

'Ja, alles. Volgens mij beschouwt hij het allemaal als een spelletje.'

Mabel keek haar aan.'Het is geen spelletjes, Julie,' zei ze.

Het duurde even voor Julie antwoordde. 'Ik weet het,' zei ze.

'Hoe was hij tijdens de ondervraging?' vroeg Henry.

Ze zaten in Henry's kantoor, met de deur dicht. Mike ademde vol afkeer uit.

‘Dat is moeilijk uit te leggen.’

‘Hoe bedoel je?’

‘Het is alsof hij al een idee in zijn hoofd had van hoe het gegaan was en niets wat ik zei, kon hem daar vanaf brengen.’

‘Gaf hij niets om de telefoontjes? Of om het feit dat Richard jullie eerder al in de gaten hield?’

‘Nee. Hij zei dat het erop leek dat ze alles tot buiten proporties opblies. Iedereen doet boodschappen en laat zijn haar knippen, zei hij. Stelt niks voor.’

‘En wat vond die andere agent ervan? De vrouw?’

‘Pete liet haar niet aan het woord, dus dat weet ik niet.’

Henry pakte zijn koffie en nam een slok. ‘Je hebt het deze keer echt voor elkaar,’ zei hij, ‘maar ik kan het je niet kwalijk nemen. Ik zou precies hetzelfde hebben gedaan als ik daar geweest was.’

‘Wat denk je dat er nu gaat gebeuren?’

‘Nou, ik denk niet dat je in de gevangenis terecht zult komen, als je dat bedoelt.’

‘Nee, ik bedoel met Richard.’

Henry zette zijn koffie weer op zijn bureau. ‘Ik wou dat ik het wist, broertje,’ zei hij.

Agent Jennifer had helemaal genoeg van agent Pete en dat terwijl ze die ochtend pas een uur hadden samengewerkt. Ze had vroeg moeten beginnen om de rapporten van zondag te schrijven waar agent Pete niet aan toe was gekomen omdat, zoals hij het zei ‘ik het te druk heb met zorgen dat de straten veilig zijn om de hele dag achter mijn bureau te zitten. En bovendien zal het je helpen de kneepjes van het vak te leren.’

In de twee weken dat ze nu met hem werkte had ze niets over het werk geleerd, behalve dat Pete graag de papierwinkel op haar afschoof zodat hij meer tijd had om voor de spiegel gewichten te heffen. En hij was absoluut een rund als het om ondervragingen ging.

Eergisteren was daar een perfect voorbeeld van.

Ze hoefde geen Nobelprijswinnaar te zijn om te zien dat Mike en Julie bang waren, en niet omdat Mike midden in de nacht voor ondervraging mee was genomen naar het bureau. Nee, ze waren bang van Richard Franklin en als wat ze hadden verteld waar was, hadden ze daar volgens Jennifer alle recht toe. Pete Gandy mocht dan het instinct van een boomstronk hebben, dat van Jennifer was bijzonder scherp, ook al was ze nog maar net klaar met haar opleiding. Maar ze was dan ook met dit soort dingen opgegroeid.

Jennifer stamde af van een lange lijn van agenten; haar vader was agent, haar opa was agent en allebei haar broers waren agent, allemaal in New York. Haar vader had niet goed begrepen dat ze naar North Carolina was gegaan om haar vak uit te oefenen. 'Ze kauwen daar allemaal pruimtabak en eten grutten. Hoe moet een aardige Italiaanse meid daar nou tussen passen?'

Ze voelde zich echter verbazingwekkend goed thuis hier. Het was beter dan ze had verwacht, vooral de mensen die – let op – naar je zwaaiden als ze je in de auto voorbijreden. Iedereen was geweldig, behalve Pete Gandy.

'Wat vond je van het verhaal van Mike Harris eergisteravond?' vroeg Jennifer.

Omdat hij net naar een tegenligger zat te knikken, duurde het even voor Pete antwoord gaf.

'O, nou, uh... hij probeerde zich eruit te praten,' zei hij. 'Dat is altijd zo, degene die wordt aangeklaagd geeft altijd de ander de schuld. Geen enkele misdadiger is ooit schuldig, en als hij dat wel is, is er altijd een goede verklaring. Zodra je de kneepjes van het vak kent, kom je daar snel genoeg achter.'

'Maar je zei toch dat je Mike kende als een heel ontspannen kerel?'

'Maakt niet uit. De wet is de wet, voor iedereen.'

Ze wist dat hij wijs en werelds probeerde te klinken en bovenal rechtvaardig, maar in de twee weken dat ze met hem samenwerkte had ze geen van die kwaliteiten in hem gezien. Wijs en werelds? Die man beschouwde worstelen als een echte sport, en rechtvaardigheid leek niet eens in zijn woordenboek voor te komen. Hij had een oude vrouw die met een rollator de straat overstak een bon gegeven, niet te geloven, en eergisteren, toen ze Mike Harris een vraag had willen stellen, had Pete haar tot stilte gemaand en opgemerkt: 'Het dametje moet de kneepjes van het vak nog leren. Let maar niet op haar.'

Als ze ergens anders waren geweest dan op het bureau, zou ze hem daarvoor meteen op zijn nummer hebben gezet. En dat had nu ook weinig gescheeld. Dametje? Als die zes weken voorbij waren, zou ze het Pete Gandy betaald zetten. Hoe dan ook.

Voorlopig kon ze echter niets doen. Bovendien ging het niet om haar. Het ging om Mike Harris en Richard Franklin. En Julie Barenson natuurlijk. Ze had door wat Mike en Julie hadden verteld en de manier waarop Pete met hen was omgegaan, niet goed geslapen na haar dienst.

Ze had het gevoel dat Richard in deze zaak bepaald niet het onschuldige slachtoffer was dat hij voorwendde te zijn. En Julie en Mike leken haar ook geen leugenaars.

'Vind je niet dat we het op z'n minst moeten onderzoeken? Als ze nou eens de waarheid vertellen?'

Pete zuchtte alsof het onderwerp hem verveelde. 'Dan hadden ze naar het bureau moeten komen om aangifte te doen. Maar dat hebben ze niet gedaan. En ze gaven toe dat ze geen bewijs hadden. Ze wist niet eens zeker of Franklin degene was die had gebeld. Maakt dat je wat duidelijk?'

'Maar...'

'Het maakt je duidelijk dat ze het waarschijnlijk verzonnen hebben. Luister, het was een duidelijke zaak en we hebben de dader te pakken.'

Jennifer probeerde het opnieuw. 'En zij dan? Julie Barenson. Ze zag er bang uit, vond je ook niet?'

'Natuurlijk was ze bang. Haar schattebout was net opgesloten. Jij zou ook bang zijn, net als iedereen.'

'De politie in New York...'

Hij stak zijn hand op. 'Niets meer over New York, oké? Hier gaat het anders. Als je eenmaal de kneepjes van het vak kent, zul je beseffen dat bijna elke ruzie hier iets te maken heeft met een vete of zoiets, en de wet bemoeit zich daar zelden mee, tenzij het te ver gaat, zoals in dit geval. Bovendien heb ik vanochtend met de commandant gesproken en die vertelde me dat hij een telefoontje had gehad van de advocaat en dat ze proberen iets te regelen, dus ik denk dat het wel zo'n beetje voorbij is. Wat ons aangaat, tenminste. Tenzij het voor de rechter komt.'

Jennifer keek hem aan. 'Waar heb je het over?'

Pete haalde zijn schouders op. 'Dat is alles wat hij zei.'

Ook dat kon ze niet uitstaan aan agent Pete Gandy, het feit dat hij informatie voor haar achterhield over de zaken waar ze aan werkten. Pete Gandy had graag de touwtjes in handen, en dit was zijn manier om haar te laten weten dat hij de baas was.

Jennifer schudde haar hoofd. Imbeciel.

In de stilte die volgde keerden haar gedachten terug naar Mike en Julie, en ze vroeg zich af of ze nog eens met hen moest praten, bij voorkeur zonder Pete erbij.

Henry stond naast Mike in het kantoortje naar diens telefoongesprek met de advocaat te luisteren. 'U neemt me in de maling,' werd gevolgd door 'dat meent u niet' en 'dit is niet te geloven!' Mike liep door het kantoortje heen en weer, zijn zware passen onderbroken door ongelovige blikken en telkens weer die uitroepen. Ten slotte begon hij in woorden van één lettergreep te antwoorden en uiteindelijk legde hij de hoorn neer.

Even verroerde hij zich niet en zei hij niets. Hij staarde maar naar de telefoon.

'Wat was dat nou allemaal?' vroeg Henry.

Het kwam op Henry over alsof zijn vraag bij Mike door een complex filter heen ging, van het Engels in een andere taal werd vertaald en weer terug. Mike had een uitdrukking op zijn gezicht alsof het allemaal van kwaad tot erger was geworden.

'Hij zegt dat hij net van Richard Franklins advocaat heeft gehoord,' zei hij.

'En?'

Mike kon Henry niet aankijken. Zijn ogen waren op de deur gericht, al leek hij niets te zien. 'Hij zegt dat ze een tijdelijk straatverbod willen aanvragen tot de zaak is afgehandeld. Hij zegt dat Richard Franklin me als een bedreiging ervaart.'

'Wat?'

'Hij zegt ook dat ze een civiele procedure tegen me willen starten.'

'Je neemt me in de maling.'

'Dat zei ik ook, maar volgens de andere advocaat is Richard nog steeds duizelig. Hij dacht kennelijk dat het wel meeviel en wist zaterdagavond thuis te komen. Maar zondagochtend zag hij wazig en was hij zo duizelig dat hij een taxi moest bellen om hem naar het ziekenhuis te brengen. Zijn advocaat beweert dat ik hem een hersenschudding heb bezorgd.'

'Heb je hem verteld dat Richard liegt? Ik bedoel, niets tegen jou, het was vast een rake klap, maar een hersenschudding? Kom nou.'

Mike haalde zijn schouders op, probeerde nog steeds het allemaal te verwerken en vroeg zich af hoe alles zo plotseling mis had kunnen lopen. Twee dagen geleden had hij alleen maar gewild dat die man Julie met rust liet. Drie dagen geleden had hij helemaal niet eens aan hem gedacht. En nu werd hij als een misdadiger gezien omdat hij had gedaan wat hij had moeten doen.

Hij zou agent Pete Gandy beslist niet uitnodigen voor het kerstdiner. Niet dat hij ooit een kerstdiner gaf, maar als hij dat ooit wel ging doen, was Pete Gandy niet welkom. Als hij had geluisterd, als hij Mike's argumenten had proberen te begrijpen dan zou dit nu allemaal niet gebeuren.

Mike stond op. 'Ik moet met Julie praten,' zei hij en gooide de deur achter zich dicht toen hij vertrok.

Toen hij bij de kapsalon aankwam zag Julie meteen dat Mike behoorlijk van streek was.

'Het is belachelijk,' zei hij weer. 'Ik bedoel, wat hebben we nou aan de politie als ze niet eens iets tegen hem willen doen? Ik ben verdorie niet het probleem, dat is hij.'

'Ik weet het,' zei Julie sussend.

'Weten ze niet dat ik wat ik ze probeerde te vertellen allemaal niet zou verzinnen? Weten ze niet dat ik hem niet aangepakt zou hebben als hij dat niet verdiend had? Wat heeft het voor zin om aan de goede kant van de wet te blijven als ze niet geloven wat je zegt? Nu ben ik degene die zich moet verdedigen. Ik ben degene die op borgtocht vrij is. Ik ben degene die een advocaat moet nemen. Wat zegt dat over het rechtssysteem? Die kerel kan doen wat hij wil, en ik kan er helemaal niets tegen beginnen.'

Julie antwoordde niet meteen en daar leek Mike ook geen behoefte aan te hebben. Ze pakte uiteindelijk zijn hand beet en trok er zachtjes aan.

'Je hebt gelijk, het slaat nergens op,' zei ze. 'En het spijt me.'

Hoewel hij leek te kalmeren door haar aanraking, kon Mike haar niet in de ogen kijken. 'Mij ook,' zei hij.

'Waar heb jij spijt van?'

'Dat ik het heb verprutst bij de politie. Daar maak ik me nog het meeste zorgen om. Wat er met mij gebeurt, dat kan ik wel aan, maar hoe zit het met jou? Het is mijn schuld dat de politie je niet gelooft. En wat nu als ze jou of mij in de toekomst weer niet geloven?'

Daar wilde Julie niet meer aan denken. Ze had er de hele ochtend al aan gedacht. Het was precies gegaan zoals Richard het had gewild. Ze wist zekerder dan ooit dat hij het allemaal zo gepland had.

'Het is gewoon niet eerlijk,' zei Mike.

'Zei de advocaat verder nog iets?'

Mike haalde zijn schouders op. 'Het gebruikelijke. Dat er voorlopig geen reden is om me zorgen te maken.'

'Dat kan hij gemakkelijk zeggen.'

Mike liet Julie los en ademde diep in. 'Ja.' Het kwam er vermoeid en verslagen uit en Julie keek naar hem op.

'Kom je vanavond nog wel naar mij?'

'Als jij dat wilt. Als je niet te kwaad op me bent.'

'Ik ben niet kwaad op jou, maar dat zou ik wel zijn als je niet kwam. Ik wil vanavond echt niet alleen zijn.'

Het kantoor van Steven Sides zat vlak bij de rechtbank. Eenmaal binnen werd Mike naar een kamer gebracht die bijna helemaal in beslag werd genomen door een grote rechthoekige tafel en kasten vol wetboeken. De advocaat kwam binnen toen Mike ging zitten.

Steven Sides was vijftig, had een rond gezicht en zwart haar dat bij de slapen grijs begon te worden. Hij droeg een duur zijden pak – uit Italië geïmporteerd – maar het zag er gekreukt uit, alsof hij het niet had opgehangen nadat hij het de vorige keer had gedragen. Zijn huid had iets pafferigs dat deed vermoeden dat hij iets te veel dronk, maar zijn houding had iets rustigs dat Mike vertrouwen schonk. Sides sprak langzaam en zorgvuldig. Hij liet Mike eerst een paar minuten tieren alvorens hem door een paar gericht vragen zijn verhaal te laten vertellen. Het duurde niet lang of Mike vertelde hem alles.

Toen hij uitgesproken was, legde Steven Sides zijn pen op zijn blocnote en leunde achterover.

'Zoals ik aan de telefoon al zei, zou ik me nog niet te veel zorgen maken over zaterdagavond. Ten eerste geloof ik niet dat de openbare aanklager voor vervolging zal kiezen, en wel om diverse redenen.' Hij noemde ze een voor een op. 'U hebt geen strafblad, u hebt een goede naam in de gemeenschap, en hij is zich er heel goed van bewust dat u tientallen karaktergetuigen kunt meebrengen, wat het onwaarschijnlijk maakt dat hij een jury kan vinden die u schuldig zal verklaren. En als ik hem vertel wat u tot uw uitbarsting heeft gebracht, maakt dat vervolging nog onwaarschijnlijker, ook al is er geen bewijs van de stalking. Dat zou het echter goed doen bij een jury en dat weet hij.'

'Maar de civiele procedure dan?'

'Dat is wat anders, maar het zal niet direct gebeuren, als het er al van komt. Als het openbaar ministerie niet gaat procederen, doet dat Franklins zaak natuurlijk geen goed. Als hij wel gaat procederen maar verliest, ziet het er ook niet goed uit. De kans is dus niet zo groot dat hij het voor de rechter zal brengen. U dacht dat Julie problemen had en reageerde; de meeste mensen zullen dat een perfect gegronde reden vinden. En dat straatverbod is maar voor de show. Ik neem aan dat u er geen moeite mee hebt om bij Richard Franklin uit de buurt de blijven.'

'Helemaal niet. Ik heb nooit bij hem in de buurt willen komen.'

'Goed. Laat de openbare aanklager maar aan mij over, oké? En praat niet meer met de politie. Verwijs ze maar naar mij, dan regel ik het wel.'

Mike knikte. 'U denkt dus niet dat ik me zorgen hoef te maken?'

'Nog niet, in elk geval. Ik ga met een paar mensen praten en ik laat u over een paar dagen iets weten. Als u zich ergens zorgen over wilt maken, doe dat dan over Richard Franklin.'

Sides leunde voorover. Hij keek ernstig. 'Wat ik u nu ga vertellen blijft onder ons, oké? En ik doe het alleen omdat u me een fatsoenlijke kerel lijkt. Als u ooit zegt dat u wat ik u nu ga vertellen van mij hebt, zal ik dat ontkennen.'

Mike dacht even na en knikte toen.

De advocaat wachtte even tot hij zeker wist dat hij Mike's volledige aandacht had.

'Er is iets dat u moet weten over de politie. Ze zijn geweldig als het om inbraak of moord gaat. Daar is het systeem op gebouwd… mensen pakken nadat het feit is gepleegd. Zelfs met de stalkingswetten kan de politie echter nog steeds niets doen als iemand het op u gemunt heeft, maar daarvan nergens bewijzen achterlaat. Als iemand vastbesloten is u kwaad te doen en lak heeft aan de mogelijke consequenties, dan staat u er feitelijk alleen voor. U bent zelf degene die er iets aan moet doen.'

'U denkt dus dat Richard Franklin Julie iets wil aandoen?'

'Dat is niet de juiste vraag. De vraag is of u dat gelooft. En als dat zo is, dan moet u klaar zijn om er iets aan te doen. Want als het nog erger wordt dan dit, zal niemand u kunnen helpen.'

Mike was wat in de war van het gesprek. Sides was duidelijk een pientere man en hoewel Mike een beter gevoel had over zijn wettelijke vooruitzichten, werd zijn opluchting daarover geneutraliseerd door Sides' waarschuwing.

Was het nu voorbij wat Richard betrof?

Mike bleef even tegen zijn wagen staan om daarover na te denken. Hij dacht weer aan Richards gezicht in de bar. Hij zag weer diens glimlach en daarmee wist hij het antwoord.

Het zou niet ophouden. Richard begon nog maar net.

En terwijl hij instapte hoorde hij weer de woorden van Sides. *Dan zal niemand u kunnen helpen.*

Die avond deden Mike en Julie hun best zo normaal mogelijk te doen. Ze haalden op weg naar huis een pizza, keken een film, maar allebei verstijfden ze als er een auto door de straat reed. Ze hadden de gordijnen dicht en hielden Singer binnen. Ook die pikte hun nervositeit op. Hij liep voortdurend door het huis te patrouilleren en zelfs als hij zijn ogen even dicht deed, hield hij één oor gespitst.

Het was alleen ongebruikelijk stil. Omdat Julie nu een geheim nummer had, werd er niet gebeld. Ze had het nummer maar aan een paar mensen gegeven en had Mabel gevraagd het niet aan klanten door te geven. Misschien begrijpt Richard het als hij me niet meer kan bellen.

Misschien.

Na het eten vroeg ze Mike naar zijn gesprek met de advocaat en hij vertelde haar wat Sides had gezegd... namelijk dat Mike zich weinig zorgen hoefde te maken, maar Julie zag aan hem dat Sides waarschijnlijk heel wat meer had gezegd dan dat.

Elders in de stad stond Richard in zijn donkere kamer boven de bak met chemicaliën te kijken terwijl de schaduwen op het fotopapier langzaam vorm aannamen, donkerder werden. Julie werden.

Ze keek hem aan vanuit de ondiepe bak, van overal om hem heen. Ze was de constante factor in zijn leven, ze gaf hem een besef van vastberadenheid en herinnerde hem eraan dat zijn lot in zijn eigen handen lag.

Hij was nog steeds opgewonden over die avond in de bar. Julie's verbeelding ging nu ongetwijfeld met haar op de loop. Ze vroeg zich waarschijnlijk af waar hij was, wat hij deed, wat hij dacht, wat hij hierna zou doen. Alsof hij een soort monster was. Hij moest bijna lachen. Hoe kon zoiets vreselijks hem zo'n goed gevoel geven?

En zoals Mike in de aanval was gegaan. Zo volstrekt voorspelbaar. Ook toen had hij willen lachen. Die man vormde volstrekt geen uitdaging. Julie daarentegen...

Zo emotioneel. Zo dapper.

Zo levendig.

Kijkend naar de foto voor hem merkte hij weer de gelijkenis tussen

Julie en Jessica op. Dezelfde ogen. Hetzelfde haar. Dezelfde onschuld. Ze hadden zussen kunnen zijn.

Richard schudde zijn hoofd. De herinnering aan Jessica was niet prettig.

Ze hadden voor hun huwelijksreis een huis op Bermuda gehuurd, niet ver van de grote vakantieoorden. Het was rustig en romantisch, met plafondventilatoren, witte rieten meubelen en een veranda die uitkeek op de oceaan. Er was een privé-strandje waar ze de hele dag samen in de zon konden liggen.

O, wat had hij zich daarop verheugd! Hij had die eerste dagen tientallen foto's van haar gemaakt. Ze had een prachtige huid; zacht en strak, en glimmend van het laagje olie. Op de derde dag was haar huid al bronskleurig en in haar witte jurk zag ze er verbluffend uit. Die avond had hij niets liever gewild dan haar in zijn armen nemen, langzaam haar jurk uittrekken en op het strand de liefde met haar bedrijven.

Maar zij wilde gaan dansen, in het vakantieoord.

Nee, had hij gezegd, *laten we hier blijven. Het is onze huwelijksreis.*

Alsjeblieft, had ze gezegd. *Wil je het voor mij doen?*

Ze gingen en het was er vol luidruchtige, dronken mensen, en Jessica bleef maar drinken. Ze werd luidruchtig, praatte onduidelijk en wankelde toen ze naar het toilet liep. Ze botste tegen een jongeman aan, die daardoor bijna met zijn drankje knoeide. De jongeman raakte haar arm aan en lachte. Jessica lachte ook.

Richard was ziedend toen hij het zag. Maar hij zou haar vergeven, zo hield hij zichzelf voor. Ze was jong en onvolwassen. Hij zou haar vergeven omdat hij van haar hield. Maar ze moest wel beloven het nooit meer te doen.

Toen ze die avond echter in hun huis terug waren en hij met haar probeerde te praten, wilde ze niet luisteren.

Ik maakte alleen maar plezier, zei ze. *Dat zou je zelf ook eens kunnen proberen.*

Hoe zou ik dat kunnen als mijn vrouw met vreemde mannen flirt?

Ik flirtte niet.

Ik zag het toch.

Doe niet zo krankzinnig.

Wat zei je? Wat zei je?

Au... laat me los... je doet me pijn...

Wat zei je?

Au... alsjeblieft... au!

Wat zei je?

Ze had hem uiteindelijk teleurgesteld, dacht Richard. En Julie had hem ook teleurgesteld. De supermarkt, de kapsalon, de manier waarop ze had opgehangen. Hij begon de hoop te verliezen, maar in de bar had ze dat weer goedgemaakt. Ze was niet in staat geweest hem te negeren, gewoon weg te lopen. En hoewel haar woorden vinnig waren geweest, wist hij wat ze werkelijk voelde. Ja, ze gaf om hem. Want waren woede en liefde niet twee kanten van dezelfde medaille? Grote woede was niet mogelijk zonder grote liefde... en wat was ze kwaad geweest.

Wat een heerlijke gedachte.

Richard verliet de donkere kamer en liep naar zijn slaapkamer. Op het bed lag zijn mobiele telefoon. Als hij haar stem hoorde, al was het maar op het antwoordapparaat, dan zag hij hen weer samen in het theater, zij met tranen in haar ogen toen het spook besloot of hij zijn geliefde zou laten gaan of dat ze samen zouden sterven.

Hij koos haar nummer en sloot vol verwachting zijn ogen. In plaats van Julie's stem kreeg hij echter een opname van de telefoonmaatschappij. Hij beëindigde het gesprek en belde opnieuw, zorgvuldiger dit keer, maar hij kreeg weer dezelfde boodschap.

Richard staarde naar de telefoon. O, Julie, dacht hij, waarom? Waarom?

29

Na het tumult van de laatste maand was de eropvolgende week in Julie's leven verbazingwekkend rustig. Ze zag Richard die hele week en het weekend nergens, de maandag gebeurde er niets en ze hoopte dat het vandaag ook zo zou gaan.

Daar zag het wel naar uit. Haar telefoon bewees dat een geheim nummer effectief was tegen ongewenste telefoontjes en ze bedacht dat ze hem eigenlijk net zo goed in de achtertuin kon begraven.

Maar vier mensen kenden het nummer – Mabel, Mike, Henry en Emma – en omdat ze de hele dag met Mabel samen was en de avonden met Mike doorbracht hoefden die niet te bellen. Henry had in al die jaren nog nooit gebeld en dus bleef alleen Emma over. Maar toen zij had gehoord hoe Julie van streek raakte als de telefoon ging, was Emma ook gestopt met bellen.

Oké, het was aanvankelijk niet zo erg geweest, bekende ze zichzelf. Het was wel prettig geweest om te kunnen koken of douchen of een tijdschrift te lezen of wat met Mike te knuffelen zonder te worden gestoord, maar na een week werd het toch wat irritant. Ze kon natuurlijk zelf bellen en dat deed ze ook, maar niemand belde haar.

Grappig zoals een rustige week je perspectief veranderde.

Maar het was wel erg rustig geweest. Ze had niemand gezien die zelfs maar op Richard leek, en ze keek toch zowat voortdurend naar hem uit. Net als, Mike, Mabel en Henry natuurlijk. Ze keek tientallen keren per dag uit het raam van de kapsalon, en als ze in de auto zat, sloeg ze soms zomaar een andere straat in om te zien of ze werd gevolgd. Ze controleerde parkeerplaatsen en hield de deur in de gaten als ze bij het postkantoor of de supermarkt in de rij stond. Als ze thuiskwam, liep Singer even het bos in, en daarna riep ze hem terug, zodat hij kon controleren of het binnen veilig was, terwijl zij buiten wachtte met haar hand op het busje pepperspray dat ze had gekocht. Binnen enkele minuten kwam Singer weer naar buiten.

Wat doe je hier nou nog? leek hij te willen vragen. *Kom je niet binnen?*

Zelfs de hond merkte dat ze een beetje paranoïde reageerde, maar beter blo Jan dan do Jan, dacht ze.

En dan was er Mike nog. Mike had haar buiten haar werk nauwelijks een paar minuten alleen gelaten. Hoewel het heerlijk was hem bij zich te hebben, werd het nu soms toch een beetje verstikkend. Sommige dingen kon ze gewoon beter doen zonder Mike erbij.

Op het wettelijk front gebeurde er het een en ander. Agent Romanello was de afgelopen week een keer met hen komen praten en had gezegd dat ze niet moesten aarzelen haar te bellen als er weer iets gebeurde. Daardoor voelde Julie zich beter, net als Mike, maar tot dusver hadden ze geen reden gehad om te bellen. De openbare aanklager had ervan afgezien Mike iets ten laste te leggen, maar sloot niet uit dat dat later alsnog kon gebeuren. Hij had dat niet gedaan omdat hij meende dat Mike in zijn recht stond, zei hij, maar omdat Richard niet was opgedoken om een formele verklaring af te leggen. Ze hadden hem ook niet kunnen bereiken.

Vreemd, dacht ze toen ze dat hoorde.

Acht dagen zonder dat er ook maar iets gebeurde, hadden Julie echter weer moed gegeven. Niet dat ze het mogelijke risico vergat, maar er was toch wel iets veranderd, zonder dat ze zich dat echt bewust was. De afgelopen week had ze steeds verwacht Richard ergens te zien en was ze erop voorbereid geweest. Wat ze zou doen als het zover kwam, wist ze nog niet, maar ze zou niet aarzelen te schreeuwen, weg te rennen of Singer op hem af te sturen.

Maar duizend keer kijken en luisteren zonder een spoor van hem te vinden, hadden haar langzaam wat minder vastberaden gemaakt. Ze was nog steeds op haar hoede, maar verwachtte niet meer voortdurend hem te zullen zien. Dus toen Mike zei dat Steven Sides een boodschap had achtergelaten om te vragen of hij na zijn werk even wat dingen kon komen bespreken, zei Julie dat ze moe was en alvast naar huis zou gaan.

'Kom maar gewoon als je klaar bent,' zei ze. 'En bel even als het laat wordt, oké?'

Singer sprong uit de jeep en liep steeds verder de tuin in. Toen ze hem riep hief hij zijn kop op en keek hij haar aan.

Ach, kom zou, leek hij te zeggen. *Je bent al zo lang niet met me gaan wandelen.*

Julie stapte uit.

'Nee, dat kan nu niet,' zei ze. 'Misschien straks, als Mike er is.'

Singer bleef waar hij was.

'Het spijt me, maar ik wil nu echt niet het bos in, oké?'

Zelfs van een afstand zag ze zijn teleurstelling. *Toe nou.*

Julie sloeg haar armen over elkaar en keek om zich heen. Ze zag Richards auto nergens en had hem onderweg ook niet gezien. Op de enige auto in de straat stond de naam van het makelaarskantoor dat de percelen te koop aanbood, samen met de naam van de vrouw die ze verkocht, Edna Farley.

Edna kwam regelmatig in de kapsalon. Mabel hielp haar altijd, maar Julie kende haar natuurlijk ook. Ze was vrolijk en enthousiast, maar ook een beetje een warhoofd en Julie vond haar soms wat irritant, maar tolereerde haar met het idee van 'liever Mabel dan ik'.

Singers staart ging heen en weer. *Alsjeblie-ie-ieft.*

Julie wilde niet, maar had inderdaad al heel lang niet met Singer gewandeld.

Ze dacht niet dat Richard een paar kilometer zou lopen voor de kans haar te zien. En bovendien was Singer bij haar en Singer was niet bepaald een chihuahua. Ze hoefde maar te gillen en hij zou in de aanval gaan.

Toch stond het haar niet aan. Ze was tegenwoordig bang in het bos. Er waren te veel plekken waar iemand zich kon verbergen en haar vanachter een boom kon besluipen…

Julie voelde de paniek weer opkomen, maar zette die vastberaden van zich af. Er zou niets gebeuren. Niet als ze Singer bij zich had, Edna door het bos liep, en zijn auto nergens te zien was. Richard was niet hier.

Dus waarom zou ze niet met de hond gaan wandelen?

Singer blafte als om haar aandacht te trekken. *Nou?*

'Oké dan,' zei ze uiteindelijk. 'Maar niet te lang. Het ziet ernaar uit dat er storm komt vanavond.'

Nog voor ze was uitgesproken draaide Singer zich al om en verdween in het bos.

Na vijf minuten realiseerde ze zich dat ze liep te fluisteren.

'Er gebeurt niets. Het is volstrekt veilig hier,' zei ze. En dat was ook zo, dacht ze. Ze dacht er nog eens over na en kwam weer tot de logische conclusie dat Richard niet ergens op haar zat te loeren. Het hielp niet. Ze begon te hyperventileren. Het gebladerte leek dichter dan voorheen en omdat de zon laag stond en de hemel grijs was, leek het bos abnormaal donker.

Dit was belachelijk. Belachelijk, belachelijk.

Ze stond stil om te luisteren maar hoorde niets anders dan het gekwetter van een ekster in de verte. Ze keek om zich heen en zag niets ongebruikelijks. Niets. 'Natuurlijk is het veilig,' fluisterde ze.

In de verte hoorde ze Singer blaffen en haar hart bonkte in haar borstkas. Oké, dacht ze, dat lijkt me een duidelijke boodschap…

'Singer! Kom hier,' riep ze. 'Het is tijd om terug te gaan! Kom!'

Ze wachtte en luisterde, maar Singer kwam niet. In plaats daarvan blafte hij weer, maar het klonk als een begroeting, een vriendelijke blaf.

Julie zette een stap in de richting van het geluid en stond weer stil. Ga niet, dacht ze, tot ze nog een geluid herkende. Een stem. Er praatte iemand tegen Singer. Ze slaakte een zucht van verlichting toen ze de stem herkende. Edna Farley…

Ze liep snel over het slingerende pad tot ze het water van het kanaal kon zien. Hier werd het bos minder dicht en ze zag dat Edna Singer op zijn rug klopte. Hij was gaan zitten en had zijn bek open. Hij keek Julie aan.

Dit is pas leven, leek hij te zeggen. *Een wandelingetje, een beetje liefde…*

Edna draaide zich ook om.

'Julie!' riep ze. 'Ik dacht al dat je deze kant op zou komen. Hoe is het met je?'

Julie liep naar haar toe. 'Hallo, Edna, goed.'

'Het is een mooie dag voor een wandeling. Dat was het tenminste tot we hier kwamen. Nu ziet het ernaar uit alsof het zo zal gaan regenen.'

'We?' vroeg Julie.

'Ja, mijn cliënt is een paar van de percelen aan het bekijken. Ze staan al een poosje te koop, maar hij lijkt erg geïnteresseerd, dus duim maar voor me.'

Op dat moment stond Singer op en ging naast Julie staan. Hij zette zijn nekharen overeind en begon te grommen. Met bonkend hart volgde Julie zijn blik en ze ademde moeizaam in. Van ergens uit de verte hoorde ze Edna praten.

'O, daar is hij,' zei ze.

Voor Julie zich kon verroeren, voor ze ook maar iets anders kon doen dan naar hem staren, stond Richard naast Edna. Hij veegde over zijn voorhoofd en glimlachte naar haar.

'Je had gelijk,' zei Richard. 'Dat zijn ook leuke percelen, maar ik vind die aan deze kant toch iets mooier.'

'O ja, je hebt helemaal gelijk,' zei Edna. 'En het uitzicht op het water aan deze kant is onbetaalbaar. Het is een fantastische investering.' Ze lachte, maar ze luisterden geen van beiden nog naar Edna. 'Ach, waar zijn mijn manieren? Ik wil je graag aan een vriendin voorstellen...'

'Hallo, Julie,' zei Richard. 'Wat een leuke verrassing.'

Julie zei niets, ze wist slechts met moeite overeind te blijven. Singer bleef grommen.

Edna stopte midden in haar zin. 'O, jullie kennen elkaar al?' vroeg ze.

'Dat zou je wel kunnen zeggen. Nietwaar, Julie?'

Julie probeerde zichzelf te kalmeren. Jij... klootzak, dacht ze. Hoe wist je dat ik hier zou zijn? Hoe wist je het?

'Hé, Julie, wat is er met Singer aan de hand?' vroeg Edna.

Voor ze antwoord kon geven keek Richard Edna aan.

'Edna... heb je de informatie meegebracht over de afmetingen van de percelen waarom ik heb gevraagd? En de prijzen? Ik wil de prospectus graag even bekijken nu ik toch hier ben.'

Bij het woord prijzen lichtten Edna's ogen op.

'Maar natuurlijk. Het ligt allemaal in de auto,' zei ze. 'Ik zal het even gaan halen. Ik weet zeker dat je tevreden zult zijn... de prijs is heel redelijk. Ik ben over een paar minuten terug.'

'Doe het maar rustig aan,' zei hij. 'Ik heb geen haast.'

'Je ziet er goed uit,' zei hij tegen Julie toen Edna weg was. 'Ik heb je gemist. Hoe is het met je?'

Dat was het moment waarop Julie zich realiseerde dat ze alleen waren. Ze deed een stap achteruit en dankte God in de hemel dat Singer tussen hen in stond.

'Wat doe je hier, Richard?'

Richard haalde zijn schouders op, alsof hij had geweten dat ze dat zou vragen. 'Het is een fantastische investering. Ik denk erover me hier misschien te vestigen. Een man moet ergens een thuis hebben, en zo zouden we buren zijn.'

Julie werd bleek.

Hij glimlachte. 'Zou je dat leuk vinden, Julie? Dat ik naast je woon... Nee? Misschien wilde ik dan gewoon met je praten. Je hebt je telefoonnummer veranderd, je gaat nergens meer heen. Wat kon ik anders doen?'

Ze deed nog een stap terug. Singer bleef staan, alsof hij Richard uitdaagde dichterbij te komen. Hij was klaar om toe te springen.

'Ik wil niet met je praten,' zei ze op klaaglijke toon. 'Waarom dringt dat nou niet tot je door?'

'Herinner je je onze afspraakjes niet?' zei Richard zacht, bijna weemoedig. Het kwam bijna surrealistisch op Julie over. 'We hadden samen iets bijzonders. Waarom wil je dat niet toegeven?'

'Er valt niets toe te geven.' Ze deed nog een stap naar achteren.

'Waarom doe je nou zo?' Hij klonk gekwetst, verbaasd. 'Mike is nu niet hier... we zijn samen.'

Julie keek naar het pad. Tijd om te vertrekken.

'Als je ook maar een stap in mijn richting zet of me probeert te volgen, dan gil ik... en deze keer roep ik Singer niet terug.'

Hij glimlachte vriendelijk, alsof hij geduldig probeerde een kind iets uit te leggen.

'Je hoeft niet bang te zijn. Ik zou je nooit pijn doen. Ik hou van je.'

Ze knipperde met haar ogen. Hij houdt van me?

'Waar voor de duivel heb je het over?' zei ze uiteindelijk, met meer kracht dan ze had verwacht.

'Ik hou van je,' zei hij weer. 'En we kunnen opnieuw beginnen. We gaan weer naar het theater... ik weet dat je daar van hebt genoten. Of als je dat niet wilt, kunnen we gaan doen wat je wilt. Het maakt niet uit. En die bevlieging voor Mike doen we gewoon af als een vergissing, oké? Ik vergeef je.'

Julie liep steeds verder van hem weg terwijl hij praatte. Het waren echter niet alleen zijn woorden die haar angst aanjoegen, maar ook zijn oprechte blik.

Hij glimlachte ondeugend. 'Ik wed dat je hem niet eens hebt verteld dat je me die nacht in je huis hebt laten doorbrengen. Wat denk je dat hij daarvan zou vinden?'

Zijn woorden raakten haar bijna als een fysieke klap. Richard zag haar reactie, hij zag dat hij gelijk had en stak zijn hand naar haar uit.

'Kom, laten we ergens op een rustig plekje wat gaan eten.'

Julie week achteruit, struikelde over een blootliggende boomwortel en verloor bijna haar evenwicht. 'Ik ga nergens met jou naar toe,' siste ze.

'Doe nou niet zo, alsjeblieft. Ik zal je gelukkig maken, Jessica.'

Heel even vroeg Julie zich af of ze hem goed verstaan had, maar ze wist dat het zo was.

'Je... bent... krankzinnig,' zei ze.

'Dat moet je niet zeggen,' zei Richard met plotseling een gemene klank in zijn stem. 'Je moet geen dingen zeggen die je niet meent.'

Vanuit haar ooghoek zag Julie Edna weer de open plek op komen.

'Ik kom eraan!' riep ze opgewekt. 'Ik kom eraan...'

Richard staarde nog steeds naar Julie toen Edna hen bereikte. Ze keek van de een naar de ander.

'Is er iets?' vroeg ze.

Richard wendde zich eindelijk van Julie af. 'Nee,' zei hij. 'We probeerden alleen uit te rekenen hoeveel huizen hier uiteindelijk zouden komen staan. Ik geloof dat Julie nogal op haar privacy gesteld is.'

Julie hoorde hem nauwelijks. 'Ik moet gaan,' zei ze en begon weer achteruit te lopen.

Richard glimlachte. 'Tot ziens, Julie.'

Julie draaide zich om en liep het pad op. Singer bleef nog even staan, als om zich ervan te verzekeren dat Richard haar niet zou volgen, en ging toen achter haar aan.

Eenmaal uit het zicht begon Julie te rennen, steeds harder. Ze viel een keer en stond meteen weer op, negeerde de pijn in haar knie. Ze hoorde iets en keek achterom. Geen spoor van Richard. Ze begon weer te rennen, dwong haar benen in beweging te blijven, voelde de takken in haar gezicht zwiepen. Ik ben er bijna, bad ze, ik ben er bijna...

Enkele minuten later viel ze Mike huilend in de armen toen hij binnenkwam. Hij hield haar vast zolang ze huilde. Nadat ze hem had verteld wat er gebeurd was, kwam ze weer genoeg bij zinnen om hem te vragen waarom hij zo snel thuis was.

Mike's gezicht zag bleek. 'Mijn advocaat had helemaal niet gebeld.'

30

Een half uur later zat agent Jennifer Romanello aan de keukentafel, haar ogen op Julie gericht terwijl die het verhaal opnieuw vertelde.

Dat duurde niet lang. Hoewel de woorden belangrijk waren, was het de blik in Julie's ogen die bevestigde dat ze de waarheid sprak. Ondanks de uiterlijke kalmte die ze trachtte te bewaren was het duidelijk dat ze er vreselijk aan toe was. Zelfs Jennifer kreeg er kippenvel van toen Julie zei dat Richard haar Jessica had genoemd.

'Het staat me helemaal niet aan,' zei ze toen Julie uitgesproken was.

Mike en Julie waren zo vreselijk geschokt, dat zij als tegenwicht wel rustig moest blijven. Dat had ze van haar vader geleerd, zorgen dat mensen rustig bleven in gespannen situaties. Hij was daar een meester in. Hij zei altijd dat het het belangrijkste was wat een agent kon leren als hij levend zijn pensioen wilde halen.

'Wat moeten we doen?' vroeg Mike.

'Dat weet ik nog niet zeker,' zei Jennifer. 'Maar kunnen we nog even een paar dingen doorlopen, zodat ik zeker weet dat ik gelijk heb?'

Julie zat op haar nagels te bijten en dacht aan het gedeelte van het verhaal dat ze had weggelaten.

Ik wed dat je hem niet eens hebt verteld dat je me die nacht in je huis hebt laten doorbrengen. Wat denk je dat hij daarvan zou vinden?

Het zou Mike waarschijnlijk niets kunnen schelen, omdat er niets gebeurd was. Het was niet als wat Sarah hem had aangedaan. En het was niet van belang voor het verhaal, wel dan? Waarom kon ze het dan niet zeggen?

In gedachten verzonken realiseerde ze zich aanvankelijk niet dat Jennifer haar iets had gevraagd.

'Heb je enig idee hoe hij wist dat je daar zou zijn?' herhaalde Jennifer.

'Nee,' zei ze.

'Maar hij was er eerder dan jij?'

'Ik denk dat hij met Edna mee was gereden. Ik weet niet hoe lang hij er al was, maar hij was er beslist eerder dan ik.'

Jennifer wendde zich tot Mike. 'En jij dacht dat je een afspraak had met je advocaat?' vroeg ze.

'Een van de jongens in de garage had de boodschap aangenomen dat Sides me om vijf uur verwachtte, maar toen ik bij zijn kantoor kwam, wist hij nergens iets van, dus ben ik meteen naar Julie gegaan.'

Mike zag er bijna ziek uit. En kwaad.

Jennifer wendde zich weer tot Julie. 'Mag ik vragen waarom je in het bos was?'

Julie ademde diep in. 'Ik had al een week niets van Richard gehoord of gezien en ik denk dat ik hoopte dat het voorbij was.'

'Dat zou ik in de toekomst maar niet meer doen. Openbare gelegenheden, prima, maar probeer plaatsen waar hij je alleen zou kunnen treffen te vermijden, oké?'

'Ik denk niet dat je je daar nog zorgen over hoeft te maken.'

'Wat weet je over Jessica?'

'Eigenlijk niets. Hij heeft eerder gezegd dat hij een paar jaar met haar getrouwd is geweest, maar dat het niet goed ging. Meer niet. We hadden het nooit over haar.'

'En hij komt uit Denver?'

'Dat zei hij tegen mij.'

'En nogmaals, hij heeft je niet specifiek bedreigd?'

'Nee, maar dat was ook niet nodig. Hij is krankzinnig.'

Daar heb ik niets tegen in te brengen, dacht Jennifer. Het klinkt inderdaad krankzinnig.

'Gaat u hem arresteren?' vroeg Mike. 'Of verhoren?'

Het duurde even voor Jennifer antwoordde. 'Ik zal doen wat ik kan,' zei ze.

'Wat houdt dat voor ons in?' vroeg Julie.

'Luister, ik weet dat je je zorgen maakt. Ik weet dat je bang bent, en geloof me, ik sta aan jullie kant, dus denk niet dat ik dit vergeet zodra ik naar buiten stap. Ik ga in Richard Franklins verleden duiken, kijken wat ik kan vinden en ik beloof je dat ik hem nog wel eens zal spreken. Maar vergeet niet dat ik met agent Gandy moet samenwerken...'

'O, geweldig.'

Jennifer gaf een kneepje in Julie's hand.

'Maar ik geef je mijn woord,' zei ze, 'dat we het gaan onderzoeken. En we gaan alles doen wat we kunnen om je te helpen. Vertrouw me.'

Andrea zat naar *The Jerry Springer Show* te kijken toen de telefoon ging. Ze stak er afwezig haar hand naar uit en bleef naar de televisie kijken terwijl ze hallo zei.

Even later lichtten haar ogen op.

'O, hoi!' zei ze, 'Ik hoopte al dat je zou bellen...'

Jennifer kon zich tijdens de rit naar huis nauwelijks concentreren. Ze had een rotgevoel in haar maag en had nog steeds kippenvel. Het hele gedoe joeg haar op diverse niveaus angst aan. Als politieagente wist ze hoe gevaarlijk stalkers konden zijn. Als vrouw voelde ze echter op een veel persoonlijker vlak medeleven met Julie. Ze hoefde alleen maar haar ogen dicht te doen en ze zat weer bij Julie aan de keukentafel, en voelde haar hulpeloosheid. Iets ergers bestond er niet. De meeste mensen koesterden de illusie dat ze controle over hun leven hadden, maar dat was niet helemaal waar. Ja, je kon besluiten wat je als ontbijt nam en wat je aantrok en al die kleine dingen, maar als het erop aankwam was je overgeleverd aan de grillen van zowat iedereen om je heen en je kon alleen maar hopen dat ze het niet op jou zouden afreageren als ze een slechte dag hadden.

Ze wist dat het een vrij sombere kijk op de zaken was, maar het was precies wat ze hier zag gebeuren. Julie's illusie van veiligheid lag aan flarden en nu wilde ze dat Jennifer – of wie dan ook, feitelijk – het weer herstelde. Wat had ze gezegd? *Ik wil gewoon dat het ophoudt.* Ja, wie zou dat niet willen? Wat ze werkelijk bedoelde was dat ze wilde dat alles weer werd zoals het was, toen de wereld nog veilig leek.

Dat zou niet gemakkelijk zijn. Een deel van het probleem was dat Jennifer zichzelf ook nogal hulpeloos voelde. Zij hadden haar te hulp geroepen, maar officieel mocht ze nog niet eens in haar eentje met Richard praten. En als ze het lief genoeg aan Pete Gandy vroeg zou hij waarschijnlijk wel doen wat ze wilde, maar hij zou alles verpesten zodra hij zijn mond opendeed.

Ze kon echter wel zelf onderzoek doen en dat was ook precies wat ze van plan was.

Een uur nadat Jennifer Romanello was vertrokken, zaten Julie en Mike nog steeds aan de keukentafel. Mike nipte van een biertje, maar Julie had niets gepakt. Het glas wijn dat ze eerder had ingeschonken had ze weggegooid. Ze zat niets ziend voor zich uit te staren en hoewel ze er moe uitzag, wist Mike wel beter dan voor te stellen dat ze naar bed zouden gaan, omdat ze geen van beiden zouden kunnen slapen.

'Heb je honger?' vroeg hij uiteindelijk.

'Nee.'

'Wil je een film huren?'

'Niet echt.'

'Weet je wat, ik heb een idee,' zei Mike. 'Laten we hier gezellig een poosje naar elkaar zitten staren. En misschien kunnen we ons af en toe wat zorgen maken, om de verveling te verdrijven. Ik bedoel, we moeten toch een manier vinden om de tijd door te komen.'

Julie begon eindelijk te glimlachen.

'Je hebt gelijk,' zei ze. Ze pakte zijn bier en nam een slok. 'Ik begin er toch genoeg van te krijgen. Het lijkt me niet veel goed te doen.'

'Wat zullen we dan gaan doen?'

'Wil je me gewoon vasthouden?' vroeg ze terwijl ze opstond en naar hem toe liep.

Mike stond ook op en sloeg zijn armen om haar heen. Julie legde haar hoofd tegen zijn borst.

'Ik ben blij dat je bij me bent,' fluisterde ze. 'Ik weet niet wat ik zonder jou zou moeten.'

Voor Mike iets kon zeggen ging de telefoon. Ze schrokken allebei van het geluid en bleven elkaar vasthouden terwijl hij voor de tweede keer overging.

En de derde keer.

Mike liet haar los.

'Niet doen,' zei Julie.

De telefoon ging weer.

Mike negeerde haar, liep naar de woonkamer, nam de hoorn op en bracht hem langzaam naar zijn oor.

'Hallo?' zei hij.

'O, hoi. Ik begon al te denken dat jullie er niet waren,' zei de stem aan de andere kant en Mike ontspande zich.

'O, hé, Emma,' zei hij glimlachend. 'Hoe is het met je?'

'Prima,' zei Emma energiek. 'Maar moet je horen, ik ben in Morehead City en je gelooft niet wie ik net gezien heb.'

Julie kwam naast Mike staan en hij hield de telefoon zo dat ze mee kon luisteren.

'Wie?'

'Andrea. En je gelooft niet wie er bij haar was.'

'Wie?'

'Ze was samen met Richard. En nu komt het, ik heb gezien dat hij haar kuste.'

'Ik heb geen idee wat het betekent,' zei Julie. 'Ik bedoel, het klopt niet.'

Mike had opgehangen en ze zaten op de bank. Singer lag bij de voordeur te slapen.

'Heeft ze er op de zaak iets over gezegd? Ik bedoel, dat ze met hem uitging?'

Julie schudde haar hoofd. 'Niets. Geen woord. Ik weet dat ze zijn haar heeft geknipt. Maar dat is dan ook alles.'

'Heeft ze niet gehoord wat je over hem zei?'

'Dat moet wel.'

'Maar het kon haar niet schelen?'

'Dat, of ze geloofde het niet.'

‘Waarom zou ze je niet geloven?’

‘Wie weet. Maar ik praat morgen wel met haar.’

Later nam Richard Andrea mee naar zijn huis en stonden ze een poosje op de veranda naar de lucht te kijken. Hij stond achter haar en sloeg zijn armen om haar buik en bracht zijn handen omhoog naar haar borsten.

‘Ik wist niet zeker of je wel zou bellen.’

Richard kuste haar in haar nek en de warmte van zijn lippen deed haar huiveren. De maan wierp een zilveren glans over de bomen.

‘Het is hier zo mooi,’ zei ze, ‘zo rustig.’

‘Ssst. Niets zeggen. Alleen luisteren.’

Hij wilde haar stem niet horen, want dat herinnerde hem eraan dat ze Julie niet was. Hij was samen met een andere vrouw, een vrouw die niets voor hem betekende, maar haar lichaam was zacht en warm, en ze verlangde naar hem.

‘En de maan…’

‘Ssst,’ zei hij weer.

Toen ze een uur later samen in bed lagen, kreunde Andrea en drukte ze haar vingers in zijn rug, maar Richard zei dat ze geen geluid mocht maken. Niet fluisteren. Niet praten. De kamer was ook helemaal donker.

Hij lag op haar, voelde haar ademhaling tegen zijn huid. *Julie*, wilde hij fluisteren. *Je kunt niet voor me weg blijven lopen. Zie je niet wat we samen hebben? Verlang je niet naar een echte vereniging?*

Toen herinnerde hij zich echter hun ontmoeting in het bos, de blik van afgrijzen in haar ogen. Hij zag haar afkeer, hoorde haar afwijzende woorden, voelde haar haat. *Julie*, wilde hij fluisteren, *je was vandaag wreed tegen me. Je negeerde mijn getuigenis van liefde. Je behandelde me alsof ik niets was…*

‘Au,’ hoorde hij in het donker, ‘niet zo hard… Je doet me pijn… au!’

Dat bracht hem terug tot de werkelijkheid.

‘Ssst,’ fluisterde hij. In het vage lichtschijnsel van het raam kon hij de angst in Andrea’s ogen zien. Hij voelde een golf van verlangen.

31

Hoewel haar dienst pas om acht uur begon, zat Jennifer op woensdagochtend al om zes uur achter de computer, met de kopie van het originele arrestatierapport van Mike Harris naast zich. Bovenaan het rapport stonden de fundamentele gegevens: Richard Franklins naam, adres, telefoonnummer, werkgever enzovoort. Zoals ze had verwacht, was er niet veel te vinden over Richards achtergrond, maar dat meende ze toch nodig te hebben. Ze had iets nodig om het balletje aan het rollen te brengen. Haar vader was de vorige avond gelukkig erg behulpzaam geweest. Toen ze thuiskwam had ze hem gebeld en hem over de zaak en haar indrukken daarover verteld en toen ze was uitgesproken, had haar vader haar ideeën van wat er in de toekomst zou kunnen gebeuren, grotendeels bevestigd. 'Het kan beide kanten opgaan,' zei haar vader, 'dus je moet erachter zien te komen of hij echt gek is of alleen doet alsof.'

Ze wist nog steeds niet goed waar ze moest beginnen, omdat de informatie over hem nogal vluchtig was en de uren die ze ter beschikking had, niet bepaald binnen de standaard kantooruren vielen. De personeelsafdeling van het bedrijf dat aan de brug werkte ging pas later open en hoewel dat de meest voor de hand liggende plaats leek om te beginnen, had haar vader voorgesteld dat ze begon bij de huisbaas. 'Die zijn gewend om 's avonds gebeld te worden, dus kun je die buiten je werktijd bellen. Misschien kun je een sofi-nummer en rijbewijsnummer en referenties loskrijgen. Die moet je meestal invullen voor een huuraanvraag.'

Dat was precies wat ze had gedaan. Nadat ze via een kennis de naam van de eigenaar van het huis had gekregen, had ze die gebeld. Het was een man die niet ouder leek dan dertig. Het huis was van zijn grootouders geweest, zei hij; de huur werd netjes op tijd betaald door het bedrijf van de man en Richard Franklin had zowel een borg als de eerste en laatste maand huur voldaan. De eigenaar zelf had Richard nooit ontmoet. Hij was zelfs al een jaar niet meer naar het huis geweest. Een plaatselijk makelaarskantoor deed het beheer. Hij gaf haar hun nummer.

Met enige moeite had ze van de directeur van het makelaarskantoor gedaan gekregen dat hij haar de huuraanvraag faxte. Daarop stonden zijn sofi-nummer en rijbewijsnummer en die typte ze, aan Pete Gandy's bureau gezeten, in de computer in.

Ze zocht een uur lang naar informatie, te beginnen in North Carolina. Richard Franklin had kennelijk geen strafblad in die staat en was nooit gearresteerd. Zijn rijbewijs kwam uit Ohio, maar het was nog te vroeg om de afdeling motorvoertuigen daar te bellen. Hetzelfde gold voor Colorado.

Daarna sloot ze haar laptop aan op de ISDN-lijn en zocht op het internet. Met standaard zoekmachines vond ze duizenden verwijzingen naar zijn naam en een paar websites over Richard Franklin, maar niet de Richard Franklin die ze zocht.

Daarna stuitte ze voortdurend op blokkades. Het opvragen van informatie in Colorado en Ohio vergde minstens een dag en de medewerking van een andere dienst, omdat politierapporten plaatselijk werden beheerd. Bovendien zouden ze haar terug moeten bellen en als ze dat deden wanneer ze weg was, zou ze de baas moeten uitleggen waarom ze de hulp had ingeroepen van de politiebureaus Denver en Columbus en bestond de kans dat ze van de zaak werd afgehaald... of zelfs haar baan kwijtraakte.

Ze vroeg zich echter af of Richard Franklin wel de waarheid had gesproken over zijn verleden.

Kwam hij echt uit Denver? Julie dacht van wel, maar wie wist het zeker? Haar vader had ook zoiets gezegd: 'Nieuw in de stad en een beetje geschift? Dan zou ik niet veel waarde hechten aan wat hij tegen de dame heeft gezegd.'

Jennifer besloot ook zijn kredietgegevens te controleren. Ze typte de gevraagde informatie in met de huuraanvraag als leidraad... en het was meteen raak.

Ze kreeg een aantal pagina's met gedetailleerde gegevens over Richard Franklin. De enige recente aanvraag om informatie was gedaan door het makelaarskantoor dat het huis verhuurde – dat was geen verrassing – maar er was iets vreemds met de gegevens. Vooral voor een ingenieur met een goede baan.

Er waren momenteel geen creditcards uitgegeven of geregistreerd, geen openstaande autolening, geen persoonlijke kredieten. Elke rekening in het kredietrapport bleek al te zijn afgesloten.

Toen ze het rapport wat nader bestudeerde zag ze dat er vier jaar geleden sprake was geweest van een grote wanbetaling bij een bank in Denver, waarschijnlijk een hypotheek.

Rond die tijd waren er nog diverse andere verlate betalingen. Visa, MasterCard, American Express, telefoonrekening, elektrarekening, waterrekening, Sears Card. Allemaal hadden ze een jaar als achterstallig te boek gestaan, maar uiteindelijk waren de rekeningen voldaan.

Daarna had hij de rekeningen bij Visa en MasterCard opgeheven, evenals die bij American Express en Sears.

Jennifer leunde achterover in haar stoel en dacht na. Oké, ze wist dat hij ooit in Denver had gewoond, en het leek erop dat hij vier jaar geleden financiële problemen had gehad. Daar konden allerlei verklaringen voor zijn – veel mensen konden niet goed met geld omgaan – en hij had tegen Julie gezegd dat hij gescheiden was. Misschien had het daar iets mee te maken.

Ze staarde naar het beeldscherm. Maar waarom was er niets recents te vinden?

Waarschijnlijk liet hij zijn rekeningen door het bedrijf betalen, net als zijn huur. Ze maakte een notitie dat ze dat moest controleren.

Wat nog meer? Ze moest ook meer te weten zien te komen over Jessica. Maar zonder meer informatie zou dat niet lukken.

Jennifer koppelde haar laptop van de ISDN-lijn los en ruimde hem op. Ze kon nu het beste wachten tot het personeelskantoor open was. Richard was adviseur bij een groot project en werkte voor een groot bedrijf, dus ze hadden ongetwijfeld andere referenties van hem. Misschien wist een van hen iets meer over wat er vier jaar geleden was gebeurd. Maar dat betekende wel nog een uur wachten.

Ze besloot te gaan kijken waar hij woonde; dat zou haar iets meer over hem kunnen vertellen. Met haar laptop onder haar arm pakte ze een bekertje koffie en stapte in de auto.

Tien minuten later reed Jennifer de grindweg op waaraan Richard Franklin woonde. Ze nam snelheid terug toen ze een brievenbus naderde, en zocht naar een nummer om te bepalen waar ze zat. Ze bleek nog een behoorlijk eind te moeten rijden.

Het viel haar op hoe afgelegen de huizen waren. De meeste stonden op heel grote kavels en ze vroeg zich af waarom een ingenieur uit een grote stad ervoor koos hier te wonen. Het lag niet gunstig ten opzichte van de stad en ook niet ten opzichte van zijn werk. En de weg werd steeds slechter.

Naarmate ze verder reed, werden de woningen ouder en meer verwaarloosd. Diverse huizen zagen er verlaten uit.

Na nog een paar minuten zag ze weer een brievenbus. Ze kwam in de buurt.

Jennifer nam snelheid terug. Het volgende huis was waarschijnlijk het zijne en ze kon het tussen de bomen door zien. Het stond vrij ver van de weg, had een verdieping en zag er niet zo verwaarloosd uit als de andere, maar de tuin was vreselijk verwilderd..

Maar toch...

Mensen die zo achteraf woonden deden dat waarschijnlijk omdat het huis familiebezit was of omdat ze geen andere keus hadden. Waarom had hij voor deze plek gekozen?

Omdat hij zichzelf wilde verbergen?

Of omdat hij iets te verbergen had?

Ze stopte niet, maar reed er voorbij en draaide een kleine kilometer verderop om. Toen ze weer langs het huis kwam en terugreed naar het bureau speelden dezelfde vragen nog steeds door haar hoofd.

Richard Franklin stapte fronsend weg bij het gordijn.

Er was iemand langs zijn huis gereden, maar hij herkende de auto, een Honda, niet. Het was niet een van de buren, want die hadden geen Honda. Het was ook niet Mike of Julie.

Iemand anders. Toen hij de auto, veel te langzaam, had zien aankomen, wist hij dat de bestuurder iets zocht. Dat die was omgedraaid bevestigde dat alleen maar. Als hij zich had vergist in de afslag, zou hij niet voor zijn huis – en alleen maar zijn huis – langzamer en daarna weer sneller zijn gaan rijden.

Nee, er was iemand komen kijken waar hij woonde.

'Waar sta je naar te kijken?' vroeg Andrea.

Richard liet het gordijn op zijn plaats vallen en draaide zich om. 'Niets.'

Haar borsten kwamen boven het laken uit. Hij liep naar het bed en ging naast haar zitten. Hij zag kneuzingen op haar armen en streek daar zachtjes met zijn vinger overheen.

'Goedemorgen,' zei hij. 'Heb je goed geslapen?'

Richard zag er sensueel en exotisch uit in alleen zijn spijkerbroek. Hij was gisteravond wat ruw geweest; nou en?

'Toen we eindelijk aan slapen toekwamen wel.'

'Heb je honger?'

'Een beetje. Maar ik moet eerst naar het toilet. Waar is dat ook weer? Ik was gisteren een beetje aangeschoten.'

'De laatste deur rechts.'

Andrea stapte uit bed en sloeg het laken om zich heen. Richard keek haar na, wenste dat ze de vorige avond nog was weggegaan en wendde zich toen weer naar het raam.

Er was iemand komen kijken waar hij woonde.

Ook niet Henry of Mabel. Hun auto's kende hij ook. Wie dan? De politie? Ja, hij kon zich voorstellen dat Julie die had gebeld. Ze was gisteren volstrekt irrationeel geweest. Boos en bang. En nu probeerde ze de regels van het spel te veranderen.

Wie had ze dan gebeld? Niet Pete Gandy, dat wist hij zeker. Die nieuwe misschien. Wat had Gandy ook weer over haar gezegd? Dat haar vader bij de politie in New York werkte?

Agent Romanello had zijn verslag over het handgemeen in de bar niet geloofd. Dat kon hij aan haar ogen zien. En ze was een vrouw.

Ja, zij moest het geweest zijn. Maar zou Gandy haar steunen? Nee, nog niet, dacht hij. En hij zou er wel voor zorgen dat dat niet gebeurde. Agent Gandy was een idioot. Net zo gemakkelijk te beïnvloeden als agent Dugan was geweest.

Eén deel van het probleem opgelost. Nu, wat Julie betreft...

Richards gedachten werden onderbroken door een schreeuw van Andrea. Toen hij de overloop op liep stond Andrea met haar hand voor haar mond ergens naar te staren. Ze had niet de deur aan de rechterkant geopend, die van het toilet, maar de deur aan de linkerkant.

De donkere kamer.

Ze keek naar Richard alsof ze hem nu pas voor het eerst zag.

'O, mijn God,' zei ze. 'O, mijn God...'

Ze deed een stap achteruit toen ze de blik in zijn ogen zag.

'Je had die deur niet open moeten maken,' zei Richard.

'Richard? Die foto's...'

Hij deed een stap in haar richting. 'Dit is zo... teleurstellend.'

'Richard?' fluisterde ze weer, terwijl ze achteruitweek.

Jennifer was een paar minuten voor tijd terug. Gelukkig was Pete Gandy er nog niet. Ze liep naar zijn bureau, wetend dat ze weinig tijd had. Ze schreef het telefoonnummer op dat ze moest hebben en stopte het arrestatierapport terug in de map waar het in hoorde. Pete hoefde nu nog niet te weten waar ze mee bezig was.

Ze toetste het nummer in en kreeg een secretaresse. Jennifer legde uit wie ze was en vroeg naar Jake Blansen. Dat was de man over wie Mike het had gehad.

Ze zou voorzichtig te werk moeten gaan. Richard mocht er niet achter komen waar ze mee bezig was. En ze wilde ook niet dat Blansen haar baas ging bellen of zou zeggen dat ze een dagvaarding nodig had om de gevraagde informatie te krijgen, dus besloot ze de waarheid een beetje te verdraaien.

Jake Blansen kwam aan de lijn en Jennifer stelde zich voor en vertelde hem toen in het kort wat er aan de hand was.

'Ik kan niet geloven dat ik de informatie voor het arrestatierapport ben kwijtgeraakt, en ik begin nog maar pas, dus ik wil niet nog meer problemen dan ik al heb. En ik wil natuurlijk ook niet dat meneer Franklin denkt dat we onze zaakjes niet op orde hebben. We willen het dossier compleet hebben, voor het geval hij terugkomt.'

'Ik denk niet dat ik veel voor u kan doen,' zei Blansen lijzig. 'Ik ben de voorman maar. U moet waarschijnlijk met het hoofdkantoor praten. Die hebben dergelijke informatie over de adviseur. Ze zitten in Ohio, maar de secretaresse kan u het nummer wel geven.'

'O, ik begrijp het. Nou, misschien kunt u me toch helpen.'

'Ik zie niet in hoe.'

'U hebt toch met Richard Franklin samengewerkt, nietwaar? Wat is hij voor iemand?'

Jake Blansen zei lange tijd niets en vroeg toen: 'Is dit wel echt?'

'Pardon?'

'U, dit. Dat verhaal dat u het rapport kwijt bent. Dat u bij de politie bent. Alles.'

'Ja, natuurlijk. Als u wilt kan ik u mijn nummer op het bureau geven, dan kunt u me terugbellen. Of ik kan naar u toe komen.'

Jake Blansen ademde diep in. 'Die man is gevaarlijk,' zei hij zacht. 'Het bedrijf heeft hem aangenomen omdat hij de kosten laag houdt, maar dat doet hij door te bezuinigen op de veiligheid. Er zijn mannen gewond geraakt door zijn schuld.'

'Hoezo?'

'Hij stelt het onderhoud uit, dingen gaan kapot, mensen raken gewond. De arbeidsinspectie zou hier een complete dagtaak hebben. De ene week waren het de kranen, de andere week een ketel in een van de schuiten. Ik heb het doorgegeven aan het hoofdkantoor en ze beloofden me ernaar te kijken. Maar ik neem aan dat hij dat te horen had gekregen en toen kwam hij achter mij aan.'

'Viel hij u aan?'

'Nee... maar hij bedreigde me. Indirect. Hij begon alsof we maatjes waren, weet u? Hij vroeg naar mijn vrouw en de kinderen, dat soort dingen. En toen vertelde hij me hoe teleurgesteld hij was dat ik hem niet vertrouwde en dat ik voorzichtiger moest zijn. Alsof het allemaal mijn schuld was en hij mij in bescherming nam. Toen sloeg hij een arm om mijn schouders en mompelde dat het toch zonde zou zijn als er nog meer ongelukken zouden gebeuren... De manier waarop hij het zei gaf me het gevoel dat hij het vooral over mij en mijn gezin had. Eerlijk gezegd was ik blij dat hij opstapte. En dat geldt o ok voor de rest van de mensen van het project.'

'Wacht even... is hij weggegaan?'

'Ja. Hij had een of ander noodgeval buiten de stad en toen hij terugkwam, zei hij dat hij wat tijd voor zichzelf nodig had en nam ontslag. Sindsdien heb ik hem niet meer gezien.'

Een minuut later legde Jennifer de hoorn neer, nadat ze was teruggeschakeld naar de secretaresse en van haar het nummer in Ohio had gekregen. Ze belde naar het hoofdkantoor. Ze werd een paar keer doorverbonden en kreeg ten slotte te horen dat degene die haar kon helpen er op dat moment niet was, maar die middag wel weer aanwezig zou zijn.

Jennifer schreef de naam van de man op – Casey Ferguson – en leunde achterover in haar stoel.

Richard was gevaarlijk, had Blansen gezegd. Oké, dat wist ze al. Wat nog? Richard had zijn baan een maand geleden opgezegd; dat was niet wat hij haar en Pete had verteld. Normaal zou het niet belangrijk zijn, maar het ging hier om de timing.

Hij had opgezegd nadat hij was teruggekomen van dat noodgeval, nadat Julie hem had verteld dat ze hem niet meer wilde zien.

Was er een verband?

Het was vast geen toeval, besloot ze. Maar Julie had volgens haar eigen zeggen Richard maar een paar keer gezien, en hoewel hij haar vaak had gebeld, was hij nooit lang aan de telefoon gebleven.

Jennifer keek uit het raam en vroeg zich af wat hij met de rest van zijn tijd had gedaan.

Mike bracht zijn wagen voor de garage tot stilstand. De mist begon eindelijk iets op te trekken. Julie zat naar haar schoenen te kijken, die met een laagje dauw bedekt waren van haar gazon. Ze haalde halfslachtig haar schouders op alsof ze wilde zeggen, *we zullen maar zien wat er vandaag gebeurt.*

Ze hadden geen van beiden goed geslapen en waren allebei loom. Mike was die nacht wel vier keer opgestaan om een glas water te gaan drinken en werd dan telkens naar het raam getrokken, waar hij vervolgens lange tijd naar buiten bleef staan kijken. Julie had de hele nacht gedroomd en hoewel ze zich geen details meer kon herinneren, was ze met een gevoel van afgrijzen wakker geworden. Dat gevoel was gebleven terwijl ze zich aankleedde en ook tijdens het ontbijt niet weggegaan.

Toen Julie uitstapte, voelde ze zich nog steeds machteloos. Mike omhelsde en kuste haar en bood aan met haar naar de kapsalon te lopen, maar dat wees Julie af. Ondertussen sprong Singer uit de auto en liep naar de kapsalon voor zijn koekje.

'Ik red me wel,' verzekerde Julie hem. Ze wist echter dat het niet erg overtuigend klonk.

'Dat weet ik,' zei hij, al net zo onzeker. 'Ik kom straks wel even langs om te kijken hoe het met je gaat. Oké?'

'Oké.'

Mike liep de garage in en Julie ademde diep in en stak de straat over. Halverwege meende ze dat er een auto snel op haar af kwam en ze begon hard te lopen, maar er was niets te zien.

Op de stoep beland keek ze nog eens en probeerde ze haar zelfbeheersing terug te krijgen. Koffie, dacht ze en liep het wegrestaurant binnen. De serveerster vulde haar beker. Julie deed er melk en suiker bij en knoeide wat melk. Toen ze een servet pakte om het op te vegen, kreeg ze het gevoel dat iemand haar vanuit de hoek in de gaten zat te houden. Haar maag verkrampte toen ze zich omdraaide, maar er zat niemand.

Ze sloot haar ogen, bijna in tranen, en liep naar buiten zonder gedag te zeggen.

Het was nog vroeg. De kapsalon zou pas over een uur opengaan, maar ze wist zeker dat Mabel er al was. De woensdag was haar dag om te inventariseren en bestellingen te doen en toen Julie de deur openduwde, zag ze Mabel plichtsgetrouw de planken met shampoo en conditioner controleren. Toen Mabel over haar schouder naar Julie keek, verscheen er een bezorgde blik in haar ogen.

'Wat is er gebeurd?' was het eerste dat ze zei.

'Zie ik er zo slecht uit?'

'Richard weer?'

Julie beet op haar lip en Mabel kwam meteen naar haar toe en sloeg haar armen om haar heen.

Julie ademde diep in en probeerde zich uit alle macht te beheersen. Ze wilde niet instorten, ze leek de laatste tijd bijna alleen maar te huilen en bang te zijn.

En ze was uitgeput. Ondanks haar pogingen lag ze even later dus toch te snikken in Mabels armen; haar armen en benen waren zo zwak dat ze bang was dat ze zou vallen als Mabel haar losliet.

'Stil maar, stil maar,' mompelde Mabel, 'het komt allemaal wel weer goed...'

Julie had geen idee hoe lang ze huilde, maar toen ze ophield was haar neus rood en haar mascara uitgelopen. Julie snufte en pakte een tissue toen Mabel haar eindelijk losliet.

Ze vertelde Mabel alles; dat ze Richard vlak bij haar huis had gezien, wat hij had gezegd en hoe hij had gekeken; het telefoontje naar agent Romanello en het gesprek met haar in de keuken. Mabels bezorgdheid en sympathie waren duidelijk van haar gezicht af te lezen, maar ze zei niets. Toen Julie haar echter over het telefoontje van Emma vertelde, huiverde Mabel.

'Ik zal Andrea even bellen,' zei Mabel snel. Ze liep naar de telefoon en schonk Julie een aarzelende glimlach, die langzaam plaats maakte voor een bezorgde blik toen Andrea niet opnam.

'Ze is vast onderweg en is over een paar minuten hier,' zei Mabel. 'Of misschien heeft ze besloten weer een vrije dag te nemen. Je weet hoe ze is. De woensdag is trouwens toch niet zo druk.' Het klonk bijna alsof ze zichzelf probeerde te overtuigen.

Jennifer bracht een deel van de ochtend door met steelse telefoontjes naar nutsbedrijven. Haar vermoedens werden bevestigd. Alle rekeningen werden betaald door Richards bedrijf, RPF Industries, en ze werden ook allemaal op tijd betaald.

Daarna belde ze de Kamer van Koophandel in Denver, Colorado, en hoorde ze dat er geen bedrijf met die naam meer stond ingeschreven. RPF Industries was iets meer dan drie jaar geleden opgeheven. In een opwelling belde ze de Kamer van Koophandel in Columbus, Ohio, en hoorde dat Richards bedrijf daar was ingeschreven, ongeveer een maand voordat hij voor J.D. Blanchard Engeneering was gaan werken, en maar een week nadat RPF Industries in Colorado was opgeheven.

Een telefoontje naar de bank in Colorado waar zijn bedrijfsrekening liep leverde niet veel op, alleen dat hij daar geen persoonlijke betaal- of spaarrekening had.

Jennifer dacht over alle nieuwe informatie na. Vreemd, dacht ze. Niet crimineel, maar wel vreemd. Hij wilde kennelijk niet opvallen, maar was ook niet echt onzichtbaar. Richard Franklin kon gemakkelijk worden gevonden door iedereen die bereid was enig zoekwerk te verrichten, inclusief de politie. Waarom dan dat geheimzinnige gedoe? Ze begreep het niet.

Jennifer keek op de klok en hoopte dat haar telefoontje naar J.D. Blanchard wat meer licht op de zaak zou werpen.

Jammer genoeg moest ze nog een paar uur wachten.

Pete Gandy liep in zijn lunchpauze de sportschool binnen en zag dat Richard Franklin aan het bankdrukken was. Richard deed zes herhalingen – met minder gewicht dan Pete Gandy kon drukken, maar toch niet slecht – en legde het gewicht toen terug.

Toen hij rechtop ging zitten, duurde het even voor hij Pete Gandy herkende.

'Hallo, agent, hoe maakt u het? Richard Franklin.'

Pete Gandy liep naar hem toe. 'Met mij alles goed. Hoe voelt u zich?'

'Het wordt beter.' Richard glimlachte. 'Ik wist niet dat u hier trainde.'

'Ik ben al jaren lid.'

'Ik denk er ook over lid te worden. Ik heb vandaag een proeflidmaatschap.' Hij zweeg even. 'Wilt u een set doen terwijl ik even uitrust?'

'Als u geen bezwaar hebt.

Een toevallige ontmoeting, gevolgd door een gesprek over koetjes en kalfjes.

Na een paar minuten zei Richard: 'Zeg, agent Gandy...'

'Zeg maar Pete.'

'Pete,' zei Richard. 'Ik realiseerde me net dat ik laatst vergeten was u iets te vertellen, iets dat u waarschijnlijk wel moet weten. Voor het geval dat.'

'Ja?'

Richard legde het hem uit en besloot met: 'Zoals ik al zei, ik vond dat u het moest weten. Vcor het geval dat.'

Toen hij wegliep dacht hij aan agent Dugan en diens gezichtsuitdrukking toen Richard zijn jas had geopend. Idioot.

32

Julie zou het zich altijd blijven herinneren als de laatste normale dag die ze kende.

En dat was dan in de algemene zin van het woord, want niets had de afgelopen weken normaal geleken. Singer was vreemd nerveus; hij liep rusteloos heen en weer terwijl Julie en Mabel aan het werk waren. Er kwamen klanten binnen, maar geen van hen leek echt te willen kletsen. Julie nam aan dat het kwam doordat de klanten (vooral de vrouwen) merkten dat zijzelf het liefst ergens heel ver weg zou zijn.

Toen de mist eenmaal was opgetrokken werd het heel warm, en om het nog erger te maken ging halverwege de ochtend de airconditioning kapot. Mabel zette de deur open, maar dat hielp ook niet echt omdat het niet waaide. De plafondventilator was niet voldoende en tegen de middag stond Julie op het punt flink te gaan zweten. Haar gezicht glom en ze trok geïrriteerd aan haar blouse om haar huid wat koelte toe te wuiven.

Ze had niet meer gehuild sinds die ochtend vroeg en tegen de tijd dat Mike langskwam had ze zich voldoende hersteld om dat te verbergen. Ze vond het vreselijk dat ze die ochtend was ingestort. Het was één ding om Mike te laten zien hoe ze zich voelde, maar het was wat anders om dat aan andere mensen te laten merken, ook al waren het goede vrienden.

En dan Andrea. Ze had nog steeds niets van zich laten horen. Ze had gelukkig pas tegen de middag afspraken staan, dus Mabel en Julie konden zich nog een paar uur voorhouden dat ze de ochtend vrij had genomen.

Toen de uren verstreken en Andrea's klanten kwamen, werd Julie echter steeds bezorgder.

Hoewel zij en Andrea niet echt vriendinnen waren, hoopte ze toch dat er niets met Andrea gebeurd was. En ze bad dat ze niet bij Richard was. Ze dacht erover de politie te bellen, maar wat moest ze dan zeggen? De eerste vraag zou zijn of haar afwezigheid ongebruikelijk was. En Andrea was altijd nogal onberekenbaar geweest als het op haar werk aankwam.

Wanneer hadden Andrea en Richard elkaar eigenlijk leren kennen? Tijdens het knippen? Andrea had zich duidelijk wel tot hem aangetrokken gevoeld, maar Richard had de hele tijd naar Julie zitten kijken.

Emma had tegen Mike gezegd dat Andrea met Richard samen was, dat ze had gezien dat hij haar kuste. Hij moest na hun ontmoeting in het bos naar Andrea zijn gegaan, direct nadat hij Julie had verteld dat hij van haar hield.

Het klopte gewoon niet.

Had Richard geweten dat Emma in de buurt was? Ze hadden elkaar weliswaar maar één keer ontmoet, maar ze wist zeker dat hij Emma zou herkennen en vroeg zich af of het zijn bedoeling was geweest dat Emma zou doorgeven dat ze hen samen had gezien. Maar waarom dan? Als hij het had gedaan om haar een vals gevoel van veiligheid te geven, kon hij het wel vergeten. Daar trapte ze niet meer in. Ze zou zich door hem niet meer laten verrassen.

Dat dacht ze tenminste.

Jennifer hield haar pen boven haar schrijfblok terwijl ze met Casey Ferguson van J.D. Blanchard aan de telefoon was.

'Ja, natuurlijk,' hield Ferguson de boot af, 'maar we mogen die informatie niet vrijgeven. De personeelsbestanden zijn vertrouwelijk.'

'Dat begrijp ik,' zei Jennifer, 'maar zoals ik al zei zijn we met een onderzoek bezig.'

'We hebben heel strikte vertrouwelijkheidsovereenkomsten. Dat eisen de diverse staten van ons.'

'Ik begrijp het,' zei Jennifer weer, 'maar als het nodig is halen we een dwangbevel. Ik wilde gewoon niet dat uw bedrijf ervan wordt beschuldigd een politieonderzoek tegen te werken.'

'Is dat een dreigement?

'Nee, natuurlijk niet,' zei Jennifer, maar ze wist dat ze te ver was gegaan.

'Het spijt me dat ik u niet kan helpen,' zei Casey Ferguson. 'Als u een dwangbevel hebt, werken we natuurlijk maar al te graag mee.' Daarna hing hij op.

Jennifer vloekte zacht en vroeg zich af wat ze nu moest doen.

Die avond bij Julie pakte Mike haar hand vast en leidde haar naar de slaapkamer.

Ze hadden niet meer de liefde bedreven sinds ze Richard waren tegengekomen in de bar. Niettemin voelden ze geen van beiden een hevige drang. Hun liefdesspel was langzaam en teder. Naderhand hield Mike Julie lange tijd tegen zich aan, zijn lippen tegen de huid tussen haar schouderbladen gedrukt. Julie viel in slaap, maar werd wakker toen Mike opstond. Het was wel donker maar nog vroeg, nog geen tien uur, en Mike trok zijn spijkerbroek aan.

'Waar ga je heen?'

'Ik moet Singer even uitlaten.'

Julie rekte zich uit. 'Hoe lang heb ik geslapen?'

'Niet lang… een uur of zo.'

'Sorry.'

'Ik vond het leuk om naar je ademhaling te luisteren. Je moet erg moe zijn geweest.'

Julie glimlachte. 'Dat ben ik nog steeds, maar ik ga iets te eten pakken. Wil jij ook wat?'

'Alleen een appel.'

'Is dat alles? Geen crackers of kaas of zo?

'Nee, ik heb geen honger. Ik ben alleen moe.'

Hij liep de kamer uit en Julie ging op de rand van het bed zitten en deed de lamp aan. Ze haalde een lang T-shirt uit de ladekast, trok het aan en liep de gang door.

Mike stond in de deuropening op Singer te wachten en keek haar aan toen ze langs hem heen naar de keuken liep. Ze haalde wat yoghurt uit de koelkast en pakte een appel voor Mike.

Ze zag het medaillon liggen toen ze de woonkamer in liep en verstarde. Het lag op het bureau naast de kalender, gedeeltelijk onder een stapel catalogi. Het medaillon herinnerde haar aan Richard toen hij het haar gegeven had, Richard die plotseling de deur vastgreep, Richard die op haar wachtte in het bos. Ze wilde het niet in haar huis hebben, maar met alles wat er de laatste tijd was gebeurd, was ze het vergeten.

Nu lag het op haar bureau en had ze het gezien zodra ze binnenkwam. Waarom had ze het dan eerder niet zien liggen?

Ze hoorde de klok tikken, zag Mike tegen de deurstijl leunen. Het medaillon weerkaatste het licht van de lamp op de bijzettafel. Ze realiseerde zich dat haar handen beefden.

De post, dacht ze. Het medaillon moest verschoven zijn toen ze de post op het bureau had gegooid. Ze slikte. Ja, toch?

Ze wist het niet. Ze wist alleen dat ze het niet meer in huis wilde hebben. Hoe belachelijk het misschien ook was, het leek iets kwaadaardigs uit te stralen.

Ze dwong zichzelf erheen te lopen en het onder de catalogi uit te trekken. Ze had erover gedacht het weg te gooien, maar besloot het in een la te leggen tot dit allemaal voorbij was en het dan te verkopen om het geld aan een goed doel te geven. Zelf wilde ze niets van het geld hebben.

Ze liep ermee naar de slaapkamer en keek er even naar terwijl ze de la opende. De bloemenversiering aan de buitenkant zag eruit alsof iemand die veel plezier had in zijn werk er weken mee bezig was geweest. Jammer. Ze begon haar kleren opzij te schuiven, maar merkte toen dat haar blik weer naar het medaillon werd getrokken. Het medaillon zelf was niet veranderd, maar iets was er anders.

Haar adem stokte in haar keel. Nee, dacht ze. Alsjeblieft, nee…

Ze maakte de sluiting open; ze wist dat het de enige manier was om erachter te komen. Ze liep naar de spiegel in de badkamer, hing het medaillon om en hield de uiteinden van de ketting tegen elkaar. Het medaillon hing vijf centimeter hoger dan eerst!

Ik zal een kortere ketting voor je kopen, had hij gezegd, *dan kun je het dragen wanneer je wilt.*

Julie was plotseling duizelig, week achteruit van de spiegel en liet de ketting los alsof ze haar vingers eraan had gebrand. Het medaillon viel op de grond.

Toch schreeuwde ze nog niet. Dat kwam pas een paar seconden later, toen ze omlaag keek naar het medaillon. Het was opengevallen en er zaten twee fotootjes van Richard in.

Dit keer kwam agent Jennifer Romanello niet alleen naar Julie's huis. Agent Pete Gandy zat aan de keukentafel en deed geen moeite zijn twijfels te verbergen. Het medaillon lag op de tafel en Pete pakte het op.

'Even voor de duidelijkheid,' zei hij terwijl hij het opende. 'Je slaat die kerel in elkaar, en om wraak te nemen geeft hij Julie een paar foto's van zichzelf. Dat snap ik niet.'

Mike kneep onder de tafel zijn handen tot vuisten om zichzelf in bedwang te houden.

'Ik heb je al gezegd dat hij haar stalkt.'

Pete knikte, maar bleef naar de foto's staren. 'Ja, dat zeg je steeds, maar ik probeer gewoon te kijken of er nog andere mogelijkheden zijn.'

'Andere mogelijkheden?' vroeg Mike. 'Zie je dan niet dat dit het bewijs is? Dat hij hier binnen is geweest? Dat is inbraak.'

'Maar er ontbreekt niets. Er zijn geen sporen van braak. Alle ramen en deuren waren op slot toen jullie thuiskwamen. Dat heb je zelf gezegd.'

'We zeggen ook niet dat hij iets heeft meegenomen! En ik weet niet hoe hij het heeft gedaan, maar je hoeft alleen maar je ogen open te doen om te zien dat hij hier is geweest.'

Pete stak zijn handen op. 'Rustig aan, Mike. Er is geen reden om je zo druk te maken. Ik probeer dit gewoon tot op de bodem uit te zoeken.'

Jennifer en Julie waren net zo woest als Mike, maar Pete had tegen Jennifer gezegd dat hij dit voor eens en altijd af zou handelen en dat zij haar mond moest houden. Ze keek vol afgrijzen en met morbide fascinatie toe. Hoe kon hij zo blind zijn?'

‘Tot op de bodem uitzoeken?’

‘Ja,’ zei Pete. ‘Ik zeg niet dat dit niet een beetje vreemd lijkt, want dat is wel zo. En als Julie de waarheid vertelt, dan heeft Richard Franklin een probleempje waarvoor een bezoek van mij aan hem noodzakelijk is.’

‘Ze vertelt de waarheid,’ zei Mike tandenknarsend.

Pete negeerde die opmerking en keek Julie aan. ‘Weet je absoluut zeker dat Richard die foto’s er alleen in heeft kunnen stoppen door bij je in te breken?’

Ze knikte.

‘En je hebt de halsketting de afgelopen weken niet aangeraakt?’

‘Nee,’ zei ze. ‘Hij lag onder een paar tijdschriften.’

‘Kom nou, Pete,’ zei Mike, ‘wat heeft dat er nou mee te maken?’

Pete negeerde hem en bleef Julie sceptisch aankijken. ‘Kan hij het absoluut niet op een ander moment hebben gedaan?’ vroeg hij weer.

Plotseling begreep Julie waar Pete zo op bleef hameren. Ze voelde haar maag samentrekken.

‘Wanneer heeft hij het je verteld?’ vroeg ze met een stem vol walging. ‘Heeft hij je opgebeld om te zeggen dat hij iets was vergeten te vertellen?’ vroeg ze. ‘Is dat het? Of kwam je hem toevallig ergens tegen en kwam hij er toen mee op de proppen?’

Pete zei niets, maar dat was niet nodig. Ze zag aan hem dat ze het de tweede keer goed geraden had. Richard had het hem persoonlijk willen vertellen, zodat Pete hem kon zien, en zich door hem kon laten bedotten.

Mike keek intussen van Pete naar Julie. Hij begreep niet waar ze het over hadden.

‘Wil je alsjeblieft gewoon de vraag beantwoorden?’ zei Pete.

Julie gaf niet meteen antwoord. Ze bleef Pete aankijken.

‘Ze heeft de vraag al beantwoord!’ zei Mike ten slotte. ‘Het antwoord is nee...’

Julie hoorde hem nauwelijks. Ze keek naar de dichte gordijnen.

‘Ja,’ zei ze mat. ‘Er is één ander moment geweest dat hij het had kunnen doen.’

Pete leunde met opgetrokken wenkbrauwen achterover. ‘Toen hij is blijven slapen, bedoel je.’

'Wat?' riep Jennifer.

'Wat?' riep ook Mike.

Julie keek hem aan.

'Er is niets gebeurd, Mike,' zei ze mat. 'Niets. Zijn moeder was overleden en hij was van streek en we hebben gepraat. Alleen maar gepraat. Hij viel op de bank in slaap. Daar heeft Pete het over.'

Wat ze had gezegd was de waarheid, maar één blik op Pete bevestigde haar dat Richard iets heel anders had geïmpliceerd.

En Julie zag dat Mike het ook zag.

Richard liet de camera zakken. Uitgerust met een telelens deed die nu dienst als verrekijker en hij hield Mike en Julie al in de gaten sinds ze die avond thuis waren gekomen. Althans wat hij door de dunne gordijnen heen van hen kon zien. Overdag kon hij er niet doorheen kijken, maar als 's avonds het licht aan was, kon hij hun schaduwen onderscheiden, en meer had hij niet nodig.

Vanavond zou ze het ontdekken. Hij had het medaillon natuurlijk anders neer moeten leggen na zijn gesprek met Pete Gandy, maar hij wist dat ze het zou zien liggen.

Het zou niet leuk voor haar zijn, maar hij had niet anders gekund. Het werd tijd om eens en voor altijd een einde te maken aan haar bevlieging voor Mike.

Nadat Mike de deur achter de agenten dicht had gedaan, leunde hij er met zijn handen tegenaan, in een houding alsof hij klaar stond om te worden gefouilleerd. Julie hoorde zijn zware ademhaling. Singer keek hem nieuwsgierig aan, alsof hij zich afvroeg of dit een nieuw spelletje was.

'Waarom heb je het me niet verteld?' vroeg Mike zonder zich om te draaien.

Julie wendde haar blik af. 'Ik wist dat je kwaad zou zijn...'

Mike snoof, maar ze ging door alsof ze hem niet had gehoord.

'Maar meer nog dan dat wist ik dat het je zou kwetsen en daar was geen enkele reden toe. Ik zweer je dat er niets is gebeurd. Hij heeft alleen maar gepraat.'

Mike ging rechter staan en draaide zich toen eindelijk om en keek haar kwaad aan.

'Het was de avond van ons eerste afspraakje, nietwaar?' Het was ook, zo herinnerde hij zich, de avond dat hij voor het eerst had geprobeerd haar te kussen en zij dat had afgewimpeld.

Julie knikte. 'Mooie timing, hè?'

Het was niet het moment voor grapjes en ze had er dan ook meteen spijt van.'Ik wist niet dat hij zou komen. Ik wilde net naar bed gaan toen hij aanklopte.'

'En toen liet je hem gewoon binnen?'

'Zo is het niet gegaan, Mike. We kregen ruzie omdat ik hem vertelde dat ik hem niet meer wilde zien. Het werd nogal heftig en toen heeft Singer...'

Ze zweeg. Ze wilde het er niet over hebben, omdat het geen zin leek te hebben.

'Wat deed Singer?'

Julie sloeg haar armen over elkaar en haalde haar schouders op. 'Singer beet hem. Toen ik de deur dicht wilde doen, hield hij die tegen met zijn hand en toen viel Singer hem aan.'

Mike staarde haar aan. 'Even voor de duidelijkheid,' zei hij. 'Hij komt aan de deur, jullie krijgen ruzie, Singer valt hem aan en dan nog vraag je hem binnen en laat je hem hier slapen. Vergeef me als ik het mis heb, maar je verhaal klinkt wat onwaarschijnlijk.'

'Doe dat niet, Mike. Alsjeblieft...'

'Wat? Mag ik niet van streek zijn omdat je tegen me hebt gelogen?'

'Ik heb niet tegen je gelogen.'

'Nee? Hoe noem jij het dan?'

'Ik heb het je niet verteld omdat het niet belangrijk was. Het had niets te betekenen en er is niets gebeurd. Dit gebeurt echt niet allemaal vanwege die nacht.'

'Hoe weet je dat? Misschien heeft dat hem wel deze richting uit geduwd.'

'Maar ik heb alleen maar naar hem geluisterd!'

Mike zei niets en Julie zag de beschuldigende blik in zijn ogen.

'Geloof je me niet?' vroeg ze. 'Denk je soms dat ik met hem geslapen heb?'

Het duurde lang voor Mike antwoord gaf. 'Ik weet niet meer wat ik moet denken.'

Julie herinnerde zich plotseling Richards woorden.

Ik wed dat je hem niet eens hebt verteld dat je me die nacht in je huis hebt laten doorbrengen. Wat denk je dat hij daarvan zou vinden?

Ze wist plotseling dat dit ook deel uitmaakte van Richards plan. Hij bespeelde hen, zoals hij Pete Gandy had bespeeld. Zoals hij in de Clipper had gedaan. Ze ademde diep in en dwong zichzelf rustig te praten, ondanks haar boosheid.

'Is dat wat je van me denkt, Mike? Dat ik met een man naar bed zou gaan die ik nauwelijks ken op de dag dat ik hem heb verteld dat ik hem niet meer wil zien? Nadat ik jou had verteld dat ik hem niet eens aardig vond? Je kent me al zo lang; geloof je nu echt dat ik zoiets zou doen?'

Mike staarde haar aan. 'Ik weet het niet.'

Julie voelde tranen in haar ogen prikken. 'Ik heb niet met hem geslapen.'

'Misschien niet,' zei Mike ten slotte. Zijn hand ging naar de deurklink. 'Maar het doet me pijn dat je me niet vertrouwde. Vooral na alles wat er is gebeurd.'

'Ik vertrouw je wel, maar ik wilde je niet kwetsen.'

'Dat heb je juist wel gedaan, Julie,' zei hij.

Hij deed de deur open en toen drong pas tot Julie door dat hij wegging.

'Wacht... waar ga je heen?'

Mike stak zijn handen op. 'Ik heb wat tijd nodig om na te denken, oké?'

'Alsjeblieft,' zei ze, 'ga niet weg. Ik wil vannacht niet alleen zijn.'

Mike ademde diep in, maar schudde toen zijn hoofd en liep naar buiten.

Richard zag Mike naar zijn auto lopen en het portier met een klap dichttrekken toen hij was ingestapt.

Hij glimlachte en wist dat Julie nu eindelijk zou begrijpen hoe Mike was. Dat ze niet van hem op aan kon. Dat Mike iemand was die impulsief en emotioneel reageerde, en niet verstandig. Dat Mike haar niet waard was. Dat ze een sterkere, slimmere man verdiende, een man die haar liefde wel waardig was.

In de boom gezeten, kon Richard nauwelijks wachten op het moment dat hij haar hier weg zou leiden, weg uit dit huis, uit dit stadje, uit dit leven waarin ze zich gevangen had laten nemen. Hij hief opnieuw zijn camera en keek door de gordijnen heen naar Julie's schaduw.

Zelfs haar schaduw was mooi.

33

'Wat heeft ze gedaan?' vroeg Henry.

'Je hebt me wel gehoord,' antwoordde Mike. 'Ze heeft hem bij haar laten slapen.'

In de vijftien minuten die het hem had gekost om Henry's huis te bereiken was Mike alleen maar bozer geworden. Ze stonden nu in de voortuin. Emma had een keer de deur opengedaan om te vragen wat er was, maar Mike had haar alleen maar aangestaard, er zeker van dat Emma het al wist. Henry stak zijn hand op.

'Geef me even, oké, Em? Mike is nogal van streek.' Toen Emma terug naar binnen was gegaan, wendde Henry zich weer tot zijn broer.

'Heeft ze je dat verteld?'

'Ja, toen de politie er was...'

'Ho even,' zei Henry, 'was de politie er?'

'Ze zijn net weg.'

'Waarom was de politie er?'

'Vanwege het medaillon. Richard had er foto's in gedaan. Wat moet ik verdorie nou doen?'

Henry probeerde te begrijpen wat zijn broer vertelde, maar raakte alleen maar meer in de war. Hij pakte Mike bij de arm.

'Rustig aan, Mike. Misschien kun je maar beter bij het begin beginnen.'

'Hoe lang ben je van plan te blijven zwijgen?' vroeg Pete Gandy.

Ze reden langzaam in de politiewagen door de stad en Jennifer Romanello had geen woord tegen hem gezegd sinds ze bij Julie waren weggegaan.

Jennifer draaide haar hoofd naar het raampje.

'Ben je nog steeds kwaad?' vroeg hij. 'Want als dat zo is, zul je toch moeten leren dat ons werk niet altijd gemakkelijk is.'

Jennifer keek hem vol walging aan. 'Het mag dan niet gemakkelijk zijn,' zei ze, 'maar dan hoef je je nog niet als een klootzak te gedragen.'

'Waar heb je het over? Dat deed ik niet.'

'O nee? Waarom moest je dan waar Mike bij was die opmerking maken over dat Richard daar geslapen had?'

'Waarom maak je je daar druk om. Het was toch waar?'

'Maar dat hoefde je toch niet te zeggen waar Mike bij was! Je had Julie ook even apart kunnen nemen om haar ernaar te vragen. Dan had ze het daarna rustig aan Mike uit kunnen leggen.'

'Wat is het verschil?'

'Het verschil is dat je hen er nu allebei mee verrast hebt, en waarschijnlijk een fikse ruzie hebt veroorzaakt.'

'Nou en? Het is mijn zaak niet dat ze niet eerlijk tegen elkaar zijn. Ik probeerde het gewoon tot de bodem uit te zoeken.'

'Ja, ja.' Jennifer knikte. 'En dan nog iets. Hoe wist je eigenlijk dat hij daar de nacht door had gebracht? Heb je Richard gesproken of zo?'

'Ja, toevallig wel. Ik kwam hem tegen op de sportschool. Hij lijkt me een heel aardige kerel.'

'Een aardige kerel!'

'Ja,' zei Pete op verdedigende toon. 'Hij trekt bijvoorbeeld de aanklacht in, en dat zegt toch wel wat, niet dan? Hij wil het gewoon allemaal zo snel mogelijk vergeten. En de civiele procedure zet hij ook niet door.'

'En wanneer was je van plan mij dat te vertellen?'

'Wat valt er te vertellen? De zaak is afgesloten, en bovendien gaat het je niets aan. Je moet de kneepjes van het vak nog leren.'

Jennifer sloot haar ogen. 'Het probleem is dat Richard Julie stalkt en dat ze doodsbang is. Waarom zie je dat nou niet?'

Pete schudde zijn hoofd. 'Richard heeft me over het medaillon verteld, oké? Dat deed hij voor het geval er zoiets als dit zou gebeuren. Hij vertelde me ook dat hij de foto's er die nacht in heeft gestopt. En denk erom, zelfs Julie gaf toe dat ze er al die tijd niet meer naar had gekeken, dus wie zegt dat hij liegt?'

'En je geeft niets om wat ze verder allemaal heeft gezegd? Dat hij haar volgt? Vind je dat niet een beetje toevallig?'

'Hé,' protesteerde Pete, 'ik heb hem nu een paar keer gesproken en...'

Hij werd onderbroken door de radio. Jennifer keek hem nog steeds kwaad aan terwijl ze de microfoon pakte. Sylvia van de centrale sprak tegen haar op wat onzekere toon.

'We hebben net een melding gehad van een vrachtwagenchauffeur op de snelweg. Hij zegt dat hij iets vreemds in de sloot heeft zien liggen en dacht dat we er misschien maar beter een auto heen kunnen sturen.'

'Wat dacht hij dat het was?'

'Dat zei hij niet. Ik denk dat hij haast had en niet wilde blijven om vragen te beantwoorden. Het is langs Highway 24, ongeveer een halve kilometer voorbij het benzinestation aan de noordzijde van de weg.'

'We zijn al onderweg,' antwoordde Jennifer.

Mike was een half uur weg, en het was akelig stil in huis. Julie controleerde of alle ramen en deuren goed op slot waren en liep toen door de woonkamer heen en weer, met Singer naast haar.

Julie sloeg haar armen over elkaar en keek naar de deur. Singer ging naast haar zitten en drukte zijn kop tegen haar been. Julie aaide hem. Alsof hij wist wat er aan de hand, was hij geen seconde van haar zijde geweken sinds Mike was weggelopen.

Ze wist zeker dat Richard de foto's niet die nacht dat hij op de bank had geslapen in het medaillon had gestopt. Hij kwam toen verdorie rechtstreeks van een begrafenis. En was het aannemelijk dat hij met twee kleine foto's van zichzelf op zak liep voor het geval hij de kans zou krijgen ze in het medaillon te stoppen terwijl zij in de andere kamer lag te slapen? Geen denken aan.

Nee, hij was pas hier geweest. In haar huis. Hij wist hoe hij binnen moest komen en kon dat dus weer doen.

Julie's keel trok samen toen ze daaraan dacht. Ze haastte zich naar de keuken, pakte een stoel en klemde die onder de klink van de voordeur.

Hoe kon Mike nou weggaan? Terwijl Andrea werd vermist en Richard haar stalkte? Hoe kon hij haar in hemelsnaam nú alleen laten?

Julie liep naar de bank en begon te huilen.

'Geloof je haar?' vroeg Henry.

Mike keek de straat in en ademde diep in. 'Ik weet het niet.'

Henry staarde hem aan. 'Natuurlijk wel.'

'Nee, ik weet het niet,' beet Mike hem toe. 'Hoe kan ik het weten als ik er niet bij was?"

'Omdat je Julie kent,' zei Henry. 'Je kent haar verdorie beter dan wie ook.'

Even later ontspanden Mike's schouders zich iets. 'Nee,' zei hij, 'ik geloof niet dat ze met hem geslapen heeft.'

'Waar gaat dit dan allemaal nog om?'

'Ze heeft tegen me gelogen.'

'Nee, dat heeft ze niet. Ze heeft je alleen iets niet verteld.'

'Dat is hetzelfde.'

'Nee, dat is het niet. Denk je dat ik Emma alles vertel? Vooral dingen die niet belangrijk zijn?'

'Dit was wel belangrijk, Henry.'

'Niet voor haar, Mike.'

'Hoe kan dat nou? Na alles wat er gebeurd is?'

Daar zat wel wat in, dacht Henry. Ze had misschien beter wel iets kunnen zeggen, maar het had geen zin daar nu op in te gaan.

'Wat ga je nu doen?'

Het duurde een hele tijd voor Mike eindelijk antwoord gaf. 'Ik weet het niet.'

Richard zag de schaduw-Julie op de bank zitten. Hij wist dat ze huilde en hij wilde haar vasthouden, troosten, haar pijn wegnemen. Hij bracht zijn vingers naar zijn lippen, alsof hij een klein kind probeerde te sussen. Haar emoties waren de zijne geworden en hij voelde ze allemaal: haar eenzaamheid en angst, haar hartenpijn. Nooit eerder was hij zo geroerd geweest bij het zien van iemands tranen.

Hij had zich niet meer zo gevoeld sinds hij zijn moeder in de maanden na zijn vaders begrafenis had zien huilen. Maar uiteindelijk was hij haar gaan haten.

Mike ging bij Henry weg en reed naar huis. Zijn hoofd tolde nog steeds.

De weg voor zijn ogen was wazig. Julie had het hem moeten vertellen, dacht hij weer. Natuurlijk zou hij van streek zijn geweest, maar daar zou hij zich overheen hebben gezet. Hij hield van haar en wat was liefde immers zonder vertrouwen en eerlijkheid?

Hij was ook kwaad op Henry, omdat die het allemaal zo luchtig opvatte. Misschien zou hij het anders ervaren als Emma hem had bedrogen, zoals Sarah dat een paar jaar geleden bij Mike had gedaan.

Alleen had Julie hem niet bedrogen. Hij wist dat ze daar niet over had gelogen.

Maar ze had hem ook niet vertrouwd. Dat was waar het werkelijk om ging. Vertrouwen. Ze zou het ongetwijfeld wel tegen Jim hebben verteld, dus waarom niet tegen hem?

Was hun relatie zo anders dan wat ze met Jim had gehad? Vertrouwde ze hem niet zoals ze Jim had vertrouwd?

Hield ze niet van hem?

In de boom dacht Richard nog steeds aan zijn moeder.

Hij had gehoopt dat ze na zijn vaders begrafenis sterker zou worden. Ze was echter gaan drinken en heel veel gaan roken. Daarna was ze gewelddadig geworden, alsof ze ervoor koos zich haar man te herinneren door zijn daden na te bootsen. De eerste keer dat het gebeurde was hij 's nachts plotseling wakker geworden van de pijn. Zijn moeder stond naast zijn bed met zijn vaders riem in haar handen. Ze had hem ermee geslagen.

'Het was jouw schuld!' riep ze. 'Jij maakte hem altijd kwaad!'

Ze sloeg hem telkens weer. Hij kromp ineen en smeekte haar om op te houden, maar ze ging door tot haar armen te moe waren.

De volgende nacht had ze het weer gedaan, maar nu had hij haar verwacht en had hij het geaccepteerd met dezelfde stille woede waarmee hij in het verleden ook de klappen van zijn vader had ondergaan. Toen wist hij dat hij haar haatte, maar hij kon er op dat moment niets tegen doen. Niet terwijl de politie nog argwaan koesterde over de manier waarop zijn vader was gestorven.

Negen maanden later had hij – zijn rug en benen zaten inmiddels vol littekens – zijn moeders slaappillen fijngemalen en ze in haar wodka gedaan. Ze viel in slaap en werd niet meer wakker.

Toen hij de volgende ochtend naast haar bed stond, bedacht hij hoe beperkt haar intelligentie was geweest. Ze had vermoed dat hij iets met zijn vaders dood te maken had, maar had niet kunnen geloven dat haar hetzelfde kon overkomen. Ze had moeten weten dat hij sterk genoeg was om te doen wat hij moest doen. Julie was ook sterk genoeg om haar leven te veranderen. Julie was een vechter. Dat bewonderde hij in haar.

Natuurlijk was de tijd gekomen om een einde aan het vechten te maken. Richard was ervan overtuigd dat Julie dat nu zou beseffen. Misschien niet bewust, maar wel onbewust. Nu die onzin met Mike voorbij was, had het geen zin meer het onvermijdelijke nog langer uit te stellen.

Richard klom langzaam uit de boom.

De agenten Jennifer Romanello en Pete Gandy reden langs het benzinestation en zetten de auto langs de kant van de snelweg. Ze pakten allebei hun zaklampen en stapten uit.

'Ga jij die kant op,' zei Pete, naar het benzinestation wijzend, 'dan kijk ik aan deze kant.'

Jennifer knipte haar zaklamp aan en begon te zoeken.

Julie zat nog steeds te huilen op de bank toen ze buiten iets hoorde. Singer spitste zijn oren en liep grommend naar het raam. Met bonkend hart keek Julie om zich heen, op zoek naar een wapen.

Toen Singer blafte, sprong ze van de bank af, maar even later realiseerde ze zich dat hij kwispelde.

'Julie?' hoorde ze roepen. 'Ik ben het, Mike.'

Ze liep opgelucht naar de deur en haalde snel de stoel weg. Zodra ze opendeed, keek Mike haar aan en toen naar de grond.

'Ik weet dat je niet met hem geslapen hebt,' zei hij.

Julie knikte. 'Dank je.'

'Maar ik wil er wel graag met je over praten.'

'Oké.'

Hij zei niet meteen iets, maar stak zijn handen in zijn zakken en ademde diep in.

'Zou je het Jim verteld hebben?' vroeg hij uiteindelijk.

Julie knipperde met haar ogen. Daar had ze nog niet eens over nagedacht.

'Ja,' zei ze.

Mike knikte weer. 'Dat dacht ik al.'

'We waren getrouwd, Mike. Dat moet je begrijpen.'

'Ik weet het.'

'Het heeft te maken met wat ik voor je voel. Als je had gevraagd of ik het hem zou hebben verteld toen we nog verkering hadden, zou het antwoord nee zijn geweest.'

'Echt waar?'

'Echt waar. Ik wilde je gewoon geen pijn doen. Ik hou van je. En als ik had geweten dat dit allemaal zo uit de hand zou lopen, dan had ik het je wel verteld. Ik had het je toch moeten vertellen. Het spijt me dat ik dat niet gedaan heb.'

'Het spijt mij ook,' zei hij, 'van wat ik heb gezegd.'

Julie deed aarzelend een stap naar voren en Mike sloeg zijn armen om haar heen.

'Ik wil vannacht graag hier blijven,' zei hij, 'als je dat goed vindt.'

Julie sloot haar ogen. 'Ik hoopte al dat je dat zou zeggen.'

Richard was terug in de boom gekropen toen hij Mike's auto voor het huis zag stoppen. Nu keek hij naar hen. Nee, dacht hij, nee, nee...

Als in een nachtmerrie zag hij dat Mike haar in zijn armen nam, dat ze zich tegen hem aan vlijde... nee, dit was niet waar, dit kon niet waar zijn.

Mike was teruggekomen en ze hielden elkaar vast. Alsof ze van elkaar hielden!

Richard dwong zichzelf kalm te blijven. Hij sloot zijn ogen, dacht aan zijn foto's van Jessica, van Julie, van de vogels; aan lenzen en hun mogelijkheden; aan de eigenschappen van licht...

Zijn ademhaling was veel rustiger toen hij even later zijn ogen opende. Hij had zichzelf weer onder controle.

Waarom bleef ze haar fouten herhalen? Hij had geprobeerd aardig te zijn, eerlijk te zijn. Hij had heel veel geduld gehad met haar en haar vriendje. Heel veel. Had ze dan geen idee waar ze hem toe dwong?

Jennifer liep langzaam en zwaaide haar zaklamp heen en weer, maar zag niets. Er reden auto's voorbij, maar dat drong nauwelijks tot haar door. Ze bleef naar de grond turen, zette weer een stap. Het benzinestation kwam steeds dichterbij en ze vroeg zich af waar ze naar op zoek was.

Ze liep om een weggegooide vuilniszak heen en zag aluminium bakjes en servetjes liggen. Ze begon zich af te vragen of ze moest omdraaien om Pete te helpen toen haar zaklamp iets bescheen wat haar geest aanvankelijk weigerde te identificeren.

Toen ze dat eindelijk wel deed, schreeuwde ze.

Pete Gandy draaide zich om toen hij haar stem hoorde en rende naar Jennifer toe. Hij was binnen een minuut bij haar en zag Jennifer bij een lichaam geknield zitten. Hij verstarde en kon zich plotseling niet meer verroeren.

'Bel meteen een ambulance!' riep Jennifer en Pete draaide zich om en rende naar de politieauto.

Haar paniek opzijzettend, concentreerde Jennifer zich op het lichaam. Het gezicht van de jonge vrouw was bloederig en misvormd. Er zat een ring van bloeduitstortingen rond haar nek. Een van haar handen lag in een vreemde hoek. De pols was duidelijk gebroken. Jennifer had eerst aangenomen dat ze dood was, tot ze haar hand uitstak en een zwakke pols voelde.

Toen Pete terugkwam hurkte hij naast Jennifer neer.

Toen hij een ogenblik later het slachtoffer herkende, gaf hij over langs de kant van de weg.

34

Toen Julie donderdagochtend op haar werk arriveerde, werd ze daar opgewacht door de agenten Gandy en Romanello. Ze zag meteen aan hun gezichten waarom ze waren gekomen.

'Het is Andrea, nietwaar?'

Mabel stond achter hen, haar ogen waren rood en gezwollen. 'O, lieverd,' zei ze, naar Julie toe komend en haar in de armen nemend. 'Mike en Henry komen er ook aan...' Ze begon weer te huilen.

'Wat is er gebeurd?'

'Hij heeft haar bijna doodgeslagen,' snikte Mabel. 'Ze ligt in coma... Ze weten niet of ze het zal halen... Ze hebben haar vannacht naar Wilmington gevlogen...'

Julie's knieën werden even week. Een ogenblik later stormden Mike en Henry binnen. Mike zag Julie en Mabel voor hij de agenten aankeek.

'Wat heeft hij Andrea aangedaan?' vroeg Mike.

Jennifer aarzelde. Hoe moest je een dergelijk pak slaag beschrijven? Het bloed, de gebroken botten...

'Het was heel erg,' zei Pete uiteindelijk. 'Ik heb nog nooit zoiets gezien.'

Mabel begon opnieuw te snikken en ook Julie vocht tegen haar tranen. Henry leek zich niet te kunnen verroeren, maar Mike keek Jennifer aan.

'Hebt u Richard al gearresteerd?' vroeg hij.

'Nee,' antwoordde Jennifer.

'Waarom niet, verdorie?'

'Omdat we niet weten of hij het gedaan heeft.'

'Natuurlijk wel! Wie anders zou zoiets doen?'

'Luister, ik weet dat jullie van streek zijn...' zei Jennifer.

'Natuurlijk zijn we van streek!' riep Mike uit. 'Hoe moeten we anders reageren? Hij loopt nog ergens rond terwijl jullie hier je tijd staan te verspillen!'

'Nou moet je eens even goed luisteren,' zei Pete snel en Mike wendde zich tot hem.

'Even goed luisteren? Jij bent hier degene die het verkloot heeft! Als jij niet zo verdomd stom was geweest, was dit allemaal niet gebeurd! Ik heb je toch gezegd dat die kerel gevaarlijk was! We hebben je gesmeekt iets te doen! Maar jij had het te druk met de stoere agent uithangen om te zien wat er aan de hand was.'

'Rustig aan, Mike...'

Mike liep naar hem toe. 'Vertel me niet wat ik moet doen! Dit is jouw schuld!'

Jennifer sprong tussen hen in. 'Hier helpen we Andrea niet mee!' riep ze. 'Houd je gemak, jullie allebei!'

Mike en Pete keken elkaar nog steeds woest aan. Jennifer ging verder.

'En... we wisten niet van Richard,' zei ze, Mike en Julie aankijkend. 'Niemand van jullie had ons verteld dat Andrea met hem uitging, en we hebben Andrea gisteravond gevonden nadat we bij jullie weggingen. Ze was al in coma en we konden niet weten wie haar dit had aangedaan. Pete en ik zijn bijna tot de ochtend ter plaatse geweest en we zijn hierheen gekomen omdat Andrea hier werkte, niet omdat we iets vermoedden. Mabel vertelde ons net pas over hem en Andrea. Begrijp je het?'

Mike wendde eindelijk zijn blik van Pete af. 'Ja, ik begrijp het,' zei hij. 'Ik ben van streek, het spijt me.'

Jennifer wendde zich tot Julie. 'Mabel zei dat Emma Richard en Andrea samen in Morehead City had gezien, klopt dat?'

'Ja,' antwoordde Julie. 'Een paar dagen geleden. De dag dat ik hem in het bos had gezien.'

'En jij wist ook niet dat ze met hem uitging?'

'Nee,' zei Julie. 'Ik hoorde het pas toen Emma me belde.'

'Vond je het dan niet vreemd dat ze gisteren niet kwam werken?'

'Natuurlijk maakten we ons zorgen, maar het was niet de eerste keer dat Andrea niet kwam opdagen. Ze blijft wel vaker weg, zo is ze gewoon,' zei Mabel.

'Belde ze dan niet op?'

'Soms, maar niet altijd.'

Jennifer wendde zich weer tot Julie. 'Waarom heb je er gisteravond niets over gezegd toen agent Gandy en ik bij je waren?'

'Ik heb er niet bij stilgestaan. Ik was te zeer van streek over het medaillon, en na wat Pete had gezegd...'

Jennifer knikte; ze begreep precies wat Julie bedoelde. 'Zou Emma hierheen kunnen komen? Ik wil graag horen wat ze te zeggen heeft.'

'Geen probleem,' zei Henry. 'Ik bel haar wel even.'

Ondertussen stelde Jennifer nog een aantal vragen, eerst over wat er was gebeurd en toen de meer algemene dingen... waar Andrea meestal uitging, wie haar vrienden waren, of er iemand anders bij de zaak betrokken zou kunnen zijn... gewoon de standaardprocedure.

Julie kon zich maar moeilijk op de vragen concentreren. Hoe erg ze het ook vond wat er met Andrea was gebeurd, ze kon het idee niet van zich afzetten dat Richard haar de afgelopen weken had gevolgd. Dat hij in haar huis was geweest. En dat zij het volgende slachtoffer zou kunnen zijn.

Emma kwam binnen, met rode ogen van het huilen. Jennifer stelde haar dezelfde vragen.

Emma wist niets meer dan wat Julie en Mabel al hadden verteld, al vertelde ze wel waar ze hen had gezien... voor een bar die de Mosquito Grove heette, langs de waterkant.

Nadat ze Emma had ondervraagd, vroeg Jennifer aan Mabel of ze Andrea's werkplek mocht doorzoeken. 'Misschien ligt er ergens iets dat ons een idee kan geven over haar relatie met Richard.'

'Ga je gang,' zei Mabel.

Jennifer doorzocht vruchteloos de laatjes en zag toen een foto van Andrea in een hoekje van de spiegel zitten.

'Mag ik dit meenemen?'

'Natuurlijk,' zei Mabel.

Jennifer keek even naar het fotootje en zei toen:' Oké, dat is het voor nu.'

Iedereen leek tegelijk te knikken. Jennifer aarzelde even, maar stapte toen naar Mike en Julie toe.

'Ik wil dat jullie weten,' zei ze, 'dat als Richard dit inderdaad heeft gedaan, hij tot alles in staat is. Het is de zwaarste mishandeling die ik ooit heb gezien, niet te beschrijven. Hij is psychotisch. Begrijp dat goed.'

Mike slikte moeizaam.

'Doe wat jullie moeten doen voor je veiligheid. Allebei.'

Jennifer en Pete liepen zwijgend naar de auto. Ze was verrast... verrast omdat hij haar het woord had laten doen, én over de nieuwe vastberadenheid die ze in zijn grimmige uitdrukking herkende.

In de auto stak hij de sleutel in het contactslot, maar leunde toen achterover zonder de auto te starten. Hij staarde naar buiten.

'Ze knipt mijn haar,' zei hij na een poosje. 'Daarom herkende ik haar vannacht.'

Jennifer keek zwijgend naar Pete.

'Ze heeft dit niet verdiend,' zei hij. 'Niemand verdient zoiets.'

Jennifer legde een hand op zijn schouder. 'Ik vind het heel erg voor je,' zei ze.

Hij knikte en startte de motor.

'We moesten Richard Franklin maar eens opzoeken op zijn werk,' zei hij zacht. 'Ik wil hem verrassen als het kan, zodat hij geen tijd heeft om iets te verzinnen. Als hij het heeft gedaan, zal hij hiervoor boeten. Zwaar boeten.'

'Hij is niet op zijn werk,' zei ze, haar handen in haar schoot. 'Hij heeft een maand geleden ontslag genomen.'

Pete keek haar aan. Hij had donkere kringen onder zijn ogen. 'Hoe weet je dat?'

'Ik heb de afdeling personeelszaken bij J.D. Blanchard gebeld.'

'Heb je onderzoek naar hem gedaan?'

'Niet officieel.'

Pete keek weer naar de weg en bracht de auto tot stilstand in de schaduw van een grote magnolia. 'Waarom vertel je me niet wat je precies gedaan hebt,' zei hij. 'En maak je geen zorgen over eventuele problemen… dit blijft onder ons.'

Jennifer ademde diep in en begon te vertellen.

In de kapsalon stond Henry voor zich uit te staren. Mike zag bleek en Mabel veegde haar tranen weg. Emma stond dicht tegen Henry aan. Julie zat met haar armen over elkaar op de bank heen en weer te wiegen.

'Ik kan het niet geloven,' fluisterde Emma. 'Ik kan het gewoon niet geloven. Hoe kon hij haar dat nou aandoen?'

Mabel keek naar de grond. 'Ik denk dat ik vandaag naar haar toe ga. Ik weet niet wat ik anders moet doen.'

'Het is allemaal mijn schuld,' zei Julie. 'Ik had haar voor hem moeten waarschuwen. Ik kon zien dat ze zich tot hem aangetrokken voelde.'

'Het is niet jouw schuld,' wierp Mike tegen. 'Je had dit met geen mogelijkheid kunnen voorkomen. Als zij het niet was geweest, dan wel iemand anders.'

Ik bijvoorbeeld, dacht Julie.

'Ik begrijp het gewoon niet,' zei ze. 'Waarom hier? Waarom moest hij nou juist hierheen komen? En waarom zij? Ze heeft hem toch niets gedaan.'

'Hij is gek,' zei Mabel. 'Wanneer ze hem oppakken, hoop ik dat ze hem voor heel lange tijd opsluiten.'

Als ze hem te pakken krijgen, dacht Julie.

Henry keek naar buiten en toen naar Julie. 'Die agente had gelijk wat jullie veiligheid betreft,' zei hij. 'Jullie kunnen hier niet blijven. Niet na wat er met Andrea is gebeurd, niet nadat hij in je huis is geweest. Jullie zijn hier niet meer veilig.'

'Waar moeten we dan heen?' vroeg Julie.

'Maakt niet uit. De stad uit. Duik onder tot hij gepakt is. Jullie kunnen het strandhuis gebruiken als je wilt. Daar vindt hij jullie niet.'

'Hij heeft gelijk,' zei Emma, 'jullie moeten hier weg. En het strandhuis staat niet op onze naam geregistreerd, het zit in een trustfonds, dus hij kan er nooit achter komen dat het van ons is. Er is al maanden niemand geweest, dus hij weet niet eens van het bestaan ervan. Hij zal niet weten waar hij jullie moet zoeken.'

'Ik krijg kippenvel bij het idee erheen te gaan,' zei Julie. 'Het is er zo stil.'

'Wil je liever bij mij blijven?' zei Mike.

'Nee. Ik weet zeker dat hij jou ook weet te wonen.'

'Ga nou maar,' zei Mabel. 'Henry heeft gelijk. Het is hier te gevaarlijk voor jullie.'

'Maar als hij ons dan volgt? Als hij me nu in de gaten houdt?'

Vijf paar ogen gingen instinctief naar het raam.

'Pak mijn auto,' zei Henry. 'Nee, pak die van Emma. En ga nu meteen weg. Mike en ik gaan even buiten kijken en als we hem niet zien, rijden jullie direct naar de snelweg. Dat is een lang recht stuk, dus kun je zien of je gevolgd wordt. Sla in Jacksonville een paar keer onverwachts af en rij wat rondjes om er zeker van te zijn dat er niemand achter je aan komt. Het gaat er nu om dat jullie vertrekken voordat Richard dat in de gaten heeft.'

'Moeten we het de politie niet vertellen?'

'Dat regel ik wel. Ga nu maar. En wat je ook doet, ga niet eerst naar huis.'

Even later waren Mike en Julie weg.

Het kostte Jennifer tien minuten om Pete alles te vertellen wat ze te weten was gekomen. Pete knikte toen ze was uitgesproken en keek haar aan alsof het hem opeens allemaal duidelijk was.

'Ik wist dat er iets niet klopte aan die kerel,' zei hij. 'Zelfs in de sportschool leek hij gewoon te gladjes, weet je.'

Jennifer staarde hem sprakeloos aan. Ondanks haar opluchting dat hij eindelijk het licht scheen te hebben gezien en haar ergernis dat dat zoveel moeite had gekost, was ze blij dat hij ten slotte aan haar kant stond.

'Maar als hij niet aan het werk is, waar is hij dan?' vroeg Pete.

'Ik weet het niet. We kunnen misschien zijn huis proberen.'

Pete knikte. 'Laten we dat maar doen.

Een kwartier later reden ze de oprit van het huurhuis op. Ze maakten allebei hun holsters open toen ze uitstapten.

Van dichtbij zag het huis er slechter uit dan vanaf de weg, vond Jennifer. De gordijnen waren dicht. Er stond geen auto, maar er liep een grindpad achterom. Er was nergens beweging te zien.

'Het lijkt erop dat onze verdachte is verdwenen,' fluisterde Pete.

Nee, dacht Jennifer, volgens mij is hij nog hier.

Richard keek vanachter de bomen naar hen. Hij was achter het huis bezig geweest zijn auto schoon te maken – binnen had hij de sporen van wat er de vorige dag was gebeurd al grotendeels uitgewist – toen hij hen aan hoorde komen.

Hij had hen natuurlijk wel verwacht, maar niet zo snel.

Pete en Jennifer liepen voorzichtig naar de voordeur en keken elkaar aan terwijl Pete aanklopte. Jennifer stond naast hem, haar hand op haar holster. Ze keek naar de ramen en trok toen instinctief haar wapen.

Richard keek naar de agenten.

Hij ademde diep in en trok zich toen snel verder tussen de bomen terug. Hij vroeg zich af hoe ze Andrea zo snel met hem in verband hadden weten te brengen.

DNA? Nee, dat kon het niet zijn, dat duurde minstens een week. Andrea moest haar mond voorbij hebben gepraat. Of iemand had hen samen gezien, in de bar misschien. Of in Morehead City.

Het maakte niet uit. Hij had al geweten dat zijn tijd als Richard Franklin ten einde liep. De situatie met Andrea had het alleen versneld. Hij wist dat hij onmogelijk alle bewijzen van wat hij in het huis met Andrea had gedaan had kunnen uitwissen. Daar was de moderne onderzoekstechnologie te geavanceerd voor. Daarom had hij ook geen moeite gedaan haar lichaam te verbergen. Zodra ze een huiszoekingsbevel kregen – wat feitelijk slechts een kwestie van tijd was – zouden ze vinden wat ze nodig hadden om hem te veroordelen.

Toch wilde hij dat hij nog een uur de tijd had gehad om zijn spullen te pakken. Zijn camera's en lenzen lagen nog binnen en die liet hij niet graag achter. Evenmin als de foto's, vooral die van Jessica. Hij wist dat de politie ze waarschijnlijk niet kon gebruiken om meer over Jessica aan de weet te komen – hij had alle foto's die erop konden duiden waar ze hadden gewoond zorgvuldig vernietigd – maar hij zou ze nooit meer kunnen vervangen.

De foto's van Julie zou hij ook missen, maar daar maakte hij zich minder zorgen over. Ze zouden de rest van hun leven de tijd hebben om nieuwe te maken.

Hij vroeg zich af of Julie al van Andrea op de hoogte was en wat ze zou doen als dat zo was. Ze zou vluchten, dacht hij meteen. Ze was waarschijnlijk zelfs al weg. Nog een reden voor hem om snel te vertrekken.

Hij dacht na over de mogelijkheden. Als de agenten achterom zouden komen lopen...

Het was een gok, maar hij had weinig keus. Stilletjes liep hij in de richting van de politieauto.

'Laten we achter het huis gaan kijken,' fluisterde Jennifer. Haar wapen voelde vreemd licht aan in haar hand. 'Ik heb het gevoel dat hij nog steeds hier is.'

Pete knikte en liep in de richting van het grindpad, maar toen hij Jennifer de andere kant op zag gaan, aarzelde hij maar even alvorens haar te volgen. Toen ze tussen de dichte struiken door de achterkant van het huis bijna hadden bereikt, drukte Jennifer zich tegen de muur van het huis en keek om de hoek.

Richards auto stond er, en het portier aan de passagierskant was open.

Ze hield haar wapen voor zich en knikte in die richting. Pete trok ook zijn wapen.

Ze keek weer en gebaarde Pete toen haar te volgen. Ze slopen zo stil mogelijk achterom, luisterden...

De achterdeur van het huis stond open. Ze waren nu dicht bij de auto en hoorden muziek uit de autoradio. Jennifer bleef staan en keek van links naar rechts. *Hij is hier buiten en kijkt naar ons.*

Hij stalkt ons. Zoals hij Julie stalkte.

Ze zag weer voor zich wat er van Andrea's gezicht over was gebleven. Ze keek achterom en zag Pete naar de achterdeur lopen.

Toen hoorden ze de schreeuw. Het was een doordringende gil. Jennifer keek Pete aan en haalde de veiligheidspal van haar wapen over.

Het geluid kwam van de voorkant van het huis.

Pete sprong van de veranda en rende terug naar voren. Jennifer volgde hem. Maar toen ze daar aankwamen, was er niets te zien.

Alles was nog precies zoals voorheen. Ze splitsten zich op. Pete liep naar de voorgevel van het huis, Jennifer stapte de voortuin in. Ze deed haar uiterste best om kalm te blijven. Iets verderop zag ze een aantal lage bomen omringd door dichte struiken. Ze voelde dat haar handen nat waren van het zweet.

Daar zit hij, dacht ze. Hij verbergt zich daar en wil dat ik hem kom halen. Achter haar hoorde ze Pete het grind op lopen.

Jennifer hief haar wapen zoals haar vader haar dat geleerd had.

'Meneer Franklin, ik ben agent Romanello en ik heb mijn wapen getrokken.'

Pete draaide zich om toen hij dat hoorde en kwam over het pad in haar richting gelopen. Ook hij had zijn wapen geheven.

Vanachter het huis klonk het geluid van een auto die gestart werd. Het gaspedaal werd helemaal ingetrapt en grind spatte achter de banden op. De auto kwam met hoge snelheid op hen af.

Pete stond verstijfd op het grindpad; de auto vertraagde niet. Pete richtte het wapen op de auto maar aarzelde en Jennifer zag wat er zou gebeuren.

Op het allerlaatste moment sprong Pete opzij. Hij landde op zijn borst en schoof een stuk door. Zijn wapen vloog uit zijn hand.

Jennifer had maar een fractie van een seconde om te schieten, maar vanwege Pete's duik en het slechte zicht tussen de bomen door, besloot ze het niet te doen.

De auto reed met piepende banden de weg op.

Jennifer rende naar Pete. Hij kwam al overeind en begon naar zijn wapen te zoeken.

Het duurde een paar seconden voor ze het gevonden hadden en toen renden ze zwijgend naar de politieauto. Ze trokken tegelijk hun portieren dicht. Pete wilde de motor starten, maar de sleuteltjes waren weg.

Op dat moment zag Jennifer dat de bedrading van de radio uit het dashboard getrokken was.

Richards auto was al bijna niet meer te horen.

'Verdomme!' zei Pete en hij gaf een klap op het stuur.

Jennifer pakte haar mobiele telefoon en belde het bureau. Omdat het een klein stadje was en er maar een paar agenten dienst hadden, had ze weinig hoop dat ze Richard te pakken zouden krijgen. Pete keek haar aan toen ze de verbinding had verbroken.

'Wat doen we nu?'

'Ik ga naar binnen.'

'Zonder huiszoekingsbevel?'

Jennifer opende het portier en stapte uit. 'Hij heeft geprobeerd je te overrijden en is waarschijnlijk op weg om iemand anders kwaad te doen. Dat lijkt me een gegronde reden om naar binnen te gaan. Vind je niet?'

Even later kwam Pete Gandy achter haar aan.

Jennifer Romanello leerde de kneepjes van het vak wel heel snel, dacht hij.

Het viel Jennifer op hoe normaal het er binnen allemaal uitzag. De keuken was wonderbaarlijk schoon en er stond niets op het aanrecht. De keuken mocht dan oud zijn, maar zag er bijna gezellig uit, het soort keuken dat kinderen zich herinneren als ze aan hun grootouders denken. Een eenvoudige tafel, netjes aangeschoven stoelen.

Jennifer liep door naar de woonkamer en bedacht weer dat er niets bijzonders te zien was. Het meubilair was eenvoudig en alles stond op zijn plaats. En toch...

Het duurde even voor ze zich realiseerde wat er niet klopte.

Er was nergens iets persoonlijks te zien. Helemaal niets. Geen foto's of schilderijen aan de muur, geen tijdschriften, geen kranten, geen planten. Geen stereo-installatie, geen televisie.

Alleen een bank, bijzettafeltjes en een paar lampen.

Jennifer keek de trap op. Achter haar kwam Pete binnen, zijn wapen geheven. 'Beetje leeg, hè?' zei hij.

'Ik ga naar boven,' zei ze.

Pete volgde haar. Ze stapten de overloop op, keken even om zich heen en liepen toen naar rechts. Ze deden een deur open en knipten het licht aan in de donkere kamer. In het rode licht voelde Jennifer zich plotseling zwak worden toen ze zich realiseerde waar Richard de afgelopen weken zijn tijd mee had doorgebracht.

'O, mijn God,' was het enige dat ze kon uitbrengen.

Omdat hij de aandacht niet op zich wilde vestigen, vertraagde Richard zijn snelheid zodra hij de hoofdwegen had bereikt.

Zijn hart ging hevig tekeer, maar hij was vrij! Vrij! Hij was ontsnapt toen ontsnapping onmogelijk had geleken en lachte hardop. Hij voelde zich fantastisch.

Jammer dat Pete Gandy opzij gesprongen was. Hij kon zich het prachtige geluid voorstellen waarmee de auto hem zou hebben geraakt, maar helaas, Pete zou nog wel even blijven leven.

Hij lachte weer en begon zich op zijn plan te concentreren.

Hij moest zich van de auto ontdoen, maar hij wilde eerst zo ver mogelijk van Swansboro vandaan. Hij reed de snelweg naar Jacksonville op. Daar zou hij de auto ergens parkeren waar die niet zo snel opviel en dan zijn zoektocht naar Julie beginnen.

Jessica had ook een keer geprobeerd bij hem weg te lopen. Ze was met de bus het halve land door gereisd en had gehoopt dat hij haar gewoon zou laten gaan. Maar hij had haar opgespoord en toen hij de deur opendeed van het verwaarloosde motel waar ze logeerde en haar op het bed aantrof, was ze niet eens verbaasd geweest hem te zien. Ze had hem verwacht. Toen hij haar het medaillon gaf, had ze het omgehangen alsof ze besefte dat ze geen andere keus had.

Hij trok haar overeind van het bed, negeerde haar lethargie en sloeg zijn armen om haar heen. Hij verborg zijn gezicht in haar haren en ademde haar geur in terwijl Jessica's armen willoos langs haar lichaam hingen.

Je dacht toch niet dat ik je zo gemakkelijk zou laten gaan, is het wel? fluisterde hij.

Alsjeblieft, fluisterde zij.

Zeg het.

Nee, je kon me niet laten gaan.

Het was verkeerd van je om weg te lopen, nietwaar?

Jessica begon te huilen toen ze zich realiseerde wat er zou komen.

O... alsjeblieft... doe me geen pijn... alsjeblieft, niet weer...

Maar je probeerde weg te lopen, zei hij. *Daarmee deed je mij pijn, Jessica.*

O... God... alsjeblieft... nee...

In de deuropening van de donkere kamer knipperde Pete Gandy een paar keer met zijn ogen en bewoog zijn hoofd heen en weer terwijl hij probeerde te bevatten wat hij zag.

Aan de muur hingen honderden foto's van Julie. Julie terwijl ze de kapsalon uit kwam, Julie terwijl ze in de auto stapte, Julie in het bos tijdens een wandeling met Singer, Julie aan het avondeten, Julie in de supermarkt, Julie op haar veranda, Julie terwijl ze de krant las, Julie terwijl ze de post ophaalde. Julie op het strand. Julie op straat. Julie in haar slaapkamer.

Julie overal waar ze de afgelopen maand was geweest.

Dit had zelfs Jennifer niet verwacht. Ze wilde langer blijven, maar ze wist dat ze de rest van het huis moest controleren op tekenen dat Andrea hier was geweest. Pete stond nog steeds als versteend.

'Die kerel is niet te geloven,' fluisterde hij toen Jennifer langs hem heen de kamer uitliep. In de tweede slaapkamer vond Jennifer Richards fitnessapparatuur. Hij had een spiegel opgehangen, omringd door nog meer foto's. Jennifer liep naar de derde deur, waarvan ze aannam dat het zijn slaapkamer was.

Ze trok de deur open en zag een versleten ladekast. In de kleerkast vond ze Richards pakken, netjes opgehangen. Tegen de muur stond een wasmand; op de vloer naast het bed een telefoon.

Het was echter de foto op het nachtkastje die haar aandacht trok.

Ze dacht eerst dat het Julie was. Het haar was hetzelfde en de ogen hadden dezelfde kleur; maar toch was ze het niet, realiseerde ze zich een tel later. De vrouw op de foto was een paar jaar jonger dan Julie en had een bijna kinderlijke glimlach. Toen Jennifer het fotolijstje oppakte zag ze het medaillon dat de vrouw droeg. Het was het medaillon dat Julie haar in de keuken had laten zien.

Ze stootte met haar voet ergens tegenaan. Het voelde zwaar aan. Toen ze omlaag keek, zag ze de punt van een aktetas net onder het bed uit steken.

Ze pakte hem, legde hem op het bed en maakte hem open.

Er zaten tientallen foto's in van de vrouw in het lijstje. Pete kwam achter haar binnen. 'Wat is dat?' vroeg hij.

'Nog meer foto's,' zei ze.

'Van Julie?'

'Nee. Ik weet het niet zeker, maar ik denk dat dit Jessica is.'

35

Nog geen drie kwartier later krioelde het in Richard Franklins huis van de politieagenten en sheriffs. Het forensisch team uit Jacksonville verzamelde vingerafdrukken en zocht naar bewijzen van Andrea's aanwezigheid.

Jennifer en Pete stonden buiten met hun commandant, Russell Morrison. Hij liet hen alles twee keer vertellen en luisterde toen naar Jennifers relaas van wat ze allemaal al had ontdekt.

'Is dit dezelfde man die laatst in de bar door Mike Harris is aangevallen? De man van wie Julie beweerde dat hij haar stalkte?'

'Ja,' zei Jennifer.

'Maar je hebt geen concreet bewijs dat hem in verband brengt met Andrea?'

'Nog niet.'

'Hebben jullie Andrea's buren al gevraagd of ze hem gezien hebben?'

'Nee. We zijn vanaf de kapsalon rechtstreeks hierheen gegaan.'

Russell Morrison dacht na over wat hij had gehoord.

'Alleen dat hij is gevlucht wil nog niet zeggen dat hij degene is die Andrea heeft mishandeld. Evenmin als de andere dingen die je over hem te weten bent gekomen.'

'Maar...'

Morrison stak zijn handen op. 'Ik zeg niet dat ik denk dat hij onschuldig is. Verdorie, hij heeft geprobeerd een agent te doden, dat vergeet ik heus niet.' Hij keek naar Pete. 'Gaat het echt wel met je?'

'Ja, ik ben woest, maar wel in orde.'

'Jij hebt de leiding van dit onderzoek, maar ik zet iedereen erop.'

Pete knikte. Toen kwam een van de agenten die binnen bezig waren geweest, Fred Burris, snel naar hen toe.

'Baas?' riep hij.

'Morrison draaide zich om. 'Ja?'

'Ik denk dat we wat hebben,' zei hij.

'Wat is het?'

'Bloed.'

Henry's strandhuis stond op Topsail Beach, zo'n veertig minuten van Swansboro vandaan. Het schiereiland bestond grotendeels uit rollende duinen vol helmgras en wit zand en was in de zomer populair bij gezinnen, al woonden niet veel mensen er het hele jaar. Nu was het er erg rustig.

Net als alle huizen daar was het boven de garage en opslagruimtes gebouwd in verband met de stormvloed. Vanaf de achterveranda kwam je via een trap op het strand en de ramen aan de achterkant van het huis boden vrij uitzicht op de golven.

Julie stond bij het raam naar de zee te kijken.

Zelfs hier kon ze zich niet ontspannen, zich niet veilig voelen.

Mike en zij hadden bij de supermarkt voldoende eten gehaald voor een week en daarna bij de Wal-Mart wat kleren en toiletartikelen gekocht. Ze wisten geen van beiden hoe lang ze hier zouden blijven, en ze wilden zich niet onder de mensen begeven als het niet nodig was.

Alle gordijnen behalve dit waren dicht en Mike had Emma's auto in de garage gezet, zodat die vanaf de weg niet te zien was. Onderweg had hij Henry's advies opgevolgd; hij was diverse keren van richting veranderd en had daarbij constant in zijn spiegel gekeken. Ze waren niet gevolgd, dat wisten ze zeker. Toch kon Julie het gevoel niet van zich afzetten dat Richard haar zou vinden.

Mike ruimde de boodschappen op; Julie hoorde de kastjes in de keuken open- en dichtgaan.

'Misschien hebben ze hem al opgepakt,' zei Mike.

Julie zei niets. Singer kwam naast haar staan en duwde zijn neus tegen haar heup. Julie begon hem automatisch te aaien.

'Gaat het?'

'Nee,' zei ze, 'niet echt.'

Mike knikte. Stomme vraag.

'Ik hoop dat Andrea in orde is,' zei hij.

Toen ze niet antwoordde, keek Mike op. 'We zijn hier veilig,' zei hij. 'Dat weet je toch? Hij kan onmogelijk weten dat we hier zijn.'

'Ik weet het.'

Maar daar was ze niet zo zeker van en haar angst was zo groot, dat ze instinctief terugweek van het raam. Singer spitste zijn oren toen hij dat zag.

'Wat is er?' vroeg Mike.

Julie schudde haar hoofd. Ze zag twee stelletjes langs de waterlijn lopen, in tegengestelde richting. Verder was er niemand.

'Niets,' zei ze uiteindelijk.

'Het uitzicht is prachtig, hè?'

Julie keek omlaag. Eerlijk gezegd was haar dat nog niet opgevallen.

Morrison stond met zijn agenten voor Richards huis en vertelde hun wat hij gedaan wilde hebben.

'De politie en de sheriffs van Jacksonville zoeken al naar zijn auto,' zei hij, 'maar ondertussen wil ik dat jullie het volgende doen. Haroldson en Teeter... jullie gaan naar de brug en praten met iedereen van het personeel die misschien iets over hem weet. Waar hij heengaat, wie zijn vrienden zijn, wat hij graag doet.

Thomas... jij blijft hier terwijl het forensisch team de bewijzen verzamelt. Zorg dat ze alles labelen en in zakjes doen... dit moet precies volgens het boekje gebeuren...

Burris... jij gaat naar Andrea's appartement en praat met haar buren. Ik wil weten of iemand die kerel bij haar heeft gezien...

Johnson... hetzelfde geldt voor jou. Ik wil dat je naar Morehead City rijdt om erachter te komen of iemand kan bevestigen dat Andrea en Richard daar samen waren...

Puck... jij zoekt uit met wie Andrea nog meer is uit geweest die dit gedaan zou kunnen hebben. We weten waarschijnlijk al wie de dader is, maar je weet hoe advocaten van de verdediging zijn. We moeten elke mogelijke verdachte opzoeken...'

Hij wendde zich tot Jennifer en Pete. 'En jullie tweeën... ik wil dat jullie alles over die kerel ontdekken wat er te ontdekken valt. Alles. En probeer ook wat over die Jessica te vinden. Ik wil met haar praten, als dat kan.'

'En het dwangbevel voor J.D. Blanchard?' vroeg Jennifer.

Morrison keek haar aan. 'Dat regel ik wel.'

Net als Julie en Mike ging ook Richard Franklin boodschappen doen. Hij zette zijn auto op de achterste parkeerplaats bij het ziekenhuis – waar het niemand zou opvallen dat hij een paar dagen bleef staan – pakte de tassen met boodschappen, liep een eind de straat door en stapte het toilet van een benzinestation binnen. Hij deed de deur achter zich op slot.

In de plastic tassen zaten spullen die hij nodig had voor de verandering die hij al eens eerder had ondergaan: een scheermes, een schaar, haarkleurmiddel, bruiningscrème en een goedkope leesbril. Niet veel, maar voldoende om zijn uiterlijk enigszins te veranderen. Voldoende om haar te vinden.

Hij wist alleen nog niet waar ze heen was gevlucht. Dat ze gevlucht was, wist hij wel zeker. In de kapsalon werd de telefoon niet opgenomen en toen hij de garage had gebeld, had een van Henry's andere knechtjes gezegd dat Mike ook weg was.

Waar was ze heen? Richard glimlachte. Hij wist dat hij snel antwoord op die vraag zou krijgen. Mensen maakten altijd fouten, zelfs als ze voorzichtig probeerden te zijn. En haar fout zou zijn, daar was hij van overtuigd, dat iemand wist waar ze was.

Henry, Emma of Mabel waarschijnlijk. En de politie. Die zouden haar op de hoogte willen houden, een oogje op haar willen houden.

Een van die mensen zou hem bij haar brengen.

Zachtjes fluitend begon hij zijn uiterlijk te veranderen. Een half uur later kwam hij weer naar buiten; blonder, bruiner, met een bril en zonder snor. Een ander mens.

Nu moest hij alleen nog een auto zoeken. Hij liep naar het winkelcentrum tegenover het ziekenhuis.

Op het bureau belde Jennifer eerst de politie van Denver, waar ze uiteindelijk werd doorverbonden met rechercheur Cohen. Ze vertelde hem wie ze was en waar ze mee bezig was.

'Ja,' zei hij toen ze was uitgesproken, 'ik zal zien wat ik kan doen. Ik zit nu niet aan mijn bureau, maar ik bel u over een paar minuten terug.'

Nadat ze had opgehangen keek ze naar Pete. Hij belde met diverse luchtvaartmaatschappijen op de vliegvelden van Jacksonville, Raleigh en Wilmington en probeerde erachter te komen of Richard inderdaad de stad uit was geweest toen hij Julie had verteld dat hij naar zijn moeders begrafenis was geweest. Zo ja, dan wilde hij weten waarheen, in de hoop dat het hen naar iemand zou leiden die wat meer over hem kon vertellen.

Morrison zat in zijn kantoor en deed dienst als informatiecentrum waar alle agenten verslag kwamen doen. Thomas had een paar minuten geleden gebeld; het forensisch team had sperma op de lakens aangetroffen en onderzocht het bed nu op verder bewijs.

Toen Cohen terugbelde, nam Jennifer onmiddellijk op.

'We hebben informatie over een paar Richard Franklins,' zei hij, 'het is geen ongebruikelijke naam. Vertel me eens wat over jullie man.'

Jennifer gaf hem een korte beschrijving... lengte, gewicht, kleur haar en ogen, geschatte leeftijd, ras.

'Oké, geef me heel even.'

Ze hoorde hem op de computer tikken.

'Hmm,' zei hij ten slotte.

'Wat?'

Hij aarzelde. 'Ik denk niet dat we iets voor u hebben.'

'Niets? Niet eens een arrestatie?'

'Nee. We hebben gegevens over zeven personen met de naam Richard Franklin. Vier van hen zijn Afro-Amerikaans, eentje is er dood, eentje is zestig jaar oud.'

'En de laatste?'

'Een drugsgebruiker. Hij is ongeveer zo oud als jullie mannetje, maar hij zou niet voor een ingenieur kunnen doorgaan. Hij zit geregeld in de gevangenis. En volgens onze gegevens heeft hij nooit op het adres gewoond dat u hebt opgegeven.'

'Is er niets anders? Kunt u de gegevens van andere steden opvragen?'

'Alles staat hier in,' zei Cohen en hij klonk net zo teleurgesteld als zij. 'We hebben informatie over iedereen die sinds 1977 in de staat Colorado is gearresteerd.'

'Zou u me toch een foto van die laatste man kunnen faxen of e-mailen?'

'Natuurlijk, maar ik denk niet dat hij het is. Hoe dan ook... laat het me weten als u nog iets anders nodig hebt. Zo'n kerel hebben we liever niet los rondlopen.'

Zodra ze had opgehangen, belde Jennifer de politie in Columbus, in de hoop dat ze daar meer geluk zou hebben.

Mabel was die ochtend meteen naar het ziekenhuis gereden en zat nu naast Andrea's bed op de afdeling intensive care. Ze hield Andrea's hand vast en hoopte dat ze op de een of andere manier zou merken dat ze er was.

'Het komt weer goed met je, liefje,' fluisterde ze. 'Je vader en moeder komen gauw.'

De hartmonitor piepte gestaag ten antwoord. Mabel keek naar de telefoon.

Ze wou dat ze wist hoe het onderzoek verliep en dacht er even over Pete Gandy te bellen, maar ze was nog te kwaad op hem. Mike had gelijk gehad. Als hij meteen naar Julie had geluisterd, was dit allemaal niet gebeurd.

Mabel hoorde voetstappen naderen. Ze keek op en zag de verpleegster, die elke twintig minuten kwam kijken of er al verandering was.

De eerste vierentwintig uur waren kritiek, had de dokter gezegd. Als Andrea zonder hersenbeschadiging uit haar coma zou komen, zou er binnen die tijd zeer waarschijnlijk enige verbetering optreden.

Aan het gezicht van de zuster die aantekeningen maakte zag Mabel echter dat er nog geen verandering was.

Jennifer hing net op na haar telefoontje met de politie van Columbus toen Morrison zijn kantoor uit kwam.

'We hebben het dwangbevel. De rechter heeft het een paar minuten geleden ondertekend en het wordt nu naar J.D. Blanchard gefaxt. We zullen de informatie dus wel zo krijgen.'

Jennifer knikte maar was niet in staat haar teleurstelling te verbergen.

'Nog niets?' vroeg Morrison.

Ze schudde haar hoofd. 'Helemaal niets. Hij heeft in Colorado of Ohio niet eens een bon gehad voor te hard rijden.'

'En de fax uit Denver?'

'Die man leek niet eens op hem.' Ze keek weer naar de gefaxte foto. 'Ik begrijp het niet. Hij kan toch niet zomaar uit het niets zijn opgedoken. Ik weet zeker dat hij eerder zoiets heeft uitgehaald. Er moet ergens iets over hem te vinden zijn. Is er nog nieuws van het huis?'

'Hij lijkt pas te hebben schoongemaakt. Ze hebben een paar dingen gevonden, maar we weten pas of we daar iets aan hebben als het onderzocht is. Het bloedmonster is onderweg naar Wilmington. Daar hebben ze een van de beste labs in de hele staat en kunnen ze het meteen met Andrea's bloed vergelijken. Dat staat bovenaan op de prioriteitenlijst en hopelijk komen de monsters overeen. Het is in elk geval wel dezelfde bloedgroep, A.'

'Al iets uit Morehead? Of van de mensen van de brug?'

'Tot dusver niet. Franklin was kennelijk erg op zichzelf. Niemand daar mocht hem en ze wisten niet eens waar hij woonde. Haroldson en Teeter moeten nog met een paar mensen praten, maar hebben weinig hoop. Wat Burris en Puck betreft, niemand heeft Franklin bij Andrea's appartement gezien, maar ze verzamelen ook informatie over mogelijke andere verdachten, voor de zekerheid. Ze ging met vrij ruwe knapen om.'

'We moeten Richard Franklin hebben,' zei Jennifer.

Morrison maakte een gebaar alsof hij dat wel wist. 'Over een paar uur weten we het zeker. Wat Morehead City betreft, Johnson loopt daar met Andrea's foto rond. Goed idee trouwens om die mee te nemen. Maar tot dusver nog niets.'

Jennifer knikte.

'Heb je al iets over Jessica kunnen vinden?' vroeg Morrison.

'Nee,' zei ze. 'Dat is de volgende stap.'

Julie zat op de bank met Singer naast haar. Mike zette de televisie aan en probeerde alle kanalen, maar zette hem toen weer uit. Hij liep door het huis, controleerde nog eens of de voordeur op slot was en keek door het raam naar de straat.

Die was verlaten.

'Ik denk dat ik Henry maar even bel,' zei hij ten slotte. 'Om hem te laten weten dat we goed zijn aangekomen.'

Julie knikte.

Jennifer keek weer naar de foto's die ze in Richards aktetas had gevonden. Anders dan Julie zag Jessica er op de meeste foto's uit alsof ze met plezier had geposeerd. Het leek ook waarschijnlijk dat ze inderdaad zijn vrouw was geweest; Jennifer zag op sommige foto's een verlovingsring, waar later een trouwring bij was gekomen.

Jammer genoeg vertelden de foto's haar helemaal niets over Jessica zelf... als ze inderdaad zo heette. Er stond nergens iets achterop wat naar haar meisjesnaam zou kunnen verwijzen en op de foto's zelf waren geen herkenbare punten te zien. Jennifer vroeg zich af hoe ze meer over haar te weten zou kunnen komen.

Ze zocht op het internet naar een Jessica Franklin uit Colorado of Ohio, maar vond ook daar niets bruikbaars. Dat verbaasde haar niet echt. Na een echtscheiding nam een vrouw gewoonlijk weer haar meisjesnaam aan.

Maar als ze nou niet gescheiden waren?

Hij had altijd gedemonstreerd hoe gewelddadig hij was. Jennifer keek naar de telefoon, aarzelde heel even en belde toen rechercheur Cohen in Denver.

'Geen probleem,' zei die. 'Zijn naam komt me trouwens bekend voor, maar ik weet even niet waarvan. Ik kijk even mijn bestanden na.'

Ze wachtte.

'Nee,' zei hij uiteindelijk. 'Geen slachtoffers van moord onder de naam Jessica Franklin, en ook geen vermiste personen.'

'Is er een manier om iets over hun huwelijk te weten te komen? Wanneer het plaats heeft gevonden? Hoe lang ze getrouwd zijn geweest?'

'Daar hebben wij geen gegevens over en daar zal ook niet gemakkelijk aan te komen zijn als u niet weet waar ze getrouwd zijn. U zou kunnen proberen of er bij het kadaster een huis op hun beider naam staat ingeschreven.'

'Hebt u het telefoonnummer?'

'Niet bij de hand, maar ik kan het wel even opzoeken.'

Ze hoorde hem een la opentrekken, vloeken en toen een collega om het telefoonboek vragen.

Even later gaf hij haar het nummer en terwijl ze het opschreef, kwam Pete naar haar bureau lopen.

'Daytona,' zei hij. 'Die klootzak zat in Daytona toen hij zei dat hij naar zijn moeders begrafenis was geweest...'

'Daytona? Kwam Julie daar niet vandaan?'

'Dat weet ik niet meer,' zei Pete snel, 'maar luister... als zijn moeder is overleden, is er waarschijnlijk een overlijdensadvertentie. Ik heb al ingelogd bij de krant en ben de informatie nu aan het printen. Slim, hè?'

Jennifer zei niets. Ze dacht na. 'Vind je dat niet vreemd?' vroeg ze. 'Ik bedoel dat zijn moeder doodgaat in dezelfde plaats waar Julie is opgegroeid?'

'Misschien zijn ze samen opgegroeid.'

Mogelijk, maar niet waarschijnlijk, dacht ze hoofdschuddend. Daar zou Julie vast en zeker iets van gezegd hebben. Maar... waarom moest hij dan in Daytona zijn? Ze werd plotseling bleek.

'Heb je het telefoonnummer van Julie's moeder?' vroeg ze.

Pete schudde zijn hoofd. 'Nee.'

'Zoek het op. We moeten met haar praten.'

'Maar de overlijdensadvertenties dan?'

'Vergeet die maar. We weten niet eens of dat verhaal over zijn moeder wel waar is. Laten we liever zijn telefoongegevens opvragen, zodat we kunnen zien wie hij heeft gebeld.'

Dat had ik meteen al moeten doen, besefte ze. Ze had dus toch nog wel het een en ander te leren.

'Telefoongegevens?'

'Van zijn huis, Pete. Vraag de telefoongegevens van Richard Franklin op.'

Pete knipperde met zijn ogen. 'Aan die overlijdensadvertenties hebben we dus niets?'

'Nee. Hij is daar niet naartoe gegaan voor zijn moeder. Hij is erheen gegaan om informatie te krijgen over Julie. Daar wil ik wat om verwedden.'

Henry zat met Emma aan de keukentafel en keek afwezig naar een vlieg die telkens tegen het raam vloog.

'Ze weten dus zeker dat ze niet gevolgd zijn?'

Henry knikte. 'Dat zei Mike toen hij belde.'

'En denk je dat ze veilig zijn?'

'Ik hoop het, maar ik zal geen rust hebben tot ze die klootzak hebben opgepakt.'

'En als ze hem niet vinden? Hoe lang moeten ze zich daar dan blijven schuilhouden?'

'Zo lang als nodig is, maar ze vinden hem wel.' Hij zweeg even. 'Ik zal de politie maar even laten weten waar ze zijn.'

Jennifer zat afwezig met haar haar te spelen terwijl ze het gesprek met Henry afsloot.

'Bedankt dat u het me hebt laten weten,' zei ze, 'dat stel ik op prijs. Dag.'

Ze waren dus de stad uit gegaan, dacht ze. Enerzijds zou ze dat zelf waarschijnlijk ook hebben gedaan, maar anderzijds waren ze nu wel verder weg als ze hulp nodig hadden. Topsail was veertig minuten van Swansboro vandaan.

Bij het kadaster was ze niet wijzer geworden. Het huis stond alleen op Richards naam.

Omdat ze nergens anders meer heen kon voor informatie, richtte

Jennifer haar aandacht weer op de foto's. Die konden niet alleen iets vertellen over degene die erop stond, maar ook over de maker. En Richard was goed geweest. Hij was niet zomaar een weekendfotograaf, maar iemand die foto's als kunst beschouwde. Dat klopte wel met de uitrusting die ze in het huis hadden aangetroffen.

Ze had zich daar niet eerder mee bezig gehouden, maar kon die wetenschap nuttig zijn? En zo ja, hoe? Ze wist het nog niet zeker.

Maar hoe langer ze keek, hoe meer ze het idee kreeg dat ze op het juiste denkspoor zat. Terwijl ze erover nadacht wat de foto's over Richard vertelden, had ze sterk het gevoel dat ze op het punt stond iets belangrijks te vinden.

36

In Denver dacht rechercheur Larry Cohen over de telefoontjes na.

Agent Romanello had informatie gewild over Richard Franklin en hoewel hij zonder succes de database had doorzocht, wist hij dat hij de naam eerder had gehoord.

Het kon natuurlijk van alles zijn geweest. Een getuige in een van de honderden zaken waarbij hij betrokken was geweest; of misschien had hij de naam zelfs ooit in de krant gelezen. Of was het een vreemde met wie hij tijdens een feestje had staan praten. Hij had echter sterk het gevoel dat de naam iets met politiezaken te maken had.

Maar als hij nooit gearresteerd was, wat was het dan?

Hij stond op en besloot het aan een paar mensen te vragen. Misschien kon iemand anders van het bureau hem helpen.

Een uur later kwam Morrison zijn kantoor uit met de telefoongegevens en de informatie die Richard Franklin over zichzelf aan J.D. Blanchard had gegeven. In de fax zaten ook zijn cv en informatie over eerdere projecten waaraan hij had meegewerkt.

Pete pakte de telefoongegevens; Jennifer legde de foto's opzij en begon de informatie van J.D. Blanchard te bestuderen.

Bovenaan het cv had Richard een appartement in Columbus als adres opgegeven; wat eronder stond, was echter een goudmijn. Voor wie hij had gewerkt en wanneer, referenties, eerdere ervaring en opleiding.

'Hebbes,' fluisterde ze. Ze belde eerst inlichtingen en daarna Lentry Construction in Cheyenne, Wyoming, zijn laatste werkgever voor hij voor zichzelf was begonnen.

Nadat ze zichzelf had voorgesteld aan de receptioniste werd ze doorverbonden met Clancy Edwards, de vice-voorzitter, die al bijna twintig jaar bij het bedrijf in dienst was.

'Richard Franklin? Natuurlijk herinner ik me hem nog,' zei Edwards. 'Hij deed het fantastisch hier. Verstond zijn vak uitstekend. Het verbaasde me niet dat hij voor zichzelf begon.'

'Wanneer hebt u hem voor het laatst gesproken?'

'O... even denken hoor. Hij is naar Denver verhuisd, weet u. Ik denk dat het zo'n acht of negen jaar geleden moet zijn geweest. Ja, in vijfennegentig was het. Volgens mij was dat een project in...'

'Neem me niet kwalijk, meneer Edwards, maar weet u ook of hij getrouwd was?'

Het duurde even voor Edwards zich realiseerde dat ze hem weer wat had gevraagd. 'Getrouwd?'

'Ja, was hij getrouwd?'

Edwards lachte zacht. 'Nee hoor. We waren er allemaal vrij zeker van dat hij homofiel was...'

Jennifer vroeg zich af of ze hem wel goed had verstaan. 'Wacht even. Weet u dat zeker?'

'Nou, niet voor honderd procent. Hij heeft er nooit iets over gezegd en wij hebben het niet gevraagd. Het doet er ook niet toe, zolang iemand zijn werk maar goed doet. Dat is altijd ons beleid geweest...'

'Kon hij goed met iedereen overweg?' onderbrak Jennifer hem, toen ze zich herinnerde wat Jake Blansen aan de telefoon had gezegd.

'O ja, absoluut. Zoals ik zei, verstond hij zijn vak heel goed en daar respecteerden de mensen hem om. Hij was ook een heel aardige kerel. Hij heeft ooit een hoed gekocht voor de verjaardag van mijn vr...'

'En de bouwvakkers? Kon hij het met hen goed vinden?'

'Jazeker, met hen ook. Zoals ik al zei, iedereen vond hem aardig. Sommigen hadden misschien problemen met zijn... nou ja, zijn persoonlijke leven, maar iedereen kon met hem opschieten. We vonden het allemaal jammer dat hij wegging.'

Toen Jennifer niets zei, leek Edwards behoefte te hebben de stilte te vullen.

'Mag ik vragen waar dit over gaat? Hij zit toch niet in moeilijkheden, is het wel? Er is hem toch niets overkomen?'

Jennifer probeerde de nieuwe informatie nog steeds te bevatten.

'Het is in verband met een onderzoek. Meer kan ik u jammer genoeg niet vertellen,' zei ze. 'Herinnert u zich nog of er ooit een firma heeft gebeld die J.D. Blanchard heet, voor referenties over hem?'

'Ik niet, maar de directeur volgens mij wel. We hebben hem van harte aanbevolen, zoals ik al zei was hij...'

'Weet u of fotografie een hobby van hem was?'

'Richard? Misschien wel, maar dat heeft hij mij dan nooit verteld. Waarom?'

'Zomaar,' zei ze en ze had opeens geen vragen meer. 'Ik dank u hartelijk voor uw tijd, meneer Edwards. Mag ik u nog eens bellen als ik nog meer vragen heb?'

'Ja, hoor, geen probleem. U kunt me hier meestal tot zes uur bereiken.'

Jennifer bedankte hem nogmaals en hing op. Ze vroeg zich af waarom niets van wat ze zojuist had gehoord leek te kloppen.

'Je had gelijk,' zei Pete een paar minuten later tegen Jennifer. 'Er stond een nummer van een privé-detective in Daytona op de lijst.' Hij keek op zijn briefje. 'Richard heeft drie keer naar een zekere Croom's Investigations gebeld. Er werd niet opgenomen toen ik belde, maar ik heb een bericht ingesproken. Lijkt me een eenmansbedrijf. Geen secretaresse, en een mannenstem op het antwoordapparaat.'

'En Julie's moeder?'

Pete schudde zijn hoofd. 'Ja, ik heb haar nummer wel, maar ze nam niet op. Ik probeer het straks wel opnieuw. Hoe gaat het bij jou?'

Jennifer vertelde hem over haar gesprek met Clancy Edwards.

'Homofiel, hè?' zei Pete. 'Het zou inderdaad kunnen.'

'Ik ga het volgende bedrijf op de lijst proberen,' zei ze. 'Het is lang geleden dat hij daar heeft gewerkt, maar ik hoop toch dat ik iemand kan spreken die zich hem nog herinnert. Daarna wil ik de bank in Denver proberen waar hij zijn rekeningen had lopen, of misschien kan ik informatie over hem krijgen van een van zijn vroegere buren. Als ik die tenminste nog kan vinden.'

'Dat kan wel even duren.'

Jennifer knikte afwezig. Ze dacht nog steeds aan het gesprek met Edwards. 'Kun jij ondertussen proberen iets over zijn jeugd te weten te komen. Hier staat dat hij in Seattle geboren is, dus bel de grote ziekenhuizen maar en probeer een geboortebewijs te krijgen. Misschien komen we meer te weten als we zijn familie vinden. Dan ga ik hier mee verder.'

'Natuurlijk.'

'O... en blijf de detective en Julie's moeder proberen. Ik wil echt met hen praten.'

'Komt voor elkaar.'

Het duurde langer om een auto te vinden dan hij verwacht had, maar Richard reed ten slotte de parkeerplaats van het winkelcentrum af in een groene Pontiac Trans Am uit 1984. Voor zover hij kon zien hield niemand hem in de gaten.

Belachelijk dat mensen nog steeds de sleuteltjes in het contact lieten zitten. Beseften ze niet dat iemand misbruik zou maken van hun stommiteit? Nee, natuurlijk niet. Zulke dingen zouden hén nooit overkomen. Het was een wereld vol Pete Gandy's, blinde en luie idioten die ons kwetsbaar maken voor terroristen, niet alleen door hun stommiteit, maar ook door hun gebrek aan ijver en hun gezapige onwetendheid. Hij zou zelf nooit zo onvoorzichtig zijn, maar hij beklaagde zich nu natuurlijk niet. Hij had een auto nodig, en deze was prima.

De middag sleepte zich voort.

Jennifer was tijdens haar telefoongesprekken niet veel verder gekomen. Buren vinden was bijna onmogelijk geweest en had vreselijk veel tijd gekost. In vier uur tijd had ze vier mensen gesproken, die Richard Franklin allemaal ooit hadden gekend. Twee waren voormalige buren van hem en twee waren bedrijfsleiders die zich Richard Franklin vaag herinnerden van het jaar dat hij in Sante Fe, New Mexico had gewerkt.

Ze hadden alle vier ongeveer hetzelfde over Richard gezegd als Edwards.

Hij was een aardige kerel die met iedereen goed overweg kon.

Hij was waarschijnlijk homofiel.

Als hij al fotografie als hobby had, wisten zij daar niets van.

Jennifer stond op van haar bureau en liep weer naar het koffieapparaat.

Wie was Richard Franklin? En waarom was het net alsof iedereen iemand anders beschreef?

Elders in het land besprak Larry Cohen de situatie met een paar mensen van zijn afdeling. Net als hij herkenden ze de naam wel, maar konden ze hem niet plaatsen.

Waarom kwam die naam hem toch zo bekend voor, vroeg Cohen zich fronsend af toen hij weer achter zijn bureau ging zitten. En niet alleen hem, maar ook de anderen op het bureau? Terwijl hij nooit was gearresteerd en niemand zich kon herinneren hem als getuige te hebben gehoord?

Hij stoof overeind toen het antwoord hem te binnen schoot. Hij tikte wat in op het toetsenbord van zijn computer en zag zijn ingeving bevestigd. Hij stond op en zocht de rechercheur op met wie hij moest gaan praten.

Pete had meer geluk. Hij had al snel de informatie over Richards verleden gevonden. Trots liep hij naar Jennifer om haar erover in te lichten, juist toen haar telefoon ging. Ze stak haar vinger op om Pete te vragen even te wachten en nam de hoorn op.

'Politiebureau Swansboro,' zei Jennifer, 'u spreekt met agent Romanello.'

'Met rechercheur Cohen uit Denver.'

Jennifer ging recht zitten. 'O... hallo. Hebt u iets gevonden?'

'Ja. Ik dacht, na uw telefoontje bleef ik me maar afvragen waarom die naam me zo bekend in de oren klonk, en ik heb er de anderen hier ook naar gevraagd en eindelijk herinnerde ik het me weer.' Hij zweeg even. 'Daarna vertelde een van de andere rechercheurs me iets heel interessants. Het had te maken met een zaak van een vermist persoon waar hij vier jaar geleden aan heeft gewerkt.'

Jennifer pakte haar pen. 'Jessica Franklin?'

Pete keek Jennifer aan toen hij Jessica's naam hoorde.

'Nee. Het ging niet over Jessica.'

'Over wie hebt u het dan?'

'Richard Franklin. De man over wie u me belde. Hij was de vermiste persoon,' zei rechercheur Cohen langzaam.

'Maar hij is hier.'

'Dat begreep ik van u, ja. Maar vier jaar geleden is hij verdwenen. Hij verscheen op een dag niet op zijn werk en na een week nam zijn secretaresse uiteindelijk contact met ons op. Ik heb de rechercheur gesproken die destijds het onderzoek leidde. Hij zei dat het er alle schijn van had dat de kerel plotseling verdwenen was. Er lagen kleren op het bed, de laden stonden open en er ontbraken twee koffers... en zijn auto was ook weg. Hij had een groot bedrag gepind op de dag dat hij voor het laatst gezien werd.'

'Er vandoor gegaan?'

'Daar ziet het wel naar uit.'

'Maar waarom dan?'

'Dat begreep de rechercheur ook niet. En niemand van zijn kennissen overigens. Ze zeiden dat hij er niet de man naar was om er zomaar vandoor te gaan en alles achter te laten. Niemand begreep er iets van.'

'En er was geen sprake van problemen met de wet?'

'De rechercheur heeft daar in elk geval niets over gevonden. Geen dreigende rechtszaken of zo, en hij had ook geen problemen met ons, zoals ik al zei. Het is net of hij gewoon ergens anders opnieuw wilde beginnen.'

Dat idee had Jennifer ook gehad toen ze zijn kredietgegevens onder ogen kreeg.

'Waarom had zijn familie hem niet als vermist opgegeven?'

'Dat is het punt. Hij had geen familie. Zijn vader was overleden, hij had geen broers of zussen en zijn moeder was dement en zat al jaren in een verpleegtehuis.'

Jennifer dacht over de implicaties na. 'Hebt u informatie die u me zou kunnen toesturen?'

'Natuurlijk. Ik heb het dossier er al bij gepakt. Ik kan het u morgen per expresse toesturen zodra ik kopieën heb gemaakt.'

'Zou u het alstublieft kunnen faxen?'

'Het is een dik dossier,' zei hij. 'Het zou minstens een uur duren.'

'Alstublieft,' zei ze. 'Ik zit waarschijnlijk toch de hele avond hier.'

'Ja,' zei hij. 'Dat kan ik wel doen. Geef me uw faxnummer maar even.'

Door het raam boven de keukentafel in Henry's strandhuis gloeide de oceaan oranje, alsof hij onder het wateroppervlak in brand stond. Het werd langzaam donkerder in de keuken toen de laatste sporen van de dag begonnen te verdwijnen. De lamp boven de tafel gonsde zacht.

Mike ging dicht bij Julie staan. Ze stond naar Singer te kijken, die op het strand in het zand lag, zijn oren gespitst.

'Ben je er al aan toe om wat te eten?' vroeg hij.

'Ik heb geen honger.'

Mike knikte. 'Hoe is het met Singer?'

'Prima.'

'Er is daar buiten niemand, weet je,' zei Mike. 'Singer zou het ons laten weten.'

Julie knikte en leunde tegen Mike aan toen hij een arm om haar heen sloeg.

Morrison kwam zijn kantoor uit en liep naar Jennifer en Pete.

'Het is inderdaad Andrea Radley's bloed. Het lab heeft net gebeld. Geen twijfel mogelijk.'

Jennifer hoorde hem nauwelijks. Ze staarde naar de eerste bladzijde uit Denver die uit de fax rolde.

'En Johnson heeft een getuige gevonden,' vervolgde Morrison. 'Een van de barkeepers van de Mosquito Grove herinnerde zich Andrea. Hij gaf een prima beschrijving van Richard Franklin en noemde hem een klootzak.'

Jennifer staarde nog steeds naar de eerste faxpagina en negeerde de andere pagina's die nog uit de fax kwamen.

'Hij is niet Richard Franklin,' zei ze zacht.

Morrison en Pete keken haar verbaasd aan.

'Waar heb je het over?' vroeg Morrison.

'De verdachte,' zei ze. 'Hij heet niet Richard Franklin. De echte Richard Franklin wordt al vier jaar vermist. Hier,' zei ze, en ze reikte Morrison de eerste bladzijde van de fax aan. Het was een foto van de vermiste, en hoewel de gefaxte foto wat wazig was, maakten het kale hoofd en de grove gelaatstrekken meteen duidelijk dat dit niet de man was die ze zochten. 'Dit krijg ik net binnen uit Denver. Dit is de echte Richard Franklin.'

Morrison en Pete keken naar de foto.

'Is dit Richard Franklin?' vroeg Pete verbijsterd. 'Maar ze lijken helemaal niet op elkaar.'

Morrison keek Jennifer aan. 'Bedoel je dat onze verdachte zijn identiteit heeft overgenomen?'

Jennifer knikte.

'Naar wie zijn wij dan in godsnaam op zoek?' vroeg Morrison.

'Ik heb geen idee,' zei Jennifer.

37

'Heeft er nog iemand ideeën?' vroeg Morrison.

Een uur later kon Morrison zijn woede en frustratie nauwelijks voor zijn verzamelde agenten verbergen. Samen met Jennifer en Pete had hij alle voorwerpen bekeken die ze uit het huis hadden gehaald, in de hoop dat ze iets zouden kunnen vertellen over de identiteit van de verdachte, maar dat had niets opgeleverd. Evenmin als een nader onderzoek van de telefoongegevens.

'En de vingerafdrukken? Misschien hebben we daar iets aan,' zei Burris.

'Die worden momenteel gecontroleerd. Maar tenzij hij ooit in North Carolina is gearresteerd, zullen we niets vinden. Ik heb de politiecommandant van Colorado gevraagd ze bij hen ook door het systeem te halen, maar het is niet eens zeker dat hij ooit in Denver is geweest.'

'Maar hij heeft Richard Franklins identiteit overgenomen,' protesteerde Jennifer.

'Dat wil nog niet zeggen dat hij verantwoordelijk is voor diens verdwijning. Hij kan de informatie ook toevallig hebben gevonden en gebruikt.'

'Maar...'

Morrison stak zijn handen op. 'We moeten gewoon alle opties openhouden. Ik zeg niet dat hij er niets mee te maken had, maar we moeten overal rekening mee houden. Bovendien gaat het daar hier niet om. Het gaat nu om Andrea Radley... wat hij heeft gedaan, waartoe hij in staat is. Wat weten we zeker? Romanello? Jij schijnt het meeste kijk op hem te hebben.'

Jennifer vertelde alles wat ze wist.

'Hij is goed opgeleid, waarschijnlijk afgestudeerd als ingenieur. Hij houdt van fotograferen en lijkt er oog voor te hebben, wat betekent dat hij het waarschijnlijk al lang doet. Hij heeft een vrouw gehad die Jessica heette, maar meer weten we niet over haar. Hij is waarschijnlijk een psychopaat; hij stalkt Julie al sinds ze hem heeft leren kennen en lijkt haar te verwarren met zijn vrouw. Ze lijken erg op elkaar en hij heeft haar zelfs een keer Jessica genoemd. En vanwege wat hij de afgelopen paar jaar heeft gedaan, ben ik er vrij zeker van dat hij eerder met de wet in aanraking is geweest. Ik vermoed dat hij op de vlucht is, wat inhoudt dat hij ervaring heeft in het ontlopen van de politie.'

Morrison knikte. 'Oké, dit is wat we gaan doen. Burris... ga jij naar Blanchard en kijk of ze een foto van die kerel hebben. We hebben niet veel tijd, maar ik wil hem vanavond op het nieuws zien, als het kan. Ik zal de televisiestations bellen en de situatie uitleggen. Ik wil zijn foto ook in de krant, dus laat een verslaggever hierheen komen zodat we nog wat te zeggen hebben over de informatie die erbij komt te staan. De rest van jullie moet proberen uit te zoeken waar ons mannetje is. Bel elk hotel en motel in Swansboro en Jacksonville om te zien of iemand die aan de beschrijving voldoet zich vandaag heeft ingeschreven. Als zich iets voordoet, ga je er met z'n tweeën naar toe. En daarna heb ik jullie vanavond na de nieuwsuitzending allemaal hier nodig om de telefoontjes te beantwoorden. De belangrijkste vraag is of ze hem vandaag gezien hebben. Niet gisteren, niet vorige week. En probeer de gekken eruit te schiften.'

Morrison keek om zich heen. 'Is het iedereen duidelijk? Aan de slag dan.'

Omdat hij wist dat ze in de omgeving van Swansboro naar hem zouden zoeken, was Richard twee uur in noordoostelijke richting gereden en had hij zich ingeschreven in een verwaarloosd motel aan de snelweg, waar de klanten contant betaalden en niet naar een identiteitsbewijs werd gevraagd.

Nu lag hij in bed naar het plafond te staren. Ze zullen me niet vinden, dacht hij.

Hij vroeg zich af of de politie al wist dat hij niet de echte Richard Franklin was. Zelfs als dat zo was, konden ze hem niet met diens verdwijning in verband brengen of zijn vorige identiteit bepalen. Het vinden van de juiste soort man – een man zonder familie – was het moeilijkste geweest, zelfs met de computers in de bibliotheken die hij had bezocht terwijl hij op de vlucht was voor de politie. Het zoeken via internet was vreselijk saai en tijdrovend geweest, maar hij had volgehouden en in de ene na de andere stad naar exact de juiste man gezocht. Hij had geen andere keus gehad en hij herinnerde zich nu nog het gevoel van opluchting toen hij eindelijk had gevonden wat hij zocht.

Hij had drie staten doorkruist en was de Mississippi overgestoken op weg naar Denver en had de man toen drie weken in de gaten gehouden zoals hij dat nu met Julie deed. Franklin was klein en kalend, duidelijk homofiel, en was meestal alleen. Soms werkte Franklin laat over en op een avond had hij hem in het donker over de parkeerplaats naar zijn auto zien lopen, zoekend naar zijn sleutels.

De man had hem niet horen aankomen, en hij had zijn wapen tegen Franklins hoofd gezet.

'Doe precies wat ik zeg en ik laat je leven,' had hij gefluisterd.

Dat was natuurlijk een leugen geweest, maar die had zijn doel bereikt. Franklin had precies gedaan wat hij zei en al zijn vragen beantwoord. Franklin was naar de geldautomaat gegaan en had twee koffers gepakt. Hij had zich zelfs laten vastbinden en blinddoeken in de hoop dat zijn medewerking zou worden beloond.

Hij had Franklin de bergen in gereden en hem gezegd langs de kant van de weg te gaan liggen. Hij herinnerde zich het smeken van de man en het moment dat Franklin uit angst zijn blaas had geleegd toen hij de onmiskenbare klik hoorde van een wapen dat op scherp wordt gezet. Drie uur later lag hij in een graf dat nooit gevonden zou worden.

Omdat Richard Franklin als vermist werd genoteerd en niet als overleden, was het gemakkelijk om zijn identiteit over te nemen. Sindsdien had hij zichzelf getraind om niet te reageren op zijn eigen naam, of zelfs maar op te kijken als hij die ergens hoorde. Inmiddels klonk zijn echte naam hem vreemd in de oren.

Hij had met Richard Franklin afgerekend, zoals hij met zijn moeder en zijn vader had afgerekend. En met de jongens in het pleeggezin. En zijn kamergenoot op de universiteit. En Jessica.

Nu was het tijd om met Mike af te rekenen.

Mabel zat bij Andrea toen haar ouders arriveerden. Ze waren zes angstige uren onderweg geweest, en Mabel liet hen alleen met hun dochter. Ze liep naar de wachtkamer en dacht aan Mike en Julie; ze hoopte dat ze veilig waren. Nadat ze Andrea's wonden had gezien toen de artsen het verband kwamen verschonen, wist ze wat voor monster Richard Franklin werkelijk was en dat Mike en Julie in veel groter gevaar verkeerden dan ze beseften.

Topsail was niet ver genoeg. Ze moesten veel verder weg. Daar moest ze hen van zien te overtuigen.

Het politiebureau van Swansboro gonsde de hele avond van activiteit.

Na alle telefoontjes hadden ze twaalf mogelijke verdachten die zich in hotels hadden ingeschreven. Met de hulp van het sheriffskantoor van Onslow County hadden ze al die aanwijzingen gecontroleerd, maar zonder resultaat.

J.D. Blanchard had een goede foto van de verdachte, en Burries maakten kopieën alvorens ze aan de televisiestations uit te delen. Hij was het hoofdonderwerp in elke nieuwsuitzending. Het publiek werd ervan op de hoogte gesteld dat de man verdacht werd van de zware mishandeling van Andrea Radley en dat hij als extreem gevaarlijk moest worden beschouwd. Er werd ook een beschrijving gegeven van zijn auto, compleet met kenteken.

De telefoontjes stroomden inderdaad direct na de uitzending binnen. Iedereen op het bureau maakte aantekeningen, noteerde namen en schiftte de gekken eruit.

Om twee uur 's nachts hadden ze met meer dan tweehonderd mensen gesproken. Geen van hen had de verdachte die dag gezien. Geen van hen had de auto gezien.

Richard dacht aan Jessica toen hij eindelijk in slaap begon te vallen.

Ze was serveerster geweest in een restaurant waar hij iets had gegeten en hoewel ze hem niet had bediend, was ze hem wel opgevallen.

Ze had hem zien staren en naar hem geglimlacht en even zijn blik vastgehouden; na sluitingstijd van het restaurant had hij haar opgewacht.

Het was alsof ze hem verwacht had; zoals ze tijdens een etentje naar hem had zitten staren... en het volgende weekend in Cape Cod, waar ze op het strand hadden gewandeld en gepicknickt... of een ballonvaart hadden gemaakt en gepicknickt... Jessica en Julie... ze leken zo op elkaar... de beelden liepen door elkaar... Julie... haar tranen in het theater... de sensuele aanraking van haar vingers toen ze zijn haren knipte... haar medeleven toen hij haar vertelde dat zijn moeder was gestorven... haar trots toen ze hem aan haar vrienden voorstelde...

God, hij hield van haar. Hij zou altijd van haar blijven houden.

Een tel later sliep hij.

38

De volgende ochtend zat Jennifer al vroeg aan haar derde kop koffie. Ze waren op zoek naar een geest, dacht ze.

Ze hadden niets, helemaal niets dat ze konden gebruiken, en het wachten was nog het ergst. Jennifer was na maar een paar uur slaap weer het politiebureau binnengekomen, maar had daar nu spijt van. Ze kon helemaal niets doen.

Met de vingerafdrukken waren ze niets opgeschoten. Morrison had ze doorgestuurd naar de FBI, maar daar kampten ze al met een achterstand in hun werk en hij had te horen gekregen dat het minstens een week kon duren.

Er werd nog steeds gebeld. De zaak was die ochtend weer op het nieuws geweest en zou rond de middag nog een keer worden uitgezonden, maar net als de vorige avond kregen ze niet de informatie die ze nodig hadden. Er belden veel mensen die gewoon gerustgesteld wilden worden, en mensen die beweerden dat de verdachte in hun achtertuin zat. De meeste andere agenten waren net zo vroeg weer aan het werk gegaan als Jennifer en waren nu al die meldingen aan het controleren. Jennifer vroeg zich af of het iets zou opleveren, maar ze konden niets anders doen dan alles verifiëren.

Dat was het nadeel als je de media inschakelde, dacht ze. Er kwam altijd een hoop onbruikbare informatie binnen, en het kostte eigenlijk veel te veel tijd die te verifiëren.

Anderzijds, wat moesten ze anders doen? Het enige dat ze hadden waren de foto's uit de aktetas en ze wist nog steeds niet waarom ze die niet uit haar hoofd kon zetten. Ze had ze al meer dan tien keer bekeken, maar zodra zij ze had weggelegd, voelde ze de aandrang het opnieuw te doen.

Ze zag weer dezelfde beelden. Jessica in de tuin. Jessica op een terras. Jessica zittend. Jessica staand. Jessica lachend en serieus kijkend.

Jennifer legde de foto's weer weg.

Even later ging de telefoon. Jennifer luisterde even en antwoordde.

'Ja, mevrouw. Ik weet zeker dat u veilig naar de winkel kunt...'

Tegen de tijd dat Mabel na een doorwaakte nacht Wilmington uitreed, voelde ze zich niet veel beter dan Andrea. Die had haar ogen nog niet geopend, maar tegen de ochtend had haar hand even bewogen en de dokters hadden haar ouders verteld dat dat een goed teken was.

Omdat ze verder toch niets kon doen, was Mabel teruggereden naar Swansboro. De ochtendzon deed pijn aan haar ogen en ze had moeite scherp te blijven zien.

Haar zorgen om Mike en Julie waren die nacht alleen maar groter geworden. Ik ga eerst even slapen, dacht ze, daarna ga ik naar het strand om met ze te praten.

Richard werd wakker en nam een douche en stapte daarna weer in de gestolen Trans Am. Twee uur later reed hij Swansboro binnen en het voelde bijna aan als een thuiskomst.

Hij droeg een spijkerbroek en poloshirt; en met zijn lichte haar en bril herkende hij zichzelf bijna niet toen hij in de binnenspiegel keek.

Hij vroeg zich af wat Julie op het moment deed. Douchen? Ontbijten? En dacht ze aan hem, net als hij aan haar? Glimlachend gooide hij een paar kwartjes in twee krantenautomaten voor de winkel waar hij net koffie en een paar tijdschriften had gehaald. De krant van Jacksonville kwam elke dag uit, maar die van Swansboro maar twee keer per week. Daarna liep hij naar een klein park, ging op een bank in de buurt van de schommels zitten en sloeg de eerste krant open.

Zijn foto stond op de voorpagina en hij las het artikel op zijn gemak. Er stond vooral basale informatie in, niet veel meer – de verslaggever had de informatie ongetwijfeld rechtstreeks van de politie gekregen – en er stond een nummer bij dat de mensen konden bellen als ze informatie hadden. Toen hij het had uitgelezen, keek hij of er iets in de krant stond over de gestolen auto, maar dat was niet zo. Vervolgens las hij het artikel opnieuw, maar hij keek telkens even op.

Hij zou de hele dag wachten als het moest; hij wist wie hem uiteindelijk naar Mike en Julie zou leiden.

Toen Pete naar Jennifers bureau kwam, zag hij er net zo moe uit als zij zich voelde.

'En?' vroeg ze.

Hij schudde zijn hoofd en onderdrukte een geeuw. 'Weer vals alarm. En jij?'

'Niet veel. Nog een serveerster van de Mosquito Grove die Andrea en Richard samen heeft gezien. En het ziekenhuis heeft gebeld. Andrea is nog niet wakker, maar de artsen hebben goede hoop.' Ze zweeg even. 'Ik was vanmorgen vergeten te vragen of je die detective en Julie's moeder nog te pakken hebt gekregen.'

'Nog niet.'

Waarom geef je mij de nummers niet, dan probeer ik het wel even terwijl jij een kop koffie gaat drinken.'

'Waarom? We weten toch al dat hij daarheen is geweest.'

'Ik weet niet wat ik anders moet doen.'

Jennifer sprak eindelijk met Julie's moeder, maar dit keer had Pete gelijk gehad. De vrouw kon haar niets vertellen wat ze niet al hadden vermoed. Er was een man geweest die zei dat hij een oude vriend van Julie was. Een week later had hij een vriend meegebracht. De vriend voldeed aan de beschrijving van de verdachte.

De privé-detective nam nog steeds niet op.

Er was geen nieuws over de vingerafdrukken.

Ze was gefrustreerd. Was hij nog in de stad? Dat wist ze niet. Wat zou hij nu doen? Dat wist ze niet. Zat hij nog steeds achter Julie aan? Ze dacht van wel, maar wist het niet helemaal zeker. Het was ook mogelijk dat hij zou vertrekken en ergens anders opnieuw beginnen, zoals hij al eerder had gedaan.

Het probleem was dat hij helemaal Richard Franklin was geworden. Er had niets persoonlijks in het huis gelegen, met uitzondering van zijn kleding, zijn camera's en de foto's. En die vertelden haar alleen dat hij een goede fotograaf was. Ze konden waar dan ook en wanneer dan ook gemaakt zijn en omdat Richard zijn eigen doka had, konden ze hem ook niet opsporen via een ontwikkelingslab...

Plotseling begonnen de stukjes op hun plaats te vallen.

Waar dan ook, wanneer dan ook?

Dure camera-uitrusting?

Zijn eigen doka om ze te ontwikkelen?

Dit was niet zomaar een hobby. Oké, dat wist ze al. Wat nog meer? Ze staarde naar de stapel foto's op haar bureau. Hij doet dit al heel lang. Al jaren. Wat betekende...

Misschien gebruikte hij de camera's al voordat hij Richard Franklin was geworden.

'Pete,' riep ze plotseling, 'liggen zijn camera's in de opslagruimte voor het bewijsmateriaal, of is het forensisch team er nog mee bezig?'

'Van Franklin? Die hebben we gisteren opgeborgen...'

Jennifer sprong van haar stoel op en liep naar de ruimte waar het bewijsmateriaal lag opgeslagen.

'Waar ga je heen?'

'Ik denk dat ik weet hoe we erachter kunnen komen wie hij is.'

Even later liep Pete achter haar aan.

'Wat is er nou?' vroeg Pete.

Jennifer tekende bij de agent die toezicht hield op het bewijsmateriaal voor de ontvangst van de camera's.

'De camera's,' zei ze, 'de lenzen. Dat spul is duur, nietwaar? En je zei zelf dat die foto's jaren geleden kunnen zijn gemaakt. Maar misschien zijn ze wel met deze camera's gemaakt, oké?'

Pete haalde zijn schouders op. 'Ja.'

'Snap je niet wat het betekent als hij deze camera's al die tijd al heeft?'

'Nee, ik begrijp het niet. Wat bedoel je?'

De agent gaf een tupperwaredoos met de camera's erin aan Julie en, te zeer in gedachten om te antwoorden, nam ze de doos mee naar haar bureau.

Even later stond Pete in gefascineerde verbazing naar haar te kijken.

'Heb je een kleine schroevendraaier?' vroeg ze.

'Waarvoor?'

'Dit stukje moet eraf.'

'Waarom?'

'Ik zoek het serienummer.'

'Waarom?' vroeg hij weer.

Jennifer gaf geen antwoord, maar doorzocht haar la. 'Verdomme!' zei ze.

'Misschien heeft de technische dienst er een,' zei Pete, die nog steeds niet begreep wat ze met de serienummers wilde.

Ze keek opgewonden op. 'Je bent een genie!' zei ze.

'Echt waar?'

Een kwartier later had ze een lijstje met de serienummers die ze nodig had. Ze gaf de helft ervan aan Pete en ging met de rest aan haar eigen bureau zitten.

Ze belde inlichtingen, kreeg de telefoonnummers van de fabrikanten en belde toen de eerste. Nadat ze had uitgelegd dat ze de naam en het adres van de eigenaar moest verifiëren, hoorde ze de persoon aan de andere kant het serienummer op de computer intikken.

'Hij is eigendom van een meneer Richard Franklin...'

Jennifer hing op en probeerde de volgende. En de volgende. Bij het vierde telefoontje kreeg ze een andere naam te horen.

'De camera staat geregistreerd op naam van Robert Bonham uit Boston, Massachusetts. Hebt u het adres nodig?'

Jennifers handen beefden toen ze het opschreef.

'Hoe zeker weet je dat het hem is?' vroeg Morrison.

'De naam kwam overeen met vier van de uitrustingsstukken, die volgens hun gegevens nooit als gestolen zijn gemeld. Ik durf erom te wedden dat dit hem is.'

'Wat heb je van me nodig?'

'Ik wil graag dat u erbij komt als de politie van Boston moeilijk doet.'

Morrison knikte. 'Oké.'

De politie van Boston deed niet moeilijk. De eerste rechercheur die ze te pakken kreeg, kon haar de informatie geven die ze nodig had.

'Robert Bonham wordt gezocht in verband met de verdwijning van zijn echtgenote, Jessica Bonham, vier jaar geleden,' zei hij.

Richard wist dat het argwaan zou wekken als hij op één plek bleef zitten en veranderde daarom geregeld van bank.

Hij vroeg zich af waar ze binnen mee bezig was, maar dat deed er niet echt toe. Hij had lang geleden al geleerd om geduld te hebben. Hij keek een keer naar de ramen en hief zijn krant weer op. Hij had alle artikelen al drie of vier keer gelezen, sommige zelfs vaker.

Hij was niet bang dat hij ontdekt zou worden; hij wist weliswaar dat ze hem zochten, maar niemand zou dat hier doen. En met de krant en zijn gewijzigde uiterlijk zouden ze hem toch niet herkennen.

Zijn auto stond om de hoek en hij kon daar snel heen als het nodig was. Het was slechts een kwestie van tijd.

Terwijl er een uur later nog steeds pagina's uit de fax rolden over de verdwijning van Jessica, bereidde Jennifer zich aan haar bureau voor op het telefoongesprek waarvan ze wist dat ze het moest voeren. Toen ze het nummer had ingetoetst, nam een vrouw op.

'Hallo?'

'Spreek ik met Elaine Marshall?'

'Ja? Met wie spreek ik?'

'Met Jennifer Romanello van het politiebureau van Swansboro.'

'Swansboro?'

'Een klein stadje in North Carolina,' zei Jennifer. 'Zou ik u even kunnen spreken?'

'Ik ken niemand in North Carolina.'

'Het gaat over uw zus, Jessica,' zei ze.

Het bleef een tijd stil aan de andere kant.

'Hebt u haar gevonden?' De stem klonk zwak, alsof de vrouw het ergste verwachtte.

'Het spijt me, nee. Maar ik vroeg me af of u me iets over Robert Bonham zou kunnen vertellen.'

'Waarom?'

'Omdat we naar hem op zoek zijn.'

'In verband met Jessica?'

Jennifer vroeg zich af hoeveel ze moest zeggen. 'Nee,' zei ze toen. 'We zoeken hem voor iets anders.'

Het bleef weer een poosje stil.

'Hij heeft iemand vermoord, zeker?' zei Elaine Marshall. 'In Swansboro.'

Jennifer aarzelde. 'Kunt u me iets over hem vertellen?'

'Hij is krankzinnig,' zei de vrouw kortaf, alsof ze moeite had zichzelf onder controle te houden. 'Iedereen was bang van hem, ook Jessica. Hij is gewelddadig en gevaarlijk... en heel pienter. Jessica heeft een keer geprobeerd te vluchten. Hij sloeg haar. Ze ging op een avond boodschappen doen en sindsdien hebben we haar niet meer gezien. Iedereen wist dat hij het gedaan had, maar ze konden niets vinden.'

Elaine Marshall begon te huilen. 'O God... het is zo moeilijk geweest... U kunt u niet voorstellen hoe het is... de onzekerheid... Ik weet wel dat ze dood is, maar toch blijf je je vasthouden aan dat sprankje hoop... Je probeert verder te gaan, maar dan gebeurt er weer iets waardoor het allemaal opnieuw bovenkomt...'

Jennifer luisterde naar de snikkende vrouw. 'Hoe was hij aan het begin van de relatie?' vroeg ze even later voorzichtig.

'Wat doet dat er toe? Hij heeft gedaan wat u denkt dat hij gedaan heeft. Hij is kwaadaardig...'

'Alstublieft,' zei Jennifer. 'We willen hem gewoon te pakken zien te krijgen.'

'En denkt u dat dit zal helpen? Vergeet het maar. Wij zoeken hem al jaren. We hebben privé-detectives in dienst genomen, de politie voortdurend aan hun hoofd gezeurd...'

'Hij is hier,' zei Jennifer. 'En we willen niet dat hij ontsnapt. Kunt u me alstublieft vertellen hoe hij was?'

Elaine Marshall ademde diep in en zocht even naar de juiste woorden.

'Het oude verhaal,' zei ze triest. 'Hij was charmant en knap en maakte Jessica het hof tot ze tot over haar oren verliefd op hem was. Hij leek erg aardig en we mochten hem allemaal graag. Na een half jaar gingen ze ervandoor om te trouwen. Daarna veranderde alles. Hij werd erg bezitterig en had niet graag dat Jessica ons belde. Al snel kwam ze nauwelijks nog buiten, en de enkele keren dat we haar zagen, had ze blauwe plekken. Natuurlijk probeerden we op haar in te praten, maar het duurde lang voor ze naar ons luisterde.'

'Ze heeft een keer geprobeerd te vluchten, zei u...'

'Ze zag uiteindelijk in dat ze wel moest. Een paar dagen deed hij alsof er niets aan de hand was. Hij vroeg ons waar ze heen was, maar dat hebben we natuurlijk niet gezegd. Ze was naar Kansas City gegaan, om daar opnieuw te beginnen, maar hij spoorde haar op. Ik heb geen idee hoe, maar hij vond haar en bracht haar mee terug. Ze bleef een paar weken bij hem. Het was alsof ze wist dat ze niet aan hem kon ontsnappen. Toen hebben pap en mam en ik haar daar weggehaald. Ze ging weer bij onze ouders wonen en probeerde haar leven weer op te pakken. Het leek na een poosje zelfs beter met haar te gaan. Tot ze die avond naar de supermarkt ging en niet meer terugkwam.'

Jennifer zat naderhand over het gesprek na te denken en de woorden bleven in haar oren weergalmen.

Hij spoorde haar op.

Mabel kwam uit bed en nam een douche. Door haar zorgen over Mike en Julie had ze nauwelijks geslapen, hoe moe ze ook was. Ze moest hun vertellen hoe ernstig het allemaal was. Ze pakte haar autosleutels en liep naar de deur toen ze zich herinnerde wat Julie had gezegd vlak voor zij en Mike in Emma's auto vertrokken.

Als hij ons nou volgt?

Mabel bleef op de oprit staan. Als Richard nou eens van plan was haar naar het strand te volgen? Als hij haar nou in de gaten hield?

De straat leek leeg, maar Mabel was niet bereid het risico te nemen. Ze ging terug naar binnen.

Nadat ze de informatie over Robert Bonham had gesorteerd en nog een paar telefoontjes had gepleegd, vatte Jennifer alles samen in een paar bladzijden. Ze vertelde Pete wat ze wilde doen en daarna gingen ze samen naar Morrison.

Hij las de informatie door en keek naar haar op. 'Weet je het zeker?'

'Behoorlijk zeker. We moeten nog een paar mensen bellen, maar wat ik hier heb is allemaal geverifieerd.'

Morrison leunde achterover in zijn stoel en dacht na over de ernst van de situatie.

'Wat wil je doen?'

Jennifers schraapte haar keel. 'Tot we hem vinden, vind ik dat Pete bij Mike en Julie in het strandhuis moet blijven. Volgens mij hebben we geen andere keus. Als wat we gehoord hebben waar is, weten we waartoe hij in staat is.'

Morrison keek haar aan. 'Denk je dat ze erin toe zullen stemmen?'

'Ja,' zei Jennifer. 'Als ze weten met wie ze te maken hebben, zeker.'

'Ga je ze bellen?'

'Nee, ik denk dat we beter persoonlijk met Julie kunnen praten.'

Morrison knikte. 'Goed, als zij het ermee eens is, geef ik toestemming.'

Een paar minuten later stapten Jennifer en Pete in de auto.

Geen van beiden merkten ze de gestolen Trans Am op die iets achter hen invoegde.

39

'Hij heet Robert Bonham,' begon Jennifer. 'De echte Richard Franklin wordt al vier jaar vermist.'

'Ik begrijp het niet,' zei Julie.

Ze zaten in de keuken van Henry's strandhuis. Pete stond tegen het aanrecht.

Mike kneep in Julie's hand.

Jennifer wist dat ze alles vanaf het begin moest vertellen, omdat Mike en Julie nog niets van het onderzoek wisten. Ze zou het stap voor stap moeten uitleggen om al te veel vragen te voorkomen en de ernst van de situatie goed duidelijk te maken.

'Hoe kan dat nou?' zei Mike.

'De echte Richard Franklin was niet getrouwd en zijn moeder is vorig jaar in een verpleegtehuis overleden. Niemand merkte dus dat zijn sofi-nummer na een poosje weer gebruikt werd.'

Mike staarde haar aan. 'Je denkt dat Robert Bonham hem vermoord heeft.'

'Gebaseerd op alles wat we over hem te weten zijn gekomen lijkt dat wel waarschijnlijk, ja.'

'Jezus...'

Julie keek naar buiten. Op het strand bleef een ouder paar stilstaan. De man bukte zich om een schelp op te rapen en deed hem in een plastic emmertje.

'Wie is Robert Bonham en hoe zijn jullie achter zijn echte naam gekomen?' vroeg ze.

'We weten zijn naam dankzij de serienummers van zijn camera's.

Sommige had hij al heel lang. Het was het enige verband met het verleden, maar toen we eenmaal zijn echte naam wisten, en waar hij vandaan kwam, ging de rest vrij snel.' Jennifer keek naar haar aantekeningen. 'Hij is grootgebracht buiten Boston. Zijn vader was een alcoholist die in de chemische fabriek werkte, zijn moeder was huisvrouw. Er waren diverse beschuldigingen van huiselijk geweld tot de vader overleed.' Ze legde uit hoe dat was gebeurd en tikte op haar dossier. 'Ik heb een van de agenten gesproken. Hij is al gepensioneerd, maar herinnert het zich nog goed. Hij zei dat niemand geloofde dat Vernon zelfmoord had gepleegd, maar omdat ze niets konden bewijzen en Vernon niet bepaald een modelechtgenoot was geweest, hebben ze het maar zo gelaten. Hij vermoedde echter dat het kind de garagedeur dicht had gedaan en de motor aan had gezet toen Vernon door de drank bewusteloos was geraakt.'

'En de moeder?' fluisterde Julie.

'Die stierf nog geen jaar later aan een overdosis pillen. Ook dat kwam als zelfmoord in de boeken.'

Jennifer gaf hun even de tijd om over de onuitgesproken beschuldiging na te denken.

'De volgende paar jaar bracht hij in diverse pleeggezinnen door. Zijn jeugddossiers zijn gesloten, dus we weten niet wat hij in die jaren verder nog gedaan heeft. Op de universiteit werd hij verdacht van het afranselen van zijn voormalige kamergenoot. Die had hem ervan beschuldigd geld te hebben gestolen, maar Robert ontkende dat. Een paar maanden later werd de kamergenoot met een golfclub in elkaar geslagen toen hij terugkwam van het huis van zijn vriendin. Hij lag drie weken in het ziekenhuis. Hij beschuldigde Robert Bonham, maar er was onvoldoende bewijs om hem te arresteren. Een jaar later studeerde Robert af als bouwkundig ingenieur.'

'Lieten ze hem op de universiteit blijven?' vroeg Mike.

'Ik denk niet dat ze een keus hadden. Er was immers geen rechtszaak geweest.' Ze zweeg even. 'Daarna hebben we paar jaar niets. We weten nog niet of hij naar een andere staat is verhuisd of zich gedeisd heeft gehouden. Het volgende stukje informatie stamt uit 1994, toen hij met Jessica trouwde.'

'Wat is er met haar gebeurd?' vroeg Mike aarzelend.

'Jessica wordt sinds 1998 vermist. Ze woonde toen weer bij haar ouders en is niet meer gezien sinds ze 's avonds een keer naar de supermarkt ging. Een getuige herinnerde zich dat hij Robert Bonhams auto op de parkeerplaats had zien staan, maar niemand heeft gezien wat er gebeurde. Hij verdween tegelijk met haar.'

'Je bedoelt dat hij haar vermoord heeft,' zei Mike.

'Dat denken haar familie en de politie in Boston inderdaad.'

Mike en Julie leunden bleek en geschokt achterover.

'Ik heb Jessica's zus gesproken en dat is een deel van de reden dat we hier zijn. Ze vertelde me dat Jessica een keer heeft geprobeerd te vluchten. Ze was het halve land door gereisd, maar Robert spoorde haar op.'

Ze zweeg, liet dat even tot hen doordringen. 'Ik weet niet of je het weet, maar Robert Bonham – Richard – heeft vier weken geleden zijn baan opgezegd. In zijn huis hebben we honderden foto's van je gevonden. Hij heeft je zo'n beetje continu in de gaten gehouden sinds je voor het eerst met hem uitging. En hij heeft onderzoek gedaan naar je verleden.'

'Wat bedoel je?' vroeg Julie geschokt.

'Herinner je je de week waarin hij zei dat hij bij zijn stervende moeder was? Toen was hij naar Daytona om meer over je te weten te komen. Hij had een privé-detective gehuurd en heeft je moeder gesproken. Hij heeft je vanaf het eerste moment gestalkt.'

'Waarom ik?' vroeg Julie eindelijk op klaaglijke toon, als een kind.

'Ik weet het niet zeker,' zei Jennifer, 'maar ik wil je graag nog iets laten zien dat we gevonden hebben.'

Nog meer? Wat dan?

Jennifer schoof een foto uit het dossier over de tafel naar Mike en Julie toe. 'Eng, nietwaar? Dit is Jessica. En kijk hier eens naar.'

Julie keek weer naar de foto en zag nu wat Jennifer bedoelde.

Aan de hals van de jonge vrouw hing het medaillon dat Richard – Robert – aan Julie had gegeven. Ze hoorde zichzelf de naam fluisteren. 'Jessica Bonham. J.B.'

Ze hoorde Mike naar adem happen.

‘Ik weet dat dit moeilijk is,’ vervolgde Jennifer, ‘en er is dan ook nog een reden dat we met jullie wilden praten. Vanwege Andrea en wat we denken dat er met Jessica – en de echte Richard Franklin – is gebeurd, wil ik voorstellen dat agent Gandy een paar dagen bij jullie blijft.’

‘Hier in huis?’ vroeg Mike.

‘Als jullie dat goedvinden.’

Julie’s ogen waren bijna glazig toen Mike naar Pete keek. ‘Ja,’ zei hij. ‘Dat lijkt me een goed idee.’

Pete liep naar de auto om de koffer te halen die hij eerder had ingepakt en zag dat Jennifer naar de andere strandhuizen keek.

‘Is het hier altijd zo rustig?’ vroeg ze.

‘Ik denk het wel,’ antwoordde Pete. Er stonden maar een paar auto’s op de opritten geparkeerd, een paar jeeps en Camry’s en een Trans Am, het soort auto waar een tiener in zou rijden, de auto die ze zelf had gewild toen ze op de middelbare school zat. Zes auto’s bij elkaar, maar dat betekende nog altijd dat maar een kwart van de huizen bezet was, en dat zat haar niet helemaal lekker.

‘En blijf je de hele nacht wakker?’ vroeg ze aan Pete.

‘Ja,’ zei hij terwijl hij de kofferbak dichtgooide. ‘Ik slaap morgenochtend wel een paar uurtjes. Hou me op de hoogte van de zaak, oké?’

‘Ik bel je zodra ik wat vind.’

‘Oké,’ zei hij even later. ‘Ik weet dat we dit moeten doen, maar denk je echt dat hij nog in de buurt is of zou hij weer op de vlucht zijn?’

‘De waarheid? Ik denk dat hij nog in de buurt is.’

Pete keek ook even de straat in. ‘Ja, ik ook.’

Julie kon die nacht niet slapen. Buiten hoorde ze het geluid van de golven die gestaag op de kust klotsten. Mike lag naast haar in bed en had het raam op een kiertje gezet. Zodra hij in slaap was gevallen, had Julie het stevig gesloten.

Onder de deur door zag ze licht branden in de keuken. Ondanks zijn eerdere blunders was ze blij dat Pete er was. Hij was niet alleen sterk, maar – en dat was nog belangrijker – hij had een wapen.

Vanaf het duin keek Richard naar de gele gloed van het licht in het strandhuis.

Het ergerde hem dat agent Gandy besloten had te blijven, maar hij wist dat de politie hem niet kon tegenhouden. Evenmin als Mike. Of Singer. Hij en Julie waren voor elkaar voorbestemd en hij zou gewoon alle obstakels opruimen die hun ultieme geluk in de weg stonden. Al het andere was alleen maar lastig, en niet moeilijker dan zijn uiterlijk veranderen of een auto stelen. Of opnieuw beginnen.

Hij vroeg zich af waar ze terecht zouden komen. Hij kon zich Julie goed voorstellen in San Francisco met zijn bistro's en uitzicht op de Grote Oceaan. Of New York City, of zelfs Chicago.

Het zou fantastisch zijn, dacht hij. Magisch.

Slaap lekker, dacht hij. Slaap en droom van een nieuwe toekomst, want die begint morgenavond.

40

De hemel was de volgende avond bewolkt. De oceaan was kalm en er was weinig golfslag. De lucht rook zout.

Ze hadden een uur geleden gegeten en Singer stond bij de achterdeur zachtjes te kwispelen. Julie liep de kamer door en deed de deur voor hem open. Even later was hij beneden en verdween in het duister.

Ze liet hem niet graag buiten. Ondanks de aanwezigheid van Mike en Pete voelde ze zich veiliger met Singer aan haar zijde, maar hij moest af en toe een poosje naar buiten en dat kon het beste 's avonds. Vroeg in de ochtend, als er niemand was, vond ze het niet erg om hem te laten gaan, maar overdag was het te druk op het strand om hem los te laten lopen.

Ze had erover gedacht zelf ook even een frisse neus te halen, samen met Mike en Pete natuurlijk, maar had toen toch maar besloten het niet te doen. Mike en Pete zouden het waarschijnlijk ook niet goed gevonden hebben, zelfs als ze had aangedrongen. Toch had het misschien leuk kunnen zijn. Theoretisch, althans.

Zowel Emma als Mabel had gebeld; Henry had later nog teruggebeld om met Mike te praten. Geen van de gesprekken duurde langer dan een paar minuten, behalve dat van Mabel, die had gebeld nadat ze met de ouders van Andrea had gesproken. Andrea was de vorige avond laat uit haar coma bijgekomen en hoewel ze nog wat gedesoriënteerd was, zag het er naar uit dat alles in orde zou komen. Jennifer was van plan over een paar dagen met haar te gaan praten.

Jennifer Romanello had ook twee keer gebeld met nieuwe informatie; ze was er eindelijk in geslaagd de privé-detective te pakken te krijgen die onderzoek naar Julie's verleden had gedaan. Hij had aanvankelijk tegengesputterd, maar uiteindelijk toch besloten mee te werken.

Jammer genoeg was er nog steeds geen spoor van Richard. Robert.

Julie liep de woonkamer door en de keuken in, waar Mike met de vaat bezig was. Pete zat nog steeds aan tafel en speelde patience. Dat deed hij bijna voortdurend, behalve als hij naar buiten ging om de boel te controleren.

Julie sloeg haar armen om Mike heen en hij draaide zijn hoofd naar haar toe.

'Bijna klaar,' zei hij. 'Nog een paar borden. Waar is Singer?'

Julie pakte een theedoek en begon de borden af te drogen. 'Ik heb hem buiten gelaten.'

'Alweer?'

'Hij is het niet gewend zo opgesloten te zitten.'

'Denk je nog steeds aan wat Jennifer vertelde?'

'Daaraan, aan alles. Wat hij in het verleden heeft gedaan. Wat hij Andrea heeft aangedaan. Waar hij nu is. Waarom hij mij moet hebben. Stalken leek in het verleden altijd iets van ex-echtgenoten of ex-vriendjes. Maar wij zijn maar een paar keer met elkaar uit geweest en we kenden elkaar nauwelijks. Dus ik probeer steeds te bedenken of het komt door iets dat ik heb gedaan of gezegd.'

'Hij is gewoon gek,' zei Mike. 'Ik denk dat we het waarschijnlijk nooit zullen begrijpen.'

Vanaf het duin zag Richard Julie staan toen ze de deur opendeed voor Singer. Zo van achteren beschenen door het licht was ze net een engel. Richard raakte opgewonden bij de gedachte aan wat er stond te gebeuren.

Toen hij hen gisteren had gevonden, had hij de Trans Am bij een huis verderop geparkeerd waar borden van makelaars aan hingen. Hoewel veel van de huizen langs het strand in deze tijd van het jaar nog leeg stonden, zag dit eruit alsof het al heel lang niet gebruikt was. Er bleek een alarm te zijn voor het huis, maar niet voor de garage en hij had het eenvoudige slot snel open weten te krijgen met een schroevendraaier uit het dashboardkastje van de Trans Am. Hij had de kruissleutel uit de kofferbak van de auto gehaald.

Hij had geslapen op een stoffig luchtbed dat hij op de planken aan de muur had gevonden, en er stond een oude, kleine koelkast in de bergruimte, die wel wat stonk maar nog bruikbaar was. Die middag was hij een uur weggeweest om datgene te kopen wat hij nodig had.

Nu hoefde hij alleen maar te wachten tot Singer over het strand ging zwerven. Hij wist dat Julie hem uit zou laten, zoals ze de vorige avond had gedaan, en waarschijnlijk de avond daarvoor. Mensen die in spanning zaten grepen altijd terug op vaste gewoonten.

Hij kon Singer niet meer zien. Naast hem lagen vier hamburgers, in folie verpakt, die hij die middag al een keer had uitgepakt en verkruimeld.

Hij nam de hamburgers mee en kroop door het helmgras naar de trap van het huis.

'Wat een vreselijk spel is dit,' zei Pete. 'Je wint het nooit.'

Julie keek naar de tafel terwijl ze de borden in het kastje zette. 'De rode zeven op de zwarte acht,' zei ze.

Pete Gandy knipperde met zijn ogen. Hij zag het nog niet. 'Waar?'

'De laatste rij.'

'O, ja. Daar.'

Mike trok de stop uit de wasbak en keek naar het raam.

Bij het licht van de keukenlamp zag hij alleen zijn eigen spiegelbeeld in de ruit.

Buiten haalde Richard het verkruimelde hamburgervlees uit het folie en verspreidde het op de trap die over het duin en naar het huis leidde. Hij wist dat Singer er eerder zou zijn dan Julie en Mike, dus hij maakte zich er geen zorgen over dat ze het zouden zien liggen.

Hij wist niet hoeveel Singer woog, dus had hij er zoveel mogelijk van het bittere poeder doorheen gemengd zonder dat de geur van het vlees erdoor werd aangetast. Hij wilde niet dat Singer er een paar keer aan snuffelde en het dan zou laten liggen.

Nee, dat was niet de bedoeling. Singer had hem al eens gebeten en hij wilde die tanden niet nog een keer voelen. Bovendien was er iets aan die hond waar hij niet goed de vinger op kon leggen. Hij leek bijna... onhonds, bij gebrek aan een beter woord. Zolang die hond in de buurt was, zou Julie verward en onwillig blijven.

Hij kroop terug naar zijn schuilplaats en wachtte.

Mike en Julie zaten op de bank in de woonkamer terwijl Pete Gandy het ene spelletje na het andere verloor.

'Heb ik je ooit over de brief verteld die ik van Jim heb gekregen?' vroeg Julie. 'Op kerstavond, na zijn dood?'

'Je hebt me er wel eens over verteld, maar ik weet niet wat er in stond.'

Julie knikte en leunde tegen hem aan toen ze zijn arm om haar schouders voelde. Ze leek wat onzeker.

'Je hoeft me er niet over te vertellen als je niet wilt,' zei Mike.

'Ik vind dat je het moet weten,' zei ze. 'Ik geloof dat het in zekere zin over jou en mij ging.'

Mike wachtte zwijgend. Ze keek hem aan.

'De brief ging hoofdzakelijk over Singer. Waarom hij een Deense dog voor me had gekocht, dat hij niet wilde dat ik alleen zou zijn, en dat hij dacht dat een hond zou helpen, omdat ik geen familie had. Aan het eind van de brief zei hij dat hij wilde dat ik weer gelukkig werd, dat ik iemand moest vinden die me gelukkig kon maken. Daarom denk ik dat het over jou en mij ging. Ik weet dat je van me houdt, en ik hou ook van jou, en je maakt me gelukkig, Mike. Ondanks alles wat er gebeurd is, heb je me toch gelukkig gemaakt. Ik wilde dat je dat wist.'

De woorden klonken Mike vreemd misplaatst en hij begreep niet waarom ze dit nu had willen zeggen. Het leek bijna alsof ze afscheid wilde nemen. Mike trok haar dichter tegen zich aan.

'Je maakt mij ook gelukkig, Julie. En ik hou inderdaad van je.'

Julie legde een hand op zijn been. 'Ik zeg dit allemaal niet omdat ik het wil uitmaken of zo. Absoluut niet. Ik zeg het omdat ik niet weet hoe ik zonder jou de laatste paar weken had moeten doorkomen. En omdat het me spijt dat ik je hierin betrokken heb.'

'Je hoeft nergens spijt van te hebben...'

'Natuurlijk wel. Jij bent altijd de juiste man voor mij geweest en ik denk dat Jim me dat in zijn brief probeerde te vertellen. Maar ik ben lange tijd te blind geweest om het te zien. Als ik naar hem had geluisterd, had ik nooit iets met Richard te maken gehad. En ik wil dat je weet dat ik je dankbaar ben, niet alleen omdat je dat allemaal accepteert, maar ook omdat je er nu voor me bent.'

'Ik kon niet anders,' mompelde hij.

Richard lag in het helmgras. Het duurde enkele minuten voor hij beweging zag in de schaduw bij de duinen.

Singer stapte het maanlicht in en zwaaide zijn kop heen en weer. Hij zag er bijna spookachtig uit.

Richard keek toe terwijl Singer naar de trap liep.

Hij was er bijna.

Singer vertraagde zijn pas en stond stil. Hij stak zijn neus omhoog alsof hij de trap bestudeerde, maar kwam niet dichterbij.

Kom op, dacht Richard, waar wacht je op? Maar Singer verroerde zich niet. Richard begon gespannen te worden. *Eet het op!* Hij besefte niet dat hij zijn adem inhield.

Eindelijk deed Singer een stap naar voren, zij het aarzelend. Hij stak zijn kop naar voren, alsof hij het vlees eindelijk rook. Hij nam nog een stap en nog een, tot hij eindelijk boven het vlees hing. Hij stak zijn kop omlaag en snuffelde, keek toen weer omhoog alsof hij zich afvroeg of hij het wel moest doen. Toen bracht hij zijn kop weer omlaag en begon te eten.

In Swansboro deed agent Jennifer Romanello nog steeds onderzoek naar Robert Bonham.

Eerder op de avond had de commandant haar bij zich geroepen. Ze had niet geweten wat ze moest verwachten, maar tot haar verbazing had hij haar werk geprezen.

'Jij had vanaf het begin door dat die kerel niet deugde en je hebt fantastisch werk gedaan met het vergaren van al die informatie, en we hebben het bovendien aan jou te danken dat we weten wie hij is.'

'Dank u,' had ze gezegd.

Toen, bang dat ze zou denken dat hij soft was geworden, had hij haar bars weggestuurd.

'En nu terug aan je werk,' had hij geblaft met een ongeduldige uitdrukking op zijn gezicht, alsof hij zich afvroeg waarom ze nog steeds in zijn kantoor zat. 'Ik wil nog veel meer over die kerel weten, zodat we hem kunnen pakken.'

'Ja, baas,' had ze gezegd en toen ze onder de ogen van de andere agenten zijn kantoor verliet, moest ze moeite doen om niet te glimlachen.

Nu volgde ze de bevelen van de commandant op. Ze bestudeerde nog steeds de documenten uit Boston en belde mensen op die Robert Bonham hadden gekend. Ze hoorde de opgewonden klank in Burris' stem terwijl hij aan de telefoon zat en keek op. Hij zat driftig te knikken en te schrijven en hing toen op en kwam naar haar toe.

'Zijn auto is gevonden op het parkeerterrein van het ziekenhuis in Jacksonville.'

'Is hij daar nog in de buurt?

'Waarschijnlijk niet. De bewaker weet zeker dat de auto er al een paar dagen staat. Hij noteert elke avond de kentekens van de auto's die er staan, en de auto staat er al sinds de dag dat jij en Pete naar zijn huis zijn gegaan. Omdat hij moest werken, zag de bewaker het nieuws echter pas gisteren en telde hij nu pas twee en twee bij elkaar op.'

Dat verklaarde waarom niemand de auto had gevonden.

'Maar niemand heeft hem gezien?'

'Niet voor zover we weten. De bewaker herkende hem niet van de foto die de politie hem liet zien. Ik ga er nu heen om nog wat navraag te doen. Misschien heeft iemand gezien waar hij naartoe ging. Heb je zin om mee te gaan?'

Jennifer dacht er even over na. Ze schoot niet veel op met wat ze nu deed, maar misschien zou ze nog wat vinden. En bovendien; wat dan nog als ze iemand vonden die had gezien dat hij de auto daar achterliet? Ze moesten weten waar hij nú was.

'Nee,' zei ze 'ik ga maar door met de dossiers. Misschien heb ik iets over het hoofd gezien.'

De meeste gordijnen waren dicht, maar niet die in de woonkamer, en Richard probeerde wat te zien. Behalve het geluid van de golven hoorde hij niets. De lucht was stil en leek zijn ademloze verwachting te delen.

Julie zou algauw naar de achterdeur lopen. Meestal liet ze Singer niet langer dan twintig minuten buiten, en hij wilde haar gezicht zien als ze hem riep. Hij hoopte dat ze hem zou vergeven.

Hij zou haar troosten, later. Als alles voorbij was. Als alleen zij tweeën nog over waren, zoals het hoorde.

Singer wilde de trap op lopen naar de achterveranda, maar ging toen weer het strand op en begon rondjes te lopen, hijgend, zijn tong uit zijn bek. Hij begon sneller te lopen, alsof hij de pijn uit zijn buik wilde schudden.

Jennifer tuurde naar de informatie over Jessica Bonham en vroeg zich af hoe hij haar had weten te vinden.

Had hij haar opgespoord doordat ze een creditcard had gebruikt? Niet waarschijnlijk. Een particulier kon niet aan die informatie komen. Hoe dan? Ze vroeg zich af of iemand van haar familie haar had gebeld en hij het nummer had weten te achterhalen. Het was mogelijk – sommige mensen gooiden hun telefoonrekening gewoon weg – en hij hoefde alleen maar alle interlokale nummers te bellen die erop stonden. Maar dat betekende dat hij hun vuilnis had moeten doorzoeken… of bij hen had ingebroken toen ze niet thuis waren.

Dat had hij bij Julie ook gedaan, dus misschien…

Ze moest Henry, Emma en Mabel waarschuwen dat ze hun telefoonrekening moesten vernietigen zodra ze hem hadden betaald.

Ze dacht weer aan de auto.

Het verbaasde haar niet dat hij die had achtergelaten, maar hij moest toch vervoer hebben. Gebruikte hij een taxi? Nee, daar was hij te slim voor. Hij wist dat alle ritten werden geregistreerd. Ervan uitgaand dat hij nog steeds in de buurt was, en op zoek naar Julie… hoe verplaatste hij zich dan?

Ze tikte met haar vinger op het telefoonboek en zag Morrison zijn kantoor uit komen.

'Commandant?'

Hij keek haar verrast aan. 'Ik dacht dat je wel naar het ziekenhuis zou zijn in verband met die auto.'

'Ik heb er wel over gedacht, maar…'

'Maar wat?'

'Waar is dat ziekenhuis precies?' vroeg Jennifer. 'In het centrum, of aan de rand van de stad?'

'In het centrum, bij het winkelcentrum.'

'Hoe dichtbij is dat winkelcentrum?'

'Er pal tegenover.' Hij zweeg even. 'Wat is er?'

'Ik vraag me af hoe hij zich verplaatst. Zou het kunnen dat hij een auto gestolen heeft?'

Morrison trok zijn wenkbrauwen op. 'Ik vraag het wel even na.'

Jennifer knikte, dacht na en pakte de sleutels van de politieauto.

'Waar ga je heen?' vroeg Morrison.

'Ik ga toch maar naar het ziekenhuis. Kijken of ze iets nuttigs hebben gevonden. Als u iets hoort over een gestolen auto, laat u het me dan meteen weten?'

'Komt voor elkaar.'

Julie liep naar het raam, drukte haar gezicht tegen het glas en keek naar het strand.

'Heb jij Singer al horen blaffen?' vroeg ze.

Mike kwam naast haar staan. 'Nee, nog niet, maar hij zal zo wel komen.'

Julie knikte, maar twijfelde toch.

'Misschien moet ik hem gaan roepen.'

'Wil je dat ik dat doe?'

'Nee, ik heb wel behoefte aan wat frisse licht.'

Richard boog naar voren toen hij haar voor het raam zag verschijnen. Hij wist plotseling zeker dat hij van niemand ooit zoveel zou houden als van haar.

Toen kwam Mike maast haar staan. Hij verpestte alles. Richard schudde zijn hoofd. Hij treurde niet om wat er met Mike zou gebeuren.

Richard wachtte, hij wist wat ze nu ging doen. Zo dadelijk zou hij haar stem horen. Als hij geluk had zou ze het strand op lopen, maar daar rekende hij niet op. Nee, ze zou Singer roepen, maar die zou natuurlijk niet komen.

Singer zou blijven waar hij was.

Julie bleef bijna drie minuten roepen. Ze liep van de ene kant van de veranda naar de andere. Mike kwam naar haar toe. 'Nog niet terug?' vroeg hij.

Julie schudde haar hoofd. 'Nee. Ik zie hem ook niet.'

'Wil je dat ik hem ga zoeken? Misschien hoort hij je niet door de golven.'

Julie glimlachte. 'Ja, dank je.'

Mike liep de trap af. 'Ik ben over een paar minuten terug.'

Een minuut later hoorde ze Mike Singers naam roepen.

41

Jennifer Romanello kneep haar ogen dicht tegen de tegemoetkomende koplampen. Een paar nachten gebrek aan slaap eisten hun tol en haar ogen deden pijn. Ze vroeg zich af of ze moest stoppen om ergens een kop koffie te halen, toen de radio tot leven kwam. Ze herkende de stem van de commandant en pakte de microfoon.

'Het ziet ernaar uit dat we iets hebben,' zei Morrison. 'Er is in Jacksonville een auto gestolen vanaf het parkeerterrein van het winkelcentrum op de dag dat Richard verdween. Hij staat op naam van een zekere Shane Clinton, en die woont in Jacksonville.'

'Hebt u een adres voor me.'

'Ja... Melody Lane 412.'

'Wat voor auto was het?'

'Een groene Pontiac Trans Am uit 1984.' Hij noemde het kenteken en zei: 'Er is al een opsporingsbevel voor uitgegeven.'

'Hebt u de eigenaar al gesproken?'

'Nee, maar hij woont vlak bij het ziekenhuis. Wil je zijn telefoonnummer?'

'Ja.'

Morrison gaf het door en Jennifer prentte het in haar geheugen, en besloot er toen heen te rijden.

Mike's voeten zakten weg in het zand. Hij keek over zijn schouder en zag Julie op de veranda staan, kleiner wordend met elke stap die hij zette.

'Singer!' riep hij weer.

Zijn ogen raakten langzaam gewend aan de duisternis en hij keek naar de duinen. Hij wist dat Singer soms door de duinen dwaalde, maar het was vreemd dat hij nog steeds niet terug was.

Hij zette zijn handen aan zijn mond om weer te roepen, toen hij vlak bij een trap iets zag liggen. Hij tuurde, liep dichterbij en zag toen wat het was. Hij draaide zich om en riep in Julie's richting.

'Gevonden!'

Hij deed nog een paar passen. 'Wat doe je hier? Kom mee. We gaan terug naar binnen.'

Singers staart bewoog en Mike hoorde hem zachtjes jammeren. Zijn tong hing uit zijn bek en hij hijgde zwaar.

'Je ziet eruit alsof je te hard hebt gerend...' begon hij, maar hij zweeg toen Singer weer jammerde.

'Gaat het?' vroeg hij.

Singer stond nog steeds niet op.

'Singer?' Mike hurkte neer en legde een hand op de borst van de hond; hij voelde de snelle hartslag. Singer keek hem glazig aan en reageerde niet op zijn aanraking, en toen pas merkte Mike dat een van Singers achterpoten trilde.

Pete Gandy kwam bij Julie op de achterveranda staan.

'Wat is er aan de hand?' vroeg hij.

Julie keek hem aan. 'Ik wacht gewoon tot Mike en Singer terug komen.'

Pete knikte en ze bleven samen zwijgend naar het strand staan staren. Julie begon zich net af te vragen waar ze bleven, toen ze Mike haar naam hoorde roepen. Zelfs vanuit de verte kon ze de paniekerige klank in zijn stem horen. Even later kwam hij aanrennen op het zand beneden hen.

'Het is Singer!' riep Mike. 'Er is iets mis! Kom snel mee!'

Het duurde even voor de woorden tot haar doordrongen en ze knipperde met haar ogen.

'Wat bedoel je? Wat is er aan de hand?" riep ze naar Mike.

'Ik weet het niet! Haast je!' riep Mike terug.

Julie voelde haar borst plotseling verkrampen en liep naar de trap.

'Wacht,' zei Pete. Hij probeerde haar bij haar arm te pakken om haar tegen te houden, maar Julie was hem al voorbij. Toen hij haar de trap af zag rennen stond hij even in dubio of hij haar moest volgen of niet.

'Verdorie,' mompelde hij en rende toen ook de trap af naar het strand.

Richard keek toe terwijl de drie over het strand renden. Hij voelde de adrenaline door zijn lijf gieren toen ze verder van hem weg renden. Het was begonnen.

Toen ze eindelijk uit het zicht verdwenen, kroop hij over het duin heen. In de schaduw blijvend sloop hij naar het huis, met de kruissleutel in zijn hand.

Zwaar ademend terwijl ze Mike probeerde bij te houden, voelde Julie steeds sterkere golven van paniek. Achter haar hoorde ze Pete haar naam roepen, haar smeken met hem terug te gaan naar het huis.

Een ogenblik later zag ze waar Mike naartoe ging... en zag ze Singer in het zand liggen.

Julie begon te beven toen ze naar Singer toe rende. Tegen de tijd dat Pete hen bereikte, zaten Julie en Mike allebei over de hond gebogen.

'Wat is er aan de hand?' hijgde Pete.

'Singer? Wat is er, lieverd?' mompelde Julie zacht terwijl ze hem over zijn rug aaide.

Geen reactie. Julie keek Mike aan met een kinderlijke uitdrukking. Haar ogen smeekten hem haar te vertellen dat ze zich nergens zorgen over hoefde te maken, dat ze het mis had, dat ze geen reden had om zo bang te zijn.

'Waarom beweegt hij niet?' vroeg Pete.

'Mike?' vroeg ze.

'Ik weet het niet,' mompelde hij. 'Ik heb hem zo gevonden...'

'Misschien is hij moe,' opperde Pete, maar Mike's blik deed hem zwijgen.

'Wat is er met hem?' riep Julie. 'Help hem dan!'

Mike tilde voorzichtig Singers kop van het zand omhoog. 'Kom, jongen, sta eens op...'

Singers nek was stijf en het hijgen werd erger, alsof de beweging hem pijn deed. Toen hij jammerde, legde Mike zijn kop terug. Pete keek van Mike naar Singer naar Julie en vroeg zich – net zo verward als de anderen – af wat hij nu moest doen.

'We moeten iets doen!' schreeuwde Julie.

Haar gekwelde kreet dwong Mike eindelijk tot actie. 'Pete... ren terug naar het huis en kijk of je een dierenarts kunt vinden die dienst heeft.'

'Ik mag jullie niet alleen laten...'

'Ga gewoon!' schreeuwde Mike. 'En schiet op!'

'Maar..'

'Maak dat je weg komt!'

'Oké, oké,' zei hij. Even later rende hij de duisternis in, Mike en Julie achterlatend bij Singer.

Zelfs onder het rennen hoorde Pete Julie's jammerkreten.

Jennifer was net Jacksonville binnengereden toen ze besefte dat er iets aan haar knaagde. Het was begonnen een paar minuten nadat Morrison haar via de radio de informatie over de auto had doorgegeven, maar ze kon nog steeds niet zeggen wat haar daaraan dwars zat.

Er ontging haar iets, dacht ze vermoeid. Maar wat?

Voor haar waren in de verte alleen een paar achterlichten zichtbaar en de weg leek de wereld in tweeën te splitsen. De motor gierde, omdat ze het gaspedaal ver ingetrapt hield. De reflectoren op de weg raasden onder de banden door.

Het ging niet over de gestolen auto... of toch wel? En zo ja...

Ze kwam er niet uit, maar ze wist dat er iets was. Iets in haar onderbewustzijn, iets voor de hand liggends, iets dat net buiten haar bereik bleef.

Oké, dacht ze, terwijl ze het opnieuw doornam. Richard had zijn auto achtergelaten. Klopt. De auto was gestolen rond het tijdstip waarop Richard in Jacksonville zou zijn gearriveerd. Klopt. Voeg die twee samen en ze vermoedde... nee, ze wist zeker dat Richard de auto had gestolen. Klopt.

Wat had de commandant ook weer gezegd? Het merk en type van de auto, de eigenaar, het adres waar de jongeman woonde. Ze dacht daarover na. De laatste twee betekenden niets, besloot ze, maar hoe zat het met het merk en type van de auto?

Een groene Pontiac Trans Am.

Het soort auto dat zij op de middelbare school had willen hebben...

Ze fronste en vroeg zich af waarom dat haar zo bekend in de oren klonk.

Vanaf de veranda hoorde Richard Julie schreeuwen om haar hond. Even bleef hij naar het gejammer staan luisteren en voelde hij iets van sympathie. Hij had natuurlijk geweten dat het moeilijk voor haar zou zijn, maar nu hij het daadwerkelijk hoorde – de angst en het verdriet – raakte dat hem dieper dan hij had verwacht.

Hij wilde niet dat Julie van streek was en hij wilde dat er een andere manier was geweest, maar die was er niet. Hij had dit moeten doen. Als Singer een lieve, zachtaardige hond was geweest, dan zou hij hem nooit iets hebben aangedaan. Maar Singer was net zo verward en temperamentvol als zijzelf.

Julie's kreten werden luider en angstiger; het klonk vreselijk. Hij had medelijden met haar en wilde zich bij haar verontschuldigen, maar dat moest wachten tot later, wanneer ze door haar pijn heen kon kijken en zou inzien dat hij het voor hen beiden had gedaan.

Misschien zou hij een nieuwe hond voor haar kopen, als dit allemaal voorbij was. Hoewel hij nooit een hond had gewild, realiseerde hij zich dat hij dat voor haar zou kunnen doen. Ze konden samen een hond uitkiezen, en dan zou ze Singer vergeten. Misschien konden ze naar het asiel gaan en een hond uitkiezen die het leuk vond om te apporteren, net als Singer. Of ze konden de kranten doorkijken en iemand zoeken die puppy's verkocht en dan samen het mooiste hondje uit het nest uitkiezen.

Ja, dacht hij, dat was het. Een nieuwe hond. Een betere hond. Dat zou hij voor haar doen als dit allemaal achter de rug was. Dat zou ze fijn vinden. Het zou haar gelukkig maken en dat was het enige dat hij ooit voor haar had gewild. Dat ze gelukkig was.

Nu hij zich weer vastberadener voelde, leken haar kreten verder weg.

Plotseling zag hij beweging op het strand. Hij wist wat het betekende en trok zich terug in de hoek waarin hij stond.

Pete Gandy haastte zich de trap op, de veranda over en via de achterdeur de keuken in. Hij trok de la onder de telefoon zo hard open dat hij die bijna kapot trok en pakte het telefoonboek.

'Kom op, kom op,' zei hij terwijl hij begon te bladeren, op zoek naar de dichtstbijzijnde dierenarts.

Hij vond de goede bladzijde en ging met zijn vinger over de vermeldingen, maar de dichtstbijzijnde dierenkliniek was in Jacksonville, een half uur van hen vandaan, en hij wist plotseling heel zeker dat de hond het zo lang niet meer zou redden.

Wat moet ik doen, dacht Pete. Wat moet ik nu doen?

De namen van de dierenartsen waren ook vermeld en hij besloot ze thuis te bellen, omdat de praktijken toch niet meer open zouden zijn. Het was de enige kans die de hond had. Het betekende alleen wel dat hij de telefoonnummers een voor een moest opzoeken.

En de tijd drong.

Jennifer stond voor een rood verkeerslicht in het centrum van Jacksonville. Ze was op weg naar Melody Lane om met Shane Clinton te praten, maar dacht nog steeds na over wat haar dwarszat aan de groene Pontiac Trans Am.

Het soort auto dat zij op de middelbare school had willen hebben.

Dat had ze pas al een keer gedacht, maar waar? Bij het politiebureau? Nee, ze was de afgelopen dagen nauwelijks achter haar bureau vandaan geweest. Bij haar appartement? Nee, ook niet. Waar dan wel?

Het licht sprong op groen en Jennifer schudde haar hoofd toen de auto begon te rijden.

Ben ik ergens heen geweest? Alleen om met Julie en Mike te praten, toen ik Pete heb afgezet…

Haar handen knepen in het stuur.

Nee, dacht ze, dat kon toch niet…

Ze pakte haar mobiele telefoon en drukte tegelijk het gaspedaal helemaal in, omdat ze wist dat het haar minstens twintig minuten zou kosten om Topsail Beach te bereiken... en de groene Trans Am die ze daar had zien staan.

Pete Gandy bladerde nog steeds door het telefoonboek, ging met zijn vinger over de bladzijden en werd steeds gefrustreerder. Er stonden meer dan tien dierenartsen in, maar de meeste woonden in Jacksonville, te ver weg.

Er waren nog drie namen over en hij sloeg de bladzijden om op zoek naar de volgende mogelijkheid.

Linda Patinson was de volgende op de lijst en hij zocht naar haar naam in de diverse plaatsen. Ze woonde niet in Jacksonville, en ook niet in Orton of Maysville. Hij sloeg weer een aantal bladzijden om en vond een Linda Patinson.

Ze woonde in Sneads Ferry; dat was maar tien minuten bij hen vandaan.

Hij pakte de hoorn op en toetste het nummer in, maar deed het verkeerd en hing weer op. Hij dwong zichzelf diep adem te halen. Rustig aan, zo hield hij zichzelf voor. Als ik krankzinnig klink, zal ze me zeker niet helpen.

Hij toetste het nummer opnieuw in en de telefoon aan de andere kant ging over.

Een keer. Twee keer.

'Kom op...'

Drie keer. Vier keer.

'Wees nou thuis...'

'Hallo?'

De stem klonk jong, als van een studente.

'Hallo, met agent Pete Gandy uit Swansboro. Het spijt me als ik u stoor, maar bent u Linda Patinson de dierenarts?'

Het bleef even stil. 'Ja,' zei ze op behoedzame toon.

'Ik wist niet wat ik anders moest doen. Onze hond ziet eruit alsof hij stuipen heeft of zo.'

'Er is een dierenkliniek in Jacksonville die open is.'

'Dat weet ik, maar ik denk niet dat hij het zo lang nog zou redden... Hij beeft over zijn hele lijf en ademt heel snel. Zijn hart gaat tekeer en hij kan niet eens zijn kop optillen.'

Pete beschreef Singers conditie zo goed mogelijk en toen hij klaar was, aarzelde Linda Patinson. Ze was relatief nieuw in de praktijk – ze was pas een paar jaar klaar met haar opleiding – maar ze wist dat dit ernstig was, niet alleen door de paniek in Pete's stem, maar ook door de symptomen die hij beschreef.

'Heeft hij iets gegeten uit de garage? Insecticide, bijvoorbeeld? Of een of andere soort vergif?'

'Niet dat ik weet. Een poosje geleden was er niets aan de hand.'

'Wat voor soort hond is het?'

'Een Deense dog.'

Linda Patinson aarzelde. 'Ziet u kans hem in de auto te krijgen en hierheen te komen? Ik kan over tien minuten in de praktijk zijn. Het is vlakbij...'

'Ik vind het wel.'

Enkele seconden later hing Pete op en rende hij de achterveranda op. Hij smeet de deur achter zich dicht en merkte nauwelijks de schaduw op die naar hem toe kwam.

Julie aaide Singer met bevende handen.

'Waarom duurt het zo lang?' zei ze. 'Wat is hij aan het doen?'

Mike antwoordde niet. Hij wist dat ze niet zozeer tegen hem praatte als hardop dacht. Hij probeerde haar gerust te stellen.

'Het komt wel goed met hem,' fluisterde hij.

Singer hijgde inmiddels nog zwaarder en had zijn ogen opengesperd. Zijn tong lag in het zand. Elke ademtocht ging met gejammer gepaard.

'Hou vol, schatje,' smeekte Julie. 'Alsjeblieft... o God... alsjeblieft...'

Op de veranda wist Pete Gandy niet eens zeker waarom hij zich omdraaide.

Het zachte geluid van een schoen op hout, misschien, of de bijna onmerkbare verschuiving in de schaduwen die door de buitenlamp werden veroorzaakt. Het was niet alleen maar intuïtie, dat wist Pete zeker. Hij dacht aan vergif en wat dat kon betekenen; er was geen ruimte in zijn onderbewustzijn om aan iets anders te denken dan wat hem nu te doen stond.

Maar hij wist, zelfs voor hij Richard zag, dat er iemand naar hem toe kwam, en hij dook al instinctief in elkaar toen hij iets hards tegen zijn schedel voelde komen.

Er volgde een flits van hevige pijn, toen een helder licht in zijn ooghoeken dat plotseling vervaagde tot zwart.

'Misschien moet ik even gaan kijken waarom Pete zo lang weg blijft,' zei Mike.'

Julie hoorde hem nauwelijks, maar knikte, haar lippen op elkaar geperst.

Mike draaide zich om en rende naar het huis.

Richard staarde naar de gevallen gestalte van Pete Gandy. Gruwelijk, maar noodzakelijk en op zijn eigen manier onvermijdelijk.

Dan was er natuurlijk de kwestie van Pete's wapen. Dat maakt de rest zoveel gemakkelijker, dacht hij. Nadat hij het uit de holster had gehaald dacht hij er even over een kogel door Pete Gandy's hoofd te jagen, maar hij besloot toch het niet te doen. Hij had niets tegen Pete Gandy. De man deed gewoon zijn werk.

Richard draaide zich om en ging op weg naar de trap toen hij Mike over het strand aan zag komen rennen.

Hij keek omlaag naar het lichaam en besefte dat Mike het meteen zou zien. Hij dacht snel na, hurkte toen neer en wachtte op Mike's zware passen op de trap.

Jennifer Romanello bleef het strandhuis bellen terwijl ze daar met hoge snelheid heen reed. Eerst was de telefoon in gesprek geweest; nu werd er niet opgenomen. Terwijl de telefoon bleef rinkelen kon ze zich niet aan het gevoel onttrekken dat er iets verschrikkelijk mis was. Ze pakte de microfoon van de radio en vroeg om ondersteuning, maar zelfs terwijl ze haar bezorgdheid kenbaar maakte, wist ze dat niemand eerder bij het strandhuis zou kunnen zijn dan zij.

42

Mike keek net op toen een onduidelijke gestalte zichzelf vanaf de bovenste tree van de trap lanceerde.

Door de vaart van de aanval viel hij achterover; zijn hoofd sloeg tegen de traptreden toen er iets bovenop hem viel, zijn ribbenkast indeukte en de randen van de treden in zijn onderrug duwde.

De pijn maakte hem duizelig. Mike zag niets, maar voelde dat hij met zijn hoofd omlaag van de trap af schoof. En bij elke tree leek het of er iemand met een hamer tegen zijn ribben beukte. Toen raakte zijn hoofd het zand en lag hij plotseling stil, zijn nek in een vreemde hoek gebogen. Hij voelde dat er iemand naar zijn hals greep en begon te knijpen. Er werden voeten aan weerszijden van hem in het zand geplant en het leek of er een zak lood op zijn borst werd gezet.

De handen knepen steeds harder en Mike verzette zich tegen de misselijkheid en de pijn. Zelfs zijn ogen opendoen was moeilijk, maar toen hij het gezicht van Richard Franklin boven zich zag, kon hij zich plotseling weer concentreren.

Julie! wilde hij schreeuwen. *Lopen!*

Er kwam echter geen geluid uit. Hij was afgesneden van zuurstof en begon duizelig en suf te worden. Hij probeerde adem te halen en greep instinctief Richards handen beet en probeerde ze los te wrikken. Richards greep verslapte echter niet.

Mike begon te slaan en raakte Richards gezicht, maar zonder effect. Iedere cel in zijn lichaam schreeuwde om zuurstof. Hij begon te schoppen, probeerde Richard van zich af te gooien, maar die wilde niet wijken. Mike probeerde zijn hoofd heen en weer te schudden, maar Richard ging alleen maar harder knijpen.

En de pijn…

Zuurstof. Dat was alles waar hij aan kon denken toen hij zijn handen op Richards ogen richtte. Hij vormde zijn handen tot klauwen, worstelde verwoed en raakte even zijn doel, tot Richard zijn hoofd ophief en aan zijn greep ontsnapte.

Toen wist Mike dat hij zou sterven.

In paniek graaide hij weer naar Richards handen en probeerde ze los te rukken. Deze keer kreeg hij een duim te pakken en trok eraan met het beetje kracht dat hem nog restte.

Hij voelde iets knappen, maar Richard weigerde los te laten. Mike bleef trekken en de duim werd in een onnatuurlijke hoek gebogen. Richard verslapte zijn greep terwijl zijn gezicht zich vertrok van pijn. Hij boog voorover.

Dat was alles wat Mike nodig had. Trappend en bokkend kreeg hij eindelijk een beetje lucht door zijn keel. Hij trok met zijn vrije hand aan Richards haren en ramde zijn knieën in diens rug. Richard vloog over hem heen en belandde achter hem in het zand.

Happend naar adem zette Mike zich tegen de trap af en kwam op handen en knieën naast Richard in het zand, maar zelfs die beweging putte hem uit. Hoewel hij nu wel kon inademen, leek zijn keel nog steeds dicht te zitten, waardoor er nog nauwelijks lucht in zijn longen kwam. Richard was als eerste overeind, draaide zich om en schopte Mike woest in zijn ribben, en daarna weer. Mike viel op zijn rug en kreeg een trap tegen zijn hoofd. Hij werd bijna verblind door de hevige pijn en kon weer geen adem halen.

Hij dacht aan Julie.

Julie…

Hij richtte zich op handen en voeten op en haalde uit naar Richard. Richard schopte weer; Mike voelde het wel, maar ging toch door. Even later reikte hij naar Richards hals toen hij iets hards tegen zijn maag voelde en een plof hoorde.

Eerst was er niets, maar toen voelde hij vuur in zijn maag, kokend water op zijn zenuwuiteinden, pijn die zich in alle richtingen verspreidde en via zijn ruggengraat omhoog stoof. Mike knipperde geschokt met zijn ogen, zijn benen werden gevoelloos, zijn lichaam werd slap en Richard duwde hem van zich af.

Toen Mike naar zijn maag greep, voelde die nat en glibberig aan. In het vage licht leek zijn bloed net motorolie die onder een auto uit liep. Hij begreep niet waar het bloed vandaan kwam, maar toen Richard overeind kwam, zag hij het wapen.

Richard staarde op hem neer en Mike rolde weg.

Moet overeind komen... moet opstaan... moet Julie waarschuwen...

Hij wist dat Richard achter haar aan zou gaan en dat moest hij voorkomen. Hij moest Julie redden. Hij probeerde de pijn te onderdrukken, te bedenken wat hij nu moest doen... Weer een trap tegen zijn hoofd.

Hij lag nu op zijn buik en zijn bloed gutste uit hem weg. Met zijn hand tegen zijn maag voelde hij het leven uit zich weg stromen. 'Julie!' riep hij, maar hij hoorde alleen een gesmoord piepen.

Duizeliger... zwakker... moet haar redden... moet haar beschermen...

Weer een schop tegen zijn hoofd en toen was er niets meer.

Richard torende boven Mike uit, zijn ogen wijd opengesperd, zwaar ademend, energieker dan ooit. Zijn handen tintelden. Zijn benen trilden, maar zijn zintuigen! O, die waren springlevend! Gezicht en gehoor waren versterkt en hij voelde zelfs de lichtste streling van de lucht tegen zijn huid. Het effect was duizelingwekkend, bedwelmend.

Dit was heel anders dan het bij Pete was geweest. Of bij de echte Richard Franklin. Of zelfs bij Jessica. Jessica had zich ook verzet, maar niet zoals Mike. Jessica was onder zijn handen gestorven, maar er was geen gevoel van overwinning geweest, geen zegeviering. Alleen een besef van verdriet omdat ze dit over zichzelf had afgeroepen.

Maar vanavond voelde hij zich triomfantelijk, onvermoeibaar, onverslaanbaar. Hij was bezig met een missie en de goden waren met hem.

Richard negeerde de pijn in zijn duim, draaide zich om en liep het strand op. Links van hem waren de duinen begroeid met helmgras en dwergklimop, rechts vervolgden de golven hun eindeloze bewegingen. Het was een prachtige avond, dacht hij. In de duisternis voor hem zag hij Julie over de hond gebogen zitten. De hond was echter dood of zou dat spoedig zijn. En dan zijn we alleen, dacht hij. Geen complicaties meer. Niemand die ons kan tegenhouden.

Hij begon sneller te lopen, opgewonden bij de gedachte haar te zien. Julie zou ongetwijfeld bang zijn als ze hem zag. Ze zou waarschijnlijk net zo reageren als Jessica had gedaan toen ze hem die avond bij de supermarkt in haar auto aantrof. Hij had geprobeerd het haar uit te leggen, het haar te laten begrijpen, maar ze had zich verzet en haar nagels in zijn huid gedrukt. Toen had hij zijn handen om haar keel gesloten en geknepen tot haar ogen wegrolden. Hij had toegekeken en geweten dat ze hem daartoe had gedwongen, dat ze hem om haar eigen zelfzuchtige redenen had gedwongen hun toekomst uit hun handen te laten glippen.

Julie zou hij echter behandelen met het geduld dat ze verdiende. Hij zou op rustige toon tegen haar praten en als ze eenmaal de ware aard van zijn liefde voor haar begreep, als ze eenmaal inzag dat hij dit allemaal voor haar – voor hen – had gedaan, dan zou ze zich er wel bij neerleggen. Ze zou waarschijnlijk nog steeds van streek zijn over Singer, maar uiteindelijk zou hij haar weten te troosten en haar duidelijk maken waarom hij geen andere keus had gehad.

Hij zou haar het liefst straks naar de slaapkamer leiden, maar hij wist dat daar geen tijd voor was. Later vannacht, als ze veilig ver weg waren, zouden ze stoppen bij een motel en de liefde bedrijven, en ze zouden een heel leven samen hebben om in te halen wat ze hadden gemist.

‘Hij komt eraan, schatje,’ fluisterde Julie. ‘Hij is zo hier en dan brengen we je naar de dokter, oké?’

Ze kon Singer nauwelijks zien door haar tranen heen. Met elke minuut die verstreek was hij er slechter aan toe; hij had zijn ogen gesloten en hoewel hij nog steeds snel ademde, piepte hij nu. Het klonk bijna als een hoge fluittoon, zoals wanneer er lucht ontsnapt door een klein gatje in een luchtbed, en het klonk helemaal niet natuurlijk. Nu trilde niet alleen meer zijn achterpoot, maar zijn hele lichaam. Ze voelde zijn spieren onder haar handen verstijven. Alsof ze zich inspanden om de dood af te wenden.

Singer jammerde en Julie hoorde de paniek in haar eigen stem. Ze aaide hem met beide handen over zijn vacht, leed met hem mee en had het gevoel alsof het haar overkwam.

'Je kunt me niet in de steek laten. Alsjeblieft...'

Inwendig schreeuwde ze naar Pete en Mike dat ze moesten opschieten, dat ze nauwelijks meer tijd hadden. Er waren weliswaar nog maar een paar minuten verstreken, maar het leek wel een eeuwigheid, en ze wist dat Singer niet veel langer zou kunnen blijven vechten.

'Singer... je haalt het wel... geef het nou niet op. *Alsjeblieft...*'

Ze richtte zich iets op om naar Pete en Mike te roepen, maar de woorden stokten in haar keel.

In eerste instantie weigerde ze te geloven wat haar ogen zagen, en probeerde ze het beeld van haar netvlies weg te knipperen. Toen ze echter weer keek, wist ze dat ze zich niet had vergist.

Zijn haar had een andere kleur, hij had een bril op en zijn snor was verdwenen, maar ze herkende hem meteen.

'Hallo, Julie,' zei Richard.

Jennifer racete door het verkeer heen, suisde, seinend met haar koplampen, tussen auto's door.

Ze hield haar ogen op de weg gericht en kneep zó hard in het stuur dat haar handen er pijn van deden.

Nog tien minuten, dacht ze. Meer heb ik niet nodig. Nog tien minuten.

Julie hield haar adem in en staarde Richard aan terwijl alles op z'n plaats viel.

Hij was hier. Hij had Singer iets aangedaan. Hij had Pete iets aangedaan. Hij had Mike iets aangedaan.

O, God...

Mike...

En nu kwam hij haar halen...

Hij kwam langzaam naar haar toe.

'Jij...' was alles wat ze wist uit te brengen.

Even verscheen er een glimlach op zijn gezicht. *Natuurlijk*, leek hij te zeggen, *wie had je anders verwacht?* Hij bleef op anderhalve meter afstand staan en nadat hij enkele ogenblikken naar haar was blijven kijken, richtte hij zijn blik op Singer.

'Het spijt me van Singer,' zei hij met zachte stem. 'Ik weet hoeveel je om hem gaf.'

Hij sprak alsof hij er niets mee te maken had gehad. Er verscheen een verdrietige uitdrukking op zijn gezicht, als bij iemand die de begrafenis van een goede vriend bijwoonde.

Julie kreeg plotseling het gevoel alsof ze zou gaan braken, maar ze verzette zich daartegen en probeerde zichzelf onder controle te houden. Probeerde te bedenken wat ze moest doen. Probeerde te bevatten wat er met Mike kon zijn gebeurd.

O, God. *Mike.*

'Waar is Mike?' vroeg ze. Ze wilde het wel weten, maar was plotseling toch ook bang voor het antwoord. Ze had de grootste moeite om haar stem in bedwang te houden.

Richard keek op, met dezelfde verdrietige uitdrukking op zijn gezicht. 'Dat is nu voorbij,' zei hij langs zijn neus weg.

Zijn woorden vormden een bijna fysieke klap en ze voelde dat haar handen begonnen te trillen.

'Wat heb je met hem gedaan?' vroeg ze met verstikte stem.

'Dat doet er nu niet meer toe.'

'Wat heb je gedaan?' schreeuwde ze, niet meer in staat zich te beheersen. 'Waar is hij?'

Richard deed een stap in haar richting, zijn stem klonk nog steeds zachtaardig. 'Ik had geen keus, Julie. Dat weet je toch. Hij had je in zijn macht en dat kon ik niet laten voortduren. Maar nu ben je veilig. Ik zal voortaan voor je zorgen.'

Hij zette nog een stap en Julie stoof plotseling achteruit.

'Hij hield niet van je, Julie,' zei hij. 'Niet zoals ik van je hou.'

Hij gaat mij ook vermoorden, dacht ze. Hij heeft Mike en Singer en Pete gedood en nu gaat hij mij doodmaken. Julie kwam overeind terwijl Richard dichterbij kwam, en haar angst groeide met elke stap die hij in haar richting zette. Ze zag het in zijn ogen, ze zag precies wat hij zou gaan doen.

Hij gaat me vermoorden, maar eerst gaat hij me verkrachten...

Dat besef maakte het haar bijna onmogelijk zich te bewegen, maar iets in haar binnenste schreeuwde. *Lopen!* En Julie reageerde instinctief.

Ze ging er zonder nog achterom te kijken vandoor. Haar voeten gleden weg in het zand terwijl ze over het strand wegrende.

Richard probeerde niet haar tegen te houden. Hij glimlachte, want hij wist immers dat ze nergens heen kon. Ze zou vanzelf wel moe worden, dat wist hij; haar paniek zou haar al snel uitputten. Hij haakte rustig het wapen achter zijn riem en begon achter haar aan te joggen, hard genoeg om haar te kunnen blijven zien en de afstand te overbruggen als het moment daar was.

Mike zakte telkens weer weg in bewusteloosheid. Gevangen tussen een wereld van werkelijkheid en dromen, drong het op een gegeven moment eindelijk tot hem door dat hij hevig bloedde.

En dat Julie hem nodig had.

Bevend kwam hij langzaam overeind.

Julie probeerde het tempo hoog te houden toen ze naar de lichten van het enige strandhuis rende dat op het moment bewoond leek te zijn. Haar benen werden moe en ze begon het gevoel te krijgen dat ze, hoewel ze rende, ze niet van haar plaats kwam. De lichten leken wel dichterbij, maar ze scheen ze maar niet te kunnen bereiken.

Nee, zei ze tegen zichzelf, *nee!* Hij zal me niet te pakken krijgen. Ik haal het wel en dan zullen die mensen me helpen. Ik zal om hulp roepen en dan bellen ze de politie en...

Maar haar benen deden pijn... haar longen brandden... haar hart ging tekeer...

Alleen de doodsangst hield haar gaande.

Terwijl ze zo hard rende als ze kon, keek ze over haar schouder.

Ondanks de duisternis kon ze zien dat Richard op haar inliep.

Ik ga het niet halen, realiseerde ze zich plotseling.

Ze strompelde nu. Haar kuiten waren verkrampt. Ze had de grootste moeite om overeind te blijven.

En hij kwam steeds dichterbij...

Waar is iedereen? zou ze willen schreeuwen. *Help me!*

Ze wist echter met koude zekerheid dat het geluid van de golven haar kreten zou overstemmen. Ze rende nog een paar passen en keek weer achterom. Weer dichterbij.

Ze kon zijn voetstappen al horen.

Maar ik kan niet meer verder...

Ze maakte plotseling een bocht naar de duinen in de hoop dat ze zich aan de andere kant ervan ergens kon verstoppen.

Richard zag haar haren achter haar aan dansen. Hij was haar dicht genaderd, zo dicht dat hij het bijna kon aanraken.

Ik ben er bijna, dacht hij, toen ze plotseling op de duinen af ging. Richard raakte daardoor uit zijn evenwicht en strompelde even, maar zette al snel de achtervolging voort. Hij lachte luid.

Wat een geestkracht! Wat een inspanning! Ze was werkelijk zijn gelijke. Hij klapte bijna in zijn handen van verrukking.

Julie kon een huis boven de duinen uit zien torenen, maar de klim naar boven door het losse zand was bijna te veel voor haar. Haar voeten gleden uit en ze moest haar handen gebruiken om haar evenwicht te bewaren, en tegen de tijd dat ze boven was, zakte ze bijna door haar knieën.

Heel even keek ze naar het huis zelf; het was gebouwd op palen en er was ruimte onder om auto's te parkeren, maar weinig beschutting. Het huis ernaast leek meer mogelijkheden te bieden en ze ging die kant op.

Dat was het moment dat ze Richard haar voet vast voelde grijpen zoals een rugbyspeler die in het open veld een tackle uitvoert. Ze verloor haar evenwicht en rolde aan de andere kant van het duin naar beneden.

Toen Richard haar bereikte, boog hij zich voorover en pakte haar bij de arm om haar overeind te helpen.

'Je bent een fantastische vrouw,' zei hij grinnikend terwijl hij op adem probeerde te komen. 'Dat heb ik vanaf het moment van onze ontmoeting geweten.'

Julie probeerde zich uit zijn greep los te trekken en voelde zijn vingers harder in haar arm knijpen. Ze rukte harder.

'Doe nou niet zo raar, Julie,' zei hij.' Zie je dan niet in dat het gewoon steeds zo heeft moeten zijn?'

Julie rukte weer aan haar arm. 'Laat me los!' schreeuwde ze.

Richard verstevigde zijn greep en Julie kromp ineen. Er verscheen een geamuseerde grijns rond zijn mond, alsof hij wilde zeggen: *zie je hoe zinloos het is?*

'We kunnen waarschijnlijk maar beter gaan,' stelde hij kalmpjes voor.

'Ik ga met jou nergens naar toe!'

Ze gaf weer een ruk aan haar arm en wist zich eindelijk uit zijn greep te bevrijden, maar toen ze bij hem vandaan wilde lopen voelde ze dat hij haar een duw in de rug gaf, waardoor ze weer op de grond viel.

Hij staarde hoofdschuddend op haar neer.

'Gaat het?' vroeg hij. 'Het spijt me dat ik dat moest doen, maar we moeten praten.'

Praten? Wilde hij praten?

Val dood, dacht ze. Geen schijn van kans.

Zodra hij weer in haar richting kwam, stond Julie op en probeerde weg te rennen, maar Richard pakte haar plotseling bij haar haren en trok er hard aan.

Ze hoorde hem lachen.

'Waarom maak je het jezelf nou zo moeilijk?' vroeg hij.

Ondertussen probeerde Mike op te staan. Hij stak zijn hand uit naar de trap, verzette zich tegen de misselijkheid toen de pijn door hem heen vlamde. Zijn gedachten waren verward en gefragmenteerd...

Opstaan... ik moet de politie bellen... moet Julie helpen... maar de pijn... het schot... de pijn... waar ben ik... dat gebulder... telkens en telkens weer... pijn... komt in golven... golven... de oceaan... Julie... ik moet haar helpen...

Hij zette een stap.

En toen nog een.

Julie sloeg Richard hard tegen zijn borst en in zijn gezicht. Hij trok weer aan haar haren en ze schreeuwde het uit van pijn.

'Waarom blijf je je tegen me verzetten?' vroeg Richard, zijn stem en gelaatsuitdrukking kalm, alsof hij een eigenzinnig kind tot rede probeerde te brengen. 'Begrijp je dan niet dat het voorbij is? We zijn nu nog maar met z'n tweeën. Je hebt geen reden om je zo te gedragen.'

'Laat me gaan!' schreeuwde ze. 'Laat me met rust.'

'Denk eens aan alles wat we samen kunnen doen,' zei hij. 'Wij zijn van dezelfde soort, jij en ik. We zijn overlevers.'

'We gaan helemaal niets samen doen!' schreeuwde ze. 'Ik haat je!'

Hij gaf een flinke ruk aan haar haren, waardoor ze op haar knieën neerviel. 'Zeg dat niet.'

'Ik haat je!' schreeuwde ze weer.

'Ik meen het,' zei hij, en zijn stem was nu zachter, dreigender. 'Ik weet dat je van streek bent, maar ik wil je geen pijn doen, Jessica.'

'Ik ben Jessica niet!' riep ze.

Halverwege de trap viel Mike op zijn knieën, maar hij sleepte zich voort. Met zijn ene hand tegen zijn maag gedrukt, pakte hij met de andere de leuning vast en trok zich op.

Hij was nu bijna boven en zag Pete liggen, met zijn gezicht omlaag en een plas bloed rond zijn hoofd.

Nog een paar passen en hij was op de veranda en op weg naar de deur. Zonder de trapleuning had hij moeite zijn evenwicht te bewaren, maar hij hield zijn ogen op de deur gericht en concentreerde zich op wat hem te doen stond.

Richard staarde haar aan met een merkwaardige uitdrukking op zijn gezicht, alsof hij niet begreep wat ze bedoelde. Hij knipperde met zijn ogen en hield zijn hoofd schuin naar één kant, als een kind dat voor het eerst zijn eigen spiegelbeeld bestudeert.

'Wat zei je nou?'

'Ik ben Jessica niet!' riep ze weer.

Richards vrije hand verdween achter zijn rug en toen hij even later weer te voorschijn kwam, zag ze het wapen.

Mike bereikte de deurklink en drukte hem omlaag, maar begon te wankelen toen de deur openzwaaide.

De telefoon, dacht hij. Ik moet de telefoon zien te bereiken voor het te laat is.

Op dat moment hoorde hij iemand door de voordeur binnen komen stormen. Hij sloeg zijn ogen op en voelde een plotselinge golf van opluchting.

'Julie heeft hulp nodig,' bracht hij raspend uit. 'Op het strand...'
Geschokt door de toestand waarin Mike verkeerde, liep Jennifer naar hem toe en hielp hem op een stoel. Toen pakte ze de telefoon en koos het alarmnummer. Toen de telefoon over begon te gaan, duwde ze de hoorn in zijn hand.

'Vraag om een ambulance!' zei ze. 'Lukt dat je nog?'

Mike knikte en bracht zwaar ademend de telefoon naar zijn oor. 'Pete... buiten...'

Jennifer rende naar de deur terwijl ze Mike om een ambulance hoorde vragen. Op de veranda aangekomen dacht ze eerst dat Pete dood was. Er stroomde bloed uit zijn hoofd, maar toen ze voorover boog om beter te kijken, bewoog hij zijn arm en kreunde hij.

'Beweeg je niet,' zei ze. 'Er is al een ambulance onderweg.'

Ze richtte zich op en keek naar de trap. Een moment later rende ze van de treden af.

Richard zette het wapen tegen haar slaap en Julie bleef instinctief stilstaan. Verdwenen was de kalme uitdrukking op zijn gezicht; hij leek de greep op de werkelijkheid nu helemaal te zijn verloren. Dat zag ze aan de manier waarop hij naar haar keek, en dat hoorde ze aan zijn raspende ademhaling.

'Ik hou van je,' zei hij. 'Ik heb altijd van je gehouden.'

Niet bewegen, dacht ze. Als je je beweegt, schiet hij je dood.

'Maar je geeft me geen kans om het je te laten zien.' Hij trok haar aan haar haren, zodat haar oor dichter bij zijn mond kwam.

'Zeg het. Zeg dat je van me houdt.'

Julie zei niets.

'Zeg het!' schreeuwde hij en Julie kromp ineen voor de woede in zijn stem. Die klonk rauw, bijna dierlijk. Ze voelde de warmte van zijn ademhaling tegen de zijkant van haar gezicht.

'Ik heb je een kans gegeven. Ik heb je zelfs vergeven wat je me hebt aangedaan! Je vergeven wat je me dwong te doen. Nu wil ik dat je het zegt!'

De angst zat nu in haar borstkas, in haar keel, in haar ledematen.

'Ik hou van je,' jammerde ze, op het punt in tranen uit te barsten.

'Zeg het zo dat ik het kan horen. Zeg het alsof je het meent.'

Ze begon te huilen. 'Ik hou van je.'

'Nog een keer.'

Ze huilde harder. 'Ik hou van je.'

'Zeg dat je met me mee wilt.'

'Ik wil met je mee.'

'Omdat je van me houdt.'

'Omdat ik van je hou.'

Op dat moment zag ze als in een droom vanuit haar ooghoek een visioen boven de duintop verschijnen, haar beschermengel die door het duister op hen af kwam.

Terwijl het visioen voor haar ogen vaste vorm aannam, zag Julie dat Singer zich op Richard stortte, en grauwend zijn kaak in de arm zette die het wapen vasthield.

Singer liet niet los en Julie en Richard vielen op hun zij. Richard rukte aan zijn arm en probeerde zich te bevrijden. Singer schudde uit alle macht met zijn kop terwijl Richard begon te schreeuwen en het wapen uit zijn hand liet vallen.

Hij lag nu op zijn rug en moest alles op alles zetten om Singer bij zijn keel vandaan te houden.

Met een van haat vertrokken gezicht hield Richard met één hand Singer van zich af en reikte hij met de andere naar het wapen. De hond onderbrak zijn aanval echter niet, maar Julie schreeuwde, en het was het geluid van haar eigen schreeuw dat haar de kracht gaf om op te staan en weg te lopen.

Ze kwam overeind en wist dat ze niet veel tijd zou hebben.

Achter haar kromden Richards vingers zich om de kolf van het wapen.

Het geluid van het wapen dat afging, deed Julie opnieuw verstarren. Singer jankte... een langgerekte kreet.

'Singer!' riep Julie. 'O God... neeee!'

Er klonk nog een schot en Singer jankte weer, zwakker nu. Toen ze over haar schouder keek zag ze dat Richard Singers lichaam van zich af duwde en overeind kwam.

Julie begon oncontroleerbaar te beven.

Singer lag op zijn zij, probeerde nog overeind te komen, hij gromde en jankte tegelijkertijd en kronkelde van de pijn. Zijn bloed gutste in het zand.

In de verte klonk het geluid van sirenes.

'We moeten nu gaan,' zei Richard. 'We hebben bijna geen tijd meer.'

Julie kon echter alleen maar naar Singer staren.

'Nu!' bulderde Richard. Hij pakte haar weer bij haar haren en gaf er een ruk aan. Julie verzette zich schreeuwend en schoppend, toen ze vanaf de top van het duin plotseling een stem hoorde.

'Handen omhoog!'

Richard en Julie zagen agent Jennifer Romanello op hetzelfde moment. Richard zwaaide zijn wapen in haar richting en vuurde in het wilde weg; een moment later ontsnapte hem een verstikte zucht. Hij voelde een scherpe, brandende pijn in zijn borst en hoorde een geluid als van een goederentrein in zijn oren. Het wapen in zijn hand leek plotseling belachelijk zwaar. Hij schoot nog een keer, miste en voelde toen eenzelfde brandende pijn in zijn keel, waardoor hij naar achteren werd geduwd. Hij voelde dat zijn longen zich vulden met bloed, hoorde het gorgelen toen hij adem probeerde te halen. Hij kon niet slikken, de kleverige vloeistof maakte dat onmogelijk. Hij wilde het uithoesten, het in de richting van de agent spugen, maar zijn kracht nam heel snel af. Het wapen gleed uit zijn hand, hij viel op zijn knieën, zijn geest werd steeds trager. Hij had alleen maar gewild dat Julie gelukkig zou zijn, samen met hem. De vormen om hem heen werden snel donkerder en vervaagden met de seconde. Hij wendde zich tot Julie en probeerde te spreken, maar zijn mond was niet meer in staat de woorden te vormen.

Toch klampte hij zich nog steeds vast aan zijn droom, zijn droom over een leven met Julie, de vrouw van wie hij hield. Julie, dacht hij, mijn lieve Jessica…

Richard viel voorover in het zand.

Julie staarde even naar zijn lichaam en wendde zich toen weer naar Singer.

Hij lag nog steeds op zijn zij, hijgde moeizaam en zijn bek hing open. Julie liep naar hem toe, boog zich over hem heen, spande zich in om hem door haar tranen heen te kunnen zien.

Hij jammerde zacht toen ze haar hand op zijn kop legde en probeerde haar hand te likken.

'O… lieverd toch,' huilde ze.

Hij bloedde uit twee diepe wonden en het zand onder hem zoog het bloed op. Bevend legde Julie haar hoofd tegen zijn lichaam en Singer jammerde weer. Zijn ogen waren wijd opengesperd van angst en toen hij zijn kop probeerde op te heffen en jankte, brak dat geluid bijna haar hart.

'Verroer je niet… ik breng je naar de dierenarts, oké?'

Ze voelde zijn adem tegen haar huid, snel en oppervlakkig. Hij likte haar weer en ze kuste hem.

'Je bent zo lief, schatje. Je was zo dapper… zo ontzettend dapper…'

Zijn ogen waren op haar gericht. Hij jammerde weer en Julie snikte gesmoord.

'Ik hou van je, Singer,' mompelde ze toen de spieren in zijn lichaam zich begonnen te ontspannen.

'Het is in orde, lieverd. Je hoeft niet meer te vechten. Ik ben nu veilig, je mag gaan slapen…'

Epiloog

Julie liep de slaapkamer in terwijl Mike in de keuken stond te koken en de geur van spaghettisaus het huis vulde. Ze deed het licht aan.

Er waren bijna twee maanden verstreken sinds die vreselijke avond op het strand. Hoewel ze zich alles herinnerde wat daar was gebeurd, was wat er later was gebeurd een waas, een wirwar van gebeurtenissen die door elkaar liepen. Ze herinnerde zich wel dat Jennifer Romanello haar terug naar het strandhuis hielp, ze herinnerde zich ook de ambulancebroeders die met Mike en Pete bezig waren, en ze herinnerde zich dat het huis even later langzaam volstroomde met mensen; maar daarna werd alles eerst wazig en toen zwart.

Ze werd wakker in het ziekenhuis. Pete lag er ook, en Mike lag in een andere kamer iets verderop. Pete was binnen een paar dagen weer op de been, maar Mike's toestand was een week lang kritiek. Toen zijn toestand zich eenmaal had gestabiliseerd en het beter begon te gaan, moest hij nog drie weken in het ziekenhuis blijven. Al die tijd zat Julie in een stoel naast zijn bed, hield zijn hand vast, fluisterde zelfs tegen hem wanneer hij sliep.

De politie had nog meer vragen en ook nog meer informatie over het verleden van Richard, maar dat kon haar eigenlijk helemaal niet meer schelen. Richard Franklin was dood – zij zou hem zich nooit herinneren als Robert Bonham – en dat was het enige dat er toe deed.

En Singer was natuurlijk ook dood.

Ze had later van de dierenarts gehoord dat hij rattenvergif binnen had gekregen, genoeg om zes honden in een paar minuten tijd te doden. 'Ik begrijp het niet,' zei Linda Patinson tegen Julie. 'Het is een wonder dat hij zich zelfs nog kon bewegen, laat staan met een volwassen man kon vechten.'

Maar dat heeft hij wel gedaan, dacht Julie en hij heeft me gered.

Op de dag dat Singer werd begraven in de achtertuin van Julie viel er een warme zachte regen over het kleine groepje mensen dat was samengekomen om afscheid te nemen van de Deense dog die Julie's metgezel was geweest, en uiteindelijk haar beschermengel.

Toen Mike eenmaal uit het ziekenhuis was, gingen de eerste paar weken als in een waas voorbij. Hij was min of meer bij Julie ingetrokken. Hoewel hij zijn appartement nog aanhield, had hij daar niet meer geslapen sinds ze naar het strandhuis waren gegaan, en daar was Julie hem dankbaar voor. Hij wist precies wanneer ze er behoefte aan had te worden vastgehouden en wanneer ze alleen wilde zijn.

Maar niets leek nog juist te zijn; het huis was te leeg, restjes eten werden in de vuilnisbak gegooid, er kroop niets meer tegen haar voeten aan. Er waren momenten dat het net leek of Singer er nog steeds was. Soms zag ze vanuit haar ooghoeken iets bewegen, maar als ze zich dan omdraaide om ernaar te kijken, was er helemaal niets. Eén keer rook ze een geur die onmiskenbaar van Singer was. Het rook alsof hij naast haar zat nadat ze samen op het strand hadden gespeeld... maar toen ze van de bank opstond om te kijken waar de geur vandaan kwam, verdween die gewoon. En een keer was ze midden in de nacht wakker geworden met de aandrang om op te staan en de woonkamer in te gaan. Hoewel het donker was in huis hoorde ze hem uit de waterkom in de keuken drinken. Ze verstarde bij het horen van dat geluid en haar hartslag versnelde, maar opnieuw stierf het geluid gewoon weg.

Op een nacht droomde ze van Jim en Singer. Ze liepen samen door een open veld, met hun rug naar haar toe, terwijl zij achter hen aan rende in een poging ze in te halen. In haar droom riep ze hen allebei en ze bleven staan en draaiden zich naar haar om. Jim glimlachte en Singer blafte. Ze wilde naar hen toe lopen, maar leek zich niet te kunnen verroeren. Ze staarden naar haar met hun hoofden op dezelfde manier schuin, met dezelfde blik in hun ogen, dezelfde gloed achter hen. Jim legde zijn hand op Singers rug en Singer blafte opnieuw; een opgewekte blaf, alsof hij haar wilde laten weten dat alles zo goed was. In plaats van naar haar toe te komen, draaiden ze zich weer om en liepen ze samen weg. Ze keek hen na terwijl de omtrekken van hun gestaltes langzaam met elkaar versmolten.

Toen ze wakker werd, pakte ze de foto van Singer die naast haar bed stond. Ze miste hem. Haar hart deed nog steeds pijn als ze ernaar keek, maar ze hoefde er niet langer om te huilen. Achter in het lijstje had ze de brief gestopt die Jim haar had geschreven, en nu haalde ze die eruit.

Terwijl de morgenzon de ramen verwarmde, las ze de brief opnieuw en haar ogen vertraagden toen ze de laatste alinea had bereikt.

En maak je geen zorgen. Waar ik ook ben, ik zal altijd over je waken. Ik zal je beschermengel zijn, mijn liefste. Je kunt erop rekenen dat ik zal zorgen dat je veilig bent.

Julie keek op; haar ogen waren vochtig.

Ja, dacht ze, dat heb je inderdaad gedaan.

Noot van de auteur

De wording van een roman is altijd een ingewikkeld proces. Vaak begint het met een vaag idee, of in mijn geval een thema, en voor deze roman heb ik het thema van de liefde en het gevaar gekozen. Met andere woorden, ik wilde een verhaal schrijven waarin twee geloofwaardige personages verliefd op elkaar worden, maar ik wilde er elementen van spanning en onheil aan toevoegen die uiteindelijk beide karakters in gevaar zouden brengen. Ik kan me niet meer herinneren waar ik was toen ik het besluit nam een dergelijk verhaal te schrijven, maar ik herinner me nog wel dat ik dacht dat ik zou genieten van de poging een soort roman te schrijven die ik nog niet eerder had geschreven.

Tjonge, wat had ik het mis.

Nee, laat ik dat maar even anders stellen. Hoewel ik erg genoot van het schrijven van deze roman, was het redigeren ervan verreweg het moeilijkste wat ik ooit heb moeten doen. Van het eerste tot het laatste concept heeft de roman acht fikse revisies ondergaan voordat zowel mijn redacteur als ik er eindelijk tevreden over was en de roman was geworden zoals die bedoeld was; dat wil zeggen eerst en vooral een liefdesgeschiedenis, en ten tweede – op een manier die de lezer besluipt – een spannende thriller.

In de loop van mijn leven heb ik waarschijnlijk wel een paar duizend thrillers gelezen, en hoewel in veel daarvan personen meespeelden die verliefd op elkaar werden, kan ik me geen enkel boek herinneren waarin het thrillerelement op de tweede plaats kwam, na de relatie. De reden daarvoor is simpel... hoe enger iets is, hoe meer dat het verhaal domineert. De grote uitdaging bij het schrijven van *Je bent nooit alleen* was dan ook het vinden van de juiste balans tussen de beide elementen, en het daaraan aanpassen van het tempo van het verhaal, zodat de lezer nooit uit het oog zou verliezen wat de roman werkelijk was... een liefdesgeschiedenis tussen twee gewone mensen die tot de ontdekking komen dat ze het pad hebben gekruist van de verkeerde persoon. Dat klinkt misschien eenvoudig, maar het heeft mij heel wat slapeloze nachten bezorgd.

Ik heb altijd al een verhaal willen schrijven waar een hond in voorkwam. Of het nu *Old Yeller* was van Fred Gipson, of *Where the Red Fern Grows* van Wilson Rawls, of *To Dance with the White Dog* van Terry Kay, of *My Dog Skip* van Willie Morris, ik ben altijd dol geweest op hondenverhalen, en het leek me wel leuk om een hond op te nemen in deze roman. Ik sta bij deze auteurs in het krijt voor hun werk en voor de uren van plezier die deze boeken me hebben gegeven. Er stond ook een ontroerend verhaal met de titel 'Delayed Delivery' van de hand van Cathy Miller in *Chicken Soup for the Pet Lover's Soul* (geredigeerd door Jack Canfiel, Mark Victor Hansen, Marty Necker en Carol Kline van HCI Publishers) dat me heeft geïnspireerd tot de proloog van *Je bent nooit alleen*, en ik wil haar – en de redacteurs – graag bedanken omdat ze me tot tranen toe hebben geroerd.

Persephone

Arbeitsberichte der Medizinischen Sektion am Goetheanum

11

MICHAELA GLÖCKLER

GESUNDHEIT UND SCHULE

Schulärztliche Tätigkeit an Waldorf- und Rudolf Steiner Schulen
Berufsbild – Perspektiven – praktische Erfahrungen
Erziehung als präventivmedizinische Aufgabenstellung

Mit Beiträgen von

Marianne Altmaier
Johannes Bockemühl
Ernst Bücher
Christoph Buschmann
Wolfgang Goebel
Daniela Greif
Heini Güttinger
Elisabeth Heim-Will
Armin Husemann
Gisbert Husemann
Marina Kayser-Springorum
Wolfgang Kersten
Mena Kiene
Michael Knoch
Helmut von Kügelgen
Karl-Reinhard Kummer
Hans Kaspar Mittelstrass
Uwe Momsen
Hans Müller-Wiedemann
Maria Theresia Pehm
Ilse Rolofs
Marnix Schaubroeck
Norbert Schweig
Michael Weiler
Renata Wispler

VERLAG AM GOETHEANUM

Im Gedenken an den Schularzt Gisbert Husemann (1912–1997)
und den Waldorflehrer Helmut von Kügelgen (1916–1998)

Herausgegeben von der Medizinischen Sektion
der Freien Hochschule für Geisteswissenschaft
am Goetheanum, Dornach

Einbandgestaltung von Gabriela de Carvalho

Satz: Heiko Hanekop
Druck und Bindung: Freiburger Graphische Betriebe

ISBN 3-7235-1007-8

Inhalt

Vorwort

Seit Beginn der sechziger Jahre wird das Thema Gesundheit und Schule zunehmend in Fachkreisen und in der Öffentlichkeit diskutiert. Aufgrund des ansteigenden Drogenkonsums sowie neuer Formen von Gewalt und Brutalität an Schulen ist es derzeit aktuell wie noch nie. Schon 1995 wurde von der Pressesprecherin der Baden-Württembergischen Kinderärzte, Frau Dr. Dorothea Bogner, gefordert, daß für jede Schule die Stelle eines hauptamtlichen Schularztes zu schaffen sei. Und seitens der Weltgesundheitsorganisation (WHO) werden große Anstrengungen unternommen, ein «Netzwerk gesundheitsfördernder Schulen» aufzubauen.

In diesem Kontext wird auch verstärkt nach der Konzeption schulärztlicher Tätigkeit an der Waldorfschule gefragt. Dieser Schultyp hat seit seiner Begründung 1919 die Sorge für eine gesunde körperliche, seelische und geistige Entwicklung im Zentrum seiner pädagogischen Bemühungen. Es wird hier in dem Bewußtsein gearbeitet, daß alles, was wir mit Kindern und Jugendlichen unternehmen – neben Fähigkeitserwerb und Wissensvermittlung –, immer auch einen Einfluß auf die körperliche Reifung der Organe und Organsysteme hat und sich damit auch auf die Gesundheitsdisposition im späteren Leben auswirkt.

Die hier zusammengestellten Materialien, Berichte und Erfahrungen aus der schulärztlichen Arbeit basieren auf den von Rudolf Steiner gegebenen Leitgedanken und Hinweisen für die schulärztliche Tätigkeit, so wie er sie in seinen pädagogischen Vorträgen und in den Konferenzgesprächen mit den Stuttgarter Waldorflehrern dargestellt hat. Dabei wurden auch einige Darstellungen aus bereits in Zeitschriften und Büchern veröffentlichten Beiträgen integriert, deren Autoren zu dem Schulärztekreis gehören, der sich seit 1978 zu Fortbildungstagungen am Goetheanum trifft.

Auch wenn dies Buch Grundkenntnisse in anthroposophischer Menschenkunde und Waldorfpädagogik voraussetzt, so ist es doch so geschrieben und mit Anmerkungen versehen, daß jeder Interessierte sich einen Einstieg in die Thematik verschaffen kann und eine gewisse Übersicht über die wesentlichen Bereiche schulärztlicher Tätigkeit und medizinischer Aspekte der Waldorfpädagogik gewinnt.

So möchte diese Schrift Antwort geben auf die Fragen: Was ist die Aufgabe des Schularztes an einer Waldorfschule? Welche Anforderungen kommen auf ihn zu? Wie kann er sich auf die schulärztliche Tätigkeit vorbereiten? Hinzu kommen grundlegende Betrachtungen zur Stundenplanhygiene, Rhythmusforschung und Unterrichtsgestaltung. Auch ist ein großes Kapitel den Indikationen der Heileurythmie im Schulzusammenhang gewidmet, wie sie Ilse Rolofs[1] in Form von Arbeitsnotizen aus ihrer jahrzehntelangen Erfahrung hinterlassen hat.

Herzlich danken möchte ich den Kolleginnen und Kollegen im Schulärztekreis für ihre Mitarbeit. Auf ihre Anregung hin wurde diese Zusammenstellung der Arbeitsgrundlagen unternommen. Dabei gilt ein besonderer Dank Claudia McKeen, die wesentliche Vorarbeiten für die Auswahl der Ausführungen Rudolf Steiners zur schulärztlichen Tätigkeit geleistet hat. Ein ebensolcher Dank geht an Sophia Timm, die die Notizen zur Schulheileurythmie von Ilse Rolofs überarbeitet hat. Der Stiftung Helixor sei für die notwendige finanzielle Unterstützung herzlich gedankt. Sehr herzlich danken möchte ich auch den Mitarbeitern des Verlags am Goetheanum, die mit großem Engagement dafür gesorgt haben, daß das Buch noch zur Vorbereitung der 4. internationalen Ärzte-Lehrer-Tagung in Sacramento/USA erscheinen konnte.

Dieses Buch will dazu beitragen, daß der Beruf des Schularztes verstärkt in das Bewußtsein von Medizinstudenten und Ärzten gelangt. Auch ist zu hoffen, daß Lehrer und Eltern danach greifen, um sich über das mögliche Aufgabenfeld des Schularztes zu informieren. Denn von ihnen hängt es wesentlich mit ab, ob ein Arzt an die Schule gerufen wird, ob seine Mitarbeit finanziert werden kann und ob er seine Weiterbildung zum Schularzt «by doing» erhalten kann, indem er durch Lehrerkollegium und Elternschaft dabei unterstützt wird. So möge mit dieser Einführung in das Aufgabengebiet des Schularztes ein Anfang gemacht werden, ein Berufsbild vorzustellen, das jeden begeistern wird, dem das gesunde Aufwachsen von Kindern und Jugendlichen ein Anliegen ist.

Medizinische Sektion am Goetheanum
Ostern 1998

Michaela Glöckler

---

[1] † 1981

Der Schularzt als Facharzt für Präventivmedizin

Die Überschrift dieses Kapitels formuliert die Aufgabe, ein neues Berufsbild zu schaffen: den Facharzt für Gesundheitsförderung und Prävention an der Schule. Diese Aufgabe umfaßt auch die zehn Forderungen, die Peter Paulig zur Verwirklichung der Humanen Schule schon 1984 aufgestellt hat:[1]

«Das Kind hat das Recht, auch in der Schule ein Kind zu sein.

‹Millionen von Kindern leiden an der Schule, vor allem die etwa 25% aller Schüler, die versagen oder vom Versagen bedroht sind. Das gilt trotz der Tatsache, daß sich viele Lehrer – zum Teil aufopferungsvoll – darum bemühen, den Schülern zu helfen, soweit das die Institution Schule zuläßt›, das stellte der Präsident des Deutschen Kinderschutzbundes, Professor Bärsch, anläßlich des Kinderschutztages 1983 fest.

Weil kein Kenner der Schulsituation diese Feststellung bestreiten wird, rufen wir alle Einsichtsvollen und Verantwortungsbewußten dazu auf, sich noch entschlossener dafür einzusetzen, daß das Unheil, das sich in Schulverdrossenheit, Leistungsverweigerung, Pessimismus, der Flucht in Drogen und Aggressivität gerade in der Schule äußert, entschlossener bekämpft wird. Vor allem die Eltern müssen Partei für ihre Kinder ergreifen und im Interesse der Kinder und Lehrer für eine Humanisierung der Schule offensiv eintreten.

Dies werden wir nur dann erreichen, wenn wir gemeinsam für die Durchsetzung folgender zehn Forderungen eintreten:

10 Forderungen

1. *Kinder wollen lernen! Daher ist zu fordern: Wir brauchen nicht ständig neue Maßnahmen, sondern neue Maßstäbe für die Schule! Wesentlicher*

[1] Peter Paulig, *Aufruf zur Verwirklichung der Humanen Schule. Millionen unserer Kinder leiden an der Schule!*, in: «Der Kinderarzt», 15. Jahrgang, Nr. 7, 1984. Peter Paulig ist Ordinarius der Philosophisch-Pädagogischen Fakultät der Katholischen Universität Eichstätt. Verantwortlich für den Inhalt der Publikation zeichneten der Bundesverband der Aktion Humane Schule, der Deutsche Kinderschutzbund und der Bayrische Elternverband. Mitunterzeichner des Aufrufs war eine lange Reihe namhafter Professoren sowie neben dem Berufsverband der Kinderärzte Deutschlands noch zehn weitere Verbände und Vereinigungen.

Maßstab für die Festlegung der Aufgaben der Schule müssen die Entwicklungsbedürfnisse und Erwartungen junger Menschen sein. Gerade für die Schule gilt: Kinder sind keine Fässer, die gefüllt, sondern Feuer, die entzündet werden wollen! (Rabelais)

2. *Die Lehrer brauchen für Erziehung und Unterricht pädagogische Freiheit. Die traditionelle Gängelung der Lehrer kommt einer partiellen Entmündigung gleich. Sie wird verursacht durch die gefährliche Neigung, alles und alle zu reglementieren. Diese Gängelung läßt pädagogische Eigenverantwortung nur im Rahmen des Festgelegten zu. Dadurch wird die Bereitschaft der Lehrer zu verantwortungsbewußtem Engagement für den einzelnen Schüler und die Schule überhaupt von vielfältigen Zwängen bestimmt, eingeengt und zerstört. Berufsverdrossenheit und Resignation sind die Folgen. Wie sollen entmutigte und gedemütigte Lehrer unsere Kinder zu verantwortungsbewußten, leistungsbereiten, engagierten, hilfsbereiten und frohen Menschen erziehen?*
3. *Die Lehrer, sie sind die professionellen Erzieher, müssen vor allem in Pädagogik und Entwicklungspsychologie praxisorientierter ausgebildet werden. Auch in der Lehrerfortbildung ist den erziehungswissenschaftlichen Fächern mehr Gewicht als bisher zu geben.*

   Die Eltern, sie sind die natürlichen Erzieher, müssen mehr echte Mitwirkungsrechte in der Schule erhalten. Sie müssen die Möglichkeit erhalten und nutzen, als Anwälte ihrer Kinder an der Gestaltung der Schule mitzuwirken.
4. *‹Eine leistungsorientierte Schule muß gleichzeitig eine schülergerechte Schule sein› (Landesbischof Hanselmann). Wir wollen mehr Leistungsbereitschaft bei den jungen Menschen! Wir wollen mehr Orientierung an dem, was vom einzelnen Kind geleistet werden kann! Daher fordern wir eine schülergerechte Schule, in der der einzelne junge Mensch die Möglichkeit erhält, mit Be-geist-erung auch das lernen zu dürfen, was ihn besonders interessiert und wofür er vor allem begabt ist.*
5. *In der Schule geht es nicht zuerst darum, Wissen zu vermitteln sowie Fähigkeiten zu entwickeln und Fertigkeiten zu schulen, denn junge Menschen sind keine programmierbaren Lernmaschinen. Es geht vor allem anderen darum, bei jungen Menschen das Interesse dafür zu wecken, aus eigenem Antrieb selbständig und ausdauernd etwas lernen zu wollen.*
6. *In den Regelschulen muß das eingeführt werden, was zum Beispiel in den freien Schulen nach Maria Montessori, Peter Petersen, Rudolf Steiner und Freinet seit Jahrzehnten mit Erfolg praktiziert wird: Lernberichte anstatt der nicht objektiven und völlig unzulänglichen Ziffernzensuren, Freiarbeit*

und Epochalunterricht; mehr pädagogische Freiheit für den einzelnen Lehrer sowie mehr Entscheidungsbefugnisse für die einzelne Schule und das Kollegium und so weiter.

7. *Wir brauchen mehr Modellschulen, die wissenschaftlich begleitet werden. Die positiven Erfahrungen, die man in diesen Schulen macht, müssen von der Regelschule übernommen werden.*
8. *Schulen dürfen keine Lernfabriken sein! Sie müssen ein Lebensraum für junge Menschen sein, den sie für 9 bis 13 Jahre gern aufsuchen. Daher sind die Klassenräume und Schulen so auszugestalten, daß sich junge Menschen darin wohl fühlen. Eine schülergerechte, ansprechende und reichhaltige Umgebung gibt Geborgenheit und wirkt anregend auf die Lernbereitschaft.*
9. *Die Zusammenarbeit mit Kinderärzten, Schulpsychologen und Erziehungsberatungsstellen ist mit dem Ziel zu intensivieren, daß den jungen Menschen mit mehr Verständnis für ihre spezifischen Entwicklungsbedürfnisse sowie ihre schulische und außerschulische Lebenssituation begegnet wird.*
10. *Wir fordern insbesondere alle Pädagogen, Psychologen, Soziologen und Mediziner der deutschen Universitäten auf, sich mit dem zu befassen, was täglich in unseren Schulen geschieht. Wenn, wie Professor Bärsch festgestellt hat, Millionen von Kindern an der Schule leiden, so sind gerade diese Wissenschaftler aufgerufen, ihre Studierstuben und Katheder zu verlassen und aus Verantwortungsbewußtsein für die heranwachsende Generation dazu beizutragen, daß Schüler und Eltern nicht weiterhin der Rotation unausgegorener Konzepte ohnmächtig-wehrlos ausgesetzt bleiben. Sie müssen ihr Wissen und Können einbringen und Partei ergreifen für die Kinder in unseren Schulen, wenn weiteres Unheil vermieden werden soll.»*

Bei der Umsetzung solcher Forderungen kann der Schularzt in hohem Maß mithelfen. Er vermittelt in dem Dreieck Eltern–Lehrer–Schüler und kann auch direkt mit Behörden und pädagogischen Hochschulen in Beziehung treten und diese Belange aus gesundheitlichen Gründen ins Gespräch bringen.

Rudolf Steiner hat bereits in einer Lehrerkonferenz vom 16. Januar 1921 gefordert: *Diese Institution des Schularztes müßte man einrichten und so gestalten, daß es akzeptiert werden könnte von der öffentlichen Meinung. Man sollte eine besondere Institution des Schularztes schaffen. Der Schularzt, der meiner Idee nach da sein müßte, der müßte sämtliche Schulkinder kennen und im Auge behalten, der müßte im Grunde genommen nicht einen speziellen Unterricht haben, sondern sich mit den Kindern sämtlicher Klassen beschäftigen, wie es sich ergibt. Den Gesundheitszustand sämtlicher Kinder müßte er wissen. Da läßt sich viel sagen. Ich habe öfter betont, die Leute sagen, es gibt so viele Krankheiten und nur eine Gesundheit. Es gibt aber ebenso viele Gesundheiten als es Krankheiten gibt. Diese Institution des Schularztes, der alle Kinder kennt und im Auge behält, das würde eine vollamtliche Beschäftigung sein; der müßte ganz in unsere Dienste treten. Ich glaube nicht, daß wir es machen können. Wir sind finanziell nicht so weit, daß wir es verantworten können. Es müßte streng durchgeführt werden. Nur dadurch würde es akzeptiert werden. Er muß jemand sein, der in der ganzen Schule darinnensteht.»*[2]

Wenig später war es dann soweit. In dem österreichischen Arzt Dr. med. Eugen Kolisko war die Persönlichkeit gefunden, die bereit war, sich ganz in diese eineinhalb Jahre alte, im Aufbau befindliche Schule hereinzustellen und seine finanziellen Ansprüche in Einklang zu bringen mit den Möglichkeiten der Schule. Das Besondere dieser Schularztkonzeption ist, daß es nicht nur um allgemein hygienische Maßnahmen wie Schuluntersuchungen und Aufklärung über dieses und jenes geht, sondern um die Konzeption einer neuen Spezialität im ärztlichen Bereich. Der Schularzt als Facharzt für Lern- und Entwicklungsphysiologie im Kindes- und Jugendalter ist gefragt: *Der Facharzt für Präventivmedizin in Form einer Erziehung, die nicht nur Wissen vermitteln will, sondern alles Wissenswerte didaktisch so behandelt, daß es Gesundheit veranlagt, fördert, pflegt.* Ist doch Gesundheit immer Ergebnis von Lernprozessen, von Anstrengung, von Überwindung krankhafter Tendenzen und Neigungen. Und so kann – je nachdem wie die Lern- und Entwicklungsvorgänge begleitet werden – eben Gesundheit veranlagt oder Krankheitsdispositionen Vorschub geleistet werden.

Jeder Arzt, der mit Kindern und Jugendlichen zu tun hat, kann täglich beobachten und erfahren, wie alles, was im Säuglings-, Kleinkind-, Schul- und Jugendalter geschieht, auf die körperliche und seelisch-geistige Entwicklung Einfluß hat. Jedes Organ erfährt seine Ausreifung durch die Art, wie es vom Kind in Anspruch genommen wird. Das heißt, es bildet seine Funktionen während der Entwicklungsjahre erst vollständig aus und verkümmert oder bleibt unzureichend entwickelt, wenn die notwendige stimulierende Tätigkeit und Übung fehlen. Rudolf Steiner hat vom Beginn seiner Zusammenarbeit mit Lehrern und Ärzten an betont, daß Erziehen zugleich ein Heilen ist, ein «leises Heilen». So ist der Lehrplan der Waldorfschule ausschließlich auf entwicklungs- und lernphysiologischen Gesichtspunkten aufgebaut, indem jedes Unterrichtsfach daraufhin geprüft wird, wie es insbesondere die körperliche Entwicklung beeinflußt.

---

[2] Rudolf Steiner, *Konferenzen mit den Lehrern der Freien Waldorfschule,* GA 300a, Dornach 1975, Konferenz vom 16. Januar 1921.

«Die gesunde Entwickelung des Leiblich-Physischen als Grundlage der freien Entfaltung des Seelisch-Geistigen» – so heißt der Titel eines Vortragszyklus von Rudolf Steiner über eine Erziehung zur Gesundheit.[3] Er zeigt dort auf, wie die gesunde Entwicklung von der Geburt bis zur Mündigkeit sich vollzieht und mit Hilfe geeigneter pädagogischer Maßnahmen unterstützt werden kann. Damit ist die Voraussetzung geschaffen für einen neuen Ansatz in der Präventivmedizin – ja vielleicht darf auch gesagt werden: für einen Paradigmenwechsel in der Präventivmedizin. Denn unter Prävention hat man bisher die Erforschung von krankheitsauslösenden Faktoren verstanden. So kam man zu spezifischen Ratschlägen zur Hygiene, zu Impfprogrammen, zu Katalogen hygienischer Vorschriften zur Reinhaltung von Wasser und Luft, zur Verbesserung der Nahrungsqualität, zur Reduzierung von Schadstoffen aus den Industriebetrieben sowie zu einer Vielzahl von psychohygienischen Ratschlägen und Vorkehrungen zum Schutz von Kindern und Jugendlichen, die entwicklungsfeindlichen Milieufaktoren ausgesetzt sind.

Prävention zielte so bisher auf Verhütung und Vermeidung schädlicher Einflüsse hin. Auch die sogenannte primäre Prophylaxe, die darauf gerichtet ist, von vornherein das Auftreten bestimmter Krankheiten zu verhindern, ließ und läßt sich nur auf solche Krankheiten anwenden, deren Ursachen bekannt sind und so als krankheitsauslösend ausgeschaltet werden können.[4]

Demgegenüber entwickelt Steiner ein im Sinne der modernen Gesundheitsforschung salutogenetisches beziehungsweise hygiogenetisches Konzept.[5] Er baut seinen pädagogischen Ansatz auf der Erkenntnis der Gesetzmäßigkeiten und Gesetzeszusammenhänge auf, die während des Lebens im Dienste der Gesundheit arbeiten beziehungsweise das System der Selbstheilungskräfte darstellen. *Dieses* gilt es mit pädagogischen und medizinischen Mitteln zu stärken, so daß der im Leben immer wieder geforderte Umgang mit krankheitsauslösenden Prozessen und Stoffen leichter gelingt.

Der Rehabilitationspsychologe J. Bengel formuliert diese Aufgabenstellung – Jahrzehnte nach Steiner – so: «Gesundheit wird negativ definiert als Abwe-

---

[3] Rudolf Steiner, *Die gesunde Entwickelung des Leiblich-Physischen als Grundlage der freien Entfaltung des Seelisch-Geistigen,* heute unter dem Titel: *Die gesunde Entwickelung des Menschenwesens,* GA 303, Dornach [4]1987.

[4] Meinrad Schär, *Leitfaden der Sozial- und Präventivmedizin,* Bern, Stuttgart, Wien [3]1984, S. 144.

[5] Beide Worte, aus dem Lateinischen und Griechischen kommend, heißen «Gesundheitsentstehung».

senheit von Krankheit … Gesundheit, Gesunderhaltung und Prävention haben in jüngerer Zeit in den Sozialwissenschaften und auch in der psychosomatischen Medizin viel Aufmerksamkeit erfahren. Neben eine pathogenetisch-kurative Betrachtungsweise tritt eine Perspektive, die als salutogenetisch bezeichnet wird und nach Protektivfaktoren und Invulnerabilität sowie nach den Wirkfaktoren für die Erhaltung von Gesundheit fragt.»[6]

Aus der galenischen und hypokratischen Medizin wird uns noch ein Gesundheitsverständnis überliefert. Mit dem Aufkommen der naturwissenschaftlich orientierten Medizin ist dieses jedoch den pathogenetischen Vorstellungen gewichen, die Gesundheit als Abwesenheit von Krankheit beschreiben und über kein die Gesundheit *als solche* beschreibendes Konzept mehr verfügen.

Steiner stellt nun durch die von ihm begründete anthroposophische Menschenkunde eine salutogenetische Konzeption vor, die zu einer auf dem Prinzip Gesundheit begründeten Präventivmedizin führen kann. Er hat die Gesetzmäßigkeiten der «Selbstheilung» im Zusammenwirken der körperlichen, seelischen und geistigen Konstitution des Menschen erforscht und in differenzierter Weise als das Zusammenwirken der vier Wesensglieder im dreigliedrigen Organismus beschrieben.

Es sei dieses salutogenetische Konzept vom Ansatz her kurz skizziert. Zum Verständnis der Wesensglieder im einzelnen sei auf die angeführte Primärliteratur verwiesen.[7]

Die Skizze auf der gegenüberliegenden Seite zeigt das unterschiedliche Verbundensein und Zusammenarbeiten der Wesensglieder im menschlichen Organismus.[8] So ist der Körper in seiner Ganzheit Ergebnis der ihn aufbauenden und regenerierenden Stoffwechselprozesse, die durch das enge Zusammenwirken der Wesensglieder geregelt werden. Die seelischen Funktionen und die geistige Betätigungsmöglichkeit hingegen beruhen auf dem unterschiedlichen Zusammenwirken leibfreier und leibgebundener Wesensgliedertätigkeit.

Im Aufbau des Leibes arbeiten physischer Leib, Ätherleib, Astralleib und Ich-Organisation zeitlebens eng zusammen. In der Stoffwechseltätigkeit sind sie tätig im Erneuern und Erhalten der stofflichen Zusammensetzung und Funktion der Organe. Beim Giedmaßensystem sind physischer Leib, Ätherleib und

---

6 H. H. Bartsch, J. Bengel (Hrsg.), *Salutogenese in der Onkologie*, Freiburg, New York 1997, S. 1ff.

7 Rudolf Steiner, *Die Geheimwissenschaft im Umriß*, GA 13, Dornach [30]1989, Kap. «Wesen der Menschheit»; ders., *Die Erziehung des Kindes vom Gesichtspunkte der Geisteswissenschaft*, Dornach 1992.

8 Vergl. Rudolf Steiner, *Geisteswissenschaftliche Gesichtspunkte zur Therapie*, GA 313, Dornach [4]1984, Vortrag vom 11. April 1921.

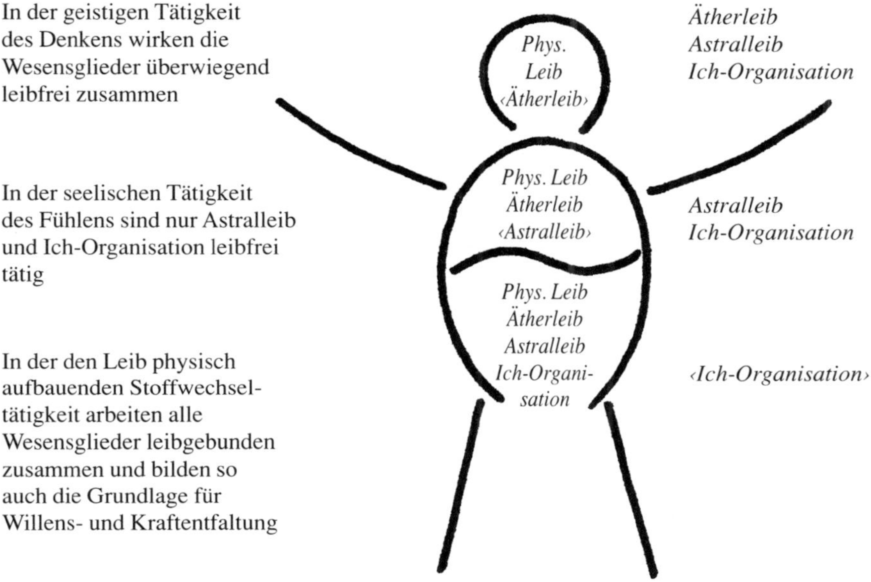

Astralleib miteinander verbunden, während die Ich-Organisation sich teilweise daraus lösen kann, was der Bewegung und den Willensäußerungen ihre persönliche Ausstrahlung gibt.

Die seelische Tätigkeit wird dadurch möglich, daß Ich-Organisation und Astralleib im rhythmischen System nur lose mit dem physischen und ätherischen Leib verbunden sind.[9] Der Astralleib taucht rhythmisch durch Einatmung und Herzkontraktion in den physischen und ätherischen Organismus ein und löst sich über Ausatmung und Herzdiastole wieder von diesen los. Die wechselnde Tätigkeit des Astralleibes im Sich-Verbinden und -Lösen ist sowohl Grundlage für die Arbeit des rhythmischen Systems als auch für die Seelentätigkeit des Fühlens.

In der geistigen Tätigkeit sind Ich-Organisation, Astralleib und Ätherleib leibfrei im Denken tätig. Der für das Zentralnervensystem und die Sinnesfunktionen zuständige Bereich des ätherischen Leibes steht tagsüber zum größten Teil leibfrei für die Gedankentätigkeit zur Verfügung. Nachts taucht dann der

---

[9] Vergl. Rudolf Steiner, *Von Seelenrätseln,* GA 21, Dornach [5]1983.

Ätherleib als Ganzer wieder regenerierend in den physischen Leib unter, insbesondere in das von ihm tagsüber unterversorgte Nerven-Sinnessystem. Ich-Organisation und Astralleib hingegen lösen sich vollständig aus dem Nerven-Sinnessystem heraus und kommunizieren – in der Regel unbewußt – mit den Wesen der geistigen Welt (vgl. Kapitel «Vom richtigen Schlafenlernen»).

Grundlage für die leibliche Tätigkeit des Ich[10] ist also das Stoffwechsel-Gliedmaßensystem, für die seelische Tätigkeit das rhythmische System und für die geistige Tätigkeit das Nerven-Sinnessystem.

Schon 1907 hat Rudolf Steiner in seiner Schrift *Die Erziehung des Kindes vom Gesichtspunkte der Geisteswissenschaft*[11] darauf hingewiesen, daß sich die Wesensglieder nicht zeitgleich im Menschen betätigen. Er spricht daher von vier sogenannten Geburten. Durch den Ausdruck «Geburt» wird verdeutlicht, daß hier ein Zutagetreten und Eigenständigwerden vor sich geht von etwas, was zuvor noch unemanzipiert im Gesamtlebenszusammenhang des menschlichen Organismus tätig war. Wenn der *physische Leib* des Kindes geboren und vom mütterlichen Organismus abgenabelt ist, besteht er für sich und muß lernen, sich als eigenständig zu erhalten. Dabei treten die Funktionen der am stärksten an die physische Umwelt angeschlossenen Organe – Sinnesorgane und Verdauungswerkzeuge – in einen intensiven Anpassungs- und Entwicklungsprozeß ein.[12]

Wenn dann im sechsten bis achten Lebensjahr die Schmelzkronen der zweiten Zähne reifen, so vollzieht sich die *Geburt des Ätherleibes,* das heißt derjenigen Kräfte, die Wachstum und Durchformung der verschiedenen Organsysteme bis hin zur Bildung der bleibenden Zähne bewirkt haben.[13] So wie das Freiwerden der physischen Kräfte vom mütterlichen Organismus den physischen Leib in die Lage bringt, mit Hilfe der Sinneswerkzeuge mit der physischen Umwelt individuell zu kommunizieren, so erscheinen jetzt die freiwerdenden ätherischen Kräfte als in sich geschlossene Gedankentätigkeit und

---

[10] Rudolf Steiner unterscheidet in seiner Geistesforschung das «Ich» als ewigen Wesenskern des Menschen von dessen leiblichem Träger, dem Gesetzeszusammenhang der Ich-Organisation. Vergl. Rudolf Steiner, *Die Geheimwissenschaft im Umriß,* GA 13, Dornach [30]1989, Kap. «Wesen der Menschheit».

[11] Rudolf Steiner, *Die Erziehung des Kindes vom Gesichtspunkte der Geisteswissenschaft,* Dornach 1992. Vergl. auch Stefan Leber, *Die Menschenkunde der Waldorfpädagogik,* Stuttgart 1994.

[12] Diese knappe Schilderung der Metamorphose der Wesensgliedertätigkeit in Seelen- und Geistestätigkeit wurde aus: Michaela Glöckler, *Begabung und Behinderung,* Stuttgart 1997, Kap. «4. Wie die vier Wesensglieder des Menschen geboren werden», entnommen.

[13] Armin J. Husemann, *Der Zahnwechsel des Kindes,* Stuttgart 1996.

ermöglichen willkürlich abrufbare Erinnerungen und die innere Kommunikation mit der Umwelt (Schulreife).

Mit dem Auftreten der sekundären Geschlechtsmerkmale bereitet sich die *Geburt des Astralleibes* vor; sie findet zwischen dem 12. und 16. Lebensjahr statt und ist von der Emanzipation des zuvor noch stark an den Körper gebundenen und von diesem abhängigen Gefühlslebens gekennzeichnet. Das Gefühls- und Empfindungsleben schließt sich jetzt zunehmend an das Denken an und wird eigenständig. Dadurch können sich die Jugendlichen in ihre eigene Seelenwelt in ganz anderer Weise zurückziehen, als dies Kindern mit ihrem noch stark an den physischen Leib und Ätherleib gebundenen Astralleib möglich ist.

Zwischen 18 und 24 Jahren, wenn der physische Organismus ganz ausgewachsen ist, wird als letztes die *Ich-Organisation* geboren. Damit werden rein geistige – vom Körper befreite – Willenskräfte für die eigene schöpferische Gedankentätigkeit frei. Die Ich-Organisation, durch die alle anderen leibfrei gewordenen Gesetzeszusammenhänge gedanklich integriert werden können, ist – so wie der ewige Wesenskern des Menschen selbst, sein Ich –, willenshafter, das heißt intentionaler Natur. So bedeutet die Geburt der Ich-Organisation für den jungen Erwachsenen den Eintritt in das Erlebnis der Willensreife und der Verantwortlichkeit für sich selbst und für andere.

Der Mensch verdankt demnach sein *Denken* den vom Körper freiwerdenden ätherischen Kräften und Gesetzen, sein *Fühlen* den freiwerdenden astralischen Kräften und Gesetzen und sein freies *Willensvermögen* den sich vom Körper lösenden Gesetzen der Ich-Organisation.

Auf der Basis dieses menschenkundlichen Ansatzes können alle pädagogischen Maßnahmen auch in ihrer Bedeutung für die körperliche Entwicklung angeschaut und beurteilt werden.

Eugen Kolisko (1893–1939) hat das Berufsbild des Schularztes an der Waldorfschule geprägt. Er kannte den Gesundheitszustand aller Schüler. Vormittags war er ganz in der Schule tätig. Selbst unterrichtete er Erste Hilfe, Biologie und Chemie in der Oberstufe. Er hospitierte im Unterricht, schaute einzelne Kinder an und besprach ihren Gesundheitszustand mit Lehrern und Eltern. Nachmittags in seiner Praxis, wenn er seine ärztliche Sprechstunde abhielt, empfing er dann einzelne Schüler, Lehrer oder auch Eltern zur medizinischen Behandlung und Beratung.

Eugen Kolisko

Grundlage für die schulärztliche Tätigkeit an der Waldorfschule ist eine genaue Kenntnis der hier knapp angedeuteten anthroposophischen Menschenkunde und des darauf aufbauenden Lehrplans der Waldorfschule.[14]

---

[14] Zur Einführung seien folgende Werke aus der Primär- und Sekundärliteratur empfohlen:

- Rudolf Steiner, *Die Erziehung des Kindes vom Gesichtspunkte der Geisteswissenschaft*, Dornach 1992.
- Rudolf Steiner, *Die gesunde Entwickelung des Menschenwesens. Weihnachtskurs für Lehrer,* GA 303, Dornach [4]1987.
- Rudolf Steiner, *Allgemeine Menschenkunde als Grundlage der Pädagogik,* GA 293, Dornach, [9]1992.
- Rudolf Steiner, *Erziehungskunst. Methodisch-Didaktisches,* GA 294, Dornach [6]1990.
- Karl Stockmeyer, *Angaben Rudolf Steiners für den Waldorfschulunterricht,* als Manuskript vervielfältigt für die Lehrer an Freien Waldorfschulen, zu beziehen über den Bund der Freien Waldorfschulen, Stuttgart.
- Michaela Glöckler (Hrsg.), *Das Schulkind – gemeinsame Aufgaben von Arzt und Lehrer,* Dornach [2]1993.
- Gisbert Husemann, «Eugen Kolisko», in: *Der Lehrerkreis um Rudolf Steiner,* Stuttgart [2]1978.
- Eugen Kolisko, *Auf der Suche nach neuen Wahrheiten,* Dornach 1989.
- Wolfgang Schad, *Erziehung ist Kunst,* Stuttgart 1994.
- Stefan Leber, *Die Menschenkunde der Waldorfpädagogik,* Stuttgart 1993.
- Heinrich Wiesener, *Entwicklungsphysiologie des Kindes,* Berlin/Göttingen/Heidelberg 1964.
- Friedrich Husemann/Otto Wolff, *Das Bild des Menschen als Grundlage der Heilkunst,* Bd. 1–3, Stuttgart [10]1991, [5]1991, [4]1993.
- Herbert Sieweke, *Anthroposophische Medizin. Studien zu ihren Grundlagen,* Teil I, Dornach [2]1982; ders., *Gesundheit und Krankheit als Verwirklichungsformen menschlichen Daseins. Anthroposophische Medizin. Studien zu ihren Grundlagen,* Teil 2, Dornach [2]1994.

Die Liste der hier angegebenen Bücher könnte noch beliebig verlängert werden. Die Vorträge Rudolf Steiners zur Pädagogik wie auch die vielen hundert Zeitschriftenartikel und Bücher der Sekundärliteratur geben das vielfältige Bild dieses menschenkundlichen Ansatzes wieder. Es möge jedoch die genannte Fülle den Leser nicht entmutigen! Das Studium der anthroposophischen Menschenkunde ist ein Weg lebenslanger Fortbildung. Die entscheidende Voraussetzung für die schulärztliche Tätigkeit an der Waldorfschule ist die Liebe zum Kind und das lebendige Interesse für all seine Wesensäußerungen. Diese können dann mit Hilfe der anthroposophischen Menschenkunde immer tiefer verstanden werden als Grundlage für das therapeutische Handeln.

Sinnestätigkeit und Selbsterfahrung[1]

Sinnesentwicklung und Leiberfahrung heißt das grundlegende Buch von Karl König, das er aus seiner therapeutischen Erfahrung als Arzt in der Heilpädagogik geschrieben hat.[2] Es hängt in hohem Maße von dem Gebrauch der Sinne insbesondere in den ersten Lebensjahren ab, ob sich die Leiberfahrung, zu der das Kind angeregt wird, so gestaltet, daß es diesen Leib instinktiv handhaben und sich seiner selbst darin bewußt werden kann. Dabei vermitteln die Sinne dem in der Wahrnehmung tätigen Ich charakteristische Qualitäten der Selbsterfahrung:

Der Tastsinn vermittelt Selbsterleben an der Körpergrenze durch Berührung, Geborgenheit durch Körperkontakt, Existenzvertrauen.

Der Lebenssinn vermittelt Behaglichkeits- und Harmonieerleben und ein Empfinden dafür, ob die Vorgänge im eigenen Körper, aber auch diejenigen, die im Umkreis wahrgenommen werden, zusammenstimmen oder nicht.

Der Eigenbewegungssinn vermittelt die Wahrnehmung der eigenen Bewegung; ein Erlebnis von Freiheit und Selbstbeherrschung als Folge der freien Beherrschung des Bewegungsspiels geht daraus hervor.

Der Gleichgewichtssinn vermittelt das Erleben der Lage im Raum, des jeweiligen Gleichgewichtszustands und der damit verbundenen Fähigkeit, den Gleichgewichtspunkt auch zu empfinden, was zum Erleben innerer Ruhe führt. Die spätere Fähigkeit, innere Ruhe, seelisches Gleichgewicht zu üben, hat darin ihre Empfindungsgrundlage.

Der Geruchssinn vermittelt das Erlebnis unmittelbarer Verbundenheit mit den Duftstoffen.

Der Geschmackssinn vermittelt die Qualitäten süß, sauer, salzig, bitter und, zusammen mit dem Geruchssinn, differenzierte Geschmackskompositionen sowie das Erlebnis, zu verdauen, zu verwandeln.

Der Sehsinn vermittelt Licht- und Farberleben.

---

1 Rudolf Steiner, *Anthroposophie. Ein Fragment aus dem Jahre 1910,* GA 45; Dornach [3]1980; ders., *Allgemeine Menschenkunde als Grundlage der Pädagogik,* GA 293, Dornach [9]1992, Vortrag vom 29. August 1919. – Eine ausführlichere Darstellung der zwölf menschlichen Sinnestätigkeiten und ihrer Pflege durch Erziehung findet sich in Wolfgang Goebel/Michaela Glöckler, *Kindersprechstunde,* Stuttgart [11]1995. – Eine anschauliche Darstellung der zwölf Sinne gibt Albert Soesman, *Die zwölf Sinne – Tore der Seele,* Stuttgart [2]1996.

2 Karl König, *Sinnesentwicklung und Leiberfahrung,* Stuttgart [4]1997.

Der Wärmesinn vermittelt Wärme- und Kälteerleben.

Der Hörsinn vermittelt Tonerlebnisse und erschließt das Erleben des seelischen Innenraums.

Der Wortsinn vermittelt Gestalt- und Physiognomieerleben, bis hin zum Erfassen der Lautgestaltung eines Wortes und seiner Eigenbedeutung. Zum Beispiel sagt ‹Ljubow› etwas anderes aus über das Wesen der Liebe als ‹Amour›, ‹Amore› oder ‹Love›.

Der Gedankensinn vermittelt unmittelbares Sinnerfassen eines Gedankens beziehungsweise eines Gedankenzusammenhanges.

Der Ich-Sinn vermittelt Wesenserfahrung eines anderen Ich. Er eröffnet die Wahrnehmung der geistigen Kraftkonfiguration eines anderen Menschen und ein Erleben von dessen Wesensart.[3]

Das Ich als ewiger Wesenskern der Persönlichkeit erlebt sich selbst an der Welt durch die Sinneserfahrungen. Durch Tastsinn, Lebenssinn, Eigenbewegungssinn und Gleichgewichtssinn ist es in erster Linie seinem eigenen Leib in dessen Verhältnis zur Welt zugewandt. Die Erlebnisqualitäten für die Selbsterfahrung sind: Vertrauen, Harmonie, Freiheitsgefühl, innere Ruhe. Durch Geruchssinn, Geschmackssinn, Sehsinn und Wärmesinn erfährt es sich primär als seelisches Wesen, begabt, die Weltpolaritäten und ihren Ausgleich wahrzunehmen: Licht, Finsternis und Farbe, Wärme, Kälte und Milde, ekelerregende und angenehme Geschmäcke und Gerüche mit allen Nuancen dazwischen.

Schließlich erlebt sich das Ich durch den Hörsinn, den Wortsinn, den Gedankensinn und den Ich-Sinn als tätiges Geistwesen in der Auseinandersetzung mit den inneren Offenbarungen der Menschen und Dinge in Klang, Wort, Gedanke und Wesensbeschaffenheit.

Wird die Sinneserziehung vernachlässigt, werden der Welt, den Menschen und den täglichen Begebenheiten nicht liebevolle Aufmerksamkeit und Verständnis zugewandt, so werden schwerwiegende Behinderungen für die Selbst- und Welterfahrung veranlagt, die schon in der Schulzeit zu Desinteresse und Lernstörungen führen können und nicht zuletzt zu den wichtigsten Ursachen gehören, warum der Drogenkonsum in unserer Zeit so zunimmt. Denn der Erlebnismangel und der damit verbundene Mangel an Selbsterfahrung, der durch die un- oder fehlausgebildeten Sinnesfunktionen für das Ich unerträglich wird, sucht dann seine Ersatzbefriedigung in der durch die Drogen vermittelten Erlebnisintensität.

---

[3] Vergl. auch Michaela Glöckler, *Begabung und Behinderung*, Stuttgart 1997, S. 55–69.

Wesensgliedertätigkeit und die Künste

In seinen im Zusammenhang mit dem ersten Goetheanumbau gehaltenen Vorträgen *Kunst im Lichte der Mysterienweisheit*[1] schildert Rudolf Steiner in differenzierter Weise, wie die Gesetzmäßigkeiten der Künste Architektur, Plastik, Malerei, Musik, Dichtkunst, Eurythmie Ausdruck sind des Menschen, der mit den Kräften und Gesetzmäßigkeiten seiner Wesensglieder «spielt». So wie der physische Leib eingespannt ist in das Schwerefeld der Erde und der Knochen- und Muskelbau die Auseinandersetzung mit der Schwerkraft und der äußerst ökonomische Umgang mit der Substanz im Tragen und Lasten des Körperbaues wiedergibt, so handhabt der Architekt eben diese Gesetzmäßigkeiten des Physischen in freier Weise, wenn er gleichsam die Baugesetze seines Leibes projiziert in den runden, ovalen, kubischen Bauwerken bis hin zu dem von Steiner inaugurierten organischen Baustil, in dem auch die zweifach gebogene Fläche des Schlüsselbeins und Formen der Trabekelstruktur des Oberschenkelknochens sowie viele andere Einzelheiten zur Darstellung kommen.[2] Die Gesetzmäßigkeiten des physischen Leibes und sein weisheitsvoller Umgang mit den Substanzen dieser Erde erscheint in der Baukunst in freier Weise schöpferisch gehandhabt.

Der Bildhauer hingegen «spielt» mit den plastisch-bildnerischen Gesetzmäßigkeiten seines ätherischen Organismus. Hier werden die Überschußkräfte des Ätherleibes – als Träger der Wachstums-, Regenerations- und (in leibfreier Funktion) der Gedankentätigkeit – schöpferisch gehandhabt. Zum Künstler muß man «geboren» sein. Was jeder Mensch als eine gewisse künstlerische Veranlagung hat – man denke nur an die Kinderzeichnungen von Häusern und Burgen, an die spontane Fähigkeit zu modellieren, zu singen und zu tanzen –, das hat der Künstler in verstärktem Maße zur Verfügung und äußert es nicht nur in Kindheit und Jugend, sondern durch sein ganzes Künstlerleben hindurch. In Kindheit und Jugend verfügt jeder Mensch infolge des noch nicht vollständig ausgereiften und damit «inkarnierten» Wesensgliedergefüges über diese Überschußkräfte, die frei werden für das spontane künstlerische Schaffen. Später können sie nur durch bewußte Pflege und Schulung erhalten werden. Künstler haben je nach Begabung durch ihr Wesensgliedergefüge zeitlebens einen gewissen Überschuß, eine Dominanz der Kräfte eines bestimmten Wesensgliedes.

---

[1] Rudolf Steiner, *Kunst im Lichte der Mysterienweisheit*, GA 275, Dornach ³1990.

[2] Vergl. auch Thomas McKeen, *Gestalt des Menschen,* Stuttgart 1996.

Wolfgang Schad hat diese Zusammenhänge für den Bereich von Malen und Zeichnen in seinem grundlegenden Aufsatz *Zur Organologie und Physiologie des Lernens. Aspekte einer pädagogischen Theorie des Leibes* ausführlich dargestellt.[3] Es seien die eindrucksvollen Beispiele von alterstypischen Kinderzeichnungen hier zur Verdeutlichung des Gesagten wiedergegeben:

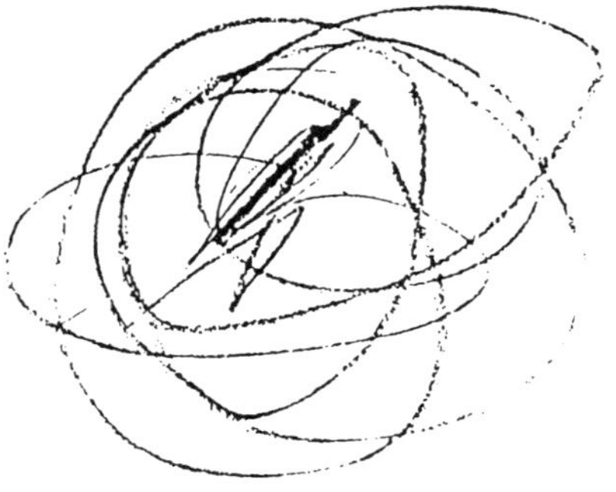

Wirbelknäuel, gezeichnet von einem Mädchen im Alter von 1 Jahr und 10 Monaten (aus: Strauß, Von der Zeichensprache des kleinen Kindes).

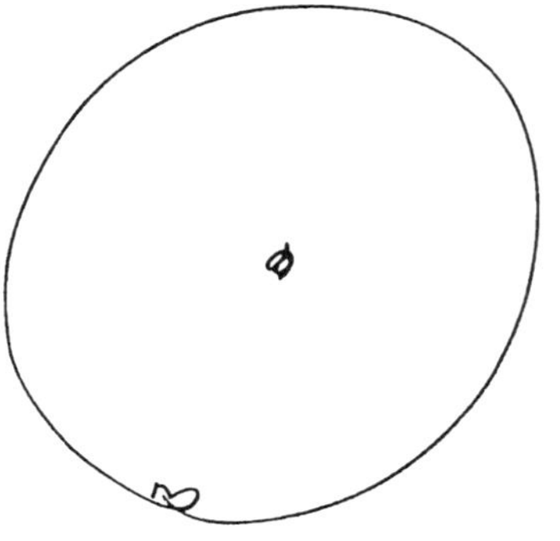

Der zugeknotete Kreis von einem Mädchen im Alter von 3 Jahren und 3 Monaten (aus: Strauß, Von der Zeichensprache des kleinen Kindes).

Die Kopffüßler von einem Jungen im Alter von 3 Jahren und 9 Monaten (aus: Strauß, Von der Zeichensprache des kleinen Kindes).

---

[3] *Phänomene des Kinderlebens. Beispiele und methodische Probleme einer pädagogischen Phänomenologie.* Herausgegeben von Wilfried Lipitz und Christian Rittelmeyer, Heilbronn [2]1990, Seite 52–69. Vergl. auch Michaela Strauss, *Von der Zeichensprache des kleinen Kindes*, Stuttgart 1994; E.M. Kranich/M. Jünemann/H. Berthold-Andrae/E. Bühler/E. Schuberth, *Formenzeichnen,* Stuttgart [2]1992.

Zwei «Leitermänner», von einem Jungen im Alter von 4 Jahren und 5 Monaten (aus: Strauß, Von der Zeichensprache des kleinen Kindes).

Eines der ersten szenischen Bilder: Mütter mit Kindern und Kinderwagen beim Spaziergang. Zeichnung eines Mädchens im Alter von 5 Jahren und 2 Monaten (aus: Strauß, Von der Zeichensprache des kleinen Kindes).

«Spielt» das Kind mit seinen astralischen Kräften unabhängig von den ätherisch-plastischen, so äußert sich dies durch sein Bedürfnis nach musikalischer Betätigung. Kommt die Erziehung dem Kind und Jugendlichen nicht mit einer intensiven Förderung der musikalischen Fähigkeiten entgegen, so wird diese künstlerische Neigung auf passive Weise ausgelebt im endlosen Hören von CD's u.a. Beim Musizieren und beim Hören von Musik erlebt sich das Ich im Wirkensfeld der astralischen Gesetzmäßigkeiten. Daher rührt die Musik stets auch an den Kern der menschlichen Persönlichkeit.

In der Dichtung hingegen leben sich die weisheitsvollen Gesetzmäßigkeiten der Sprache auf der Ebene der Gestaltungskraft der Ich-Organisation als Träger des Wesenskerns selber aus. In der epischen, lyrischen und dramatischen Dichtung gestaltet das Ich seine gedanklichen, gefühlsmäßigen und willentlichen Erfahrungen und Taten.

In der Eurythmie hingegen werden die Gesetzmäßigkeiten des Ätherischen in bewußter Weise gehandhabt, indem mit Hilfe plastischer Bewegungen, insbesondere der Hände und Arme, aber unter Einbeziehung des ganzen Leibes, sprachliche und musikalische Werke zur Darstellung gebracht werden.

Ein Blick auf die Entwicklung des künstlerischen Schaffens im Laufe der Menschheitsgeschichte zeigt, wie Architektur, Plastik und Malerei schon eine weitgehende Ausbildung erfahren haben, bevor die Dichtkunst im engeren Sinne mit den homerischen Epen und den griechischen Tragödien beginnt, wohingegen die Lyrik als Ausdruck individuellen seelischen Erlebens einer noch späteren Zeit angehört. Die Eurythmie hingegen ist eine Kunst des zwanzigsten Jahrhunderts und hat in den Tempeltänzen der ägyptischen und griechischen Mysterien nur ahnungsweise Vorläufer.

Rudolf Steiner skizziert die künstlerische Menschenkunde in den genannten Vorträgen folgendermaßen:

Gesetze des physischen Leibes	→	außerhalb des Leibes konstruktiv gehandhabt: Baukunst
Gesetze des Ätherleibes	→	im physischen Material (Holz, Ton, Stein) schöpferisch gehandhabt: plastisch-bildnerisches Gestalten, Skulptur
Gesetze des Astralleibes	→	im Bereich der ätherischen Gesetzlichkeit künstlerisch gehandhabt: Malerei
Gesetze des Ich beziehungsweise der Ich-Organisation als Träger des Wesenskerns	→	im Bereich astralischer Gesetze schöpferisch betätigt: Musik
Gesetzmäßigkeit des Geistselbst (durch Selbsterziehung geläuterter Astralleib)	→	im Bereich reiner Ich-Tätigkeit schöpferisch gehandhabt: Dichtung
Gesetzmäßigkeit des Lebensgeistes (durch Selbsterziehung bewußt ergriffener Ätherleib)	→	im Bereich des vom Ich ergriffenen beziehungsweise in der Selbsterziehung geläuterten Astralleibes (Geistselbst) frei betätigt: Eurythmie[4]

[4] Rudolf Steiner, *Kunst im Lichte der Mysterienweisheit,* GA 275, Dornach ³1990, Vortrag vom 29. Dezember 1914.

Diese wenigen Andeutungen mögen genügen, um deutlich zu machen, warum Rudolf Steiner sowohl für Pädagogen als auch für Ärzte das Studium der plastisch-musikalisch-sprachlichen Menschenkunde empfohlen hat. Armin Husemann, ehemaliger Schularzt an der Stuttgarter Waldorfschule, heutiger Leiter des Ärzteseminars an der Filderklinik, hat sich der Ausarbeitung dieser Methode vor allem auf musikalischem Gebiet intensiv zugewandt. Ihm verdanken wir in der Zusammenarbeit mit seinem Vater, Gisbert Husemann, auch die Herausgabe einer Zusammenstellung der Auszüge aus Vorträgen von Rudolf Steiner zu dieser Thematik.[5]

---

[5] *Die plastisch-musikalisch-sprachliche Menschenkunde. Eine Methode des anthroposophischen Studiums.* Sonderheft der «Beiträge zu einer Erweiterung der Heilkunst», [5]1986.

Metamorphose der Wachstumskräfte in Gedankentätigkeit[1]

Auf der Grundlage der im vorigen Kapitel skizzierten künstlerischen Menschenkunde kann nun nach zweierlei Richtungen hin gearbeitet werden. Der Arzt wird sich dafür interessieren, wie die plastischen, musikalischen und sprachlichen Gesetzmäßigkeiten den Leib bilden in seiner Architektur, in seiner Plastik, in seinen Proportionen und Zahlenverhältnissen und in seiner integrierten Aussage: Das bin ich, das ist mein Leib, durch den kann ich mich ausdrücken. Den Lehrer hingegen wird mehr interessieren, wie die vom Leib sich emanzipierenden Wesensglieder als konstruktive Gedankentätigkeit (Ätherleib), als in Spannungen, Lösungen, in Harmonie und Disharmonie sich darlebendes Gefühlsleben (Astralleib) und als intentional durch die Sprache und die Bewegung sich äußerndes Willensleben (Ich-Organisation) in Erscheinung treten. In der Zusammenarbeit zwischen Arzt und Lehrer kann sich das Bewußtsein dafür schärfen, was für das leibliche und seelische Wohl des Kindes zu geschehen hat.[2] Denn nur aufgrund eines solchen menschenkundlichen Ansatzes wird in differenzierter Weise verständlich, wie eine zu starke Inanspruchnahme seelisch-geistiger Kräfte sich schwächend für die körperliche Entwicklung auswirken kann, wohingegen eine nicht altersentsprechende Inanspruchnahme der freiwerdenden seelisch-geistigen Kräfte ebenfalls zur Veranlagung von Krankheitstendenzen führen muß. Eine Krankengeschichte möge dies verdeutlichen:

Ein achtjähriger Junge wird in die kinderärztliche Sprechstunde gebracht. Der überweisende Hausarzt bittet um diagnostische Abklärung, insbesondere um Ausschluß eines Tumors, da das Kind in den vergangenen acht Monaten zunehmend an Gewicht verloren hat und nicht mehr weiter wächst.

Die körperliche Untersuchung zeigt einen blassen, gut proportionierten, untergewichtigen Jungen ohne sonstige Krankheitszeichen. Auch die neurologische Untersuchung ist bis auf lebhafte seitengleiche Reflexe unauffällig. Im Gespräch zeigt sich das Kind sehr intelligent und wach. Die Blutuntersuchung zeigt außer einem erniedrigten Hämoglobingehalt keine besonderen Auffällig-

---

[1] Vergl. auch Walter Holtzapfel, *Auf dem Wege zum hygienischen Okkultismus,* Dornach [2]1988.

[2] Vergl. Michaela Glöckler (Hrsg.), *Das Schulkind – Die gemeinsame Aufgabe von Arzt und Lehrer,* Dornach [3]1998.

keiten. Auf die schulische Situation hin befragt, berichtet die Mutter, daß er einen älteren Bruder habe und es kaum habe erwarten können, auch in die Schule zu gehen. Er sei sehr lerneifrig, frage auch zu Hause noch nach vielem weiter und lasse sich insbesondere vom Vater alles erklären, der selbst Lehrer ist und den der Junge besonders liebt.

Nach einem ausführlichen Gespräch mit der Mutter wird beschlossen, während der nächsten vier Wochen keine weiteren diagnostischen Untersuchungen zu veranlassen, ihn jedoch vorerst einmal von der Schule zu beurlauben. Der Vater wird gebeten, mit seinem Sohn nachmittags etwas zu unternehmen (Spiel, Spaziergang), anstatt ihm komplizierte Dinge zu erklären. Als einziges Medikament erhält er eine homöopathische Verdünnung vom Pflanzenextrakt der Wegwarte (Cichorium intybus). Gemäß der anthroposophischen Menschen- und Naturerkenntnis unterstützt diese Pflanze in besonders gleichmäßiger Weise Ernährung und Aufbau der verschiedenen Organsysteme des Menschen. Die Kräfte, die in ihren bitteren Extraktivstoffen wirksam sind, regen die Lebenstätigkeit der Verdauungsorgane an. Die Kräfte ihrer alkalischen Salze unterstützen die Blutbildung. Der Kieselsäuregehalt wirkt mit seinen Kräften nicht nur anregend auf Nerven und Sinnesorgane, sondern auch gestaltend auf das Knochensystem.[3]

Die schulmedizinische Überweisungsmethode lautete: Verdacht auf Tumor nach Gewichtsabnahme und Wachstumsstillstand. Die zusätzliche geisteswissenschaftliche Diagnose lautete: Verdacht auf Schwächung des Ätherleibes durch zu starke intellektuelle Belastung.

Nach vier Wochen hatte sich die Gesichtsfarbe des Jungen deutlich gebessert, die Gewichtszunahme betrug jedoch erst ein knappes Kilo. Man entschloß sich, die Schule noch für zwei weitere Monate auszusetzen und ihn zu Hause und im Garten leichte körperliche Tätigkeiten machen zu lassen. Der Erfolg gab der Maßnahme recht. Die Gewichtszunahme ging rascher vonstatten, die Sommerferien kamen, und es wurde beschlossen, danach mit der Schule wieder zu beginnen. Allerdings sollte das Kind nach den ersten beiden Schulstunden zunächst noch nach Hause kommen und auch vorerst keine Hausaufgaben machen. Die Lehrer, die den Erfolg der Behandlung sahen, waren mit dem Konzept einverstanden, zumal bei der Intelligenz des Jungen kein gravierender Leistungsrückstand zu befürchten war. Nach einem guten Jahr der Behandlung und erfolgter Gewichtszunahme begann auch das Längenwachstum wieder einzusetzen. Langsam konnte die schulische Belastung wieder gesteigert werden,

---

3 Siehe Rudolf Steiner, *Geisteswissenschaft und Medizin*, GA 312, Dornach [6]1985, Vortrag vom 30. März 1920.

allerdings durften vorerst zu Hause immer noch keine Schularbeiten gemacht werden zugunsten körperlicher Tätigkeit und Spiel. Nach zwei Jahren konnte die Behandlung abgeschlossen werden, der Junge hatte seinen körperlichen Entwicklungsrückstand voll aufgeholt. Diese hier skizzierte Krankengeschichte kann deutlich machen, wie wichtig gerade in der Kinderheilkunde das Zusammenschauen körperlicher und seelisch-geistiger (d.h. lernmäßiger) Vorgänge ist.[4]

Um diesen Zusammenhang weiter zu verdeutlichen, sei auf das eingegangen, was Rudolf Steiner den Hygienischen Okkultismus nennt.[5]

In seinen Vorträgen über «Welt, Erde und Mensch» beschreibt er die tieferen Zusammenhänge zwischen der alten ägyptischen und unserer jetzigen fünften nachatlantischen Kulturepoche.[6] Er schildert zunächst den ägyptischen Mumienkult in seiner Bedeutung für die Entwicklung des modernen Materialismus. Dann kommt er auf Wesen und Aufgabe des Tempelschlafes und seine Entsprechung in der Gegenwartskultur zu sprechen:

«Nun müssen wir mit einigen Strichen uns einmal das Wesen des Tempelschlafs, der zu den Heilmitteln der ägyptischen Priester gehörte, vor die Seele stellen. Derjenige, der in irgendeiner Weise an seiner Gesundheit Schaden gelitten hatte, wurde in der Regel nicht mit äußeren Heilmitteln behandelt in jenen Zeiten; es gab deren überhaupt nur wenig, und nur in seltenen Fällen wurden sie angewendet. Dagegen wurde der Betreffende in den meisten Fällen in den Tempel gebracht und dort in eine Art Schlaf versetzt. Es war das aber kein gewöhnlicher Schlaf, sondern eine Art von somnambulem Schlaf, der so gesteigert war, daß der Betreffende fähig wurde, nicht nur chaotische Träume zu haben, sondern regelrechte Gesichte zu sehen. Er nahm während dieses Tempelschlafes ätherische Gestalten in der geistigen Welt wahr, und die Priesterweisen verstanden die Kunst, auf diese ätherischen Bilder des Menschen einzuwirken; sie konnten sie lenken und leiten. Nehmen wir an, ein solcher Kranker wurde in den Tempelschlaf versetzt. Der heilkundige Priester war an seiner Seite, er formte und gestaltete die ätherischen Gesichte und Wesenheiten so, daß tatsächlich wie durch einen Zauber vor dem Schlafenden die Gestal-

---

4 Siehe auch Michaela Glöckler/Jürgen Schürholz/Martin Walker (Hrsg.), *Anthroposophische Medizin – Ein Weg zum Patienten*, Stuttgart 1993, S. 64ff.

5 Die folgenden Ausführungen wurden aus dem Kapitel «Vom Tempelschlaf der ägyptischen Mysterien zum Hygienischen Okkultismus heute» entnommen, in: *Medizin an der Schwelle*, Hrsg. Michaela Glöckler, Dornach 1993, S. 19ff.

6 Vergl. Rudolf Steiner, *Die Geheimwissenschaft im Umriß*, GA 13, Dornach [30]1989.

ten auftauchten, die einst der alte Atlantier als seine Götter gesehen hatte. Solche Göttergestalten, an die die verschiedenen Völker nur noch eine Erinnerung bewahrt haben, zum Beispiel in der germanischen, der nordischen und auch in der griechischen Mythologie, besonders aber bestimmte Gestalten, die mit dem heilenden Prinzip verbunden waren, wurden nun vor die Seele dessen gestellt, der sich im Tempelschlaf befand ... Die Priesterweisen lenkten das Traumleben also, daß starke Kräfte in diesem ätherischen Anschauen entfesselt wurden, und diese Kräfte wirkten ordnend und harmonisierend auf die in Unordnung und Disharmonie gebrachten Leibeskräfte ...

In diesem Sich-Hinaufheben zum Geistigen war in alten Zeiten ein gesundendes Element, und es wäre gut, wenn die Menschen so etwas wieder verstehen lernten, denn dann würden sie auch die große Mission der anthroposophischen Bewegung verstehen lernen. Was ist sie denn anderes, diese Mission, als den Menschen hinaufzuführen in die geistigen Welten, daß er wieder hineinschauen kann in die Welten, aus denen er heruntergestiegen ist! Zwar wird in zukünftigen Zeiten kein somnambuler Schlaf über die Menschen verhängt werden, das Selbstbewußtsein wird voll aufrechterhalten bleiben, aber dennoch wird die starke spirituelle Kraft wirksam werden in der Menschennatur, und dann wird der Besitz von Weisheit und Einsicht in die höheren Welten wiederum etwas sein, was ordnend und gesundend auf die Menschennatur einwirken kann. Heute liegt dieser Zusammenhang des Geistigen mit dem Heilenden so verborgen, daß die Menschen, die nicht in irgendeiner Weise in die tiefere Mysterienweisheit eingeweiht sind, nicht viel davon wissen; sie können eben die feinen Tatsachen, die vorliegen, gar nicht beobachten. Wer aber tiefer hineinschauen kann, der weiß, von welch tief innerlichen Bedingungen eine Heilung abhängen kann. Nehmen wir zum Beispiel an, ein Mensch wird von einer gewissen Krankheit befallen, von einer Krankheit, die innere Ursachen hat, nicht also etwa Schenkelbruch oder verdorbener Magen, denn dabei handelt es sich auch um äußere Ursachen. Jeder, der tiefer in diese Dinge eindringen will, wird sehr bald einsehen, daß bei einem Menschen, der sich viel und gern mit mathematischen Vorstellungen beschäftigt, ganz andere Bedingungen der Heilung vorhanden sind als bei einem anderen, der sich nicht damit beschäftigen mag. Das ist eine Tatsache, die Sie darauf hinweist, welch ein merkwürdiger Zusammenhang besteht zwischen dem geistigen Leben eines Menschen und dem, was die Bedingungen seiner äußeren Gesundheit sind ...

Ein anderes Beispiel: Es liegen wieder ganz andere Gesundheitsbedingungen vor bei zwei Menschen, von denen der eine ein Atheist im schlimmsten Sinne und der andere ein tief religiös veranlagter Mensch ist. Wieder kann es geschehen, daß, wenn beide von derselben Krankheit befallen werden, Sie mit densel-

ben Heilmitteln den religiösen gesund machen und den anderen nicht. Das sind Zusammenhänge, die dem heutigen Denken – wenigstens bei dem größten Teil der Menschheit – geradezu absurd erscheinen. Und dennoch verhält es sich so.»[7]

Was Steiner hier 1908 als dem heutigen Denken absurd erscheinend anführt, ist den Menschen jetzt zum Ende des Jahrhunderts bereits eine wissenschaftlich anerkannte Tatsache. Die zahlreichen Untersuchungen auf immunologischem und psychoneuro-immunologischem Felde haben nur allzu deutlich gezeigt, daß die Funktionsweise des Immunsystems entscheidend von der seelischen und geistigen Identität des Menschen abhängig ist. Unsicherheit, Angst und Zweifel sowie Trauer und Resignation wirken sich immun-depressiv auf den menschlichen Organismus aus. Wohingegen eine idealistische Lebenseinstellung, ein aktives religiöses Leben und ein gewisses Maß an Daseinsfreude genau das Gegenteil bewirken: sie wirken immun-stimulierend.[8] So gehören künstlerische und psychotherapeutische Verfahren heute schon an vielen onkologischen Zentren zur Standard-Begleittherapie neben Operation, Chemotherapie und Bestrahlung. Doch so interessant und anregend auch die Ergebnisse der Psychoneuro-Immunologie sind – die Brücke zur konkreten Geisterkenntnis wird dennoch nicht gefunden. Man stellt zwar die positiven Einflüsse seelischer und geistiger Aktivitäten auf das körperliche Leben fest, aber man durchschaut nicht den inneren Zusammenhang, weswegen es bei der materialistischen Grundhaltung bleibt. Diese kann erst durch die anthroposophische Menschenkunde und ihr zentrales Paradigma von der Metamorphose der leibbildenden Tätigkeit der Wesensglieder in leibfreie Seelen- und Geistbetätigung überwunden werden. Rudolf Steiner und Ita Wegman beschreiben diese Metamorphose für die Doppelfunktion der ätherischen Kräfte in ihrem Buch «Grundlegendes für eine Erweiterung der Heilkunst nach geisteswissenschaftlichen Erkenntnissen» so:

«Diese im Ätherleibe wirksamen Kräfte betätigen sich im Beginne des menschlichen Erdenlebens – am deutlichsten während der Embryonalzeit – als Gestaltungs- und Wachstumskräfte. Im Verlaufe des Erdenlebens emanzipiert sich ein Teil dieser Kräfte von der Betätigung in Gestaltung und Wachstum und wird Denkkräfte, eben jene Kräfte, die für das gewöhnliche Bewußtsein die schattenhafte Gedankenwelt hervorbringen.

---

7 Rudolf Steiner, *Welt, Erde und Mensch,* GA 105, Dornach [5]1983, Vortrag vom 5. August 1908.

8 Siehe Robert Ader et al., *Psychoneuroimmunology,* San Diego, Cal., USA, [2]1991.

Es ist von der allergrößten Bedeutung zu wissen, daß die gewöhnlichen Denkkräfte des Menschen die verfeinerten Gestaltungs- und Wachstumskräfte sind. Im Gestalten und Wachsen des menschlichen Organismus offenbart sich ein Geistiges. Denn dieses Geistige erscheint dann im Lebensverlaufe als die geistige Denkkraft.

Und diese Denkkraft ist nur ein Teil der im Ätherischen webenden menschlichen Gestaltungs- und Wachstumskraft. Der andere Teil bleibt seiner im menschlichen Lebensbeginne innegehabten Aufgabe getreu. Nur weil der Mensch, wenn seine Gestaltung und sein Wachstum vorgerückt, das ist, bis zu einem gewissen Grade abgeschlossen sind, sich noch weiter entwickelt, kann das Ätherisch-Geistige, das im Organismus webt und lebt, im weiteren Leben als Denkkraft auftreten.

So offenbart sich der imaginativen geistigen Anschauung die bildsame (plastische) Kraft als ein Ätherisch-Geistiges von der einen Seite, das von der andern Seite als der Seeleninhalt des Denkens auftritt.»[9]

An der Schwelle zwischen unbewußtem und bewußtem Gedankenleben steht das Ich mit seinen täglichen Lernprozessen und Überlegungen, durch die es sich seiner metamorphosierten Wachstums- und Bildekräfte als Gedanken bewußt wird, die zu allen Welterscheinungen in konkreter innerer Beziehung stehen. Gibt es doch keine Gesetzmäßigkeit, die nicht gedanklich erfaßbar wäre und die nicht auch in irgendeiner Form am Werden und Bau, an Funktion und Gestalt des menschlichen Organismus beteiligt wäre. Und so wie bei Tage der ätherische Organismus als zweigeteilt erscheint in ein bewußtes und ein unbewußtes Gedanken- und Wachstumsleben, so haben wir bei Nacht den Ätherleib gesamthaft seiner regenerierenden, die Lebensprozesse des Organismus besorgenden Aufgabe hingegeben.

War nun bei Tage das Ich begeistert und durchwärmend in diesem Gedankenorganismus tätig, so bringt es aufbauende, lebenfördernde Nachwirkungen aus dem Gedankenleben mit in das nächtliche Regenerationsleben. War das Denken bei Tage jedoch nüchtern, kühl und seelisch unbefriedigend oder gar rein an den äußeren Gegebenheiten des Lebens orientiert, so trägt es die Nachwirkungen eines nur an der physischen Daseinswelt haftenden Denkens an sich, das seine Verwandtschaft zu den Impulsen des Lebendigen, Beseelten und Geistigen verloren hat.[10] Dieses kann sich so Nacht für Nacht auf die Vitalität

---

[9] Rudolf Steiner und Ita Wegman, *Grundlegendes für eine Erweiterung der Heilkunst nach geisteswissenschaftlichen Erkenntnissen,* GA 27, Dornach [7]1991, I. Kapitel.

[10] Vergl. auch Rudolf Steiner, *Die Brücke zwischen der Weltgeistigkeit und dem Physischen des Menschen,* GA 202, Dornach [4]1993.

des Organismus beeinträchtigend oder stimulierend auswirken und je nach Schicksal, Konstitution und Lebensumständen am Tage zu dieser oder jener Krankheitsentstehung oder Gesundheitsförderung führen. Bei Tage arbeitet der Ätherleib also polar als Bildekräfte- und Gedankenleib. In der Nacht hingegen ist er einheitlich als Bildekräfteorganismus tätig.

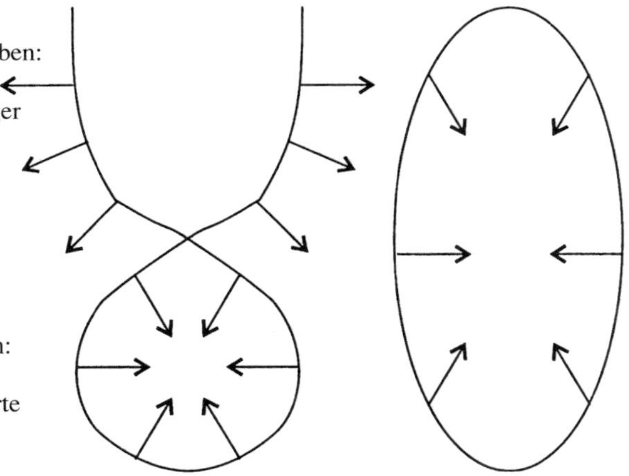

Rudolf Steiner schildert uns den Unterschied in der Wirkung auf den Leib, der von reinen Gedanken (wie zum Beispiel in der Mathematik) und von an die Sinneswahrnehmung gebundenen Gedanken ausgeht:

Es wird *«ein ganz anderer Einfluß auf die menschliche Natur ausgeübt … von den sogenannten sinnlichkeitsfreien und von den sinnlichkeitserfüllten Vorstellungen. Denken Sie sich einmal den Unterschied zwischen einem Menschen, der die Mathematik haßt und einem, der sie liebt … Es ist … für das innerste Wesen des Menschen von großem Nutzen, in Vorstellungen zu leben, die man nicht anschauen kann; und ebenso ist es nützlich, in religiösen Vorstellungen zu leben, denn auch diese beziehen sich auf Dinge, die man eben nicht mit den Händen greifen kann, die sich nicht auf Äußeres, Materielles beziehen, die mit einem Wort sinnlichkeitsfrei sind. Das sind Dinge, die einst, wenn man wieder mehr auf das Spirituelle sehen wird, einen großen Einfluß auf pädagogische Prinzipien haben werden … Einen Menschen, den Sie von Kindheit auf daran gewöhnt haben, in sinnlichen Vorstellungen zu leben, werden Sie, weil sein Nervensystem unter krankhaften Bedingungen lebt, nicht so leicht heilen können wie denjenigen, der von seiner Jugend auf an sinnlichkeitsfreie Vorstellungen gewöhnt ist. Je mehr Sie den Menschen daran gewöhnen, abgesehen von den Dingen zu denken, desto leichter wird es sein, ihn zu heilen. Daher war es unter den alten Traditionen immer üblich, allerlei symbolische Figuren, Dreiecke, Zahlenkombinationen zu geben; das hatte den Zweck, neben dem übrigen Wert, den diese Dinge hatten, den Menschen zu erheben von dem bloßen Anschauen dessen, was aufgezeichnet ist. Wenn ich ein Dreieck vor mich hinstelle und es bloß anschaue, so hat das keinen besonderen Wert. Wenn ich dagegen in ihm die Symbolisierung der höheren Dreiheit des Menschen erfasse, so ist das eine für den Geist gesundende Vorstellung ... Daher wird die Geisteswissenschaft wieder ein großes, umfassendes Heilmittel sein, wie sie es einst war in der Handhabung der alten ägyptischen Priester, die allerdings eine Herabstimmung des Ichs dazu benötigten, wie sie im Tempelschlaf ausgeübt wurde. Die spirituelle Weltanschauung ist eine gesundende Weltanschauung ... Oh, es steht vor dem Blicke des Geist-Erkennenden eine Zukunft, wo es innere Krankheitsursachen nicht geben wird für diejenigen, die die inneren und äußeren Bedingungen spiritueller Weisheit herbeiführen. Äußere Ursachen wird es immer geben, die können nur dadurch beseitigt werden, daß eine im geisteswissenschaftlichen Sinne gehaltene Heilkunst immer mehr und mehr Platz greift. Wir sehen: wenn wir die Wirkung des Geistigen richtig verstehen, dann ist der Tempelschlaf nichts Rätselhaftes für uns.»*[11]

Dieses Motiv, daß die Geisteswissenschaft zur Gesunderhaltung der Menschheit in Zukunft mehr und mehr notwendig sein wird, greift Rudolf Steiner dann in seinem Vortrag «Die Hygiene als soziale Frage»[12] 1920 wieder auf und stellt den Arzt vor die große Kulturaufgabe, mehr und mehr zum hygienischen Lehrer der Menschen seiner Zeit zu werden und sein Hauptaugenmerk auf die Krankheitsvorbeugung zu richten im Sinne einer primären Hygiogenese, Gesundheitsförderung.

Am Ende des Ersten Weltkrieges, am 1. Dezember 1918 in Dornach, schildert Steiner diesen Grundgedanken auch im Hinblick auf die unterschiedlichen Begabungen der Völker des Ostens, Westens und Mitteleuropas.[13] Er spricht hier über die latent in den Völkern des Ostens, der Mitte und des Westens verborgenen spirituellen Fähigkeiten, die sich in Zukunft mehr und mehr ent-

---

[11] Rudolf Steiner, *Welt, Erde und Mensch,* GA 105, Dornach [5]1983, Vortrag vom 5. August 1908.

[12] Rudolf Steiner, *Physiologisch-Therapeutisches auf Grundlage der Geisteswissenschaft. Zur Therapie und Hygiene,* GA 314, Dornach [3]1989, Vortrag vom 7. April 1920.

[13] Rudolf Steiner, *Die soziale Grundforderung unserer Zeit. In geänderter Zeitlage,* GA 186, Dornach [3]1990. Vergl. auch Walter Holtzapfel, *Auf dem Wege zum Hygienischen Okkultismus,* Dornach [2]1988.

wickeln werden. Er beschreibt, wie im Osten der genetische Okkultismus erwachen wird, das heißt ein intimes Erkennen der Vorgänge der Fortpflanzung und der geistigen Bedingungen, die dem Inkarnationsgeschehen zugrunde liegen. Im Westen hingegen wird sich eine mechanische okkulte Fähigkeit entwickeln, durch die der Mensch intim zusammenwachsen wird mit dem Maschinenleben und lernen wird, Maschinen durch Seelen- und Geisteskräfte auf individuelle Art in Tätigkeit zu versetzen. Bezüglich der okkulten Fähigkeit, die sich in Europa entwickeln wird, spricht er von einer neuen hygienischen Fähigkeit:

«Diese hygienische okkulte Fähigkeit ist auf dem guten Wege und wird verhältnismäßig nicht lange auf sich warten lassen. Diese Fähigkeit wird einfach durch die Einsicht reifen, daß das menschliche Leben, indem es von der Geburt bis zum Tode verläuft, nach einem Prozeß verläuft, der ganz identisch ist mit einem Krankheitsprozeß. Krankheitsprozesse sind nämlich nur spezielle und radikale Umbildungen des ganz gewöhnlichen, normalen Lebensprozesses, der zwischen Geburt und Tod verläuft, nur daß wir in uns nicht nur die krankmachenden Kräfte tragen, sondern auch die gesundmachenden Kräfte. Und diese gesundmachenden Kräfte, das weiß jeder Okkultist, sind ganz genau dieselben wie diejenigen, welche man dann anwendet, wenn man sich okkulte Fähigkeiten erwirbt, indem man diese Kräfte in Erkenntnisse umwandelt. Die dem menschlichen Organismus innewohnende Heilkraft in Erkenntnis umgewandelt, gibt eben okkulte Erkenntnisse ... In dem Augenblicke, wo sich die hygienisch-okkulten Fähigkeiten entwickeln, wird man nicht eine äußere materielle Medizin brauchen, sondern es wird die Möglichkeit da sein, jene Krankheiten, die nicht durch karmische Ursachen entstehen und deshalb unbeeinflußbar sind, auf psychischem Wege prophylaktisch zu behandeln, zu verhüten. Es wird sich alles in dieser Beziehung ändern. Das erscheint heute noch wie eine bloße Phantasie, aber das ist etwas, was sogar sehr bald kommen wird.»[14]

Das Gehen eines bewußten Schulungsweges ist die Gesundheitsquelle, die jeder Arzt und jeder Therapeut heute kennen muß.[15] Im «Heilpädagogischen Kurs»[16] finden wir grundlegende Hinweise, wie sich Selbsterziehung und Schulung des Lehrers auf die Wesensgliedertätigkeit des Schülers auswirken können. Rudolf Steiner führt hier aus, daß die Wechselwirkungen im Wesensgliedergefüge zwischen Lehrer und Schüler bestimmten Gesetzmäßigkeiten

---

[14] Rudolf Steiner, *Die soziale Grundforderung unserer Zeit. In geänderter Zeitlage*, GA 186, Dornach ³1990, Vortrag vom 1. Dezember 1918.

[15] Siehe Rudolf Steiner, *Wie erlangt man Erkenntnisse der höheren Welten?*, GA 10, Dornach ²⁴1993.

[16] Rudolf Steiner, *Heilpädagogischer Kurs*, GA 317, Dornach ⁸1995.

unterliegen: Was in der Geistesgegenwart im Ich des Lehrers lebt, hat seine unmittelbare Wirkung auf den Astralleib des Schülers. Was in der Seele (im Astralleib) des Lehrers vorgeht, wirkt sich auf die Konfiguration des Ätherleibes des Schülers aus. Und was in den Gewohnheiten, in der Art der Gedankenführung im ganzen ätherischen Gehabe und Verhalten des Lehrers zutage tritt, wirkt prägend auf den physischen Leib des Schülers ein:

Was heißt das? Wenn Sie gewahr werden, daß in einem Kinde der Ätherleib in irgendeiner Weise verkümmert ist, so müssen Sie Ihren eigenen astralischen Leib so gestalten, daß er korrigierend auf den Ätherleib des Kindes wirken kann. Wir können geradezu sagen, mit Bezug auf das Erziehungsschema kann hierher geschrieben werden:

Kind:	*physischer Leib*	*Erzieher:*	*Ätherleib*
	Ätherleib		*astralischer Leib*
	astralischer Leib		*Ich*
	Ich		*Geistselbst*

Der eigene Ätherleib des Erziehers muß – und das muß durch seine Seminarvorbildung geschehen –, er muß auf den physischen Leib des Kindes wirken können. Der eigene astralische Leib muß auf den Ätherleib des Kindes wirken können. Das eigene Ich des Erziehers muß auf den Astralleib des Kindes wirken können. Und jetzt werden Sie innerlich sogar erschrecken, denn hier steht das Geistselbst des Erziehers, von dem Sie glauben werden, daß es nicht entwickelt ist. Das muß auf das Ich des Kindes wirken. Aber das Gesetz ist so. Und ich werde Ihnen zeigen, inwiefern tatsächlich nicht bloß im Idealerzieher, sondern oftmals im allerschlechtesten Erzieher das Geistselbst des Erziehers, das ihm selber gar nicht zum Bewußtsein kommt, auf das Ich des Kindes wirkt. Das Erziehungswesen ist in der Tat in eine Reihe von Mysterien eingehüllt.

Aber jetzt geht uns auf, daß auf den verkümmerten Ätherleib des Kindes der gesundende astralische Leib des Erziehers wirken muß. Und sehen Sie, wie kann mit Rücksicht gerade auf diese Dinge der Astralleib des Erziehers erzogen werden, selbsterzogen werden, wie es ja heute noch sein muß? Denn Anthroposophie kann heute nur Anregung geben, nicht für alles gleich Seminare begründen. Der eigene Astralleib des Erziehers muß so beschaffen sein, daß er ein instinktives Verständnis hat für die Verkümmerungen im Ätherleibe des Kindes.

Nehmen wir an, es sei in der Lebergegend des Kindes der Ätherleib verkümmert. Dadurch wird in dem Kinde die Erscheinung hervorgebracht, daß es mit seinen Intentionen dasteht, immer will, aber dieses Wollen ihm immer vor der Tat stoppt. Wenn nun der Erzieher innerlich sich ganz hineinfühlen kann in diese Lage, daß man mit seinem Willen sich durchdrücken muß in die Tat, wenn man mitfühlen kann dieses Stoppen und zu gleicher Zeit entwickeln kann aus seiner eigenen Energie heraus ein tiefes Mitleid mit diesem so innerlich Erlebten, dann bildet man im eigenen Astralleib das Verständnis aus für diese Lage des Kindes, und man wird nach und nach dazu kommen, jede Spur von Sympathie oder Antipathie mit dieser Erscheinung bei dem Kinde in sich auszutilgen. Dadurch, daß der Erzieher die Sympathie und Antipathie in sich austilgt, dadurch wirkt er erzieherisch auf seinen eigenen Astralleib. Solange man mit einer solchen Eigenschaft des Kindes, daß es zum Beispiel gehen will und nicht gehen kann – das kann bis in pathologische Zustände hineingehen, das kann in auffällige Zustände hineingehen; es geht immer in pathologische Zustände hinein, bis, ich möchte sagen, bis in ganz auffällige pathologische Zustände, die man so bezeichnet, daß man sagt, das Kind kann nicht gehen lernen –, solange man damit Sympathie oder Antipathie hat, wenn es in gelindem Maße auftritt, solange man in Erregung kommen kann dabei, so lange kann man eigentlich noch nicht wirksam erziehen. Erst dann, wenn man es so weit gebracht hat, daß einem eine solche Erscheinung zum objektiven Bild wird, daß man sie mit einer gewissen Gelassenheit als objektives Bild nimmt und nichts anderes dafür empfindet als Mitleid, dann ist die im astralischen Leib befindliche Seelenverfassung da, die in richtiger Weise den Erzieher neben das Kind hinstellt. Und dann wird er alles übrige mehr oder weniger richtig besorgen. Denn, meine lieben Freunde, Sie glauben gar nicht, wie gleichgültig es im Grunde genommen ist, was man als Erzieher oberflächlich redet oder nicht redet, und wie stark es von Belang ist, wie man als Erzieher selbst ist.[17]

Diese Gesetzmäßigkeit gilt jedoch nicht nur für das Verhältnis von Lehrer und Schüler. Auch im individuellen Menschenleben kennen wir den Tatbestand, daß es in hohem Maße von der Geistesgegenwart des Ich abhängt, wie wir uns selbst seelisch erleben, ob wir es schaffen, gute Laune zu behalten, oder ob wir uns gehenlassen. Ebenso wirkt sich die Grundgestimmtheit unseres Astralleibes und die Art unserer Gedankenführung, unseres Umgangs mit den Gefühlen sowie die Handhabung unseres Willens im Wechsel zwischen Arbeit und Ruhe stark auf die Konfiguration unseres ätherischen Leibes und die Gewohnheitsbildung aus. Der physische Leib hingegen ist nun wiederum ein Ergebnis der

---

[17] Rudolf Steiner, *Heilpädagogischer Kurs*, GA 317, Dornach [8]1995, Vortrag vom 26. Juni 1924.

belebenden Vorgänge, die sich im Ätherleib abspielen. So ist die konstitutionelle Befindlichkeit einerseits von den physischen Gegebenheiten her und andererseits von unserem seelisch-geistigen Verhalten her direkt beeinflußbar.[18]

[18] In den Vorträgen *Die Theosophie des Rosenkreuzers,* GA 99, Dornach [7]1985, führt Rudolf Steiner aus, wie diese Gesetzmäßigkeit auch durch die wiederholten Erdenleben hindurch wirksam ist. Was zum Beispiel in einem Leben seelisch nicht verarbeitet werden konnte, wirkt sich auf die Beschaffenheit der ätherischen Organisation des folgenden Erdenlebens aus und kann zu einer funktionellen Krankheitsursache werden.

Die Aufgaben des Schularztes in der Darstellung Rudolf Steiners

Das Kind soll sich physisch gesund, seelisch frei und geistig klar entwickeln können

Am 24. August 1922 sprach Rudolf Steiner in Oxford über die geistig-seelischen Grundkräfte der Erziehungskunst.

Diese Ausführungen machen deutlich, wie zentral Rudolf Steiner die Hinorientierung der pädagogischen Bemühungen des Lehrers auf die altersentsprechende körperliche Entwicklung gesehen hat. Dabei wird der Schularzt als unabdingbarer Partner des Lehrers eingeführt:

Es wird vielleicht aus den Darstellungen, die ich mir bisher zu geben erlaubt habe, klar geworden sein, worauf alles Erziehen und Unterrichten in der Waldorfschule hinstreben soll. Es soll darnach streben, aus Menschenkindern physisch gesunde und starke Menschen zu machen, seelisch freie Menschen zu machen und geistig klare Menschen zu machen. Physische Gesundheit und Stärke, seelische Freiheit und geistige Klarheit machen dasjenige aus, was die Menschheit in der zukünftigen Entwickelung auch in sozialer Beziehung gerade am meisten brauchen wird. Um aber in dieser Weise zu erziehen und zu unterrichten, ist es nötig, daß für den Erzieher durchaus das erreicht ist, was ich nun auch in diesen Darstellungen versucht habe klarzulegen.

Eine völlige Durchsichtigkeit des kindlichen Organismus muß der Lehrer haben, namentlich auch eine solche Durchsichtigkeit des menschlichen Organismus, welche den Lehrer befähigt, die physische Gesundheit zu beurteilen. Denn dann, wenn man in die Lage kommt, wirklich die physische Gesundheit zu beurteilen und sie in Einklang bringen kann mit dem Seelischen, dann nur ist man in der Lage, sich auch zu sagen: mit dem einen Kind ist dasjenige, mit dem anderen Kind ein anderes zu tun.

Man hat heute vielfach die Meinung, daß in die Schule hineinkommen müsse der Arzt. Man möchte geradezu das System des Schularztes immer weiter ausbilden. Aber geradeso wie es nicht gut ist, wenn man die verschiedenen Zweige, die verschiedenen Gegenstände des Unterrichtswesens an verschiedene Lehrer, die keinen Zusammenhang haben, abgibt, ebensowenig ist es förderlich für die Erziehung, wenn man die physische Gesundheit an jemanden übergibt, der nicht im ganzen Lehrkörper, im ganzen Lehrerkollegium drinnensteht. Es ist allerdings damit eine Schwierigkeit verknüpft. Die Schwierigkeit möchte ich Ihnen beispielsweise zum Ausdruck bringen.

Während einer Führung in der Waldorfschule besuchte einmal jemand, der sonst Schulinspektor ist, unsere Waldorfschule, und ich sprach von demjenigen, was zu beobachten ist auch in bezug auf die physische Gesundheit, die physische Organisation der Kinder, sprach ihm von dem einen Kinde, bei dem irgendwie ein Fehler am Herzen ist, von einem anderen Kinde, bei dem dort ein Fehler liegt und so weiter, und da sagte der Mann ganz erstaunt: Ja, da müßten ja die Lehrer medizinische Kenntnis haben, wenn das in der Schule überhaupt eine Geltung haben soll!

Ja, wenn es eben nötig ist zu einer heilsamen Erziehung, daß die Lehrer bis zu einem gewissen Grade gute medizinische Kenntnisse haben, so müssen sie sie eben haben, dann müssen sie sie eben erreichen. Man kann nicht das Leben nach den Schrullen der Menschen formen, sondern man muß die Einrichtungen unter den Menschen nach den Anforderungen des Lebens bilden. Geradeso wie man sonst etwas lernen muß, um etwas zu können, so muß man auch als Erzieher etwas lernen, um etwas zu können.

So ist es notwendig für den Erzieher, daß er sich eine genaue Einsicht verschafft, namentlich für das ganz kleine Kind, in den Zusammenhang desjenigen, was das Kind auslebt im Spielen. Im Spiel lebt ein ganzer Komplex: von Seelenbetätigungen, Freude, zuweilen auch Schmerz, Sympathie, Antipathie; namentlich auch liegt im Spiel Neugierde, Wißbegierde. Das Kind will die Spielgegenstände genau untersuchen, sehen, was drinnen ist. Und was da seelisch in einer ganz freien Betätigung, noch nicht hineingezwungen in die Form der menschlichen Arbeit, was da seelisch aus dem Kinde herauskommt, daran muß man beobachten können, wie es aus dem Gefühl kommt, wie es befriedigt oder nicht. Denn wenn man das Spiel des Kindes so leitet, daß das Kind eine gewisse Befriedigung hat am Spiel, so fördert man namentlich diejenige Tätigkeit in gesundheitlicher Beziehung, die sich an das Verdauungssystem des Menschen anschließt. Und wie man das Spiel leitet, so ist im spätesten Lebensalter noch der Mensch in bezug auf seine Blutzirkulation, in bezug auf seine Verdauungstätigkeit mehr oder weniger Hemmungen oder Nichthemmungen ausgesetzt. Da ist ein feiner intimer Zusammenhang zwischen dem, wie das Kind spielt und dem, was aus dem physischen Organismus des Menschen wird.

Man darf nicht sagen: der physische Organismus, das ist was Geringes; ich bin ein Idealist; da hat man nichts zu tun mit diesem niederen physischen Organismus. Dieser physische Organismus ist von den göttlich-geistigen Mächten der Welt in die Welt hereingestellt, ist göttliche Schöpfung, und man muß sich bewußt sein dessen, daß man an seiner göttlichen Schöpfung gerade als Erzieher mitzuarbeiten hat. Ich möchte weniger in allgemeinen abstrakten Sätzen sprechen, als in einem konkreten Beispiel.

Nehmen Sie einmal an, dasjenige tritt in einer, ich möchte sagen, etwas pathologischen Weise auf bei Kindern, was man eine melancholische Anlage nennen könnte, oder das tritt in einer pathologischen Weise auf, was man eine sanguinische Anlage nennen kann. Der Lehrer muß nun wissen können, wo die Grenze ist zwischen dem noch bloß Physischen und dem Pathologischen. Merkt er – das ist viel häufiger der Fall, als man denkt in solchen Dingen –, daß bei einem melancholischen Kinde die Sache ins Pathologische übergeht, wird er eine Verbindung mit den Eltern suchen, und er wird versuchen, sich erzählen zu lassen, wie das Kind im Hause ernährt wird. Er wird dann einen Zusammenhang zwischen dieser Ernährung und der pathologischen Melancholie finden. Denn wahrscheinlich – es könnten auch andere Ursachen sein, aber ich führe ja nur ein Beispiel an, um konkret zu sprechen –, wahrscheinlich wird er entdecken, daß einem solchen Kinde im Hause zu wenig zuckerreiche Nahrung gegeben wird. Dadurch, daß zu wenig Zucker in der Nahrung gegeben wird, wird die Lebertätigkeit nicht in der richtigen Weise reguliert. Denn bei diesem melancholischen Kinde liegt die Eigentümlichkeit vor, daß ein gewisser Stoff, der sonst in den Pflanzen gebildet wird – wir nennen es im Deutschen Stärke –, zwar in der Leber gebildet wird, aber doch nicht in Ordnung ist. Bei jedem Menschen wird in der Leber Stärke gebildet, aber solche Stärke, die nicht Pflanzenstärke ist wie die andere, sondern animalische Stärke, die gleich in der Leber umgewandelt wird in Zucker. Diese Tätigkeit ist ein sehr wichtiger Bestandteil der Lebertätigkeit, die Verwandlung der animalischen Stärke in Zucker. Und das ist beim melancholischen Kinde nicht in der Ordnung, und man muß nun der Mutter raten, dem Kinde mehr Zucker in die Nahrung hineinzugeben, dann wirkt man regulierend auf die – wie man das nennt – Glycogentätigkeit der Leber, und man wird sehen, daß durch diese rein hygienische Maßregel außerordentlich viel erreicht werden kann. Es muß eben die Erziehung auf den ganzen Menschen ausgedehnt werden.

Oder beim sanguinischen Kinde wird man gerade das Gegenteil finden. Das wird sehr häufig zu einem Zuckerschlecker gemacht. Man gibt ihm viel Bonbons. Man gibt ihm zu viel Zucker in die Nahrung. Wenn es zu einem Zuckerschlecker gemacht wird, kommt gerade die entgegengesetzte Tätigkeit zustande. Die Leber ist überhaupt ein unendlich wichtiges Organ, aber ein Organ, das viel ähnlicher ist den Sinnesorganen, als man denkt. Die Leber ist nämlich da, um den ganzen Menschen innerlich wahrzunehmen, innerlich aufzufassen. Die Leber hat eine Sensitivität für den ganzen Menschen. Daher ist sie auch anders organisiert als andere Organe. In andere Organe geht ein gewisses Quantum von Arterienblut hinein und Venenblut heraus. Die Leber hat eine Extraanordnung. Es geht eine besondere Vene in die Leber hinein, die die Leber mit besonderem Venenblut versorgt. Das bewirkt, daß die Leber gerade im Menschen drinnen eine Art Außenwelt ist. Daher ist der Mensch durch die Leber befähigt, sich wahrzunehmen, aber das wahrzunehmen, was auf seinen Organismus wirkt. Die Leber ist ein außerordentlich feines Barometer für die Art und Weise, wie der Mensch der Außenwelt gegenübersteht. Wenn man der Mutter den Rat gibt, ein wenig den Zucker zu entziehen dem pathologisch sanguinischen Kinde, das flatterhaft ist, das nervös herumflattert von Eindruck zu Eindruck, kann man außerordentlich Günstiges bewirken.

Und so kann man durch dasjenige, was da nicht im Unterricht und in der Erziehung geschieht, sondern zwischendurch, wenn man ein ordentlicher Erzieher ist, das Kind in der richtigen Weise leiten, so daß es wirklich gesund und stark und kräftig in seiner physischen Beschaffenheit wird. Und man wird bemerken, wie das gerade von außerordentlich großer Bedeutung ist für die Gesamtentwickelung des Menschen.

Wir haben bei den Knaben und Mädchen der Waldorfschule gerade die allerintensivste Erfahrung gemacht in dem Alter, in dem sie 15, 16 Jahre alt waren. Wir haben zuerst die Waldorfschule mit 8 Elementarklassen gehabt, aber dann immer eine Klasse rückwärts daraufgestülpt, also eine 9., 10. Klasse, dann kommt eine 11. Klasse. Diese Klassen, diese höchsten, die also nicht mehr Elementarklassen sind, sondern Fortschrittsklassen, die haben nun die Knaben und Mädchen eben in diesem fünfzehn-, sechzehnjährigen Alter. Da gibt es ganz besondere Schwierigkeiten. Diese Schwierigkeiten sind zuweilen auch physisch-moralisch. Von denen werde ich nachher sprechen. Aber auch in physischer Beziehung merkt man, wie die menschliche Natur fortwährend nach dem Pathologischen hinneigt und vor dem Pathologischen geschützt werden muß.

Bei den Mädchen sieht man ganz leise unter Umständen die Gesamtentwickelung nach der Chlorose, nach der Anämie gehen. Das Mädchen wird blutarm, wie man sagt, im Organismus, bleichsüchtig, anämisch. Das rührt wirklich davon her, daß in diesem 14., 15., 16. Jahre das Geistige herausgesondert wird aus der gesamten menschlichen Organisation; und dieses Geistige, das früher im ganzen Menschen drinnen wirkte, das regulierte das Blut. Jetzt ist das Blut sich selber überlassen. Da muß es ordentlich vorbereitet sein, damit es aus seiner eigenen Kraft heraus das Weitere besorgt. Bei den Mädchen tritt das ein, daß sie blutarm, bleichsüchtig werden, und man muß wissen, daß diese Bleichsucht dann kommt, wenn man nicht genügend Interesse erweckt hat mit den Anregungen, die man den Mädchen vorher gegeben hat. Wenn man die

Aufmerksamkeit, das Interesse wach erhält, dann ist auch der ganze physische Organismus in der Tätigkeit, die durch das Menschenwesen selbst gefordert wird, und dann wird die Bleichsucht nicht in derselben Weise eintreten.

Bei den Knaben ist das Gegenteil der Fall. Bei den Knaben kommt eine Art Neuritis zustande, eine Art von zu viel Venenblut im Gehirn haben. Dadurch funktioniert gerade in diesen Jahren das Gehirn so, als ob es blutüberfüllt wäre. Bei den Mädchen hat man es mit Blutarmut im Leibe, im Körper zu tun, bei den Knaben mit einer Art Blutüberfüllung, leiser Blutüberfüllung, namentlich mit einer Art unrichtigem Arterien- und Venenblut, namentlich im Kopfe zu tun. Das rührt davon her, daß man die Knaben mit Eindrücken überreizt hat, Eindrücke so an die Knaben herangebracht hat, daß sie von Eindruck zu Eindruck eilen mußten und nicht zur Ruhe kommen konnten. Und man wird sehen, wie die Unarten bei den Vierzehn-, Fünfzehn-, Sechzehnjährigen eben durchaus so auftreten und im Zusammenhange stehen mit der ganzen physischen Entwickelung.

Wenn man so, das Physische nicht verachtend, hinschaut auf das Wesen des Menschen, dann kann man in der Lenkung des Gesundheitswesens gerade außerordentlich viel als Lehrer, als Erzieher erreichen.[1]

---

1 Rudolf Steiner, *Die geistig-seelischen Grundkräfte der Erziehungskunst*, GA 305, Dornach [3]1991, Vortrag vom 24. August 1922.

In einem Vortrag für die Lehrer in Bern unter dem Titel «Anthroposophische Pädagogik und ihre Voraussetzungen» führt Rudolf Steiner am 15. April 1924 aus:

Diese vier Glieder der menschlichen Natur sind nun total voneinander unterschieden. Aber sie werden nicht unterschieden in der gewöhnlichen Beobachtung, weil sie ineinander wirken, und weil eigentlich die gewöhnliche Beobachtung nur bis an irgendeine Offenbarung der menschlichen Natur aus der ätherischen Leibesorganisation, der astralischen oder der Ich-Organisation kommt. Ohne daß man diese Dinge wirklich kennt, ist eigentlich ein Unterrichten und Erziehen doch nicht möglich …

Nun ist gerade das besonders eigentümlich, wie die menschliche Natur wirkt durch die ätherische, astralische und die Ich-Organisation. Das ist für das Erziehen und Unterrichten ins Auge zu fassen. Wie Sie wissen, lernen wir den physischen Leib kennen, wenn wir solche Beobachtungen entfalten, wie wir sie gewohnt sind am lebenden Menschen oder noch am Leichnam, und wenn wir benützen den an die Gehirnorganisation gebundenen Verstand, mit dem wir uns zurechtlegen dasjenige, was wir durch die Sinne wahrnehmen. Aber so lernt man nicht die höheren Glieder der menschlichen Natur kennen. Die entziehen sich der bloßen Sinnesbeobachtung wie auch dem Verstande. Mit einem Denken, das in den gewöhnlichen Naturgesetzen lebt, kann man zum Beispiel dem ätherischen Leibe nicht beikommen. Daher müßten in die Seminarbildung und in die Universitätsbildung nicht nur diejenigen Methoden aufgenommen werden, die den Menschen befähigen, lediglich den physischen Leib zu beobachten und mit einem Verstande zu beobachten, der an das Gehirn gebunden ist; sondern es müßte, damit eine gewisse Fähigkeit einträte, wirklich hinzuschauen auf die Art und Weise, wie sich zum Beispiel der Ätherleib im Menschen zeigt, eine ganz andere Art von Seminar- und Universitätsbildung da sein. Die wäre notwendig sowohl für den Lehrer auf allen Gebieten, wie namentlich auch für den Mediziner. Und die würde zunächst darin bestehen, daß man lernt, wirklich von innen heraus, aus der Entfaltung der menschlichen Natur heraus bildhauerisch zu modellieren, so daß man in die Lage käme, Formen aus ihrer inneren Gesetzmäßigkeit heraus zu schaffen. Sehen Sie, die Form eines Muskels, die Form eines Knochens wird nicht begriffen, wenn man sie so begreifen will, wie man es in der heutigen Anatomie und Physiologie tut. Formen werden erst begriffen, wenn man sie aus dem Formensinn heraus begreift. Ja, da tritt aber sogleich etwas ein, was für den Menschen der Gegenwart so ist, daß man es für halben Wahnsinn ansieht. Aber für den Kopernikanismus war es auch einmal so, daß er für halben Wahnsinn angesehen wurde, und eine gewisse Kirchengemeinschaft hat bis zum Jahre 1828 die kopernikanische Lehre als etwas Unsinniges angesehen, was verboten werden muß den Gläubigen. – Es handelt sich um das Folgende.

Betrachten wir den physischen Leib: er ist zum Beispiel schwer, er wiegt etwas, er ist der Schwerkraft unterworfen. Der ätherische Leib ist nicht der Schwerkraft unterworfen; im Gegenteil, er will fortwährend fort, er will sich in die Weiten des Weltalls zerstreuen. Das tut er auch unmittelbar nach dem Tode. Die erste Erfahrung nach dem Tode ist, die Zerstreuung des Ätherleibes zu erfahren. Man erfährt also, daß der Leichnam ganz den Gesetzen der Erde folgt, wenn er dem Grabe übergeben wird; oder wenn er verbrannt wird, verbrennt er so, wie jeder andere Körper verbrennt nach physischen Gesetzen. Beim ätherischen Leib ist das nicht der Fall. Der ätherische Körper strebt ebenso von der Erde weg, wie der physische Körper nach der Erde hinstrebt. Und dieses Wegstreben, das ist nicht ein beliebiges Wegstreben nach allen Seiten hin oder ein gleichförmiges Wegstreben. Aber da kommt das, was grotesk wirkt, was aber wahr ist, was eine wahre Wahrnehmung ist für die Beobachtung, von der ich gesprochen habe.

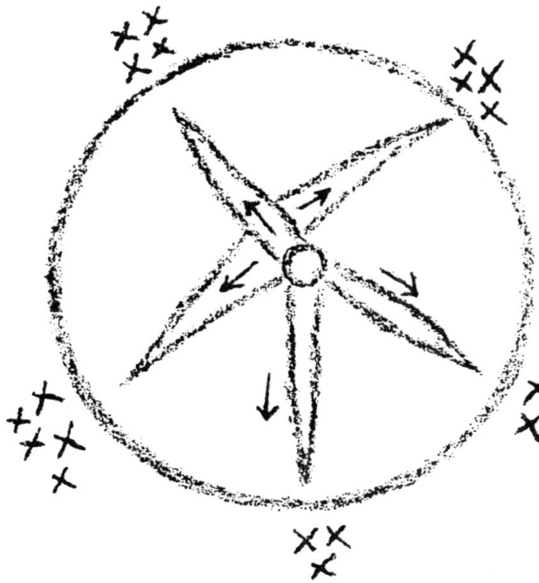

Wenn Sie den Umkreis der Erde nehmen: wir finden da draußen eine Sternansammlung, da wieder eine andere Sternansammlung, da eine, die wieder anders ist, und so sind überall bestimmte Sternansammlungen. Diese Sternansammlungen, die sind es, die den Ätherleib des Menschen anziehen, die ihn hinausziehen in die Weiten. Nehmen wir an, er wäre da – schematisch gezeichnet –, dann wird der Ätherleib von dieser Sternansammlung, die stark wirkt, angezogen; er will stark hinaus. Von dieser Sternansammlung wird er weniger stark angezogen, von anderen Sternansammlungen wird er wieder anders angezogen, so daß der Ätherleib nicht nach allen Seiten gleich gezogen wird, sondern nach den verschiedenen Seiten wird er verschieden gezogen. Es entsteht nicht eine sich ausbreitende Kugel, sondern indem der Ätherleib sich ausbreiten will, entsteht dasjenige, was durch die von den Sternen ausgehenden kosmischen Kräfte an einer bestimmten Form des Menschen gewirkt werden kann, solange wir leben auf Erden und den Ätherleib in uns tragen. Wir sehen, wie in einem Oberschenkel dasjenige, was den Muskel formt, aus den Sternen heraus, ebenso das, was den Knochen formt, aus den Sternen heraus kommt. Man muß nur kennenlernen, wie aus den verschiedensten Richtungen des Weltenraumes her Formen entstehen können. Man muß das Plastilin nehmen können und eine Form bilden können, bei der, sagen wir, die kosmische Kraft in die Länge wirkt, aber bei einer bestimmten Kraft so, daß sich eine Form früher abrundet als bei anderen Kräften. Man bekommt bei den Formen, die früher sich abrunden, den runden Knochen, bei den anderen einen Röhrenknochen.

Und so muß man eigentlich als Bildhauer ein Gefühl entwickeln für die Welt. Dieses Gefühl war schon ursprünglich in einem instinktiven Bewußtsein der Menschheit vorhanden. Und wir können es, während es im Orientalismus der vorhistorischen Jahrtausende ganz deutlich ausgesprochen war, auch noch im Griechentum verfolgen. Denken Sie nur, wie die heutigen naturalistischen Künstler oftmals verzweifelt sind gegenüber den Formen der griechischen Menschen in der Bildhauerei. Warum sind sie verzweifelt? Weil sie glauben, die Griechen haben nach Modellen gearbeitet. Sie haben den Eindruck, man habe dort bei den Griechen den Menschen nach allen Seiten beobachten können. Aber die Griechen hatten noch das Gefühl, wie der Mensch aus dem Kosmos heraus kommt, wie der Kosmos selber den Menschen formt. Die Griechen haben, wenn sie eine Venus von Milo gemacht haben, die die heutigen Bildhauer zur Verzweiflung bringt, das, was aus dem Kosmos heraus kommt, was nur etwas gestört wird durch die irdische Bildung, das hatten sie zum Teil wenigstens in die menschliche Organisation hineinverlegt. So handelt es sich darum, daß man einsehen muß: Will man den Menschen der Natur nachschaffen, so kann man gar nicht sich sklavisch halten an die Modelle, wie man Modelle heute in Ateliers hineinstellt und den Menschen sklavisch danach formt. Man muß sich wenden können an den großen kosmischen Plastiker, der die Form aus dem heraus erschafft, was dem Menschen werden kann als Raumgefühl. Das muß erst entwickelt werden: Raumgefühl!

Da glaubt man eigentlich gewöhnlich, man kann eine Linie durch den Menschen durchziehen, eine Linie durch die ausgebreiteten Arme so und eine Linie so ziehen (es wird gezeichnet). Das sind die drei Raumesdimensionen. Man zeichnet ganz sklavisch den Menschen in die drei Raumesdimensionen. Das ist alles Abstraktion. Wenn ich durch den Menschen eine richtige Linie ziehe, habe ich ganz andere Zugkräfte so, ganz andere so und so, überall in den Raum hinein. Dieser geometrische Raum, der der Kantische Raum geworden ist, über den Kant so unglückliche Definitionen und Theorien gegeben hat, ein rein ausgedachtes Hirngespinst, ist in Wirklichkeit ein Organismus, der nach allen Seiten andere Kräfte hat. Weil der Mensch nur die groben Sinne entwickelt, deshalb entwickelt er nicht dieses feine Raumgefühl. Das kann man nach allen Seiten haben. Läßt man es walten, dann kommt wirklich der Mensch zustande. Aus dem innerlichen Erfühlen heraus kommt der Mensch zustande bildhauerisch. Und hat man ein Gefühl für dieses tastende Behandeln der weichen plastischen Masse, dann liegt in diesem Behandeln der weichen plastischen Masse die Bedingung für das Verstehen des Ätherleibes, so wie in dem Verstande, der an das Gehirn gebunden ist, und den Sinnesorganen die Bedingungen für das Verstehen des physischen Leibes liegen.

Es handelt sich darum, daß man erst die Erkenntnismethode schaffen muß: nämlich plastische Anschauung, die immer etwas verbunden ist mit plastischer innerer Tätigkeit. Sonst hört die Menschenerkenntnis beim physischen Leibe auf, denn der Ätherleib ist nicht in Begriffen, sondern in Bildern zu erfassen, die man doch nur begreift, wenn man sie in gewisser Weise nachformen kann, wie sie aus dem Kosmos heraus sind.

Dann kommen wir zu dem, was das nächste Glied der menschlichen Wesenheit ist. Wie gehen die Dinge heute? Da sind auf der einen Seite die herrschenden naturwissenschaftlichen Anschauungen und ihre Träger, die der heutigen Menschheit autoritativ das Richtige beibringen. Da stehen vereinsamt in der Welt ihrer Seelen verdrehte Anthroposophen, die auch davon sprechen, daß ein Ätherleib, ein Astralleib vorhanden ist. Sie erzählen die Dinge, die über den Ätherleib und den Astralleib zu erzählen sind. Da wollen die Leute, die gewöhnt sind an naturwissenschaftliches Denken, den Astralleib mit demselben Denken und denselben Methoden ergreifen wie den physischen Leib. Das geht nicht. Der Astralleib äußert sich im physischen Leibe; seine Äußerung im physischen Leibe kann nach Naturgesetzen begriffen werden. Aber ihn selber nach seiner inneren Wesenheit und Wirksamkeit kann man nicht nach Naturgesetzen begreifen. Man kann den Astralleib begreifen, wenn man nicht nur äußeres, sondern inneres Musikverständnis hat, wie es auch vorhanden war im Orient, abgedämpft in der griechischen Zeit, in neuerer Zeit gar nicht mehr vorhanden ist. Geradeso wie der ätherische Leib aus der kosmischen Plastik heraus wirkt, so wirkt der astralische Leib aus der kosmischen Musik, aus kosmischen Melodien heraus. Im astralischen Leib ist irdisch nur der Takt; Rhythmus und Melodie wirken ganz aus dem Kosmos heraus. Und der astralische Leib besteht in Rhythmus und Melodie. Man kann nur nicht mit dem an den astralischen Leib herankommen, was man aus Naturgesetzen gewonnen hat, sondern man muß mit dem an den astralischen Leib herankommen, was man sich aneignet, wenn man ein inneres Musikverständnis hat. Dann wird man zum Beispiel finden, wenn eine Terz angeschlagen wird: Da ist etwas vorhanden, was vom Menschen erlebt, empfunden wird wie in seinem Inneren. Daher kann es da noch geben eine große und eine kleine Terz. So kann im menschlichen Gefühlsleben durch diese Gliederung der Skala ein beträchtlicher Unterschied hervorgerufen werden. Das ist noch etwas Inneres. Wenn wir zur Quint kommen, wird diese erlebt an der Oberfläche; das ist gerade eine Grenze des Menschen; da fühlt sich der Mensch, wie wenn er gerade noch darinnensteckte. Kommt er zur Sext oder zur Septime, dann fühlt er, wie wenn die Sext oder Septime außer ihm verlaufen will. Er geht in der Quint aus sich heraus, und er kommt, indem er in die Sext und Septime hineinkommt, dahin, daß er das, was da vorgeht in Sext oder Septime, als etwas Äußeres empfindet, während er die Terz als etwas eminent Inneres empfindet. Das ist der wirkende Astralleib, der ein Musiker in jedem Menschen ist, der die Weltenmusik nachahmt. Und alles, was im Menschen ist, ist im Menschen wiederum tätig und bildet sich aus in der menschlichen Form. Das ist etwas, was dann, wenn man einmal überhaupt herankommt an eine solche Betrachtung, geradezu erschütternd wirken kann im Begreifen der Welt.

Sehen Sie, das, was aus dem astralischen Leib in die Form übergeht, was aber nicht schon in der kosmischen Plastik begründet wird, sondern dadurch entsteht, daß der Musikimpuls vom Astralleib aus den Menschen durchzieht, das kann man auch direkt studieren, nur muß man mit Musikverständnis dem Menschen entgegenkommen wie vorher mit plastischem Verständnis, wenn man die Wirkungen des Ätherleibes studieren will. Wenn Sie den Teil des menschlichen Organismus nehmen, der von den Schulterblättern an beginnt und bis zu den Armen hin geht, so ist das eine Wirkung der im Menschen lebendigen Prim, des Grundtones; und kommen Sie zur Sekund, so ist diese im Oberarm gelegen. Die Dinge kommen durch Eurythmie zum Vorschein. Gehen wir zum Unterarm, so haben wir die Terz, haben wir in der Musik die große und die kleine Terz.

Indem wir vorrücken bis zum Terzintervall, bekommen wir zwei Knochen im Unterarm; das geht so weiter selbst bis hinein in die Finger. Das sieht phrasenhaft aus; es ist aber durch eine wirkliche geisteswissenschaftliche Beobachtung des Menschen so fest zu durchschauen, wie für den Mathematiker das mathematische Problem zu durchschauen ist. Es ist nicht etwas, was durch schlechte Mystik herbeigeführt wird, sondern es ist exakt zu durchschauen. So daß, um diese Dinge zu begreifen, die Seminar- und Medizinbildung eigentlich von einem inneren Musikverständnis ausgehen müßte, von jenem inneren Musikverständnis, das in voller Besonnenheit wieder zu dem kommen muß, was selbst vor dem Griechentum das orientalische Musikverständnis war. Orientalische Baukunst begreifen wir nur, wenn wir begreifen, wie die religiöse Wahrnehmung in die Form hineingeschossen ist. Wie die musikalische Kunst nur in zeitlichen Erfahrungen sich ausdrückt, so die Baukunst in räumlichen. Den Menschen muß man seinem Ätherleib und seinem Astralleib nach ebenso begreifen. Und das Empfindungsleben, das Leben in Leidenschaft kann nicht begriffen werden, wenn man nach den Naturgesetzen, wie man sagt «psychologisch» begreifen will, sondern nur, wenn man mit denselben Seelenformen an den Menschen herangeht, die man im Musikalischen gewahrt. Es wird eine Zeit kommen, wo man nicht so sprechen wird, wie die heutigen Psychologen oder Seelenlehrer über irgendeine krankhafte Empfindung sprechen, sondern, wenn eine krankhafte Empfindung vorliegt, wird man so sprechen wie gegenüber einem verstimmten Klavier: in musikalischer Ausdrucksweise …

Nun kommen wir auf die Ich-Organisation. Es handelt sich darum: Diese Ich-Organisation kann zunächst in ihrer Wesenhaftigkeit: studiert werden – so wie der Astralleib in der Musik – in der Sprache. Also wird man sagen, alle, auch die Mediziner und Lehrer – bei den Lehrern wird dies schon zugegeben –, müssen bei der heutigen Sprachformung stehenbleiben. Können sie dann auch die innere Konfiguration der Sprache verstehen? Nein, das kann nur derjenige, der die Sprache nicht als das ansieht, was unser Mechanismus daraus gebildet hat, sondern als etwas, in dem der Sprachgenius als etwas Lebendiges geistig wirkt. Der kann es, der sich übt, die Art und Weise zu verstehen, wie ein Wort konfiguriert wird. In den Worten liegt außerordentlich und ungeheuer viel von Weisheit. Der Mensch kommt dieser Weisheit gar nicht nach. Die ganze Eigentümlichkeit der Menschen kommt heraus in der Art und Weise, wie sie ein Wort bilden. Man kann die Eigenart der Völker aus der Sprache erkennen. Nehmen Sie zum Beispiel das Wort «Kopf». Das ist ursprünglich zusammenhängend mit dem Runden, das man auch am Kohl, den man auch Kohlkopf nennt, findet. Es wird aus der Gestalt heraus das Wort für den Kopf empfunden. Das ist eine ganz andere Verfassung des Ich, als zum Beispiel bei dem romanischen Worte

«Testa», das von dem Zeugnisablegen, Testieren herkommt. Also aus ganz anderer Quelle heraus ist der Anlaß genommen worden, empfindungsgemäß das Wort zu bilden.

Wenn man in dieser inneren Weise die Sprache versteht, dann schaut man hinein, wie die Ich-Organisation wirkt. Es gibt Gegenden, in denen der Blitz nicht «Blitz» genannt wird, sondern «Himlizzer». Das sind Menschen, die Himlizzer sagen, die nicht das einfache schnelle Hinschießen des Blitzes, sondern das schlangenhaft Gegliederte sehen. Wer «Blitz» sagt, sieht das Hinschießen; wer «Himlizzer» sagt, sieht den Blitz in dieser Zickzackweise geformt. So lebt der Mensch seinem Ich nach eigentlich in der Sprache. Nur ist er als heutiger zivilisierter Mensch aus der Sprache herausgekommen; die Sprache ist abstrakt geworden. Ich sage nicht, daß derjenige, der so die Sprache versteht, schon inneres hellseherisches Bewußtsein hat, durch das er in Wesenheiten hineinschaut, die gleich sind der menschlichen Ich-Organisation; aber man kommt auf den Weg, in diese Wesenheiten hineinzuschauen, wenn man mit dem inneren Verstehen das Sprechen begleitet.

So soll sowohl an der medizinischen Schule wie an den Lehrerseminarien in der Richtung Bildung gepflegt werden, wie man sie haben muß, wenn man innerlich bestrebt ist, plastisch zu wirken, wenn Plastik aus dem Raumgefühl, inneres musikalisches Verständnis und inneres Sprachverständnis getrieben werden kann. Nun werden Sie sagen: Die Hörsäle sind ohnehin so leer, man machte am Ende die Seminarien schon auch noch so leer, wenn alles das hineinkäme. Wohin käme man da? – Man will das medizinische Studium fortwährend verlängern. Wenn das mit der Methode, wie es heute geschieht, fortgesetzt wird, wird es noch dazu führen, daß man im 60. Jahr fertig wird mit dem Medizinstudium! Das rührt nicht her von inneren Bedingungen, sondern davon, daß diese inneren Bedingungen nicht erfüllt sind. Geht man nicht über von abstrakten Begriffen zum plastischen Begreifen, zum musikalischen Begreifen, zum Weltenworte-Verstehen, dann wird, wenn man stehenbleibt beim abstrakten Begreifen, der Horizont ein unendlicher; man kann immer weiter gehen, weil man an keine Grenze kommt, von der aus man die Sache übersehen kann. Durch das innere Verständnis, das auftritt, wenn Plastik- und Musikbegreifen hinzukommt, wird der Mensch, weil er innerlich rationeller wird, in seinem Bildungsgang wahrhaftig nicht verzögert, sondern innerlich beschleunigt werden. So werden wir aus dem inneren Gang eine methodische Bildung der Pädagogen haben, wo die Lehrer und diejenigen gebildet werden, die in der heutigen Pädagogik ganz besonders mitzureden haben: die Ärzte.

Nachdem wir in den einleitenden Vorträgen gesehen haben, wie zusammenhängt mit dem ganzen Gesundheitszustand des Menschen die Art, wie erzogen und unterrichtet wird, ist es ohne weiteres klar, daß eine wirkliche Pädagogik gar nicht ohne eine Berücksichtigung einer wirklichen Medizin sich entwickeln kann. Es ist ganz unmöglich; der Mensch muß eben nach seinen gesunden und kranken Verhältnissen beurteilt werden können von demjenigen, der ihn erzieht und unterrichtet; sonst kommt dasjenige heraus, was man auch schon fühlt: Man fühlt schon, daß der Arzt notwendig ist in der Schule. Man fühlt es stark und schickt den Arzt von außen hinein. Aber das ist die schlechteste Methode, die man wählen kann. – Wie steht der Arzt zu den Kindern? Er kennt sie nicht; er kennt auch nicht die Fehler, die zum Beispiel vom Lehrer gemacht werden und so weiter. Die einzige Möglichkeit ist diese, daß man eine solche pädagogische Kunst betreibt, wo so viel Medizinisches drin ist, daß der Lehrer konstant die gesundenden oder kränkenden Wirkungen seiner Maßnahmen am Kinde einsehen kann. Aber wenn man von außen den Arzt in die Schule hineinschickt, dadurch ist noch keine Reform durchgeführt, auch wenn man sagt, der Arzt ist notwendig. Wenn die Bildung der Ärzte so ist wie heute, wissen die Ärzte nicht, was sie zu tun haben, wenn sie in die Schule hineingeschickt werden. In dieser Beziehung muß man einfach die Bildung kennenlernen, wenn man auf eine pädagogische Kunst hinstrebt, die auf der Grundlage der Menschheitserkenntnis steht. – Man scheut sich, indem man die Dinge ausspricht, aus dem Grunde, weil man weiß, wie schwer sie erfaßt und begriffen werden können. Aber gerade dieses zu glauben, daß man mit einigen aus der naturwissenschaftlichen Weltanschauung gewonnenen Begriffen den Menschen verstehen kann, ist ein Irrtum, und dieses einzusehen, ist eine der Lebensbedingungen in der Entwickelung der pädagogischen Kunst.

Erst wenn man solche Anschauungen hat, wird man einsehen können, wie radikal in die Menschennatur das eingreift, was zum Beispiel zur Zeit des Zahnwechsels geschieht, wenn eigentlich das Gedächtnis bildhaft wird, nicht mehr am physischen Leibe hängt, sondern nunmehr am ätherischen Leibe hängt. Denn welche Tatsache bringt eigentlich die zweiten Zähne hervor? Die Tatsache, daß bis zum Zahnwechsel der ätherische Leib dicht, ganz dicht mit dem physischen Leibe verbunden ist. Dann sondert er sich etwas ab; würde er sich nicht absondern, so würden wir alle 7 Jahre Zähne bekommen. Es wäre ja für den heutigen Menschen, der seine Zähne so rasch aufbraucht, ja schon notwendig; ich denke, die Zahnärzte würden schon eine andere Beschäftigung bekommen. Wenn der Ätherleib sich abgesondert hat, wirkt das, was früher im physischen Leib gewirkt hat, auf seelische Art. Für denjenigen, der solche Dinge betrachten kann, ist das der Fall, wenn er einem Kinde in den Mund schauen kann, ohne daß es das bemerkt. Es ist immer am besten, wenn es vom Kinde nicht bemerkt wird. Deshalb hat die Experimentalpsychologie so wenig

Erfolg, weil sie vom Kinde so bemerkt wird. Man sieht die zweiten Zähne des Kindes: sie sind aus dem Ätherleib heraus gebildet und werden dann zum plastischen Bild des Gedächtnisses. An der Zahnkonfiguration kann man beobachten, was für ein Gedächtnis der Ätherleib veranlagt hat. Die Zähne kann man nicht anders machen; man kann da oder dort etwas abfeilen, aber man kann sie nicht anders machen. Etwas könnte man sie auch ändern, wenn die Medizin so gestaltet würde, wie sie Professor Römer gerade auf Grundlage anthroposophischer Einblicke, die er sich zu eigen gemacht hat, in seiner Schrift über Zahnheilkunde ausgesprochen hat – etwas könnte schon getan werden, wenn auch die zweiten Zähne gebildet sind. Aber sehen wir davon ab. Dasjenige, was im Seelischen hauptsächlich bleibt, die Gedächtnisbildung, das kann, abgesondert von dem, was physische Organisation ist, wenn der Ätherleib für sich ist, gerade den Erzieher und Unterrichtenden auf die richtige Fährte bringen. Nicht wahr, bis zum Zahnwechsel ist eine Einheit des Seelisch-Geistigen und des Physisch-Ätherischen da. Dasjenige, was physisch war und zusammengewirkt hat mit dem Psychischen, das kommt in der Zahnform zum Ausdruck. Was früher mitgebildet hat bei der Bildung der Zahnform, das sondert sich ab in idealer Steigerung der Kraft, wird Gedächtnisbildung, Gedächtnistreue und so weiter.

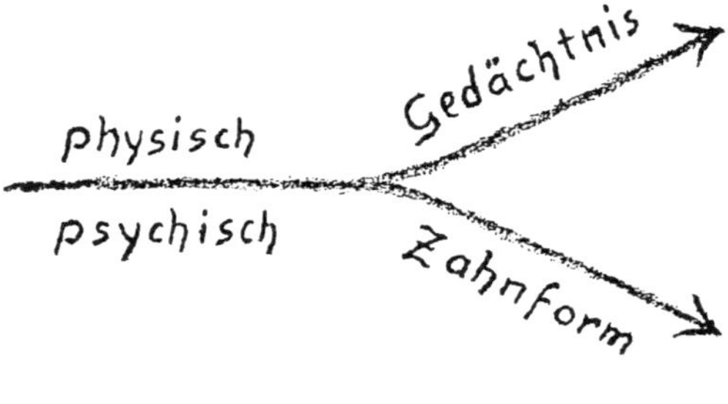

Wenn man so hineinsieht in die menschliche Natur, kann man vieles schauen und aufnehmen in das Erziehen und Unterrichten. Man wird vor allen Dingen, wenn man ganz lebendig durchdrungen ist von einer solchen Menschenerkenntnis, wenn man den Menschen anschaut, dasjenige bekommen als Didaktik und Pädagogik, was einen wirklich innerlich enthusiasmiert, was einen als Lehrer innerlich begeistert, was übergeht in die Handhabung. Das, was sich richtet nach Regeln, die in den pädagogischen Anleitungsbüchern stehen, ist eine abstrakte innere Tätigkeit der Seele; dasjenige, was man bekommt aus wirklicher anthroposophischer Menschenerkenntnis, das geht über in das Wirken, in das Wollen; das wird Impuls des Tatsächlichen, das der Lehrer vollbringt in der Klasse. Man wird seelisch organisiert als Lehrer durch eine lebendige Men-

schenerkenntnis, während man durch dasjenige, was aus bloßer naturwissenschaftlicher Weltanschauung hervorgeht, eben zwar sehr gescheit wissen kann, was man mit dem Kinde tun soll, aber es nicht kann, weil es nicht in die Geschicklichkeit und lebendige Handhabung des lebendigen Geistes seitens des physischen Lehrers hineingeht. Und kann man das in sich durch eine wirkliche Menschenerkenntnis beleben, dann merkt man, wie dieser Ätherleib wirklich frei wird nach dem Zahnwechsel, wie aus dem Inneren des Kindes heraus das Bedürfnis da ist, alles in Bildern zu empfangen, denn innerlich will es Bild werden. In der ersten Lebensepoche bis zum Zahnwechsel wollen die Eindrücke nicht Bild werden, sondern Gewohnheit, Geschicklichkeit; das Gedächtnis selber war Gewohnheit, Geschicklichkeit. Das Kind will mit seinen Bewegungen nachmachen, was es gesehen hat; es will nicht ein Bild entstehen lassen. Dann kann man beobachten, wie das Erkennen anders wird; dann will das Kind in sich etwas empfinden, was wirkliche seelische Bilder sind; daher muß man jetzt im Unterricht alles in die Bildhaftigkeit hineinbringen. Der Lehrer muß selber dieses Bildlichmachen von allem verstehen.[2]

Armin Husemann hat in seinem neuesten Buch über den Zahnwechsel des Kindes[3] eine weitreichende, goetheanistische Forschung über den Zusammenhang des Zahnwechsels mit der seelisch-geistigen Entwicklung veröffentlicht. Auf diese Schrift sei hier ausdrücklich verwiesen.

Es sei jedoch an dieser Stelle auch ein Eindruck aus der Hospitation in einer ersten Klasse wiedergegeben, der den von Rudolf Steiner hier zuletzt geschilderten Tatbestand eindrücklich illustriert:

Am Ende des Hauptunterrichtes (die erste Klasse ist schon etwa drei Monate alt) kündigt der Klassenlehrer den Titel der Geschichte an, die er jetzt erzählen will. Er sagt: Und jetzt werde ich euch zum Abschluß unseres heutigen Hauptunterrichtes die Geschichte vom allergetreuesten Johannes erzählen. Ein Teil der Kinder in der Klasse kennt dieses – zugegebenermaßen etwas seltenere – Märchen der Brüder Grimm schon, ihre Reaktion ist jedoch ganz polar: während die Augen bei einer Reihe von Kindern begeistert aufleuchten, daß sie diese wunderbare Geschichte jetzt hören dürfen, ruft ein vorlauter Junge in die

---

[2] Rudolf Steiner, *Anthroposophische Pädagogik und ihre Voraussetzungen*, GA 309, Dornach [5]1981, Vortrag vom 15. April 1924.

[3] Armin J. Husemann, *Der Zahnwechsel des Kindes. Ein Spiegel seiner seelischen Entwicklung*, Stuttgart 1996.

Klasse und spricht damit einigen seiner Mitschüler aus dem Herzen: Oh … die Geschichte kenn' ich schon, können Sie nicht etwas anderes erzählen? An dieser polaren Reaktion kann man ablesen, bei welchen Kindern die Schmelzreife der Zahnkronen, die in der Regel mit dem Beginn des Zahnwechsels korreliert, schon genügend stattgefunden hat und wo dieses noch nicht der Fall ist. Da, wo die Reife der Schmelzkronen (sie findet zwischen dem 6. und 8. Lebensjahr statt[4]) schon stattgefunden hat, ist die bildende Tätigkeit dieser festesten Körperformen schon frei für das Denken und sucht nach Betätigung, will geistig «zubeißen» und damit auch behalten, was man einmal gehört hat. Damit ist das abstrakte Gedächtnis ebenso geboren wie die Fähigkeit, im eigenen Denken das Gehörte und Gesehene nachzubilden und es nicht mehr unbedingt auch sogleich nachzuahmen, wie es die jüngeren Kinder ganz selbstverständlich tun. Die Kinder jedoch, deren Augen glänzen, weil sie die Geschichte so gerne wieder hören möchten, verfügen über dieses abstrakte Gedächtnis noch nicht in genügendem Maße und erinnern sich während des Wiederhörens, worauf sie sich freuen.

---

[4] Thieme Taschenbuch für Zahn- und Kieferheilkunde im Kindes- und Jugendalter; *Der Zahnwechsel,* Studienheft der Internationalen Vereinigung der Waldorfkindergärten, Stuttgart.

Die pädagogische Konferenz – der psychologische Blick für das einzelne Kind – die Kinderbesprechung

Im Juli 1924 hielt Rudolf Steiner pädagogische Vorträge in Arnheim in den Niederlanden. Rudolf Steiner hatte inzwischen an zahlreichen Konferenzen der Lehrer der Stuttgarter Waldorfschule teilgenommen und berichtet aus diesen Erfahrungen den Zuhörern am 21. Juli 1924:

Zunächst möchte ich dieses andeuten, daß die Seele alles Unterrichtens und Erziehens in der Waldorfschule zunächst die Lehrerkonferenz ist, jene Lehrerkonferenzen, welche regelmäßig vom Lehrerkollegium abgehalten werden und denen ich beiwohne, wenn ich selber in Stuttgart sein kann. Diese Lehrerkonferenzen befassen sich nun nicht bloß mit demjenigen, was äußere Schuleinrichtungen sind, etwa mit der Abfassung des Lehrplanes, mit der Gliederung der Klassen und so weiter, sondern sie befassen sich in einer eingehenden Weise mit dem ganzen Leben der Schule und mit allem, was dieses Leben der Schule beseelen soll. Nun ist ja die Schule daraufhin eingerichtet, Unterricht und Erziehung zu leisten auf Grundlage von Menschenerkenntnis, das heißt aber dann, auf Grundlage der Erkenntnis der einzelnen Kinderindividualitäten. Daher bildet die Beobachtung, die psychologische Beobachtung der Kinderindividualitäten ein wesentliches Moment in der ganzen Ausgestaltung des Unterrichtes im einzelnen, im konkreten. In den Lehrerkonferenzen wird über das einzelne Kind so gesprochen, daß das Wesen der menschlichen Natur eben in jener besonderen Individualität erfaßt zu werden versucht wird, die in einem Kinde gegeben ist. Sie können sich denken, daß man da alle Grade und Arten von kindlichen Befähigungen und kindlichen Seelenkräften vor sich hat. Man hat da alles vor sich, was im kindlichen Menschen vorhanden ist von der, man möchte sagen psychologisch-physiologischen Minderwertigkeit bis hinauf – hoffentlich bestätigt das das Leben – zur Genialität.

Wenn man Kinder beobachten will nach ihrer wirklichen Wesenheit, dann handelt es sich vor allem darum, daß man den psychologischen Blick für die Kinderbeobachtung sich erwirbt. Dieser psychologische Blick schließt nicht nur eine gröbere Beobachtung der einzelnen kindlichen Fähigkeiten ein, sondern vor allen Dingen eine Bewertung dieser kindlichen Fähigkeiten. Denn Sie müssen nur das Folgende bedenken: Man kann ein Kind vor sich haben, das außerordentlich begabt erscheint in bezug auf Lesen- oder Schreibenlernen, das sehr begabt erscheint zum Beispiel in bezug auf Rechnenlernen oder Sprachenlernen. Aber stehenbleiben dabei, sich zu sagen: Dieses Kind ist begabt, denn es lernt leicht Sprachen, lernt leicht Rechnen und so weiter – das ist eine psychologische Oberflächlichkeit. Im kindlichen Alter, etwa von 7, 8 oder 9 Jahren, kann die Leichtigkeit, mit der das Kind lernt, bedeuten, daß aus dem Kinde einstmals ein Genie werden wird; sie kann aber ebensogut bedeuten, daß aus ihm einmal ein nervenkranker oder irgendwie anders kranker Mensch wird. Wenn man einen Einblick darin hat, daß ja die menschliche Wesenheit außer dem physischen Leib, der sich dem Auge darbietet, auch noch den ätherischen Leib in sich trägt, der den Wachstums- und Ernährungskräften zugrunde liegt, der das Kind größer werden läßt; wenn man weiter bedenkt, daß der Mensch auch einen astralischen Leib in sich hat, der in seinen Gesetzen überhaupt nichts mehr mit dem zu tun hat, was physisch aufbauend ist auf der Erde, sondern der eigentlich das Physische fortwährend abbaut, es zerstört, damit das Geistige Platz hat; und wenn man weiter bedenkt, daß dann noch mit dem Menschen die Ich-Organisation verbunden ist, so daß man die drei höheren Organisationen – ätherischer Leib, astralischer Leib, Ich-Organisation – ebenso beachten muß wie den sichtbaren physischen Leib, dann wird man sich auch eine Vorstellung davon bilden können, wie kompliziert ein solches Menschenwesen eigentlich ist, und wie jedes dieser Glieder der menschlichen Wesenheit bewirken kann, daß auf irgendeinem Gebiete Begabung oder Nichtbegabung vorhanden ist, oder eine trügerische Begabung, eine vorübergehende, krankhafte Begabung sich zeigt. Dafür muß man sich den Blick aneignen, ob nun die Begabung eine solche ist, die nach dem Gesunden hingeht, oder eine solche, die etwa nach dem Krankhaften hingeht.

Wenn man diejenige Menschenerkenntnis, von der hier in diesen Vorträgen die Rede ist, mit der nötigen Liebe, Hingabe und Opferwilligkeit als Lehrer und Erzieher vertritt, dann stellt sich das Eigentümliche heraus, daß man im Zusammenleben mit den Kindern – mißverstehen Sie das Wort nicht, es soll nicht eine Renommage bedeuten – immer weiser und weiser wird. Man findet es sozusagen selber, wie man irgendeine Fähigkeit oder Verrichtung eines Kindes zu taxieren hat. Man lernt sich eben ganz hineinleben in die Natur des Kindes und verhältnismäßig schnell sich hineinleben.

Ich weiß, daß mancher sagen wird: Wenn du uns da behauptest, daß der Mensch außer seinem sichtbaren Leib noch die übersinnlichen Glieder, Ätherleib, Astralleib und Ich-Organisation hat, so könnte doch eigentlich nur der hellsichtige Mensch Lehrer sein, der diese übersinnlichen Glieder der Menschennatur schauen kann. Das ist aber nicht der Fall. Alles was durch Imagination, Inspiration und Intuition am Menschen geschaut werden kann, wie ich es in meinen Büchern beschrieben habe, das kann, weil es beim Kinde in der physischen Organisation überall sich ausdrückt, auch beurteilt werden an der physischen

Organisation. Daher liegt durchaus die Möglichkeit vor, daß ein Lehrer oder Erzieher, der einfach in liebevoller Weise auf der Grundlage einer umfassenden Menschenerkenntnis seinen Beruf ausübt, davon sprechen kann, daß er in einem bestimmten Falle zum Beispiel sagt: Hier liegt vor, daß ein Kind in bezug auf sein Ich, seinen astralischen Leib und auch in bezug auf seinen ätherischen Leib ganz gesund ist; der physische Leib aber zeigt in sich Verhärtungen, Versteifungen, so daß das Kind seine Fähigkeiten, die es im Geistigen veranlagt hat, nicht herausbilden kann, weil der physische Leib ein Hindernis ist. – Oder denken Sie einen andern Fall, es ist möglich, daß dann jemand sagt: Da treten bei diesem Kinde frühzeitig, mit 7 oder 8 Jahren, frühreife Eigenschaften auf; das Kind überrascht einen dadurch, daß es früh das eine oder andere lernt, aber man beachte, der physische Leib ist zu weich, er trägt in sich die Anlage, einmal in Fettigkeit auszufließen. – Wenn nämlich der physische Leib zu weich ist, wenn sozusagen das flüssige Element gegenüber dem festen in einem Obergewicht ist, dann drängt sich mit seiner Eigenart das Geistig-Seelische vor und man hat ein frühreifes Kind, das mit der weiteren Entwickelung des physischen Leibes diese Frühreife wieder zurückstaut und das unter Umständen alles wieder verändern kann und nicht nur ein Durchschnittsmensch, sondern sogar ein mittelmäßiger oder auch minderwertiger Mensch für das Leben werden kann. Kurz, es handelt sich eben darum, daß das, was man beim Kinde äußerlich beobachtet, erst innerlich bewertet werden muß; so daß daher gar nichts damit gesagt ist, wenn man bloß von den Fähigkeiten oder Nichtfähigkeiten spricht.

Was ich Ihnen jetzt sage, kann Sie ja auch die Biographie der verschiedensten Menschen lehren. Man könnte in der Geistesentwickelung der Menschheit eine ganze Galerie erleuchteter Menschen anführen, die später im Leben Großes geleistet haben und die als Kind als fast ganz unbegabt gegolten haben, die man als Kind in den Klassen hat sitzen lassen, wie man sagt. Man trifft ja da die merkwürdigsten Beispiele in der Welt. Es gibt zum Beispiel einen Dichter, der bis in sein 18., 19., ja bis in sein 20. Jahr von allen, die als Lehrer und Erzieher mit ihm zu tun hatten, für so unbegabt gehalten wurde, daß man ihm davon abgeraten hat, höhere Studien zu machen, weil er eben so unbegabt war. Er hat sich aber nicht abhalten lassen, er hat diese höheren Studien doch gemacht und wurde dann später sehr bald zum Inspektor derjenigen Schulen ernannt, in die man ihn als jungen Menschen nicht hatte hinauflassen wollen. – Es gibt einen österreichischen Dichter, Robert Hamerling, der sich darauf vorbereitete, Gymnasiallehrer zu werden. Er bekam beim Examen ausgezeichnete Noten im Griechischen und Lateinischen, dagegen wurde er nicht approbiert für den Unterricht in der deutschen Sprache, weil man seine Aufsätze sehr mangelhaft fand. Aber er wurde ein berühmter Dichter.

Ich könnte so forterzählen und man würde überall sehen, daß es schon schwierig ist, in dem heranwachsenden Kinde dasjenige zu erschauen, was nun wirklich in dem betreffenden jungen Menschen drinnensteckt. Dennoch muß das geschehen in einer Schule, die richtig erziehen und unterrichten will. Daher wird gerade in der Waldorfschule in den Lehrerkonferenzen auf das Studium der Kinder der allergrößte Wert gelegt, damit das ganze Lehrerkollegium immer darüber unterrichtet ist, wie es mit irgendeinem Kinde steht. Natürlich wird diese Aufgabe eine immer umfänglichere. Denn die Waldorfschule, die vor einigen Jahren mit etwa 150 Kindern begründet worden ist, zählt heute mit allen Parallelklassen, die errichtet werden mußten, etwa 800 Schüler in über 20 Klassen mit weit über 40 Lehrkräften. Das alles kann Ihnen bezeugen, daß die Möglichkeit, so vorzugehen wie ich es beschrieben habe, nur dann vorhanden ist, wenn man zugleich den Blick dafür entfaltet, bei welchem Kinde man besonders einzusetzen hat. Denn manches Kind ist so geartet, daß, wenn man es versteht, von diesem Verständnis aus ein Licht auf viele Kinder geworfen wird. Manchem Kinde ist mit dem Verständnis fast gar nicht beizukommen, aber alles das kann die liebevolle Hingabe überwinden an das, was hier als Menschenerkenntnis geschieht ...

So handelt es sich darum, daß man wirklich auch in seiner ganzen Auffassung die Einheit in der Beobachtung des Seelisch-Geistigen und des Physisch-Leiblichen durchführen kann. Daß dies eine Notwendigkeit ist im Erziehen und Unterrichten, das können die Leute sehr schwer verstehen. Es besuchte einmal ein sonst ganz verständiger Mann, der immer im Schulwesen drinnensteht, die Waldorfschule. Ich führte ihn selbst herum, tagelang. Er interessierte sich sehr für alles. Aber nach alledem, was ich ihm über das eine Kind oder über das andere gesagt habe – denn meist wird über die Kinder gesprochen, nicht über abstrakte Unterrichtsprinzipien; es fußt eben unsere Erziehung auf Menschenerkenntnis –, da sagte er zuletzt: Ja, da müßten aber eigentlich alle Lehrer Ärzte sein. – Ich erwiderte: Das brauchen sie nicht; aber sie müßten schon von der physisch kranken oder gesunden Konstitution des Kindes bis zu dem Grade etwas wissen, wie es für den Lehrer zum Erziehen notwendig ist. Denn, wohin kommt man denn, wenn man sagt, etwas geht aus dem Grunde nicht, oder der Lehrer kann dies oder jenes nicht lernen, weil man nicht dieses oder jenes einrichten kann? Man muß eben dann das Entsprechende einrichten und der Lehrer muß es lernen. Das ist der einzig mögliche Standpunkt. – Die sogenannten normalen Fähigkeiten, die der Mensch entwickelt, die bei jedem Menschen da sind, sie studiert man am besten bei den pathologischen Erscheinungen. Und lernt man einen nach gewissen Richtungen kranken Organismus kennen, dann hat man damit, wenn man ihn wirklich kennenlernt, die Grundlage geschaffen, um eine geniale Seele kennenzulernen. Nicht als ob ich auf irgendeinem Lambroso- oder ähnlichen Standpunkte stehen würde; das ist nicht der Fall. Ich behaupte nicht, daß das Genie immer krank ist; aber man lernt das Geistig-Seelische eben kennen, wenn man gerade den kranken Körper des Kindes kennenlernt. An den Schwierigkeiten, die das Geistig-Seelische bei einem kranken Körper hat, um sich zu äußern, lernt man die Art und Weise erkennen, wie die Seele, wenn sie sich eben dann besonders äußert, den Organismus ergreift.

So grenzt die Pädagogik nicht nur an die leichte Pathologie, die bei minderwertigen Kindern vorliegt, sondern sie grenzt schon an das Pathologische im umfassendsten Sinne. Daher haben wir an unserer Schule auch zugleich die medizinische Behandlung der Kinder eingeführt. Aber wir haben nicht einen Arzt, der wiederum außerhalb der Pädagogik nur in der Medizin drinnensteht, sondern unser Schularzt, Dr. Kolisko, ist wiederum zugleich Lehrer irgendeiner Klasse. Er steht in der ganzen Pädagogik der Schule drinnen, er kennt alle die Kinder und weiß daher in einer ganz andern Weise, aus welcher Ecke irgendein Pathologisches bei einem ihm bekannten Kinde kommt, als wenn nur alle heiligen Zeiten einmal der Schularzt in die Schule kommt und mit ein paar Blicken den Gesundheitszustand eines Kindes beurteilt. Aber außerdem werden die Lehrerkonferenzen so eingerichtet, daß man keine Grenze zieht zwischen dem Geistig-Seelischen und dem Körperlich-Physischen in der Betrachtung des Kindes. Natürlich ist es dann so, daß der Lehrer sich allmählich den Blick aneignen muß für den ganzen Menschen, daß ihn das Detail des Physisch-Gesunden oder Physisch-Kranken ebenso interessiert wie das, was geistig gesund oder abnorm ist.

Das ist es, was wir in der Schule versuchen: daß jeder Lehrer das tiefste Interesse und die größte Aufmerksamkeit hat für den ganzen Menschen. Dadurch ist auch das gegeben, daß unsere Lehrer nicht eigentlich Spezialisten sind. Denn schließlich kommt nicht so viel darauf an, ob der Lehrer die Geschichte besser oder schlechter beherrscht, wenn er nur im allgemeinen eine Persönlichkeit ist, die in dem geschilderten Sinne auf die Kinder wirken kann, und wenn er den Blick dafür hat, wie das Kind sich unter seiner Behandlung entwickelt. Ich habe ja, da ich von meinem 14., 15. Lebensjahre an, um überhaupt leben zu können, unterrichten mußte, immer Einzelunterricht geben mußte, mir diese Pädagogik in der unmittelbaren Unterrichts- und Erziehungspraxis erwerben müssen. Ich bekam zum Beispiel, als ich ein ganz junger Mensch von 21 Jahren war, durch eine Familie die Erziehung von vier Buben übertragen. Unter denen war einer – er war dazumal 11 Jahre alt, als ich in die Familie als Hauslehrer kam –, der im höchsten Grade Hydrozephale war. Er hatte ganz merkwürdige Eigentümlichkeiten. Er aß nicht gern am Tische mit, sondern ging vom Tische weg in die Küche, wo jene Gefäße waren, in die man die Abfälle hineinwarf; dort aß er die Kartoffelschalen, aber auch mit dem Schmutz, der in diese Gefäße hineinkam. Er wußte mit 11 Jahren eigentlich noch gar nichts Besonderes. Man hatte probiert, ob er auf Grundlage des früheren Unterrichtes, den er bekommen hatte, die Aufnahmeprüfung in irgendeine Volksschulklasse machen könnte. Aber als er die Ergebnisse seiner Examenarbeit abgab, da war nur ein Heft da mit einem großen Loch drinnen, wo er etwas ausradiert hatte. Er hatte gar nichts sonst bei diesem Examen geleistet, und er war schon 11 Jahre. Die Eltern waren unglücklich. Sie gehörten dem vornehmeren Bürgerstande an, und alles sagte: Der Knabe ist abnorm, – und natürlich haben dann alle ein Vorurteil gegen ein Kind, wenn dergleichen gesagt wird. Es hieß: Er muß ein Handwerk lernen, weiter kann er es zu nichts bringen. – Ich kam in die Familie, aber es verstand eigentlich niemand, daß ich die Absicht aussprach: Wenn man mir unter voller Verantwortung jetzt den Jungen gibt, dann verspreche ich nichts, sondern nur, alles herauszuholen, was in dem Jungen ist. – Das verstand niemand, nur die Mutter, wie mit einem selbstverständlichen Blick, und der ausgezeichnete Hausarzt. Es war das jener Arzt, der dann später mit Dr. Freud zusammen die Psychoanalyse begründete, aber als sie noch in ihrem besseren Stadium war; später trennte er sich von ihr, als sie in die Dekadenz kam. Aber man konnte mit ihm sprechen, und das führte dazu, daß dann der Junge von mir erzogen und unterrichtet wurde.

In 1½ Jahren war der Kopf wesentlich kleiner geworden, und der Knabe war nun so weit, daß er ins Gymnasium gebracht werden konnte. Ich begleitete ihn dann in seiner Schulzeit noch weiter, er brauchte Nachhilfe, aber er konnte doch nach 1½ Jahren ins Gymnasium aufgenommen werden. Allerdings mußte seine Erziehung so ausgeführt werden, daß ich zuweilen 1½ Stunden brauchte, um das vorzubereiten, was ich dem Knaben in einer Viertelstunde beibringen wollte. Denn es handelte sich eben darum, mit der größten Ökonomie an den Unterricht dieses Knaben heranzutreten, nie für irgend etwas mehr Zeit in Anspruch zu nehmen, als dazu nötig war. Es handelte sich auch darum, daß die Tageseinteilung mit aller Exaktheit gemacht wurde. Ich ordnete an: soviel muß der Knabe musizieren, soviel muß er turnen, soviel spazierengehen und so weiter. Dann aber, sagte ich mir, kann dasjenige mit dem Knaben durchgeführt werden, was aus ihm das herausbringt, was in ihm liegt. – Nun gab es Zeiten, wo es mir mit dieser Erziehung eigentlich recht schlecht ging. Der Knabe wurde blaß. Die Leute, mit Ausnahme der Mutter und des Hausarztes, sagten alle: Der richtet uns den Jungen zugrunde! – Ich erwiderte: Natürlich kann ich nicht weiter erziehen, wenn irgend etwas hineingeredet wird; die Sache muß wie verabredet fortgehen können. – Und sie ging fort. Der Knabe ging durch das

Gymnasium, machte sein Studium, wurde Arzt, und er ist nur deshalb früh gestorben, weil er während des Weltkrieges als Arzt, der während des Krieges einberufen wurde, mit einer Krankheit infiziert wurde, an deren Folgen er starb. Aber er hat seinen ärztlichen Beruf recht gut auszuüben verstanden. – Ich führe das nur als ein Beispiel dafür an, wie es nötig ist, in der Erziehung auf alles zu sehen, also zum Beispiel auch einen Blick dafür zu haben, wie unter einer bestimmten Behandlung zuletzt ein Hydrozephalus von Woche zu Woche zurückgeht.

Nun werden Sie sagen: Gewiß, in der Einzelerziehung kann so etwas geschehen. Aber es kann ebensogut bei verhältnismäßig großen Klassen geschehen. Denn wer sich in dieser Weise liebevoll in das einlebt, was hier als Menschenerkenntnis auseinandergesetzt wird, der eignet sich schnell die Möglichkeit an, in einer Klasse, wo selbst viele Schüler sind, für jeden einzelnen die entsprechende Aufmerksamkeit, die er braucht, zu haben. Aber notwendig ist eben der psychologische Blick, in der Art, wie ich es geschildert habe. Aber diesen psychologischen Blick eignet man sich nicht so leicht an, wenn man als Einzelmensch durch die Welt geht und überhaupt kein Interesse für andere Menschen hat. Ich kann schon sagen, daß ich weiß, was ich dem Umstande verdanke, daß mir eigentlich niemals ein Mensch uninteressant war. Schon als Kind war mir niemals ein Mensch uninteressant. Und ich weiß, ich hätte nicht jenen Knaben erziehen können, wenn mir nicht eigentlich alle Menschen interessant gewesen wären.

Dieses Weiten des Interesses, das ist es, was wie eine Atmosphäre durch die Lehrerkonferenzen der Waldorfschule durchgeht, so daß also da durchaus – wenn ich mich so ausdrücken darf – psychologische Stimmung herrscht. Dann aber werden diese Lehrerkonferenzen wirklich zur hohen Psychologieschule. Es ist interessant zu sehen, wie von Jahr zu Jahr das Lehrerkollegium als eine Einheit sich vertiefen kann in bezug auf den psychologischen Blick. Denn zu alledem, was ich geschildert habe, kommt noch folgendes hinzu, wenn man auf die einzelnen Klassen sieht. Statistik pflegen wir nicht im gewöhnlichen Sinne, aber die Klassen sind für uns lebendige Wesen, nicht nur der einzelne Schüler. Solch eine Klasse kann man wieder für sich studieren, und es ist außerordentlich interessant, zu beobachten, welche imponderablen Kräfte daran zutage treten. Wenn man nun aber eine ganze Klasse studiert und wenn die Lehrer der verschiedenen Klassen sich über die Eigentümlichkeiten ihrer Klassen in der Konferenz verständigen, dann ist es zum Beispiel interessant, daß eine Klasse – wir haben Klassen mit beiden Geschlechtern zusammen – ein ganz anderes Geschöpf ist, wo mehr Mädchen als Knaben sind, als eine Klasse, wo mehr Knaben als Mädchen sind; und wieder ein ganz anderes Geschöpf ist eine Klasse, in der gleich viel Knaben wie Mädchen sind. Das wird außerordentlich interessant, nicht etwa durch die gegenseitigen Worte, die ausgetauscht werden, oder durch die kleinen Liebeleien, die in den höheren Klassen immer vorkommen. Dafür eignet man sich auch den nötigen Blick an, der, wenn es nötig ist, sieht, und der da, wo es nicht nötig ist, nicht sieht. Aber davon ganz abgesehen, ist es eigentlich die Tatsache, die innere imponderable Wesenheit der verschiedenen männlichen oder weiblichen Individualitäten, die der Klasse eine ganz bestimmte geistige Struktur gibt. Und so lernt man die Klassenindividualität kennen. Hat man nun, wie bei uns in der Waldorfschule, Parallelklassen, so kann man, wenn es nötig ist – es ist sehr selten nötig –, die Verteilung in den Klassen etwas ändern.

Solche Studien, wie die Klassen als solche sind, bilden wiederum den Inhalt der Lehrerkonferenzen. Und so ist der Inhalt der Konferenzen nicht nur die Einrichtung der Schule, sondern eine lebendige Fortführung der Pädagogik an der Schule selbst, so daß die Lehrer fortwährend lernen. Dadurch werden die Konferenzen die Seele der ganzen Schule. Und dann lernt man auch das Geringfügige in der richtigen Weise schätzen, das Wichtige richtig zu taxieren und so weiter. Dann wird man nicht, wenn irgendwo ein kleines Vergehen bei einem Kinde vorkommt, sogleich Zeter und Mordio schreien; aber man wird auch wieder den Blick dafür haben, wenn etwas vorkommt, was bedeutsam sein kann in der ganzen Fortführung der Schule. So ergibt sich als Totalerscheinung gerade in unserer Waldorfschule etwas sehr Interessantes, das eigentlich erst mit den Jahren hervorgetreten ist: Im ganzen sind unsere Kinder im Erfassen desjenigen, was ein Kind nun in der Schule sich erwerben soll, weiter in irgendeiner höheren Klasse, als die Schüler anderer Schulen sind; in den unteren Klassen, das habe ich geschildert, bleiben sie etwas zurück im Lesen und Schreiben, weil das auf mehr Jahre ausgedehnt wird und eine ganz andere Methode hat. Aber mit 13 bis 15 Jahren beginnen sie gegenüber den Schülern anderer Schulen vorauszueilen in bezug auf eine gewisse Leichtigkeit, in etwas einzudringen, auch in bezug darauf, geschickt etwas aufzunehmen und so weiter.

Nun entsteht eine große Schwierigkeit. Es ist merkwürdig, wenn irgendwo ein Licht ist, dann werfen die Gegenstände Schatten; bei einem schwachen Licht sind schwache, bei einem starken Licht starke Schatten. Und so stellt sich in bezug auf gewisse seelische Eigenschaften das Folgende heraus. Wenn nicht ganz sorgfältig darauf geachtet wird, daß die Lehrer in jeder Weise den Kontakt mit den Schülern haben, so daß die Lehrer wirklich die Vorbilder sind und die Kinder sich wirklich nach den Vorbildern richten, dann können sehr leicht moralische Abirrungen als die Gegenbilder eines mangelnden Kontaktes vorkommen. Darüber darf man sich keinerlei Illusionen hingeben. Das ist so. Des-

halb kommt so viel darauf an, daß wirklich ein volles Zusammenwachsen der Lehrerindividualitäten und der Schülerindividualitäten sich entwickelt, so daß durch diesen starken inneren Anschluß der Kinder an die Lehrer dem Fortentwickeln auf der einen Seite auch das Fortentwickeln auf der andern Seite voll entspricht.

Steiner kommt dann im weiteren Verlauf des Vortrages auf Fragen der Stundenplangestaltung zu sprechen (vergl. S. 121ff.), um dann mit nachahmenswerter Offenheit auch über die Schwierigkeiten im Schulalltag zu berichten:

In dieser Beziehung kann man es schon erleben, ich will sagen, daß es auch Lehrer in der Waldorfschule gibt, die nicht genügen; die will ich nicht schildern, es kann einmal eine Verstimmung eintreten – aber man kann es schon erleben, wenn man in eine Klasse kommt: ein Viertel der Klasse liegt unter den Bänken, ein Viertel ist oben, die andern laufen fortwährend zur Tür heraus und klopfen draußen herum. Das sind Dinge, durch die man sich nicht verblüffen lassen darf. Sie kommen ja auch wieder anders, wenn man mit den Kindern umzugehen weiß. – Man soll durchaus den Kindern lassen, was in ihnen beweglich ist und soll nicht auf eine strafende Weise, sondern auf eine andere Weise mit ihnen zurechtkommen. Kommandiert wird überhaupt nicht bei uns, sondern es entwickelt sich alles bei uns von selber. Aber es entwickelt sich dadurch von selber, daß in den Lehrern das drinnensteckt, was ich geschildert habe – drinnensteckt als ihr Leben. Gewiß, die Kinder machen manchmal schauderhaften Spektakel; aber daran zeigt sich ja nur ihre Vitalität. Sie sind dann auch wieder regsam bei dem, was sie machen sollen, wenn man das Interesse dafür zu erregen weiß. Und es muß schon so sein, bei einem sogenannten guten Kinde muß man die guten Eigenschaften benutzen, damit es etwas lerne und bei einem Nichtsnutz muß man sogar die nichtsnutzigen Eigenschaften benutzen, damit er weiterkommt. Doch man kommt nicht dadurch weiter, daß man nur die braven Eigenschaften entwickeln kann. Man muß zuweilen die sogenannten nichtsnutzigen Eigenschaften entwickeln; nur muß man imstande sein, ihnen die Richtung zu geben. Denn in diesen sogenannten nichtsnutzigen Eigenschaften des Kindes liegt sehr häufig gerade das, was die Kraft des erwachsenen Menschen bedeutet, was im erwachsenen Menschen in das äußerste Gute ausgehen kann, wenn man es richtig behandelt.

Und so hat man auch wiederum zu unterscheiden, ob ein Kind einem wenig Mühe macht, weil es brav ist, oder ob es einem weniger Mühe macht, weil es krank ist. Man kann sehr leicht, wenn man nur auf seine Bequemlichkeit bedacht ist, über das kranke Kind, das still dasitzt und nicht ausartet, ebenso erfreut sein wie über das gute Kind, weil man nichts mit ihm zu tun hat. Schaut man aber wirklich hinein in die Menschennatur, so hat man mit einem solchen Kinde oft viel mehr zu tun als mit einem sogenannten Nichtsnutz. Also auch da ist es der psychologische Blick und die psychologische Handhabung, natürlich geistig-seelisch gemeint, auf die es ankommt.

Dann handelt es sich darum, daß in der Waldorfschule das Wesentliche des Unterrichtens in die Schule selber gelegt wird. Die die Kinder überlastenden Hausarbeiten werden nur in der allergeringsten Menge an die Kinder verabreicht. Die Kinder bekommen dann, wenn alles mit den Lehrern gemeinschaftlich erarbeitet wird, ganz merkwürdige Ansichten. So kommt in der Waldorfschule zum Beispiel folgendes vor, es ist das etwas ganz Charakteristisches: Es haben wirklich einige Schüler etwas «ausgefressen». In einem Noch-nicht-ganz-Durchdrungensein mit der Waldorfschul-Pädagogik will der Lehrer in einer «geistreichen» Weise diese Kinder bestrafen. Er sagt: Ihr müßt nach der Schule zurückbleiben, müßt Rechnungen machen! – Die Kinder können gar nicht begreifen, daß Rechnungen machen eine Strafe sein soll; denn das ist etwas, was sie mit der größten Freude machen. Und die ganze Klasse – das ist vorgekommen – fragt: Können wir nicht auch dableiben? – Nun haben Sie also «gestraft»! Man sieht, die Anschauungen ändern sich ganz, und es ist das ja etwas, was nicht sein sollte, daß man sich als Kind dadurch bestraft fühlen soll, daß man etwas machen soll, was man eigentlich mit Hingebung, mit Befriedigung und Freude macht. Alles mögliche finden unsere Lehrer heraus, Schlimmes auszutreiben. Unserem Dr. Stein, der auf diesem Gebiete erfinderisch ist, passierte es zum Beispiel einmal, als er in einer höheren Klasse unterrichtete, daß sich die Kinder während des Unterrichtes Briefe schrieben und sie sich herumgaben. Was tut er, um die Sache zu bessern? Er fängt an, vom Postwesen zu sprechen und erörtert das Postwesen in einer Weise, daß tatsächlich das Briefschreiben nach und nach aufhörte. Scheinbar hatte die Schilderung des Postwesens, die Geschichte des Entstehens des Korrespondierens nichts zu tun mit der von dem Lehrer bemerkten Unart, und dennoch hatte es etwas damit zu tun.[5]

---

[5] Rudolf Steiner, *Der pädagogische Wert der Menschenerkenntnis und der Kulturwert der Pädagogik*, GA 310, Dornach [4]1989, Vortrag vom 21. Juli 1924.

Diese Ausführungen seien ergänzt durch Darstellungen, die Rudolf Steiner im August 1923 in Ilkley/England im Zusammenhang mit Vorträgen über «Gegenwärtiges Geistesleben und Erziehung» gab.

Unsere Waldorfschule wurde einmal besucht von einem Herrn, der mit seinem Denken ganz im Unterrichtswesen, im Erziehungswesen drinnen stand. Ich versuchte, ihm den ganzen Geist, aus dem in der Waldorfschule gewirkt wird, auseinanderzusetzen, und als er eine Weile sich das angehört und angesehen hatte, sagte er: Ja, aber dann müßten ja die Lehrer viel von Medizin verstehen! – Er betrachtete es von vornherein als eine Unmöglichkeit, daß die Lehrer so viel von Medizin verstehen könnten, als für den Geist eines solchen Unterrichts nötig ist. Ich sagte zu ihm: Wenn das eben aus der Natur des Menschen hervorgeht, so muß so viel medizinischer Unterricht, als für die Schule eben nötig ist, den Gegenstand jeder Lehrerseminarbildung bilden. – Das ist ganz zweifellos, wir dürfen niemals sagen, wir überlassen dasjenige, was sich auf die Gesundheit bezieht, dem Schularzte.

Ich betrachte es als ein ganz besonderes Glück der Waldorfschule, daß wir den eigentlichen Schularzt im Lehrerkollegium selber drinnen haben, daß er mit im Lehrerkollegium ist. Dr. Kolisko, der das Gesundheitliche fachmännisch betreibt, ist Arzt und steht im Lehrerkollegium zugleich lehrend darinnen. So daß in dieser Beziehung alles dasjenige, was sich auf das Körperliche der Kinder bezieht, in völligem Einklange mit allem Unterrichten und Erziehen betrieben werden kann.

Und das ist zum Schluß dasjenige, was notwendig ist: es muß in unsere Lehrerbildung eine Entwickelung hineinkommen, die aufnimmt, was sich auf Gesundheit und Krankheit des Kindes bezieht. Ein Lehrer bemerkt – ich will ein Beispiel anführen –, daß ein Kind immer mehr und mehr blaß wird. Ein anderes Kind verändert seine Farbe dadurch, daß es auffallend gerötet wird. Man bemerkt dann, wenn man richtig beobachtet, daß das gerötete Kind zugleich unruhig, jähzornig wird. Man muß eine solche Erscheinung in der richtigen Weise auf das Geistig-Seelische beziehen können. Man muß wissen, daß das Blaßwerden in abnormer Weise, wenn es sich auch nur in der Tendenz zeigt, von einer zu starken Berücksichtigung des Gedächtnisses herkommt. Das Gedächtnis beim blaßgewordenen Kinde ist zu stark belastet worden. Man muß also Einhalt tun gerade mit der Gedächtnisbelastung. Bei dem geröteten Kinde hat man das Gedächtnis zu wenig in Anspruch genommen. Da muß man dafür sorgen, daß es die Aufgabe bekommt, das oder jenes als Gedächtnisstoff aufzunehmen und wiederum zu zeigen, daß es die Sache behalten hat. Wir müssen also ein Kind, das uns blaß wird, gedächtnismäßig entlasten; ein Kind, das uns gerötet wird, müssen wir gerade nach der Richtung des Gedächtnisses hin sich entfalten lassen.

Nur dadurch, daß wir in einer so eingehenden Weise Seelisch-Geistiges im Einklang mit dem Physischen behandeln können, kommen wir in der rechten Weise an den ganzen Menschen heran. So wird auch der Mensch in unserer Waldorfschule als werdender Mensch, als Kind, nach seinen geistig-seelisch-körperlichen Anlagen, insbesondere nach den Temperamentsanlagen, behandelt.

Wir setzen schon in der Schule die Kinder so, daß sie in der richtigen Weise untereinander ihr cholerisches, ihr sanguinisches, ihr melancholisches oder ihr phlegmatisches Temperament zur Wirkung kommen lassen. Wenn man die Choleriker zusammensetzt, dann schleifen sie sich am allerbesten aneinander ab; ebenso die Melancholiker. Nur muß man in der richtigen Weise diese Temperamente bei den Kindern beobachten können. Diese Temperamentsbehandlung geht dann wiederum bis tief in die körperliche Entwickelung hinein.

Man nehme an, man habe ein sanguinisches Kind, ein Kind, das unaufmerksam ist für dasjenige, was es aufnehmen soll, das dagegen jedem möglichen äußeren Eindruck sogleich hingegeben ist, aber ihn auch sehr schnell wiederum aus seiner Seele verschwinden läßt. Dieses sanguinische Kind können wir dadurch in der richtigen Weise behandeln, daß wir darauf sehen, daß seinen Speisen möglichst Zucker entzogen wird; natürlich nicht in einer ungesunden Weise, aber in dem Maße, in dem wir richtig die Speisen, die wir dem Kinde verabreichen, weniger zuckern, in dem Maße wird auch das Sanguinische zurückgehen und ein harmonischeres Temperament sich an die Stelle setzen.

Haben wir ein melancholisches Kind, ein Kind, das leicht brütet, dann ist das Umgekehrte notwendig: dann müssen wir mehr Süße den Speisen zusetzen.

Auf diese Weise wirkt man hinein bis in die physische Organisation der Leber. Denn je nachdem der Mensch mehr oder weniger Zuckergenuß hat, entwickelt sich die Lebertätigkeit ganz anders. Alles dasjenige, was man im Äußeren tut, wirkt bis tief in die physische Organisation des Menschen hinein.

In dieser Beziehung sehen wir in der Waldorfschule außerordentlich stark darauf, daß ein inniger Kontakt besteht zwischen der Lehrerschaft und den Eltern. Natürlich ist das immer je nach dem Verständnis der Eltern nur bis zu einem gewissen Grade zu erreichen, aber wir sehen darauf, daß es soweit als möglich gehen könne; so daß in der Tat die Eltern sich verständnisvoll an den betreffenden Klassenlehrer wenden, und dieser ihnen auch Auskünfte darüber geben kann, wie individuell, für das Kind angemessen, die Diät zu besorgen ist. Denn das ist etwas, was in derselben Weise wichtig ist wie das, was man im Klassenzimmer tut.

Sie können natürlich nicht einem Kinde, das keine Hände hat, Klavierspielen beibringen. Es handelt sich nicht darum, daß man in materialistischer Weise glaubt, der Körper tue alles. Aber der Körper muß da sein als das geeignete Werkzeug. Und ebenso wie man einem Kinde mit fehlenden Händen nicht das Klavierspiel beibringen kann, ebensowenig kann man einem Kinde, das eine viel zu rege Lebertätigkeit hat, dadurch daß man seelisch nun alles Mögliche tut, was eine abstrakte Pädagogik glaubt tun zu können, die Melancholie wegbringen. Regelt man dagegen in der Diät die Lebertätigkeit durch Versüßen der Speisen, so hat das Kind die Möglichkeit, sich dieses körperlichen Organes als eines rechten Werkzeuges zu bedienen. Dann helfen erst die seelisch-geistigen Anordnungen, die man trifft ...

Eine wirkliche Menschenerkenntnis zeigt uns das Folgende. Wenn man von geistigen Abnormitäten oder gar geistigen Erkrankungen spricht, so sagt man eigentlich etwas Unsinniges, obwohl ja für den Redegebrauch und für das gewöhnliche Leben selbstverständlich man kein Fanatiker und Pedant zu sein braucht, und solche Ausdrücke durchaus gebraucht werden können. Aber im Grunde genommen werden Geist und auch Seele des Menschen niemals krank, sondern krank ist immer nur dasjenige, was körperliche Grundlage ist und was vom Körper in die Seele dann hinüberspielt. Da man nun den Menschen, insoweit er im Erdendasein lebt, nur so behandeln kann, daß man dem Geistig-Seelischen durch den Körper beikommt, so handelt es sich vor allen Dingen darum, daß man weiß: für eine Behandlung sogenannter abnormer Kinder ist die Schwierigkeit diese, daß der Körper durch seine Abnormität die Unmöglichkeit bewirkt, der Seele und dem Geiste beizukommen.

Sobald wir beim Kinde über den körperlichen oder körperlich-seelischen Defekt hinauskommen, der im Körper liegt, und dem eigentlich Seelischen und Geistigen beikommen, ist in diesem Augenblick auch alles Nötige getan. So daß gerade auf diesem Gebiete immer mehr und mehr dahin gearbeitet werden muß, die feinen, intimen Eigenschaften und Kräfte des Körperlichen kennenzulernen.

Man wird, wenn man sieht, daß ein Kind nicht in normaler Weise begreift, Widerstand entgegensetzt den Verbindungen von Begriffen und Anschauungen, immer den Schluß zu ziehen haben, daß da irgend etwas im Nervensystem nicht in Ordnung ist, und man wird viel mehr erreichen durch die individuelle Behandlung in der Verlangsamung des Unterrichts oder in dem besonderen Anspornen der Willensfunktion oder dergleichen. Im einzelnen Falle ist gerade bei einem abnormen Kinde immer dasjenige, was man tun muß, ganz individuell zu gestalten, und man wird dadurch, daß man nun das Kind individuell behandelt, den Unterricht verlangsamt oder auch mehr Willensmäßiges hineinfügt, wirklich unsäglich Gutes bewirken können. Natürlich muß gerade bei einem solchen Kinde auf die körperliche Erziehung, auf die körperliche Pflege ein ganz besonderes Augenmerk gelenkt werden. Ich will an einem einfachen Beispiel das Prinzipielle einmal erörtern.

Man nehme an, ein Kind zeige sich ungeschickt in der Verbindung von Anschauungen. Man wird außerordentlich viel dadurch erreichen, daß man das Kind zum Beispiel solche Körperübungen machen läßt, die dann den eigenen Körper, das ganze menschliche organische System von der Seele aus in zusammenhängende Bewegung bringen: Greife mit dem dritten Finger deiner rechten Hand das linke Ohrläppchen an! Und man lasse solch eine Übung das Kind schnell ausführen. Dann kann man wechseln dadurch, daß man sagt: Greife mit dem kleinen Finger deiner linken Hand die obere Seite deines Hauptes an! Man kann dann die erste Übung mit der zweiten schnell wechseln. Man lasse in einer solchen Weise den menschlichen Organismus in Bewegung bringen, daß das Kind schnell die Gedanken einfließen lassen muß in die eigenen Bewegungen des menschlichen Organismus. Dann macht man dadurch, daß man auf diese Weise das Nervensystem geschickter macht, das Nervensystem in der richtigen Weise zu einer guten Grundlage auch für dasjenige, was das Kind dann für die Verbindung oder Trennung von Anschauungen, Begriffen aufbringen soll.

In dieser Beziehung macht man die wirklich wunderbarsten Erfahrungen darüber, in welcher Weise aus der Pflege des Körperlichen heraus das Geistige gehoben werden kann. Nehmen wir zum Beispiel an, ein Kind zeige einem den Fehler, daß es immer wieder und wiederum auf bestimmte Dinge zurückkommt. Das merkt man ja als eine besondere seelische Schwäche; wie man es nennt, sehr leicht. Das Kind kann nicht anders als bestimmte Worte wiederholen, auf bestimmte Begriffe, Anschauungen immer wieder zurückkommen. Die setzen sich fest in seinem Wesen, das Kind kommt nicht davon los. Man schaue dieses Kind an – natürlich sind die Dinge individuell, deshalb ist eine wirkliche Menschenerkenntnis, die individualisieren kann, so notwendig –, es wird in der Regel nicht so stark mit den Zehen, mit dem vorderen Fuß auftreten, sondern zu stark mit der Ferse auftreten. Man lasse nun das Kind solche Bewegungen möglichst so machen, daß das Kind bei jedem Schritte zuerst achtgeben muß, und dieses sich erst ganz langsam in Gewohnheit umwandelt, dann wird man sehen, daß das Kind, wenn es nicht schon zu spät ist – in der Regel ist aber für solche Dinge gerade zwischen dem siebenten und zwölften Jahre außerordentlich viel zu erreichen –, sich gerade in bezug auf solche seelischen Defekte außerordentlich bessert. Man muß nur eben eine Erkenntnis davon haben, wie, sagen wir, eine Bewegung der Finger der rechten Hand wirkt auf den Sprachorganismus, wie eine Bewegung der Finger der linken Hand wirkt auf dasjenige, was vom Denken aus dem Sprachorganismus zu Hilfe kommen kann. Man muß wissen, wie das Auftreten mit den Zehen, das Auftreten mit der Ferse, auf Sprache, auf Denkfähigkeit, namentlich auch auf Willensfähigkeit zurückwirkt. In dieser Beziehung ist ja auch die eurythmische Kunst, indem sie aus dem Normalen heraus gestaltet, für das Abnorme außerordentlich lehrreich, und man bildet dann die eurythmischen Bewegungen – die zunächst für den normalen Menschen selbstverständlich ins Künstlerische hinübergebildet sind – zu therapeutischen Bewegungen um. Die werden herausgeholt aus dem menschlichen Organismus, so daß dadurch angeregt wird vom Körperlichen aus die während der Wachstumsperiode immer noch anzuregende geistig-seelische Fähigkeit. Es ist schon gerade dann so hervorstechend, wie man vor allen Dingen Geist, Seele, Leib im Einklange miteinander beobachten können muß, wenn man es mit der abnormen Seite der Schüler oder Schülerinnen in irgendeinem Teil der Schule zu tun hat.[6]

Wiederholt spricht Rudolf Steiner über die Konferenz der Waldorfschule als dem Herzorgan im Schulorganismus. Sie sollte nicht nur der Ort sein, wo administrative Dinge verhandelt werden, Änderungen des Stundenplans, Verwaltungsmäßiges oder Disziplinarfragen. Vielmehr sollte hier der Ort sein, wo man einerseits von den Kindern lernt, indem man ihre Einseitigkeiten, ja insbesondere auch Entwicklungsprobleme, pathologische Erscheinungen schildert und bearbeitet, um das daran Erkannte und pädagogisch Wertvolle für die Arbeit in der Klasse nutzbar zu machen. Sie sollte aber auch der Ort sein, wo die Lehrer untereinander sich offen und frei über ihre Sorgen, ja auch über ihre Mißerfolge aussprechen können und einander helfen, aus ihren eigenen Fehlern und Einseitigkeiten ebenfalls zum Wohl des Ganzen zu lernen. Praktische pädagogische Forschung sollte hier Woche für Woche stattfinden, wenn die Lehrer zusammen mit dem Schularzt, der Heileurythmistin und dem Förderlehrer zusammentreffen. Dieses Anliegen faßt Rudolf Steiner in seinem Oxforder Vortrag vom 23. Februar 1922 folgendermaßen zusammen:

Daher kann es sich auch nicht darum handeln, aus irgendeinem gescheiten Einfall im Kopfe die Schule nun zu konstruieren – denn eine Konstruktion, nicht eine Organisation würde entstehen –, sondern es kann sich nur darum handeln, dasjenige, was man schon als einen Organismus hat, wirklich von Woche zu Woche zu studieren. Und da ergeben sich in der Tat für denjenigen, der nun Menschenbeobachtung, das heißt auch Kinderbeobachtung hat, die konkretesten Erziehungsmaßregeln von Monat zu Monat. So wie schließlich auch der

---

[6] Rudolf Steiner, *Gegenwärtiges Geistesleben und Erziehung*, GA 307, Dornach [5]1986, Vortrag vom 16. August 1923.

Arzt, wenn er einen Menschen vor sich hat, nicht bei der ersten Untersuchung gleich sagen kann, was alles geschehen soll, sondern erst nach und nach den Menschen studieren muß, weil der Mensch ein Organismus ist, so handelt es sich also auch darum, daß man einen solchen Organismus, wie es die Schule ist, aber noch mehr fortwährend studiert. Denn es kann zum Beispiel sein, daß man durch die besondere Art von Lehrerschaft und Kinderschaft, die man, sagen wir, im Jahre 1920 vor sich hat, ganz anders vorgehen muß als bei der Lehrerschaft und Schülerschaft, die man im Jahre 1924 vor sich hat, weil unter Umständen die Lehrerschaft eine andere sein kann durch Zuwachs, und die Kinderschaft wird schon ganz gewiß eine andere sein. Demgegenüber könnten Paragraph 1 bis Paragraph 12 so schön wie möglich sein, aber sie taugten nichts; es taugt nur das, was man wirklich durch die Beobachtung eines jeden Tages aus der Klasse heransträgt.

Und deshalb ist das Herz der Waldorfschule, wenn ich von ihrer Organisation spreche, die Lehrerkonferenz, es sind die Lehrerkonferenzen, die von Zeit zu Zeit immer abgehalten werden. Wenn ich selbst in Stuttgart sein kann, geschieht sie unter meiner Leitung, sonst aber finden diese Lehrerkonferenzen auch in verhältnismäßig sehr kurzen Zwischenräumen statt. Da wird wirklich bis ins Einzelnste hinein alles vor der gesamten Lehrerschaft verhandelt über die gesamte Schule, was der einzelne Lehrer in seiner Klasse an Erfahrungen machen kann. So daß fortwährend diese Lehrerkonferenzen die Tendenz haben, die Schule so als einen ganzen Organismus zu gestalten, wie der menschliche Leib ein Organismus ist dadurch, daß er ein Herz hat. Da handelt es sich allerdings bei diesen Lehrerkonferenzen viel weniger um abstrakte Grundsätze, sondern überall bei den Lehrern um den guten Willen zum Zusammenleben, um das Hintanhalten jeder Art von Rivalität. Und vor allen Dingen handelt es sich darum, daß man etwas, was dem anderen nützt, nur vorbringen kann, wenn man die entsprechende Liebe zu jedem einzelnen Kinde hat. Aber ich meine dabei nicht jene Liebe, von der man oft spricht, sondern jene Liebe, die man gerade als artistischer Lehrer hat.

Diese Liebe, die hat noch eine andere Nuance als die gewöhnliche Liebe. Es ist ja wiederum eine andere Nuance, aber dennoch, wer mit kranken Menschen als Menschen innig Mitleid haben kann, hat zunächst die allgemeine Menschenliebe. Aber um einen Kranken zu behandeln, muß man auch – bitte, mißverstehen Sie das nicht, aber es ist so – die Liebe zur Krankheit haben können. Man muß auch sprechen können von einer schönen Krankheit. Die ist natürlich sehr schlimm für den Patienten, aber sie ist für denjenigen, der sie behandeln muß, eine schöne Krankheit. Eine prachtvolle Krankheit kann sie unter Umständen sein. Sie mag sehr schlimm sein für den Patienten, sie ist aber für den, der sich hineinversetzen muß, der sie mit Liebe behandeln können muß, eine prachtvolle Krankheit. Und so ist auch ein völlig nichtsnutziger Knabe, ein Strick, wie man im Deutschen sagt, der ist unter Umständen durch die Art, wie er sein Stricktum auslebt, wie er schlimm ist, wie er nichtsnutzig ist, zuweilen so außerordentlich interessant, daß man ihn außerordentlich lieben kann. Zum Beispiel, wir haben einen sehr interessanten Fall in der Waldorfschule, einen Jungen, der sehr abnorm ist. Er saß von Anfang an in der Waldorfschule, er kam gleich in die erste Klasse. Er hatte die Eigentümlichkeit, daß, wenn sich der Lehrer umdrehte, so lief er auf den Lehrer zu und gab ihm einen Schlag. Der Lehrer behandelte mit einer außerordentlichen Liebe und mit einem außerordentlichen Interesse diesen Nichtsnutz. Er streichelte ihn, führte ihn an seinen Platz zurück, tat gar nicht, als ob er es bemerkt hätte, daß der ihm hinten einen Schlag gegeben hatte. Dieser Knabe kann nur dadurch behandelt werden, daß man seine ganze Genesis ins Auge faßt. Man muß kennen, aus welchem elterlichen Milieu er herausgewachsen ist und muß seine Pathologie kennen. Aber dann kommt man auch mit ihm trotz seiner Nichtsnutzigkeit vorwärts, wenn man gerade diese Art von Nichtsnutzigkeit lieben kann. Es hat etwas Liebenswürdiges, wenn jemand ganz besonders stark nichtsnutzig ist.

Das ist also für den Erzieher ganz anders, als es ist für denjenigen, der mehr von außen die Dinge betrachtet. Und so handelt es sich wirklich darum, daß man diese besondere Liebe entwickle, von der ich jetzt gesprochen habe. Dann weiß man auch in der Lehrerkonferenz etwas Entsprechendes zu sagen. Denn nichts ist nützlicher für die Maßnahmen, die man bei gesunden Kindern zu ergreifen hat, als dasjenige, was man bei abnormen Kindern beobachten kann.

Sehen Sie, gesunde Kinder sind verhältnismäßig schwer zu studieren, weil bei ihnen alle Eigenschaften verwaschen sind. Man kommt nicht so leicht darauf, wie die einzelne Eigenschaft da drinnen sitzt, und wie sie sich mit der anderen zusammenschließt. Bei einem kranken Kinde, wo ein Eigenschaftskomplex vorliegt, da kommt man sehr bald darauf, den besonderen Eigenschaftskomplex auch pathologisch zu behandeln. Das kann man dann anwenden bei gesunden Kindern.[7]

Im folgenden seien noch einige exemplarische Kinderbesprechungen aus den Lehrerkonferenzen mit Rudolf Steiner wiedergegeben:

---

[7] Rudolf Steiner, *Die geistig-seelischen Grundkräfte der Erziehungskunst,* GA 305, Dornach ^{3}1991, Vortrag vom 23. August 1922.

Dr. Steiner: ... Da war der eine junge T. L. in der 6b, der mit der Schrift die Schwierigkeit hat, der einen Strich in den anderen hineinmacht. Bei solchen Dingen, wo im zentralen Nervensystem vorliegt eine leichte Neigung zu nicht herauskommenden Krämpfen, die vielleicht sogar in späterem Lebensalter zu Schreibkrampf führen können, da müßte man versuchen, dem sehr früh entgegenzuarbeiten. Und bei diesem Buben, den sollte man Eurythmie machen lassen mit Hanteln; er müßte die Bewegung mit Hanteln machen. Sie brauchen vielleicht nicht besonders schwer zu sein, aber er soll Eurythmie mit Hanteln machen. Sie werden bemerken, daß dadurch die Schrift sich korrigiert. – Man könnte auch noch andere Dinge machen. Man könnte versuchen, ihm eine andere Federrichtung zu geben. Es gibt solche Federn – ich weiß nicht, ob es sie nach dem Kriege noch gibt –, die im Winkel angesetzt sind an den Federstiel. Da ist es notwendig, daß ein solcher Bub sich erst gewöhnt an die andere Einstellung. Das hilft ihm auch, wenn er Bewußtsein in die Fingerhaltung hineinbringt. – Dann hat er zu stark konvergierende Augenachsen; man müßte ihn veranlassen, die Augen etwas weiter vom Papier zu halten, damit die Augenachsen sich weniger konvergierend einstellen. Man müßte abwarten, wie sich die Schrift unter Einfluß dieser mehr organischen Mittel ändert. Wenn man es beobachtet, daß er sich Mühe gibt, daß er irgend etwas ordentlich schreibt, dann kann man ihn lenken, dann kann sein bewußter Wille eingreifen ...

X.: Er kann sich nicht konzentrieren.

Dr. Steiner: Bei ihm würde man, sobald man sich vom Standpunkt der Pathologie mit den Kindern beschäftigen kann, etwas erreichen, wenn man ihm ein paar Schröpfköpfe setzen würde. Das würde einmal zur Pädagogik gehören. Jetzt würden wir furchtbaren Anstoß erregen.

Sie würden auch einiges mit ihm erreichen, wenn Sie ihn gewöhnen würden, ganz scharf irgend etwas mit Konsequenz vom Anfang bis zum Ende durchzuführen. Wenn er bei einer solchen Geschichte etwas ausfrißt, müßte er es niederschreiben. Irgendwie muß man bei ihm in reinlicher Weise die Sache durchführen bis zur letzten Konsequenz. Man kann sehr viel erreichen, wenn man ihn eine Sache machen läßt, bis er sie reinlich durchgeführt hat. Er leidet vor allen Dingen an einer zu starken inneren Regsamkeit des Blutes. Es ist eine furchtbare Spannung in ihm, und er ist, was ich nennen möchte einen physischen Renommisten. Er will renommieren. Sein Körper renommiert. Das würde durch eine Behandlung des Blutes wesentlich geändert werden.

Bei manchen könnte man sehr viel machen, sobald man die Sache an einem richtigen Ende packt. Ich werde in jeder Klasse ein paar heraussuchen, die kör-

perlich behandelt werden müßten. Bei K.R. ist es entschieden so, daß er richtig behandelt werden müßte. Er müßte behandelt werden auf eine gewisse Diät, auf Dinge, die ich gesagt habe.

Diese Institution des Schularztes müßte man einrichten und so gestalten, daß es akzeptiert werden könnte von der öffentlichen Meinung. Man sollte eine besondere Institution des Schularztes schaffen …

X.: Darf ich fragen, ob Sie sich des Jungen D.R. erinnern?

Dr. Steiner: Der Junge ist physisch klein geblieben. Er sieht sehr neugierig aus. Ich glaube, der Junge braucht, daß er die Sicherheit hat, daß er öfter erleben würde, daß man ihn gerne hat. Zuhause wird er wenig Liebe erfahren. Die Mutter mag gescheit herumreden. Man sollte ihm in der Schule etwas Liebe geben. Man sollte ihn öfter anreden und Ähnliches, was einem schwer wird, weil er einen unsympathischen Eindruck macht. Man sollte ihn öfter anreden, ihn über dies oder jenes fragen. Es macht ganz den Eindruck, daß er nach dieser Richtung hin angefaßt werden müßte. Der Junge ist nur etwas vereist.[8]

---

[8] Rudolf Steiner, *Konferenzen mit den Lehrern der Freien Waldorfschule in Stuttgart*, GA 300a, Dornach 1975, Konferenz vom 16. Januar 1921.

Die hier wiedergegebenen Darstellungen einer pädagogisch-konstitutionellen Kindertypologie finden sich in dem Band *Das Schulkind – gemeinsame Aufgaben von Arzt und Lehrer*[9] mit Erläuterungen und Hinweisen versehen. In diesem Zusammenhang sollen die Originalschilderungen Steiners aus der Lehrerkonferenz und den pädagogischen Vorträgen angeführt werden. Sie zeigen beispielhaft, wie Steiner wesentliche Eigenschaften und einseitige Begabungen der Kinder in einem größeren konstitutionellen Zusammenhang erscheinen läßt, wodurch sich unmittelbare Ansatzpunkte für eine pädagogische Behandlung ergeben.

Das «großköpfige» und das «kleinköpfige» Kind

Dr. Steiner: Wir wollen heute schulhygienische Fragen besprechen, wie es einmal mit Kolisko verabredet worden ist. Ich werde zwar bei diesem Beginn noch nicht auf Einzelheiten der Schülerbehandlung eingehen können, weil dazu notwendig ist, einiges Prinzipielle vorauszuschicken. Allein dies wird doch die Grundlage bilden können für ein weiteres Eingehen, das dann auch so geschehen müßte, daß man gewissermaßen typische Fälle herausgreifen würde, die vielleicht sogar dadurch sich ergeben könnten, daß Sie selbst dann einzelne Fragen stellen, die Sie wünschen behandelt zu sehen.

Vorerst möchte ich Sie aber darauf aufmerksam machen, daß ja unsere ganze Waldorfschul-Pädagogik einen therapeutischen Charakter trägt. Die ganze Unterrichts- und Erziehungsmethode selbst ist ja daraufhin orientiert, gesundend auf das Kind zu wirken. Das heißt, wenn man die pädagogische Kunst so einrichtet, daß in jeder Zeit der kindlichen Menschheitsentwickelung das Richtige getan wird, dann ist in der Erziehungskunst, in der pädagogischen Behandlung der Kinder etwas Gesundendes. Wird nämlich das Kind vor dem Zahnwechsel in der richtigen Weise zu einem nachahmenden Wesen gemacht, greift dann die Autorität in der richtigen Weise ein und bereitet die Urteilsbildung in entsprechender Weise vor, so wirkt das alles durchaus gesundend auf den kindlichen Organismus.

Was aber vor allen Dingen ganz besonders notwendig ist bei der Hinorientierung unseres ganzen Verhaltens in der Schule auf eine gewisse Hygiene, das ist, daß dem Lehrer selbst wie in Fleisch und Blut übergegangen ist die Dreiglie-

---

9 Michaela Glöckler (Hrsg.), Dornach ³1998.

derung des menschlichen Organismus. Der Lehrer soll gewissermaßen instinktiv bei jedem Kinde ein Gefühl davon haben, ob bei ihm eines der drei Glieder des menschlichen Organismus, das Nerven-Sinnessystem oder das rhythmische System oder das Stoffwechsel-Gliedmaßensystem in seiner Tätigkeit überwiegt, und ob man durch eine Anspornung eines der anderen Systeme etwas zum Ausgleichen eines schädlichen Überwiegens tun soll.

Betrachten wir deshalb einmal heute diesen dreigliedrigen Menschen auch nach dem Gesichtspunkt hin, der ganz besonders für den Lehrer und Erzieher wichtig ist. Wir haben das Nerven-Sinnessystem. Wir fassen es nur dann in der richtigen Weise auf, wenn wir uns dessen bewußt sind, daß eigentlich im Nerven-Sinnessystem eine Gesetzmäßigkeit herrscht, die nicht die physisch-chemische Gesetzmäßigkeit der irdischen Materialität ist, daß sich durch das Nerven-Sinnessystem der Mensch heraushebt aus der Gesetzmäßigkeit der irdischen Materialität. Das Nerven-Sinnessystem ist nämlich in seiner Formung ganz ein Ergebnis des vorirdischen Lebens. Der Mensch hat dasjenige Nerven-Sinnessystem, das er in Gemäßheit seines vorirdischen Lebens mitbekommen hat, so daß, weil eigentlich alle materielle Gesetzmäßigkeit des Nerven-Sinnessystems aus der irdischen Materialität herausgehoben ist, dieses Nerven-Sinnessystem auch geeignet ist, alle Tätigkeit, die sich auf das Seelisch-Geistige bezieht, in Abgesondertheit zu entwickeln.

Das genau Entgegengesetzte ist der Fall beim Gliedmaßen-Stoffwechselsystem. Das Gliedmaßen-Stoffwechselsystem ist von allen drei Systemen des Menschen am meisten darauf angewiesen, die äußeren materiellen Prozesse in sich fortzusetzen, so daß also, wenn man die Prozesse kennenlernt, die auf der Erde sich abspielen durch Physik und Chemie, so lernt man kennen, welche Prozesse sich in den Menschen hinein fortsetzen, insofern er ein Gliedmaßen-Stoffwechselsystem hat; man lernt aber gar nichts kennen über die Gesetze, die in seinem Nerven-Sinnessystem sind.

Das rhythmische System steht zwischen beiden darinnen und gleicht gewissermaßen schon naturgemäß die beiden Extreme aus.

Die Dinge sind aber so, daß sie bei jedem Menschen, und eigentlich am meisten bei den Kindern, individuell gestaltet sind. Es überwiegt die Tätigkeit des einen Systems immer die andere, und man muß zur Ausgleichung das Nötige tun. Dazu ist es notwendig, daß man eine Möglichkeit sich aneignet, aufmerksam zu sein, wie die Kinder sich äußern, so daß die Äußerung dann für einen gewissermaßen die Offenbarung wird, was man mit dem Kinde zu tun hat, um es völlig harmonisch gesund zu bekommen.

Und da handelt es sich darum, daß man zum Hygienischen in der Tat sich klarzumachen hat, daß zum Beispiel auf das Nerven-Sinnessystem in günstiger

Weise gewirkt werden kann, wenn man gerade die richtige Kochsalzmenge den Speisen beizubringen weiß, die die Kinder zu genießen haben. So daß also, wenn man bemerkt, ein Kind ist gewissermaßen leicht dazu geneigt, unaufmerksam zu sein, flüchtig hinwegzugehen über dasjenige, was man als Lehrer entwickelt vor dem Kinde – das Kind ist, man könnte auch sagen, zu sehr ein Sanguiniker oder ein Phlegmatiker –, dann wird man auf irgendeine Weise es bewirken müssen, daß das Kind die Bildekräfte angeregt bekommt, die es befähigen, stärker aufmerksam zu sein auf die Außenwelt, und das geschieht durch Beibringung des Salzigen.

Man wird nachgehen können, wenn man, sagen wir, Kinder hat in der Schule, die unaufmerksam sind, die Flüchtigkeit entwickeln, man wird nachgehen können und finden, daß dann der Organismus nicht in der richtigen Weise Salziges verarbeitet.

Es wird oftmals nicht hinreichen, wenn der Fall ganz besonders auffällig liegt, daß man den Rat gibt, in die Speisen soll Salz aufgenommen werden. Man wird bemerken, daß aus irgendeiner Unkenntnis oder Schlampigkeit heraus die Eltern die Speisen zu wenig salzen; da kann man mit Ratschlägen bei der Hand sein. Es kann aber auch sein, daß der Organismus als solcher die Salzaufnahme verweigert. In einem solchen Falle kommt man der richtigen Salzaufnahme zu Hilfe dadurch, daß man in einer entsprechend sehr verdünnten Dosierung Bleiverbindungen verwendet. Denn Blei ist dasjenige, was den menschlichen Organismus anregt, das Salzartige in der richtigen Weise zu verarbeiten, bis zu einer gewissen Grenze hin. Geht es über diese Grenze hinaus, so wird der Organismus natürlich krank davon. Es handelt sich darum, daß man es zur richtigen Grenze bringt, und man muß bemerken, daß ein Kind gewissermaßen, ich will sagen, die ersten Spuren einer gehirnrachitischen Anlage hat. Das haben viele Kinder. Dann merkt man, daß man den ganzen Heilungsprozeß in die Linie bringen muß, die ich jetzt eben angedeutet habe.

Nun besteht tatsächlich ein großer Mangel bei vielen Erziehungssystemen, daß man eben auf solche Dinge gar nicht achtet, daß man zum Beispiel schon das Äußere der Kinder gar nicht beachtet. Man wird sich vor eine Schule hinstellen können und wird bemerken können, man hat großköpfige Kinder und kleinköpfige Kinder vor sich. Die großköpfigen Kinder sind in der Regel diejenigen, die so behandelt werden müssen, wie ich es Ihnen dargelegt habe. Die Kleinköpfigen werden nicht so zu behandeln sein, sondern so, wie ich es Ihnen nachher sagen werde. An der besonders physisch großen Kopfausbildung zeigt sich also dasjenige, was ich jetzt an Mängeln durch Flüchtigkeit und durch zu starkes Phlegma angedeutet habe. Nun haben wir dann diejenigen Kinder, die, ich möchte sagen, die entgegengesetzte Anlage haben, deren Gliedmaßen-Stoff-

wechselsystem nicht stark genug in die Tätigkeit des ganzen Menschen eingreift. Ich möchte sagen, solche Kinder besorgen ja organisch ihren Stoffwechsel, aber sie dehnen dasjenige nicht genügend aus in ihr ganzes menschliches Wesen, was eben der Stoffwechsel für den ganzen menschlichen Organismus sein soll. Solche Kinder zeigen äußerlich der Beobachtung, daß sie gerne brüten, daß sie aber auch wiederum von äußeren Eindrücken zu stark irritiert werden, daß sie zu stark reagieren auf äußere Eindrücke. Solche Kinder werden in ihrem ganzen organischen System dadurch gebessert, daß man sorgt dafür, daß dieses organische System in der richtigen Weise seine Zuckermenge bekommt.

Bitte, studieren Sie nur einmal die Entwickelung der Kinder nach folgender Richtung hin. Es gibt Eltern, die überfüttern ihre Kinder, solange sie klein sind, mit allerlei Bonbons und so weiter. Diese Kinder werden, wenn sie zur Schule kommen, immer solche Kinder, die sich seelisch und geistig und damit auch körperlich nur mit sich selbst beschäftigen wollen; die da brütend werden, wenn sie nicht genug Süßigkeit in ihrem Organismus fühlen, die nervös, irritiert werden, wenn ihnen eben zuwenig Zucker zukommt. Da muß man aufmerksam sein, denn wenn solche Kinder dauernd zu wenig Zucker bekommen, so zerfällt allmählich der Organismus. Er wird brüchig, die Gewebe werden spröde, er verliert nach und nach sogar die Fähigkeit, den Zucker in den Nahrungsmitteln in der richtigen Weise zu verarbeiten. Man muß dann dafür sorgen, daß den Nahrungsmitteln in der richtigen Weise Zucker zugesetzt wird. Aber es kann auch so sein, daß der ganze Organismus gewissermaßen sich weigert, die Zuckerstoffe in der richtigen Weise zu verarbeiten. Da muß man dann wieder diesem Organismus zu Hilfe kommen dadurch, daß man Silber fein dosiert gibt.

Nun sehen Sie, für den Lehrer und Erzieher kann aber das ganze seelisch-geistige Leben des Kindes zu einer Art Symptomatik werden für die richtige oder unrichtige Organisation des Körpers. Wenn ein Kind zu wenig Anlage zeigt zum unterscheidenden Vorstellen, wenn es alles zusammenwirft im Vorstellen, wenn es nicht ordentlich unterscheiden kann, so ist das Nerven-Sinnessystem nicht in Ordnung. Man hat also an der Mühe, die man hat mit dem Kinde, um es zum Unterscheiden zu bringen, zugleich ein Symptom, daß das Nerven-Sinnessystem nicht in Ordnung ist, und man muß sich so verhalten, wie ich es Ihnen eben beschrieben habe.

Hat ein Kind zu wenig Fähigkeit zum synthetischen Vorstellen, zum konstruktiven Vorstellen, kann es sich nicht die Dinge verbildlichen, ist es namentlich in der Kunst eine Art kleiner Botokude, wie es ja bei den heutigen Kindern sehr häufig der Fall ist, dann ist das ein Symptom für das Nicht-in-Ordnung-Sein des Gliedmaßen-Stoffwechselsystems, und man muß nach der anderen, nach der zuckerigen Seite nachhelfen. Das ist überhaupt sehr wichtig, daß man auch in hygienisch-therapeutischer Beziehung darauf sieht, ob das unterscheidende Vorstellen oder das künstlerisch-synthetische Vorstellen beim Kinde fehlt.

Nun kommt dazu noch etwas anderes. Denken Sie sich, Sie haben ein Kind, dem dieses unterscheidende Vorstellen deutlich fehlt, das kann dann auch ein Zeichen dafür sein, daß das Kind seinen astralischen Leib und sein Ich zu sehr ablenkt von der Nerven-Sinnesorganisation, und man hat dann nötig, dafür zu sorgen, daß das Kind in irgendeiner Weise den Kopf abgekühlt bekommt, zum Beispiel daß das Kind am Morgen eine kühle Abwaschung bekommt.

Ist das andere der Fall, daß das Kind unkünstlerisch ist, daß das synthetische, konstruktive Vorstellungselement fehlt, daß es nicht warm empfindet bei dem, was man ihm beibringen will, dann will der astralische Leib nicht richtig eingreifen in den Stoffwechsel-Gliedmaßenorganismus, und dann muß man versuchen, dem dadurch abzuhelfen, daß man dafür sorgt, daß das Kind die Unterleibsorgane zur geeigneten Zeit richtig durchwärmt erhält.

Man darf solche Dinge nicht unterschätzen. Diese Dinge sind außerordentlich wichtig. Und man sollte zum Beispiel das wirklich nicht als eine Art Abirrung ins Materialistische ansehen, wenn ein Kind gar keine Anlage zum Beispiel zum Malen hat, oder keine Anlage zum Musikalischen zeigt, man sollte es nicht als eine Abirrung ins Materialistische ansehen, wenn man den Eltern rät, sie sollen dem Kinde zwei- bis dreimal in der Woche am Abend, so daß es in der Nacht das behält, einen warmen Bauchumschlag machen.

Sehen Sie, man hat heute eben zu stark eine Verachtung für die materiellen Maßnahmen, man überschätzt die abstrakt intellektuellen Maßnahmen. Aber man sollte diese falsche Ansicht von heute dadurch korrigieren, daß man sich vorhält, daß die göttlichen Mächte ihren Geist für die Erde dazu verwenden, alles auf materielle Weise zu erreichen. Die göttlich-geistigen Mächte lassen es im Sommer warm und im Winter kalt werden; das sind geistige Wirksamkeiten, die durch materielle Mittel von den göttlich-geistigen Mächten erreicht werden. Würden die Götter das durch Menschenerziehung erreichen sollen oder durch intellektuelle oder moralische Unterweisung, was sie mit dem Menschen dadurch erreichen, daß er im Sommer schwitzt und im Winter friert, so würde es falsch sein. Sie müssen also nicht unterschätzen das Einwirken durch materielle Mittel auf die Kinder. Solche Dinge muß man stets im Auge haben. Nun ist ein anderes Symptom für, ich möchte sagen, denselben organischen Fehler, daß beim Mangel an synthetischem Denken auftritt das Blaßwerden der Kinder. Die Kinder werden einem blaß in der Schule. Das Blaßwerden der Kinder ist in einer ähnlichen Weise zu behandeln wie der Umstand, daß der astralische Leib nicht in das Stoffwechsel-Gliedmaßensystem richtig hinein will. Und man wird durch dieselben Mittel erreichen, daß das Blaßwerden nachläßt, weil das Kind dadurch, daß man ihm, sagen wir, warme Bauchumschläge gibt, tatsächlich sein ganzes Stoffwechsel-Gliedmaßensystem in Schwung versetzt, so daß dann der ganze Stoffwechsel durch alle Systeme des Organismus hindurch in einer regeren Weise sich entwickelt.

Entwickelt er sich zu stark durch das System durch, so daß man nur eine Kleinigkeit notwendig hat bei einem Kinde, das dasitzt – man sagt nur etwas Weniges, das Kind bekommt gleich einen roten Kopf, ärgert sich furchtbar –, das ist genau ebenso zu behandeln, wie daß der Astralleib und das Ich nicht ordentlich in das Nerven-Sinnessystem hinein wollen, und man hat nötig dann, wie gesagt, kühle Abwaschungen des Kopfes am Morgen mit dem Kinde vornehmen zu lassen.

Es ist für den Lehrer und Erzieher eben in hohem Grade wichtig, daß er den Gesundheitszustand des Kindes in einem gewissen Sinne voraussieht und prophylaktisch wirken kann. Das ist natürlich weniger dankbar als das Heilen, wenn der Krankheitsprozeß da ist, aber es ist für das kindliche Alter das wesentlich Wichtigere.

Nun aber handelt es sich natürlich darum, daß man unter Umständen die Dinge, die man beim kindlichen Organismus gerade durch Anwendung eines Prozesses, der nach der oder jener Richtung hin heilend wirkt, daß man diesen wieder zurückdämmen muß. Sehen Sie, ich möchte sagen, wenn Sie ein Kind in der Weise, wie wir es angegeben haben, eine Zeitlang mit Blei behandeln, müssen Sie den Prozeß, der da im ganzen Organismus angerichtet wird, wieder vernarben. Haben Sie also ein Kind eine Zeitlang mit Blei behandelt, und haben Sie das erreicht, was Sie wollen, ist es gut, wenn Sie es dann kurz mit irgendwelchen Kupferverbindungen behandeln, damit kein Rest zurückbleibt von dem Prozeß, der durch das Blei hervorgerufen worden ist.

Haben Sie die Notwendigkeit gehabt, das Kind eine Zeitlang mit Silber zu behandeln, so behandeln Sie es hinterher, damit der Prozeß innerlich vernarbt, mit Eisen.

Nun möchte ich noch dieses sagen: Wenn man merkt, daß ein Kind gewissermaßen sich in seinem Organismus verliert, also nicht die gehörige innerliche Festigkeit hat, sagen wir zum Beispiel, das Kind leidet zu stark an Diarrhöe, oder das Kind ist ungeschickt in seiner Gliederbewegung, es schlenkert mit den Armen und Beinen, wenn es Dinge angreift, so läßt es sie wieder fallen, solche Dinge sind der erste Keim zu stark die Gesundheit irritierenden Prozessen im späteren Menschenleben. Man sollte nie darüber hinweggehen, wenn ein Kind häufiger Durchfall hat oder zu stark Wasser läßt, oder die Gegenstände so ungeschickt angreift, daß es sie wieder fallen läßt, oder überhaupt im Angrei-

fen der Gegenstände Ungeschicklichkeiten zeigt. Man sollte nie über eine solche Sache einfach hinweggehen. Der Lehrer sollte zum Beispiel immer ein scharfes Auge darauf haben – er wirkt dadurch, ich möchte sagen, als hygienischer Arzt –, er sollte ein scharfes Auge darauf haben, stets zu beobachten, wie das Kind geschickt oder ungeschickt seinen Griffel hält oder die Kreide hält, wenn es an der Tafel schreibt. Ich erwähne diese Dinge aus dem Grunde, weil man durch vorübergehendes Ermahnen in diesen Dingen nicht viel erreicht. Da kann nur derjenige wirken, der dauernd in einer Klasse seine Tätigkeit hat. Dagegen können Sie durch äußere therapeutische Mittel außerordentlich viel erreichen. Geben Sie dem Kinde dünn dosiert Phosphor in einem solchen Falle, so werden Sie sehen, daß es Ihnen verhältnismäßig leicht wird, dann mit Ermahnungen bezüglich Ungeschicklichkeiten, ja bezüglich der organischen Schwächen, die ich Ihnen geschildert habe, mit dem Kinde zurechtzukommen. Phosphor, oder wenn die Sache mehr innen sitzt, zum Beispiel, wenn das Kind, sagen wir, zu leicht Darmgase entwickelt, Schwefel. Wenn es mehr nach außen sichtbar wird, dann Phosphoriges. Raten Sie in einem solchen Falle den Eltern, dem Kinde in die Nahrungsmittel etwas hineinzugeben, was in farbig blühenden Pflanzenblüten drinnen seinen Sitz hat. Also radikal gesprochen, nehmen Sie zum Beispiel ein Kind, das stark bettnäßt, dann werden Sie gewiß in der therapeutischen Behandlung viel erreichen durch eine Phosphorkur, aber auch diätetisch geradezu dadurch, daß Sie raten, etwas schwachen Paprika oder Pfeffer den Speisen zuzusetzen, so lange es nötig ist. Man muß das erwägen an der Art und Weise, wie sich das Kind nachher gibt.

Es ist bei diesen Dingen aber wirklich notwendig, daß in der richtigen Weise das Lehrerkollegium zusammenwirkt. Wir sind ja in der glücklichen Verfassung, mit Herrn Dr. Kolisko ein ärztliches Mitglied des Lehrerkollegiums zu besitzen, und ohne sich mit ihm zu besprechen, sollen einzelne Indikationen nicht gemacht werden, weil schon eine gewisse Vorkenntnis in chemisch-physiologischen Dingen notwendig ist, wenn man zum richtigen Urteil kommen soll. Aber für jeden Lehrer ist es notwendig, ein Auge auszubilden für diese Dinge.

Bei solcher Gelegenheit aber, meine lieben Freunde, muß man doch immer wieder und wieder erwähnen, daß vor allen Dingen schon durch den Unterricht selber dafür gesorgt werden sollte, daß das Sinnes-Nervensystem auf der einen Seite und das Gliedmaßen-Stoffwechselsystem auf der anderen Seite sich in der richtigen Weise zueinander verhalten. Daß sie sich nicht in der richtigen Weise verhalten, zeigt sich durch jede Unregelmäßigkeit des rhythmischen Systems. Merkt man in der geringsten Weise beim Kinde eine Unregelmäßigkeit in der Atmung, eine Unregelmäßigkeit in der Zirkulation, so sollte man das sofort beachten, denn dieses System ist das organische Barometer für das unrichtige Zusammenwirken, ich möchte sagen, des Kopf- und des Gliedmaßen-Stoffwechselorganismus. Man sollte dann, wenn man so etwas bemerkt, erstens sich sofort fragen, was ist da nicht in Ordnung im Zusammenwirken der beiden Systeme; zweitens aber sollte man – ich will heute nicht eingehen auf einzelne Dinge, Hygienisches des Schulzimmers, davon wollen wir das nächste Mal reden; ich will heute nur etwas Prinzipielles sagen –, ebenso sollte man wirklich sich ganz klar darüber sein, daß man im Unterricht in der entsprechenden Weise abwechseln muß zwischen einem Element, das das Kind dazu bringt, an seine Peripherie, an seine Körperperipherie zu gehen, und dann wieder einem solchen, das es dazu bringt, in sich hineinzugehen.

Ein Lehrer in der Klasse, der zwei Stunden unterrichten kann, ohne daß er in diesen zwei Stunden die Kinder irgendwie zum Lachen bringt, ist ein schlechter Lehrer, weil er die Kinder niemals dazu veranlaßt, an die Oberfläche ihres Körpers zu gehen. Ein Lehrer, der es nicht dazu bringt, in leisester Weise wenigstens die Kinder zu rühren durch etwas, daß sie in sich gehen, ist auch ein schlechter Lehrer, denn es muß ein Abwechseln sein, extrem gesprochen, zwischen humorvoller Stimmung, indem die Kinder lachen, es braucht nicht zum Lachen zu kommen, sie müssen innerlich lustig sein – und tragischer, gerührter Stimmung, Weinen, sie brauchen nicht zu flennen, aber sie müssen in sich gehen. Das ist dasjenige, was notwendig ist, Stimmung hineinzubringen in den Unterricht. Das ist eine hygienische Maßregel, diese Möglichkeit, Stimmung hineinzubringen in den Unterricht.

Tragen Sie Ihre eigene Schwere, die in Ihrem Privatleben berechtigt sein mag, in den Unterricht hinein, so sollten Sie eigentlich lieber nicht Erzieher sein. Es ist durchaus nötig, daß man die Kinder auch an die Körperperipherie des Erlebens bringt. Wenn man es nicht anders kann, so versuche man wenigstens, am Ende der Stunde irgendeinen Schwank zu erzählen. Wenn man sie in der ganzen Stunde in der ernstesten Weise angestrengt hat, daß sie förmlich eine Art von Hautkrampf in ihrem Gesicht bekommen haben vor Anstrengung ihres Gehirns, so erzählt man ihnen wenigstens am Schluß irgendeine Schnurre; das ist etwas, was durchaus notwendig ist.[10]

[10] Rudolf Steiner, *Konferenzen mit den Lehrern der Freien Waldorfschule in Stuttgart*, GA 300b, Dornach 1975, Konferenz vom 6. Februar 1923.

Das «irdische» und das «kosmische» Kind

Es ist nun doch sehr wichtig, daß Sie zu alldem, was wir schon betrachtet haben über die Erkundung des Wesens des Kindes, auch das noch hinzufügen, daß Sie gewissermaßen anschauen am Kinde, ob die kosmische Organisation überwiegend ist, was durch eine plastische Durchgestaltung des Hauptes zum Vorschein kommt, oder ob die irdische Organisation besonders hervorragend ist, was durch ein plastisches Durchbilden des übrigen Menschen, namentlich des Gliedmaßenmenschen, zur Anschauung kommt. Und nun handelt es sich darum, daß wir dann beide Arten von Kindern, die kosmischen Kinder und die irdischen Kinder in der richtigen Weise behandeln.

Die irdischen Kinder: wir müssen uns klar darüber sein, daß bei ihnen viel von Vererbungskräften vorliegt, und die Vererbungskräfte den Gliedmaßen-Stoffwechselorganismus außerordentlich stark durchziehen. Wir werden bemerken, daß, wenn solche Kinder auch nicht in ihrem allgemeinen Temperament melancholisch sind, wir doch leicht, namentlich wenn wir uns mit solchen Kindern von einem gewissen Gesichtspunkt aus beschäftigen, wenn wir sie fragen, wenn wir sonst an sie herantreten, unter der Oberfläche des allgemeinen Temperaments eine Art melancholischen Nebenton finden. Dieser melancholische Nebenton rührt eben von dem Irdischen der Kinder her, von dem Irdischen der Wesenheit.

Ein Kind, bei dem wir dieses bemerken, werden wir gut behandeln, wenn wir versuchen, es sich hineinfinden zu lassen in solches Musikalische, welches vom melancholischen Mollartigen ausgeht und ins Durartige hineingeht, indem man das Melancholisch-Mollartige ins Durmäßige hineinführt oder im einzelnen musikalischen Stück selbst diesen Übergang an das Kind heranbringt. Es ist ein irdisches Kind gerade durch die Verrichtung zu vergeistigen, die den Körper in Anspruch nimmt beim Musikalisch-Eurythmischen. Wenn insbesondere ein allgemein sanguinisches Temperament vorhanden ist mit kleinen melancholischen Zügen, ist auch die Malerei etwas, was dem Kinde sehr leicht helfen kann. In jedem Fall müßten wir auch dann, wenn scheinbar ein solches Kind wenig Begabung zum Musikalisch-Eurythmischen zeigt, größte Sorgfalt verwenden, daß wir die gewiß schon vorhandene Anlage bei einem solchen Kind herausbringen.

Wenn wir ein Kind mit besonders deutlich ausgeprägter Kopforganisation haben, dann ist es wieder wichtig, daß wir die betrachtenden Gegenstände, Geschichte, Geographie, Literaturgeschichte an das Kind heranbringen, wir müssen dann aber insbesondere darauf Rücksicht nehmen, daß wir nicht bei dem bloß Kontemplativen bleiben, sondern – wie ich schon gestern in einem anderen Zusammenhang zeigte – übergehen zu einer solchen Darstellung, die Gemütszustände hervorruft, Spannungen, das Neugierigsein, das dann entspannt wird, befriedigt wird und so weiter.

Wir müssen gerade bei diesen Dingen uns wiederum angewöhnen, das Geistige mit dem Körperlichen im Einklang zu sehen. Es ist ja wirklich so, daß diese schöne griechische Vorstellung ganz verlorengegangen ist, die eigentlich das Körperlich-Leibliche mit dem Geistig-Seelischen voll im Einklang gesehen hat. Der Grieche hat eigentlich in dem Wirken des Kunstwerkes auf den Menschen immer etwas gesehen, was er auch leiblich betrachtet hat. Er sprach von der Krankheitskrisis, von der Katharsis, und er sprach so auch von der Wirkung des Kunstwerks, er sprach so auch in der Erziehung. Er verfolgte auch tatsächlich solche Vorgänge, wie wir sie gestern angedeutet haben, und wir müssen uns wiederum zurückfinden zu solchen Vorgängen, zu einem solchen Zusammendenken des Geistig-Seelischen mit dem Leiblich-Physischen.

Es ist wichtig, daß wir deshalb alle unsere temperamentvolle Grundlage zusammennehmen, um mit einem starken persönlichen Anteil den Kindern Geschichte beizubringen. Zur Objektivität hat das Kind noch Zeit genug im späteren Leben, die entwickelt sich schon im späteren Leben. Aber diese Objektivität schon in der Zeit anwenden, wo wir dem Kinde von Brutus und Cäsar zu sprechen haben, da objektiv sein wollen und nicht den Gegensatz, den Unterschied zwischen Brutus und Cäsar gefühlsmäßig gegenständlich machen, das ist ein schlechter Geschichtsunterricht. Man muß durchaus drinnenstehen, man muß nicht wild werden und toben, aber man muß einen leisen Anklang von Sympathie und Antipathie gegenüber dem Brutus und Cäsar offen darleben, indem man die Sache darstellt. Und das Kind muß angeregt werden mitzufühlen, was man ihm selber vorführt. Man muß mit wirklicher Empfindung vor allen Dingen die Geschichte, Geographie, Geologie und so weiter vortragen. Das letztere ist insbesonders interessant, wenn man Geologie vorträgt und tiefstes Mitgefühl für das unter der Erde befindliche Gestein hat. In dieser Beziehung könnte man jedem Pädagogen raten, Goethes Abhandlung über den Granit ja recht mitfühlend einmal durchzunehmen, um zu sehen, wie eine nicht bloß mit dem Vorstellungsleben, sondern mit dem ganzen Menschen in die Natur sich hineinversetzende Persönlichkeit mit dem Urvater, dem uralt-heiligen Granit, in ein menschliches Verhältnis kommt. Dann muß das natürlich auf anderes ausgedehnt werden.

Entwickeln wir es in uns selber, dann kommen wir schon dazu, das Kind mit teilnehmen zu lassen an diesen Dingen. Allerdings ist natürlich die Sache vielfach schwieriger, wir müssen uns abstrapazieren bei diesen Dingen; aber auf der anderen Seite wird nur dadurch wirkliches Leben in das Unterrichten und in das Erziehen hineingebracht. Und im Grunde genommen ist alles, was wir auf dem Umweg durch das Gefühl dem Kinde mitteilen, doch dasjenige, was seinem Innenleben Wachstum verleiht, währenddem dasjenige, was wir in bloßen Vorstellungen beibringen, tot ist, tot bleibt. Wir können ja durch Vorstellungen nichts als Spiegelbilder beibringen; wir arbeiten, indem wir ihm Vorstellungen beibringen, mit dem wertlosen Kopf des Menschen, der nur einen Wert hat in bezug auf die Vorzeit, in der er in der geistigen Welt war. Dasjenige, was im Blute liegt, was hier auf der Erde seine Bedeutung hat, das treffen wir, indem wir mit vollem Gefühl die Vorstellungen dem Kinde beibringen.[11]

Das «phantasiereiche» und das «phantasiearme» Kind

Nun handelt es sich darum, diese Dinge noch genauer anzuwenden. Wir haben in der Schule durcheinander Kinder, welche phantasiearm sind, und solche, welche etwas phantasiereicher sind. Wir brauchen dabei nicht gleich zu denken, daß nun die Hälfte der Schulkinder Dichter sind und die andere Hälfte keine Dichter sind. Man bemerkt das weniger an der eigentlichen Phantasietätigkeit als an der Entfaltung des Gedächtnisses. Das Gedächtnis ist ja sehr verwandt der Phantasietätigkeit. Denn wir haben Kinder – und wir sollten das beobachten –, welche die Bilder desjenigen, was sie erlebt, gehört haben, rasch vergessen; die Bilder verschwinden leicht. Und andere Kinder haben wir, bei denen bleiben die Bilder, bilden sich geradezu zu selbständiger Macht aus, und sie kommen ungewollt fortwährend herauf. Es ist gut, zu beobachten, daß es diese zwei Typen gibt. Selbstverständlich gibt es alle möglichen Übergänge. Wenn wir phantasiereiche Kinder vor uns haben, dann bedeutet das nichts anderes, als daß sie ein Gedächtnis haben, das so wirkt, daß die Dinge verwandelt heraufkommen. Aber viel häufiger ist es, daß sie nicht verwandelt heraufkommen, sondern als Reminiszenzen heraufkommen, so daß die Kinder also Gefangene sind desjenigen, was sie aufgenommen haben. Und dann gibt es solche, bei denen alles wiederum verschwindet.

Nun handelt es sich darum, daß wir diese Kindertypen in der entsprechenden Weise zu behandeln wissen. Wir haben ja wirklich die Möglichkeit, eine Kindergruppe in der mannigfaltigsten Weise zu beschäftigen, wenn wir uns eine Routine im besten Sinne des Wortes dafür aneignen, Routine im geistigen Sinn. Und da ist es gut, daß wir bei Kindern, die ein schlechtes Gedächtnis haben, die

---

[11] Rudolf Steiner, *Menschenerkenntnis und Unterrichtsgestaltung*, GA 302, Dornach [5]1986, Vortrag vom 13. Juni 1921.

also die Bilder nicht heraufkriegen, versuchen, daß sie beim Lesen mehr beobachten, daß sie mehr auf das Zuhören des Erzählten Wert legen, während wir bei solchen Kindern, von denen wir sehen, daß sie geradezu Gefangene der Vorstellungen sind, die sie aufgenommen haben, mehr auf das Schreiben, auf das Oben, auf das In-Bewegung-Kommen Rücksicht nehmen. Also, wir sollten geradezu versuchen, eine größere Kindergruppe so zu beschäftigen, daß wir der einen Hälfte, der phantasiearmen Hälfte, Gelegenheit geben, das Lesen und das Beobachten zu pflegen. – Natürlich nur mehr, die Dinge sind ja alle relativ. – Bei den phantasiereicheren Kindern sollten wir das Malen, das Schreiben besonders pflegen.

Das können wir dann noch weiter ausdehnen. So ist es von ganz besonderer Wichtigkeit, daß man folgendes zum Beispiel beobachtet – wir können uns die Dinge nur allmählich aneignen, weil wir vor dem ersten Jahr nicht alles haben durchnehmen können –: es ist gut, bei phantasiearmen Kindern, also bei denjenigen Kindern, die ihre Bilder nicht leicht heraufbringen, darnach zu trachten, eurythmische Übungen mehr im Stehen machen zu lassen, also vorzugsweise mit den Armen. Bei den phantasiereicheren, die geplagt werden von ihren Vorstellungen, wird es besonders günstig sein, wenn wir den ganzen Körper in Bewegung bringen durch Laufen, Schreiten, Gehen. Da können wir auch durchaus nachhelfen, und das ist außerordentlich wichtig, daß wir solche Dinge wirklich auch beachten. Es ist auch noch das zu sagen, daß besonders das Konsonantische zu üben sehr gut ist für die Kinder, die phlegmatischer sind in bezug auf das Heraufbringen von Vorstellungen, die also die Vorstellungen weniger stark heraufbringen. Und bei denen, die geplagt werden von ihren Vorstellungen, ist es gut, viel Vokalisierendes eurythmisch üben zu lassen. Man kann beobachten, daß beim Vokalisieren der Kinder in der Tat das Heraufgeholtwerden der Vorstellungen aus dem Organismus gerade beruhigt wird, während sie beim Konsonantisieren heraufgeholt werden; so daß man diejenigen, die phantasiearm sind, die also nicht geplagt werden von ihren Vorstellungen, die leicht vergessen, konsonantisch eurythmisieren läßt, die anderen, die geplagt werden von ihren Vorstellungen, vokalisierend eurythmisieren läßt. Wenn man solche Sachen beachtet, kann man viel hineinbringen in eine Kindergruppe.

Dann möchte ich noch erwähnen, daß es auch für das Musikalische sehr gut ist, wenn man sich eine Vorstellung davon verschafft, wie die Kinder eben nach dieser Richtung beschaffen sind, ob phantasiearm, phantasiereich – also mit dieser Übertragung aufs Gedächtnis. Man beschäftigt dann die Kinder, wenn sie phantasiearm sind, also ihre Vorstellungen schwer heraufbringen können, damit, mehr instrumental das Musikalische zu pflegen, während man die Kin-

der, die phantasiereich sind, also von ihren Vorstellungen leicht geplagt werden, auch im Extrem, mehr singend beschäftigt. Es wäre ja ein Ideal, wenn wir es schon so einrichten könnten – wir brauchten natürlich die nötigen Räumlichkeiten –, daß wir die Kinder gleichzeitig musizierend und singend beschäftigen könnten. Wenn dies Doppelte, das so ungeheuer auf die Kinder wirken könnte, das Anhören des Musikalischen und das Betätigen des Musikalischen, durcheinanderwirkt, so wirkt es ungeheuer harmonisierend. Und man könnte es vielleicht auch dahin bringen, daß man mit dem abwechselte. Das wäre im Unterricht außerordentlich bedeutsam, wenn man die eine Hälfte singen und die andere Hälfte zuhören lassen könnte, und dann wieder umgekehrt. Das ist etwas, was außerordentlich wünschenswert wäre, was gepflegt werden sollte. Denn beim Zuhören des Musikalischen ist es so, daß vor allen Dingen heilend, hygienisch eingewirkt wird auf dasjenige, was der Kopf tun soll an dem menschlichen Organismus; beim selber Singen wird auf alles dasjenige heilend eingewirkt, was der Körper an dem Kopf tun soll. So würden die Menschen viel gesünder werden, wenn man alles das tun könnte, was man im Unterricht tun sollte.

Wir sind uns eigentlich gar nicht stark genug bewußt, wie wir in der Menschheitsentwickelung zurückgekommen sind; die Menschen waren einmal so weit, daß sie gar nicht besonders haben unterrichten lassen. Da hat man nicht eingegriffen in die Freiheit des Menschen, so in die Freiheit eingegriffen, wie wir das tun. Wir fangen an mit 6 Jahren in die Freiheit des Menschen einzugreifen, und müssen, was wir eben gerade dadurch verbrechen, was wir an Freiheit zerstören, dadurch wieder ausbessern, daß wir in der richtigen Weise erziehen. Wir müssen uns klar sein darüber, daß das Wie des Unterrichtens von uns verbessert werden muß, weil wir sonst einem furchtbaren Zustand entgegengehen. Die Leute mögen noch so stark feststellen, wie hoch die Kultur gekommen ist, wie wenig Analphabeten es gibt und so weiter – sie sind doch bloß Abdrücke, Automaten von dem, was in der Schule zubereitet worden ist.[12]

[12] Rudolf Steiner, *Menschenerkenntnis und Unterrichtsgestaltung*, GA 302, Dornach [5]1986, Vortrag vom 15. Juni 1921.

Zur Behandlung der Linkshändigkeit

Die Behandlung der Linkshändigkeit ist an vielen Waldorfschulen ein immer wiederkehrendes wichtiges Thema. Jeder Schularzt sollte sich intensiv mit dieser Fragestellung auseinandersetzen. Als Grundlagenliteratur hierfür ist die Zusammenstellung der Hinweise Rudolf Steiners zu dieser Thematik zu empfehlen, die in dem Arbeitsheft für Heileurythmisten[13] veröffentlicht sind, sowie die Ausarbeitungen zu diesem Thema in *Das Schulkind*[14]. Eine Darstellung, die man Eltern zur Einführung in die Problematik empfehlen kann, findet sich in der *Kindersprechstunde*[15]. Zur Einführung in die neurophysiologischen Grundlagen der Hemisphärendominanz sei auf das Buch *Linkes/Rechtes Gehirn*[16] verwiesen.

Im Gegensatz zur heutigen Gepflogenheit, Kindern in allem «freie Hand» zu lassen, wird in den Waldorfschulen das Schreibenlernen mit der rechten Hand empfohlen. Denn das Erlernen des Schreibens mit der rechten Hand – ohne sonst den spontanen Gebrauch der Hände zu beeinflussen – ändert nichts an der Dominanz, führt aber zu einer Kräftigung der rechten Hand.

In den letzten Jahren hat Barbara Sattler durch ihre Veröffentlichungen zur Linkshändigkeit diese Vorgehensweise neu in Frage gestellt. Es werden in ihren Schriften[17] jedoch keine Argumente ins Feld geführt, die die hier empfohlene Handhabe grundsätzlich in Zweifel ziehen können. Handelt es sich doch an der Waldorfschule nicht darum, einen Linkshänder «umzustellen». Es ist dies das immer wiederkehrende Mißverständnis! Es handelt sich vielmehr einzig und allein darum, «im Schulmäßigen» das Kind an die rechte Hand zu gewöhnen, das heißt, das Schreiben und Formenzeichnen mit der rechten Hand zu erlernen. Dadurch wird mitnichten etwas an der Dominanz beziehungsweise Seitigkeit des Kindes geändert! Diese bleibt vollkommen erhalten und kann sogar mit Hilfe von heileurythmischen Übungen – für den Fall, daß eine gekreuzte

---

13 *Zur Linkshändigkeit,* Hrsg. Heileurythmie-Ausbildung Stuttgart, Heubergstraße 15, D-70188 Stuttgart.

14 Michaela Glöckler (Hrsg), *Das Schulkind – Gemeinsame Aufgabe von Arzt und Lehrer*, Dornach [3]1998.

15 Wolfgang Goebel/Michaela Glöckler, *Kindersprechstunde*, Stuttgart [13]1998, Kapitel «Zum Umgang mit der Linkshändigkeit».

16 Sally P. Springer/Georg Deutsch, *Linkes/Rechtes Gehirn,* Berlin/Oxford 1995 (englische Ausgabe: *Left Brain – Right Brain*).

17 Johanna Barbara Sattler, *Der umgeschulte Linkshänder,* Donauwörth 1996.

Dominanz vorliegt – und mit anderen Geschicklichkeitstrainings zu einer klaren Rechts- oder Linksseitigkeit ausgebildet werden. Ebensowenig wie sich beim Geige-spielenden Rechtshänder seine Seitendominanz ändert, wenn er virtuos mit den Fingern seiner linken Hand auf dem Griffbrett die Saiten abtastet, genausowenig ändert sich bei einem linksdominanten Kind die Seitigkeit, wenn es lernt, mit der rechten Hand zu schreiben. Die menschenkundliche Begründung, warum dies eine hilfreiche therapeutische Unterstützung der ganzen Körperkonstitution des Kindes ist, wenn es – als Linkshänder oder Linksseiter – das Schreiben mit der rechten Hand erlernt, findet sich in dem genannten Kapitel zur Linkshändigkeit aus der *Kindersprechstunde*.

Entscheidend ist jedoch, daß das Schreibenlernen mit der rechten Hand nur begonnen werden sollte, wenn von drei Seiten her Einigkeit herrscht: von seiten des Kindes, des Lehrers und der Eltern. Hier im Interesse des Kindes Motivationsarbeit zu leisten, ist eine edle schulärztliche Aufgabe! Kann diese Einigkeit nicht erzielt werden, so sollte dem Kind «freie Hand» gelassen werden.

In der Stuttgarter Lehrerkonferenz vom 25. Mai 1923 bemerkt Rudolf Steiner zu der Frage, «ob man Kindern die Linkshändigkeit abgewöhnen soll»:

In der Regel, ja! Man kann linkshändige Kinder in jungem Alter, etwa vor dem neunten Jahr, noch in allem Schulmäßigen an Rechtshändigkeit gewöhnen. Es würde nur richtig sein, das nicht zu machen, wenn es schädlich wirken könnte, was in wenig Fällen der Fall sein wird. Die Kinder sind keine Summe, sondern eine komplizierte Potenz …

Das Phänomen der Linkshändigkeit ist ein ausgesprochen karmisches Phänomen, und ist in bezug auf das Karma ein Phänomen der karmischen Schwäche. Wenn ich ein Beispiel nehmen soll: Ein Mensch, der im vorhergehenden Leben sich überarbeitet hat, so daß er sich übernommen hat, nicht nur physisch oder intellektuell in der Arbeit, sondern überhaupt geistig oder seelisch oder im Gemüt, und der dann dadurch in einem darauffolgenden Leben mit einer starken Schwäche kommt, der ist nicht imstande – der Teil des Menschen im neuen Leben, der aus dem Leben zwischen Tod und neuer Geburt stammt, ist besonders im unteren Menschen konzentriert; der aus dem vorigen Leben stammende mehr im Kopfteil –, diese karmische Schwäche, die jetzt im unteren Menschen ist, zu überwinden. Dadurch wird das, was sich sonst stark ausbildet, das wird schwach, und dafür werden als Ersatz das linke Bein und die linke Hand besonders engagiert und zur Hilfe genommen. Das Vorherrschen der linken Hand führt dazu, daß statt der linken jetzt die rechte Stirnwindung des Gehirns in der Sprache bemüht wird.

Gibt man dem zu sehr nach, so bleibt diese Schwäche vielleicht auch für das später folgende, also dritte Erdenleben zurück. Gibt man dem nicht nach, so gleicht sich die Schwäche aus.[18]

Ergänzung aus der Konferenz vom 18. Dezember 1923. Dr. Steiner:

Wenn ausgesprochene Linkshänder da sind, dann müßte man sich entscheiden ... Bei wirklichen Linkshändern erscheinen die Hände wie vertauscht; die linke Hand schaut wie eine rechte aus. Die linke Hand hat dann mehr Linien als die rechte.

Das könnte man vom Auge aus bekämpfen. Kinder, die richtige Linkshänder sind, läßt man ihren rechten Arm oben mit beiden Augen anschauen und läßt die Augenachsenkreuzung dann den Arm ganz hinunterwandern, daß sie bis zur rechten Hand langt, und dann wieder herauf. Dann läßt man den Arm ausstrecken. Dies dreimal wiederholen.[19]

Rudolf Steiner empfiehlt die Aktivierung der rechten Hand «in allem Schulmäßigen», das heißt für das Schreiben von Buchstaben und Zahlen, nicht jedoch für künstlerische, praktische und sonstige spontane Tätigkeiten. Es handelt sich also nicht um eine «Umstellung» von links auf rechts, sondern um das Erlernen der Fähigkeit des Schreibens mit der rechten Hand.

Um ein praktisches Beispiel aus dem schulärztlichen Alltag jüngster Zeit hier anzufügen, seien drei Verläufe wiedergegeben, die uns die Waldorflehrerin Maria Theresia Pehm dankenswerterweise zur Verfügung gestellt hat.

Maria Theresia Pehm

Aus der Praxis des Schreibenlernens mit der rechten Hand für Linkshänder

Erfahrungen aus den ersten zwei Schuljahren

Als gegen Ende des Schuljahres 1994 feststand, daß ich die nächste 1. Klasse übernehmen würde, und ich die Eltern «meiner» Kinder am ersten Elternabend kennenlernte, kam die Mutter von Tobias auf mich zu und sprach mich wegen der Linkshändigkeit ihres Sohnes an. Sofort spitzte ich die Ohren: Neun Jahre

---

[18] Rudolf Steiner, *Konferenzen mit den Lehrern der Freien Waldorfschule in Stuttgart*, GA 300c, Dornach 1975.

[19] Ebenda.

vorher hatte ich nämlich mit Patricia das Schreiben mit der rechten Hand erlernt. Es war ohne größere Schwierigkeiten gelungen, obwohl Patricia ein sehr eigenwilliges Geschöpf war.

Nun war ich also wieder herausgefordert, mich mit der Linkshändigkeit auseinanderzusetzen. Seltsam war nur, daß – wie damals in der Pioniersituation – weder Schularzt noch Heileurythmist an der Schule als helfende Begleiter bereitstanden.

Bei einem Hausbesuch noch vor Beginn des Schuljahres erlebte ich, daß die Eltern auf meine Bereitschaft, Tobias auf die rechte Schreibhand einzuschulen, offen und mutig eingingen. Ich hatte ihnen, die schon zwei Kinder an der Schule hatten und mit den Ideen der Waldorfpädagogik etwas vertraut waren, das Büchlein «Zum Problem der Linkshändigkeit»[20] zu lesen gegeben. Wir vereinbarten, daß sie doch noch eine ärztliche Untersuchung von Tobias beim ehemaligen Schularzt machen sollten. Der Arzt riet den Eltern prinzipiell von einer Umschulung ab; aber wenn sie dahinterstünden, könnte man es vielleicht versuchen.

Nun stellte es sich heraus, daß ich in meiner kleinen Klasse von zwölf Kindern noch zwei weitere Linkshänder hatte: Eva und Matthias.

Nach einem Hausbesuch bei Eva teilte mir der Vater mit, sie hätten mit Eva rechts zu schreiben versucht und Eva hätte sich sehr schwer getan. Sie wollten es lieber nicht wagen, da Eva auch ein zartes, melancholisches Kind sei. Der Arzt riet ebenso ab.

Matthias' Mutter sagte mir, sie wolle ihr Kind so annehmen, wie es ist, und nichts anderes versuchen. Es erfolgte kein Arztbesuch.

Mit einem gewissen Bedauern nahm ich die Entscheidungen zur Kenntnis und konzentrierte mich auf Tobias.

Am ersten und zweiten Schultag wartete ich noch zu. Am dritten Schultag erzählte ich nach dem rhythmischen Teil: «Einige Kinder aus unserer Klasse sind so vom Himmel gekommen, daß sie ganz viele Dinge mit der linken Hand tun, die die meisten Menschen sonst mit der rechten Hand machen. Das Schreiben aber dürfen diese Kinder mit der rechten Hand lernen, wenn sie es wollen. Von Tobias weiß ich, daß er es will. Er hat ja auch einen Papa, der als Linkshänder rechts schreiben gelernt hat. Ich werde dem Tobias aber dabei helfen und alle Kinder mit mir, wenn er täglich einige besondere Übungen macht. Die Eva und der Matthias aber werden mit der linken Hand schreiben lernen.»

Ich rief Tobias nach hinten, wo unser Bewegungsraum war. Alle Kinder durften ihre Stühle umdrehen und begleiteten uns mit größter Aufmerksamkeit.

---

[20] Schriftenreihe der Heileurythmie-Ausbildung, Stuttgart 1978.

1. Übung

Rechten Arm und rechte Hand nach vorne ausstrecken, je einen Schritt mit dem rechten Fuß machen, den linken Fuß auf gleich stellen – während ich spreche: «Mit der Rechten will ich schreiben.»

Darauf linken Arm und Hand auf den Rücken geben, rechter Arm und Hand bleiben am Körper, je einen Schritt mit dem linken Fuß rückwärts gehen, den rechten auf gleich stellen – während ich spreche: «Mit der Linken laß ich's bleiben.»

Zunächst sprach ich die Sätze allein – als stellvertretendes Ich gleichsam –, später sprach das Kind mit oder auch allein. Diese Übung ließ ich einmal machen.

2. Übung

Auf dem rechten Fuß hüpfend, den linken Fuß angewinkelt, den rechten Arm nach vorne ausgestreckt, kommt Tobias auf mich zu, während ich rhythmisch spreche:

«Das ist die Schreibehand, zeig mir deine Schreibehand!» Liebevoll ergreife ich die mir entgegengestreckte Hand.

Diese Übung ließ ich zweimal machen.

3. Übung

Rechten Arm und rechte Hand ausstrecken, mit der linken Hand am rechten Arm nach vorne krabbeln, unten zurück, Hand und Arm liebevoll streichelnd.

Diese Übung ließ ich dreimal machen.

Nach einiger Zeit wollten auch andere Kinder sie machen, und von da ab ließ ich sie alle Kinder mitmachen.

4. Übung

Vor jeder Tätigkeit (Formenzeichnen oder Schreiben) nimmt sich Tobias einen kleinen Amethysten in die linke Hand.

Tobias' erste Formen an der Tafel und auf dem Blatt mit der rechten Hand gelangen ausgesprochen gut. Er machte im Lauf der zweiten Schulwoche gewaltige Fortschritte. Er arbeitete konzentriert und fast selbstbewußt mit der Rechten, sehr selten schlüpfte das Blöckchen in die Linke. Ich sparte nicht mit Anerkennung und Lob für seine Bemühungen.

In der dritten Formenzeichnenwoche: Tobias zeichnete fast immer ausgewogene Formen. Eines Tages sagte er plötzlich: «Ich brauche den Edelstein nicht mehr!» Ab dem Zeitpunkt hatte er ihn meist nur mehr am Beginn seiner Arbeit in der linken Hand.

Aus meinem Tagebuch: 5. Schulwoche. Tobias hat die Einstellung auf die rechte Hand als Schreibhand geschafft! Die zwei Wochen mit den ersten Buchstaben haben ihn gefestigt. Mit Begeisterung zeichnet Tobias seine Buchstabenbilder linkshändig, führt den Pinsel mit der Linken und schreibt mit der Rechten. Er kann für seine Wörter schon Zeilen einhalten und die Größe der Buchstaben abstimmen. Bei der Hüpfübung bemüht sich Tobias jetzt ausgesprochen, schön aufrecht und ohne Überstürzung auf mich zuzuspringen. Er wollte immer der erste sein, jetzt hat er es nicht mehr nötig. Tobias entwickelt sich prächtig!

Nun zu Eva: Am dritten Schultag erwähnte ich sie ja unter den Kindern, die besonders viel mit der Linken können. Sie schaute wie alle anderen Kinder dem Tobias bei den drei Übungen zu. Als die Reihe an sie kam, die Gerade an die Tafel zu zeichnen, fragte ich sie, ob sie mit der Rechten oder mit der Linken schreiben wolle. Sie antwortete klar und sicher: «Mit der Rechten!» «Wirklich?» fragte ich. «Ja!» bekräftigte sie. «Dann bekommst du einen Edelstein für die Linke!»

Es zeigte sich schnell, daß Eva es schwerer hatte als Tobias. Ihre Formen auf dem Papier gelangen in der Regel nicht schön. Sie vermochte selten, eine Form ganz durchzuziehen, sie konnte ihren Willen nicht dahin ausrichten, sie war jedoch nicht unglücklich darüber. Sie brauchte viel Ermutigung und sachliche Anerkennung bei Fortschritten. Die Eltern fühlten sich überrumpelt, aber sie nahmen den Entschluß ihrer Tochter ohne Protest zur Kenntnis; sie kannten Evas eigenwilliges Köpfchen. Sie unterstützten mein Bemühen sogar, weil für sie ein Hin- und Herpendeln nicht in Frage kam. Am Ende der dritten Schulwoche legte ich mit jedem Kind ein eigenes Heft an, in dem sie auf die linke Seite mit der linken Hand, auf die rechte Seite mit der rechten Hand Formen zeichneten. Bei Eva war deutlich zu bemerken, daß sie rechts mehr Klarheit und Sicherheit der Linienführung (bei aller Ungelenkheit!) gewonnen hatte. Sie stellte es selbst kritisch fest.

Beim Schreiben entwickelte Eva eine zarte, aber ziemlich klare Linie. Die Wörter wurden erstaunlich gleichmäßig. In der 5. Schulwoche teilte Eva mit, daß sie keinen Edelstein mehr brauche.

Bei den Zahlen hatte Eva weniger Schwierigkeiten als Tobias, selten schrieb sie sie seitenverkehrt.

Als ich Matthias am dritten Schultag fragte, mit welcher Hand er schreiben wolle, kam ein klares «Mit der Linken!» So blieb es auch bis Montag in der zweiten Schulwoche. Plötzlich nahm er das Blöckchen in die Rechte und zog wie selbstverständlich seine Geraden. Auf meine Frage, ob er denn jetzt mit der Rechten schreiben wolle, lächelte er mich verschmitzt an und bejahte.

Nun schloß er sich bei den Übungen von Tobias und Eva an und machte sie mit sichtlichem Vergnügen mit.

Die Mutter, selbst Volksschullehrerin, fühlte sich vor den Kopf gestoßen. Es war sehr schwer für sie, das alles zu akzeptieren. Aber sie hielt sich zurück, um den Prozeß, der zwischen mir und der Klasse und Matthias lief, nicht zu stören.

Matthias war das einzige Kind, das bei den Testübungen, die ich mit ihm machte, alles links oder höchstens mit beiden Händen ausführte. Matthias war in seinem Körper, besonders aber in seinen Gliedmaßen, überhaupt wenig zu Hause, er wohnte darin wie in einem viel zu großen Handschuh. Ich erwartete mir durch diese ständige Willensanstrengung einen Inkarnationsschub. Matthias hatte es wirklich nicht leicht, das Schreiben mit der Rechten kostete ihn sichtlich große Mühe. Aber er wollte es selbst. Wenn ich ihn ab und zu beim Schreiben mit der Linken sah und darauf aufmerksam machte, reagierte er nie mit Unmut oder Verdruß. Die Mutter begleitete ihn nun auch liebevoll. Trotzdem war sie sich unsicher, ob wir auf dem richtigen Weg waren. Etwa zum Halbjahr holte ich mir Rat bei Frau Dr. Michaela Glöckler mit einer genauen Schülerbeschreibung und Ablichtungen seiner Arbeiten. Ich wurde in meinem Vorhaben entschieden bestärkt.

Die weitere Entwicklung von Matthias im ersten und dann im zweiten Schuljahr verlief erfreulich. Er bekam folgenden Zeugnisspruch:

> *«Mein Leib ist meiner Seele Haus,*
> *sie wohnt darin, geht ein und aus.*
> *Mein Mund ist meiner Seele Tor,*
> *im Worte geht die Seel' hervor.*
> *Die Augen sind die Fensterlein.*
> *Durch's Auge strahlt die Sonn' herein.*
> *Der starken Diener hab' ich vier:*
> *zwei Hände und zwei Füße hier.*
> *Sie helfen mir aufs erste Wort,*
> *sie tragen mich an jeden Ort.»*

Diesen konnte er aber nur unter großem Zappeln und Wiegen seines Körpers sprechen. Im Januar 1996 erkrankte er sehr intensiv an Schafblattern (Windpocken). Danach konnte er den Spruch in schöner körperlicher Gefaßtheit sprechen. Seine Schrift entwickelte sich erstaunlich, sowohl die Gemischt-Antiqua (im Herbst) wie die Schreibschrift nach Ostern.

Im Herbst des zweiten Schuljahres hatten alle drei Kinder Startschwierigkeiten beim Formenzeichnen mit der Rechten. Die Rechts-links-Symmetrien waren auch ziemlich anspruchsvoll. Ins Schreiben der Kleinbuchstaben kamen sie aber sehr schnell und gut hinein. Die dicken Holzstifte bedeuteten gerade für diese Kinder eine große Erleichterung. Das Schreiben machte ihnen ungeheuren Spaß und sie zeigten sich gleich geschickt wie die Rechtshänder. Auch das Erlernen der Schreibschrift war kein Problem. Tobias hatte es am schwersten, in Fluß zu kommen, Matthias am leichtesten; aber vielleicht entsprach das auch ihren Temperamenten.

Jetzt, zum Ende des zweiten Schuljahres, wage ich es zu sagen, daß der Versuch bei allen drei Kindern gelungen ist. Zu Ostern des ersten Schuljahres hatte ich noch einen Linkshänder dazubekommen, der in der Volksschule ohne besondere Begleitung rechts schreiben lernte. Er hat den Stand der anderen Kinder noch nicht erreicht.

Was war es eigentlich, was mich bewog, diese Herausforderung anzunehmen? Wenn ich mir die Sache überlege, hat nur ein Hinweis standgehalten: der der karmischen Schwäche, die ich als Lehrer auszugleichen helfen kann. Es braucht allerdings Mut dazu und viel Ausdauer, denn im Kollegium, ja selbst bei den Ärzten hat man nicht ungeteilt Unterstützung. Auch die Medien schreiben nur von Linkshändern, die, wenn sie mit der rechten Hand schreiben lernen mußten, dramatische Schäden erlitten – was bei der rasanten Schreiblehrmethode der öffentlichen Schulen kein Wunder ist.

Mir erscheint es sehr wichtig klarzustellen, daß das Schreibenlernen mit der Rechten keine Umschulung ist, sondern das Erlernen einer neuen Fähigkeit. Alle anderen Tätigkeiten führen die Kinder weiterhin mit der Linken aus, wie sie es gewohnt sind.

Wichtig ist auch, daß man diese Kinder ständig liebevoll im Bewußtsein hat, sie ermutigt, mit sachlichem und herzlichem Lob nicht spart. Ängstlichkeit oder Nachlässigkeit des Lehrers, der Eltern oder eine «Ist-nicht-so-tragisch-Haltung» wirken sich ebenso aus wie Mut, Sorgfalt und ein absolutes Ernstnehmen des Prozesses, in den das Kind einsteigt.

Selbstverständlich muß man mit den Eltern in ständigem Kontakt sein, um die Wahrnehmungen über die leiblich-seelische Entwicklung des Kindes auszutauschen. Ich habe die Klassenelternschaft nicht mit einbezogen, um eine gewisse Schutzzone für die Kinder aufrechtzuerhalten. Bei allem Mut war ich doch froh, außer dem Schicksalsgedanken auch noch Frau Dr. Glöckler im Hintergrund zu haben. Ihre Beiträge in der «Kindersprechstunde» und in «Das Schulkind»[21] *haben mir und den Eltern für die Bewußtseinsbildung sehr geholfen.*

Die Frage bleibt offen, was man tun kann, daß in den Kollegien, ja selbst bei den Schulärzten diese Abwehrmauer gegen die Einschulung auf die rechte Schreibhand sich nicht noch weiter erhöht.

Die Formenzeichnungen und Schriftproben auf den nächsten beiden Seiten wurden alle mit der rechten Hand ausgeführt.

Die Verläufe zeigen deutlich, wie individuell das Zusammenspiel von Eltern, Lehrern, Schularzt und Kind sich jeweils gestaltet. Sie zeigen auch, daß Mut, Vertrauen und Durchhaltekraft nötig sind – und eben diese Fähigkeiten sind es auch, die dann beim betroffenen Kind eine Unterstützung erfahren. Sein Selbstvertrauen wächst. Es hat eine Selbstüberwindung vollzogen, die seine Willens- und Durchhaltekraft stärkt.

---

[21] Michaela Glöckler (Hrsg.), *Das Schulkind – gemeinsame Aufgaben von Arzt und Lehrer,* Dornach [3]1998; Kap. «Zum Umgang mit der Linkshändigkeit»; Wolfgang Goebel/ Michaela Glöckler, *Kindersprechstunde,* Stuttgart [13]1998.

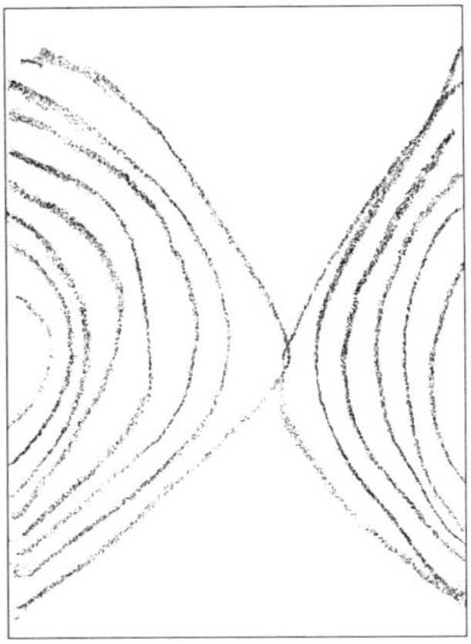

links:
Tobias
1. Formenzeichnen-Epoche,
1. Schuljahr

rechts:
Tobias
1. Schreibepoche,
1. Schuljahr

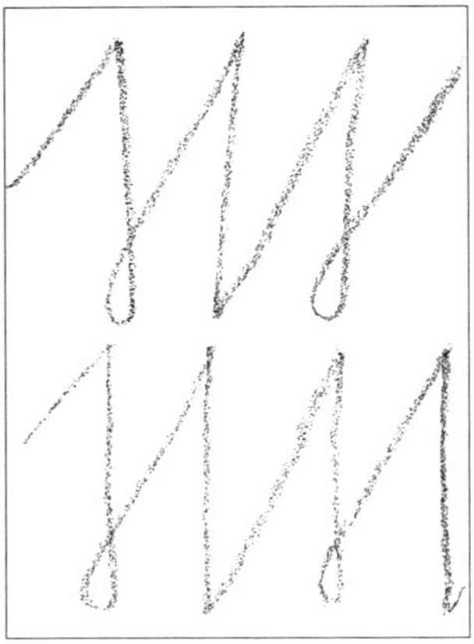

links:
Tobias
Dynamisches Formenzeichnen, Vorübungen zur Schreibschrift,
2. Schuljahr

rechts:
Tobias
Schreibschrift,
Ende 2. Schuljahr

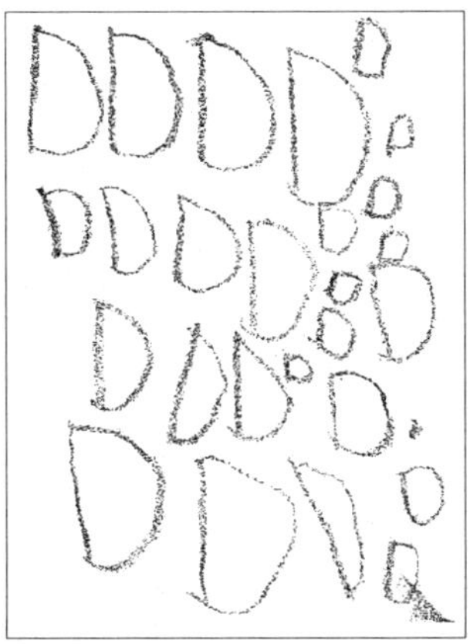

links:
Eva
1. Formenzeichnen-Epoche,
1. Schuljahr

rechts:
Eva
1. Schreibepoche,
1. Schuljahr

links:
Eva
Dynamisches Formenzeichnen,
2. Schuljahr

rechts:
Eva
Schreibschrift,
Ende 2. Schuljahr

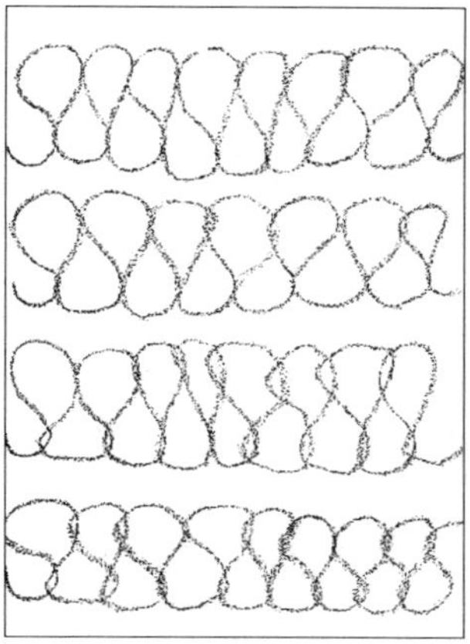

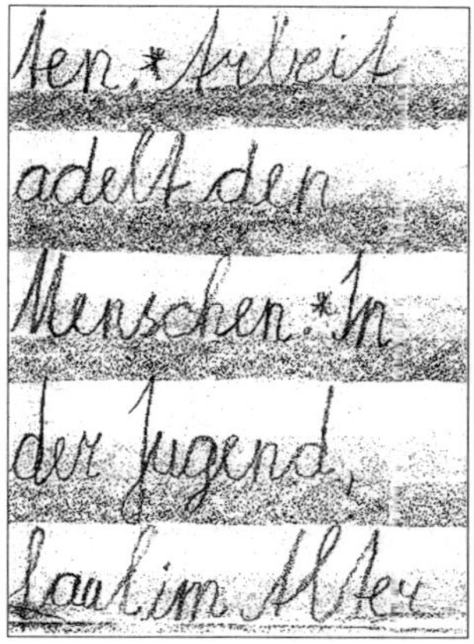

links:
Matthias
Formenzeichnen-Epoche,
1. Schuljahr

rechts:
Matthias
1. Schreibepoche
(die ersten Wörter),
1. Schuljahr

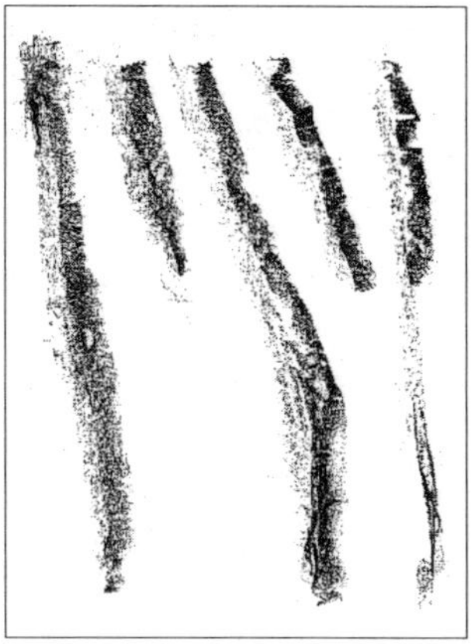

links:
Matthias
Dynamisches Formenzeichnen,
2. Schuljahr

rechts:
Matthias
Schreibschrift,
Ende 2. Schuljahr

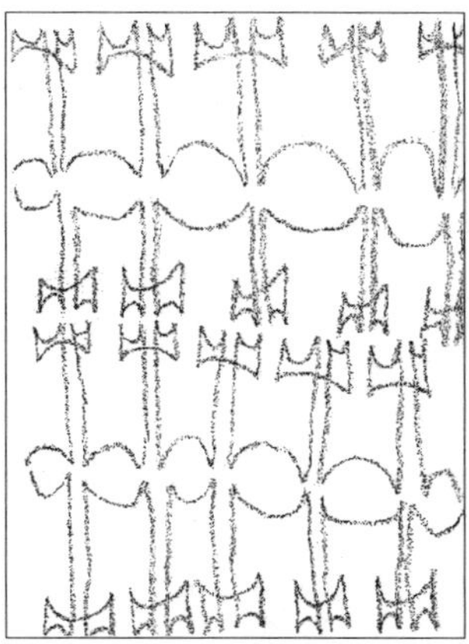

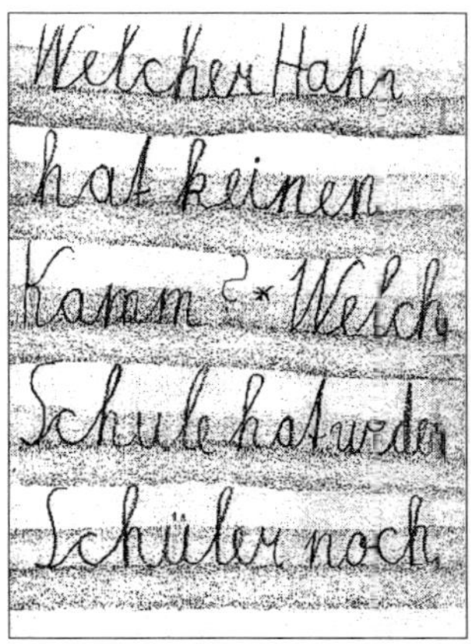

Erziehung zur Lebensklugheit durch Geschicklichkeitsübungen

Im vierten Vortrag aus «Die Kunst des Erziehens aus dem Erfassen der Menschenwesenheit» erläutert Rudolf Steiner:

Man kann dann auch dazu übergehen, das Kind an sich selber geschickt werden zu lassen im anschaulichen bildhaften Denken: Zeige mir mit deiner linken Hand das rechte Auge! Zeige mir mit deiner rechten Hand das rechte Auge! Zeige mir mit deiner rechten Hand das linke Auge! Zeige mir von rückwärts aus mit der rechten Hand die linke Schulter! Mit der linken Hand die rechte Schulter! Zeige mir mit der rechten Hand dein linkes Ohr! Zeige mir mit der linken Hand das linke Ohr! Zeige mir mit der rechten Hand deine rechte große Zehenspitze und so weiter. Man kann also das Kind an sich selber die kuriosesten Übungen machen lassen. Zum Beispiel auch: Beschreibe einen Kreis mit deiner rechten Hand um die linke! Beschreibe einen Kreis mit deiner linken Hand um die rechte! Beschreibe zwei Kreise, die die Hände ineinander bilden! Beschreibe zwei Kreise, mit der einen Hand nach der einen Seite, mit der anderen Hand nach der anderen Seite! Man lasse es immer schneller und schneller machen. Bewege schnell den mittleren Finger deiner rechten Hand! Bewege schnell den Daumen der rechten Hand! Bewege schnell den kleinen Finger!

So läßt man am Kinde selber mit rascher Geistesgegenwart allerlei Übungen machen. Was ist der Erfolg solcher Übungen? Wenn ein Kind solche Übungen um das 8. Lebensjahr herum macht, so lernt es durch solche Übungen denken, und zwar denken für das Leben. Wenn man direkt denken lernt durch den Kopf, so ist das nicht denken für das Leben, dann wird man später denkmüde. Dagegen wenn man in dieser Weise am eigenen Körper in schneller Geistesgegenwart auszuführende Bewegungen macht, bei denen nachgedacht werden muß, dann wird man später lebensklug; man wird einen Zusammenhang bemerken können zwischen der Lebensklugheit eines Menschen im 35., 36. Jahre und dem, was man an solchen Übungen hat machen lassen im 7. und 8. Jahre. So hängen eben die verschiedenen Epochen des Lebens zusammen.[22]

In den Jahrzehnten, nachdem Rudolf Steiner den Lehrern diese Ratschläge gegeben hat, ist vieles auf neurophysiologischer Grundlage erforscht worden, was diese Angaben genauestens bestätigt. Die Erarbeitung des Körperschemas

---

[22] Rudolf Steiner, *Die Kunst des Erziehens aus dem Erfassen der Menschenwesenheit,* GA 311, Dornach [5]1989, Vortrag vom 15. August 1924.

und zum Beispiel die Übungen sensorischer Integration haben das Ziel, die Orientierung am eigenen Leib und damit auch im Raum sowie den wachen und koordinierten Gebrauch der Sinnesfunktionen zu unterstützen. Dieses aber ist die Grundvoraussetzung für ein klares, bewegliches Vorstellungsvermögen. Auch hier gilt das Gesetz von der Metamorphose der Wachstumskräfte in Gedankentätigkeit: was der Leib an intelligentem Verhalten erworben hat, metamorphosiert sich mit dem Freiwerden der Bildekräfte während des Wachstums in entsprechende Gedankenbefähigungen. Dabei ist deutlich, daß diese Übungen gerade in dem Alter, wo mit dem Gestaltwandel zum Schulkind und dem Einsetzen des Zahnwechsels insbesondere die formbildenden Wachstumskräfte frei werden, das Durchführen solcher Übungen besonders tiefgreifende Wirkungen hat, das heißt zwischen dem siebten und neunten Lebensjahr. Werden solche Übungen im Zusammenhang mit dem rhythmischen Teil des Hauptunterrichtes oder zu Beginn des Sprachunterrichtes mit der ganzen Klasse durchgeführt, so hat dies darüber hinaus noch den großen Vorteil, daß die Minderbegabten und Förderbedürftigen nicht stets das Erleben haben, daß sie etwas extra brauchen, da sie die für sie besonders wesentlichen Übungen gemeinsam mit allen andern Kindern machen können, für die es eben eine altersgerechte erzieherische Maßnahme ist. Werden solche Übungen jedoch im Förderunterricht in intensiverer und anhaltenderer Weise durchgeführt, so bedeutet dies selbstverständlich eine erwünschte Verstärkung der Wirkung.

In Ergänzung hierzu sei noch eine Ausführung angefügt, die aus der Konferenz vom 14. Juni 1920 stammt, die Rudolf Steiner in Stuttgart besuchte. Es wird gefragt, ob ein Kind in die Hilfsklasse abgegeben werden sollte. Daraufhin Dr. Steiner:

Ich glaube nicht, daß es möglich ist. Gerade in der 1. Klasse sollten Sie nicht zu weit gehen im Absondern zur Hilfsklasse. Ich habe es ja gesehen, das ist richtig, aber auf der anderen Seite ist ja noch nicht so furchtbar viel verloren, wenn ein Kind in der 1. Klasse noch schlecht schreibt. Nicht wahr, alle Kinder dieser Art werden, wenn man es durchführen könnte, natürlich unendlich viel gewinnen, wenn man solche Übungen mit ihnen macht, wie ich sie dazumal inauguriert habe.

Wenn man sie so etwas machen läßt (Dr. Steiner zeigt eine Übung): Reich die rechte Hand über den Kopf und ergreife dein linkes Ohr. – Oder wenn man solche Sachen zeichnen läßt, eine Spirale, die nach innen verläuft, eine Spirale, die rechts verläuft, und eine Spirale, die links verläuft, so gewinnen sie sehr viel. Solche Übungen, durch die sich die Kinder ins Denken hineinstellen müssen.

Dann das Schreiben: es sind einige, die sehr schlecht schreiben, und es gibt eine ganze Menge, die erstklassig sind. Die Kinder werden nicht viel davon haben, wenn Sie sie anhalten, daß sie durch die Verbesserung der Schrift besser schreiben lernen. Finger geschickt machen! Dann lernen sie besser schreiben.

Ich glaube nicht, daß Sie es zuwege bringen, eine schlechte Schrift durch die Bemühungen nach dem besseren Schreiben besser zu machen. Sie müssen Bemühungen machen, daß die Kinder geschickter werden im Zeichnen von Formen. Wenn sie Klavier spielen würden, würden sie besser schreiben lernen. Es ist durchaus ein richtiges Aperçu, daß dieses eigentliche schlechte Schreiben auftritt erst in der Zeit, wo die Spielsachen der Kinder so außerordentlich materialistisch geworden sind. Es ist geradezu empörend, daß ein großer Teil der Spielsachen in Baukästen besteht. Der dürfte überhaupt kein Spielzeug sein, weil er atomistisch ist. Wenn das Kind eine einfache Schmiede hat, so muß das darauf ausgehen, daß das Kind sie handhaben muß. Ich möchte für ein Kind ein Spielzeug haben, das sich bewegt.[23] *Das steht in der «Erziehung des Kindes». Die Spielzeuge heute sind furchtbar schlecht, und daher lernen die Kinder nicht mehr Fingergeschicklichkeit und können schlecht schreiben.*

Es würde ja genügen, wenn man solche Kinder – man kann es in der Schule nicht machen –, die schlecht mit der Hand schreiben, anhalten würde, ganz einfache Formen mit den Füßen zu machen. Das wirkt auf die Hand zurück. Mit den Füßen kleine Kreise zeichnen. Halbkreise, Dreiecke. Daß sie zwischen eine Zehe und die nächste einen Bleistift kriegen und Kreise machen müssen. Man kann es nicht leicht machen. Das ist sehr interessant. Es eignet sich schwierig an, aber es ist sehr interessant zu machen. Im Sande draußen würde ich es als ganz gut betrachten, mit den Zehen mit einem Stock Figuren in den Sand hinein machen zu lassen, das wirkt auf die Hand ungeheuer stark zurück. Oder ein Kind etwas aufheben lassen mit dem Fuße; ein Taschentuch mit dem Fuß aufheben statt mit der Hand, das wirkt sehr stark. Ich will nicht sagen, daß sie essen müssen mit den Füßen. Aber, nicht wahr, man darf es nicht systematisch machen. Man muß versuchen, nicht direkt auf die Schriftverbesserung zu sehen, sondern sie geschickt zu machen im Zeichnen von Kunstformen. Symmetrie herauskriegen in einer komplizierten Form. (Zu Herrn Baumann:) Taktschlagen, das ist eine gute Sache für die Ausbildung der Verstandesformen und logischen Formen.[24]

---

[23] Es bezieht sich dies auf bewegliche Bilderbücher, wo an Fäden oder kleinen Vorrichtungen gezogen werden muß, um eine Verwandlung im Bild hervorzurufen.

[24] Rudolf Steiner, *Konferenzen mit den Lehrern der Freien Waldorfschule in Stuttgart*, GA 300a, Dornach 1975.

Wie eng der Zusammenhang zwischen Bewegungsförderung und Intelligenzentwicklung ist, ist gegenwärtig umfassend erforscht. Um so erstaunlicher ist es jedoch, wie wenig konsequent diesbezüglich der Umgang mit den Kindern in der Praxis ist. Die technischen Spielzeuge werden immer raffinierter, die Zuschauerposition oder das kognitive Training am Kinder-PC werden gefördert. Bewegungsarmut nimmt weiter zu, so daß Bewegungsübungen und aktives Spielen heute immer mehr als Therapie gefragt sind und nicht mehr das «normale Kinderleben» kennzeichnen.

Schulärzte sollten dies als Herausforderung empfinden, öffentlich für das Recht der Kinder einzutreten, eine gesunde Bewegungsentwicklung erleben zu dürfen.

Ernährung – Interesse – Bewußtsein

Ehrenfried Pfeiffer berichtet in seinen Lebenserinnerungen an Rudolf Steiner, wie dieser zu ihm in einem Gespräch gesagt habe, daß die Schwierigkeit der Menschheit heute, zu einer spirituellen Weltauffassung zu kommen, eine Ernährungsfrage sei:

In diesem Gespräch wies Rudolf Steiner zunächst auf die Notwendigkeit der esoterischen Vertiefung hin und zeigte einige Mängel auf, die innerhalb geistiger Bewegungen vorhanden seien. Pfeiffer fragte daraufhin: «Wie kommt es, daß trotz Ihrer großen und zahlreichen Anweisungen der geistige Impuls, insbesondere der innere Schulungsweg, in den einzelnen Menschen so wenig wirksam wird und die Betreffenden trotz ihrer Bemühungen so wenig Manifestation des geistigen Erlebens aufweisen können? Wie kommt es vor allem, daß trotz theoretischer Einsicht der Wille zur Tat, zur erfolgreichen Durchführung der geistigen Impulse so schwach ist?» Es kam Pfeiffer vor allem darauf an, eine Antwort auf die Frage zu erhalten, wie die Brücke zur Tat, zum aktiven Mittun und Ausführen geistiger Intentionen geschlagen werden könne, ohne durch persönlichen Ehrgeiz, Illusionen und Eifersüchteleien vom rechten Weg abgelenkt zu werden. Diese drei negativen Eigenschaften waren von Rudolf Steiner als die wesentlichen erwähnt worden, welche als innere Hindernisse im Wege stehen. Es kam nun die denkwürdige und überraschende Antwort: «Dies ist ein Ernährungsproblem. So wie die Ernährung heute gestaltet ist, gibt sie den Menschen gar nicht mehr die Kraft, das Geistige im Physischen manifest zu machen. Die Brücke vom Denken zum Wollen und Handeln kann nicht mehr geschlagen werden. Die Nahrungspflanzen enthalten gar nicht mehr die Kräfte, welche sie den Menschen geben sollten.» Ein Ernährungsproblem, dessen Lösung die Möglichkeit schaffen soll, daß der Geist manifest wird und sich durch Menschen verwirklichen kann! Auf dem Hintergrunde dieser Äußerung kann man verstehen, wenn gesagt wurde, daß die Segnungen der biologisch-dynamischen Düngerzusatz-Präparate «einer möglichst großen Landfläche möglichst rasch zugeführt werden sollten, – zum Heile der Erde».[25]

---

[25] Ehrenfried Pfeiffer, «Rudolf Steiners landwirtschaftlicher Impuls», in: *Wir erlebten Rudolf Steiner. Erinnerungen seiner Schüler,* Stuttgart 1988, S. 173–174.

Im *Landwirtschaftlichen Kurs*[26] entwickelt Rudolf Steiner einen neuen spirituellen Ernährungsbegriff. Denn der Mensch nimmt nicht nur feste und flüssige Nahrung zu sich, sondern er ernährt sich mehr oder weniger bewußt auch über die Sinne und alles das, was er an Gedanken «aufnimmt» und «verarbeitet». Dieser Tatsache trägt Rudolf Steiners Ernährungsbegriff Rechnung, indem er von der «kosmischen Ernährung» (Aufnahme über das Nerven-Sinnessystem) im Gegensatz zur «irdischen Ernährung» (Aufnahme über das Stoffwechselsystem) spricht. Dabei sind die Wege, die das so Aufgenommene im menschlichen Organismus durchmacht, polar: Was wir an irdischen Substanzen mit der Nahrung aufnehmen und über den Stoffwechsel verarbeiten, gibt die Grundlage ab für die Substanzbildung im Nerven-Sinnessystem. Dasjenige jedoch, was wir über das Nerven-Sinnessystem als kosmische Nahrung aufnehmen, verdichtet sich zu der Substantialität, wie sie das Stoffwechsel-Gliedmaßensystem benötigt.

Umgekehrt ist es jedoch mit dem Formaspekt der aufgenommenen Substanz. Mineralische, pflanzliche und tierische Nahrung hat eine bestimmte Struktur, entstammt den jeweiligen Formprozessen dieser Naturreiche. Entsprechend hat auch alles, was über die Sinnestätigkeit und das Denken aufgenommen wird, eine bestimmte Form, Physiognomie beziehungsweise Gestalt.

Nun schildert Rudolf Steiner, wie es die Formkräfte dieser kosmischen Ernährung sind, die sich mit den Substanzkräften der irdischen Nahrung verbinden und das Nerven-Sinnessystem substantiell versorgen. Hingegen sind es die Formkräfte der irdischen Nahrung in Verbindung mit den Substanzen der kosmischen Ernährung, die für die Aufbauvorgänge im Stoffwechsel-Gliedmaßensystem maßgebend sind.

Unter diesem Aspekt spielt also die irdische Nahrung die entscheidende Rolle für die Ernährung der bewußtseintragenden Organe und damit auch für den Wachheits- und Aufmerksamkeitsgrad der Schüler. So wie umgekehrt die Schule vieles an kosmischer Substanz liefert – wenn die Sinnesfunktionen und die sich daran anschließende Gedankentätigkeit reiche Nahrung erfahren –, wie es das Stoffwechsel-Gliedmaßensystem für seine Entwicklung braucht. Unter diesem Gesichtspunkt ist die obengenannte Formulierung Rudolf Steiners, daß der Materialismus ein Ernährungsproblem sei, noch differenzierter anzuschauen. Denn hier ist mit Sicherheit nicht nur die irdische, sondern auch die kosmische Ernährung gemeint. Wie ist es mit der Ernährung über die Sinne bei den Kindern heute bestellt? Haben sie genügend Möglichkeit, ihre Sinne

[26] Rudolf Steiner, *Geisteswissenschaftliche Grundlagen zum Gedeihen der Landwirtschaft. Landwirtschaftlicher Kurs,* GA 327, Dornach [7]1984.

zu betätigen, einzeln und im Zusammenwirken? Gibt es immer wieder Augenblicke, wo der Erwachsene Muße hat und in Ruhe etwas mit einem Kind betrachtet? Oder ist nicht vielmehr unsere heutige, schnellebige und oft so naturentfremdete Zeit geradezu eine Schulung zur Unaufmerksamkeit? Ein Abgeschnürtwerden vom Kosmos mit seinen Licht-, Farbe-, Klang- und Tasterfahrungen? Und wie steht es mit der Gesprächskultur, mit dem Aufnehmen von sinnvollen Gedanken, von «Wesentlichem», von «Substantiellem»?

Auf der anderen Seite gab es aber auch zu Beginn der zwanziger Jahre viele unterernährte Kinder infolge der schwierigen wirtschaftlichen Lage in Deutschland nach dem Ersten Weltkrieg. Und so galt die Sorge Rudolf Steiners und des Schularztes auch von dieser Seite her den Ernährungsfragen. Zunächst sei eine Darstellung angeführt, wo dieser die leichte Ermüdbarkeit und auch immer wieder auftretende Interesselosigkeit der Kinder auf Ernährungsprobleme zurückführt.

Das, worauf man besonders achtgeben muß, liegt auf der einen Seite in dem Interesse, das das ganze Kind, also nicht bloß das Geistig-Seelische, sondern das Kind als Leib, Seele und Geist sowohl sich selber wie seiner Umwelt entgegenbringt; für das Interesse oder für diese Interesselosigkeit muß man eine instinktive Aufmerksamkeit entwickeln. Das ist der eine Pol. Der andere Pol ist die Ermüdbarkeit des Kindes.

Woher kommt die besondere Ausprägung des Interesses? Diese besondere Ausprägung des Interesses kommt aus dem Stoffwechsel-Gliedmaßensystem, vorzugsweise aus dem Stoffwechselsystem. Wenn ich sehe, daß ein Kind nach irgendeiner Richtung interesselos wird, sagen wir also zunächst, was das Auffälligste ist, in geistiger Beziehung interesselos wird, oder auch interesselos wird in bezug auf äußere Betätigung: daß es an den Spielen nicht mehr teilnehmen will und dergleichen, wenn ich sehe, was beim Kinde unter Umständen sogar das Allerschlimmste sein kann, daß es interesselos wird gegenüber der Leckerheit der Speisen – das Kind soll vor allen Dingen Interesse daran haben, wie die Dinge schmecken, und es soll in seiner Art den Geschmack der einzelnen Dinge differenzieren –, wenn das Kind sogar zur Appetitlosigkeit übergeht, Appetitlosigkeit ist ja Interesselosigkeit in physischer Beziehung, dann weiß ich: die Ernährung ist falsch, die Ernährung ist so, daß sie dem Verdauungssystem zuviel zumutet. Ich habe nachzuforschen, inwiefern gerade diesem Kinde nach seiner Organisation zuviel solche unnahrhafte Nahrungsmittel beigebracht werden, die das Verdauungssystem zu stark in Anspruch nehmen. Wie ich das Wetter an dem Barometer merke, so merke ich an der Interesselosigkeit, daß die Ernährung falsch ist. Ich muß mir also klar sein, daß ich das vorhandene Interesse oder die Interesselosigkeit für etwas außerordentlich Wichtiges betrachten muß für die Maßnahmen, die ich in bezug auf die Ernährung zu treffen habe.

Bemerke ich, daß ein Kind leicht ermüdbar ist – es ist ja der gerade entgegengesetzte Pol –, sei es, daß ein Kind durch geistige Beschäftigung oder durch körperliche Betätigung abnorm leicht müde wird, da kommt wiederum beim Kinde ganz besonders das Physische in Betracht, welches sich so ausdrückt, daß das Kind zwar essen kann, aber durch das Essen in eine Art Traumzustand versetzt wird, daß es also nach jedem Essen ein abnormes Bedürfnis hat, sich auszuruhen, sich nach Schlangenart zu benehmen und sich hinzulegen und nicht zurechtkommt in dieser Weise mit der Verdauung, also durch die Verdauungstätigkeit ermüdet wird – merke ich dieses, dann weiß ich, dem Kinde wird zuviel von solchen Nahrungsmitteln beigebracht, die das Verdauungssystem zu wenig in Anspruch nehmen, die daher vorzugsweise mit dem Kopfsystem verarbeitet werden, und die auf diese Weise das Kind zur Ermüdung bringen.[27]

Gegenwärtig wird der Ernährungsfrage schon bedeutend mehr Aufmerksamkeit geschenkt, als dies in den zwanziger Jahren der Fall war. Andererseits ist mit Hilfe der modernen Agrarchemie und der jetzt immer mehr zum Einsatz kommenden Gentechnologie heute die Nahrungsmittelqualität in einer Weise in Frage gestellt, wie dies noch zu keiner Zeit der Fall gewesen ist. Allein die Tatsache, daß die Pflanzen nicht standortgerecht angebaut werden, sondern mit Hilfe von Düngemitteln und Schädlingsbekämpfungsmitteln und unter Zuhilfenahme von Gewächshäusern nahezu überall gezogen werden können, ohne Rücksicht auf ihren natürlichen Lebensraum und ihre ökologischen Bedürfnisse, macht deutlich, daß diese Pflanzen nicht mehr so wie ihre an natürlichen Standorten wachsenden Artgenossen die kosmischen Kräfte verinnerlichen können.

Da es oft auch den Eltern an Zeit und Geld mangelt, sich um gesund gewachsene Nahrungsmittel zu kümmern, kommt der Schule eine wichtige Aufgabe zu, dafür zu sorgen, daß eine gesunde Pausenverpflegung angeboten wird und daß auch, wenn irgend möglich, eine Schulküche eingerichtet wird. Es gibt eine ganze Reihe von Waldorfschulen, wo die Schulküche auf Initiative der Eltern entstanden ist und auch in Betrieb gehalten wird. Hier liegt eine wichtige Aufgabe für den Schularzt, dazuzuhelfen, daß solche Elterninitiativen sich bilden

---

27 Rudolf Steiner, *Die gesunde Entwickelung des Menschenwesens*, GA 303, Dornach [4]1987, Vortrag vom 6. Januar 1922.

können, weil man genügend Aufklärungs- und Motivationsarbeit leistet, auf die Bedeutung einer gesunden und altersentsprechenden Ernährung hinzuweisen.[28]

[28] Siehe auch: Petra Kühne, *Zur Situation der Ernährung in Deutschland.* Zu beziehen über Arbeitskreis Ernährungsforschung, Querweg 19, D-75378 Bad Liebenzell; dieselbe, *Ernährungssprechstunde,* Stuttgart 1993.

Hausaufgaben – wem dienen sie?

Diese Überschrift ist zugegebenermaßen provozierend. Denn sicher ist, daß Eltern und Lehrer vielfach die Hausaufgaben als unabdingbar ansehen und diese ihnen das schöne Gefühl vermitteln, daß das Kind «arbeitet» und «wirklich etwas lernt».

Als Schularzt gewinnt man öfters eine ganz andere Perspektive. Denn oft sind es gerade die schwierigen oder schwächeren Kinder in der Klasse, die sich mit den Hausaufgaben sehr schwer tun, viel Zeit dafür brauchen, die ihnen dann zum freien Spiel und zur körperlichen Betätigung fehlt. Hinzu kommt, daß sie oft das, was in der Schule in einer bestimmten Weise erklärt worden ist, zu Hause oder mit Hilfe eines Nachhilfelehrers in einer anderen Methode erklärt bekommen, wodurch dann wieder Schwierigkeiten in der Schule entstehen können. Auch kann man immer wieder von Schülern im Zusammenhang mit Hospitationen hören, daß sie erst zu Hause «richtig» in ihr Heft schreiben und in der Schule nur so gerade eben ein Konzept anfertigen. Als Begründung wird dann angegeben, daß man sich zu Hause besser konzentrieren könne und mehr Ruhe habe als in der Schule. In der Schule sind es dann aber oft gerade die Kinder, die alles mögliche andere noch während des Unterrichtes treiben und nicht dazu beitragen, daß das Arbeiten während der Schulstunde konzentriert und ruhig vonstatten gehen kann. Ideal wäre es doch, wenn in der Schule wirklich konzentriert gearbeitet würde und zu Hause möglichst viel Zeit für Eigeninitiative, Spielen, Wanderungen, körperliche Betätigung und musikalisch-rhythmisches Tun wäre.

Rudolf Steiner spricht in mehreren Konferenzen zu diesem heiklen Thema. Einige charakteristische Äußerungen seien hier angeführt.

X. fragt nach der Bewältigung des Lehrstoffes und nach Hausaufgaben.

Dr. Steiner: Hausaufgaben sollten als freie Aufgaben gegeben werden, nicht als Pflichthausaufgaben: «Wer's machen will!»[29]

---

[29] Rudolf Steiner, *Konferenzen mit den Lehrern der Freien Waldorfschule in Stuttgart*, GA 300a, Dornach 1975, Konferenz vom 1. Januar 1920.

X.: Ich wollte eine Frage stellen bezüglich des Unterrichts in der Algebra. Mir scheint es doch so, daß es gut wäre, wenn man den Schülern Hausaufgaben gäbe. Hier tritt es besonders deutlich hervor, daß die Kinder zuhause etwas rechnen sollten.

Dr. Steiner: Wir müssen die Dinge in den Vordergrund stellen, die sich aus einer gesunden Pädagogik ergeben. Ein Hauptgrundsatz ist der, daß wir sicher sind, daß sie die Hausaufgaben machen, daß wir niemals es erleben, daß die Kinder sie nicht machen. Das Aufgabenstellen dürfte in keiner anderen Weise geschehen, als daß man weiß, die Kinder bringen aus einem gewissen Eifer die Aufgaben gelöst. Es müßte lebendiges Leben hineinkommen; es müßte so gemacht werden, daß die Aktivität erregt wird, daß nicht die innere Haltung der Kinder gelähmt wird. Zum Beispiel müßte es so gemacht werden, daß Sie, wenn Sie einen Stoff durchgenommen haben, etwa aus diesem Stoff hervorgehende Aufgaben so aufschreiben, daß Sie sagen: Morgen werde ich die folgenden Rechnungsoperationen behandeln –, und jetzt warten, ob die Kinder sich herbeilassen, diese Operation zuhause vorzubereiten. Einige werden sich finden, und andere werden dadurch den Eifer bekommen, das auch zu machen. Die Kinder sollen dazu veranlaßt werden, das, was sie für die Schule machen sollen, so zu machen, daß sie das selbst wollen. Es müßte aus dem Wollen der Kinder selbst herauskommen, daß sie von einem Tag zum anderen etwas tun.

X.: Übungen von Multiplikationen und so weiter, so etwas kann man auch nicht aufgeben?

Dr. Steiner: Nur in dieser Form. Dieselbe Geschichte findet sich auch in anderen Fächern, und dann kriegen wir auch da eine ganze Menge von Aufgaben. Dann kriegen wir blasse Kinder. Dasjenige, was wir anstreben müssen, das ist, den Lehrstoff so zu bezwingen, daß wir außer der Schulstunde nichts brauchen.

X.: Dann wollte ich bitten, was man im Anschluß an die Mathematik nehmen könnte?

Dr. Steiner: Man könnte am Schluß bei Ermüdung übergehen zu einem leichteren Üben. Nicht wahr, da können Sie das machen, was Sie voraussetzen, was Sie von einer Hausarbeit verlangen wollen.

X.: Ich habe nicht den Eindruck gehabt, daß auch bei strengerer Anstrengung in der Mathematik die Kinder ermüden.

Dr. Steiner: Es ist trotzdem nicht wünschenswert, daß man zwei Stunden hindurch die Kinder in der gleichen Spannung erhält.

Man kann den Kindern raten, kann ihnen Anregungen geben, dies oder jenes zuhause zu machen, aber nicht in der Form, daß man die Anforderung stellt, daß sie es bringen; nicht als Zwang es verlangen.[30]

Auf der anderen Seite muß man auch das bedenken: die Arbeiten, die zuhause gemacht werden, müssen gerne gemacht werden. Es muß ein Bedürfnis dazu da sein, daß man es erreicht.[31]

Entscheidend für die gesamte Hausaufgabenfrage ist sicher die Motivation, beziehungsweise – wie Rudolf Steiner in der Konferenz vom 11. September 1921 sagt – die Arbeiten, die zu Hause gemacht werden, *müssen gerne gemacht werden. Es muß ein Bedürfnis dazu da sein, daß man es erreicht*. Und auch dieses gehört in den schulärztlichen Alltag herein, wenn man sieht, wie begeistert die Kinder dem Lehrer zeigen, was sie zu Hause für die Schule getan haben. Selbst wenn sie daran längere Zeit gesessen haben und es mit Feuereifer und Freude geschah, hat man das beste Empfinden dabei, wenn man sie dann stolz das Erreichte vorzeigen oder darstellen sieht.

Abschließend sei auf eine gründliche Auseinandersetzung mit dem Thema Hausaufgaben von Dietrich Wessel verwiesen.[32] Der Autor zeigt auf, daß die Problematik der Hausaufgaben schon seit den Lateinschulen des 15. Jahrhunderts diskutiert wird.

Den Schulärzten kommt in diesem Zusammenhang beratende und eine insbesondere die Schüler der unteren Klassen vor einem «Zuviel» schützende Funktion zu. Es ist auch durchaus angebracht, Hausaufgaben im Einzelfall aus medizinischer Indikation über einige Zeit auszusetzen.

---

30 Rudolf Steiner, *Konferenzen mit den Lehrern der Freien Waldorfschule in Stuttgart*, GA 300b, Dornach 1975, Konferenz vom 11. September 1921.

31 Ebenda, Konferenz vom 9. Dezember 1921.

32 Dietrich Wessel, *Das Problem Hausaufgaben*, «Erziehungskunst», Juni/Juli 1992.

Erziehung zwischen Präexistenz und Postexistenz

Ein knappes Jahr nach Begründung der Waldorfschule in Stuttgart spricht Rudolf Steiner in der Konferenz vom 24. Juli 1920 über die Haltung des Lehrers den Kindern gegenüber angesichts der Tatsache, daß diese länger in der geistigen Welt geweilt haben als er selber. Er, der Lehrer, sei eben früher zur Welt gekommen und könne daher ihr Lehrer sein. Es bedeutet dieses später Heruntergestiegensein der Schüler aber auch, daß diese etwas mitbringen an Botschaft aus der geistigen Welt, was der Lehrer nur durch sie erfahren kann. Dieser kann sich also sagen:

Wir sind zu einer bestimmten Zeit heruntergestiegen aus den geistigen Welten in die physische Welt. Diejenigen, die uns als Kinder entgegentreten, sind später heruntergekommen, sie haben die geistige Welt noch eine Zeitlang durchlebt, in der wir schon hier in der physischen Welt waren. Es ist etwas ungeheuer innerlich Erwärmendes, etwas ganz in der Seele Wirkendes, wenn man in einem Kinde sieht ein Wesen, das einem etwas herunterträgt aus der geistigen Welt, das man nicht selbst mitgemacht hat, in der geistigen Welt, weil man älter ist. Dieses Ältersein bedeutet für uns noch etwas ganz anderes. Wir empfangen mit jedem Kinde eine Botschaft aus der geistigen Welt über Dinge, die wir nicht mehr miterlebt haben.

Dieses Bewußtsein gegenüber der Botschaft, die das Kind herunterträgt, das ist ein positives Gefühl, das in vollem Ernst Platz greifen kann in der Waldorflehrerschaft, das der abwärtsgehende Kulturverlauf bekämpft, sogar getreten hat. Das tun auch die traditionellen Religionsbekenntnisse, die von allen Kanzeln die Ewigkeit predigen, die Post-mortem-Ewigkeit, jene Ewigkeit, auf die die Leute hin schauen aus dem raffinierten Egoismus ihrer Seele heraus, weil sie nicht zugrunde gehen wollen. Der Mensch geht nicht zugrunde, aber es handelt sich darum, wie man zur Überzeugung kommt von der Ewigkeit der Seele, ob aus Egoismus heraus, oder ob man lebendig, aus der Anschauung, drinnensteht in der Erfassung der ewigen Menschenseele. Hier in dieses lebendige Darinnenstehen führt das Hinschauen auf die Präexistenz der Seele, das Hinschauen auf das, was der Mensch vor der Geburt erlebt, das Hinschauen auf den Menschen hier in der physischen Welt, wie sein Leben eine Fortsetzung desjenigen ist, was er vorher erlebt hat …

Solche Dinge werden praktisch, wenn wir sagen: Dieses Kind ist später heruntergekommen aus der geistigen Welt als ich selbst. Ich kann erraten aus dem, was es mir entgegenlebt, was geschehen ist in der geistigen Welt, nachdem ich selbst die geistige Welt verlassen habe. Daß wir das als lebendiges Gefühl in uns tragen, das ist eine rechte Lehrermeditation, von einer ungeheuer großen und starken Bedeutung. Und durch ein solches bestimmtes Ausleben des anthroposophischen Wesens werden wir in Wahrheit dasjenige, was Lehrer sind, die aus anthroposophischem Geist heraus wirken.[33]

Was bringen die Kinder und Jugendlichen heute an Botschaften mit aus der geistigen Welt? Wie lernen wir, ihr oft provozierendes und «schwieriges» Verhalten richtig zu deuten, so daß es uns Aufschluß darüber gibt, was sie suchen, womit sie unzufrieden sind? Sobald man beginnt, mit solchen Fragen zu leben, blickt man mit anderen Augen auf die immer schwieriger werdenden Erziehungsverhältnisse hin. Als Beispiel seien die von Marianne Altmaier dargestellten Krankengeschichten genannt (vergl. Kap. «Kunstunterricht und künstlerische Therapie»). Ihr gelang es, durch die Einzeltherapie, das gemeinsame Schweigen bei der künstlerischen Arbeit, das Reden im richtigen Augenblick, an seelische Prozesse und Fragestellungen heranzukommen, die ganz tief lagen und sich hinter einer äußeren Schale verbargen, die so provozierend und schwierig wurden, daß Eltern und Lehrer nur noch den Ausweg wußten, die Jugendlichen in die Kinderpsychiatrie nach Herdecke für eine längere Zeit einzuweisen. Jeder, der schon einmal in der Kinderpsychiatrie gearbeitet hat, weiß, welche schreckensvollen Anamnesen oft erhoben werden müssen. Welche Zerstörungswut, welche Aggressivität, welche Verlogenheit oder auch welche Verzweiflung und Depression da als Vorgeschichte zur Darstellung kommen – und dann tritt man nur zu oft einem Kind oder Jugendlichen gegenüber, dem man all dies Schreckliche gar nicht ansieht, ja, der einen vielleicht fragend oder hilfesuchend anblickt. Und sehr häufig ist es so, daß unter den anderen Lebensumständen, durch die intensive Zuwendung der Therapeuten, sich das Zustandsbild in wenigen Wochen oder Monaten soweit wandelt, daß vieles von dem, was sich an seelischem Rumoren, innerer Unzufriedenheit in dem Kind oder Jugendlichen abgespielt hat, soweit zum Bewußtsein gebracht werden konnte, daß Änderung möglich wird und damit eine Heilung eingeleitet werden kann. Eines ist jedenfalls ganz sicher: Keine Schwierigkeit ist groß genug, daß sie nicht überwunden werden könnte, wenn eine tragfähige, menschliche Beziehung entsteht, durch die das Kind oder der Jugendliche sich verstanden und angenommen fühlt.

---

[33] Rudolf Steiner, *Konferenzen mit den Lehrern der Freien Waldorfschule in Stuttgart*, GA 300a, Dornach 1975, Konferenz vom 24. Juli 1920.

Auch hier hat die Lehrerkonferenz die Aufgabe, Fragen über Fragen zu bewegen. Wie kann man das starke Bedürfnis, das viele Kinder haben, sich mit der Technik intensiv zu verbinden, so lenken, daß es nicht in die Abhängigkeit von der Technik führt? Wie kann die starke Sehnsucht nach Selbstdarstellung, nach Identitätserleben durch künstlerischen Ausdruck so befriedigt werden, daß sie nicht in die Abhängigkeit von der Drogen- und/oder Musikszene führt? Wie kann die Innerlichkeit der Kinder und Jugendlichen so viel Nahrung erhalten, daß sie zu ihren eigenen schöpferischen Kräften erwachen und diese nicht nur surrogathaft in der Multimediakultur erleben?

Oder was muß während der Schulzeit geschehen, damit es unter Umständen für den Rest der Biographie ruht, um dann in einem nächsten Erdenleben erst voll zur Entfaltung zu kommen? Wie viele Waldorfschüler kommen in Lebensumstände hinein oder suchen sie sich, in denen unter Umständen nichts von dem weitergepflegt werden kann, was in der Schule veranlagt worden ist! Gerade in einer so auf den Egoismus gebauten, materialistischen Zivilisation wie der unsrigen können bestimmte Wahrnehmungen, Erkenntnisse, künstlerische und religiöse Betätigungen nur in diesen kostbaren Schuljahren den heranwachsenden Menschen mit auf den Weg gegeben werden, wo es dann oft vergessen wird oder der Heranwachsende sich innerlich davon wieder distanziert. Dennoch wird es mitgenommen als ein unverlierbares Gut rein menschlicher Erfahrung. Beispielsweise führt Rudolf Steiner über die Musik und ihre Wirkung auf das nachtodliche Leben folgendes aus:

Nach dem Tode trägt der Mensch noch eine Zeitlang seinen astralischen Leib. Solange er ihn trägt, bis er ihn abstreift – Sie kennen das aus meinem Buche «Theosophie» –, ist immer noch eine Art Rückerinnerung, es ist nur eine Art Erinnerung, an die irdische Musik im Menschen nach dem Tode vorhanden. Daher kommt es, daß dasjenige, was der Mensch im Leben als Musikalisches aufnimmt, nach dem Tode nachwirkt wie eine musikalische Erinnerung, etwa noch so lange, bis der Mensch seinen astralischen Leib abgestreift hat. Dann verwandelt sich die irdische Musik im nachtodlichen Leben in Sphärenmusik und bleibt als Sphärenmusik bis einige Zeit vor der neuen Geburt. Das ist etwas, was Ihnen die Sache dem Verständnis näherbringen wird, wenn Sie wissen, daß das, was der Mensch von Musik hier auf der Erde aufnimmt, eine sehr starke Rolle spielt bei der Ausgestaltung seines Seelenorganismus nach dem Tode. Der wird da ausgestaltet während dieser Zeit des Kamaloka. Das ist das Gute der Kamalokazeit, und im wesentlichen können wir das, was die Katholiken Fegefeuer nennen, den Menschen erleichtern, wenn wir das wissen, allerdings nicht, indem wir ihnen das Anschauen abnehmen; das müssen sie ja haben, weil sie sonst unvollkommen bleiben würden, wenn sie nicht eine Anschauung von dem haben könnten, was sie Unvollkommenes getan haben. Aber wir bringen eine Möglichkeit hinein, daß der Mensch im nächsten Leben besser gebildet ist, wenn er in jener Zeit nach dem Tode, wo er seinen astralischen Leib noch hat, viele Erinnerungen an Musikalisches haben kann.[34]

Betrachtungen dieser Art eröffnen völlig neue präventivmedizinische Dimensionen: Die Schulzeit wird zum Ort der Menschenbildung, indem das übersinnliche Wesen des Kindes, mit allem, was es mitbringt an karmischen Belastungen und Stärken aus früheren Leben, sich inkarnieren lernt und zugleich in ihm auch die Möglichkeit veranlagt wird, auch den anderen Schwellenübergang, den des Todes, menschenwürdig vorzubereiten. Auf diesem Hintergrund gewinnt die Festesgestaltung in der Schule, der enorme Aufwand, den man in das Erüben eines Konzerts, einer Theateraufführung hineinsteckt, eine völlig neue Beleuchtung. Und gerade jetzt, wo durch die Fünftagewoche vermehrt die Gefahr besteht, auch wieder Unterricht und irgendwelche «Extras», die nicht unbedingt nötig sind, zu streichen, gehört es zu den Aufgaben des Schularztes, hier die menschenkundlichen Gesichtspunkte stark genug im Bewußtsein zu haben und wo immer es möglich ist, auch geltend zu machen und die Lehrer der Elternschaft gegenüber in der Rechtfertigung dieser Dinge zu unterstützen. Vieles muß heute neu menschenkundlich erarbeitet und begründet werden, damit es nicht unter dem Druck der schwieriger werdenden Zeitverhältnisse und der knapper werdenden finanziellen und zeitlichen Ressourcen im wahrsten Sinne des Wortes auf der Strecke bleibt.

Zum Abschluß sei noch an die Ausführungen Rudolf Steiners erinnert, in der er die Liebe als die erste Erkenntniskraft für die Pädagogik darstellt und schildert, zu welcher Auffassung vom Kind einen die Liebe führen kann:

Da fragt man sich mit heiliger Ehrfurcht und Andacht: Was arbeitet sich denn da an die Oberfläche? – Da wird Herz und Sinn zurückgeführt zu dem, was vom Menschen selbst an Geistig-Seelischem da war in der geistig-seelischen, vorirdischen Welt, was aus dieser Welt heruntergestiegen ist in die physische, und man sagt sich: Du Kind, jetzt, nachdem du durch die Geburt ins irdische Dasein eingetreten bist, bist du unter Menschen; vorher warst du unter geistig-göttlichen Wesenheiten. – Was gelebt hat unter geistig-göttlichen Wesenheiten, das ist heruntergestiegen, um unter Menschen zu sein! Man sieht das Göttliche im

---

[34] Rudolf Steiner, *Erziehung und Unterricht aus Menschenerkenntnis,* GA 302a, Dornach [4]1993, Vortrag vom 16. September 1920.

Kinde werden. Man fühlt sich wie vor einem Altar. Nur daß auf den Altären, die man in den Religionsgemeinschaften gewohnt ist, die Menschen den Göttern opfern, damit ihre Opfergaben hinaufsteigen in die geistige Welt; jetzt fühlt man sich gewissermaßen vor dem umgekehrten Altar, die Götter lassen ihre Gnadenströme heruntersteigen als göttlich-geistige Wesenheiten, damit diese sich hier auf dem Altar des physischen Lebens als Göttersendlinge menschlich entfalten! Man schaut in jedem Kinde die göttlich-geistige Weltenordnungsentfaltung: Wie Gott schafft in der Welt. Am höchsten, am bedeutsamsten erscheint es einem, wenn man es anschaut im werdenden Kinde. Dann aber wird einem jedes einzelne Menschenkind zu einem heiligen Rätsel. Denn dann bildet jedes einzelne Kind die große Frage – nicht: Wie soll man es erziehen, daß es, wie man es sich ausgedacht hat, sich einem Idol nähert –, sondern: Wie soll man das pflegen, was einem die Götter heruntergeschickt haben in die irdische Welt? – Man lernt sich erkennen zu einem Helfer der göttlich-geistigen Welt, und man lernt vor allem die Frage aufwerfen: Was kann werden, wenn man mit einer solchen Gesinnung an den Unterricht und an die Erziehung herangeht?[35]

[35] Rudolf Steiner, *Der pädagogische Wert der Menschenerkenntnis und der Kulturwert der Pädagogik,* GA 310, Dornach [4]1989, Vortrag vom 17. Juli 1924.

Das Problem Stundenplan und die Ergebnisse der Rhythmusforschung

Es gehört zu den wichtigsten Aufgaben des Schularztes, im Kampf mit den vielen Sachzwängen, individuellen Lebensnotwendigkeiten einzelner Lehrerkollegen unerschütterlich mitzuhelfen, daß eine hygienische Stundenplangestaltung zustande kommen kann. Gerade in der Gegenwart, wo in nie dagewesener Weise über Disziplinschwierigkeiten und Probleme, den Unterricht überhaupt noch sinnvoll durchführen zu können, geklagt wird – müßte eine grundsätzliche Besinnung und Motivierung stattfinden, die Stundenplanfrage noch einmal mit aller Energie und Kraft in Angriff zu nehmen!

Wie wichtig diese Aufgabe ist, zeigt auch die Sorgfalt und Zeit, die Rudolf Steiner darauf verwendet hat, um über Fragen der Stundenplangestaltung zu sprechen und sie von den verschiedensten Seiten anzugehen. Es seien zunächst einige charakteristische Aussagen angeführt:

Wenn man erziehen will, muß man auch eine gewisse Ellenbogenfreiheit haben. Die hat man aber nicht, wenn in der gewöhnlichen Weise der schauderhafte Stundenplan in der Schule wirkt: von 8 bis 9 Religion, von 9 bis 10 Turnen, von 10 bis 11 Geschichte, von 11 bis 12 Rechnen. Da löscht alles Spätere wiederum das Frühere aus; man kann nichts machen, man verzweifelt als Lehrer, wenn man dann noch zurechtkommen soll. Deshalb haben wir in der Waldorfschule das, was man den Epochenunterricht nennen kann. Das Kind kommt in eine Klasse. Im Hauptunterricht ist es so, daß das Kind jeden Tag in den hauptsächlichsten Vormittagsstunden, von 8 bis 10 oder von 8 bis 11, mit entsprechenden kurzen Erholungspausen, einheitlichen Unterricht erhält. Da ist ein Lehrer in der Klasse, auch in den höheren Klassen. Da wechselt nicht stundenmäßig der Gegenstand des Unterrichtes, sondern man braucht für irgend etwas, was man durchnehmen will, zum Beispiel im Rechnen, sagen wir 4 Wochen. Dann wird jeden Tag von 8 bis 10 Uhr das betreffende Kapitel durchgenommen, und immer wieder wird am nächsten Tage an das angeknüpft, was am vorhergehenden Tage war. Kein Späteres löscht da das Vorangegangene aus; Konzentration ist möglich. Wenn dann 4 Wochen verflossen sind und man ein Rechenkapitel genügend behandelt und abgeschlossen hat, beginnt man mit einem Kapitel Geschichte, das nun wiederum, je nachdem man es braucht, durch 4 bis 5 Wochen durchgeführt wird, und so weiter.[36]

---

[36] Rudolf Steiner, *Der pädagogische Wert der Menschenerkenntnis und der Kulturwert der Pädagogik*, GA 310, Dornach [4]1989, Vortrag vom 21. Juli 1924.

Rudolf Steiner hebt hier den Vierwochenrhythmus hervor als ein Minimum, um eine bestimmte Wirkung zu erzielen. Damit ist grundsätzlich die Frage aufgeworfen, welche Bedeutung die Pflege bestimmter Rhythmen für die Lern- und Entwicklungsabläufe im Schulalltag haben. Auch wenn die chronobiologische Forschung in den zwanziger Jahren erst in ihren Anfängen war, hat Rudolf Steiner bereits aufgrund seiner geisteswissenschaftlichen Forschung genaueste Richtlinien geben können für eine rhythmische Gestaltung des Tages, der Woche, des Monats und des Jahres. Er nimmt dabei bedeutende Forschungsergebnisse der in den letzten Jahrzehnten zutage getretenen chronobiologischen Forschung voraus.

Schon im Jahre 1909 hielt Steiner in Berlin einen Vortrag über die Eigenrhythmik der menschlichen Wesensglieder:[37]

Sie erinnern sich daran, daß gewisse Verhältnisse bestehen zwischen dem Ich, dem astralischen Leib, dem Ätherleib und dem physischen Leib des Menschen. Das, was in bezug auf das vierte Glied, auf das Ich zu sagen ist, tritt uns ja, man möchte sagen, am handgreiflichsten vor Augen, wenn wir uns erinnern an die beiden Wechselzustände des Bewußtseins, die das Ich im Laufe eines vierundzwanzigstündigen Zeitraumes, also eines Tages, durchmacht. Diesen einen Tag mit seinen vierundzwanzig Stunden, innerhalb dessen das Ich Tag und Nacht, Schlafen und Wachen erlebt, setzen wir in gewisser Beziehung als Einheit. Wenn wir also sagen: Das was das Ich an einem Tage durchmacht, das unterliegt der Zahl eins, dann müssen wir sagen, die Zahl, welche in einer ähnlichen Weise dem Rhythmus unseres astralischen Leibes entspricht, ist die Zahl sieben. Während das Ich, wie es heute ist, in vierundzwanzig Stunden, in einem Tag, sozusagen auf seinen Ausgangspunkt zurückkommt, wiederum da anlangt, wo es war, macht dasselbe unser astralischer Leib in sieben Tagen durch. Wir wollen uns darüber noch etwas genauer verständigen.

Denken Sie einmal an Ihr Erwachen am Morgen, das darin besteht, daß Sie sich, wie man – freilich unrichtigerweise – im gewöhnlichen Leben sagt, aus dem Dunkel der Bewußtlosigkeit erheben und daß die Gegenstände der physisch-sinnlichen Welt wiederum um Sie herum auftreten. Sie erleben das am Morgen, und Sie erleben das nach vierundzwanzig Stunden wiederum, Ausnahmefälle selbstverständlich abgerechnet. Das ist der regelmäßige Gang der Sache, und wir können sagen: nach einem Tag von vierundzwanzig Stunden

[37] Rudolf Steiner, *Geisteswissenschaftliche Menschenkunde*, GA 107, Dornach, [5]1988, Vorträge vom 21. Dezember 1908 und 12. Januar 1909.

kehrt unser Ich zu seinem Ausgangspunkt zurück. Wenn wir für den astralischen Leib in derselben Weise seine entsprechenden Verhältnisse aufsuchen, so müssen wir sagen: wenn die Regelmäßigkeit, die dem menschlichen astralischen Leib zukommt, wirklich in ihm auftritt, so kehrt er nach sieben Tagen wiederum an denselben Punkt zurück. Während also das Ich einen Kreislauf in einem Tage durchmacht, geht der astralische Leib wesentlich langsamer, er macht seinen Kreislauf in sieben Tagen durch. Der Ätherleib macht nun seinen Kreislauf in viermal sieben Tagen durch; er kommt nach viermal sieben Tagen wiederum an denselben Punkt zurück. Und nun bitte ich das zu beachten, was das vorletzte Mal schon gesagt worden ist: Für den physischen Leib geht das nicht so regelmäßig wie für den astralischen Leib und für den Ätherleib. Eine annähernde Zahl können wir aber auch da festsetzen: er macht in ungefähr zehnmal achtundzwanzig Tagen seinen Kreislauf durch, so daß er da an seinen Ausgangspunkt zurückkehrt ... Im allgemeinen sind die Zahlen 1 : 7 : (4 x 7) : (10 x 7 x 4) die Verhältniszahlen, die uns für die vier Glieder der Menschennatur sozusagen die «Geschwindigkeiten der Umdrehung» angeben. Das ist natürlich nur im Bilde gesprochen, denn es handelt sich nicht um Umdrehungen, sondern um Wiederholungen derselben Zustände; um Rhythmenzahlen handelt es sich.[38]

Inzwischen ist die gesundheitliche Bedeutung dieser Rhythmen in den Lehrbüchern für Balneologie und medizinische Klimatologie[39] – insbesondere der Siebentages- und der Monatsrhythmus – eingehend dargestellt und dokumentiert.

Schon 1978 hat Gunther Hildebrandt in seinem Beitrag *Chronobiologische Grundlagen der Prävention und Rehabilitation* formuliert: *Gesundheit ist demnach vom chronobiologischen Standpunkt ein optimaler Zustand der harmonischen Zeitstruktur des Organismus und deren Eingliederung in die Zeitordnungen der Umwelt. An diesen meßbaren Kriterien der rhythmischen Funktionsordnung müssen die Aufgaben der Prävention und Rehabilitation ausgerichtet werden. Diese müssen einerseits darin bestehen, eine solche chronobiologische Ordnung von inadäquaten Störungen zu schützen, zum anderen aber auch darin, sie durch geeignete Maßnahmen zu stärken und gegebenenfalls wieder herzustellen bzw. ihre Wiederherstellung zu ermöglichen. Je nach*

---

38 Rudolf Steiner, *Geisteswissenschaftliche Menschenkunde*, GA 107, Dornach [5]1988, Vortrag vom 12. Januar 1909.

39 Balneologie und medizinische Klimatologie, Band 1, herausgegeben von W. Amelung/ G. Hildebrandt, *Therapeutische Physiologie. Grundlagen der Kurortbehandlung*, Berlin/ New York 1985.

Grad der Belastung sind unterschiedliche Periodendauern für die Wiederherstellung der vollen Funktionstüchtigkeit notwendig, wie nachstehende Tabelle zeigt:[40]

Zeitstruktur und funktionelle Bedeutung der therapeutisch nutzbaren periodischen Reaktionen

	Submultiple Perioden des Tagesrhythmus	Submultiple Perioden des Monatsrhythmus	Submultiple Perioden des Jahresrhythmus
Perioden-dauern	12, 8, 6, 4 Stunden	7, 9–10, 14, 21 Tage	6, 4, 3, 1½ Monate
Erholungs-funktion	Funktionelle Erholung (Entmüdung)	Langzeit-erholung (Regeneration)	Überschießende Erholung (Leistungssteigerung)
Thera-peutische Bedeutung	Reaktions-Prophylaxe (Abhärtung)	Heilung Restitution (Normalisierung)	Kompensation von Ausfällen (Erschließung von Leistungsreserven)
Adaptive Bedeutung	Habituation	Funktionelle Adaptation	Trophisch-plastische Adaptation
Spezifität	Abbau unspezifischer Miterregung	Positive Kreuzeffekte	Spezialisierung
Zeitbedarf der trophotropen Phasen	Stunden	Tage – Wochen	Wochen – Monate

[40] Aus: Zeitschrift für Angewandte Bäder- und Klimaheilkunde, Oktober 1978, 25. Jg, Nr. 4.

Im folgenden seien nun grundlegende Elemente einer pädagogischen Chronohygiene angeführt:

Pflege des Tagesrhythmus und das Einbeziehen der Nacht

Jeder Tag im Leben einer Waldorfschule beginnt – nach der gegenseitigen Begrüßung – mit dem Morgenspruch. Der Spruch für die Mittel- und Oberstufe sei hier wiedergegeben:

Ich schaue in die Welt,
In der die Sonne leuchtet,
In der die Sterne funkeln;
In der die Steine lagern,
Die Pflanzen lebend wachsen,
Die Tiere fühlend leben,
In der der Mensch beseelt
Dem Geiste Wohnung gibt;
Ich schaue in die Seele,
Die mir im Innern lebet.
Der Gottesgeist, er webt
Im Sonn' - und Seelenlicht,
Im Weltenraum, da draußen,
In Seelentiefen, drinnen. –
Zu Dir, o Gottesgeist,
Will ich bittend mich wenden,
Daß Kraft und Segen mir
Zum Lernen und zur Arbeit
In meinem Innern wachse.[41]

Es ist nicht nur schön oder sinnvoll, sich zu Beginn des Unterrichts auf wenige große Gedanken zu konzentrieren. Vielmehr bedeutet regelmäßige Wiederholung durch Jahre hindurch zugleich auch ein Stück Gewohnheits- und Willensbildung. Die tägliche Ansprache des Ich bewirkt eine Persönlichkeitsstärkung, die kräftigend auch auf die Tätigkeit der anderen Wesensglieder ausstrahlt. Ist doch die Eins – der Rhythmus des Ich – der Ausgangspunkt beziehungsweise Bezugspunkt aller anderen Zeitstrukturen im Organismus. Alles ist letztlich an den Ich-Rhythmus als 24-Stunden-Rhythmus angeschlossen beziehungsweise in ihn hineinsynchronisiert.

---

[41] Rudolf Steiner, *Wahrspruchworte,* GA 40, Dornach 1986, *Morgenspruch für die oberen Klassen.*

Dabei sind in diesem 24-Stunden-Rhythmus die charakteristischen sinusförmigen Maxima und Minima als tagesrhythmische Schwankungen in der Leistungsbereitschaft des Ich seit langem bekannt.[42]

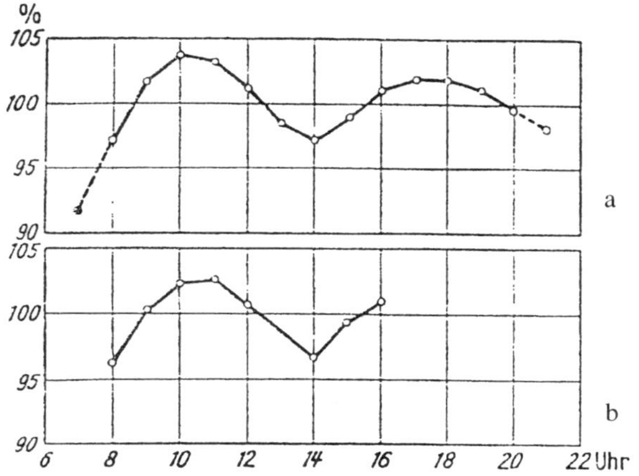

Tagesgang der Rechengeschwindigkeit bei 11jährigen Kindern (aus Rutenfranz und Hellbrügge, Zschr. Kinderheilk. 80 [1957] 65–82)

a) nach Untersuchungen von Rutenfranz und Hellbrügge, 1957

b) nach Untersuchungen von Baade, 1907

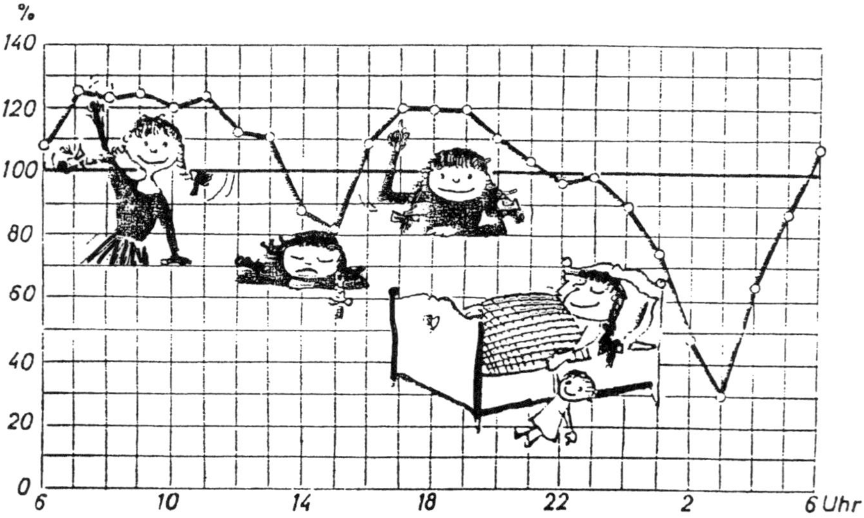

Tagesgang der physiologischen Leistungsbereitschaft in Anlehnung an Untersuchungen von Bjerner et al. (nach Bjerner, Holm and Swensson, Br. j. ind. med. 12 [1955], 103–110).

---

[42] Vergl. Deutsches Ärzteblatt, Heft 6, vom 8.2.1979, Joseph Rutenfranz, *Kind und biologische Rhythmik*, Aus dem Institut für Arbeitsphysiologie an der Universität Dortmund, Tabellen auf S. 359.

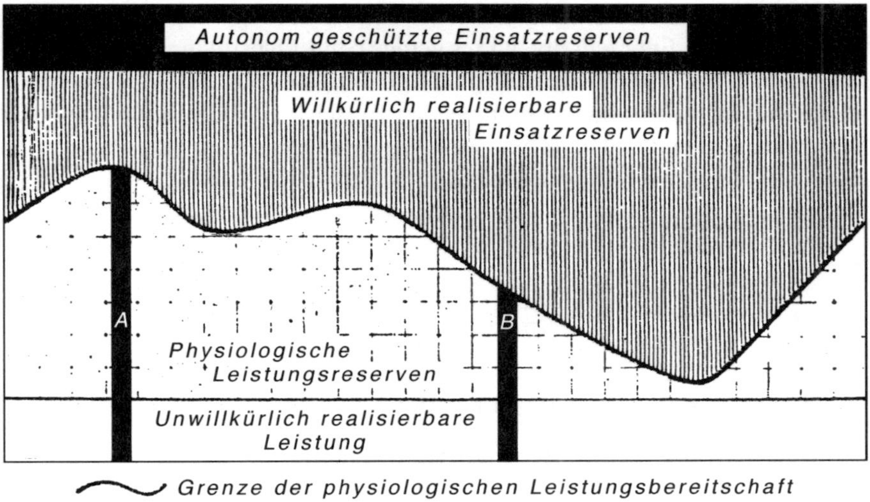

Schema der Leistungsbereiche in Abhängigkeit von der Tageszeit (nach Schmidtke, Die Ermüdung, Huber, Bern-Stuttgart 1965).

Am Ende der zitierten Übersichtsarbeit bemerkt Joseph Rutenfranz: *Kritisch in diesem Zusammenhang erscheinen mir von den Schultypen, die in den letzten Jahren durch «Reformen» entstanden sind, vor allem die Ganztagesschule, die Verlegung des Schulpensums auf 5 Tage in der Woche sowie die reformierte Oberstufe, da hier die Schulzeit zum Teil bis in die späten Mittags- bzw. frühen Nachmittagsstunden verlagert wird und dadurch die Leistungsanforderungen mit einem «Tief» der physiologischen Leistungsbereitschaft kollidieren müssen. Wenn man solche Schulformen trotzdem will, dann muß man die entsprechenden Organisationsformen dem Tagesverlauf der physiologischen Leistungsbereitschaft anpassen. Generell kann man davon ausgehen, daß die Zeit besonderer Leistungsbereitschaft im Schulalter zwischen 9 und 12, maximal zwischen 8 und 13 Uhr liegt, und daß der zweite Gipfel für mentale Leistung nicht vor 16 Uhr beginnt. Bei jüngeren Kindern, vor allem im Vorschulalter, sind die Gipfel in Richtung auf frühere Zeiten verlagert, und die Mittagssenke ist ausgeprägter. Eine vernünftige Schulorganisation sollte darum den Schulbetrieb möglichst in der Zeit zwischen 8 und 13 Uhr, bei jüngeren Schulkindern zwischen 9 und 12 Uhr abwickeln. Die Eltern sollten ihren Kindern in der «Mittagssenke» nach dem Mittagessen Zeit zum «Träumen» und Spielen lassen und sie mit den Hausaufgaben – je nach Jahreszeit – zwischen 16.30 und 18 Uhr beschäftigen.*

Die Hinweise Rudolf Steiners gehen über chronobiologische Empfehlungen wie diese hinaus. Er beschreibt, wie es gerade beim Tagesrhythmus auch Rücksicht zu nehmen gilt auf den dreigliedrigen Organismus des Menschen. Zu seinen ihm innewohnenden Rhythmen sei zunächst eine Grafik von Gunther Hildebrandt gezeigt und dann eine grundlegende Darstellung Steiners.

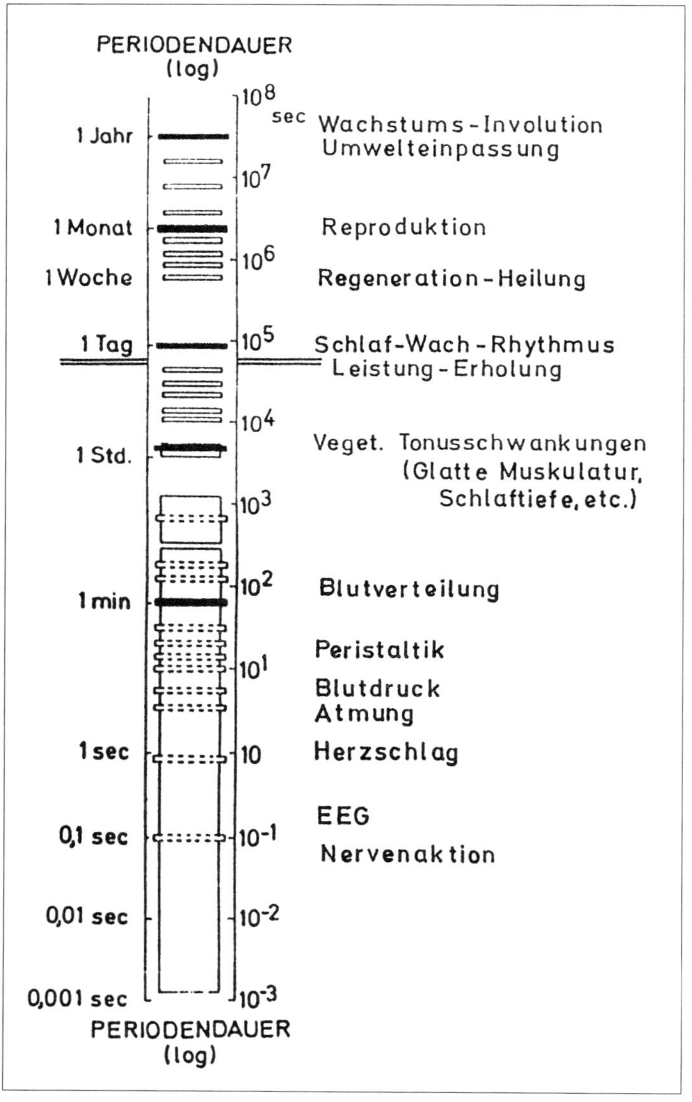

Spektrum der Periodendauern rhythmischer Funktionen beim Menschen (nach Hildebrandt 1975, verändert).

Hildebrandt bemerkt dazu: *Die äußeren Umweltrhythmen haben aber einen synchronisierenden, d.h. phasenregulierenden Einfluß und sichern auf diese Weise die geophysikalisch bzw. kosmisch geordnete Basis für die Zeitstrukturen des Organismus und seine richtige Umwelteinordnung. Dies gilt besonders für Tages- und Jahresrhythmus, während Wochen- und Monatsrhythmus des Organismus sich bereits weitgehend verselbständigt haben, offenbar im Zuge einer allgemein fortschreitenden zeitlichen Emanzipation des zivilisierten Menschen.*

Bei den kürzerwelligen Rhythmen des Spektrums unterhalb des Tagesrhythmus handelt es sich dagegen um rein endogene Funktionsschwankungen, die in keinem unmittelbaren Bezug zu den Rhythmen der Umwelt stehen. Untersucht man die Funktionen dieses autonomen Bereiches genauer, so zeigt sich hier ein besonderes Organisationsprinzip: So finden sich die höchstfrequenten rhythmischen Vorgänge im Bereich des Nervensystems. Sie dienen hier dem Informationswechsel, das heißt der Aufnahme, dem Transport und der Verarbeitung von Informationen, die zu rhythmischen Signalen verschlüsselt werden. Die langsamen Rhythmen des autonomen Bereichs dienen dagegen dem Stoffwechsel und seinen Funktionsbereichen der Stoffaufnahme und -ausscheidung, Verdauung, Sekretion und Energiebereitstellung. Während die Informationsrhythmen streng an höchst differenzierte räumliche Strukturen des Nervensystems gebunden sind, betreffen die Stoffwechselrhythmen mehr oder weniger alle Gewebe, sind räumlich also viel weniger spezifiziert. Zwischen diesen beiden gegensätzlichen Polen vermittelt gleichsam das Zentrum des rhythmischen Systems mit den Rhythmen von Kreislauf und Atmung, die zwischen Spannung und Entspannung, Ausdehnung und Konzentration, Systole und Diastole hin- und herschwingen.[43]

Nun Rudolf Steiner: *Dadurch, daß man sich eine solche Menschenerkenntnis aneignet, kommt man auch darauf, wie nicht nur die menschliche Natur sich in verschiedener Weise in verschiedenen menschlichen Individuen ausspricht, sondern wie sich die menschliche Natur in ganz anderer Weise in der Kindheit, im reifen Alter, im Greisenalter ausspricht. Die drei Glieder der Menschennatur wirken eben ganz verschieden ineinander, und sie müssen aufeinander abgestimmt werden.*

---

[43] Gunther Hildebrandt, *«Zur Physiologie des rhythmischen Systems»*, aus: *Beiträge zur Erweiterung der Heilkunst*, Januar 1986, Seite 8f.

Das wird zum Beispiel sehr real, wenn wir daran denken müssen, die Zeit, die wir zum Unterrichten und Erziehen zur Verfügung haben, in der richtigen Weise einzuteilen. Wir müssen ja selbstverständlich den ganzen Menschen in das Erziehungs- und Unterrichtswesen hineinstellen, also sowohl seine Kopfnatur wie auch seine Gliedmaßen-Stoffwechselnatur, und da ja wiederum in jedem einzelnen Gliede die anderen Prozesse der anderen Glieder auch vor sich gehen, müssen wir das berücksichtigen. Im Kopfe finden natürlich auch fortwährend Stoffwechselvorgänge statt.

Haben wir es nun nötig, für gewisse unterrichtliche, erzieherische Formalia das Kind ruhig sitzen zu haben in der Klasse, wir werden davon noch sprechen, auch auf den hygienisch eingerichteten Bänken, dann behandeln wir das Kind aber immerhin so, daß es still sitzt, daß also nicht im Stoffwechsel-Gliedmaßenorganismus die Tätigkeit wirkt, sondern daß alles dasjenige, was wirkt, aus dem Kopf herausgeholt werden muß. Das ist eine Einseitigkeit, in die wir das Kind versetzen. Wir gleichen das wiederum aus, indem wir nachher, mit Recht nachher, den Kopf entlasten von seiner Tätigkeit und den Gliedmaßen-Stoffwechselorganismus in Regsamkeit bringen, indem wir das Kind zur Gymnastik bringen.

Wenn man sich bewußt ist, wie polarisch entgegengesetzt die Prozesse im Kopforganismus und im Gliedmaßen-Stoffwechselorganismus sind, wird man gar wohl begreifen, wie wichtig es ist, daß man auch in dieser Weise in der rechten Art abwechselt. Aber wenn wir dann die Kinder haben turnen, springen lassen, alle möglichen Übungen haben machen lassen und sie dann wiederum zurücknehmen in die Klasse und in der Klasse weiter unterrichten, ja, wie ist es denn dann?

Sehen Sie, während der Mensch seinen Stoffwechsel-Gliedmaßenorganismus in Regsamkeit hat, da sind allerdings diejenigen Gedanken, die künstlich zwischen Geburt und Tod in den Kopf hineingebracht werden, aus dem Kopf draußen. Das Kind springt herum, bewegt sich, bringt den Stoffwechsel-Gliedmaßenorganismus in Bewegung. Die während des physischen Erdenlebens eingepflanzten Gedanken, die gehen zurück. Aber dasjenige, was sonst in den Träumen figuriert, diese übersinnliche Weisheit ist jetzt auf unbewußte Art im Kopfe drinnen, macht sich gerade im Kopfe geltend. Führen wir daher das Kind nach der Gymnastik wiederum zurück in die Schulstube, dann setzen wir ihm etwas, was im Unterbewußten für das Kind minderwertig ist, an die Stelle desjenigen, was es vorher gehabt hat während der gymnastischen Übungen. Denn während der gymnastischen Übungen wirkt nicht nur das Sinnliche auf das Kind erziehend, sondern auch das Übersinnliche, das während der gymnastischen Übungen ganz besonderen Anlaß hat. Daher wird das Kind in der folgenden Stunde innerlich unwillig. Es äußert vielleicht den Unwillen nicht so stark, aber es wird innerlich unwillig. Und wir verderben es, wir veranlagen in ihm Krankheitsneigungen dadurch, daß wir wiederum auf die gymnastischen Übungen den gewöhnlichen Unterricht hinaufpfropfen.

Es ist das ja eine Tatsache, die sogar häufig schon äußerlich bemerkt worden ist, wie mir ein Physiologe versicherte. Aber hier haben Sie aus anthroposophischer Geistesforschung die Gründe dafür, daß wir sehen können, wie wir allerdings die Neigungen zum Gesunden dadurch fördern können, daß wir uns als Lehrer und Erziehungskünstler in der richtigen Weise Menschenerkenntnis erwerben. Natürlich, wenn wir es nicht in der richtigen Weise machen, erzeugen wir allerlei Krankheitsanlagen. Das müssen wir durchaus bedenken. Denn, Sie haben ja bemerkt, ich will nicht in Glorifizierung desjenigen verfallen, was der Mensch sich als seine Lebensweisheit aneignet; sie würde ja nicht ausreichen, um die menschliche Organisation im künftigen Alter plastisch zu gestalten. Aber würden wir nicht im späteren, reifen Alter in der Organisation schon so versteift sein, daß dasjenige, was wir da in den Kopf hineinbringen als äußerliche Weisheit, die auf naturalistisch-intellektualistische Art erworben wird, würde das nicht alles in der richtigen Weise als Erinnerungsvorstellung zurückstrahlen, so würde es später in den übrigen Organismus hinunterströmen. Und dasjenige, so paradox es wiederum klingt, was nach der normalen Organisation des Menschen im Kopforganismus bleiben soll, wenn es in den Gliedmaßen-Stoffwechselorganismus hinunterströmt, macht es den Menschen krank, ist wie Gift. Verstandesweisheit ist in der Tat eine Art von Gift, sobald sie an den unrichtigen Ort kommt, sobald sie wenigstens in den Stoffwechselorganismus hineinkommt. Wir können nur dadurch mit der Verstandesweisheit leben, daß dieses Gift – in ganz technischem Sinne, nicht in moralischer Beurteilung sage ich das –, daß dieses Gift nicht in unseren Stoffwechsel-Gliedmaßenorganismus hinunterdringt. Da wirkt es furchtbar zerstörerisch.

Aber beim Kinde ist diese Versteiftheit nicht da. Wenn wir da mit unserer heutigen reifen Weisheit kommen, so dringt dieses Gift hinunter und vergiftet in der Tat den Stoffwechsel-Gliedmaßenorganismus. Sie sehen, es ist notwendig, aus der unmittelbaren Lebenspraxis heraus wissen zu lernen, wieviel man diesem Kinderhaupte zumuten darf, damit man nicht zuviel hineinpreßt, was dann nicht mehr aufgehalten wird und was dann in den Stoffwechsel-Gliedmaßenorganismus hinuntergeht.

Man hat es also als Lehrer und Erziehungskünstler in der Hand, entweder gesundend oder krankmachend auf den Kindesorganismus zu wirken.[44]

---

[44] Rudolf Steiner, *Die gesunde Entwickelung des Menschenwesens*, GA 303, Dornach [4]1987, Vortrag vom 28. Dezember 1921.

Christoph Lindenberg beschreibt aufgrund dieser chronobiologischen und geisteswissenschaftlichen Forschungsergebnisse den idealen Arbeitsablauf im Hauptunterricht folgendermaßen:

Es wurde weiter oben bereits gesagt, daß die Kinder schon belastet in die Schule kommen. Deshalb hat der Lehrer zuallererst die Aufgabe, die Schüler in die Lage zu versetzen, etwas aufnehmen zu können. Er selbst wird für die Schüler zur Verfügung stehen, die etwas abladen wollen, wird vor Beginn des offiziellen Unterrichts mit den Schülern, die es wünschen, sprechen. Der Unterricht beginnt dann mit dem gemeinsam gesprochenen Morgenspruch. Darauf folgen rhythmische Übungen, die den Sinn haben, vom Rhythmus her harmonisierend zu wirken. Wenn man Rhythmen kennt und mit ihnen umzugehen weiß, so kann man je nachdem durch Rhythmen beruhigend oder anregend wirken, weil Rhythmen in verschiedener Weise Atem und Puls beeinflussen. Bevor dann mit der gedanklichen Verarbeitung des am vergangenen Tage Besprochenen begonnen wird, kann der Lehrer selber durch einige Worte die Erinnerung an das gestern Behandelte wachrufen, so daß sich die Schüler darauf einstellen können. Beginnt aber der Lehrer sofort, mit gezielten Fragen einzelne Schüler zu beanspruchen, so besteht leicht die Gefahr, daß dadurch bei sensiblen oder schwächeren Schülern eine Denkblockade hervorgerufen wird.

Der Sinn dieses Vorgehens ist, daß vor der intellektuellen, vielleicht anstrengenden, das Gedächtnis und das Abstraktionsvermögen fordernden Arbeit sowohl Ruhe als auch Wachheit hergestellt werden. Durch die einleitenden Bemerkungen sollen möglichst viele Schüler in die Lage versetzt werden, in den Arbeitsvorgang einzusteigen. Der Lehrer ist also in diesem Verständnis nicht derjenige, der einfach Leistungen abfordert, sondern zunächst derjenige, der der Leistung den Boden bereitet. Für die Schüler hingegen ist es wichtig, daß sie wissen, was sie erwartet. Sie können sich darauf verlassen, daß jetzt regelmäßig wiederholt wird. Dadurch, daß sie nicht ständig mit neuen Situationen konfrontiert werden, können sie sich auf etwas einstellen und darauf vorbereiten. Da das Wiederholen und gedankliche Bearbeiten in sich viele Schwierigkeitsgrade zuläßt, können sich alle Schüler beteiligen. Der schwächere Schüler kann einfache Referate des Durchgenommenen anbieten, die Stärkeren können Fragen stellen, Probleme diskutieren, Gesetzmäßigkeiten herausarbeiten. Am Schluß dieses Teiles kann der Ertrag des Ganzen als ein übersichtlicher Tafelanschrieb dastehen.

Oben wurde bereits gesagt[45]*, daß sowohl die Beanspruchung des Gedächtnisses wie auch des Abstraktionsvermögens, das im Formulieren von allgemeinen Einsichten, Regeln und Gesetzen geübt wird, zwar als intellektuelle Lei-*

stung erscheint, aber doch auch Muskulatur und Stoffwechsel beansprucht. Allerdings mildern Gespräch und Diskussion, die sich hier ergeben, die relativ starke Anspannung. Zum anderen muß diese Anspannung, die zielvolle Übung des Gedächtnisses, auch da sein, weil der Schüler hierin seine eigene Leistung erlebt. Er merkt, daß er etwas weiß und etwas kann, und das stabilisiert das Selbstvertrauen des Schülers. Schon in diesem Teil droht eine Gefahr, nämlich die, daß man beim Wiederholen und Diskutieren vom Hundertsten ins Tausendste kommt. Der Schüler verliert die Orientierung, er hat das Gefühl: In meinem Kopf herrscht Chaos. Dieses Gefühl führt entweder zu einem Abschlaffen und Abhängen oder zu einer stillen Verzweiflung. In beiden Fällen ist der eigentliche Lernvorgang gescheitert, selbst wenn es für einige Schüler «sehr interes-

---

[45] Lindenberg führt auf S. 83 aus: *Daß es im Unterricht nicht nur um das moralische Problem des guten Willens der Schüler, um sogenanntes «Zusammenreißen» oder ähnliches geht, wird erklärlich, wenn man sich vor Augen führt, was leiblich, physiologisch in den Schülern während der Mathematikarbeit vor sich geht. Seit zwei Jahrzehnten liegen auf diesem Felde Untersuchungen vor, die Lehrer kennen sollten. Im Physiologischen Institut der Universität Marburg haben Ende der fünfziger Jahre die Mediziner Golenhofen, Blair und Seidel Experimente unternommen, die erforschen sollten, wie Kopfrechnen physiologisch wirkt. Sie fanden dabei zunächst heraus, daß die Durchblutung des Muskels des linken Unterarms während des angespannten Kopfrechnens um 150% auf 250% im Verhältnis zur normalen Durchblutung zunahm. Im rechten Unterarm war die Zunahme der Durchblutung nicht ganz so stark. Gleichzeitig nahm die Hautdurchblutung in den Händen ab.*
All das deutet eine erhöhte Stoffwechseltätigkeit an: Die Schüler arbeiten wirklich schwer. Eine weitere Untersuchung wandte sich der Frage zu, wodurch diese Muskeldurchblutung zustande käme. Man hatte zunächst vermutet, daß eine Steigerung des Blutdrucks Ursache der erhöhten Durchblutung sei. Messungen ergaben aber, daß der Blutdruck nur ganz geringfügig ansteigt und nicht als Ursache in Betracht kommt. Erst als man am linken Unterarm den Nervus radialis durch Novocain blockierte, zeigte sich, daß die Erhöhung der Muskeldurchblutung im linken Unterarm ausblieb und sich auf den rechten Unterarm verlagerte, wo nun höhere Durchblutungswerte gemessen wurden. Man steht also vor der merkwürdigen Tatsache, daß die Muskeldurchblutung in einem Zusammenhang steht mit dem den Muskel innervierenden Nerv. Die landläufige Vorstellung, daß das Kopfrechnen nur im Kopf stattfände und nur die Nerven beanspruche, ist jedenfalls irrig: Geistige Tätigkeit beansprucht den ganzen Menschen. Es ist hier natürlich darauf hinzuweisen, daß die Marburger Untersuchungen alle anderen körperlichen Beanspruchungen nicht erfassen, weil sie sich mit ihren Untersuchungen ausschließlich auf die Durchblutung der beiden Unterarme beschränkt haben. Daß aber auch andere Muskeln, etwa die der Beine oder des Rückens beansprucht werden, ist wahrscheinlich. Ferner kann der Lehrer namentlich bei jüngeren Kindern feststellen, daß auch der Flüssigkeitshaushalt, der durch die Hypophyse gesteuert wird, durch das Rechnen stärker als durch andere Fächer angeregt wird: Kopfrechnen erhöht stärker als andere Fächer den Harndrang und steigert überhaupt die allgemeine Motorik.

sant» war. Der Lehrer kann das am nächsten Tage daran merken, daß die Schüler nicht viel Sinnvolles behalten haben. Das ist deshalb ein bedenkliches Symptom, weil man in der Strukturierung und Übung des Gedächtnisses den Zugriff zu seinem Wissen lernt und übt. Diese Übung kann nicht nur ein Ergebnis häuslicher Arbeit sein. Sicherheit gewinnt sie erst durch die ständige Pflege in der Schule. Die dadurch erreichte Stabilisierung des Gedächtnisses setzt einen psychischen Prozeß in Gang, der durch das Erfolgserlebnis, durch das Gefühl der Sicherheit, etwas zu können, schließlich auch physiologische Folgen hat, weil diese Sicherheit auf Gesundheit und Schlaf zurückwirkt ...[46]

Es seien nur noch einige, wesentliche Aussagen Rudolf Steiners über die Aufeinanderfolge von Unterrichtsfächern an verschiedenen Tagen angeführt, wodurch ebenfalls der dreigliedrige Organismus des Kindes besondere Pflege findet:

Musik/Geschichte, Singen/Eurythmie – die Bedeutung der Nacht

Rudolf Steiner führt dazu aus: *Es zerfällt ja der Unterricht – wenn wir die Begriffe etwas pressen – im wesentlichen in zwei Teile, die allerdings immer ineinanderwirken: in den einen Teil, wo wir dem Kinde etwas beibringen, an dem es sich mit seiner Geschicklichkeit, mit seiner ganzen Leiblichkeit betätigt, wo wir also das Kind in eine Art von Selbsttätigkeit bringen. Wir brauchen nur an die Eurythmie, an die Musik, an das Turnen zu denken, ja selbst wenn wir an das Schreiben, wenn wir an die äußere Verrichtung des Rechnens denken, wir bringen das Kind da in eine gewisse Tätigkeit. Der andere Teil des Unterrichtens ist der betrachtende Teil, wo wir das Kind anschauen lassen, wo wir das Kind auf etwas hinweisen.*

Diese beiden Teile, obwohl sie immer ineinandergreifen im Unterricht, sind voneinander grundverschieden, und gewöhnlich weiß man gar nicht, wieviel der Lehrer besonders bei einem betrachtenden Unterricht, zum Beispiel beim Geschichtsunterricht, von einem anderen Lehrer hat, der mehr auf Geschicklichkeit und Fertigkeit hinzuarbeiten hat. Sehen Sie, etwa Kinder nur zu unterrichten in Betrachtungssachen, würde ihr Leben für das spätere Alter furchtbar verkümmern. Kinder, die bloß auf das Betrachtende hindressiert oder unterrichtet werden, werden im späteren Leben benommene Menschen. Sie werden mit einem gewissen Überdruß an der Welt erfüllt. Sie werden sogar für das

---

[46] Christoph Lindenberg, *«die lebensbedingungen des erziehens – von waldorfschulen lernen»*, rororo-sachbuch, Reinbek 1981, S. 102f.

Betrachten im späteren Lebensalter oberflächlich. Sie sind nicht mehr geneigt, im späteren Lebensalter viel zu betrachten und auf das Außenleben die nötige Aufmerksamkeit zu verwenden, wenn man sie nur unterrichtet hat in Geschichte oder in Kulturgeschichte oder überhaupt in dem, was betrachtender Art ist. Wir verdanken eben, wenn wir dem Kinde etwas beizubringen haben, was betrachtender Art ist, ein ganz Wesentliches dem Handarbeitslehrer oder dem Musik- oder Eurythmielehrer. Der Geschichtslehrer lebt eigentlich von dem Musiklehrer, von dem Gesanglehrer, und umgekehrt der Gesanglehrer, der Musiklehrer lebt von dem, was als Geschichtliches oder Betrachtliches dem Kinde beigebracht worden ist.

Nun, wenn wir das Kind namentlich auf Betrachtliches hinzuweisen haben, wenn wir es so beschäftigen, daß es dasitzt, seine Aufmerksamkeit auf etwas lenken muß, was wir ihm erzählen, oder auf etwas, wobei wir sein Urteil herausfordern, sogar sein moralisches Urteil, wir mögen uns noch so sehr anstrengen, es zum Selbstdenken zu bringen, wenn es einfach dasitzt und zuhört, oder über etwas denkt, so ist dies – wenn ich mich des paradoxen Ausdruckes bedienen darf – eine wachende Schlaftätigkeit für das Kind. Das Kind ist mit seinem Geistig-Seelischen in einer gewissen Weise aus dem Leibe heraußen, und nur dadurch, daß es nicht ganz heraußen ist wie beim Schlafe, wird es in der Mittätigkeit des Leibes unterhalten. In einem leiseren Grad wird tatsächlich beim betrachtlichen Unterricht im Organismus dieselbe Erscheinung hervorgerufen wie im Schlaf, nämlich ein gewisses Aufsteigen der organischen Tätigkeit von unten nach oben. Kinder, denen wir Geschichte erzählen, entwickeln organisch dieselbe Tätigkeit, die der Mensch im Schlaf entwickelt, wo ihm auch die Stoffwechselprodukte ins Gehirn steigen. Wenn wir die Kinder sitzen lassen und sie so beschäftigen, daß sie betrachten müssen, ist es so, wie wenn wir in ihnen eine leise Schlaftätigkeit des Organismus hervorrufen.

Man hat gewöhnlich die Vorstellung, daß der Schlaf nur stärkend ist für den Organismus; jeder Morgen, an dem man mit Kopfschmerzen erwacht, könnte natürlich von der Wirklichkeit der Sache belehren. Wir müssen uns durchaus klar sein darüber, daß dasjenige, was in unserem Organismus krank ist, zurückgehalten wird durch die Wachtätigkeit von den oberen Organen, daß es nicht aufsteigen kann. Wenn wir schlafen und es ist etwas in unserem Organismus krank, dann steigt es erst richtig auf. Und dieses Hinaufsteigen alles desjenigen, was im kindlichen Organismus nicht ganz in Ordnung ist, das ist fortwährend der Fall, während wir das Kind betrachten lassen. Dagegen wenn wir dem Kinde Eurythmie beibringen, wenn wir es singen lassen, wenn wir es sich musikalisch betätigen lassen, wenn wir es turnen lassen, ja selbst wenn wir es schreiben lassen, insofern es dabei eine Selbsttätigkeit entwickelt, wenn wir es handarbeiten lassen, da ist eine Tätigkeit vorhanden, die wir in derselben Weise vergleichen müssen mit der Wachtätigkeit; es ist eine gesteigerte Wachtätigkeit vorhanden.

Es wird daher wesentlich durch Singen, durch Eurythmie, auch wenn das gar nicht beabsichtigt wird, eine hygienische, ja sogar eine therapeutische Tätigkeit ausgeführt. Das ist gar nicht zu leugnen. Und es ist vielleicht diese hygienische und therapeutische Tätigkeit dann am allergesündesten, wenn wir nicht mit einer laienhaft ärztlichen Absicht darangehen, sondern wenn wir es einfach unserer gesunden Vorstellungsart, unserer gesunden Lebensauffassung überlassen. Aber als Lehrer ist es gut, wenn wir wissen, wie wir füreinander arbeiten, wenn wir also wissen, daß das Kind das gesunde Aufsteigen der Körpersäfte, das wir brauchen, wenn wir ihm betrachtenden Unterricht beibringen – also zum Beispiel Geschichte –, daß das Kind dieses gesunde Aufsteigen der Säfte dem Gesangunterricht von gestern oder dem Eurythmieunterricht von gestern verdankt. Es ist gut, wenn wir dasjenige, was der gesamte Unterricht darbietet, so zusammenschauen; denn wir werden dadurch von selbst uns anhalten dazu, wenn irgend etwas nicht in Ordnung erscheint, mit dem anderen Lehrer zusammenzuarbeiten. Und dadurch wird sich erst herausstellen, daß wir einander richtige Ratschläge geben, daß wir in der richtigen Weise, sagen wir als Geschichtslehrer zum Beispiel mit dem Gesanglehrer uns besprechen, daß für das eine oder das andere Kind dies oder jenes geschehen soll. Wenn wir das einfach programmäßig in uns didaktisch aufnehmen, kommt nicht viel heraus; wenn wir eine Schematik daraus machen, dann kommt nichts heraus. Erst wenn wir die Dinge überschauen und aus dem Überschauen den Antrieb finden, im einzelnen Fall da und dort uns zu besprechen, dann kommt etwas dabei heraus.

Und man kann überzeugt sein, daß der Physiklehrer, wenn er das oder jenes bei seinen Schülern bemerkt, unter Umständen darauf verfallen kann, wenn er sich allmählich eine solche Übersicht verschafft, mit dem Gesanglehrer zu sprechen, wie man dadurch eine Abhilfe schaffen kann, daß man dies oder jenes im Gesang berücksichtigen wird. Was man da zu berücksichtigen hat, wird der Gesanglehrer besser auszukundschaften wissen als der Physiklehrer; aber der Gesanglehrer wird dankbar sein können, wenn der Physiklehrer ihn auf das oder jenes aufmerksam macht. Dadurch wird ein wirklich lebendiges Zusammenarbeiten im Lehrkörper eigentlich im Grunde erst entstehen können. Und gerade durch so etwas nehmen wir auf den ganzen Menschen Rücksicht und es entwickelt sich dann eines aus dem anderen.[47]

---

[47] Rudolf Steiner, *Menschenerkenntnis und Unterrichtsgestaltung*, GA 302, Dornach [5]1986, Vortrag vom 12. Juni 1921.

Wenn wir den Menschen in seiner Totalität betrachten, dann erscheint er uns eben als ein außerordentlich kompliziertes Gebilde, das wir bewältigen müssen im Unterrichten und Erziehen. Nun, wenn wir mehr ins einzelne gehen, so können wir etwa sagen: Nehmen wir das eurythmisierende Kind, der physische Leib ist in Bewegung, die Bewegungen des physischen Leibes übertragen sich auf den Ätherleib. Der astralische Leib und das Ich wehren sich zunächst, und ihnen wird in einer gewissen Weise dasjenige eingeprägt, was an Betätigung des physischen Leibes und des Ätherleibes stattfindet. Sie gehen dann hinaus während des Schlafes und sie bringen dasjenige, was ihnen da eingeprägt worden ist, mit ganz anderen geistigen Kräften in Verbindung. Am Morgen tragen sie es wiederum in den physischen Leib und in den Ätherleib zurück. Und es ist dann ein merkwürdiges Zusammenstimmen desjenigen, was zwischen Einschlafen und Aufwachen aus dem Geistigen aufgenommen worden ist und demjenigen, was physischer Leib und Ätherleib im Eurythmisieren durchgemacht haben. Die Wirkung zeigt sich in der Art, daß die geistigen Erlebnisse, die zwischen dem Einschlafen und Aufwachen durchgemacht worden sind, mit demjenigen zusammenpassen, was am vorigen Tage vorbereitet und durchgemacht worden ist. Und erst in diesem Hineinkommen zeigt sich eine besonders gesundheitlich wirkende Kraft, die in diesem Eurythmisieren liegt. Es wird tatsächlich, ich möchte sagen, geistige Substantialität beim nächsten Aufwachen in den Menschen hineingetragen, wenn in dieser Weise Eurythmie gepflegt wird. Und in einer ganz ähnlichen Weise ist es zum Beispiel beim Singen. Wenn wir Gesang mit dem Kinde üben, so ist das Wesentliche, was an Tätigkeit entfaltet wird, eine Tätigkeit des Ätherleibes. Der astralische Leib muß sich ihm stark anpassen. Er wehrt sich zunächst, trägt das dann hinaus in die geistige Welt. Er kommt wiederum zurück und da äußert sich wiederum eine gesundheitlich wirkende Kraft. Wir können sagen: Beim Eurythmisieren äußert sich mehr eine wirklich das körperliche Befinden gesundende Kraft für das Kind; beim Singen äußert sich eine Kraft, welche mehr auf den Bewegungsapparat im Menschen wirkt und dadurch von den Bewegungen aus wiederum zurück wirkt auf die Gesundheit des physischen Körpers.

Man kann diese Dinge in der Erziehung außerordentlich gut benützen. Würde man zum Beispiel die Dinge so einrichten können – ich rede ja da von einem Ideal, aber diesem Ideal kann man sich doch im Lehrkörper nähern –, würde man die Dinge so einrichten, daß wir zum Beispiel eines Nachmittags Eurythmie machen, diese Eurythmie geistig ausleben lassen durch die Nacht; am nächsten Tage treiben wir mit dem Kinde mehr Turnerisches in dem Sinn, wie ich das gestern erwähnt habe: dann dringt das so in den Körper ein, daß das Turnen gewissermaßen gesundend wirkt, so daß man sehr viel durch dieses

Abwechseln von Eurythmisieren und Turnen erreichen könnte. Und wiederum sehr viel könnte man zum Beispiel dadurch erreichen, daß man in der Lage wäre, durch das Vorhandensein aller Bedingungen, die Kinder an einem Tag singen zu lassen. Sie tragen dann dasjenige, was sie im Singen erlebt haben, beim Schlafen in die geistige Welt hinein. Am nächsten Tag treibt man mit ihnen Instrumentalmusik; also man betreibt mehr das Anhören, nicht die eigene Betätigung. Dann äußert sich wiederum in außerordentlich gesunder Weise dasjenige, was da am Vortag getrieben worden ist durch jene Befestigung, die im Anhören der Instrumentalmusik vom Menschen geleistet wird. Sie sehen, wenn man alle idealen Anforderungen erfüllen könnte durch das Vorhandensein der Bedingungen, so würde man durch jene Gliederung des Unterrichtes, der sich den Lebensbedingungen anpaßt, in einer ganz unermeßlichen Art gesundend auf das Kind wirken können. Wir wollen in diesen Dingen noch viel weiter gehen.[48]

Vorstellen – Urteilen – Schließen

Nehmen wir zum Beispiel den Physikunterricht. Wir experimentieren mit dem Kinde. Sie brauchen sich nur das zu vergegenwärtigen, was ich gestern gesagt habe, daß ja der Mensch eigentlich nur mit dem Kopfe vorstellt, daß der rhythmische Mensch es ist, der urteilt, und daß der Gliedmaßen-Stoffwechselmensch es ist, der seine Schlüsse zieht, namentlich daß mit den Beinen und Füßen geschlossen wird, Schlüsse gezogen werden. Wenn Sie sich das vergegenwärtigen, und wenn Sie sich den Wahrnehmungsakt als solchen vergegenwärtigen, dann werden Sie sich sagen: das Willensmäßige, dasjenige, was man so aus sich heraus tut, wahrzunehmen, das hängt sehr tief mit dem Schlüsseziehen zusammen, nicht mit dem bloßen Vorstellen. Wenn ich meinen eigenen Leib sehe, so ist der Leib selbst ein Schluß. Die Vorstellung ist nur vorhanden, indem ich die Augen auf den Leib richte, aber indem ich nun eine bestimmte halbbewußte, unterbewußte Prozedur ausführe, trage ich mir urteilsmäßig die Dinge zusammen, die das Ganze erleben lassen, zusammenfassend in dem Satz: Also ist dieses ein Leib. – Das ist aber schon die Wahrnehmung eines Schlusses. Indem ich wahrnehme, verständig wahrnehme, bilde ich mir lauter Schlüsse. Da ist der ganze Mensch drinnen in diesen Schlüssen. Und das ist der Fall, indem ich experimentiere; denn ich habe fortwährend zu tun mit einer Aufnahme durch den ganzen Menschen. Da gehen fortwährend in den Aufnahmeprozeß Schlüsse ein.

---

48 Rudolf Steiner, *Menschenerkenntnis und Unterrichtsgestaltung*, GA 302, Dornach [5]1986, Vortrag vom 14. Juni 1921.

Die Urteile werden gewöhnlich gar nicht wahrgenommen, die sind sehr im Inneren, so daß wir sagen können: der ganze Mensch wird in Anspruch genommen, solange wir experimentieren.

Nun, damit aber tun wir eigentlich in erzieherischer Weise den Kindern noch nicht etwas sehr Gutes, daß wir experimentieren. Das Kind wird sich vielleicht zwar interessieren für das Experimentieren, aber der Mensch als solcher ist in seiner normalen Organisation zu schwach, um immer als ganzer Mensch angestrengt zu werden. Das geht gar nicht. Es ist immer etwas zuviel, wenn ich den Menschen als ganzen Menschen angestrengt sein lasse. Der Mensch kommt immer zu stark außer sich, wenn ich ihm vorexperimentiere, oder sein Augenmerk auf die Außenwelt lenke. Das eigentlich Bedeutsame beim Unterrichten und Erziehen besteht darinnen, daß man die drei Glieder des dreigliedrigen Menschen wirklich berücksichtigt, jedes zu seinem Recht kommen läßt, und sie aber auch zu ihrer entsprechenden Wechselwirkung kommen läßt.

Nun denken Sie sich: ich experimentiere zunächst. Da strenge ich den ganzen Menschen an. Das ist zunächst viel. Nun lenke ich die Aufmerksamkeit der Kinder ab von den Geräten, die da stehen, mit denen ich experimentiert habe, und ich gehe das ganze noch einmal durch. Indem ich an die Erinnerung des unmittelbar Erlebten appelliere, gehe ich das ganze noch einmal durch. Wenn man so etwas durchgeht, wenn man es gleichsam rekapituliert, es Revue passieren läßt, ohne daß die Anschauung da ist, dann wird besonders das rhythmische System des Menschen belebt. Nachdem ich den ganzen Menschen beansprucht habe, beanspruche ich sein rhythmisches System und sein Kopfsystem; denn natürlich betätige ich auch das Kopfsystem, wenn ich dieses rekapituliere. So kann ich die Stunde zu Ende gehen lassen. Ich habe zunächst den ganzen Menschen betätigt, dann vorzugsweise sein rhythmisches System, und jetzt lasse ich ihn nach Hause gehen. Nun schläft er. Indem er nun schläft, lebt dasjenige, was ich zuerst im ganzen Menschen, dann im rhythmischen System betätigt habe, in den Gliedmaßen weiter, wenn astralischer Leib und Ich heraußen sind.

Wir wollen jetzt unser Augenmerk auf dasjenige richten, was im Bette bleibt, was weiterklingen läßt, was ich mit dem Kinde durchgenommen habe. Dann strömt gewissermaßen das Ganze, was da im ganzen Menschen sich ausgebildet hat, und dasjenige, was im rhythmischen System sich ausgebildet hat, das strömt in den Kopfmenschen herauf. Davon bilden sich Bilder im Kopfmenschen. Die findet der Mensch dann vor, wenn er am nächsten Morgen aufwacht und zur Schule kommt. Es ist tatsächlich so: wenn die Kinder am nächsten Tag in die Schule kommen, haben sie, ohne daß sie es wissen, im Kopf die Bilder dessen, was ich gestern experimentiert habe, und was ich dann wiederholt habe, recht bildlich wiederholt habe, so daß alles als Bild im Kopfe ist. Ich kriege die

Kinder am nächsten Morgen mit Photographien im Kopf von dem, was ich gestern experimentiert habe; so kommen die Kinder.

Nun, am nächsten Tage kann ich mehr reflektierend, betrachtend mich ergehen über dasjenige, was ich am letzten Tag experimentiert und rein erzählend wiederholt habe, mehr für die Phantasie wiederholt habe. Ich ergehe mich jetzt in Betrachtungen darüber. Da komme ich dem Bewußtwerden der Bilder, die bewußt werden sollen, entgegen. Also ich gebe eine Physikstunde, ich experimentiere, ich wiederhole vor den Kindern dasjenige, was geschehen ist; am nächsten Tag, da stelle ich die Betrachtungen an, die dazu führen, daß das Kind die Gesetze kennenlernt von dem, was da vor sich gegangen ist. Ich führe es mehr zum Denkerischen, Vorstellungsmäßigen der Sache, und ich zwinge die Kinder nicht, daß diese Bilder, diese Photographien, die sie mir mitbringen, ein wesenloses Dasein führen. Denken Sie, wenn ich zunächst die Kinder bekomme mit den Photographien im Kopf, von denen sie nichts wissen, und neuerdings wiederum darauflos experimentiere, ohne Nahrung zu geben durch eine Betrachtung, die ich anstelle, dann strenge ich wiederum den ganzen Menschen an. Diese Anstrengung durchwühlt den ganzen Menschen, durchwühlt diese Bilder, und ich bringe eine Art von Chaos in diese Schädel hinein. Ich muß unter allen Umständen zuerst dasjenige befestigen, was ja da sein will. Ich muß ihm Nahrung geben. Auf diese Weise komme ich dazu, solch einen Unterricht einzurichten. Ich richte ihn so ein, daß er sich dann den Lebensvorgängen anpaßt.

Nehmen wir an, ich erteile Geschichtsunterricht. Wenn ich Geschichtsunterricht erteile, werde ich genötigt sein, ja nicht äußerlich dem Kinde die Tatsachen vorzuführen; das fällt alles gewissermaßen weg. Ich muß es künstlich so einrichten, daß die Anpassung wiederum nunmehr an die Lebensvorgänge geschieht. Das kann ich in der folgenden Weise erreichen: Ich erzähle zunächst heute den Kindern die bloßen Tatsachen, die Tatsachen, die sich äußerlich im Raum und in der Zeit abspielen. Das packt wiederum den ganzen Menschen, wie das Experiment den ganzen Menschen packt, weil der Mensch genötigt ist, räumlich vorzustellen. Man soll darauf sehen, daß er räumlich vorstellt, daß er gewissermaßen so etwas, was ich ihm erzähle, kontinuierlich im Geiste sieht; auch zeitlich soll er vorstellen. Wenn ich dies gemacht habe, dann versuche ich, daran zu knüpfen ein wenig etwas über die Personen, die vorgekommen sind, oder auch über die Ereignisse, die vorgekommen sind, aber nicht indem ich tatsächlich erzähle, sondern anfange zu charakterisieren; also indem ich die Aufmerksamkeit auf dasjenige hinlenke, was ich zuerst hingestellt habe, aber jetzt etwas charakterisiere. Nachdem ich diese zwei Etappen gemacht habe, habe ich zuerst den ganzen Menschen angestrengt, und indem ich charakterisiert habe, habe ich gerade den rhythmischen Menschen angestrengt. Jetzt ent-

lasse ich das Kind. Morgen empfange ich es. Da bringt es mir wieder die geistigen Photographien des am vorigen Tage Mitgemachten im Kopfe. Ich komme ihm entgegen, wenn ich so anknüpfe, daß ich jetzt mehr Betrachtungen darüber anstelle, zum Beispiel darüber, ob Mithradates oder Alkibiades ein anständiger Mensch war oder nicht, also mehr Betrachtliches. Ich muß dabei an dem einen Tag das mehr objektive Charakterisierende, am anderen Tag das Urteilende, Betrachtende darstellen, dann wirke ich dahin, daß sich die drei Glieder des dreigliedrigen Menschen tatsächlich in der richtigen Weise ineinander einfügen.

Das sind solche Dinge, die Ihnen zeigen, was man eigentlich leisten kann, wenn man den gesamten Unterricht gliedert, wenn man ihn also wirklich den Lebensverhältnissen anpaßt. Das kann natürlich niemals anders richtig werden, als wenn der Lehrplan so gestaltet ist, wie er bei uns gestaltet ist, daß man wirklich eine längere Zeit hindurch denselben Gegenstand behandelt. Ich möchte wissen, wie man es machen sollte, wenn an einem Tag Physik ist in der ersten Stunde und am nächsten Tag Religion. Da möchte ich wissen, wie man da Rücksicht nehmen sollte auf dasjenige, was da geblieben ist. Natürlich ist es sehr schwierig, den gesamten Unterricht in dieser Weise zu gestalten, aber wenigstens nähern kann man sich einer solchen Gestaltung des Unterrichts. Und wenn Sie unseren Lehrplan durchdenken, werden Sie überall finden, daß diese Annäherung wenigstens versucht worden ist.[49]

Der Wochenrhythmus

In den Waldorfschulen findet auch der Wochenrhythmus eine gründliche Pflege. Es gibt in der Unterstufe bestimmte Verse für die Wochentage, oder der Lehrer erinnert an den Tag durch die eine oder andere Bemerkung. Im wöchentlichen Rhythmus werden Lieder und Gedichte gelernt oder auch – wie an der Waldorfschule Sekkem/Ägypten am heiligen Freitag der muslimischen Religion – eine Wochenfeier abgehalten, bei der jede Klasse etwas aus der Arbeit der Woche der ganzen Schule vorstellt. Auch gibt es für nicht konfessionell gebundene Kinder die Möglichkeit, an den religiösen Feiern, den sogenannten Sonntagshandlungen des Freien Christlichen Religionsunterrichts, teilzunehmen.

---

[49] Rudolf Steiner, *Menschenerkenntnis und Unterrichtsgestaltung*, GA 302, Dornach [5]1986, Vortrag vom 14. Juni 1921.

In den letzten Jahren wurde jedoch die Gestalt der Woche durch die auch in Waldorfschulen zunehmend diskutierte Einführung der Fünftagewoche grundsätzlich gefährdet. Hier gilt es zunächst einmal, die Tatbestände als solche ins Auge zu fassen und dann nach einem möglichst annehmbaren Kompromiß zu suchen. Es seien zunächst die Ergebnisse aus der chronobiologischen Forschung zur Fünftagewoche an der Schule in Erinnerung gerufen. In seiner Arbeit über «Chronobiologische Aspekte des Kindes- und Jugendalters» schreibt Gunther Hildebrandt zur Circaseptan-Periodik und Wochenrhythmik folgendes:

Die zeitliche Organisation des Menschen verfügt neben ihrer spontan-rhythmischen Ordnung, deren harmonische Struktur letztlich in der kosmischen Umweltordnung verankert ist, auch über Fähigkeiten, gegenüber Störungen Abwehrleistungen zu entwickeln, die im Sinne von «zeitlichen Notordnungen» die Kompensationsleistungen des Organismus steigern können. Im Prinzip ist es lange bekannt, daß alle Reaktionen phasisch-periodisch gegliedert werden. Solche reaktiven Perioden (vgl. Hildebrandt 1982) kommen in allen Bereichen des Rhythmenspektrums vor. (Siehe Abb. auf der gegenüberliegenden Seite.)

Von besonderer praktischer Bedeutung ist hier aber eine etwa 7tägige (circaseptane) periodische Struktur, weil diese vielfach in Krankheits- und Heilungsverläufen dominiert und darüber hinaus auch physiologische Anpassungsprozesse zeitlich gliedert.

Von den Kinderkrankheiten zeigt z.B. der Scharlach eine ausgeprägte Circaseptanperiodik des Temperaturverlaufes, die bei unkompliziertem Krankheitsverlauf nach wenigen Perioden gedämpft ausklingt (zweite Kurve von oben). Bei Komplikationen treten dagegen häufig Multiple der 7tägigen Periodendauer auf. Auch der Beginn von Nachkrankheiten gliedert sich in diese Zeitstruktur ein.

Umfangreiche Untersuchungen haben inzwischen gezeigt, daß diese circaseptan-periodische Zeitstruktur für alle Selbstheilungsreaktionen, für immunologische Aktivitäten und adaptive Prozesse der verschiedensten Art typisch ist. Es handelt sich dabei offensichtlich um eine ganz basale Zeitstruktur, die auch im Tierreich und sogar bei Einzellern aufgedeckt wurde (Lit.-Übers. s. Hildebrandt u. Bandt-Reges 1992).

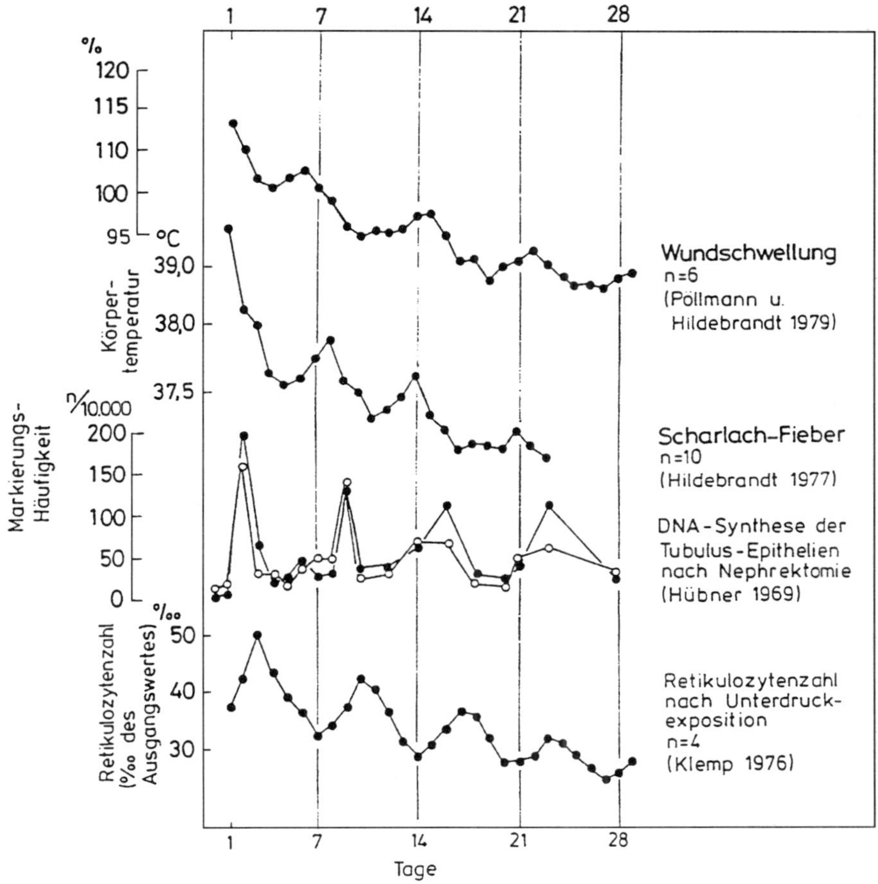

Beispiele für die circaseptan-periodische Gliederung verschiedener Heilungs-, Anpassungs- und Kompensationsprozesse (nach Hildebrandt 1982).

Die oberste Kurve zeigt den Verlauf der lokalen Wundschwellung nach Kieferbruchoperationen, die bis zum vollständigen Abklingen etwa alle 7 Tage periodisch wieder zunimmt. Die unterste Kurve zeigt den Verlauf der Retikulozytenzahl (neugebildete rote Blutkörperchen) im strömenden Blut nach Sauerstoffmangelexposition, also während eines adaptiven Prozesses, der in gleicher Weise nach Aderlaß zu beobachten ist. Die dritte Kurve stellt den Verlauf der Zellteilungsrate in einer kompensatorisch wachsenden Niere dar, nachdem in Tierversuchen die andere Niere operativ entfernt wurde (Hübner 1969). Man könnte viele andere Beispiele nennen, auch die therapeutisch angestoßenen Selbstheilungsreaktionen, z.B. bei der Kurbehandlung, zeigen die gleiche dominante Zeitstruktur (Lit.-Übers. s. Hildebrandt 1985). Es ist gesichert, daß es sich bei der Circaseptan-Periodik nicht um den Einfluß der 7-Tage-Woche handelt, sondern um eine endogene Zeitstruktur, die der Organismus zur zeitlichen Gliederung umfassenderer Reaktionsabläufe jederzeit aktivieren kann (s. Hildebrandt u. Bandt-Reges 1992).

Im Hinblick auf die Kindesentwicklung stellt sich natürlich die Frage, was es bedeutet, wenn heute die Kinderkrankheiten, die ganz überwiegend durch solche Zeitstrukturen geprägt sind, durch medizinische Eingriffe in ihrem periodisch gegliederten Ablauf behindert oder gänzlich unterdrückt werden. Es ist auffällig, daß die circaseptane Periodendauer eine Submultiple des Lunarrhythmus darstellt und damit sicherlich in den Ordnungszusammenhang der langwelligen zeitlichen Organisation gehört. Möglicherweise heilt der Organismus durch Rückgriffe auf phylogenetisch alte Zeitstrukturen, ähnlich wie etwa der erholende Nachtschlaf durch den phylogenetisch älteren Aktivitätszyklus der 90-min-Perioden gegliedert ist, die ja auch in einfachen ganzzahligen Beziehungen zum Circadianrhythmus stehen (vgl. Broughton 1985).

Vergleichende Untersuchungen haben gezeigt, daß die circaseptane Reaktionsperiodik bevorzugt bei jüngeren Menschen auftritt, die über gute Selbstheilungskräfte verfügen, während mit zunehmendem Alter und zunehmender Tendenz zur Chronifizierung der Krankheiten andere (längerwellige) Zeitstrukturen hervortreten (Wiemann 1981; Trageser u. Weckenmann 1987). Hier ist sicher ein wichtiger Ansatz, von dem aus chronobiologische Forschung im Kindes- und Jugendalter weitergeführt werden muß. Dies gilt insbesondere auch im Hinblick auf den äußeren Wochenrhythmus, der ja als soziale Umweltordnung mit der endogenen Circaseptanperiodik korrespondiert, diese aber keineswegs synchronisieren muß (Hildebrandt u. Geyer 1984). Als lernendes, sich entwickelndes Wesen ist der heranwachsende Organismus in permanenter Anpassung begriffen, die circaseptan-periodisch bewältigt werden muß. Gestaltung und Pflege des Wochenrhythmus, die heute ganz anderen Gesichtspunkten unterliegen, dürften daher für Kindes- und Jugendentwicklung auch von besonderer gesundheitlicher Bedeutung sein.

Die Einführung der 5-Tage-Woche und des verlängerten Wochenendes in den vorschulischen und schulischen Bereich ist allerdings nicht allein eine Frage der Unterstützung oder Störung circaseptan-periodischer Reaktionsverläufe. Vielmehr spielt dabei die Frage einer mehr als eintägigen Änderung der tagesrhythmischen Lebensweise wahrscheinlich eine wichtigere Rolle. Aus experimentellen Untersuchungen an Nachtschichtarbeitern ergibt sich, daß das circadian-rhythmische System erst auf eine zweitägige Verschiebung der Tagesordnung mit adaptiven Phasenverschiebungen reagiert, die Fortsetzungstendenz besitzen. Das verlängerte Wochenende hat daher bekanntlich nicht den Erholungswert gesteigert, sondern im Gegenteil die Schwierigkeiten bei der Readaptation des circadianen Systems an den Arbeitstag gesteigert (sog. blauer Montag).

Vergleichsuntersuchungen zwischen 5- und 6-Tage-Wochen an ein und derselben Schule haben dementsprechend ergeben, daß die Fehltage-Häufigkeit nach einem verlängerten Wochenende signifikant höher liegt (siehe Abb.). Die Häufigkeiten am Samstag sind wegen kompensierend-willkürlicher Unterrichtsversäumnisse nicht vergleichbar.[50]

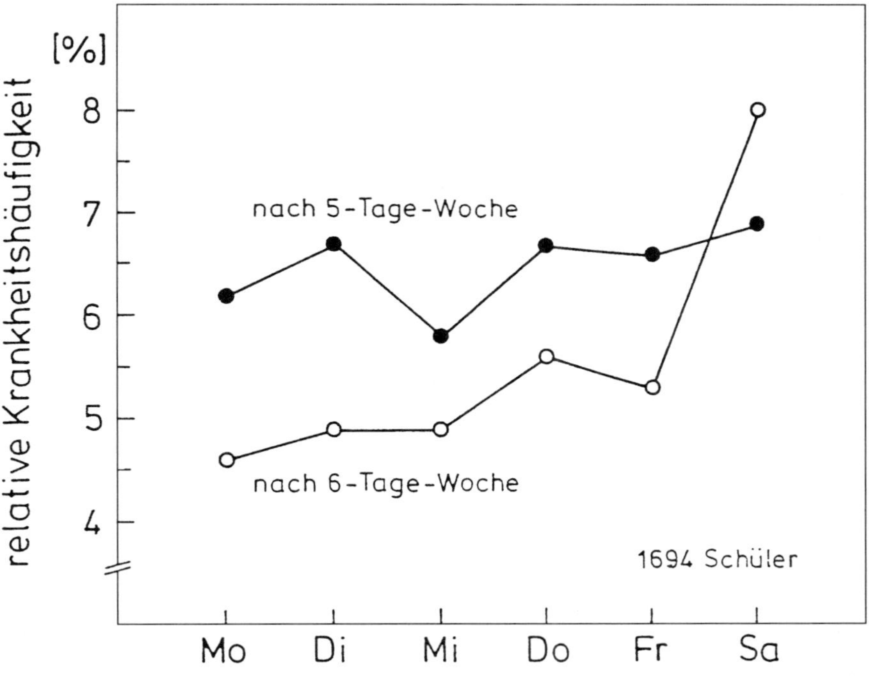

Wochenverlauf der Fehltage-Häufigkeit nach einem Wochenende, dem eine 5-Tage-Woche bzw. eine 6-Tage-Woche vorausging. Insgesamt 1694 Schüler einer Gesamtschule (nach Daten von Klemp, unveröffentlicht).

---

50 Gunther Hildebrandt, «*Chronobiologische Aspekte des Kindes- und Jugendalters*», in «Bildung und Erziehung», 47. Jg, Heft 4, Dezember 1994, S. 452–456.

Wenn der Lehrer nicht mehr die Möglichkeit hat, die Woche als Ganzes zu gestalten, wird ihm damit eine wichtige Möglichkeit eingeschränkt, auf die Verankerung der Rhythmik der astralischen Organisation in der physisch-ätherischen Konstitution durch den Unterricht einzuwirken und damit die für die Reaktionsbereitschaft des Organismus wichtigste Zeitstruktur zu unterstützen.

Dem stehen nun eine Vielzahl äußerer Gesichtspunkte entgegen. Die modernen Arbeitszeiten, noch verstärkt durch die zunehmende Teilzeitarbeit, verlangen nach dem freien Samstag für die ganze Familie. Auch die Lehrer versprechen sich von 5 Tagen Arbeit und 2 Tagen Pause effektivere Unterrichtsvor- und -nachbereitung und auch einen höheren Erholungswert, als wenn nur der Sonntag zur Verfügung steht. Ein möglicher Kompromißvorschlag könnte so aussehen, daß es einmal pro Monat ein langes Wochenende gibt, vielleicht schon ab Freitag mittag 12 Uhr, so daß es sich auch wirklich lohnt. Dadurch entsteht dann ein Monatsrhythmus innerhalb der Wochenrhythmen, ohne daß jedoch Circaseptan-Periodik ganz zerstört wird. Auch hier kommt dem Schularzt eine ganz wesentliche Aufgabe zu, bei Eltern und Lehrern und vor allem auch im Gespräch mit den Schülern Verständnis für das Unphysiologische der Fünftagewoche zu wecken. Für den Erwachsenen mit seinem ausgereiften Organismus, der – wenn er die Chance hatte, gesund aufzuwachsen – über eine stabile, endogene Rhythmik verfügt, ist der freie Umgang mit den Rhythmen und die Emanzipation von vorgegebenen Rhythmen (beispielsweise durch Nachtarbeit) kein unüberwindbares Problem. Zudem steht es ihm meist frei, ob er sich einer solchen unrhythmischen Lebensweise aussetzen will oder nicht. Und wenn äußere Zwänge diese diktieren, so hat er an seinem ausgereiften Organismus dennoch eine gewisse Stütze. Anders ist es bei Kindern und Jugendlichen, die noch im Wachstumsalter sind und wo es gerade darum geht, biologische Rhythmen in harmonischer Weise aufeinander abzustimmen und jeden dieser Rhythmen für sich auch einer gesunden und stabilen Ausprägung zu unterziehen. Dabei spielt der auf Schädigungen antwortende reaktive Circaseptan-Rhythmus eine besonders wichtige Rolle für die Gesunderhaltung während des ganzen späteren Lebens. Denn es ist gerade dieser Rhythmus, der es dem Organismus ermöglicht, mit Störungen und Schädigungen jeder Art elastisch umzugehen – er ist *der heilende Rhythmus überhaupt.* Und gerade dieser soll nun auf dem Wege der Fünftagewoche in seiner Ausbildung gestört werden. Dem sollten wir als Schulärzte entgegenwirken! Hier gilt es wirklich, alle Anstrengungen zu unternehmen, um dem vorzubeugen. Und wenn sich gegenwärtig in der Schule nicht durchsetzen läßt, die Sechstagewoche beizubehalten, so kann man dennoch auf Elternabenden etwas privat zu organisieren versuchen, was so wie ein schulähnlicher Samstag aussehen könnte: Man steht morgens zur selben Zeit auf, trifft sich in kleineren Gruppen in verschiedenen Elternhäusern, macht gemeinsam Hausaufgaben und arbeitet das aus der Woche noch Liegengebliebene durch. Zum Abschluß kann dann noch ein altersentsprechender Lesestoff angeboten und gegebenenfalls auch noch eine kleinere Wanderung oder ein Ausflug mit gemeinsamem Mittagessen organisiert werden.

Wenn das Prinzip eines solchen Rhythmus verstanden worden ist, so gibt es verschiedene Möglichkeiten, aus der Fünftagewoche doch wieder eine Sechstagewoche zu machen, in der der Sonntag als Zeitgeber und «Ruhetag» seine besondere Stellung zurückgewinnt.

Der Monatsrhythmus

Mit vier Wochen – einem Monat also – beginnt sich die Erholung zu festigen. Der Vier-Wochen-Rhythmus ist der langwellige Erholungs- und Rekonvaleszenzrhythmus von viermal sieben Tagen. Einige Beispiele aus der Kurmedizin mögen es verdeutlichen. Er stärkt den Ätherleib als Träger der Wachstums-, Regenerations- und Gedankenkräfte. So wird auch der Unterrichtsstoff im sogenannten Hauptunterricht in Vier-Wochen-Epochen gegeben, um einen Sinn- bzw. Ideenzusammenhang eines bestimmten Fachgebietes kontinuierlich ausgestalten zu können. Dadurch erfährt insbesondere auch die Gedächtnisbildung eine gute Pflege. (Siehe hierzu die Abbildungen auf den Seiten 144–146.)

Ursprünglich war im Konzept der Waldorfschulen die regelmäßige Monatsfeier vorgesehen, bei der Arbeitsergebnisse der jeweiligen Unterrichts-Epoche berichtet und dargestellt werden sollten. Derzeit finden jedoch die Monatsfeiern meist nur drei- bis viermal im Jahr statt.

Hinzu kommt, daß der Monatsrhythmus in vielen Klassen dadurch gefährdet ist, daß es mehr Stoffgebiete für Epochen gibt, als Vier-Wochen-Einheiten im Jahr dafür zur Verfügung stehen. Hier kann – insbesondere während der Unterstufenzeit der ersten bis achten Klasse – dadurch Abhilfe geschaffen werden, daß der Klassenlehrer die Möglichkeit pro Epoche ergreift – wie es Steiner empfiehlt –, eine wesentliche Idee herauszuarbeiten und dabei verschiedene Fachgebiete einzubeziehen. Es ist ja ohnehin nicht «Erkenntnis-physiologisch», ganz stur die Fachgebiete voneinander zu sondern. Vielmehr erfährt gerade das eine Stoffgebiet im Licht des andern neue Akzente und eine ganz andere Lebendigkeit. Ein besonders schönes Beispiel für eine solche Epochengestaltung ist die Epoche über Gesundheit und Ernährung im siebten Schuljahr. Rudolf Steiner führt hierzu aus:

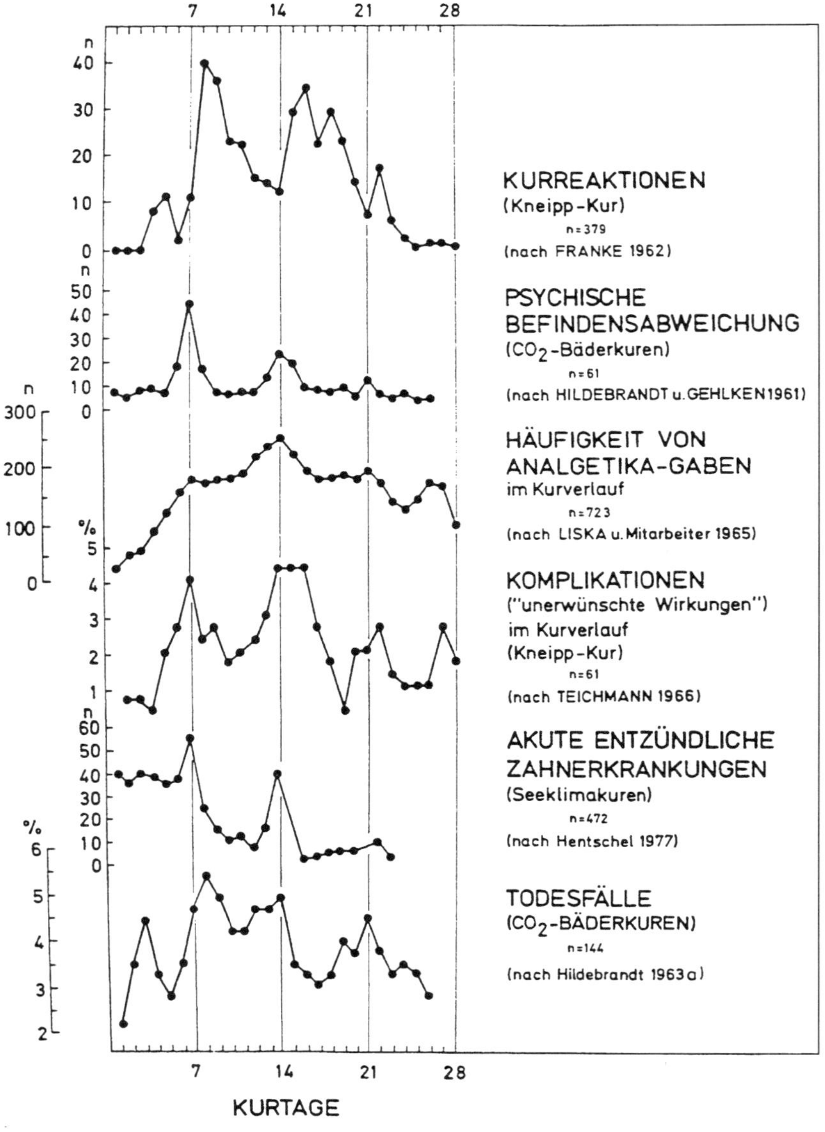

Zeitliche Häufigkeitsverteilung von direkten und indirekten Kurkrisen-Symptomen nach den Erfahrungen verschiedener Untersucher bei unterschiedlichen Kurformen (nach Hildebrandt 1975).

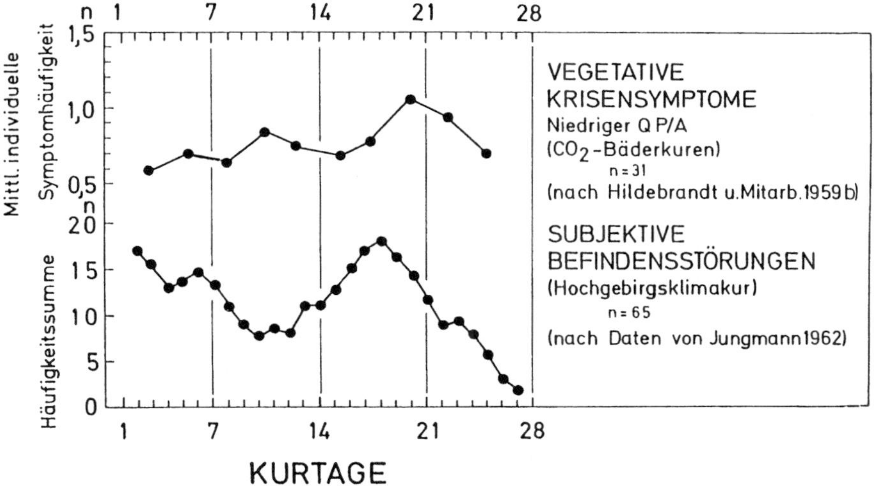

Häufigkeitsverlauf subjektiver Befindungsstörungen bei Patienten mit trophotroper Reaktionslage während CO_2-Bäderkuren (oben) und bei unausgewählten Patienten während Hochgebirgsklimakuren (unten). Der Gipfel der Symptomhäufigkeit ist charakteristisch für das spätreaktive Verlaufsmuster.

Im siebenten Schuljahr kehre man wiederum zum Menschen zurück und versuche namentlich das beizubringen, worauf ich gestern hingedeutet habe, was in bezug auf die Ernährungs- und Gesundheitsverhältnisse dem Menschen beigebracht werden sollte. – Und man versuche mit dem, was an physikalischen und chemischen Begriffen gewonnen wird, eine zusammenfassende Anschauung hervorzurufen über Erwerbsverhältnisse, Betriebsverhältnisse – also diesen oder jenen Betrieb – und Verkehrsverhältnisse; das alles im Zusammenhang mit dem physikalischen, chemischen und geographischen Unterricht, aus der Naturgeschichte heraus.[51]

Der ätherische Organismus als der Träger des Gedankenlebens arbeitet wie gesagt in Viermal-sieben-Tage-Rhythmen. Was durch diesen Zeitraum hindurch gepflegt worden ist, hat Chance, im Langzeitgedächtnis so aufgehoben zu sein, daß es abrufbar ist, noch dazu, wenn der Klassenlehrer im Laufe der folgenden

---

[51] Rudolf Steiner, *Erziehungskunst, Seminarbesprechungen und Lehrplanvorträge*, GA 295, Dornach, [4]1984, Zweiter Lehrplanvortrag vom 6. September 1919.

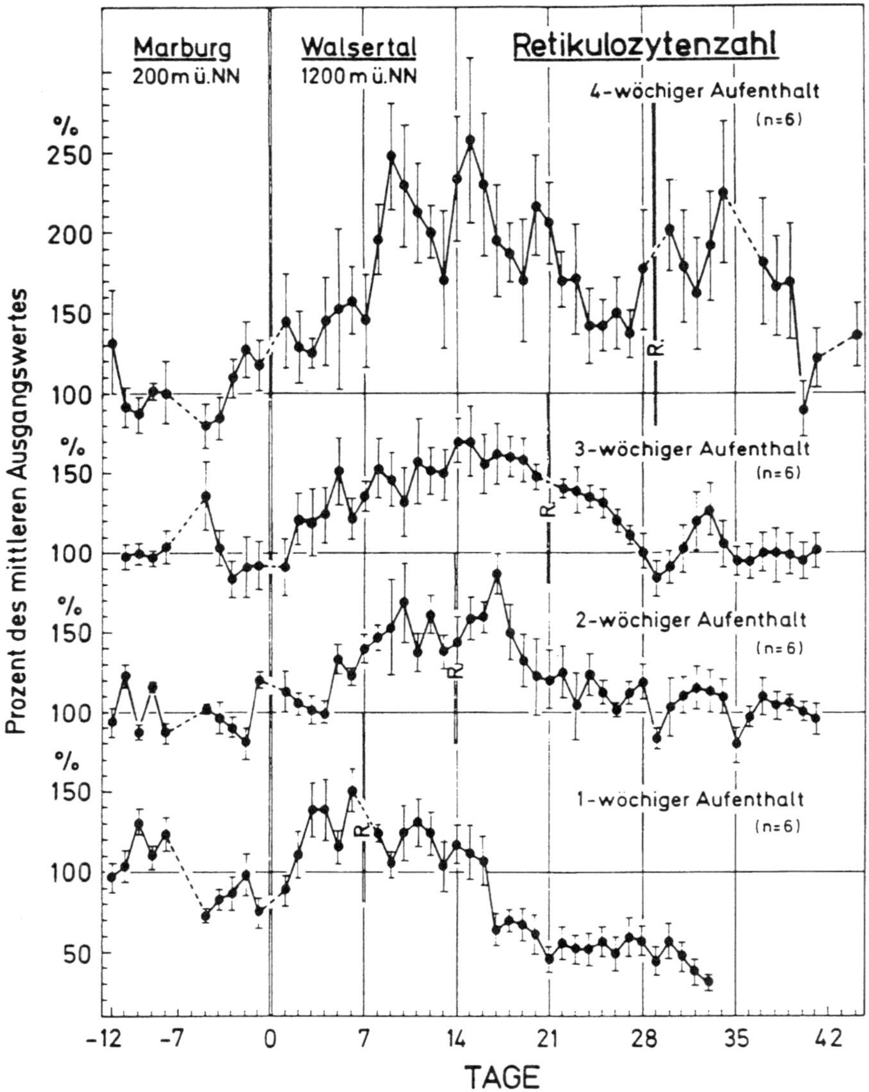

Mittlerer Verlauf der Retikulozytenzahl von je sechs gesunden Versuchspersonen vor, während und nach Wintersportaufenthalt von 1, 2, 3 und 4 Wochen Dauer mit 1000 m Höhendifferenz (nach Hildebrandt und Nunhöfer 1977).

Epochen diesen Monatsrhythmus noch dadurch verstärkt, daß er von Zeit zu Zeit Fragen der schon zurückliegenden Epoche wieder aufgreift oder neugierig macht dadurch, daß er auf eine noch bevorstehende, zukünftige Epoche hinweist. Der ätherische Organismus ist jedoch nicht nur Träger des Gedankenlebens, sondern auch Träger des Gewohnheitslebens. So ist es auch für handwerkliche Fächer und für das Ausbilden von Geschicklichkeiten, die zur Gewohnheit werden sollen, notwendig, solche Beschäftigungen über Monate zu pflegen, bis es wirklich «sitzt». So ist es auch verständlich, daß die Sprachlehrer immer wieder anfragen, ob es nicht auch Sprachepochen geben könne, bis dahin, daß auch Eurythmie- und Turnlehrer sich wünschen, hin und wieder auch Zeiten intensiveren Übens haben zu können. Dabei wird jedoch außer acht gelassen, daß gerade diese Fächer, die nur zwei- bis dreimal in der Woche stattfinden – oder wie beispielsweise Chor und Orchester gar nur einmal in der Woche –, Fachgebiete sind, für die die besondere Pflege des Jahresrhythmus die Aufgabe ist. Weder der Tages-, noch der Wochen-, noch der Monatsrhythmus sind hier gefragt, sondern der Jahresrhythmus.

Der Jahresrhythmus – Pflege des physischen Leibes

Neben dem Tages-, Wochen- und Monatsrhythmus hat insbesondere der Jahresrhythmus als der Pflegerhythmus des physischen Leibes in der Waldorfschule eine besonders zentrale Stellung. Braucht doch der physische Leib zu seiner Entwicklung neun Monate, zu denen dann noch die besonders sensible Zeit der ersten drei Monate nach der Geburt – das erste Trimenon – hinzukommt. Es braucht ein Jahr, bis der physische Leib seine Grundstabilität bekommt und von Jahr zu Jahr neu befestigt.

Die Abbildungen auf den Seiten 148–149 zeigen einige typische Jahresrhythmische Veränderungen verschiedener Funktionsgrößen und reaktiver Eigenschaften.

Die Bedeutung des Jahresrhythmus beginnt schon bei der Einschulung. Nicht nur die Erstkläßler erleben dies als ein besonderes Fest, sondern auch die ganze Schule mit ihnen. Dies setzt sich dann dadurch fort, daß jede Klasse zum Schuljahrsbeginn, aber auch zum Schuljahrsende im Kreis der gesamten Schulgemeinschaft eine besondere Ansprache und Aufmerksamkeit erhält, wodurch sich Schuljahrsbeginn und -ende markant dem Bewußtsein einprägen.

Hinzu tritt der Kreis der christlichen Jahresfeste. Durch sie erfahren zentrale Motive der menschlichen Entwicklung eine Bestätigung und Neuimpulsierung.

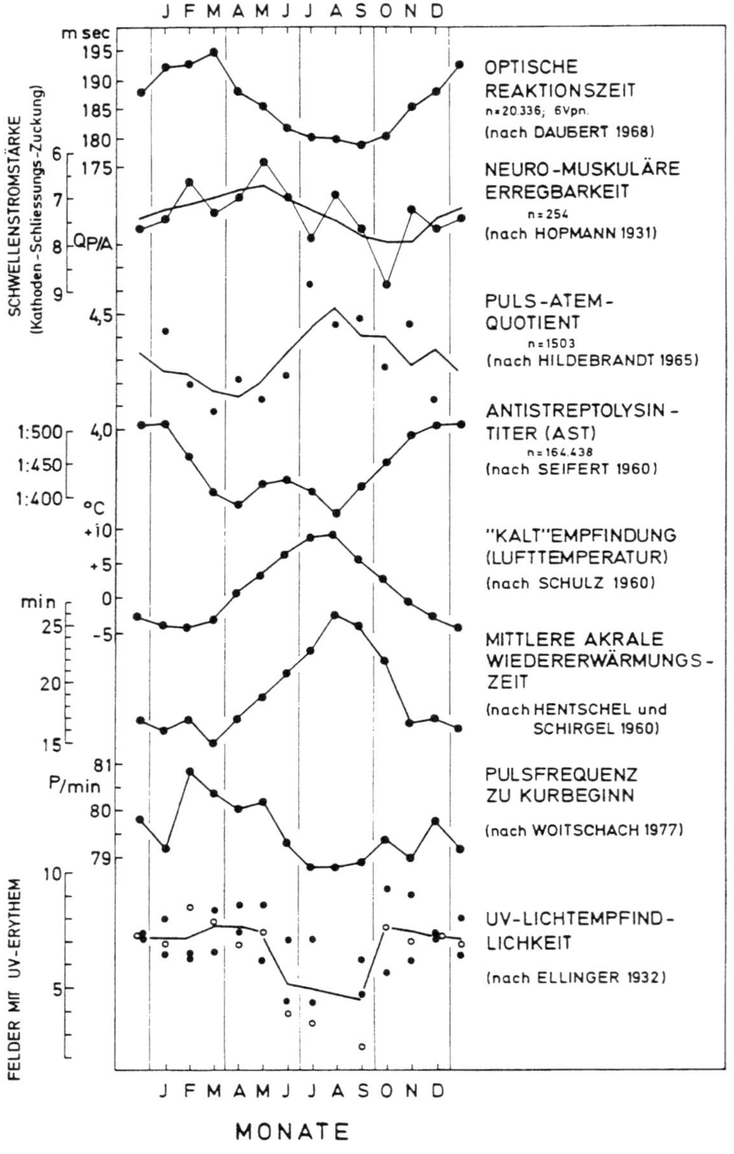

Jahresrhythmische Veränderungen verschiedener Funktionsgrößen und reaktiver Eigenschaften des Menschen (zusammengestellt nach Ergebnissen verschiedener Autoren).

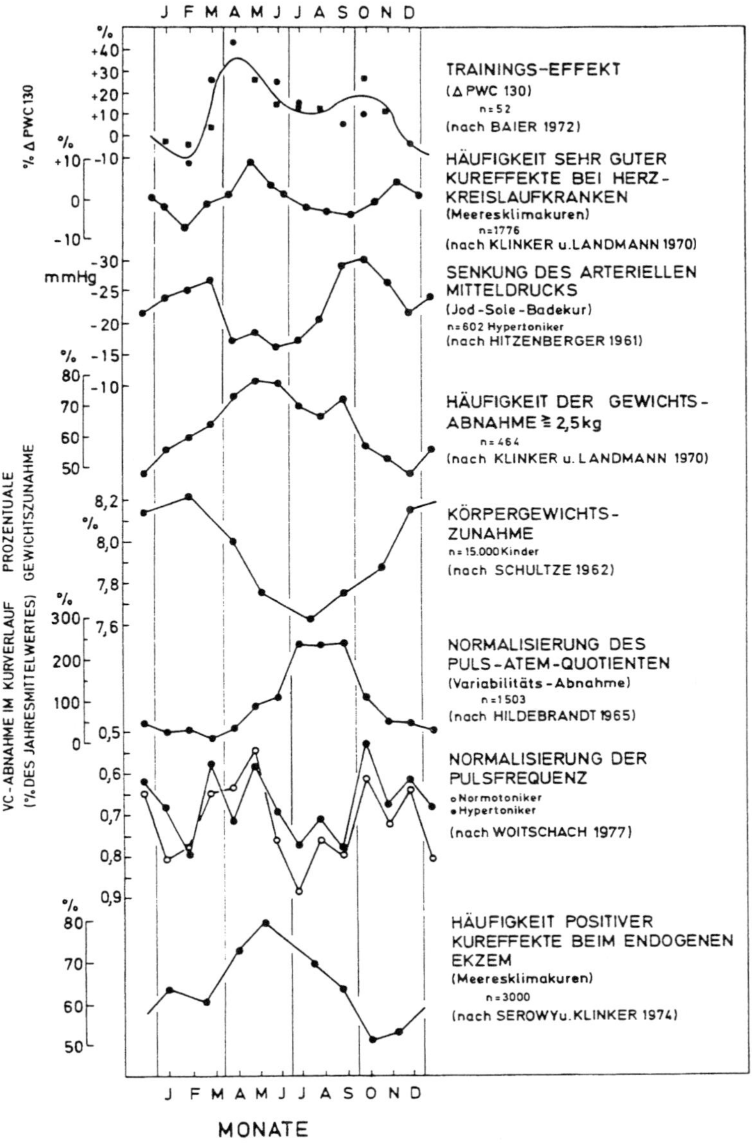

Jahresgänge verschiedener Kureffekte nach Ergebnissen verschiedener Autoren bei unterschiedlichen Kurformen und Patientengruppen (nach Hildebrandt 1980).

Es beginnt mit Weihnachten, dem Fest des Kindseins, der Freude, der Verjüngung, der Geburt des Ich auf der Erde, dem Fest der Entwicklung, des Werdens.

In der Waldorfschule erfährt dieses Fest nicht nur durch die adventliche Vorbereitung zu Beginn des Hauptunterrichtes eine besondere Akzentuierung, sondern auch durch die Aufführung der Oberuferer Weihnachtsspiele, die bei entsprechender Eindrücklichkeit der Darstellung zu das ganze spätere Leben begleitenden Bildeindrücken führen können. Da auch diese Spiele an so mancher Waldorfschule aus verschiedensten Gründen nicht mehr die ihnen zugedachte Funktion erfüllen können, sei diese dem schulärztlichen Mitdenken ans Herz gelegt. Worauf es bei diesen Spielen ankommt, ist, daß die Bilder der Schöpfung des Menschen, der Christgeburt und der Auseinandersetzung mit dem Bösen, aus denen das Ich sieghaft hervorgeht, so eindrücklich und schlicht und ehrlich wie nur möglich – aber auch so schön wie nur irgend möglich – dargestellt werden. So kommt es auch nicht darauf an, daß Jahr für Jahr möglichst viele verschiedene Menschen, seien es Lehrer oder Eltern, diese Rollen spielen und damit auch die Bilder je nach Intention der Spieler in höchst individueller Weise ändern bis hin zu unterschiedlichen Kostümierungen und Regieanweisungen. Vielmehr sind diese Bilder einer meditativen Übung vergleichbar. Hier kommt es darauf an, ein Wort, einen Gedanken, ein Bild so innerlich zu bewegen, daß es «leben» kann und immer neue Aspekte zeigt. Je klarer und wahrer die Bilder der Weihnachtsspiele dargestellt und durch gute, knappe Regieanweisungen veranlagt werden, um so besser können sie «reifen» und vertieft werden und sich durch die Intensität der Darstellung und des Ausdrucks dem Bewußtsein einprägen. Die Lehrerschaft der Schule hat hier nicht nur die Möglichkeit, den Schülern zu zeigen, wie sie als Kollegium sich in der Christussuche und -dienerschaft empfinden, sondern die Schüler haben auch die Gelegenheit, ihre Lehrer in bestimmten Rollen Jahr für Jahr reifen und wachsen zu sehen; bis dahin, daß bestimmte Identifikationen, was Engel, Gottvater oder einen Hirten oder König anbetrifft, geschehen. In unserer heutigen, von «Action» und Sensationen und raschem Wechsel der Informationen und Gags geprägten Zeit ist dies geradezu ein Heilmittel, wenn nicht jedes Weihnachten etwas anderes geschieht, sondern dasselbe – anders, tiefer, geistesgegenwärtiger, wahrer. Im Spielen und Anschauen schließt es die ganze Schulgemeinschaft an den «Lehrer der Menschenliebe» an.

Im neuen Jahr folgt dann die Faschingszeit, die Vorosterzeit und das Osterfest, das in vielen Schulen mehr individuell im Klassenzimmer begangen wird und nicht als allgemeines Schulfest hervortritt. Das Osterfest entspricht im Verlauf der menschlichen Entwicklung dem Pubertätsalter, wo erstmals das Sterbenkönnen und Sterbenmüssen existentiell gefühlt wird, mit allen damit verbundenen Schrecknissen, aber auch Sehnsüchten. Auch im «Himmelhoch-jauchzend-zu-Tode-Betrübt» des Jugendlichen erlebt sich das Ich unterworfen den Gesetzmäßigkeiten des Seelischen und ahnt, daß es durch Tode und Geburten und Verwandlungen gehen lernen muß.

Das Pfingstfest entspricht der Mündigkeit, der eigentlichen Ich-Geburt im Lauf der individuellen Entwicklung. Indem das Ich die Herrschaft gewinnt, lernt es auch die Sprache, die jeder Mensch über die ganze Erde hin versteht: die Menschlichkeit, die Brüderlichkeit, das Sich-Verstehen im Geist. Zusammen mit dieser Ich-Erfahrung erwacht aber auch eine neue Möglichkeit der Gemeinschaftsbildung. Je selbständiger der Mensch wird, um so freier wird er auch, sich mit andern Menschen zu bestimmten Aufgaben zu verbinden.

Johanni und Michaeli sind dann die großen Feste, die während des ganzen Erwachsenenlebens wegweisend sind: Ständige Arbeit an sich selbst, das Schärfen des Gewissens und des Verantwortungsgefühls und das Verbrennen alles Hinderlichen (Johannifeuer), so daß die geistigen Zielsetzungen und Aufgabenstellungen leuchten können, sind das eine. Neben dieser Arbeit an sich selbst gilt es aber auch fortwährend im Sozialen, im Beruf, in den verschiedenen Lebenszusammenhängen tagtäglich Auseinandersetzungen zu bestehen, in denen das Böse in der Welt, aber auch in der eigenen Seele immer bewußter werden und seine Drachenhaftigkeit zeigen kann. Hier steht der sieghafte Kampf Michaels mit dem Drachen als Erkenntnisaufgabe, als Mutprobe für das Herz, wenn es zum Beispiel gilt, die Wahrheit zu sagen – aber auch für das befreite Handeln da. Diese Feste im Klassenverband mit den Schülern und nach Möglichkeit auch im Schulzusammenhang wirklich als Feste zu gestalten (zum Beispiel Sommer-/Herbstfest), setzen entscheidende Akzente im Erleben des Jahreslaufes und seiner die Entwicklung des Jugendlichen durch den Wechsel der Jahreszeiten, aber auch dem seelischen Wandel durch die Jahresfeste hindurch begleitenden Kraft.

Der Jahreslauf ist dann auch die Domäne für all diejenigen Fachgebiete, die sich wie ein roter Faden durch das ganze Jahr hindurchziehen und durch die Wochen und Monate hindurch Kontinuität haben dürfen: der Sprachunterricht, der Eurythmie- und Religionsunterricht, der Musik- und Turnunterricht. Werden diese Unterrichtsfächer unter dem Aspekt der Stärkung des physischen Leibes jahreszeitlich impulsiert, so gewinnen sie an bildender und prägender Kraft und stehen auf andere Art nicht mehr ärmer da als die oft beneideten Unterrichtsfächer, die in Epochen gegeben werden. Auch ermöglicht diese ganzjährige Unterrichtstätigkeit in der Oberstufe den Aufbau eines intensiveren Kontaktes zu Schülern, als es der Reigen der nur jährlich einmal stattfindenden Epochen vermag.

In seiner frühen pädagogischen Schrift *Die Erziehung des Kindes vom Gesichtspunkte der Geisteswissenschaft* fügt Rudolf Steiner noch einen entscheidenden Akzent für die Pflege des physischen Leibes hinzu:

Freude und Lust sind die Kräfte, welche die physischen Formen der Organe in der richtigen Art herauslocken. Man kann in dieser Richtung allerdings schwer sündigen, indem man das Kind nicht in die entsprechenden, physischen Verhältnisse zur Umgebung setzt. Zu den Kräften, welche bildsam auf die physischen Organe wirken, gehört also Freude an und mit der Umgebung. Heitere Mienen der Erzieher, und vor allem redliche, keine erzwungene Liebe. Solche Liebe, welche die physische Umgebung gleichsam warm durchströmt, brütet im wahren Sinne des Wortes die Form der physischen Organe aus. Wenn die Nachahmung gesunder Vorbilder in solcher Atmosphäre der Liebe möglich ist, dann ist das Kind in seinem richtigen Elemente.[52]

«Lachen ist gesund», sagt schon der Volksmund – wie kann man aber in die Klassenzimmer insbesondere in den ersten Schuljahren eine fröhliche Atmosphäre hineintragen? Von Eugen Kolisko wird berichtet, daß er eine äußerst liebenswürdige, heitere und gutmütige Ausstrahlung hatte. Fröhlichkeit kann man ja nicht predigen – man kann sie nur selber ausstrahlen und dadurch ansteckend wirken. Besonders Schulärzte sollten stets im Bewußtsein haben, daß Freude und Gesundheit ansteckender sind als jede Krankheit.[53]

---

52 Rudolf Steiner, *Die Erziehung des Kindes vom Gesichtspunkte der Geisteswissenschaft*, Dornach 1992.

53 Zur weiteren Vertiefung der Thematik siehe Ernst-Michael Kranich/Rainer Patzlaff/Hartwig Schiller/Malte Schuchhardt, *Die Bedeutung des Rhythmus in der Erziehung*, Stuttgart 1992.

Ansätze einer Physiologie der Erziehung

Grundlage zum Verständnis der physiologischen Wirkung der Unterrichtsfächer und der Art ihrer Vermittlung ist das Gesetz von der Metamorphose der Wachstumskräfte in die leibfreie Seelen- und Geistestätigkeit von Denken, Fühlen und Wollen (vergl. S. 18f.). So sei zur Einleitung eine Kurzfassung dieses Zusammenhangs vorangestellt mit weiterführenden Literaturhinweisen.

Es sei an dieser Stelle aber auch deutlich angemerkt, daß es eine der wichtigsten Aufgaben in der Zusammenarbeit von Lehrern und Ärzten ist, an einer umfassenden «Lehrplanphysiologie» zu arbeiten. So deutlich auch die tägliche Praxis in der Schule die Stimmigkeit der Waldorfpädagogik zeigt, so wurde doch bisher nur wenig unternommen, die erzielten Wirkungen und Erfahrungen zu dokumentieren. An hierfür geeigneten Dokumentationsverfahren zu arbeiten, ist im Hinblick auf das kommende Jahrtausend eine vordringliche Aufgabe.

Medizinisch-pädagogische Fragen in der Vorschul- und Kinderkrippenzeit

Die Wesensglieder arbeiten – in der frühen Kindheit – nahezu ungeteilt am Aufbau des Körpers und seiner Funktionen (vergl. S. 18f.). Alles was in diesem Alter auf das Kind wirkt, prägt sich daher unmittelbar der kindlichen Konstitution ein. So ist ein besonders wichtiges Aufgabenfeld für den Schularzt die Mitbetreuung des Kindergartens und der gegebenenfalls damit in Verbindung stehenden Kinderkrippe.[1]

Der Waldorflehrer Helmut von Kügelgen hat nach Abschluß seiner Lehrtätigkeit sich vom 63. bis 82. Lebensjahr ganz der Pflege und dem Aufbau der Internationalen Vereinigung der Waldorfkindergärten gewidmet. Seine Sorge galt insbesondere der Ausbildung der Erzieherinnen und Erzieher und dem Bewußtmachen ihrer Verantwortung für die lebensentscheidenden Auswirkungen ihrer erzieherischen Tätigkeit. In diesem Zusammenhang ist ein reiches Studienmaterial entstanden, aus dem hier zwei kurze Beiträge wiedergegeben werden sollen.[2]

Helmut von Kügelgen

Von der elementaren Eurythmie im ersten Jahrsiebent[3]

... Die Eurythmie kann einsetzen, wenn mit dem dritten Lebensjahr die engste Mutterbindung sich löst und der erste Dreierschritt der Menschwerdung vollzogen ist: Gehenlernen, Sprechenlernen, im Ich-Sagen und aus der Sprache heraus denkendes Bewußtsein anfänglich entwickeln. Vom dritten Jahr bis zur Schulreife reicht also der erste Abschnitt der pädagogischen Eurythmie, von der hier gesprochen werden soll, die Kleinkind-Eurythmie.

Nora von Baditz schildert, wie ihr ein Hinweis Rudolf Steiners den entscheidenden Anstoß für diese Arbeit gab: Wenn man mit kleinen Kindern elementare Eurythmie macht, dann können sie eine Ich-Kraft gewinnen, die weder Schulerziehung noch Schicksalsfügungen zu bewirken vermögen. *Wie ist ein so hintergründig gewichtiges Wort zu verstehen?*

---

[1] Siehe Kinderkrippenheft der Internationalen Vereinigung der Waldorfkindergärten e.V., Stuttgart.

[2] Siehe die umfangreiche Schriftensammlung der Internationalen Vereinigung der Waldorfkindergärten e.V., Stuttgart.

[3] Erstveröffentlichung: 10. Rundbrief der Internationalen Vereinigung der Waldorfkindergärten e.V., Stuttgart, Michaeli 1993.

Das kleine Kind ist auf der einen Seite ganz Gebärde und Bewegung, auf der anderen Seite mit allen Sinnen und ganzem Leib ein *Sinnesorgan. Es schmeckt bis in den großen Zeh hinein, es erschrickt in einer sein ganzes Sein ergreifenden Weise, wie wir es als Erwachsene nur noch im Schockerlebnis nachvollziehen, nachempfinden können. So intensiv nimmt das Kind mit seinem ganzen Dasein wahr und fügt die Wahrnehmungen in seinen Leibesaufbau ein. In seiner Aufrichtekraft, in seinen ersten Bewegungen aber wird der in ihm schlummernde Wille als Bewegung, als Gehen, Hüpfen, Tanzen, Regen der Hände wirksam. In den Spielen und Gesten des Kindes kündigt sich die ganze Dramatik seines Schicksal prägenden Willens an. Sinnvolle, gute, schöne Bewegungen – sie gesunden und stärken die Willenskräfte, die sich auf der leiblichen Gesundheit des ersten Jahrsiebents, der seelischen Gesundheit des zweiten aufbauen und dann zum vollen Bewußtsein und selbständigem Einsatz des Willens im dritten Jahrsiebent erheben können. Ein Leben lang wird an der Initiative, der Durchhaltekraft, der Beweglichkeit, am Zupacken sich die Ich-Kraft zeigen, mit der ein Mensch seine eigene Biographie erschafft aus dem Material seiner Erziehung, aus seinen gesellschaftlichen und Schicksalsgegebenheiten. Die künstlerisch geprägte Eurythmiebewegung leistet die Vorarbeit, das Ich mit dem Willen zu vereinen und in den gesund herausplastizierten Organen des Leibes zu inkarnieren. Darum kann die elementare Eurythmie im frühen Kindesalter eine so wesentliche Lebensmitgift vermitteln.*

Nun schließen sich aber Wahrnehmung (das ganze Kind ist Sinnesorgan) und «Wille in der Gebärde» für das kleine Kind nicht über das Bewußtsein zusammen, sondern durch die Nachahmung. Nachahmung ist das Zauberwort der Erziehung für das erste Jahrsiebent. Sie ist die elementare Stufe der Freiheit des Menschen, ihre wahre Grundlage: denn sie wählt und wirkt vom verborgenen Heiligtum des Ich aus. In ihr wirken mit einer Liebe- und Hingabekraft, die nur dem religiösen «Sich-Vereinigen» vergleichbar ist, die Vertrauenskräfte, die Inkarnationskräfte des Kindes: es wird bis in seine Gesundheit, seine Sprechweise, seine Gestik, sein Temperament, seine seelische Grundmentalität hinein, was es durch die Nachahmung aus der sozialen Umwelt aufgreift.

Das ist die eine Seite. Weil die Nachahmung in der Wesenssphäre des Ich wurzelt, ahmt sie nicht wahllos nach! Geschwister, Kinder in einer Eurythmiegruppe, die den gleichen Erwachsenen erleben, nehmen doch in erstaunlichen Verwandlungen auf, was ihnen vorgelebt und vorgehandelt wird. In einer Eurythmiestunde beispielsweise geht das eine Kind mit jeder Faser seines Körpers in die Gebärden des Erwachsenen hinein, ein anderes verfolgt sie nur mit den Augen oder mit leisen Regungen der Hände. Das eine wartet auf die hüpfenden Pferdchen, das andere auf die Silberglöckchen der Zwerge oder auf das

Stampfen der Riesen. In diesen Willens- und Entscheidungsstrom darf der Erwachsene nicht autoritativ, Lernergebnisse fordernd, eingreifen; sonst stößt er die geheime Ich-Tätigkeit zurück, die sich in der Nachahmung als Kraft des Auswählens und sich Entschließens unbewußt, aber seinsmächtig übt.

Der Erwachsene gibt also nur das Seine, die elementare Eurythmie; er greift nicht durch Lob und Tadel, durch Forderung und Korrektur in den Bewegungsablauf des Kindes, in seinen Willensstrom ein. Er kann allerdings seine befreiende, tiefgreifende Wirkung auf das nachahmende Kind unendlich steigern, wenn er Heiterkeit und Lebensfreude ausstrahlt. Im Lichte der Heiterkeit, die nicht mit Ausgelassenheit und Toben zu verwechseln ist, entstehen Lebensfreude und Leichtigkeit, entsteht jene aller Stimmung und allem Gefühlsdruck enthobene Freudigkeit, in der das Kind sich gelöst bewegt und sein seelisch-geistiges Wesen gesund in den von der Vererbung zugereichten Körper inkarniert. Ja, die durch Sinnesüberreizung und Bewegungsarmut geschwächte Fähigkeit zur Nachahmung wird wieder belebt, die Schwere und Müdigkeit werden überwunden, die nervöse Unruhe wird harmonisiert. Schwierigkeiten, ein Verhältnis zur Eurythmie zu finden, treten eigentlich immer nur dort auf, wo das Grundprinzip der Arbeit mit kleinen Kindern verletzt wird, das Nachahmungsprinzip.

Was aber ist «elementare Eurythmie» und welche Forderungen stellt sie an den Erwachsenen? Da die formenden, belebenden Kräfte, die von der eurythmischen Bewegung ausgehen, durch die Nachahmung so innig mit den Lebensprozessen der Kinder verschmelzen, wird jede Geste eine besondere Verantwortlichkeit fordern: nicht auf vielfältige Abwechslung, sondern auf ausgesuchte Qualität wird es ankommen. In der Vorbereitung wird es der Eurythmistin also auf das Zurückgehen zur Quelle, auf die reine, ursprüngliche Lautgebärde ankommen, wie sie aus den Planeten- und Tierkreisbewegungen Substanz gewinnt. «Elementare» heißt nicht vereinfachte oder gar verspielte, sondern auf die Ursprünglichkeit konzentrierte Eurythmie. Suche ich das Keimhafte auf, das Anfängliche, so bin ich selber wieder forschend und gestaltend tätig: Das hat seine Wirkung auf das in die Zukunft drängende Werden im Kinde. Es geht also nicht um ein Reduzieren der Mannigfaltigkeit der Kunsteurythmie, bis sie eine simple «kindgemäße» Form gewinnt, sondern um ein immer neues Erüben der fruchtbaren Grundelemente.

Auch die Kinder sollen sich auf die Eurythmiestunde vorbereiten – durch Erwartung und Vorfreude! Rudolf Steiner wollte zunächst nicht mehr als eine Stunde in der Woche, damit diese freudige Erwartung in ihnen leben kann und sie nicht «überfüttert» werden. Flicht die Eurythmistin nun die Laute ohne jede Benennung in die Geschehnisse der Stunde ein, dann schlüpfen die Kinder in die Bewegungen hinein, die ihnen etwas Heimatliches, Wohltuendes sind. Die Tätigkeiten der Kleinen werden vor allem aus Arbeitsspielen, aus dem gesamten Zusammenhang der Natur mit ihrem Jahresrhythmus und ihren Festen, ihren Tieren und Pflanzen, Winden und Wolken, Bächen und Steinen, Elementarwesen und Gestirnen sowie aus dem Märchenbereich motiviert. Die Märchen und kleinen Geschichten sollten zu rhythmisierten freien Versen zusammengezogen sein.

Daneben führt man im Musikalischen im wesentlichen zur Quint und Quintenstimmung. Die schöne abgerundete Bewegung der Quint ist nach der Anregung von Nora von Baditz «das goldene Tor» genannt worden. Das Wesen der Quint erfassen, heißt, den Menschen noch im göttlichen Sphärenklange zu erleben; und das sieht man den goldenen Toren an, in die sich die Kinder in der Quintengeste verwandeln: Sie selbst stehen an der Schwelle der Erdentüchtigkeit.

Helmut von Kügelgen

Wir sind an der Erschaffung des Menschen beteiligt[4]

Nie sind wir Erwachsene dem Schöpfertum der Welt so nah, als wenn wir das Zugehen auf die Schwelle der Geburt, den ersten Atemzug eines Kindes, sein erstes Lächeln, sein erstes Ich-Sagen im Laufe des dritten Lebensjahres miterleben, begleiten, mitverantworten – als gebärende, stillende Mutter, als Liebe, Geduld und Mitsorge hinschenkender Vater. Wir können das auch, wenn uns irgendein Schicksal einsetzt, damit wir allein oder an der Stelle der naturgemäß nächsten Menschen in dieser Nähe Inkarnation wahrnehmen.

Wie nah sind wir dem Schöpfertum des Geistig-Seelischen! Von Tag zu Tag, von Woche zu Woche, durch die Monate dieser ach so kurzen Zeit schreibt sich die Individualität deutlicher «in das Fleisch» des Kindes ein. Wir sind an diesem Vorgang zwischen vererbter Leiblichkeit und Individualität unmittelbar beteiligt. Wenn Atem und Herzschlag, wenn Sinnestätigkeit und Verdauungstätigkeit, wenn das Tun der Glieder, die Bewegung der Schrei- und Sprechwerkzeuge und aller inneren Organe, wenn das alles sich regt und bewegt, die Organe am Gebrauch sich ausformen und immer mehr Leben erwecken aus den tätigen, bewegenden Willenskräften heraus, dann mögen wir ahnen, welche Entscheidungen für das ganze Leben jetzt getroffen werden. Entscheidungen,

---

4 Erstveröffentlichung: *«Kind tanzt»*, Helmut von Kügelgen (Hrsg.), Studienmaterial der Internationalen Vereinigung der Waldorfkindergärten, Stuttgart, Heft 10.

die wohl das Wesen, das da zwischen uns erschienen ist, treffen will, treffen möchte! Aber es sind ihm gewisse Bedingungen auferlegt: das Erbgut und unser Verhalten, die mitgestaltende Umwelt; teils hilfreiche und teils empfindliche die Individualität hindernde Bedingungen. Welche Entscheidungen trifft sie? Nun, im Erleben, Wahrnehmen, Nachahmen werden die Organe ausgestaltet, Muskeln gebildet, Rhythmen und Drüsentätigkeiten eingeübt. Das Fußgewölbe wölbt den kleinen Plattfuß in dem Augenblick, in dem das Bein zum Stehen und Gehen gebraucht wird, Wadenknochen und alle Teile und Organe des Körpers formieren sich, um dem tätigen kleinen Willensmenschen seine Konstitution zu bilden. Das Erbgut können wir nicht ändern, nur helfen, daß es individualisiert und ein Instrument des Ich wird, wenn Ich-Sagen, Trotzalter und Kinderkrankheiten an dem Leibe arbeiten, ihn durch- und umbilden.

Zunächst aber ist das sein Schicksal inkarnierende Ich noch ganz in dem Tätigkeitsdrang, in den Lebenskräften wirksam. Die nächsten Schritte zeigen sich darin, daß die Sinne nicht nur Gier erwecken, sondern zu seelischem Erleben und maßvoller Begierde finden können, daß Schrei und Empfindung lernen, sich im Sprechen auszudrücken, in einer vorgegebenen Sprache, die Bedeutung und Gedanken tragen kann. Daß das so ist, könnte man sagen, danken wir unserer «Gotteskindschaft» – denn wir sind als Menschen dazu «geschaffen», daß uns Wahrheit befriedigt, Schönheit erfreut und Güte die Stimme des Gewissens erweckt. Wir danken es der schaffenden Liebekraft, um die wir ringen, die uns begleitet, die uns erschaffen hat. Sie verwandelt und erlöst die Mächte des Bösen, die auflösenden und die verhärtenden Kräfte. Wem ist es zu verdanken? Es ist nicht einfacher und größer in Worte zu fassen, wie es in den alten Büchern geschrieben steht: aus göttlichem Schöpfertum, Bild eines geistigen Wesens, so werden wir geboren! Durch Umwandlung, durch den Impuls des Stirb und Werde wollen wir uns selber im Heranwachsen entdecken und verwirklichen. Die göttliche Stimme des Gewissens im Ich, das ist der Repräsentant des Menschlichen, den das Johannesevangelium Logos, das schaffende Weltenwort, nennt, ohne das nichts entstanden ist, ohne das wir nicht entstehen und uns aufrichten zu unserer Menschenwürde. Sehr einfach und allverständlich können wir diesen Impuls zur Verwandlung, diese innerste Gewissensstimme des Menschlichen, das Kind Gottes im Erdenmenschen auch nennen: die wahre Liebe. *Und darum befreit und erlöst diese Liebe oder verbindet und gibt festen Halt – sie gesundet und heilt –, sie greift aus dem schöpferischen Gedanken in das emfindsame Herz und bis in die Verwirklichung im Sichtbaren der Stoffes-Leibes-Welt. Ohne sie können wir nichts tun – die Zerstörung des Leibes, des Lebens ist in Hospitalismus, Verwahrlosung, Verbrechertum die Folge der Lieblosigkeit.*

Es ist die Frage an höchster Stelle anzusiedeln: Wenn wir nachsinnen über gesunde, heilsame, menschenwürdige Maßnahmen oder Einrichtungen für Kinder der ersten drei Jahre, wie erfüllen wir mit wahrer Liebe die Umgebung des Kindes? Dieser Frage untergeordnet entsteht aber im konkreten Leben die Fülle der Probleme. Wird Pflege kindlicher Entwicklung übernommen als Beruf oder Teilzeitberuf, muß dieser bezahlt werden und braucht seine im Sozialen gegründeten Gesetze? Weder durch Geld noch durch starre Pflichtangebote läßt sich «wahre Liebe» hervorrufen. Auch was man «Kinderlieb-Sein» nennt, reicht nicht aus. Wenn wir nicht in jene Sphäre vordringen, die aus dem beruflichen Engagement, aus der gefühlsmäßigen Neigung in die tieferen Schichten geistiger Menschenerkenntnis und opferbereiter Willenskraft vordringen, erreichen wir das Niveau «wahrer Liebe» nicht. In ihr schließen sich Erkenntnis und Willenskraft zu jener lichten Wärme zusammen, in deren Ausstrahlung Kinder gesund heranwachsen …

Temperamentsbehandlung

Es seien hier einige Grundlagen der Temperamentsbehandlung in Rudolf Steiners Worten wiedergegeben. Sie machen deutlich, wie wesentlich es für den Lehrer ist, selbst alle vier Temperamentseinseitigkeiten in sich bis zu einem gewissen Grade auszubilden. Er versteht seine Kinder um so besser, je mehr er deren Eigenschaften vom Ansatz her auch bei sich selber findet. Im übrigen sei auf die Arbeit *Rudolf Steiner über die Temperamente* von Detlef Sixel [1] verwiesen.

Die Kinder kommen in die Schule und sie haben, immer selbstverständlich mit allen Übergängen und allen Mischungen, die vier Temperamente: das melancholische, das phlegmatische, das sanguinische und das cholerische. In unserer Waldorfschul-Pädagogik wird auf das Durchschauen des Kindes nach diesen Temperamenten ein großer Wert gelegt, schon bei der Sitzordnung, die wir in der Klasse haben. Wir versuchen herauszubekommen, welches zum Beispiel die cholerischen Kinder sind; die setzen wir zusammen, dann haben wir sie beisammen, und dem Lehrer ist es dann auch möglich zu wissen: dort in der Ecke hat er die cholerisch veranlagten Kinder, in einer andern Ecke sitzen zum Beispiel die Phlegmatiker, irgendwo in der Mitte sitzen die Sanguiniker, und wieder woanders sitzen die Melancholiker beisammen. Dieses Zusammensetzen hat schon seine großen Vorteile. Denn man erfährt dadurch: die Phlegmatiker werden sich durch dieses Beisammensitzen mit der Zeit so langweilig, daß sie sich diese Langeweile dadurch austreiben wollen, daß sie sich aneinander abreiben. Und die Choleriker wieder puffen sich gegenseitig so viel, daß es nach einiger Zeit damit sehr viel besser wird. Ebenso ist es bei den Sanguinikern mit ihrem zappeligen Wesen. Und die Melancholiker wiederum sehen, wie sich Melancholie bei dem andern gibt. Also die Kinder so zu behandeln, daß man sieht: Gleiches wirkt auf Gleiches günstig, das ist schon in bezug auf diese Äußerlichkeit etwas sehr Gutes, abgesehen davon, daß man nun auch die Möglichkeit hat, immer die Klasse dadurch auch zu überschauen; denn man überschaut sie ja viel leichter, wenn man die gleichartigen Kinder beieinander hat.

Nun kommt es aber darauf an, in die Menschennatur auch so hineinzuschauen, daß man nun wirklich praktisch das cholerische, das sanguinische, das melancholische Temperament zu behandeln vermag. Da tritt natürlich der

---

[1] *Rudolf Steiner über die Temperamente*, Hrsg. Pädagogische Sektion am Goetheanum, Dornach 1990.

Fall ein, wo man nötig hat, diese Brücke zwischen Schule und Haus, von der ich gesprochen habe, tatsächlich in einer intimen Weise herzustellen. Ich habe zum Beispiel ein melancholisches Kind in der Klasse, kann schwer mit ihm etwas anfangen; ich komme nicht recht in es hinein, es brütet, es ist abgezogen, mit sich selbst beschäftigt, ist nicht bei dem, was in der Klasse vorgebracht wird. Hat man eine Pädagogik, die nicht auf Menschenerkenntnis gebaut ist, so meint man, man müsse alles Mögliche mit dem Kinde machen, um seine Aufmerksamkeit zu erregen, um es aus sich herauszubringen. Das wird aber in der Regel das Kind noch bedenklicher machen, es wird noch brütender werden. Alle diese Heilmittel, die man so laienhaft ersinnt, helfen wenig; höchstens hilft da die selbstverständliche Liebe zu dem Kinde: denn es weiß, man hat Teilnahme mit ihm, so daß das mehr Unterbewußte in ihm angeregt wird. Alles Zureden freilich sind nicht nur verschwenderische Versuche, sondern es schädigt nur, und das Kind wird noch melancholischer als früher. Aber in der Klasse hilft außerordentlich viel, wenn man versucht, auf die Melancholie des Kindes einzugehen, von ihm herauszubekommen, worauf seine Vorstellungen gehen; dann für diese Vorstellungen Interesse zeigen, auf diese Vorstellungen eingehen und gewissermaßen mit dem, was man selbst tut, melancholisch werden mit dem melancholischen Kinde. Man muß als Lehrer sämtliche vier Temperamente in harmonischem Zusammenwirken in sich tragen. Und das, wie man sich dann zu dem Kinde verhält, das widerspricht der Melancholie des Kindes, und wenn man dies immer fortsetzt, dann schaut das Kind das, was man ist, in dasjenige hinein, was man spricht. Und es stiehlt sich auf diese Weise in das Kind dasjenige hinein, was hinter der Maske der Melancholie, die man annimmt, steckt an liebevollem Eingehen auf das Kind. Das wird in der Klasse helfen.

Jetzt aber wird man weitergehen und wird wissen, daß alle Melancholie in einem Menschen, so unwahrscheinlich dies auch dem heutigen Physiologen erscheinen mag, zusammenhängt mit einer unregelmäßigen Leberfunktion. Man kann wissen, daß alle Melancholie, besonders wenn sie das Kind ins Pathologische hineintreibt, auf unregelmäßiger Leberfunktion beruht. Daher wende ich mich nun an die Eltern eines solchen Kindes und sage ihnen: Ihr müßt diesem Kinde einmal mehr Zucker als sonst in die Speisen hineintun; das Kind muß die Speisen gesüßter bekommen, als ihr es gewohnt seid; denn Zucker wirkt auf die Normalisierung der Leberfunktion. Und indem ich der Mutter diesen Rat gebe: Gib dem Kinde mehr Zucker –, werde ich Schule und Haus zusammenwirken lassen, um das, was in der Melancholie ins Pathologische hineingegangen ist, wieder herauszubringen und die Möglichkeit zu schaffen, durch die es dann die entsprechende Behandlung finden kann. – Oder ich habe ein sanguinisches Kind, ein Kind, das von Eindruck zu Eindruck geht, das immer gleich das Nächste haben will, wenn es das Vorhergehende gerade hat, das sich stark anfängt, für alles zu interessieren, aber mit seinem Interesse auch bald wieder aufhört. Ich habe also ein solches Kind, das mir diese verschiedenen Merkmale zeigt. Es wird in der Regel nicht schwarz, sondern blond sein. Da handelt es sich wieder darum, daß ich zunächst die Möglichkeit finde, es in der Schule zu behandeln. Ich werde in dem, was ich selber tue, versuchen, noch sanguinischer zu werden als das Kind; ich werde ihm recht schnell wechselnde Eindrücke vormachen, so daß es sich jetzt nicht sich selber überlassen kann in bezug auf das Eilen von Eindruck zu Eindruck, sondern daß es mit muß mit mir. Dann wird ihm die Geschichte zuwider, dann will es schließlich nicht mit. Aber zwischen dem, was ich so immer wieder und wieder tue, daß ich mich selbst sanguinisch benehme bei dem, was ich dem Kinde beibringen will, und zwischen dem, wie das Kind seinem Temperamente nach von Eindruck zu Eindruck eilen will, da bildet sich nun in ihm selber als Gegenwirkung eine Harmonie aus. So kann ich das Kind behandeln, indem ich seine Eindrücke recht wechselnd mache, immerfort Neues ausdenke, so daß das Kind bald schwarz, bald weiß sehen muß, immerfort von Ding zu Ding eilen muß. Nun setze ich mich aber jetzt mit der Mutter dieses Kindes in Verbindung. Da erfahre ich von ihr ganz sicher, daß das Kind ein Zuckerschlecker ist oder so etwas ähnliches, daß es viele Bonbons bekommt oder sie stibitzt, oder in einem Elternhause ist, wo man sehr gern die Speisen stark süßt, oder – wenn selbst das nicht der Fall war – es war die Muttermilch zu süß, hat zu viel Zuckerstoff enthalten. Und dann setze ich der Mutter auseinander, für einige Zeit dem Kinde eine Diät zu geben, die zuckerärmer ist als bisher, und so wirke ich jetzt durch die zuckerarme Nahrung vom Elternhause aus mit der Schule zusammen ...[2]

[2] Rudolf Steiner, *Der pädagogische Wert der Menschenerkenntnis und der Kulturwert der Pädagogik,* GA 310, Dornach [4]1989, Vortrag vom 23. Juli 1924.

Vom richtigen Atmenlernen

Für denjenigen, der die Waldorfpädagogik neu kennenlernt, ist es überraschend, daß im ersten Vortrag der *Allgemeinen Menschenkunde*[1] auf zwei fundamentale, menschenkundliche Aufgaben des Erziehers hingewiesen wird: das Atmenlernen und das Schlafenlernen. Rudolf Steiner bemerkt zum richtigen Atmenlernen das Folgende:

Unter all diesen Beziehungen, welche der Mensch zur Außenwelt hat, ist die allerwichtigste das Atmen. Aber das Atmen beginnen wir ja gerade, indem wir die physische Welt betreten. Das Atmen im Mutterleib ist noch sozusagen ein vorbereitendes Atmen, es bringt den Menschen noch nicht in vollkommenen Zusammenhang mit der Außenwelt. Dasjenige, was im rechten Sinn atmen genannt werden soll, beginnt der Mensch erst, wenn er den Mutterleib verlassen hat. Dieses Atmen bedeutet sehr, sehr viel für die menschliche Wesenheit, denn in diesem Atmen liegt ja schon das ganze dreigliedrige System des physischen Menschen.

Wir rechnen zu den Gliedern des dreigliedrigen physischen Menschensystems zunächst den Stoffwechsel. Aber der Stoffwechsel hängt an dem einen Ende mit dem Atmen innig zusammen; der Atmungsprozeß hängt stoffwechselmäßig mit der Blutzirkulation zusammen. Die Blutzirkulation nimmt die auf anderem Wege eingeführten Stoffe der äußeren Welt auf in den menschlichen Körper, so daß gewissermaßen auf der einen Seite das Atmen mit dem ganzen Stoffwechselsystem zusammenhängt. Das Atmen hat also seine eigenen Funktionen, aber es hängt doch auf der einen Seite mit dem Stoffwechselsystem zusammen.

Auf der anderen Seite hängt dieses Atmen auch zusammen mit dem Nerven-Sinnesleben des Menschen. Indem wir einatmen, entsteht durch Kompression der Venen ein Stau im Abfluß des Gehirnwassers, wodurch eine leichte Anhebung des Gehirns in seinem Flüssigkeitsbett des Liquor geschieht. Beim Ausatmen eine leichte Gegenbewegung beziehungsweise Senkung. Dadurch wirkt der Atmungsrhythmus auf das Gehirn ein. Und wie das Atmen über die Sauerstoffversorgung mit dem Stoffwechsel verbunden ist, so hängt es auf der ande-

[1] Rudolf Steiner, *Allgemeine Menschenkunde als Grundlage der Pädagogik*, GA 293, Dornach [9]1992. (Es handelt sich hier um den Begründungskurs der Waldorfschule in Stuttgart. Jeden Morgen wurde 14 Tage lang ein grundlegender, menschenkundlicher Vortrag gehalten, worauf sich dann im Laufe des Tages methodische und didaktische Betrachtungen sowie Seminarbesprechungen und Lehrplanvorträge anschlossen.)

ren Seite eben auch zusammen mit dem Nerven-Sinnesleben. Wir können sagen: Das Atmen ist der wichtigste Vermittler des die physische Welt betretenden Menschen mit der physischen Außenwelt. Aber wir müssen uns auch bewußt sein, daß dieses Atmen durchaus noch nicht so verläuft, wie es zum Unterhalt des physischen Lebens beim Menschen voll verlaufen muß, namentlich nach der einen Seite nicht: es ist beim Menschen, der das physische Dasein betritt, noch nicht die richtige Harmonie, der rechte Zusammenhang hergestellt zwischen dem Atmungsprozeß und dem Nerven-Sinnesprozeß.

Betrachten wir das Kind, so müssen wir in bezug auf sein Wesen sagen: Das Kind hat noch nicht so atmen gelernt, daß das Atmen in der richtigen Weise den Nerven-Sinnesprozeß unterhält … Im höheren Sinne muß das Kind lernen, in seinen Geist aufzunehmen dasjenige, was ihm geschenkt werden kann dadurch, daß es geboren wird zum Atmen. Sie sehen, dieser Teil der Erziehung wird hinneigen zu dem Geistig-Seelischen: Dadurch, daß wir harmonisieren das Atmen mit dem Nerven-Sinnesprozeß, ziehen wir das Geistig-Seelische in das physische Leben des Kindes herein.[2]

Welche Einflußmöglichkeiten hat nun der Lehrer auf das rhythmische System, insbesondere die Atmung? Da steht gewiß an erster Stelle die Pflege des Gefühlslebens selber, denn Gefühle impulsieren das rhythmische System, werden von diesem getragen, so wie das Denken in unmittelbarem Zusammenhang mit dem Nerven-Sinnessystem steht und das Wollen mit dem Stoffwechsel-Gliedmaßensystem. Gefühle sind es, die motivieren, die aufschließen oder das Kind zum Rückzug bewegen. In freudigem Interesse kann es sich aufmerksam der Umwelt zuwenden und damit seine Nerven-Sinnesfunktionen in gesunder Weise in Regsamkeit versetzen und mit dem Atemprozeß in Beziehung bringen. Im Schmerz, in der Lustlosigkeit, in der Langeweile zieht es sich in sich zurück und kann diese Arbeit nicht vollziehen. Über die Pflege der richtigen Gefühlsstimmung als Voraussetzung für jedweden Lernprozeß spricht Rudolf Steiner am 15. Juni 1921:

Man wird es niemals dazu bringen, daß das Kind richtig den Übergang findet zwischen dem Gedanklich-vorstellungsmäßig- oder Empfindungsgemäß-Haben des Inhaltes und dem Auswendiggelernten, wenn man nicht versucht, bevor das Auswendiglernen eintritt, die Sache sehr stark gefühlsmäßig dem Kinde beizubringen. Es darf einfach nichts bis zum Auswendiglernen getrieben

---

2 Rudolf Steiner, *Allgemeine Menschenkunde als Grundlage der Pädagogik*, GA 293, Dornach [9]1992, Vortrag vom 21. August 1919.

werden, von dem das Kind nicht in allen Details ein deutliches Gefühl, eine scharfe Empfindung hat; und zwar vor allen Dingen eine Empfindung, die es ihm ermöglicht, sich in der richtigen Weise zu dem Inhalt zu verhalten.

Betrachten wir einen extremen Fall. Denken wir an ein Gebet; da soll das Kind angehalten werden, wenn es ein Gebet lernen soll, beim Inhalt in eine Art verehrungsvolle Stimmung hineinzukommen. Und wir müssen dafür sorgen, daß das Kind zuerst in diese verehrungsvolle Stimmung kommt. Wir müssen davor zurückbeben, dem Kinde ein Gebet beizubringen, wenn wir ihm nicht zuerst die andachtsvolle Stimmung beibringen. Dabei darf das Kind dann niemals das Gebet aufsagen, ohne daß es die andachtsvolle Stimmung hat. Also wir sollen das Kind nicht ein niedliches, hübsches Gedicht aufsagen lassen, ohne daß wir ihm vorher das leise Lächeln, ein Erfreutsein und Entzücktsein erweckt haben …

Das hat aber seine durchaus körperlich-physische Bedeutung, denn jedesmal, wenn wir dem Kinde etwas beibringen, was einen tragischen oder erhabenen Charakter hat, wirken wir im Grunde genommen auf seinen Stoffwechsel. Jedesmal, wenn wir dem Kinde etwas beibringen, was einen niedlichen, anmutigen Charakter hat, jedes Mal dann wirken wir auf seinen Kopf, auf sein Sinnes-Nervensystem. Und wir können in dieser Beziehung hygienisch vorgehen. Wenn wir zum Beispiel ein Kind haben, das, sagen wir, sehr leichtfertig ist, das also immerfort Sensationen haben will, dann versuchen wir, dieses Kind dadurch zu kurieren, daß wir in ihm die Stimmung erzeugen, die es beim Auswendiglernen haben muß bei Erhabenem, Tragischem. Schon auf diese Weise kommen wir dann dem Kinde bei. Und wir müssen auf solche Dinge im Unterricht durchaus Rücksicht nehmen.[3]

So wie die Atmung zwischen Nerven-Sinnessystem und Stoffwechselsystem zu vermitteln hat, so wird die fühlende Seele des Kindes durch Freudigkeit und Heiterkeit und Liebenswürdigkeit an die Erscheinungen der Umwelt mit Leichtigkeit angeschlossen, wohingegen Trauer, Schmerz, Größe und Erhabenheit Empfindungen wachruft, die das Kind sich selbst stark erleben lassen bis hin zum Rückzug in den eigenen Leib im Schmerz und in der Trauer.

Eine zweite Möglichkeit, zum Richtig-atmen-Lernen beizutragen, ist die rhythmische Gestaltung des Unterrichtes selbst. Dieser beginnt – im Falle des Hauptunterrichts – mit dem rhythmischen Teil, das heißt mit der Hinwendung zum rhythmischen System. Es folgt dann von hier ausgehend der eigentliche

---

3 Rudolf Steiner, *Menschenerkenntnis und Unterrichtsgestaltung*, GA 302, Dornach [5]1986, Vortrag vom 15. Juni 1921.

Unterrichtsinhalt je nach Fachgebiet, und am Ende des Hauptunterrichtes geht es darum, das Gelernte in die Eigentätigkeit überzuführen, das heißt an den Willen anzuschließen, was dann unter Umständen auch in eine angemessene Aufgabenstellung für zu Hause übergeleitet werden kann.

Ein drittes, ebenfalls sehr grundlegendes Mittel, auf die Atmung gesundend einzuwirken, ist die Pflege des «richtigen Sprechens». Für kein Fachgebiet hat Rudolf Steiner so viele Lehrplanangaben gegeben wie für die Pflege der Sprache und den Umgang mit ihr. Schon von der ersten Klasse an sollen Sprachübungen, altersentsprechende Gedichte, Zuhören und Erzählen geübt werden. Und Rudolf Steiner bemerkt hierzu, daß gerade diese sorgfältige Pflege des Sprechenlernens die entscheidende Hilfe ist, die Atmung zu regulieren und das Wachstum der Lungen positiv anzuregen. Im zwölften Vortrag des Basler Lehrerkurses führt Rudolf Steiner aus:

Gerade im kindlichen Lebensalter ist die Wirkung des richtig seelisch Behandelten auf das Leibliche von einer ungeheueren Bedeutung. Und so ist es von ungeheurer Bedeutung, daß man immer wiederum dafür zu sorgen versucht, daß das Kind deutlich volltönend und vor allen Dingen, wie ich es genannt habe, gerundet sprechen lernt, daß es Sätze voll, Silben voll, vollendet aussprechen lernt. Denn beim Menschen hängt das richtige Atmen von dem richtigen sachgemäßen Sprechen ab, und daher hängt mittelbar die richtige Ausbildung der menschlichen Brustorgane von dem richtigen Sprechen ab. Man sollte einmal eine Statistik der jetzt so wütenden Brustkrankheiten auch von diesem Gesichtspunkte aus aufnehmen. Man sollte sich fragen: Inwieweit ist Schuld an der Brusttuberkulose, daß viel zu wenig Rücksicht genommen wird in der Schule auf ein sachgemäß silbenvolles Sprechen, daß vor allen Dingen nicht Rücksicht darauf genommen wird, daß während des Sprechens wirklich das Kind voll atmet? Es darf dabei nicht das Sprechen vom Atmen ausgehen, sondern es muß das Atmen vom Sprechen ausgehen. Es muß richtig gesprochen werden. Das Gefühl für das richtige Sprechen, für die Längen und Kürzen der Silben und Worte muß entwickelt werden; dann richtet sich das Atmen darnach. Zu glauben, man müsse das Atmen trainieren, um zum richtigen Sprechen zu kommen, ist ein Unfug. Das Atmen, das richtige Atmen, muß eine Folge des richtig empfundenen Sprechens sein. Dann wirkt es in der richtigen Weise auf das Atmen zurück. In solcher Weise sollte man heute überhaupt gründlicher den Zusammenhang des Leiblichen mit dem Geistig-Seelischen ins Auge fassen.[4]

---

[4] Rudolf Steiner, *Die Erneuerung der pädagogisch-didaktischen Kunst durch Geisteswissenschaft*, GA 301, Dornach [4]1991, Vortrag vom 7. Mai 1920.

Vom richtigen Schlafenlernen[1]

Aus dem Erwachsenenleben kennen wir den rhythmischen Wechsel von Schlafen und Wachen als zwei deutlich voneinander getrennte Bewußtseins- und Lebenszustände. Im Schlaf regeneriert sich der Körper, insbesondere das Nervensystem, und es werden die Ereignisse des vorangegangenen Tages verarbeitet, so daß man am nächsten Morgen mit neuen Gesichtspunkten, aber auch mit während der Nacht erwachsenen Fähigkeiten wieder erwacht. Jeder, der beispielsweise täglich irgend etwas übt, sei es ein Musikinstrument oder eine meditative Übung, bemerkt, wie das Durch-die-Nacht-Nehmen einer Bemühung vom Vortag diese befestigt und eine Fähigkeitsgrundlage abgibt für das Weiterüben am nächsten Tag; es prägt sich gleichsam dem Leibe ein, wird langsam Gewohnheit, wird habituell, ja wird substantiell, womit wir uns bei Tage intensiv beschäftigen und verbinden. Beim Kind ist diese klare Grenze zwischen Schlafen und Wachen noch im Aufbau. Ganz abgesehen davon, daß die kleinen Kinder buchstäblich in das Leben hineinschlafen und die Wachphasen sich erst langsam vom Säuglings- zum Kindergartenalter hin verlängern, bis dann schließlich der Mittagsschlaf wegfällt und die Kinder tagsüber «wach» sind und nachts schlafen. Dennoch reift das Wachbewußtsein des Kindes im Sinne des heutigen Gegenstandsbewußtseins erst langsam heran. Im Vorschulalter wird die Umgebung vom Kind noch physiognomisch, das heißt beseelt, aussagekräftig wahrgenommen – noch nicht abstrakt gegenständlich, nur als ein «Außen». Und auch das Schlafen bewirkt noch nicht eine so deutliche Trennung von Astralleib und Ich aus dem Nervensystem heraus und in den Bereich der elementarischen Wesen der Naturumgebung und der Wesen der höheren Hierarchien hinein. Diese deutliche Trennung von Astralleib und Ich von der physisch-ätherischen Konstitution während der Nacht zur Kommunikation mit der geistigen Welt beginnt erst um das neunte, zehnte Lebensjahr.

Das bedeutet aber, daß die Kinder in den ersten Schuljahren während des sogenannten Wachens zugleich noch ein wenig schlafend sind – viel stärker hingegeben den Sinneseindrücken, noch offen wie im Nachahmungsalter, so wie man sich eigentlich im Schlaf der geistigen Welt gegenüber verhält. Daher können auch die Eindrücke am Tage so tief in den Leib hineinwirken und dort Gesundung oder Kränkung bewirken. Aus diesem Grunde muß jedes Wort, jeder Gedanke, jede Handlung, die der Lehrer vor dem Kinde geschehen läßt, «nachtwürdig» sein, das heißt geistdurchdrungen, geistverbunden oder zumin-

---

[1] Vergl. auch Stefan Leber, *Der Schlaf und seine Bedeutung*, Stuttgart 1996.

dest geistessehnsüchtig. Das im Unterricht Vorgebrachte braucht die Eingebettetheit in den Schöpfungsprozeß, der immer ein geistig-materieller zugleich ist. Nur so kann das geschehen, was Rudolf Steiner in der nachfolgend zitierten Ausführung aus der *Allgemeinen Menschenkunde* sagt: «Wir können nur die Zeit, die der Mensch auf dem physischen Plan verbringt, so ausnützen, daß er gerade das, was wir mit ihm tun, *allmählich hineintragen kann* in die geistige Welt ...» Erst wenn Astralleib und Ich sich vom physischen Leib und Ätherleib wirklich lösen im Schlaf, kann ein volles Hineintragen in die geistige Welt stattfinden. Davor sind geistige und physische Welt sowohl im Wachen als auch im Schlafen noch stärker miteinander verbunden.

Rudolf Steiner führt dazu aus: *Aber das Kind kann noch etwas anderes nicht richtig, und dieses andere muß in Angriff genommen werden, damit ein Einklang geschaffen werde zwischen den zwei Wesensgliedern, zwischen dem Körperleib und zwischen der Geistseele. Was das Kind nicht richtig kann im Anfang seines Daseins – es wird Ihnen auffallen, daß gewöhnlich das, was wir geistig betonen müssen, der äußeren Weltenordnung zu widersprechen scheint –, was das Kind nicht richtig kann, das ist, den Wechsel zwischen Schlafen und Wachen in einer dem Menschenwesen entsprechenden Weise zu vollziehen. Man kann freilich sagen, äußerlich betrachtet: Das Kind kann ja ganz gut schlafen; es schläft ja viel mehr als der Mensch im späteren Lebensalter, es schläft sogar in das Leben herein. – Aber das, was innerlich dem Schlafen und Wachen zugrunde liegt, das kann es noch nicht. Das Kind erlebt allerlei auf dem physischen Plan. Es gebraucht seine Glieder, es ißt, trinkt und atmet. Aber indem es so allerlei macht auf dem physischen Plan, indem es abwechselt zwischen Schlafen und Wachen, kann es nicht alles dasjenige, was es auf dem physischen Plan erfährt – was es mit den Augen sieht, den Ohren hört, mit den Händchen vollbringt, wie es mit den Beinchen strampelt –, es kann nicht das, was es auf dem physischen Plan erlebt, hineintragen in die geistige Welt und dort verarbeiten und das Ergebnis der Arbeit wieder zurücktragen auf den physischen Plan. Sein Schlaf ist gerade dadurch charakterisiert, daß er ein anderer Schlaf ist als der Schlaf der Erwachsenen. Im Schlafe des Erwachsenen wird vorzugsweise das verarbeitet, was der Mensch erfährt zwischen dem Aufwachen und dem Einschlafen. Das Kind kann das noch nicht in den Schlaf hineintragen, was es erfährt zwischen Aufwachen und Einschlafen, und es lebt sich daher noch so in die allgemeine Weltenordnung mit dem Schlafen hinein, daß es nicht mitbringt in diese Weltenordnung während des Schlafes dasjenige, was es äußerlich in der physischen Welt erfahren hat. Dahin muß es gebracht werden durch die richtiggehende Erziehung, daß das, was der Mensch auf dem physischen Plan erfährt, hineingetragen wird in dasjenige, was der Seelengeist oder die*

Geistseele tut vom Einschlafen bis zum Aufwachen. Wir können als Unterrichter und Erzieher dem Kinde gar nichts von der höheren Welt beibringen. Denn dasjenige, was in den Menschen von der höheren Welt hineinkommt, das kommt hinein in der Zeit vom Einschlafen bis zum Aufwachen. Wir können nur die Zeit, die der Mensch auf dem physischen Plan verbringt, so ausnützen, daß er gerade das, was wir mit ihm tun, allmählich hineintragen kann in die geistige Welt und daß durch dieses Hineintragen wiederum in die physische Welt zurückfließen kann die Kraft, die er mitnehmen kann aus der geistigen Welt, um dann im physischen Dasein ein rechter Mensch zu sein.[2]

Zur Verdeutlichung dieses Tatbestandes sei eine Kinderzeichnung wiedergegeben, die Caroline von Heidebrand 1934 in der Zeitschrift «Erziehungskunst» veröffentlicht hat.[3]

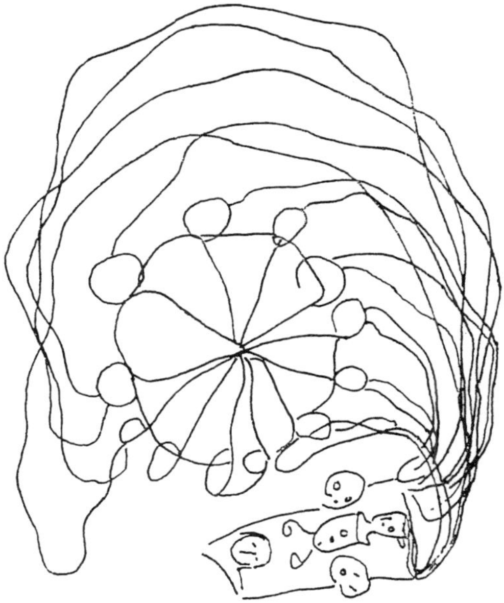

Ein dreijähriger Knabe zeichnet sich selbst im Bett liegend. Es gehen von ihm Ströme aus, die sich mit einem zwölfgliedrigen Blütengebilde vereinigen (aus: Der Rhythmus von Wachen und Schlafen. Seine Bedeutung im Kindes- und Jugendalter, mit Beiträgen von Stefan Leber u.a., Stuttgart 1990).

---

[2] Rudolf Steiner, *Allgemeine Menschenkunde als Grundlage der Pädagogik*, GA 293, Dornach [9]1992, Vortrag vom 21. August 1919.

[3] *Der Rhythmus von Wachen und Schlafen. Seine Bedeutung im Kindes- und Jugendalter*, Beiträge von S. Leber, E.-M. Kranich, J. Smit, H. Zimmermann, E. Schuberth, Stuttgart 1990, S. 33.

Wir sind als kleine Kinder mehr oder weniger schlafend. Daher sind wir als kleines Kind auch … viel mehr den Einflüssen des Außerirdischen ausgesetzt als später. Wir arbeiten uns immer mehr und mehr in die irdischen Verhältnisse erst hinein. Aber als Kind ist auch noch das, was innerhalb unserer Haut gelegen ist, plastisch, wird noch mehr gestaltet als später.[4]

Damit der Lehrer in der Lage ist, während seines Unterrichts diese gesundende, Leib aufbauen helfende Arbeit am Kind zu leisten, muß er selber etwas aus dem Nachterleben in das Tageserleben hineintragen, nämlich seine Verbindung besonders mit den Wesen der 3. Hierarchie, den Engeln, Erzengeln und dem Zeitgeist. Hängt er doch selber menschenkundlich durch sein Denken mit der Engelwelt zusammen, durch sein Fühlen mit der Welt der Erzengel und durch sein Wollen mit der Welt der Zeitgeister.[5] Was in seinen Gedanken, seinem Gefühlsleben und seinen Willensimpulsen Bezug hat zur Realität des Geistes und nicht nur an die Oberfläche des Lebens hinzielt, bringt ihn – und die Schüler, denen er es vermittelt – nachts in eine ihn und sie stärkende Beziehung zu der Engelwelt.[6]

---

[4] Rudolf Steiner, *Entsprechungen zwischen Mikrokosmos und Makrokosmos*, GA 201, Dornach, [2]1987, Vortrag vom 17. April 1920.

[5] Vergl. Rudolf Steiner, *Die menschliche Seele in ihrem Zusammenhang mit göttlich-geistigen Individualitäten*, GA 224, Dornach [3]1992, Vortrag vom 28. April 1923.

[6] Vergl. Jörgen Smit, *Der werdende Mensch. Zur meditativen Vertiefung des Erziehers*, Stuttgart [3]1990, S. 74ff.

Aus den Darstellungen Rudolf Steiners zu einzelnen Fachgebieten

Es gehört sicher zum begeisterndsten Studium des Schularztes, die menschenkundlichen Hinweise zu verfolgen, die Rudolf Steiner für die einzelnen Fachgebiete angibt, und dabei zu realisieren, daß alles, was an wissenschaftlichen, künstlerischen und religiösen Inhalten an das Kind und den Jugendlichen herangebracht werden kann, Instrumente sind, sein leiblich-seelisches und geistiges Gefüge in differenzierter Weise auszubilden. Durch die Art dieses Vorgehens wird auch ganz grundlegend deutlich, daß es bei dieser Pädagogik auf den Erwerb von Fähigkeiten ankommt und gerade nicht darauf, möglichst zuverlässig in Wissenstraditionen eingeführt oder schnellstmöglich an das äußere Leben angepaßt zu werden. Vielmehr werden die Fächer so eingesetzt, daß der Schüler seine seelischen und geistigen Fähigkeiten daran erproben kann, um so in umfassender Weise – an der Welt – zu sich selbst aufzuwachen. Die hier wiedergegebenen Beispiele für die physiologische Wirkung der Unterrichtsinhalte möge anregen, die Gesichtspunkte im Vortragszusammenhang bei Steiner nachzulesen und mit den Lehrern an einem Verständnis dieser Hinweise zu arbeiten. Auch sei an dieser Stelle an die umfassende Zusammenstellung der Lehrplanhinweise durch E. A. Karl Stockmeyer erinnert.[1]

[1] *Angaben Rudolf Steiners für den Waldorfunterricht. Eine Quellensammlung für die Arbeit der Lehrerkollegien,* von E.A. Karl Stockmeyer, interner Manuskriptdruck der Pädagogischen Forschungsstelle Stuttgart, zu beziehen bei: DRUCKtuell, Postfach 100222, D-70827 Gerlingen.

Vorstellungsbildung

Diese beansprucht in erster Linie den ätherischen Organismus, so wie er durch die Nerven-Sinnesorganisation für die seelisch-geistige Tätigkeit frei zur Verfügung steht.

Und dessen sollen wir uns sehr bewußt werden, daß eigentlich nur das Vorstellungenbilden, nicht aber das Urteilen und das Schließen, eine Kopffunktion ist.

Sie werden sagen: Allmählich wird der Kopf durch die Geisteswissenschaft ganz außer Gebrauch gesetzt. – Aber das ist tatsächlich etwas, was im tiefsten Sinn der Wirklichkeit entspricht, denn wir haben eigentlich an unserem Kopf nicht so außerordentlich viel als Menschen im Leben zwischen der Geburt und dem Tode. Der Kopf ist äußerlich in seiner Form, in seiner physischen Form allerdings das Vollkommenste, das wir haben. Aber er ist das aus dem Grunde, weil er eigentlich ein Abbild ist unserer geistigen Organisation zwischen dem Tode und einer neuen Geburt. Er ist in gewissem Sinn ein Siegelabdruck desjenigen, was wir waren vor unserer Geburt, vor unserer Empfängnis. Alles dasjenige, was geistig-seelisch ist, hat sich in unserem Kopf abgeprägt, so daß er ein Bild unseres vorgeburtlichen Lebens vorstellt. Und eigentlich voll tätig ist in unserem Kopf nur der Ätherleib außer dem physischen Leib. Die anderen Wesensglieder, der astralische Leib und das Ich, erfüllen den Kopf, aber sie spiegeln darin ihre Tätigkeit; sie sind für sich tätig und der Kopf spiegelt nur ihre Tätigkeit ab. Dieser Kopf ist überhaupt, von außen, als ein Bild der übersinnlichen Welt vorhanden. Ich habe darauf in dem Kurs des vorigen Jahres hingedeutet, indem ich Sie darauf aufmerksam machte, daß wir den Kopf eigentlich als eine besondere Wesenheit auf unserem menschlichen Organismus tragen. Wir können den übrigen menschlichen Organismus ansehen wie eine Art Kutsche und den Kopf als denjenigen, der in dieser Kutsche fährt, könnten ihn auch ansehen, wenn wir den übrigen Organismus als Pferd ansehen, als Reiter auf diesem Pferde. Er ist tatsächlich abgesondert von diesem Zusammenhang mit der übrigen irdischen Außenwelt. Er sitzt auf dem Körper wie ein Parasit darauf und benimmt sich auch wie ein Parasit. Es ist schon notwendig, daß man die materialistische Anschauung, als ob wir vom Kopf so außerordentlich viel hätten – wir brauchen ihn als Spiegelungsapparat –, daß man diese Ansicht aufgibt. Das ist schon notwendig. Wir müssen den Kopf ansehen lernen als ein Bild unserer vorgeburtlichen geistig-seelischen Organisation.[2]

---

[2] Rudolf Steiner, *Menschenerkenntnis und Unterrichtsgestaltung*, GA 302, Dornach [5]1986, Vortrag vom 13. Juni 1921.

Geschichte, Geographie, Geologie – Selbstfindung durch Welterfahrung

Wann sind Geschichte, Geographie und Geologie entwicklungsfördernd – und vor allem: wie?

Geschichte einem Kinde vor dem 9., 10. Lebensjahr beibringen zu wollen, ist ein ganz unsinniges Unternehmen; denn das Kind hat gar nicht den Weg zum geschichtlichen Werden. Erst mit dem 9., 10. Jahre beginnt es – beobachten Sie es nur –, für die einzelnen Menschen sich zu interessieren. Wenn Sie so den Cäsar, so einen Achill, einen Hektor, Agamemnon oder Alkibiades als geschlossene Persönlichkeiten hinstellen und das übrige Geschichtliche nur als Hintergrund auftreten lassen, indem Sie das Ganze so malen, dann hat das Kind das allergrößte Interesse daran. Sogar der Trieb macht sich geltend, immer mehr in dieser Art zu wissen. Das Kind bekommt den Drang, sich in das Biographische der geschichtlichen Persönlichkeiten hineinzuleben, wenn Sie in dieser Weise schildern. Geschlossene Bilder von Persönlichkeiten; geschlossene Bilder, wie eine Mahlzeit in einem bestimmten Jahrhundert ausgesehen hat und wie sie in einem andern Jahrhundert ausgesehen hat; plastisch hinmalen, wie die Leute gegessen haben, als es noch keine Gabeln gegeben hat; plastisch hinmalen, wie man im alten Rom gegessen hat; plastisch hinmalen, wie ein Grieche gegangen ist, der sich bei jedem Schritt bewußt war, was das Bein als Form ist, der die Form fühlte; schildern, wie die Menschen des Alten Testamentes, des hebräischen Volkes, gegangen sind, die gar kein Formgefühl hatten, sondern die die Arme und Beine schlenkern ließen; Gefühle hervorrufen für diese Einzelheiten, die man ins Bild bringen kann: das gibt den Geschichtsunterricht für das 10. bis 12. Lebensjahr.

Dann geht man über in die geschichtlichen Zusammenhänge; denn dann erst wird das Kind empfänglich für den Ursachen- und Wirkungenbegriff. Dann kann man erst zusammenhängende Geschichte darstellen. Aber alles, was in der Geschichte lebt, muß man aus dem Werden herausarbeiten. Sie kommen zum Werden. Stellen Sie sich vor: Wir leben jetzt im Jahre 1924; Karl der Große hat gelebt von 760 bis 814, wenn wir also sagen um 800, so hat er etwa 1120 Jahre hinter uns gelebt. Wenn wir nun als Kind in der Welt stehen, so entwickeln wir uns, und wir rechnen so, daß wir durch ein Jahrhundert hindurch haben können: Sohn oder Tochter, Vater oder Mutter, Großvater, vielleicht auch Urgroßvater, das heißt also 3 bis 4 Generationen in einem Jahrhundert hintereinander. Diese 3 bis 4 Generationen kann man sich so vorstellen, daß der Sohn oder die Tochter dastehen, der Vater oder die Mutter die Arme auf ihre Schul-

tern legen, der Großvater wiederum seine Arme auf die Schultern des Vaters, und ebenso der Urgroßvater seine Arme auf die Schultern des Großvaters. Da sind Sie aber schon ein Jahrhundert zurückgegangen. Wenn Sie sich nun vorstellen, daß Sie so hintereinander Sohn, Vater und Großvater, also die Menschen der Gegenwart aufstellen und dahinter nun die Menschen von 10 weiteren Jahrhunderten in der Generationenfolge, so bekommen Sie zusammen 11mal 3 oder 4 Generationen, also sagen wir 44 Generationen. Wenn Sie so 44 Leute hintereinander stellen, von denen jeder die Hände auf die Schultern des vor ihm Stehenden legt, so kann der vorderste ein Mensch der Gegenwart sein, der hinterste kann Karl der Große sein. So bekommen Sie aus der Hintereinanderstellung der Personen eine Anschauung, wie lange das ist, und Sie sagen jetzt: das geht durch 11 Jahrhunderte. Gehen wir nur durch 3 Jahrhunderte, so brauchen wir nicht 44, sondern nur 10 oder 11 Personen hintereinander zu stellen. Auf diese Weise können Sie das, was so schwer anschaulich ist, nämlich die Zeitverhältnisse in der Geschichte, verwandeln in lauter Raumverhältnisse. Sie können sich vorstellen: Sie haben hier einen Menschen, der mit einem andern spricht; der dreht sich um und kann mit einem folgenden sprechen, dieser ebenso wiederum mit einem folgenden, bis Sie dahin kommen, wo es war, als der Petrus mit dem Christus gesprochen hat; dann bekommen Sie die ganze Entwickelung der christlichen Kirche in dem Gespräch der hintereinanderstehenden Leute. Die ganze apostolische Sukzession bekommen Sie heraus, anschaulich hingestellt.[3]

Dann aber liegt wieder ein wichtiger Punkt in der Entwickelung des Kindes da, wo der Mensch zwischen dem 12. und 13. Jahre steht. In dieser Zeit verstärkt und erkraftet sich das Geistig-Seelenhafte des Menschen, insofern dieses Geistig-Seelenhafte weniger vom Ich abhängig ist. Es durchkraftet und verbindet sich das, was wir gewohnt sind in der Geisteswissenschaft den astralischen Leib zu nennen, mit dem Ätherleib. Geboren wird ja der astralische Leib als selbständige Wesenheit erst richtig mit der Geschlechtsreife, aber er tritt durch den Ätherleib in einer eigentümlichen Weise auf, indem er diesen in der Zeit zwischen dem 12. und 13. Lebensjahre durchkraftet und durchsetzt. Da liegt also wieder ein wichtiger Punkt der Entwickelung. Er äußert sich so, daß der Mensch, wenn wir richtig behandeln, was in ihm steckt, dann anfängt, Verständnis zu entwickeln für das, was in der äußeren Welt an Impulsen wirkt, die ähnlich sind den geistig-seelischen Impulsen, wie sie also zum Beispiel in der

---

3 Rudolf Steiner, *Der pädagogische Wert der Menschenerkenntnis und der Kulturwert der Pädagogik*, GA 310, Dornach [4]1989, Vortrag vom 24. Juli 1924.

Außenwelt als geschichtliche Kräfte wirken. Ich habe Ihnen an einem Probebeispiel das Walten solcher geschichtlicher Kräfte so dargelegt, wie man sie verwenden kann im Volksschulunterricht. Aber obgleich Sie das, was ich für Sie auseinandergesetzt habe, in eine kindliche Sprache überführen müssen, so würden Sie, wenn Sie noch so kindlich sprechen würden, doch nicht das richtige Verständnis für historische, für geschichtliche Impulse im Kinde erwecken können, wenn Sie vor dem vollendeten 12. Lebensjahre mit der Geschichtsbetrachtung an das Kind herankommen würden. Sie können Geschichte dem Kinde vorher in Form von Geschichten erzählen, können ihm Biographien erzählen. Das wird es fassen. Aber geschichtliche Zusammenhänge wird es vor dem vollendeten 12. Jahre nicht fassen. Daher werden Sie ein Unheil anrichten, wenn Sie die Einhaltung dieses Zeitpunktes nicht beachten. In diesem Zeitpunkte beginnt der Mensch eine Sehnsucht zu entwickeln, dasjenige, was er früher als Geschichten aufgenommen hat, nun wirklich auch als Geschichte dargestellt zu bekommen. Und wenn Sie dem Kinde vorher Geschichten zum Beispiel von dem oder jenem Kreuzfahrer oder von andern erzählt haben, so müssen Sie nun versuchen, dies umzugestalten, so daß das Kind in diesem Umgestalteten die geschichtlichen Impulse, die geschichtlichen Zusammenhänge wahrnimmt.

Wenn Sie so etwas beobachten, deutlich merken, daß Ihnen das Kind vom 12. Jahre ab, wenn Sie es richtig machen, Verständnis entgegenbringt, so werden Sie sich sagen: Ich werde also bis zum 9. Jahre hauptsächlich mich auf das beschränken, was wir schon angedeutet haben als das Künstlerische, und daraus Schreiben und Lesen herausbringen und später dann auch zum Rechnen übergehen; zum Naturgeschichtlichen werde ich aber erst nach dem gestern charakterisierten Zeitpunkt übergehen, und zum Geschichtlichen, insofern es nicht bloß Geschichten sind, werde ich überhaupt erst übergehen nach dem Erreichen des 12. Lebensjahres. Da beginnt das Kind innerlich Anteil zu nehmen an den großen geschichtlichen Zusammenhängen. Das wird für die Zukunft ganz besonders wichtig sein, denn es wird sich immer mehr und mehr die Notwendigkeit herausstellen, die Menschen schon zum Erfassen geschichtlicher Zusammenhänge zu erziehen, während sie bisher gar nicht zu einer eigentlichen Geschichtsauffassung kamen. Denn sie waren mehr Glieder des Wirtschaftslebens und des Staatslebens, wurden in das Wirtschafts- und Staatsleben einmechanisiert und genügten auch den Anforderungen, den Interessen des Wirtschafts- und Staatslebens, wenn sie notdürftig Geschichten kannten über Herrscher und Kriege – was ja nicht Geschichte ist – und wenn sie Zahlen wußten, wann die Herrscher und höchstens noch einige berühmte Persönlichkeiten gelebt und wann die Kriege stattgefunden haben.

Wie sich das Kulturelle der Menschheit entwickelt hat, das wird in der Zukunft besonders Gegenstand des Unterrichts sein müssen. Dann aber wird der Unterricht die geschichtlichen Impulse in sich aufnehmen müssen, und man wird richtig im geeigneten Zeitpunkt diese geschichtlichen Impulse in den Lehrplan einstellen müssen.[4]

Es ist wichtig, daß wir deshalb alle unsere temperamentvolle Grundlage zusammennehmen, um mit einem starken persönlichen Anteil den Kindern Geschichte beizubringen. Zur Objektivität hat das Kind noch Zeit genug im späteren Leben, die entwickelt sich schon im späteren Leben. Aber diese Objektivität schon in der Zeit anwenden, wo wir dem Kinde von Brutus und Cäsar zu sprechen haben, da objektiv sein wollen und nicht den Gegensatz, den Unterschied zwischen Brutus und Cäsar gefühlsmäßig gegenständlich machen, das ist ein schlechter Geschichtsunterricht. Man muß durchaus drinnenstehen, man muß nicht wild werden und toben, aber man muß einen leisen Anklang von Sympathie und Antipathie gegenüber dem Brutus und dem Cäsar offen darlegen, indem man die Sache darstellt. Und das Kind muß angeregt werden mitzufühlen, was man ihm selber vorführt. Man muß mit wirklicher Empfindung vor allen Dingen die Geschichte, Geographie, Geologie und so weiter vortragen. Das letztere ist insbesonders interessant, wenn man Geologie vorträgt und tiefstes Mitgefühl für das unter der Erde befindliche Gestein hat …

Entwickeln wir es in uns selber, dann kommen wir schon dazu, das Kind mit teilnehmen zu lassen an diesen Dingen. Allerdings ist natürlich die Sache vielfach schwieriger, wir müssen uns abstrapazieren bei diesen Dingen; aber auf der anderen Seite wird nur dadurch wirkliches Leben in das Unterrichten und in das Erziehen hineingebracht. Und im Grunde genommen ist alles, was wir auf dem Umweg durch das Gefühl dem Kinde mitteilen, doch dasjenige, was seinem Innenleben Wachstum verleiht, währenddem dasjenige, was wir in bloßen Vorstellungen beibringen, tot ist, tot bleibt … Dasjenige, was im Blute liegt, was hier auf der Erde seine Bedeutung hat, das treffen wir, indem wir mit vollem Gefühl die Vorstellungen dem Kinde beibringen.[5]

Wenn wir den Menschen, der schließt, den Menschen, der also sich betätigt, sehen, wie er drinnensteht in der ganzen Welt, nicht sich herauslöst durch den

---

[4] Rudolf Steiner, *Erziehungskunst. Methodisch-Didaktisches,* GA 294, Dornach [6]1990, Vortrag vom 29. August 1919.

[5] Rudolf Steiner, *Menschenerkenntnis und Unterrichtsgestaltung,* GA 302, Dornach [5]1986, Vortrag vom 13. Juni 1921.

Kopf aus der Welt, wenn wir diesen Menschen uns vergegenwärtigen, so ist er eigentlich ohne den Raum gar nicht denkbar. Der Raum gehört zu diesem Menschen dazu. Er ist ein Glied in der räumlichen Welt, insofern er ein Beine- und Füßemensch ist. Und wenn wir das räumlich betrachten, dann ist es in gewisser Weise für unseren astralischen Leib ein Sich-auf-die-Beine-Stellen, wenn wir Geographie mit dem Kinde treiben. Es wird tatsächlich der astralische Leib unten mächtiger und dichter. Wir treiben das Räumliche, und wir verdichten daher das Geistig-Seelische des Menschen nach dem Boden hin. Mit anderen Worten: Wir bringen den Menschen zu einer gewissen Festigung in sich gerade dadurch, daß wir recht anschaulich das Geographische betreiben, aber diese Geographie so betreiben, daß wir immer das Bewußtsein hervorrufen, daß der Niagara nicht an der Elbe liegt, sondern daß wir immer das Bewußtsein hervorrufen: wieviel Raum liegt zwischen Elbe und Niagara.

Wenn wir das wirklich anschaulich betreiben, dann stellen wir den Menschen in den Raum hinein, wir bilden insbesondere dasjenige in ihm aus, was ihm ein Weltinteresse beibringt, und das wird sich in der verschiedensten Weise in der Wirkung zeigen. Ein Mensch, mit dem wir verständig Geographie treiben, steht liebevoller seinem Nebenmenschen gegenüber als ein solcher, der nicht das Daneben-im-Raum erlernt. Er lernt das Danebenstehen neben den anderen Menschen; er berücksichtigt die anderen. Diese Dinge gehen stark in die moralische Bildung hinüber, und das Zurückdrängen der Geographie bedeutet nichts anderes als eine Aversion gegen die Nächstenliebe, die sich in unserem Zeitalter immer mehr und mehr zurückdrängen lassen mußte. Man merkt solche Zusammenhänge nicht, aber sie sind vorhanden. Denn es wirkt immer eine gewisse unterbewußte Vernunft oder Unvernunft in den Erscheinungen des Zivilisationslebens.

Eine ganz andere Wirkung hat der Geschichtsunterricht, der auf das Zeitliche geht und den wir nur richtig betreiben, wenn wir das Zeitliche ordentlich berücksichtigen. Wenn wir eigentlich nur Bilder im Geschichtsunterricht geben, so berücksichtigen wir das Zeitliche zu wenig. Sehen Sie, wenn ich einem Kinde über Karl den Großen erzähle, so wie wenn das sein Oheim wäre, der jetzt noch lebt, so führe ich eigentlich das Kind irre. Ich muß stets, wenn ich über Karl den Großen erzähle, den zeitlichen Abstand gegenwärtig machen, ich muß das so machen, daß ich sage: Stelle dir vor, du bist jetzt ein kleiner Junge, du ergreifst die Hand deines Vaters. – Da kann er sich etwas vorstellen darunter. Jetzt mache ich ihm klar, wieviel älter der Vater ist – und nun: der Vater ergreift die Hand seines Vaters, der wieder die Hand seines Großvaters und so weiter. So habe ich ihn um 60 Jahre hinaufgeleitet. Vom Großvater geht man weiter; und jetzt sage ich ihm: Stelle dir 30 hintereinander vor. – Ich habe ihm eine

Reihe vorgestellt und klargemacht: Der 30. kann Karl der Große sein. – Dadurch bekommt er ein zeitliches Distanzgefühl. Nicht isoliert die Dinge hinstellen, sondern dieses Distanzgefühl erfassen, das ist wichtig, wenn richtiger Geschichtsunterricht erteilt werden soll.

Es ist durchaus notwendig, daß man auf charakteristische Unterschiede hinweist, wenn man verschiedene Zeitepochen behandelt, damit die Kinder eine Vorstellung bekommen, wie sich die Zeitabschnitte voneinander unterscheiden. Es handelt sich darum, daß das Geschichtliche vorzugsweise in der Zeitvorstellung, in der Zeitanschauung lebt. Das aber wirkt stark auf das Innerliche im Menschen, regt die Innerlichkeit des Menschen an. Und wenn wir den Geschichtsunterricht so treiben, daß er nicht die richtige Stellung einnimmt, sondern daß er das Innerliche auch noch in einer zu stark interessierten Weise ergreift, indem man gerade die landeskundliche Geschichte immer wiederum und wiederum tradiert und die fernerliegenden Ereignisse weniger betrachtet, also wenn man dem Geschichtsunterricht eine falsche Stellung gibt, wenn man zu sehr auf gewisse Dinge, falschen Patriotismus und dergleichen den Geschichtsunterricht einrichtet – ich glaube, die Beispiele werden Ihnen nicht allzuferne liegen –, dann wirkt man insbesondere auf das Eigensinnigwerden des Inneren, auf das Launischwerden des Inneren. Das ist eine Nebenwirkung. Und vor allen Dingen macht man dadurch die Menschen abgeneigt, den Welterscheinungen gegenüber objektiv zu sein. Und das ist ja das große Übel in unserer Zeit. Das nicht gehörige Treiben der Geographie und das Treiben eines falschen Geschichtsunterrichtes im Verlauf dieses Zeitalters hat viel von dem bewirkt, was die große Krankheit unseres Zeitalters ist. Und wahrscheinlich werden Sie selber zurückdenken können, was Ihnen in der Geschichte zugemutet worden ist, und Sie werden daraus ersehen, wie schwer es Ihnen wird, mancher Erscheinung gegenüber zurechtzukommen.

Das sind so Beispiele, welche zeigen, wie der Unterricht und die Erziehung gehen müssen, wenn an die Lebensbedingungen, an die Lebensimpulse selbst in gesunder Art angeknüpft werden soll. Wir können einfach nicht so unterrichten, daß wir bloß hinschauen darauf, mit irgendeinem Stoff fertig zu werden, sondern wir müssen vor allen Dingen die Lebensbedingungen des Menschen in leiblicher, seelischer und in geistiger Beziehung im Auge haben. Der Mensch muß uns gewissermaßen immer vor Augen stehen. Und er muß uns so vor Augen stehen, daß wir ihn selber auch als ein Ganzes überblicken, insofern er ja ein Wesen ist, das auch zwischen Einschlafen und Aufwachen sehr stark mitarbeitet. Wenn wir nämlich gar nicht Rücksicht nehmen darauf, daß der Mensch auch schläft – und der heutige Unterricht tut das ausnahmslos, er denkt gar nicht daran, daß der Mensch auch schläft, höchstens hygienisch – und daß da im Menschen in irgendeiner Weise dasjenige fortarbeitet, was man im Unterricht tut, dann hat das eine ganz bestimmte Wirkung: man macht den Menschen dadurch, daß man nicht Rücksicht nimmt darauf, daß etwas in der Nacht aus ihm heraußen ist, zum Automaten.

Und tatsächlich könnte man sagen: In vieler Beziehung ist heute unsere Erziehung und unser Unterricht nicht eine Erziehung und ein Unterricht zur Menschlichkeit, sondern zu dem auffälligsten Typus des menschlichen Automaten, der durch den Assessorismus gegeben ist. Es wird heute im wesentlichen auf den Assessorismus hin erzogen. Der Assessorismus besteht im wesentlichen darinnen, daß der Mensch nicht mehr Mensch ist, sondern ein Abschluß, eine bestimmte Existenz. Man hat den Menschen vor sich, und es ist einerlei, ob es der A oder B ist, wenn sie beide Assessor oder Referendar sind. Es ist einerlei, ob es der A oder B, der X, Y oder Z ist.

Das beruht darauf, daß man bei der Erziehung nur auf den wachen Menschen Rücksicht genommen hat; weil man überhaupt das Geistige geleugnet hat und dadurch nichts sieht zwischen dem Einschlafen und Aufwachen. Es ist das in der neueren Philosophie so erschreckend hervorgetreten bei Descartes und Bergson, indem diese Philosophen behaupten, das Ich sei das Kontinuierliche im Menschen, man soll nur immer auf dieses hinschauen, im Ich erfasse man die Realität. Ich möchte bloß die Leute ernsthaft darauf hinweisen, daß sie dann aufhören zu sein, wenn sie anfangen einzuschlafen, und erst wieder anfangen zu sein, wenn sie aufwachen; denn das Ich wird nicht erfaßt in der Zeit zwischen Einschlafen und Aufwachen. Es tritt da zurück, so daß eigentlich die Cartesiussche und Bergsonsche Seinsformel nicht lauten muß: Ich denke, also bin ich, sondern: Ich habe gedacht am 2. Juni 1867 von 6 Uhr morgens bis 8 Uhr abends, also war ich in dieser Zeit; dann habe ich gedacht am nächsten Tag von 6 Uhr früh bis 8 Uhr abends, also war ich in dieser Zeit. – So kommt man dazu, daß das Sein sehr kompliziert würde. Man müßte das Dazwischenliegende auslassen. Daran denken aber die Leute nicht, weil sie es im Ernste nur mit allerlei Ideen und Abstraktionen zu tun haben wollen und nicht mit Realitäten, die der menschlichen Wesenheit zugrunde liegen.

Im Unterricht, da muß man es mit Realitäten zu tun haben, dann wird man wiederum Menschen erziehen. Wir brauchen uns nicht zu kümmern, daß dann die richtigen Einrichtungen erstehen, sondern die Menschen, die als Menschen erzogen worden sind, werden sie sich machen. Hier liegt aber dasjenige, was einem erst zum tiefen Verständnis bringen kann, daß das Geistesleben ein selbständiges und unabhängiges sein muß. Es kann nur Menschen erziehen, wenn es lediglich auf die Menschenerziehung hinwirkt und die Einrichtungen erst denkt als Folge dieser Menschenerziehung, die nicht der Staat erst macht.

Daher kann das Geistesleben nicht ein Anhängsel des Staates oder der Wirtschaft sein, sondern es muß sich dieses Geistesleben durchaus aus sich selbst heraus entwickeln.[6]

[6] Rudolf Steiner, *Menschenerkenntnis und Unterrichtsgestaltung*, GA 302, Dornach [5]1986, Vortrag vom 14. Juni 1921.

Künstlerischer Unterricht und Urteilsvermögen

Während im Kapitel über den Kunstunterricht und den kunsttherapeutischen Prozeß der Blick mehr auf die unmittelbare pädagogische Wertigkeit der künstlerischen Betätigung gerichtet ist, soll hier ein Aspekt hervorgehoben werden, der noch wenig im Bewußtsein von Lehrern und Ärzten lebt: die Bedeutung der künstlerischen Tätigkeit für die Urteilsbildung. Jede künstlerische Betätigung fordert das ästhetische Urteil heraus. Dieses stützt sich in erster Linie auf den Astralleib, der seinen Rückhalt im rhythmischen System einschließlich der Arme und Hände hat.

Aber das Vorstellen ist ja tatsächlich an den Kopf gebunden, nicht aber das Urteilen. Das Urteilen ist eigentlich an den mittleren Organismus und namentlich an die Arme und Hände gebunden. Wir urteilen eigentlich in Wirklichkeit mit den Armen und Händen. Vorstellen tun wir mit dem Kopf. Wenn wir also den Inhalt eines Urteils vorstellen, so geht das Urteilen selbst in dem Mechanismus der Arme und Hände vor sich, und nur das vorstellungsgemäße Spiegelbild geht im Kopfe vor sich. Sie werden da ja auch innerlich begreifen können und es dann als eine wichtige didaktische Wahrheit durchschauen. Sie können sich sagen: der mittlere Organismus ist eigentlich dazu da, die Gefühlswelt zu vermitteln. Der rhythmische Organismus des Menschen ist im wesentlichen der Sitz der Gefühlswelt; er ist eigentlich dazu da, die Gefühlswelt zu vermitteln. Das Urteilen hat doch eine tiefe Verwandtschaft mit dem Fühlen. Selbst das abstrakteste Urteil hat eine Verwandtschaft mit dem Fühlen. Wenn wir ein Urteil fällen: Karlchen ist brav –, das ist ein Urteil, dann haben wir das Gefühl der Bejahung; und es spielt eine große Rolle im Urteil das Gefühl der Bejahung und Verneinung, überhaupt das Gefühl, das im Prädikativen, im Verhältnis zum Subjektiven ausgedrückt wird. Und nur weil das Gefühl so stark schon dem Halbbewußten angehört, achten wir nicht darauf, wie sehr das Gefühl am Urteilen beteiligt ist. Nun ist beim Menschen, weil er vorzugsweise ein urteilendes Wesen sein soll, sein Armorganismus in Einklang gebracht mit dem rhythmischen Organismus, aber in gleicher Zeit von dem fortdauernden rhythmischen Organismus befreit. So haben wir da auch in der physischen Verbindung zwischen rhythmischem Organismus und dem befreiten Armorganismus, physisch-sinnlich die Art ausgedrückt, wie das Gefühl mit dem Urteil zusammenhängt.

Das Schließen, das Schlüsse bilden, hängt nun zusammen mit Beinen und Füßen. Natürlich werden Sie heute ausgelacht, wenn Sie einem Psychologen sagen, man schließt nicht mit dem Kopf, sondern man schließt mit den Beinen, mit den Füßen, aber das letztere ist doch die Wahrheit, und würden wir als Mensch nicht auf Beine und Füße hin organisiert sein, würden wir eben nicht Schlüsse bilden können. Die Sache ist so: Vorstellen tun wir mit dem Ätherleib, und der hat seinen Rückhalt an der Hauptesorganisation, aber urteilen tun wir – also in ursprünglicher elementarischer Weise – mit dem astralischen Leib, und der hat seinen Rückhalt an Armen und Händen für das Urteilen. Schließen mit den Beinen und Füßen, denn schließen tun wir mit dem Ich, das hat dabei den Rückhalt an den Beinen und Füßen.

Sie sehen daraus, es ist der ganze Mensch beteiligt an der Logik. Und das ist sehr wichtig, daß man sich da hineinfindet, daß man den ganzen Menschen an der Logik beteiligt denkt. Die neuere Erkenntnis weiß sehr wenig vom Menschen, weil sie eben nicht weiß, daß der ganze Mensch an der Logik beteiligt ist; sie glaubt, daß er immer nur mit dem Kopf hantiert. Nun steckt der Mensch, insofern er Beine- und Füßemensch ist, in einer ganz anderen Weise in der irdischen Welt darinnen als der Kopfmensch. Das können Sie sich etwa anschaulich machen durch folgendes Bildchen (siehe Zeichnung). Stellen Sie sich schematisch den Menschen vor, so können wir folgendes als Begriff bilden: Nehmen wir an, dieser Mensch hebt hier mit dieser Hand irgendein Gewicht (A), sagen wir ein Kilogewicht. Das hebt er mit seiner Hand auf. Wir wollen jetzt absehen davon, daß dieser Mensch das Kilogewicht aufhebt mit der Hand, sondern wir wollen hier (S) ein Seil anbringen, hier (R) eine Rolle und das Seil über die Rolle darübergehen lassen und hier (B) wiederum ein Kilogewicht aufhängen oder vielleicht ein etwas schwereres Gewicht. Wenn wir ein etwas schwereres Gewicht als das Kilogewicht haben, so zieht dieses durch diese Vorrichtung das andere hinauf. Da haben wir eine mechanische Vorrichtung in die Welt hineingestellt, die ganz dasselbe tut, wie wenn ich den Arm gebrauche und das Gewicht heraufhebe. Nicht wahr, wenn ich mit dem Arm das Gewicht heraufhebe um irgendein Stück, so ist das genau dasselbe Verrichten wie das, das dadurch geschieht, daß ich das schwerere Gewicht anhänge und das andere hinaufziehen lasse. Ich entfalte meinen Willen, und damit tue ich etwas, was sich da vollziehen kann nach demselben Bilde, was sich vollziehen kann mit rein mechanischen Vorrichtungen. Das, was hier gesehen werden kann an diesem Kilogewicht, dieses Hinaufziehen, das ist ein ganz objektives Ereignis. Wenn mein Wille eingreift, so verändert sich das äußere Bild nicht.[7]

---

7 Rudolf Steiner, *Menschenerkenntnis und Unterrichtsgestaltung*, GA 302, Dornach [5]1986, Vortrag vom 13. Juni 1921.

Die Liebe ist dasjenige, was sich über alles erstreckt, die der innerste Antrieb zum Handeln ist: Wir sollen das tun, was wir lieben. Es soll die Pflicht zusammenwachsen mit der Liebe; wir sollen das gern haben, was wir tun sollen. Und das entwickelt sich nur in der rechten Art, wenn wir das Kind so richtig begleiten. So müssen wir die ganze Volksschulzeit hindurch achtgeben, daß wir in der richtigen Weise das Schönheitsgefühl ausbilden.[8]

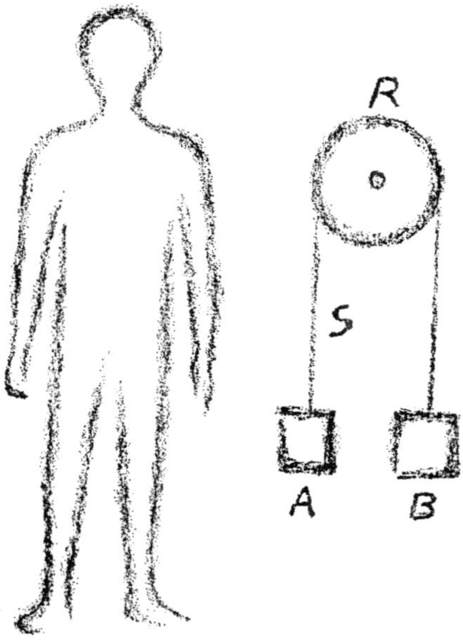

[8] Rudolf Steiner, *Menschenerkenntnis und Unterrichtsgestaltung*, GA 302, Dornach [5]1986, Vortrag vom 19. Juni 1921.

Auf die latenten Fragen eingehen: Unbewußtes ins Bewußtsein heben

Aber wenn nun auch der Schüler selber dasjenige, was er als Frage innerlich erlebt, nicht formulieren kann – der Lehrer muß imstande sein, diese Frage zu formulieren, so daß die Formulierung zustande kommt, und er muß imstande sein, das Gefühl zu befriedigen, das beim Anlaß dieser Frage im Schüler auftaucht. Denn wenn er das nicht tut, dann geht vor allen Dingen dasjenige, was sich da abgespielt hat mit dem Menschen, mit hinein in die Schlafenswelt, in den Schlafzustand, und im Schlafzustand wird durch nicht formulierte Fragen eine ganze Menge von konträren Giftstoffen erzeugt, von solchen Giftstoffen, die nur in der Nacht entwickelt werden, wo eigentlich die Giftstoffe eher verarbeitet als neue erzeugt werden sollten. Es werden Giftstoffe im Menschen erzeugt, mit denen der junge Mensch das Gehirn beladen hat, wenn er die Klasse betritt, und das alles stopft sich nach und nach furchtbar stark an. Das muß vermieden werden und kann vermieden werden. Das kann nur vermieden werden, wenn eben nicht in den Kindern das Gefühl hervorgerufen wird: Da hat uns der Lehrer wieder nicht richtig geantwortet; das hat uns der Lehrer nicht befriedigend beantwortet; bei ihm können wir uns nicht die richtige Antwort holen. Das sind die latenten Blößen, die oftmals nur nicht ausgesprochen werden, wenn die Kinder das Gefühl haben: der Lehrer genügt nicht, um die ihnen notwendigen Antworten zu geben. Und für dieses Nichtgenügen ist nicht etwa bloß ausschlaggebend sagen wir die persönliche Fähigkeit oder Unfähigkeit des Lehrers, sondern namentlich die pädagogische Methode.

Wenn wir also zuviel Zeit dazu verwenden, den jungen Menschen in diesem Lebensalter zu übergießen mit einer Menge von Unterrichtsstoff, oder wenn wir sonst in einer Weise so unterrichten, daß er gar nicht dazu kommt, seine Zweifel und Rätsel zu beheben, dann tritt dieser Zustand ein, wo sich der Lehrer – trotzdem es mehr im Objektiven liegt – seine latenten Blößen gibt, die nicht so unmittelbar ausgesprochen werden. Es ist das etwas, was in allerallererster Linie für dieses Lebensalter berücksichtigt werden muß. Es muß einmal der junge Mensch in diesem Lebensalter das Gefühl haben, daß der Lehrer nach jeder Richtung hin fest im Sattel sitzt. Vorher ist das Autoritätsgefühl vorhanden, und, ich möchte sagen, mancher nicht ganz fähige Lehrer wird von den Schülern in den unteren Klassen durchaus als eine Autorität behandelt. Da sind noch andere Dinge dafür maßgebend. Von dem 14., 15. Lebensjahre an läßt am meisten sogar das Unbewußte der Schüler dem Lehrer nichts durchgehen, was unaufgelöst aus den Seelenfragen heraus bleibt. Und sehen Sie, da ist insbesondere zu berücksichtigen für die Art und Weise des Unterrichtens, daß wir eben durchaus versuchen, wenn wir Vorgänge schildern, sie durchsichtig zu schildern, so daß, ich möchte sagen, sich nicht eines über das andere hinüberschiebt in der Auffassung des Schülers, damit das Urteil reinlich entstehen kann.

Man wird gar nicht notwendig haben, besondere Methodiken auszuarbeiten für den einen oder anderen Gegenstand in bezug auf dieses Lebensalter. Der Lehrer, der sich einfach in das richtige Verhältnis zu setzen vermag zu den Schülern in diesem Lebensalter, wird die verschiedensten Methoden einschlagen können, wird sogar gut tun, die verschiedensten Methoden einzuschlagen. Er muß aber vor allen Dingen ein gewisses Interesse vom Anfang bis zum Ende der Stunde mit dem Interesse der Schüler und Schülerinnen teilen. Es muß ihn der Unterricht interessieren, und wenn er ihn interessiert, dann wird er eigentlich gerade für dieses Lebensalter instinktiv die Methodik finden. Daher ist von ganz besonderer Wichtigkeit auch in diesem Lebensalter – nach gewisser Richtung hin sogar mehr als früher –, Wert zu legen auf gründliche Vorbereitung. Und ich möchte sagen, man hat für irgendeine Stunde, in der man tätig zu sein hat für dieses Lebensalter, das große Los gezogen, wenn man bei der Vorbereitung selbst aus dem Inhalte des Vorzutragenden, Vorzunehmenden noch ein neues, wenn auch bloß ein Problem für die Behandlung der Sache gefunden hat, wenn das Interesse immer wiederum angefacht wird. Nun sollte eigentlich unter den Lehrern kein einziger Mensch sein, der sich gegenüber der Behauptung auflehnt, daß, wenn man zum Beispiel irgendein chemisches Kapitel, irgendein mathematisches Kapitel, geschichtliches Kapitel, Literaturkapitel selbst oftmals hintereinander, zum Zwecke es vorzubringen, durchnimmt, man nicht jedesmal neu, wie wenn man es erst kennenlernen würde, neu das Interesse anfachen könnte. Man kann das auch in bezug auf das Einmaleins, jedesmal wenn man es vorzubringen hat, neu das Interesse anfachen. Aber so schwer wie es beim Einmaleins ist, ist es gar nicht bei demjenigen, das man für die höheren Klassen vorzubringen hat.[9]

---

[9] Rudolf Steiner, *Erziehung und Unterricht aus Menschenerkenntnis*, GA 302a, Dornach [4]1993, Vortrag vom 21. Juni 1922.

Wenn man nämlich nicht dafür sorgt, daß das Ich sich in richtiger Weise mit der Organisation verbindet, dann kann es auch so sein, daß es zu stark draußen bleibt, und die Folge ist, daß der Mensch ein Träumer oder Schwärmer wird, oder überhaupt für das Leben unbrauchbar wird, indem er sich wieder phantastische Vorstellungen macht. Das ist der andere Fehler, daß man das Ich zuwenig in die Organisation untersinken läßt. Und selbst die Menschen, die als Kinder eine Anlage zur Schwärmerei, zur falschen Romantik, zur Theosophie im falschen Sinne zeigen, können für das weitere Leben davor bewahrt werden durch den Erzieher, wenn man darauf achtgibt, daß das Ich nicht zu sehr draußen bleibt aus der übrigen Organisation, sondern sich in der richtigen Weise mit ihr durchdringt ... Wie aber tun wir das eine und wie das andere?

Wir können etwas nach diesen Seiten hin tun, indem wir uns bekanntmachen mit den Mitteln, mit denen wir so etwas bewältigen können, und das sind die folgenden: Alles, was Geometrie und Arithmetik ist, was notwendig macht, daß der Mensch sich zahlenmäßige und raumesmäßige Vorstellungen macht, das trägt dazu bei, wenn es vom Kinde aufgenommen und verarbeitet wird, unterrichtlich und erzieherisch, daß das Ich sich hineinsetzt in den Organismus. Auch alles dasjenige, was im Sprachlichen hinneigt zum Musikalischen, also das Rhythmisch-Rezitative und so weiter, trägt dazu bei, daß das Ich sich in den Organismus in der richtigen Weise hineinsetzt. Die Musik, namentlich in der Weise angewandt, daß wir bei einem etwas zur Schwärmerei neigenden Kinde das Tongedächtnis ausbilden, also vorzugsweise das Erinnern des Musikalischen, wird in außerordentlich wohltätiger Weise bei einem solchen Kind wirken. Das sind die Mittel, mit denen wir arbeiten müssen bei einem Kinde, bei dem wir bemerken, daß das Ich nicht recht hinein will in den Organismus, das leicht schwärmerisch bleiben könnte. Und in dem Augenblicke nun, wo wir merken, daß das Kind zu materiell wird, daß das Ich zu stark abhängig wird von seinem Körper, brauchen wir nur in der Geometrie etwas mehr die sonst mit den Gedanken erfaßten Gebilde äußerlich zeichnen zu lassen. In dem Augenblick, wo wir das Kind die geometrischen Formen zeichnen lassen, schaffen wir wieder ein Gegengewicht gegen das Einsaugen des Ich. Sie sehen, man kann durchaus, wenn man die Unterrichtsgegenstände in der richtigen Weise benutzt, richtig erziehen.

Bemerkt man bei einem Kinde, das durch seine Anlage oder durch sonstige Verhältnisse vorzugsweise im Musikalischen unterwiesen werden sollte, daß es vom Organismus zu stark abhängig wird, daß es ein schweres Element in sei-

nen Gesang hineinmischt, dann müssen wir versuchen, es auf das augenblickliche Hören hinzuleiten und weniger stark auf das Tongedächtnis. Wir können also den Versuch machen, überall zu regulieren: auf der einen Seite durch die Dinge, die ich charakterisiert habe, dem Kinde zum Einsaugen des Ich zu verhelfen, auf der anderen Seite aber auch das Ich davor bewahren, zu stark eingesaugt zu werden, wenn wir zwischen den Extremen nicht die richtige Balance gehalten haben. – Beim Sprachunterricht ist es besonders gut, wenn wir versuchen, regulierend zu wirken. Alles Musikalische an der Sprache trägt dazu bei, das Ich einsaugen zu lassen. Merke ich bei einem Kinde, daß dies zu stark geschieht, so versuche ich, mit ihm irgend etwas zu tun, was mehr auf den Sinn, auf den Inhalt der Sprache geht. Ich beschäftige mich dann so mit dem Kinde, daß ich es zu Dingen aufrufe, die mehr auf den Sinn gehen. Bemerke ich dagegen, daß das Kind zu schwärmerisch wird, so versuche ich, es dazu aufzurufen, daß es mehr das Rezitatorische, das Rhythmische, das Taktmäßige der Sprache aufnehmen muß. Das muß man sich als Erzieher künstlerisch aneignen, und darin kann man es schon zu einer gewissen Force bringen.

Nun aber gibt es Lehrgegenstände, durch die man ganz besonders das zu starke Aufgesogenwerden des Ich von der übrigen Organisation vermeiden kann. Das sind vor allen Dingen Geographie, Geschichte und alles, was sich auf das Bildnerische, auf das Zeichnerische bezieht. In hervorragender Weise ist das namentlich dadurch möglich, wenn man zum Beispiel das Geschichtliche erzählerisch so entwickelt – das ist das Wichtige dabei –, daß das Kind einen starken Gemütsanteil an der Erzählung nimmt, daß man ihm an Persönlichkeiten starken Gemütsanteil, Verehrung oder meinetwillen auch Haß entwickelt, wenn diese Persönlichkeit, die man schildert, eine hassenswerte ist. Damit trägt man im Geschichtsunterricht ganz besonders dazu bei, daß das Kind nicht zu materiell wird. Und hat man nun wieder durch den Einblick in die Entwickelung des Kindes, den man sich auch verschaffen muß, den Eindruck gewonnen, daß man nun das Kind durch ein Zuviel an solchem Geschichtsunterricht ein bißchen nach dem Schwärmerischen hinüber balanciert hat, merkt man: das Kind beginnt ein bißchen zu schwärmen – dann muß man etwas anderes versuchen. Und das alles muß jetzt mit dem Lehrplan vereinigt werden. Man muß damit in den richtigen Jahren anfangen, und daher ist es gut, wenn man ein solches Kind durch die Jahre hindurch im Auge behält. Wenn man sieht, ein Kind wird durch die Geschichtserzählung zu schwärmerisch, dann muß man, wenn die Zeit dafür da ist, die Geschichte durchsetzen mit Ideen, mit den großen Zusammenhängen. Also: Das individuelle Behandeln dieser oder jener Ereignisse oder Persönlichkeiten in der Geschichte bewahrt das Kind vor einem zu starken Aufsaugen des Ich in der Körperlichkeit; das Durchsetzen der Ge-

schichte mit Ideen, die über ganze Zeiträume gehen, befördert das Hineingehen des Ich.

Und wiederum: durch vieles Zeichnen und vieles Bildnerische kann sehr leicht das Ich herausgehoben werden aus dem Organismus, und das kann auch das Kind schwärmerisch machen. Da ist sogleich das Gegenmittel da, indem man bei solchem Kinde, das an dem Zeichnen oder Malen oder sogar auch im Schreiben schwärmerisch wird, versucht, daß es sinnvoll das Gezeichnete auffaßt: wenn ich das Kind eine Rosette zeichnen lasse, es dabei etwas denken lasse, oder bei einem Buchstaben es die Buchstabenform bewundern lasse, sie ihm ins Bewußtsein rufe und so weiter. Während das Kind durch das bloße Schreiben und Zeichnen außer sich kommt, kommt es durch das Betrachten des Gezeichneten und Geschriebenen in sich.

Das sind solche Dinge, die uns zeigen, wie wir erziehend und unterrichtend diese Einzelheiten des Unterrichts, wenn wir sie wirklich aus dem Künstlerischen heraus treiben, in der richtigen Weise benutzen können. Es ist ganz besonders notwendig, daß wir uns mit solchen Dingen wirklich abgeben. Nehmen Sie zum Beispiel den Geographieunterricht. Im allgemeinen trägt er dazu bei, daß das Ich nicht zu stark aufgesogen wird vom Organismus, so daß wir ihn gut benützen können bei einem Kinde, welches droht, zu materiell zu werden, indem wir ein solches Kind mehr hinweisen auf die Beschäftigung mit geographischen Dingen. Aber auf der anderen Seite wieder können wir auch, indem wir in der Geographie zum Beispiel darauf Wert legen, daß das Kind Niveauunterschiede erfaßt, oder indem wir überhaupt in die Geographie etwas hineinmischen, wozu ein mehr geometrisches Denken gehört, dann können wir, wenn das Kind droht, durch den Geographieunterricht schwärmerisch zu werden, auch wieder das Ich in der entsprechenden Weise hineinbringen.[10]

[10] Rudolf Steiner, *Erziehung und Unterricht aus Menschenerkenntnis,* GA 302a, Dornach ^{4}1993, Vortrag vom 22. September 1920.

Nehmen wir einmal an, um davon auszugehen, wir leben in dem Wahrnehmen eines Bildes; wir leben also in dem Wahrnehmen von etwas, was vorzugsweise durch das Sehorgan vermittelt wird, einer Zeichnung, irgendeiner beliebigen Form, die in unserer Umgebung lebt, kurz von irgend etwas, was unser Seelen-eigentum dadurch wird, daß wir Augen haben. Da müssen wir nun unterscheiden zwischen drei sehr scharf voneinander zu sondernden inneren Tätigkeiten: erstens dem Wahrnehmen als solchem. Dieses Wahrnehmen als solches spielt sich eigentlich im Sehorgan ab.

Dann haben wir davon zu unterscheiden das Verstehen. Und wir müssen uns hierbei über eines klar sein: alles Verstehen wird vermittelt durch das rhythmische System des Menschen, nicht durch das Nerven-Sinnessystem. Durch das Nerven-Sinnessystem wird lediglich das Wahrnehmen vermittelt; und wir verstehen zum Beispiel irgendeinen Bildvorgang auch nur dadurch, daß sich der rhythmische Vorgang, der reguliert wird vom Herzen und von der Lunge, durch das Gehirnwasser in das Gehirn hinauf fortpflanzt. Jene Vibrationen im Gehirn, die dort vorgehen und die ihre Erregung im rhythmischen System des Menschen haben, vermitteln in Wahrheit körperlich das Verstehen. Verstehen können wir dadurch, daß wir atmen.

Sie sehen, wie falsch heute vielfach diese Dinge von der Physiologie angesehen werden! Das Verstehen, so glaubt man, hätte etwas zu tun mit dem Nervensystem des Menschen. In Wirklichkeit aber beruht es darauf, daß das rhythmische System dasjenige in Empfang nimmt, was von uns wahrgenommen und vorgestellt wird, und es weiter verarbeitet. Dadurch aber, daß das rhythmische System mit dem Verstehen zusammenhängt, kommt das Verstehen in enge Beziehung zum Fühlen des Menschen. Und wer intime Selbstwahrnehmung pflegt, wird sehen, welche Zusammenhänge bestehen zwischen dem Verstehen und dem eigentlichen Fühlen. Im Grunde genommen müssen wir die Wahrheit eines Verstandenen fühlen, wenn wir uns dazu bekennen wollen. Es treffen da eben in uns zusammen dasjenige, was vom verstehenden Erkennen kommt, mit dem Seelischen des Fühlens durch das rhythmische System.

Dann aber gibt es noch ein Drittes: das ist, die Sache so aufzunehmen, daß das Gedächtnis sie behalten kann. Wir haben also bei jedem solchen Vorgang zu unterscheiden: Wahrnehmen, Verstehen und soweit innerliches Verarbeiten des Verstandenen, daß das Gedächtnis es behalten kann. Und dieses Dritte ist nun verbunden mit dem Stoffwechselsystem. Jene feinsten inneren Stoffwechselvorgänge, die im Organismus vor sich gehen, auf die wir wohl zu achten haben, und die uns namentlich als Erzieher bekannt sein müssen, hängen mit dem Gedächtnis, mit dem Erinnerungsvermögen zusammen. Beobachten Sie nur einmal, wie unterschiedlich im Erinnern Kinder sind, die blaß sind, gegenüber solchen Kindern, die rotes, gutes Inkarnat haben; oder wie unterschiedlich in bezug auf das Erinnerungsvermögen die verschiedenen Menschenrassen voneinander sind. All das sind Dinge, die auf den feinsten Gliederungen und Vorgängen des Stoffwechsels beruhen. Und wenn wir zum Beispiel als Erzieher in der Lage sind, einem bläßlichen Kinde so beizukommen, daß wir ihm etwas gesunden Schlaf verschaffen, so daß es eine gewisse größere Erregung im Inneren für die feineren Vorgänge des Stoffwechsels hätte, so können wir damit seinem Gedächtnis gut aufhelfen. Aber auch dadurch können wir seinem Gedächtnis aufhelfen, daß wir als Lehrer uns bemühen, den rechten Pulsschlag zu halten zwischen dem bloßen Zuhören und dem Selbstarbeiten des Kindes. Nehmen Sie einmal an, Sie lassen das Kind zuviel zuhören; dann kommt es zwar zum Wahrnehmen und auch zur Not zum Verstehen, weil es ja fortwährend atmet und dadurch das Gehirnwasser in Regsamkeit hält; aber der Wille des Kindes wird zu wenig angespannt. Der Wille hängt nun, wie Sie wissen, mit dem Stoffwechsel zusammen. Wenn Sie also das Kind zu sehr an das Zuschauen und Hinhören sich gewöhnen lassen und es zu wenig selbst arbeiten lassen, so daß dadurch – weil das innere Verarbeiten mit dem Stoffwechsel und mit dem Willen zusammenhängt – der Wille zu wenig in Tätigkeit kommt, so werden Sie das Kind nicht gut erziehen und unterrichten können. Sie müssen also den richtigen Pulsschlag zwischen Zuhören und Zuschauen und eigener Arbeit finden. Denn das wird nicht gut bewahrt, was nicht im Menschen so verarbeitet wird, daß der Wille in den Stoffwechsel hinein arbeitet und dadurch das Erinnerungsvermögen angefeuert wird. Das sind feine Dinge in der Physiologie, die mit der Geisteswissenschaft allmählich sehr genau werden durchschaut werden müssen.[11]

---

[11] Rudolf Steiner, *Erziehung und Unterricht aus Menschenerkenntnis,* GA 302a, Dornach [4]1993, Vortrag vom 21. September 1920.

Sprachunterricht

Auf die Bedeutung des Sprechens und der Sprachpflege für die Entwicklung einer gesunden Atmung wurde schon aufmerksam gemacht (siehe S. 166). Hier sei noch ein Kerngedanke angeführt, der für jedweden Umgang mit der Sprache wegweisend ist:

Daß der Wahrheitssinn in einer gewissen Weise mitgebracht wird, zeigt sich darin, daß das Kind vor der Schulzeit sprechen lernt. In der Sprache ist ja gewissermaßen eine Verkörperung der Wahrheit enthalten, eine Verkörperung der Erkenntnis. Wir müssen uns immer an die Sprache anlehnen, wenn wir die Wahrheit ergründen wollen über die Welt.[12]

So mit der Frage nach der Wahrheit leben – daß sie im Wort selber zu finden ist und nicht nur durch Nachdenken zu erlangen – ist tief beruhigend und wirkt gesundend. Das Ich-Gefühl hat hierin eine unmittelbare Stütze. Rudolf Steiner weist in diesem Zusammenhang auf das ganz persönlich zu Erarbeitende der Sprache hin:

Aber wer einmal geschärft hat seinen Blick dafür, daß ein gewisser Zusammenhang besteht zwischen dem Seelisch-Geistigen und dem Leiblichen bis zur Periode des Zahnwechsels, der merkt dann für die folgende Periode etwas außerordentlich Wichtiges. Sehen Sie, wir brauchen eine gewisse Zeit, um als Menschen die ersten Milchzähne zu bekommen. Das ist eine kurze Zeit. Dann brauchen wir eine längere Zeit, bis wir sie auswechseln können gegen die zweiten Zähne. Wir werden hören im Verlaufe dieser Vorträge, wie die zweiten Zähne in einer viel innigeren Verbindung mit der Individualität stehen als die ersten Zähne, die mehr auf Vererbung von den Vorfahren beruhen. Aber wahrhaftig, nicht bloß mit den Zähnen ist es so, daß wir uns gewissermaßen aus unserer eigenen Natur heraus dasjenige noch einmal aneignen, was wir erst durch Vererbung bekommen haben, sondern es ist für etwas anderes auch so; es ist vor allen Dingen so mit der menschlichen Sprache. Und ich möchte hier gleich einleitungsweise auf etwas hindeuten, was natürlich in den Vorträgen erst näher ausgeführt werden kann: Das Geheimnis der menschlichen Sprachentwickelung verbirgt sich eigentlich in ihrem wesentlichsten vor der heutigen

---

[12] Rudolf Steiner, *Menschenerkenntnis und Unterrichtsgestaltung,* GA 302, Dornach [5]1986, Vortrag vom 19. Juni 1921.

naturwissenschaftlichen Denkweise, vor der gesamten heutigen Wissenschaft. Man weiß nicht, daß in der Tat gerade so, wie man die ersten Zähne erhält durch eine Art Vererbung von den Eltern, man die Sprache erhält durch eine Art äußeren Einflusses der Umgebung, durch das Nachahmungsprinzip, das aber zum organischen Prinzip wird.

Man lernt die Sprache in den ersten Lebensjahren von seiner Umgebung. Aber diese Sprache, die man da lernt, die das Kind bis zum 4., 5., 6. Jahre noch spricht, die verhält sich zum ganzen Menschen, wie sich die Milchzähne zum ganzen Menschen verhalten. Und was der Mensch, nachdem er die Geschlechtsreife erlangt hat, nachdem er 14, 15 Jahre alt geworden ist, eigentlich an der Sprache hat, was er da spricht, was da in ihm betätigt wird, indem er spricht: das ist gerade so ein zweites Mal angeeignet, neuerdings angeeignet, erarbeitet vom Menschen, wie das Zahnerhalteprinzip ein zweites Mal erarbeitet ist. Das zeigt sich äußerlich bei der Knabenentwickelung in dem Wandel der Stimme – bei der weiblichen Entwickelung geht es mehr ins innerliche Leben zurück, aber es ist auch vorhanden. Weil diese Kräfte beim Knaben im Kehlkopf anders arbeitend sind, zeigt sich das auch äußerlich. Das ist eine Offenbarung, wie nun auch gerade in diesen wichtigen Volksschuljahren im ganzen Menschen, nicht bloß im menschlichen Leibe und nicht bloß in der menschlichen Seele, sondern im menschlichen Seelen-Leib, in der Leibes-Seele, fortwährend von Jahr zu Jahr, von Monat zu Monat Dinge vorgehen, die zusammenhängen mit der innerlichen Aneignung desjenigen, was man als Sprache äußerlich schon in der ersten Kindheit aus der Umgebung her sich angeeignet hat. Wer das weiß, wie Seelisch-Geistiges arbeitet am Menschen bis zum 14., 15. Jahre hin, wer das in unmittelbar instinktiver Intuition an dem Volksschüler beobachten kann, bei dem wird diese Beobachtung unmittelbares Leben. Man sagt sich: Da ist der eine Schüler – Kehllaute bringt er in dieser Weise hervor, Lippenlaute in dieser Weise hervor, Gaumenlaute in dieser Weise; der bringt Gaumenlaute leichter hervor, der Lippenlaute und so weiter. Das wird eine ganz intensive Wissenschaft, aber eine Wissenschaft, die in allen ihren Einzelheiten in dasjenige hineinweist, was als Seelisch-Leibliches, Leiblich-Seelisches am Kinde sich heranentwickelt.

Und es werden einem einfach die Umgestaltungen der Sprache, auf die man gewöhnlich gar nicht achtet, zwischen dem 7. und 15. Jahre dasjenige, was seelisch gerade da in der Sprache so großartig wirkt, wenn man einen Beobachtungssinn dafür hat. Das entgeht einem, wenn man seinen Beobachtungssinn nur schärft an dem, was man heute ohne Geisteswissenschaft lernt. Denn wer hier beobachten kann, der findet nun das Folgende: In den ersten Lebensjahren bis zum Zahnwechsel sieht man, wie das Vorstellen sich gleichsam ausspart in dem Zahnwechsel, so daß, wenn der Zahnwechsel sich vollzogen hat, die Vorstellung dann sich gestalten kann! Während da das Vorstellen gewissermaßen sich aus dem Leiblichen zurückzieht und selbständig Seelisches wird, ist es später, zumeist schon vorher sich ankündend, aber namentlich vom Zahnwechsel bis zur Geschlechtsreife, der Wille, das, was wir Wille nennen, was sich zurückzieht aus der ganzen Organisation des Kindes und sich lokalisiert in der Kehlkopf- und Sprachorganisation. Ganz genau so, wie sich nach innen drängt das Vorstellungsleben, und selbständig seelisches Element wird, so lokalisiert sich in dem, was aus der Sprache und ihren Organen im 14., 15. Jahre wird – bei manchen Kindern etwas früher natürlich –, das Willenselement. Man kann sehen in dem, was als Organ-Umgestaltung des Knaben im Kehlkopf eintritt – wir werden noch davon zu reden haben, was dem bei Mädchen entspricht – dasjenige, wohin der Wille kulminiert.

Mit anderen Worten, wenn man so geisteswissenschaftlich die Dinge betrachtet, so hören Vorstellung und Wille auf, solche Abstraktionen zu sein, wie sie gewöhnlich sind. Von diesen Abstraktionen aus kann man allerdings nicht die Brücke hinüberziehen zu ganz anders geartetem Leiblichem. Lernt man aber wirklich beobachten, und lernt man namentlich erkennen, wie ganz anders die Wesenheit eines Kindes ist, bei der man sieht, wie die Lippenlaute anders angeeignet sind als die Gaumenlaute, und anders als die Kehllaute und so weiter, dann lernt man auf diese Dinge hinschauen, dann lernt man erkennen, wie das Vorstellen in den ersten sieben Lebensjahren im Leibe arbeitet. Man lernt erkennen die äußere physische Offenbarung eines Geistig-Seelischen, und man lernt erkennen das Sich-Lokalisieren der Willensnatur in der Kehlkopfnatur, man lernt beobachten das Hineinschießen des Willens in die menschliche Sprache. Wille wird entwickelt, und Vorstellen wird nicht mehr Abstraktion, sondern wird etwas, was wir an den realen Vorgängen des Lebens beobachten. So wie wir beobachten die Fallkraft, die Schwerkraft an dem vom Berge herabstürzenden Wasser, wie wir die Schnelligkeit des Wassers beobachten an der Schwerkraft und ihren Widerständen, so lernen wir erkennen, wie sich das Leibliche von Woche zu Woche entwickelt gerade aus dem Geistig-Seelischen heraus, wenn wir erst beobachten lernen dieses Seelisch-Geistige in seinem Arbeiten im Leiblichen darinnen.[13]

---

[13] Rudolf Steiner, *Die Erneuerung der pädagogisch-didaktischen Kunst durch Geisteswissenschaft,* GA 301, Dornach [4]1991, Vortrag vom 20. April 1920.

Und wenn wir nun einem Kinde namentlich zu Beobachtendes beibringen, oder dasjenige, was es beim Lesen erlebt, so nehmen wir sehr stark seine Graugehirnmasse in Anspruch, und es findet ein feiner Stoffwechselprozeß im Menschen statt. Dieser feine Stoffwechselprozeß, der da im Menschen stattfindet, dehnt sich, wenn auch in einer sehr feinen Weise, auf den ganzen Organismus aus. Und gerade wenn wir meinen, das Kind am geistigsten zu beschäftigen, wirken wir eigentlich leiblich-physisch am allerstärksten auf dasselbe. Es ist ein Hineindrängen in den Stoffwechsel beim Beobachten, beim Lesen, beim Erzählenhören. Da ist das Kind außerordentlich stark in Anspruch genommen. Das ist dasjenige, was man nennen könnte: die Einprägung des Geistigen in die Leiblichkeit. Es ist eine Art Verkörperung desjenigen notwendig, was wir im Beobachten, im Erzählenhören entwickeln. Es muß sich etwas wie ein körperliches Phantom bilden, was sich in den ganzen Organismus eingliedert. Es ist im Organismus so, daß feine Salze abgesetzt werden. Man darf sich das nicht allzu grob vorstellen. Es wird dem ganzen Organismus ein Salzphantom eingegliedert, und es ist dann die Notwendigkeit vorhanden, daß das wiederum durch den Stoffwechsel aufgelöst wird.

Das ist der Prozeß, den wir vollziehen beim Lesen oder beim Erzählenhören. Wir rufen schon, wenn wir glauben, Geistig-Seelisches in Anspruch zu nehmen, am meisten Stoffwechsel hervor im Unterricht. Und das ist eben im Unterricht durchaus zu berücksichtigen. Wir können daher nicht anders als dasjenige, was wir erzählen, oder was wir lesen lassen, so zu gestalten, daß es nach zwei Richtungen hin einwandfrei ist. Erstens einwandfrei dahingehend, daß wir das Erzählte und das Gelesene so gestalten, daß das Kind unbedingt ein gewisses Interesse daran hat, daß es alles mit einem gewissen Interesse verfolgt. Wenn dieses Interesse wirkt, wenn das Interesse in der Seele ist, ist es eine Art feines Lustgefühl. Das muß immer da sein. Dieses feine Lustgefühl drückt sich physisch in einer feinen Drüsenabsonderung aus, und durch diese Drüsenabsonderung wird das, was durch das Lesen, durch das Erzählenhören an Salzablagerung stattfand, aufgesogen. Wir müssen versuchen, die Kinder nicht zu langweilen, dem Kinde nicht etwas beizubringen, was es langweilt; denn es wird sonst kein Interessegefühl erweckt und dann wird das ungelöste Salz erzeugt und im Körper verteilt, und wir wirken eigentlich dahin, daß das Kind später allerlei Stoffwechselkrankheiten bekommt. Namentlich bei Mädchen ist besonders darauf Rücksicht zu nehmen. Die migräneartigen Zustände sind eine Folge davon, daß sie zu einseitig vollgepfropft werden mit allem möglichen, was sie lernen müssen, ohne daß es in eine solche Art von Erzählung gekleidet wird, an der sie eine Freude haben. Sie sind angefüllt mit kleinen Spießen, die sich nicht recht aufgelöst haben, mit der Tendenz zu solcher Spießbildung.

Es ist tatsächlich so, daß wir auf diese Dinge sehen müssen. Und dann, sehen Sie, kommt die eigentliche Misere, die eben darin liegt, daß wir zu so vielen Dingen doch nicht genügend Zeit haben. Es müßte dafür gesorgt werden, daß die zahlreichen Lesestücke, die in den heute gebräuchlichen Lesebüchern sind – die zum auf die Wand hinaufkriechen sind –, von uns nicht verwendet werden. Ich habe doch schon in den Klassen so verschiedene Lesebücher mit einer Auswahl von Lesestücken verwendet gesehen, die also fürchterlich sind. Wir dürfen nicht vergessen, daß wir die Kinder physisch für das ganze spätere Lebensalter zubereiten. Wenn wir ihnen solch ein triviales Zeug, wie es zumeist in den gebräuchlichen Lesebüchern steht, beibringen, ist es doch so, daß wir ihre feineren Organe nach dieser Richtung hin formen; und das Kind wird ein Philister statt ein vollständiger Mensch. Wir müssen wissen, wie sehr wir durch das Lesen, durch das Lesenlernen an der ganzen Heranbildung des Kindes arbeiten. Es kommt später wieder heraus. Daher würde ich Sie schon bitten, daß Sie versuchen, womöglich aus den Klassikern oder sonstwoher die Lesestücke zusammenzusuchen und selber das Lesematerial zusammenzustellen, nichts aus den gebräuchlichen Lesebüchern zu nehmen, die fast durch die Bank greulich sind. Die sollten eigentlich eine möglichst geringe Rolle spielen. Es ist natürlich viel unbequemer, sich die Sachen zusammenzusuchen, aber schließlich ist das doch notwendig, daß wir auf diese Dinge besonders Rücksicht nehmen; denn darin besteht ja die Aufgabe in unserer Waldorfschule, daß wir diese eigentlich methodischen Dinge anders machen, als sie sonst gemacht werden. Es handelt sich darum, daß wir beim Lesen und beim Erzählenanhören, auch wenn wir sonst Naturgeschichtliches vorbringen, darauf Rücksicht nehmen, daß nach diesen zwei Richtungen hin nichts Schädliches getan wird.[14]

[14] Rudolf Steiner, *Menschenerkenntnis und Unterrichtsgestaltung*, GA 302, Dornach [5]1986, Vortrag vom 15. Juni 1921.

Zoologie, Tierkunde

Entscheidend ist auch hier, den direkten Bezug zum Menschen herzustellen. Da zeigt die vergleichende Embryologie unmittelbar, daß die Wirbeltierembryonen sehr menschenähnlich aussehen. Zum Beispiel hat der Vogelflügel anfangs noch die Form eines Armes mit Händen und fünf Fingerstrahlen. Später spezialisiert sich aus dieser menschlichen Grundform heraus das Flugskelett des Vogelflügels. Die menschliche Bildung ist im Verhältnis zur tierischen unspezialisiert, die tierischen Bildungen wie zusammenfassend.[15]

Wenn man noch weiter zurückgeht, sagen wir in der Zeit vor Thales, würde man noch in den Mysterienschulen und bei denen, die drinnen gelehrt haben, ein deutliches Wissen finden, wie es bei Plato noch durchdringt in seinen esoterischen Schriften, ein deutliches Wissen, das sich so ausspricht: Logik, was ist denn das? Zoologie, das ist die lebendige Logik; denn wenn das eine in eine geistig abstrakte Form kommt, wozu wir veranlagt sind – was in der Tierwelt zum Ausdruck kommt und was sich in uns gegenseitig harmonisiert –, dann entsteht in uns das lebendige Gedankenspiel; das ist das Treiben der Tierwelt in unserem Gedankenspiel, und Logik ist Zoologie. – Dann allerdings kam der Sokratismus des Aristoteles, wo kein Bewußtsein vorhanden war von diesen Dingen. Und da machte man die abstrakte Logik, da machte man aus einem lebendigen Wahlverwandtschaftsverhältnis das Verhältnis des Urteils, die abstrakten Beziehungen von Begriff zu Begriff, wie sie in der Logik des Aristoteles zum Ausdruck kommen, die den Menschen, der damit etwas zu tun hat, zur Verzweiflung treiben kann, weil sie nirgends anzufassen ist.

So fühlt man, denkt man, bildet man Begriffsbilder, weil man eigentlich dasjenige, was draußen ausgebreitet ist in der Tierwelt, in sich trägt. Ja, da verwächst man ganz anders mit der Welt, wenn man das entwickelt. Da wird das Wollen und das Fühlen in einer ganz anderen Weise belebt. Da fühlt man seine Verwandtschaft mit den Reichen der Natur. Und da bekommt man allmählich eine Empfindung dafür, was es denn eigentlich heißt, daß in uns etwas Astralisches wirkt, nicht bloß etwas Ätherisches. Wenn man nicht die abstrakten Begriffe bekommt, die heute verbreitet werden, sondern das lebendige, innere Angeregtsein durch positive Formen, und dann den vierzehn- bis fünfzehnjährigen Menschen vor sich hat, dann lernt man diesen vierzehn- bis fünfzehn-

[15] Vergl. Friedrich A. Kipp, *Die Evolution des Menschen im Hinblick auf seine lange Jugendzeit,* Stuttgart ²1991; Wolfgang Schad, *Säugetiere und Mensch,* Stuttgart ³1993.

jährigen Menschen beobachten. Dann wird durch das, was man innerlich empfängt, das Auge und das Ohr geleitet zu dem, wie man sich in der nächsten Stunde verhält. Das Auge wird geführt und geleitet, und das Ohr wird geführt und geleitet, und wir werden erst dadurch zur Beobachtung angeregt, was in den vierzehn- bis fünfzehnjährigen Menschen vor uns hintritt. Wenn wir das nicht haben, wenn wir uns nicht durchdringen mit einer solchen Geisteswissenschaft, die in die Empfindung hineingeht, so stehen wir ja vor dem vierzehn- bis fünfzehnjährigen Menschen da, etwa – in meiner Jugend haben die Leute gesagt – wie der Ochs vor dem Sonntag, wenn er die ganze Woche Gras gefressen hat.

Das ist es, was wir in unsere Bildung, in unsere Zivilisation, in unsere Wissenschaft hineinbringen müssen, daß sie überhaupt etwas ist, daß sie eine Realität ist, daß sie nicht bloß eine Summe von bloßen Namen, nicht bloß ein Nominalismus ist, daß sie etwas Reales in uns entzündet und befeuert. Dadurch werden wir dann den Menschen beobachten. Aber das ist nicht gemeint, daß wir so verschmitzt an den Menschen herantreten und uns notieren, wie er ist. Das ergibt sich durchaus wie etwas, was von selbst an uns herankommt. Wir kommen zu einem Urteil über jedes einzelne Kind, wir brauchen es nicht auszusprechen, weil wir es beweglich in unserem Inneren haben. Dann können wir es heraufheben ins Bewußtsein, und wir handeln in der Klasse nach diesen zahlreichen Urteilen, die da in uns so leben und wogen, wie in den wahren Gedankenformen die ganze Tierwelt lebt. Denken Sie, wenn wir das alles wissen müßten, wenn wir uns klar sein müßten, wie der Löwe das Lamm frißt, wenn wir das alles zum Bewußtsein bringen müßten, wie das wäre.[16]

---

[16] Rudolf Steiner, *Menschenerkenntnis und Unterrichtsgestaltung*, GA 302, Dornach [5]1986, Vortrag vom 18. Juni 1921.

Und wir sehen dann, wie äußerlich bemerkbar wird, daß eigentlich sowohl bei Knaben wie bei Mädchen in diesem Lebensalter etwas auftritt, was einem aus der bisherigen individuellen Entwickelung oftmals ziemlich unerklärlich ist, was oftmals sogar sehr stark dem bisherigen individuellen Charakter widerspricht, was aber ein gewisses Gemeinsames, ein Allgemeines aufweist, und was mit dem sexuell Reifwerden beginnt. Wir sehen, wie dasjenige auftritt, was wir bei Knaben – in anderer Form ist es bei Mädchen vorhanden – die Lümmeljahre und die Flegeljahre nennen. Diese Lümmel- und Flegeljahre haben durchaus ihren Ursprung in diesem zum besonderen inneren Erfühlen kommenden astralischen Leib, der das Ich in sich schließt, das aber noch nicht zur vollen Entfaltung gekommen ist, und in dem Ringen, um in das richtige Verhältnis zum Erleben des Systems des Physischen und dadurch zur ganzen Umgebung zu kommen. Gerade weil es ein Aufsuchen eines Verhältnisses zwischen dem Objektiven und Subjektiven ist, gerade deshalb ist ein gewisses Ringen vorhanden. Und dieses Ringen drückt sich dadurch aus, daß der Mensch in diesem Lebensalter gewissermaßen das verleugnet, was er bisher entwickelt hat. Man erkennt manchmal die Kinder nicht wieder, wenn bei ihnen das Lümmel- oder Flegelalter eingetreten ist.

Jeder kennt ja die äußeren Merkmale des Lümmel- und Flegelalters, und daher brauche ich sie nicht weiter im Detail zu schildern. Aber wir müssen sie ihrem Wesen nach doch genau betrachten, weil sie für die Erziehung und für den Unterricht eine außerordentlich große Bedeutung haben. Was sich nun zunächst geltend macht, das ist, daß beim Mädchen der astralische Leib eine größere Bedeutung hat als beim Knaben. Der astralische Leib hat durch das ganze Leben hindurch beim weiblichen Geschlecht eine größere Bedeutung als beim männlichen Geschlecht. Die ganze weibliche Organisation ist ja durch den astralischen Leib mehr nach dem Kosmos hin organisiert. Durch die weibliche Natur enthüllt und offenbart sich vieles, was eigentlich Geheimnisse des Kosmos sind. Der astralische Leib der weiblichen Natur ist in sich differenzierter, wesentlich reicher gegliedert als der astralische Leib des Mannes, der in einer gewissen Weise ungegliederter, undifferenzierter, gröber ist. Dagegen entwickelt sich das Mädchen zwischen dem 13., 14. und 20., 21. Jahr so, daß sein Ich in einer starken Weise beeinflußt wird von dem, was sich im astralischen Leib gestaltet. Man sieht, wie beim Mädchen das Ich allmählich, man möchte sagen, aufgesogen wird von dem astralischen Leib, so daß dann, wenn das 20., 21. Jahr eintritt, beim Mädchen eigentlich ein starker Gegendruck stattfindet, eine starke Anstrengung, zum Ich zu kommen.

Beim Knaben ist das wesentlich anders. Beim Knaben saugt der astralische Leib das Ich viel weniger ein. Es bleibt das Ich zwar verborgen. Es ist noch nicht recht wirksam, aber es bleibt doch, ohne daß es stark beeinflußt wird von dem astralischen Leib, zwischen dem 14., 15. und 20. und 21. Jahr bestehen, so daß der Knabe durch dieses Bestehenbleiben des Ich, Nichtaufgesogenwerden des Ich und doch wieder Nichtselbständigsein des Ich viel leichter in diesem Lebensalter ein Duckmäuser wird als das Mädchen. Das Mädchen bekommt viel leichter in diesem Lebensalter etwas Freies, etwas, was auf äußeres Auftreten hingeht, als der Knabe. Und bei eigentlich tieferen Knabennaturen bemerken wir, daß durch dieses besondere Verhältnis des Ich zum astralischen Leib in diesem Lebensalter etwas auftritt, wie oftmals eine Art Sich-Zurückziehen im Leben. Gewiß, man sucht Freunde, man sucht Anschluß; aber man hat das Bedürfnis, sich mit ganz besonderen Gedanken oder Empfindungen in sich etwas verkriechen zu können. Das ist das Charakteristische gerade bei tieferen Knaben, daß sie sich in diesem Lebensalter gern etwas in sich verkriechen, und man wird als Erzieher, auch als Erzieherin natürlich, außerordentlich gut auf solche Knabennaturen wirken, wenn man sich darauf einläßt, auf das besondere Geheimnis, möchte ich sagen, das eigentlich jede tiefere Knabenseele hat, in einer eigentlich zarten Weise einzugehen; wenn man nicht zu stark daran tippt, aber in einer gewissen Weise sich darauf einläßt, gewissermaßen durch das ganze Benehmen zeigt, daß man so etwas voraussetzt. Es ist schon etwas von einer gewissen Liebe zum Zurückziehen in sich selber. Und wenn diese Liebe zum Zurückziehen in sich selber bei Knaben nicht auftritt in diesem Alter, so muß man eigentlich vorsichtig sein. Bei Knaben, bei denen dieses deutliche oder leise Zurückziehen nicht vorhanden ist – für den gründlichen Erzieher ist es schon zu bemerken –, muß man achtgeben. Da muß man sich sagen: da ist etwas, was man aufsuchen muß, was nicht ganz richtig ist, was im späteren Leben zu Schwierigkeiten oder Abnormitäten führen könnte.

Beim Mädchen – die Dinge sind ganz fein unterschieden, aber man muß sich eine gewisse Beobachtungsgabe für diese Dinge aneignen – ist das ganz anders: beim Mädchen wird das Ich mehr oder weniger vom Astralischen aufgesogen. Dadurch lebt das Mädchen weniger nach innen hinein; es lebt mehr in den Ätherleib hinein dasjenige, was vom Ich durchdrungener astralischer Leib ist. Es lebt sich sehr stark in den Ätherleib, damit sogar in die ganze Handhabung, in die äußere Beweglichkeit hinein. Und man bemerkt gerade bei richtigen Mädchennaturen, bei einer richtigen Entwickelung, daß das Mädchen in dieser Zeit in einer gewissen Weise wacker wird, fest wird in seinem Auftreten, die Persönlichkeit betont, sich hinstellt, nicht in sich zurückzieht. Das Naturgemäße ist das franke und freie Hintreten vor die Welt, das sich sogar, wenn es sich mit etwas egoistischen Gefühlen paart, zum Sich-Zeigenwollen in der Welt wird, zum Sich-Zeigenwollen namentlich in bezug auf den Charakter und in bezug auf seine ganze Eigenart. Es ist durchaus charakteristisch gerade für das Mädchenwesen in dieser Zeit, daß das Mädchen ein freies Auftreten hat, daß es einen Wert darauf legt, zu zeigen, welches sein Wert ist. Im Extrem artet das dann zur Koketterie und zur Eitelkeit aus, zur Sucht, nicht nur durch sein Seelisches sich zu zeigen, sondern auch durch das, was man äußerlich sich anhängt. Es ist außerordentlich interessant zu beobachten, wie von dem 14., 15. Jahr an gerade das, was dann in trivialem Sinn zur Putzsucht wird, in feinem ästhetischem Sinn beim Mädchen in diesem Lebensalter auftreten kann. Das alles ist durchaus eine Folge des besonderen Verhältnisses, in das der astralische Leib mit dem aufgesogenen Ich zu dem Ätherleib tritt, was dann namentlich so auftritt nach außen: der Gang wird anders, die Haltung wird anders, der Kopf wird freier gehalten, im Extrem wiederum hochnäsig und so weiter. Diese Dinge sollte man tatsächlich mit einem gewissen künstlerischen Sinn beobachten.

Wenn man auf diese Differenzierung von Knaben und Mädchen hinschaut, wird man es verstehen, daß man dann, wenn man also die Wohltat einer Erziehung hat, welche Knaben und Mädchen beieinander behandelt, gerade durch das taktvolle Nebeneinanderbehandeln außerordentlich viel erreichen kann.

Der seiner Aufgabe bewußte Lehrer oder die Lehrerin werden durchaus, auch wenn sie Knaben und Mädchen nebeneinander haben, trotzdem zwischen beiden in einer gewissen Weise differenzieren. So muß man auch differenzieren in bezug auf dasjenige, was in diesem Lebensalter ganz besonders wichtig wird, das ich eben jetzt charakterisierte, nämlich in bezug auf die Art und Weise, wie sich überhaupt das Subjektive im Verhältnis zur Außenwelt gestaltet hat; denn man soll ja in diesem Lebensalter das Subjektive zum eigenen Leibe, ätherischen Leib und physischen Leib in ein Verhältnis setzen. Das setzt voraus, daß man überhaupt zur Außenwelt ein entsprechendes Verhältnis gewonnen hat. Und darauf hin kann man schon die ganze Schulzeit hindurch arbeiten. Es geht also durchaus dasjenige, was für dieses Lebensalter wichtig ist, die ganze Schulzeit hindurch den Lehrer und die Lehrerin an. Wir müssen ja in der Zeit, während wir unterrichten, auch darauf sehen, daß die Kinder Empfindungen bekommen, erstens von religiös-moralischer Art – das ist ja etwas, was oftmals besprochen worden ist – und auch, daß die Kinder gewisse Empfindungen, Vorstellungen bekommen, die sich auf das Schöne, auf das Künstlerische beziehen, auf das ästhetische Auffassen der Welt. Das wird besonders wichtig im 13., 14., 15. Lebensjahre, daß wir solche Empfindungen und Vorstellungen die ganze Schulzeit hindurch in dem Kinde anregen.

Denn ein Kind, in dem keine Schönheitsempfindungen angeregt sind, das nicht erzogen ist zu einer ästhetischen Auffassung der Welt, ein solches Kind wird in diesem Lebensalter sinnlich und vielleicht sogar erotisch. Es gibt kein besseres Mittel, die Erotik auf das richtige Maß zurückzuschrauben, als eine gesunde Entwickelung des ästhetischen Sinnes für das Erhabene und Schöne in der Natur. Wenn Sie die Kinder dazu anleiten, die Schönheit und den Glanz von Sonnenaufgang und Sonnenuntergang zu empfinden, die Schönheit der Blumen zu empfinden, wenn Sie sie anleiten dazu, die Erhabenheit eines Gewitters zu fühlen, kurz, wenn Sie den ästhetischen Sinn ausbilden, dann tun Sie viel mehr, als mit den manchmal fast bis zum Blödsinn getriebenen sexuellen Unterweisungen, die man heute dem Kinde nicht früh genug beibringen kann. Schönheitsempfindung, ästhetisches Gegenüberstehen gegenüber der Welt, das ist dasjenige, was die Erotik auf das gehörige Maß zurückschraubt. Der Mensch kommt immer wieder dadurch, daß er die Welt als schön empfindet, eben gerade dahin, auch seinem eigenen Leib gegenüber in einer freien Weise dazustehen, nicht von ihm drangsaliert zu werden, worin eigentlich die Erotik besteht.

Dann ist es in diesem Lebensalter von ganz besonderer Wichtigkeit, daß das Kind gewisse moralische, religiöse Empfindungen entwickelt hat. Diese moralischen und religiösen Empfindungen sind ja auch immer stärkend und kräftigend für das Astralische und das Ich. Das Astralische und das Ich werden schwach, wenn die religiösen und moralischen Empfindungen und Impulse schwach entwickelt werden. Das Kind wird schlapp, das Kind wird wie körperlich auch gelähmt, wenn das nicht gemacht wird. Und das sieht man dann insbesondere hervortreten, wenn dieses Lebensalter eintritt, von dem wir jetzt sprechen. Auch der Mangel an solchen moralischen und ethischen Impulsen äußert sich in einer Unregelmäßigkeit im sexuellen Leben.

Nun muß man aber der Differenzierung zwischen Knaben und Mädchen in einer gewissen Weise Rechnung tragen schon im ganzen Hintendieren gegen das Lebensalter, von dem wir jetzt sprechen. Man muß sich bemühen, die moralischen, ethischen Empfindungen beim Mädchen so zu gestalten, daß sie in einem gewissen Sinn auf das Ästhetische hinzielen. Besonders Rücksicht muß man darauf nehmen, daß dem Mädchen das Sittliche, Gute und das Religiöse vorzüglich gefällt, daß das Mädchen einen ästhetischen Genuß hat an dem Sittlichen, Guten und an dem Religiösen, an demjenigen, was es als religiöse Vorstellung aufgenommen hat. Das Mädchen soll Gefallen haben an der übersinnlichen Durchsetztheit der Welt, und es soll besonders reichlich versehen werden in seiner Phantasie mit Bildern, welche das Durchgöttlichtsein der Welt ausdrücken, und welche das Schöne ausdrücken, was am Menschen ist, wenn er ein guter, ein sittlicher Mensch ist.

Beim Knaben ist es notwendig, daß wir in ihm Vorstellungen erwecken, welche mehr nach der Kraft hintendieren, die im religiösen Leben und im Ethischen wirkt. Beim Mädchen sollen wir das Religiöse und Sittliche bis ins Auge treiben, beim Knaben vorzugsweise das Religiöse und Schöne in die Beherztheit hineintreiben, eben in das Kraftgefühl, das aus ihnen ausstrahlt. Natürlich dürfen wir die Dinge nicht ins Extrem treiben und glauben, daß wir das Mädchen bloß zu einer ästhetischen Katze erziehen sollen, die alles bloß ästhetisch ansieht, und den Knaben bloß zu einem Rüpel erziehen sollen, was ja dann entsteht, wenn wir seinen Egoismus aufstacheln durch allerlei von Kraftgefühl, das wir ja erwecken sollen, aber in Anlehnung an das Gute, das Schöne und Religiöse.

Wir müssen verhindern, daß das Mädchen oberflächlich wird, ein falscher Schönheitsgeist wird in den Lümmel- und Flegeljahren. Und beim Knaben müssen wir verhindern, daß er in den Lümmel- und Flegeljahren ein Rüpel wird. Das ist dasjenige, was nach beiden Seiten hin gewissermaßen droht. Und man muß wissen, daß diese Tendenz nach der einen und anderen Seite hin durchaus vorhanden ist, so daß wir wirklich die ganze Volksschulzeit hindurch Rücksicht nehmen müssen, beim Mädchen vieles dahin zu lenken, daß ihm das Gute gefällt, daß ihm das Religiöse auch einen gewissen ästhetischen Eindruck macht, während wir beim Knaben dahin wirken sollen, daß wir ihm immer beibringen: Sieh einmal Junge, wenn du das tust, dann straffen sich deine Muskeln, dann wirst du ein tüchtiger Kerl. – Das Durchgöttlichtsein muß beim Knaben auf diese Weise sogar rege gemacht werden.

Nun, die besonderen Eigenschaften, die da auftreten, sind tatsächlich sehr fein in der Menschennatur begründet. Wenn wir das Mädchen betrachten: das Ich wird aufgesogen durch den astralischen Leib. Natürlich ist das alles etwas radikal und extrem gesprochen, aber gerade so können Sie sich das gut vorstellen. Es ist etwas in diesem Vorgang im Seelisch-Geistigen, das wir mit dem Erröten vergleichen können, mit dem physischen Erröten. Eigentlich ist die ganze Entwickelung in dieser Zeit ein seelisch-geistiges Erröten. Dieses Hineindringen des Ich in den astralischen Leib ist eine Art Erröten. Beim Knaben ist es anders. Beim Knaben ist das Ich unregsamer, aber es saugt sich nicht auf, und wir haben es mit einem geistig-seelischen Blaßwerden zu tun. Das ist sehr deutlich zu bemerken. Es ist das immer vorhanden. Wir dürfen uns da nicht durch das Physische täuschen lassen. Wenn das Mädchen bleichsüchtig wird, so entspricht das ganz dem, daß es seelisch-geistig errötet. Wenn der Knabe ein besonderer Lümmel wird und daher oftmals angeregt wird, so widerspricht das dem nicht, daß er seelisch-geistig erblaßt.

Das ist im Grunde genommen ein Ausdruck der Menschennatur für dasjenige, was da in einer den ganzen Menschen in Anspruch nehmenden Weise auf-

tritt: für das Schamgefühl. Das Schamgefühl ist dasjenige, was die ganze Menschennatur durchzieht; das Schamgefühl, das darin besteht, daß der Mensch fühlt: er muß jetzt etwas in sein individuelles Dasein hineinnehmen, was er der Welt nicht enthüllt; er muß Geheimnisse in sich tragen. Das ist ja das Wesen des Schamgefühls. Und das tritt bis in die allerunbewußteste Phase des seelisch-geistigen Lebens hinein auf.

Wenn wir als Erzieher und Lehrer die Empfindung in uns tragen, so etwas überhaupt nur für uns selber, in unserem eigenen Seelenleben zu respektieren, wenn wir an Knaben und Mädchen mit jener Zartheit vorbeigehen, welche das innerlich ruhende Schamgefühl respektiert, wirkt das schon. Da bedarf es nicht der Worte, da zeigt sich die unausgesprochene Wirkung des einen Menschen auf den anderen, beim bewußten durch die Kinderschar Durchgehen mit dem Gefühl, es ist etwas in ihnen, was sie wie eine unaufgeschlossene Blume aufbewahren wollen. Das ist von ungeheurer erzieherischer Wirkung, daß man schon bloß mit dieser Empfindung lebt.

Und nun ist das ja besonders merkwürdig, daß alle diese äußeren Offenbarungen des kindlichen Lebensalters dieser Zeit im Grunde genommen trotzdem nur ein fast bis ins Gegenteil hinein modifiziertes Schamgefühl sind. Das Mädchen, das im Schamgefühl seelisch-geistig errötet, das sein eigentliches Wesen verbirgt, tritt forsch auf, zeigt sich, läßt die Welt sein Gesicht anschauen und so weiter. Es ist ja gerade das das Eigentümliche der Menschennatur, daß der Mensch zu dieser Zeit im Äußeren das Gegenteil von dem vollbringt, was in seinem Inneren angelegt ist. Das forsche, das wackere Auftreten, das Sich-Zeigen, das Sich-nichts-Gefallenlassen, das Pochen: gerecht muß ich behandelt werden. Derjenige, der jemals in einem Pensionat erzogen hat, wird wissen, wie die Mädchen anfangen: Das lassen sie sich nicht gefallen, gerecht müssen sie behandelt werden. – Sie können nun frei hintreten: Sie werden es ihm schon geben. – Sie haben ihre Gedanken: Und so braucht man uns nicht … Dieses alles, was da auftritt, ist durchaus im Grunde genommen nur, ich möchte sagen, die Rückseite von demjenigen, was tief in ihrem Seelenleben als eine Art von Schamgefühl noch ganz unbewußt ruht.

Und beim Knaben: das Lümmelwesen in der ersten Zeit dieses Lebensalters und das Flegelwesen in der zweiten Zeit dieses Lebensalters, also das Lümmel- und Flegelwesen, das so stark auftritt, ist auch nichts anderes als das: man will das, was man ist, nicht in die Außenwelt tragen. Man sucht einen Anschluß an die Außenwelt. Man bewegt sich daher möglichst ungelenk, man lümmelt sich hin; man ist nicht so, wie man ist, man ist eben anders. Das sollte man durchaus berücksichtigen, daß der Knabe in diesem Lebensalter durch seine Besonderheit anders ist, als er ist. Er macht jetzt ganz äußerlich nach. Während das

Kind in den ersten sieben Jahren natürlicher Nachahmer ist, macht er es nun dem nach und jenem. Es gefällt ihm ganz besonders, wenn das, was die anderen vormachen, sich besonders geltend macht. Er geht so wie ein anderer Mensch. Er formt an der Rede wie ein anderer Mensch, ist grob wie ein anderer Mensch. Er bemüht sich fein zu sein wie ein anderer Mensch. Es ist dieses ein Anschlußsuchen an die Welt, was hier besonders während der Lümmel- und Flegelzeit zum Ausdruck kommt. Und es ist im Grunde genommen das Sich-Genieren, sein eigenes Wesen ganz der Welt zu enthüllen, das Sich-Zurückziehen in sich selber, das einen anders erscheinen läßt, als man ist.[17]

Für den Umgang mit dem so oft thematisierten Bereich der Sexualität sei hier noch eine Ausführung aus dem Vortrag vom 22. Juli 1923 wiedergegeben:

Der letzte Grund der Liebe liegt in dem geistdurchwebten Ich, das untertaucht in den menschlichen physischen und ätherischen Organismus. Und die Geistigkeit der Liebe erkennen heißt in einem gewissen Falle überhaupt den Geist erkennen. Wer die Liebe erkennt, erkennt auch den Geist. Aber er muß in der Erkenntnis der Liebe bis zu dem inneren Geisterlebnis der Liebe vordringen. Gerade darin ist unsere Zivilisation in die falscheste Bahn gekommen.

Die Erinnerung ist ein Weben und Leben im Seeleninneren, und da stellen sich die Unterschiede nicht so klar und tief vor Augen. Nur mystische Geister, Swedenborg, Meister Eckhart, Johannes Tauler, empfinden, indem sie sich in ihre Erinnerungen versenken, das Weben und Leben des Geistig-Ewigen in dieser Erinnerung, sprechen von dem zündenden Fünklein, das da aufleuchtet im Menschen, wenn er gewahr wird in der Erinnerung, daß ja in dieser Erinnerung dasselbe innerlich mikrokosmisch lebt, was in den schaffenden, bildenden Kräften, die traumhaft zugrunde liegen allem Weltendasein, draußen wirkt und webt. Da sind die Dinge nicht so deutlich.

Aber deutlich werden sie, wenn wir auf die dritte Stufe gehen, wenn wir sehen, wie in der dritten Stufe unsere Zivilisation verkannt hat das ursprünglich geistige Wesen und Weben der Liebe. Alles, was geistig ist, hat selbstverständlich seine äußere sinnliche Form, denn es taucht der Geist unter in die Physis. Er verkörpert sich in der Physis. Vergißt er dann seiner selbst, wird er nur die Physis gewahr, dann glaubt er, daß dasjenige, was geisterregt ist, bloß durch die Physis erregt ist. In diesem Wahn lebt unsere Zeit. Sie kennt nicht die Liebe. Sie phantasiert nur von der Liebe, ja, lügt von der Liebe. Sie kennt in der Wirk-

---

[17] Rudolf Steiner, *Menschenerkenntnis und Unterrichtsgestaltung*, GA 302, Dornach [5]1986, Vortrag vom 16. Juni 1921.

lichkeit nur die Erotik, wenn gedacht wird über die Liebe. Ich will nicht sagen, daß nicht der Einsame die Liebe erlebt, denn der Mensch verleugnet in seinem unbewußten Fühlen, in seinem unbewußten Wollen viel weniger den Geist als bei seinem Denken – wenn aber die gegenwärtige Zivilisation über die Liebe denkt, dann spricht sie nur das Wort Liebe, dann redet sie eigentlich von Erotik. Und man kann schon sagen: Gehe man die gegenwärtige Literatur durch, überall, wo zum Beispiel im Deutschen Liebe steht, sollte eigentlich das Wort Erotik gesetzt werden. Denn das ist es, was das in den Materialismus getauchte Denken allein kennt von der Liebe. Es ist die Verleugnung des Geistes, welche die Liebeskraft zur erotischen Kraft macht. Auf vielen Gebieten ist nicht nur an die Stelle des Genius der Liebe, ich möchte sagen, sein niederer Diener, die Erotik getreten, sondern an vielen Stellen ist nun auch das Gegenbild, der Dämon der Liebe getreten. Der Dämon der Liebe aber entsteht, wenn das, was sonst gottgewollt im Menschen wirkt, durch das menschliche Denken in Anspruch genommen wird, durch die Intellektualität abgerissen wird von der Geistigkeit.

So daß der absteigende Weg der ist: Man erkennt den Genius der Liebe, man hat die durchgeistigte Liebe. Man erkennt den niederen Diener, die Erotik. Man fällt aber in den Dämon der Liebe. Und der Genius der Liebe hat seinen Dämon in dem Interpretieren, nicht in der wirklichen Gestalt, aber in dem Interpretieren der Sexualität durch die heutige Zivilisation. Wie wird heute schon nicht nur von der Erotik gesprochen, wenn man an die Liebe herankommen will, sondern nurmehr von der Sexualität!

In diesem Reden der Zivilisation über die Sexualität ist, man kann schon sagen, vieles von dem eingeschlossen, was als sogenannter Unterricht über die Sexualität heute angestrebt wird. In diesem heutigen intellektualisierten Reden über die Sexualität lebt die Dämonologie der Liebe. Wie auf einer anderen Stufe der Genius, dem das Zeitalter folgen soll, in seinem Dämon erscheint, weil der Dämon ja eintritt, wo man den Genius verleugnet, so ist es auch auf diesem Gebiete, wo das Geistige in seiner intimsten Form, in der Liebeform, erscheinen soll. Unser Zeitalter betet oft statt zu dem Genius der Liebe zu dem Dämon der Liebe und verwechselt dasjenige, was Geistigkeit der Liebe ist, mit der Dämonologie der Liebe in der Sexualität.

Gerade auf diesem Gebiete können natürlich die vollständigsten Mißverständnisse entstehen. Denn was in der Sexualität ursprünglich lebt, ist durchdrungen von der geistigen Liebe. Aber die Menschheit kann herunterfallen von dieser Durchgeistigung der Liebe. Und sie fällt am leichtesten herunter in dem intellektualistischen Zeitalter. Denn wenn der Intellekt diejenige Form annimmt, von der ich gestern gesprochen habe, dann wird das Geistige der Liebe vergessen, dann wird nur ihr Äußeres in Betracht gezogen.

Es ist in des Menschen Macht, möchte ich sagen, daß er sein eigenes Wesen verleugnen kann. Er verleugnet es, wenn er von dem Genius der Liebe heruntersinkt zu dem Dämon der Sexualität – wobei ich eben durchaus die Art des Fühlens über diese Dinge verstehe, wie sie zumeist in der Gegenwart vorhanden ist.[18]

[18] Rudolf Steiner, *Drei Perspektiven der Anthroposophie,* GA 225, Dornach ^{2}1990, Vortrag vom 22. Juli 1923.

Musik und Gesang

Ebenso wie der Ätherleib da arbeitet, um herauszukommen und selbständig zu werden mit dem Zahnwechsel, so arbeitet wiederum der astralische Leib, der dann selbständig wird mit der Geschlechtsreife. Der Ätherleib ist ein Bildhauer, der Astralleib ein Musiker. Er verkörpert in sich alles, was musikalisch ist; er ist ganz aus der musikalischen Struktur heraus gebildet. Und das, was im Menschen aus dem astralischen Leib in die Form schießt, ist durchaus musikalisch gebildet. Wer das verstehen kann, der weiß, daß die weitere Seminarbildung darauf hinauslaufen muß, das Innere der musikalischen Weltauffassung in sich aufzunehmen, um den Menschen zu verstehen. Der Nichtmusiker versteht wiederum gar nichts von dem, was im Menschen aus dem astralischen Leib heraus gebildet ist; denn das ist musikalisch gebildet. Gehen wir daher in alte Kulturen hinein, die noch aus dem Musikalischen heraus gestaltet sind, in die orientalischen Kulturen, die selbst in der Sprache noch Musikalisches haben, dann finden wir bis in die Architektur hinein die Bauformen aus der musikalischen Weltauffassung heraus gestaltet. Das ist dann schon in Griechenland anders geworden, und es ist besonders im Abendland anders geworden, denn da ist es in das Mechanische und Mathematische hineingegangen. Im Dornacher Goetheanum versuchte man wieder darauf zurückzukommen. Musiker haben auch durchaus dieses Dornacher Goetheanum als musikalisch empfunden. Aber dafür hat man im allgemeinen heute nicht viel Verständnis.

So handelt es sich darum, daß man in dieser Weise die Menschenwesenheit konkret aufzufassen lernt und imstande ist, Anatomisch-Physiologisches, insofern es aus dem astralischen Leibe heraus stammt, musikalisch zu begreifen. Denken Sie, wie innig das Musikalische zusammenhängt mit dem Atmungs- und Zirkulationsprozeß. Der Mensch ist ganz ein Musikinstrument, insofern er ein Atmer ist und einen Zirkulationsprozeß hat. Und wenn Sie das Verhältnis zwischen Atmung und Blutzirkulation nehmen: 18 Atemzüge in der Minute, 72 Pulsschläge in der Minute, ergibt ein Verhältnis von 4:1, in der mannigfaltigsten Weise beim Menschen individualisiert, dann finden Sie, daß der Mensch eine innerlich musikalische Struktur hat. 4:1, das drückt etwas aus, was innerlicher Verhältnisrhythmus ist, was aber in der ganzen menschlichen Organisation sich ausprägt, in dem der Mensch durch seine Wesenheit leben will. Wenn in alten Zeiten skandiert werden sollte, so wurde die Zeile nach dem Atem geordnet, der einzelne Versfuß nach der Zirkulation:

–∪∪–∪∪|–∪∪–∪∪

Daktylus – Daktylus – Zäsur – Daktylus – Daktylus: vier in einem. Der Mensch drückt sich selber aus.

Aber was der Mensch dann in der Sprache ausdrückt, das drückt er ja vorher schon in seiner Form aus. Wer den Menschen musikalisch versteht, der weiß, daß der Ton in ihm wirkt. Was da rückwärts beim Menschen sitzt, wo die Schulterblätter zusammengehen, was dort beginnt und sich von da in den ganzen Menschen hinein formend gestaltet, das sind diejenigen Menschenformen, die aus der Prim heraus sich konstituierten; geht es weiter zum Oberarm, so geht die Form nach der Sekund über. Und geht es zum Unterarm, so kommen wir in die Terz. Und weil es eine große und eine kleine Terz gibt – nicht eine große und eine kleine Sekund –, deshalb haben wir einen Oberarmknochen; aber wir haben große und kleine Terz, und daher zwei Unterarmknochen: Speiche und Elle. In diesem allem steckt die Tonskala; wir sind nach ihr gebildet. Und wer den Menschen nur äußerlich studiert, der weiß nicht, daß nach den Tönen der Mensch in seiner Form gestaltet ist. Und kommen wir dann zur Hand, so kommen wir damit zur Quart und dann in die Quinte. Und in der freien Beweglichkeit kommen wir dann ganz aus uns heraus; da ergreifen wir die andere Natur. Daher die eigentümliche Empfindung, die man hat bei den Sexten und Septimen, namentlich wenn man in der Eurythmie sich in die Dinge hineinlebt. Denken Sie nur, wie der Stil wird der verhältnismäßig spät in der musikalischen Entwickelung erscheinenden Terz, er wird so, daß der Mensch in sein Inneres kommt, das in der Terz lebt; während dann, wenn der Mensch in der Septime lebt, der Stil so wird, daß man am besten das Aufgehen in die Außenwelt hat. Das Sich-Aufopfern ist besonders in der Septime drinnen.

Und so wie der Mensch das Musikalische erlebt, so ist er selber in seinen Formen aus dem Musikalischen heraus gebildet. Will der Lehrer daher ein guter Musiklehrer sein, will er namentlich, wie es schon vom Anfange des volksschulartigen Zeitalters an der Fall sein muß, dem Kinde Gesang beibringen, was sein muß, dann muß er tatsächlich verstehen, daß sich der Gesang emanzipiert; denn der astralische Leib hat früher gesungen und hat die Formen des Menschen bewirkt. Jetzt emanzipiert sich der astralische Leib zwischen Zahnwechsel und Geschlechtsreife. Und was aus dem Musikalischen herausdringt, das ist, was den Menschen selbständig gestaltet. Kein Wunder, wenn das, was so vom Menschen durchdrungen wird, von einem die Dinge so verstehenden Musiklehrer wie selbstverständlich in den Gesangunterricht hineingebracht wird, und dann wieder in das Instrumental-Musikalische hineingebracht wird. Daher versuchen wir so früh als möglich und sofern die Kinder dafür Begabung haben, das Kind von früh an nicht nur an den Gesang, sondern direkt an die

Handhabung irgendeines Musikinstrumentes heranzubringen, damit es die Möglichkeit hat, das Musikalische, das in seiner Form lebt, wenn es sich emanzipiert, nun wirklich auch aufzufassen.[19]

Denn beim Zuhören des Musikalischen ist es so, daß vor allen Dingen heilend, hygienisch eingewirkt wird auf dasjenige, was der Kopf tun soll an dem menschlichen Organismus; beim selber Singen wird auf alles dasjenige heilend eingewirkt, was der Körper an dem Kopf tun soll. So würden die Menschen viel gesünder werden, wenn man alles das tun könnte, was man im Unterricht tun sollte.[20]

Was nun besonders in Betracht kommt, das ist die Art, wie die Atmung mit dem ganzen Nervensystem zusammenwirkt. In der Tat, dieses Zusammenwirken der Atmung mit dem ganzen Nervensystem ist etwas ganz Besonderes im menschlichen Organismus. Dafür sollte man als Lehrer, als Erzieher das allerfeinste Gefühl haben. Nur dann, wenn man dieses feine Gefühl hat, wird man richtig unterrichten können. Es geht da also die Atemluft in den Körper hinein, breitet sich aus, geht durch den Rückenmarkskanal da hinauf (siehe Zeichnung), brei-

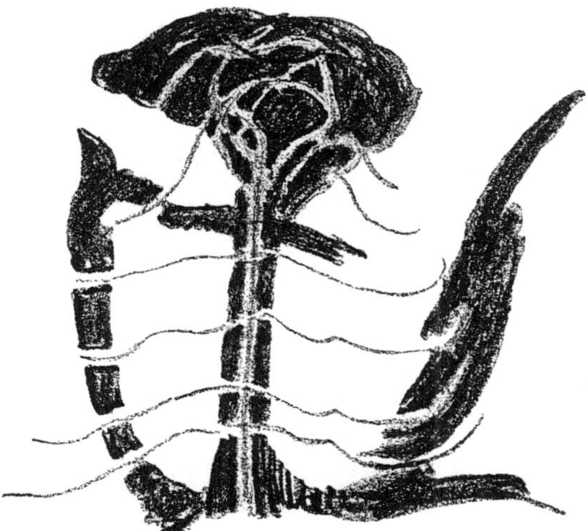

[19] Rudolf Steiner, *Der pädagogische Wert der Menschenerkenntnis und der Kulturwert der Pädagogik,* GA 310, Dornach [4]1989, Vortrag vom 24. Juli 1924.

[20] Rudolf Steiner, *Menschenerkenntnis und Unterrichtsgestaltung,* GA 302, Dornach [5]1986, Vortrag vom 15. Juni 1921.

tet sich im Gehirn aus, kommt immer zusammen mit den Nervensträngen, geht wieder herunter und verfolgt die Wege, wodurch sie dann als Kohlensäure ausgestoßen werden kann. So daß wir fortwährend das Nervensystem von der eingeatmeten Luft bearbeitet haben, die sich ausbreitet, durch den Rückenmarkskanal hinaufgeht, sich ausbreitet, mit Kohlenstoff sich durchdringt, wiederum zurückgeht und ausgeatmet wird. Dieses ganze Atmen, wie es längs der Nervenstränge geht, wird erst im Laufe der Zeit, in der das Kind gerade schulpflichtig ist, zwischen dem Zahnwechsel und der Geschlechtsreife ganz eingeschaltet von seiten des astralischen Leibes in den physischen Leib. So daß der astralische Leib in dieser Zeit, indem er sich nach und nach mit Hilfe der Atemluft hineinschaltet, auf demjenigen spielt, was da wie Saiten aufgespannt ist, in der Mitte auf dem Rückenmarkskanal. Es ist wirklich eine Art von Leier, ein Musikinstrument, unsere Nerven, richtig ein innerliches Musikinstrument, das da in den Kopf hinauftönt.

Und wenn der Zahnwechsel beginnt – es ist natürlich schon früher der Fall, aber da ist der Astralleib noch lose –, aber mit dem Zahnwechsel beginnt der astralische Leib deutlich sich mit der Atemluft der einzelnen Nervenstränge wie Saiten einer Violine zu bedienen.

Das alles aber wird befördert, wenn Sie dem Kinde dasjenige beibringen, was gesanglich ist. Und Sie müssen ein Gefühl haben, das Kind ist ein Musikinstrument, indem es singt; müssen vor der Klasse stehen, wo Sie Gesangunterricht, Musikunterricht erteilen, mit dem deutlichen Gefühl: jedes Kind ist ein Musikinstrument und fühlt innerlich das Wohlgefühl des Tönens.

Denn das Tönen wird durch diese besondere Zirkulation des Atems bewirkt. Das ist innerliche Musik. Und daher muß man, während das Kind anfangs, in den ersten sieben Lebensjahren, alles durch Nachahmung nur lernt, nun versuchen, daß das Kind jetzt nach innerem Wohlgefühl, das es bekommt beim Melodienbilden, beim Rhythmenbilden, den Gesang lernt. Wenn Sie vor der Klasse stehen und Gesangunterricht erteilen, müssen Sie eine Vorstellung haben, für die ich einen Vergleich gebrauchen möchte, der etwas ins Grobe geht, aber der Ihnen das, was ich meine, deutlich machen wird. Ich weiß nicht, wie viele von Ihnen, aber hoffentlich werden die meisten es schon dahin gebracht haben, einmal eine Kuhherde sich anzuschauen, wenn die Kuhherde gefressen hat und daliegt auf der Weide und nun verdaut. Solch ein Verdauen einer Kuhherde ist tatsächlich etwas ganz Wunderbares. Da ist in der Kuh etwas wie ein Abbild der ganzen Welt vorhanden. Die Kuh empfindet in ihrem Verdauungsapparat, in ihrem Ernährungsapparat, wenn da verdaut wird, wenn da die verarbeiteten Speisen übergehen in Blutgefäße, Lymphgefäße, wenn das alles vor sich geht, empfindet die Kuh ein solches Wohlgefallen, das zu gleicher Zeit Erkenntnis ist.

Jede Kuh hat eine wunderbare Aura beim Verdauen, in der sich die ganze Welt spiegelt. Es ist das Schönste, was man sehen kann, solch eine Kuhherde, auf der Wiese liegend, verdauend und im Verdauen die ganze Welt begreifend. Bei uns Menschen ist das alles ins Unterbewußte hinuntergerückt, damit der Kopf das spiegeln kann, was der Körper sich erkennend verarbeitet.

Wir sind tatsächlich schlecht daran als Menschen, weil der Kopf es nicht dazu kommen läßt, die schönen Dinge wirklich zu erleben, die zum Beispiel die Kühe erleben. Wir würden viel mehr von der Welt wissen, wenn wir zum Beispiel den Verdauungsvorgang erleben könnten. Wir müßten ihn dann natürlich nur wirklich mit dem Gefühl des Erkennens erleben, nicht mit dem Gefühl, das der Mensch hat, wenn er im Unterbewußten bleibt im Verdauungsvorgang. Nun, das sollte uns klarmachen, was ich eigentlich sagen will. Ich will damit nicht sagen, der Verdauungsvorgang sei in der Pädagogik nun ins Bewußtsein heraufzubringen, aber ich will sagen, daß etwas auf einer höheren Stufe wirklich beim Kinde vorhanden sein muß: dieses Wohlgefühl des inneren Verlaufes eines Tönens. Denken Sie nur, wenn die Violine fühlen würde, was in ihr vorgeht! Wir hören der Violine nur zu, die ist draußen, wir sind fremd dem ganzen Entstehen des Tones, wir hören nur den äußeren Sinnesschein davon. Wenn die Violine empfinden könnte, wie jede Saite vibriert mit der anderen, die würde ja Seligkeiten erleben – vorausgesetzt, daß das Stück gut ist. So müssen Sie das Kind diese kleinen Seligkeiten erleben lassen, müssen wirklich Musikgefühl im ganzen Organismus hervorrufen, selber richtig Freude daran haben.

Natürlich muß man etwas von Musik verstehen. Aber zum Unterrichten gehört dieses künstlerische Element, das ich eben jetzt auseinandergesetzt habe.

Daher ist es notwendig, weil das der wirkliche Verlauf der Vorgänge im Menschenwesen zwischen dem Zahnwechsel und der Geschlechtsreife fordert, ganz von Anfang an mit den Kindern auch Musikunterricht zu treiben und möglichst zunächst das Kind gewöhnen, ganz empirisch, ohne Theorie, kleine Liedchen zu singen. Ja nichts anderes als kleine Liedchen singen lassen, und die aber gut singen! Und nach und nach erst zum Einfacheren übergehen, damit das Kind erst nach und nach sich aneignet, was Melodie, Rhythmus, Takt ist und so weiter. Zunächst aus dem Ganzen heraus die Kinder gewöhnen, einfache Liedchen zu singen, einfach zu spielen auch, so gut es nur geht. Wenn nicht die Anlage ganz dagegen spricht, beginnen wir in der Waldorfschule sogleich, wenn die Kinder in die Schule kommen, sie auch auf irgendeinem Instrument spielen zu lassen, ein Instrument gleich handhaben zu lernen, wie gesagt, so gut es die Möglichkeiten gestatten. Aber man sollte die Kinder veranlassen, möglichst früh zu fühlen, wie das ist, wenn das eigene musikalische Wesen nun hinüberfließt in das objektive Instrument. Dazu ist das Klavier, das ja eigentlich nur eine Art Memorierinstrument sein sollte, natürlich am schlechtesten anzuwenden für das Kind. Man sollte ein anderes Instrument bei dem Kinde verwenden, womöglich ein Instrument, auf dem geblasen werden kann. Aber natürlich muß man dabei sehr viel künstlerischen Takt haben und sehr viel auch, ich möchte sagen, Autorität haben. Also womöglich solch ein Instrument, wo geblasen werden kann. Davon haben die Kinder am allermeisten, wenn sie irgendein einfaches Blasinstrument handhaben lernen und allmählich Musik verstehen lernen. Natürlich kann man die allerschlimmsten Erfahrungen machen, wenn die Kinder zu blasen anfangen. Aber es ist auf der anderen Seite etwas Wunderbares im Erleben des Kindes, wenn es diese ganze Konfiguration der Luft, die es sonst umwebt, innerlich längs der Nervenstränge hält, nun fortsetzen muß und hineinleiten muß. Da fühlt der Mensch seinen Organismus vergrößert. Vorgänge, die sonst nur im Organismus drinnen sind, werden auf die Außenwelt übergeleitet. Ähnlich ist es auch, wenn das Kind Violine spielen lernt, wo die Vorgänge, die Musik, die da lebt, direkt übertragen wird, wo der Mensch fühlt, wie das Musikalische in ihm durch den Bogen auf die Saiten übergeht und so weiter.

Aber möglichst früh gerade diesen Unterricht im Musikalischen und im Gesanglichen bei den Kindern beginnen! Das ist etwas, was von einer ganz besonderen Bedeutung ist, daß man nicht nur artistisch allen Unterricht erteilt, sondern auch mit dem eigentlich Artistischen, mit dem Malen, mit dem plastischen Arbeiten und mit dem Musikalischen sogleich beginnt, wenn das Kind in die Volksschule kommt, und darauf sieht, daß das alles wirklich inneres menschliches Eigentum wird.[21]

---

[21] Rudolf Steiner, *Die Kunst des Erziehens aus dem Erfassen der Menschenwesenheit*, GA 311, Dornach ^{5}1989, Vortrag vom 18. August 1924.

Anatomie und Materialismus

Vom Materialismus sagt man heute unter denen, die ihn nicht teilen, er ist etwas Schlimmes. Warum? Da werden manche sagen, er ist es deshalb, weil er nichts versteht vom Geistigen. Aber das ist nicht das Schlimmste, denn diesen Mangel werden die Menschen nach und nach merken und aus dem Drang, über diesen Mangel hinauszukommen, werden die Menschen zum Geiste kommen, sondern das Schlimmste am Materialismus ist, daß er nichts von der Materie versteht! Sehen Sie nach, was aus der Erkenntnis der lebendigen Kräfte des Menschen in Lunge, Leber und so weiter geworden ist unter dem Einfluß des Materialismus. Man weiß nichts darüber, wie die Dinge da wirken. Man präpariert aus der Lunge, der Leber und so weiter ein Stück heraus, aber man lernt durch den heutigen Wissenschaftsbetrieb nicht den wirkenden Geist in den menschlichen Organen kennen.[22]

[22] Rudolf Steiner, *Der pädagogische Wert der Menschenerkenntnis und der Kulturwert der Pädagogik*, GA 310, Dornach ⁴1989, Vortrag vom 20. Juli 1924.

Man wird beim Eurythmielernen nie Hemmnisse finden, wenn das Kind gesund ist; denn es setzt in der Eurythmie einfach seine eigene Wesenheit heraus, es will seine eigene Wesenheit verwirklichen. Daher haben wir in der Waldorfschule die Eurythmie vom 1. Volksschuljahre an bis zu den Oberklassen als einen obligatorischen Unterrichtsgegenstand eingeführt neben dem Turnen.

So sehen Sie, die Eurythmie ist aus dem ganzen Menschen, aus physischem Leib, Ätherleib und Astralleib heraus entstanden; sie kann man nur mit anthroposophischer Menschenerkenntnis studieren. Das heutige Turnen richtet sich einseitig physiologisch auf den physischen Leib; und weil die Physiologie nicht anders kann, werden einzelne Vitalitätsgesetze hineingebracht. Aber man erzieht durch das Turnen nicht Totalmenschen, nur Partialmenschen. Es soll damit nichts gegen das Turnen gesagt werden, aber heute überschätzt man es. Deshalb muß heute für die Erziehung die Eurythmie an die Seite des Turnens treten.[23]

Sehen Sie, man ist ja nicht einmal in der Lage, so unverschämt zu werden wie Abderhalden, der nach einer Einleitung zu einer Eurythmieaufführung in Dornach sagte – ich sprach damals auch vom Turnen, von seiner hygienischen Bedeutung und so weiter –, er, als Physiologe, sehe im Turnen nicht etwas, was physiologisch gestützt ist, er sehe im Turnen überhaupt kein Erziehungsmittel, sondern das Schädlichste, was man sich vorstellen könne. Er wollte es nicht als Erziehungsmittel gelten lassen, es sei kein Erziehungsmittel, sondern eine Barbarei. Mit der heutigen Welt kann man nicht so unverschämt sein, sonst würden einen die Leute sehr stark angreifen in der Weise, wie es heute geschieht. Wenn man diese Sache bedenkt, nicht wahr, wie ein Götze, wie ein Fetisch wirkt alles Turnmäßige, das heißt dasjenige, was bloß ins Leiblich-Physische im schlechtesten Sinne der heutigen materialistischen Wissenschaft getragen wird, sei es das stark Physische, das Überphysische oder Unterphysische des schwedischen Turnens oder das Physische des deutschen Turnens. Diese Dinge gehen darauf aus, den Menschen als ein Wesen anzusehen, das nur leiblich-physisch ist, aber nach der schlechten Vorstellung, die das materialistische Zeitalter heute herausgebildet hat, nicht nach der Vorstellung, die ich vorhin gemeint habe. Man geht davon aus: eine solche Haltung soll der Mensch haben; man

---

[23] Rudolf Steiner, *Der pädagogische Wert der Menschenerkenntnis und der Kulturwert der Pädagogik,* GA 310, Dornach ⁴1989, Vortrag vom 20. Juli 1924.

beschreibt diese Haltung. Man sagt also: der Rücken darf nicht so stark ausgehöhlt werden, nur bis zu einem gewissen Grad; die Brust muß in einer bestimmten Weise geformt sein, Arme und Hände müssen in einer gewissen Weise bewegt werden, die gesamte Haltung des Körpers –, kurz, man denkt nicht an den Menschen als solchen, sondern an das Bild, das man sich gemacht hat. Das kann man aufzeichnen, man kann es aus Papiermaché formen. Da ist alles drinnen in der Plastik aus Papiermaché, was im schwedischen Turnen von der richtigen Haltung gesagt werden kann. Dann kann man den Menschen dazu benützen so wie einen Sack und kann ihn das nachmachen lassen. Man hat, wenn man diese Prozedur ausführt, mit dem wirklichen Menschlichen gar nichts zu tun, man hat es mit einer Figur aus Papiermaché zu tun, in der alles, was das schwedische oder das deutsche Turnen vorschreibt, enthalten ist. Dann läßt man den Menschen, ohne sich darum zu bekümmern, was er weiter ist, sich so halten, solche Übungen zu machen und so weiter. Nur hat eigentlich niemand Rücksicht genommen, daß man einen Menschen vor sich hat.

Die Sache ist eben dadurch so verwerflich – sie ist verrucht im Grunde genommen –, trotzdem es ein tiefer Einschlag in unsere sogenannte Zivilisation ist, weil dadurch der Mensch auch praktisch ausgeschaltet wird, nicht nur theoretisch durch die Wissenschaft, sondern praktisch wird der Mensch ausgeschaltet durch dieses Turnen. Er wird zum Imitator einer Papiermachéfigur gemacht. Und darum sollte es sich beim Erziehen nie handeln, sondern darum, daß der Mensch, indem er turnt, diejenige Haltung annimmt, diejenigen Bewegungen macht, die er auch erlebt, innerlich erlebt. Und er erlebt sie. Nehmen wir die Atmungsfunktionen. Wir müssen wissen, daß Kinder dazu zu bringen sind, im Einatmen etwas zu haben wie, ich möchte sagen, ein leises Anklingen an eine gut schmeckende Speise, die durch den Gaumen hinuntergeht. Aber es soll nicht bis zum wirklichen Geschmacksvorstellen, Geschmackswahrnehmen kommen, sondern es soll so ein Anklingen im Einatmen sein, man soll etwas von der Frische der Welt beim Atmen erleben können. Man soll die Kinder einatmen lassen und sie etwas empfinden lassen von der Frische der Welt. Man soll versuchen, sie sagen zu lassen: Wie ist denn eigentlich das gefärbt, was du da einatmest? – und man wird darauf kommen, daß das Kind in dem Moment, wo es tatsächlich den Atem richtig empfindet, so etwas findet wie: Es ist grünlich, so natürlich grün. – Da hat man etwas erreicht, wenn man das Kind dazu gebracht hat, das Einatmen grünlich zu finden. Dann wird man immer bemerken: das Kind verlangt jetzt eine gewisse Körperhaltung für das Einatmen, es bildet durch inneres Erleben die richtige Körperhaltung für das Einatmen heraus. Dann kann man die Übung machen lassen. Ebenso muß man das Kind dazu bringen, beim Ausatmen eine entsprechende Empfindung zu erleben. In dem

Augenblick, wo es beim Ausatmen einem sagt: Da drin bin ich eigentlich doch ein tüchtiger Kerl –, wenn es das Ausatmen so empfindet, als ob es sich wie ein tüchtiger Kerl vorkäme, als ob es seine Kräfte empfände, seine Kräfte im Ausatmen der Welt mitteilen wollte: wenn es diese Empfindung hat, dann erlebt es auch in der richtigen Weise als etwas durchaus ihm Angemessenes die entsprechende Bewegung des Unterleibs, der sonstigen Gliedmaßen, die Haltung des Kopfes, der Arme. Wenn es nur einmal das volle Gefühl des Ausatmens hat, dann erlebt das Kind die richtige Bewegung.

Da haben wir den Menschen drinnen, da haben wir den Menschen wirklich vor uns, da lassen wir ihn nicht wie einen Mehlsack dasjenige nachmachen, was eine Papiermachéfigur macht. Da bewegen wir mit dem Seelischen zusammen, das sein Körperlich-Physisches nach sich zieht. Wir holen die Körperbewegung aus dem Kinde heraus nach dem geistig-seelischen Erlebnis. Ebenso wie dieses, sollten wir auch in anderem, was das Kind fühlen kann, ich will sagen, an irgendwelchen Bewegungen der Arme, der Beine, im Laufen und so weiter, in der bloßen Haltung – überall sollten wir dieses seelische Erleben entwickeln, das sein Körperlich-Physisches von selber fordert. Und dann, dann ist eigentlich das Turnen in unmittelbaren Anschluß an die Eurythmie gebracht, und das soll es auch sein. Die Eurythmie bringt unmittelbar ein Geistig-Seelisches zum Vorschein, durchseelt und durchgeistigt das ganze Bewegliche des Menschen. Sie nimmt dasjenige zum Ausgangspunkt, was sich der Mensch geistig-seelisch im Laufe der Menschheitsentwickelung erarbeitet. Aber auch das Physisch-Körperliche kann geistig erlebt werden. Man kann das Atmen, den Stoffwechsel erleben, wenn man es weit genug bringt nach dieser Richtung. Da kann der Mensch sich selber weit genug bringen, da kann der Mensch sich selbst empfinden, sein Körperlich-Leibliches mitempfinden. Und dann kann, ich möchte sagen, dasjenige, was auf dem höheren Gebiet als Eurythmie an das Kind herantritt, auslaufen in das Turnen. Man kann durchaus die Brücke schlagen zwischen Eurythmie und Turnen. Aber dieses Turnen soll nicht anders gemacht werden, als indem man dasjenige, was das Kind ausführt im Turnen, aus dem Erleben des Körperlich-Physischen herausholt, aus dem Erleben, aus dem geistig-seelischen Erleben herausholt und das Kind das Körperlich-Physische dem anpassen läßt, was es erlebt.

Es ist natürlich notwendig, daß wir, indem wir so unterrichten, viel lernen; denn man muß sich mit solchen Vorstellungen viel beschäftigen, wenn man sie für sich selbst und namentlich im Unterricht anwenden will. Sie prägen sich schlecht ins Gedächtnis ein. Es ist fast so mit diesen Dingen, wie es manchen Mathematikern geht mit den mathematischen Formeln; sie können sich keine Formeln merken, aber sie können sie im Augenblick wieder bilden. Und so geht es uns mit diesen Vorstellungen, die wir uns über den lebendigen leiblich-geistig-seelischen Menschen bilden: wir müssen sie uns immer ganz lebendig präsent machen. Aber das kommt uns gerade wieder zugute. Dadurch, daß wir aus dem Vollmenschen heraus wirken, dadurch wirken wir anregend auf die Kinder. Sie werden immer bemerken, wenn Sie selbst viel zu tun hatten, um eine Unterrichtsstunde vorzubereiten, viel gerungen haben mit dem Unterrichtsstoff, und dann in die Klasse gehen, dann lernen die Kinder viel anders, als wenn Sie der hocherhabene Herr Lehrer sind, der sich ganz behaglich vorbereitet. Ich habe auch solche kennengelernt, die auf dem Wege zur Schule ganz behaglich gingen und sich schnell die Dinge durchlasen, die sie vorbringen sollten. Das hat schon einen tiefen Bezug auf das Unterrichten, wenn man selber unmittelbar ringt, nicht nur bei den Dingen ringt, die zu den mitzuteilenden gehören, sondern auch bei anderen Dingen, die zu den Geschicklichkeiten gehören. Auch mit diesen soll man ringen.

Es gibt im Leben geistige Bezüge. Hat man geistig vorher selbst ein Lied, das man das Kind singen läßt, zuerst gehört, dann wirkt es mehr, indem das Kind es ausbildet, als wenn man es vorher nicht im Geiste gehört hat. Diese Dinge haben einen Bezug. Es gibt in der physischen Welt ein Wirken der geistigen Welt. Man muß dieses Wirken der geistigen Welt anwenden besonders in der Pädagogik und in der Didaktik und zum Beispiel beim religiösen Unterricht. Wenn man, indem man ihn vorbereitet, eine natürliche fromme Stimmung empfindet, dann wirkt dieser religiöse Unterricht auch auf das Kind. Wenn man diese fromme Stimmung nicht entwickelt, dann wird nicht viel werden aus dem Religionsunterricht in bezug auf das Kind.[24]

Wir haben im Ätherleib fortwährend die Tendenz, Eurythmie zu treiben; das ist etwas, was der Ätherleib einfach von selbst macht. Eurythmie ist ja nichts anderes, als die ganzen Bewegungen abzulesen von dem, was der Ätherleib machen will; er macht eigentlich diese Bewegungen und wird nur abgehalten, wenn wir sie vom physischen Leibe ausführen lassen. Wenn wir sie vom physischen Leibe ausführen lassen, werden sie im Ätherleib zurückgehalten und wirken dann wieder auf uns zurück und wirken dadurch gesundend auf den Menschen.[25]

---

[24] Rudolf Steiner, *Menschenerkenntnis und Unterrichtsgestaltung*, GA 302, Dornach [5]1986, Vortrag vom 13. Juni 1921.

[25] Rudolf Steiner, *Erziehung und Unterricht aus Menschenerkenntnis*, GA 302a, Dornach [4]1993, Vortrag vom 16. September 1920.

Wenn die Menschen Eurythmie treiben, so ist es so, daß Eurythmisten und Zuschauern im Leben gedient wird; beide haben etwas Wesentliches davon. Bei denen, die selbst Eurythmisten sind, wird der physische Organismus durch die Bewegungen der Eurythmie zu einem geeigneten Aufnahmeorgan für die geistige Welt gemacht, weil die Bewegungen herunter wollen aus der geistigen Welt. Es werden gewissermaßen die Eurythmisten Aufnahmeorgane für Vorgänge der geistigen Welt, indem sie ihren Körper dafür vorbereiten. Bei denen, die Zuschauer in der Eurythmie sind, wird gewissermaßen, was an Bewegungen in bezug auf ihren astralischen Leib und ihr Ich lebt, durch die Bewegungen der Eurythmie intensiviert. Könnten Sie nach einer Eurythmieaufführung plötzlich in der Nacht aufwachen, dann würden Sie sehen, daß Sie noch viel mehr in sich haben als nach einer Sonate, wenn Sie ein Abendkonzert gehört haben und in der Nacht wieder aufwachen; das tritt bei der Eurythmie in noch stärkerem Maße auf. Das stärkt die Seele, indem es die Seele lebendig sich einleben läßt in das Übersinnliche.[26]

---

[26] Rudolf Steiner, *Erziehung und Unterricht aus Menschenerkenntnis,* GA 302a, Dornach [4]1993, Vortrag vom 21. September 1920.

Eurythmie und Gesangliches

In einem gewissen entgegengesetzten Sinn wirkt dann das Eurythmische, das Gesangliche; da findet ein ganz anderer organischer Prozeß statt. Bei all denjenigen Organen, die sich daran betätigen, sitzt nämlich das Geistige zunächst in den Organen drinnen. Wenn Sie das Kind eurythmisieren lassen, so kommt es in Bewegung und durch den Verlauf dieser Bewegung strömt das Geistige, das in den Gliedern ist, aus den Organen nach oben. Es ist eine Erlösung des Geistigen, wenn ich das Kind eurythmisieren oder singen lasse. Das Geistige, von dem die Glieder strotzen, wird herauserlöst. Das ist der reale Vorgang. Es ist also ein wirkliches Herausholen des Geistigen aus dem Kinde, was ich dabei vollbringe. Und das hat nun wiederum zur Folge, daß, wenn das Kind aufhört solche Übungen zu machen, das Geistige darauf wartet, um Verwendung zu finden. – Ich habe Ihnen dieses gestern in anderer Beziehung klargemacht. – Aber das Geistige wartet auch wiederum darauf, sich zu befestigen. Ich habe das Kind wirklich vergeistigt, indem ich es turnen, eurythmisieren oder singen lasse. Das Kind ist ein ganz anderes Wesen geworden; es hat viel mehr Geistiges in sich. Das will sich aber befestigen; das will beim Kinde bleiben; das dürfen wir nicht ableiten. Und da gibt es das einfachste Mittel: Wir bringen das Kind kurze Zeit, nachdem es eurythmisiert, geturnt oder gesungen hat, ein wenig zur Ruhe. Wir lassen die ganze Gruppe nur ein wenig ausruhen und versuchen, diese Ruhe, wenn es auch nur ein paar Minuten sein sollten, aufrechtzuerhalten. Je älter die Kinder sind, desto mehr ist das notwendig. Das sollten wir auch berücksichtigen, sonst ist am nächsten Tag doch nicht dasjenige vorhanden, was wir eigentlich brauchen. Es ist nicht gerade das ganz richtig, wenn man die Kinder wieder fortjagt, sondern man soll sie ein wenig in Ruhe sein lassen. – Bei all diesem bildet man im Grunde genommen ein Weltprinzip ab. Die Menschen machen ja alle möglichen Theorien über Materie und Geist. Aber beiden, Materie und Geist, liegt etwas Höheres zugrunde. Und man kann eigentlich sagen: Wenn dieses Höhere zur Ruhe gebracht wird, dann ist es Materie; wenn dieses Höhere in Bewegung gebracht wird, dann ist es Geist. Das können wir, weil es ein sehr hohes Prinzip ist, durchaus auf den Menschen übertragen. Der Mensch erschafft für dasjenige, was in dem Geistigen erlöst wird, auf die Art, wie ich es erzählt habe, ein Schema in sich durch die Ruhe. Das setzt sich ab, und er kann es dann brauchen. Es ist schon gut, so etwas überhaupt zu wissen, weil man dann alles mögliche auch noch bei anderen Dingen findet, um sich in entsprechender Weise den Kindern gegenüber zu benehmen.[27]

[27] Rudolf Steiner, *Menschenerkenntnis und Unterrichtsgestaltung*, GA 302, Dornach [5]1986, Vortrag vom 15. Juni 1921.

Rechnen und Moralität

Früh ist das Kind bereits veranlagt für die ersten Elemente der Rechenkunst. Aber gerade bei der Rechenkunst kann man beobachten, wie nur allzuleicht ein intellektualistisches Element zu früh in das Kind hineinkommt. Rechnen als solches ist ja keinem Menschen in keinem Lebensalter ganz fremd. Es entwickelt sich aus der menschlichen Natur heraus, und es kann nicht eine solche Fremdheit zwischen den menschlichen Fähigkeiten und den Rechenoperationen eintreten wie zwischen diesen Fähigkeiten und den Buchstaben in einer folgenden Kultur. Aber dennoch, gerade darauf kommt ungeheuer viel an, daß der Rechenunterricht in richtiger Weise an das Kind herangebracht wird. Das kann im Grunde genommen nur derjenige beurteilen, der aus einer gewissen spirituellen Grundlage heraus das gesamte menschliche Leben beobachten kann.

Zwei Dinge liegen logisch scheinbar einander recht fern: Rechenunterricht und moralische Prinzipien. Man rückt gewöhnlich gar nicht den Rechenunterricht an die moralischen Prinzipien heran, weil man keinen logischen Zusammenhang zunächst findet. Aber für den, der nun nicht bloß logisch, sondern lebensvoll betrachtet, für den stellt sich die Sache so, daß das eine Kind, das in der richtigen Weise an das Rechnen herangebracht worden ist, ein ganz anderes moralisches Verantwortungsgefühl im späteren Alter hat, als dasjenige Kind, das nicht in der richtigen Weise an das Rechnen herangebracht worden ist. Und, es wird Ihnen vielleicht außerordentlich paradox erscheinen, aber da ich über Wirklichkeiten spreche, und nicht über dasjenige, was sich unser Zeitalter einbildet, so möchte ich, da die Wahrheit unserem Zeitalter oftmals paradox erscheint, auch nicht zurückschrecken vor solchen Paradoxien. Wenn wir nämlich verstanden hätten als Menschen, in den verflossenen Jahrzehnten die menschliche Seele in der richtigen Weise in den Rechenunterricht tauchen zu lassen, hätten wir heute keinen Bolschewismus im Osten von Europa. Das ist dasjenige, was sich ergibt, was man innerlich sieht: mit welchen Kräften diejenige Fähigkeit, die im Rechnen sich auslebt, sich verbindet mit dem, was auch das Moralische im Menschen ergreift.

Nun werden Sie vielleicht mich noch besser verstehen, wenn ich ein klein wenig das Prinzip des Rechenunterrichts Ihnen darlege. Heute geht doch vielfach das Rechnen davon aus, daß wir zunächst damit beginnen, daß wir eins zum anderen hinzufügen. Allein bedenken Sie, welche fremde Betätigung das für die menschliche Seele ist, daß man eine Erbse zu den anderen hinzufügt, und immer wenn etwas hinzugefügt ist, man wieder einen neuen Namen gibt. Der Übergang von eins zu zwei, dann wiederum zu drei, dieses Zählen ist ja etwas,

was ganz wie willkürlich im Menschen als Tätigkeit sich vollzieht. Aber es gibt eine andere Möglichkeit, zu zählen. Wir finden diese Möglichkeit, wenn wir etwas in der menschlichen Kulturgeschichte zurückgehen. Denn ursprünglich wurde gar nicht so gezählt, daß man eine Erbse zu der anderen legte, Einheit zu Einheit hinzulegte, und dadurch etwas Neues entstand, was wenigstens zunächst für das Seelenleben außerordentlich wenig mit dem Vorhergehenden zu tun hat. Aber man zählte etwa in der folgenden Weise. Man sagte sich: Was man im Leben hat, ist immer ein Ganzes, das man als Ganzes aufzufassen hat, und es kann das Verschiedenste eben eine Einheit sein. Wenn ich einen Volkshaufen vor mir habe, so ist er zunächst eine Einheit. Wenn ich einen einzelnen Menschen vor mir habe, ist er auch eine Einheit. Die Einheit ist im Grunde genommen etwas ganz Relatives. Das berücksichtige ich, wenn ich nicht zähle 1, 2, 3, 4 und so fort, sondern wenn ich in der folgenden Weise zähle:

und so weiter, wenn ich das Ganze gliedere, weil ich also von der Einheit ausgehe, und in der Einheit als Mannigfaltigkeit die Teile suche. Das ist auch die ursprüngliche Anschauung vom Zählen. Die Einheit war immer das Ganze, und in der Einheit suchte man erst die Zahlen. Man dachte sich nicht die Zahlen entstehend als 1 zu 1 hinzugefügt, sondern man dachte sich die Zahlen alle als in einer Einheit darinnen, aus der Einheit organisch hervorgehend.

Das, angewendet auf den ganzen Rechenunterricht, gibt das Folgende: Sie werfen, statt daß Sie Erbse zu Erbse hinzulegen, einen Erbsenhaufen dem Kinde hin ... Der Erbsenhaufen ist das Ganze. Von dem geht man aus. Und jetzt bringt man etwa dem Kinde bei: Ich habe den Erbsenhaufen, oder, sagen wir, damit es für das Kind empfindlich anschaulich wird, einen Haufen von Äpfeln und 3 Kinder, vielleicht 3 Kinder von verschiedenem Alter, die verschieden stark zu essen haben, und wir wollen etwas tun, was mit dem Leben zusammenhängt. Was können wir da tun? Nun, wir können das tun, daß wir den Äpfelhaufen in einer gewissen Weise teilen, und daß wir dann den ganzen Haufen als Summe betrachten gleich den einzelnen Teilen, in die wir ihn aufgeteilt haben. Wir haben den Äpfelhaufen dort, und wir sagen: Wir haben 3 Teile, und bringen so dem Kinde bei, daß die Summe gleich ist den 3 Teilen. Summe = 3 Teile. Das heißt, wir gehen bei der Addition nicht von den einzelnen Teilen aus und haben nachher die Summe, sondern wir nehmen zuerst die Summe und gehen zu den Teilen über. So gehen wir von dem Ganzen aus, und gehen zu den Addenden, zu den Teilen über, um auf diese Weise ein lebendiges Erfassen der Addition zu haben.

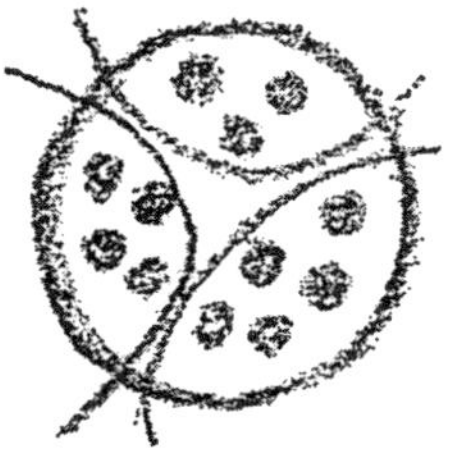

Denn dasjenige, worauf es in der Addition ankommt, das ist immer die Summe, und die Teile, die Glieder sind dasjenige, was in der Summe in einer gewissen Weise drinnen sein muß.

So ist man in der Lage, das Kind heranzubringen an das Leben in der Art, daß es sich hineinfügt, Ganzheiten zu erfassen, nicht immer von dem Wenigen zu dem Mehr überzugehen. Und das übt einen außerordentlich starken Einfluß auf das ganze Seelenleben des Kindes. Wenn das Kind daran gewöhnt wird, hinzuzufügen, dann entsteht eben jene moralische Anlage, die vorzugsweise ausbildet das nach dem Begehrlichen Hingehen. Wenn von dem Ganzen zu den Teilen übergegangen wird, und wenn entsprechend so auch die Multiplikation ausgebildet wird, so bekommt das Kind die Neigung, nicht das Begehrliche so stark zu entwickeln, sondern es entwickelt dasjenige, was im Sinne der platonischen Weltanschauung genannt werden kann die Besonnenheit, die Mäßigkeit im edelsten Sinne des Wortes. Und es hängt innig zusammen dasjenige, was einem im Moralischen gefällt und mißfällt, mit der Art und Weise, wie man mit den Zahlen umzugehen gelernt hat. Zwischen dem Umgehen mit den Zahlen und den moralischen Ideen, Impulsen, scheint ja zunächst kein logischer Zusammenhang, so wenig, daß derjenige, der nur intellektualistisch denken will, darüber höhnen kann, wenn man davon spricht. Es kann ihm lächerlich vorkommen. Man begreift es auch ganz gut, wenn jemand lachen kann darüber, daß man beim Addieren von der Summe ausgehen soll, und nicht von dem Addenden. Aber wenn man die wirklichen Zusammenhänge im Leben ins Auge faßt, dann weiß man, daß die logisch entferntesten Dinge im wirklichen Dasein einander oftmals sehr nahe stehen.

So ist dasjenige, was sich herausarbeitet in der kindlichen Seele durch die Behandlung mit den Zahlen, von ungeheurer Wichtigkeit für die Art und Weise, wie das Kind uns dann entgegenkommt, wenn wir ihm moralische Beispiele vor die Seele führen wollen, an denen es Gefallen oder Mißfallen, Antipathie oder Sympathie mit dem Guten oder Bösen entwickeln soll. Wir werden ein Kind vorfinden, das empfänglichen Sinn hat für das Gute, wenn wir das Kind in der entsprechenden Weise behandelt haben, mit den Zahlen umzugehen.[28]

---

[28] Rudolf Steiner, *Die geistig-seelischen Grundkräfte der Erziehungskunst*, GA 305, Dornach ³1991, Vortrag vom 21. August 1922.

So handelt es sich darum, daß man die eigentliche mineralisierende Betrachtung erst zwischen dem 11. und 12. Lebensjahr aufnimmt, auch das Geschichtliche so unterrichtet, daß man Bildhaftes gibt bis in dieses Lebensalter, und daß man dann erst anfängt, auf das Ursächliche und das Wirkende in der Geschichte einzugehen durch die zusammenfassende geschichtliche Betrachtung, und Überblicke erst zwischen dem 11. und 12. Lebensjahr gewinnen läßt. Man wird überall die Richtigkeit dieser Methodik daran ablesen können, daß, sobald man die Vorgänge in kausaler Betrachtung zu früh an die Kinder heranbringt, sie einem gar nicht zuhören; wenn man es aber im richtigen Momente tut, dann kommt einem die innerliche Freude, das innerliche Dabeisein des Kindes entgegen.

Eigentlich kann man ohne dieses innerliche Dabeisein gar nicht erziehen und unterrichten. Überall wird es sich aber darum handeln, daß bedacht wird, wie der Mensch so erzogen werden muß, daß man sich bewußt wird, wie man ihn mit der Geschlechtsreife eigentlich ins Leben entläßt. Denn auch bei denjenigen Kindern, die dann junge Damen und junge Herren werden und auf höhere Schulen übergeführt werden – auf der Waldorfschule haben wir die Einrichtung, daß wir über die Volksschulklassen hinaus die Kinder bis zu der Hochschulreife führen, wir unterrichten in 12 Klassen bis zum 18., 19. Lebensjahr und darüber –, muß man sich durchaus bewußt sein, daß man nach der Geschlechtsreife Menschen vor sich hat, die eben ins Leben entlassen sind, denen man gegenübersteht in ganz anderer Weise als in der vorhergehenden Lebensepoche. Denn der Mensch muß möglichst so erzogen werden, daß das Intellektuelle, das mit der Geschlechtsreife erwacht, in der eigenen Menschenwesenheit seine Nahrung finden kann. Hat der Mensch vorher durch Nachahmung, auf Autorität hin, in der Bildhaftigkeit einen innerlichen Reichtum aufgenommen, dann wird das, was er so aufgenommen hat, sich intellektualistisch umwandeln lassen, wenn er die Geschlechtsreife erlangt hat. Er wird immer davor stehen, dasjenige jetzt zu denken, was er vorher gewollt und gefühlt hat. Und daß dieses intellektualistische Denken ja nicht zu früh eintritt, dafür ist eigentlich im Unterricht und in der Erziehung auf das gründlichste zu sorgen. Denn der Mensch kommt nicht zu einem Freiheitserlebnis, wenn man es ihm eintrichtern will, sondern nur dadurch, daß es in ihm selber erwacht. Aber es darf nicht in seelischer Armut erwachen. Wenn der Mensch nichts vorher durch Nachahmung und Nachbildung in sich aufgenommen hat, so daß es heraufgenommen werden kann aus den Seelentiefen in das Denken, dann will der Mensch im geschlechtsreifen Alter im Denken sich entfalten, und die Folge da-

von ist, daß er, wenn er nichts aufgenommen hat in Nachahmung und Bild, auch nichts findet, woran er sich entfalten kann, gewissermaßen ins Leere greift mit dem Denken. Das gibt ihm Haltlosigkeit, das bringt ihn dazu, in jenem Lebensalter, wo er eigentlich schon in sich bis zu einem gewissen Grade gefestigt sein müßte, sich in allerlei Allotria einzulassen, dies und jenes nachzumachen, sich zu gefallen, nachzuahmen in den Rüpel- und Flegeljahren dasjenige, was ihm gerade gefällt – meist ist es etwas, was den anderen, die eben auf die Nützlichkeit des Lebens ausgehen, nicht gefällt –, das nachzuahmen, weil er als Kind nicht im richtigen Nachahmen lebendig gehalten worden ist. So sehen wir viele nach der Geschlechtsreife herumlaufen, da oder dorthin sich anlehnend und damit das innere Freiheitserlebnis betäubend.

In jedem Lebensalter muß eben durchaus darauf gesehen werden, daß man nicht bloß für dieses Lebensalter erzieht, sondern für das ganze irdische Menschenleben, ja noch darüber hinaus. Denn die schönste Art, zunächst an die unsterbliche Menschenwesenheit heranzukommen, ist die, nun selber zu erfahren nach der Geschlechtsreife, wie dasjenige, was durch Nachahmung in Bildern sich in die Seele ergossen hat, jetzt der Seele selber sich emanzipiert in den Geist herauf, und zu fühlen, wie es übergeht aus dem zeitlichen Wirken in das ewige Wirken, das dann durch Geburt und Tod geht. An diesem Heraufkommen desjenigen, was in richtiger Weise durch die Erziehung in die Menschenseele sich ergossen hat, erlebt man die Unsterblichkeit, denn man erlebt vor allen Dingen deutlich durch Erfahrung, daß man etwas war, bevor man in die physische Welt heruntergestiegen ist. Und mit dem, was man war, bevor man in die physische Welt heruntergestiegen ist, verbindet sich das, was auftritt aus dem religiös Nachgeahmten und bildhaft Aufgenommenen; so kommt man heran im Erleben an den Unsterblichkeitskern. Kern der Unsterblichkeit sage ich aus der heutigen Sprachgewohnheit heraus, weil wir auch da, wo noch an der Unsterblichkeit festgehalten wird, nur die Hälfte der Sache haben. Wir reden heute nur aus gewissen egoistischen Gefühlen heraus von der ja richtig vorhandenen Unsterblichkeit, das heißt von der Tatsache, daß wir durch den Tod nicht zugrunde gehen, sondern weitergehen; aber wir reden nicht von der anderen Seite, von der Ungeborenheit. Die alten, instinktiv Erleuchteten hatten noch diese beiden Seiten der Ewigkeit: die Unsterblichkeit und die Ungeborenheit. Erst wer beides versteht, versteht die Ewigkeit. Diese Ewigkeit wird erlebt, wenn in richtiger Weise erzogen wird. Und da steht man wiederum vor einer Tatsache, wo der Materialismus nicht seiner theoretischen Seite nach betrachtet werden sollte.[29]

[29] Rudolf Steiner, *Anthroposophische Pädagogik und ihre Voraussetzungen*, GA 294, Dornach [5]1981, Vortrag vom 17. April 1924.

Es ist etwas Verwandtes zwischen der Auffassung der geschichtlichen Impulse in der Menschheit und der Auffassung der äußeren physikalischen Naturimpulse im menschlichen Organismus. In den Geschichtsimpulsen lebt das, was wahres Menschentum ist, aber was in diese Impulse zusammengefaßt ist, das lebt als äußerer geschichtlicher Verlauf und wirkt wieder auf den Menschen. Wenn Sie das menschliche Auge beschreiben, so wirkt dasselbe, was außen in der Natur wirkt, auch wieder im Menschen. Beiden Vorgängen muß ein gleichgeartetes Verstehen entgegengebracht werden, und dieses Verstehen beginnt eigentlich erst mit dem 12. Lebensjahre. Daher wird es notwendig sein, den Lehrplan so zu gestalten, daß man die zum Erfassen des Menschen selbst geeigneten physikalischen Begriffe dem Kinde in der Zeit vom 9. bis 12. Jahre beibringt, also neben der Naturgeschichte einfache Physik lehrt, daß man aber wartet mit der Anwendung der physikalischen Gesetzmäßigkeit auf den Menschen selber bis zum 12. Jahre – geradeso wie man mit dem Erzählen von Geschichten bis zum 12. Jahre fortfahren soll, um dann aus den Geschichten «Geschichte» zu machen.

Was ich damit auseinandergesetzt habe, gilt mit Bezug auf den Anfang der Sache. Natürlich kann sich dann die Weitergestaltung des Physikunterrichts in die Zeit nach dem 12. Jahre hinein fortsetzen. Aber anfangen sollte man weder Physikunterricht noch naturgeschichtlichen Unterricht vor dem 9. Lebensjahr, und Geschichtsunterricht und physiologisch gearteten Unterricht, also Beschreibung der Betätigungen des Menschen, nicht vor dem vollendeten 12. Jahre, wenn Sie bedenken, daß das Verstehen etwas ist, was nicht bloß im menschlichen Intellektuellen aufgeht, sondern immer Gefühl und Willen mit umschließt, so werden Sie demjenigen nicht ganz fernstehen, was ich jetzt gesagt habe. Und wenn die Menschen solche Dinge nicht beachten, so rührt das davon her, weil sie sich Illusionen hingeben. Man kann notdürftig dem Intellektuellen des Menschen geschichtliche oder physiologische Begriffe vor dem 12. Lebensjahr beibringen, aber man verdirbt dadurch die menschliche Natur, man macht sie im Grunde genommen für das ganze Leben ungeeignet. So werden Sie in die Lage kommen, zum Beispiel zwischen dem 9. und 12. Jahre nach und nach die Begriffe von Strahlenbrechung, von Bildgestaltung durch Linsen oder andere Instrumente zu besprechen. Sie werden zum Beispiel die Wirkungsweise des Operngucker mit dem Kinde zwischen dem 9. und 12. Jahre besprechen können. Sie werden mit ihm in dieser Zeit auch die Beschaffenheit, die Wirkungsweise der Uhr besprechen können, werden ihm den Unterschied zwischen einer Pendeluhr und einer Taschenuhr auseinandersetzen können und alles ähnliche. Aber Sie sollten dem Kinde vor dem 12. Lebensjahre nicht die Anwendung der Strahlenbrechung und der Bildgestaltung auf das menschliche Auge auseinandersetzen.

Nun haben sich Ihnen damit Gesichtspunkte ergeben, die Sie darüber belehren können, wie Sie lehrplanmäßig mit der Verteilung des Unterrichtsstoffes vorgehen sollen, damit Sie in der richtigen Weise die Fähigkeiten des Kindes entwickeln. Noch anderes ist dabei von diesem Gesichtspunkte aus zu beobachten. Es ist von einer gewissen Bedeutung, daß wir uns mit dem Unterricht nicht allzusehr vom Leben entfernen, aber auch nicht in trivialer Weise dem Leben zu viel Rechnung tragen. Dem Kinde schließlich zu sagen: Was hast du an den Füßen? – Ein Paar Stiefel –, antwortet es. Wozu hast du die Stiefel? – Damit ich sie mir anziehe –, das nennen manche Lehrer Anschauungsunterricht, und sie bringen wirklich rechte Trivialitäten im Anschauungsunterricht zutage. Wenn man so Anschauungsunterricht treibt, wie es manchmal in Didaktikbüchern vorgeschrieben wird, so langweilt man das Kind im Unterbewußtsein furchtbar, und man verdirbt dadurch wieder sehr viel an dem Kinde. Mit diesem Zu-nahe-Stehenbleiben am Leben und fortwährend Begriffe-Heraufholen ins Bewußtsein, die eigentlich ganz gut im Unbewußten liegen können, die bloß gewohnheitsmäßige Tätigkeiten zu stark ins Bewußtsein heraufführen, damit sollte man sich nicht befassen. Aber deshalb braucht man sich auch wieder nicht vom Leben ganz zu entfernen und dem Kinde zu früh leere Abstraktionen beizubringen. Das wird insbesondere für den Physikunterricht von einer großen Wichtigkeit sein. Ja, der Physikunterricht wird schon ohnedies Gelegenheit geben, das dem Leben Nahe und das dem Leben, dem äußeren Leben zunächst, Ferne sehr nahe zusammenzubringen. Sie sollten daher berücksichtigen, daß Sie die physikalischen Begriffe am Leben entwickeln. Sie sollten, so gut es geht, die Kinder nach Ihrer Erfinderkraft solche Dinge zum Beispiel wahrnehmen lassen: wie es manchmal in unserem Zimmer, nachdem wir eingeheizt haben, noch fußkalt ist, während es oben an der Decke schon warm geworden ist. Da machen Sie das Kind auf eine Lebenstatsache aufmerksam, und Sie können von dieser Lebenstatsache ausgehen und ihm dann erklären, daß ja selbstverständlich durch den Ofen zuerst die Luft unten um den Ofen herum warm wird. Es wird ja nicht zuerst oben im Zimmer warm. Aber die warme Luft hat das Bestreben, immer nach oben zu gehen, und dann muß die kalte Luft nach unten fallen, so daß dem Kinde der Vorgang so erklärt werden muß: Unten um den Ofen herum wird die Luft zuerst warm, diese warme Luft steigt nach oben, so daß dann die kalte Luft nach unten fallen muß, und daher haben wir es in einem Zimmer noch fußkalt, wenn oben die Luft schon lange warm ist. – So sind Sie dabei von einer Lebenstatsache ausgegangen und können von da aus nun den Übergang dazu finden, daß die warme Luft sich ausdehnt und die kalte sich zusammenzieht. Da entfernen Sie sich dann schon vom Leben. Aber auch sonst, zum Beispiel wenn Sie in der Physik vom Hebel reden, ist es nicht gut, wenn Sie bloß den abstrakten Hebel hinstellen; gehen Sie aus vom Waagebalken, und kommen Sie von diesem auf die Hebelwirkung. Gehen Sie also aus von dem, was im Leben Anwendung hat, und gehen Sie dann über zu dem, was für die Physik daraus ausgedacht werden kann.

Nun kann ich Ihnen aber gar nicht verschweigen, daß durch manches, was schon in unsere physikalischen Begriffe hineinkommt, doch Verheerungen in dem Kinde angerichtet werden und daß doch sehr viel davon abhängt, daß man als Lehrer selbst das Richtige weiß, daß man überhaupt versucht, eine gewisse Reife für das Urteil zu haben. Sie sind genötigt, verhältnismäßig großen Kindern zu sagen: Du hast hier eine Elektrisiermaschine; man nennt das, was ich dir hier vorführe, Reibungselektrisiermaschine. Ich kann dadurch, daß ich gewisse Gegenstände reibe, Elektrizität erzeugen, aber ich muß die Gegenstände, die elektrisch werden sollen, vorher immer sorgfältig abwischen, denn sie müssen trocken sein. Wenn sie naß sind, geht das Experiment nicht, dann entwickelt sich keine Elektrizität. – Sie entwickeln dann den Kindern die Gründe, warum es nicht geht, mit nassen Instrumenten Elektrizität zu erzeugen. Dann gehen Sie dazu über, zu erklären, wodurch der Blitz entsteht, von dem Sie sagen, er sei auch ein elektrischer Vorgang. Da sagen nun viele Menschen: Es reiben sich die Wolken, und durch die Reibung der Wolken entsteht dann der Blitz als eine elektrische Entladung. – Das Kind wird es vielleicht glauben, weil der Lehrer selbst es glaubt, aber in seinem Unterbewußtsein geht etwas ganz Besonderes vor sich, von dem das Kind natürlich nichts weiß. Es sagt sich: Ja, der Lehrer wischt da die Instrumente, die sich reiben sollen und wo Elektrizität entstehen soll, vorher immer sorgfältig ab, damit sie nicht naß sind, aber nachher erzählt er mir, daß bei den sich reibenden Wolken, die doch auch naß sind, Elektrizität entstehen soll! – Diese Unebenheiten merkt das Kind. Und vieles von der Zerrissenheit im Leben rührt davon her, daß das Kind solche Widersprüche erzählt bekommt. Draußen in der Welt sollten die Widersprüche entstehen – in unserem Denken sind sie nicht am Platze! Aber weil das heutige Wissen und Erkennen der Menschen nicht tiefgründig genug ist, leben in dem, was wir den Kindern oder auch was wir später den jungen Menschen beibringen, fortwährend solche Widersprüche, die das unbewußte Innere des Menschen eigentlich zerreißen. Deshalb müssen wir wenigstens darauf schauen, daß wir in dem, was wir bewußt an das Kind heranbringen, nicht zu viel von dem drinnen haben, was es sich dann im Unterbewußtsein anders vorstellt. In der Wissenschaft werden wir ja als Lehrer nicht gleich berufen sein, solches Zeug auszumerzen, wie die törichte Beziehung, die zwischen Blitz und Elektrizität in der Physik eingeführt ist. Aber wenn wir, ich möchte sagen, mehr Durchsichtiges behandeln, dann sollten wir uns schon immer zum Bewußtsein bringen, daß wir ja nicht bloß auf das Bewußtsein des Kindes wirken, sondern immer auch auf sein Unterbewußtes. Wie können wir auf dieses Unterbewußte Rücksicht nehmen?

Das können wir nur dadurch, daß wir als Lehrer immer mehr und mehr Menschen werden, die nicht für das Kind das Verständnis zubereiten. Von einem andern Gesichtspunkte aus habe ich schon gesagt, was da in Betracht kommt. Sie sollen die Fähigkeiten in sich entwickeln, die in dem Augenblick, wo Sie sich auf irgendeinem Unterrichtsgebiet mit dem Kinde beschäftigen, Sie von diesem Unterrichtsgebiete so absorbiert sein lassen, wie das Kind von dem Unterricht absorbiert wird, ganz gleich, was Sie behandeln. Sie sollten sich nicht von dem Gedanken durchdringen lassen: Ich weiß ja schon vieles andere, und ich richte das so her, wie es für das Kind paßt, ich stelle mich so richtig über das Kind und richte alles, was ich dem Kinde sagen will, so her, wie es für das Kind paßt. – Nein! Sie müssen die Fähigkeit haben, sich so zu verwandeln, daß das Kind durch Ihren Unterricht förmlich aufwacht, daß Sie selbst mit dem Kinde zum Kinde werden. Aber nicht auf kindische Weise.[30]

---

[30] Rudolf Steiner, *Erziehungskunst. Methodisch-Didaktisches,* GA 294, Dornach ^{6}1990, Vortrag vom 29. August 1919.

Die Dreigliederung des menschlichen Organismus und das Zusammenwirken von Wissenschaft, Kunst und Religion

Abschließend sei noch ein Grundnerv der Waldorfpädagogik berührt, der mit allem in Zusammenhang steht, was hier als Physiologie der einzelnen Fächer angesprochen wurde:

Heute, sage ich also, redet man abgesondert von Religion, Kunst und Wissenschaft. Das gab es in den Urzeiten der Menschheit nicht. Da war alles eine Einheit. Damals gab es Mysterienstätten, die zugleich Hochschulen waren, die Religionsstätten, Kunststätten und zugleich Wissenschaftsstätten waren. Denn man empfing eben als Erkenntnis die vorstellungsgemäßen Bilder, die ideengemäßen Bilder der geistigen Welt. Aber man empfing sie so anschaulich, daß man sie auch in äußerlichen Bildern verwirklichen und den Kultus daran entwickeln konnte. Wissenschaft wurde zum Kultus, aber sie wurde auch zur Kunst. Denn das, was man aus der Erkenntnis äußerlich gestaltete, wollte man schön haben. So hatte man in jenen Zeiten ein Göttlich-Wahres, ein Sittlich-Gutes und ein Sinnlich-Schönes in den Mysterienstätten als Einheit aus der Religion, der Kunst und der Wissenschaft. Und erst später spaltete sich dieses Einheitliche, und da gab es dann die Wissenschaft für sich, die Religion für sich und die Kunst für sich. Und in unserer Zeit ist es damit bis zum Kulminationspunkt gekommen. Die Dinge, die eigentlich nur eins sein können, sind in der Kulturentwickelung getrennt. Der Mensch aber ist dazu veranlagt, sie in sich in einer Einheit zu erleben, und nicht getrennt. Er kann in sich nur in Einheit religiöse Wissenschaft, wissenschaftliche Religion, künstlerische Idealität erleben; sonst wird er innerlich auseinandergezerrt. Daher ist es dort, wo diese Trennung, diese Differenzierung aufs höchste gestiegen ist, auch wieder das Notwendigste geworden, die Verbindung zwischen diesen drei Gebieten wiederzufinden. Und wir werden sehen, wie wir im Unterricht wieder Kunst, Religion und Wissenschaft für das Kind als eine Einheit gestalten können. Wir werden sehen, wie das Kind lebendig veranlagt ist auf ein solches Zusammenbringen von Religion, Kunst und Wissenschaft hin, wie es seiner inneren Natur entspricht. Daher diese strenge Forderung, die ich immer wieder und wieder geltend gemacht habe: Man erziehe das Kind, indem man weiß, es ist eigentlich ein ästhetisch veranlagtes Wesen; und man versuche darauf hinzuweisen, wie es in den allerersten Lebensjahren naturhaft-religiös sich darlebt.

Alle diese Dinge, die zusammenharmonisierte Religion, Kunst und Wissenschaft, müssen wir nun in der entsprechenden Weise richtig erfassen und ver-

werten in denjenigen Unterrichtsveranstaltungen, die wir noch zu besprechen haben werden.[31]

Wir brauchen ein Geistesleben, das wiederum ganz in der Welt drinnensteht, wir brauchen ein Geistesleben, wo die Bücher aus dem Leben heraus geschrieben sind, ins Leben hinein wirken und nur Anregungen sind für das Leben, nur Mittel und Wege sein wollen für das Leben. Wir müssen aus der Bibliothek heraus. Wir müssen gerade im geistigen Leben in das Leben hinein. Und wir müssen ein Erziehungswesen haben, das nicht nach Regeln verfährt, das nach den Kindern verfährt, die real da sind, nach Menschenkenntnis; aus Menschenkenntnis heraus die Kinder kennenlernt und aus dem Kinde selbst herausliest, was zu tun ist jeden Tag, jede Woche, jedes Jahr.

Wir brauchen ein staatlich-juristisches Leben, in dem Mensch dem Menschen gegenübersteht, wo nur nach dem geurteilt wird, wozu eine berechtigte Kompetenz jeder einzelne hat, wie ich schon sagte, gleichgültig in welchem Beruf, in welcher sonstigen Situation er drinnensteht. Das gehört in das staatlich-juristische Leben hinein; was alle Menschen gleich macht.

Was wird dann in das geistige Leben hineinkommen, wenn das geistige Leben so aufgefaßt wird, wie ich es jetzt beschrieben habe? Vom wirtschaftlichen Leben wird von selbst nach und nach die Kapitalverwaltung in das geistige Leben hineinkommen. Schimpft man heute über den Kapitalismus – man kann ja nichts machen gegen den Kapitalismus, man braucht doch den Kapitalismus. Es handelt sich nicht darum, daß Kapital da ist, Kapitalismus da ist, sondern: welche sozialen Kräfte in dem Kapital und Kapitalismus wirken. Der Kapitalismus ist entstanden aus der geistigen Erfindungsgabe der Menschheit. Er ist schon aus dem Geistigen heraus entstanden durch Arbeitsteilung und geistige Erkenntnis. Ich habe nur zur Illustration, weil ich keine Utopie geben wollte, in meinen «Kernpunkten» gesagt, wie etwa dieses Hinströmen des Kapitals zum geistigen Glied des sozialen Organismus geschehen könnte, indem derjenige, der zunächst Kapital erworben hat und dadurch Kapital arbeitend hat, und mit seiner eigenen Person bei dieser Arbeit des Kapitals dabei ist, indem der so, wie man es heute mit den Büchern macht, die nach dreißig Jahren an die Allgemeinheit übergehen, dafür sorgt, daß das Kapital an die Allgemeinheit übergeht. Ich habe es nicht als einen utopischen Standpunkt aufgestellt, sondern gesagt, so könnte man vielleicht dazu kommen, dem Kapital diese Strömung zu geben, so daß es, statt daß es überall stockt, in die Blutzirkulation des sozialen

---

[31] Rudolf Steiner, *Der pädagogische Wert der Menschenerkenntnis und der Kulturwert der Pädagogik,* GA 310, Dornach [4]1989, Vortrag vom 23. Juli 1924.

Lebens hineinkomme. Alles das, was ich gesagt habe, ist gesagt als Illustration, sind nicht Dogmen, nicht utopische Begriffe, sondern ich wollte etwas anführen, was vielleicht durch die Assoziation geschehen wird.

Es kann vielleicht aber etwas ganz anderes geschehen. Derjenige, der lebensvoll denkt, setzt nicht Dogmen hin, die ausgeführt werden sollen, sondern rechnet mit Menschen, die aus ihrem Zusammenhang dasjenige herausbringen, was sozial ziel- und zweckvoll ist, wenn diese Menschen in der richtigen Weise in den sozialen Organismus hineingestellt sind. Überall ist gerechnet mit Menschen und nicht mit Dogmen. Aber ich habe es ja erleben müssen: Dasjenige, was eigentlich gemeint war mit den «Kernpunkten», ist gar nicht diskutiert worden. Dagegen haben die Leute gefragt: Wie wird man es dahin bringen, daß das Kapital sich nach so und so viel Jahren an den Fähigsten vererbt und so weiter. Die Menschen wollen ja nichts Wirkliches, wollen nur Utopien. Das ist es aber, was gerade gegen die unbefangene Aufnahme eines solchen Impulses spricht, wie er in der Dreigliederung vorliegt.

Und so wird man sehen, wenn das juristisch-staatliche Leben in der richtigen Weise sich auswirken kann, daß dieses juristisch-staatliche Leben vor allen Dingen dann die Arbeit des Menschen einbezieht. Die Arbeit des Menschen steckt ja heute ganz im wirtschaftlichen Leben drinnen. Sie wird nicht behandelt als etwas, was von Mensch zu Mensch bestimmt wird. Ich habe etwa 1905 einen Aufsatz geschrieben über die soziale Frage, und habe da klarmachen wollen, daß unter unserer heutigen Arbeitsteilung Arbeit nur eine Ware wird, indem sie hineinfließt in den ganzen übrigen Organismus. Für uns selber hat in Wirklichkeit unsere Arbeit nur einen Scheinwert. Nur was die anderen für uns tun, hat einen Wert; während das, was wir tun, für die anderen einen Wert haben soll. Das ist etwas, was die Technik schon erreicht hat. Nur sind wir mit unserer Moral noch nicht nachgekommen. Technisch, innerhalb der heutigen sozialen Ordnung, kann man nichts für sich machen, nicht einmal einen Rock. Sogar wenn man sich den Rock selber macht, so hat er einen solchen Preis, wie er ihn haben würde, wenn er innerhalb der ganzen sozialen Ordnung von einem anderen gemacht wird. Das heißt, was den Rock ins Ökonomische hineinstellt, das ist universell, ist aus der Gemeinschaft heraus bestimmt. Es ist nur ein Scheingebilde, wenn man meint, der vom Schneider für sich selbst hergestellte Rock sei billiger. Man kann das ausrechnen mit Zahlen, da erscheint es billiger. Würde man es aber hineinstellen in eine Gesamtbilanz, so würde man sehen: Ebensowenig wie man aus seiner eigenen Haut herausfahren kann, ebensowenig kann man, indem man sich selber ein Kleidungsstück macht, das Ökonomische ändern oder ausschalten. Auch das Kleidungsstück, das man für sich selbst gemacht hat, muß insgesamt bezahlt werden. Die Arbeit ist dasjenige, was der

Mensch für den Menschen macht, die nicht darnach geordnet werden kann, wieviel Arbeitszeit man in der Fabrik braucht. Die Bewertung der Arbeit führt im eminentesten Sinne hinein in das Gebiet des Rechts, der staatlich-juristischen Ordnung.

Daß das nicht unzeitgemäß, sondern zeitgemäß ist, das können Sie daraus entnehmen, daß die Arbeit überall geschützt wird, gesichert wird und so weiter. Aber das sind alles nicht halbe, das sind Viertelsmaßregeln, die nur dann voll zur Geltung kommen können, wenn eine richtige Dreigliederung des sozialen Organismus da ist. Denn dann wird erst der Mensch dem Menschen gegenüberstehen und wird erst die Arbeit eine richtige Regelung finden, wenn Menschenwürde gegen Menschenwürde sprechen wird, aus dem heraus, für das alle Menschen kompetent sind.

Dann werden Sie sagen: Ja, da kann einmal nicht genügend Arbeit da sein, wenn auf diese Weise im demokratischen Staat dann die Arbeit bestimmt wird. Ja, da ist einer der Punkte, wo das Soziale hineinführt in das Allgemein-Historische, in die allgemeine Menschheitsentwickelung. Das wirtschaftliche Leben darf nicht die Arbeit bestimmen. Es muß eingeschlossen sein auf der einen Seite zwischen der Natur, auf der anderen Seite zwischen der staatlich festgesetzten Arbeit. Geradesowenig wie ein Komitee jetzt bestimmen kann, wie viele Regentage im Jahre 1923 da sein sollen, damit man richtig wirtschaften kann im Jahre 1923, wie man das hinnehmen und damit rechnen muß als einem Gegebenen, mit demjenigen, was die Natur gibt, so wird man auch im selbständigen wirtschaftlichen Organismus rechnen müssen mit dem Gegebenen als mit einer Arbeitsmenge, die innerhalb des staatlich-juristischen Organismus sich ergibt. Das kann ich nur im allgemeinen erwähnen als eine Charakteristik.

Im ökonomischen Glied des sozialen Organismus werden die Assoziationen dastehen, in denen werden Konsumenten und Produzenten und Händler in gleicher Weise aus ihren Lebenserfahrungen heraus ein assoziatives Urteil – nicht ein individuelles, das gar keine Bedeutung hat –, ein assoziatives Urteil abgeben. Das kann man heute nicht erreichen, wenn man die kleinen Ansätze nur verfolgt, welche da sind. Daß diese kleinen Ansätze da sind, beweist, daß unbewußt in der Menschheit die Intention besteht, es so zu machen. Man gründet Genossenschaften, Gewerkschaften, alle möglichen Gemeinschaften. Gewiß, das bezeugt, daß der Drang da ist. Aber wenn sie heute eine Genossenschaft gründen neben der übrigen sozialen Ordnung, so muß diese Genossenschaft entweder hineinwachsen in die übrige soziale Ordnung, gerade solche Preise haben, geradeso die Ware auf den Markt bringen, wie dies üblich ist, oder aber sie muß zugrunde gehen. Dasjenige, um was es sich bei der Dreigliederung des sozialen Organismus handelt, ist nicht, aus einem utopistischen Gedanken her-

aus Wirklichkeiten zu schaffen, sondern das, was wirklich ist, anzufassen; diejenigen Institutionen, die gegenwärtig da sind, diejenigen, die konsumieren, die produzieren, der Unternehmer, das, was da ist selber ohne Neugründung, das soll in Assoziationen zusammengefaßt werden. Man soll gar nicht fragen: Wie gründet man neue Assoziationen? – Sondern: Wie faßt man die wirtschaftlichen Verbände, die wirtschaftlichen Institutionen, die da sind, in Assoziationen zusammen? – Dann wird vor allen Dingen innerhalb dieser Assoziationen aus der wirtschaftlichen Erfahrung heraus eines richtig erfolgen, woraus tatsächlich eine soziale Ordnung kommen kann – wie aus dem gesunden Organismus eben die menschliche Gesundheit kommt im menschlichen Leben –, eine ökonomische Zirkulation: Produktionsgeld, Leihgeld und Schenkungsgeld, Stiftung. Ohne daß diese drei Glieder darinnen sind, gibt es keinen sozialen Organismus. Man kann heute noch so viel wettern gegen die Stiftungen, Schenkungen, sie müssen da sein. Die Menschen machen sich nur etwas vor. Sie sagen sich: Ja, in einem gesunden sozialen Organismus gibt es keine Schenkungen. Aber sie zahlen ihre Steuern. Die Steuern sind ja nur der Umweg; denn darin sind die Schenkungen, die wir an die Schulen und so weiter abgeben, das sind die Schenkungen.

Die Menschen sollten aber eine solche soziale Ordnung haben, wo sie immer sehen, wie die Dinge laufen, und sich nicht etwas vormachen. Wenn sie das soziale Leben herauskriegen allmählich aus demjenigen, was jetzt konfundiert alles in sich enthält, dann werden sie, wie sie jetzt in dem gesunden menschlichen Organismus das Blut laufen sehen, so das Geld laufen sehen als Produktionsgeld, Leihgeld, Schenkungsgeld. Und sie werden sehen, wie mit dem Menschen zusammenhängt auf der einen Seite im Handels-, Zirkulations-, Produktions- und Erwerbsgeld dasjenige Geld, das angelegt wird, damit es auf dem Wege des Leihens, indem es verzinst wird, wiederum in die Produktion übergeht, und auf der anderen Seite das Schenkgeld, das zufließen muß dem, was freies Geistesleben ist.

So nur können die Menschen am sozialen Geschehen teilnehmen, daß jeder in der freien Assoziation sieht: So läuft das Leben – dann kann Gesundheit hineinkommen in den sozialen Organismus. Dieser Dreigliederungsidee gegenüber ist alles abstrakte Denken verpönt. Da gibt es nur lebendiges Denken.[32]

---

[32] Rudolf Steiner, *Die geistig-seelischen Grundkräfte der Erziehungskunst,* GA 305, Dornach ³1991, Vortrag vom 29. August 1922.

Schulärzte berichten aus der Praxis

Die Kinderkonferenz

Im folgenden seien Beispiele angeführt zur Methodik und Gestaltung der sogenannten Kinderbesprechung (Kinderkonferenz) in der Waldorfschule. Sie zu moderieren und zu begleiten gehört zu den zentralen Aufgaben des Schularztes. Dabei wird das Wesensbild einer Schülerin, eines Schülers gemeinsam mit den Lehrern erarbeitet, mit dem Ziel, zur Förderung und Unterstützung von dessen Entwicklung noch mehr beitragen zu können, als bisher möglich war. Jeder Lehrer, aber auch Eltern können um die Durchführung einer solchen intensiven Beratung bitten. Sie wird dann im Rahmen der Klassenkonferenz oder der allgemeinen pädagogischen Schulkonferenz durchgeführt.

Ich weiß, daß mancher sagen wird: Wenn du uns da behauptest, daß der Mensch außer seinem sichtbaren Leib noch die übersinnlichen Glieder, Ätherleib, Astralleib und Ich-Organisation hat, so könnte doch eigentlich nur der hellsichtige Mensch Lehrer sein, der diese übersinnlichen Glieder der Menschennatur schauen kann. Das ist aber nicht der Fall. Alles was durch Imagination, Inspiration und Intuition am Menschen geschaut werden kann, wie ich es in meinen Büchern beschrieben habe, das kann, weil es beim Kinde in der physischen Organisation überall sich ausdrückt, auch beurteilt werden an der physischen Organisation. Daher liegt durchaus die Möglichkeit vor, daß ein Lehrer oder Erzieher, der einfach in liebevoller Weise auf der Grundlage einer umfassenden Menschenerkenntnis seinen Beruf ausübt, davon sprechen kann, daß er in einem bestimmten Falle zum Beispiel sagt: Hier liegt vor, daß ein Kind in bezug auf sein Ich, seinen astralischen Leib und auch in bezug auf seinen ätherischen Leib ganz gesund ist; der physische Leib aber zeigt in sich Verhärtungen, Versteifungen, so daß das Kind seine Fähigkeiten, die es im Geistigen veranlagt hat, nicht herausbilden kann, weil der physische Leib ein Hindernis ist.[1]

---

[1] Rudolf Steiner, *Der pädagogische Wert der Menschenerkenntnis und der Kulturwert der Pädagogik,* GA 310, Dornach ^{4}1989, Vortrag vom 21. Juli 1924.

Sehen Sie, wenn wir zurückgehen in frühere Geschichtsepochen, noch in das ältere Griechentum, so waren da «Erzieher» und «Heiler» Worte, die ungemein nahe aneinander lagen, da man wußte: der Mensch ist eigentlich ein Wesen, das bei seinem Eintritt in das irdisch-physische Leben nicht auf seiner vollen Höhe steht; er ist ein Wesen, das erst zu seiner vollen Höhe gebracht werden muß. Es ist das das Gesunde an der Vorstellung des Sündenfalles, daß der Mensch eigentlich untermenschlich in das physische Erdendasein eintritt. Träte er nicht untermenschlich ein, so brauchten wir ihn ebensowenig zu erziehen wie die Spinne, die auch nicht erzogen zu werden braucht, um später Netze zu weben. Beim Menschen muß man erst alles heranerziehen, weil er erst zum vollen Menschen gebracht werden muß. Und wenn das richtig so beurteilt wird, daß man den Menschen eigentlich physisch, seelisch und geistig erst zum Menschen hinführen muß, dann sieht man auch ein, daß das nach denselben Gesetzen geschehen muß, nach denen man eine abnorm wirkende Menschennatur wiederum in das richtige Gleis bringen muß. Heilen den Menschen, der nicht die volle Menschlichkeit, sondern die geschädigte Menschlichkeit an sich trägt, ist eine ähnliche Tätigkeit wie das Erziehen. Erst wenn man die Verwandtschaft, die naturhafte und die spirituelle Verwandtschaft zwischen beiden wiederum einsieht, wird man die Pädagogik in der richtigen Weise durch eine ethische Physiologie befruchten können.[2]

Wenn nun im folgenden so manches an konkreten Fördermöglichkeiten angesprochen wird, soll in diesem Zusammenhang auch auf eine Gefahr aufmerksam gemacht werden: die Gefahr, das Kind zu «pathologisieren» beziehungsweise zum «Krankheitsfall» werden zu lassen. Das muß unter allen Umständen vermieden werden. Es geht vielmehr um Unterstützung und Ausbildung von Fähigkeiten. Es geht darum, daß jedes Kind lernen kann, was es für seine Entwicklung braucht – so wie auch jeder Erwachsene zeitlebens an seiner Fähigkeitenbildung arbeiten muß.

[2] Rudolf Steiner, *Anthroposophische Pädagogik und ihre Voraussetzungen,* GA 309, Dornach [5]1981, Vortrag vom 17. April 1924.

Johannes Bockemühl

Zur Methodik der Kinderkonferenz

Aus der praktizierten stationären Kinderpsychiatrie, der ärztlichen Betreuungsarbeit verschiedener heilpädagogischer Einrichtungen, Förderschulen und aus schulärztlicher Tätigkeit an Waldorfschulen durch viele Jahre hindurch ist die «Kinderbesprechung» zum Kernpunkt unserer sozialen und medizinischen Arbeit geworden. Sie ist, recht verstanden, ein methodisch übender Gang für alle, die mit einem Kind oder Patienten in ein therapeutisch-pädagogisch, therapeutisches oder betreuend-pflegendes Verhältnis eintreten.

Wir möchten hier versuchen, auf einige Fragen, die mit einer solchen Kinderbesprechung zusammenhängen, einzugehen und unsere Erfahrungen zusammenfassen.

Der Gang durch eine solche Besprechung kann alleine, in einer kleinen Gruppe, aber auch in kleineren oder größeren Kollegien absolviert werden, wenn er grundsätzlich von allen Teilnehmern bejaht wird. Die Variation in der Durchführung richtet sich selbstverständlich nach dem Lebensalter des Kindes.

Die immer wieder gestellte Frage, ob das Kind tatsächlich körperlich anwesend sein soll, ist abhängig von der Reife der pädagogischen oder therapeutischen Gruppe, die die Kinderbesprechung durchführt. Ist die Gruppe sehr unterschiedlich zusammengesetzt, so ist es sehr sinnvoll, sich gemeinsam ein Feld der Wahrnehmung zu schaffen, damit ein gemeinsamer objektiver Grund gelegt werden kann. Das setzt die Übung einer ganz bestimmten inneren Haltung gegenüber dem Kinde voraus, die aber gerade durch die Kinderbesprechung auch geübt werden kann.

Wie wird ein Kind wahrgenommen? Wird es durch die Besprechung gefördert oder geschädigt? Dies hängt neben der Haltung der Gruppe auch vom Geschick und der Erfahrung des vertrauten Menschen ab, der das Kind in die Gruppe hineinführt (zum Beispiel Klassenlehrer, Klassenbetreuer, Therapeut). So wird ein Klassenlehrer in spielerischer Weise Gewohntes aus dem Unterricht mit dem Kinde spielen, während ein älterer Schüler vielleicht seine Jahresarbeit kommentiert oder seine Fragen vorträgt. Es ist selbstverständlich, daß je nach Alter ein ganz unterschiedliches Bewußtsein der Situation entsteht, so daß in jedem Fall individuelle Formen gefunden werden sollten.

Sehr häufig ist es aufschlußreich, die Eltern oder vielleicht sogar die Großeltern zur Besprechung einzuladen. Keinesfalls darf eine Kindervorstellung auch in kleinerem Kreise ohne Benachrichtigung und Einverständnis der Eltern durchgeführt werden. Der Arzt muß sich möglicherweise auch von der Schweigepflicht entbinden lassen.

Kind und Eltern werden wohl nur bis zum Ende des ersten Schrittes an der Besprechung teilnehmen, wobei den Eltern das Recht auf ein verständliches Bild – diagnostisch-therapeutisch und entwicklungsgemäß – nach Ende der Besprechung zugestanden werden sollte (siehe weiter unten: «Das Gespräch mit den Eltern»).

Verlauf und einzelne Schritte der Kinderbesprechung

1. Schritt – «Erste Begegnung – erste Eindrücke»:
Bei der ersten Begegnung mit dem Kind kann die Aufmerksamkeit auf zweierlei gerichtet werden: einerseits auf die unbefangene Ganzheit des Wahrgenommenen, des kindlichen Wesens, auf der anderen Seite auf die eigene Haltung in dieser Begegnung. Beim Versuch, den ersten Eindruck zu beschreiben, wird deutlich, wie komplex und fast unmöglich es ist, eine einfache Beschreibung dieses Geschehens wiederzugeben. Es fordert auf, diese ganzheitliche Wahrnehmung zu aktivieren und sich darauf vorzubereiten.

Dieser erste Eindruck bedarf vor allem der Ehrfurcht des Betrachters! Er versucht sich aufzuschließen und alle Sinne zu beleben. Dies gelingt nicht punktuell, sondern im Sinne eines wachen Öffnens und ehrfürchtigen Lauschens. Es kann die Bemühung helfen: «Alles, was dir begegnet, ist im Lebenslauf eines Kindes geworden, und es birgt in sich die zukünftigen Entwicklungen. Das Gegenwärtige ist nur der zusammenklingende geistig-seelische und körperlich-funktionelle Befund. Die momentane Begegnung zeigt mir das zusammengeraffte Bild der Biographie. Überall siehst du den Hinweis auf das Geistige wirken – ohne das Physische wird nichts Geistiges verwirklicht.»

Die innere Haltung also: sich vorurteilslos öffnen, Beachten der Würde des anderen.

2. Schritt – «Aufsuchen der Wahrnehmungsfelder»:
Jetzt lenkt der Betrachter sein Interesse auf die wahrnehmbaren Einzelheiten. Seine Bemühung richtet sich auf eine möglichst genaue und treffende Beschreibung und Charakterisierung des Wahrgenommenen. Es können dies zum Beispiel das Gesicht, die Kopfform, die Ohrgestaltung, der Gang, die Gestalt, die Hände, die Haare, die Sprache und so weiter sein, die als sogenannte «Wahrnehmungsfelder» gewählt werden. Die Beschreibung sei bewußt ohne jegliche Interpretation oder Urteil. Dies ist im Sinne einer naturwissenschaftlichen Übung dringend anzustreben! Dabei wird deutlich, daß Vorurteilslosigkeit als Verzicht empfunden wird! Es wird aber dadurch auch eine Liebekraft erweckt,

die sich der Einzelheit widmet. (Hier kann in der Regel das Spiel mit dem Kind beendet werden, vielleicht können sich die Eltern noch von ihrer Seite zu dem Kind äußern und verlassen dann mit dem Kind die Besprechung.) Jetzt sollte die Schilderung der Anamnese, des Milieus, Berichte aus den Fachunterrichten oder Gruppen eine Ergänzung geben. Die innere Haltung danach: Besinnung auf das Erfahrene, Verinnerlichung.

3. Schritt – «Fragen an die Wahrnehmungsfelder, Bildgestaltung»:
Aus den Teilbereichen formt sich in uns die Frage: «Was sagt uns der Wahrnehmungszusammenhang aus?» Der oder die Betrachter beginnen eine Bildgestaltung in der Zusammenführung der einzelnen Wahrnehmungsfelder. Dies ist ein gemeinsamer künstlerischer Prozeß des Abwägens, des Bewegens, des Gewichtens. Wahrgenommenes wird sich im Vergleich ergänzen oder widersprechen. Es kommt zu Spannungen in uns, das Kind wird uns ein Rätsel, eine Frage, unter Umständen eine unlösbare. Auch hier ist es wichtig, nicht gleich eine Gesetzmäßigkeit oder ein Bild zu fixieren, sondern im Zusammenhalten der Wahrnehmungsfelder eine gemeinsame Bemühung, ein Ringen um Verständnis, ein Bild zu erarbeiten. Die innere Haltung kann hier als abwägend, vergleichend charakterisiert werden.

4. Schritt – «Tasten nach Gesetzmäßigkeiten»:
Das Gewonnene oder die gewonnenen Bilder können in uns den Sinn für eine Gesetzmäßigkeit erwecken, durch den sich ein zugrunde liegendes Wirkprinzip darstellen kann. Diese innere Bemühung, die Erschütterung kann dazu führen, daß ein gesetzmäßiges Prinzip zugänglich wird, das hinter der individuellen Diagnose steht. Hier zeigt sich einerseits, welch schöpferischer und disziplinierter Umgang mit anthroposophischer Menschenkunde von der Gruppe erarbeitet wurde, andererseits, was der einzelne esoterisch erübt hat.

Welchen Gesichtspunkt man im konkreten Fall im Verlauf einer Besprechung zugrunde legt oder welcher sich anbietet, ist gemeinsam zu klären. Zum Beispiel kann die Gesetzmäßigkeit einer Polarität als körperliches Gestaltungsprinzip gewählt werden.

Beispiele:
- kosmisch – irdisch,
- synthetisch/analytisches Vorwiegen der Kräfte: Aufbau – Abbau, kugelig – radial,
- in funktionellem Aspekt – dreigegliedert: Sinnes-Nerven-System / Herz-Kreislauf-System / Stoffwechsel-Gliedmaßen-System,

- konstitutionelle Fragestellung – viergegliedert: Ich-Organisation / Astralleib / Ätherleib / Physischer Leib.
- Es könnte auch die Siebengliederung des Ätherleibes betrachtet werden: Atmung / Erwärmung / Ernährung / Absonderung / Erhaltung / Wachstum / Hervorbringung.
- Auch die Zwölfheit des Sinnesorganismus könnte Hintergrund der Betrachtung sein.
- Ebenso könnten Aspekte der Entwicklung (7-Jahres-Phasen) im Vordergrund stehen.

Auf jeden Fall sollte der Aspekt der Darstellung bestimmt werden. Für die Haltung der Gruppe ist es wichtig, auf die innere Dramatik, auf die Verantwortung, die hiermit zusammenhängt, hinzulauschen.

In diesem Schritt kann sich eine individuelle Diagnose auf dem Hintergrund lebendig erarbeiteter Menschenkunde formen.

Dieser Schritt hat den Charakter des Urteilens – beschreibende Diagnose.

5. Schritt – «Resonanz von Prozessen als therapeutischer Einschlag»:
Wird nun das im Menschen wirkende Prinzip in der individuellen Erkrankung oder Besonderheit deutlich, so können verwandte Prozesse oder Wirkprinzipien in der Natur im Sinne einer Art Resonanz in uns wach werden. So könnten zum Beispiel Silber und Blei, Abend und Morgen, kalt und warm, zu therapeutischen Polaritäten werden in einer aktiv schöpferischen Phase. Aus der individuellen Sicht von Pädagogen, Therapeuten und Ärzten werden wesensgleiche Ansätze «fachbezogen» für die Therapie des Kindes, des Patienten, gefunden. Hier entstehen therapeutische Impulse, die für die Gruppe Gültigkeit haben. Es handelt sich teilweise um ein intuitives Geschehen.

Dies sollte Beschlußcharakter gewinnen.

6. Schritt – «Durchführung»:
Sind die therapeutischen Ideen zusammengetragen, muß eine Realisierung der therapeutischen Maßnahmen und eine Zuordnung der Verantwortung für die Durchführung und Betreuung gefunden werden.

Auf das Gewicht der Verantwortung und den Willen zur Hilfe sollte besonders geachtet werden.

7. Schritt – «Danksagung»:
Um den diagnostisch-therapeutischen Gang zusammenzufassen, einen biographischen Zusammenhang und eine Würdigung der Individualität bewußt zu

machen, kann eine Art Danksagung, ein Bewußtmachen des Augenblicks in der Bemühung um diesen Menschen deutlich werden. Hier sollten prognostische, vorausschauende Hinweise, aber auch eine Rückbesinnung an den Augenblick der ersten Begegnung erfolgen, um den gesamten Gang zu beschließen.

Nachbetrachtung:

Geht man diesen Weg, ergeben sich von selbst aus der Beziehung des Betrachters und Therapeuten zum Kind verschiedene atmende Vorgänge: Einmal wendet man sich dem Kinde zu, und dann wieder wird eine besinnende Haltung eingenommen. Oder man faßt die Gesamtheit des Eindrucks, dann wieder das Detail ins Auge. Die Reihe der Wahrnehmungsfelder und deren Bilder werden gesammelt und konzentriert, dann wendet man sich wieder der Natur zu, um Prinzipien in uns aufzusuchen, die sich aus der Diagnose ergeben, und so weiter. Aus der Erfahrung ergibt sich, daß das Skizzierte einer erheblichen Übung und eines Zusammenspiels der Gruppe bedarf und daher der gesamte Gang häufig bruchstückhaft bleibt. Es kommt aber entscheidend auch auf den Übungscharakter der Kinderbesprechungen an und auf die Augenblicke, in denen es gelingt, miteinander heilende Kräfte zu verdichten, die dem Kinde hilfreich sein können. Die gesamte Bemühung wird also ebenso für das Kind als auch für die Gruppe hilfreich sein.

Zeitlich wird man bei einem geordneten Ablauf etwa zwei Stunden ansetzen müssen. Es ist denkbar, zur Übung für den zweiten Schritt einen Notizzettel anzulegen, um sich zu gezielter Aufmerksamkeit heranzubändigen.

Das Gespräch mit den Eltern

In der schulärztlichen, heilpädagogisch-ärztlichen Tätigkeit, besonders aber in der kinderpsychiatrischen Sprechstunde hat das Gespräch mit den Eltern einzelner Kinder im Laufe der letzten dreißig Jahre bei mir immer mehr und sehr wesentliche Bedeutung erlangt.

Eltern, Mütter, auch Väter, kennen ihre Kinder doch am besten, vielleicht von einer besonderen Seite. Aber sie sind doch meist mit dem Kind mehr vertraut als wir Ärzte, Lehrer oder ein anderer Mensch.

So sind die Eltern zunächst die angestammten Vermittler zwischen Kind und anderen Menschen, also die, die dem Kind naturgemäß Vertrauen, Schutz, auch Führung geben können gegenüber der Welt, in die sie eintreten. Das ist gut so, sollte immer wieder ins Bewußtsein gerufen werden und muß wirklich auch respektvoll Beachtung finden. Es ist aber auch eine Aufgabe, die heute von Eltern oft vernachlässigt wird.

Zunächst sind die Eltern als kompetent anzusehen. Sie sind «Fachleute für ihr Kind». Selbst wenn wir aus erfahrener Sicht das Tun der Eltern beurteilen müssen, so ist doch die Kenntnis ihres Kindes, die Begleitung ihrer Entwicklung geschehen und mitgelebt worden. Die Eltern sind prägend im Strom der Entwicklung, durch die Erfahrung, aber auch durch die Lebensgewohnheiten, durch ihre Lebensumstände und ganz entscheidend durch ihre Persönlichkeit. Daher können Eltern oft die allerbesten Auskünfte geben über ein Kind, wenn wir sie nur mit Interesse erfragen und den Eltern zuhören. Selbst wenn die Eltern nicht gut Auskunft zu geben vermögen, können wir an ihrer Art, ihrem Stil, ihrem Gespräch miteinander ungeheuer viel Aufschlußreiches für das Milieu, in dem das Kind lebt, erfahren. Es können uns gelegentlich feinste Wahrnehmungen berichtet werden, die uns leicht als übersensibel, voreingenommen oder übertrieben erscheinen, die in ihrer manchmal auch ganz ungeschickten Darstellung aber wegleitend für das Verständnis eines Kindes sind.

Die Eltern sollten während eines Gespräches in eine Stimmung hineinfinden, in der sie vertrauensvoll ihre Fragen stellen können, in der sie bemerken, daß sie verstanden werden, in der sie neue Sichtweisen aufnehmen können und wo sie die Verantwortung empfinden, die sie selber gegenüber dem Kind haben. Gelingt es, den Raum zu schaffen, in dem das Kind selber als Wesen darstellbar wird, können Eltern und Arzt eine neue Position finden, die dem Kind gerecht wird. – Es sollte das Ziel sein, das oft allzu nahe und subjektiv gefärbte Verhältnis zum Kind zu lockern, um die Eltern von ihren Problemen zu distanzieren und das Kind neu so zu beschreiben, daß es in befreiter Weise aus den Phänomenen heraus lesbar wird.

Für den Arzt ist der Weg anders. Er ist zunächst distanziert und sollte in der Begegnung mit dem Kind und den Eltern alles tun, was die Begegnung durch allzu große Distanzlosigkeit stören kann. Das sind die allzu raschen Vorurteile, das technische Know-how, das diagnostische Repertoire und so weiter. Von der Distanz darf ihm aber bleiben die Ehrfurcht vor der Würde dieses Kindes, dem er vielleicht zum ersten Mal begegnet und dessen Vertrauen gewonnen werden muß, wenn ein sinnvolles oder schöpferisches Ergebnis der Begegnung entstehen soll.

So können Eltern, Ärzte, Therapeuten und auch Lehrer eine Art ehrfürchtige vertrauensvolle «Arena» bilden, in die das Kind in der Vorstellung der Anwesenden, aber besser auch selbst, eintreten kann.

Unsere therapeutischen Gespräche, zum Beispiel im Rahmen einer Waldorfschule, die vielleicht vom Klassenlehrer angeregt werden oder von einem Förderlehrer, Therapeuten oder Heileurythmisten, oft aber auch von Fachlehrern der Klassenkonferenz, beziehen fast grundsätzlich die Eltern, zumindest die Mutter, mit ins Gespräch ein. Häufig ist der Anlaß des Gesprächs irgendeine Gedeihstörung, eine Entwicklungsdiskrepanz, eine kritische Situation, eine Lernschwierigkeit oder ein soziales Problem, und wir können grundsätzlich keine Hilfe geben oder vorschlagen, wenn die Eltern nicht in die pädagogisch-therapeutische Maßnahme einstimmen können. Die Eltern müssen auch in diesen Punkten als mündig angesehen werden, weil sie ja im Erziehungsgeschäft stehen, und sie sollten diese Aufgabe auch immer wieder neu erleben und die schulischen Hilfen auch wirklich unterstützen können. So ist es zum Beispiel außerordentlich entscheidend, ob eine Übung zu Hause aufgegriffen und verständnisvoll gepflegt wird, oder ob sich die Eltern durch die schulische Hilfe in ihrer Kompetenz übergangen fühlen und sie innerlich nicht annehmen können.

Die Gespräche mit den Eltern und den Lehrern haben die gemeinsame Aufgabe, zunächst das Kind «lesen» zu lernen, das heißt, alles, was das Kind an Gestaltphänomenen, Bewegungsäußerungen, Sprache, Stimme, Fertigkeiten, Sinnestätigkeiten, sozialen Eigenschaften, schulischen und künstlerischen Tätigkeiten, Begabungen und Verhaltensweisen zeigt, liebevoll zu betrachten und ihre Gemeinsamkeiten herauszulesen, die das Kind ganz jenseits unserer Empfindungen, Verhaltensgewohnheiten, Befangenheiten und Erwartungen darstellt. Gelingt hier ein rechtes Bild, dann kann häufig eine Erleichterung bemerkt werden, die sehr viel Emotionales, Mißverständliches, Kontroverses, was zwischen den Menschen entstanden ist, auflöst und eine neue Sichtweise zuläßt, aus der Hilfen entwickelt werden können.

Dies ist auch der Punkt, wo das Kind die Befreiung aus vielen Beziehungsspannungen empfindet. Es bemerkt, daß es selbst interessant ist, daß man sich bemüht, es zu verstehen. Schließlich fühlt es sich verstanden und empfindet eine Hilfe im eigenen Verständnis seiner selbst.

Das gemeinsame Gespräch mit den Eltern, möglichst auch im Beisein des Kindes, dient auch oft indirekt der Lösung verhärteter Positionen zwischen Eltern und Lehrern, die sich manchmal über Jahre angestaut haben, die zu Fronten geführt haben können, zwischen denen das Kind leidet, mit denen das Kind auch spielen lernen kann. Es gilt also als Schularzt, hier unbefangen zu bleiben, sich weder der Sichtweise der Eltern noch der der Lehrer anzuschließen, sondern immer wieder dahin zu streben, aus der menschenkundlichen Überschau die Situation zu beschreiben und die Möglichkeiten von Eltern, Lehrern, Therapeuten, auch die ärztlichen, aus dem diagnostischen Bild heraus zu entwickeln und verständlich zu machen.

Hier müssen wir eine bildhafte, für jeden verständliche und doch menschenkundlich fundierte Sprache finden, die am Ende bis in die Organisation der erzieherischen, therapeutischen und ärztlichen Maßnahmen hineinführen kann.

Gut gelungen ist ein solches Gespräch, wenn die Eltern mit neuen Ansatzpunkten, bereit zur eigenen Mitarbeit, hoffnungsvoll das Gespräch beenden können. Dies ist auch für die Fortführung eines pädagogisch-therapeutischen Prozesses außerordentlich wichtig. Diese Atmosphäre der Vertrauensbildung, der Realität der Begegnung ist ein ganz entscheidender Faktor, der künstlerisch entwickelt werden muß. Das Rätsel des Kindes muß in allen beteiligten Menschen neu aufgerufen worden sein, sonst wird auch heilerisch kein Erfolg eintreten.

Der Verlauf einer solchen Besprechung mit den Eltern dient eigentlich dazu, sich mit dem Wesen des Kindes so intensiv auseinanderzusetzen, daß der Geistbereich aufgeschlossen werden kann, der therapeutische Intuitionen (bescheidener: Einfälle) ermöglicht.

Wie ist das nun zeitlich einzurichten? Es wäre wünschenswert, die Eltern hätten in kurzen Stichworten die Entwicklungsdaten des Kindes, ihre familiären Verhältnisse, ihre Fragen vor dem Gespräch zur Kenntnis gegeben oder aufgeschrieben. Auch vom Lehrer und den Therapeuten könnten Fragen zusammengetragen werden. Besser ist jedoch, diese Dinge im Gespräch miteinander zu entwickeln, weil dann Vorurteilen vorgebeugt wird.

Es ist weiter außerordentlich wichtig, Schulhefte, Arbeiten aus dem Handwerks- oder Handarbeitsunterricht, Jahresarbeiten, Heileurythmieübungen, Klassensprüche, Flöten oder sonstige Dinge zur Darstellung zu bringen, so daß ein möglichst breites Bild des Kindes entstehen und das Kind sich auch mit seinen Fähigkeiten zeigen kann. Dies ist auf jeden Fall eine wesentlich bessere Möglichkeit, als die disziplinarischen Fehltritte des Kindes zum Thema zu wählen, bei dem sich das Kind von vornherein auf der Anklagebank fühlt. Auch diese Dinge müssen besprochen werden, sollten aber erst dann in Angriff genommen werden, wenn eine objektive Ebene gefunden wurde, von der das Kind auch seine eigene «Tat» mit anderen Augen sehen lernt.

Bei Kleptomanie oder aggressivem Verhalten muß unter Umständen der Rahmen der Gesprächsrunde sehr klein gehalten werden, weil hier die Betroffenheiten das Bild schon sehr oft hochgradig eingeengt haben und eine Verständigung häufig nicht mehr gelingt. Dann ist dieses Gespräch im Rahmen einer Schulstunde nicht zu bewältigen, es müssen zu einer anderen Zeit weitere Gespräche mit dem Kind allein, mit den Eltern allein oder den Lehrern allein geführt werden. Ganz grundsätzlich sind die Lebensumstände dann häufig viel, viel weiter zu betrachten, um das Detail des Verhaltens zu erkennen. In diesem Fall muß ich dann öfter auf meine eigene Praxis verweisen und viel Zeit aufwenden, um das Bild aus den Lebensgewohnheiten der Menschen präziser zusammenzusetzen, damit ich helfen kann, die nächsten biographischen Schritte des Kindes zu lenken.

Das Gespräch mit den Eltern und den Therapeuten kann zum Übungsfeld individuell-objektiver Erkenntnis werden, wobei im Gespräch das Vertrauensverhältnis, die Individualität des Kindes, auch die gegenwärtige Situation, den Lauf des Prozesses bestimmen.

Wolfgang Goebel

Die Kinderkonferenz im pädagogischen und heilpädagogischen Bereich

Mit dem Begriff «Kinderbesprechung» sollen hier Gespräche von Betreuern eines Kindes benannt werden, deren Ziel es ist, diesem Kinde in den Schwierigkeiten seines Lebens besser helfen zu können dadurch, daß sie es besser verstehen. Kennengelernt habe ich diese Art von Kinderbesprechung vor rund 35 Jahren in dem ersten Heim der heilpädagogischen Camphill-Bewegung bei Aberdeen in Schottland, später in abgewandelten Formen und unter anderen Bedingungen in einer deutschen Waldorfschule für geistig behinderte Kinder und Jugendliche, einer Schule für Schwererziehbare, einer großen Waldorfschule und schließlich auf einer kinderpsychiatrischen Station. Alle diese Unternehmen hatten die Anthroposophie zur Grundlage.

Was eine Kinderbesprechung sein kann, möchte ich in einer exemplarischen Schilderung zu umreißen versuchen, dann die erweiternden anthroposophischen Grundlagen nennen, die möglichen Metamorphosen solcher Gespräche, ihre Vor- und Nachbereitungen und was solche Gespräche nicht sein sollten. Zum Abschluß soll ein historischer Vergleich eine Ahnung davon vermitteln, welchen Stellenwert diese Besprechungen für eine pädagogisch-therapeutische Gemeinschaft und ihre Betreuten haben können.

Im heilpädagogischen Heim versammeln sich einmal in der Woche alle Mitarbeiter, wenn die Kinder zur Ruhe gekommen sind, in der Runde. Alle wissen schon seit einer Woche, welches Kind heute an der Reihe ist, und diejenigen, die es nicht so gut kannten, haben es sich beiläufig noch einmal genauer angeschaut. Der Gruppenbetreuer des Kindes beginnt mit einem charakterisierenden Satz, der das Bild des Kindes für alle Teilnehmer ins Bewußtsein ruft, zum Beispiel: «Morgens kommt B. mit ihren dichten schwarzen Haaren, breit lächelnd, mit schwerem, mühsamem Gang auf mich zu und flüstert mir ins Ohr: ‹Heute ist Mittwoch, ich heiße Berta›.» Dann wird die Gestalt des Kindes beschrieben: ihre Form und Beweglichkeit, die Proportionen, Physiognomie, Kopfform, Rumpf- und Gliedmaßenstatur in allen Einzelheiten, die Augenfarbe, Ohrform, der Zahnstatus, die Hand- und Fußform, aber auch der Händedruck und der Gang. So können sich die aufmerksamen Anwesenden das Bild dieses Menschen wieder aufbauen, bisher unbeachtete Details hinzufügen und ein ganz offenes, bewegliches Bild entstehen lassen. Dieses wird nun vielseitig ergänzt durch Mitteilungen über Besonderheiten des Schlaf- und Wachrhythmus, der Nahrungs- und Trinkgewohnheiten, der Ausscheidungen, des Teilnehmens an den Stufen des Tageslaufs.

Spätestens hier geben nun andere Teilnehmer des Kreises die Beobachtungen aus ihrem Bereich hinzu: die Lehrerin aus der Schule, die Therapeuten aus ihren Bereichen, auch vielleicht die Gärtnerin und der Koch mit kleinen, aber wesentlichen Begegnungen. So werden einem die Stimmungen, in denen das Kind lebt, bewußt, ebenso sein Fassungsvermögen, sein Interesse und sein Abgeschlossensein, seine Freuden und Leiden, Sympathien und Antipathien und die Probleme, deretwegen dieses Kind zum Gespräch ausgewählt wurde.

Durch die verschiedenen Schilderungen hat das Bild inzwischen schon eine zeitliche Tiefendimension erhalten. Jetzt ist es möglich, darauf zu schauen, woher das Kind kommt, aus welchen Zusammenhängen, welche Einflüsse es in der Vergangenheit prägten, seien es Krankheiten, soziale Gegebenheiten und anderes mehr. Zuletzt gibt vielleicht der anwesende Arzt noch den medizinischen Aspekt zu diesem Bild hinzu.

Verlief das Gespräch bis hierher konzentriert, so kann durchaus eine Schweigepause entstehen. Denn jetzt bewegt die Teilnehmer das Staunen über die bisher nicht bekannten Seiten, wie sie sich zum Gesamtbild zusammenfügen, und im Glücksfall kommt man an den Punkt, wo man ahnt: «Das also ist es, was du, B., mit diesem Leben sagen willst.» In der Regel melden sich nun einige Teilnehmer und machen Vorschläge, wie sie in Zukunft mit dem Kinde anders umgehen, es anders therapieren, anders lehren und anders medizieren könnten. Natürlich kann es auch sein, daß Mißverständnisse auftauchen und noch Korrekturen angebracht werden müssen. Diese lassen sich leicht beheben, wenn sich die Teilnehmer alle über das Ziel einer solchen Kinderbesprechung einig sind.

Es wird immer wieder von den Teilnehmern berichtet, daß ein solches Kind in den nächsten Tagen, noch bevor irgend etwas anderes mit ihm gemacht wurde, schon anders in Erscheinung trat, durchaus im Sinne eines Fortschrittes oder einer Besserung.

Es gibt ein Instrumentarium, das den einzelnen Teilnehmern des Gesprächs mehr oder weniger vollständig zur Verfügung stehen kann und das die anthroposophisch-erweiternden Gesichtspunkte enthält. Soweit es mir zugänglich ist, will ich es hier auflisten:

- die Dreigliederung des menschlichen Organismus in Nerven-Sinnes-System, rhythmisches System und Stoffwechsel-Gliedmaßen-System[3],
- die Viergliedrigkeit der inkarnierten menschlichen Wesenheit als Ich-Organisation, Astralleib, Ätherleib und physischer Leib[4],

---

[3] Siehe z.B. Rudolf Steiner, *Allgemeine Menschenkunde als Grundlage der Pädagogik,* GA 293, Dornach [9]1992.

[4] Siehe z.B. Rudolf Steiner/Ita Wegman, *Grundlegendes für eine Erweiterung der Heilkunst nach geisteswissenschaftlichen Erkenntnissen,* GA 27, Dornach [7]1991.

- die Polaritäten des menschlichen Wesens:
  - Kopf- und Gliedmaßenbeziehung zum Kosmos und zum Irdischen,
  - Leiblich-Physisches im Zusammenhang mit Seelisch-Geistigem: Phantasiegebundenheit und Phantasiearmut[5],
  - Überwiegen des Nerven-Sinnes-Systems oder Stoffwechsel-Gliedmaßen-Systems, bekannt unter «großköpfig» und «kleinköpfig»[6],
  - kindlich hysterische und epileptische Konstitution,
  - schwefelreiche und schwefelarme Organisation,
  - schwachsinnige und maniakalische Organisation[7],
- medizinische Polaritäten:
  - hysterische und neurasthenische Konstitution[8],
  - nicht einschlafen und nicht aufwachen können[9],
- Temperamente:
  - cholerisch, sanguinisch, phlegmatisch, melancholisch[10],
  - Wesensgliedererkenntnis im Beobachten (zum Beispiel Imagination, Inspiration, Intuition; oder Goethes Erkenntnisart und die Naturreiche)[11].

Was aus der Anthroposophie für den einzelnen Eigentum geworden ist, kann fruchtbar im Gespräch sein, wenn es das Kind treffend charakterisiert, ohne es zu typisieren.

In der Durchführung solcher Kinderbesprechungen können je nach Institution viele Abwandlungen erlebt werden: In einer Schule für geistig Behinderte wurde die Kinderbesprechung als erster Teil der wöchentlichen Konferenz in der frühen Mittagszeit durchgeführt. Hier sind die Kinder an diesem Tage vorzeitig nach Hause entlassen worden. Nach der Besprechung finden in der Regel

---

5 Siehe Rudolf Steiner, *Menschenerkenntnis und Unterrichtsgestaltung,* GA 302, Dornach [5]1986, Vorträge vom 13. und 15. Juni 1921.

6 Siehe Rudolf Steiner, *Konferenzen mit den Lehrern der Freien Waldorfschule,* GA 300b, Dornach 1975, Konferenz vom 6. Februar 1923.

7 Siehe Rudolf Steiner, *Heilpädagogischer Kurs,* GA 317, Dornach [8]1995, Vorträge vom 28. und 30. Juni 1924.

8 Siehe Rudolf Steiner, *Geisteswissenschaft und Medizin,* GA 312, Dornach [6]1985, Vortrag vom 22. März 1920.

9 Siehe Rudolf Steiner, *Geisteswissenschaftliche Gesichtspunkte zur Therapie,* GA 313, Dornach [4]1984, Vorträge vom 13. und 14. April 1921.

10 Siehe z.B. Gerda Scheer-Krüger, *Das offenbare Geheimnis der Temperamente,* Dornach 1996; Wolfgang Schad, «Zum anthroposophischen Verständnis der kindlichen Temperamente», in: *Erziehung ist Kunst,* Stuttgart [2]1991.

11 Siehe Rudolf Steiner, *Das Geheimnis der Trinität,* GA 214, Dornach [2]1980, Vortrag vom 28. Juli 1922.

noch lange und voraussichtlich ermüdende Konferenzen statt. Auch hier bewährt sich, nicht bei den Problemen des Kindes, sondern mit der konzentrierten Beschreibung der leiblichen Erscheinung des Kindes zu beginnen. Indem die physische Identität des Kindes geschildert wird, nähert man sich seiner Individualität mehr, als wenn man von oft nur sehr typischen seelischen Schwierigkeiten im Umgang mit dem Kinde hört. Diese Versuchung ist in einer regulären Waldorfschule noch größer, weil vielfach Kinderbesprechungen nur bei extremen Verhaltensstörungen eines Kindes durchgeführt werden. Es besteht dann auch nicht die wünschenswerte Übung, die Besprechung hygienisch durchzuführen.

Anders ist es in einer Kleinklassenschule, die nur erziehungsproblematische Kinder hat. Hier entstand (unter der Anleitung des damaligen Schularztes Johannes Bockemühl) die positive Haltung des Kollegiums dadurch, daß das Kind und seine Eltern mit in die Konferenz eingeladen waren. Unter der Anleitung seines Klassenlehrers durfte das Kind zeigen, was es konnte, vielleicht etwas Eurythmie vormachen, dann wurde es hinausgeleitet. Anschließend entspann sich ein Gespräch mit den Eltern, in dem gemeinsam versucht wurde, ein Bild des Kindes zu entwerfen. Dadurch entstand auch Vertrauen bei diesen, weil sie spürten, daß hier nur liebevolles Interesse an einer gedeihlichen Entwicklung des Kindes herrschte. So war es kein Problem, die Eltern vor dem letzten Teil der Besprechung hinauszubitten. Im anschließenden internen Gespräch des Kollegiums wuchs dann auch das Verständnis für die Möglichkeiten der Eltern, und man konnte ins Auge fassen, ihre Bemühungen positiv einzubeziehen. Zum Schluß wurden den Eltern die Gesprächsergebnisse mitgeteilt.

Der Schularzt findet unschwer aus dieser Situation die Parallelen zu seiner Tätigkeit. Es gelingt ihm nämlich nur dann, mit Eltern und Lehrern einvernehmlich zu beraten, wenn er ihnen ein Bild des Kindes entwirft, das sie bestätigen können, von dem sie vielleicht sagen müssen, daß es noch neue, ihnen bisher unbewußte Elemente enthält. In dem Maße, wie hierüber Konsens entsteht, werden positive Zukunftsperspektiven möglich. Allerdings ist auch bald zu bemerken, daß die Eltern nur dann richtig mittragen können, wenn sie die vorgesehenen Maßnahmen pädagogischer, medizinischer und künstlerisch-therapeutischer Art verstehen und die Menschen, die sie durchführen, innerlich akzeptieren können.

Die bisherigen Beispiele bezogen sich auf Kinder, die noch weit von der Mündigkeit entfernt waren. Das erste ausführlich geschilderte Beispiel zeigte die stärkste Verbindlichkeit. Kind und Betreuer lebten zusammen, die Eltern waren weit weg, das Kind war von ihnen ganz diesem Menschenkreis übergeben worden. Dieser Auftrag ist bei den weiteren Beispielen, die sich in Schulen abspielen, eingeschränkter, und entsprechend teilen Eltern und Lehrer die Verantwortung für die gedeihliche Entwicklung des Kindes.

Die zur Selbständigkeit Heranwachsenden haben aber das immer deutlicher werdende Gefühl, daß ohne sie nichts läuft. Die ersten Keime dazu sind in der menschlichen Organisation mit dem Entwicklungsschritt, den das Kind zwischen 9 und 10 Jahren vollzieht (der von Rudolf Steiner auch mit «Überschreiten des Rubikon»[12] bezeichnet wurde), veranlagt, zunächst noch sehr verletzlich und stützungsbedürftig. Durch schwere persönliche Erlebnisse, häufiger aber durch Zivilisations- und pädagogische Einflüsse können Wachheiten oder Verdrängungen auftreten, die sich in ernstem, verstörtem oder chaotischem Verhalten auswirken und besonders bedacht werden müssen.

Von familientherapeutischer Seite wird die Erfahrung berichtet, daß Probleme unterschiedlichster Art nur dann befriedigend gelöst werden können, wenn die Kinder ihrer Entwicklung entsprechend in die Gespräche miteinbezogen werden. Das gilt auch für Probleme, die sich insbesondere zwischen Lehrern und Schülern zu erkennen geben. Hier wachsen neue Möglichkeiten heran, daß sich unter kundiger Führung eines Unbeteiligten, zu dem aber alle in einem schulischen Problem Verstrickten Vertrauen haben, offene Gespräche stattfinden, in denen jeder seine Erfahrungen, Stimmungen und Intentionen offen aussprechen kann und dadurch echte Begegnungen stattfinden und Verbindlichkeit für die Zukunft entsteht.

Mit diesem letzten Beispiel soll deutlich gemacht werden, daß ein Instrument wie eine Kinderbesprechung sich den Problemen anpassen muß. Im heilpädagogischen Heim berichten die Mitarbeiter, während das Kind schläft, wie es ihnen erscheint, und bauen so – kaum bemerkt – an einer Art positiver Gedankengestalt dieses Menschen, getragen von interessiert liebevollem Eingehen auf seine Eigenheit. Die dann aufkommenden therapeutischen Ideen zeugen davon, wie dieses positive Bild von alleine einer Entwicklung zustrebt, und die Teilnehmer der Gesprächsrunde beginnen, ihren Anteil und Platz dabei zu erkennen. Ganz anders in den Schulen. Wo bei den hier ganz anders gearteten Problemen *wache* Teilnahme möglich ist, soll sie angestrebt werden; sie wirkt dann heilsam, wenn die innere Haltung in gleicher Weise objektiv liebevoll beobachtend und freilassend ist. Für den in Gang gesetzten Prozeß ist bei allen Beteiligten im heilpädagogischen wie auch schulischen Bereich der Durchgang durch den Schlaf gleichermaßen wichtig, weil sich dort die Bestätigungen und Kraftquellen für den eingeschlagenen Weg erschließen.

---

[12] Siehe *Zur Unterrichtsgestaltung im 1. bis 8. Schuljahr an Waldorf-/Rudolf Steiner Schulen,* Dornach 1996, Teil II, «Das Kind in der mittleren Klassenlehrerzeit», S. 97ff.

Beispiele für die Realisierung des Berufsbildes

Die hier wiedergegebenen Berichte aus der schulärztlichen Arbeit entstammen einer Umfrage unter Schulärzten und geben Antwort auf die Frage nach dem Umfang der Arbeit, nach besonderen Problemstellungen und der Finanzierung. Sie vermitteln einen Einblick in den aktuellen Stand schulärztlicher Tätigkeit an Waldorfschulen.

Wolfgang Kersten

Arbeitsbeschreibung des Schularztes am Engelberg[1]

Tabellarische Übersicht über die Aufgaben des Schularztes

Für die Schüler	*Für die Lehrer bzw. die Schule*	*Für die Eltern*
Therapieerarbeitung und -begleitung	Kinderbesprechung	Beratungen
Menschenkundeunterricht	Medizinische Beratung	Elternabende
Hospitationen	Psychologische Beratung	Vorträge
Schüleraufnahme	Hospitationen	im Kindergarten
Psychologische Beratung	Konferenzarbeit	
Reihenuntersuchungen	Konferenzteilnahme	
Erste Hilfe		

Für die Therapeuten	*Für den Schulorganismus*	*Für die Öffentlichkeit*
Therapiebesprechung	Helfendes Eingreifen in die sozialen Verflechtungen	Vorträge
Diagnostik		Seminare

An der Freien Waldorfschule Engelberg ist der Schularzt als Mitglied des Kollegiums in den Schulorganismus integriert. Er hat ein Deputat, dem vollen Deputat des Lehrers einer Waldorfschule entsprechend.

Der Unterrichtsanteil am Gesamtdeputat beträgt 5,9 LWS (= Lehrer-Wochen-Stunden) – normalerweise vier Epochen, zwei in den 9. Klassen, zwei in den 10. Klassen – und wird ausschließlich als Epochenunterricht durchgeführt.

---

[1] Erstveröffentlichung: «Der Merkurstab», 3/1996.

Für die Schüler gibt der Schularzt Menschenkundeunterricht in der 9. und 10. Klasse, teilweise kommen in Vertretungssituationen noch Ernährungsepochen in der 7. oder 8. Klasse hinzu.

In den Fachstunden finden Eltern-, Kollegen-, Oberstufenschülergespräche statt und Hospitationen in Heileurythmie, Eurythmie, Sport oder anderen Fächern. In der für den Schularzt unterrichtsfreien Zeit werden die Hauptunterrichtshospitationen in den Klassen 1–8 und die Reihenuntersuchungen (in Baden-Württemberg zur Einschulung und in der 4. Klasse) durchgeführt.

Ein großer Teil der Zeit wird der Erarbeitung der Therapie sowie der Begleitung des Schülers gewidmet, wozu auch die kollegiale Absprache mit den jeweiligen Hausärzten gehört. Die oben erwähnte Reihenuntersuchung zur Einschulung beinhaltet auch die pädagogischen Gespräche mit den Aufnahmelehrern und die Beurteilung von Rückstellungen und Sonderfällen (Stichwort: Integration von Seelenpflegebedürftigen).

Nahezu jede Pause ist angefüllt mit «Erste-Hilfe-Fällen» (kleinere – selten große Verletzungen, Bauchschmerzen, Kopfschmerzen), deren Behandlung nicht notwendig einen Arzt voraussetzt, die aber immer wieder willkommener Anlaß sind, um die Schüler besser kennenzulernen.

Arbeit für die Lehrer (bzw. für die Schule): Am Engelberg wurde der Schularzt dringend erwartet und mit diversen Aufgaben überhäuft. Das ist sicherlich die anstrengendste, aber für mich auch schönste und am stärksten herausfordernde Art des Beginnens. Gerade hier zeigte sich auch, daß ein «Berufsbild des Schularztes» eine große Hilfe für den Anfänger wäre, um wenigstens Anhaltspunkte zu haben in der befriedigenden, aber chaotischen «Situation der tausend Wünsche an den Schularzt». Trotzdem muß an dieser Stelle gesagt werden, daß sicherlich jede Schule gemäß ihrer Tradition, ihrer ortsbedingten Probleme, ihrer Jugendlichkeit oder ihres Alters und so weiter «ihren eigenen» Schularzt braucht und deshalb ein «allgemeines Berufsbild» nur eine Orientierung sein darf, die der freiheitlichen Gestaltung der Arbeit nicht im Weg steht. Die Lehrer erwarten vom Schularzt viel:

1. Hilfe beim Erkennen der Probleme von Schülern und die möglicherweise anschließende Therapie sowie Beratung, welche unterrichtlichen Maßnahmen für das einzelne Kind besonders betont werden könnten.
2. Kompetente Hilfe bei Elterngesprächen in Fragen der Therapie, der Sonderschulzugehörigkeit oder bezüglich Erziehungsproblemen.
3. Einzelberatung der Kollegen sowohl für den schulischen, kollegialen als auch für den privaten psychologischen, ehelichen Bereich.

4. Die Konferenzteilnahme sowie die besondere Mitarbeit bezüglich pädagogisch-medizinischer Problemstellungen, Kinderbesprechungen, anthroposophischer Grundlagenarbeit (Sinneslehre, Medien, Drogen, Schulreife und so weiter).

Für die Eltern ist der Schularzt eine Anlaufstelle, sobald das Kind in der Schule Probleme hat. An dieser Stelle sei ein Wort zu einem wichtigen ärztlichen Thema erlaubt: zu der Schweigepflicht! Meiner Erfahrung nach bietet diese allgemein bekannte und auch von mir von Anfang an betonte Pflicht einen gern genutzten Schutzraum für alle an der Schule beteiligten Gruppen: Schüler können hier Dinge besprechen, die sie selbst dem Hausarzt (auch wegen dessen Zeitmangel) nicht erzählen würden. Lehrer können hier Beratung finden in persönlichen oder kollegialen Krisensituationen. Eltern können hier Sorgen äußern, die nicht notwendigerweise gleich zu großen Aktionen führen müssen. Therapeuten können hier in Ruhe auch über mögliche Mißerfolge sprechen. Oft wird solch ein Gespräch mit den Worten: «... dies ist doch ein ärztliches Gespräch?» eingeleitet und damit deutlich der Wunsch nach diesem Schutzraum geäußert. Hat das Kind Schulängste, schlechte Leistungen oder andere Probleme, kommen die Eltern zur Beratung, auch um Hilfe und Verständnis zu finden für ihre Vermutung, daß nicht nur das Kind «schlimm» ist, sondern daß vielleicht auch der Lehrer «mitschuldig» ist.

Auch Erziehungs- und Eheprobleme (die ja letztlich sich auch immer auf das Kind auswirken) sind wichtige Beratungsthemen.

Ein weiterer großer Bereich der Elternarbeit sind die Spezialelternabende zu Themen wie Drogen, Medien, Pubertät, Gewalt oder bezüglich des Menschenkundeunterrichtes sowie über Therapien an der Schule. Auch im Eltern-Lehrer-Kreis wird der Schularzt immer wieder als Referent gebraucht. Auch übergreifende Elternabende (zum Beispiel Einführungen für neue Eltern, Therapie an der Schule) gehören zum Aufgabengebiet sowie die Einladung wichtiger außerschulischer Referenten.

Außerdem ist man natürlich der Ansprechpartner im Hinblick auf Epidemien in den Klassen, seien es Läuse oder Windpocken.

Für die Therapeuten ist der Schularzt der Gesprächspartner, um Therapien zu erarbeiten; hier ist das Aufgabengebiet sicherlich am «ärztlichsten»: Diagnostik im Bereich der Wesensgliederkonfiguration und des Sinnesorganismus, aber natürlich auch bezüglich der orthopädischen und internistischen Gegebenheiten. Hier gilt es immer mehr, den ärztlichen Blick hinsichtlich einer Prophylaxe zu schärfen. Überhaupt befindet sich der Schularzt mit den Therapeuten vor allem im Bereich der Prophylaxe. Rudolf Steiner wies Eugen Kolisko, den «Ur»-Schularzt einer Waldorfschule, vor allen Dingen auf übergreifende Themen hin, zu denen es eben nötig wäre, «alle Kinder der Schule zu kennen», nämlich Ernährungsprobleme, Haltungsanomalien, Atmungsfehlverhalten und so weiter. Der Schularzt hat hier in Zusammenarbeit mit den Therapeuten und den Hausärzten eine großartige Möglichkeit, Krankheiten in statu nascendi zu erkennen und ihrem Ausbruch zuvorzukommen.

Mit welchen Krankheiten oder deren Vorstufen hat es nun ein Schularzt zu tun? Da ist zuerst sicherlich der große Bereich der Verhaltensauffälligkeiten zu nennen, der von der konstitutionellen Bewegungsunruhe, «Stören», «Provozieren», «aggressivem Verhalten», «immer müde sein» bis zu Sprachstörungen und einer Vielzahl manifester Teilleistungsstörungen reicht. Hinzu kommt der mehr ärztliche Bereich: Kinder mit Haltungsproblemen, Geh- und Stehstörungen, chronischen Krankheiten, Kopfschmerzen, Zahnfehlstellungen bis hin natürlich zu den selteneren akuten Erkrankungen und der Ersten Hilfe.

Am Engelberg findet jeden Mittwoch die Therapiekonferenz statt, jeweils zwei Fachstunden lang, unter Teilnahme der drei Heileurythmisten, der Förderlehrerin (Kunsttherapeutin) und des Schularztes. In diesem Kreis berichten Klassenlehrer von ihren «Problemfällen», und es werden die Therapiemöglichkeiten erörtert. Außerdem wird in dieser Konferenz der *Heilpädagogische Kurs*[2] oder anderes gearbeitet. Zu dieser Arbeit sind auch Kollegiumsmitglieder eingeladen.

Für die Öffentlichkeit hält der Schularzt Vorträge über «Waldorfpädagogik und ihren heilenden Ansatz», über die «Medienproblematik», über «Kinderkrankheiten und ihre Behandlung», über «Haben Krankheiten einen Sinn?» und ähnliches. Diese «Öffentlichkeit» sind meist der Umkreis von Waldorfkindergärten, Naturheilvereine oder die Schulöffentlichkeit.

Meine persönliche Intention ging schon während des Studiums in Richtung «Schularzt an einer Waldorfschule». Dazu besuchte ich ein Pädagogisches Seminar in Berlin und nahm regelmäßig an den Schulärztetagungen in Dornach teil. Ich stelle also sicherlich den seltenen Fall des Arztes mit Berufswunsch: Schularzt dar. In einer Zeit, in der auch Mediziner immer mehr vor der Wahl stehen, gar nicht, in ungewünschten Berufssparten oder nicht ärztlich arbeiten zu müssen, denke ich, daß es sinnvoll ist, den anthroposophisch interessierten

---

2 Rudolf Steiner, *Heilpädagogischer Kurs*, GA 317, Dornach [8]1995.

Studenten oder Jungmediziner auf einen Beruf aufmerksam zu machen, der, wie im Vorhergehenden beschrieben, viel zu bieten hat vor allem auf dem Gebiet der menschlichen Begegnungen, der dringend erwünschten Hilfestellung und der Integration in den Organismus einer Waldorfschule. Auf der einen Seite soll also der Mediziner angesprochen werden, diesen Beruf, der finanziell einem Lehrer angeglichen ist, als Zukunftsperspektive zu sehen. Andererseits sollen auch die Schulen und Seminarien immer mehr die Notwendigkeit bemerken, die in der Konzeption der Waldorfschule verankert ist, aber aus «Geldmangel» oft nicht wahrgenommen wird.

Diese Beschreibung des Schularztes am Engelberg ist natürlich geprägt von der am Anfang geschilderten Deputatsituation des Arztes hier. Im Hinblick darauf, daß Rudolf Steiner von einem Schularzt verlangt, er solle alle Kinder kennen, und unter dem Eindruck der an der Schule anfallenden Tätigkeiten erscheint es mir so, als könne ein «Teilzeit-» oder «Manchmal-Schularzt» nur wenige Arbeitsfelder abdecken; von einem wirklichen Kennenlernen der Schüler (zumal an einer zweizügigen Schule) kann aber sicherlich kaum die Rede sein. Demzufolge halte ich die Einrichtung von Schularztdeputaten für dringend notwendig. Immer wieder zeigt sich auch in Einzelgesprächen mit Schulärzten, die freundlicherweise neben ihrer großen Praxis noch eine Schule ein-, zweimal in der Woche betreuen, eine gewisse Unzufriedenheit mit dieser Außenseiterposition, die ein wirklich tiefes Eindringen in den Schulorganismus nicht zuläßt.

Bei dem Begriff Schulorganismus muß ich noch folgende Anmerkung machen: Immer deutlicher ergibt sich während der mehrjährigen Tätigkeit als ständig anwesender Schularzt eine Verpflichtung und auch eine Notwendigkeit, diesem Organismus heilend und helfend zur Seite zu stehen. Mannigfaltige krankmachende Tendenzen liegen heute im sozialen Bereich und betreffen die Interaktionen zwischen Eltern und Lehrern, Lehrern und Schülern, Lehrern und Mitarbeitern und den Lehrern untereinander. Auch hier ergibt sich ein reiches Betätigungsfeld für den Arzt und die Therapeuten, möglichst vor dem Ausbruch der Konflikte, aber spätestens zu Beginn «der Krankheit» helfend einzugreifen.

Um den Auftrag, den Rudolf Steiner seinen Lehrern mitgab, die Kinder zur Gesundheit zu erziehen, erfüllen zu können, stellte er ihnen den Schularzt an die Seite. Es folgte sehr bald die Heileurythmie. Diese, der gesunden Entwicklung der Kinder zuträgliche Kombination von Pädagogik und Medizin, darf in einer Zeit der sich verstärkenden Probleme nicht zu einem Finanzproblem degradiert werden, wenn die jeweilige Waldorfschule sich ihres Gesundheitsauftrages bewußt ist.

Zur Befähigung, also zu den beruflichen Grundlagen des Schularztes, gehören Approbation, ärztliche Erfahrung, anthroposophisch-pädagogische Lebensrichtung (viele Fragen an den Schularzt beziehen sich auch direkt auf die Anthroposophie), Freude an Teamarbeit und an eher gesprächsbezogener ärztlicher Tätigkeit.

Der Beruf des Schularztes ist ja eigentlich eine behördliche Bezeichnung. Rudolf Steiner führte ihn aber als notwendigen Bestandteil des Kollegiums einer Waldorfschule ein. Die Gründe dafür scheinen mir im Hinblick auf 1919 eher zukünftig. Allenthalben wird heute nach der Therapie gerufen, wenn «das Kind in den Brunnen fiel». Der Begriff der Prophylaxe als ärztliche Maßnahme ist in nur sehr geringem Maße zu den Krankenkassen gedrungen. Der Bedarf an therapeutisch unterstützter Erziehungshilfe stellt sich jährlich mehr. Bei immer mehr gescheiterten Ehen oder streßbeladenen Familienverhältnissen, bei immer stärker werdendem Medienterror und immer intensiver sich auswirkenden Umweltbelastungen sowie diversen weiteren Bedrängnissen wachsen Kinder im ersten Jahrsiebt heran, die geradezu nach Hilfe rufen, deren Not liebevoll erkannt werden muß. Auch der Lehrerschaft stehen, bedingt durch eine problembeladene Kinderschar in ihren Klassen, aber auch bedingt durch die oben genannten Faktoren, immer weniger Kräfte zur Verfügung, um allein durch pädagogische Maßnahmen (die, wenn sie dem Lehrplan der Waldorfschule entsprechen, durchaus gesundend wirken) der Not der Kinder zu begegnen.

An dieser Situation erkenne ich, wie weitblickend das Konzept der Waldorfschule ist, indem Rudolf Steiner eben von Anfang an den therapeutischen Bereich (Schularzt und Therapeuten) in die Schule integriert hat, im Sinne der Möglichkeit, die «heilende Pädagogik» durch «Heilkundige» zu unterstützen. In ähnlicher Weise hat er ja auch den Religionsunterricht als unabdingbar integriert und mit diesem Konzept die uralte Trias von Lehrer, Priester und Arzt an einer gemeinsamen Aufgabe vereint, die über das Zusammenwirken an den Kindern wichtige Zukunftskeime legt. Immer deutlicher wird im Laufe der Tätigkeit die Wichtigkeit des Spruches, den Rudolf Steiner 1924 in einem Rundbrief an Medizinstudenten und junge Ärzte gab:

Es war in alten Zeiten
Da lebte in der Eingeweihten Seelen
Kraftvoll der Gedanke, daß krank
Von Natur ein jeglicher Mensch sei.
Und Erziehen ward angesehen
Gleich dem Heilprozeß,

Der dem Kinde mit dem Reifen
Die Gesundheit zugleich erbrachte
Für des Lebens vollendetes Menschsein.[3]

Persönlich hat mich insbesondere die Ausführung Steiners in dem Vortrag vom 7. April 1920 «Die Hygiene als soziale Frage» motivierend bei meiner Arbeit begleitet:

Ein soziales Gebiet wird insbesondere intensiv beeinflußt werden müssen in hygienischer Beziehung von einer errungenen Menschenkenntnis, das ist das Gebiet der Erziehung, das Gebiet des Unterrichts. Man kann gar nicht eigentlich, ohne wirklich umfassend den Menschen zu kennen, ermessen, was es heißt: die Kinder sitzen in der Schule mit gebückten Rücken, so daß fortwährend ihre Atmung in Unordnung ist, oder Kinder werden nicht angehalten, laut und deutlich, deutlich vokalisierend, deutlich konsonantisierend zu sprechen. Das ganze spätere Leben hängt im wesentlichen davon ab, ob das Kind in der Schule in der richtigen Weise atmet und ob es angehalten wird, laut und deutlich und artikuliert zu sprechen.

In solchen Dingen – ich reiße nur Beispiele heraus, denn auf andere Gebiete ließe sich ein Ähnliches anwenden – zeigt sich die Spezialisierung der Gesamthygiene auf das Schulwesen, und gerade darinnen zeigt sich die ganze soziale Bedeutung der Hygiene, zeigt sich aber auch, wie das Leben fordert, daß wir nicht weiter spezialisieren, sondern daß wir zusammenbringen das Spezialisierte zu einer Gesamtanschauung. Wir brauchen nicht nur dasjenige, was den Lehrer befähigt, zu wissen, nach gewissen pädagogischen Normen soll man ein Kind so oder so erziehen, sondern wir brauchen dasjenige, was den Lehrer befähigt, ein Urteil darüber zu haben, was es heißt, wenn er diesen oder jenen Satz von dem Kind artikuliert klar aussprechen läßt, oder wenn er das Kind, nachdem es einen halben Satz gesagt hat, schon wieder Luft schnappen läßt und so weiter und nicht dafür sorgt, daß die Luft verbraucht wird, während der Satz ausgesprochen wird. Gewiß, es gibt auch darüber viele Anhaltspunkte und Regeln. Aber die richtige Anerkennung und Anwendung dieser Dinge zieht erst in unser Herz herein, wenn wir die ganze Bedeutung für das Menschenleben und die soziale Gesundheit ermessen. Denn dann erst wird die Sache ein sozialer Impuls.

---

[3] Rudolf Steiner, *Meditative Betrachtungen und Anleitungen zur Vertiefung der Heilkunst*, GA 316, Dornach [3]1987, Anhang.

Diese Erwägungen waren es, die zugrunde lagen, als ich beim Ausgangspunkte der Gründung der Waldorfschule in Stuttgart vorher den Lehrern dort den pädagogisch-didaktischen Kurs gehalten habe, diese Erwägung, daß man Lehrer braucht, die aus der ganzen Tiefe einer Menschen-verstehenden Weltanschauung arbeiten können für die Erziehung und für den Unterricht der Kinder. Dasjenige, was da in die Sätze, die als pädagogisch-didaktische Kunst ausgesprochen worden sind, hineingelegt worden ist, das strebt alles darauf hin, aus den Kindern, die erzogen und unterrichtet werden, Menschen zu machen, bei denen später dadurch, daß sie angehalten werden, als Kind die Funktionen des Lebens in der richtigen Weise zu vollziehen, daß Lunge und Leber und Herz und Magen in Ordnung seien, weil die Seele in der richtigen Weise gearbeitet hat daran. Niemals wird diese Weltanschauung in materialistischer Weise das alte Wort deuten: In einem gesunden Körper lebt eine gesunde Seele. – Materialistisch gedeutet hieße das, wenn man den Körper gesund hat, wenn man ihn mit allen möglichen physischen Mitteln gesund gemacht hat, dann wird er von selber der Träger einer gesunden Seele. Unsinn ist das. Sinn hat das: In einem gesunden Körper lebt eine gesunde Seele – nur, wenn man in der folgenden Weise vorgeht, ich meine, wenn man sich sagt: Da habe ich einen gesunden Körper vor mir, der zeigt mir dann, daß ihn aufgebaut hat, plastisch ausgestaltet hat, gesund gemacht hat die Kraft einer gesunden Seele. Ich erkenne aus diesem Körper, daß eine autonome gesunde Seele in ihm gearbeitet hat. Dies ist der Sinn des Ausspruchs. Aber nur so kann dieser Ausspruch auch einer gesunden Hygiene zugrunde liegen.

Mit anderen Worten: Wir brauchen nicht etwa neben den Lehrern, die nur aus einer pädagogisch abstrakten Wissenschaft heraus arbeiten, noch einen Schularzt, der alle vierzehn Tage einmal, wenn es hoch kommt, durch die Schule geht und auch nichts Gescheites anzufangen weiß, nein, wir brauchen eine lebendige Verbindung der medizinischen Wissenschaft mit der pädagogischen Kunst. Wir brauchen eine pädagogische Kunst, die in allen ihren Maßnahmen in hygienisch richtiger Weise die Kinder erzieht und unterrichtet. Das ist dasjenige, was die Hygiene zu einer sozialen Frage macht, denn die soziale Frage ist im wesentlichen eine Erziehungsfrage, und die Erziehungsfrage ist im wesentlichen eine medizinische Frage, aber eine Frage nur derjenigen Medizin, die geisteswissenschaftlich befruchtet ist, einer Hygiene, die geisteswissenschaftlich befruchtet ist.[4]

---

[4] Rudolf Steiner, *Physiologisch-Therapeutisches auf Grundlage der Geisteswissenschaft. Zur Therapie und Hygiene,* GA 314, Dornach ³1989, Vortrag vom 7. April 1920.

Wolfgang Kersten hat zusammen mit Sebastian Junghans, Heileurythmist Freie Waldorfschule Engelberg, im Herbst 1994 eine Umfrage gemacht bezüglich der therapeutischen Gegebenheiten sowie Fördermöglichkeiten an deutschen Waldorfschulen.

Von 156 versandten Fragebogen kamen 75 ausgefüllt und bearbeitet zurück. Die Aktion stand in Zusammenarbeit mit der Freien Hochschule für Pädagogik in Stuttgart und der Medizinischen Sektion am Goetheanum.

Ergebnisse der Umfrage

An den 75 Schulen werden zur Zeit 34 350 Schüler unterrichtet.
Von diesen Schülern werden 5255 regelmäßig therapeutisch betreut.
Ca. 400 Schüler/Jahr erhalten eine kurzfristige therapeutische Intervention. An den 75 Schulen sind 52 Schulärzte beschäftigt.
25 Schulen haben keinen Schularzt.
Von den angestellten Schulärzten sind 13 mit einem vollen Deputat (18–24 LWS) angestellt, 2 haben ein ¾ Deputat (14–15 LWS), 3 haben ½ Deputat (9–11 LWS) und 34 sind nur sporadisch an den Schulen (4–5 LWS und weniger).

Bezahlt werden die Schulärzte wie folgt:
23 nach der Gehaltsordnung der Lehrer,
25 nach anderen Modellen
(Honorar, Aufwandsentschädigung, 560-DM-Basis u.ä.),
4 Schulärzte arbeiten ehrenamtlich.

Menschenkundeunterricht erteilen 3 Schulärzte,
39 geben keinen Unterricht,
9 halten Erste-Hilfe-Kurse.

Die Therapeuten an den Schulen teilen sich wie folgt auf:
70 Heileurythmisten,
30 Sprachgestalter (nur teilweise Sprachtherapeuten),
10 Kunsttherapeuten,
6 Bothmergymnasten,
4 Heilpädagogen,
2 Psychologen,
1,5 Musiktherapeuten,
1,5 Masseure,

1,5 Schulschwestern,
1 Chirophonetiker/in.
10 Schulen verzichten gänzlich auf eine Therapie.

Der Förderbereich zeigt folgendes Bild:
14 Schulen haben einen Förderlehrer mit vollem Deputat,
1 Schule hat einen Förderlehrer mit ¾ Deputat,
16 Schulen haben einen Förderlehrer mit ½ Deputat,
3 Schulen haben einen Förderzug,
3 Schulen sind ausschließlich heilpädagogisch ausgerichtet,
24 Schulen haben keinen Förderbereich (weder Förderlehrer noch Sonderzug).

Die Finanzierung des Therapiebereiches erfolgt normalerweise über die Gehaltsordnung der Lehrer. Einige Varianten seien hier angeführt:
2 Schulen erbitten Spenden für die Therapie (vor allem bei den Eltern der Therapiebedürftigen),
10 Schulen arbeiten außerhalb ihrer eigenen Therapiemöglichkeiten mit der «Außenwelt» zusammen: zum Beispiel Therapeutikum,
1 Schule delegiert alle Therapie nach draußen an niedergelassene Therapeuten,
1 Schule arbeitet mit der Jugendpsychiatrie von Herdecke zusammen,
7 Schulen haben einen Unterstützungsfonds für den Förderbereich eingerichtet,
1 Schule arbeitet mit einer niedergelassenen Reittherapeutin zusammen,
1 Schule arbeitet mit einer niedergelassenen Chirophonetikpraxis zusammen,
2 Schulen wollen den Förderbereich finanziell unabhängig von der übrigen Schule einrichten.

Einige Schulen haben Besonderheiten, die hier Erwähnung finden sollen:
- Extrauntersuchung der 2. Klasse unter prophylaktischen Gesichtspunkten inkl. Zahnuntersuchung,
- Erweiterter rhythmischer Teil, um eine therapeutische Wirkung zu erzielen,
- Sonderuntersuchung der Klassen 1 – zur Früherkennung bezüglich Entwicklungsproblemen bei den unteren Sinnen,
- Hexameterepoche 5. Klasse,
- Legastheniesonderförderung,

5 Schulen (vor allem aus den neuen Bundesländern) bitten um Unterstützung beim Aufbau eines Therapiebereichs,
7 Schulen suchen einen Schularzt,
8 Schulen empfinden stark den Mangel bezüglich der nicht ausreichenden Therapiesituation.

Auswertung

Um eine Situation zu beschreiben und ihre Stärken und Mängel auszuwerten, bedarf es einer Vorstellung, was wohl als Ideal angesehen werden kann. Schaut man auf die Anfänge der Waldorfschule, so sieht man einen Schularzt im Kollegium, sehr bald auch Anfänge von Heileurythmie und Kunsttherapie. Karl Schubert richtet auf R. Steiners Hinweis hin die Hilfsklasse ein, und R. Steiner selbst hält diverse Vorträge über den therapeutischen Ansatz der Waldorfpädagogik, über das richtige Verhältnis von Wachen und Schlafen, über das richtige Atmen, über die Sinnesphysiologie und fordert eindringlich die Ärzte im ersten Rundbrief[5] auf, sich mit den Pädagogen zu einem gemeinsamen Erziehungswerk zu vereinigen.

Die Ist-Situation bezüglich des Therapiegedankens zeigt nun, daß wir uns «waldorfgesamt» in einer gegenüber den Anfängen schlechteren Position befinden: Rechnet man das Umfrageergebnis hoch, so sind an 150 Schulen in Deutschland zur Zeit 104 Schulärzte beschäftigt, also haben 30% der Schulen keinen Schularzt. Rechnet man die Deputate um, die tatsächlich erreicht werden, so stehen 150 Schulen 48 Schulärzte mit vollem Deputat gegenüber, das heißt 60% sind unversorgt!

Da insgesamt nur 6 Schulärzte unterrichtend tätig sind, sollte in Zukunft über die Möglichkeiten, die das Unterrichten dem Arzt bietet, einmal anläßlich einer Tagung gesprochen werden.

Das Verhältnis 48 Schulärzte auf ca. 70 000 Schüler, das ja bedeutet: 1 Arzt betreut, beurteilt, therapiert 1458 Schüler, ist sicherlich kritisch auf seine Effizienz hin zu betrachten.

Die Zahl der in Therapie befindlichen Kinder beträgt hochgerechnet 10 500. Aus der Umfrage geht aber hervor, daß die Therapiebedürftigen deutlich über diese Zahl hinausgehen und hier ein großer Mangel empfunden wird. Nur auf diesem Hintergrund läßt sich verstehen, daß die Zahl der Therapeuten (logischerweise) sinnvoll mit den Therapien korreliert. Bei einfacher Umrechnung

---

[5] Siehe Rudolf Steiner, *Meditative Betrachtungen und Anleitungen zur Vertiefung der Heilkunst*, GA 316, Dornach [3]1987, Erster Rundbrief, 11. März 1924.

ergibt sich, daß 1 Therapeut (damit sind alle oben aufgeführten gemeint) ständig 42 Kinder betreut. Hierbei ist die dominierende Rolle der Heileurythmisten zu berücksichtigen, die erfreulicherweise schon in ihrer Ausbildung die Schulheileurythmie stark betonen.

20 Schulen haben keinen Therapeuten. Hier spielen die Finanzen eine Rolle, teilweise aber auch das Selbstverständnis des Kollegiums.

Da der Ansatz der Waldorfschultherapie ein prophylaktischer, der Ansatz der Krankenkassen aber leider kein prophylaktischer ist, ist auch die Zusammenarbeit mit Therapeutika oder anderen niedergelassenen Therapeuten zu problematisieren, da hier eigentlich erst behandelt werden kann, wenn das Kind «im Brunnen» ist.

Bedenklich muß die Situation im Förderbereich stimmen. Für 150 Schulen stehen 45 Deputate für Förderlehrer zur Verfügung. Sechs dieser Schulen haben einen Förderzug und 6 sind Förderschulen. Ca. 48 Schulen haben gar keinen Förderbereich, das heißt, es bleiben für ca. 90 Schulen ca. 45 Deputate. Also sind ca. 50 Schulen außer den oben genannten unterversorgt. Bedenklich wird es, wenn wir uns fragen, ob heute 1 Förderlehrer an einer Schule überhaupt ausreicht. Unter diesem Aspekt stellt sich eine katastrophale Situation dar.

Aufgabe der nächsten Zukunft muß sein:

1. das Berufsbild des Schularztes weiterreichend bekannt zu machen, insbesondere für Medizinstudenten, sowie in den Seminaren den jungen Lehrern ein Verständnis für den therapeutischen Ansatz der von ihnen angestrebten Pädagogik zu vermitteln[6]; weiterhin: in Geschäftsführerkonferenzen den Therapiegedanken einzubringen.
2. eine der Notwendigkeit angepaßte Deputatsituation für Therapeuten an den Schulen zu schaffen.
3. den Förderbereich der Waldorfschule im Hinblick auf die immer größer werdende Not der Klassenlehrer dringend zu verstärken.

---

[6] Am Lehrerseminar in Stuttgart findet seit 1997 innerhalb der Lehrerausbildung jährlich 1 Woche über das Thema «Therapie an der Waldorfschule» statt.

Christoph Buschmann

Bericht über die schulärztliche Tätigkeit an der Freien Waldorfschule Augsburg

Zum zeitlichen Umfang

Üblicherweise bin ich samstags von 8.00 bis 12.30 Uhr und am Donnerstag von 15.30 bis 18.00 Uhr in der Schule, wobei ich samstags Kinder untersuche, Eltern- oder Lehrergespräche führe und ganz gelegentlich unterrichte (siehe unten). Donnerstags bin ich in der pädagogischen Konferenz.

Periodenweise findet ein Arbeitskreis Mittwoch nachmittags statt, der sich mit therapeutisch-pädagogischen Themen beschäftigt, zum Beispiel mit den von Rudolf Steiner angegebenen Kindertypologien wie großköpfig/kleinköpfig, irdisch/kosmisch und so weiter[1] oder mit dem Studium des *Heilpädagogischen Kurses*[2]. Teilnehmer sind dabei die Heileurythmistin, die förderpädagogisch tätige Lehrerin sowie interessierte Lehrer und vereinzelt Eltern.

Während der Einstellungsuntersuchungen[3] sind zusätzliche Termine notwendig.

Art der Tätigkeiten

Einschulungsuntersuchungen; regelmäßige Untersuchungen der Kinder in der 2. Klasse und in der 5. Klasse, wobei diese Untersuchungen das Ziel haben, das Kind gründlicher kennenzulernen, sowohl in bezug auf seine körperliche und seelische gesundheitliche Situation als auch seinen Entwicklungsstand und den Entwicklungsverlauf im Vergleich zu früheren Kontakten. Dabei versuche ich auch das Kind in bezug auf die oben genannten Typologien zu erfassen. Wenn die jeweilige Klasse fertig untersucht ist, führe ich ein Gespräch mit dem Klassenlehrer, der Heileurythmistin und der förderpädagogisch tätigen Lehrkraft mit der Fragestellung: Wie ist das Kind entwickelt? Wird es gefördert? Wird es vom Unterrichtsgeschehen angerührt? Ist eine therapeutische oder besondere pädagogische Maßnahme sinnvoll?

In der 9. Klasse spreche ich nach Anforderung durch die Lehrer mit den Kindern über AIDS und über das Rauchen, Alkohol und Drogen.

---

1 Siehe Kapitel «Die Aufgaben des Schularztes in der Darstellung Rudolf Steiners, Grundlagen einer konstitutionell-pädagogischen Kindertypologie».

2 Rudolf Steiner, *Heilpädagogischer Kurs,* GA 317, Dornach [8]1995.

3 Diese gesetzlich vorgeschriebene Untersuchung für die Kinder der kommenden 1. Klasse kann in Bayern vom Schularzt durchgeführt werden und ersetzt dann die Untersuchung, die sonst das Gesundheitsamt vor der Einschulung unternimmt.

Hospitationen sind mir aus zeitlichen Gründen nur in sehr geringem Umfang möglich.

Therapien an der Schule

Die wesentliche Behandlungsart ist die Heileurythmie. Sie wird hauptsächlich in den Klassen 1 bis 7 eingesetzt. In der 1. Klasse werden nahezu ausschließlich die Kinder heileurythmisch betreut, die als Linkshänder das Schreiben mit der rechten Hand lernen. Ansonsten versuche ich, die Kinder der 1. Klasse nicht aus ihrem Klassenzusammenhang herauszunehmen, da sich die Klasse als Sozialgemeinschaft erst formen muß und die Wirkung des Unterrichtes auf die einzelnen Schüler anfangs erst abgewartet werden soll.

Zu Indikation

Die behandelten Störungen oder Erkrankungen sollen in irgendeinem Zusammenhang mit der Verbesserung der Fähigkeit des Kindes stehen, am Unterricht äußerlich oder innerlich teilnehmen zu können. Zum Beispiel werden eine Osteomalazie oder eine Skoliose nicht im Schulrahmen behandelt. Diese Trennung ist natürlich nicht immer möglich. Es werden häufig Indikationen durch augenblickliche Schwierigkeiten ausgelöst, so zum Beispiel Konzentrationsstörungen bei übermäßig hysterischer Anlage, bei manikalischen Tendenzen, bei träumender Großköpfigkeit, bei Unruhezuständen oder bei Schwächung durch ständige Infekte und so weiter.

Heileurythmie wird auch angewandt, wenn ein Kind keine akuten Schwierigkeiten hat, aber in bestimmten Konstitutionsrichtungen einseitig entwickelt ist, wie zum Beispiel bei deutlicher Kleinköpfigkeit, bei übermäßig iktophiler oder hysterischer Anlage und so weiter. Andere Indikationen sind zum Beispiel Ungeschicklichkeit und Bewegungsstörungen, allergische Erkrankungen, auffällige Ängstlichkeit oder starkes In-sich-zurückgezogen-Sein.

Wir haben für die Heileurythmie an unserer Schule eine Heileurythmistin mit einem vollen Deputat. Manchen Kindern wird förderpädagogisch geholfen. Eine Lehrerin gibt diesen Unterricht stundenweise und holt die Schüler dabei aus dem Unterricht, und zwar je nach Anforderung durch die Klassenlehrer, wobei hauptsächlich legasthenische oder Rechenstörungen behandelt werden.

Integration kranker Kinder

Wir hatten immer wieder Kinder mit spastischen Cerebralparesen und auch ein Kind mit schweren Deformationen bei einer Osteomalazie. Diese Kinder durchliefen die Schule zum Teil bis zur 13. Klasse, zum Teil gingen sie aus unterschiedlichen Gründen früher von der Schule.

Kinder, die in eine Sonderschule müßten, dürfen in Bayern an der Waldorfschule nicht unterrichtet werden. Dennoch haben wir viele Kinder, die in diesem Sinn nicht zu klassifizieren sind, jedoch auf Grund von Schwierigkeiten ihrer denkerischen oder sozialen Entwicklung nur mit Mühe getragen werden können. Von seiten der Klassenlehrer werden diese Kinder in der Regel sehr lange und mit liebevoller Tragekraft betreut, jedoch treten häufig in den Fachunterrichten so erhebliche Schwierigkeiten auf, daß manchmal aus Gründen, die in der Störung des Unterrichtsablaufes liegen, und manchmal aus Gründen, die in den mangelnden Fördermöglichkeiten des Kindes liegen, die Schule sich von diesen Kindern trennen muß.

Kinderbesprechung

Meist wird die Beratung im Rahmen der Lehrerkonferenz für Kinder angesetzt, die durch erhebliche Schwierigkeiten in der Klasse auffallen. Manchmal geschieht dies auch, wenn ohne Störungen im Unterricht Entwicklungsfragen auftreten. Es werden etwa vier Kinderbesprechungen pro Jahr in der pädagogischen Konferenz durchgeführt.

Daneben finden häufiger Kinderbesprechungen mittwochs im kleineren Rahmen mit der Heileurythmistin, der Förderpädagogin, der Sprachgestalterin, der Klassenlehrerin/dem Klassenlehrer, den interessierten Fachlehrern und dem Schularzt statt. Dazu werden die Eltern eingeladen. Dies erweitert und vertieft das Bild des besprochenen Kindes und verbessert die Zusammenarbeit zwischen Elternhaus und Schule. Trotzdem hat die Besprechung in der pädagogischen Konferenz eine zusätzliche Qualität, die dem kleineren Kreis abgeht, wohl weil dort die gesamte Lehrerschaft Anteil nimmt.

Zusätzlich gibt es Klassenkonferenzen, wo häufiger, aber weniger ausführlich und umfassend über verschiedene Schüler beraten wird, wie zu helfen sei.

Arbeitsschwerpunkt

Es gibt zwei Schwerpunkte. Zum einen sehe ich es als Aufgabe an, die Praxis der Kinderbesprechung zu fördern und zu üben, möglichst objektiv und urteilsfrei die Beobachtungen am Kinde zu schildern.

Der zweite Schwerpunkt betrifft folgendes: Besonders bei stillen Kindern geschieht es – wohl auch, weil in unseren Schulen keine Noten vergeben werden –, daß sie gelegentlich unbemerkt nicht gefördert werden. Sie fallen nicht auf. Der Lehrer ist froh, bei vielen disziplinschwierigen Kindern solch ruhige in der Klasse zu haben. Gerade bei solchen Kindern ist es schulärztliche Aufgabe, aufmerksam zu sein, ob auch sie genügend individuelle Förderung erfahren.

Als zusätzliche, wesentliche Aufgabe sehe ich die Verbesserung der Indikationsfindung für die Heileurythmie und als Voraussetzung dafür das bessere «Lesenlernen» der Kinder in dem, was sie für ihre Entwicklung brauchen.

Zusammenarbeit mit den Kollegen, die die Kinder behandeln
Im Bedarfsfall nehme ich Kontakt mit den Eltern auf, um sie auf gesundheitliche Risiken und Probleme, die ich beim Kind erkenne, hinzuweisen, und sie wenden sich dann an ihren behandelnden Arzt. Gelegentlich gebe ich auch medikamentöse Ratschläge und händige den Eltern ein Privatrezept aus, wenn sie es wünschen. In speziellen Fällen, wenn dieses Vorgehen aus irgendwelchen Gründen nicht funktioniert oder nicht ausreicht, nehme ich Kontakt zu dem behandelnden Kollegen auf.

Zusammenarbeit mit den Lehrern
Sie findet in verschiedenen Bereichen statt. Problemlos ist sie im menschenkundlich-pädagogisch-medizinischen Arbeiten in der pädagogischen Konferenz, in der Arbeit im Arbeitskreis, in der Schulaufnahme und bei der Indikationsstellung zu therapeutischen und speziellen pädagogischen Maßnahmen.

Probleme treten manchmal wegen der Durchführung der Heileurythmie auf: Es ist ja eine Störung des unterrichtlichen Ablaufes, wenn die Kinder herausgeholt werden. Sie versäumen bestimmte Unterrichtsinhalte und müssen manchmal Dinge nacharbeiten. Das wird zuweilen als schwer tolerierbar empfunden und führt dann zum Wunsch, daß Heileurythmie zwar stattfinden sollte, aber nicht in dem oder jenem Unterricht. Allerdings sind diese Schwierigkeiten in der Regel zu überwinden.

Zusammenarbeit mit den Eltern
Eltern kommen bei Schwierigkeiten mit Lehrern immer wieder auf mich zu. Quasi als neutrale Person soll ich in die festgefahrenen Situationen bei Gesprächen etwas Objektivierendes hineinbringen und so eine Katalysatorfunktion erfüllen oder Hinweise zum weiteren Vorgehen geben. Gelegentlich geschieht es auch umgekehrt von Lehrerseite aus.

Ein zweiter Punkt der Zusammenarbeit ist die Frage von Maßnahmen zur Konstitutionslenkung, wie zum Beispiel warme Bauchwickel bei kleinköpfigen Kindern, Bekleidungsratschläge, die manchmal notwendig sind, und so weiter. Dabei hat sich mir im Lauf der Jahre gezeigt, daß die Eltern diese Ratschläge gutwillig aufnehmen, die notwendige, länger dauernde Durchführung allerdings selten tatsächlich geschieht. Das notwendige Nachfassen meinerseits kann ich aus Zeitgründen leider nur selten leisten.

Probleme

Bei nicht wenigen Kindern habe ich den Eindruck, daß es günstiger wäre, vor der Heileurythmie eine andere künstlerische Therapie durchzuführen, wie zum Beispiel bei vielen Kindern mit hysterischen Störungen Hauschka-Massage oder Einreibungen. Die anschließende Heileurythmie wird von so veranlagten Kindern dann besser aufgenommen. Aber auch Sprach- und Maltherapie wären in manchen Fällen notwendig. Insgesamt glaube ich, daß wir ohne vermehrte therapeutische Angebote immer mehr Kinder in unseren Schulen haben werden, an die die Pädagogik nicht mehr wirkend herandringen kann.

Ein erhebliches Problem sehe ich in der Situation der Lehrer, die sich vielfach überfordert und geschwächt fühlen, was zu ständigen sozialen Schwierigkeiten in der Zusammenarbeit im Kollegium führt. Dies ist meines Wissens nicht nur an unserer Schule so. Sicherlich ist es auch eine schulärztliche Aufgabe, den Ursachen dieser Schwäche nachzugehen. Mir scheint es schwierig zu sein, die hohen Ansprüche, die die Lehrer in der Regel sich selbst und den Kollegen gegenüber haben, in Offenheit in Beziehung zu setzen zu den eigenen Möglichkeiten und Kräften und sich dabei mit dem, was bei der individuellen Anstrengung möglich ist, zufriedenzugeben. Es herrscht eine latente Angst, den gegenseitigen Ansprüchen nicht gerecht zu werden, und es ist sicherlich auch menschlich, daß dann Situationen entstehen, wo der eine sich besser fühlt im Sehen der Schwäche des anderen. Dabei zu helfen, mit dieser Situation wirklich bewußt umzugehen, ist eine wesentliche Aufgabe für die jeweiligen Schulärzte, aber auch für die Schulärzteschaft im allgemeinen. Es setzt aber voraus, daß der Schularzt als Mitarbeiter in der Konferenz nicht selber «zu dicht» an bestimmten Sozialprozessen und Schwierigkeiten «dran» ist und so sein Rat von allen Beteiligten angenommen werden kann. Er darf nie einer bestimmten «Gruppierung» innerhalb des Kollegiums angehören, sondern muß mit allen offen im Gespräch sein. Dies ist jedoch nicht immer leicht.

Ein letztes Problem sehe ich in der Schere zwischen dem Versuch einer ganzheitlichen Erziehung und der Notwendigkeit, die Kinder und Jugendlichen auf Abschlüsse vorzubereiten und die Spannungen, die dadurch zwischen Eltern und Lehrern entstehen. Obwohl dies ein rein pädagogisches Problem zu sein scheint, betrifft es in den Auswirkungen die schulärztliche Tätigkeit ganz erheblich in der Eltern- und Lehrerarbeit und im Behandeln von Schwierigkeiten mit Kindern.

Honorar

Als Honorar wurde mir der Stundensatz für die von mir geleisteten regelmäßigen Wochenstunden entsprechend des Lehrergehaltes angeboten.

Michael Knoch

Aus meiner Schularzttätigkeit an der Emil Molt Schule in Berlin-Zehlendorf[1]

1. Zeitlicher Umfang

Anwesenheit in der Schule an drei Tagen vormittags (zur Zeit dienstags, donnerstags, freitags), nachmittags nach Bedarf (Elterngespräche, Untersuchungen und so weiter), montags und donnerstags nachmittags Konferenzen (Klassen-, Pädagogische, Technische und Therapeutische Konferenz), montags und mittwochs Arbeitskreise mit Lehrern *(Heilpädagogischer Kurs*[2]*).* In Stunden: etwa 24 Stunden pro Woche plus anfallende Elterngespräche an den Nachmittagen (unregelmäßig).

2. Zusammenarbeit mit den Lehrern

In verschiedenen Arbeitsgruppen (menschenkundliche Themen, *Heilpädagogischer Kurs*), Mitarbeit in den Konferenzen, Einzelberatungen über Schüler oder individuelle Fragen der Lehrer. Große Offenheit seitens der meisten Lehrerkollegen; ich bin ein Teil des Kollegiums.

3. Schuluntersuchungen, Hospitationen, Unterricht

Bislang keine Reihenuntersuchung, da ich noch zu neu an der Schule bin und erst noch mehr Vertrauen seitens der Eltern wachsen muß. Einzeluntersuchungen auf Anregung der (Klassen-)Lehrer, die sich an die Eltern wenden mit der Bitte, sich mit dem Schularzt in Verbindung zu setzen. Läuse-Check-up.

Hospitationen im Hauptunterricht und ausgewählten Fachunterrichten zum Kennenlernen der Schüler (zunächst insbesondere auch erstmal der Namen) beziehungsweise Beobachten und Erfassen von äußerlichen Auffälligkeiten.

Unterricht: eine Menschenkunde-Epoche in der 10. Klasse (3 Wochen) erteilt. Prinzipiell Bereitschaft bekundet, zwei Epochen pro Jahr zu übernehmen.

4. Zusammenarbeit mit den Eltern

Bislang nur individuelle Kontakte mit den Eltern, um deren Kinder es jeweils ging. Zusammenkunft einiger therapeutisch tätiger Eltern organisiert, um das «therapeutische Potential» an unserer Schule kennenzulernen, ohne bisher allerdings davon Gebrauch gemacht zu haben.

---

[1] Einzügige Schule, wo Dr. med. Michael Knoch seit Anfang 1993 ein halbes Pensum innehat. Bericht vom März 1994.

[2] Rudolf Steiner, *Heilpädagogischer Kurs,* GA 317, Dornach [8]1995.

5. Kinderbesprechung

Modell zusammen mit der Förderlehrerin und dem Heileurythmisten ausgearbeitet für die Pädagogische Konferenz (in Anlehnung an Hans Friedbert Jaenicke)[3]. Kinderbesprechungen finden etwa dreimal pro Jahr statt.

6. Zusammenarbeit mit ärztlichen Kollegen im Umfeld

Bislang relativ seltener wechselseitiger Informationsaustausch, insbesondere im Zusammenhang mit Heileurythmie.

7. Probleme

Skepsis seitens der Eltern, da vielen nicht klar ist, welche Aufgabe einem Arzt in der (Waldorf-)Pädagogik zukommt. Unsicherheiten bezüglich der Schweigepflicht: Eltern sprachen mich ausdrücklich darauf an.

8. Arbeitsschwerpunkt und Forschungsinteresse

Die Verbindung von klassischer Homöopathie und anthroposophisch erweiterter Medizin zu schaffen – also vielleicht die klassische Homöopathie anthroposophisch zu erweitern.

9. Therapieformen und ihre Indikationen

Heileurythmie, meistens allgemein hygienischer Art.

10. Integration kranker Kinder in den Schulablauf

Bislang keine speziellen Erfahrungen diesbezüglich, einzelne teilbehinderte Kinder sind in die Klassen integriert.

11. Honorar

Halbes Lehrerdeputat (etwa 1500 DM, netto), finanziert aus «Spenden», das heißt Umlage aus dem Kollegium. Gelegentliche konstitutionelle (klassisch-homöopathische) Therapien werden von mir privat mit den Eltern abgerechnet.

---

[3] Siehe Hans Friedbert Jaenicke, *Kinder mit Entwicklungsstörungen*, Stuttgart 1996.

Uwe Momsen

Schulärztliche Tätigkeit an der Christian Morgenstern Schule in Wuppertal[1]

Zeitlicher Umfang: Samstags vormittags von 8.00 bis 13.00 Uhr (wenn nicht schulfreier Samstag ist) und donnerstags zur pädagogischen Konferenz und Therapeutenkonferenz von 16.00 bis 19.00 Uhr. Zusätzlich gelegentliche Teilnahme an Elternabenden, Fortbildungen und so weiter.

Der Schwerpunkt meiner Arbeit in der Schule liegt in den Hospitationen, den daran anschließenden Gesprächen über die Klasse mit dem Klassenlehrer und der *Therapeutenkonferenz,* die am Donnerstagnachmittag von 17.15 bis 18.45 Uhr dauert. Sie ist inzwischen neben der Oberstufen- und Mittelstufenkonferenz als eigenständige Fachkonferenz wöchentlich eingerichtet.

Hier geht es darum, die neuen Therapie-bedürftigen Kinder aus den Wahrnehmungen während der Klassenhospitation zu besprechen und zu verteilen. Zweitens regelmäßige Berichte der einzelnen Therapeuten über ihre Therapien mit einzelnen Kindern in den Kreis der Therapeuten und damit in das Gesamtbewußtsein der Therapeutenkonferenz hineinzutragen, aber auch immer wieder Problemsituationen innerhalb der Therapie – von einzelnen Lehrern an die Therapeutenkonferenz herangetragen – zu besprechen. Bei Bedarf wird dann ein jeweiliger Klassenlehrer mit in die Therapeutenkonferenz eingeladen. Neben der kontinuierlichen fortbildungsmäßigen Arbeit an einem Text, zur Zeit einzelne Vorträge aus der «Geisteswissenschaftlichen Menschenkunde», liegt ein Schwerpunkt in dem gegenseitigen Wahrnehmen- und Berichten-Können der einzelnen Therapeuten. Bei den Schulaufnahme-Untersuchungen bin ich aus zeitlichen Gründen nicht beteiligt. Desgleichen gebe ich keinen Unterricht.

Die *Zusammenarbeit* mit den Lehrern ist sehr verschieden intensiv und fruchtbar. Das liegt jedoch sicherlich auch zum Teil an meiner eingeschränkten Verfügbarkeit. Zum anderen muß sich ja jeweils auch erst ein Vertrauen bei den ein- bis zweimal im Jahr stattfindenden Hospitationen einstellen.

---

[1] Dieser Bericht entspricht dem Stand 1993/94. Danach Verlagerung meiner Tätigkeit in der Schule auf einen anderen Vormittag, an dem ich in meiner Praxis eine Vertretung hatte. Zum Dezember 1996 habe ich die schulärztliche Tätigkeit nach 16 Jahren beendet, weil andere Aufgaben mich stärker beanspruchten. Ich bin froh, eine gute Nachfolgerin gefunden zu haben.

Elterngespräche: Es gibt die Möglichkeit, am Samstagvormittag für einzelne Eltern Termine mit ihren Kindern einzurichten, die in der Regel auch gut besucht werden. Da gibt es viele Fragen der Eltern, die oft über die unmittelbar mögliche Beratung hinausgehen und insofern eine Verweisung an weitergehende Behandlungen über die Hausärzte notwendig machen.

Eine *Kinderbesprechung* ist zur Zeit keine regelmäßige Einrichtung der Konferenz. Sie wird auf Antrag eines Klassenlehrers oder eines Fachlehrers als Klassenkonferenz gehandhabt, an der alle Lehrer, die das entsprechende Kind unterrichten, und die Eltern zusammentragen. Die Zusammenarbeit mit den ärztlichen Kollegen ist sehr unterschiedlich. Manchmal werden therapeutische Impulse und Ideen dankbar aufgegriffen und können insofern die begrenzten therapeutischen Möglichkeiten innerhalb der Schule erweitern.

Zu den *Therapieformen:* An der Schule werden Heileurythmie, Musiktherapie, Maltherapie, heilpädagogische Förderung, insbesondere Sprachförderung und Schulung der Sinne, angesetzt. Von außerhalb kommt einmal in der Woche eine Krankengymnastin-Masseurin, die auf hausärztliche Verordnungen, die von mir aus angeregt werden, Kinder in der Schule behandelt. Die *Indikationen* ergeben sich aus den Problemen der einzelnen Kinder; Fragestellung, die zur einzelnen Therapie führen, sind der Entwicklungsstand, das Alter, die auffallende Symptomatik, aber auch die Fragen: Wo steht das Kind? Wo muß es therapeutisch abgeholt werden? Insofern kann bei einem Kind mit einer deutlichen Sprachentwicklungsstörung durchaus am Anfang eine heileurythmische Behandlung stehen, bevor speziell sprachtherapeutisch gearbeitet wird. Oft zeigt sich aber auch, daß künstlerische Therapien erst wirksam sind, wenn vorher Massage oder Heileurythmie gemacht wurde und das Kind zu einer entsprechenden Ruhe und damit Wahrnehmungsfähigkeit nach außen kommt. Insbesondere scheint mir hier aber die Unterscheidung von Förderungsgesichtspunkten in einzelnen Bereichen, sei es durch Sprache, Bewegung, Rechnen, Lesen und so weiter, oder allgemein kräftigenden und fördernden Maßnahmen wichtig.

An der Christian Morgenstern Schule ist jedes Kind ein «Problemkind», insofern es sich um eine Kleinklassenschule für lernbehinderte und/oder erziehungsschwierige Kinder handelt. Die individuelle Förderung kann natürlich nur in gewissem Rahmen innerhalb der Schule geleistet werden. Deswegen ist es ein chronisches Problem, daß nie so viele therapeutische Plätze vorhanden sind, wie Bedarf da ist. Es gelingt manchmal, im Gespräch mit den Eltern therapeutisch Notwendiges nach außerhalb zu verlagern. Aber dieses geht natürlich nicht immer, weil teilweise auch entsprechende therapeutische Möglichkeiten gar nicht vorhanden sind oder die Möglichkeit der Eltern zu kooperieren nur mangelhaft ist. Die allgemeine Fortbildung innerhalb der pädagogischen Konferenz über Fragen zu Epilepsie, Tumorerkrankungen, sexuellem Mißbrauch, psychotischen Entwicklungen wird zur Zeit nur vereinzelt von mir und damit noch sehr unzureichend wahrgenommen, gehört also eher zu den Problemfeldern und zu den in Zukunft anzupackenden Aufgaben.

Zur *Honorarfrage:* Ich beziehe aus dem Elternförderverein monatlich 1000 DM plus Fahrtkostenerstattung. Diese Summe wurde bis zu meinem Ausscheiden aus dem Gemeinschaftskrankenhaus Herdecke an das Krankenhaus gezahlt, dafür, daß ich für die Zeit freigestellt wurde.

Marnix Schaubroeck

Zum Berufsbild des Schularztes

Meine Tätigkeit an der Rudolf Steinerschool Gent/Belgien (fünf Kindergartengruppen, Klassen 1 bis 12) beansprucht einen ganzen Tag in der Woche (Donnerstag). Meistens sieht ein solcher Tag wie folgt aus:

Hospitationen im Hauptunterricht (nur Kindergarten und Unterstufe).

Ab Januar: auch Untersuchung der zukünftigen Erstkläßler aus unserer eigenen Schule; nicht nur Schulreife, auch schon einige kleinere Untersuchungen, um möglichen Lern- oder Entwicklungsschwierigkeiten auf die Spur zu kommen. Dauer: etwa ¾ Stunde pro Kind.

Weiter am Vormittag:
- einzelne Besprechungen mit Lehrern,
- kürzere Kinderbesprechungen mit der R.T.(= Remedial Teaching)-Gruppe (2 Remedial Teachers, Maltherapeutin, Heileurythmistin); eventuell auch mit den Eltern dazu.

Nachmittags:
- Zeit für Gespräche mit Eltern, Lehrern, Oberstufenschülern,
- 15.30–17 Uhr: Allgemeine Lehrerkonferenz,
- 18–20 Uhr: entweder Ober- oder Unterstufen-Lehrerkonferenz. Ich beteilige mich an den Punkten, welche die Kinder oder inhaltliche Themen betreffen.

Weiter habe ich auch einen Unterrichtsauftrag:
- Erste Hilfe in der 10. Klasse (eine Epoche von zwei Wochen),
- «Relationsformung» in der 10. und 12. Klasse (Themen aus der Menschenkunde, Sexualität und Partnerschaft und so weiter).

Die Zusammenarbeit mit den Lehrern ist gut bis sehr gut. Ich bin an der Schule seit deren Bestehen, und immer hat man die Mitarbeit des Schularztes sehr geschätzt, einerseits weil die Lehrer eine ärztliche Betreuung der Kinder für notwendig halten, andererseits weil ich mich auch sonst sehr an der Entwicklung der Schule beteilige.

Leider fehlt mir die Zeit, um noch mehr zu tun, als jetzt möglich ist – aber die eigene Praxis läßt dies nicht zu. Dies erlebe ich als mein größtes Problem.

Ich finde es aber immer wieder eine schwere Aufgabe, die Kinderbesprechung zu leiten oder mitzugestalten. Vielleicht haben wir noch immer nicht die beste Form gefunden. Meistens machen wir eine Kinderbesprechung in zwei Teilen; das erste Mal versuchen wir uns ein phänomenologisches Bild zu formen, dabei erzählt der Lehrer über das Kind, und wir laden auch das Kind für eine kurze persönliche Vorstellung ein. Eine Woche später erzählen wir uns die Bilder, die bei den verschiedenen Lehrern entstanden sind, und wir versuchen auch eine Wesensgliederdiagnose. Dabei erlebe ich immer, wie schwer das den Lehrern fällt und wie nötig hierfür noch eine gründlichere Vorbereitung in den Ausbildungsstätten wäre.

Die Zusammenarbeit mit den Eltern ist sehr unterschiedlich; sehr viele sind Patienten in unserem Therapeutikum, was die medizinische Betreuung ihrer Kinder sehr erleichtert. Andere Eltern suchen nur eine Steinerschule, ohne sich weiter für die Anthroposophie oder die anthroposophische Medizin zu interessieren.

Die Kontakte mit Kollegen der Ärzteschaft sind sehr gering, zum Teil, weil so viele Kinder auch bei uns Patienten sind oder es werden, wenn sie einige Zeit auf der Schule sind.

Die Therapieformen an der Schule sind: Remedial Teaching (nach Audrey McAllen, aber betreut von einer erfahrenen Ergotherapeutin), Heileurythmie (nur zwei Stunden pro Woche), Maltherapie und Musiktherapie. Nur die R.T. wird von der Schule bezahlt.

Wir haben auch schon kranke Kinder an der Schule gehabt. Ein Rollstuhlfahrer hat die ganze Schule bis zur 12. Klasse mitgemacht, ohne Probleme. Schwerkranke Kinder haben wir noch nicht gehabt, wohl viele Kinder mit schweren Lern- oder Entwicklungsproblemen; meistens müssen diese Kinder dann nach einiger Zeit auf eine Sonderschule wechseln, was in der Regel ohne schwierige Probleme vor sich geht.

Meine eigenen Arbeitsschwerpunkte haben jahrelang in der Unterstufe gelegen. So habe ich an der Gestaltung der Erstkläßler-Untersuchung und am Ausbau des Remedial Teaching mitgearbeitet.

Seit drei bis vier Jahren beschäftige ich mich mindestens während der Hälfte der Zeit mit der Oberstufe, weil ich das Gefühl habe, daß mit den Schülerinnen und Schülern dieses Alters noch sehr viele Aufgaben aufzugreifen sind. Ich glaube, daß auf diesem Gebiet die Lehrer noch zu viel an ihren Stundenplan und Lehrinhalt gebunden sind und daß wir eigentlich ein anderes Modell für die Oberstufe entwickeln sollten. Dieses würde zum Beispiel auch das Problem des Drogengebrauchs zu bewältigen helfen.

Mein *Honorar* ist offiziell und entspricht etwa der Hälfte desjenigen, was ich in der Praxis verdienen würde. Die Schule hat immer Geldnot, und dies ist mit ein Grund, daß ich nicht mehr als einen Tag pro Woche in der Schule sein kann.

Hans Kaspar Mittelstrass

Bericht über schulärztliche Tätigkeit

Ich bin nun seit der Gründung der Rudolf Steiner Schule in Nürtingen dort Schularzt. Als Kliniker – Arbeit als leitender Kinderarzt an der Filderklinik bei Stuttgart – konnte ich die Schularzttätigkeit jedoch nur als bescheidene Nebenbeschäftigung wahrnehmen. Dies führt zu ständig schlechtem Gewissen gegenüber vielen Aufgaben, die es gibt, zum Beispiel wegen mangelnder Vorbereitung in den Konferenzen, und Enttäuschung im Kollegium über seltene Präsenz und Verfügungsmöglichkeit des Schularztes bei vielfältigen Fragen, insbesondere den sogenannten schwierigen Kindern.

Bei einer so gearteten Schularzttätigkeit kann ein Unterricht nicht gegeben werden. Sie erlaubt aber Hospitationen, meist in den Klassen 1 bis 8, seltener in der Oberstufe, Teilnahme an Konferenzen, Kinderbesprechungen mit Vorstellung in Anwesenheit von Lehrern, Eltern, Heileurythmistin, Aufnahmeuntersuchung, nicht nur in der 1. Klasse, auch der später kommenden Quereinsteiger (da sehr wichtig), und Reihenuntersuchungen der 4. und 8. Klasse. Darüber hinaus ist die Schularzttätigkeit eine Brücke zur Klinik und den dortigen Möglichkeiten der Diagnostik und Bearbeitung spezieller Probleme, zum Beispiel im jugendpsychiatrischen Bereich. Es war mein Bestreben, an der Klinik eine Schul- und Erziehungsberatungsstelle zu etablieren, was mir nicht gelang. Dafür existiert die Heilpädagogische Ambulanz von Herrn Köhler, jetzt eigenständig von ihm geführt, und die kinder- und jugendpsychiatrische Sprechstunde von Herrn Ruckgaber an der Filderklinik.

In früheren Jahren war es mir möglich, auch gelegentlich einen Beitrag öffentlich zu bringen (ich schätze mich allerdings nicht als guten Redner ein und habe so diese Art des Einsatzes eher gebremst) oder an Elternabenden dabei zu sein auf Wunsch des Lehrers, wenn ein Thema mit medizinischer Relevanz besprochen werden sollte (Ernährung, Pubertät oder ähnliches). Die Präsenz fällt für die Oberstufe fast völlig aus. Nur in Einzelfällen kann ich Feuerlöscher spielen und bei Lösungen mithelfen, wenn Schüler in Not geraten (Bulimie, Anorexie, Aufkündigung der Mitarbeit am Unterricht aus welchem Grund auch immer). Das Drogenproblem erscheint mir in der Nürtinger Schule präsent, aber nicht ausufernd, jahrgangsweise sehr verschieden.

Ich habe die Schularzttätigkeit für mich als lehrreich und nützlich angesehen und auch so gestaltet: Durch die Mitarbeit in der Konferenz war es mir möglich, allmählich die pädagogische Literatur Steiners kennenzulernen und den Lehrplan sowie die Lehrpraxis der Waldorfschule, was im Klinikalltag kaum möglich gewesen wäre.

Die Begegnungen mit Jahrgangsklassen und den verschiedenen Altersstufen von der Kindheit bis zur Jugend sind ein ständiger Anschauungsunterricht in der normalen kindlichen Entwicklung, den man so geballt in der Begegnung in Klinik und Praxis nicht haben kann. Dort treten Extremprobleme auf und nicht nach Alter geordnete Einzelbegegnungen in Ausnahmesituationen.

Nun kurz zu den mir gestellten Fragen.

- Alle 8 bis 14 Tage donnerstags Hospitation in einer Klasse, Hauptunterricht, anschließend Kindervorstellung zusammen mit Lehrer, Eltern und Heileurythmistin. Wöchentliche Teilnahme an der pädagogischen Konferenz, Kindervorstellung nachmittags, wenn der Vormittag nicht ausreicht.
  Wenn es der Dienstplan zuläßt, insbesondere in «Aufnahmezeiten», samstags vormittags Präsenz. Teilnahme an einem Arbeitskreis über Therapie an der Schule zusammen mit Lehrern und Heileurythmistin.

- Es besteht eigentlich durchweg ein gutes Verhältnis zu den Lehrern. Meine Hospitationswünsche werden problemlos akzeptiert. Ein Nachgespräch über die Klasse und einzelne Kinder findet meist im Anschluß daran statt. Es können dabei auch gelegentlich Beobachtungen zu Unterricht und Lehrerpersönlichkeit geäußert werden, was allerdings viel Takt erfordert.

- Einschulungsuntersuchungen für die 1. Klasse, auch im Auftrag der Schulbehörde, mit Ausfüllung eines computergerechten Formblatts. Aufnahmeuntersuchung in laufende Klassen. Hospitationen im Kindergarten leider selten, in den Klassen 1 bis 8 regelmäßig, selten in der Oberstufe. Es kommen die Klassen 1 bis 8 einmal pro Jahr im Schnitt dran. Kein Unterricht. Hospitationen in der Oberstufe während des Menschenkundeunterrichts, dann Frage-Antwort-Spiel.

- Bei den Kindervorstellungen sind Eltern dabei. Ich empfinde mich als Anwalt des Kindes und Mittler zwischen Eltern und Lehrern. Wieweit dies immer so empfunden wird und angenommen werden kann, ist individuell verschieden.

- Kinderbesprechungen in der Konferenz finden leider selten statt, oft für mich unvermittelt, also unvorbereitet, so daß ich dann passen muß mit eigenen Beobachtungen. An der Verbesserung der Kinderbesprechungen wird aber gearbeitet, insbesondere in dem Arbeitskreis.

– In der Schule bin ich nicht behandelnder Arzt, oft Vermittler zwischen Eltern und Lehrern, immer Anwalt des Kindes, manchmal Stütze für den Lehrer gegenüber den Eltern, Beobachter, der dann Vorschläge versucht zu unterbreiten und/oder mit den Beteiligten zu erarbeiten für die Behandlung des Kindes. Nur selten brauche ich mich direkt mit dem Hausarzt in Verbindung zu setzen. Meist geschieht dies über die Eltern.
  Viele der Kinder werden von den anthroposophischen Ärzten des Umkreises behandelt, mit denen sowieso ein regelmäßiger Arbeitskreis besteht mit der Möglichkeit des Austausches dort.

– In einzelnen Klassen werden Kinder mit körperlichen Schwächen mitgeführt (Rollstuhlpatient, Muskeldystrophie, Amelie, Cerebralparese, Diabetes, CF [= Cystische Fibrose], Epileptiker).
  Solche offensichtlichen körperlichen Mängel werden leichter akzeptiert als seelisch-geistige und im täglichen Umgang weniger offensichtliche «minimale» Defekte. Die erstgenannten Kinder sind ein sozialer Segen für die Klassen.

– Honorar: Ich erhalte mein Gehalt über die Klinik. Die Aufgabe, eine angemessene Vergütung für meine Tätigkeit in der Schule zu vereinbaren, habe ich den Verwaltungsleitern von Klinik und Schule übertragen.

Elisabeth Heim-Will

Berichte aus meiner Schulpraxis[1]

Zur Beantwortung der an uns Schulärzte gestellten Fragen – in etwa nach den angeführten Punkten:

- Ich bin wöchentlich an zwei Vormittagen, bei Bedarf bei den Elternabenden und pädagogischen Konferenzen im kleinen Kreis auch mal mittags anwesend. Hinzu kommt viel «Hausarbeit», Referate, Eltern- und Lehrerempfänge, Telefonate und so weiter.

- Zusammenarbeit mit Lehrern, freundlich, reibungslos im allgemeinen. Aber es bleibt eine geheime Kluft, die einerseits durch die verschiedenen Grundaspekte (medizinisch-menschenkundlich und pädagogisch-menschenkundlich) bedingt ist – andererseits durch den Altersunterschied der Lehrer zu meiner Person (ich bin über 70 Jahre alt!). Die «Jüngeren» haben eine andere Sprache, suchen eigene Wege und wollen oft von uns Älteren Patentrezepte für nur sterile «Diagnosen». Auch sind viele restlos mit Überforderungsproblemen beschäftigt.

- In freier Regelfolge hospitiere ich jährlich in jeder Klasse der Unter- und Mittelstufe ein- bis zweimal jeweils an 2 bis 3 oder 4 Tagen. Dazu kommen sämtliche regellosen Problem- oder Notfälle. Auch bei der Heileurythmie hospitiere ich öfter. Mit dem Klassenlehrer gemeinsam werden dann die Kinder, die Sorgen bereiten, herausgesucht und eingehend von mir untersucht, wobei ich mich auch ausführlich im Gespräch mit ihnen beschäftige.

- Danach folgen die sehr ausführlichen Elterngespräche, für die ich mir viel Zeit nehme – oft mehrmals. Diese Tätigkeit wird immer intensiver, notwendiger. Es ist eine sehr verborgene, oft nicht wahrgenommene, sehr fruchtbare, ernste Arbeit. Es gibt viele Schwierigkeiten zwischen Eltern und Lehrern, Lehrern und bestimmten Kindern, Schwierigkeiten zu Hause und so weiter.

---

[1] Dr. med. Elisabeth Heim-Will ist Schulärztin an der Freien Waldorfschule Wangen im Allgäu.

- Wenn ich mich dann etwa drei Wochen mit einer Klasse beschäftigt habe, die Untersuchungen und Gespräche abgeschlossen sind, arbeite ich für jedes der «schwierigen» Kinder ein ausführliches Referat aus. Dann folgt die kleine pädagogische Klassenkonferenz mit Klassenlehrer, Fachlehrern, Heileurythmistin. Es wird im «Eiltempo» alles zusammengetragen (5 bis 8 Kinder in zwei Stunden!), was ich dann zuletzt zusammenfasse, um das Wesen des betreffenden Kindes schließlich «erscheinen» zu lassen, denn das können wir nicht «machen», das muß «geschehen». Aber da liegen meine Probleme. Wir sprechen oft mit verschiedenen Sprachen und sehen mit verschiedenen Augen. Darum arbeite ich diesen «Prozeß» vor der Konferenz für mich selbst aus und schreibe dann alles nieder, beziehungsweise male mein Bild aus. Den Abschluß einer solchen Beschäftigung mit einer Klasse bildet häufig ein intimes Gespräch mit dem Lehrer allein. Er fragt etwa: Wie erleben Sie meinen Unterricht – was haben Sie beobachtet? Dann beginne ich zu schildern, wie ich die Klasse als Ganzes erlebe, in ihrer Entwicklung, in ihren Problemen, ob ich nach dem Hauptunterricht in Schweiß gebadet bin oder tödlich gelangweilt oder frisch und froh, wo es stockt, wo es fliegt, wie die Ausstrahlung des Lehrers auf mich wirkt, wo Leben ist und wo Dürre. Und wo vor allem Kinder sind, zu denen einfach kein gutes Verhältnis besteht. Diese Gespräche mit den Lehrern sind mir sehr, sehr wichtig und ich wundere mich, wie gut das geht und wie im Grunde jeder sich bemüht. Auch ist es oft wichtig, *das* Bild des Kindes, das ein *Lehrer* hat, zu *ergänzen* durch Erfahrungen aus Elterngesprächen oder aufgrund meiner eigenen Untersuchungen oder Eindrücke.
  Ergänzend ist zu sagen: Ich muß nicht nur den Lehrern das Kind oder auch dessen Eltern näherbringen, sondern ich rede oft mit den Kindern über ihre Lehrer, schlüpfe ganz in die Kinder hinein, und dann suchen wir gemeinsam den Lehrer zu verstehen und ihm zu helfen …

- Mein Honorar – bei ca. 200 km Autofahrt pro Woche und viel «Hausarbeit» – liegt bei DM 600.– im Monat, ausgenommen in der Ferienzeit oder bei einer Erkrankung meinerseits. Da ich dieses Geld versteuern muß, handelt es sich allenfalls um eine «Aufwandsentschädigung».

Norbert Schweig

Schulärztliche Tätigkeit

Ich bin Schularzt in einer kleinen Waldorfschule für Erziehungshilfe, der Johannesschule in Friedrichsthal im Saarland. Diese Schule liegt zwischen den beiden großen Waldorfschulen Saarbrücken und Bexbach. Sie betreut zum einen Kinder, die in den großen Klassen der beiden Schulen nicht die ihnen gemäße Förderung erfahren können. Zum anderen finden aber auch viele Eltern direkt den Weg in unsere Schule. Im offiziellen Sprachgebrauch sind dies Kinder, die lernbehindert oder in ihrem Sozialverhalten gestört sind. Zur Zeit umfaßt unsere Schule 90 Kinder, dem Kollegium gehören 20 Personen an.

Ich möchte pro Woche etwa vier bis sechs Stunden in der Schule sein, inklusive der pädagogischen Konferenz. Manchmal ist es jedoch leider weniger, je nach Beanspruchung durch meine große allgemeinmedizinische Kassenpraxis.

Die Zusammenarbeit mit den Lehrern ist sehr gut. Anregungen meinerseits werden gerne aufgenommen.

Während meiner Zeit in der Schule versuche ich regelmäßige Hospitationen im Unterricht zu machen und die neuen Kinder sowie die Problemkinder nach und nach zu untersuchen.

In meiner jetzt sechsjährigen Tätigkeit habe ich mich regelmäßig an den Elternabenden vorgestellt und auf meine Sprechzeiten hingewiesen. Dieses Angebot wird jedoch nur sehr zögernd von den Eltern angenommen, da die meisten Kinder nicht in anthroposophisch-medizinischer Behandlung sind.

In diesem Zusammenhang ist auch die Zusammenarbeit mit den Kollegen im Umfeld zurückhaltend. Der Bekanntheitsgrad der anthroposophischen Medizin ist noch gering.

Die Kinderbesprechungen führen wir seit nunmehr vier Jahren intensiver durch, möglichst einmal im Monat. Wir lehnen uns dabei an einen Vorschlag von Hans Friedbert Jaenicke an sowie an eine seminaristische Ausführung von Dr. Johannes Bockemühl im Frühjahr 1993 in Neuenweg. Diese Vorgehensweise hat sich sehr bewährt und wirkt befruchtend auf die pädagogische Arbeit. Man kann eigentlich jedesmal auch den Fortschritt am Kind selbst innerhalb der folgenden Wochen erleben.

Seit drei Jahren haben wir einen Heileurythmisten an der Schule, der heilpädagogisch sehr erfahren ist und somit meine Arbeit außerordentlich unterstützt.

Das Hauptproblem meiner Arbeit hat sich bisher aus meiner mangelnden Erfahrung in der Heilpädagogik ergeben. Leider war es mir bis jetzt nicht möglich, in einer heilpädagogischen Einrichtung über längere Zeit zu hospitieren, und ich erlebe meine Tätigkeit als lediglich allgemeinmedizinisch begleitend und mit dem Versuch, die anthroposophische Medizin hier soweit zu vertreten, wie es in meinen Möglichkeiten steht. Natürlich sollte eine heilpädagogische Schule von einem heilpädagogisch erfahrenen Arzt betreut werden. Ein solcher ist jedoch im weiteren Umkreis des Saarlandes nicht tätig.

Heini Güttinger

Aufgaben des Schularztes[1]

Er ist der medizinische, häufig kinderpsychiatrische Berater des Lehrerkollegiums. Er ist der Vertreter des ärztlichen Gesichtspunktes bei den Kinderbesprechungen. Wenn der Schularzt eine eigene Praxis hat, was meines Wissens bei allen schweizerischen Schulärzten der Fall ist, dann ist er häufig das einzige Kollegiumsmitglied, welches die Schule nicht nur von innen, sondern auch von außen kennt. Wenn es dem Schularzt gelingt, das Vertrauen sowohl der Eltern wie auch der Lehrer zu gewinnen, so kann das für die Schule sehr positiv und fruchtbar sein. Die Erhaltung und Pflege dieser beiden Vertrauensbeziehungen ist nicht einfach. Ein weiterer heikler Aufgabenbereich ist die schulärztliche Bemühung um die Gesundheit des Kollegiums.

In meiner über achtjährigen Schularzttätigkeit habe ich mich immer als Konsiliarius des Kollegiums definiert. Das heißt, ich stehe den Lehrern nur dann beratend zur Seite, wenn sie mich darum bitten. Aus diesem Grund ist die Zusammenarbeit mit den verschiedenen Lehrern sehr unterschiedlich. Wenn Eltern mir über ihre Nöte mit dem Lehrer in der Sprechstunde berichten, so schalte ich mich in der Regel nicht direkt ein. Ich bitte die Eltern, sich an den Lehrer zu wenden, und biete meine Dienste als Gesprächsleiter an. Hospitationen, auch wenn sie wegen der Praxis selten geschehen können, geben einen starken Einblick und können das Vertrauen des Kollegiums fördern. Meine kurzen Einsätze im Unterricht (Nothelferkurs, AIDS, Drogen, Sexualität) geben einen eindrücklichen Einblick in die Probleme der Oberstufe.

Während der vergangenen Jahre hat sich der Aufgabenbereich als Schularzt immer wieder gewandelt. Ich denke, der Aufgabenbereich des Schularztes wird einerseits durch die äußeren Möglichkeiten bestimmt (Praxis, Heimbetreuungen und so weiter), andererseits hat jeder Schularzt seine persönlichen Arbeitsschwerpunkte und Interessen, welche seine Aufgabe beeinflussen.

Nun zu den mir gestellten Fragen:

- Zeitlicher Umfang: etwa vier bis fünf Stunden pro Woche.
- Ich mache Klassenuntersuchungen in der 1., 5. und 8. Klasse. Selten Hospitationen.

---

[1] Dr. med. Heini Güttinger war bis vor kurzem Schularzt an einer Waldorfschule im Raum Zürich/Schweiz.

- Ich nehme alle 14 Tage an der Kinderbesprechung in der pädagogischen Konferenz teil. Problemkinder werden zeitweise nur mit dem Klassenlehrer und den Fachlehrern besprochen.
- Wir haben Heileurythmie und Sprachgestaltung. Die Anregung zur Therapieeinleitung wird meistens vom Klassenlehrer gegeben.
- Die Integration kranker Kinder in den Schulablauf hängt ganz von den Möglichkeiten des Lehrers und von der Unterstützungsbereitschaft der Eltern ab.
- Es handelt sich um eine ehrenamtliche Aufgabe.

Renata Wispler

Versuch einer Beschreibung meiner Schularzt- und Heimarzttätigkeit im Schloß Hamborn

Die Rudolf Steiner-Werkgemeinschaft Schloß Hamborn ist eine Besonderheit im Bereich der Waldorfschulen. Es sind hier eine normale Waldorfschule mit einer integrierten Kleinklassenschule für lernbehinderte und erziehungsschwierige Kinder und ein Heimbereich, in dem vor allem die Schüler der Kleinklassenschule leben, auf einem Raum vereinigt.

In diesem Heim arbeite ich zusammen mit Frau Irene Bühlmeier, die als ärztliche Mitarbeiterin dort angestellt ist. Sie ist verantwortlich für den Aufnahmebereich des Heimes, für die vielfältigen therapeutischen Einzelmaßnahmen wie Heileurythmie, rhythmische Massage, Förderunterricht und Reittherapie sowie für die psychologisch-psychiatrische Begleitung der Heimschüler.

Ich möchte nun versuchen, die an uns gestellten Fragen der Reihe nach zu beantworten.

– Da ich unmittelbar auf dem Gelände der Schule und des Heimes wohne, findet meine Arbeit in beiden Einrichtungen «zwischendrin» statt. Für die Schule ungefähr drei Stunden pro Woche, für das Heim ungefähr sieben Stunden pro Woche.

– Die Zusammenarbeit mit den Lehrern ist gut und findet statt, wenn diese auf mich zukommen oder, was seltener ist, sich die Eltern direkt an mich wenden. Dies ist so, weil ich in den Klassen nicht hospitiere.

– Die Kleinklassenkinder werden im Rahmen des Heimes einmal jährlich von mir untersucht. Die Therapien werden dann mit Frau Bühlmeier besprochen. In der Großklasse sehe ich die Kinder nur vor der Einschulung. Hospitationen finden sehr selten statt und müssen vom Lehrer angefordert werden. Unterricht habe ich früher einmal gegeben, jetzt geht es aus Zeitgründen nicht mehr.

– Eltern wenden sich hier selten an mich. Seltsamerweise kommen öfter Eltern der Detmolder Waldorfschule, um mir ihre Kinder vorzustellen. Diese Vorstellungen finden dann im Rahmen meiner Praxis als praktische Ärztin statt.

– Kinderbesprechungen finden vor allem in der Heimkonferenz statt (an der ich regelmäßig genauso wie an der pädagogischen Lehrerkonferenz teilnehme). Bei diesen Kinderbesprechungen im Heim werden dann auch die betroffenen Lehrer dazugebeten. Über die Form der Kinderbesprechung sind wir im Rahmen der pädagogischen Heimkonferenz ständig im Gespräch und arbeiten auch mit Dozenten, die wir von außen zu diesem Thema dazubitten. Neben den Kinderbesprechungen im großen Heimkonferenzkreis finden auch solche im kleineren Therapeutenkreis statt. In diesem arbeitet Frau Bühlmeier mit.

– Probleme ergeben sich einmal von meiner Seite aus. Wegen meiner, wenn auch kleinen, aber doch selbständigen Praxis habe ich keine Zeit zum Hospitieren und auch nicht für den Unterricht. Dies schränkt die Schularzttätigkeit sehr ein. Andererseits bin ich für eben diese Tätigkeit in der Praxis sehr dankbar und erlebe sie als große Bereicherung für meine schulärztliche Tätigkeit. Wie diese beiden Aspekte unter einen Hut zu bringen sind, ist mir noch nicht klar, zumal ich früher nur Schularzt war und damals eine Praxis vermißt habe. Probleme von seiten der Schule sind: Oft wird vom Schularzt erhofft, daß er alle schwierigen Kinder wesentlich bessern kann – da gilt es dann immer wieder auch die Grenzen der schulärztlichen Möglichkeiten sichtbar zu machen.

– Mein Schwerpunkt liegt in der Erziehungsberatung und medizinischen Führung von lernbehinderten und erziehungsschwierigen Kindern, die hauptsächlich, aber nicht nur, bei uns in der Kleinklasse geführt werden.

– Großklassen: Hier haben wir nur Heileurythmie in der Unterstufe bei Lateralitätsproblemen und dann hauptsächlich bei den sogenannten schwierigen Kindern, in der Oberstufe nur bei vereinzelten Schülern und dann außerhalb der Schule. Dabei ist es meistens das Malen, das zur Anwendung kommt. Diagnosen sind vorwiegend Rückzugsverhalten oder präpsychotische oder neurotische Zustände.
Kleinklassen: Hier hat jede Klasse von der 4. bis zur 8. (unsere Schule beginnt mit der 4. Klasse) in den Stundenplan integriert drei Therapiestunden pro Woche, in denen die Kinder in rollierendem Verfahren zu den verschiedenen Therapeuten kommen, hauptsächlich einzeln, beim Malen zu zweit oder manchmal auch bis zu viert, und dort dann über einen Zeitraum von einigen Wochen bleiben. Indikationen gibt es da nicht direkt, nur in Einzelfällen. Sonst kommt eben jedes Kind einmal zu jedem Therapeuten.
In der Kleinklassenoberstufe bekommen einzelne Schüler Therapien, und hier gezielt. Indikationen erhalten eigentlich alle, wobei die schwer verhal-

tensgestörten Jugendlichen nur mühsam an diese Therapiemaßnahmen außerhalb der Schule zu bekommen sind. Hilfreich ist hier die Reittherapie, die nicht unter dem Begriff Therapie bei den Jugendlichen läuft und für die Ober- und Mittelstüfler gut zu motivieren sind.
Außerdem haben wir ab der 11. Oberstufenkleinklasse die Berufsförderung eingeführt. Die dort anstehende sinnvolle Arbeit ist in diesem Alter fast wichtiger und therapeutischer als direkte Therapie im engeren Sinne.

– Honorar bekomme ich von der Schule zur Zeit DM 300.– pro Monat, von dem Heim keines. Dafür wird meine Mitarbeiterin anteilig vom Heim bezahlt.

Michael Weiler

Bericht über die Tätigkeit des Schularztes an der Waldorfschule Lübeck

Seit dem 1. Januar 1992 bin ich an der Waldorfschule in Lübeck als Schularzt angestellt. Die Schule hat etwa 550 Schüler, sie ist einzügig voll ausgebaut und hat parallel zur Unter- und Mittelstufe einen Kleinklassenzug, in dem je zwei Jahrgänge zusammengefaßt sind, zur Zeit fünf Kleinklassen (eine wurde noch in die Oberstufe weitergeführt). Die Schule besteht seit ungefähr 18 Jahren. An Therapien steht lediglich die Heileurythmie, diese jedoch mit einem vollen Deputat, zur Verfügung. Ich selbst bin mit einem halben Deputat an der Schule angestellt, gemäß Lehrertarif. Ich bin, inklusive Konferenzen, 20 Stunden pro Woche in der Schule anwesend. Daneben betreibe ich eine kleine Nervenarztpraxis mit Kassenzulassung, überwiegend Psychotherapie, jedoch auch Konstitutionsbehandlungen von Schul- und heilpädagogischen Kindern (Zusammenarbeit mit einem heilpädagogischen Heim und einem integrativen Kindergarten).

Der Wochenverlauf gestaltet sich folgendermaßen: Montags eigene Praxis. Dienstags Hauptunterricht zur allgemeinen Verwendung (Klassenhospitationen, Hospitation in der Heileurythmie, Elterngespräche, Verwaltungsarbeiten, andere Aufgaben), anschließend bis 13.00 Uhr Heileurythmiebesprechung oder gegebenenfalls Klassenkonferenz. Am Dienstag nachmittag ebenfalls Zeit für Elterngespräche oder Klassenkonferenzen. Mittwochs bis 11.00 Uhr zur allgemeinen Verwendung, am Freitag nur in der Hauptunterrichtszeit. Am Donnerstag in der Hauptunterrichtszeit häufig Hospitation in einer der drei Kindergartengruppen, am Nachmittag Teilnahme an der Lehrerkonferenz einschließlich interner Konferenz.

Mein Arbeitsschwerpunkt liegt in den Klassenhospitationen, um so, wie Steiner das vorschwebte, «alle Kinder in ihrem Gesundheitszustand» kennenzulernen, wobei das Schwergewicht auf den Kleinklassen und der Unterstufe liegt. Weiterhin sehr im Vordergrund stehen die Hospitationen in der Heileurythmie, wobei ich in einer etwa zwölfwöchigen Heileurythmie-Epoche jedes Kind idealerweise zweimal zu sehen bekomme. Ein dritter, gleichgewichtiger Punkt besteht in den Gesprächen mit den Eltern der Kinder, die zur Zeit in der Heileurythmie sind, sowie anderer Kinder, bei denen es Probleme gibt. Darüber hinaus nehme ich an allen Klassenkonferenzen teil, bei denen meine Anwesenheit sinnvoll ist. In der pädagogischen Konferenz gehörte ich über das vergangene Jahr zum Vorbereitungskreis, da ich zusammen mit vier Lehrern der Schule an der Kolisko-Tagung in England teilgenommen hatte und beschlossen wurde, die Beschäftigung mit der Sinneslehre als Impuls aus der Kolisko-Tagung in der Konferenzarbeit fortzuführen. Zu zwei schulinternen Lehrertagungen bereitete ich zusammen mit der Kunstlehrerin den Kurs «Organplastizieren» vor und gab jeweils die Einführungen dazu. Außerdem nehme ich vollumfänglich an den Aufnahmegesprächen und -untersuchungen für die neue erste Klasse (eventuell Kleinklasse) teil.

Unterricht gebe ich zur Zeit nicht, jedoch war ich einmal für die Menschenkundeepoche der 10. Klasse für einen erkrankten Kollegen eingesprungen.

Eine weitere nichtschulärztliche, aber für die Integration in das Schulleben um so wichtigere Aufgabe ist das Amt als Bühnen-Mitverantwortlicher und Beleuchter bei Klassenspielen und Eurythmieaufführungen. Ein wesentlicher Beitrag in dieser Richtung war auch die Übernahme einer größeren Rolle im Weihnachtsspiel.

Wie gestaltet sich die Arbeit mit den Lehrern? Sehr unterschiedlich. Weniger Kontakte mit Oberstufenlehrern, intensivere mit den Kleinklassenlehrern und den Klassenlehrern der Unterstufe. Auch da bestehen individuell deutliche Unterschiede. Insgesamt ist eine wohlwollende und förderliche Atmosphäre vorhanden.

Die Zusammenarbeit mit den Eltern ist ebenfalls unterschiedlich. Das Spektrum reicht von ängstlichen Eltern, die darum bitten, nicht mit dem Schularzt sprechen zu müssen, bis hin zu zusätzlicher hausärztlicher Betreuung mit freundschaftlichem persönlichem Kontakt. Insgesamt ist eine Tendenz zu immer mehr Vertrauen zu verzeichnen. Dazu muß man wissen, daß die Schule noch nie über längere Zeit kontinuierlich einen Schularzt hatte und daß erst eine «schulärztliche Tradition» geschaffen werden muß.

Der Kontakt zu den hausärztlichen Kollegen, die die Kinder behandeln, ist im ganzen recht gut. Ein gewisses Problem stellt manchmal die «konstitutionelle Behandlung» dar. Das Medizinstudium erzieht uns dazu, *kranke* Menschen zu behandeln. Die Schulkinder sind jedoch im grob medizinischen Sinne meist *gesund*. Für die konstitutionellen Schwächen, die in der Schule das Kind leicht an die Grenzen seiner Möglichkeiten bringen können, haben wir als studierte Mediziner zunächst keinen Blick. Da auch ich mich erst langsam in eine tragfähige konstitutionelle Sichtweise einleben muß, kann ich meine hausärztlich behandelnden Kollegen verstehen, wenn sie auf meine Anregungen hin zuweilen etwas ratlos sind. Hier sehe ich, daß ich in Zukunft bessere Hilfestellungen erarbeiten muß.

Ein wichtiges Leitmotiv, was mich dazu bewogen hat, die schulärztliche Tätigkeit zu ergreifen, liegt darin, daß ich in dieser Aufgabe immer etwas Problematisches erlebt habe. Wenn der Schularzt ausschließlich an der Schule tätig ist, kommt er in die Gefahr, doppelt von seiner therapeutischen Bestimmung abgeschnitten zu werden: Zum einen möchte das Kollegium ihm unbewußt gerne nahelegen, die Probleme ebenfalls aus pädagogischen Gesichtspunkten zu beurteilen, zum anderen ist er in der Schule überwiegend diagnostisch tätig und muß daher die Durchführung therapeutischer Ideen delegieren. Ist er aber überwiegend außerhalb der Schule selbst therapeutisch tätig (zum Beispiel in der eigenen Praxis), so droht ihn die Arbeitsfülle von seiner Tätigkeit in der Schule und seiner mittragenden Zugehörigkeit zum Kollegium abzuziehen. Als ich die Arbeit in der Schule begann, machte ich mir zur Aufgabe, zu studieren, wie eine ausgewogene Verteilung zwischen schulärztlicher Tätigkeit und eigener Praxis zu bewerkstelligen sei. Wichtig ist mir auch, die Bedingungen zu studieren, die ein Arzt an der Schule haben muß, um dort als Schularzt segensreich wirken zu können, aber auch, was er selbst an Voraussetzungen mitbringen muß, um dieser Aufgabe mit der Zeit gerecht werden zu können.[1]

---

[1] Seit ich diesen Bericht verfaßte, hat sich an meiner Arbeitssituation einiges geändert. Nach wie vor bin ich mit einem halben Deputat als Schularzt tätig, seit drei Jahren verrichte ich dazu als zweite Halbtagsstelle das Amt des Hausmeisters der Schule. Dies entzieht zwar der Schularzttätigkeit einerseits Energien, andererseits wird sie dadurch in guter Art ergänzt, indem zum Beispiel Kinder dem Hausmeister etwas helfen und er in der Zusammenarbeit eine bessere Konstitutionsdiagnose stellen kann. Die vielfältigen neuen Aspekte, die durch die Kombination der Tätigkeiten entstehen, wären einen eigenen Bericht wert, den ich an dieser Stelle jedoch nicht geben kann.

Mena Kiene

Bericht über die schulärztliche Tätigkeit

An der Waldorfschule in Nijmegen, wo ich als Schulärztin tätig bin, ist die Unterstufe einzügig, die Oberstufe zwei-, teilweise dreizügig bis zur zwölften Klasse. Die Oberstufe wird von Schülern aus der weiteren Umgebung besucht, die die Unterstufe der Waldorfschule in kleineren Städten absolvierten. In den Niederlanden sind Unterstufen-Waldorfschulen üblich. Es gibt viele dieser kleineren Schulen, die sich an regionale Oberstufen angeschlossen haben. Drei Kindergartenklassen gehören, wie in Holland üblich, zur Schule.

Meine Mitarbeit sieht so aus, daß ich jeweils an drei bis vier Vormittagen pro Woche an der Schule in Nijmegen und deren regionalen Unterstufen bin und am Donnerstag die pädagogische Konferenz besuche.

Den Schularzt sehe ich wie eine Art Hausarzt für die Lehrer und ihre Klassen an, der in der Schule anwesend ist, die Kinder kennt und ein Vertrauensverhältnis mit den Lehrern aufbaut.

Auf Anfrage des betreffenden Lehrers kommen die Kinder in die Sprechstunde, die kleineren mit den Eltern, die größeren allein. Dem Alter und dem vorliegenden Problem entsprechend stelle ich Fragen nach der Schule, Freunden, Freizeitbeschäftigungen, Eß- und Schlafgewohnheiten, Kopf-, Bauch- oder anderen Schmerzen und spreche eventuell auch über Probleme, die die Kinder haben. Dann untersuche ich sie, wobei ich auf den Herzschlag, den Puls/Atem-Quotienten achte. Leber, Milz, die Haltung und die motorische Entwicklung beurteile ich auch, sowie das Gebiß, die Ohren, Augen und die Größe.

Im Gespräch mit dem Lehrer des jeweiligen Kindes tauschen wir aus, was wir von diesem Kind lernen können, und besprechen die «Behandlung», die das Kind bekommen soll. Diese kann sehr unterschiedlich sein: Der Lehrer gibt dem Kind in der Klasse einen speziellen Auftrag, zum Beispiel bestimmte Malübungen, Formenzeichnungen oder Sprachübungen. Es kann auch sein, daß er der Klasse eine auf das Kind zugeschnittene Geschichte erzählt, eine Unterrichtsepoche in einer bestimmten Richtung vertieft oder besonders auf ein Temperament eingeht. In manchen Fällen bekommt das Kind eine gezielte Therapie, wie Heileurythmie. Häufig führen der Lehrer, die Eltern und ich auch noch ein Gespräch, manchmal auch mehrere.

Die Kinder kommen aus unterschiedlichsten Gründen zum Schularzt: wegen Konzentrationsschwäche, Verhaltensstörungen, Unruhen, Ängsten, Legasthenie, anderen Lernschwierigkeiten, Schlafstörungen, Wachstumsproblemen und anderem. Auch wird mir manchmal die Frage gestellt, ob ein Kind nicht besser in die Sonderschule gehen sollte. Diese Frage muß mit den jeweiligen Lehrern besprochen werden, bis die Probleme – von den verschiedenen Seiten beleuchtet – so deutlich werden, daß die Lehrer die Frage beantworten können.

Regelmäßig untersuche ich alle Kinder zur Einschulung und in der 9. Klasse. Ich nehme mir die Zeit, in jeder Klasse zu hospitieren. Das ist wichtig, um über die Wirkung des Unterrichts auf die Gesundheit sprechen zu können.

Wir haben auch eine therapeutische Arbeitsgruppe, in der zwei «remedial teachers», die Heileurythmistin und ich monatlich einen Klassenlehrer der Unterstufe einladen und über die Probleme, die in seiner Klasse auftreten, sprechen und dann entweder eine der möglichen Therapien für ein Kind oder Übungen für die ganze Klasse anraten. Für Problemkinder, die wahrscheinlich mehr Hilfe nötig haben, als wir bieten können, schlagen wir einen Test vor. Dieser wird in den meisten Fällen von einem Schulpsychologen des «Schulbegleitungsdienstes» für Waldorfschulen in den Niederlanden abgenommen. Auch bei der Vermutung, daß ein Kind legasthenisch ist, lassen wir das Kind häufig dort testen.

Forschungsfragen sind: Wie können wir die Probleme der Kinder aus der Entwicklungsphysiologie ablesen und behandeln? Und wie kann der Organismus Schule gesund bleiben?

Hans Müller-Wiedemann

Der Arzt in der Heilpädagogik[1]

In den heilpädagogisch orientierten Tagesschulen wie auch in den anthroposophischen Heimen und Heimsonderschulen hat der Arzt die Aufgabe, im Sinne des Heilpädagogischen Kurses Rudolf Steiners (1924) mitzuwirken, aus seiner ärztlichen Sicht die Zusammenhänge des Seelisch-Geistigen des jeweiligen Kindes mit dem Organgeschehen zu erkennen und im Sinne einer meist langfristigen, konstitutionsverändernden Therapie dem Kind und Jugendlichen zu helfen, im Inkarnationsvorgang seiner Entwicklung Hindernisse und Abweichungen im Verhältnis der Wesensglieder zueinander zu überwinden.

Es handelt sich dabei um eine sich über Jahre erstreckende, intensive und regelmäßige Zusammenarbeit mit den Lehrern, den Gruppenerziehern, den Therapeuten und den Eltern der Kinder. In deren Zentrum steht die Institution der sogenannten gemeinsamen «Kinderkonferenz».

Der Arzt muß sich dabei insbesondere Erkenntnisse erwerben, in welcher Weise die seelisch-geistigen Individualkräfte des Kindes sich mit dem durch die Vererbungskräfte aufgebauten Modelleib (Rudolf Steiner) während der Embryonalzeit und in der weiteren Entwicklung nach der Geburt auseinandersetzen.

Selbstverständlich obliegt es auch den Aufgaben des Arztes, die Kinder einer Einrichtung bei akuten Erkrankungen und in akuten Entwicklungskrisen zu behandeln, ebenso wie diejenigen Mitarbeiter, die den Arzt konsultieren wollen. Für diese Tätigkeiten hat sich die Einrichtung von regelmäßigen Sprechstunden im Heim oder in der Schule bewährt. Ein weiterer diagnostischer und therapeutischer Bereich ist für den Arzt die ambulante Frühförderung von behinderten oder von Behinderung bedrohten Kindern, wo derartige Arbeitsfelder an Heime oder Schulen angeschlossen sind.

Der Arzt wirkt an den Kinderkonferenzen mit, ebenso wie an den mehrmals wöchentlich stattfindenden Kinderbesprechungen, in denen für jedes Kind die notwendigen heilpädagogischen und ärztlichen Maßnahmen entsprechend dem jeweiligen Entwicklungsstand des Kindes besprochen und geplant werden. Der Arzt hat die Gelegenheit, in der Lehrerkonferenz, eventuell auch in Hospitationen im Klassenzimmer, mit den Lehrern zusammenzuarbeiten und auf deren Fragestellungen einzugehen. Dasselbe gilt natürlich auch in verschiedenen Formen der Zusammenarbeit mit den Therapeuten und Gruppenerziehern, die

---

[1] Dr. med. Hans Müller-Wiedemann war Arzt an der Heimsonderschule Brachenreuthe, D-88662 Überlingen. Er starb im November 1997.

auch regelmäßig an den Kinderbesprechungen und Kinderkonferenzen teilnehmen.

Eine wichtige und umfangreiche Aufgabe erwächst dem Arzt in der Gesprächsbegegnung nicht nur bei Gesprächen im Zusammenhang mit der Aufnahme eines Kindes, sondern auch als beratender Begleiter der Entwicklung der Kinder-Eltern-Verhältnisse und, in besonderen Lebenssituationen, auch als ärztlicher Beistand der Eltern. Ebenso ist die gemeinsame ärztliche Bemühung mit den Hausärzten der Kinder zu pflegen, so daß die Eltern das Vertrauen in gemeinsam geplante Maßnahmen zum Wohle ihres Kindes entwickeln können. Dasselbe gilt natürlich auch für die Kontakte mit entsprechenden Fachärzten (Neurologen, Orthopäden und so weiter) und die damit verbundenen Behandlungspläne.

Erfahrungsgemäß ist das Spektrum von eingesetzten Therapien in den heilpädagogischen Einrichtungen jeweils verschiedenartig gewichtet. Von besonderer, für die anthroposophische Heilpädagogik spezifischer Bedeutung sind dabei die sogenannten heilpädagogischen Übungen, die im täglichen Leben der Hausgemeinschaften von den Erziehern angewendet werden. Gegenwärtig sind zum Beispiel in Brachenreuthe darüber hinaus die folgenden spezifischen Therapieformen entwickelt und werden regelmäßig angewendet als Einzel- oder Gruppentherapie: Heileurythmie (Laut- und Toneurythmie), toneurythmische Gruppenstunde (vorwiegend für autistische Jugendliche), Tonstärke-Therapie (für Kinder mit schwachem Muskeltonus), die sogenannte Hörraum-Therapie (für im Visuellen verhaftete, bewegungsunruhige Kinder) als Gruppentherapie. Weiter eine Gruppentherapie mit farbigen Schatten (für im rhythmischen System in verschiedener Weise gestörte Kinder), und als Einzeltherapien: Bothmer-Gymnastik, Sprachübungen, Einreibungen, rhythmische Massage, Bäder (einschließlich Überwärmungsbäder) und Physiotherapie.

Zur *sozialen Situation* des Arztes im Zusammenhang einer stationären Einrichtung, etwa einer Heimsonderschule, dürfte aus dem Vorangehenden deutlich geworden sein, daß die Vielfalt der Aufgaben des Arztes auch verschiedene soziale und organisatorische Beziehungsfelder und Tätigkeiten mit sich bringt, die eine volle Arbeitszeit für die Einrichtung notwendig zu machen scheinen. Ob der Arzt, wie dies in einigen Fällen versucht wird oder versucht worden ist, zusätzlich eine Außenpraxis versehen kann und will, hängt von jeweils spezifischen Umständen ab, vor allem jedoch von dem beruflichen Bild, welches eine therapeutisch orientierte Schulgemeinschaft von ihrem Arzt entwickelt und umgekehrt. Zwischen voller sozialer Integration gegenseitiger Tätigkeitskenntnis und Anerkennung und einer loseren, vertraglich verabredeten, auch zeitlich begrenzten Mitarbeit des Arztes scheinen in der Wirklichkeit der heilpädagogischen Bewegung alle Möglichkeiten realisiert zu sein. Die sogenannte Kinderkonferenz, an der alle Mitarbeiter in gemeinsamem Erkenntnisstreben teilnehmen, hat sich zugleich als der sozial verbindende Ort erwiesen, an dem der Heilerwille im einzelnen entstehen kann, der sich dann praktisch in den verschiedenen individuellen Tätigkeitsfeldern einer Einrichtung verwirklichen kann.

Dieses soziale Erkenntnis- und Fähigkeitengefüge, zu dem der Arzt gehört, ist die Lebenskraft des «heilpädagogischen Arztes». In einem solchen Zusammenhang wird der Arzt die Möglichkeit finden können, im Sinne des «sozialen Hauptgesetzes» Rudolf Steiners[2] nicht nach Leistung (durch kassenärztliche Zuwendung und Honorare) Bezahlung entgegenzunehmen, sondern mit den anderen Mitarbeitern zusammen Mitglied einer entsprechenden, auf das soziale Hauptgesetz gegründeten Einrichtung zu werden. Selbstverständlich müssen, je nach den Umständen, auch alle anderen Formen ärztlicher Vergütungen möglich sein. Darüber muß jeweils die Einrichtung zusammen mit ihrem Arzt entscheiden. In Brachenreuthe gelten jedenfalls gegenwärtig für die dort tätigen Ärzte die im Sinne des sozialen Hauptgesetzes getroffenen Vereinbarungen. Schließlich ist die unterrichtende Tätigkeit des Arztes in den heilpädagogischen Erzieherausbildungen zu erwähnen sowie in spezifischen Fortbildungsveranstaltungen für Erzieher in den Hausgemeinschaften bezüglich der Anwendung ärztlich verordneter und zu verantwortender Maßnahmen wie zum Beispiel Wickel, Bäder, Diäten und Krankenpflege.

---

2 Dieses lautet: «Das Heil einer Gesamtheit von zusammenarbeitenden Menschen ist um so größer, je weniger der einzelne die Erträgnisse seiner Leistungen für sich beansprucht, das heißt, je mehr er von diesen Erträgnissen an seine Mitarbeiter abgibt, und je mehr seine eigenen Bedürfnisse nicht aus seinen Leistungen, sondern aus den Leistungen der anderen befriedigt werden.» Siehe *Geisteswissenschaft und soziale Frage* in: Rudolf Steiner, *Luzifer Gnosis,* GA 34, S. 213.

Beispiele für Schwerpunktthemen der schulärztlichen Arbeit

Marina Kayser-Springorum

Zur Öffentlichkeitsarbeit des Schularztes[1]

Im Umgang mit Eltern und Lehrern wird immer wieder ein starkes Bedürfnis nach einem Verständnis der menschlichen Entwicklung, insbesondere der kindlichen Entwicklung deutlich. Es handelt sich um Fragen, die Gesundheit und Krankheit betreffen: Wie definiere ich Gesundheit? Als was betrachte ich Krankheit – als einen reparaturbedürftigen Defekt, als ein Mißempfinden, das so rasch wie möglich beseitigt werden muß, oder als Entwicklungschance, die es gilt mit dem «größtmöglichen karmischen Effekt» zu durchleben unter Begleitung eines Arztes, der diesen Prozeß mitverfolgt und seine medizinischen und menschlichen Möglichkeiten unterstützend zur Verfügung stellt?

Oder es geht um Fragen zur Ernährung: Welche Rolle spielen Zucker und tierisches Eiweiß für die Akzeleration der kindlichen Entwicklung? Wie sollte eine kindgemäße Ernährung in welchem Alter beschaffen sein? Es kann sich um Fragen der Nahrungszusammensetzung sowie der Lebensmittelqualität handeln, und es gilt, Aspekte wie das Temperament des Kindes, seine Konstitution, seine gesundheitliche Labilität oder Umweltschäden miteinzubeziehen.

Ein anderes Thema ist das Problem der Linkshändigkeit. Woher kommt sie? Warum regen wir an der Waldorfschule ein linkshändiges Kind «in allem Schulmäßigen» an, die rechte Hand gebrauchen zu lernen?

Wie gehen wir mit den Fragen, die die Pubertät betreffen, um? Wie geht der Lehrplan der Waldorfschule darauf ein? Was hat pädagogisches Gewicht in dieser Umbruchphase? Was geschieht an physiologischer, leiblicher Entwicklung? Was verändert sich im Seelisch-Geistigen? Wie gehen wir mit Diskrepanzen und Einseitigkeiten um? Wie unterscheidet sich die Entwicklung bei Mädchen und Jungen? Wie stellen wir uns zur Frage der Aufklärung?

Dann interessieren sich Kindergarteneltern und Teilnehmer eines berufsbegleitenden Waldorflehrerseminars für Fragen der Schulreife eines Kindes. Woran kann ich die Schulreife eines Kindes messen? Welche Entwicklungsschritte im Leiblichen, aber auch im Ätherischen und Seelischen müssen vollzogen sein, damit ein Kind reif für die Schule wird? Hat es genügend Er-

---

[1] Dr. med. Marina Kayser-Springorum ist Schulärztin an der Freien Waldorfschule Hannover-Bothfeld.

fahrungen gesammelt, seine Sinne durch mannigfaltiges Üben geschärft, sein Sozialverhalten in der Gruppe geübt? Kann es sich von den Eltern lösen? Hat es die nötige Konzentrations- und Lernfähigkeit sowie Ausdauer, um die Schule gesund und ohne Überforderung zu durchlaufen? Ist ein Teil der am Körper bislang bildenden und formenden Kräfte frei geworden zum Lernen? Hat das Kind die Schulkindstreckung vollzogen? Hat der Zahnwechsel begonnen? Sind seine körperlichen Kräfte wirklich bis in die Peripherie gelangt, bis in die Finger- und Zehenspitzen? Hat es Geschicklichkeit sowohl in der grob- wie in der feinmotorischen Bewegung entwickeln können?

Für die Kindergartenzeit gilt es Fragen zu beantworten zum Thema «nonverbale Erziehung», Nachahmung, Selbsterziehung des Erwachsenen. Aber auch Fragen nach Entwicklungsstörungen und -verzögerungen, nach ihrem Ursprung und nach rechtzeitiger Diagnose sowie nach einem angemessenen Umgang tauchen im Kindergarten auf. Wann ist ein Lernen in einer kleinen Gruppe dem in einer Großklasse vorzuziehen und warum? Wie gehen wir mit sogenannter «Sexualität» im Kindergarten um, etwas, was es definitionsgemäß noch gar nicht geben kann, aber doch immer wieder so genannt wird und unterschiedliche Erziehungsstile sehr deutlich werden läßt?

Wie gehen wir mit Medien um im Kindergartenalter, dann aber auch in der Schule? Was bewirken sie und wie kann man sich als Klassenelternschaft auf eine gemeinsame Vorgehensweise zum Wohle der Kinder einigen?

Welche Bedeutung haben Kinderkrankheiten für die Entwicklung der Kinder? Wie sind die Risiken zu beurteilen? In welchem Wesensgliederbereich lebt welche Kinderkrankheit, besonders im Sinne einer Harmonisierung und Weiterentwicklung? Was bedeutet die Dreigliederung des menschlichen Organismus? Welche Bedeutung hat Krankheit für das Schicksal eines Menschen?

Diese Fragen und noch viele andere kommen auf den Schularzt zu. Sie kommen aus der Elternschaft, aus der Öffentlichkeit, aus dem Lehrerkollegium, aus der Lehrerausbildung und -fortbildung, aus dem Weiterbildungs- und Informationsangebot des Vereins für ein erweitertes Heilwesen, von Veranstaltern, die sich mit umweltfreundlichen und gesunden Lebensformen befassen, aus dem Waldorfkindergartenbereich. Diese Fragen appellieren an den volkspädagogischen Auftrag, den der Schularzt neben allen anderen in diesem Buch beschriebenen Aufgaben eben auch hat. Dieser Auftrag sollte wahrgenommen werden, sofern die Möglichkeit dazu besteht, da der Schularzt aufgrund seiner sonstigen vielfältigen Tätigkeitsbereiche als ein Bindeglied zwischen Schule und Öffentlichkeit wirken kann und die Erfahrungen aus den verschiedensten Lebensbereichen sich gegenseitig befruchten können und zur Verfügung gestellt werden sollten, wenn ein Bedürfnis danach vorhanden ist.

Die Unsicherheit auf dem Gebiet der Erziehung, aber auch im medizinischen Bereich ist groß, nichts kann mehr auf Traditionen gestützt werden, es besteht kein instinktives Wissen mehr darüber, was richtig und was falsch ist, alles muß neu durchdacht, über das Bewußtsein erarbeitet werden, muß sich mit dem Fühlen verbinden, damit es dann aus Überzeugung getan werden kann. Zu diesem Prozeß hat der Schularzt auf Anfrage seinen Beitrag zu leisten, durch Einzelgespräche, in der Konferenz, an Elternabenden, in der Öffentlichkeit in Form von Referaten, Vorträgen, Seminaren, damit im Dienst am Kind das Bestmögliche getan werden kann.

Die Verbindung von Erziehen und Heilen wird auch an dieser Stelle deutlich. Selbsterziehung des Erwachsenen kann heilend im doppelten Sinne wirken, wenn zum Beispiel eine Mutter ihre Jähzornsanfälle bezwingt und durch kontinuierliche Arbeit an sich selbst ihre Gefühle in den Griff bekommt und damit auch ihre unwillkürlichen Taten, wird ihr Herzkreislaufsystem zu einer gewissen Ausgewogenheit finden, die Atmung wird entspannter, die Neigung zu Asthma und Herzrhythmusstörungen wird abgeschwächt werden, das heißt, es wird die Waage mehr in Richtung Gesundheit, Gleichgewicht oder eines ruhigen Hin-und-her-Pendeln zwischen Anspannung und Entspannung tendieren, wohingegen beim Kind Schockerlebnisse vermieden werden, beziehungsweise die Angst vor denselben und das daraus resultierende innere Vibrieren abklingt, so daß das Kind mehr bei sich ist, nicht ständig reagieren muß und sich entspannt und konzentriert anderen Dingen zuwenden kann.

Durch eine Erziehung, welche die der jeweiligen Altersstufe entsprechenden Entwicklungsschritte des Kindes unterstützt, findet ebenfalls Heilung statt; ebenso durch ganz konkrete methodische Maßnahmen, beispielsweise durch den Rhythmus des Epochenunterrichts, durch die Dreigliederung des Hauptunterrichts, durch den rhythmischen Teil innerhalb des Hauptunterrichts und so weiter. Es gäbe noch viele Beispiele zu nennen, inwiefern Waldorfpädagogik an sich heilende Erziehung bedeutet und andererseits inwiefern Krankheits- und Heilungsprozesse echte Erziehungsvorgänge im Sinne seelisch-geistiger Weiterentwicklung und Überwinden von Schwächen bedeuten und auch Selbsterkenntnisprozesse ermöglichen, die ohne die Krankheit niemals möglich gewesen wären oder aber sehr viel mehr Zeit in Anspruch genommen hätten.

So hat man in der Tätigkeit des Schularztes eine vielfältige Durchdringung von Erziehungs- und Heilungsvorgängen, die speziell durch die gegenseitige Befruchtung von ärztlicher und schulärztlicher Tätigkeit, durch das Eingebundensein in ein Kollegium, durch den Umgang mit den Schülerinnen und Schülern, durch die Arbeit in der Öffentlichkeit entstehen und nur auf der Basis der Liebe zum Kind, zum Menschen schlechthin, sich entwickeln kann.

Karl-Reinhard Kummer

Die ärztliche Einschulungsuntersuchung in der Waldorfschule[1]

Zu den wichtigsten Aufgaben des Schularztes gehört die Untersuchung der Schulanfänger. Sie wird von Schule zu Schule unterschiedlich gehandhabt. Auch die Aufgabenbereiche von Arzt und Lehrer sind etwas verschieden. Wesentlich sind die Untersuchung auf körperliche und seelisch-geistige Schulreife sowie die Erkennung körperlicher Defekte. Die Schulreife steht meistens im Mittelpunkt. Bestimmt doch der richtige Zeitpunkt der Einschulung das gesamte Schulgeschehen eines Kindes und somit seine gesamte Entwicklung im zweiten und dritten Jahrsiebt. Überforderung droht bei zu früher Einschulung, Unterforderung und Langeweile, wenn ein Kind für eine Klasse zu alt ist.

Man spricht scherzhaft vom «Kindergartenabitur». Richtig ist, daß bestimmte Fähigkeiten vorhanden sein müssen, wenn ein Kind die Schule besuchen soll. Test-Items sind aber nicht wesentlich für das Urteil «schulreif» oder «nicht schulreif». Die Aussagekraft von Schuleingangsuntersuchungen wird ausführlich von Nickel[2] kritisch dargestellt. Entscheidend für den Schularzt einer Waldorfschule ist der Gesamteindruck der ätherischen Entwicklungsverhältnisse eines Kindes. Einzelne Untersuchungsparameter dienen nur dazu, zu einem Gesamturteil des Ätherischen zu kommen. Man könnte daher ganz anders bei der Untersuchung vorgehen, als es in diesem Artikel beispielhaft geschildert wird.

Möglicher Ablauf einer ärztlichen Einschulungsuntersuchung

Von besonderer Bedeutung ist der erste Moment der Begegnung. Bockemühl hat dazu zwei Fragen formuliert: «Wo kommst du her, wo gehst du hin?»[3] Andere Fragen sind: «Wie stellt sich das Kind in die ungewohnte Situation, wie selbständig ist es bereits geworden?» Manchmal hat der Arzt schon jetzt durch Blickdiagnose eine Vorstellung davon, welcher Konstitutionstyp vorliegt. Auch der Gestaltwandel offenbart sich oft schon im ersten Moment. Die Bedeutung

---

1 Dr. med. Karl-Reinhard Kummer war 1982–1996 Schularzt an der Freien Waldorfschule Karlsruhe. Erstveröffentlichung: «Der Merkurstab», 6/1991.

2 Horst Nickel, *Das Problem der Schulreife – Eine systematische Analyse und ihre praktischen Konsequenzen,* in: Dieter Karch, Richard Michaelis et al. (Hrsg.): *Normale und gestörte Entwicklung,* Berlin/Heidelberg/New York/Tokyo 1989.

3 Johannes Bockemühl: Mündliche Mitteilung. Schulärztetagung 1980.

des ersten Moments in einer solchen Schwellensituation zum Schulalter kann nicht hoch genug eingeschätzt werden.

Während der Anamnese kann sich das Kind zur Untersuchung ausziehen. Hierbei kann man unauffällig das Fingergeschick beim Knöpfe-Öffnen, das Gleichgewicht oder die Ausdauer beobachten.

Es schließt sich eine orientierende körperliche Untersuchung mit Messen und Wiegen an. Besonders wichtig sind Zahnstand, Gestaltwandel und fehlende körperliche Bildungsprozesse des ersten Jahrsiebts, wie fehlende Hodendeszension. Von großer Bedeutung ist die Dominanz, die Seitigkeit für Auge und Ohr, Hand und Fuß sowie die Funktion von Sehen und Hören. Für die Äugigkeit läßt man das Kind durch ein Kaleidoskop schauen. Die Ohrdominanz sieht man, wenn das Kind eine tickende Uhr vor das bevorzugte Ohr hält, um das Ticken zu hören. Der Rot-Grün-Farbtafeltest und der Stereotest geben zugleich Hinweise auf die Perzeption komplexerer Formen.

Die Prüfung der Motorik umfaßt Hüpfen, Balancieren, Hampelmann und Seilspringen. Es schließen sich einige Ballwürfe an. Man sollte vor allem beobachten, wie sich das Kind auf das Fangen oder Werfen vorbereitet. An den vorbereitenden mimischen und sonstigen Bewegungen läßt sich absehen, wie weit das Kind den Vorgang innerlich bereits beherrscht. Bei Kindern, die über sechs Jahre alt sind, kann man probieren, den Ball auf die Erde aufprallen zu lassen. Diese orientierende Motoskopie dauert bei kooperativen Kindern nicht lange. Sie liefert wesentliche Informationen über die Schulreife. Gleichzeitig werden die Seitigkeit von Hand und Fuß erfaßt. Danach zieht sich das Kind an. Der Arzt notiert den Befund und macht wieder Beobachtungen zum Verhalten des Kindes beim Anziehen.

Dann können das Malen und die Fingerfertigkeit eingehender untersucht werden. An der Karlsruher Waldorfschule ist dies die Domäne der Lehrer. Es ist aber für den Arzt sehr wesentlich, Kinder beim Malen von Zickzack-Linien, Wellenlinien oder Mäandern zu beobachten. Spätere Probleme mit Perzeptionsstörungen kündigen sich hier an. Natürlich wäre es besser, das Kind ein ganzes Bild während der Untersuchung malen zu lassen. Hierfür fehlt leider oft die Zeit.

Die Umwandlung der ätherischen Bildekräfte

Der Arzt untersucht, ob der ererbte Leib des ersten Jahrsiebts in Umbildung ist und ob damit die Voraussetzungen für das Erwachen der Denkkräfte und Gedächtniskräfte vorliegen Steiner spricht wiederholt von der Umwandlung der Wachstumskräfte:

Es ist von der allergrößten Bedeutung zu wissen, daß die gewöhnlichen Denkkräfte des Menschen die verfeinerten Gestaltungs- und Wachstumskräfte sind.[4]

Marti[5] unterscheidet bei den Bildekräften Gestalt- oder Formbildekräfte, Lebensbildekräfte und Substanzbildekräfte. In diesem Artikel wird versucht, die Phänomene bei Beginn der Schulreife dem Denken, Fühlen und Wollen des Kindes zuzuordnen.

Der Gestaltwandel ist am ehesten den Gestalt- und Formbildungskräften zuzuordnen. Das erwachende Gefühl für Zeit und Raum, das Rhythmus- und Taktgefühl sowie die Denkkräfte den Lebensbildekräften. Die Substanzbildekräfte scheinen beim Zahnwechsel nicht mehr wesentlich beteiligt zu sein.

I. Zahnwechsel und Gestaltwandel

Die Phänomene werden im allgemeinen unter den Stichworten «Zahnwechsel» und «Gestaltwandel» zusammengefaßt.[6] Für die Schulreife ist wichtig, ob die Veränderungen *begonnen* haben.

1. Der Zahnwechsel ist leicht zu sehen. Bei einigen Kindern sind die Frontzähne schon mit etwa fünf Jahren ausgestoßen worden. Das ist eher als Ausdruck der Sinneshaftigkeit dieser Kinder zu sehen. Wichtiger ist das Auftreten der Molaren, die bezeichnenderweise «Sechsjahresmolaren» heißen. Das Heruntertreten der Zähne ermöglicht die Veränderungen im Gesichtsschädel. Kinder mit späten Zähnen haben oft ein spätes Erwachen ihres Vorstellungs- und Denklebens.

2. Es kommt zur Bildung einer Körpermitte. Die jeweils mittleren Anteile beginnen besonders zu wachsen: Im Kopf vergrößern sich Nase und Nasennebenhöhlen. Sie schieben sich zwischen den Gehirnschädel und den Kieferschädel. Im Rumpf streckt sich der Brustkorb. Ab dem 9. Lebensjahr wölbt er sich mehr. An den Beinen und den Armen wachsen die Diaphysen,

---

4 Rudolf Steiner/Ita Wegman, *Grundlegendes für eine Erweiterung der Heilkunst*, GA 27, Dornach [5]1977, 1. Kap., S. 12; siehe auch ders., *Geisteswissenschaft und Medizin*, GA 312, Dornach [6]1985, Vortrag vom 7. April 1920, S. 340.

5 Ernst Marti, *Das Ätherische*, Basel 1989, S. 108ff.

6 Vereinigung der Waldorfkindergärten, Pädagogische Forschungsstelle beim Bund der Freien Waldorfschulen (Hrsg.): *Die Bedeutung des Zahnwechsels in der Entwicklung des Kindes*, zusammengestellt von Matthiolius, H., 2. Aufl. ohne Ort (Stuttgart) 1988 (enthält 32 relevante Angaben aus Vorträgen und Büchern).

wodurch die Gliedmaßen länger werden. Es beginnt die Abgrenzung zwischen Epiphysen und den Diaphysen.

3. Es kommt zu einer stärkeren Gliederung des Körpers: Kopf, Rumpf und Gliedmaßen grenzen sich deutlicher voneinander ab, während früher der Körper insgesamt rund wirkte.

4. In der Bewegung sollten die letzten Reste der Reflexorganisation abgebaut sein, zum Beispiel der Handspreizreflex beim Zehenspitzengang. Der Kopf erwirbt seine Ruhestellung. Die Gliedmaßen werden beweglich gegeneinander und gegen den Rumpf. Mehrere Bewegungen werden gleichzeitig möglich, zum Beispiel beim gezielten Ballwurf. Die Bewegung des Rumpfes beginnt, eine Mitte zwischen Ruhe des Kopfes und Bewegung der Gliedmaßen einzunehmen. Viele Beobachtungen hierzu kann man schon im ersten Moment machen, während man das Kind begrüßt.

5. Manche Schulärzte benutzen die Veränderung der Herztöne bei der Auskultation zur Beurteilung der körperlichen Schulreife nach Appenzeller.[7]

II. Willenskräfte

Ein Kennzeichen der Schulreife ist die Veränderung des Willens. Im Morgenspruch für die ersten vier Klassen heißt es: «... daß ich kann arbeitsam und lernbegierig sein ...» Ein Zeichen der Schulreife ist daher die Freude am Lernen und die Freude am Neuen: Auch bei der Schulreifeuntersuchung kann man Neues an das schulreife Kind heranbringen. Manche Kinder lernen zum Beispiel das Seilspringen und gehen stolz von der Untersuchung nach Hause. Wenn absehbar ist, daß das Kind nicht eingeschult werden kann, sollte man allerdings vorsichtig sein.

Mit der Schulreife sind weniger Willenskräfte des Kindes auf den Aufbau des Leibes gerichtet. Sie haben als Ziel nicht mehr nur den eigenen Leib, sondern auch die Welt, jedoch bis zur Erdenreife als überwiegend empfangende, seelisch mitschwingende. Wesentlich ist, daß die Vorstellung vermehrt in den Willen hereinkommt.[8]

---

[7] Kaspar Appenzeller, *Grundlagen für eine neue Art der Herzauskultation,* Basel 1989, S. 32ff.

[8] Rudolf Steiner, *Allgemeine Menschenkunde als Grundlage der Pädagogik,* GA 293, [8]1980, Vortrag vom 26. August 1919, S. 78ff.

Gleichzeitig kommen vermehrt Willenskräfte in das Vorstellen und Denken.[9] Das zeigt sich am Durchhalten. Schon beim Ausziehen vor der ärztlichen Untersuchung kann man sehen, ob das Kind Ausdauer hat oder immerfort zum Weitermachen anzuhalten ist. Vielen Kindern fehlt die Ausdauer an der Schulreife trotz vorhandener Intelligenz.

III. Kräfte des Gefühls

1. Raumgefühl und Raumbewußtsein

Mit der Schulreife wandelt sich die Wahrnehmung aus den unteren Sinnen um. Das zeigt sich am Verhalten im Raum bei der Begrüßung. Ein Kind, das gerade und aufrecht in das Arztzimmer hineingeht, wird wahrscheinlich schulreif sein. Es durchdringt mit seinem Bewußtsein den Raum, in dem es sich aufhält. Dann ist es darin mit seinem Bewußtsein «zu Hause». Schüchterne Kinder brauchen aber oft mehr Zeit für die Eingewöhnung, so daß der Arzt mit seinem ersten Urteil vorsichtig sein sollte.

Das Bewußtsein des Raumes zeigt sich an der Bewegung: Der «Hampelmann» kann nur dann richtig gemacht werden, wenn ein Raumgefühl nach hinten besteht. Kinder, die noch nicht schulreif sind, bewegen sich beim «Hampelmann» in der Regel ähnlich einer Hocke mit den Armen und Beinen vor dem Körper. Damit bleiben sie mit ihrer Bewegung im Bereich ihres Blickfeldes. Mit der Schulreife beginnt das Kind, ein Bewußtsein des hinteren Raums zu entwickeln. Dann kann es den «Hampelmann» aufrecht in der senkrechten Ebene seitlich des Körpers vollführen. Ähnliches beobachtet man beim Seilspringen: Das nicht schulreife Kind macht eine leicht hockende und verkrampfte vorgebeugte Haltung. Es kann das Seil noch nicht führen. Erst mit der Schulreife hat das Kind eine Vorstellung davon, wie das Seil hinter dem Körper schwingt. Man sieht, wie es das Seil hinter dem Körper führt. Auch das Hüpfen zeigt die Beherrschung des hinteren Raums. Das schulreife Kind kann rückwärts hüpfen und gleichzeitig nach vorne schauen.

---

9 Siehe ebenda.

2. Rhythmusgefühl und Takt

Mit dem Zahnwechsel verändert sich das Verhältnis zu Rhythmus und Takt. «Es ist ein Unterschied zwischen der Art und Weise, wie sich das Kind gerade zu Rhythmus und Takt vor dem Zahnwechsel und nach dem Zahnwechsel verhält. Vorher wurde auch Rhythmus und Takt zu etwas, was das Kind allerdings nachahmt, was aber in Plastik umgesetzt wird. Nachher wird es in ein innerlich musikalisches Element umgesetzt.»[10]

Rhythmische Fähigkeiten werden bei jeder Wiederholung benutzt. Das schulreife Kind führt gerne und freiwillig Wiederholungen aus, zum Beispiel den erwähnten «Hampelmann». Kräftige Kinder von ca. sieben Jahren machen ihn statt einem geforderten Mal freiwillig fünf- oder sechsmal hintereinander. Dies kann als kleine Melodie aufgefaßt werden. Für den Untersucher ist beobachtbar, wie die musikalischen Kräfte nun frei geworden sind und sich in der Bewegung des Kindes äußern.

Rhythmische Fähigkeiten sind die Voraussetzung für das Seilspringen, Hüpfen und Ballwerfen. Der Schularzt muß prüfen, ob motorische Schwächen auf der fehlenden Schulreife oder auf einer Koordinationsstörung beruhen.

Rhythmische musikalische Fähigkeiten werden auch bei einigen Zeichenübungen benutzt: der Linie von Dächern, der einfachen Wellenlinie, der mäanderförmigen Wellenlinie oder dem eckigen Mäandermuster. Wenn diese Muster nur Strich für Strich kopiert werden, verliert das Kind die Übersicht. Dann weiß es nicht weiter oder malt ein «Muster» nach seiner eigenen Vorstellung.

Man kann versuchen, Muster, die an der Karlsruher Waldorfschule oft benutzt werden, bestimmten Taktarten zuzuordnen: die einfache Zickzacklinie dem Zweiertakt, die einfache und die zurückgeführte Wellenlinie dem Dreiertakt und die eckige Mäanderform dem Vierertakt.

Auch in der Sprache des Kindes kann man rhythmische Fähigkeiten beobachten. Das Schulkind zeigt rhythmische Fähigkeiten, indem es Akzente setzt. Diese sind zum Beispiel zu vergleichen mit dem Zwischensprung beim Hüpfen. Jede Betonung oder der Ansatz dazu ist als rhythmische Äußerung zu verstehen.

[10] Rudolf Steiner, *Die gesunde Entwickelung des Leiblich-Physischen als Grundlage der freien Entfaltung des Geistig-Seelischen,* GA 303, Dornach [3]1978, Vortrag vom 31. Dezember 1921, S. 160.

1. Erinnerung und bildhaftes Denken

Voraussetzung für ein Denken ist die Fähigkeit zur Erinnerung. Während man beim Vorschulkind das assoziative Erinnern hat, beginnt beim Schulkind die Vorstellung der Zeit und der Reihenfolge. Das Kind im ersten Jahrsiebt hat meistens aus der Gewohnheit heraus erinnert und sofort vergessen. Ein Vorschulkind wird gefragt: «Wo warst du gestern?» Antwort: «Im Urlaub.» Der Urlaub liegt drei Monate zurück, gestern war das Kind im Zoo. Die Bemerkung: «Wir waren doch im Zoo!» führt beim Vorschulkind zur Erinnerung: eine Assoziation folgt der anderen. Das Schulkind hat eine Erinnerung in Bildern. Es würde sich an den Spaziergang in bildhafter Reihenfolge erinnern. Allerdings sind Erinnerungskräfte bei zahlreichen Vorschulkindern bereits trainiert worden, die Fähigkeit zur Erinnerung liefert daher oft keine Aussagen zur Schulreife.

Das Denken wird nun bildhaft. Das Schulkind hat nun ein Bild davon, wie etwas richtig ist oder sein sollte. Das sieht man schon bei der einfachen Sehtafelprobe. Auch der Stereotest oder ein Farbtafeltest können das zeigen: Das Kind wird nicht nur «etwas» erkennen. Es bemüht sich, das «Richtige» zu erkennen, das den abgebildeten Figuren wirklich entspricht. Ein schulreifes Kind zögert unter Umständen lieber mit der Antwort, als etwas Falsches von sich zu geben.

2. Die Frage nach der Art und Weise, das «Wie»

Das Schulkind fragt nach dem «Wie», zum Beispiel beim Hüpfen: Es fragt, ob es auf einem Bein oder zwei Beinen hüpfen soll. Es ist auch zu beobachten, *wie* das Kind Vorgänge verfolgt. Man sieht das beim Zuwerfen des Balls. Das Kind versucht, den Ball in der gleichen Weise zu werfen wie der untersuchende Erwachsene. Damit ist es mit seinem Denken nicht mehr bei sich, sondern bei der beobachteten Sache oder Person.

Schon der einfache Ballwurf zeigt, ob das Kind den Ball nur ungezielt von sich wegwirft oder ob es ein Ziel hat. Das ungezielte Werfen wäre anzusprechen als «Werfen an sich». Beim gezielten Werfen ist das Kind mit seinen Gedanken bei diesem Ziel und nicht mehr bei sich.

Das gleiche sieht man beim Fangen des Balls: Das schulreife Kind geht beim Ballwerfen mit dem Werfer innerlich mit. Es hat den Ball sozusagen im Moment des Abwurfs innerlich bereits gefangen (Antizipation).

Auch die Benutzung von «Werkzeugen» zeigt, ob bereits Denkkräfte frei sind und sich an der Umwelt beteiligen wollen. Ein Kind, das das Springseil auf die passende Länge verkürzt, zeigt Denkkräfte. Ein werkgerechtes Verhalten ist auch beim Malen anhand der Blatteinteilung zu beobachten. Wesentlich ist, daß das Kind eine Vorstellung davon hat, wie es bei seinem Handeln vorgehen möchte.

3. Korrektur von Fehlern, das «Richtige»
Somit kommt es dazu, eigene Fehler zu korrigieren. Das schulreife Kind versucht, etwas «richtig» und der Sache gemäß auszuführen. Dabei beginnt es selbst, Fehler zu bemerken und zu korrigieren. Beim Ballwerfen versucht das Kind, jedesmal genauer und besser zu werfen. Beim Formen-Nachzeichnen wird ein gezogener Strich neu und besser übermalt.

Das Kind hat nun eine innere Vorstellung davon, wie der vorige Wurf oder die ursprüngliche Zeichnung war, und eine Vorstellung davon, wie sie sein sollte. Ein Kind, das sich korrigiert, hat ein inneres Bild eines Vorgangs. Es erreicht mit seiner Vorstellung das *Wesen* einer Sache. Das sieht man auch, wenn das Kind in Anfängen versucht, einen Rhythmus nachzuklatschen oder eine Melodie nachzusingen. Es beginnt, die Gestaltung innerlich nachzuempfinden.

4. Die Begegnung mit Neuem
Aufschlußreich sind auch ungewohnte Abläufe: Wenn man den Ball auf den Boden prellen läßt, wird das nicht schulreife Kind dadurch überrascht. Es erwartet nicht, daß der Ball von der Erde hochspringt. Das ist auch so, wenn man sein Vorhaben angekündigt hat. Das Kind nach der Schulreife dagegen hat ein inneres *Bild* der zu erwartenden Flugbahn. Erst das Kind nach dem Zahnwechsel beginnt damit, die Wirklichkeit in Wahrnehmung und Begriff zu erfassen.[11]

Das Kind vor dem Zahnwechsel demonstriert dagegen die Situation von Wahrnehmung ohne Denken. Es beobachtet die Flugbahn des Balls, ohne sie «vorberechnen» zu können, und greift nach dem Ball und nicht dem zu erwartenden Punkt des Fangens. Wenn es richtig fängt, beruht das auf Gewohnheit oder Dressur, nicht auf einem inneren Miterleben.

5. Gleichzeitigkeit mehrerer Abläufe
Das Kind kann nun mehrere Tätigkeiten gleichzeitig ausführen: beim Seilspringen den eigentlichen Sprung und das Seilschwingen. Hierzu gehören auch gegenläufige Abläufe. Bei der «8» ist es zum Beispiel die Kombination von

[11] Rudolf Steiner, *Die Philosophie der Freiheit,* GA 4, Dornach [14]1978, S. 36ff.

Rundung und gegenläufiger Kreuzung. Einfache Kreuzzeichen malt auch das Vorschulkind mit fünf Jahren. Eine richtige «8» zu malen, ist dagegen von weitaus höherer Qualität. Man kann die «8» auf dem Boden laufen lassen, was zeigt, ob eine innere Vorstellung von ihrer Form vorhanden ist. Viele Kinder werden aber dadurch überfordert. Gegenläufige Bewegungen liegen auch vor bei den Mäanderformen.

6. Motive der Kinderbilder
Nun tauchen einige charakteristische Motive in den Kinderbildern fast regelmäßig auf: die Haustürklinke, die Gardinen in den Fenstern, der Blumentopf auf dem Fensterbrett oder das Lenkrad eines Autos beim Jungen. Das Kind stellt die Welt so dar, wie sie vollständig sein sollte.

7. Die Sprache
Auf das Freiwerden der Sprache im Schulalter kann hier nur in aller Kürze eingegangen werden.[12] Das Kind wird nun durch die Sprache erreichbar. Das schulreife Kind befolgt rein sprachliche, nicht durch Gesten begleitete Aufforderungen, zum Beispiel die Füße nebeneinanderzustellen. Davor müssen dirigierende Gesten oder Handgriffe des Erwachsenen eingreifen.

Zusammenfassung

Bei der Einschulungsuntersuchung untersucht der Arzt das Freiwerden der Ätherkräfte, die vorher in der Leibbildung tätig waren. Es gibt eine Veränderung in Denken, Fühlen und Wollen. Der Arzt kann das an bestimmten Phänomenen beobachten, die bereits die normale ärztliche Untersuchung offenbart. Es geht nicht um das Abfragen von Testaufgaben, sondern um einen Gesamteindruck zur ätherischen Entwicklungssituation.

---

[12] Rudolf Steiner, *Der pädagogische Wert der Menschenerkenntnis und der Kulturwert der Pädagogik*, GA 310, Dornach [3]1965, Vortrag vom 19. Juli 1924, S. 52.

Karl-Reinhard Kummer

Menschenkundliche Aspekte zum Fußball[1]

Dieser Beitrag versucht eine Antwort zu folgenden Fragen: Welche pädagogischen Aspekte hat der Fußball? Soll man das Fußballspiel auf dem Schulhof der Waldorfschule verbieten oder nicht? Was kann man den Eltern zum Fußballverein raten?

Fußball wurde offensichtlich in allen Zeiten der Menschheit gespielt, bei den Assyrern, Ägyptern, im klassischen Griechenland und in Rom. Im England des 11. Jahrhunderts war der Fußball so beliebt, daß König Heinrich II. es verbot: Statt sich in den kriegerischen Disziplinen des Bogenschießens zu üben, vertat man die Zeit mit dem Ball. Dieses Verbot dauerte in England über 400 Jahre.

In Florenz tauchte das Fußballspiel zu Beginn der Neuzeit wieder auf. Im Jahre 1831 wurde es in den großen englischen Schulen von Eton, Westminster, Charterhouse und Harrow wieder ins Leben gerufen und mit einem Regelwerk versehen. In Deutschland dauerte es bis 1878, als in Hannover der erste Fußballverein gegründet wurde.

Das Interesse am Fußball ist bis heute ungebrochen, vor allem im Vergleich zum Handball, Basketball, Faustball oder Volleyball oder Schwimmen. Faszinierend ist er vor allem für Jungen. Gegenüber den anderen Sportarten, wie Ski- und Snowboardfahren, Tennis, Rudern oder Segeln, ist die Ausrüstung vergleichsweise billig, Fußballspielen ist fast überall möglich.

An den Waldorfschulen wird der Fußball aus pädagogischen Gründen nicht gepflegt. Doch scheint die Diskussion «pro» und «kontra» oft eher emotional als sachlich geführt zu sein.

Pädagogische Aspekte von Spielregeln

Fußball hat feste Spielregeln. Daher sind einige grundsätzliche Gedanken zu Spielen mit Regeln und ihrer pädagogischen Bedeutung notwendig. Die Regeln der Mannschaftssportarten sind häufig nicht pädagogisch begründbar, sondern entstammen bloßer historisch gewachsener Konvention. In ihrem Formalismus entsprechen sie eigentlich der seelischen Verfassung des Erwachsenen. Das Äußerliche der Regeln kann man zum Beispiel an der gegenwärtigen Diskussion um die «Abseits»-Regelung im Fußball sehen.

---

[1] Erstveröffentlichung: «Erziehungskunst», März 1997 (gekürzte Wiedergabe).

Für ein Kind hingegen sind Regeln nur dann pädagogisch sinnvoll, wenn sie von ihm auch innerlich nachvollzogen und erlebt werden können. In den Klassen 1–3 ergeben sich die Spielregeln aus der Geschichte, die der Lehrer erzählt, während in den Klassen 4–6 die Regeln vom Lehrer gesetzt und allmählich verfeinert werden. Die Entstehung dieses Regelwerks erlebt der Schüler also selbst mit. Auf diese Weise hat der Schüler etwa bis zur 7. Klasse einen eigenen Erfahrungsschatz erworben, wie Regeln entstehen und wie man mit ihnen umgeht. Nun kann man auch kompliziertere Regeln einführen. Pädagogisch sinnvoll ist es, erst mit den Grundzügen zu beginnen und sie dann zu verfeinern, entsprechend dem Verständnisstand der Klasse. Damit spricht man das in dieser Stufe beginnende Kausalitätsdenken an.

Pädagogische Ziele des Mannschaftsspiels

Kischnick[2] unterscheidet bei den Ballspielen drei Gruppen. Zur ersten gehören Fußball, Handball, Hockey und Rugby. Bei der zweiten Gruppe, wozu Tennis, Volleyball und Faustball gehören, wird der Ball im Wechsel zwischen den Spielern und den Mannschaften ausgetauscht. Es entsteht etwas Vermittelndes. Bei der dritten Gruppe von Ballspielen, zum Beispiel Brennball und Baseball, spielt man in Mannschaften; dabei hat der einzelne einen Weg zu gehen, was man mit einer Prüfung vergleichen kann.

Durch das Ziel, den Ball ins gegnerische Tor (oder beim Basketball in den Korb) zu schießen, bekommt das Spiel eine bestimmte seelische Färbung, die man sich oft nicht bewußt macht. Fußball wäre sinnlos ohne den Gegner und ohne die Absicht, Tore erzielen und gewinnen zu wollen. Wichtig ist, den Ball unter Kontrolle und in den eigenen Reihen zu halten. Der Gegner kann dabei bewußt überlistet, getäuscht («ausgetrickst») und überwunden werden. Der Spieler arbeitet in einem geregelten Feindschaftsverhältnis zur gegnerischen Mannschaft mit dem Ziel, den Ball an einem Verteidiger vorbei in den gegnerischen Strafraum und in eine Torschußposition zu bringen. Das verlangt zwar Reaktionsvermögen, Überblick und die Bereitschaft zur Auseinandersetzung, gleichzeitig wird aber einem Gruppenegoismus der Weg geebnet, der erst nach der Pubertät ohne nachteilige soziale Folgen sich entfalten darf.

Dem Kindesalter sind diese egoistischen und aggressiven Tendenzen idealiter noch fremd, auch wenn sich im Verhalten vieler heutiger Kinder Aggres-

---

[2] Rudolf Kischnick, *Leibesübung und Bewußtseinsschulung*, Basel 1989.

sivität zeigt: einerseits auf Grund mangelnder seelischer «Hülle» (mit der Folge von Dünnhäutigkeit und erhöhter Verletzlichkeit), andererseits auf Grund des «Vorbildes» gewalttätiger Jugendlicher und entsprechender Fernsehfilme. Von der unegoistischen Seelenhaltung der Kinder spricht auch Caroline von Heydebrand in ihrem kurzgefaßten «Lehrplan»[3].

Deshalb sollte man in den Jahren vor der Pubertät solche Spiele spielen, in denen man miteinander und nicht gegen einen Gegner spielt. Zwar messen auch Kinder der unteren Klassen permanent ihre Geschicklichkeit, ihre Kraft und Findigkeit mit der ihrer Mitschüler. Man prüft freundschaftlich ab, ob der Partner den Aufgaben gewachsen ist. Pädagogisch hat es eine andere Wirkung, ob das Kind dies quasi von selbst tut oder ob dieses Messen durch die Spielregeln zum Prinzip erhoben wird. Solche Prinzipien werden zur Lebenseinstellung sanktioniert, wenn man sie vor dem geeigneten Alter einsetzt. Das Kind vor der Pubertät erwirbt sich beim Fußball ein falsches Wertegefüge mit einer egoistischen Durchsetzung eigener Ziele.

Zum Spiel mit den Füßen

Die Grundregel, daß ein Feldspieler beim Fußball seine Hände und Arme nicht benutzen darf, scheint einen wichtigen Anreiz für dieses Spiel darzustellen. Was sonst für die Arbeit oder jedes Spiel notwendig und üblich ist, die Benutzung der Hände, wird beim Fußball als Handspiel geahndet. Pädagogisch muß das aber hinterfragt werden. Der einzige Spieler, der sich menschengemäß bewegen und seine Hände benutzen darf, ist der Torhüter.

Unter pädagogischem Aspekt bedeutet der Ausschluß der Hände eine Einseitigkeit und Unterforderung. Das Ballspiel mit der Hand fördert hingegen die Geschicklichkeit der Hand und ihre spezifisch menschlichen Fähigkeiten. Mit den Händen, zum Beispiel beim Handball oder Volleyball, spielt man stärker im Raum, das Fußballspiel ist mehr an die horizontale Ebene gebunden: Der Wurf geht in die Höhe, der Ball wird in der Höhe gefangen. Das hohe Bein ist beim Fußball regelwidrig. Der Spieler muß meistens den Ball erst mit dem Fuß auf der Erde stoppen, wenn er ihn nach einem Abschlag oder Paß weiterspielen will. Nur fortgeschrittene Spieler können direkt aus der Luft weiterführen.

---

3 Caroline von Heydebrand, *Vom Lehrplan der Freien Waldorfschule*, Stuttgart [10]1994, dort zur 7. Klasse, Naturkunde.

Durch den bevorzugten Einsatz der Füße und Beine neigt das ohnehin auf eine offensive und aggressive Spielweise ausgelegte Fußballspiel zu einer Brutalisierung der Bewegungen. Mit dem Fuß wird gröber gestoßen, als das mit der Hand möglich wäre. Nachteilig kann sich die Bevorzugung der Füße bei Kindern auswirken, die Schwierigkeiten haben, ihre Bewegungsimpulse zu steuern. In ihnen kann sich durch das Fußballspiel die Tendenz verstärken, sich gegen geschicktere, technisch meist überlegene Kinder mit brachialer Kraft und Abschreckung durchzusetzen, wodurch sie eher in eine sozial problematische Rolle kommen. Kinder mit einer natürlichen Begabung zu harmonischen Bewegungen sind dieser Gefahr weniger ausgesetzt. Andererseits kann es für «verkopfte» Kinder angebracht sein zu lernen, ihre Bewegungsenergie in die Füße zu richten.

Allein schon die große Wirkung des eigenen Tuns kann faszinieren: Es ist ein leichtes, einen Fußball 50, 60 Meter weit zu schießen. Solche Weiten mit der Hand zu erzielen bedarf einer erheblich größeren Anstrengung.

Durch den Ausschluß des natürlichen Bewegungsimpulses, den Ball mit der Hand zu spielen, erweist sich der Fußball als eine Sportart, die in das Jugendalter gehört. In der Zeit zwischen 14 und 21 Jahren ist es notwendig, sich mit den «normalen» Gegebenheiten der Umwelt auf individuelle Weise auseinanderzusetzen. Dazu unterwirft man sich freiwillig bestimmten Beschränkungen, wie zum Beispiel der Regel, den Ball nicht mit der Hand berühren zu dürfen.

Durch die Einschränkung des Gebrauchs der Hände muß man sich viel mehr um die Geschicklichkeit der Bewegung bemühen. Wie schwer das ist, kann man bei Menschen beobachten, die durch Dysmelie (Conterganschädigung) geschädigt sind. Gefordert ist beim Fußball nicht die harmonische Bewegung um ihrer selbst willen, sondern die zielgerichtet-spezialisierte. Es gibt oder gab jedoch durchaus Fußballer, die einen ästhetisch schönen Fußball gespielt haben oder spielen: Franz Beckenbauer oder Pelé, Uwe Seeler oder Thomas Häßler. Sie sind allerdings Ausnahmeerscheinungen.

Wegen dieser Vereinseitigung sollten Kinder erst dann Fußball spielen, wenn sie harmonische Bewegungsmuster beherrschen. Dies tritt mit etwa 12 Jahren ein, wenn eine gewisse Stufe der Reifung von Atmung und Zirkulation erreicht ist. Bekanntlich verliert sich die Harmonie der Bewegung zur Pubertät hin. Die Bewegungen werden schlaksiger, ungelenker und stärker von der Mechanik des Knochensystems bestimmt.[4] Jetzt erst ist es sinnvoll, den Muskel zu trainieren.

---

[4] Rudolf Steiner, *Die gesunde Entwickelung des Menschenwesens,* GA 303, [4]1987, Vortrag vom 2. Januar 1922, S. 204ff.

Aus den bisherigen Ausführungen ergibt es sich, daß man den Eltern abraten sollte, Kinder der unteren Klassen in einen Fußballverein zu geben. Statt dessen sind ganz andere Aktivitäten der Eltern gefragt: Spielnachmittage, Wanderungen, Ausflüge. Die Waldorfschulen sind dabei auf ganz besonders intensive Mitarbeit der Eltern angewiesen, um möglichst alle Kinder dabei anzusprechen. Es wäre pädagogisch sinnlos und falsch, einem Kind zu verbieten, in einen Sportverein einzutreten, wenn man nicht etwas Besseres anbietet.

Im Jugendalter, das heißt den Schülern der Oberstufe, geht es um das Erlebnis des anderen Menschen vor allem in Grenzsituationen, was besonders durch den Vereinssport möglich wird. In der Mittelstufe stehen mehr allgemeinseelische Erlebnisse im Vordergrund, die Liebe zum Tier zum Beispiel.

In Sportvereinen können vor allem zwei Probleme auftreten: Das Vereinsleben ist häufig bestimmt durch das Freizeitverhalten der Erwachsenen (Vereinsfeste mit Rauchen, Alkohol und so weiter). Das andere Problem betrifft sportlich begabte Kinder, die leicht in die Hände von ehrgeizigen Trainern fallen können. Die Formbarkeit des kindlichen Körpers ist dann am größten, wenn man lange vor der Vorpubertät mit intensivem Training beginnt. Dann ist es möglich, die natürliche Bewegungsanmut des Alters auszunutzen. So sind viele der Spitzensportlerinnen, zum Beispiel im Kunstturnen oder Schwimmen, körperlich gesehen Kinder, denen der Eintritt in eine normale Pubertät verwehrt wird, um sie in Hochform zu halten.[5]

Wenn Eltern einen Sportverein für ihr Kind suchen, sollten sie darauf achten, daß der Sportverein vor allem Breitenarbeit betreiben möchte und nicht nach sportlichen Lorbeeren strebt. Vor allem begabte Kinder sollten erst ab dem 14., 15. Lebensjahr in den Sportverein gehen; für die unbegabten ist die Gefahr von vornherein geringer.

Daß man auch später dem Training gesunde Grenzen setzen muß, ist medizinisch wohlbekannt. Der Sport beschäftigt nur die Seite des Physischen.[6] Einseitig betrieben, richtet er das Physische zugrunde. Über ein gesundes Maß hinaus führt jedes Training zu Abbauvorgängen: So findet man Knochenbrüche bei Langstreckenläufern, die Degeneration von Knien und Hüften oder die aus-

---

5 E. Weimann/H. Lohrer/S. Schwidergall/W. Bohner/H. J. Böhles, *Pubertäre Entwicklungsverzögerung von Kunstturnerinnen,* in: «Sozialpädiatrie und kinderärztliche Praxis», 11/1996, S. 630–633.

6 Gisbert Husemann, *Der Sport – ein Religionsersatz? Eine medizinisch-pädagogische Zeitbetrachtung,* «Der Merkurstab», 49/1996, S. 222–225.

bleibende Regelblutung bei Hochleistungssportlerinnen. Aus dem Schicksal kindlicher Athleten aus den totalitären Ländern hat man gelernt, daß diese Abbauvorgänge besonders intensiv und früh auftreten, wenn die Belastung vor der Vorpubertät einsetzt. Die Kenntnisse über diese Reifungsprozesse sind außerordentlich gering ...[7]

Zum Sportunterricht

Steiner stellt an zahlreichen Stellen seines Vortragswerks die Eurythmie und das Turnen in pädagogischer Hinsicht gegenüber. Die Eurythmie belebt als ein geistig-seelisches «Turnen» den ganzen Menschen, während das Turnen den Menschen die eigene Körperlichkeit und das Verhältnis zur äußeren Welt erleben läßt.[8] Somit war es für *Steiner* selbstverständlich, daß beides an der Schule gelehrt wird. An den Schulen ist zu erleben, daß einerseits die Kinder die Eurythmie notwendiger haben als früher: Der Anteil ungeschickter Kinder nimmt gravierend zu, der Unterricht ist aber immer schwerer durchzuführen.

Dagegen sind die Kinder begeistert vom Sport, obwohl sie eigentlich auch dort in ihrer Ungeschicklichkeit mehr Probleme haben. Diese Auseinandersetzung mit dem Physischen und auch die physische Bewegung im Sport gehört – wie gesagt – in das Jugendalter. Um so wichtiger ist es, den Kindern in den ersten Klassen einen so guten Spielturnunterricht zu geben, daß die seelischen Bilder des Lehrers sie in die geschickte Bewegung führen können. Dabei wollen auch relativ kleine Schüler schon etwas «erleben», wie ein Oberstufenschüler. Die Jugendlichen schließlich sind im Turnen so weit körperlich zu fördern, daß sie an die Grenzen der eigenen Leistung kommen. Dann fühlen sie sich wahrhaft ernst genommen. So sollten sich die Waldorfschulen um den bestmöglichen Sportunterricht bemühen, zum Beispiel in der Oberstufe den größten Wert darauf legen, daß man den Schülern eine gute Technik beibringt. Vielleicht sollte man überlegen, ob die Bezeichnung «Turnen» heute noch zeitgemäß ist.

Fucke[9] beschreibt, daß Steiner aus einem ganz bestimmten Grund die Stenographie in den Lehrplan der ersten Waldorfschule hineingenommen hat. Sie gehöre in die Zeit. Ähnlich stellt sich die Frage, ob Sport und Fußball nicht auch heute zur Zeitgenossenschaft gehören. Auf jeden Fall lassen sich bestimmte Schüler am besten über das Turnen ansprechen. Es wäre zu fragen, ob

[7] J.P. Lin/J.K. Brown/E.G. Walsh, *Physiological maturation of muscles in childhood.* «Lancet», 1993 (343), S. 1386–89.

[8] Rudolf Steiner, *Erziehungskunst. Methodisch-Didaktisches,* GA 294, Dornach [5]1974, Vortrag vom 25. August 1919, S. 62.

[9] Erhard Fucke, *Grundlinien einer Pädagogik des Jugendalters,* Stuttgart 1991, S. 212ff.

nicht durch einen besonders guten Turnunterricht auch die Eurythmie profitieren könnte.

Fußball an der Waldorfschule?

Was macht man nun praktisch mit dem Fußball? Die Schüler beginnen in einem gewissen Alter von selbst mit dem Fußballspiel, meist sind es die Schüler der 6. Klassen, die nach der Schule kicken. In den Jahren davor ist das Bedürfnis nicht so groß, auch nicht danach. Dieses «Problem» klärt sich somit meistens von selbst.

Wichtig ist es, daß der Lehrer pädagogisch reagiert, wenn Schüler auf dem Schulhof kicken. Hier darf man nicht dogmatisch sein. Andererseits müssen die Schüler erleben, daß das Fußballspiel in der Waldorfschule nicht erwünscht ist. Das müssen alle Lehrer der Schule konsequent, aber auch humorvoll vertreten und durchführen. Über ein Kicken eines Tennisballes darf man dabei ruhig hinwegsehen. Jedoch muß der Schüler bemerken, daß der Lehrer ihn im Blick hat und ein richtiges Fußballspiel sofort unterbinden würde. Außerdem kann der Lehrer auf die Verletzungsgefahr durch scharfe Schüsse hinweisen.

Wie sieht es aber mit den Schülern in den oberen Klassen aus? Dem Waldorfschul-spezifischen Verbot des Fußballs stehen viele Schüler der oberen Klassen verständnislos gegenüber, da sie auf sich selbst andere Maßstäbe angelegt haben wollen als auf die Kleineren. Wenn man ihnen den Fußball verbietet, entfremdet man sie der Schule und deren eigentlichem Anliegen, daß der Schüler die Fähigkeit zu freien, selbständigen Entscheidungen erwirbt. Daher sollte man überlegen, ob man nicht an der Oberstufe der Waldorfschulen Freiräume für den Fußball schaffen könnte. Man kann auch darauf vertrauen, daß die Waldorfschüler am wenigsten von allen Schülern durch den Fußball gefährdet sind.

Weitere Quellen als Anregung zur Bewegungsschulung:

Rudolf Kischnick, *Was die Kinder spielen,* Stuttgart [6]1982.

Karl König, *Sinnesentwicklung und Leiberfahrung,* Stuttgart [2]1978, vor allem das Kapitel von G. von Arnim: «Körperschema und Leibessinne».

Jochem Nietzold, *Geistige Strukturen sinnvollen Turnens,* Stuttgart 1978 (enthält eine Fülle von Äußerungen Rudolf Steiners zu Turnen und Sport).

Jochem Nietzold, *Freudiges Bewegen. Bewegungs- und Turnspiele für jung und alt,* Stuttgart 1988.

Simeon Pressel, *Bewegung ist Heilung,* Stuttgart 1984.

Peter Prömm, *Bewegungsbild und menschliche Gestalt,* Stuttgart 1978.

Wesentliche ergänzende Hinweise verdanke ich Johannes Hörner, Hannover.

Armin Husemann/Daniela Greif/Ernst Bücher

Legasthenietherapie in der Waldorfschule[1]

Ein Fallbericht

Manfred[2] besucht die 3. Klasse. Ein wacher, begabter Junge von achteinhalb Jahren, der ausdauernd arbeiten kann. Er singt rein und mit schöner Stimme, kann lebendig nacherzählen, der Malstil ist etwas hastig. Seinem Lehrer macht er überwiegend Freude. Schaut man sein Heft an, so sieht man eine leidlich geformte Schrift, an der sonst nichts weiter auffällt. Mit dem Lesen tat sich Manfred von Anfang an schwer. Seit im Unterricht mit Diktat begonnen wurde, war er völlig hilflos. Es stellte sich heraus, *daß er nichts von alledem lesen kann, was er von der Tafel abschreibt.* Er korrigiert Fehler rein optisch nach dem Schriftbild. Diese Entdeckung überrascht den Lehrer und die Eltern gleichermaßen. Der Vater stellt seinen Sohn in der Fachabteilung für Entwicklungsstörungen einer Kinderklinik vor. Nach Schilderung der Untersuchungsbefunde schließt der Brief: «Im CPM-Test nach Raven, einem sprachfreien Testverfahren, das, auf der optischen Perzeption aufbauend, das Erkennen von Gesetzmäßigkeiten und die Fähigkeit zum logischen Denken überprüft, erarbeitet sich Manfred einen IQ von 102. Es fällt im Test auf, daß Manfred räumliche Beziehungen und die Lage im Raum oft nicht richtig erkennt ... Ansonsten konnte ich an Manfred keinen richtungweisenden Befund erheben. Sein EEG, das ich zur Abrundung der Diagnostik abgeleitet habe, war vollkommen normal. – So muß man wohl davon ausgehen, daß bei Manfred eine konstitutionell vorgegebene Teilleistungsschwäche im Sinne der Legasthenie vorliegt. Als Waldorfschüler kann Manfred mit der Teilleistungsschwäche im Augenblick noch gut leben, aber auch in der Waldorfschule wird er alsbald (spätestens im nächsten Schuljahr) in große Not kommen. Deshalb empfehle ich Ihnen, ihn in Behandlung an das Legasthenikerinstitut zu geben.»

Zu diesem Zeitpunkt wurde mir das Kind als Schularzt vorgestellt. Nachdem auch von mir das Sehen (Visus: E-Haken-Test; Farbensehen: Ishihara-Test; Räumliches Sehen: TNO-Test) sowie Hören (Audiometrie) als normal befunden wurde, prüfte ich Manfreds Verhältnis zu Sprache und Schrift wie folgt:

---

[1] Erstveröffentlichung: «Erziehungskunst», Heft 11, 1994.

[2] Name geändert.

Aufgabe:	*Ergebnis:*
– Sprechendes Silbentrennen (z.B. «Türklinke – Tür-klin-ke»)	nicht möglich
– Sprechende Lautanalyse (z.B. «BALL – B – A – L – L»)	nicht möglich (Ausnahme bei «M», dem Anlaut des eigenen Namens)
– Buchstaben nach eigener Wahl erst aussprechen, dann aufschreiben	ca. 4/5 falsch
– Buchstaben abschreiben (kleine, große, auch aus gebundener Schrift)	fehlerfrei
– Worte eigener Wahl sprechen, dann schreiben	nicht möglich
– Worte (Sätze) abschreiben	fehlerfrei
– Lautdiktat (phonetisch, also dem Lautklang entsprechend)	nicht möglich
– Wortdiktat, Satzdiktat	nicht möglich
– Buchstaben diktieren (nach den Buchstabennamen)	nicht möglich
– Lesen (Buchstaben, Worte, Sätze)	nicht möglich

Der wesentliche Befund war, daß Manfred bei Worten, die er selbst aussprach und deren Vorstellungsinhalt ihm völlig vertraut war – etwa Ball, Tür, Koffer, Tafel, Fahrradreifen – weder die *Silben trennen* noch den *Aufbau aus den einzelnen Lauten* angeben konnte. (Eine Ausnahme war der Anfangslaut seines eigenen Namens, M.) Bei intaktem Hörsinn, Sehsinn und Begriffssinn verfügte Manfred zu dieser Zeit also noch nicht über die Fähigkeit des *Lautsinnes*.

Rudolf Steiner beschrieb diesen Sinn erstmals 1910.[3] Heute ist der Begriff der «phonemical awareness» in der Linguistik eingeführt und als eine vom Sinnverständnis scharf abtrennbare «Teilleistung» anerkannt.[4] Sie wird dabei,

---

[3] Rudolf Steiner, *Anthroposophie. Ein Fragment aus dem Jahre 1910,* GA 45, Dornach [3]1980, Kapitel VII; vergl. ders., *Konferenzen mit den Lehrern der Freien Waldorfschule,* GA 300/2, Dornach 1975, S. 201.

[4] J. Morais et al., *Does awareness of speech as a sequence of phones arise spontaneously?,* Cognition 7, 323-331 (1979). Zit. nach P. Zimmermann, *Lese-Rechtschreib-Schwäche als Entwicklungs-Störung,* Untersuchung an Waldorfschülern der Klassen 4–6 (unveröffentlichtes Manuskript, Herdecke 1993); K.E. Stanovich (Hrsg.), *Children's reading and the development of phonemical awareness* (1978). Zit. nach Zimmermann.

wie schon die «Wortblindheit» früherer Autoren[5], als Leistung der integrativen Verarbeitung von anderen Sinneseindrücken, wie Sehen, Hören, Bewegungssinn, verstanden und nicht wie bei Rudolf Steiner als eigenständige *Sinnes*tätigkeit.

Durch diese Lautsinn-Schwäche hatte Manfred große Schwierigkeiten mit der Tatsache, daß Konsonanten einerseits eine eigene Klanggestalt haben (Phonem), andererseits aber als Buchstaben Namen tragen, die mit dem Sprachlaut nicht identisch sind. Bei wenigen Buchstaben, bei denen er sich den Namen eingeprägt hatte, setzte er bei Leseversuchen oft die Buchstabennamen an die Stelle der Laute. (An «Ball» versuchte er sich zum Beispiel mit BE – A – EL – EL und war dann ratlos, weil es dieses Wort nicht gibt.)

Nach Zimmermann, der 1422 Waldorfschüler untersuchte, nimmt die Lautsinn-Störung unter den verschiedenen Ursachen und Arten der Legasthenie im engeren Sinne eine bedeutende Stellung ein.[6]

Bei Manfred stellten sich uns nun drei Fragen:

1. Wie entwickelt sich der Lautsinn?
2. Wie kann man die Unterentwicklung des Lautsinnes bei Manfred menschenkundlich verstehen?
3. Welche Therapie kann die Entwicklung des Lautsinnes nachträglich fördern?

1. Zur Entwicklung des Lautsinnes

Dem Spracherwerb geht das Gehen- und Stehenlernen voraus. Erst durch die Befreiung der Atem- und Schultergürtelmuskulatur, vor allem aber auch der Kehlkopfmuskeln von ihrer Mitarbeit an der Fortbewegung wird die Lautbildung möglich. Schon einfache Selbstbeobachtung zeigt, daß der Stimmritzenverschluß im Kehlkopf die Voraussetzung für jede größere Kraftentfaltung im Rumpf und Schultergürtelbereich darstellt. Wer den Träger einer schweren Last zum Lachen bringt, zwingt ihn zugleich zum Absetzen der Last. Warum? Sobald die Rippenmuskeln, die Muskeln der Bauchdecke und das Zwerchfell sich beim Lachen in Bewegung setzen, verlieren die am Rumpf ansetzenden

---

5 R. Berlin, *Eine besondere Art der Wortblindheit (Dyslexia),* Wiesbaden 1887; M. Crithley, *The dyslexic child,* London 1970.

6 P. Zimmermann, *Lese-Rechtschreib-Schwäche als Entwicklungs-Störung. Untersuchung an Waldorfschülern der Klassen 4–6* (unveröffentlichtes Manuskript, Herdecke 1993).

Rücken-, Becken- und Armmuskeln den festen Halt; *entweder* Lastbewegung (im Falle der Aufrichtung des Kleinkindes: die Last des eigenen Körpers) *oder* Sprachbewegung. Indem das Kind im zweiten Lebensjahr die Arme zur Geste und die Kehlkopfmuskulatur zur Lautbildung befreit, lernt es zunächst die Bildebewegungen der Laute durch *Nachahmung*. Damit bildet sich zugleich das Wahrnehmungsvermögen für Lautgestalten. Denn wer die Sprache hört, *imitiert* die gehörten Lautbewegungen stumm sowohl mit den Sprachwerkzeugen als auch mit feinsten Bewegungsgestalten des ganzen Körpers, die man erst durch die Analyse von Filmaufnahmen mit Hochgeschwindigkeits-Kameras entdeckt hat. Diese Mikrobewegungen der gesamten Kopf-, Rumpf- und Gliedmaßenmuskulatur sind den einzelnen Lauten genau zugeordnet: «As early as the first day of life, the human neonate moves in precise and sustained segments of movement that are synchronous with the articulated structure of adult speech.»[7] («Vom ersten Lebenstag an bewegt sich das Neugeborene in präzisen und reproduzierbaren Bewegungssegmenten synchron zu der artikulierten Sprachstruktur des Erwachsenen.» Übers. v. A. H.)

Dem Lautsinn liegt also eine metamorphosierte, verinnerlichte Bewegungsaktivität zugrunde. Daß diese Bewegungen sich der gewöhnlichen physischen Wahrnehmung entziehen und erst mit hohem technischen Aufwand physisch sichtbar zu machen sind, bedeutet: Es handelt sich um solche Bewegungen, deren wesentlicher Anteil im *innerlichen Bewegungsimpuls* liegt, die aber äußerlich-physisch gar nicht oder nur keimhaft realisiert werden. Im anthroposophischen Sprachgebrauch ausgedrückt: Diese Bewegungen, die der Lautwahrnehmung dienen, vollziehen sich im wesentlichen im Ätherleib des Menschen, also in der eigenständigen Lebensorganisation, die die physischen Stoffe in die Gesetze des Lebendigen eingliedert und die den physischen Leib gleichermaßen zur Wachstumsbewegung wie zur Muskelbewegung befähigt.

Die inneren, stummen, imitierenden Bewegungen der *Sprachorgane,* die ebenfalls im physischen Körper nur andeutungsweise, im wesentlichen aber im Ätherleib stattfinden, werden nach Rudolf Steiner über die Eustachischen Röhren dem gehörten Laut im Mittelohr entgegengebracht.[8] Dazu muß der Gedanke gedacht werden, daß der Ätherleib auch eigene Bewegungen ausführt,

---

7 W. S. Condon, L. W. Sander, *Neonate Movement is Synchronized with Adult-Speech-Interactional Participation and Language Acquisition,* Science, Vol. 183, 11 January 1974, S. 99–101; siehe auch W. S. Condon, *Multiple Response to Sound in Dysfunctional Children,* Journal of Autism and Childhood Schizophrenia, Vol. 5, Nr. 1, 1975.

8 Rudolf Steiner, *Konferenzen mit den Lehrern der Freien Waldorfschule,* GA 300b, Dornach 1975, Konferenz vom 5. Dezember 1922.

die nicht physisch zu beobachten sind, sondern nur mit den geisteswissenschaftlichen Forschungsmitteln[9] wahrgenommen werden.

Das heißt also: Die gehörte Lautgestalt wird von den latenten imitierenden Bewegungen des Kehlkopfes und der anderen Sprachorgane erfaßt. In den Eustachischen Röhren sind gewissermaßen ätherische Arme und Hände, die die Lautgebärde zum Ohr hintragen.

Dem Lautsinn liegt also ein Eurythmisieren (Lautformen-Bilden) des Kehlkopfes zum Ohr hin zugrunde, das in Resonanz mit den oben beschriebenen Mikrobewegungen des ganzen Bewegungssystems des Körpers zu denken ist. Dazu hat Ernst Bücher an Manfred eine einschlägige Beobachtung machen können (siehe unter «Förderunterricht»):

Um Laute erkennen zu lernen, machte er eine Phase durch, in der er spontan eine äußerlich sichtbare, aber stumme, imitierende Lautbildebewegung ausführte und danach den Laut richtig angeben konnte.

2. Wie kann man die Unterentwicklung des Lautsinnes bei Manfred menschenkundlich verstehen?

Der Bewegungsorganismus von Manfred zeigte zwei Schwächen: Zum einen war Manfred bis in die 3. Klasse *Zehengänger* geblieben. Zum anderen hatte er im Gliedmaßensystem des Kopfes, das heißt in der Kieferregion, einen *Kreuzbiß:* Der Oberkiefer übergreift die Unterkieferzähne nicht völlig. Dem entsprach eine leichte Progenie (vorgeschobener Unterkiefer). Beide Eigenarten widersprechen einander. Der Zehengang zeigt ein Überschießen der Kräfte des Nerven-Sinnes-Systems; diese Kinder werden hinaufgerissen, sind zu stark von den der Schwerkraft entgegengesetzten Auftriebskräften des Hauptes ergriffen. Der Kreuzbiß dagegen ist Bild einer verborgenen Schwierigkeit im oberen Sinnesmenschen, den Bewegungsmenschen (Unterkiefer) voll in sich aufzunehmen.

Beide Phänomene deuten darauf hin, daß zwischen dem Gliedmaßensystem und dem Nerven-Sinnes-System die vermittelnde Funktion gestört ist. Von den Sinnen her betrachtet, liegt dem Zehengang eine Schwäche des Eigenbewegungssinnes zugrunde. Das Kind nimmt die Bewegungen seiner Glieder zu wenig wahr, indem es die Ferse nicht aufstellt, den Fuß nicht abrollt.

Wenn wir nun ein bedeutsames *Ereignis aus dem zweiten Lebensjahr* von Manfred hinzufügen, dann wird seine Lautsinn-Schwäche verständlicher:

---

9 Vergl. Rudolf Steiner, *Wie erlangt man Erkenntnisse der höheren Welten?* GA 10, Dornach ^{24}1993.

Zwischen dem 18. und dem 24. Lebensmonat machte der Junge eine schwere, langwierige Bronchitis durch, die zu einem Stillstand und Rückschritt der gesamten Entwicklung führte. Nach mehreren vergeblichen Therapieversuchen trat plötzliche Besserung und vollständige Heilung ein, nachdem Manfred einen großen Sekretpfropfen abgehustet hatte. Der Vater, selber Arzt, vermutete rückblickend, daß es sich um einen in die Luftröhre geratenen Fremdkörper gehandelt habe. Wir haben damit in dem Lebensabschnitt, in dem das Kind ganz dem Spracherwerb hingegeben ist, zwischen eineinhalb und zwei Jahren, eine eingreifende *Stauung im Atmungssystem*, also in derjenigen rhythmischen Schwingung, die, wie oben ausgeführt, *die Metamorphose der Gliedmaßenbewegung in die Sprachbewegung* vermittelt.

3. Welche Therapie kann die Entwicklung des Lautsinnes nachträglich fördern?

Die oben geschilderte Funktion des Lautsinnes als stumme Kehlkopf- und Lautbildebewegung und die Metamorphose des Lautsinnes aus dem Eigenbewegungssinn, die Rudolf Steiner beschreibt[10], ließen die *Heileurythmie* als die geeignete Therapie erscheinen, weil die Eurythmie die Sprachbewegung vollbewußt in Gliedmaßenbewegung zurückverwandelt. Zusätzlich sollte im *Förderunterricht* ein Weg zu den Buchstabenformen aus der Bewegung erarbeitet werden. Auch J. Hein machte auf die Bedeutung der Bewegungsschulung für die Behandlung beziehungsweise Vorbeugung der Legasthenie aufmerksam.[11] R. Braumiller wies auf die Bedeutung des Gleichgewichtssinnes bei Legasthenie hin.[12] Der Gesamtzusammenhang von Aufrichtung, Sprachbewegung und Eurythmie wurde in menschenkundlich-pädagogischer Hinsicht von Gisbert Husemann ausgearbeitet.[13]

Armin Husemann

---

10 Vergl. Rudolf Steiner, *Anthroposophie. Ein Fragment aus dem Jahre 1910*, GA 45, Dornach ³1980, Kapitel VII; ders., *Konferenzen mit den Lehrern der Freien Waldorfschule*, GA 300/2, Dornach 1975, S. 201.

11 J. Hein, *Wesen und Therapie der Raum-Lage-Labilität (Legasthenie)*, «Erziehungskunst», 1977, Heft 8, S. 384ff.

12 R. Braumiller, *Der Gleichgewichtssinn und die Legasthenie*, «Erziehungskunst», 1975, Heft 6, S. 313ff.

13 G. Husemann, *Aufrechtbewegung, Sprachbewegung, Eurythmie und Turnen*, in: *Sinnesleben, Seelenwesen und Krankheitsbild*, Stuttgart 1998.

Im folgenden muß Kenntnis der Eurythmie und der anthroposophisch-medizinischen Grundlagen der Heileurythmie vorausgesetzt werden.[14] Manfred begann mit der Heileurythmie am 11. Januar 1993. Er kam täglich bis zum 28. Mai 1993. Eine Behandlung dauerte ca. 20 Minuten. Unterbrechungen gab es durch die Faschingsferien (eine Woche) und die Osterferien (drei Wochen).

Die vom Schularzt angegebene heileurythmische Therapie hatte zwei Teile. Zuerst wurden Übungen durchgeführt, die die Metamorphose des Bewegungssinnes in den Lautsinn anregen sollten. Im zweiten Teil wurde sprachbezogen an den Lautgebärden des ganzen Alphabets geübt.

Wir begannen mit dem heileurythmischen IAO mit Beschleunigung, um die erwähnte Blockierung im rhythmischen System aufzulösen.[14]

Danach folgten verschiedene Schritt- und Stampfübungen in Rhythmen als therapeutische Antwort auf die Neigung zum Zehengang.

Anschließend wurde das B geübt: zuerst mit den Armen, dann mit den Beinen, dann mit Armen und einem Bein im Stehen und auch im Gehen. Auch am L und am M wurde gearbeitet. Der Reihe BLM lag der Gedanke zugrunde, daß hiermit von der Anregung der Niere aus (B), die als eine Art Atmungsorgan im Blutsystem des Stoffwechsels anzusehen ist, der Weg zur Lungen-Ausatmung gebahnt wird (L, M). Oder anders formuliert: daß die nicht vollzogene Metamorphose aus Eigenbewegungs-Erleben in Lautsinn durch L und M angeregt werden kann, wenn man die den unteren in den oberen Menschen umstülpende Bewegung des L vor Augen hat. M fördert die Ausatmung und damit den Weg der Atmung vom Stoffwechsel zum Kopf hin.

So ergreift man im L die im B angeregte Nierenatmung und leitet diese in den oberen Sinnesmenschen durch M. (Auch B – L – M – N wäre denkbar.)

Danach wurden mit einem Kupferstab folgende Übungen durchgeführt:

1. den Stab von der Hand zur Schulter und wieder zur Hand rollen lassen, erst an der Arminnenseite über den Handteller bis zu den Fingerspitzen, dann an der Armaußenseite über den Handrücken bis zu den Fingerspitzen;
2. «Wasserfall».

Beides zum Erwecken des Bewegungssinnes von *außen* gedacht, als Ergänzung zum vorigen Prozeß der Reihe BLM: Die äußere Bewegung des Stabes wird hier auch über den Tastsinn und Gleichgewichtssinn kontrolliert.

---

[14] Rudolf Steiner, *Heileurythmie*, GA 315, Dornach [4]1981, Vortrag vom 12. April 1921.

Nach 10 Minuten begann der zweite Teil der Behandlungszeit. Wir übten jetzt:

1. die eurythmischen Bewegungen für die Laute seines eigenen Namens. Jeder Laut wurde gründlich eingeführt und geübt. Das ging dann langsam dazu über, die Laute flüssig nacheinander zu eurythmisieren («Namenschreiben»). Auf diese Weise wird die Buchstabenform vom Bewegungssinn verinnerlicht;
2. die Silben seines Namens vorwärts sprechen, dabei auf jede Silbe einen Schritt vorwärts gehen. Dann rückwärts: Man – fred / derf – nam. Damit wird der Lautsinn geweckt, der sonst vom Bedeutungsgehalt zugedeckt wird.

Später erweiterten wir das auf die einzelnen Laute: m–a–n–f–r–e–d / d–e–r–f–n–a–m.

Verlauf der heileurythmischen Behandlung: Das rhythmische Stampfen fiel Manfred sehr schwer. Sein Schritt war leise, kaum hörbar. Es dauerte acht Wochen, bis er laut und deutlich stampfen konnte.

Die eurythmischen Bewegungen waren zu Beginn der Behandlung gerade, hölzern, fast ein bißchen starr, das Beugen und Runden beim B war kaum möglich. Das wurde im Verlauf etwas besser, auch wurden die Bewegungen differenzierter: Unterschiede zwischen Leichte und Schwere, Zusammenziehen und Ausweiten beim L, die Geschmeidigkeit beim M wurden ansatzweise sichtbar, die Bewegungen insgesamt etwas flüssiger. Dennoch ist die ganze Tendenz immer noch deutlich strahlig, beim Gehen wippt Manfred immer noch auf den Zehenspitzen.

Beim Vor- und Rückwärtsschreiten der Silben machte Manfred deutliche Fortschritte. Aus dem anfänglichen Chaos schälten sich deutlich voneinander getrennte Silben heraus. Zum Schluß beherrschte Manfred das Schreiten der einzelnen Silben und auch der Buchstaben perfekt.

Das Zuordnen der Lautbewegungen zu dem gesprochenen Laut lernte er verhältnismäßig gut, wenn auch nicht fehlerfrei.

Daniela Greif

Mit Manfred kamen zwei weitere Jungen der 3. und 4. Klasse, die gleichfalls Laute nicht erkennen und daher nicht lesen konnten.

Die beschriebene menschenkundliche Sachlage führte uns zu folgenden Übungen, welche jedes der drei Kinder nun durch längere Zeit täglich zur Zeit des Hauptunterrichts alleine, ungefähr eine halbe Stunde lang machte:

Wir begannen mit den Lauten ihrer Namen. Die Kinder hüpften der Nase nach – möglichst groß – die Form eines Schriftzeichens auf dem Boden. Bei jedem Hüpfer wurde der entsprechende Laut vom Kind klar und deutlich gesprochen. Täglich wurden die Übungen ein wenig verändert und die Formen der Zeichen auf verschiedene Weise immer kleiner: mit kleinen Schritten, auf Zehenspitzen, auf den Fersen gehen, mit der Hand in die Luft, mit Kreide an die Tafel, mit der Nase an die Wand, mit der Schulter, dem Knie, dem Fuß schreiben, mit der Gestalt bilden, mit den Fingern formen (soweit dies möglich ist); abschließend sprach das Kind jedesmal den Laut klar und kräftig.

Nun wurde den Kindern ein Buchstabe auf den Rücken geschrieben. Sie sollten die Form erspüren, dann den Laut sprechen und ihn – mit oder ohne Hinschauen – aufschreiben. Auch hier wurden sie vom Großen ins Kleine geführt. (Das «blinde» Zeichen stärkt das Bewußtsein für den Linienverlauf.) Dies steigerte sich zum Buchstabieren ganzer Wörter.

Auch das dynamische Zeichnen wurde unterstützend einbezogen.

Gleichzeitig bemühten wir uns, die *Erinnerungskraft* zu stärken: Wir übten, Sätze Wort für Wort, Wort- und Zahlenreihen, später dann Phantasiewörter silbenweise und zuletzt Wörter lautweise vor- und rückwärts zu sprechen, und machten für jedes Wort einen Schritt.

Schritt–Schritt–Schritt–Schritt (vorwärts)				Schritt–Schritt–Schritt–Schritt (rückwärts)			
Der	Mensch	ist	gut	gut	ist	Mensch	der
blau	rot	gelb	grün	grün	gelb	rot	blau
zwei	sieben	eins	drei	drei	eins	sieben	zwei
gra	no	lis	pu	pu	lis	no	gra
L	A	G	E	E	G	A	L

Da zwei der drei Kinder G und K, B und P sowie T und D kaum unterschieden, arbeiteten wir an entsprechenden *Sprachübungen*. So gelang es den Kindern allmählich, die aus der Bewegung geronnene Form des Schriftzeichens mit dem Laut, den Laut mit der Form zusammenzuschließen und diese auch zu erinnern.

Nachdem einige Laute erarbeitet waren und sich ganz einfache Wörter wie BAD, ROT, TAT und so weiter bilden ließen, haben wir begonnen, diese aufzuschreiben und auch zu lesen. Die Kinder wiederholten das gesagte Wort und schrieben es, die Laute einzeln sprechend, auf. Sie lasen es wiederum erst Laut für Laut sprechend, dann den ersten mit dem zweiten verbindend, die beiden ersten mit dem dritten zusammenschließend und so weiter.

Auffällig war, daß einige Laute erst an der Stellung der Lippen, Zunge und Zähne, am Bildevorgang, vielleicht auch an der Muskelspannung im Leib erkannt wurden. Wenn Manfred zum Beispiel das Wort BÄR sprach und er sagen sollte, mit welchem Laut er beginne, so formte er seine Lippen entsprechend und lauschte, spürte in sich hinein und wußte dann, daß es ein B war.

Spielerisch fanden wir durch Umstellen, Vertauschen oder Hinzufügen weiterer Buchstaben neue Wörter:

Rot	–	Rat				
Rot	–	Tor				
Rot	–	Ort				
Der	–	Rede	–	Reden		
E	–	Es	–	Esel	–	Lesen

Die Kinder freuten sich über jedes Wort, das sie selbst entdeckten. Die Dauer dieses Förderunterrichts betrug zweimal sechs Wochen.

Ernst Bücher

Rückblick auf das Ergebnis der Therapien gemeinsam mit dem Klassenlehrer und den Eltern

Nach der beschriebenen, etwa *vier Monate dauernden Therapie* hatte Manfred wesentliche Fortschritte gemacht:

- Er hatte gelernt, Worte in Silben zu trennen.
- Er konnte Silben in Laute analysieren.
- Er hatte mit großem Eifer begonnen, selbständig zu lesen.

Jetzt (April 1994) hat Manfred kaum noch Rückstände im Lesen und Diktat, verglichen mit dem Klassendurchschnitt. Wir sind ziemlich sicher, daß die raschen Fortschritte erstens dem *täglichen* Üben in der Heileurythmie und dem Förderunterricht zu verdanken sind; zweitens aber der Tatsache, daß beide Therapien eng aufeinander abgestimmt waren. Auch die beiden anderen erwähnten Schüler haben ihr Lauterkennen und Lesen durch diese Therapie eindrucksvoll gebessert.

Vielleicht kann dieser Bericht Kollegen anderer Waldorfschulen ermuntern, diesen Weg zu prüfen; er muß selbstverständlich weiterentwickelt werden. Auch war es uns leider nicht möglich, so gründlich, wie es angemessen wäre, die Erfahrungen der verschiedenen anderen Therapieverfahren, die heute bereits entwickelt sind, in diesem Fallbericht vergleichend zu berücksichtigen.

Gisbert Husemann

Magersucht (Anorexia nervosa)[1]

Im Jahre 1981 erschien von Sheila MacLeod, einer englischen Schriftstellerin, ihre eigene Krankengeschichte mit dem Originaltitel: *The art of Starvation* – wörtlich: Die Kunst des Hungerns; 1983 übersetzt unter dem Titel: *Hungern, meine einzige Waffe*[2].

Sheila MacLeod erlebte als junges 14- bis 15jähriges Mädchen, was heute immer mehr Mädchen im beginnenden Reifealter durchmachen und was wie eine richtige Versuchung sich einzuschleichen scheint: Sie fangen an zu hungern, finden Befriedigung darin und manche hungern sich zu Tode. Bei jungen Menschen begegnet diese eigentümliche Anti-Reifungstendenz der Seele einem bemerkenswert starken Interesse. Die folgenden Auszüge aus der Krankengeschichte machen klar, um was für ein Problem es sich handelt.

Sheila MacLeod, Jahrgang 1939, wurde auf der schottischen Insel Lewis (äußere Hebriden) als Tochter eines Lehrers, der sein Kind auf das Geleise einer Karriere zu setzen beabsichtigte, geboren. Als exklusive Stipendiatin studierte sie englische Literatur, führte ständig Tagebuch, erlebte in Schule, Familie und Gesellschaft krankmachende Faktoren dergestalt, daß sie reaktiv weibliche Eigenständigkeit behindert, in Frage gestellt und wie erstickt empfinden mußte. Den Körperschwund empfand sie paradoxerweise als Abwehrwaffe im verzweifelten Kampf um die Selbstbehauptung. Sie genas von dem ersten Magersuchtsanfall; im Rückfall schrieb sie ihren ersten Roman (Schneewittchens Selbstgespräche); Sheila MacLeod ist verheiratet; sie lebt mit ihren Söhnen in London.

Wir haben es also mit einer Eigenanamnese zu tun, die von einer erfahrenen, gebildeten Frau im Rückblick aufgeschrieben wurde.

Von ihrer Zeit als Internatsschülerin berichtet sie: «Alles, was ich erzählte, war erfunden. Ich log über die Größe, den Baustil und die Lage meines Elternhauses» – sowie über die gesellschaftliche Stellung der Eltern. Auf Fragen nach Ferienunterhaltung antwortete sie «mit einer Aufzählung von Filmen ..., Tanzveranstaltungen, Fuchsjagden, Treibjagden ..., während ich ... gar nicht ins Kino gehen durfte, ... nie eine Tanzveranstaltung besucht hatte und nicht einmal wußte, wie solche Jagden vor sich gehen».

---

[1] Erstveröffentlichung: «Beiträge zu einer Erweiterung der Heilkunst nach geisteswissenschaftlichen Erkenntnissen», Heft 2, 1986.
Gisbert Husemann verstarb am 25. November 1997, wenige Tage nach seinem 90. Geburtstag. Er hat dem Abdruck seiner Arbeit für dieses Buch gerne zugestimmt.

[2] München 1983.

Dann kam die Wäsche von der Wäscherei zurück mit dem Vermerk: «Sehr stark verschmutzt.» Sie war von zu Hause nicht ordentlich für die beginnende Menstruation ausgerüstet worden. Alles, was nun an körperlichen Symptomen damit zusammenhing – Flecken im Sommerkleid, Krämpfe, Schmerzen –, machte ihr den körperlichen Reifungsvorgang auf der Erde, worin alle Zeichen zusammenliefen, verhaßt. «Ich war … klein und dünn …, körperlich beweglich …, geistig wach …, erregte mütterliche Zuneigung …, die mein freches Verhalten … nachsehen ließ … Wenn ich in den Spiegel schaute, sah ich jemanden, der mir widerlich dick vorkam.» In diesem Zeitpunkt wurde sie nicht magersüchtig. Sie beschloß, alles zu ignorieren und: «Ich entschied mich definitiv und gänzlich dafür, Dichterin zu werden.» Eine hohe Berufung sah sie vor sich. Es zeigte sich bald, daß diese Berufungsvorstellung sehr wenig zu ihrer realen Umwelt paßte. Die Krise konnte zunächst mit dem hochgesteckten Ziel, das die Seele befriedigte, überwunden werden. Im Elternhaus hatte Sheila MacLeod unter einer absoluten Autorität gestanden; denn ihr Vater erwartete, daß sie für nichts anderes als den Lehr- und Lernstoff sich interessiere. Im Internat war die Zeit über den ganzen Tag, von 7 bis 21 Uhr, nach Stunden und Minuten so eingeteilt, daß sie theoretisch eine halbe Stunde Freizeit hatte. Es gab keine störungsfreie Zeit für sie selbst. Die Autorität der Familie setzte sich in diesem Tagesablauf äußerlich fort und griff tief in die seelischen Bedürfnisse und Vorstellungen ein. «Ich wollte im Unterbewußtsein erwachsen werden, doch gleichzeitig war ich fest entschlossen, es nicht zu werden.»

Was die Welt an sogenannten Modellen zeigte, war abschreckend, war unerreichbar. Statt sich einer Lehrerin anzuvertrauen, statt zu randalieren und verwiesen zu werden, unbefriedigt im suchenden Begehren nach der Welt, schlug eben dieses Begehren in das Negative um: «Ich tat das einzige, wozu ich in der Lage war: ich wurde magersüchtig.» Es war weniger ein Vorsatz als vielmehr eine Schwingung im Seelenleib, im Astralleib; nach der Gegenseite: weg von dieser Welt. Die vorgespiegelte Berufung riß den Leib mit.

Tagebuch: «Mußte zum Arzt; … keine Spiele, mehr Ruhe, Milch, Butter, Sahne! Mir fehlt eigentlich gar nichts … Die Hausleiterin hat mir ein Glas Milch vorgesetzt. Bäh! … Mußte mir Butter nehmen, die ich aber nicht gegessen habe.» Der Kampf hatte begonnen und sollte noch ein Jahr weitergehen. 44,5 kg. 42 kg.

Die Magersucht gab ihr die Illusion, sich selbst, den Körper und den eigenen Wert in der Gemeinschaft sowie die biologischen Vorgänge in der Hand zu haben. Es entstand das paradoxe Leistungsgefühl, «statt erwachsen zu werden sich zurück zu entwickeln». Der biologische Blutungsvorgang hatte wieder aufgehört. «Ich war keine Frau mehr … In der idealisierten Kindheitswelt …, in die ich zurückzukehren versuchte, gab es weder Tod noch Sexualität ...» Fazit: «Eine Magersüchtige ist nicht einfach ein Mädchen oder eine junge Frau, die nicht ißt, und die als geheilt betrachtet werden kann, wenn sie wieder zu essen beginnt. Es handelt sich vielmehr um jemanden, der nicht weiß, wie er anders als durch Nichtessen leben kann.»

Markus Treichler: «Astralische Kräfte vagabundieren ungeordnet in der Leiblichkeit herum und führen zur Phänomenologie der Magersucht. Bauchkrämpfe, Blähungen, bis zur Kleptomanie, einer pervertierten aufnehmenden Beziehung zur Umwelt.»[3] Hier sei der Hinweis auf den Roman «Die Wahlverwandtschaften» gestattet. Wie Goethe darin Ottilie zwischen zwei in ihrer Ehe scheiternden Partnern sich zu Tode hungern läßt, das ist medizinisch-psychologisch gesehen klassisch und einzigartig. Den naiven Leser kann es wohl auch gruseln; denn der Romanschreiber berichtet wie ein Experimentator und im Tonfall eines Protokolls über den voraus berechneten Versuch. Die Moral tritt nicht auf die Bühne, sie waltet. Sie waltet in einer Hülle, welche alle umfängt. So etwas war Goethe vorbehalten, bis zu den Mysteriendramen Rudolf Steiners, wo sich die Moral als Karma und Reinkarnation enthüllt.

Was geht vor? Ottilie hat zu essen aufgehört und Nanny mit Erfolg bestimmt, sie nicht zu verraten. Weil es so gut schmeckt, ißt Nanny die Schüsseln selbst leer; Ottilie bleibt unentdeckt. Schließlich sinkt sie «auf den Sofa». Der nichtsahnende Arzt läßt Kraftbrühe kommen, die mit Abscheu abgelehnt wird. Die Zuckungen, als man die Tasse nur zum Munde führt, lassen ihn ernst und hastig in Nanny dringen, bis sie alles eingesteht. Als dann Eduard, der Mann Charlottens, eintritt und in Tränen die Hand seiner Geliebten fassend sagt: «Gut, gut! ich folge dir hinüber; da werden wir mit andern Sprachen reden!», antwortete Ottilie: «Versprich mir zu leben!» «‹Ich verspreche es›, rief er ihr entgegen, doch rief er es ihr nur nach; sie war schon abgeschieden.» Ottilie hat sich zu Tode gehungert. Das kann nicht so genau schildern, wer es nicht selbst beobachtet hat.

Nach diesen beiden Krankengeschichten sollen nun die Physiologie, deren krankhafte Störung und die Therapie besprochen werden. Die Kurven der LH-Sekretion aus der Hypophyse bei einem Mädchen von 16 Jahren mit Anorexia nervosa (35,2 kg) zeigen mit aller Deutlichkeit, daß die Sekretion im Krankheitsstadium aussetzt – oberste Kurve –, daß die Sekretion in der Heilphase eingesetzt hat, wieder aussetzt bei Neuerkrankung (3. Kurve von oben) und schließlich wieder normal wird (unterste, 4. Kurve). Die 4. Kurve zeigt das

---

[3] Markus Treichler, *Anorexia mentalis,* in: «Beiträge zu einer Erweiterung der Heilkunst nach geisteswissenschaftlichen Erkenntnissen», 1980, 5, S. 172–180.

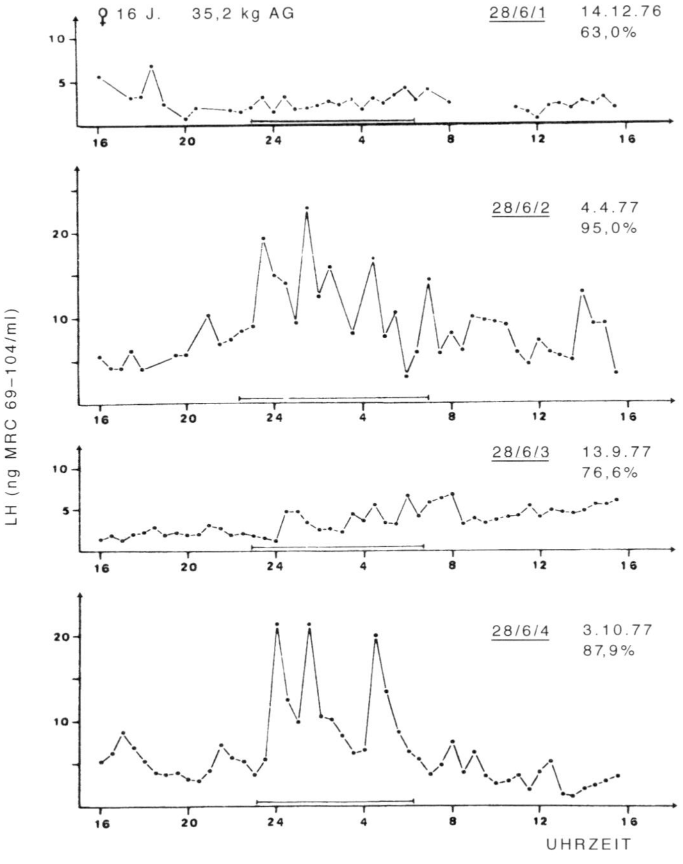

Circadiana Spontansekretion des LH bei einem Mädchen mit Anorexia nervosa; 1. im floriden Stadium, 2. in völliger Remission, 3. bei Rückfall, 4. bei erneuter Besserung [25]. (J.R. Bierich, Pubertät, *Verhandlg. Ges. Naturf. und Ärzte, Springer Verlag, Berlin/Heidelberg/New York 1981.)*

Bild des Erwachsenen. Die Erkrankten ziehen sich so weit aus dem Körper zurück, daß die Hormone der Hypophyse nicht mehr abgesondert werden. Man erkennt im gleichen Zusammenhang das Zurückschrauben der Periode und übrige Symptome.

In den folgenden medizinisch-pädagogischen Ausführungen lernen wir eine der sehr zahlreichen hygienisch-therapeutischen Maßnahmen im Unterricht kennen, die Rudolf Steiner den Lehrern empfohlen hat. Der Schularzt hat dabei die Aufgabe, sein medizinisches Wissen in die Unterrichtsmaßnahme verstehend einzubringen. Der pathologische Fall dient dabei als Hilfe zum Begreifen der normalen Verhältnisse; denn aus dem Krankenfall spricht uns in einseitiger Verdeutlichung das an, was dem Gesunden zugrunde liegt:

«Dann möchte ich noch erwähnen, daß es auch für das Musikalische sehr gut ist, wenn man sich eine Vorstellung davon verschafft, wie die Kinder eben nach dieser Richtung beschaffen sind, ob phantasiearm, phantasiereich – also mit dieser Übertragung aufs Gedächtnis. Man beschäftigt dann die Kinder, wenn sie phantasiearm sind, also ihre Vorstellungen schwer heraufbringen können, damit, mehr instrumental das Musikalische zu pflegen, während man die Kinder, die phantasiereich sind, also von ihren Vorstellungen leicht geplagt werden, auch im Extrem, mehr singend beschäftigt. Es wäre ja ein Ideal, wenn wir es schon so einrichten könnten – wir brauchten natürlich die nötigen Räumlichkeiten –, daß wir die Kinder gleichzeitig musizierend und singend beschäftigen könnten. Wenn dies Doppelte, das so ungeheuer auf die Kinder wirken könnte, das Anhören des Musikalischen und das Betätigen des Musikalischen, durcheinanderwirkt, so wirkt es ungeheuer harmonisierend. Und man könnte es vielleicht auch dahin bringen, daß man mit dem abwechselte. Das wäre im Unterricht außerordentlich bedeutsam, wenn man die eine Hälfte singen und die andere Hälfte zuhören lassen könnte, und dann wieder umgekehrt. Das ist etwas, was außerordentlich wünschenswert wäre, was gepflegt werden sollte. Denn beim Zuhören des Musikalischen ist es so, daß vor allen Dingen heilend, hygienisch eingewirkt wird auf dasjenige, *was der Kopf tun soll an dem menschlichen Organismus;* beim selber Singen wird auf alles dasjenige heilend eingewirkt, *was der Körper an dem Kopf* tun soll. So würden die Menschen viel gesünder werden, wenn man alles das tun könnte, was man im Unterricht tun sollte.»[4]

Die Hypophyse liegt in der Schädelbasis nahe ihrem Zentrum in einer kleinen knöchernen Schale, Gewicht 0,6 g. Von dieser kleinen Drüse mit innerer Sekretion hängen viele Funktionen des übrigen Organismus ab. In erster Linie sind es das Wachstum des Körpers und die Keimorgane, die auf das Hormon dieses Kopforgans ansprechen. Daraus kann der zunächst ungewohnte Ausdruck «was der Kopf am übrigen Organismus tun soll» verständlich werden. Das Verhältnis von Kopf zu Organismus ist in unserem Fall gestört: die Hypophyse arbeitet nicht, der Organismus schwindet aus erlahmtem Begehren. Die Erkrankte hat sich aus dem Körper zurückgezogen. Sie begehrt nicht zum Organismus hinab, sondern sie lehnt den Körper ab. In dieser luziferischen Haltung findet sie Befriedigung. Das musikalische Hören und Erleben sind nun sehr geeignet wie ein Medikament ohne Appell an Einsicht und so weiter, das bloße Leben in den Sinnen wieder mit dem Fühlen zu vereinigen, das Hören in das musikalische Empfinden zu vertiefen: vom Kopf in das rhythmische System.

---

4 Rudolf Steiner, *Menschenerkenntnis und Unterrichtsgestaltung,* GA 302, Dornach [5]1986, Vortrag vom 15. Juni 1921.

Im Singen liegt die Möglichkeit, dem Hören vom Gliedmaßensystem und von der Atmung aus entgegenzukommen. Das Hören zerfällt in zwei Glieder:

1. Wahrnehmen nur im Gehörorgan als Sinnesprozeß.
2. Das Hören wird einbezogen in die Atmung zum musikalischen Erlebnis. Das Hören im Kopf dringt über die Atmung in den ganzen Menschen ein. Darin liegt, was der Kopf am ganzen Körper tut, es ist das musiktherapeutische Moment für die Anorexia nervosa.

Dies ist ein schönes Beispiel, wie die innere Medizin, von der Pädagogik befruchtet, zu einer neuen Hygiene wird. Es zeigt sich dabei, wie die ärztliche Kunst zu der pädagogischen Kunst und Therapie metamorphosiert und dabei vergeistigt wird. Weitere musiktherapeutische Ratschläge finden sich zum Beispiel in einem pädagogischen Zyklus Rudolf Steiners von 1920.[5] Ein Kind, das zur Schwärmerei neigt, soll man vorzugsweise durch «Erinnern des Musikalischen» pädagogisch behandeln – das Tongedächtnis ausbilden. Ein Kind, bei dem man ein «schweres Element in seinem Gang» beobachtet, soll man anleiten zum «augenblicklichen Hören» – weniger zum Tongedächtnis. Diese Hinweise werden hier deswegen mitgeteilt, weil sie gleichsam original-musiktherapeutische Maßnahmen enthalten. Sie seien besonders den Schulärzten empfohlen.

Johannes Bockemühl[6] hat als künstlerische Therapie für die Anorexia nervosa vorgeschlagen: Malen in polaren Farben; heileurythmisch E und L. Sowohl die Farbenpolarität als auch die Laute fassen das gleiche ins Auge wie die besprochene Musiktherapie; denn das E gehört zu den Kopffunktionen und das L strömt aufwärts. Somit hatte man in den Farben, in der Musik und im «Wort» das gleiche durchgehende Prinzip. Dieses Prinzip führt von den plastischen Lebenskräften zu den Seelenschwingungen bis zum Ich.[7]

---

5 Siehe Rudolf Steiner, *Erziehung und Unterricht aus Menschenerkenntnis,* GA 302a, Dornach [4]1993, Vortrag vom 22. September 1920. Daraus stammen auch die Zitate in diesem Abschnitt.

6 Johannes Bockemühl, *Behandlung der Pubertätsmagersucht,* in: «Beiträge zu einer Erweiterung der Heilkunst nach geisteswissenschaftlichen Erkenntnissen», 1980, Heft 5.

7 Weitere Literatur: Gisbert Husemann, *Der Liquor cerebrospinalis,* in: *Sinnesleben, Seelenwesen und Krankheitsbild,* Stuttgart 1998; Monica Bissegger et al., *Die Behandlung von Magersucht – ein integrativer Therapieansatz. Ein Therapeutenteam aus der Filderklinik berichtet,* Stuttgart 1998.

Johannes Bockemühl

Einblick in eine jugendpsychiatrische, schulärztliche Tätigkeit

Angst überwinden – eine Aufgabe der Hilfe von Mensch zu Mensch

In diesem Beitrag soll aus der Fülle angstbedingter Krankheiten der Aspekt der Entwicklungshemmung im Kindes- und Jugendalter herausgegriffen werden, auf die Hintergründe hingewiesen und Wege einer Psychotherapie im Kindes- und Jugendalter aufgezeigt werden, diesen Störungen durch Behandlung zu begegnen.

Die Darstellung von zwei Situationen angstkranker Kinder an der Schwelle zur Pubertät in ihren unterschiedlichen Bildern bildet den Ausgangspunkt, worauf eine grundsätzliche Betrachtung von Angstphänomenen angestellt und eine therapeutische Leitlinie beschrieben werden.

Den Begriff der Angst zu definieren sehen wir hier nicht als innere Aufgabe, und auch nicht, Angstsymptome zu interpretieren. Unserer Erfahrung und Überzeugung nach ist es hilfreich zu versuchen, die Einmaligkeit geschilderter Empfindungen sorgfältig zu charakterisieren und zu betrachten. Dabei sollten wir uns nicht ablösen von dem Wahrgenommenen oder Geschilderten durch definitorische Diagnostik, sondern das Bild als Lebens- und Seelensituation im biographischen Zusammenhang lesen lernen. Auch muß wohl das Gewicht der durchgemachten Empfindungen und ihre Entstehung durchaus jedesmal «mitgelitten» werden.

Hierzu ein Zitat aus dem *Heilpädagogischen Kurs* Rudolf Steiners[1]:

Erst dann, wenn Sie es soweit gebracht haben, daß Ihnen eine solche symptomatische Erscheinung zum objektiven Bild wird, daß man sie mit einer gewissen Gelassenheit als objektives Bild nimmt und nichts anderes dafür entwickelt als Mitleid, dann ist die entsprechende Seelenverfassung da, die uns in richtiger Weise neben das Kind hinstellt.

1. Beispiel

M. ist 15,6 Jahre alt; mit 144 cm Länge und 35 kg Gewicht erscheint er als ein «Hänfling». Wegen seiner schweren, panikartigen Erstickungsanfälle (Pnigophobie) mit ticartigen Verkrampfungen des gesamten Körpers kam er zu uns. Besondere Züge der Vorgeschichte sind bemerkenswert, weshalb sie hier auf-

---

[1] Rudolf Steiner, *Heilpädagogischer Kurs,* GA 317, Dornach [8]1995, Vortrag vom 26. Juni 1924.

geführt werden sollen: M. ist das letzte von vier Kindern einer Familie, die sehr für sich lebt. Der Vater ist introvertiert, ängstlich-melancholisch, bis zu zeitweiliger Depression, er geht aber seinem Beruf gewissenhaft nach. Die Mutter ist hilflos, lieb, heiter und übersorgend. Lächelnd sagt sie: «Es war eine Katastrophe, mit M. hierher zu kommen.» Die älteste Schwester ist Schauspielerin. Der älteste Bruder hatte eine ängstlich hypochondrische Phase vor der Pubertät (unter anderem mit der Angst, auf das WC zu gehen). Der vier Jahre ältere Bruder ist behindert, lebt in einer beschützten Dorfsituation. Dieser Bruder hat unter anderem in den ersten 14 Lebensmonaten große Sorgen durch extreme Fütterungsschwierigkeiten bereitet.

M. selbst ist nach dem behinderten Bruder geboren. Gleich nach der Geburt mußte wegen starker Gelbsucht eine Blutaustauschtransfusion vorgenommen werden. Sonst war seine Entwicklung zunächst ohne Besonderheiten. Er war ein sonniges, heiteres Kind. Die Entwicklung verlief ohne Auffälligkeiten. Er besuchte den Waldorfkindergarten und wurde an anderem Ort in die Waldorfschule eingeschult. Radfahren lernte er erst mit 8½ Jahren («aus Angst»). Er turnt nicht gern (denn da kann alles mögliche passieren). Schreiben und Lesen erlernte er, aber langsam. Ab 3. Klasse galt er als «Zwerg»; er wurde nie ernst genommen, zwar akzeptiert, aber belächelt und gehänselt, er suchte einen Freund, fand aber keinen. Seit dieser Zeit hält er die Schule für «langweilig».

Ein halbes Jahr vor der Aufnahme bei uns begann er zunehmend mit den Schultern zu zucken, immer wieder in maximaler Einatmungsstellung zu verharren, mit Verkrampfung des gesamten Körpers, des Gesichtes, mit Todesblässe, rasendem Puls, Verzweiflung, Schreiattacken, ängstlichem Anklammern, Angst vor Ersticken, und zwischendrin kam es zu Zuständen von Angst vor neuen Angstzuständen. Er konnte oft die Schule nicht besuchen. Die ärztlichen Behandlungen wegen dieser Zustände waren wenig erfolgreich. Er trug jedoch in einem Waschbeutel 29 Medizinfläschchen verschiedenster Größe und Inhalts mit sich, an dem er sich während seiner verzweiflungsvollen Zustände festhielt. Ohne die sichere Nähe eines Arztes glaubte er es nicht aushalten zu können. Diese ticartigen Erscheinungen und Panikzustände bewirkten Betroffenheit, Angst, Hilflosigkeit und Verunsicherung seiner Umgebung und verstärkten die Ängstlichkeit und Überbehütung, die bereits durch die Vorgeschichte in der Familienkonstitution und in der Schule angelegt worden waren.

2. Beispiel

Das zweite Bild gibt ein Mädchen, A., 15 Jahre, älteste von drei Geschwistern. Sie schreibt: «Eigentlich hasse ich es, meine Meinung zu sagen, weil sie komisch sein könnte, und dann andere, die sie mitkriegen, darüber zu lächeln anfangen, wenn sie mich sehen, weil ich so komisch denke. Ich möchte schon wieder gesund sein, nicht dauernd ans Essen denken, sondern ganz normal leben. Aber ich kann es mir einfach nicht vorstellen, auf einmal zu sagen: ‹Ich esse mit.› Ich hätte dann wieder ein schlechtes Gewissen, daß ich nachgegeben habe. Manchmal denke ich: Wenn ich jetzt das Essen anfang, habe ich eine Zukunft. Aber ich will keine! Ich habe totale Angst vor ihr! Wenn ich wieder nach Hause komme, muß ich in der Schule in eine neue Klasse, ich habe nichts mehr, womit ich auffallen kann! Dann bin ich wahrscheinlich nur wichtig, wenn ich helfen kann. Außerdem gehen meine Freunde so oft weg, treffen sich mit anderen Leuten und reden von Gott und der Welt, und ich stehe wieder dabei, weil ich mich nicht traue, was zu sagen. Und was soll nach der Schule sein? Wie soll das ganze Leben weitergehen? Ich denke, durch das Nichtessen kann ich meine Zukunft vergessen. Immer habe ich dann jemanden, der für mich entscheidet. Ich bin ganz einfach nicht auf mich gestellt. Außerdem will ich nicht erwachsen werden! Ja, später möchte ich schon Kinder kriegen und alles andere, aber immer später … später … später. Das ist noch so eine Ewigkeit hin, wieso denn jetzt schon erwachsen sein? Ich glaube, das ist auch ein Hauptgrund, warum ich abnehmen möchte. Meine Schwestern sind stolz darauf, daß sie erwachsen werden, für mich geht die Welt unter. Aber ich glaube, es ist das: Wenn ich essen würde, wäre ich eine von vielen – untergebuttert. So falle ich auf! Da nehme ich lieber in Kauf, daß die anderen Kinder auf mich sauer sind, als daß ich zu essen anfange. Wenn ich diese Sachen denke, denke ich auch gar nicht daran, daß ich ja anders von dieser Angst und dem seelischen Druck befreit wäre. Ich denke, wie ich den Tag hinter mich bringe, ohne viel ‹drinzubehalten›, oder auch, daß ich wieder Spaß am Leben hätte. Aber ich kann einfach nicht glauben.»

Diese Beispiele scheinen sehr unterschiedlich zu sein. Der Junge verharrt tatsächlich in überwacher Einatmung, das Mädchen hält ihre gesamte Weiterentwicklung in die Pubertätsvorgänge hinein an. Das eine Bild zeigt sich uns als Tic-Krankheit; das andere als Magersucht. Bei beiden hat sich ein überhöhtes Bewußtsein eingespielt, ganz von tiefgreifender Angst geprägt. Bei beiden Jugendlichen wird bis ins Körperliche hinein die Entwicklung angehalten, und beide erleben eine schwere Not.

Jeder, nicht nur ein Patient, kennt Angst und erlebt sie, und doch ist sie in der Empfindung etwas äußerst Subjektives. Die Empfindungen sind so verschieden, wie es die Menschen und ihre Lebensumstände sind. Ein ganzer Garten verwandter Empfindungen findet sich zusammen, zum Beispiel Sorgen, Schreck, Bedrückung, Zwanghaftigkeit, Isolation, Verstimmungen, Panik und Beziehungsstörungen. Angst geht nach jedes Menschen Erfahrung über die reine

Empfindungsebene hinaus und dringt ins Wachbewußtsein: Zunächst wächst die gesteigerte, meist sichernde Aufmerksamkeit (Vigilanz). Dann schärft sich das Bewußtsein zur Angstvermeidung, zur Vermeidung von angstauslösenden Situationen. Es entwickeln sich Vorstellungen von dem, was auf einen zukommen könnte, Befürchtungen, aber auch idealisierte Illusionen. Schließlich entsteht Angst vor weiterer Angst. Die Gefühle werden aber auch körperlich erlebt: Es stellen sich Übelkeit, Erbrechen und Appetitlosigkeit, Verspannungen, Herzklopfen, Rhythmusstörungen, Erröten und Erblassen, Kälteschauer und Hitzegefühl ein, aber es können auch Mundtrockenheit, schweißnasse Hände, Durchfall oder Verstopfung und Blasenentleerungsstörungen auftreten.

Wie können solche Bilder entstehen? Dazu müssen wir zunächst grundsätzliche Entwicklungsgesetze betrachten: Schon beim Inkarnationsvorgang des Menschenwesens, wenn es sich aus der geistigen Welt heraus in den von der Vererbung vorgegebenen Leib hineinsenkt, setzt es sich mit völlig neuen, dinglichen Gegebenheiten auseinander. Das Leben beginnt und damit irdische Existenz. Dann, wenn das Menschenwesen nach der Geburt durch seinen Körper hindurch, durch seinen Nerven- und Sinnesorganismus, durch Atmung und Ernährung mit der Welt kommuniziert, wird es erst wach für die Welt. Die Welt wirkt direkt auf den Menschen ein und er auf sie. Gleichzeitig wird aber die vorgeburtliche, geistige Welt dumpfer für das diesseitige Bewußtsein und gerät in völlige Vergessenheit.

Im Laufe einer Menschenentwicklung geschehen zahlreiche «Geburten» in vielfältigen Verwandlungen, oftmals in kleinen, tagtäglichen Schritten, manchmal offensichtlicher, in größeren Entwicklungsstufen. Einen der wichtigsten Schritte im Sinne einer Geburt, zum Erwerb des vollen Menschseins, bedeutet es, wenn der Mensch mit seinem eigenen geistigen Wesen nicht nur in sich selbst und über sich selbst hinaus in seine Umwelt eindringen lernt, sondern auch in den geistigen Wesenskern anderer Menschen «einbricht». Dann, im Wahrnehmen des anderen «Ich» – dies ist eine sehr komplexe, umfassende Wahrnehmung –, weiß der Mensch: Hier gibt es Menschenwesen als Individuen «mit eigener Art», wie ich selbst eines bin. Dieses Wahrnehmen des anderen «Ich» geschieht natürlicherweise anfänglich schon beim ersten Lächeln, das heißt das Kind bemerkt: «Hier gibt es Verwandtschaft, ich habe unmittelbar, meist bei der Mutter, etwas Geistiges wahrgenommen, das von einem gemeinsamen Ursprung abstammt.»

Solche Ereignisse von «Geburten» oder Entwicklungsanforderungen sind, wenn auch oft unbemerkt, maßgeblich für das Grundgefühl, das Existenzgefühl eines jeden Menschen: «Hier bin ich kein Fremdling, hier werde ich verstanden, hier ist es mir vertraut.» Geschehen diese Augenblicke nicht, begegnet kein

Ich dem Ich-Sinn, den jeder Mensch entwickeln kann, oder werden sie durch Schocks, Erlebnisse zur Unzeit, zum Beispiel Mißbrauch oder Mißhandlung, aber auch durch seelische Kälte oder Ironie geschädigt, so kann die gesamte Existenz und irdische Entwicklung bedroht sein.

Die Geistverwandtschaft des Menschen mit der übersinnlichen, geistigen Welt muß während des Lebenslaufes, wenn auch noch so unbewußt, aufrechterhalten bleiben, wenn die menschliche Fortentwicklung nicht grundsätzlich Schaden erleiden soll.

Inkarnation oder Geborgenheit, in diesem beschriebenen Sinn, ist ein ständiger Durchgang zu neuen Räumen, ist Grenzüberschreitung, Schwellenerlebnis, Sinnerfahrung und Geisterkenntnis. Solche Ereignisse werden häufig unbemerkt in verschiedenster Weise zwischen Geburt und Tod durchschritten.

Was kann beim Übergang von Raum zu Raum, von Stufe zu Stufe, erlebt werden? Wie geht man hinüber? – Freiwillig? Gezwungenermaßen? – Zu früh, zu spät? – Was erwartet mich? Was erwarte ich? – Geht man in eine Speisekammer? In einen Keller? – Bin ich vorbereitet? Welche Erfahrungen habe ich bisher gemacht?

Es liegt in der Natur des Menschen und seiner Entwicklungsfähigkeit, daß er von Welt zu Welt, von Raum zu Raum, von Bereich zu Bereich weiterschreite. Aber was geschieht an den Übergängen? Was geschieht zum Beispiel bei Verschüttungen, schweren Unfällen, Einweihungserlebnissen, in Kriegskatastrophen, an den zahlreichen Krisenherden der Erde, tagtäglich, tausendfältig? Da finden Grenzüberschreitungen statt, Bewußtseinsüberhöhungen, Bewußtseinserweiterungen. Das sind sowohl Angstzustände als auch «Einweihungen»: Es sind jedesmal Ausnahmeereignisse, auch wenn sie deshalb oft nicht lebend überstanden werden. Immer sind solche Ereignisse Möglichkeiten, das Ich zu neuen Übersichten aufzurufen, zu größerer Integrationsfähigkeit, wenn der Schritt bewältigt wird. Der Zweifel, ob die Situation gemeistert werden kann mit Erhaltung der Existenz, geht sehr oft mit Angst einher. An der Schwelle einer Entwicklungsstufe stellt sich bei unseren beiden Beispielen diese Frage. Die Zweifel an der Identität des Ich trotz aller Wandlung in der Entwicklung, besonders die Vermeidung eines solchen Schrittes durch Flucht oder Rückwendung, sind Folgen nicht überwundener Angst.

Bleibe ich bei aller Veränderung der Lebensbedingungen doch derselbe? Erhält sich im Erleben meine Identität, oder bin ich als Wesen in Frage gestellt? Ist die irdische Existenz bedroht? Bin ich in mir sicher? Habe ich die dumpfe Empfindung, daß ich mich verändern kann?

Solche tiefgründigen Ahnungen begleiten uns ständig in großer Beweglichkeit. In all diesen Durchgängen zu neuen Lebenssituationen liegen Freiheit und

Bindung, Befreiung und Enge. Angst ist eine seelische Begleiterscheinung in jeder Entwicklung und ruft in uns die Schwelle eines Übergangs ins Bewußtsein.

Bereits die Geburt des physischen Körpers ist existenzgebend, aber gleichzeitig auch lebensbedrohend und bewußtseinsweckend, enger Durchgang und Befreiung, Urangst und Urgefühl der Befreiung. Wird der Übergang bewältigt? Kinderkrankheiten, Entwicklungskrisen, Entfaltungsstörungen treten als solche Prüfungen und Lebensanforderungen in diesem Zusammenhang auf.

Je fremder der Übergang ist, je gewaltiger er auf den Menschen wirkt, desto höher ist die Anforderung des Ich, seine Existenz täglich im Leibe neu zu bewahren und zu festigen. In den Empfindungen der Seele spiegelt sich dieser Kampf, unter anderem eben auch als Angst. Angst ist nicht Sache des «Ich», sondern die seelische Spiegelung der Spannung und Verbindung des Geistigen mit dem Leibe! Schritte der Bewältigung von Übergängen sind Schritte der Angstüberwindung!

Alle, auch die kleinsten Begebenheiten des Tages, die zu bewältigen sind, haben in diesem Sinn vom Säuglingsalter an einen erheblichen Übungscharakter, zum Beispiel die Anforderungen, im Reigen des Kindergartens mitzumachen, bei Tisch den Schnabel zu halten, auf Aufforderung zu schreiben, allein in die Schule zu gehen, etwas zu tun, wozu man keine Lust hat. Solche Anforderungen können Mißempfindungen bis zur Angst erzeugen, je nachdem, wieweit die Individualität des Menschen präsent ist, den Überblick halten, die Funktion des Leibes ordnen und sich auf die neuen Gegebenheiten einstellen kann. Diese Fähigkeit hängt ganz wesentlich von den Gewohnheiten ab, Veränderungen zuzulassen, Mißlichkeiten zu ertragen und Anforderungen nachzukommen. Hat das Kind darin Übung, so wird die Überwindung von Aufgaben oder Hürden zu einer Freude, welche die seelische Sicherheit stärkt und durch die die Belastbarkeit wächst!

Es ist von den Erfahrungen, der Sicherheit, den erlernten Fähigkeiten und der Sensibilität des einzelnen abhängig, ob sich Angst überhaupt in Krankheit, das heißt in Behinderung der Entwicklung, ausprägt. Angst tritt nicht rasch auf in einer Seele, in der das Ich den Überblick, die Integrationskraft entwickelt hat, die üblichen Lebenssituationen zu bewältigen. Aber auch in völligem Rückzug und in Vermeidung oder im «Übermut» wird Angst nicht mehr wahrgenommen.

Sowohl Erwartung und Angst als auch Bewältigung und Befreiung zu neuen Stufen bilden den Entwicklungsgang, der im Wechsel verläuft. Dies ist dem Menschen angemessen, bis in seine Physiologie hinein.

Zu einem solch labilen, dynamischen Gleichgewicht hinzuführen, ist die große Aufgabe der Kindererziehung und einer menschengemäßen Pädagogik.

Und so ist es schon außerordentlich entscheidend, mit welchen Erwartungen bereits die leibliche Geburt eines Kindes als erstes manifestes Schwellenereignis, die erste «Enge» als Angst – man hat es ja auch Urangst genannt – oder als Befreiung von den umgebenden Menschen und vom kindlichen Wesen selbst erlebt werden kann. Da ist auch die Haltung der Eltern lange vor der Geburt schon entscheidend. Folgt zum Beispiel die Schwangerschaft einer oder mehreren Fehl- oder Totgeburten oder folgt sie auf die Geburt eines behinderten Kindes (wie im ersten Beispiel), auch nach drohender Fehlgeburt, dann wird das Kind mit besonderen, unter Umständen sehr ängstlich-unsicheren Gefühlen erwartet und aufgenommen. So kann jede Herztonunregelmäßigkeit, jede Hautverfärbung, jede ängstlich-besorgte Atmosphäre, jede Unsicherheit, aber auch jede übertriebene Abwehr von möglichen Gefahren schon hemmend auf die gesunde Entwicklung des Kindes wirken. Diese Tendenz kann sich leicht durch einen erklärenden, wissensfördernden Umgangsstil fortsetzen, und es entsteht für Mutter oder Eltern das «Sorgen- oder Problemkind». Andere Faktoren, wie zum Beispiel erhöhtes Gesundheitsbewußtsein, Aufklärung zur Unzeit, Schocks oder überwältigende Erlebnisse, etwa eine Scheidungssituation, Alkoholismus der Eltern, eine einseitig-intellektuelle Ansprache, eine schlechte Ernährung können die mutvolle, unbefangene Sicherheit eines Kindes erheblich hemmen, mit der es in die Zukunft treten muß. So wird eine ängstlich-reflektierende, oft zweifelnde Haltung gegenüber den Bezugspersonen und der Umwelt eingeleitet oder gefördert. Wenn eine solche Grundhaltung andauert und es nicht gelingt, dem Kind gegenüber ein tieferes, mutvolles, wesensgemäßes Verständnis für die erzieherische Führung zu entwickeln, wird der Strom des pulsierenden Lebens kindlich-jugendlicher Entwicklung gehemmt, gestoppt oder unterbrochen. Dann treten Störungen der rhythmischen Funktionen auf, zum Beispiel:

- Konzentrations- und Ruhestörungen,
- Sinnesfunktionsstörungen (abnorme Wahrnehmungen),
- Herzrhythmusstörungen, Kreislaufstörungen, Kollapszustände (eventuell Überatmungskrämpfe), Atemstörungen,
- Verdauungsstörungen (Verstopfung und Durchfallneigung),
- Schlafstörungen,
- Wachstums- und Entwicklungsrückstände,
- Depressionen, im Extremfall mit Suizidtendenz.

Wir wissen aber auch, wie alle diese weitverzweigten Symptome und Ängste schwinden, wenn es gelingt, an die Bewältigung der Aufgaben und Anforderungen der Zukunft vertrauensvoll heranzuführen. Gerade die Qualitäten des

Wagnisses, des Nichtfestgelegten, der Ahnung, der Erwartung und des Unvorhersehbaren zuzulassen und zu erleben, muß altersgemäß dem Krankheitsbild entsprechend gelenkt werden.

In der Wachheit der Gegenwart und der Handhabung des Abwägens entwicklungshemmender oder weiterdrängender Möglichkeiten liegt die Kunst des Führens, Begleitens und des seelischen Ausgleichs der Psychotherapie. Hier kann im Umgang mit dem älteren Kind und dem Jugendlichen der Rahmen für ein Freiheitsmoment geschaffen werden, das das Ziel einer Psychotherapie überhaupt sein sollte.

Wenn es gilt, solche Therapie individuell zu handhaben, sie als «Entwicklungshilfe» im Verlauf einer Biographie zu verstehen, müssen wir mit dem Wesenskern, mit dem Ich des Menschen rechnen, das ja zunächst nur unvollständig, dem Alter entsprechend, zentriert ist und den Menschen organisiert. Nur das Ich allein ist aber in der Lage, den Entwicklungsgang des menschlichen Organismus zu ordnen, Störungen auszugleichen und ein angemessenes, rhythmisch-dynamisches Gleichgewicht zu schaffen. Wir können es nicht zwingen, wir können nur Hilfestellung leisten. Was angestrebt werden kann, ist nach Karl König charakterisiert:

Nur die Hilfe von Mensch zu Mensch – die Begegnung von Ich zu Ich, das Gewahrwerden der anderen Individualität …, einfach das Aug-in-Auge-Blicken zweier Persönlichkeiten schafft jene … Möglichkeit, die der Bedrohung des innersten Menschseins heilend entgegentritt.[2]

Ist für den Therapeuten das Bestehen einer Individualität als eine überdauernde biographische Instanz sicher, dann wird er auch andere Einflüsse, die ebenso geistig genannt werden müssen, berücksichtigen. Denn diese wirken auch auf die Entstehung der Angst und auf die Entfaltung der Persönlichkeit ein.

Dazu gehört der Einfluß des Milieus, der Erziehung, der Zivilisation, der Ernährung und andere.

Außerdem muß alles studiert werden, was in irgendeiner Weise mit der Vererbung zusammenhängt: was da an Traditionen, Familienzugehörigkeit, Erwartung, Abstammung hineinspielt.

---

2 Karl König, im «Camphill Brief», Weihnachten 1965, zitiert nach Hans Müller-Wiedemann, *Karl König. Eine mitteleuropäische Biographie im 20. Jahrhundert*, Stuttgart 1992, S. 416.

Auch die Frage nach der vorgeburtlichen oder nachtodlichen Existenz, die mögliche biographische Aufgabe, die Entwicklung des Karma muß gestellt werden.

Diese Einflüsse übersteigen natürlich die vordergründigen Lebensumstände und die nur leiblich-organischen Dimensionen. Dennoch müssen diese übergeordneten Fragen immer den Hintergrund der Diagnostik und der Therapie bilden.

Das Phänomen der Angst hat aber noch weitere zeitgeschichtliche Ursachen, die in der menschlichen Entwicklung von mächtiger Bedeutung und für das Einzelschicksal folgenschwer sind: Das ist die zunehmende Verdunkelung, das Abgeschnittensein der Geistzugehörigkeit des Menschen, das Vergessen einer Gottverwandtschaft des Ich von Geburt an und damit die Verfinsterung und Orientierungsschwäche für Aufgaben, Ziele, Wiedergutmachungen während des irdischen Lebens. Dies ist eine Verursachung luziferischer Natur. Das Vergessen irdischer Herkunft, der Abstammung, von Geschichte, von Tradition und damit Verlust aller Bindungen und Verbindlichkeiten, ist Folge ahrimanischer Tätigkeit. Beide schicksalsbegleitenden und zeitbedingten Kräfte gemeinsam bewirken die Zusammenhangslosigkeit, die Zerrissenheit unserer Zivilisation, die Hetze und Übersichtslosigkeit eines modernen Lebens, in dem der einzelne gerade als fortdauernde Individualität seinen Lebensgang zu gehen hat.

Bei dieser komplexen Aufgabenstellung einer Psychotherapie gibt es charakteristischerweise keine technisch-maschinellen Hilfsmittel. Zwar wird sie durch andere Behandlungen flankiert, die nicht weniger wirksam sind, dort aber, wo *direkt* der Bezug zum individuellen Menschenwesen gesucht wird, ist die Geistesgegenwart der Begegnung ausschlaggebend, die wache Tätigkeit des Ich-Sinnes, die zum Beispiel im Gespräch hin und wieder aufleuchten kann. Es ist gerade das verstehende Gespräch im Jugendalter ein zentrales therapeutisches Mittel, wenn es gelingt und nicht durch Routine und Vorurteil verfälscht wird. Ist der Ich-Sinn des Jugendlichen nicht ganz verschüttet oder unterentwickelt, so besteht die Möglichkeit, in der Begegnung unmittelbar im anderen auf einen Funken des Verständnisses zu stoßen, aus dem sich das Gefühl des Vertrauens in die Fortdauer seiner Existenz, ein Sinn der Biographie, eine Lebensaufgabe oder ein entscheidender Zukunftsschritt ergeben können. In dieser Bemühung liegt wesentliche Angstbewältigung und Zukunftshoffnung: sich zu finden, in der Gegenwart, zu lernen, Raum zu schaffen für die Geistanwesenheit des Ich.

Im Umgang mit solchen therapeutischen Begegnungen, die ja nie in aller Vollständigkeit gelingen können, kommt man nicht mit einmaligen oder gelegentlichen ambulanten Kontaktaufnahmen aus, sondern sie sind ein Teil mehrmonatiger stationärer Behandlung.

Hierbei zeichnen sich erfahrungsgemäß drei Stufen auch in den Gesprächsbegegnungen ab:

1. die verstehende Einfühlung, das sichernde, möglichst vorurteilslose, ernstnehmende Zuhören;
2. das Aufsuchen und bildhafte Aufzeigen von Zusammenhängen bei den Ereignissen der Vergangenheit und empfindungsgemäße Orientierung in der gegenwärtigen Situation;
3. es geht darum, Aufgabenstellungen zu finden, eigene übende Aktivitäten zu entwerfen, Zukunftsvorstellungen anzuregen, Planungen und Perspektiven und eine altersgemäße Verselbständigung zu entwickeln.

Diese Schritte gehen meist einher mit den allgemeinen stationären Durchgangsphasen unserer stationären Behandlung:

1. Phase der Ablösung von Vergangenem und Gewohntem;
2. Phase der Integration und Identifikation mit der gegenwärtigen Lebenssituation (Akzeptieren der Behandlung);
3. Phase der Persönlichkeitsstabilisierung mit Neuorientierung, Perspektivefindung und Zukunftserprobung.

Individuelle Entwicklung wieder in Gang setzen heißt: Angst überwinden, Schritte bewältigen. Das kann nur durch die Hilfe von Mensch zu Mensch gelingen.

Anhang

Von den beiden angeführten Kindern ist zu berichten, daß bei M. die Angsterkrankung mit ihrer schweren Tic-Ausprägung innerhalb eines Jahres ganz geheilt werden konnte und M. sich gut in die alte Schulklasse zu integrieren vermochte. Er hat sich sehr gut auch im Wachstum weiterentwickelt.

Das Mädchen A. hat, wie wenige in ihrem Alter, ihre Empfindungen genau aufgeschrieben, und deshalb wurde sie hier als Beispiel erwähnt. Eine psychotherapeutische Einwirkung im obengenannten Sinne konnte hier leider nicht geschehen, da das Krankheitsbild bereits lebensbedrohlich und chronisch war und wir A. nach wenigen Wochen wieder in eine Intensivklinik zurückverlegen mußten.

In der Bemühung, irgendwie Ordnung in das Spektrum von Angstempfindungen und -erkrankungen zu bringen, tut man sich in der Systematisierung im Rahmen der Schulmedizin recht schwer: Man unterscheidet:

- Panikstörungen
- Zwangsstörungen
- Posttraumatischen Streß
- generalisierte Angststörung
- Schulphobie

und dann tatsächlich situations- oder objektgebundene Angstphänome, sogenannte Phobien:

– Claustrophobie	Angst vor geschlossenen Räumen
– Agoraphobie	Angst vor weiten Plätzen
– Akrophobie	Höhenangst
– Pnigophobie	Erstickungsangst
– Ergasiophobie	Schreibangst
– Taphephobie	Angst, lebendig begraben zu werden
– Erythrophobie	Angst, rot zu werden
– Tierphobien	Angst zum Beispiel vor Hunden, Spinnen, Mäusen
– soziale Phobien	Angst, allein zu sein, oder unter Menschen zu sein, Angst vor Trennung

Auftreten und Häufigkeit

- ⅓ aller Fälle in der Kinderpsychiatrie, mehr Mädchen als Jungen, in den Städten häufiger,
- eigentliche Manifestation vorwiegend im Jugendalter (Angststörungen, Zwänge, Phobien, Depressionen),
- im Kindesalter eher Phobien (Tier, Schule, Trennung), abhängig auch von dem Empfindungsleben von Vater und Mutter, häufig bei einengender Erziehung oder Overprotection.

Marianne Altmaier

Kunstunterricht und künstlerische Therapie

Allgemeines zum Kunstunterricht

Kunst durchzieht die ganze Waldorfpädagogik: Gestaltete Räume empfangen das Kind, wecken seine Sinne für Gebärden und Stimmungen des Raumes und lassen es sich wohlfühlen in seinem eigenen Haus, seinem Leib. Die künstlerische Gestaltung der Jahresfeste hebt bestimmte Ereignisse aus dem Alltag heraus und verbindet es sowohl mit Höhepunkten der Jahreszeiten als auch mit dem kosmischen Geschehen in der Natur. Die künstlerische Grundhaltung des Lehrers vermittelt ihm die Möglichkeit des Begreifens, Umwandelns, Neuschöpfens eines jeglichen Stoffes.

Musikalisch-sprachliche und malerisch-zeichnerische Elemente gestalten von der ersten Klasse an alle Unterrichte, sei es der rhythmische Beginn des Klassenunterrichtes, die farblich-graphisch gestalteten Epochenhefte oder die Einführung der Buchstaben über die gezeichnete Formgebärde. Während der ersten acht Jahre sind Formenzeichnen, Schwarz-Weiß-Übungen und Aquarellieren Bestandteile des Klassenunterrichtes. Bereits am ersten Schultag lernt das Kind die Gerade und die Krumme kennen, zwei Zeichen für zwei Grundprinzipien, die es im Formenzeichnen, beim Schreiben, im Naturerfassen, in seiner eigenen Körpergestalt wiederentdecken und erleben kann, wie sie als Gesetzmäßigkeiten Welt und Mensch gestalten. In den ersten drei Schuljahren wird es vielfältige Möglichkeiten bekommen, sie sowohl nachahmend als eigenschöpferisch hervorzubringen und Vertrauen an diesen Urgebärden zu entwickeln. Es wird an ihnen das sich nach außen Abschließende und Innenraum Bildende des Runden, das Richtungweisende, das Aufrichtende und Horizontbildende der Geraden, Mischformen und Varianten beider Prinzipien finden, die in ihm die Sicherheit hervorrufen, daß die Schöpfung von ihnen durchzogen ist. Haben die Kinder während der ersten drei Schuljahre beim Formenzeichnen die reinen Formen an sich erlebt, so werden sie ab dem vierten Schuljahr dazu geführt, Gegenstände, an denen sie diese Formen entdecken – zum Beispiel die Winkel eines Stuhles –, abzuzeichnen. Vom Erfahren der reinen Formen als übergeordnete Prinzipien dringen sie immer tiefer in die Dingwelt hinein. Ab der fünften, sechsten Klasse beginnt die Lebenszeit, in der sie sich intensiver mit der eigenen härtesten Substanz, ihrem Skelett, verbinden. Die kindlichen Bewegungen verlieren ihre Anmut und werden eckig. In dieser Zeit kann der Zeichenunterricht dem Kind einen Begriff davon vermitteln, wie sich an den Gegenständen Technisches und Schönes verbinden läßt – zum Beispiel an einem Werkzeug.

Im Eindringen in die Gegenstands- und Raumeswelt vollzieht sich äußerlich, was sich im Inneren des Mädchens und des Jungen als Erdenreife ereignet. Perspektivische Zeichnungen von Durchdringungen, Verkürzungen und Überdeckungen helfen ihm, sich produktiv mit den Raumverhältnissen auseinanderzusetzen und sich in diese einzuleben. Bei der Gestaltung von Hell-Dunkel-Zeichnungen lernt der junge Mensch das Spiel von Licht und Schatten an Gegenständen zu beobachten und erfährt, wie durch das Verhältnis von Licht und Finsternis ein Davor und Dahinter, wie Räumlichkeit entsteht. Darüber hinaus erlebt er die Beziehung zwischen Licht und Finsternis in der eigenen Seele, die sich im Alter von dreizehn, vierzehn Jahren weitet und neue Fähigkeiten erwirbt. Es erwacht in ihr das logische Denken und die Urteilskraft, die Neigung zur Gruppenbildung und die Liebe zum anderen Geschlecht.

Diese neuen, produktiven und auch überschießenden Kräfte finden im Kunstunterricht eine Entfaltungsmöglichkeit. Das Hell-Dunkel-Zeichnen wird in der achten Klasse ins Künstlerische gesteigert, findet in der Licht-Finsternis-Behandlung von Künstlern wie Dürer und Rembrandt eine Orientierung. Während Dürer das Räumliche durch die Licht- und Finsternisverhältnisse darstellt, benutzt Rembrandt den Raum, um Qualitäten und Stimmungen von Licht und Finsternis und damit Seelisches darzustellen.

Seelische Eigenschaften erlebt das Kind besonders durch die Farben. In den ersten drei Schuljahren vermittelt ihm der Lehrer, wie das Gelb sich ausbreitet und freut, daß Rot sich ballt und kraftet, daß Blau Raum gibt, sich selber zurückhält und ruhig ist. Diese den Farben innewohnenden Bewegungstendenzen gestaltet es durch reine Farbgebärden mit der Wasserfarbe. In der vierten Klasse dient die Farbe als Ausdrucksmittel des im Unterricht Erlebten. So kann der Stoff der Naturkunde ihm Anregung geben zur malerischen Gestaltung der Naturreiche. Geschichte und Geographie liefern durch die Motive, die die Menschen zu bestimmten Handlungen führen, sowie die Stimmungen und Konfiguration von Landschaften, Impulse für den malerischen Ausdruck. Erfährt es während der ersten Jahre die spezifischen seelischen Qualitäten der Farben an sich und die Beziehung und Wandlung dieser Qualitäten bei der Begegnung verschiedener Farbindividualitäten, so erlebt es in den folgenden Jahren bis zur achten Klasse mehr die Qualitäten und Stimmungen der Farben in der Außenwelt und schließlich deren Korrespondenz zur eigenen Innenwelt, dem eigenen Stimmungsreichtum und seinen Schwankungen.

Im Kunstunterricht der Oberstufe kann der junge Mensch die verschiedenen Formen und Stilrichtungen der Kunstentwicklung eigenschöpferisch nachempfinden. Hier erlebt er, wie objektive Farbqualitäten mit subjektiven Gestaltungsintentionen einer Zeitepoche beziehungsweise einer Künstlerpersönlichkeit zur Verbindung und Erhöhung gelangen. «Es soll ein Gefühl dafür entstehen, daß weder der einzelne Mensch noch das Gesamtleben der Menschheit im vollen Sinne gesund sein kann, wenn nicht künstlerische Schöpferkräfte in der ihnen angemessenen Weise zur Wirksamkeit kommen können.»[1]

[1] Caroline von Heydebrand, *Vom Lehrplan der Freien Waldorfschule,* Stuttgart [10]1994, dort zur 12. Klasse, Kunstunterricht.

Aus dem Kunstunterricht in einer Krankenhausschule

Der Krankenhausunterricht wird für Kinder und Jugendliche im Alter von 7 bis 17 Jahren gegeben. Er umfaßt Gruppen in den Altersstufen von ungefähr 7 bis 10, von 11 bis 14 und von 15 bis 17 Jahren. Diese Gruppen integrieren sieben bis acht Kinder und Jugendliche aus Lernbehinderten-Schulen bis hin zum Gymnasium.

Zu dem Entwicklungs- und Leistungsunterschied kommen die unterschiedlichen Krankheitsbilder der jungen Patienten hinzu. Hier bietet gerade die künstlerische Gestaltung vielfältige Möglichkeiten, auf die Unterschiede einzugehen, beziehungsweise sie zu integrieren. So kann es vorkommen, daß in einer Gruppe Mädchen und Jungen zusammentreffen, die an Depression, Magersucht oder Hysterie erkrankt sind oder aus sozial schwierigen Verhältnissen kommen. Die künstlerische Handhabung des Stoffes aus der Geographie und Naturkunde eröffnet dem einen, sich auf ganz sachliche Art mit der Bodenbeschaffenheit eines bestimmten Erdteiles zu befassen und Bodenformationen exakt zu zeichnen. Der andere findet einen Einstieg ins Thema über die Beschäftigung mit der Hautfarbe der Menschen dieses betreffenden Erdteiles und beginnt mit Porträtzeichnungen. Der nächste verbindet sich über die Schilderung von sozialen Lebensformen und Riten – bis in die künstlerische Darstellung von Gewändern – mit den Lebensgewohnheiten eines Naturvolkes.

Durch die künstlerische Gestaltung des Unterrichtes wird offenbar, was es bedeutet, die Kinder auf bestimmten Entwicklungsstufen mit den Prinzipien der Geraden und der Krummen, den Entitäten von Licht und Finsternis, den Polaritäten, Bewegungen und Spannungen der Farben, den Gesetzmäßigkeiten von Form und Lösung zu verbinden. Es bedeutet für sie das eigenschöpferische Vollziehen eines Entwicklungsschrittes, eine Entwicklungshilfe. Gerade bei den kranken jungen Menschen konnte ich Hemmungen in der Entwicklung durch das soziale Umfeld, Frühreife oder Nachholbedarf in der Entwicklung, die einseitige Dominanz eines der oben genannten Prinzipien, das Herausfallen aus einer oder Nicht-Hineinkommen in eine bestimmte Gesetzmäßigkeit aufgrund einer zu schwachen Konstitution erkennen. Immer wieder erlebte ich, wie der Kunstunterricht des Waldorfschullehrplanes nicht nur die regelmäßig verlaufende Entwicklung fördert, sondern – zu spezifischen Übungen erhoben – ein therapeutisch wirksames Mittel werden kann. Durch die künstlerischen Mittel wird dem jungen Menschen eine Möglichkeit gegeben des Selbst-Hervorbringens seines Seelisch-Geistigen durch seine Leiblichkeit und des Sich-

Verbindens mit der Außenwelt und den in beiden waltenden Gesetzmäßigkeiten. So ist die Kunst eine Hilfe zur Menschwerdung.

Im folgenden Kapitel soll an Einzelbeispielen die Wirkung des Malens und Zeichnens als Einzeltherapie gezeigt werden.

Aus der Mal- und Zeichentherapie

Cornelia

ist 11 Jahre alt. Ihre Eltern haben sich vor fünf Jahren getrennt, was in ihr Verunsicherung und Angst hervorrief. Seit drei Jahren hat die Mutter einen Freund, den Cornelia gerne mag. Vor einigen Wochen ist die Mutter schwer erkrankt und ins Krankenhaus eingewiesen worden. Seitdem ist Cornelia unruhig, ängstlich, schläft schlecht und näßt ein. Der Hausarzt überweist sie in die kinderpsychiatrische Abteilung. Hier erlebe ich sie als hochaufgeschossenes, lichtes Mädchen mit seidig-blonden Haaren und großen Augen. Seelisch ist sie offen, nimmt schnell Kontakt auf und kann sich nicht abgrenzen, das heißt: Sie bleibt nicht in ihrem Zimmer, rennt in die anderen Patienten- oder das Stationszimmer hinein, hetzt über die Stationen, manchmal die kleineren Kinder mitreißend. Von Gleichaltrigen und Älteren wird sie abgewiesen, weil sie deren Spiele stört. Ihre innere Unruhe kann sie abends beim Ins-Bett-Bringen der Betreuerin gegenüber äußern: Sie hat Angst, die Mutter zu verlieren.

Die künstlerische Therapie beginnt für sie jeden Morgen vor dem Unterricht. Während der ersten Tage rannte sie morgens wild über die Station und machte danach einen innerlich «zerfetzten» Eindruck. Deshalb hole ich sie nach dem Frühstück ab und reibe ihr in ihrem Zimmer, sie warm und bequem bettend, ihren Rücken und ihre Beine mit Lavendelöl ein. Langsam wird sie dabei ruhiger und fühlt sich in ihrem Leib behaglicher. Diese äußere Hülle ist die Vorbereitung und Einleitung fürs Malen.

Ich wähle für sie die Farbe Blau aus, die die Qualität des Umhüllens besitzt. Damit lasse ich sie am Blattrand einen blauen Bogen malen. Innerhalb dieser blauen Hülle soll ein weißer Raum freibleiben, in dem etwas entstehen kann. Manchmal wird der blaue Bogen flacher, ein andermal höher. Gemeinsam betrachten wir das weiße Innere und fragen uns, was darin entstehen möchte. «Aus dem flacheren Innenraum könnte ein Seehund und aus dem höheren ein Eisbär entstehen», findet sie. Mit wenigen Akzentuierungen helfe ich ihr, die ahnbare Gestalt in die Wirklichkeit hereinzuholen. Daraus ergibt sich ein besinnliches Gespräch über das Leben der Tiere in den kalten Klimazonen: wie eine dicke Fettschicht unter der Haut den Seehund und der dichte Pelz den Eisbären vor Kälte schützen, über das Leben des Seehunds im Rudel und das des Eisbären in Einsamkeit.

Bei einer folgenden, ähnlichen Übung lasse ich sie auf dem Blatt zwei hohe blaue Bögen malen. Was könnte im lichten Inneren dieser Bögen entstehen?

«Pinguine», sagt sie. Mit Schwarz-Blau malt sie Kopf, Rücken und Flügel der Pinguine hinein und malt ihnen mit Orange-Gelb Schnabel und Füße. «Der kleine Kecke erzählt dem andern was!» verkündet sie fröhlich.

Die Form der blauen Bögen wandelt sich weiter. Ich bitte sie, im Inneren der blauen Bögen zwei weiße Spitzen freizulassen. Das erste, was diesmal entsteht, ist eine Landschaft: Schneeberge. «Das ist die Landschaft, wo die Tiere leben», sagt sie. Für ihre nächste Schneelandschaft gebe ich ihr das erste Mal Rot, das die Qualitäten von Wärme und Aktivität besitzt. Damit läßt sie im Schoß der Schneehügel eine rote Sonne aufleuchten. Dieses Bild gefällt ihr sehr gut. Sie ist angeregt, eine Geschichte daraus zu erzählen, wie die Sonne den Schnee langsam schmilzt und die Pflanzen zu sprießen beginnen.

Das greife ich bei der Aufgabenstellung für das folgende Bild auf: Innerhalb der blauen Hülle soll sie drei kleine, weiße Stellen freilassen, aus denen sie die Blütenkelche für Schneeglöckchen formen kann. Mit Grün malt sie Stengel und Blättchen. «Wie eine Schneeglöckchen-*Familie* stehen sie da!» findet sie. Ein beschauliches Gespräch schließt sich an, wie Licht und Wärme die Pflanzen unter dem Schnee hervorlocken und daß die ersten Frühlingsboten keine andere Farbe als Weiß tragen können, weil sie darin der Decke – unter der sie aufgewachsen sind – so ähnlich sind. (Siehe die Abbildungen auf Farbtafel I.)

Rückblick auf das Malen

In Cornelias malerischen Übungen ging ich durch die Farbwahl und Gestaltung von dem aus, was ihr fehlte: eine schützende, raumgewährende Hülle, innerhalb deren sie aus ihrer eigenen Phantasie- und Vorstellungskraft heraus weitgehend selber gestalten konnte. Zunächst entstanden darin Tiere in fernen Erdgebieten und später Pflanzen. Wie selbstverständlich griff sie in der Gestaltgebung nach dem, was für den Naturkundeunterricht der 4. und 5. Klasse angegeben ist: die Betrachtung von unbekannten Tieren und Pflanzen sowie die Gebiete, in denen sie vorkommen, und ihre Beziehung zum Menschen.

Der Geographieunterricht in dieser Lebenszeit soll das Kind weit aus sich herausführen zu den Räumen der Erde und es brüderlich mit den Erdgebieten verbinden. Im Schutz der blauen Hülle lernte sie den Umkreis der fremden Tiere kennen, ihre Gestalt erahnen und ihre äußere Begrenzung suchen und gestalten. Ihre unruhig umherschweifende Seele fand im Blau Ruhe und Schutz, durfte in ferne Gebiete sich ausbreiten, konnte Formen und mit ihnen Begrenzung finden. Durch das «Hineinschlüpfen» in die Haut der Tiere lernte sie Einsamkeit, Gemeinsamkeit und Zuwendung kennen in kalten, aber klaren Bedingungen. Sie erlebte auch die Kraft und konzentrierte Aktivität der Sonne, dem Urbild für die Kraft der Mitte, die durch ihr Licht und ihre Wärme neues Leben entstehen läßt. Sie gestaltete selbst an der Zuversicht für ihre eigene Zukunft.

Arno ist ein zwölfjähriger Junge

Für ihn beginnt sein Leben erst mit 5 Jahren, als er eines Nachts, wenig bekleidet, auf der Straße einer Großstadt gefunden wird. Er kann zu dieser Zeit kaum sprechen. Zunächst wird er in ein Kinderkrankenhaus gebracht, wo eine Gehirnhautentzündung festgestellt und behandelt wird. Danach kommt er in ein Kinderheim. Bald meldet sich ein Elternpaar, um ihn als Gefährten zum eigenen Sohn zu adoptieren. An die Zeit vor seinem 5. Lebensjahr erinnert sich Arno nur vage. Er erzählt, von einer Frau und einem Mann, seinen vermeintlichen Eltern, ständig in einem hinteren Zimmer, im Gitterbett, gehalten worden zu sein, in das er auch einnäßte und -kotete. Außer ihm gab es einen gleichaltrigen Jungen, den das Paar bevorzugte, besser zu essen und schöneres Spielzeug gab. Später stellt sich heraus, daß er von seinen leiblichen Eltern, nach der Entlassung aus der Entbindungsklinik, zu einem befreundeten – eben jenem Paar – gebracht und von seinen eigenen Eltern verlassen wurde.

Er verließ – ohne sagen zu können, wie – die Wohnung jenes Paares und gelangte auf die Großstadtstraße. Bei seinen Adoptiveltern lernte er sprechen, mit Besteck essen und sauber zu werden. Mit 7 Jahren war er so weit, daß er in eine Waldorfschule eingeschult werden konnte. Sowohl zu Hause als in der Schule war er von Anfang an schwer zu halten und aggressiv. Mit 11 Jahren begann er zu zündeln, zu streunen und zu stehlen, blieb über Nacht außer Haus und hörte nicht mehr auf seine Adoptiveltern. Als er die Adoptivmutter mit dem Messer bedrohte und in seiner Klasse untragbar wurde, brachten die Adoptiveltern ihn zur Kinderpsychiatrie.

Meine erste Begegnung mit ihm verlief folgendermaßen: Im Aufzug zur kinderpsychiatrischen Station höre ich einen gewaltigen Lärm, Schlagen gegen die Aufzugtüre von außen, Schreien. Mir ist unheimlich zumute. Als sich die Aufzugtüre öffnet, habe ich nur einige Sekunden, um zu registrieren, was sich vor mir abspielt: Ein halbwüchsiger Junge steht mit angelegter «MP» – einer langen Holzlatte – vor dem Aufzug und zielt auf mich «Ratatata ...» schreiend. Ich spiele naiv erstaunt, grüße auf französisch: «O bonjour, Monsieur, comment allez-vous?» Dabei lege ich den Zeigefinger unter den auf mich gerichteten Lauf der «MP» und frage total verwundert: «Qu'est-ce que c'est?» Weil ich das völlig verdutzte Gesicht meines Bedrohers wahrnehme, hebe ich den «MP»-Lauf ein wenig zur Seite, um mich aus dem Aufzug zu befreien. Immer noch den «MP»-Lauf auf meinem Zeigefinger tragend – ihn in ein deutsch-französisches Geplauder über die sonderbare, lange, geheimnisvolle Latte, aus der es «ratatata» macht, verwickelnd – führe ich ihn auf die kinderpsychiatrische Station zurück. Von da an weiß ich, daß sowohl das Rollenspiel als auch die Bildhaftigkeit eine verwandelnde Wirkung auf seine Aggression haben und einen Zugang zu ihm schaffen können.

Während der ersten drei Monate seines neunmonatigen Krankenhausaufenthaltes male ich in Einzelsituationen mit ihm. Unsere Themen sind dem Unterrichtsstoff entliehen und behandeln Landschaften verschiedener Länder. Im Unterricht, den ich zeitweise vertretend gebe, erlebe ich ihn haltloser als in der Einzelmaltherapie. Ab dem vierten Monat wage ich mich mit ihm an die Gestaltung eines Theaterstücks, dessen Inhalt er erfindet und den ich für ihn aufschreibe. Wir gestalten gemeinsam Masken, Kleider, Kulissen, und er formuliert lautmalerisch Namen für die einzelnen Rollen, zum Beispiel «Kickosotz» für einen Wilden oder «Hyperladü» für einen Fröhlichen.

In den letzten Wochen seines Psychiatrieaufenthaltes realisiert er beim Malen seinen langgehegten Wunsch, die Farben so übereinanderschichten zu können wie der Maler, der den Therapieflur ausgestaltete. Durch viele Vorübungen dazu hat er seine draufgängerische Art zu führen gelernt. Nun steht er vor dem aufgespannten Blatt der Staffelei und beginnt mit Gelb und Orange geschwungene Flächen daraufzulegen. Nach mehreren Schichten wird in der Bildmitte eine weiße tropfenförmige Stelle sichtbar. Als ich ihn darauf aufmerksam mache, dreht er das Bild so, daß die Tropfenform zum Liegen kommt: «Jetzt ist aus dem Tropfen ein Fisch geworden, ein kleiner Walfisch!» sagt er und malt ihm ein Auge und unter seinem Bauch kleine hellblaue Wellen. Bei dem zweiten Bild schichtet er Gelb, Rot und Blau in geraden Flächen übereinander. Er findet, daß sie wie farbiges Glas aussehen. Plötzlich setzt er in eine Fläche einen Punkt und sagt: «Da ist er wieder!» «Wer?» frage ich. «Der kleine Wal!» antwortet er.

Für das folgende Bild wählt er blaue Farbtöne, die er so übereinanderlegt, daß kristalline Formen entstehen. Auch in eine dieser Flächen tupft er einen Punkt und freut sich, daß dadurch der kleine Wal auch in diesem Bild auftaucht. Beim vierten Bild verläßt er die kristalline Malweise und gestaltet das erstemal vorsätzlich einen Fisch in der Mitte des Bildes. Von nun an kann ich mich mit malerischen Hilfeleistungen im Hintergrund halten. Selbständig handhabt er die Farben und die Blatteinteilung und stimmt die einzelnen Farbtöne aufeinander ab. Auf dem sechsten und letzten Bild sind zwei Fische zu sehen. Hier endet die Geschichte, die er nennt: «Die Geschichte vom kleinen Wal», deren Inhalt sich von selbst entfaltete und bei deren wörtlicher Formulierung ich nur wenig geholfen habe: Eines Tages erwacht der kleine Wal. Als er um sich sieht, erblickt er lauter Feuerfarben. «Hier bin ich aber nicht zu Hause», denkt er, «hier ist ja gar kein Wasser.» Da macht er sich auf, das Wasser zu suchen. Auf seinem Weg kommt er an farbigem Glas vorbei, guckt hindurch und denkt: «Nein, hier bin ich auch nicht zu Hause.» Und so sucht er weiter das Wasser. Plötzlich gerät er in eine blaue Kristallhöhle. An den scharfen Kanten der Kristalle ritzt er seinen Leib auf. Obwohl die Kristalle ihm Schmerzen zufügen, wäre er gerne in dieser Höhle geblieben, denn sie kühlt seine Wunden. Aber er möchte ja das Wasser, sein Zuhause, finden. Eines Tages landet er auf einer grünen Wiese. Das Gras fügt ihm zwar keine Schmerzen zu, aber hier möchte er dennoch nicht bleiben. Schließlich gerät er auf goldgelben, warmen Sand, hinter dem es hellblau leuchtet. «Hellblau?» denkt er. Da riecht er schon das Salzwasser und quält sich durch den trockenen Sand. «Das Meer, das Meer!» ruft er, macht einen Sprung und landet im Wasser. Da empfängt ihn ein anderer Fisch – sein Freund! Der hatte schon lange auf ihn gewartet.

Rückblick auf den Verlauf des Malens

Diese Geschichte erinnert in ihren Bildern an die verschiedenen Stationen und Welten, die Arno in seinem jungen Leben erfahren hat. Im Bild des Walfisches erlebt er unterschiedliche Klimaverhältnisse, lernt verschiedene, ihm fremde Elemente leibhaftig kennen, durchwandert das Reich der Minerale, der Pflanzen und der Tiere. Durch Schmerzen erfährt er die Welt. Von der Sehnsucht nach seinem Zuhause, dem Wasser, getrieben, scheut er die Qualen nicht. Von selbst greift Arno nach diesen elementaren Naturerfahrungen, die er in ihren Qualitäten körpernah erlebte. Er ergreift damit gleichzeitig den Stoff der 6. Klasse: die Behandlung des Mineralreiches, zu dem in der 4. und 5. Klasse der Weg über das Tier- und Pflanzenreich führte.

In diesem Alter ist das Kind bei seinem Sich-Einleben in seinen Leib im mineralischsten Teil, im Knochen, angekommen. Seine Bewegungen werden eckig, die Glieder werden lang und ungelenk. «Der kleine Wal» lernt in der Kristallhöhle und im warmen Sand (im Mineralreich), in das er sich hinein- und hindurchquält, seinen Leib zu spüren und zu beherrschen. Nicht nur das Ergreifen und künstlerische Gestalten von Gesetzmäßigkeiten, die für dieses Lebensalter bestimmend sind, zeigt sich in der Geschichte vom «Kleinen Wal». Auch ist sie nicht nur ein offenbares Geheimnis für Arnos Lebensweg, in der etwas nachgeahmt wird auf bildhafte Art und Weise. Es tritt durch sie etwas zutage, was so wie die Gestaltung des Stoffes und das Nachahmen von Gebärden ganz charakteristisch für das Künstlerische ist: der Griff in die Zukunft, das Vorausahnen. Ereignisse der Zukunft werden nicht nur erahnt, sondern gebärdenhaft vorgeahmt, ins Bild hereingeholt. Was bedeutet das in diesem Fall? Das Ende der Walgeschichte blieb für mich zunächst ein Rätsel.

Arnos weiterer Lebensweg nahm vor allem dann dramatische Wendungen, wenn er in größeren Lebensgemeinschaften zurechtkommen mußte. Da entschloß sich ein Betreuer der kinderpsychiatrischen Abteilung, den Arno besonders mochte, ganz für Arno alleine dazusein und begründete mit ihm eine Lebens- und Arbeitsgemeinschaft, unterrichtete ihn teilweise und gewöhnte ihn langsam an kleinere soziale Gemeinschaften. «Zuhause empfängt ihn ein anderer Fisch – sein Freund! Der hatte schon lange auf ihn gewartet.» Ein späteres Ereignis zeigt sich früher im Bild. (Siehe die Abbildungen auf Farbtafel I und II.)

Ruth ist 14 Jahre alt

Sie wurde wegen einer Depression zur Kinderpsychiatrie gebracht. In ihrem 9. Lebensjahr starb ihre Mutter. Seitdem lebt sie mit ihrem Vater, ihrem Bruder und ihrer Großmutter, von der sie hauptsächlich erzogen wird. Als Ruth 13 Jahre alt war, heiratete der Vater eine Frau, die er schon länger kannte und die Ruth nett findet. Ein halbes Jahr nach der Heirat zieht Ruth sich von Freunden, von der Schule und außerhäuslichen Aktivitäten zurück. Sie wird ständig antriebsschwächer. Der Hausarzt verordnet ihr Antidepressiva, auf die hin sie sich noch schlechter fühlt. Schließlich bringen die Eltern sie zur Kinderpsychiatrie.

Außer an einer medikamentösen Therapie nimmt sie am Krankenhausunterricht teil, bekommt Heileurythmie und Maltherapie. Über einen Zeitraum von drei Monaten malt sie täglich. Anfangs drücken ihre niedergeschlagenen Augenlider, ihre hängenden Schultern, ihr schleppender Gang und ihre verzögerten Reaktionen Schwere aus. Wenn ich sie zur Maltherapie abhole, scheint von ihr die unausgesprochene Bitte auszugehen: «Führe du mich.» Weil sie vor Gelb und Rot erschrickt, lasse ich sie in der ersten Zeit nur mit Blau malen. Nur langsam dehnt sie die Nuancierung des Blau aus bis ins benachbarte Grün und Lila und hellt es vorsichtig zum Himmelblau auf, bevor sie Gelb hinzunimmt und endlich ein leuchtend weißes Mittelmotiv, einen Storch, entstehen läßt.

Danach beschäftigt sie sich über einen Zeitraum von drei Wochen mit dem Motiv des Baumes in sich wandelnder Jahreszeit. Durch die Aufrechte des Baumes richtet sie sich gleichsam mit auf, was man bis in ihre Haltung hinein wahrnehmen kann. Auch wird ihre Aufmerksamkeit auf die unterschiedlichen Formen der Bäume, deren Umgebung und Veränderung gelenkt. Die letzten Wochen ihres Psychiatrie-Aufenthaltes stehen unter dem Gestaltungsthema: «Die verschiedenen Lebensalter des Menschen». Die Schichttechnik des Wasserfarben-Malens hat sie schon bei der Baumgestaltung geübt. Bei ihren Schwierigkeiten mit den Formen und Proportionen der menschlichen Gestalt helfe ich ihr durch das Anfertigen von kleinen Zeichenskizzen. In dieser Zeit entwickeln sich Gespräche über die unterschiedlichen Interessen der Menschen, über Bewegungen und Tätigkeiten sowie über Stimmungen in verschiedenen Lebensaltern.

Als erstes malt sie einen rosigen Säugling, der auf einer frühlingshaften, sonnenbeschienenen Wiese liegt. Auf das zweite Blatt malt sie zwei Kinder, ein Mädchen und einen Jungen. «Zu zweit kann man besser spielen», sagt sie. Fröhlichkeit und Leichtigkeit spricht aus der Farbstimmung und aus den Gebärden der hüpfenden Kleinkinder. Ab dem dritten Bild entscheidet sie sich für das Hochformat. Sie verwendet das Baummotiv, das ihr aus der vorausgegangenen Phase bekannt ist. Sie malt zwei Kinder, die auf den Baum klettern und Kirschen pflücken. Das vierte Bild zeigt ein jugendliches Mädchen und einen Jungen, die durch eine Hügellandschaft wandern. Eine frische Morgenstimmung im Frühling spricht aus den Farben der Landschaft. Der Junge zeigt in die Richtung, in die beide gehen. Auf dem fünften Bild sind eine Frau und ein Mann dargestellt. Der Mann geht vorneweg. Beide Gestalten heben sich durch intensives Rot von dem grünen Umfeld ab. Im Hintergrund sind zwei spitze Berge zu sehen mit weißen Gipfeln, hinter welchen die orangene Sonne versinkt. Als sie das Bild anlegt, sagt sie: «Hier will ich hohe Berge machen, weil die beiden auf dem Gipfel ihres Lebens sind!» Dominieren in den ersten Bildern Licht und Leichtigkeit, so tritt in diesem Bild die Polarität von Rot (die Steigerung von Licht und Finsternis) und Grün (die Verbindung von Licht und Finsternis) hervor. Dadurch kommt Spannung in die Farbstimmung. Von der gewählten Farbintensität geht Kraft aus. Das sechste Bild stellt ein sich zugewandtes älteres Paar dar, auf braunem Feld. Der Hintergrund wird durch den Rhythmus von grünen Bäumen gebildet, über deren Wipfeln das Abendrot leuchtet. «Die haben geerntet, was sie in der Jugend gesät haben!» ist ihr Kommentar dazu.

Völlig selbständig und mit freudigem Interesse gestaltet sie inzwischen ihre Bilder. Auf dem letzten Bild sind zwei Greise zu sehen, die bei beginnender Dämmerung am Ufer eines Sees gehen, der im Hintergrund von Bäumen umsäumt wird. Auf diesem Bild sieht man den Himmel nicht direkt, sondern gespiegelt im See. Das Licht beleuchtet die Erde unter den herbstlich anmutenden Bäumen. Als ich sie frage, wieso die beiden Menschengestalten auf diesem Bild Männer sind, antwortet sie: «Im Alter kommt es nicht mehr darauf an, ob Frau oder Mann!» Ihre beiden letzten Bilder zeichnen sich vor allem durch die warmen Erdtöne und die reich abgestuften Dunkelheiten aus. (Siehe die Abbildungen auf Farbtafel II und III.)

Rückblick auf das Malen
Ihre besondere Fähigkeit lag in dem Schaffen einer Farbenvielfalt, dem Spiel mit Licht und Finsternis sowie dem Verhältnis zwischen Menschenalter und umgebender Landschaft, was von einem reichen und differenzierten Seelenleben spricht. Die Formgebung der Gestalten und deren Proportionsverhältnisse fallen ihr noch schwer. Hieran wird die Schwierigkeit deutlich, in die eigene Leiblichkeit hineinzuwachsen und diese zu ergreifen. Das Betrachten des Menschen in seinen verschiedenen Altersstufen half ihr im künstlerischen Gestaltungsprozeß, das von außen Wahrgenommene innerlich zu (er)messen.

Das Hineinwachsen in die eigene Gestalt wird zum Sinnbild, wenn im Handarbeitsunterricht der 7. Klasse der Waldorfschule ein Kleid genäht wird. Im Deutsch- und Eurythmieunterricht wird der Mensch in seiner seelischen Gebärde betrachtet, wie er wünscht, staunt, sich wundert. Diese Seelenäußerungen liegen auch in den Gebärden von Ruths Menschengestalten. Nach Entlassung aus dem Krankenhaus wechselt sie von ihrer alten Schule zur Waldorfschule und entwickelt besonderen Enthusiasmus beim Theaterspiel der 8. Klasse, wo sie sowohl für ihren Seelenreichtum als auch für das Ergreifen der menschlichen Gestalt in den Rollen gebärdenhafte Ausdrucksformen findet.

Doris ist 15 Jahre alt

und besucht die 8. Klasse eines Gymnasiums. Mein erster Eindruck von ihr verdichtet sich zu dem Bild eines Pagen mit ernstem Blick, der ausdrückt: «Komm mir nicht zu nahe!» Der Grund für die Aufnahme in die kinderpsychiatrische Abteilung ist eine Magersucht, die sich vor einem halben Jahr entwickelte. Als ich sie begrüße, antwortet sie mit monotoner Stimme, ohne die Miene zu verziehen. Ihr Zimmer auf der Station hat sie dekoriert mit kleinen Skeletten aus Plastik, Knochen von Tieren, Postern von Superman. Interessiert betrachte ich die Knochen und frage, von welchen Tieren sie stammen. Knapp gibt sie die Antworten. In einem späteren Gespräch stellt sich heraus, daß sie Archäologie und Paläontologie studieren möchte. Kühl teilt sie mir mit, daß sie Farben nicht mag und deshalb nicht malen möchte. Ich schlage ihr vor, einen menschlichen Totenschädel zu zeichnen. Sie ist einverstanden. In der ersten Zeichenstunde möchte sie mit Bleistift einen Schädel aus der Erinnerung zeichnen. Während des Zeichnens bemerkt sie, daß sie sich an die Einzel- und Feinheiten nicht erinnern kann. Verärgert zerreißt sie die Zeichnung.

Zum nächsten Mal bringe ich ihr einen Totenschädel mit und lege ihn vor sie auf den Tisch. Sie betrachtet ihn lange und genau. Ich lenke ihren Blick auf die Ausbuchtungen und Einstülpungen, die Formen der Öffnungen, den Verlauf der Nähte zwischen den Knochen. Trocken stellt sie fest, daß ihm eine Menge Zähne fehlen. Mit feinen Strichen legt sie die Zeichnung an, vorher die Schädelproportionen mit den Handmaßen abmessend. Als sie ihr fertiges Bild mit dem Schädel vergleicht, hat sie einiges daran auszusetzen. In ihren Augenwinkeln zeigt sich jedoch ein Anflug von Wohlgefallen. In der folgenden Zeichenstunde bespreche ich mit ihr, daß ich vorhabe, sie das menschliche Antlitz – angefangen vom Totenschädel über das Antlitz eines Toten, eines lebendigen alten Menschen, eines Erwachsenen, eines Jugendlichen, eines Kindes bis zum Säugling – in mehreren Bildern zeichnen zu lassen. Sie nickt. Sie kann sich an ihrer vorangegangenen Zeichnung orientieren. Durch eine Vorstellungsübung helfe ich ihr, sich zu vergegenwärtigen, wie die leeren Augenhöhlen durch Lider verschlossen werden, Haut die Knochen bedeckt und die Gesichtszüge beim Toten still sind. Bei der Bildbetrachtung kommt ein kurzes Gespräch über den Lichteinfall und die Schattenverhältnisse auf dem Totenantlitz zustande. In einem Buch zeige ich ihr Totenmasken, die sie aufmerksam anschaut. Weil ich den Eindruck gewinne, daß es für sie sinnvoll ist, sich produktiv mit dem Toten auseinanderzusetzen und es von verschiedenen Gesichtspunkten zu betrachten, bitte ich sie, das nächstemal das Totenantlitz im Profil darzustellen. Zwei Zeichnungen entstehen: die eine ähnelt ihrer Schädelzeichnung, die andere trägt die Züge eines sensiblen, im Tod ruhenden Menschen.

Von nun an mache ich mit ihr Spaziergänge, auf denen wir uns die Physiognomien älterer Menschen anschauen, den Ausdruck ihrer Augen, den Verlauf der Falten, das Verhältnis zwischen Stirn, Nase und Mund/Kinn-Partie. Die Physiognomie von Menschen in mittleren Jahren, Jugendlichen und Schulkindern kann sie auf ihrer Station studieren. Ihr Interesse am menschlichen Antlitz wächst. Nachmittags zeichnet sie die gleiche Porträtreihe für die sie betreuende Ärztin und später noch einmal für sich selbst. Damit sie das Antlitz kleinerer Kinder anschauen kann, besuche ich mit ihr den Kindergarten. Spontan beziehen die Kleinen sie in ihr Spiel mit ein. Ihre sonstige Kühle taut bei diesen Begegnungen auf und ihre Nüchternheit wandelt sich in Heiterkeit. Zum Abschluß ihrer Beschäftigung mit dem Menschenantlitz führe ich sie auf die Säuglingsstation. Hier erwacht Anteilnahme in ihr für die Hilflosigkeit und das Leiden der Kinder. Sie fragt, warum das eine so weint, das andere keucht, das dritte eine Infusion hat. Als wir wieder im Malraum sind und sie die Zeichnungen von den Säuglingen anzulegen beginnt, sagt sie plötzlich erstaunt: «Die sind ja nur Licht! Wo soll ich denn den Schatten setzen?» Auf dem letzten Blatt möchte sie ein schlafendes Baby darstellen.

Als wir gemeinsam die Bilderreihe – es sind inzwischen fünfzehn Bilder geworden – betrachten und vergleichen, sieht und beschreibt sie, wie das Verhältnis von Stirn, Nase und Mund/Kinn-Partie, das im Verhältnis 1:2 steht im Säuglingsalter, sich wandelt in das Verhältnis 1:3 im Erwachsenenalter, wie im Kindesalter die weichen und runden Anteile und im Greisenalter die harten Knochen und Streckungen im Antlitz dominieren.

Da sie inzwischen an Gewicht zugenommen hat und sozial zugänglicher ist, darf sie an den Wochenenden probeweise nach Hause fahren. Nach einem Wochenendaufenthalt daheim teilt sie mir mit, daß sie ein neues Zimmer bekäme. Weil ihr die Lasur meines pfirsichblütfarbenen Malraumes so gut gefiele, wolle sie ihr neues Zimmer ebenfalls lasieren, nur möchte sie es mit Grün versuchen. Da freue ich mich über die Öffnung ihrer Seele für die Farben. (Siehe die Abbildungen auf Seite 361.)

Rückblick auf das Zeichnen

In diesem Verlauf treffen in klassischer Weise die Angaben des Waldorflehrplans für dieses Alter und die 8. Klasse zu. Zum Beispiel soll durch die Naturkunde der Jugendliche ein Bild vom Menschen gewinnen, das ihm die Zusammenfassung aller Naturreiche zeigt. Auch soll er sich einen Begriff von der Verschiedenheit der Organsysteme erwerben. Am Motiv des menschlichen Schädels gestaltete sie das Tote, Mineralische. Durch das Zeichnen von Rundung und Oberflächenspannungen der Haut versuchte sie sich ins Lebendige hineinzuempfinden. Das Seelische drückte sie aus in den Gesichtszügen ihrer Zeichnungen, die mal von Bitterkeit, Verschlossenheit, mal von Heiterkeit und Naivität sprechen. Das spezifisch Menschliche erfuhr sie an den Formen und Proportionsverhältnissen der Menschenantlitze. Sie lernte das Knochensystem in seinen Qualitäten von Härte, Form, Halt, Architektur und das Muskelsystem in seinen Qualitäten von Weichheit, Fülle, Beweglichkeit und Plastik kennen. Vielfach und von unterschiedlichen Aspekten her hat sie diese polaren Organsysteme und deren Wandel in rückwärts verlaufender Zeit gesehen, erlebt und gestaltet.

Darüber hinaus fand sie Zugang zu lebenden Menschen – vor allem zu kleinen Kindern –, wurde sozialer, ihrem Alter gemäßer. In diesem Lebensabschnitt erwacht ja im Jugendlichen ein umfassendes Interesse und Liebe zu anderen Menschen, Freunden und zur Welt. Ihre Seele begann sich zu regen und zu öffnen für die Farbe Grün. Rudolf Steiner charakterisiert Grün einerseits als «das tote Bild des Lebens»[2] und andererseits als Farbe, die Liebe zu Mensch und Welt

---

[2] Rudolf Steiner, *Das Wesen der Farben,* GA 291, Dornach [4]1991, Vortrag vom 6. Mai 1921.

ausdrückt. Im Kunstunterricht der 8. Klasse der Waldorfschule wird das Spiel von Licht und Finsternis an Gegenständen behandelt, wie es zum Beispiel in der «Melancholia» von Albrecht Dürer vorkommt. Licht- und Schattenverhältnisse waren ein Leitmotiv ihres Zeichenprozesses. In der «Melancholia» wird das Auftreten dieses Verhältnisses unter anderem an einem Menschenschädel, an dem Antlitz eines großen und dem eines kleinen Engels gezeigt. Was sich durch ihr einseitiges Interesse am Toten, Knöchernen anbot, wurde in die künstlerische Gestaltung aufgenommen, vertieft, von verschiedenen Aspekten her gestaltet, erweitert, bereichert und in ein neues Verhältnis gebracht zum anderen Pol, dem Lebendigen.

Uwe ist ein fünfzehnjähriger Junge

Wegen neurotischen Verhaltens wurde er zur psychiatrischen Abteilung eingewiesen. In seinen sozialen Schwierigkeiten schwankt er zwischen starken Aggressionen und totalem Rückzug. Er ist groß, von athletischer Statur und hat strohblondes Haar. Mit kurzärmligem Hemd läuft er im Schnee herum und scheint nicht zu frieren. In der Schule zeigt er einseitige Interessen und Fähigkeiten für Sport und Biologie. Innerlich «brodelt» es in ihm. Er redet viel und klug, kann aber nicht zuhören. Das meiste, was aus seinem Mund kommt, sind «Schwarz-Weiß-Urteile».

Aus diesem Grund beginne ich zunächst mit ihm, Schwarz-Weiß-Übungen mit Kohle anzulegen. «Dampfend» vor Wut über eine Verhaltensregel auf Station, betritt er den Malraum. Wenn er die Kohle – die ich der intensiven Schwärze wegen für ihn auswähle – anfaßt, zerbricht sie sogleich. Lautstark teilt er mir mit, daß er nichts Bestimmtes zeichnen will! Ich schlage ihm vor, nur Bewegungen mit der Kohle auf dem Blatt zu machen. Geräuschvoll führt er in turbulierenden Bewegungen die Kohle über das Papier. In der Umgebung des Blattes ist der Boden mit Kohlestaub und -stückchen ganz schwarz. Als ich nach einer gewissen Zeit seine Dynamik anhalte, ihn zurücktreten und das Entstandene betrachten lasse, sagt er: «Das sieht aus wie ein brennender, abgerissener, durch die Luft sausender Dornbusch in Australien!» Dann erzählt er von den Bränden in den Steppenlandschaften Australiens. Er erzählt gestenreich und anschaulich und kennt sich in Erd- und Naturkunde sehr gut aus. Allmählich lenke ich seine Aufmerksamkeit wieder auf die Zeichnung und sage, daß ich die Dornen an dem Gestrüpp vermisse. Nach dem Auftakt, in dem er sich zunächst selbst ausdrücken konnte, ist er nun in der Lage, ganz gezielt kleine Dornen an die wirren Linien zu zeichnen. Er ist begeistert, daß trotz der «wilden

Bewegungen» etwas so «Tolles» entstehen konnte. Am Anfang des Zeichenweges war er nur durch den Ausdruck extremer Dynamiken in einen Gestaltungsprozeß zu bekommen. Im distanznehmenden Betrachten seiner Bewegungsspur vermochte er dann zu erahnen, was daraus werden könnte.

Die Bewegungslinien des nächsten Bildes muten ihn an wie das Gewölle eines Nachtvogels. Durch die Verdichtung des Gewölles zeichnet sich die Gestalt des Nachtvogels deutlicher ab. Dieses Bild ist sehr dunkel. Am Schluß reibt er vorsichtig Augen in den Tierkopf. Dann atmet er erleichtert auf! Wieder ist er erstaunt und froh, auf welche Weise dieses Tier entstand. Er nennt es: «Fabelhafter Nachtfalter». Dann erzählt er mir eine lange Geschichte über Nachttiere. Um ihn mit seinen Gestaltungen intensiver zu verbinden, weise ich ihn darauf hin, wie Licht und Finsternis sich in seinen Bildern zeigen: Im ersten sieht man die Lichtquelle nicht, der Hintergrund – vor dem das Gewirre sich abspielt – scheint belichtet. Im zweiten Bild ist fast nur Finsternis zu sehen in verschiedener Dichte.

Bei der Aufgabe für das dritte bitte ich ihn, darauf zu achten, daß er schwingende Bewegungen macht und eine mittlere Dunkelheit herstellt. Ich zeichne – neben ihm stehend – ebenfalls auf ein Blatt mit Kohle. Er soll den Druck, mit dem er seine Kohle über das Papier führt, an dem Geräusch, das beim Führen meiner Kohle entsteht, orientieren. Auf diese Art und Weise läßt er sich in die langsame Bewegung führen. Als wir Abstand nehmen und unsere Bilder betrachten, sagt er plötzlich: «Bei dir könnte eine Schildkröte im Wasser daraus werden.» «Und bei dir ein Schwarm fliegender Vögel im Nebel», antworte ich. Daraufhin tauschen wir die Blätter. Ganz sorgsam geht er mit dem von mir angelegten Bild um und deutet mit wenig Verdichtung der Dunkelheit die Wasserschildkröte an. Ich hebe durch einige Rhythmen die Vögel auf seinem Bild hervor. An diese Gestaltungen knüpft sich ein Gespräch, in dem er von der Gefährdung der Natur und der Tiere spricht und sich darüber aufregt, daß die Menschen so verantwortungslos in ihrer Umwelt handeln. Am folgenden Tag bringe ich ihm die Rede des Häuptlings Seattle an den Präsidenten der Vereinigten Staaten mit und lese sie ihm vor. Als ich geendet habe, weint er leise vor sich hin. Ich sitze neben ihm und warte ruhig ab, denn das Weinen löst ihn. Danach sagt er sanft: «Ich kenne diese Rede; das war ein toller Mann!»

Für das nächste Bild wage ich einen neuen Schritt mit ihm: Ich beschreibe ihm vor dem Zeichnen weiche Schneehügel, die in der dunklen Nacht leuchten. Danach soll er das in ihm entstandene Bild zeichnen. Er kann es. Um Schnee und Dunkelheit weich wirken zu lassen, wischt er mit den Fingern behutsam über die schwarze Kohlefläche und stellt einen sanften Übergang zwischen schwarzer Nacht und weißen Schneehügeln her. Beim letzten Bild soll er den

Mond mit weichem Hof in der gleichen Landschaft gestalten. Er schafft es, auch dieses Bild als stimmungshafte, malerisch anmutende Landschaft zu gestalten. Es stellt den Übergang dar für seine weiteren künstlerischen Malübungen mit Aquarellfarben. (Siehe die Abbildungen auf Seite 362.)

Rückblick auf den Zeichenweg

Der Weg, den ich mit ihm in der Gestaltung von Licht und Finsternis ging, begann mit turbulierendem, verworrenem, chaotischem Bewegen der Finsternis und des Stoffes, bevor er Licht gestalten konnte. Er durfte sein Inneres «Brodeln» nach außen setzen und formulieren. Im Distanznehmen gewann er einen Überblick über die Spuren seiner stürmischen Bewegungen der Finsternis, vermochte sich anmuten zu lassen von ihren stofflichen Qualitäten: «Sieht aus wie Dornengestrüpp» oder «wie Gewölle», sowie von der Stimmung, die von der bewegten Dunkelheit ausging, «fabelhaft». Im Überblicken der Spuren wurde er sich dieser Qualitäten bewußt, fand er zu Ausdrucksformen. Langsam lernte er, nicht nur im nachhinein das Gewordene zu betrachten, sondern durch Lauschen auf das Geräusch der Bewegung auf das Werdende zu achten und schließlich die Bewegung zu führen. Er begann die Licht-Finsternis-Verhältnisse auf dem Bild des anderen wahrzunehmen, sich da hineinzuversetzen, sich davon inspirieren zu lassen und sie weiterführend zu gestalten. Gleichzeitig gewährte er dem anderen, die Licht-Finsternis-Verhältnisse auf seinem eigenen Bild zum deutlicheren Ausdruck zu bringen.

Das Lauschen auf das Geräusch der Bewegungen der Kohle beim Zeichnen wurde weitergeführt zum Lauschen auf die Schilderung einer Landschaft, in der Belichtetes und Finsteres zwar voneinander getrennt, sich aber in Milde an ihrer Grenze begegnen. Der Weg des Zeichnens mündete in die Darstellung des Mondlichtes, das mit sanftem Schein die Dunkelheit erhellt und weich von ihr getragen wird. In den beiden letzten Landschaftsbildern schwingen Belichtetes und Finsteres in ihrem Grenzbereich rhythmisch miteinander.

Der Jugendliche erlebt in seiner Seele in extremer Weise Licht und Finsternis. Er erlebt sie auch in anderen Menschen («die Menschen handeln verantwortungslos in ihrer Umgebung») und in Ausgewogenheit zum Beispiel in der Idealpersönlichkeit des Häuptlings Seattle, der trotz der Dunkelheit, die um ihn verbreitet wird – denn sein Land wird ihm genommen –, sein inneres mildes Licht bewahren und walten lassen kann. Im Kunstunterricht wird in diesem Lebensabschnitt angeschaut, wie einerseits Dürer mit Licht und Finsternis umgeht, wie er Licht durch die Reflexion an Gegenständen und Dunkelheiten als Schatten darstellt, und wie andererseits Rembrandt dieses Thema behandelt, wie er das Licht an sich, zum Beispiel als Lichtquelle gestaltet, die Stimmung

Cornelia

Arno

Arno

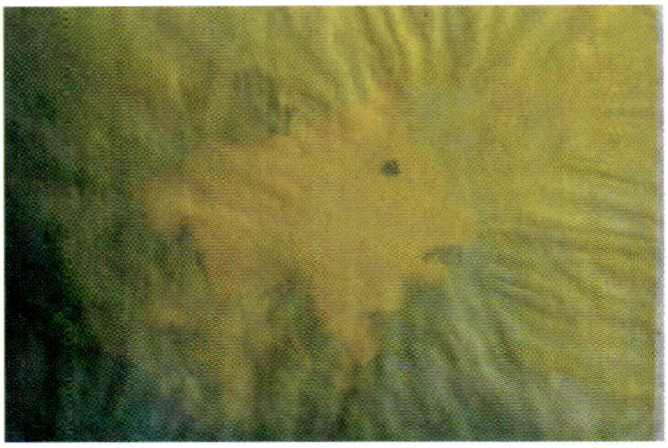

Ruth

Ruth

Iris

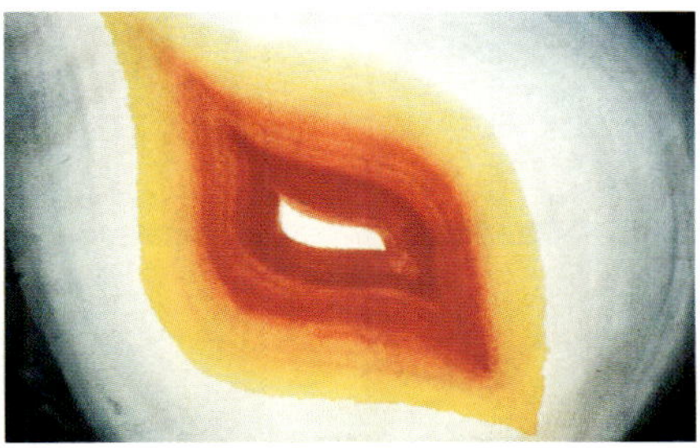

Iris

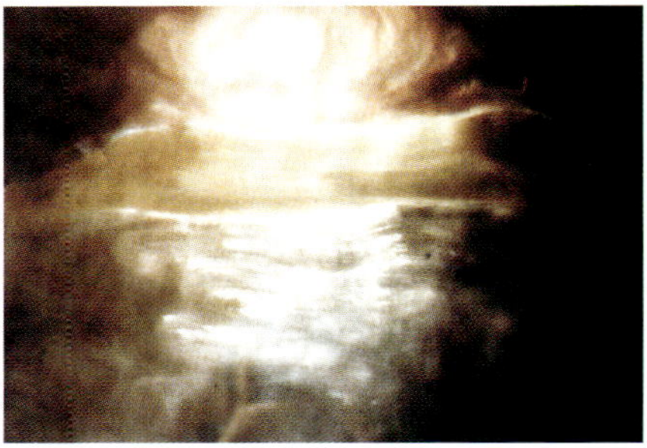

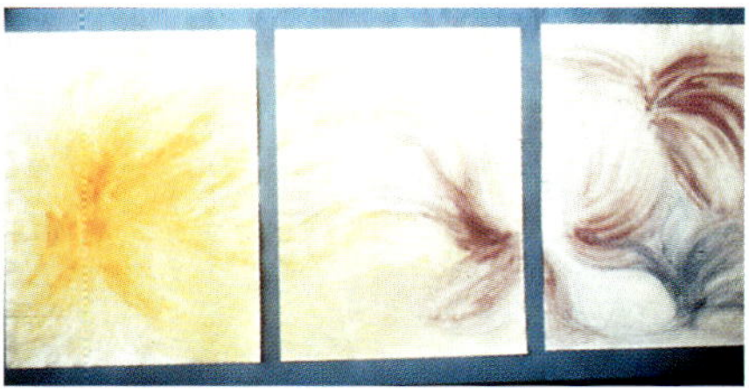

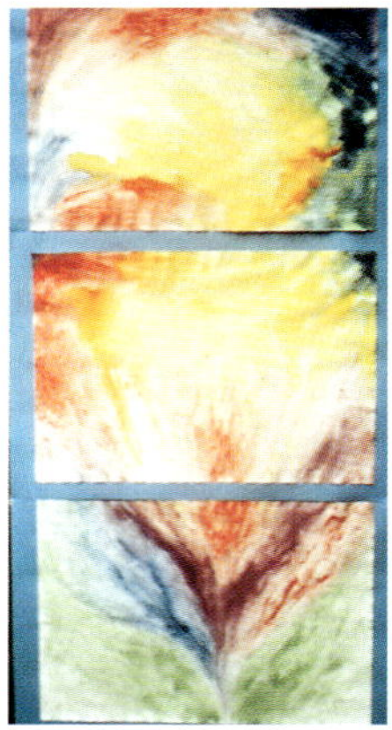

Doris

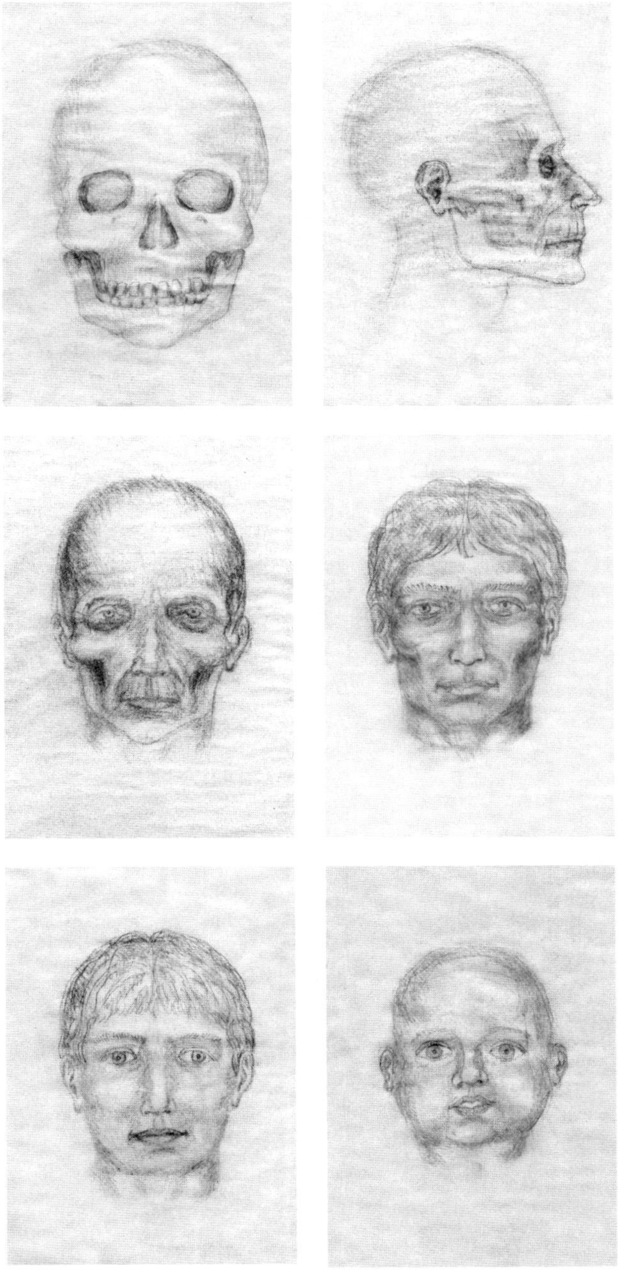

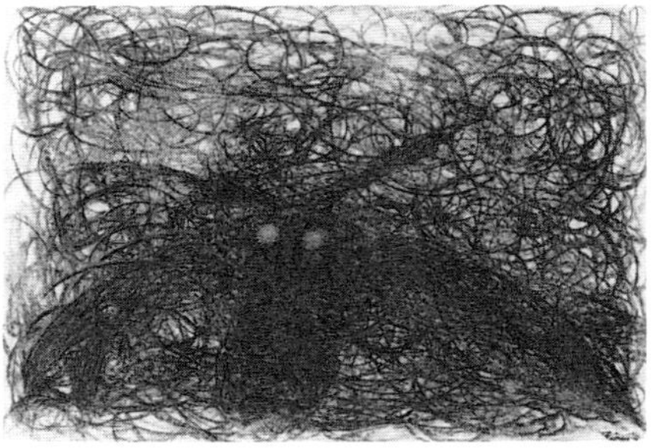

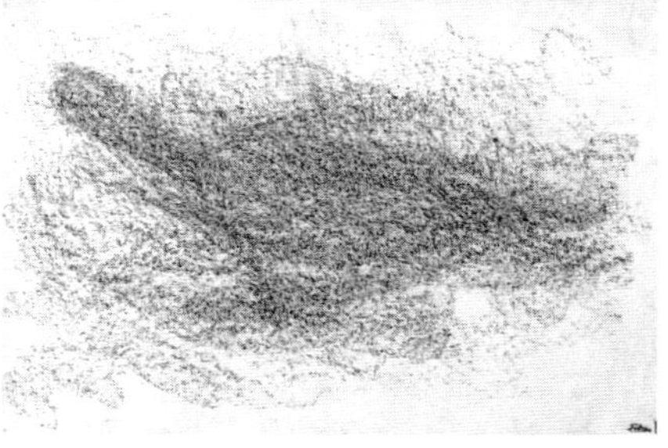

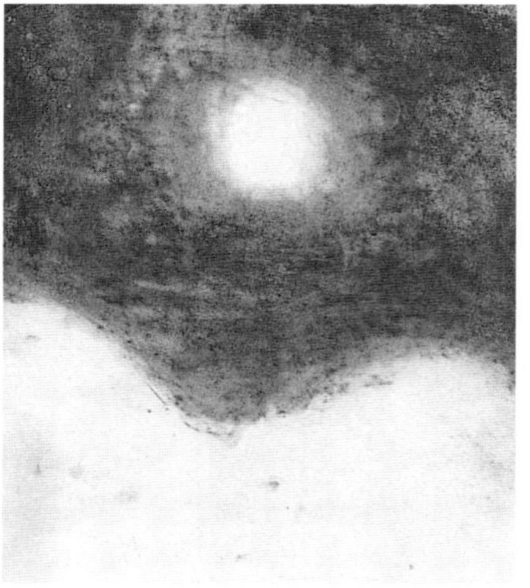

hervorruft. Hatte die Schilderung des vorangegangenen Zeichenweges von Ruth eher eine Beziehung zur Dürerschen Art der Darstellung dieses Themas, so zeigt die Charakterisierung von Uwes Zeichenweg eine Beziehung zur Rembrandtschen Art. Ruths Weg führte durch das Mineralische zum Lebendigen und Seelischen anhand des Menschenantlitzes. Uwes Weg führte durch die Bereiche des Tierischen und Landschaftlichen. Das Tierische als das Naturhaft-Seelische mit seinen Bewegungen von Licht und Finsternis im Luft- und Wasserelement. Die Landschaftsstimmung als die nach außen verlegte Stimmung der Seelenlandschaft, die sowohl in ihren Extremen schwanken als sich in der Mitte halten kann. Seine «Schwarz-Weiß»-Urteile erfuhren durch diese Übungen eine größere Differenzierung. Die Urteilsfähigkeit, die in diesem Alter zur Selbständigkeit und zur Logik erwacht, hat durch die Beschäftigung mit Objektivem – wie Licht- und Finsternisverhältnissen in der Natur – eine Orientierung erhalten.

Iris ist 17 Jahre alt

und kam wegen Magersucht in die psychiatrische Abteilung. In mir erweckt sie den Eindruck von einem großen sanften Engel. Sie hat feine Gesichtszüge, ihre leise Stimme wirkt ruhig, und sie verfügt über eine vornehme Hilfsbereitschaft. Die beiden ersten Bilder kann sie nach ihren eigenen Wünschen gestalten. Für ihr erstes Bild wählt sie blaue und gelbe Wasserfarben. Im Verlaufe des Malens nimmt das Gelb eine grünliche Tingierung an. Für das zweite Bild nimmt sie zum Blau und Gelb noch Rot dazu. In beiden Bildern zeigt sich eine starke Form in den Farben mit deutlicher Abgrenzung der einzelnen Farben. Innerhalb einer Farbe, zum Beispiel des Blau, gibt es feine Hell-Dunkel-Differenzierungen. Im zweiten Bild ist die rot-gelbe Form isoliert von der blauen Umgebung; schwebend hält sie sich im weißen Licht, in ihrem Inneren eine scharf begrenzte, weiße, S-förmig geschwungene Form umschließend. Die dritte Übung wird – auf meinen Vorschlag hin – ein Farbenkreis, in dem die von ihr gewählten Farben aufgegriffen und vom Gelb übers Rot zum Blau ineinander übergehend gemalt werden sollen. Die Ecken des quadratischen Bildformates betont sie selbst durch Dunkelblau. Die Formen der ersten Bilder haben einen streng symmetrischen, siegelartigen, fast kultischen Charakter. Die Farben zeugen sowohl von Zartheit und Licht als von Kraft und Dunkelheit. Eine Frage, die sich mir aus ihren Bildgestaltungen heraus stellt: Ist es möglich, sie aus ihrer gesetzesartigen Strenge zu befreien und die Farben aus der Isolation heraus in die Begegnung miteinander zu führen?

Einen ersten Ansatz dazu sah ich in der Beobachtung der Natur, die wir teils gemeinsam, teils jeder für sich alleine machten, unter dem Gesichtspunkt der Entfaltung der Farben beim Sonnenauf- und -untergang. Diese Beobachtungen veranlassen sie zu Darstellungen, bei denen sich einerseits die Farben des Himmels von denen der Erde am Horizont abgrenzen und andererseits sowohl in der Sphäre des Himmels als im Bereich der Erde sich miteinander verbinden oder ineinander übergehen. Durch Spiegelungen im Wasser zeigen sich die Himmelsfarben im Erdbereich und tönen ihn. Auf diese Weise entstehen zahlreiche Bilder mit unterschiedlichen Morgen- und Abendstimmungen, die vom Freundlichen, Gleichmäßigen über das Dramatische bis zum schimmernd Geheimnisvollen reichen. Dabei erlebt sie, daß der Stimmungsreichtum gerade durch die Mischung und Nuancierung der Farben entsteht. Nach etwa drei Wochen täglichen Malens schließt sie dieses Thema ab.

Ich schlage ihr ein neues Thema vor: Bewegung und Rhythmus der Farben, zum Beispiel: Wie möchten sich das Blau und das Orange bewegen, ausbreiten, zusammenziehen? Auch hier knüpft sie einerseits an Naturerlebnisse an, zum Beispiel Blau bewegt sich wellig oder wolkig, Orange sprühend oder flammend. Auch suche ich mit ihr einen Zusammenhang dieses Themas zu den verschiedenen Kunstrichtungen, wie zum Beispiel im Impressionismus Bewegung und Rhythmus der Farben dargestellt werden.

Diese Beschäftigung ist eine Vorbereitung für den dritten Malschritt, den sie in Form von vier Triptychen mit mir zusammen vollzieht. Ich bespreche mit ihr die Idee des Triptychon-Malens und frage, ob sie einverstanden sei, daß wir gemeinsam an diesen Triptychen malen. Gerne ist sie einverstanden. Bevor wir beginnen, wählt jede von uns eine Farbe. Sie entscheidet sich für Blau, ich für Gelb. Wir beginnen das jeweils äußere Blatt des Triptychons farblich anzulegen. Das mittlere Blatt wollen wir gemeinsam gestalten. Die unseren Malprozeß leitende Frage ist: Mit welcher Bewegungstendenz beziehungsweise welchem Rhythmus bewegen Blau und Gelb sich aufeinander zu?

Im ersten Triptychon bleiben Blau und Gelb für sich, durch einen weißen Freiraum getrennt, sich innerhalb des eigenen Bereiches durch Dunkelheit oder durch Güldenheit differenzierend. Im zweiten Triptychon schwingen – beziehungsweise sprühen – die Farben aufeinander zu, ihre Umgebung leicht mit den eigenen Qualitäten tingierend. Beim Malen des dritten Triptychons mache ich den Vorschlag, durch Hinzunahme von Rot, Kraft und Wärme in die Bilder hineinzubringen. Sie stimmt zu. Ich setze ein kompaktes Rot auf meine gelbe Fläche. Spontan entrüstet sie sich über die Dichte der Farbe und beginnt, ebenfalls Rot in ihr Blau und ins mittlere Bild einzuarbeiten. Das Violett, das dadurch entsteht, bringt sie zur feinen Differenzierung und zum weichen Fluten.

Den mittleren Bildteil stützt sie durch das Rot. In den Grenzbereichen lassen wir die Farben leicht ineinander übergehen. Hier entstehen zarte Pastelltöne und lichte Farbenvielfalt. Das vierte Triptychon beginnen wir wie die vorangegangenen. Dann wage ich mich mit meinem Rot in ihren Bereich und sie sich in den meinigen. Wir wechseln unsere Standorte und bewegen uns mit dem Rhythmus der Farben. Angeregt und selbstverständlich malt sie auf meinem Blatt. Sie geht im wahren Sinne des Wortes «aus sich heraus» und bekommt vor Begeisterung rote Wangen. Im Verlauf der Bildentstehung beschreiben wir die Farbimpulse, die Strömungsrichtungen, die Gebärdentendenz. Dann probieren wir, ob die beschriebenen Qualitäten besser im Breit- oder Hochformat zur Geltung kommen. Sie findet das Hochformat geeigneter für das letzte Triptychon. Mit dem ihr eigenen feinen Wahrnehmungsvermögen und ihrer abwägenden Besonnenheit charakterisierte sie noch einmal die Eigenschaften der Farbbewegungen. «Es könnte der malerische Entwurf für ein farbiges Kirchenfenster sein!» sage ich.

Vergleicht man ihre allerersten Bilder mit denen des letzten Triptychons, so sieht man die gleichen Farben, sogar das Grün des ersten Bildes taucht hier wieder auf, nicht kegelartig sich abschließend, sondern sich öffnend. Aus dem sich öffnenden Boden des Grün heraus strömen die Farben in die Entfaltung und finden im oberen violett-blauen Bogen ihren Abschluß. Auch der blaue Bogen tritt schon im ersten Bild auf, nur, daß er dort sich nach oben öffnet und im letzten Triptychon nach unten, gleichsam ein Gewölbe bildend. Zwischen der öffnenden und sich wölbenden Gebärde ersprießen, entfächern sich und fluten die Farben, sich verdichtend, sich lösend, mal als Eigenheit und auch in Verbindung. (Siehe die Abbildungen auf Farbtafel III und IV.)

Rückblick auf den Malweg

Ihr malerischer Übungsweg begann mit der Dominanz der siegelartigen, fast kultischen Form, der Isolation der Farben und der Reinheit des weißen Lichtes. Er führte sie über die Beobachtung der Himmels- und Erdfarben in den Übergangszeiten des Tages in die Natur und zeigte ihr, wie sich dort die Farben entgrenzen, ineinander übergehen, sich gegenseitig tönen und stimmen. Sie erlebte und gestaltete sich wandelnde Stimmungen in der Natur. Über die Beschäftigung mit der Dynamik und dem Rhythmus einzelner Farben verband sie sich tiefer mit bestimmten Bewegungsqualitäten. Die Naturbeobachtung erweiterte sich bis zur Kulturbeobachtung, zum Beispiel, wie in den verschiedenen Kunstrichtungen Farbbewegung gestaltet wird. Ihre bei diesen Schritten gewonnenen Erfahrungen erfuhren durch die Aufgabe des gemeinsamen Malens von Triptychen einen Höhepunkt sowohl in der Farb- als auch in der Menschenbegegnung. Bei der Gestaltung dieser malerischen Übungen erfüllt sich langsam der zunächst rein weiße Freiraum zwischen den Farben, wird zum leuchtenden, atmenden Innenraum und greift die Ausgangsmotive in neuer, verwandelter Weise wieder auf. Caroline von Heydebrand schreibt zu diesem Alter in *Vom Lehrplan der Freien Waldorfschule*: «Über viele Schwierigkeiten und moralische Hemmungen dieses an Rätseln, Wundern und Überraschungen so reichen Lebensalters, in welchem das Bewußtsein sich allmählich zum Herrn der überwältigenden Gefühlswelt machen will, hilft die eigene künstlerische und handwerkliche Betätigung, aber auch der von Phantasie, Begeisterung und künstlerischem Empfinden durchdrungene Unterricht der Lehrer hinweg.» [3]

Im geschilderten Malprozeß zeigt sich anfangs eine übergroße Kontrolle über die Gefühlswelt in der Dominanz der strengen Form über die Bewegung der Farben. Die starken Gefühle, wovon die Intensitäten der Farben zeugen, werden gehemmt, zurückgehalten und kommen nicht zum Schwingen mit der Außenwelt. Sie bleiben durch die siegelartigen Formen gleichsam «versiegelt». Durch das Lenken der Aufmerksamkeit auf die objektiven Farben in der Natur in der Außenwelt, wagt es die Patientin, sich zu lösen. Durch den Vergleich der Gestaltungen verschiedener Kunstrichtungen mit den Gestaltungen der Farben in der Natur erlebt sie, wie das Subjektive (Seelische des Künstlers) sich mit dem Objektiven verbindet. Durch das vorsichtige Einlassen auf die Farbqualitäten und mein Mitwirken gewinnt sie Begeisterung, vergißt sie im Gestaltungsprozeß das gezügelte Ausbalancieren, überschreitet sie Grenzen und findet neue, lebendige, nicht endgültige.[4]

---

[3] Caroline von Heydebrand, *Vom Lehrplan der Freien Waldorfschule,* Stuttgart [10]1994, Kap. «Der junge Mensch nach der Geschlechtsreife».

[4] Weitere Literatur:
Rudolf Steiner, *Allgemeine Menschenkunde als Grundlage der Pädagogik,* GA 293, Dornach [9]1992;
ders., *Erziehungskunst. Methodisch-Didaktisches,* GA 294, Dornach [6]1990;
ders., *Das Wesen der Farben,* GA 291, Dornach [4]1991;
ders., *Kunst im Lichte der Mysterienweisheit,* GA 275, Dornach [3]1990, Vortrag vom 1. Januar 1915;
Hilde Raske, *Das Farbenwort,* Stuttgart 1983;
Hedwig Hauck, *Kunst und Handarbeit,* Stuttgart [6]1993;
Marianne Altmaier, *Der Kunsttherapeutische Prozeß,* Stuttgart 1995.

Der Förderbereich

Aus den Berichten zur schulärztlichen Tätigkeit geht hervor, wie unterschiedlich Lehrer, Schularzt und Elternschaft die Notwendigkeit eines Förderbereichs einschätzen. Grundsätzlich muß dabei auch betont werden, daß die *Waldorfpädagogik selbst* eine altersentsprechende Förderung der körperlichen, seelischen und geistigen Entwicklung darstellt. Extra Fördermaßnahmen dienen folglich der Ergänzung und Verstärkung von Fähigkeitsausbildung oder gleichen Mangelzustände aus bei zu großen Klassen oder Defiziten in der schulischen oder häuslichen Situation. Da dieses jedoch in jeder Klasse für einige Schüler zutrifft, gehört idealerweise in jedes Lehrerkollegium neben dem Schularzt die Fachkraft für Heileurythmie (Bewegungsförderung), Sprachgestaltung (Sprachförderung) und der Förderlehrer mit möglichst breitem Spektrum in der Behandlung von Teilleistungsstörungen.

Da insbesondere der Schulheileurythmie eine – weithin noch nicht genug bekannte – Bedeutung in der Entwicklungsförderung zukommt, wird ihr hier ein eigenes Kapitel gewidmet. Die darin angeführten Indikationen und Übungsbeispiele geben einen Einblick in die tägliche Praxis einer Schulheileurythmistin. Sie zeigen die Vielfalt heileurythmischer Fördermaßnahmen auf, auch wenn damit das Gesamtspektrum möglicher Indikationen und Übungsweisen bei weitem nicht erschöpft ist. Die hier niedergelegten Erfahrungen enthalten jedoch viele hilfreiche Anregungen für die schulärztliche und heileurythmische Arbeit und können auch für Lehrer und Eltern von Interesse sein, die Kinder zur Heileurythmie schicken.

Ilse Rolofs

Heileurythmie in der Schule[1]

Allgemeine Erfahrungen

Die Kollegen sehen natürlich nicht gern, wenn man die Kinder aus dem Unterricht herausholt. Nun sagt aber Rudolf Steiner auf eine Frage in der Konferenz vom 2. Juni 1924:

«Das Kind bekommt die heileurythmischen Übungen eine bestimmte Zeit hindurch, und dies sollte täglich sein. Dafür muß das Kind aus der Klasse herausgeholt werden. Wenn das Kind eine Heileurythmieübung bekommt, so ist es eben krank. Da es eine Therapie ist, muß man das Kind aus jeder Stunde herausnehmen können außer aus dem konfessionellen Religionsunterricht.»[2]

Das ist sehr deutlich, und ich teilte dies am Anfang meiner Arbeit dem Kollegium mit. Allerdings machte ich einen Einschnitt in den Wochenverlauf: Montag–Dienstag–Mittwoch / Freitag–Samstag. Am Donnerstag, dem kleinen Sonntag, wie die Heilpädagogen ihn nennen, nahm ich die Kollegen in Heileurythmie.

Ich teilte die Stunden so ein, daß die Kinder immer zur gleichen Zeit kamen. Das bringt Rhythmus und Ruhe in die Übungen und gute Gewöhnung. Jeder Klassenlehrer bekam einen Zettel mit den Namen der Heileurythmie-Kinder und der Angabe, zu welcher Zeit sie ihre Übungen hatten. Dieser Zettel hing im Klassenraum, damit auch die Fachlehrer Bescheid wußten. Man sollte aber trotz allem beweglich bleiben. In den Pausen nahm ich Abiturienten.

Wenn man Glück hat, ist an der Schule ein Schularzt tätig, der einem die Kinder schickt und mit dem man alles bespricht. Dieses Glück hatte ich nicht immer, so daß mir die Kinder manchmal vom Klassen-, Fach- oder Eurythmielehrer angemeldet wurden. Ich sah mir die Kinder auch selbst im Unterricht an, vor allem in der Klasseneurythmie. Gut ist, wenn man erst einmal Klasseneurythmie gibt, bevor man mit der Heileurythmie beginnt.

Ich habe die Kinder aus den verschiedenen Klassen in Gruppen eingeteilt, zum Beispiel:

---

[1] Dieser Erfahrungsbericht von Ilse Rolofs wurde in ihrem Nachlaß gefunden. Es handelt sich um eine Zusammenstellung von Arbeitsnotizen, die ihr als Grundlage zu Kursen und Weiterbildungsveranstaltungen dienten. Sie wurden von einer ihrer Schülerinnen, Sophia Timm, in dankenswerter Weise für den Druck bearbeitet.

[2] Rudolf Steiner, *Konferenzen mit den Lehrern der Freien Waldorfschule 1919 bis 1924*, GA 300c, Dornach 1975, Konferenz vom 2. Juni 1924.

L-M-S-U-Gruppe
O-E-Gruppe
Inkarnations-Gruppe
Kryptorchismus-Gruppe
Zahnkinder-Gruppe
Harmonisierung in der Vorpubertät
Schaukler-Gruppe
Wachstum – klein/groß
Bettnässer
Asthmatiker – Atemübungen
Stotterer
Linkshänder

Kopfschmerzenkinder (9 Jahre)
Kleptomane Kinder
Jambus – Hyperkinese
Trochäus – Phlegmatiker
Schlafstörungen
Harmonisierende Übungen
R L S I – intellektuell schwach Begabte
Haltungsgruppe
Fußschäden – X-/O-Beine
Groß- und Kleinköpfige
Kinder mit Ticks – Chorea
Einzelkinder

Wenn man mit den Beteiligten die Kinder gut durchgesprochen hat, hole ich sie mir zuerst einmal in den Heileurythmieraum, lasse sie einige Übungen machen, zum Beispiel A, lasse sie gehen, auch eine Form gehen:

zum Beispiel mit verbundenen Augen, lasse sie balancieren (Schwebebalken), lasse den Zeugnisspruch aufsagen und aufschreiben, sehe mir die Proportionen an und ende mit einem I A O.

Daheim versuche ich die Symptome zusammenzusehen, aufeinander abzustimmen, mache mir einen Plan, den ich mit dem Arzt bespreche. Dann nimmt man dieses Bild, das man sich von dem Kind gemacht hat, mit durch die Nacht und wendet sich vielleicht auch an den Schutzengel des Kindes und fragt sich: Wie könnte das Kind seinem Urbilde nach aussehen, was hat es für Möglichkeiten, welche Hindernisse muß ich wegräumen. Jede Behandlung dauert 10 Minuten.

Man erhält dann morgens oft gute Antworten beziehungsweise gute Ideen.

Meine Heileurythmiestunden lagen immer morgens zwischen 8 und 12 Uhr. Wenn ich alles beisammen hatte, machte ich mir einen Zeitplan: Morgens mehr Einzelkinder – 8.30 Uhr Beginn. Ich habe oftmals den Unterrichtsbeginn in der Klasse mitgemacht. Die Heileurythmie dauert 10 Minuten pro Kind. Vor allem muß eine gute Arbeitsstimmung herrschen. 7 Wochen lang die Übungen durchführen mit kleineren Variationen, dann *Heileurythmie-Monatsfeier*. Die Lehrer sehen die Kinder von einer anderen Seite und nehmen wahr, was in der «Lücke» gearbeitet wird. Sie erkennen die Fortschritte und schicken dann meistens ihre Kinder gern. Es ist günstig, wenn man hinterher eine Besprechung mit den Beteiligten macht.

Ein paar Vorschläge für die äußere Handhabung des Heileurythmieunterrichts: Die Kinder sollen die Brille abnehmen, Schuhe und Jacken draußen lassen. Gute Gewohnheiten pflegen: leise hereinkommen und leise hinausgehen, zwischendurch nicht schwatzen. Es muß die Heileurythmie etwas Besonderes bleiben.

Das Nachbarskind soll für das Kind, das in der Heileurythmie ist, die Aufgaben aufschreiben.

Noch etwas über den Raum: Man sollte unbedingt einen eigenen Raum für die Heileurythmie haben und darin eine gute Atmosphäre schaffen durch Blumen, Farbe, Bilder (Tobias mit dem Fisch), gute Plastiken aus dem Werkunterricht, die eine oder andere Eurythmiefigur, die schreitende Griechin. Verschieden große Stühle beziehungsweise Bänke und Schwebebalken sollen zur Verfügung stehen. Die Möglichkeit sollte bestehen, sich vor der Türe die Schuhe auszuziehen. Auch Haken für Mäntel müssen vorhanden sein.

Das soziale Element des Heileurythmisten im Schulzusammenhang

Es ist wichtig, daß die Heileurythmisten im Schulzusammenhang integriert sind. Es ist gut, wenn sie Blumen richten, Feste mitgestalten, Erste Hilfe leisten, schwierige Kinder eine Zeitlang betreuen, Abschiedsfeiern gestalten, Geburtstagsfeiern vorbereiten, für Geschenke sorgen, Kostüme für Spiele mitverwalten, bei Neuaufnahmen dabei sind, Klassenbesprechungen besuchen, vor dem Schuljahreswechsel hospitieren. Dies alles können wir pflegen, weil wir keine Zeugnisse geben, keine Hefte korrigieren, keine Elternbesuche machen müssen und nicht *so* große Vorbereitungen nötig sind.

Wenn man mit den Kindern über Heileurythmie spricht, vor allem mit den Oberstufenschülern, kann man immer vom Leben ausgehen und aufzeigen, was zum Beispiel krumme Haltung verursacht. Wir sollen die Kinder möglichst nicht anfassen, ein Händedruck genügt, das Anfassen mögen sie nicht so gern.

Für alles Interesse zeigen, zum Beispiel für die Arbeiten der Kinder in der Handarbeit und im Werkunterricht; wir können uns auch mal ein Epochenheft anschauen und die Monatsfeier erwähnen.

Bei den Größeren ist es gut, wenn wir Zeiterscheinungen anklingen lassen, uns einen Kummer anhören – auch ruhig mal wegen eines Lehrers. Das darf natürlich nur unter vier Augen geschehen. Man kann dabei manches zurechtrücken. Die Kinder sollen spüren, daß der Heileurythmieraum eine Art Oase ist, wohin man auch mit seinen Problemen kommen kann und wo man auf Interesse stößt.

Übungen, die mit der ganzen Klasse vom Heileurythmisten gemacht werden können

Am Morgen machen wir I A O in verschiedenen Variationen. Seelische Übungen, mäßig mit Kindern ausgeführt, machen den Ätherleib geschmeidig, in sich beweglich[2], also zum Beispiel A-Verehrung und eurythmisches Lachen: H A

Ja – Nein
Sympathie – Antipathie
Atem-Puls-Übung (9. Jahr)
Liebe – E
Rhythmisches R (eventuell 6. Klasse)

↕ 8 ○ eventuell Kopfschmerzen-B

T L M Erdenreich
Geschicklichkeits-E ab der 1. Klasse

---

[2] Rudolf Steiner, *Heileurythmie*, GA 315, Dornach [4]1981, Vortrag vom 16. April 1921.

Konzentrationsübungen

Zum Beispiel gehen und stehen

1	1 2	1 2 3	eventuell auch nur klatschen
① 2 3	1 ② 3	1 2 ③	

bei Zahlen mit Kreis den Schritt auslassen, aber klatschen,
bei den anderen Zahlen gehen ohne klatschen

1 2 3 jeweils 3. Schritt anschließen – raffen
1 2 3 4 5 6 7: 1 vor, 1 zurück; 1 2 vor, 1 zurück und so weiter, auch dasselbe rückwärts

Symmetrie- und Koordinationsübungen

Vokal-Übungen
Evolutionsreihe, auch Formen in die Luft zeichnen

Stottern

Viel Texte mit Hexametern sprechen: zum Beispiel aus *Hermann und Dorothea* von J. W. Goethe.

Man liest zuerst zusammen mit dem Patienten – dann liest man leiser als der Patient mit – schließlich läßt man den Patienten *allein* lesen.

Rudolf Steiner zu Nora Stein: «Lauschen Sie genau, bei welchen Buchstaben das Stottern einsetzt, gestalten Sie aus diesen Buchstaben eine Alliteration, das wird dem Kinde helfen, diese Buchstaben auszustoßen.»[3]

Um Begeisterung anzuregen, begann ich gern mit dem T A O
Ballen und Spreizen

Eine Angabe bekam Frau Kugelmann von Rudolf Steiner, wie man den Hexameter im Gehen für Stotterer ausführt:

– ◡ ◡ – ◡ ◡ – ◡ ◡ | – ◡ ◡ – ◡ ◡ – ◡ ◡

A	↓	↑	U	in der Pause ein einsilbiges Wort sprechen,
E	↓	↑	O	dessen Anfangskonsonant dem Stotterer
I	↓	↑	I	Schwierigkeiten macht

Eine Art Dur und Moll 

Bei Schwierigkeiten mit Gaumenlauten gab Rudolf Steiner die Lautreihe G K A I an, anschließend das rhythmische oder Stoffwechsel-R je nach Patient

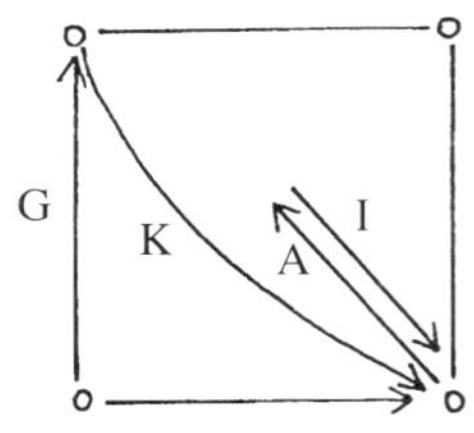

R = stehend

[3] Vermutlich mündliche Überlieferung.

Ich machte auch viel I A O mit Armen, Händen, Fingern, Beinen neben dem «klassischen» I A O, auch auf das Pentagramm:

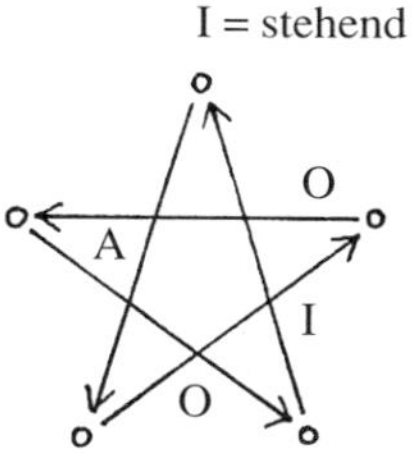

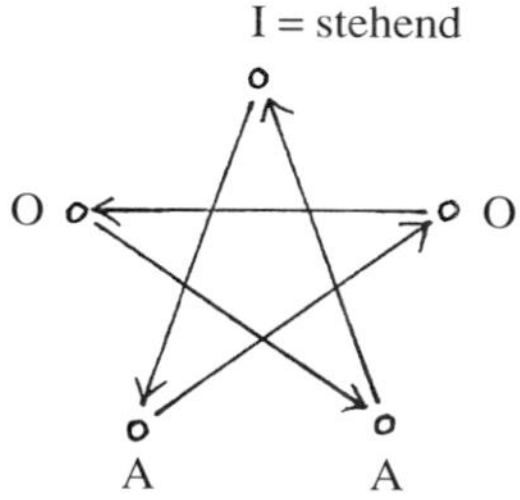

L im Schaukelschritt
L – M im Schaukelschritt, bei M jeweils einen neuen Schritt

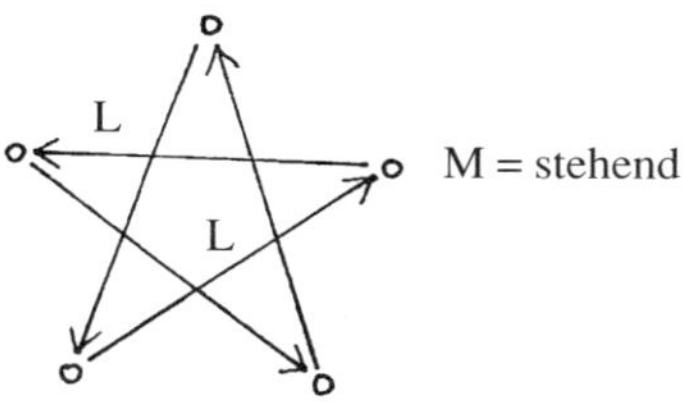

L auf Pentagrammweg, M im Stehen
gut mit der Bewegung ausatmen

◡ ◡ ◡ ◡ – Puls und Atem harmonisierend
Der Puls ist oft erhöht, und es wird meistens etwas weniger aus- als eingeatmet

H – A A A «Lachen»
Stotterer können nicht so richtig lachen

Man sollte sich auch Schriftproben geben lassen, dann den Laut, der nicht gut geschrieben ist und der auch oftmals mit dem schwer zu sprechenden Laut zusammenfällt, heraussuchen und üben. Zum Beispiel kleine Alliterationen mit diesen Lauten geben und dazu gleichzeitig sprechen. Zum Beispiel:

«Nun messe und merke die Mächte der Welt, sie mutig zu meistern bist Mensch du bestellt.» (Hedwig Diestel)

«Ich bin in der bergenden Burg,
da saust der Wind,
da zuckt der Blitz,
da rieselt der Regen herunter,
da lacht und leuchtet die liebe Sonne.»

«Holet vom Himmel heilende Kräfte.»

«Der König kommt mit der Krone.»

«Trifft mich von droben der himmlische Strahl,
Trag ich ihn treulich hinab ins Tal.» (Hedwig Diestel)

Nun kann man noch eine Angabe von Rudolf Steiner berücksichtigen:

Man solle zuerst den Spruch *laut* sprechen, dann *halblaut* und dann *flüstern,* schließlich nur *denken* und dann wieder *normal sprechen*.[4]

Dadurch wird der Atmungsprozeß zuerst zurückgenommen und wieder normalisiert, indem man dann den Spruch mit normalem Atem sagt.

Oftmals ist auch der Schlaf nicht gut, und das wirkt dann ungut in den Tag hinein. Man nimmt zu den *Schlafübungen* die:

Inkarnationsspirale

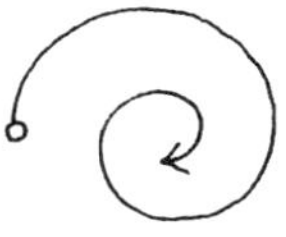

mit den Lauten I A O U E

und Exkarnationsspirale

mit den Lauten I A O U E

Mit E Verkrampfungen lösen

Die Einatmung ist verkrampft: E
Die Ausatmung staut sich: G

Geschicklichkeits-E
Kiebitzschritt
Jambus mit O – I

[4] Rudolf Steiner/Marie Steiner von Sivers, *Methodik und Wesen der Sprachgestaltung,* GA 280, Dornach ³1975, «Über Sprachstörungen», S. 207f.

Ja – Nein –
Jambus mit A E I O U

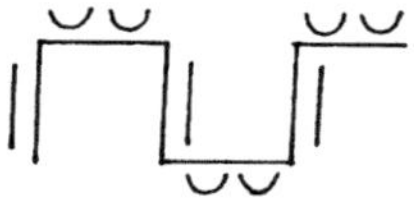 oder 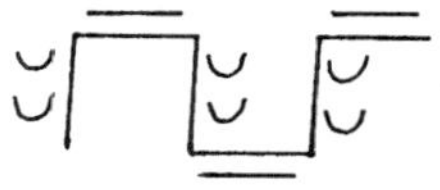 usw.

Daktylus oder Anapäst:

Gern nehme ich auch das W: Im W schafft man sich eine bewegliche Hülle im Gegensatz zum B, mit dem man sich ein festes Haus bildet. Das W erlebt man viel in Wiederholungen, Alliterationen.

Das W nehme ich deshalb, um die Sprache lebendiger zu machen, flüssiger, zum Beispiel auch bei intellektueller Kopfstimme, bei klangloser und abgehackter Stimme. Die Sprache, der Klang kann einem vieles offenbaren.

Auch bei Autofahrern und bei Schreibmaschinen-Verkrampfungen nehme ich gern das W. Ich lasse dem W die Vokale – das Ausatmen – folgen.
WA WE WI WO WU – Wasser – Welle – Wind – Woge –Wurzel

Im Winter, bei Kälte, wird oftmals mehr gestottert, dann
Liebe-E: Kreislauf erwärmend
Hoffnung-U: Atem erwärmend
Rhythmisches R: Eintauchen – Lösen

Aber immer muß man die Ursache herausbekommen, die zum Stottern führte; das kann vererbt sein, ein Schock, auch Nachahmung, da muß man gut mit dem Arzt zusammenarbeiten und danach dann die Therapie einrichten.

Worte Rudolf Steiners aus «Die Erkundung und Formulierung des Weltenwortes in der Ein- und Ausatmung» vom 1. April 1922:

«Einatmung, das ist Offenbarung des Weltenwortes, Ausatmung, das ist innerliche Verdichtung des Weltenwortes, das Bekenntnis zum Weltenwort … ‹aum› ist die Zusammenfassung von Offenbarung und Bekenntnis.»[5]

A – leben – einatmen
U – sterben – ausatmen
und im christlichen Laut M die Mitte halten

Diese Lautfolge A U M nehme ich immer am Schluß der Übungen für Stotterer.

[5] Rudolf Steiner, *Das Sonnenmysterium und das Mysterium von Tod und Auferstehung*, GA 211, Dornach, ²1986, Vortrag vom 1. April 1922.

Bettnässen

I A O in allen Variationen, auch im Schreiten, auch mit den Tönen h–e–g

B zu zweien gegenüber, gegenseitig die Fußsohlen berühren,
sich dabei anfassen im Stehen und Gehen

B im Stehen nur Arme
B mit Armen und Beinen und auch mit Stab

– A –

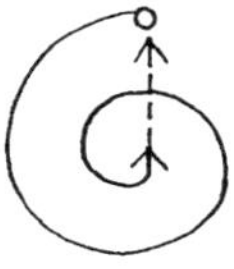

∪ ∪ A ∪ ∪ A ∪ ∪ A ∪ ∪ B ∪ ∪ B ∪ ∪ B
immer kleiner werdend
herausschwingen im I

Ballen und Spreizen im Gehen:
mit den Armen
mit den Händen

	auf Ich-Linien			
E U U	U N B	L B N	L B I	U B
st ↑ ↓	↑ ↓ st	↑ st ↓	↑ st ↓	↑ st

st = stehend im großen E
B regt die Erneuerungskräfte an

S gestaltend, es durchdringt den Astralleib,
mit den Beinen im Stehen und Gehen
S mit dem Arm dazu
S im Schwingen

auf den Stern = Vokale
außenherum B

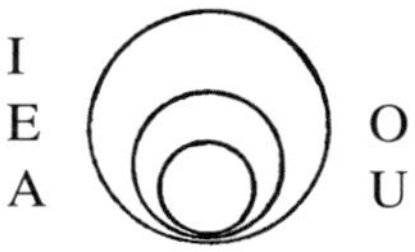

Nierenbewegung bewußt machen
auf- und absteigend
ein- und ausscheiden

Geschicklichkeits-E
A – E im Springen
A – U im Springen

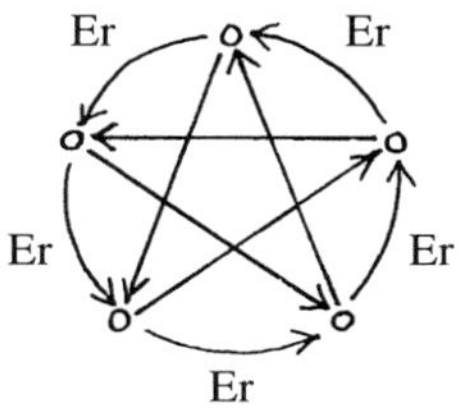

– U –

«Den Wolkendurchleuchter»[6] dazu
oder

L auf den Weg B im Stehen
I auf den Weg B im Stehen
B auf den Weg E im Stehen mit den Füßen

7-Zeiten-Übung mit Mitte
dazwischen Liebe-E mit:
«Licht und Wärme des göttlichen Weltengeistes hülle mich ein.»[7]

---

[6] Rudolf Steiner, *Wahrspruchworte,* GA 40, Dornach [7]1991.
[7] Rudolf Steiner, *Gebete für Mütter und Kinder,* Dornach 1994.

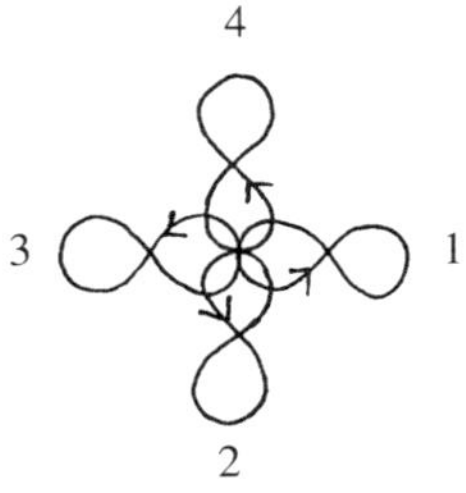

als Vorübung
auf jedes Viertel
einer Lemniskate
3 Schritte

Lied an den Schutzengel (Dichter unbekannt)

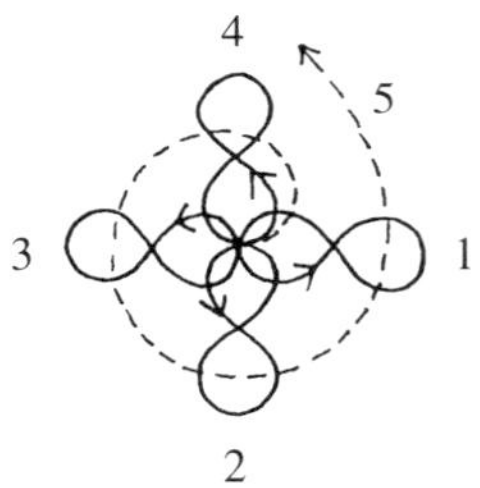

1 Sei Du ein Leitstern über mir
2 Sei Du eine leuchtende Flamme vor mir
3 Sei Du ein sanfter Pfad unter mir
4 Und ein treuer Hüter hinter mir
5 Heut, heute Nacht
und alle Zeit } 

F aber vorsichtig
Ich hatte mehr Erfolg ohne das F

Kleptomanie-Sprüche

Aus dem Hähnchen wird ein Hahn
Aus dem Lämmchen wird ein Lamm
Aus dem Männchen wird ein Mann
Aus dem Häschen wird ein Has
Dieses Späßchen macht mir Spaß.

Es saß ein Frosch im grünen Gras
Er tat nicht dies
Er tat nicht das
Er tat überhaupt nicht was
Er war bloß naß.

Die Rehlein beten zur Nacht
Hab Acht, halb neun, halb zehn
halb elf, halb zwölf – zwölf
Die Rehlein beten zur Nacht
Hab Acht
Sie falten die kleinen Zehlein
die Rehlein.[8]

Mieze Katze tanze
Mieze Katze du
Schlage mit dem Schwanze
den Takt dazu.

---

8 Christian Morgenstern.

Formen laufen:

1) 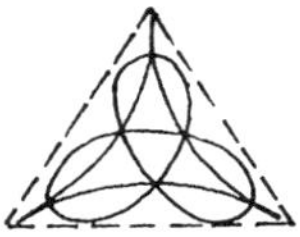 2)  3) 

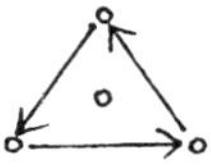 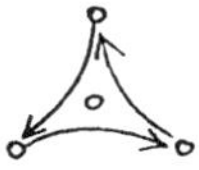 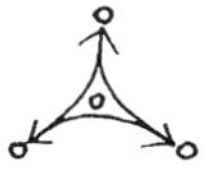 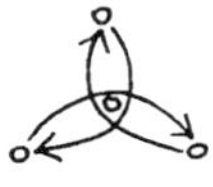 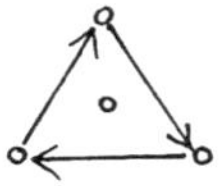

1a 1b 1c 1d 1e

1) Auseinandergelegt in 1a – 1e
3) Harmonische Acht und Pentagramm im Wechsel

viel  -Verwandlungen:  

Evolutionsreihe
T L M

 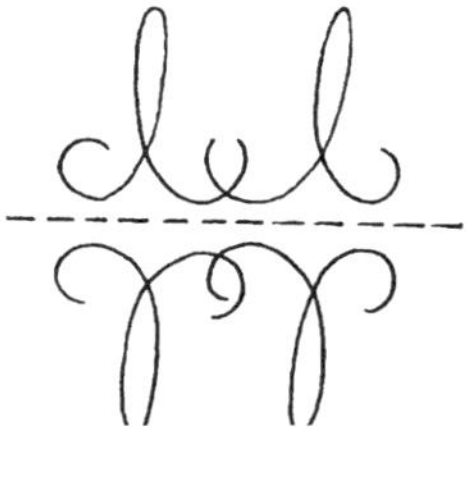 usw.

Stabübungen
(zum Beispiel diese Formen mit dem Stab führen):  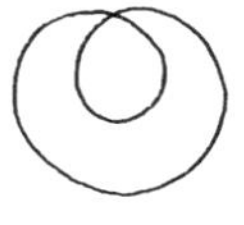

Legasthenie

Lemniskaten Stabübungen, 12-Zeiten-Übung, harmonische Acht,
«Faß mit der linken Hand an das rechte Ohr»: Körpergeographie

Symmetrie-Übungen
Raumesrichtungen
Evolutionsreihe
E-Übung; A E A

Es fehlt auch etwas das akustische Wahrnehmungsfeld. Daher sprechen lassen.
Augen prüfen lassen.
LA – LO (Zahnprozeß)

Konzentrationsübungen, Ich-stärkende Übungen S L R M, spiegelbildliche Formen und Gesten, Koordinationsübungen, Takt – Tonhöhe, Rhythmus, Stabübungen, Raumesübungen, Ohren- und Augenübungen, wenn nötig Sprachgestaltung. Hauptsächlich Raumesrichtungen üben.

Lispeln und Lutschen

Lispeln:
L S D – rückwärts gehen

Lutschen:
Vokale und E mit dem Daumen
Rückwärts gehen
Stabübungen rückwärts
Laute rückwärts, zum Beispiel Vokale

L mit den Fingern

mit Kupferkugel

Vokale rückwärts: ea ee ei eo eu

Großköpfige und kleinköpfige Kinder[9]

Großköpfig

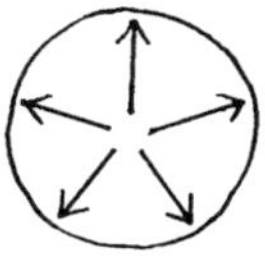

Oft eine zu stark individuelle Entwicklung
Aus der Nacht gut in den Tag führen

IAOUE
Laute kleiner werdend

Vokale auf Formen bewegen
Neigen mehr zur Rachitis
Salzprozeß und Abbautendenz einleiten
Kühle, Salz, Blei
Wurzeln

Kleinköpfig

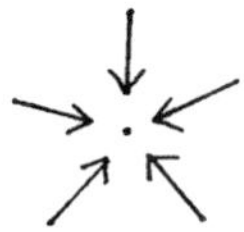

Unterliegen mehr der Vererbung

Aus dem Tag gut in die Nacht führen

BMDLG

Konsonanten im Stehen
Neigen mehr zum Vertrocknen
Zuckerprozeß und Aufbautendenz einleiten
Wärme, Zucker, Silber
Blüten

Großköpfige Kinder

Formen, die kleiner werden, zeichnen und ausführen lassen
IAO

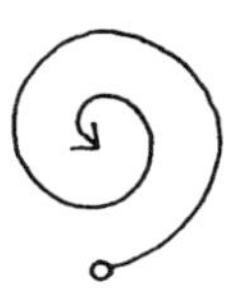

IAOUE kleiner werdend

---

[9] Vergl. Kapitel «Grundlagen einer konstitutionell-pädagogischen Kindertypologie. Das ‹großköpfige› und das ‹kleinköpfige› Kind».

U

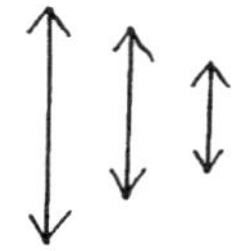

U nach oben
U nach unten

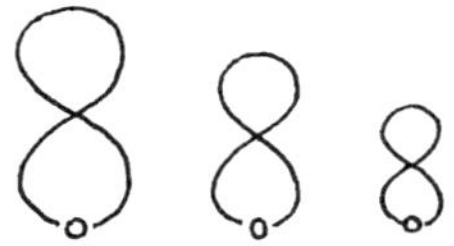

E – I E A

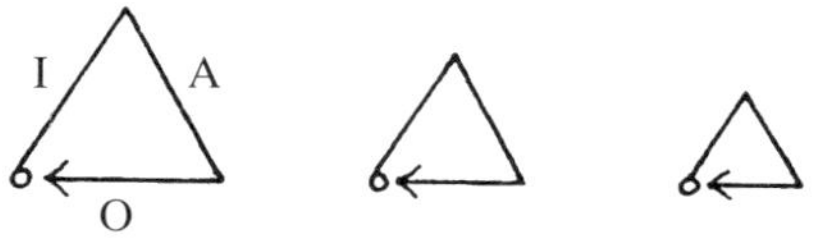

I A O der Nase nach

I
E
A

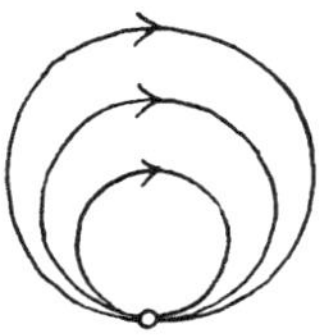

O
U

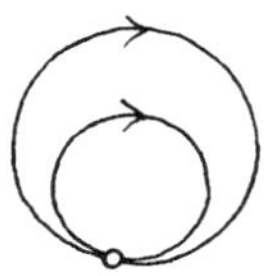

A und E im Sprung
Ich bin da
Vokalformen für mehrere, aber auch zu zweien:

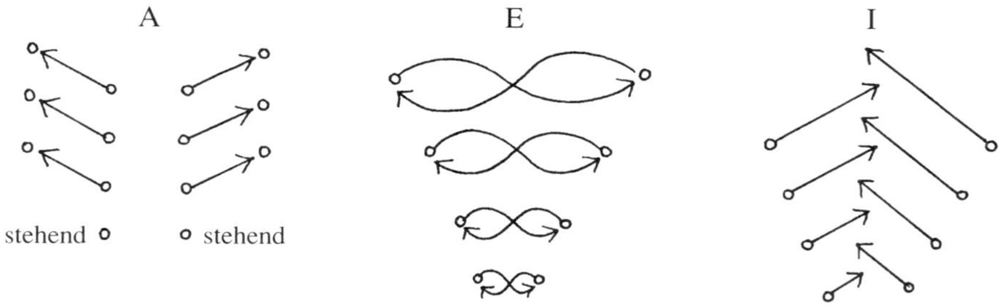

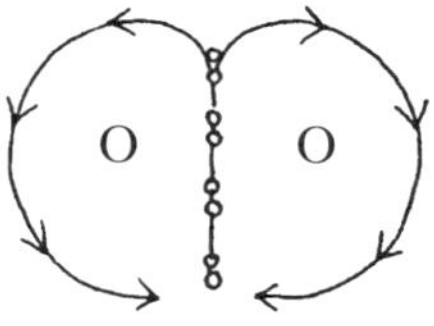

Jeder geht ganz bis nach vorn, bevor er sich in den rückwärtigen Kreis begibt

U

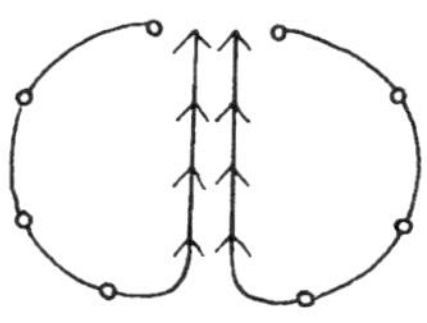

Nun kann man wieder beginnen mit A E I O U. Hierbei nicht zurück

TAO

I A O

B M D L G

Evolutionsreihe im Stehen: zuerst mit den Händen, dann mit den Armen

L wachsend auf 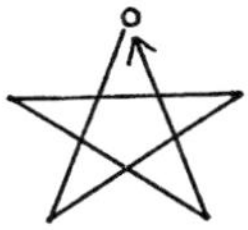 und 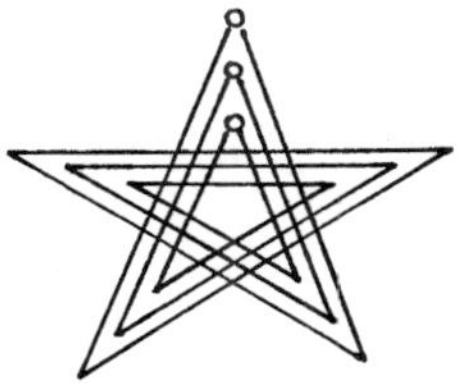 größer werdend

und auf 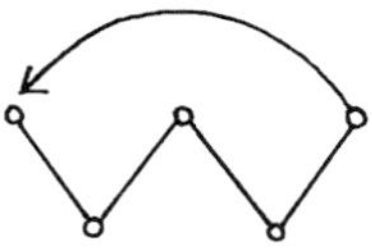

T L M
Liebe-E
Für Schwachbegabte:

R L S I (stehend)

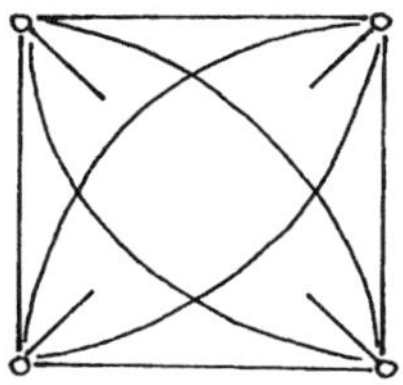

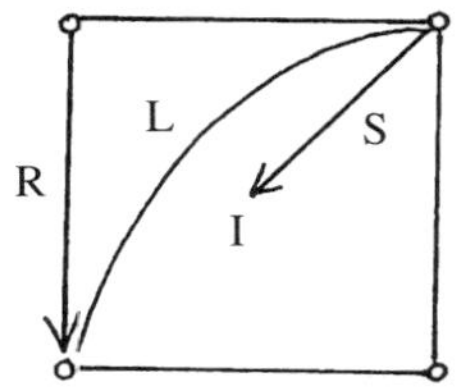

A E A springen
«Ich bin da» springen (Rechnen)
Geschicklichkeits-E
Ja – Nein
Sympathie – Antipathie
Liebe-E

Füße

Knick-, Senk- und Spreizfüße

I A O
– U – – I –

in 12 Zeiten sich auf Zehen erheben
in 12 Zeiten auf Fersen senken

12- bis 16mal wippen, herauf – herunter
1. Wippen von den Zehen zur Hacke
2. Auf den Zehen vorwärts gehen
3. Auf den Hacken rückwärts gehen
Füße vor – zurück, L dazunehmen, zur Ich-Linie erweitern, zum Oval erweitern, zum Kreis erweitern
Gegensätze mit den Füßen N M / B S / A U
Dasselbe im Sitzen mit beiden Füßen
Ballen und Spreizen im Sitzen
Mit den Füßen Kugeln in einen Karton werfen
L im Schaukelschritt
Schreiten vor – zurück – seitwärts
Über dem Stab Füße rollen[10]

Mit Kupfersalbe Sohlen einreiben

Kalte Füße

Vokale mit den Füßen, außerdem L (aber nicht mit den Füßen)

---

[10] Anregung für die Stabübung aus: Rudolf Steiner, *Die Wissenschaft vom Werden des Menschen,* GA 183, Dornach ²1990.

O- und X-Beine

O-Beine

I A O
C mit Vorbewegung
Vokale –A– –I– –U– je nachdem
T mit X-Beinen, man strömt sich neue Lebenskräfte zu
L mit X-Beinen
M im Schreiten mit Unterschenkeln
T L M
M U T
Liebe-E

X-Beine

I A O
Im Schreiten: rechts und links L mit den Knien
Vokale –U– –I–
B im Stehen und Gehen
S im Stehen, im O-Sprung, im Gehen, im Sitzen und im Schwingen
M U T
Liebe-E

Haltungsschwäche

Energietanz

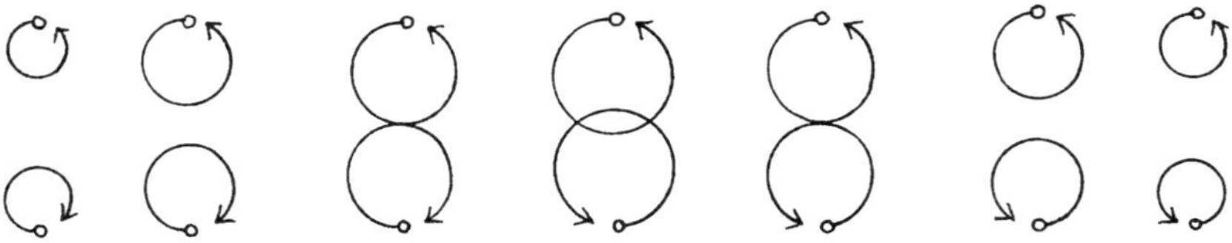

A	E	I	L	I	O	U
einzeln	einzeln	berühren	um-schließen	berühren	einzeln	einzeln

Vokalübungen mit Raumformen:

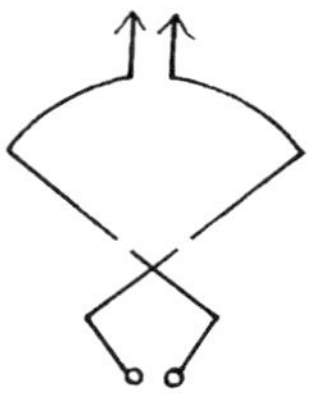

U
O
I
E
A

«Ich bin da»

Übungen auf Schwebebalken

T I A O A I T

S	L	R	M	Laute der Elemente (Ich-stärkend)
Feuer	Wasser	Luft	Erde	

Evolutionsreihe
S schwingen
Gegensätze überhaupt: Ja – Nein / Sympathie – Antipathie / Ballen – Spreizen
Wechsel der Rhythmen und Formen, also Gegensätze, stärken das Ich

Haltungsschäden vorbeugen

Mit Stäben vorbereiten
Verschiedene Lemniskaten-Übungen in den 3 Raumesrichtungen
Dann: Stab unten, Stab nach vorn gestreckt, etwa in Schulterhöhe heranziehen zum Schlüsselbein, und denselben Weg zurück
Stabübungen Lemniskaten
–I– oder –U–, je nachdem
I an der Wand
3mal L → I – ohne Arme im Stehen
3mal L → I – im Sprung hoch
3mal L → I – mit Kniebeuge

3mal wachsendes L, I rechts, I links
U nach vorn schwingen, A zurück, Arme nach oben
S nur in der Gestalt
L horizontal beginnen, immer mehr heben
Anschließend L – M im Schreiten
L – M mit den Schultern
S die Wirbelsäule nachfühlen, aus dem rhythmischen R kommend
C – D eventuell mit Vorbewegung
G↑ S↓
R nur mit dem Rücken, übergehen ins rhythmische R
L M G A bei Kurzsichtigen, um mehr die Schulterpartie zu lockern und zu befreien
S im Schwingen
T U B A durch den ganzen Körper
T I A O A I T Spiegelbild
W mit Vokalen vor- und hinterher
«Feierlich» re und li, anschließend:
  Sagittales L
  Wachsendes L
  Ballen und Spreizen
  A-Verehrung
  Übungen auf dem Schwebebalken

Fehlende Senkung der Hoden (Kryptorchismus)

I A O, dabei das A mit Kniebeuge
A mit Armen nach oben, im U zusammenziehen bis in die Unterarme und so in die Kniebeuge

A im Springen  Stellung halten

«Ich bin da», A – E – A im Springen
E mit den Daumennägeln klirren
Mit Sitzbädern unterstützen
P-Sprung
Kiebitzsprung
A-Sprung – einmal rechts abspreizen
einmal links abspreizen
I im Bein nach vorn und so in die Kniebeuge, abwechselnd oder die entsprechende Seite
T U B A

Fettsucht (Adipositas)

IAO oder TAO
Außer dem –O– noch R S L zum Dünnwerden
Rat Rudolf Steiners: eventuell noch ½ Stunde früher aufstehen, als man möchte

Zum Dünnwerden in einem spezifischen Fall:
R S L – 3 Tage lang, dann 4 Tage ruhen lassen

Ich schaue auf und Gott behüte mich:

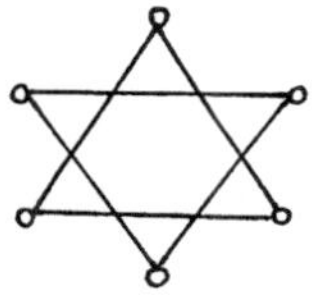

Es sucht mich mein Stern,
und hab ich ihn gern,
so findet er mich:

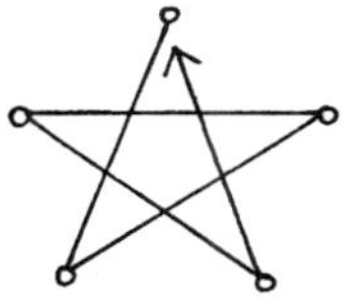

Die Tendenz zum Dickwerden ist nicht einfach zu behandeln. Ich arbeite mit:

Kiebitzschritt
Bei dominierender Mutter: B
U statt O
Trochäus – ∪
– ∪ – ∪ ∪ – ∪ ∪ ∪ usw. mit O
Geometrische Formen
Konzentrationsübungen
R L S O – große Bewegungen; kleinere Bewegungen mit den Fingern; mit den Beinen
Für den Stoffwechsel: R; L mit Schaukelschritt
S im Schwingen, im Gehen, im Sitzen, auch klassisch, eventuell Verdauung anregen
TAO

Wirbelsäule

Seitliche Verbiegung (Skoliose):
Skoliose-L mit anschließendem I im Sprung
Auch Brust-L (wie «schwimmen»)
– ∪ ∪ – ∪ mit L und I
I einmal rechts und einmal links

Beckenschiefstand:
L mit den Beinen

Rundrücken (Kyphose), Scheuermann (juvenile Kyphose):
L nach hinten
M nach vorn
N nach hinten
R nach vorn

Alterskyphose in mittlerer Brustwirbelsäule:
– U –; U im Sitzen («Pharaositz»)
I und U sind die Hauptlaute
Freude hebt uns
Kummer drückt uns } Wirbelsäulenprobleme:

Lendenwirbelsäule	rechts – links
Brustwirbelsäule	vorn – hinten
Halswirbelsäule	oben – unten

Kyphose (Buckel):
Schreiten
L M
L nach vorn
M nach hinten
L mit den Schultern
M mit den Schultern
R mit dem Rücken im Stehen und Sitzen
S auf die Ich-Linie von oben nach unten, groß beginnen, schmaler und kleiner werden

Lebererkrankungen können sich auch als Schmerzen bis in die Wirbelsäule und den Kreislauf verdichten (kalte Hände und Füße)

Bandscheibenerkrankungen entstehen nicht nur durch Überanstrengung, sondern auch durch innere Schocks
LWS-Patienten mehr vorn auf dem Fuß stehen lassen

L M N R:
L in vielen Variationen
M ebenfalls
M auch mit dem Kopf nach vorn
N zurück mit dem Kopf
N auch mit den Händen, Füßen und Schultern
R

L M B S:
Skoliose-L in M nach unten übergehen, anschließend B
Kopfbewegung mit der Schulter zusammen ergibt auch ein B
S vor und hinter dem Körper von unten nach oben

Progressive Bandscheiben-Erkrankung «Scheuermann»:

– I –
D C L M

Polaritäten anregen
Ballen und Spreizen; Ja – Nein
Innere Leere, Trauer, Unzufriedenheit sind oft Ursache für Wirbelsäulenschäden
L R
L M G A um den Kopf
Stab im Liegen nach oben führen im U
L C D T

U im Stehen, dann U zur Mitte führen

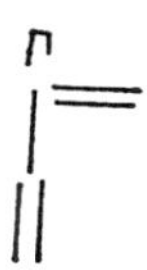

Alles Lösende

Wirbelerkrankungen bis zu Bandscheibenschäden:
– I –
Schreiten
M I
Lumbalgegend: R M   D C
Charakter des M beachten

L M N R um den Nacken herum
A-Verehrung

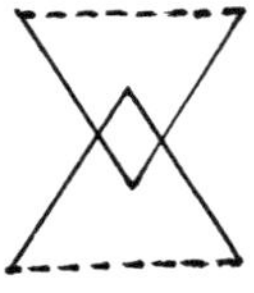

Licht strömt aufwärts
Schwere lastet abwärts

Hyperkinetisches Syndrom

Es ist schwer, an unruhige Kinder heranzukommen. Sie müssen spüren, daß man sie lieb hat. Ihr Betragen nicht moralisch nehmen, sondern als eine Krankheit, zu deren Gesundung man helfen möchte. Ab und zu ein Einzelgespräch mit ihnen führen; konsequent sein.

I A O sehr viel langsamer werden bzw. langsam aufhören. Beim Langsamerwerden verbindet man den Menschen mit sich, beruhigt.
Schnell langsam werden.
links physisch
rechts geistig
Jambus – klassisch:
Zuerst mit A, dann mit allen Vokalen vor- und rückwärts, man geht vom Kranken (∪) aus und führt zur Gesundung (–)
Jambus in Moll komponieren

Von Rudolf Steiner stammt die Angabe: Man solle vom tänzelnden Anapäst zum Jambus übergehen ∪ ∪ – ∪ – ∪ ∪ – ∪ – (von der Bewegung zur Ruhe), und für nervöse Kinder und Sanguiniker solle man einen Spruch ausführen, der in seinen kurzen Zeilen von einem kräftig betonten Wort am Beginn der Zeile zu einem ebenso stark betonten Wort am Zeilenende hinstrebt:
– ∪ ∪ – – ∪ –

Klarer Strahl – ∪ –
Fall ins Tal – ∪ –
Schaffe Ruh – ∪ –
Kraft zur Tat[11] – ∪ –

Regen tropft – ∪ –
auf das Dach – ∪ –
Wie es klopft! – ∪ –
Bist du wach?[12] – ∪ –

---

11 Hedwig Diestel.
12 Albert Steffen.

Dann gab Rudolf Steiner die beruhigenden Laute
D – F – G – K – H – R mit dem Rhythmus:
∪ ∪ – / ∪ ∪ – / ∪ ∪ – / – / – /

D F G K H
jeweils auf einen
Pentagrammweg

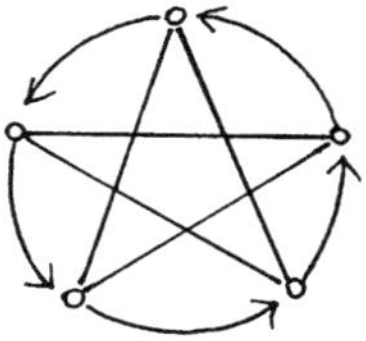

R auf Bogen
je einen Platz weiter

Friedenstanz
und «Ich und Du»

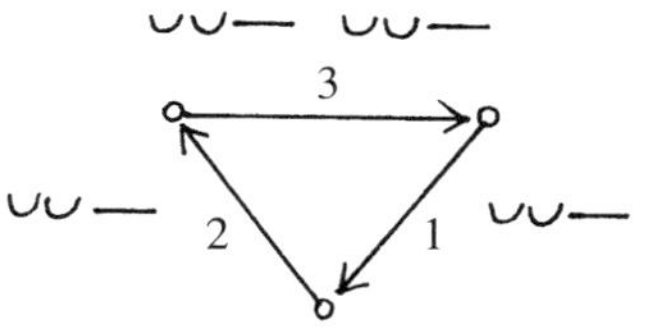

Gehen und sprechen zugleich stärkt den Willen: laut, normal, leise, flüstern, denken, normal, zum Beispiel:
«Nun merke und messe die Mächte der Welt,
Sie mutig zu meistern bist Mensch du bestellt.»[13]

Auch gut für Stotterer
Überhaupt wirken Rhythmen und Konzentrationsübungen ordnend
1. ∪ – / ∪ – – / ∪ – – – / ∪ – – – –
2. ∪ – / ∪ ∪ – / ∪ ∪ ∪ – / ∪ ∪ ∪ ∪ /
3. 1 / 1 2 / 1 2 3 / 1 2 3 4 / 1 2 3 4 5
   vor und zurück
4. 1 vor 1 zurück / 1 2 vor 1 zurück / 1 2 3 vor 1 zurück usw.
   auch vor- und rückwärts
5. 2 Schritte gehen, 1 Schritt anschließen, «Schluß machen»

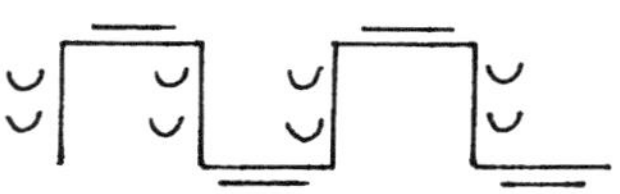

usw.

Viereck-Musik

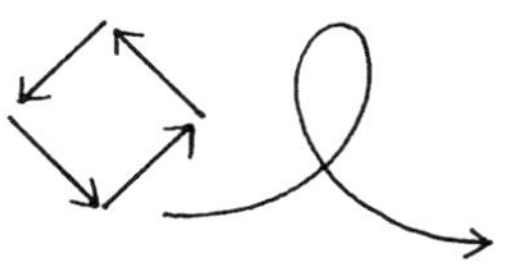

[13] Hedwig Diestel.

Auf Ich-Linien:
U N B – U↑ N↓ B im Stehen
E U U – im Stehen E U↑ U↓
E U N – im Stehen E U↑ N↓

e l l U O K M

↓ ↓

Sprung beruhigend darüberlegen

Vokale im Springen
Vokale rückwärts
Stabübungen um das Knie
M I L D E
eventuell – E –
Manchmal andere Worte benützen:
Liebe – Mut – Friede – Gnade – Amen
A-Verehrung

Wachstumsstörungen

Größenwuchs:
I A O
Trochäus mit A – E
A – E im Springen

L – M

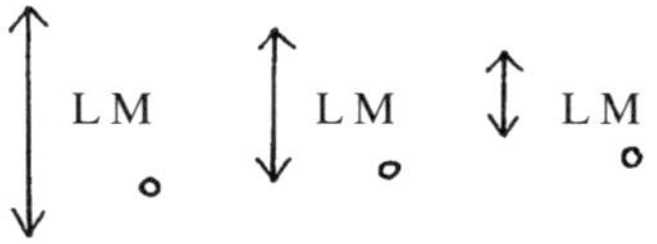

immer kleiner werdend
o = M im Stehen

N – E dasselbe

A – E auf

T I A O A I T
T A B E herunterführen
T A O
Liebe-E

Zu große Kinder das D so ausführen lassen, daß es immer kleiner wird, dabei gleichzeitig immer mehr in die Knie gehen, also auch kleiner werden

L	m n	R
groß ausführen	klein ausführen	wieder groß ausführen

3mal M

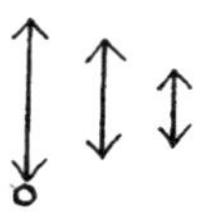

N E NE NE

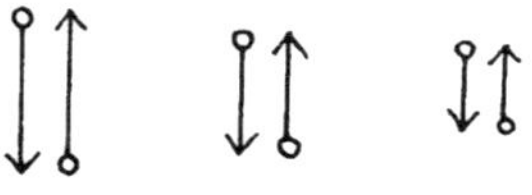

I A O
L M S U S nach oben
Eventuell auch F

S U L A:
1. S mit den Füßen
   U mit den Füßen abwechseln
   Fuß von oben am anderen Bein nach unten führen
   U-Sprünge «im Kreuz»
   L mit rechtem und linkem Fuß abwechseln
   A in Sprüngen

2. rechtes Bein hebt sich im S und macht U nach unten
   linkes Bein macht L und stellt sich ins A
   linkes Bein macht S nach oben und U nach unten
   rechtes Bein macht L und stellt sich ins A
   usw.
   S mit beiden Armen nach oben und mit einem Bein
   U mit beiden Armen nach oben und mit einem Bein, dasselbe mit der anderen Seite. Diese Übungen auch mit L – A

Andere Version
S U L A:
1. mit den Armen alles nach unten
2. mit den Beinen
3. beides zusammen

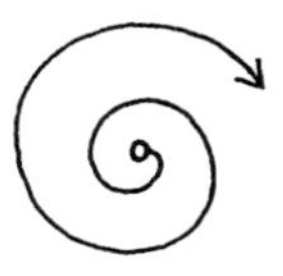

mit E A und O U im Jambus

Licht strömt aufwärts
Schwere lastet abwärts

Schlafschaukler – Einschlafstörung

Ich riet den Müttern, am Abend länger am Bett zu sitzen, bis das Kind ohne Schaukeln einschläft, ihm zum Beispiel Märchen vorzulesen und dabei die Stimme immer leiser werden zu lassen. Die Phantasie wird noch andere Möglichkeiten finden. Vor allem sollte man eine Hülle schaffen, in der das Kind sich wohl fühlt.

Bei blinden Kindern kann man oft Schlafschaukler finden; bei ihnen ist ja der Kontakt mit der sichtbaren Umwelt gestört.

Rudolf Steiner gab für diese Kinder die Reihe

I S R

linker Arm I	rechter Arm I
linker Arm S	rechter Arm S
linker Arm R	rechter Arm R

Ich nahm das S jeweils von oben nach unten und steigerte beim rhythmischen R vom langsamen zum schnellen Rhythmus (macht wach und bewußt) und ging sogar zum Sprung über, indem ich dabei hin- und hersprang.

Zähne

Wie die bleibenden Zähne die Milchzähne verdrängen, so schiebt die Individualität die Erblichkeit von sich weg.
Schneidezähne – Nerven-Sinnes-System
Zwei Eckzähne – rhythmisches System
Backenzähne – Stoffwechselsystem

Geschickte Bewegungen mit den Gliedern, besonders mit den Fingern und Zehen, unterstützen die Qualität der bleibenden Zähne.
Metamorphose des Magens, Dünndarms = Zunge
Metamorphose des Dickdarms = Zahnbögen
Metamorphose des Blinddarms = Tonsillen

Zweite Zähne:	I	II	III	IV	V	VI	VII	VIII
Jahre:	7	7½–8	13	9½	13½	6½	14	21

Auseinanderstehende Schneidezähne heißt: «gedanklich fällt etwas durch». Wenn Eckzähne zu spät kommen, ist oft zu schwaches Gefühl vorhanden.

Rhythmen

L – A für die oberen Zähne
L – O für die unteren Zähne

Man kann das «klassische» L und das «klassische» A machen. Man kann es auch variieren: mit einem A oben, A in der Mitte, A unten, oder drei L und ein A

Man kann die Übung auch anderweitig anwenden, zum Beispiel, wo das «Apollinische» gestärkt werden soll
– G –
– K –

Lymphatische Konstitution / Infektanfälligkeit

Im *Heilpädagogischen Kurs* führt Rudolf Steiner zur Heileurythmieübung L M S U aus: «Es ist auch da die Anschauung zugrunde liegend, daß das Gestaltende, das sich Anschmiegende in die Beweglichkeit des Astralleibes hineinkommt, dem M entgegenkommt. Das M ist dasjenige, was, wie ich Ihnen gesagt habe, den ganzen Organismus in die Ausatmung hineinlegt, so daß sich dadurch astralische und ätherische Organisation begegnen sollen. Das S ist dazu da, um den Astralleib in eine starke, lebendige Tätigkeit zu versetzen, aber doch so, daß er an sich hält, und dazu ist dann das U.» [13]

L	Verdichtung – Lösung
	Materie überwindende Formkraft
	Schwere – Auftrieb – Umkreis
	Lösendes – Wärmendes
	Lichthaftes – aus dem «Dunkeln», aus der Schwere
M	ausatmen, bejahen, verstehen, segnen
S	feurig – auflösend, formend – gestaltend, ordnend
U	Erde und Himmel verbindend, zusammenziehend, erwärmend
L M S U	(Wasser – Erde – Feuer) kleiner werdend:

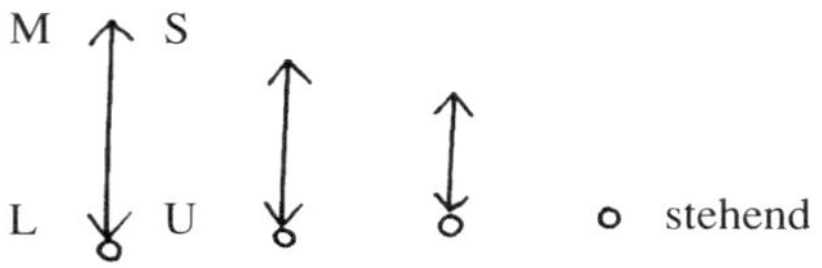

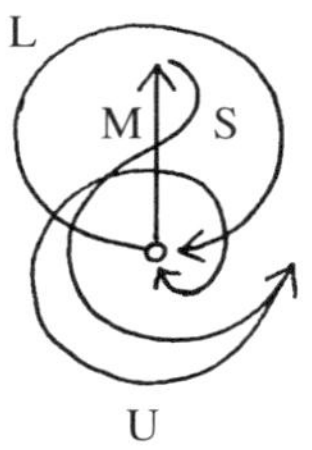

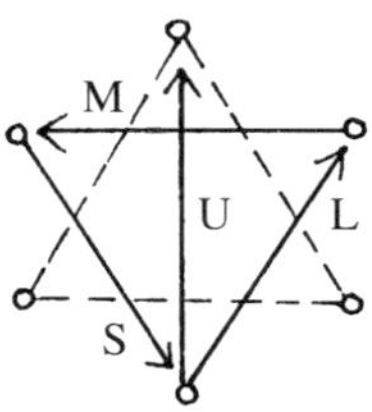

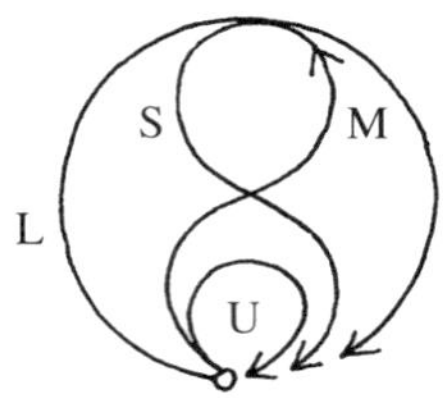

T U B A variieren je nach Kind
Eventuell manchmal R L S I

---

13 Rudolf Steiner, *Heilpädagogischer Kurs,* GA 317, Dornach ^{8}1995, Vortrag vom 6. Juli 1924.

Asthma

L A O U M
(Diese Übung ist nicht von Rudolf Steiner. Sie ist nur gutgeheißen worden.) Man ist dabei von A U M ausgegangen.[14]

Bei leichten Fällen kann man die Übung größer ausführen, bei schwereren kleiner; man muß mit dieser Übung individuell und sehr vorsichtig umgehen.

Schreiten mit den Vokalen.
Schreiten mit M im Schienbein; zurück: Wadenbein spüren; es ist dabei ein großer Unterschied zum richtigen Schreiten.

L A O U M :
im A etwas zurück und O U nach vorn, M;
diese Reihe auf die harmonische Acht oder auf das Pentagramm.

---

[14] Siehe Rudolf Steiner, *Das Sonnenmysterium und das Mysterium von Tod und Auferstehung*, GA 211, Dornach ²1986, Vortrag «Die Erkundung und Formulierung des Weltenwortes in der Ein- und Ausatmung» vom 1. April 1922.

ANHANG

Übersicht über die schulärztliche Fortbildung am Goetheanum

Seit Herbst 1978 treffen sich die Schulärzte, die an Waldorf- und Rudolf Steiner Schulen tätig sind, einmal im Jahr zum Erfahrungsaustausch in der Medizinischen Sektion am Goetheanum. Die Pionierzeit der ersten Waldorfschulärzte, beginnend mit Eugen Kolisko und dessen Nachfolger Gisbert Husemann, gefolgt von weiteren Kollegen wie Rudolf Braumüller, Hanno Matthiolius, Walter Holtzapfel, war vorbei. Es galt jetzt, die Grundlagen dieses Berufsbildes auf breiterer Basis zu erarbeiten und einem größeren Kollegenkreis zugänglich zu machen.

Das Interesse in der Ärzteschaft für diesen neuen Aufgabenbereich war gewachsen, und es stellte sich die Frage nach einer möglichen Ausbildung zum Schularzt an der Waldorfschule. Wie lernt man als Arzt, sich mit seinem medizinischen Wissen dem pädagogischen Auftrag der Lehrer zu verbinden? Wie kann Medizin gleichsam zur Hilfswissenschaft der Pädagogik werden? Dies waren die Fragen, die die Kollegen zur gemeinsamen Arbeit zusammenführte. Daraufhin entstand eine regelmäßige Einrichtung zur Weiterbildung auf schulärztlichem Feld am Goetheanum.

Dabei ist interessant, daß die Initiative zu dieser Arbeit von drei Berufsanfängern ausging, die zum Teil gerade erst ihr Medizinstudium abgeschlossen hatten und sich auf die schulärztliche Tätigkeit vorbereiten wollten. Es waren dies Claudia McKeen, Erika Götte und Michaela Glöckler, die bis heute die Fortbildungsarbeit mitgestalten.

Im folgenden werden die Programme dieser Zusammenkünfte zur Kenntnis gegeben – zum einen aus historischen Gründen und zum anderen zur thematischen Anregung von medizinisch-pädagogischen Konferenzen und regionalen schulärztlichen Zusammenkünften.

Auf den seit einem Jahr nach langer Pause wieder erscheinenden Rundbrief *Medizinisch-pädagogische Konferenz*[1] sei insbesondere hingewiesen. Er ist ein Kommunikationsorgan für Ärzte und Lehrer und erscheint in freier Folge etwa drei- bis viermal jährlich.

---

1 Herausgegeben von Jörn Buldmann, Peter Fischer-Wasels und Claudia McKeen. Bestellungen: Ursula Hanke, Hieberstr. 36, D-70567 Stuttgart, Fax 0711 7199512

Bisher sind 5 Hefte erschienen, u.a. mit Beiträgen zu den Themen: Der Beruf des Schularztes, Die Bothmergymnastik medizinisch-pädagogisch gesehen, Zur Suchtproblematik, Linkshändigkeit, Chirophonetik, Sprachgestaltung an der Schule, Hyperkinetisches Syndrom, Sport – ein Religionsersatz?, Zur Überprüfung der Rechenreife.

Themen für die nächsten Hefte sind: Fragen zur gestützten Kommunikation, Säuglingsernährung – nur noch vitaminiert, Zum Eurythmieunterricht, Pentatonik und Choroi-Flöten in den ersten Schuljahren. Außerdem wird regelmäßig von aktuellen Tagungen und Kolloquien berichtet.

Mitteilung der Medizinischen Sektion am Goetheanum

Schularztausbildung

Innerhalb des Medizinischen Seminars der Freien Hochschule für Geisteswissenschaft, welches in der Ärztlichen Fortbildungsstätte der Lukas-Klinik in Arlesheim vom 2. Oktober bis 16. Dezember 1978 stattfinden wird, werden drei Tage dem Thema „Schularzttätigkeit" gewidmet sein. Dieser Kurs wird vom Montag, dem 20. November 1978, bis Mittwoch, den 22. November 1978 dauern und von den Schulärzten Dr. Rudolf Braumiller, Stuttgart, Dr. Walter Holtzapfel, Arlesheim, und Dr. Hanno Matthiolius, Stuttgart, getragen werden.

An diesem Kurs, der jedes Jahr zur gleichen Zeit wiederholt wird, können auch Ärzte und Medizinstudenten teilnehmen, die nicht für das Medizinische Seminar angemeldet sind.

Anmeldung bitte an Ärztliche Fortbildungsstätte Lukas-Klinik. Unterkunft über das Wohnungsbüro am Goetheanum.

Dr. med. Friedrich Lorenz

S c h u l ä r z t e - S e m i n a r

2o. - 22.11.1978

Zeit	Montag 2o. November	Dienstag 21. November	Mittwoch 22.November
o8.oo- o9.3o	Dr.Matthiolius: Grundsätzliches zum Schularzt-Thema	Dr.Holtzapfel: Schulkrankheiten	Dr.Braumiller: maniakalische Kinder, Schulsprechstunde
o9.45- 11.15	Dr.Braumiller: Anorexianeurosen	Dr.Matthiolius: grossköpfig / klein-köpfig, ... Rhytmus	Dr.Holtzapfel: Schulkrankheiten
11.45- 12.3o	Gespräch zum Tagungsthema	Gespräch zum Tagungsthema	Gespräch zum Tagungsthema
16.oo- 18.oo	Rundgespräche, schulärztliche Fragen, Temperamente, Kindertypen.	Rundgespräche zu schulärztlichen Themen	Rundgespräch

Mitteilung der Medizinischen Sektion am Goetheanum

Einladung zur Schulärzte-Tagung vom 5. bis 7. November 1979 im Goetheanum, Dornach

8.30–9.30 Uhr:	Arbeit an dem Zyklus *Allgemeine Menschenkunde*, 1. und 2. Vortrag, von Rudolf Steiner.
10 –12 Uhr:	Seminaristische Arbeit über Konstitutionstypen und Konstitutionstherapie.
15 –16 Uhr:	Heileurythmie.
16.30 Uhr:	Aufgaben des Schularztes; Schulärztliche Diagnostik; Kriterien der Schulreife; Kindervorstellung.

jeweils Montag und Dienstag
20 Uhr: Fragen aus der Schularztpraxis.

Die Mitarbeit haben zugesagt: *Dr. Johannes Bockemühl, Dr. Rudolf Braumiller, Dr. Johannes Mensching, Dr. Otto Wolff, Lasse Wennerschou.*

Diese Tagung findet statt für Schulärzte und an der schulärztlichen Tätigkeit interessierte Kollegen.

Bitte melden Sie die Teilnahme in der Medizinischen Sektion am Goetheanum an. Quartiere vermittelt das Wohnungsbüro am Goetheanum.

Dr. med. Friedrich Lorenz

Medizinische Sektion am Goetheanum

Einladung zum Schulärzte-Treffen

Diese Tagung findet statt vom Montag, 10. November, bis Mittwoch, 12. November 1980, im Goetheanum. Es sind ausser den bereits tätigen Schulärzten alle Kollegen und Studenten der Klinischen Semester, die an schulärztlichen Fragen interessiert sind, herzlich eingeladen. Bitte bringen Sie Eurythmie-Schuhe mit.

Montag, 10. November

9 – 10.30 Uhr	Vortrags-Arbeit: «Allgemeine Menschenkunde», 2. Vortrag, unter Berücksichtigung folgender Vorträge: «Erziehungskunst», Seminar-Besprechungen, 2. Vortrag; «Erziehungskunst», Methodisch-Didaktisches, 2. Vortrag.
11 – 12.30 Uhr	*Dr. med. Otto Wolff:* Substanz-Betrachtung: «Die Verwendung tierischer und pflanzlicher Gifte in der Konstitutionstherapie».
14.30–15 Uhr	Heileurythmie mit *Lasse Wennerschou.*
15 –16 Uhr und 17 –18.30 Uhr	*Wolfgang Schad:* «Die Konstitutionstypen und die Rassen».
20 Uhr	Aktuelle Fragen aus dem Schularztbereich, Aussprache mit *Dr. med. Otto Wolff.*

Dienstag, 11. November

9 –10.30 Uhr	Vortrags-Arbeit wie Montag.
11 –12.30 Uhr	*Dr. med. Johannes Bockemühl:* «Das schwierige Kind».
15 –16 Uhr	Heileurythmie mit *Lasse Wennerschou.*
16.30–18.30 Uhr	*Dr. med. Olaf Koob:* «Probleme der Drogensucht».
20 Uhr	Aussprache mit *Dr. med. Otto Wolff.*

Mittwoch, 12. November

9 –10.30 Uhr	Vortrags-Arbeit wie Montag.
11 –12.30 Uhr	*Dr. med. Hermann Hoffmeister:* «Zahnstellung und Menschwerdung».
15 –16 Uhr	Heileurythmie mit *Lasse Wennerschou.*
16.30–18.30 Uhr	Fortsetzung der Ausführungen von *Dr. med. Hermann Hoffmeister.*

Bitte melden Sie Ihre Teilnahme bei der Medizinischen Sektion am Goetheanum an. Quartiere vermittelt das Wohnungsbüro am Goetheanum.

Dr. med. Friedrich Lorenz

Mitteilung der Medizinischen Sektion am Goetheanum

Einladung zur Schulärzte-Tagung
Montag, 26. Oktober bis Mittwoch, 28. Oktober 1981

Zur Schulärzte-Tagung sind ausser den bereits tätigen Schulärzten alle Kollegen und Studenten der klinischen Semester, die an schulärztlichen Fragen interessiert sind, herzlich eingeladen.

Montag, 26. Oktober

9 – 10.30 Uhr:	Vortragsarbeit: «Allgemeine Menschenkunde», 3. Vortrag, unter Berücksichtigung der parallel dazu gehaltenen Vorträge über Erziehungskunst, Seminarbesprechungen, 3. Vortrag; Erziehungskunst, Methodisch-Didaktisches, 3. Vortrag.
11 – 12.30 Uhr:	*Dr. med. Otto Wolff:* «Kosmische Ernährung».
15 – 16 Uhr:	Heileurythmie mit *Lasse Wennerschou.*
16.30–18.30 Uhr:	*Dr. med. Rolf Gimmi:* «Erfahrungen aus der Schularzttätigkeit in der Internatsschule».
20 – 21.30 Uhr:	Aussprache über aktuelle schulärztliche Fragen.

Dienstag, 27. Oktober

9 – 10.30 Uhr:	Vortragsarbeit (siehe Montag).
11 – 12.30 Uhr:	*Dr. med. Otto Wolff:* Fortsetzung Vortrag.
14.30–15.15 Uhr:	Heileurythmie mit *Lasse Wennerschou.*
15.30–16.30 Uhr:	*Wolfgang Schad:* «Zum Stand des Problems der ‹motorischen Nerven› ».
17 – 18.30 Uhr:	Zur geisteswissenschaftlichen Lösung des Problems.
20 – 21.30 Uhr:	Aussprache

Mittwoch, 28. Oktober

9 – 10.30 Uhr:	Vortragsarbeit (siehe Montag).
11 – 12.30 Uhr:	*Dr. med. Felix Baur, Lasse Wennerschou:* «Aus der Praxis des Schularztes», Vorstellung von Kindern.

Unkostenbeitrag Fr. 60.–. Wir bitten unbedingt, die Teilnahme der Medizinischen Sektion am Goetheanum bekanntzugeben. Quartiere vermittelt das Wohnungsbüro am Goetheanum. Bitte bringen Sie Eurythmieschuhe mit.

Dr. med. Friedrich Lorenz

Medizinische Sektion am Goetheanum

Einladung zur Schulärzte-Tagung

Vom 1. bis 3. November 1982 findet wiederum die Schulärzte-Tagung am Goetheanum in Dornach statt. Ausser den bereits tätigen Schulärzten sind alle Kollegen und Studenten der klinischen Semester, die an schulärztlichen Fragen interessiert sind, zu dieser Tagung eingeladen.

Montag, 1. November

9.00– 9.15 Uhr	Eurythmie
9.30–10.45 Uhr	Vortragsarbeit: *Allgemeine Menschenkunde*, 4. Vortrag (unter Berücksichtigung der parallel dazu gehaltenen Vorträge aus *Erziehungskunst* (Seminarbesprechungen, 4. Vortrag; Methodisch-Didaktisches, 4. Vortrag).
11.00–12.30 Uhr	*Dr. Rudolf Braumiller:* Hygienische Fragen der Unterrichts- und Stundenplangestaltung (I).
15.15–16.00 Uhr	Heileurythmie mit Lasse Wennerschou.
16.15–18.30 Uhr	*Wolfgang Schad:* Praktische Hausmedizin und goetheanistische Anthropologie: vom Aufbau des Menschenkundeunterrichtes im Lehrplan der Waldorfschule.
20.00–22.00 Uhr	*Dr. Friedhelm Sahm:* Kinderbesprechungen, therapeutische Aussprache.

Dienstag, 2. November

9.00– 9.15 Uhr	Eurythmie
9.30–10.45 Uhr	Vortragsarbeit (siehe Montag)
11.00–12.30 Uhr	*Dr. Michaela Glöckler:* Hygienische Fragen der Unterrichts- und Stundenplangestaltung (II).
15.15–16.00 Uhr	Heileurythmie mit Lasse Wennerschou.
16.15–18.30 Uhr	*Dr. Alfred Baur:* Neue Wege auf dem Gebiete der Sprachtherapie.
20.00–22.00 Uhr	*Dr. Walter Holtzapfel:* Autismus, therapeutische Aussprache.

Mittwoch, 3. November

9.00– 9.15 Uhr	Eurythmie
9.30–10.45 Uhr	Vortragsarbeit (siehe Montag)
11.00–12.30 Uhr	*Dr. Arnd Oltmann:* Zahnbildung – Fluorprozesse.

Unkostenbeitrag Fr. 60.–. Wir bitten unbedingt, die Teilnahme der Medizinischen Sektion am Goetheanum bekanntzugeben. Quartiere vermittelt das Wohnungsbüro am Goetheanum. Bitte Eurythmieschuhe mitbringen.

Schulärzte-Tagung

Vom 31. Oktober bis 2. November 1983 findet am Goetheanum in Dornach wiederum die Schulärzte-Tagung statt. Ausser den bereits tätigen Schulärzten sind alle Kollegen und Studenten der klinischen Semester, die an schulärztlichen Fragen interessiert sind, zu dieser Tagung eingeladen.

Montag, 31. Oktober

8.15- 8.45 Uhr:	Eurythmie.
9-10.30 Uhr:	Vortragsarbeit: *Allgemeine Menschenkunde*, 5. Vortrag (unter Berücksichtigung der durch Rudolf Steiner parallel dazu gehaltenen Vorträge: Erziehungskunst. Seminarbesprechungen: Erziehungskunst. Methodisch-Didaktisches. 5. Vortrag).
11-12.30 Uhr:	*Dr. Michaela Glöckler:* Stundenplangestaltung, Unterrichtshygiene und Lehrplan.
15-15.45 Uhr:	Heileurythmie.
16-18.30 Uhr:	*Wolfgang Schad:* Die Behandlung der Embryologie im Unterricht der 12. Klasse der Waldorfschule.
20-22 Uhr:	*Paul Schaub:* Erfahrungen aus dem Musikunterricht an einer Rudolf Steiner-Schule im Hinblick auf die Vortragsarbeit am Vormittag.

Dienstag, 1. November

8.15-12.30 Uhr:	Fortsetzung der Morgenarbeit vom Montag.
15.15-16 Uhr:	Heileurythmie.
16.15-18.30 Uhr:	Berichte aus der schulärztlichen Tätigkeit. Therapeutische Aussprache.
20-22 Uhr:	*Dr. Friedrich Lorenz:* Krankheit und Schicksal.

Mittwoch, 2. November

8.15-12.30 Uhr:	Fortsetzung der Morgenarbeit vom Montag und Dienstag. Abschluss.

Unkostenbeitrag: Fr. 60.-. Wir bitten unbedingt, die Teilnahme der Medizinischen Sektion am Goetheanum bekanntzugeben. Quartiere vermittelt das Wohnungsbüro am Goetheanum. Bitte Eurythmieschuhe mitbringen.

Dr. med. Friedrich Lorenz

SCHULÄRZTE - TAGUNG

vom 29. - 31. 10. 1984

Montag, den 29.10. 1984

8.15 - 8.45 Uhr	Eurythmie (Sylvia Bardt)
9.00 - 10.30 Uhr	Vortragsarbeit: Allgemeine Menschenkunde, 6. Vortrag (unter Berücksichtigung der durch R. Steiner parallel dazu gehaltenen Vorträge: 1. Erziehungskunst-Seminarbesprechungen, 2. Methodisch-Didaktisches, 6. Vortrag.)
~~10.45~~ 11.00 - 12.30 Uhr	Die pädagogische Wirkung der Sprache in der Reifezeit. (Heinz Zimmermann)
15.00 - 15.45 Uhr	Heileurythmie (Olga Meili)
16.00 - 18.30 Uhr	Die Reifezeit aus geisteswissenschaftlicher Sicht. (Wolfgang Schad)
20.00 - 21.30 Uhr	Vorstellung, Therapeutische Aussprache, Berichte.

Dienstag, den 30. 10. 1984

8.15 - 8.45 Uhr	Eurythmie
9.00 - 10.30 Uhr	Fortsetzung der Vortragsarbeit
11.00 - 12.30 Uhr	Die pädagogische Wirkung der Eurythmie in der Reifezeit. (Sylvia Bardt)
15.15 - 16.00 Uhr	Heileurythmie
16.15 - 18.30 Uhr	Therapeutische Möglichkeiten an der Waldorfschule. (Einleitung Cornelia Hahn)
20.00 - 21.30 Uhr	Die pädagogische Wirkung der Musik in der Reifezeit. (Peter Michael Riehm)

Mittwoch, den 31. 10. 1984

8.15 - 8.45 Uhr	Eurythmie
9.00 - 10.30 Uhr	Fortsetzung der Vortragsarbeit
~~10.45~~ 11.00 - 12.30 Uhr	Die pädagogische Wirkung der Kunst in der Reifezeit. (Frimut Husemann)
ca 13.00 Uhr	Tagungsende

Medizinische Sektion am Goetheanum

Schulärzte-Tagung vom 4. bis 6. November 1985

Der Rubikon im 2. Jahrsiebt

Vom 4. bis 6. November 1985 findet am Goetheanum in Dornach die Schulärzte-Tagung statt. Ausser den bereits tätigen Schulärzten sind alle Kollegen und Studenten der klinischen Semester, die an schulärztlichen Fragen interessiert sind, zu dieser Tagung herzlich eingeladen.

Montag, 4. November 1985

8.15– 8.45 Uhr	Eurythmie (Silvia Bardt)
9.00–10.30 Uhr	Vortragsarbeit: Allgemeine Menschenkunde, 7. Vortrag
11.00–12.30 Uhr	Zur leiblichen Entwicklung des Kindes, Pathologie und Therapie I (Walter Holtzapfel)
16.00–18.30 Uhr	Der Lehrplan vor und nach dem Rubikon als Ergebnis geisteswissenschaftlicher Menschenkunde (Jörgen Smit)
20.00–21.30 Uhr	Vorstellung und Berichte, Therapeutische Aussprache

Dienstag, 5. November 1985

8.15– 8.45 Uhr	Eurythmie
9.00–10.30 Uhr	Fortsetzung der Vortragsarbeit
11.00–12.30 Uhr	Zur leiblichen Entwicklung des Kindes, Pathologie und Therapie II (Walter Holtzapfel)
15.30–18.30 Uhr	Heileurythmie vor und nach dem Rubikon, mit praktischen Übungen (Felix Baur, Olga Meili)
20.00–21.30 Uhr	Zum Berufsbild des Schularztes (Einleitung Michaela Glöckler, Claudia Mc Keen)

Mittwoch, 6. November 1985

8.15– 8.45 Uhr	Eurythmie
9.00–10.30 Uhr	Fortsetzung der Vortragsarbeit
11.00–12.30 Uhr	Zur pädagogisch-hygienischen Wirkung des handwerklich-künstlerischen Unterrichts und des Turnens (Silvia Bardt)
12.30–13.00 Uhr	Tagungsabschluss

Unkostenbeitrag: Fr. 85.–. Teilnahme bitte der Medizinischen Sektion am Goetheanum bekanntgeben; Quartier vermittelt das Wohnungsbüro am Goetheanum. Bitte Eurythmieschuhe mitbringen.

Dr. med. Friedrich Lorenz

MEDIZINISCHE SEKTION AM GOETHEANUM

DORNACH / SCHWEIZ

Einladung zur Schulärzte-Tagung
****

Montag, 3. November bis Mittwoch, 5. November 1986

Liebe Kollegen,

vom 3. bis 5. November 1986 findet am Goetheanum in Dornach wiederum die Schulärzte-Tagung statt, zu welcher wir Sie hiermit herzlich einladen. Ausser den bereits tätigen Schulärzten sind alle Kollegen und Studenten der klinischen Semester, die an schulärztlichen Fragen interessiert sind, zu dieser Tagung eingeladen.

Thema : Das 2. Jahrsiebt mit besonderer Berücksichtigung des 12. Lebensjahres

<u>Montag, 3. November</u>

8.15- 8.45 Uhr	Eurythmie (Silvia Bardt)
9.00-10.30 Uhr	Arbeit an der "Allgemeinen Menschenkunde" von Rudolf Steiner, 8. Vortrag
11.00-12.30 Uhr	Versäumte Verwandlung der Bildekräfte im 2. Jahrsiebt und ihre Entartung im späteren Leben (Gisbert Husemann)
16.00-18.30 Uhr	Zur leiblichen Entwicklung des Kindes in Gesundheit und Krankheit I (Wolfgang Goebel)
20.00-21.30 Uhr	Vorstellung und Berichte, Therapeutische Aussprache

<u>Dienstag, 4. November</u>

8.15- 8.45 Uhr	Eurythmie
9.00-10.30 Uhr	Fortsetzung der Vortragsarbeit
11.00-12.30 Uhr	Zur leiblichen Entwicklung des Kindes in Gesundheit und Krankheit II (Wolfgang Goebel)
15.30-18.30 Uhr	Beispiele aus der Heileurythmie im 2. Jahrsiebt mit Aussprache (Felix Baur / Olga Meili)
20.00-22.00 Uhr	Der Lehrplan vor und nach dem 12. Lebensjahr als Ergebnis geisteswissenschaftl. Menschenk. (Jörgen Smit)

<u>Mittwoch, 5. November</u>

8.15- 8.45 Uhr	Eurythmie
9.00-10.30 Uhr	Fortsetzung der Vortragsarbeit
11.00-12.30 Uhr	Zur pädagogisch-hygienischen Wirkung des Eurythmie-Unterrichtes (Silvia Bardt)

Unkostenbeitrag: Fr. 85.- Anmeldungen sind zu richten an die Medizinische Sektion am Goetheanum, Postfach 134, CH 4143 Dornach. Quartier vermittelt das Wohnungsbüro. Bitte bringen Sie Eurythmieschuhe mit.

Mit freundlichen Grüssen

Dornach, 21. Juni 1986 Dr.med. Friedrich Lorenz

Medizinische Sektion

Schulärzte-Tagung

vom 2. bis 4. November 1987

Vom 2. bis 4. November 1987 findet am Goetheanum in Dornach wiederum die Schulärzte-Tagung statt, zu welcher wir Sie hiermit herzlich einladen. Außer den bereits tätigen Schulärzten sind Ärzte und Studenten der klinischen Semester, die an schulärztlichen Fragen interessiert sind, zu dieser Tagung eingeladen. Thema: Zwischen Kindheit und Jugend – Medizinische und pädagogische Gesichtspunkte im Reifealter.

Montag, 2. November 1987

8.00– 8.45	Eurythmie im Reifealter (*Sylvia Bardt*)
9.00–10.30	Arbeit am 9. Vortrag der *Allgemeinen Menschenkunde* von Rudolf Steiner
11.00–12.30	Menschenkundliche Gesichtspunkte zum Reifealter (*Michaela Glöckler*)
16.00–18.00	Erziehung im Reifealter (*Jörgen Smit*)
20.00–21.30	Berichte der Teilnehmer aus der schulärztlichen Tätigkeit

Dienstag, 3. November 1987

8.00– 8.45	Eurythmie im Reifealter (*Sylvia Bardt*)
9.00–10.30	Arbeit am 9. Vortrag der *Allgemeinen Menschenkunde* von Rudolf Steiner
11.00–12.30	Menschenkundliche Gesichtspunkte zum Reifealter (*Michaela Glöckler*)
16.00–18.00	Die Rudolf Steiner-Schule innerhalb der Pädagogik der Gegenwart (*Heinz Zimmermann*)
20.00–21.30	Aussprache zu Fragen der Schularzt-Tätigkeit (Aufgabe des Schularztes, Kinderbesprechung aus ärztlicher Sicht, therapeutische Fragestellungen und Erfahrungen)

Mittwoch, 4. November 1987

8.00– 8.45	Eurythmie im Reifealter (*Sylvia Bardt*)
9.00–10.30	Arbeit am 9. Vortrag der *Allgemeinen Menschenkunde* von Rudolf Steiner
11.00–12.30	Gespräch über aktuelle Zeitfragen, neu auftretende Krankheiten, unter anderem
12.30–13.00	Tagungsabschluß

Unkostenbeitrag: Fr. 85.–. Anmeldungen bis zum 24. Oktober 1987 an die Medizinische Sektion am Goetheanum, Postfach 134, CH–4143 Dornach. Quartiere vermittelt das Wohnungsbüro am Goetheanum bis zum 17. Oktober 1987. Quartierbestellungen sind nach erfolgter Anmeldung verbindlich! Bitte bringen Sie Eurythmieschuhe mit!

MEDIZINISCHE SEKTION AM GOETHEANUM

DORNACH/SCHWEIZ

EINLADUNG ZUR SCHULAERZTE-TAGUNG 1988

Liebe Freunde

Vom Montag, den 31. Oktober, bis Mittwoch, den 2. November 1988, findet unsere diesjährige Schulärzte-Tagung am Goetheanum statt, zu welcher wir Sie wieder herzlich einladen wollen. Ausser den bereits tätigen Schulärzten sind alle Kollegen und Medizinstudenten der klinischen Semester, die an schulärztlichen Fragen interessiert sind, zu dieser Tagung eingeladen.

Thema: Die menschenkundliche Situation des Schulanfängers

Montag, den 31. Oktober

8.15- 9.00 Uhr	Eurythmie im Kindergarten und in der ersten Schulzeit (Silvia Bardt)
9.15-10.30 Uhr	Arbeit am 10. Vortrag der "Allgemeinen Menschenkunde" von Rudolf Steiner
11.00-12.30 Uhr	Zur heileurythmischen Behandlung von Kieferdeformitäten (Gudrun Merker)
16.00-18.00 Uhr	Berichte und Aussprache
19.30-21.30 Uhr	Der Lehrplan für die ersten Schuljahre als Antwort auf die menschenkundliche Situation des Kindes (Jörgen Smit)

Dienstag, den 1. November

8.15- 9.00 Uhr	Eurythmie
9.15-10.30 Uhr	Fortsetzung der Vortragsarbeit
11.00-12.30 Uhr	Medizinisch-Pädagogisches zur Metamorphose der Wachstumskräfte (Michaela Glöckler)
15.30-18.15 Uhr	Zur Behandlung der Legasthenie und Linkshändigkeit (Peter Zimmermann, Wolfgang Goebel)
20.00-21.30 Uhr	Therapeutsiche Aussprache zu aktuellen Fragen (Einleitung: Claudia McKeen)

Mittwoch, den 2. November

8.15- 9.00 Uhr	Eurythmie
9.15-10.30 Uhr	Fortsetzung der Vortragsarbeit
11.00-12.30 Uhr	Zur Zusammenarbeit von Lehrer und Arzt (Einleitung: Michaela Glöckler)

Unkostenbeitrag: Fr. 85.- Wir bitten um Ihre Anmeldung bis zum 22. Oktober an die Medizinsche Sektion am Goetheanum, Postfach 134, CH 4143 Dornach. Quartierbestellungen über das Wohnungsbüro am Goetheanum, CH 4143 Dornach, sind nach erfolgter Anmeldung verbindlich. Bitte bringen Sie Eurythmieschuhe mit!

Mit herzlichen Grüssen

Michaela Glöckler

Dornach, Juni 1988

Medizinische Sektion am Goetheanum

Die gemeinsame Aufgabe von Arzt und Lehrer

Internationale Tagung für Ärzte und Lehrer in Stuttgart – im Gedenken an Eugen Kolisko (1893–1939) vom 22. bis 28. Oktober 1989

<table>
<tr><th>Sonntag, 22.10.</th><th>Montag, 23.10.</th><th>Dienstag, 24.10.</th><th>Mittwoch, 25.10.</th><th>Donnerstag, 26.10.</th><th>Freitag, 27.10.</th><th>Samstag, 28.10.</th></tr>
<tr><td rowspan="4"></td><td>9–10.15 Uhr
Zahnwechsel im 1. Jahrsiebt
Armin Husemann</td><td>9–10.15 Uhr
Therapeutische Prinzipien des Lehrplans (I)
Sylvia Bardt</td><td>9–10.15 Uhr
Atmung und Blutzirkulation im 2. Jahrsiebt
Hans Müller-Wiedemann</td><td>9–10.15 Uhr
Therapeutische Prinzipien des Lehrplans (II)
Sylvia Bardt</td><td>9–10.15 Uhr
Möglichkeiten und Gefahren im 3. Jahrsiebt
Gunhild Baldini</td><td>9–10.15 Uhr
Eugen Kolisko und die Aufgabe des Schularztes
Gisbert Husemann</td></tr>
<tr><td colspan="5">11–12.30 Uhr
Arbeit in Fachgruppen</td><td rowspan="3">11–12.30 Uhr
Rückblick und Ausblick im Plenum
Schlußwort:
Vom Zusammenwirken Michaels und Raphaels
Michaela Glöckler
Ende: 12.30 Uhr</td></tr>
<tr><td colspan="5">15.30–16.30 Uhr
Kurse in Eurythmie und Sprachgestaltung
Übungen zum Inhalt der Vorträge des Tages für die Arbeit mit den Kindern</td></tr>
<tr><td>17–18.15 Uhr
Das großköpfige und das kleinköpfige Kind
Michaela Glöckler</td><td>17–18.15 Uhr
Therapeutische Gesichtspunkte aus der Praxis. Vorbereitete u. freie Beiträge aus dem Teilnehmerkreis</td><td>17–18.15 Uhr
Das irdische und das kosmische Kind
Michaela Glöckler</td><td>17–18.15 Uhr
Therapeutische Gesichtspunkte aus der Praxis. Vorbereitete u. freie Beiträge aus dem Teilnehmerkreis</td><td>17–18.15 Uhr
Das phantasiereiche und das phantasiearme Kind
Michaela Glöckler</td></tr>
<tr><td>20 Uhr
Eröffnung
Michaela Glöckler
Das Zusammenwirken von Arzt und Lehrer an der Waldorfschule
Heinz Zimmermann</td><td colspan="6">Abende frei für weitere Gespräche in Gruppen oder im Plenum, für weitere Vorträge oder individuelle Initiativen.</td></tr>
</table>

Arbeitsgruppen (Bitte Änderungen beachten gegenüber der bereits an die Schulen versandten Ankündigung)

1. Methodik und Wesen der Kinderbesprechung. *Dr. med. Hans Müller-Wiedemann, Brachenreuthe;*
2. Zahnbildung, Zahnwechsel, Zahnverfall, Kieferverformung und ihre Behandlung. *Dr. med. dent. Hermann Hoffmeister, Stuttgart;*
3. Kriterien der Schulreife. *Dr. med. Claudia McKeen, Stuttgart; Lydia Kühl, Hamburg;*
4. Therapeutische Möglichkeiten des Förderunterrichtes. *Dr. med. Cornelia Hahn, Überlingen; Dr. Armgard Trendelenburg, Würzburg;*
5. Heileurythmie in der Schule. *Dr. med. Armin Husemann, Stuttgart; Karin Unterborn, Wuppertal;*
6. Die Linkshändigkeit und ihre Behandlung. *Dr. med. Wolfgang Goebel, Herdecke;*
7. Zur Behandlung entwicklungsgestörter und «schwieriger» Kinder. *Dr. med. Uwe Momsen, Herdecke; Hans Friedbert Jaenicke, Wuppertal.*
8. Die Legasthenie und ihre Behandlung. *Peter Zimmermann, Herdecke; Dr. med. Heike Schuhmacher, Bad Homburg;*
9. Wachstum und Bewußtsein – Zur plastisch-musikalischen Menschenkunde. *Angela und Frimut Husemann, Stuttgart;*
10. Methodische und therapeutische Aspekte im Formenzeichnen. Ein Willensweg zur Harmonisierung der Intelligenzkräfte (mit praktischen Übungen). *Hildegard Berthold-Andrae, Stuttgart;*
11. Sinnesentwicklung und Bewegung beim Schulkind (mit praktischen Übungen). *Dr. med. Karl-Reinhard Kummer, Karlsruhe; Rosemarie Ebker, Witten; Marianne Hergarten, Witten;*
12. Sprachförderung in den ersten drei Jahrsiebten. *Christa Slezak-Schindler, Unterlengenhardt; Irmhild Limpert-Rommel, Unterlengenhardt; Dr. med. Marion Heertsch, Dornach/Basel;*
13. Therapeutische Möglichkeiten im Oberstufenunterricht. *Wolfgang Schad, Stuttgart; Dr. med. Hergart Asamoah, Kassel;*
14. Erziehung im Zeitalter der Medien: Diagnostik, Pathologie, Therapie. *Dr. Rainer Patzlaff, Stuttgart; Dr. med. Marina Kaiser-Springorum, Hannover;*
15. Ernährung – Genußgifte – Drogen. *Dr. med. René Madeleyn, Herdecke; Dr. med. Gunhild Baldini, Überlingen; Dr. med. Matthias Wildermuth, Herdecke;*
16. Wie kann seelischen Krankheiten im Schulalter vorgebeugt werden? Früherkennung und vorbeugende Behandlung der jugendlichen Schizophrenie, der Pubertätsmagersucht und anderer neurotischer und psychotischer Störungen im Jugendalter. *Dr. med. Johannes Bockemühl, Schopfheim;*
17. Rechenstörungen und ihre Behandlung. *Prof. Dr. Ernst Schuberth, Mannheim.*

Kurse in Eurythmie und Sprachgestaltung

Eurythmie: 1. *Sylvia Bardt, Stuttgart* – 2. *Helga Daniel, Tübingen* – 3. *Sabine Georg-Hahn, Marburg* – 4. *Karin Unterborn, Wuppertal.*

Sprachgestaltung: 5. *Michael Blume, Dornach* – 6. *Barbara Junge-Dybilasz, Stuttgart* – 7. *Irmhild Limpert-Rommel, Unterlengenhardt* – 8. *Ursula Ostermai, Dornach* – 9. *Ilse Schuckmann, Hannover* – 10. *Christa Slezak-Schindler, Unterlengenhardt.*

Abhängig von der Teilnehmerzahl aus englischsprechenden Ländern werden weitere Gruppen zu verschiedenen Themen eröffnet. Bitte teilen Sie uns zusammen mit Ihrer Anmeldung den Themenkreis mit, für den Sie sich am meisten interessieren. Sie werden dann entweder zusammen mit einem Übersetzer in einer der deutschsprachigen Gruppen aufgenommen oder aber es wird für Sie eine englischsprechende Gruppe zu dieser Thematik eröffnet. Sicher lassen sich auch verschiedene Fragen zusammenfassen und im Laufe der Woche in einer Gruppe bearbeiten. Dr. med. Jenny Josephson, Forest Row, Dr. med. Michaela Glöckler, Goetheanum, Marianne Law, Michael Hall u.a. werden für die englischsprechenden Gruppen zur Verfügung stehen.

Anmeldung: Nur auf den von der Medizinischen Sektion versandten Anmeldeformularen. Diese sind bei Ruth Andrea, Medizinische Sektion am Goetheanum, CH–4143 Dornach, erhältlich. Anmeldeschluß ist der 30. August 1989.

Dr. med. Michaela Glöckler

Medizinische Sektion am GOETHEANUM
FREIE HOCHSCHULE FÜR GEISTESWISSENSCHAFT
CH 4143 Dornach Schweiz

Johanni 1990

Einladung zur Schulärzte-Tagung
von Montag, 29. Oktober bis Mittwoch, 31. Oktober 1990
am Goetheanum

Liebe Freunde,

Die Kolisko-Tagung im vergangenen Jahr hat in der Waldorfschul-Bewegung die Bedeutung des medizinischen Aspektes der Erziehung neu ins Bewusstsein gerückt. Möge uns dies nun für unsere weitere Arbeit befeuern und unsere Verantwortung als Schulärzte für dieses Anliegen der Waldorfpädagogik vertiefen. Wir haben uns für die vor uns liegende Schulärzte-Tagung vorgenommen, einmal die Heileurythmie ganz in den Mittelpunkt zu stellen. Der 12. Vortrag der "Allgemeinen Menschenkunde" behandelt ja die Medizin der Zukunft. Welche Bedeutung gerade der Heileurythmie für diese zukünftige Medizin zukommt, möge als Frage im Hintergrund unsere Arbeit begleiten.

<u>Programm</u>

<u>Montag, 29. Oktober</u>

08.15-09.00 Uhr	Eurythmie (Sylvia Bardt)
09.15-10.30 Uhr	Arbeit am 12. Vortrag der "Allgemeinen Menschenkunde" von Rudolf Steiner
11.00-12.30 Uhr	Beitrag von Armin Husemann: "Zur menschenkundlichen Grundlage der Heileurythmie"
16.00-18.00 Uhr	Schulärztliche Indikationen zur Heileurythmie - Praktisches Ueben und Besprechen von Krankheitsfällen
19.30-21.30 Uhr	Vorstellen der Teilnehmer, Berichte und Fragen aus verschiedenen Schulen und Ländern

Dienstag, 30. Oktober

08.15-09.00 Uhr	Eurythmie (Sylvia Bardt)
09.15-10.30 Uhr	Fortsetzung der Vortragsarbeit
11.00-12.30 Uhr	Beitrag von Sylvia Bardt: "Verleiblichung des Geistes, Vergeistigung des Leibes durch Eurythmie"
16.00-18.00 Uhr	Schulärztliche Indikationen zur Heileurythmie - Praktisches Ueben und Besprechen von Krankheitsfällen
19.30-21.30 Uhr	Allgemeine therapeutische Aussprache - Anliegen und Wünsche für die Weiterarbeit

Mittwoch, 31. Oktober

08.15-09.00 Uhr	Eurythmie (Sylvia Bardt)
09.15-10.30 Uhr	Fortsetzung der Vortragsarbeit
11.00-12.30 Uhr	Beitrag von Michaela Glöckler "Vom präventivmedizinischen Charakter der Heileurythmie"

Es wäre schön, wenn auch in unserer Schulärzte-Tagung das musikalische Element stärker einziehen könnte, und Kollegen, die ein Musikinstrument spielen, dieses mitbringen würden.

Unkostenbeitrag: SFr. 85.--. Wir bitten um Ihre Anmeldung mit beiliegendem Talon bis zum 19. Oktober 1990.

In der Vorfreude auf die gemeinsame Arbeit, grüssen herzlich,

Michaela Glöckler   Armin Husemann   Claudia McKeen

Medizinische Sektion am GOETHEANUM
FREIE HOCHSCHULE FÜR GEISTESWISSENSCHAFT
CH-4143 Dornach-Schweiz

Johanni 1991

Einladung zur Schulärzte-Tagung
von Montag, 28. Oktober bis Mittwoch, 30. Oktober 1991
am Goetheanum

Thema: Menschenkundliche Grundlagen der Heileurythmie

Liebe Freunde,

Zu unserer Schulärzte-Tagung am Goetheanum möchten wir Sie wieder ganz herzlich einladen. Wir setzen unsere Arbeit an der "Allgemeinen Menschenkunde" mit dem 12. Vortrag fort und werden so wie im vergangenen Jahr wiederum die Heileurythmie im Mittelpunkt unserer Bemühungen haben.

<u>Programm</u>

<u>Montag, 28. Oktober</u>

08.15-09.00 Uhr	Eurythmie (Sylvia Bardt)
09.15-10.30 Uhr	Arbeit am 12. Vortrag der "Allgemeinen Menschenkunde" von Rudolf Steiner
11.00-12.30 Uhr	Beitrag von Armin Husemann: "Klang- und Lautbewegungen in der Bildung der Atmungsorgane"
16.00-18.00 Uhr	Karin Unterborn: Typische Indikationen in der Schulheileurythmie
19.30-21.30 Uhr	Vorstellung der Teilnehmer, Berichte und Fragen aus den verschiedenen Schulen und Ländern

Dienstag, 29. Oktober

08.15-09.00 Uhr	Eurythmie (Sylvia Bardt)
09.15-10.30 Uhr	Arbeit am 12. Vortrag der "Allgemeinen Menschenkunde" von Rudolf Steiner
11.00-12.30 Uhr	Beitrag von Sylvia Bardt: "Hygienische Elemente im Eurythmieunterricht"
15.30-16.00 Uhr	Armin Husemann: Zur Nervenfrage Einführende Betrachtung zum Vortrag von G. Husemann
16.30-18.00 Uhr	Karin Unterborn: Typische Indikationen in der Schulheileurythmie
19.30-21.30 Uhr	Aktuelle Fragen aus der schulärztlichen Praxis

Mittwoch, 30. Oktober

08.15-09.00 Uhr	Eurythmie (Sylvia Bardt)
09.15-10.30 Uhr	Arbeit am 12. Vortrag der "Allgemeinen Menschenkunde" von Rudolf Steiner
11.00-12.30 Uhr	Beitrag von Gisbert Husemann: "Sehen - Hören - Bewegen"
12.30-13.00 Uhr	Abschluss und Ausblick

Da verschiedene Anfragen wegen der Kolisko-Tagung 1992 gekommen sind, möchte wir schon an dieser Stelle den Termin mitteilen:

18. bis 24. Oktober 1992 in Michael Hall, England

Es wäre schön, wenn auch in unserer Schulärzte-Tagung das musikalische Element stärker einziehen könnte, und Kollegen, die ein Musikinstrument spielen, dieses mitbringen würden.

Unkostenbeitrag: SFr. 85.--. Wir bitten um Ihre Anmeldung mit beiliegendem Talon bis zum 18. Oktober 1991.

In der Vorfreude auf die gemeinsame Arbeit, grüssen herzlich,

Sylvia Bardt   Michaela Glöckler   Armin Husemann   Claudia McKeen

MEDIZINISCHE SEKTION AM GOETHEANUM
Schulärzte-Tagung
vom 2. November 1992 bis 4. November 1992
am Goetheanum

	Montag, 2.11.92	Dienstag, 3.11.92	Mittwoch, 4.11.92
08.15 - 09.00	Eurythmie (Sylvia Bardt)	Eurythmie (Sylvia Bardt)	Eurythmie (Sylvia Bardt)
09.15 - 10.30	Arbeit am 13. Vortrag der "Allgemeninen Menschenkunde" von Rudolf Steiner	Fortsetzung der Arbeit am 13. Vortrag der "Allgemeinen Menschenkunde" von Rudolf Steiner	Fortsetzung der Arbeit am 13.Vortrag der "Allgemeinen Menschenkunde" von Rudolf Steiner
11.00 - 12.30	Bericht von d. Kolisko-Tagung über Sinnesförderung und Sinnespflege in den verschiedenen Altersstufen	Fortsetzung des Berichtes von der Kolisko-Tagung	Berichte aus den Arbeitsgruppen
12.30	M I T T A G S P A U S E		Abschluss und Ausblick
15.30 - 18.00	**15.30** Vorbesprechung der Arbeitsgruppen im Plenum sowie Aufteilung in die verschiedenen Arbeitsgruppen **16.00 - 18.00** Weiterarbeit in den Gruppen	Weiterarbeit in den Gruppen	
18.00	A B E N D P A U S E		
19.30	Vorstellung der Teilnehmer, Berichte und Fragen aus den verschiedenen Schulen und Ländern	Die Bewegungsentwicklung aus der Sicht einer Heileurythmistin (Birgit Krohmer)	

MEDIZINISCHE SEKTION AM GOETHEANUM

Schulärzte-Tagung
vom 1. November 1993 bis 3. November 1993
am Goetheanum

	Montag, 1.11.93	Dienstag, 2.11.93	Mittwoch, 3.11.93
08.15 - 09.00	Eurythmie (Sylvia Bardt)	Eurythmie (Sylvia Bardt)	Eurythmie (Sylvia Bardt)
09.15 - 10.30	Arbeit am 14. Vortrag der "Allgemeinen Menschenkunde" von Rudolf Steiner	Fortsetzung der Arbeit am 14. Vortrag der "Allgemeinen Menschenkunde" von Rudolf Steiner	Fortsetzung der Arbeit am 14. Vortrag der "Allgemeinen Menschenkunde" von Rudolf Steiner
11.00 - 12.30	Allgemeine Menschenkunde und Lehrplanphysiologie *Michaela Glöckler*	Beitrag zum Oberstufenunterricht Menschenkunde *Armin Husemann*	Berichte aus den Arbeitsgruppen
12.30	M I T T A G S P A U S E		Abschluss und Ausblick
15.30 - 18.00	**15.30** Vorbesprechung der Arbeitsgruppen im Plenum sowie Aufteilung in die verschiedenen Arbeitsgruppen **16.00 - 18.00** Weiterarbeit in den Gruppen	Weiterarbeit in den Gruppen	
18.00	A B E N D P A U S E		
19.30	Vorstellung der Teilnehmer, Berichte und Fragen aus den verschiedenen Schulen und Ländern	Wie gehen wir mit der Drogenproblematik in der Mittel- und Oberstufe um? *Felicitas Vogt*	

MEDIZINISCHE SEKTION AM GOETHEANUM

Schulärzte-Tagung vom 31. Oktober 1994 bis 2. November 1994 am Goetheanum

	Montag, 31.10.94	Dienstag, 1.11.94	Mittwoch, 2.11.94
08.15 - 09.00	Eurythmie (Sylvia Bardt)	Eurythmie (Sylvia Bardt)	Eurythmie (Sylvia Bardt)
09.15 - 10.30	Arbeit am 1. Vortrag von "Methodisch-Didaktisches" von Rudolf Steiner	Fortsetzung der Arbeit am 4. Vortrag von "Methodisch-Didaktisches" von Rudolf Steiner	Fortsetzung der Arbeit am 1. Vortrag von "Methodisch-Didaktisches von Rudolf Steiner
11.00 - 12.30	"Physische Wirkungen der Ich-Organisation in der Entwicklung des Kindes" *Armin Husemann*	"Lehrplanphysiologie und der schulärztliche Impuls" *Einleitung: Michaela Glöckler* *Aussprache im Plenum*	Berichte aus den Arbeitsgruppen
12.30	M I T T A G S P A U S E		Abschluss und Ausblick
15.30 - 18.00	**15.30** Vorbesprechung der Arbeitsgruppen im Plenum sowie Aufteilung in die verschiedenen Arbeitsgruppen **16.00 - 18.00** Weiterarbeit in den Gruppen	Weiterarbeit in den Gruppen	
18.00	A B E N D P A U S E		
19.30	Vorstellung der Teilnehmer, Berichte und Fragen aus den verschiedenen Schulen und Ländern	"Förderunterricht und schulärztliche Betreuung" Aussprache mit Herrn Jaenicke im Plenum	

Verantwortlich: Sylvia Bardt, Michaela Glöckler, Heini Güttinger, Claudia McKeen

Anmeldeunterlagen sind ab sofort im Sekretariat der Medizinischen Sektion am Goetheanum, CH-4143 Dornach erhältlich.

Michaela Glöckler

Arbeitsgruppen

1. Sinnesentwicklung an der Schwelle zur Schulreife - Aufnahmebeobachtungen für die Einschulung in die 1. Klasse
Hans-Friedbert Jaenicke

2 Zur Vorbeugung und Behandlung der Drogenkrankheit
Felicitas Vogt

3. Zum Problem der Zahnfehlstellungen. Geisteswissenschaftliche Aspekte - Heileurythmische Uebungen - Erfahrungsberichte
Hermann Lauffer, Claus Haupt u.a.

4. Heileurythmische Indikationsfindung und andere therapeutische Massnahmen. (Bitte Krankengeschichten mitbringen)
Mona Ruef

5. Zum Berufsbild des Schularztes und seiner Aufgabe in der Elternschaft
Michaela Glöckler

MEDIZINISCHE SEKTION AM GOETHEANUM

Schulärzte-Tagung
vom 29. Oktober 1995 bis 1. November 1995 am Goetheanum
Thema: Medizinische und Pädagogische Gesichtspunkte für Sprachpflege und Sprechschulung im Waldorflehrplan

	Sonntag, 29.10.95	Montag, 30.10.95	Dienstag, 31.10.95	Mittwoch, 1.11.95
08.15 - 09.00		Eurythmie *(Sylvia Bardt)*	Eurythmie *(Sylvia Bardt)*	Eurythmie *(Sylvia Bardt)*
09.15 - 10.30		Gemeinsame Vortragsarbeit am 2. Vortrag aus "Methodisch-Didaktisches" (GA 294)		
		P A U S E		
11.00 - 12.30		Die Sprache als Erziehungsmittel für das Ich - zu den Lehrplanangaben Rudolf Steiners *Heinz Zimmermann*	Sprachpflege und Sprachschulung im Waldorflehrplan *Helga König* *Michaela Glöckler*	
12.30		M I T T A G S P A U S E		
	16.30 Begrüssung Die gestaltende Wirkung der Sprache in Blut und im Gehirnwasser *Armin Husemann*	Arbeitsgruppen Zu den Themen: Drogen - Zahnwechsel und Zahnfehlstellungen - Fördermassnahmen - Konstitutionstypen und die therapeutischen Möglichkeiten der Sprache		
18.30	A B E N D P A U S E			
20.00	Die Bedeutung der Sprache für die Selbsterziehung des Lehrers *Heinz Zimmermann*	Vorstellung der Teilnehmer Fragen zum Tagungsthema	Aussprache Pathologisch-Therapeutisches zum Tagungsthema	

Verantwortlich: Sylvia Bardt, Michaela Glöckler, Heini Güttinger, Claudia McKeen

Anmeldeunterlagen sind ab sofort im Sekretariat der Medizinischen Sektion am Goetheanum, CH-4143 Dornach erhältlich.

Michaela Glöckler

Arbeitsgruppen

1. Welche Möglichkeiten hat die Waldorfschule im integrativen Umgang mit drogenkonsumierenden Schülern?
   Felicitas Vogt

2. Zahnwechsel und Zahnfehlstellungen - Ausdruck der Problematik des 2. Lebensjahrsiebt. Therapeutische Hilfen durch Heileurythmie.
   Claus Haupt, Hermann Lauffer u.a.

3. Entdeckungen in der Zusammenarbeit von Förderlehrer und Schularzt
   Mona Ruef, Irène Groh

4. Konstitutionstypen im Schulalter und die therapeutischen Möglichkeiten der Sprache
   Michaela Glöckler, Claudia McKeen, Helga König

5. Grundlagen der Schularzttätigkeit an der Waldorfschule
   Wolfgang Kersten

MEDIZINISCHE SEKTION AM GOETHEANUM

Schulärzte-Tagung
vom 27. Oktober bis 30. Oktober 1996 am Goetheanum
Thema: Der Musikunterricht in seiner lehrplanphysiologischen Bedeutung

	Sonntag, 27.10.96	Montag, 28.10.96	Dienstag, 29.10.96	Mittwoch, 30.10.96
08.15 - 09.00		Eurythmie (*Silvia Bardt*)		
09.15 - 10.30		Gemeinsame Vortragsarbeit am 3. Vortrag aus "Methodisch-Didaktisches" (GA 294)		
		P A U S E		
11.00 - 12.30		Zur Menschenkunde der Lehrplanangaben für den Musikunterricht mit praktischen Beispielen und Uebungen *Philia Schaub*		
12.30		M I T T A G S P A U S E		
15.00 - 15.45		Heileurythmie-Kurs (*Margrit Hitsch*)		
16.00	Begrüssung und Aufteilung in die Arbeitsgruppen	Arbeitsgruppen Zu den Themen: Aufgaben des Schularztes, Schulreife, Heileurythmie-Indikationen, Drogen und Medienkonsum, Zahnstellungsanomalien und soziale Probleme in Waldorfschulen		
18.00	A B E N D P A U S E			
19.30 - 21.00	Musikalische Gesetze in Kosmos und Mensch *Michaela Glöckler*	Aktuelle Fragen aus der schulärztlichen Arbeit	Aussprache zur medizinischen Bedeutung des Musikunterrichtes	

Anmeldeunterlagen sind ab sofort im Sekretariat der Medizinischen Sektion am Goetheanum, CH-4143 Dornach erhältlich.

Verantwortlich: Sylvia Bardt, Michaela Glöckler, Heini Güttinger, Claudia McKeen

Arbeitsgruppen

1. Zahnstellungsanomalien als Wesensausdruck des Kindes
   Kieferorthopädische Diagnostik - Heileurythmische Therapie
   Claus Haupt, Mareike Kaiser, Hermann Lauffer

2. Welche sozialtherapeutischen Aufgaben erwachsen den Kollegien aufgrund des zunehmenden Drogen- und Medienkonsums?
   Felicitas Vogt

3. Grundlagen der Schularzttätigkeit an der Waldorfschule
   Wolfgang Kersten, Sebastian Junghans

4. Die Schulreife - Motorische Reife und Herzauskultation nach Dr. Appenzeller
   Susanne Bischoff, Regina Bösch

5. Schulärztliche Indikationen in der Heileurythmie
   Mona Ruef, Margrit Hitsch, Jenny Josephson

6. Phänomenologie der Schwierigkeiten in den Kollegien der Waldorfschulen
   Heini Güttinger, Sybilla Meystre

MEDIZINISCHE SEKTION AM GOETHEANUM

Schulärzte-Tagung
vom 26. Oktober bis 29. Oktober 1997 am Goetheanum

Thema: Der Eurythmieunterricht in seiner lehrplanphysiologischen Bedeutung

	Sonntag, 26.10.97	Montag, 27.10.97	Dienstag, 28.10.97	Mittwoch, 29.10.97
08.15 - 09.00		Eurythmie *Sylvia Bardt*		
09.15 - 10.30		Gemeinsame Vortragsarbeit am 4. Vortrag aus "Methodisch-Didaktisches" (GA 294)		
		P A U S E		
11.00 - 12.30		Zur Menschenkunde der Lehrplanangaben für den Eurythmieunterricht *Sylvia Bardt*		11.00 - 12.00 Uhr Die menschenkundliche Bedeutung des Grammatikunterrichts in den verschiedenen Altersstufen *Heinz Zimmermann*
12.30		M I T T A G S P A U S E		12.15 - 13.00 Uhr Abschluss und Vorblick
15.00 - 15.45		Heileurythmie-Kurs (Schul-Heileurythmie) *Sebastian Junghans*		
16.00	Begrüssung Gedanken zur Zeitsituation Was will uns das „schwierige Kind“ lehren? *Heini Güttinger*	Arbeitsgruppen zu den Themen: Aufgaben des Schularztes, kieferorthopädische Fehlstellungen, Drogenkonsum, die Kinderbesprechung, Schulmöbel, Legasthenie, Augenheileurythmie, heileurythmische Indikationen		
18.00	A B E N D P A U S E			
19.30 - 21.00	Vorstellung der Teilnehmer; Aktuelle Fragen aus der Schulärzte-Arbeit	Arbeitsgruppen	Aussprache: Medizinische Aspekte des Eurythmie-Unterrichts	

Anmeldeunterlagen sind ab sofort im Sekretariat der Medizinischen Sektion am Goetheanum, CH-4143 Dornach erhältlich.

Verantwortlich: Sylvia Bardt, Michaela Glöckler, Heini Güttinger, Claudia McKeen, Wolfgang Kersten

Arbeitsgruppen

1. **Aufgaben des Schularztes**
(Arbeit am Berufsbild für neue Kollegen und neu fragende Kollegen).
Diesmal „Therapie" in der Schule - was ist das?
Elternarbeit, Therapiekreis-Bildung, Integration der Therapie in den Schulorganismus.
Wolfgang Kersten

2. **Kieferorthopädische Fehlstellungen**
Abdruck des Geistig-Seelischen des Kindes und Grundlage heileurythmischer Therapie.
Mareike Kaiser, Claus Haupt

3. **Drogenkonsum an der Schule. Schülerversagen oder Hilferuf?**
Wenn ehemalige Schüler uns empört erzählen, dass sie vor den Augen ihrer Lehrer kiffen konnten, ohne dass diese reagiert hätten, stellt sich vehement die Frage: Was ruft uns der Schüler, bewusst oder unbewusst, mit seinem Drogenkonsum zu? Ist die Schuldfrage dieses „Versagens" zu klären oder geht es darum, Drogenkonsum als Wesensäusserung ernstzunehmen?
Gemeinsam soll an der Frage gearbeitet werden: In welcher Verantwortung stehen wir heute den Verantwortlichen von morgen gegenüber?
Felicitas Vogt

4. **Die Kinderbesprechung - eine Wesensbegegnung**
Die Kinderbesprechung ist eines der wichtigsten Elemente bei der Bemühung um individuelle therapeutische Ideen. Wir wollen verschiedene Formen anschauen, üben, uns gegenseitig austauschen und eventuell neue Formen entwickeln. Bitte Beispiele und Fragen mitbringen.
Marina Kayser-Springorum

5. **Schulmöbel**
Es sollen Gesichtspunkte für die altersgemässe und gesundheitsfördernde Wahl von Schulmöbeln erarbeitet werden - mit Darstellung verschiedener praktischer Beispiele. Das Mitbringen eigener Erfahrungen mit Anschauungsmaterial ist sehr erwünscht.
Peter Fischer-Wasels

6. **Legasthenie**
Ansätze zur Diagnostik und zur Therapie aus der Sinneslehre und Entwicklungspsychologie - Ueberlegungen zur Beratung von Eltern und Lehrern.
Karl-Reinhard Kummer, Claudia McKeen

7. Erüben von Grundelementen der **Augenheileurythmie** bei Kurzsichtigkeit, Weitsichtigkeit und Schielen mit dem Blick auf die jeweilige Konstitution auf der Grundlage der Arbeit von Dr. med. Ilse Knauer.
Margret Thiersch

8. Wege zu **heileurythmischen Indikationen** anhand von pädagogisch und hygienischen Angaben Rudolf Steiners.
Vertiefung des Heileurythmie-Kurses von Montag und Dienstag nachmittag.
Sebastian Junghans

Literaturverzeichnis

Rudolf Steiner (GA = Rudolf Steiner Gesamtausgabe, Dornach):

Die Philosophie der Freiheit, GA 4
Wie erlangt man Erkenntnisse der höheren Welten?, GA 10
Die Geheimwissenschaft im Umriß, GA 13
Von Seelenrätseln, GA 21
Rudolf Steiner/Ita Wegman, Grundlegendes für eine Erweiterung der Heilkunst nach geisteswissenschaftlichen Erkenntnissen, GA 27
Die Erziehung des Kindes vom Gesichtspunkte der Geisteswissenschaft (aus GA 34)
Wahrspruchworte, GA 40
Anthroposophie. Ein Fragment aus dem Jahre 1910, GA 45
Die Theosophie des Rosenkreuzers, GA 99
Welt, Erde und Mensch, GA 105
Geisteswissenschaftliche Menschenkunde, GA 107
Die Wissenschaft vom Werden des Menschen, GA 183
Die soziale Grundforderung unserer Zeit. In geänderter Zeitlage, GA 186
Entsprechungen zwischen Mikrokosmos und Makrokosmos, GA 201
Die Brücke zwischen der Weltgeistigkeit und dem Physischen des Menschen, GA 202
Das Sonnenmysterium und das Mysterium von Tod und Auferstehung, GA 211
Das Geheimnis der Trinität, GA 214
Die menschliche Seele in ihrem Zusammenhang mit göttlich-geistigen Individualitäten, GA 224
Drei Perspektiven der Anthroposophie, GA 225
Kunst im Lichte der Mysterienweisheit, GA 275
Rudolf Steiner/Marie Steiner-von Sivers, Methodik und Wesen der Sprachgestaltung, GA 280
Das Wesen der Farben, GA 291
Allgemeine Menschenkunde als Grundlage der Pädagogik, GA 293
Erziehungskunst. Methodisch-Didaktisches, GA 294
Erziehungskunst, Seminarbesprechungen und Lehrplanvorträge, GA 295
Konferenzen mit den Lehrern der Freien Waldorfschule, GA 300a–b
Die Erneuerung der pädagogisch-didaktischen Kunst durch Geisteswissenschaft, GA 301
Menschenerkenntnis und Unterrichtsgestaltung, GA 302
Erziehung und Unterricht aus Menschenerkenntnis, GA 302a
Die gesunde Entwickelung des Menschenwesens, GA 303
Die geistig-seelischen Grundkräfte der Erziehungskunst, GA 305
Gegenwärtiges Geistesleben und Erziehung, GA 307
Anthroposophische Pädagogik und ihre Voraussetzungen, GA 309
Der pädagogische Wert der Menschenerkenntnis und der Kulturwert der Pädagogik, GA 310
Die Kunst des Erziehens aus dem Erfassen der Menschenwesenheit, GA 311
Geisteswissenschaft und Medizin, GA 312
Geisteswissenschaftliche Gesichtspunkte zur Therapie, GA 313
Physiologisch-Therapeutisches auf Grundlage der Geisteswissenschaft. Zur Therapie und Hygiene, GA 314
Heileurythmie, GA 315
Meditative Betrachtungen und Anleitungen zur Vertiefung der Heilkunst, GA 316
Heilpädagogischer Kurs, GA 317
Geisteswissenschaftliche Grundlagen zum Gedeihen der Landwirtschaft. Landwirtschaftlicher Kurs, GA 327
Gebete für Mütter und Kinder, E 5156

Andere Autoren:

Robert Ader et al., Psychoneuroimmunology, San Diego, Cal., USA, ²1991

Marianne Altmaier, Der Kunsttherapeutische Prozeß, Stuttgart 1995

W. Amelung/G. Hildebrand (Hrsg.), Balneologie und medizinische Klimatologie, Band 1, Berlin/New York 1985

Kaspar Appenzeller, Grundlagen für eine neue Art der Herzauskultation, Basel 1989

H. H. Bartsch/J. Bengel (Hrsg.), Salutogenese in der Onkologie, Freiburg/New York 1997

R. Berlin, Eine besondere Art der Wortblindheit (Dyslexia), Wiesbaden 1887

Monica Bissegger et al., Die Behandlung von Magersucht – ein integrativer Therapieansatz, Stuttgart 1998

Johannes Bockemühl, Behandlung der Pubertätsmagersucht, in: «Beiträge zu einer Erweiterung der Heilkunst nach geisteswissenschaftlichen Erkenntnissen», 1980, Heft 5

R. Braumiller, Der Gleichgewichtssinn und die Legasthenie, in: «Erziehungskunst», 1975, Heft 6

W. S. Condon, Multiple Response to Sound in Dysfunctional Children, in: «Journal of Autism and Childhood Schizophrenia», Vol. 5, Nr. 1, 1975

W. S. Condon/L. W. Sander, Neonate Movement is Synchronized with Adult-Speech-Interactional Participation and Language Acquisition, in: «Science», Vol. 183, 11 January 1974

M. Crithley, The dyslexic child, London 1970

Erhard Fucke, Grundlinien einer Pädagogik des Jugendalters, Stuttgart 1991

Michaela Glöckler, Begabung und Behinderung, Stuttgart 1997

Michaela Glöckler (Hrsg.), Medizin an der Schwelle, Dornach 1993

Michaela Glöckler (Hrsg.), Das Schulkind – gemeinsame Aufgaben von Arzt und Lehrer, Dornach ³1998

Michaela Glöckler/Jürgen Schürholz/Martin Walker (Hrsg.), Anthroposophische Medizin – Ein Weg zum Patienten, Stuttgart 1993

Wolfgang Goebel/Michaela Glöckler, Kindersprechstunde, Stuttgart ¹³1998

Hedwig Hauck, Kunst und Handarbeit, Stuttgart ⁶1993

J. Hein, Wesen und Therapie der Raum-Lage-Labilität (Legasthenie), in: «Erziehungskunst», 1977, Heft 8

Caroline von Heydebrand, Vom Lehrplan der Freien Waldorfschule, Stuttgart ¹⁰1994

Gunther Hildebrandt, Chronobiologische Aspekte des Kindes- und Jugendalters, in: «Bildung und Erziehung», 47. Jg, Heft 4, Dezember 1994

Gunther Hildebrandt, Zur Physiologie des rhythmischen Systems, in: «Beiträge zur Erweiterung der Heilkunst», Januar 1986

Walter Holtzapfel, Auf dem Wege zum Hygienischen Okkultismus, Dornach ²1988

Armin J. Husemann, Der Zahnwechsel des Kindes. Ein Spiegel seiner seelischen Entwicklung, Stuttgart 1996

Friedrich Husemann/Otto Wolff, Das Bild des Menschen als Grundlage der Heilkunst, Bd. 1–3, Stuttgart ¹⁰1991, ⁵1991, ⁴1993

Gisbert Husemann, Aufrechtbewegung, Sprachbewegung, Eurythmie und Turnen, in:«Erziehungskunst», 1986, Heft 10/11

Gisbert Husemann, «Eugen Kolisko», in: Der Lehrerkreis um Rudolf Steiner, Stuttgart ²1978

Gisbert Husemann, Der Liquor cerebrospinalis, in: «Beiträge zu einer Erweiterung der Heilkunst nach geisteswissenschaftlichen Erkenntnissen», 1983, Heft 3 und 4

Gisbert Husemann, Der Sport – ein Religionsersatz? Eine medizinisch-pädagogische Zeitbetrachtung, in: «Der Merkurstab», 49/1996

Hans Friedbert Jaenicke, Kinder mit Entwicklungsstörungen, Stuttgart 1996

Kinderkrippenheft der Internationalen Vereinigung der Waldorfkindergärten e.V., Stuttgart

Friedrich A. Kipp, Die Evolution des Menschen im Hinblick auf seine lange Jugendzeit, Stuttgart ²1991

Rudolf Kischnick, Leibesübung und Bewußtseinsschulung, Basel 1989

Eugen Kolisko, Auf der Suche nach neuen Wahrheiten, Dornach 1989

Karl König, Sinnesentwicklung und Leiberfahrung, Stuttgart ⁴1997

E.-M. Kranich/R. Patzlaff/H. Schiller/M. Schuchhardt, Die Bedeutung des Rhythmus in der Erziehung, Stuttgart 1992

E.-M. Kranich/M. Jünemann/H. Berthold-Andrae/E. Bühler/E. Schuberth, Formenzeichnen, Stuttgart ²1992

Helmut von Kügelgen (Hrsg.), «Kind tanzt», Studienmaterial der Internationalen Vereinigung der Waldorfkindergärten, Stuttgart, Heft 10

Petra Kühne, Ernährungssprechstunde, Stuttgart 1993

Petra Kühne, Zur Situation der Ernährung in Deutschland, zu beziehen über Arbeitskreis Ernährungsforschung, Querweg 19, D-75378 Bad Liebenzell

Stefan Leber, Die Menschenkunde der Waldorfpädagogik, Stuttgart 1994
Stefan Leber, Der Schlaf und seine Bedeutung, Stuttgart 1996
Stefan Leber/Ernst-Michael Kranich/Jörgen Smit/Heinz Zimmermann/Ernst Schuberth, Der Rhythmus von Wachen und Schlafen. Seine Bedeutung im Kindes- und Jugendalter, Stuttgart 1990
J. P. Lin/J. K. Brown/E. G. Walsh, Physiological maturation of muscles in childhood, in: «Lancet», 1993 (343)
Christoph Lindenberg, «die lebensbedingungen des erziehens – von waldorfschulen lernen», Reinbek 1981
Wilfried Lipitz/Christian Rittelmeyer (Hrsg.), Phänomene des Kinderlebens, Heilbronn [2]1990
Ernst Marti, Das Ätherische, Basel 1989
Thomas McKeen, Gestalt des Menschen, Stuttgart 1996
J. Morais et al., Does awareness of speech as a sequence of phones arise spontaneously?, in: Cognition 7, 323–331 (1979)
Hans Müller-Wiedemann, Karl König. Eine mitteleuropäische Biographie im 20. Jahrhundert, Stuttgart 1992
Horst Nickel, Das Problem der Schulreife – Eine systematische Analyse und ihre praktischen Konsequenzen, in: Dieter Karch, Richard Michaelis et al. (Hrsg.), Normale und gestörte Entwicklung, Berlin/Heidelberg/New York/Tokyo 1989
Peter Paulig, Aufruf zur Verwirklichung der Humanen Schule. Millionen unserer Kinder leiden an der Schule!, in: «Der Kinderarzt», 15. Jahrgang, Nr. 7, 1984
Ehrenfried Pfeiffer, «Rudolf Steiners landwirtschaftlicher Impuls», in: Wir erlebten Rudolf Steiner. Erinnerungen seiner Schüler, Stuttgart 1988
Die plastisch-musikalisch-sprachliche Menschenkunde, in: Sonderheft der «Beiträge zu einer Erweiterung der Heilkunst», [5]1986
Hilde Raske, Das Farbenwort, Stuttgart 1983
Rudolf Steiner über die Temperamente, Hrsg. Pädagogische Sektion am Goetheanum, Dornach 1990
Joseph Rutenfranz, Kind und biologische Rhythmik, in: «Deutsches Ärzteblatt», Heft 6 vom 8.2.1979
Johanna Barbara Sattler, Der umgeschulte Linkshänder, Donauwörth 1996
Wolfgang Schad, Erziehung ist Kunst, Stuttgart 1994
Wolfgang Schad, Säugetiere und Mensch, Stuttgart [3]1993
Meinrad Schär, Leitfaden der Sozial- und Präventivmedizin, Bern/Stuttgart/Wien [3]1984
Gerda Scheer-Krüger, Das offenbare Geheimnis der Temperamente, Dornach 1996
Herbert Sieweke, Anthroposophische Medizin. Studien zu ihren Grundlagen, Teil I, Dornach [2]1982, Teil 2 (Gesundheit und Krankheit als Verwirklichungsformen menschlichen Daseins), Dornach [2]1994
Jörgen Smit, Der werdende Mensch. Zur meditativen Vertiefung des Erziehers, Stuttgart [3]1990
Albert Soesman, Die zwölf Sinne – Tore der Seele, Stuttgart [2]1996
Sally P. Springer/Georg Deutsch, Linkes/Rechtes Gehirn, Berlin/Oxford 1995
K. E. Stanovich (Hrsg.), Children's reading and the development of phonemical awareness (1978)
E. A. Karl Stockmeyer, Angaben Rudolf Steiners für den Waldorfschulunterricht, interner Manuskriptdruck der Pädagogischen Forschungsstelle Stuttgart für die Lehrer an Freien Waldorfschulen
Michaela Strauss, Von der Zeichensprache des kleinen Kindes, Stuttgart 1994
Thieme Taschenbuch für Zahn- und Kieferheilkunde im Kindes- und Jugendalter
Markus Treichler, Anorexia mentalis, in: «Beiträge zu einer Erweiterung der Heilkunst nach geisteswissenschaftlichen Erkenntnissen», 1980, 5
Vereinigung der Waldorfkindergärten, Pädagogische Forschungsstelle beim Bund der Freien Waldorfschulen (Hrsg.), Die Bedeutung des Zahnwechsels in der Entwicklung des Kindes, zusammengestellt von H. Matthiolius, [2]1988
E. Weimann/H. Lohrer/S. Schwidergall/W. Bohner/H. J. Böhles, Pubertäre Entwicklungsverzögerung von Kunstturnerinnen, in: «Sozialpädiatrie und kinderärztliche Praxis», 11/1996
Dietrich Wessel, Das Problem Hausaufgaben, in: «Erziehungskunst», Juni/Juli 1992
Heinrich Wiesener, Entwicklungsphysiologie des Kindes, Berlin/Göttingen/Heidelberg 1964
Der Zahnwechsel, Studienheft der Internationalen Vereinigung der Waldorfkindergärten, Stuttgart
Zeitschrift für Angewandte Bäder- und Klimaheilkunde, Oktober 1978, 25. Jg, Nr. 4
P. Zimmermann, Lese-Rechtschreib-Schwäche als Entwicklungs-Störung. Untersuchung an Waldorfschülern der Klassen 4–6 (unveröffentl. Manuskript, Herdecke 1993)
Zur Linkshändigkeit, Hrsg. Heileurythmie-Ausbildung Stuttgart, Heubergstraße 15, D-70188 Stuttgart
Zur Unterrichtsgestaltung im 1. bis 8. Schuljahr an Waldorf-/Rudolf Steiner Schulen, gemeinsames Projekt der Pädagogischen Sektion am Goetheanum und der Pädagogischen Forschungsstelle beim Bund der Freien Waldorfschulen, Dornach 1996